75 YEARS
७५ आपसे हैं हम

AF539402

राजा मोमो और पीली बुलबुल

राजा भोमो और पीली बुलबुल

विकास कुमार झा

राजकमल प्रकाशन

ISBN : 978-93-93768-41-4

मूल्य : ₹995

पहला संस्करण : 2022

प्रकाशक : राजकमल प्रकाशन प्रा.लि.
1-बी, नेताजी सुभाष मार्ग, दरियागंज
नई दिल्ली-110 002

शाखाएँ : अशोक राजपथ, साइंस कॉलेज के सामने, पटना-800 006
पहली मंज़िल, दरबारी बिल्डिंग, महात्मा गांधी मार्ग, प्रयागराज-211 001
36 ए, शेक्सपियर सरणी, कोलकाता-700 017

वेबसाइट : www.rajkamalprakashan.com
ई-मेल : info@rajkamalprakashan.com

मुद्रक : बी.के. ऑफसेट
नवीन शाहदरा, दिल्ली-110 032

RAJA MOMO AUR PEELEE BULBUL
Novel by Vikas Kumar Jha

मैंने वायदा पूरा किया आदरणीय मारियो!

मारियो मिरांडा दक्षिण गोवा के लौटोलिम गाँव स्थित 300 साल पुरानी अपनी पुश्तैनी हवेली में रहते थे। लौटोलिम गोवा प्रान्त का एक बड़ा गाँव है। यहाँ पुर्तगाली शासनकाल की यादों को समेटे एक प्राचीन राजदंड की शक्ल का संग्रहालय, पुर्तगाली ज़माने का एक बेहद पुराना डाकघर है। क़ब्रिस्तान, चर्च, स्कूल और एक बेहद मनोहारी पार्क है। पर इस गाँव की पहचान 'मारियो मिरांडा का गाँव' के रूप में है। लौटोलिम गाँव गोवा की राजधानी पणजी से तक़रीबन तीस किलोमीटर की दूरी पर है। वर्ष 1954 से बतौर कार्टूनिस्ट 'टाइम्स ऑव इंडिया प्रकाशन समूह' से जुड़े रहे मारियो अर्से तक बम्बई में कार्यरत रहने के बाद अवकाश ग्रहण कर लौटोलिम के अपने पुश्तैनी घर में रहने आ गए थे। यहीं ढलती दोपहरी में उनसे मेरी मुलाक़ात 12 मार्च, 2011 को हुई थी। हमारी मुलाक़ात के ऐन 41वें दिन यानी 2 मई को वे जीवन के 85वें वर्ष से 86वें वर्ष में प्रवेश करनेवाले थे। पर 86वें वर्ष में प्रवेश करने के सात महीने बाद कुछ समय से बीमार चल रहे मारियो 11 दिसम्बर, 2011 को दुनिया से चल बसे। अख़बारों में उनके निधन पर जो श्रद्धांजलि छपी, उसमें एक का शीर्षक था—'बाइ मारियो, नाउ मेक द ऐंजिल्स लाफ़! अलविदा मारियो, अब फ़रिश्तों को हँसाओ...!'

मारियो मिरांडा का पूरा नाम मारियो ज़ोआओ कार्लोस दो रोजारियो दे ब्रिटो मिरांडा था। अपने इतने लम्बे नाम को लेकर मारियो बिहँसकर कहते भी थे कि उनके गृह प्रान्त गोवा में 'डबल बैरल नेम' यानी लम्बे दुनाली नाम की पुरानी परम्परा है। ख़ैर, अपने दुनाली नाम को समेट और संक्षिप्त कर वे भारत ही क्या, दुनिया भर में ख्यात हुए। भारत सरकार ने वर्ष 1988 में 'पद्मश्री', वर्ष 2002 में 'पद्मभूषण' और उनके निधन के अगले वर्ष यानी 2012 में उन्हें मरणोपरान्त 'पद्मविभूषण' के सम्मान से अलंकृत किया। जिस तरह भूपेन हज़ारिका असम की आत्मा के गायक हैं, मारियो मिरांडा अपने गृह प्रान्त गोवा के निश्छल सौन्दर्य के चितेरे हैं। गोवा के 'मानस पिता' हैं। मारियो गोवा के 'ब्रह्म बाबा' हैं। उनकी स्तुति के बग़ैर गोवा की कोई कथा नहीं कही जा सकती। अत: गोवा की कथा कहने के लिए 'मंगलाचरण' स्वरूप मैं भी उनकी स्तुति कर रहा हूँ। और यह 'मारियो-वन्दना' इसलिए भी आवश्यक है कि इस उपन्यास के केन्द्रीय भाव का सुझाव मुझे मारियो से ही मिला था।

अपने देश में कार्टून-कला की शुरुआत अंग्रेज़ों के ज़माने से हुई। केशव शंकर पिल्लै, जो 'शंकर' के नाम से ख्यात थे, भारत में कार्टून-कला के पितामह थे। सन् तीस के दशक में शंकर 'द हिन्दुस्तान टाइम्स' के वास्ते कार्टून बनाते थे। महात्मा गांधी और पंडित जवाहरलाल नेहरू जैसे दिग्गज उनका बड़ा सम्मान करते थे। धीरे-धीरे कार्टून-कला ने भारत में गति पकड़ी और आर. के. लक्ष्मण, अबू अब्राहम, बाल ठाकरे, रंगा, कुट्टी, उन्नी, आबिद सुरती, काक, सुधीर तैलंग और इरफ़ान सरीखे कार्टूनिस्टों की अंग्रेज़ी, हिन्दी और मराठी भाषा में एक प्रभावकारी शृंखला बनती गई। इस शृंखला के जिन दो महान कार्टूनिस्टों का मैं अनायास ही मुरीद बन गया उनमें एक आर. के. लक्ष्मण थे, जिनका अंग्रेज़ी दैनिक 'द टाइम्स ऑव इंडिया' में दैनिक कार्टून-स्ट्रिप आता था—'यू सेड इट।' दूसरे कार्टूनिस्ट थे मारियो मिरांडा, जिनके बनाए कार्टून 'द इकोनॉमिक टाइम्स', 'इलस्ट्रेटेड वीकली ऑव इंडिया' और 'फ़ेमिना' में नियमित रूप से आते थे। आर. के. लक्ष्मण के कार्टून-स्तम्भ 'यू सेड इट' में जहाँ आम आदमी के प्रतीक धोती पर धारीदार कोट पहने उड़े बालोंवाले एक गम्भीर बुज़ुर्ग देश की राजनीति पर ख़ामोश-तीखी नज़र रखते थे, वहीं मारियो मिरांडा के सुखद बदसूरत कार्टून राजनीति से कोसों दूर जनसाधारण की रोज़मर्रा की जिन्दगी के बहुआयामी रंग बिखेरते थे। सघन आबादी और भीड़ के बीच भी वे एक-एक पात्र को निहारते चलते थे। मारियो के कार्टून में रेस्तराँ, बस-अड्डा, दफ़्तर, पर्यटन, डाकघर, खेल-कूद, रोज़-ब-रोज़ की क़ानून-व्यवस्था और घर-परिवार सब कुछ था। बच्चों को लेकर भी उन्होंने ढेर सारे कार्टून बनाए। इनमें टूटे दाँतोंवाले अपनी धुन में मस्त गुल्लू-टुल्लू से लेकर दुनिया को जानने की उत्सुकता में आँखें फाड़-फाड़कर निहारते बच्चों की प्यारी फ़ौज थी। मारियो के कार्टूनों की प्रसिद्ध चरित्र 'मिस नीबूपानी', चुस्त पोल्का डॉट्सवाले मिनी स्कर्ट में बॉस से सहमी 'मिस फ़ॉन्सका' अलग आनन्द बिखेरती थीं। अजायबघर के प्राणी सरीखे राजनीतिज्ञ बुन्दलदास का अपना तमाशा था। पर इस सबके केन्द्र में मारियो का अपना मस्त-ठिलठिलाता गोवा था, जो उनके हर कार्टून में झाँक जाता था। मारियो के चरित्र ठेठ गोअन की तरह प्याज-से गोलाकार नाक, तोंद और होंठवाले थे। ज़ाहिर है कि बम्बई में रहकर भी मारियो ने अपने गोवा को कभी नहीं बिसराया था। गोवा को लेकर मारियो के कई कार्टून-संग्रह हैं। इनमें 'गोवा विद लव' और 'अ लिटल वर्ल्ड ऑव ह्यूमर' सर्वाधिक उल्लेखनीय है। मनोहर मुलगाँवकर की किताब 'इनसाइड गोवा' और डॉम मॉरेस की किताब 'अ फ़ैमली इन गोवा' में भी मारियो ने अपने स्केच से भरपूर रौनक़ भरी हुई है।

वर्ष 2011 के मध्य मार्च में मैं पहली बार गोवा गया था। गोवा में पतझड़ शुरू हो चुका था। यह अनायास हुई एक मधुर और विस्मयकारी यात्रा थी। मेरा बेटा शुभाषीश कर्नाटक अन्तर्गत उडुपि के समीप मणिपाल स्थित देश के गौरवशाली संस्थान एम. आइ. टी. में उन दिनों इंजीनियरिंग की पढ़ाई कर रहा

था। एक बार जब मैं सपत्नीक मणिपाल पहुँचा, तो उसने मुझसे पूछा कि "क्या आप गोवा चलना चाहेंगे?" एम.आइ.टी. में शुभाशीष की पढ़ाई का वह पहला वर्ष था। बीते दिनों में शुभाशीष के मणिपाल में होते हुए अपने उपन्यास 'वर्षावन की रूपकथा' के शोध के सिलसिले में अनेक बार मैं मणिपाल जा चुका था, क्योंकि वर्षावन के बीच बसे जिस आनन्द-ग्राम अगुम्बे पर मैं उपन्यास लिख रहा था, वह मणिपाल से मात्र 40-45 किलोमीटर की दूरी पर है। पर मुझे दूर-दूर तक इसका इल्म नहीं था कि उडुपि से गोवा ट्रेन द्वारा मात्र चार घंटे का सफ़र है। उल्लेखनीय है कि मणिपाल में रेलवे स्टेशन नहीं है। मणिपाल का निकटतम स्टेशन उडुपि है। बहरहाल, शुभाशीष से जानकारी पाकर ज़ाहिर है कि हमारी ख़ुशी का पारावार नहीं था। शुभाशीष को साथ लेकर 11 मार्च, 2011 को हम 'मंगलालक्ष्यद्वीप एक्सप्रेस' से गोवा के लिए निकल पड़े। वह शुक्रवार की रात थी। उडुपि स्टेशन से इस ट्रेन के छूटने का समय रात को ग्यारह बजकर पाँच मिनट पर था। चार घंटे का सफ़र था। रात के लगभग तीन बजे हम गोवा के मडगाँव स्टेशन पर उतरे। हमारी योजना थी कि शनिवार और रविवार पणजी में व्यतीत कर रविवार यानी 13 मार्च की रात वापस उडुपि की ट्रेन पकड़ेंगे, क्योंकि सोमवार से शुभाशीष का क्लास था।

बहरहाल, पौ फटने के पहले मडगाँव स्टेशन पर उतरकर मैं पुलक से भरा था। गोवा को लेकर दरअसल अर्से से मेरे मन में आनन्द से छलकते एक आश्चर्यलोक की छवि थी। शुभाशीष ने पहले ही पणजी में फ़ोन से एक होटल बुक करा दिया था। मात्र दो दिवसीय यात्रा थी हमारी। इसलिए इन दो दिनों का हम भरपूर उपयोग कर लेना चाहते थे। 12 मार्च के पहले पहर में हम मंगेशी मन्दिर में दर्शन करने गए। फिर कालांगुटे बीच पर आए। वहाँ से बागा बीच, जहाँ शुभाशीष ने हमारे लाख मना करने के बावजूद पैराग्लाइडिंग की। जब तक वह पैराग्लाइडिंग कर नीचे उतरा मैं और मेरी पत्नी धड़कते दिल से उसके सुरक्षित नीचे उतर आने की ईश्वर से प्रार्थना करते रहे। बागा बीच से हम सीधे पणजी मेन मार्केट आए और वहाँ 'आउअर लेडी ऑव द इमैक्युएलेट कंसेप्शन चर्च' को देखने के बाद पास के ही एक रेस्तराँ में दिन का भोजन किया।

अपने जीवनकाल में ही एक मिथक बन चुके देश के प्रसिद्ध कार्टूनिस्ट मारियो मिरांडा से मिलने की मेरी तीव्र इच्छा थी। मैंने पहले से पता कर रखा था कि पणजी से मात्र तीस किलोमीटर दूर वे अपने गाँव लौटोलिम में रहते हैं। मेरी पत्नी ने कहा कि पूरे कुनबे के साथ पहुँचना पता नहीं मारियो मिरांडा को भाये या ना भाये। लिहाज़ा, श्रीमती जी के सुझावानुसार उन्हें होटल में विश्राम करने के लिए छोड़ शुभाशीष के संग मैं लौटोलिम के लिए निकल पड़ा। दोपहरी ढल रही थी। ऑटो ड्राइवर को मारियो का घर मालूम था। ऐन मारियो की हवेली के पास उसने ऑटो रोककर कहा, "मारियो'ज़ हाउस!" वृक्षों और लता-पता से घिरी मारियो की भव्य विशाल हवेली सुर्ख़ भूरे-पीले रंग की थी। जली हुई गैरिक

मिट्टी के रंग की। मारियो के परिसर में पतझड़ के अन्तिम दौर की पत्तियाँ चारों तरफ़ बिछी पड़ी थीं। कभी इस घर के मनोहारी परिवेश से मुग्ध हो फ़िल्मकार श्याम बेनेगल ने यहाँ अपनी फ़िल्म 'त्रिकाल' की शूटिंग की थी। मैंने मारियो के भव्य घर को फिर-फिर निहारा। कॉलबेल बजाने पर एक सेवक ने बड़े सलीक़े से दरवाज़ा खोला। मैंने मारियो से पहले से समय नहीं ले रखा था। सेवक को मैंने अपना परिचय दिया। अगले ही पल हमारी अन्दर बुलाहट हुई। टमाटर-सी लाल दमकती फ़र्शवाली हवेली के अछोर बरामदे पर चार-पाँच कुर्सियाँ थीं। एक मेज़ थी। मारियो नीले जींस की पैंट और लाल टी-शर्ट में वहाँ बैठे थे। परिचय के साथ हमारी बातचीत शुरू हुई। मैंने उनकी तीन सौ साल से भी ज़्यादा पुरानी ख़ूबसूरत हवेली की तारीफ़ की, तो मारियो ने मन्द स्वर में कहा, "यह घर कभी दावतों के आनन्द और रात्रिकालीन भोज के पहले नृत्य की तरंगों से छलकता था। पर अब इतने बड़े घर में बस दो लोग रह गए हैं—मैं और मेरी पत्नी हबीबा। मेरे दोनों बेटे भी बाहर रहते हैं।" उस दिन मारियो कुछ ज़्यादा ग़मगीन थे, क्योंकि एक-एक दिन के अन्तर पर उनके दो दोस्त गुज़र गए थे। पर उस गहन उदासी में भी कुछ समय से अस्वस्थ चल रहे मारियो ने धीरे-धीरे पर बड़े अनुराग से बातचीत की। बातचीत के दौरान बीच में वे आहिस्ते-से उठे और कार्टून की अपनी दो-तीन किताबें लेकर आए। हमारी बातचीत के दौरान मारियो की पत्नी हबीबा मोबाइल पर अपने बेटे राहुल से लम्बे बरामदे पर टहल-टहलकर न्यूयॉर्क बात कर रही थीं। पर संग-संग उनकी चौकन्नी निगाह मारियो समेत मुझ पर और शुभाशीष पर भी थी। इसलिए बीच में उठकर मारियो जब अपनी किताबें लेकर आए, तो तेज़ क़दमों से हबीबा ने मारियो के पास आकर कहा, "मारियो! इन किताबों की बस एक-एक कॉपी ही हमारे पास बची है। प्लीज़ डोंट प्रेज़ंट देम।" फिर हम लोगों की तरफ़ एक उड़ती नज़र डालकर श्रीमती हबीबा मिरांडा ने अपनी आवाज़ में भरसक खेद घोलते हुए कहा, "मैं उम्मीद करती हूँ कि आप लोग इसका बुरा नहीं मानेंगे।" हबीबा की आवाज़ में एक शाही फूँक थी। यह स्वाभाविक था; क्योंकि हबीबा के अपने ख़ास दादा सर अकबर हैदरी 'हैदराबाद स्टेट' के प्राइम मिनिस्टर रह चुके थे। उनके अब्बा रेलवे के एक आला अधिकारी थे और बम्बई में पदस्थापित रहे थे। हबीबा हैदरी बम्बई स्थित 'जे. जे. स्कूल ऑव आर्ट' में पढ़ती थीं और यहीं उनकी मुलाक़ात मारियो मिरांडा से हुई थी। हबीबा हैदरी से मारियो ने प्रेम-विवाह किया था।

बहरहाल, अपना आदेश और खेद ज़ाहिर कर हबीबा अपने बेटे से बातचीत करते हुए सम्भवत: किचेन में कुछ निर्देश देने चली गईं। मौक़ा पाकर मारियो ने भीनी हँसी के संग कहा, "इन किताबों में से कोई एक अपनी पसन्द से चुन लो।" मैंने भी बग़ैर समय गँवाए उनकी एक किताब 'मारियोज़ बेस्ट कार्टूंस-बुक टू' पसन्द कर ली। मारियो ने मुस्कराते हुए उधर देखा जिधर हबीबा गई थीं। शायद वे उधर ही व्यस्त थीं। मारियो ने मेरी पसन्द की हुई अपनी किताब पर लिखा—'फ़ॉर

विकास, वॉर्म रिगाड्र्स!—मारियो।' फिर मेरे हैंड बैग की तरफ़ इशारा करते हुए उन्होंने मुस्कराकर कहा, "इसे अपने बैग में रख लो।"

जैसा कि मैंने बताया कि अपने दो-दो मित्रों के लगातार गुज़रने से बेहद दुखी और ख़ुद भी बीमार चल रहे मारियो उस दिन बहुत उदास थे। पर यह जानकर कि मैं उपन्यास लिखता हूँ, उन्होंने मुझसे कहा, "तुम हिन्दी में गोवा पर एक उपन्यास क्यों नहीं लिखते? इससे हिन्दी इलाके के लोग गोवा को नजदीक से जानेंगे।"

"बेशक! मुझे भी अच्छा लगेगा। पर उपन्यास की कथा-रेखा क्या होगी? आइ मीन स्टोरी-लाइन क्या होगी?" मैंने उत्साह से छलकते हुए उनसे पूछा।

"गोवा की मुसीबतों की एक लम्बी लिस्ट है। सबसे अव्वल तो गोवा की आजादी के बाद भी गोवा के लोगों की आत्मा का क्लेश। सच है कि ऊपर से फूला हुआ गोवा भीतर ही भीतर गल रहा है।" और एक निमिष रुककर उन्होंने अपनी बात पूरी की, "ऐंड अबाउट द ओबीसिटी प्रॉब्लम इन गोवा। ज्यादा वजन अपने आप में एक बड़ी उदासी है। वैसे तो सारी दुनिया मोटापे की समस्या से जूझ रही है। अमेरिका और इंग्लैंड जैसे देश इससे तबाह हैं। पर यहाँ अपने देश में, मोटापे की समस्या सबसे ज्यादा गोवा में है। भारत का यह सबसे छोटा प्रान्त देश के दूसरे प्रान्तों की तुलना में सबसे ज्यादा मोटा है। छोटू पर मोटू। ऐब्डॉमिनल ओबीसिटी इज़ अ बिग प्रॉब्लम इन गोवा। भारी तोंद से यहाँ के ज्यादातर लोग जूझ रहे हैं। गोअन एडल्ट्स आर फ़ार मोर ओवरवेट दैन अदर इंडियंस।" बहुत कम बोलनेवाले मारियो अपनी रौ में क्या कुछ नहीं कह गए। मारियो का मंत्र मन में सहेज शुभाशीष के संग उनसे विदा लेकर मैं निकल पड़ा। गोवा से लौटकर अपनी त्रैमासिक पत्रिका 'राष्ट्रीय प्रसंग' में मैंने सबसे पहले एक आवरण-कथा लिखी। इसमें गोवा के अमर चितेरे मारियो मिरांडा से अपनी मुलाक़ात के बारे में भी मैंने लिखा। पर मारियो मिरांडा से गोवा के जीवन को लेकर एक हिन्दी उपन्यास लिखने के अपने वायदे को मैं कभी भूल नहीं पाया। गोवा से लौटकर पटना आने के लगभग दस महीने बाद अचानक अख़बार में मैंने ख़बर देखी कि 11 दिसम्बर, 2011 को मारियो अपनी नींद में ही चल बसे। इस ख़बर को पढ़कर मारियो से किया गया गोवा पर एक हिन्दी उपन्यास का अपना वायदा मुझे लगातार उद्विग्न करने लगा। पटना से गोवा की यात्रा बहुत लम्बी और समय-साध्य है। मात्र 3,702 वर्ग किलोमीटर में फैला गोवा यों तो भारत का सबसे छोटा प्रान्त है लेकिन प्राकृतिक शोभा से भरपूर है। इसलिए बाहर से बहुत मनोरम है। बीते दस वर्षों में मैंने तक़रीबन पन्द्रह-बीस बार गोवा की यात्रा की। शोध के क्रम में गोवा के अनेक गाँवों में मैं घूमा। वहाँ के उन अनेक लोगों से मिला, जो वाक़ई अत्यधिक वज़न का अभिशाप झेल रहे थे। उन सबसे मिलकर मुझे समस्या की गम्भीरता का एहसास हुआ।

पणजी में एक सुबह मैंने अख़बार में पढ़ा कि उसी दिन 'गोवा मैरियट रिज़ॉर्ट ऐंड स्पा' में सुबह छह बजे से शाम छह बजे तक 'गोअन शेफ़ चैलेंज़'

के तत्त्वावधान में गोवा के 350 पेस्ट्री डिज़ाइनर शेफ़ बारह घंटे में 5555 कप केक और पैन केक तैयार करेंगे।

इस दिलचस्प और अद्‌भुत कार्यक्रम को देखने का लोभ मैं संवरण नहीं कर पाया। इस कार्यक्रम में ही मुझे मध्य वय की एक बेहद भारी-भरकम लड़की मिली, जो अपने पिता के निधन के बाद अपनी पुश्तैनी बेकरी पणजी में चला रही थी। सैंड्रा रॉड्रिक्स नामक यह लड़की अपने अन्दर की गहरी उदासी को ख़ुद पर हँसकर उड़ाते हुए कुछ विचित्र और अनूठी-सी लगी। बहरहाल, उससे परिचय के बाद मैंने उसकी बेकरी देखने की इच्छा ज़ाहिर की। एक ही परिसर में उसका घर था और बेकरी भी। उसके घर में कुल जमा तीन सदस्य थे। एक वह ख़ुद, दूसरी उसकी माँ मिसेज़ मिनि रॉड्रिक्स और साथ में एक पुरानी आया इवान भी। बेकरी की लगभग चालीस वर्षीया मालकिन उस लड़की की बिस्तर से लगी अथाह वज़न की 70 वर्षीया माँ से मिलकर मैं अफ़सोस से भर गया। उसकी माँ ने बिस्तर पर लेटे-लेटे ही बात की और कहा कि अपनी असमर्थता की वजह से वह बैठकर बात नहीं कर पा रही है। बहरहाल, बातचीत के समापन में मैंने कहा, "गोवा में लगातार बढ़ते वजन की समस्या को लेकर मैं एक उपन्यास लिखने की तैयारी कर रहा हूँ मिसेज़ रॉड्रिक्स।" और एक पल की अटक के बाद मैंने आगे कहा, "आप अगर अनुमति दें, तो मैं उपन्यास की मुख्य भूमिका में सैंड्रा को और आपको रखना चाहूँगा।" हालाँकि, ऐसा कहते हुए मैं आशंकित था कि बुरी तरह वज़न से जूझ रही माँ-बेटी को मैं कहीं नाराज़ न कर दूँ। पर मिसेज़ मिनि रॉड्रिक्स ने छूटते हुए मुस्कराकर कहा, "हाँ क्यों नहीं! पर सोच लीजिए—हम दोनों माँ-बेटी आपके नॉवेल में बहुत जगह घेरेंगे।" माँ की अजीबोग़रीब अनुमति सुन बेटी ने फ़ौरन छूटते हुए कहा, "पर शर्त एक ही है कि आप न तो हम दोनों का असली नाम लिखेंगे और न ही हमारी बेकरी का। हालाँकि, मुझे पता है कि इसके बावजूद पणजी के लोग अन्दाजा लगा ही लेंगे।" मैंने भी बिना देरी किए कहा, "पक्का! तो यह तय रहा।" मेरे लिए वह एक अजीब-सी आश्वस्ति की शाम थी। इस उपन्यास के मुख्य पात्र अनायास ही तय हो गए थे।

वर्ष 2016 में जब मैंने उपन्यास लिखना शुरू किया, तो मैंने 'नेशनल फ़ैमली हेल्थ सर्वे-4' की रिपोर्ट पढ़ी। इसमें गोवा को देश का सबसे वज़नग्रस्त राज्य बताया गया था। इस तथ्य को बहुत गम्भीरता से रेखांकित किया गया था कि वर्ष 2005-06 के सर्वे में जहाँ गोवा की 12.6 प्रतिशत स्त्रियाँ अत्यधिक वज़न की शिकार थीं, वहीं 9.3 प्रतिशत पुरुष भारी वज़न से जूझ रहे थे। इसके ठीक दस वर्षों के बाद स्थिति और बदतर हो चुकी थी। वर्ष 2015-16 के सर्वे में पाया गया था कि गोवा की 33.5 प्रतिशत औरतें जहाँ बेहिसाब वज़न से संतप्त हो चुकी हैं, वहीं 32.6 प्रतिशत पुरुष मोटापे से बुरी तरह पस्त हैं। मधुमेह और उच्च रक्तचाप के मामले में भी गोवा के स्त्री-पुरुष देश के अन्य प्रान्तों के स्त्री-पुरुषों की तुलना में सबसे आगे हैं। गोवा के जीवन को लेकर सघन शोध के दौरान लगातार मैं

यह सोचने को विवश था कि दुनिया भर में अपनी ख़ुशनुमा-अलमस्त छवि को लेकर ख्यात भारत का यह प्यारा-सा नन्हा प्रान्त अन्दर से कितना उदास और परेशान है। गोलगप्पे की आकृतिवाले गोवा की पारदर्शी त्वचा के भीतर डग-डग करता अरब सागर का खारा जल है। इसलिए गोवा देश-विदेश के पर्यटकों का भले ही नमकीन उदारता के संग भरपूर सत्कार करता है लेकिन इसकी आत्मा ख़ुशी और पुलक से पूरी तरह वंचित है। अवचेतन का यह अवसाद ही इसके अत्यधिक वज़न की समस्या का कारण है।

मारियो को, पता नहीं मुझमें ऐसा क्या लगा कि एक सूक्ष्म संकेत के ज़रिये उन्होंने एक बड़ी ज़िम्मेदारी मुझे सौंपी। वर्ष 2021 में गोवा को लेकर मेरा उपन्यास पूरा हुआ। मारियो के गुज़रे तब दस साल हो चुके थे। हबीबा भी दुनिया में नहीं थीं।

उपन्यास की अन्तिम पंक्ति लिखने के बाद मैंने मन ही मन कहा, आदरणीय मारियो! मैंने अपना वायदा पूरा किया।

अब जब यह उपन्यास प्रकाशित हो रहा है, मैं आभारी हूँ मारियो मिरांडा परिवार के सौजन्य से गोवा में संचालित 'मारियो गैलरी' के स्वत्वाधिकारी अन्तरराष्ट्रीय ख्यातिप्राप्त वास्तुकार श्री जेरार्ड दा कुन्हा का, जिन्होंने इस उपन्यास में स्व. मारियो मिरांडा रचित दो कार्टून स्केच के उपयोग की अनुमति देने की कृपा की।

अप्रैल, 2022

—विकास कुमार झा

नो वन विल टेक ओवर गोवा...!
गोवा विल ऐंड बाइ इटसेल्फ़।

—गोवा की एक कहावत

क्रम

आइ नीड यू, द रीडर, टू इमैजिन अस,
फ़ॉर वी डोंट रिअली इग्ज़िस्ट, इफ़ यू डोंट।

—व्लादिमीर नाबोकोव, 'लोलिता'

मधुमक्खी का डंक

पणजी कभी इतना सुन्दर नहीं था, जितना कि वसंत की आज की इस सुबह! अलस भाव से मंद-मंद उभरते भोर की सफ़ेदी की फैल रही अनेक मोहक चित्र-विचित्र रंगत सृष्टि के चषक से छलक-छलककर बत्तीस दाँतों के संग मुस्करा रही है। भूत सफ़ेद, शुभ्र सफ़ेद, मोती-सा धवल सफ़ेद, ओस के कण-सा पारदर्शी सफ़ेद! फिर मलाई-सी शुद्ध गाढ़ी सफ़ेदी के बीच से खरबूज-सी फूटती हल्की गुलाबी आभा! एक शिशु की कोमल अशीत आत्मा का अज़ग़ैबी रंग! एकदम बिन्दास...गोअन 'सोसेगाद' का दुलराया वातावरण। यानी लेड बैक...रीलैक्सेशन...बेफ़िक्री...मौज़... पूरा चैन। यानी सुस्ती की मस्ती। यानी बारिश से धुलकर निकली हुमकती-इठलाती वसंत की हवा! आज की यह सुबह दुलार में पणजी की नाक से अपनी नाक रगड़ रही है। मांडवी नदी के बाएँ तट पर गोवा की यह प्यारी-सी राजधानी प्राचीन समय के तेलीगाँव को काटकर बसाई गई थी। मांडवी और एलटिन्हो पहाड़ी की युगल शोभा से सुसज्जित है पणजी। भारत का यह सबसे नन्हा-मुन्ना प्रान्त गोवा यों ही नहीं 'रोम ऑव द ईस्ट' कहलाता रहा है। और पूरब के रोम 'गोल्डेन गोवा' की मनोहर राजधानी है—पणजी! अनंत में अभिराम पणजी पर वसंत कुछ अधिक ही मेहरबान होता है। फरवरी का महीना हालाँकि होता तो नन्हा-मुन्ना है। सबसे छोटा और गुटुमुटु। पर अनुराग में यह साल का सबसे लम्बा महीना जान पड़ता है। और 2016 साल का यह फरवरी महीना तो कुछ ज़्यादा ही राजाबाबू बनकर आया है। सैंड्रा रॉड्रिक्स के होंठों पर सुबह-सुबह बरबस आनन्द थिरक गया..., "हाह! अ वंडरफुल डे।" आज 5 फरवरी है। कल से चार दिन का कार्निवल शुरू! कल शाम चार बजे से 'किंग मोमो' के संग पणजी का 'कार्निवल फ़्लोट परेड' निकलेगा। द नैरो स्ट्रीट्स...आउअर स्माइल्स वाइड...! कार्निवल इज़ जस्ट टू रीच द टाउन...। मॉम हैज़ अ रोज़ इन हर टीथ...! द बेबी वियर्स अ क्राउन! कार्निवल के आने के साथ ही जाने कहाँ से भर-भरकर ख़ुशी आने लगती है। पणजी हवाई अड्डा, मडगाँव और वास्को द गामा रेलवे स्टेशन पर मुम्बई सहित देश के विभिन्न हिस्सों से गोवा का कार्निवल देखने बड़ी संख्या में पर्यटक उतरने लगते हैं। विदेशी पर्यटक भी कहाँ रुकनेवाले! ख़ुशी चारों तरफ़ से उमड़ती है।

बड़े-बड़े लाल फूलों के प्रिंटवाले अपने लम्बे सूती सुर्ख़ पीले फ्रॉक की जेब से कंघी निकाल चैन से सैंड्रा ने बालों को सँवारना शुरू किया। सुबह उठकर मुँह

धोने के भी पहले वह अपने बाल बनाती है। लम्बे-चौड़े क़द-बुत, तीखे नाक-नक़्श और गुलाबी रंगतवाली सैंड्रा को अपने नितंब छूते बालों पर हमेशा से बड़ा नाज़ रहा है। अपनी मम्मी जैसे उसके बाल घने और सुनहरे हैं। पर उसके बालों में अब सफ़ेदी फूटने लगी है। उसने तय कर रखा है कि कभी वह 'हेअर डाइ' का इस्तेमाल नहीं करेगी। जो है, वह है। मम्मी के बाल बहुत झड़ गए हैं। वह बालों के झड़ने से डरती है। मम्मी पाबन्दी से अपने बाल उससे डाइ करवाती हैं और कहती हैं कि वे रूई सरीखे सफ़ेद बालोंवाली झुरकुट बुढ़िया बनकर नहीं रह सकतीं। सैंड्रा मानती है कि उम्र के साथ बालों की सफ़ेदी बुरी नहीं। हाँ, बालों का झड़ना बुरा है। इसलिए वह अपने बालों का बहुत ख़याल रखती है। उसकी अधिकतर दोस्त कन्धे तक या लड़कों सरीखे छोटे बाल रखती हैं। पर उसने अपने लम्बे बालों को सदैव क़ीमती सम्पत्ति की तरह सहेजकर रखा है। कभी दो चोटी, कभी बाल लपेटकर गोल खोपा, कभी ऊँचा जूड़ा, कभी पाव बन के साथ वाला जूड़ा, कभी प्लास्टिक ट्यूब की महीन कलाबाज़ी कर घुँघराले बाल बनाने का केश-विन्यास उसकी ख़ास शगल रही है। जाड़े के महीनों में वह बालों को लेकर अधिक सचेत रहती है, क्योंकि ठंड में नमी की कमी के कारण बाल रूखे होने लगते हैं। डैंड्रफ़ यानी रूसी का धावा भी बालों पर जाड़े में ही होता है। अपनी दोस्तों से भी वह कहती रही है, "मैं अपने बालों को ऊनी कपड़े की तरह रखती हूँ। जिस तरह ऊनी कपड़े आम कपड़ों की तरह डिटर्जेंट से नहीं धोये जाते, मैं किसी भी ऐसे-वैसे साबुन या शैम्पू से बाल नहीं धो सकती।" पापा कभी-कभी चुटकी लेते हुए कहते थे, "जिस तरह चिड़िया की प्रॉपर्टी चोंच है, हमारी सैंड्रा की प्रॉपर्टी इसके सुन्दर बाल हैं।" तब मम्मी शरारत भरी आवाज़ में मुस्कराकर कहतीं, "पुरानी कहावत है...लांग हेअर...लिटल ब्रेन...।" फिर मम्मी को बनावटी ग़ुस्से में तरेड़ वह भी हँस पड़ती। मम्मी उसे मनुहारते हुए कहतीं, "अरे, शोख रंगों से छलकती है मेरी प्यारी बेटी।" चटख रंग के लम्बे फ्रॉक और पूरी बाँह की अंग्रेज़ी के 'वी' अक्षर के आकार के गलेवाली मिडि उसके पसन्दीदा लिबासों में से रही है। हर बार दर्ज़ी उसकी फ़रमाइश के मुताबिक़ उसकी नई मिडि और नये फ्रॉक में लेस कॉलर लगाता है। बिना बाँहोंवाले मैक्सी ड्रेस भी उसे पसन्द हैं। उसे याद है, बचपन में बड़े दुलार से मम्मी उसे एक से एक सजीला लहरदार पफ़ी फ्रॉक पहनाती थीं। बाल तरतीब से सँवारने और आरामदेह सुन्दर फ्रॉक, मिडि और मैक्सी के अलावा उसका और कोई शौक़ नहीं। नेल पॉलिश, लिपस्टिक, गहने, नफ़ीस जूतियों वग़ैरह का उसे कभी आकर्षण नहीं रहा। हाँ, आँखों के नीचे पसरते काले दायरे और चेहरे की बढ़ती झाँइयों को लेकर बेशक वह पूरा ध्यान रखती है। उसके चिट्टे गोरे-गुलाबी रंग पर आँखों के नीचे की स्याही और कपोलों की झाँइयाँ बहुत ज़ोर से भड़कती दिखती हैं। और ऐसे में जबकि वह गालों पर अतिरिक्त लाली के लिए रूज़ और होंठ को सुन्दर दिखने के लिए लिपस्टिक तक नहीं लगाती है, तो सहज-सम्भव तरीक़े से चेहरे पर रेत को पसरने से रोकने के सामान्य उपाय तो उसे करने ही

चाहिए। इसलिए सप्ताह में दो-तीन दिन आँखों के नीचे वह पुदीना का रस लगाती है। कभी-कभी सन्तरे के रस को भी रूई में भिगोकर आँखों के नीचे लगाती है। सप्ताह में एक-दो बार दूध में कच्ची घिसी हल्दी शहद के साथ मिलाकर रात को सोते समय पूरे चेहरे, गले और दोनों हाथों पर भी लगाना वह नहीं भूलती है। इससे चेहरे की झाँइयों और आँखों के नीचे की स्याही में बहुत कमी आती है। हाथों की त्वचा भी ख़ुश्क नहीं होती। कभी वह खीरे के सिरे पर निकलनेवाले सफ़ेद झाग को भी चेहरे और हाथों पर लगाती है। बार-बार उसके होंठ सूखते रहते हैं। इसलिए सुबह चाय बनाते वक़्त मलाई को गुनगुना कर वह लगभग रोज़ होंठ पर लगाती है। रात को सोते वक़्त भी वह जैतून का तेल होंठ पर लगाती है। इससे होंठ कम ख़ुश्क होते हैं। हर रात मम्मी इस बात को लेकर उस पर मुस्तैद रहती हैं कि उनके होंठ पर और नाभि में जैतून का तेल लगाए। मम्मी के होंठों की त्वचा ज़्यादा फटती है। पर जैतून के तेल से उन्हें फ़र्क़ पड़ा है। मम्मी के संग-संग उसने इस नुस्ख़े को अपने लिए भी शुरू कर दिया। उसे मन ही मन कभी-कभी ख़ुद पर हँसी भी छूटती है। पता नहीं, उसके होंठ में क्या आग है, जो उसके होंठ जल्दी-जल्दी सूखते हैं!

दुनिया के किसी फ़ैशन में उसकी कोई रुचि नहीं। नया फ़ैशन क्या चल रहा है, इसके बारे में उसे कभी कोई उत्सुकता नहीं रही। वह अपने दोस्तों से मुस्कराकर कहती भी है कि "फ़ैशन इज़, ऐंड ऑलवेज़ हैज़ बीन, अबाउट थिन बॉडीज़... फ़ैशन हमेशा से और अभी भी दुबले-छरहरे लोगों के लिए है। और मेरी समझ से, जो मुझे पसन्द है, वही मेरा फ़ैशन है। जर्मन क्रिएटिव डाइरेक्टर और मशहूर फ़ैशन डिज़ाइनर कार्ल लेगरफ़ेल्ड ने तो फ़ैशन का दरवाज़ा अधिक वज़न की औरतों के लिए यह कहते हुए साफ़ बन्द ही कर दिया है कि 'नो वन वांट्स टू सी कर्वी वुमन।' फिर भी कुछ गिने-चुने दुनिया के फ़ैशन डिज़ाइनर हैं, जिन्होंने ज़्यादा वज़न की औरतों को एकदम निराश नहीं किया है। उदाहरण के लिए अपने गोवा के विश्व प्रसिद्ध फ़ैशन डिज़ाइनर वेंडेल ऑगस्टीन रॉड्रिक्स इनमें प्रमुख हैं, जिन्होंने फ़ैशन को लेकर पतले और मोटे का कोई भेदभाव नहीं किया है।"

सैंड्रा ने वेडेल रॉड्रिक्स को ही यह कहीं कहते हुए पढ़ा है कि लम्बी धारीवाले कपड़ों के फ्रॉक या काली पोशाक़ पहनने से मोटी लड़कियाँ छरहरी दिखती हैं। हालाँकि, कुछ की राय में मोटी लड़कियाँ अगर बजाय चटख रंगों के हल्के रंग के कपड़े पहनें, तो अपेक्षाकृत दुबली लगेंगी। 'कैमफ़्लाश' एक अजीब शब्द है—सोचती है सैंड्रा! छल के आवरण की कला इनसानों में ही है, जानवरों में नहीं। अपनी कमियों को छुपाने के लिए इनसान क्या कुछ नहीं करता। गंजे 'विग' का इस्तेमाल करते हैं। सफ़ेद बालोंवाले बालों को डाइ करते हैं। गले की झुर्रियों को ढकने के लिए उम्रदराज़ लोग ऊँचे कॉलरवाले 'हाइनेक रफ़ल' पहनते हैं। कहते हैं कि क्वीन एलिजाबेथ ने अपने गले की झुर्रियों को छुपाने की ख़ातिर गले तक को ढके रहनेवाले कपड़े पहनने की शुरुआत की थी। चीन के एक राजा ने तो अपने छोटे क़द से निजात पाने के लिए 'स्टिल्ट' यानी लम्बे बाँस के सहारे चलना शुरू

किया था। उसने अपने दरबारियों को भी ऐसा करने के लिए मजबूर किया था। कैमफ़्लाश यानी छलावरण अब तो बढ़-चढ़कर है। यह छल उससे सम्भव नहीं। धारीवाले फ्रॉक या काली पोशाक पहनकर दुबली-पतली दिखने का हास्यास्पद प्रयास उससे सम्भव नहीं है। कपड़ों के मामले में सैंड्रा को लगता है कि जो दिल को अच्छा लगता है, वही आप पर खिलता है। सैंड्रा को चटख रंग ही पसन्द हैं। ख़ासकर पीला रंग! पीले रंग की सोहबत उसे अच्छी लगती है। पीले रंग के आगे उसे चटख़ या फीके का ख़याल नहीं रहता। उसकी आलमारी में मधुर पीले रंग, सोने के रंग, शहद रंग, गेरु रंग, आग रंग, नीबू रंग और सरसों रंग के अनगिनत लम्बे फ्रॉक हैं। अपने कमरे के लिए कुछ साल हुए उसने बड़े शौक़ से जो आर्म चेयर लिया, वह दक्क सरसों रंग का है। यह आर्म चेयर उसकी जन्नत है। पर कभी-कभी वह सोचती है कि पीला रंग उसे भला कितना सहारा देगा!

अभी पिछले दिनों वह अचानक ख़ुशी से तब चकित रह गई थी, जब उसके घर एक दोपहरी एकदम सामान्य जन की तरह वेंडेल ऑगस्टीन रॉड्रिक्स आ गए थे। देश के दस मशहूर फ़ैशन डिज़ाइनरों में एक वेंडेल रॉड्रिक्स वर्ष 1993 से गोवा में रह रहे हैं, यह उसे पता था। उसे पता था कि वर्ष 1989 में वेंडेल ने ख़ुद एक अपना ख़ास 'लेबल' पेश किया था और तब से वे छाते चले गए थे। उनकी शुरू की मॉडल मेहर जेसिया थीं, जो 'फ़ैशन क्वीन' कहलाती थीं। उसे यह भी पता था कि पणजी से महज़ 19 किलोमीटर दूर कोलवले स्थित 450 साल पुराने एक विशाल बँगले को वेंडेल रॉड्रिक्स ने ब्रैगांज़ा परिवार से ख़रीदा है। ब्रैगांज़ा परिवार गोवा छोड़ अब कभी कनाडा, तो कभी मांट्रियल में रहता है। उस दिन वेंडेल रॉड्रिक्स ने सैंड्रा को बताया था कि वर्ष 1993 में जब बम्बई में भारी बमबारियों का सिलसिला चला, तो उन्होंने तय कर लिया कि वह बिना देरी किए अपने गृह प्रान्त गोवा स्थित पुश्तैनी गाँव कोलवले में आकर स्थायी रूप से रहेंगे और वहीं से फ़ैशन डिज़ाइनिंग का काम करेंगे। बकौल वेंडेल जब उन्होंने यह निर्णय लिया, तो उन्हें कोलवले के अगम-अपार कैम्पसवाले 'ब्रैगांज़ा हाउस' की याद आई, जो आम, कटहल, नारियल के पेड़ों और अनन्नास की क्यारियों से हमेशा भरा पड़ा रहा था। सन् 1985 में वेंडेल जब मस्कट प्रवास में थे, तो बार-बार सोचते थे कि अगर फ़ैशन डिज़ाइनर के नाते उनकी कमाई अच्छी हुई, तो वह ज़रूर 'ब्रैगांज़ा हाउस' ख़रीदेंगे। वर्ष 1993 के बम्बई कांड के बाद उन्होंने अपना यह सपना सच करके दम लिया। वेंडेल रॉड्रिक्स के इस सपने की कहानी पणजी के अख़बारों में भी तब विस्तार से छपी थी, जब उन्होंने मिसेज़ ओलिंडा ब्रैगांज़ा के पुश्तैनी भव्य 'ब्रैगांज़ा हाउस' को ख़रीद लिया और घोषणा की कि यहाँ वे देश का प्रथम 'कॉस्ट्यूम म्यूज़ियम' बनाएँगे। म्यूज़ियम का नाम 'मोदा गोवा' और इस घर का नया नाम होगा—'कासा दोना मारिया'। और सैंड्रा को याद है कि वेंडेल ने उस समय कहा था कि "आइ विल मेड दिस होम माइन इन एवरी वे ऐंड पुट माइ स्टाम्प ऑन इट।" और वाक़ई वेंडेल रॉड्रिक्स ने बीते दो दशकों में 'ब्रैगांज़ा हाउस' का पूरा

कायाकल्प ही कर दिया। इसे फ़ैशन डिज़ाइनिंग का तीर्थ बना दिया। पणजी के अख़बारों में अक्सर छपनेवाली ख़बरों के मुताबिक़ एक-दो साल में, यानी 2017-18 तक वेंडेल रॉड्रिक्स के सपनों का 'मोदा गोवा म्यूज़ियम' यानी देश का पहला 'कॉस्ट्यूम म्यूज़ियम' बाक़ायदा अपने अस्तित्व में आ जाएगा। अभी इसमें समय है। अभी वर्ष 2016 का शुरू ही है।

वेंडेल रॉड्रिक्स देश के 'ए-लिस्ट' डिज़ाइनर हैं। उनके डिज़ाइन किए शानदार कॉलर और बाँहोंवाले लम्बे फ्रॉक, स्कर्ट, टॉप, ट्यूनिक्स, मैक्सी, कुर्ता, पैंट, और ब्लेज़र का जलवा दुनिया में है। गोवा की आदिवासी महिलाओं द्वारा पहनी जानेवाली 'कुन्बा' साड़ी को अपने अन्दाज़ में पेश कर वेंडेल रॉड्रिक्स ने बीते दिनों में धूम मचा दी। साड़ियों की डिज़ाइनिंग में भी उन्हें ग़ज़ब की सिद्धि है।

उस भरी सुहावनी दोपहरी में वेंडेल रॉड्रिक्स जब उससे बातचीत कर रहे थे, तो सैंड्रा का स्वर बच्चों की तरह उल्लास से उमग रहा था। सैंड्रा को वेंडेल के बारे में क्योंकि ढेर सारी बातें मालूम थीं। उसे मालूम था कि वर्ष 2014 में वेंडेल रॉड्रिक्स को भारत सरकार 'पद्मश्री' से सम्मानित कर चुकी है। 'लक्मे', 'गार्डन वर्ली', और 'डीबियर्स' सरीखे ब्रांडों को डिज़ाइन कर चुके वेंडेल रॉड्रिक्स ने कई किताबें भी लिखी हैं। उन्होंने फ़िल्मों में भी रोल किया है। वेंडेल की दोनों फ़िल्में—कैज़ाद ग़ुस्ताद की 'बूम' और मधुर भंडारकर की फ़िल्म 'फ़ैशन' उसने देख रखी थी। हालाँकि, वेंडेल रॉड्रिक्स एक समलैंगिक हैं और उन्होंने वर्ष 2002 में बाक़ायदा पेरिस में एक समारोह कर फ्रेंच मूल के ज़ेरोम मारेल से विवाह किया। पर वेंडेल रॉड्रिक्स की निजी ज़िन्दगी से भला उसे क्या लेना-देना?

पत्र-पत्रिकाओं में छपी वेंडेल की तस्वीरें उसने अनेक बार देखी थी लेकिन एक झलक में सामने पड़ने पर वह उन्हें पहचान नहीं सकी। सैंड्रा से बारह-तेरह साल बड़े होंगे वेंडेल रॉड्रिक्स। जब वेंडेल ने बड़े सरल अन्दाज़ में सैंड्रा को अपना परिचय दिया, तो मारे अचरज और असम्भव ख़ुशी के सैंड्रा चिहुँक उठी, "माइ गॉड! हाउ कम!! यू आर मोर दैन अ प्लीज़ेंट सरप्राइज़ वेंडेल!"

"आइ ऐम वेरी मच फ़ॉन्ड ऑव यॉर 'रॉड्रिक्स गोल्डेन ओवन केक'।" वेंडेल रॉड्रिक्स भीनी हँसी हँसे, "आइ कुक ऐन ऑरेंज केक विद चॉकलेट चिप्स...दैट मेरी लो फ़िलिप्स...हू इज़ अ वर्ल्ड-फ़ेम फ़ैशन डिज़ाइनर...शी टॉट मी...। बट सैंड्रा! आइ लव द केक्स ऑव यॉर 'रॉड्रिक्स गोल्डेन ओवन।' स्पेशली यॉर-क्राउन शेप चॉकलेट केक!"

"वेंडेल! हू टोल्ड यू अबाउट मी...?" सैंड्रा अपने विस्मय से उबर नहीं पा रही थी।

"ओह सैंड्रा! कम ऑन! जब तुम्हारे केक मुझे अच्छे लगे, तो मैंने पता कराया। और मुझे तुम्हारे बारे में पता चला कि यू रन द 'रॉड्रिक्स गोल्डेन ओवन'! फिर मैंने कहा कि चलो इस लड़की के यहाँ धावा दो।" वेंडेल के चेहरे पर हँसी थिरक गई थी।

"माइ मॉम!" सैंड्रा ने ऊपर आकर मम्मी के कमरे में वेंडेल को बिठाया और मम्मी से कहा, "मम्मी! कैन यू इमैजिन...हमारे यहाँ कौन आए हैं?...मीट वर्ल्ड फ़ेम फ़ैशन डिज़ाइनर मि. वेंडेल रॉड्रिक्स!"

"माइ गॉड सैंड्रा! आइ कांट बिलीव...! इट्स एक्साइटिंग ह्वेन यू फ़ाइंड पार्ट्स ऑव यॉरसेल्फ इन सम वन एल्स...! आइ बिलीव...आउअर गॉड लिंक विद वेंडेल।" मम्मी ख़ुशी से लहालोट थीं।

"यू लव येलो कलर सैंड्रा...? आइ बिलीव...।" वेंडेल ने कॉफ़ी का घूँट भरते हुए कहा।

"येस वेंडेल!"

"नाइस! तुमने पढ़ा ही होगा वह प्रॉवर्ब...द वुमन हू ड्रेसेज इन येलो...ट्रस्ट्स हर ब्यूटी।"

"ब्यूटी ऐंड मी? आप क्या कह रहे हैं वेंडेल? मैं तो कम्बल से बनी भालू हूँ।" सैंड्रा के स्वर में हैरान कातरता थी।

"ओह सैंड्रा! ओके...आइ विल डिज़ाइन फ़्यू येलो स्कर्ट्स, टॉप ऐंड लांग फ्रॉक ऐंड मैक्सी फ़ॉर यू।" कॉफ़ी पीकर उठते हुए वेंडेल ने कहा, "तुम एक वीक बाद मेरे घर 'कासा दोना मारिया' इसी वक़्त आना।" फिर एक निमिष थमकर वेंडेल ने मुस्कराकर कहा, "और हाँ, मेरा फ़ेवरेट केक लाना मत भूलना।"

"शॉर!" सैंड्रा संकोच से दोहरी हो गई थी।

"लिव लाइफ़ इन वॉर्म येलोज सैंड्रा!" वेंडेल ने निकलते हुए भीनी मुस्कान के संग कहा था।

वेंडेल के जाने के बाद वह बहुत देर तक ख़ुद में खोई रही थी। 'रॉड्रिक्स गोल्डेन अवन'...'क्राउन शेप चॉकलेट केक'...और येलो कलर...। ओह...क्या कहा जाए...! क्या एक ख़ुशी से भरी ख़ामोशी सुनहरी होती है, या पीली...!!

उसके पीले रंग के प्रेम को लेकर मम्मी हमेशा से कहती रही हैं कि पीला रंग ख़ुशमिज़ाजी, ताज़गी और विश्वास का प्रतीक है। यह रंग किसी के मन को बदलने की क्षमता रखता है। पर पीले रंग के प्रेमी अन्दर से थोड़े डरपोक होते हैं। तुरन्त में परेशान हो जानेवाले। उसके पीले आर्म चेयर को लेकर पापा कहते थे, "यह प्रिंसेस सैंड्रा का सिंहासन है। द थ्रोन ऑव प्रिंसेस सैंड्रा।"

कुछ मिनट तक वह अपने पीले आर्म चेयर पर आँखें बन्द किए बैठी रही। मन में अनायास कई बातें सपनों की तरह आने लगीं। मम्मी अभी सो रही हैं। मुँह-हाथ धोकर एक चाय बनाई जाए, सोचते हुए कमर के चारों तरफ़ लटकते चर्बी के घेरे...अपने लव हैंडल्स को उसने निहारा। थलथलाती बाँहों की धारियों पर भी उसकी नज़र गई। सीने की दीवार पर मौजूद क़ुदरत की भारी चोली क्या कम है! सोफ़िया लॉरेन और मर्लिन मुनरो जैसी दुनिया की छरहरी और हसीन अभिनेत्रियों का वज़न अगर अथाह हो जाता, तो अपने आपको लेकर वे क्या सोचतीं? वह गोरी-चिट्टी है, बाल उसके लम्बे हैं, आँखें सुन्दर हैं, नाक तीखी है और क़द

भी अच्छा-ख़ासा है। बस वज़न एक मुद्दा है। हर दिन की शुरुआत के साथ वह अपने को मनाती है। वह दिन आएगा, जब उस पर कोई सॉनेट लिखेगा। बेशक वह सामान्य से अधिक मोटी है। पेट बहुत बड़ा है उसका और मोटे जाँघ अथाह फैले रहते हैं। पर इससे क्या? वह सुन्दर है, इसे कौन नकार सकता है। पापा कहते थे, "अमेरिकन ऐक्ट्रेस सैंड्रा बुलक जैसी सुन्दर हो तुम। कोई मेरी नजर से तो मेरी प्यारी बेटी को देखे।" ओह सैंड्रा बुलक...!! आइ हैव अ बिग टमी...बट आइ लुक यमी...। हरेक दिन नहाते समय वह अपनी दक्क गुलाबी देह को निहारती है। और कभी-कभी गुनगुनाती है...'आइ ऐम अ क्वीन...वेदर आइ हैव अ किंग ऑर नॉट...!' सीने से लटकते क़ुदरत के दो बड़े-बड़े गुलाबी प्याले...बड़े से ढलकते पेट की गहरी गुलाबी नाभि...! उफ़!! रस से फटती हुई इस उम्र में यह भरा-पूरा शरीर किसी के नसीब में नहीं है, तो वह क्या कर सकती है?

वह सोचती है कि काश उसकी ज़िन्दगी में कोई होता, जिसको वह कह सकती कि—'सुनो! तुम्हारे बारे में मैंने सितारों को बताया है।' और जवाब में वह उससे कहता—'सैंड्रा! तुम्हारे सुन्दर केश, ललाट, कान, होंठ, वक्ष, पेट, नाभि, कमर, पीठ और जाँघों के बारे में मैंने अपने दिल को बताया है। और तुम्हारे स्वर्णिम त्रिकोण के बारे में सोचकर ही मेरा मन आनन्द और सुख पाता है।' अकेले में एक पल के लिए वह बिहँस पड़ती है...सोफ़िया लॉरेन या मर्लिन मुनरो बहुत अधिक वज़न होने पर उसकी जैसी लगतीं, तो क्या उनकी सुन्दरता को लोग इनकार कर देते? वैसे, दुनिया में बदज़ात और बददिमाग़ लोगों की कमी नहीं। किस सिनेमाप्रेमी को नहीं मालूम कि विश्वख्याति की ऐक्ट्रेस मर्लिन मुनरो और सोफ़िया लॉरेन कितनी छरहरी और चुस्त-दुरुस्त रही हैं। एकदम ड्रॉप डेड ब्यूटी! पर कई साल पहले इंग्लैंड की एक मशहूर ऐक्ट्रेस और मॉडल एलिजाबेथ हर्ले ने एक पागल बयान दिया था कि अगर वह मर्लिन मुनरो की तरह मोटी होती, तो अपने जीवन का अन्त कर लेती। आइ वुड किल माइसेल्फ़, इफ़ आइ वाज़ ऐज़ फ़ैट ऐज़ मर्लिन मुनरो। मर्लिन मुनरो तो कहीं से भी मोटी नहीं थी। रत्ती भर भी नहीं। लिहाज़ा, एलिजाबेथ हर्ले के इस विचित्र बयान को लेकर उस समय ख़ासी हलचल मची थी। यह वर्ष 2001 की बात है। पर सनकी एलिजाबेथ हर्ले अपनी बात पर आख़िर-आख़िर तक अड़ी रही। उसने कहा कि "यों तो अमेरिकन अभिनेत्री मर्लिन मुनरो अगस्त 1962 में ही चल बसीं। पर एक बार मैं मर्लिन को लेकर आयोजित एक प्रदर्शनी देखने गई। वहाँ मर्लिन मुनरो के कपड़ों को भी प्रदर्शित किया गया था। मैंने उनके कपड़ों को देखकर समझा कि मर्लिन मुनरो के कूल्हों का आकार बहुत बड़ा था। दुर्भाग्यवश मैं टेप नहीं ले गई थी ताकि प्रमाणस्वरूप मैं उसका माप ले लेती।" सैंड्रा को लगता है कि मर्लिन मुनरो के गुज़रने के चालीस साल बाद अगर कोई उन्हें भारी-भरकम कूल्हेवाली औरत कहकर ज़लील कर सकता है, तो जिनका सचमुच का वज़न ज़्यादा है, पता नहीं उनके बारे में क्या-क्या घिनौना फ़तवा जारी हो। उम्र में उससे दो-तीन साल छोटी बेचारी मर्लिन! मात्र 36 वर्ष की उम्र में चल बसीं। मर्लिन मुनरो की नंगी लाश उनके

बेडरूम में पाई गई थी। गहरे अवसाद में अत्यधिक नशा करने से उनकी मौत हो गई थी। मर्लिन मुनरो जैसी एक सुन्दर और सम्पन्न स्त्री आख़िर अवसाद में क्यों डूबती है? क्यों भरपूर नशा लेकर मरती है? सैंड्रा सोचती है, अवसाद का कोई ओर-छोर नहीं होता। यह मर्लिन मुनरो से लेकर सैंड्रा रॉड्रिक्स तक होता है।

पूरे छह फ़ीट चार इंच क़दवाली घर की पुरानी आया इवान रोज़ की भाँति ज़िराफ की तरह बड़े-बड़े डग भरती दोना पाउला से अभी आ रही होगी। दोना पाउला सैंड्रा के घर से बहुत दूर है। पर दोना पाउला में रहनेवाली इवान ज़्यादातर पाँव-पैदल ही वहाँ से आती है। अपने इतने लम्बे क़द के कारण वह घुटने मोड़कर ऑटो में बैठना पसन्द नहीं करती। बहरहाल, इवान की चाहे जो लम्बाई हो, दुनिया की सबसे लम्बी औरत उसकी हमनाम रही है—अमेरिका की सैंड्रा एलेन। वह सात फ़ीट सात इंच की थी। ख़ैर, जो भी हो, अभी उसकी आया इवान के आने में समय है। अभी बहुत सुबह है। ऐसे गहन मधुर एकान्त में उसका जी करता है कि वह उठकर अपने कमरे में थिरके-नाचे और धीरे-धीरे गाये, "...स्टे वोक...गेट फ़ैट...! हैव अ हैम्बर्गर...फ़ाइट द पावर...! स्टे वोक...!" अपने आप के लिए थिरकना-नाचना और गाना कितना अनूप है। किरण फूटने के पहले उजास के लिए उमकती सुबह दुनियादारी से दूर एक आत्म पुलक है। उल्लास से जन्म लेती एक अद्भुत शान्ति। गहरी आधी रातों की शान्ति एक थकी शान्ति होती है। पस्त और निढाल। सैंड्रा को लगता है, हर सुबह अपने एकान्त में वह थिरकते हुए जन्म लेती है। अपनी भारी काया को नाचता हुआ महसूस कर वह नन्ही चिड़िया-सी हल्की लगती है। पर चढ़ते दिन के साथ प्रतिदिन मृत्यु। उसने सिर को आहिस्ते उठकर झटका दिया। सुबह उठकर मर्लिन मुनरो, सोफ़िया लॉरेन, हेलेन मिरेन और टीना टर्नर जैसी अपने समय की अनिंद्य सुन्दरियाँ क्या करती रही होंगी? पागल...!! उसे ख़ुद पर हँसी छूट गई। कोई ज़रूरी है कि वे सब उसकी तरह अहले सुबह उठती रही होंगी? चाय पीकर वह फिर थोड़ी देर की मीठी झपकी लेगी। तब तक मम्मी भी जग जाएँगी। पर अपनी असहायता में पूरे बिस्तर पर भरी मम्मी सोती ही कब हैं? 'सी-पैप मशीन' लगाने के बाद ही थोड़ी देर के लिए उन्हें रात को झपकी आती है। 'स्लीप एप्निया' के कारण साँस लेने में तकलीफ़ होती है उन्हें। ऐसे में 'सी-पैप मशीन' एक नैबोलाइज़र का काम करता है। मम्मी तो मम्मी, रात में वह भी अच्छी नींद के लिए 'सी-पैप मशीन' लगाकर ही सोती है। लेटने के बाद साँस लेने में मम्मी की तरह उसे भी परेशानी होती है। जीवन उसके लिए भी कठिन है। क्या करे वह? विराटकाय माँ की भारी-भरकम बेटी! इस ख़याल के साथ ही उसके होंठ टेढ़े हो जाते हैं। मम्मी अक्सर उदास मुस्कान के संग कहती हैं, "सैंड्रा! तुम मेरे कारण मैन्युफ़ैक्चरिंग प्रॉब्लम की शिकार हो गई। भला एक हथिनी...एक शी एलिफ़ेंट की बेबी कैसी होगी?" अपने वज़न को लेकर मम्मी पूरी तरह निराश हो चुकी हैं। मधुमेह को क़ाबू में रखने के लिए वह अर्से से इंसुलिन लेती हैं। इंसुलिन के कारण मधुमेह तो कमोबेश नियंत्रण में रहता है लेकिन दूसरी तरफ़ इससे वज़न

अनियंत्रित हो जाता है। दरअसल, मधुमेह के उपचार में जब इंसुलिन लिया जाता है, तो ज़्यादातर शरीर भोजन से बहुत अधिक ग्लूकोज़ अवशोषित करना शुरू कर देता है। इसका परिणाम वज़न में लगातार बढ़ोतरी।

अभी पिछले दिनों अख़बार में छपे एक लेख को पढ़कर मम्मी कई दिनों तक बेज़ार रहीं, "इंसुलिन तो मुझे और फैला देगा सैंड्रा।" अख़बार के उस लेख का शीर्षक था—'इंसुलिन ऐंड वेट गेन!' इवान से कह इस लेख की कटिंग करवाकर मम्मी ने उसे अपने तकिये के नीचे सहेज लिया है।

रोज़ बग़ैर अख़बार पढ़े मम्मी नहीं रह सकतीं। वह पूरी अख़बार चाटू हैं। पहले पन्ने से अन्तिम पन्ने तक वे एक-एक शब्द चाट जाती हैं। पापा के संग ज़माने से उन्हें यह आदत पड़ी हुई है। कोई ख़बर उनकी नज़र से छूट नहीं सकती। पापा बिहँसकर कहते भी थे, "मिनि! तुमने कभी कोशिश नहीं की, वरना तुम गोवा के किसी अखबार की एडिटर होती। अखबार के आखिरी पन्ने की निचली पट्‌टी पर तुम्हारा नाम छपता—एडिटर-इन चीफ़ : मिनि रॉड्रिक्स!" पापा-मम्मी और ख़ुद उसे टेलिविज़न का कभी आकर्षण नहीं रहा। हफ़्ते-दस दिन में कभी-कभार ही उसके घर में टेलिविज़न थोड़ी देर के लिए खुलता रहा है। रेडियो और अख़बार का ही चलन उसके यहाँ हमेशा से रहा है। बहरहाल, इन दिनों कार्निवल की तैयारियों के समाचार से अख़बार भरा रहता है और उन्हें पढ़-पढ़कर मम्मी ख़ुश होती रहती हैं। पिछले कई दिनों से मम्मी 6 फरवरी से 9 फरवरी की तैयारियों को लेकर सैंड्रा से लगातार पूछ रही हैं, "क्या-क्या धूम करोगी तुम कार्निवल के इन चार दिनों में?" और सैंड्रा बिहँसकर उनसे हर बार जवाब में कह रही है, "मॉम! यू आर माइ नेवर ऐंडिंग सांग।"

मम्मी की प्रतीक्षा ख़त्म होने जा रही है। कल से चार दिवसीय 'कार्निवल' का आरम्भ है। 'किंग मोमो' के स्वागत के लिए कई दिनों से हर साल की भाँति चारों तरफ़ नाना प्रकार की तैयारियाँ चल रही हैं। गोवा में चार दिनों तक 'किंग मोमो' के उल्लास का शासन चलेगा। चाय की घूँट भरते हुए वह बरबस खो-सी गई। क्या चार दिनों के लिए ही सही, उसके जीवन में कभी कोई 'मोमो राजा' आएगा? उसकी ज़िन्दगी में ख़ुशियों की बौछार करता...उल्लास की बरसात करता कोई मोमो राजा? पापा सपनीले स्वर में कहते थे, "मेरी प्यारी पीली बुलबुल के लिए आएगा एक दिन एक बाँका-सजीला किंग मोमो!" पीली बुलबुल! गोवा की 'स्टेट बर्ड'...रूबी थ्रोटेड नाइटिंगेल...! एक सुन्दर-सा किंग मोमो!! पापा की बात याद कर अभी पूरे शरीर में एक झुरझुरी-सी सिहर गई। गले में थायराइड की तितलियाँ नाचने लगीं। सहसा लगा कि मोटी सोफ़िया लॉरेन...टीना टर्नर...हेलेन मिरेन और उसी की तरह की भारी-भरकम मर्लिन मुनरो गले में नाचती तितलियों के संग सिसकारियाँ भर रही हैं। लगा, नीले-सफ़ेद रंग की उसकी पुरानी बेडशीट पर सारी कटी-फटी तितलियाँ पंख छितराकर गिर गई हैं। अब तो जब कभी कोई भूले-भटके उससे पूछ बैठता है कि "सैंड्रा! शादी कब कर रही हो?" तो पलटकर वह तीखी हँसी के संग कहती है, "जिस दिन तुम प्रपोज़ कर दोगे, मैं डेट तय कर लूँगी।"

सुबह का भीतर तक भीगता उल्लास सहसा ढलते दिन के साथ सूखता-सा महसूस हुआ। अमूमन हर दिन ऐसा होता है। ओस जैसी ख़ुशी से भीगी सुबह चढ़ते दिन के साथ स्याह पड़ती चली जाती है। सुबह का मतलब है स्वयं और दिन का माने पूरी दुनिया। वितृष्णा से तपती, उदासी की धूल से भरी दुनिया। शाम की जामुनी उदासी, मन में राख की तरह झरती है।

और अभी विदा होती धूप से उभरती वसंत की शाम ने तो सैंड्रा रॉड्रिक्स को हैरानी से अवाक ही कर दिया। एकदम-से काठ! स्तब्ध! लगा कि पेट की पेंदी की कोमल नसों में अचानक किसी ने कसकर गाँठ बाँध दी है। हालाँकि, दोपहर तक कहीं कुछ नहीं था। पर शाम को सिर पर गिरा यह पहाड़...! उसकी आँखों में जैसे पिघलता रंगीन शीशा भर गया। बरबस उसे लगा कि उसके भीतर बहुत-सी राख भर गई है। और ढेर सारा सफ़ेद शोर...! 'एनफ़ टू मेक वंस हेअर कर्ल'—उसकी छाती फटने-फटने को हो आई। वह हमेशा दिमाग़ से जीनेवाली लड़की रही है। मज़ाक़ और फ़ब्तियाँ उसके लिए कोई नई बात नहीं। पर ऐसा असम्भव विचित्र मज़ाक़? ऐसी बदतमीज़ी? मांडवी नदी से आधे से भी कम किलोमीटर दूर जी. पी. ओ. यानी पणजी के प्रधान डाकघर के समीप अपने घर के एकदम पास मौजूद मिज़ेल फ़र्नांडीस के विशाल और पुराने जर्जर मकान के एक बड़े-से हिस्से के ऊपर अचानक अपने नाम का 'सैंड्रा-द फ़िटनेस ट्रिम ऐंड स्लिम सेंटर' का जगमगाता बड़ा-सा साइनबोर्ड देखकर उसकी आँखें फटी रह गईं। उसके नाम का यह सेंटर भला यहाँ कहाँ से खुल गया! अपने साथ ऐसे गन्दे उपहास की उसने कभी कल्पना तक न की थी। किसी ने जान-बूझकर उसके घर के समीप ऐसा बोर्ड लगाकर उसे छितरा-बिखरा दिया है। साइन बोर्ड का हर अक्षर उस पर ठहाका मारता-सा दिखा। रुलाई उसके गले में काँप रही थी।

उसने सोचा अभी के अभी वह मिस बेबी जे. जे. को फ़ोन कर सारी बातें बताए और उनसे कहे कि वे पता करवाएँ कि यह किसकी शैतानी है। गोवा की इकलौती प्राइवेट डिटेक्टिव मिस जैकलिन जेम्स, जो मिस बेबी जे. जे. के नाम से मशहूर हैं, पापा की मुँहबोली बहन हैं। बीते कई दशकों से पोरवरिम में वे 'कॉन्फ़िडेंशल डिटेक्टिव' नामक एक ख़ुफ़िया एजेंसी चलाती हैं। छोटे क़द और दोहरे बदन की मिस बेबी जे. जे. एकदम 'भूत झोलकिया' सरीखी तीखी मिर्च हैं। उनका क़द तीन फ़ीट सात इंच है। इस क़द के कारण ही उन्हें लोग 'बेबी जे. जे.' कहते हैं। पोरवरिम हाइवे पर 'ओ' कोकएइरो रेस्टोरेंट' के बिलकुल बाजू में मिस बेबी जे. जे. का आवास सह दफ़्तर है। वर्ष 1986 में मिस बेबी जे. जे. का नाम तब सुर्ख़ियों में आया था जब 6 अप्रैल, 1986 को 'ओ' कोकएइरो रेस्टोरेंट' से सरनाम अन्तरराष्ट्रीय अपराधी 'बिकनी किलर' और 'सर्पेंट' नाम से कुख्यात चार्ल्स शोभराज की गिरफ़्तारी हुई थी। महाराष्ट्र पुलिस को मिस बेबी जे. जे. ने ही चार्ल्स शोभराज का सुराग दिया था। गोवा में हुई गिरफ़्तारी के एक महीने पहले चार्ल्स शोभराज दिल्ली के भारी सुरक्षावाले तिहाड़ जेल के सुरक्षाकर्मियों को नशे में बेहोश कर भागा था। भागकर

वह सीधे गोवा आया और इत्तफ़ाक़ से मिस बेबी जे. जे. के घर सह दफ़्तर के बाजू के रेस्तराँ में अक्सर आकर इसलिए बैठने लगा क्योंकि यहाँ लैंड लाइन फ़ोन की सुविधा थी, जहाँ से अन्तरराष्ट्रीय कॉल भी किया जा सकता था। उस ज़माने में लैंड लाइन फ़ोन सार्वजनिक जगह पर आमतौर से सुलभ नहीं था। पर 'ओ' कोकएइरो रेस्टोरेंट' में यह सुविधा थी। इसलिए चार्ल्स जैसे अपराधी के लिए यह एक सुरक्षित और शान्त माफ़िक़ जगह थी।

मिस बेबी जे. जे. ने क्योंकि कभी अपनी डिटेक्टिव एजेंसी का कोई साइनबोर्ड नहीं लगाया, इसलिए चार्ल्स शोभराज को इसका इल्म नहीं था कि वह मुसीबत की काँख में पहुँच गया है। वर्ष 1986 में 6 अप्रैल को जभी वह 'ओ' कोकएइरो रेस्टोरेंट' में दाख़िल हो अपनी पसन्दीदा कुर्सी पर बैठा कि महाराष्ट्र पुलिस के इंसपेक्टर मधुकर जेंडे ने सदलबल वहाँ धावा कर उसे गिरफ़्तार कर लिया।

अब तो इस बात के तीस साल हो गए। मिस बेबी जे. जे. की भी उम्र हो चली है। पर उनकी चमक में कमी नहीं आई है। छोटे क़द में भी वे कोहेनूर हैं। 'ओ' कोकएइरो रेस्टोरेंट' भी भरपूर रौनक़ में है। अपने ख़ास चिकन आइटम और मुर्ग़-मुसल्लम के लिए ख्यात इस रेस्टोरेंट ने चार्ल्स शोभराज की गिरफ़्तारी की घटना से अपनी प्रसिद्धि जोड़े रखने के लिए शोभराज की पसन्दीदा कुर्सी पर टोपी पहने चार्ल्स शोभराज की बाक़ायदा मूर्ति लगा रखी है। चिर कुमारी मिस बेबी जे. जे. दिन-रात का अपना भोजन इसी रेस्टोरेंट से मँगवाती हैं। भोजन के उनके बिल में रेस्टोरेंट उन्हें यथेष्ट छूट देता है।

क्या मिस बेबी जे. जे. को 'सैंड्रा-द फ़िटनेस ट्रिम ऐंड स्लिम सेंटर' के बारे में तहक़ीक़ात करने के लिए कहना उचित होगा? उनकी कुशाग्र बुद्धि और पैनी दृष्टि के कारण पापा हमेशा उनको 'मिस मार्पल' कहते थे। 'मिस मार्पल' दरअसल जासूसी उपन्यास की विश्व ख्यात लेखिका अगाथा क्रिस्टी के उपन्यासों की एक काल्पनिक पात्र थीं, जो असम्भव मसलों का सुराग ढूँढ़ लेती थीं। पापा कहते थे कि मिस बेबी जे. जे. का दिमाग़ 'मिस मार्पल' की तरह ही चलता है। महीने-दो महीने पर अपनी मुँहबोली बहन मिस बेबी जे. जे. के लिए पापा उनका पसन्दीदा 'चॉकलेट कोकोनट केक' अपनी बेकरी से बनवाकर भिजवाते ही भिजवाते थे। आज भी पणजी में उसके घर की तरफ़ से जब कभी वे गुज़रती हैं, तो दो मिनट के लिए ही सही, मम्मी और उससे मिलने आ ही जाती हैं। इस दो मिनट में ही मम्मी की तबीयत, बेकरी का घाटा-मुनाफ़ा, उसकी शादी की कोई सम्भावना या निराशा और बेकरी के एक-एक साथियों का ताज़ा ब्यौरा वह ले लेती हैं। यही वजह है कि मम्मी उन्हें हमेशा 'अ नोज़ी लेडी' कहती रही हैं। मम्मी कहती हैं, "मुझे उसकी 'सिन्थेटिक स्माइल' से चिढ़ मचती है।"

मिस बेबी जे. जे. हमेशा से 'पायलट मोटरसाइकिल' पर चलती रही हैं। उनका मानना है कि एक जासूस को बाइक पर ही चलना चाहिए। और अगर ख़ुद से बाइक चलाना सम्भव नहीं, तो 'पायलट मोटरसाइकिल' सही विकल्प है। इसमें सुविधा

रहती है कि कहीं भी इस पर खट् से बैठ जाइए, कहीं भी खट् से उतर जाइए और खट् से ओझल हो जाइए। फ़ोन करने पर मिस बेबी जे. जे. 'पायलट मोटरसाइकिल' से फ़ौरन पहुँच जाएँगी—सैंड्रा ने सोचा। बहुत मंथन के बाद सैंड्रा को लगा कि गोवा की 'लेडी-007' को एक मामूली फ़िटनेस सेंटर के बारे में छानबीन के लिए कहना बहुत हास्यास्पद बात हो जाएगी। एक तो यों ही उसका जीवन एक भद्दा मज़ाक़ है। तिस पर मिस बेबी जे. जे. को इस मामले में उतारना—बात का बतंगड़ हो जाएगा। सैंड्रा ने भरसक मन को शान्त करने की कोशिश की। पर किसी भी प्रकार से उसका मन स्थिर नहीं हो रहा था।

एक पल के लिए उसे लगा कि उसके पास अगर अपनी पनडुब्बी होती, तो उसमें बैठ अपने घर से चन्द फ़र्लांग पर बह रही विशाल मांडवी नदी की लहरों की तहों से होते हुए वह चुपचाप कहीं दूर निकल जाती। पर अपने शरीर को सिकोड़ कर क्या वह कहीं भाग सकती है! उसने अपने मन को भरसक शान्त किया। कभी न कभी सबको एक बार लगता है कि इस दुनिया से गुम हो जाएँ लेकिन अन्तिम सच यह चाहत है कि हमें कोई पा ले। वह अक्सर सोचती है, कौन पाना चाहेगा उसे? कोई भी नहीं। पर उसे ऐसा नहीं सोचना चाहिए। विचलित हो रहे मन को सँभाला न गया, तो हमारी प्रौढ़ता फिर किस काम की? अपनी डायरी में दर्ज सोफ़िया लॉरेन की कही यह बात उसके मन में प्रार्थना की तरह अंकित है—'ह्वेन आइ गॉट एनफ़ कॉन्फ़िडेंस, द स्टेज वाज़ गोन...! ह्वेन आइ वाज शॉर ऑव लूज़िंग, आइ वन! ह्वेन आइ नीडेड पीपुल द मोस्ट, दे लेफ़्ट मी। ह्वेन आइ लर्न्ट टू ड्राइ माइ टिअर्स, आइ फ़ाउंड अ शोल्डर टू क्राइ ऑन! ह्वेन आइ मास्टर्ड द स्किल ऑव हेटिंग, सम वन स्टार्टेड लविंग मी फ्रॉम द कोर ऑव द हार्ट! ऐंड, व्हाइल वेटिंग फ़ॉर लाइट फ़ॉर आवर्स ह्वेन आइ फेल अस्लीप, द सन केम आउट...! दैट्स लाइफ़!! नो मैटर व्हाट यू प्लैन, यू नेवर नो व्हाट लाइफ़ हैज़ प्लैंड फ़ॉर यू! सक्सेस इंट्रोड्यूसेज़ यू टू द वर्ल्ड। बट फ़ेल्यर इंट्रोड्यूसेज़ द वर्ल्ड टू यू! ऑलवेज़ बी हैप्पी!! ऑफ़ेन ह्वेन वी लूज़ होप ऐंड थिंक दिस इज़ द ऐंड, गॉड स्माइल्स फ्रॉम अबव ऐंड सेज़-रिलैक्स स्वीटहार्ट! इट्स जस्ट अ बेंड, नॉट द ऐंड...।

जब मुझमें बहुत आत्मविश्वास आ गया, मेरा मंच जा चुका था। जब मैं जानती थी कि मैं मात खा जाऊँगी, मैं जीत गई थी। जब मुझे लोगों की बहुत ज़रूरत थी, लोग मुझे छोड़ गए थे। जब मैंने अपने आँसुओं को सुखाना सीख लिया, मुझे रोने के लिए एक कन्धा मिला। जब मैंने नफ़रत करने का हुनर सिद्ध कर लिया था, किसी ने मुझे हृदय की अतल गहराइयों से प्रेम करना शुरू कर दिया था। और घंटों तक रोशनी की प्रतीक्षा करते हुए जब मैं सो गई, सूरज निकल आया। यही जीवन है। आपने क्या योजना बनाई है, इसका कोई मतलब नहीं, दरअसल आपको पता नहीं होता कि जीवन ने आपके लिए क्या योजना बनाई हुई है। सफलता दुनिया से आपका परिचय कराती है। पर विफलता आपको दुनिया के रू-ब-रू करती है। इसलिए हमेशा ख़ुश रहो!! अक्सर जब हम सोच रहे होते हैं कि बस अब ख़त्म!

ईश्वर ऊपर से मुस्कराते हुए कहते हैं—'सुकून रखो मेरी जान! यह तो बस एक मोड़ है, जीवन का अन्तिम छोर नहीं है।'

इसमें कोई शक नहीं कि यह कारस्तानी उसके आसपास के लोगों की मिलीभगत से हुई है, "ब्लडी...बास्टर्ड!" मन को भरपूर शान्त करने की कोशिश करते हुए वह आर्त होकर बुदबुदाई। काश! अगर वह मेरी कॉम सरीखी मुक्केबाज़ होती, तो अपने मुक्कों से इस साइनबोर्ड को अभी तोड़ देती। अब इस बेहूदगी को रोज़ चौबीस घंटे झेलना होगा। इस बारे में मम्मी को कुछ भी कहने से फ़ायदा नहीं। स्थायी रूप से बिस्तर में अटकी पड़ी मम्मी नाहक दुखी होंगी। ग़ुस्सा करेंगी। लाचार-असहाय मम्मी, जो हमेशा विकल होकर कहती हैं, "आइ एम अ बर्ड विदाउट फ़ीदर्स... बिना पंख की चिड़िया हूँ मैं।" सैंड्रा ने तत्काल मन को असम्भव सहज किया और हमेशा की तरह ख़ुद को समझाया कि पहली प्रतिक्रिया को नज़रअन्दाज़ करना चाहिए, क्योंकि इसमें भावावेश का प्रतिशत सदैव अधिक होता है। सोफ़िया लॉरेन की बात को बस मन में दोहरा भर लेने से नहीं होगा। इसके लिए थोड़ा थमकर सच को ठीक से जानना ज़रूरी है। पापा भले अब दुनिया में न हों लेकिन उनकी हर बात उसके लिए तावीज़ की तरह है। पापा कहते थे, "सैंड्रा! यह जान रखो कि तथ्य ही पवित्र होता है, विचार नहीं। किसी भी मसले को लेकर मन में अनेक विचार आ सकते हैं लेकिन उससे जुड़ा तथ्य बस एक ही होगा। कोमल मनवालों को दुनिया बहुत मुश्किल भरी नजर आती है। अपने मन को बार-बार बताओ कि दुनिया का हर आदमी तुम्हारी सोच का नहीं हो सकता। अपने इमोशन को कभी ड्राइविंग सीट पर मत बिठाओ। अपने दिमाग के भीतर के 'थ्रेट-डिटेक्टर' को सहज करो। हमारे दिमाग का एक हिस्सा बराबर अपने इर्द-गिर्द के खतरों की टोह में रहता है। थ्रेट-डिटेक्टर हमें यह भी बताता रहता है कि लोग हमारे प्रति क्या-क्या खराब राय रखते हैं। इसलिए इसे सहज रखने का अभ्यास करना चाहिए। दिमाग में थ्रेट-डिटेक्टर की ज्यादा सक्रियता से जिन्दगी का बैलेंस सही नहीं रहेगा। अरे, अपमान से डरो नहीं, उससे डटो। जो डटेगा, वही बचेगा। दाँत भींचकर मन को नॉन रिएक्शन में रहने का अभ्यास कराओ। टुकड़ा-टुकड़ा अपमान ही जमा होकर एक दिन साहस बनता है।" पापा उसके लिए सुकून के ककून थे। रेशम का कोषा। उनके दुनिया से जाने के बाद बस रेत ही रेत।

पणजी की चुनिंदा बेकरीयों में से एक 'रॉड्रिक्स गोल्डेन अवन' के मालिक रहे उसके पापा सेबेस्टिअन रॉड्रिक्स अक्सर कहते थे, "सैंड्रा! जिसको अपने आप पर काबू नहीं होता, उसे ही बात-बात पर गुस्सा आता है। अन्धी मधुमक्खी होना सही नहीं। सुना है, हिटलर कोयल की कूक पर भी भड़क उठता था। कोयल की आवाज तो खैर शहद है, जिन्दगी में बहुत-सी ऐसी बातें भी हैं, जो सुनकर या पहली नजर में तुम्हें मधुमक्खी के डंक जैसी लगेंगी। 'बी-स्टिंग', 'फ़ैट रास्कल' और 'डेविल्स फूड केक' तो तुम जानती हो। इन सभी केक के नाम कितने डरावने हैं...पर स्वाद...! जिन्दगी में हर बात का स्वाद लो, तब देखो उसका मजा...।" एक पल थमकर वे

धीरे से हँसते हुए फिर कहते थे, "सैंड्रा! डंक का भी अपना एक डोमिनियन, एक उपनिवेश होता है। इसे गौर से समझो। धरती पर जैसे कि मधुमक्खियों का भी एक डोमिनियन है। अलबर्ट आइंस्टीन कहते थे कि अगर धरती से मधुमक्खियाँ खत्म हो जाएँ, तो चार साल के अन्दर दुनिया के सभी लोग खत्म हो जाएँगे।"

पापा की इस बात पर वह हँसकर कहती थी, "पापा! आप अपनी बातों से घर की मेज और कुर्सियों को भी हरा-भरा पेड़ बना सकते हैं। ओह! यू आर माइ बिग डैडि!" पापा ठहाके लगाकर कहते थे, "सो यू गॉट...! अरे, मजाक का मजा लो। अगर आप हमेशा मजाक उड़ाए जाने के डर में रहेंगे, तो आप उन लोगों से भी कभी खुश नहीं रह पाएँगे, जो आपसे बहुत प्यार करते हैं।" सही है कि मज़ा से ही मज़ाक़ बना है। पर जो भी हो, इस अझेल मज़ाक़ का तथ्य उसे शान्ति से समझना होगा। मन में जब कभी खीज या ग़ुस्सा आए, तो फ़ौरन उसे किनारे ढकेल अच्छी बातें देखनी और सोचनी चाहिए—इस नुस्ख़े ने उसे हमेशा राहत दी है। दुनिया की किसी बहुत बड़ी हस्ती की कही यह बात उसने कभी पढ़ी थी कि "मैं चीखना नहीं चाहता, इसलिए हँसने लगता हूँ।" आँख के सामने दमक कर चिढ़ा रहे इस रंगीन गन्दे साइन बोर्ड को लेकर वह तमाशा फैलाना नहीं चाहती और इस पर हँसने का हौसला भी उसमें नहीं है। सो तत्क्षण सिर को झटका देकर मन की तिलमिलाहट को सैंड्रा ने किनारे किया और अपना ध्यान हटाने के लिए चारों तरफ़ निगाह दौड़ाई।

बाज़ार और दफ़्तरों से घिरे उसके घर के इर्द-गिर्द के पेड़ों पर हरी और लाल कोंपलें चमक रही थीं। कई पेड़ों की शाख़ों पर मंजर, कलियों और फूलों का उत्सव सज रहा था। उसके कैम्पस के लोहे के अलसाये पड़े जीर्ण भखरे नीले फाटक के ऐन कोने में लगा केले का सदाबहार पेड़ अपने बड़े-बड़े पत्तों के संग अनगिनत इन्द्रधनुषों की तरह लहरा रहा था। केले की झुरमुट से सटा हनीसिकल भी आनन्द के लहर-पहर में मुदित था। घर के सामनेवाले तिकोने चौक 'टोबैको स्क्वायर' में बरगद व कुसुम का पेड़ भी गदराया हुआ था। पीपल की खट्टी फलियाँ धीरे-धीरे पक रही थीं। कई जगहों पर कटे-कुटे भारी नितंबवाले गूलर के झंखाड़ पेड़ में गूलर की छोटी-छोटी हरी फलियाँ इसकी जड़ के कुछ ऊपर तक झबरी हुई ख़ुश लग रही थीं। टोबैको स्क्वायर की झुरमुट में पुर्तगाली सेना के जनरल डॉ. मिगुएल सीटानो डायस की गोदी भर की संगमरमर की मूर्ति पर देर से एक बेहद छोटी-सी सुर्ख़ काली चिड़िया बैठी थी। क्या यह चिड़िया मापुसा की है? उस दमकती काली नन्ही चिड़िया को निहारते हुए उसने सोचा। क्या पता, चिड़िया कहीं भी आ-जा सकती है। वैसे भी पणजी से मापुसा कोई बहुत दूर नहीं। शायद इस चिड़िया को भी मम्मी की तरह मालूम हो कि पणजी के टोबैको स्क्वायर की झुरमुट में संगमरमर की जो गोदी भर की मूर्ति है, वह उसके शहर मापुसा के जनरल डॉ. मिगुएल सीटानो डायस की है। मम्मी को जनरल डॉ. डायस की मूर्ति से इसलिए बहुत लगाव है, क्योंकि डॉ. डायस मूलतः मम्मी के मायके मापुसा के निवासी थे, जो पणजी में आ

बसे थे। बकौल मम्मी, मायके का कौवा भी बहुत प्यारा होता है। काली चिड़िया कुछ देर डॉ. डायस के मस्तक पर फुदककर उड़ गई थी। चिड़िया के उड़ जाने के बाद सैंड्रा की आँखें फिर से इर्द-गिर्द के पेड़ों पर गईं। टोबैको स्क्वायर के ऐन बाएँ सड़क किनारे प्रधान डाकघर के सामने वाले बादाम के पेड़ भी हरी फलियों से लदे गद्‌गद दिख रहे थे। इनके बीच में घुसा नारियल का पेड़ भी मुदित था।

जनरल डॉ. मिगुएल सीटानो डायस की इस गोदी भर की मूर्ति के बारे में पापा बताते थे कि यह मूर्ति जनरल डॉ. डायस के जीवनकाल में ही 'पणजी मेडिकल स्कूल' में लगाई गई थी। पर सन् 1936 में जब जनरल डॉ. डायस चल बसे, तो उनकी यह मूर्ति वहाँ से उठाकर यहाँ उनके घर के सामने स्थित 'टोबैको स्क्वायर' में लगा दी गई। पापा बताते थे कि जनरल डॉ. डायस पुर्चगीज़ आर्मी के मेडिकल कोर के आख़िरी गोअन जनरल थे। पुर्तगाल की महारानी क्वीन डोना अमेलिया ने उन्हें 'सिल्वर मेडल' से सम्मानित किया था। डॉ. डायस के वंशज 'टोबैको स्क्वायर' के सामने स्थित डॉ. डायस द्वारा ख़रीदे गए घर में अभी भी रहते हैं। पर डॉ. डायस की मूर्ति पर शायद ही कभी वे एक पत्ती भी चढ़ाते हों। मूर्तियाँ लोगों को अमरता का प्रतीक लगती हैं। पर खुले में रहने पर समय के साथ ये मूर्तियाँ चिड़ियों के मल-त्याग का पड़ाव बन जाती हैं। पापा बताते थे स्व. के. मैनुएल एंटोनियो डिसूज़ा की मूर्ति की दुर्गति के बारे में। स्व. डिसूज़ा ने अफ्रीका में अर्से तक युद्ध किया था। उन्हें उनकी निर्भीकता के लिए सर्वोच्च सम्मान दिया गया था। अफ्रीका में बतौर नायक उनका सम्मान था। उनके गुज़रने के बाद गोवा स्थित उनके गृह नगर मापुसा में उनकी आवक्ष प्रतिमा लगाई गई थी। गोवा जब आज़ाद हुआ, तो ख़ुशी के उन्माद में स्व. डिसूज़ा की मूर्ति को किसी पुर्तगाली अफ़सर की मूर्ति समझकर लोगों ने तोड़ डाला। पापा ने इसलिए दादाजी की शहादत के बाद कभी कहीं उनकी मूर्ति लगवाने के बारे में नहीं सोचा। यह सोचकर सैंड्रा को मन ही मन हँसी छूटती है कि शुक्र है कि उसके बाद उसकी मूर्ति लगवाने की कोई नहीं सोचेगा। बेकरी चलानेवाली एक मोटी-सोटी साधारण-सी लड़की सैंड्रा रॉड्रिक्स की मूर्ति भला कोई क्यों लगवाएगा।

मैं क्या सचमुच सैंड्रा हूँ? सैंड्रा...प्यार जगानेवाली! संताप से वह बुदबुदाई, तो उसका दायाँ गाल ही हिला। पापा कहते थे, "ओ माइ स्वीटेस्ट! सैंड्रा का मतलब है—डिफ़ेंडर...ब्रेव...रक्षक...बहादुर...!" और हर बार वह उनसे कहती थी, "पापा! आइ ऐम अ हॉरबल डॉटर, कॉल्ड बाइ अ गुड नेम।" लाड़ से झिड़कते हुए तब पापा उसे चुप कर देते थे, "सैंड्रा! तुम 'रॉड्रिक्स गोल्डेन ओवन' की वारिस हो...! यू इनहेरिट द मैन्टल! सो यू हैव टू कैरी हेवी वेट इनडीड...! भारी वजन तो होगा ही तुम पर।" गोवा की आज़ादी के लिए शहीद हुए स्व. पेड्रो एंटोनियो जोस क्लॉडिओ एसबेल्टॉस रॉड्रिक्स की वह पोती है। एक शहीदी दादा की वारिस! पर क्या वह अपनी ही रक्षा कर सकती है? क्या अपने भीतर प्यार जगा सकती है? किसी सुगन्धित इच्छा को जन्म दे सकती है? प्यार के ब़ग़ैर आप किसी की

हिफ़ाज़त नहीं कर सकते। न अपनी, न किसी और की। न अपनी मिट्टी की! कुछ देर पहले बरबस तनाव में आ गई सैंड्रा के होंठों पर इस ख़याल से अफ़सोस की ख़ाली हँसी तिर आई। क्या वसंत से उसका कोई सम्बन्ध है? प्यार जगानेवाली... बहादुर सैंड्रा का...! प्यार जगानेवाला यह ऋतुराज वसंत! सांद्र-मृदु वसंत से क्या कोई रिश्ता है उसका? वसंत से अपने रिश्ते को लेकर क्या अभी वह फ़ोन पर किसी से दरयाफ़्त कर सकती है। उसकी नज़र कमरे में ख़ामोश पड़े फ़ोन पर गई। पापा कहते थे—कुछ भी हो, कितने भी मोबाइल फ़ोन आ जाएँ, लैंड-लाइन मत हटाना। पापा की इस ज़िद को वह अभी भी निभा रही है। यह काला टेलीफ़ोन पापा की ज़िद है और यह कालूराम किट्टू उसकी ज़िद!

अपने कमरे के कोने में टेबल पर रखे एक बड़े-से शीशे के जार में चुपचाप उसे निहार रहे अपने प्यारे-पालतू कछुए पर बरबस उसकी निगाह गई। दुलार में उसने इसका नाम 'किट्टू' रखा हुआ है—किट्टू बाबू! 'किट्टू-किट्टू बाबू' नाम से आवाज़ देने पर वह आहिस्ते-से मोम सरीखा अपना कोमल मासूम मुँह उठाकर उसकी तरफ़ देखता है। चार साल पहले पापा से ज़िद कर उसने पणजी के एम. जी. रोड स्थित 'पणजी पेट शॉप' से किट्टू को मँगवाया था। बचपन से वह कछुओं के बारे में सुनती आई थी कि घर में कछुआ पालने से घर के सदस्य बीमारियों से दूर रहते हैं और लम्बी उम्र पाते हैं। कछुआ हर प्रकार से शुभ होता है। बचपन में पढ़ी पोएट्री...'पीठ पर लेके अपना घर, कछुआ घूमे जीवन भर' उसे बहुत अच्छी लगती थी। पापा ने कहा था कि कछुआ देखने में जितना आसान होता है, उसे पालना उतना ही मुश्किल। और यह सचमुच आसान नहीं है। दो इंच के किट्टू के लिए उसे कम इन्तज़ाम नहीं करना पड़ता। किट्टू खीरा का गूदा, गाजर, बँधा गोभी, पालक, धनिया पत्ता और शिमला मिर्च का महीन कतरा सुबह में खाना पसन्द करता है। कभी-कभी मौज़ में वह सेब का बारीक़ कतरा भी उसे देती है और केक की बुकनी भी। मम्मी कभी-कभी बिहँसकर कहती हैं, "किट्टू को जान से फाजिल खिला-खिलाकर तुम इसे मेरी तरह बना दोगी। एकदम मोटू-सोटू किट्टू!"

हफ़्ते में किट्टू के जार का पानी बदलना भी उसके ज़रूरी कामों में से एक है। जार का तापमान किट्टू के अनुकूल रखने के लिए यूवी लाइट को हमेशा 28 से 30 डिग्री पर वह रखती है। जार में किट्टू के लिए एक स्टैंड भी है। किट्टू को धूप भी चाहिए। इसके लिए उसे जार से निकाल हरेक दिन वह एक-डेढ़ घंटे धूप में ख़ुद बैठती है। जाड़े में तो पाँच-छह घंटे के लिए एक बड़े-से जालीदार पिंजड़े में रख उसे आराम से धूप सेंकने देती है। 'टर्टल कैल्शियम' भी समय-समय पर किट्टू को देना होता है। इन चार सालों में किट्टू उसके लिए अपने बच्चे जैसा हो गया है। ढाल सरीखा उसका कवच, जो उसकी पसलियों से विकसित हुआ है और अभी भी हो रहा है, उसे बहुत ग़ौर से देखती रही है वह। किट्टू को अभी उसने कोई आवाज़ नहीं दी थी लेकिन उसकी उदासी शायद वह भाँप गया था। जार के पानी वाले हिस्से से ऊपर उठकर वह स्टैंड पर लटक गया था और एकटक उसे

देखता रहा। मोम-सा उसका सिर कवच के बाहर उसकी तरफ़ आहिस्ते-आहिस्ते हिल रहा था। सैंड्रा की आँखें नम हो आईं "किट्टू बाबू...किट्टू...!" उसने उठकर जार के स्टैंड से लटके किट्टू को अपनी गोद में ले लिया था।

उदास पियानो

गोवा का वसंत दुनिया में सबसे अनुपम है। पर उसके जीवन का यह पहला वसंत है, जब उसकी आत्मा डबडबा गई है। ऐन 'कार्निवल' के आगमन पर वह निर्जीव-निष्प्राण महसूस कर रही है। अपने घर के पास मौज़ूद मिज़ेल फ़र्नांडीस की पुरानी इमारत पर आज दोपहर बाद लगा 'सैंड्रा-द फ़िटनेस ट्रिम ऐंड स्लिम सेंटर' का साइनबोर्ड उसे हर पल का उपहास लग रहा है। उसके अस्तित्व में हमेशा घुमड़ते शोक-वृत्त की रफ़्तार आज सहसा कुछ अधिक तेज़ हो गई है। हालाँकि, वसंत का क्या, यह उसके भाग्य का दोष है। दुख से सैंड्रा ने आँखें मीच लीं। अभी वसंत का मकरंद चारों तरफ़ फैला है। दुनिया भर के लोग कल शाम पणजी में होने जा रहे कार्निवल के फ़्लोट परेड को देखने हर साल की तरह उमड़े हुए हैं। एलटिन्हो पहाड़ी और मांडवी नदी वसंत की हवा में भीग रही है। एलटिन्हो पहाड़ी से मांडवी और पणजी की शोभा देखते ही बनती है। ख़ासकर शामों को। एलटिन्हो पहाड़ी और मांडवी नदी बचपन से उसे बहुत मायाविनी-सी लगती है। कहते हैं कि किसी युग में एलटिन्हो पहाड़ी बड़े-बड़े पंखोंवाली एक पहाड़ी थी और पूरे गोवा में उड़ती फिरती थी। पर एक दिन न जाने क्या हुआ कि वर्षा के देवता ने इसके सुन्दर बड़े-बड़े पंख काट लिए और अचानक से यह पहाड़ी आसमान से गिरकर हमेशा के लिए मांडवी के पास ठिठक गई। क्या एलटिन्हो पहाड़ी की तरह नियति ने उसके भी पंख काट लिए? वह अपने मन को भरसक समझाने की कोशिश कर रही है। उसे हमेशा लगता है कि वह बोझिल शामों की लड़की है और हर रात उस पर यातना की तरह बरसती है। डूबती शाम के बढ़ते अँधेरे में वह घर से चन्द फर्लांग दूर मांडवी नदी के किनारे खड़ी होकर लहरों की भूलभुलैया देख रही है। एलटिन्हो पहाड़ी पर बसी रिहाइशी कॉलोनी की दिप-दिप रोशनी उसे बहुत मायामय लगती है। वह जब भी शामों को एलटिन्हो को देखती है, तो सोचती है, खिली रहे एलटिन्हो पहाड़ी धरती और आकाश के बेशुमार रंगों से। इस पर बसी रिहाइशी कॉलोनी के लोग हाथ उठाएँ, तो बादलों को पकड़ लें। चाँद को छू लें। एलटिन्हो पहाड़ी पर अभी मोती-सा चाँद दमक रहा है। देर तक चाँद को निहारते हुए सैंड्रा को लग रहा है, पापा उसके पीछे खड़े हैं। पापा कहते थे, "जिन्हें आप जानते हैं कि वे आपसे हमेशा के लिए खो गए हैं, वे दरअसल हरदम आपके पीछे चलते हैं। आपको भले वहम हो कि आपने उन्हें पीछे छोड़ दिया है। पर वे अकेले

हवा के सहारे घूमते हैं। अपनी लम्बी नीली छाया के संग।" एलटिन्हो पहाड़ी अभी अँधेरे में एक बड़े जहाज़-सी दिख रही है और उसके मस्तूल पर चाँद जल रहा है। उसकी पाल पर चमकते तारे बता रहे हैं कि वसंत लौट आया है। सैंड्रा सोचती है कि जीवन में ढूँढ़ने के लिए बहुत कुछ है। कोई एक सपना! कोई एक प्यार! तभी वसंत की हवा में, वसंत की मीठी साँस के एहसास के संग पुरानी दुनिया के बीच से एक नई दुनिया का कोंपल फूटता है। सैंड्रा को लगा, पापा पीछे से कह रहे हैं, "सैंड्रा! किसी को अपने आप से यह कहने का मौका हरगिज नहीं देना चाहिए कि जीवन में कभी उसने खुश रहने की कोशिश नहीं की।" उसने याद किया, पापा कहते थे, "भले ही गोअन अपना रास्ता खो दें। वसंत जो कुछ भी लाता है, उसे याद न रखें। पर दुनिया हमेशा वसंत के सपने देखती है। मैं तो बस अपने पणजी के वसंत का सपना देखता हूँ। यह अनूप है। दुनिया के लोग आते हैं यहाँ का वसंत देखने। इट्स अमेजिंग ऐंड रेअर।"

'द आमंड्स आर ब्लूमिंग अर्ली...ऐंड दे आर ऑल कमिंग एटवंस...।' गुलाबी और सफ़ेद फूलों से लदे अपने कैम्पस के जोड़ा बादाम पेड़ की कई तस्वीरें अमांडा आंटी ने डाक से भेजी हैं और लिखा है कि—लिस्बन में इन फूलों के साथ बहार की दस्तक समय से कुछ पहले आ गई है। कड़ाके की ठंड के बाद मौसम थोड़ा सुहाना हुआ है। बादाम के भीनी महकवाले सफ़ेद गुलाबी फूलों की झालर पर तितलियाँ और मधुमक्खियाँ इन दिनों बौराई उमड़ रही हैं। आंटी ने आगे लिखा है, "सैंड्रा! फरवरी इज़ द बेस्ट मंथ टू सेलिब्रेट आमंड्स। लिस्बन के मेरे बादाम इस बार पणजी के 'कार्निवल' में शामिल होंगे।" फरवरी का यह महीना वाक़ई बादाम का मोहक महीना है। 16 फरवरी को हर साल 'नेशनल आमंड-डे' मनाया जाता है। भले गोवा में बादाम के पेड़ नहीं दिखते लेकिन बादाम की यहाँ भारी खपत है। उसकी बेकरी 'रॉड्रिक्स गोल्डेन ओवन' के केक के लिए बादाम अनिवार्य है। लिस्बन से कश्मीर तक बादाम फूलों के खिलने से बहार का आलम छा जाता है। पर गोवा की बहार काजू के पेड़ों पर खिलनेवाले फूलों के ज़रिये आती है। फरवरी में गोवा के काजू डोंगर के काजू-वृक्ष फूलों से लद जाते हैं।

गुज़रे वर्षों में सीमावर्ती महाराष्ट्र और दक्षिण भारत के कई हिस्सों में संयोग से वह वसंत के दिनों में गई है। जब पापा थे, तो ज़िद कर इकलौती बीमार बुआ अमांडा आंटी को देखने एक बार उसे लिस्बन[1] भेजा था। वह भी संयोग से वसंत का महीना था। 'कार्निवल' उत्सव के ठीक बाद ही वह लिस्बन गई थी। पर पणजी के वसंत जैसी छवि कहीं नहीं। बुआ ने बताया था कि साल के साढ़े नौ महीने पुर्तगाल के आकाश में बादल ही बादल रहते हैं। सूरज की किरणें बस कभी, कुछ पल के लिए। बाक़ी समय बस सफ़ेद हवा की उदास कठोर छाँह।

अमांडा स्माले यानी उसकी अमांडा आंटी पापा की इकलौती छोटी बहन हैं। लिस्बन के 'म्युनिसिपिओ' यानी म्युनिसिपैलिटी कार्यालय की नौकरी से अवका

1. पुर्तगाल की राजधानी।

शग्रहण कर चुकीं अमांडा आंटी के पति पीटर स्माले भी ख़ास पणजी के रहनेवाले थे। शादी के कुछ ही समय बाद वे अमांडा आंटी के संग लिस्बन चले गए। लिस्बन में उन्हें पुलिस की नौकरी मिली। वे एक पुलिस अधिकारी थे। पीटर स्माले पुलिस सेवा से अवकाश ग्रहण करने के बहुत पहले चल बसे। अमांडा आंटी को कोई संतान नहीं हुई। अपने पिता के निधन के बाद पापा ने एकदम बाप की तरह खड़े होकर अपनी छोटी बहन अमांडा की शादी कराई थी। वे छोटी बहन को एकदम बेटी की तरह मानते थे। इसलिए कम उम्र में बहन के विधवा हो जाने से वे बहुत दुखी हुए थे। अमांडा आंटी पापा के बाद भी उससे इस स्नेह को निभाती हैं। वह अभी भी अक्सर सैंड्रा को फ़ोन करती हैं, पत्र लिखती हैं। फ़ोन पर वे देर तक बातें करती हैं लेकिन पत्रों में अमांडा आंटी लिखती हैं कि पत्र की भरपाई फ़ोन नहीं कर सकता। जब मैं दुनिया में नहीं रहूँगी, तो तुम्हारे पास मेरी चिट्ठियाँ मेरी याद बनकर रहेंगी। एक पत्र में उन्होंने लिखा, "सैंड्रा! अमांडा का मतलब होता है...'वन हू डिज़र्व्स लव...,' लेकिन कहाँ है प्यार...? माइ लाइफ़ इज़ लवलेस सैंड्रा! मेरे जीवन में कोई प्यार नहीं, खुशी नहीं। बस खुशी के नाम पर मुझे गोवा में बीते अपने दिनों की याद आती है। सैंड्रा! मुझे अपने गोवा का सूरज बहुत याद आता है। सुनहरी किरणों के संग रोज मुस्कराती गोवा की मिट्टी...वहाँ की चूमती घनी हरियाली को मैं बहुत मिस करती हूँ। पुर्तगाल में गोवा जैसी रोशनी कहाँ? फिर भी सैंड्रा! एक बात तुम्हें बता दूँ मेरी बच्ची कि अपने भीतर खुशी और रोशनी नहीं होने के बावजूद एक गोअन कभी रोकर नहीं मरता। हाँ, उदास जरूर होता है। जीवन में जहाँ रोशनी नहीं, वहाँ उदासी तो जगह घेरेगी ही।" सब कुछ, लेकिन रोशनी नहीं। रोशनी नहीं, तो जीवन में क्लोरोफ़िल नहीं। पर धूप, हरियाली और नीला समुद्र जहाँ है, वहाँ भला क्या दुश्वारी? गोवा में धूप है, चाँदनी का छिड़काव है, नीला समुद्र और मोहक विराट वनस्पति है। और क्या कुछ नहीं है। पर उसकी बचपन की दोस्त सबीना पेशानी पर लकीरें गहराते हुए अक्सर कहती है, "सैंड्रा! गोवा को बचाने की जरूरत है। गोवा खत्म हो रहा है।"

सबीना मार्टिंस यानी उसकी प्यारी सोबलेम 'गोवा बचाओ अभियान' नामक संगठन की संयोजक है। यह संगठन 3 दिसम्बर, 2006 को जब बन रहा था, तो सैंड्रा भी इसमें शामिल हुई थी। उस समय इसके पहले संयोजक बने थे पणजी के प्रमुख समाजसेवी डॉ. ऑस्कर रिबेलो और उत्तरी गोवा की सह संयोजक बनाई गई थी उसकी दोस्त सबीना। दक्षिण गोवा के सह संयोजक हुए थे श्रीधर कामथ। एक साल बाद ही डॉ. ऑस्कर रिबेलो की जगह सबीना इस संगठन की संयोजक बनाई गई। गोवा के क्षरण को रोकने और इसका विकास करने के लिए 'गोवा बचाओ अभियान' के पास एक लम्बा कार्यक्रम है। गोवा लगातार तहस-नहस हो रहा है। माइनिंग-माफ़िया ने बहुत हद तक इसे खोखला कर दिया है। जहाँ मनोहारी पहाड़ थे, वहाँ अब नारंगी रंग के रेत की भरमार है। जहाँ आज फ़ोमेंटो खदान है, वहाँ कभी जंगल और वनस्पतियों से भरा पहाड़ था। क्यूपेम से बिचोलिम तक खदान

ही खदान। सड़कों पर धूल के बादल भरते खदानों के पन्द्रह हज़ार से ज़्यादा ट्रकों का कारवाँ! गोवा को बचाने के लिए सबीना के सामने एक बड़ी लड़ाई है। सबीना कहती है, "गोवा की हालत आज यह है कि जैसे कोई हमसे कहे कि यह घर बेशक तुम्हारा है पर तुम्हारा इस पर कोई हक नहीं।" सैंड्रा को लगता है कि किसी दिन वह सबीना से पूछेगी, "हम सबके प्यार और परिश्रम से गोवा जरूर बच जाएगा सबीना! पर तुम्हारी सैंड्रा कैसे बचेगी...? सैंड्रा तो खत्म होते हुए जी रही है याकि जी नहीं पाने के कारण खत्म हो रही है।"

रात धीरे-धीरे गहरा रही है। बिस्तर पर लेटे-लेटे अमांडा आंटी के पत्रों की कई उदास पंक्तियाँ अँधेरे में चलचित्र की भाँति कौंध रही हैं। तिल-तिलकर अमांडा आंटी ख़त्म हो रही हैं। तिल-तिलकर वह ख़ुद ख़त्म हो रही है। एक अजीब कशमकश। लगातार कुरेदती एक असहाय तकलीफ़। रह-रह कर भर आते बेमालूम-से आँसू। कल कार्निवल के मौक़े पर मडगाँव से मारिया तवोरा उर्फ़ मोरी आनेवाली हैं। कल पूरे दिन और रात मारिया उसकी मेहमान रहेंगी। वैसे भी दो-तीन महीने पर वे जब कभी किसी काम से पणजी आती हैं, तो सैंड्रा के पास ही रुकती हैं। और हर साल कार्निवल के पहले दिन वह सैंड्रा की मेहमान तो होती ही हैं। 'कार्निवल' का आयोजन गोवा के पाँच शहरों में होता है—पणजी, मडगाँव, मापुसा, वास्को द गामा और फ़ोंडा। पर अलग-अलग आसपास की तारीख़ों में यह उत्सव रखा जाता है; क्योंकि इन सभी शहरों के कार्निवल में किंग मोमो को जाना होता है। मडगाँव के कार्निवल तक की प्रतीक्षा मारिया नहीं करतीं। वे हमेशा पणजी आती हैं, जहाँ सबसे पहले 'कार्निवल' का फ़्लोट परेड होता है।

"वसंत की तुरही सुनकर मैं भला कैसे बैठी रह सकती हूँ सैंड्रा!" मारिया मुस्कराकर कहती हैं। परसों ही सैंड्रा को उन्होंने फ़ोन किया था, "आइ ऐम कमिंग।" बिस्तर से उठकर वह ड्राइंग रूम के बग़ल के कमरे में गई। ट्यूब-लाइट का स्विच ऑन कर फिर नये सिरे से एक नज़र कमरे को देखा। पापा के समय से जब कभी कोई मेहमान आए, ड्राइंग रूम के ऐन बग़ल के इस कमरे के बड़े-से दीवान पर उनके सोने की व्यवस्था रखी गई। कल ही इवान की मदद से सैंड्रा ने दीवान की चादर बदली है। सब कुछ ठीक है। मारिया यानी मोरी जब कभी आई हैं, इसी दीवान पर सोई हैं।

एक कप चाय पी जाए। यह सोचकर वह किचेन की तरफ़ बढ़ गई। मांडवी नदी की तेज़ लहरों की आवाज़ें गूँज रही हैं। रात की नीरवता में मांडवी के थपेड़ों की उठा-पटक वह हर रात सुनती है। वह सोचती है, कभी टिमोटिओ अंकल से पूछेगी कि "अंकल! पुर्चगीज़ शासकों के दौर की कितनी लहरें बची हुई हैं अब मांडवी में?"

गोवा की आज़ादी के बाद हुए कार्निवल के पहले 'किंग मोमो' बने टिमोटिओ फ़र्नांडीस आज 80 साल की उम्र में भी कितने सक्रिय हैं। पापा को वे अपना छोटा भाई मानते थे। कभी-कभी पापा से मुस्कराकर वे कहते थे, "सेबेस्टिअन! खारे पानी से तराशा हुआ शहर है अपना पणजी।" ऐसा क्यों कहते थे टिमोटिओ अंकल?

चाय के खौलते पानी में पत्ती डालते हुए वह सोच रही है—शहर तो शहर, जीवन में एक से एक कूट चिह्न हैं। समुद्र के खारे जल से तराशे जाने के बावजूद ये कभी मिटनेवाले नहीं। उसे लगता है, झड़े हुए पत्तों की तरह गुज़रा हुआ समय इस गहराती रात के गहन सन्नाटे में चुपचाप उड़ रहा है। इसी के बीच उसकी उदासी भाँप किसी भी समय अपना सूटकेस लिये पापा अपनी पसन्दीदा सुर्ख़ लाल कार से आएँगे। कुछ इस तरह जैसे किसी सुदूर इलाक़े की यात्रा से लौटे हों। पापा अपनी छोटी-सी कार को बहुत हिफ़ाज़त से रखते थे और बड़ी अदा से शाही अन्दाज़ में कार ड्राइव करते थे। कार को लेकर मुस्कराते हुए अक्सर वे मौज़ में डेविड हैरिस की अपनी एक पसन्दीदा कविता सुनाते थे, "आइ हैव अ लिटल रेड कार...दैट फिट्स फ़ाइव क्वाइट कंफ़र्टेबल, बट मेम्बर्स ऑव माइ फ़ैमली ह्वेन शॉपिंग थिंक, आइ ड्राइव अ लॉरी...।" डर से उसने कभी ड्राइविंग नहीं सीखी। पापा के गुज़रने के बाद वह कभी-कभार ही गैराज़ से कार निकलवाती है। उसकी बेकरी टीम की सहयोगी डॉली बहुत बढ़िया कार ड्राइविंग करती है। इसलिए उसे छठे-छमासे जब कभी अनिवार्यत: कार से कहीं निकलना होता है, तो वह ड्राइविंग के लिए डॉली को कहती है। हर बार पापा को याद कर वह डॉली से सँभालकर ड्राइव करने का अनुरोध करती है। उसे डर लगता है कि कहीं अगर गाड़ी में हल्की-सी भी खरोंच लगी, तो पापा बहुत दुखी होंगे। हालाँकि, जीवन में खरोंचों को लेकर पापा का अपना फ़लसफ़ा था। वे मानते थे कि किसके जीवन में दाग-खरोंच नहीं। सैंड्रा को लगता है कि पापा उसके कन्धे पर हाथ रखकर दुलार से कहेंगे, "सैंड्रा! ऑलवेज़ लव यॉर स्कार्स...बिकॉज़ दे ऑलसो स्पीक ऑव यॉर सरवाइवल ऐंड ट्राइअम्फ़... अपने जख्मों के निशानों से हमेशा प्यार करो; क्योंकि वे तुम्हारे जिन्दा रहने और तुम्हारी जीत के बयान हैं।"

चाय की प्याली लेकर वह अपने कमरे में जँगले के पास खड़ी हो गई है। रात बहुत घनी हो चुकी है और मांडवी के थपेड़ों की आवाज़ें शाम से भी ज़्यादा तेज़ हैं। ठंडी हवा आर-पार बह रही है। पड़ोस के 'बाख़ विला' में एंटोनियो नेहरू पिमेंटा के पियानो का विह्वल मंद संगीत...'व्हाइ यू लुक सो सैड...ह्वेन यू प्ले दैट पियानो... आइ हैव अ सैड पियानो...माइ फिंगर्स आर स्टिफ़ लाइक हार्ड क्ले...बेबी...व्हाइ यू लुक सो सैड...ह्वेन यू प्ले माइ पियानो...' गूँज रहा है। 'बाख़ विला' के बरामदे पर जलता जीरो वाट का बल्ब पियानो पर मंद-मंद गूँज रहे विह्वल संगीत के अवसाद में खोया-सा लग रहा है। हालाँकि, मंद रोशनी का भी अपना अनुराग होता है। एक अलग-सी गरमाहट होती है। पर 'बाख़ विला' के बरामदे की रोशनी की विकलता सैंड्रा को हर रात दिखती है। 'बाख़ विला' में अभी जबकि एंटोनियो नेहरू पिमेंटा पियानो पर छेड़े गए एक उदास गीत की धुन में डूब-उतरा रहे हैं, गहरे बादामी रंग का बर्गर ब्रैगांज़ा उनके पाँव के क़रीब अपने दोनों पंजों पर अपना भारी चेहरा टिकाए आँखें मूँद खोया होगा। बर्गर ब्रैगांज़ा अब बूढ़ा हो गया है। वह नेहरू पिमेंटा के अकेलेपन का सहचर है। बीते तीन वर्षों से बर्गर परिस्थितिवश नेहरू पिमेंटा

के पास ज़्यादा समय गुज़ारता है। नेहरू पिमेंटा के घर के ऐन बगल में बेंज़ामिन ब्रैगांज़ा अपनी पत्नी फ़ैंसी ब्रैगांज़ा के साथ रहते थे। ब्रैगांज़ा परिवार का यह पुश्तैनी घर था। मिसेज़ फ़ैंसी ब्रैगांज़ा ने बर्गर को तब से पाला था, जब उसकी आँख भी नहीं फूटी थी। बर्गर बिल्ला है। बिल्ले-बिल्लियों की उम्र बारह से पन्द्रह साल होती है। ब्रैगांज़ा परिवार में बर्गर दस वर्षों तक रहा। उसका 'बर्गर' नामकरण मिसेज़ फ़ैंसी ब्रैगांज़ा ने किया था और उसके गले में लाल पट्टा भी उन्होंने ही लगाया था।

ब्रैगांज़ा दम्पती बुज़ुर्ग थे। पर इतने भी बूढ़े नहीं कि वे असहाय हों। उनका इकलौता बेटा विक्की ऑस्ट्रेलिया में बस गया है। तीन साल पहले विक्की अपने माता-पिता से मिलने आया और उसने ज़िद ठान दी कि इस बार वह दोनों को हमेशा के लिए अपने साथ ऑस्ट्रेलिया ले जाने आया है। बेटे की ज़िद के सामने बेंज़ामिन और फ़ैंसी ब्रैगांज़ा विवश थे। लिहाज़ा, आनन-फ़ानन में उन्होंने पणजी की एक ट्रैवल एजेंसी 'गोवा हंट हॉलिडेज़' के हाथों अपने घर को बेच दिया। घर के सभी सामान का भी हफ़्ते भर में निपटारा कर दिया गया। बस एक निपटारा नहीं हुआ, तो एक बचपन से परिवार के सदस्य रहे बर्गर का। ब्रैगांज़ा परिवार का पालतू होने के कारण कॉलोनी के लोग बर्गर को बर्गर ब्रैगांज़ा पुकारते थे। जिस दिन अपने बेटे विक्की के साथ ब्रैगांज़ा दम्पती एयरपोर्ट के लिए निकल रहे थे, बर्गर ब्रैगांज़ा हताशा में गाड़ी के बन्द गेट पर पंजे पटकता रहा। शायद उसे इस बात का अन्दाज़ा हो गया था कि ब्रैगांज़ा परिवार उसे हमेशा के लिए छोड़ रहा है। नेहरू पिमेंटा को वह दृश्य याद है जब 'ब्रैगांज़ा-हाउस' के सूने गेट पर बर्गर देर तक ध्वस्त बैठा रहा। ऐसे में नेहरू पिमेंटा बहुत पुचकार-दुलारकर बर्गर को अपने यहाँ ले आए थे। साथ का छूटना क्या होता है, यह नेहरू पिमेंटा से अधिक कौन जान सकता था। बर्गर के गले पर बँधा लाल पट्टा उसकी आत्मा पर लगे सुर्ख़ दाग की तरह है। नेहरू पिमेंटा से ज़्यादा कौन समझ सकता है कि साथ छूटता है लेकिन पट्टा नहीं टूटता। बर्गर ब्रैगांज़ा अभी भी सुबह से शाम तक 'ब्रैगांज़ा-हाउस' का दो-तीन चक्कर लगाए बिना नहीं रहता। वहाँ ट्रैवल एजेंसी का दफ़्तर है। दफ़्तर के अन्दर जाकर वह चक्कर लगा लेता है और वहाँ अनजान लोगों को देख हताश हो लौट आता है। नेहरू पिमेंटा भी तो अपनी उजाड़ स्मृति में हर रोज़ हताश होते हैं। मम्मी गहरे अफ़सोस से कहा करती हैं, "सैंड्रा! एंटोनियो पियानो की धुन के ज़रिये रोता है। माया की याद में। दिस इज़ माया इन हिज़ ट्यून।" सैंड्रा को माया याद हैं। छरहरी-लम्बी माया बहुत प्यारी-सी थीं। मनोमुग्ध और सुहावनी। माया जब गई थीं, सैंड्रा स्कूल में पढ़ती थी।

धुन की धुनकी! अन्धकार की गहनता में गूँजती एंटोनियो नेहरू पिमेंटा के पियानो की इस धुन के संग उसके ज़हन में अनगिनत चेहरे जागते हैं। पापा के ताल्लुक़ातवाले चेहरे! मसलन, गोवा में अर्से से रह रहे नेहरू पिमेंटा के संगीतकार जर्मन दोस्त नाफ़ी हराल्ड वेबी...जो कहते हैं कि बिना संगीत के अपने बचपन को मैं याद ही नहीं कर पाता...। पापा जब थे, तो नेहरू पिमेंटा के संग वे घर पर आया करते थे। सरदिन्हा अंकल भी जैसे बरबस सामने आ जाते हैं। गोवा के मुख्यमंत्री

रहे पापा के पुराने दोस्त फ्रांसिस्को सरदिन्हा अंकल...जो मम्मी से हमेशा मज़ाक़ में कहते रहे हैं कि काजूवाले राज्य में पैदा होकर कॉलेस्ट्रल और मोटापे के लिए क्या फ़िक्र करना...। सैंड्रा के पारिवारिक डॉक्टर जोस ऐसबेल्टॉस ज़ेवियर डिक्रॉस्टो... जो मम्मी की ज़िद पर अक्सर खीजते रहते हैं। सैंड्रा की बूढ़ी चिरकुमारी टीचर मिस रूबि गोम्स...जो उसके बचपन में 'स्प्रिंग सांग' हद से ज़्यादा ग़ज़ब गाती थीं। और उसे बहुत प्यार करती थीं। सैंड्रा को लग रहा है कि कमरे में अचानक पापा आ गए हैं और उसके हाथों में एलबम के काले पन्नों पर चिपकी बेशुमार तस्वीरें फड़फड़ा रही हैं। पापा चुप कमरे में बस मुस्करा रहे हैं और एलबम के पन्ने ख़ुद से हवा में पलट रहे हैं...और कितने चेहरे दीप रहे हैं...। वर्ष 2011 में चल बसे गोवा के महान कार्टूनिस्ट मारियो मिरांडा...गोवा के समर्पित इतिहासकार वास्को पिन्हो...अनूठे कार्टूनिस्ट एलेक्सीज़...फ़ोंडा के अपने विशाल जंगलनुमा फार्म हाउस में ग़ुम मि. मिलग्रेस फ़र्नांडीस...सल्वादोर दो मुंदो के अपने 'द हाउसेज़ ऑव गोवा म्यूज़ियम' में तल्लीन ज़ेरार्ड दा कुन्हा...गोवा के मृतप्राय कम्युनिदादों और गाँवकरी के लिए जूझते सुकुर बस्ती के सेवियो हरमन डिसूज़ा व सल्वादोर दो मुंदो के ही मार्कस पिंटो सरीखे अनगिनत मुख, जो हमेशा पापा के हमदम रहे। इसी तरह अख़बारों में देखे कुछ चेहरे...। कुछ समय पहले अख़बार के पहले पन्ने पर छपा पुर्तगाल के प्रधानमंत्री एंटोनियो दा कोस्टा के बयान के संग छपी उनकी तस्वीर की भी याद, जिसमें उन्होंने कहा था, "गोवा मेरा पहला प्यार है।" जँगले के बाहर वह आँखें गड़ाकर देखने की कोशिश करती है, सब कुछ अँधेरे और उदासी में ग़ुम है। फिर से सब कुछ अचानक से डबडबाया-सा लग रहा है। डबडबाई हुई मांडवी, पणजी का आकाश, उसका घर, मम्मी और उसकी रोज़ू मासी...। खुली उष्ण आँखों वाली मांडवी और ज़ुआरी नदी की तहों में बहती बेचैन मछलियाँ...। अँधेरे में वह भी, अँधेरी बेचैनी में बह रही है। चाय की एक बड़ी घूँट भरकर उसने अपने ख़यालों को झटका दिया—वह क्यों तलाशती है हमेशा अपने लिए सांत्वना? क्यों हमेशा देखती है मन की दहलीज़ पर दुख की हाँफती परछाईं? थूहर उदासी उसे नहीं झेलनी है। उसके पास जैसी भी जो दुनिया है, उसमें प्यार से अपने आपको भुला देना है। मन की दरारों से झाँकता रोशनी का मनुहार कितना अनूप, कितना स्पर्शी! और इसके साथ ही उसकी चित्रकार दोस्त बर्नाडेट गोम्स यानी बर्नी का लाड़। प्रकृति के रंगों की दीवानी बर्नी गोम्स अक्सर उससे कहती है, "जीवन में बेशुमार रंग हैं दोस्त! स्टे कलरफ़ुल बेब।" उसकी बेकरी में तन्मय काम करनेवाली पाँचों लड़कियाँ—तमारा, रोज़ी, डॉली, लाना और टीना, किस क़दर उसके लिए जी-जान से जुटी रहती हैं। गुदगुदी छोटी-छोटी हथेली और गुलाब की पंखड़ी सरीखे होंठवाला तमारा का नन्हा-सा बेटा पिंकू उसकी गोद में आकर कितना ख़ुश और मगन रहता है।

सब की याद। पिंकू के संग उसे बरबस अपनी बचपन की दोस्त एमिका के जुड़वाँ बच्चों बैरी और एगबर्ट की भी याद आती है। पिंकू की तरह ही दोनों बड़े प्यारे हैं। एकदम जोड़ा ख़रगोश! तीन साल के हैं दोनों। पिंकू की तरह ही सैंड्रा की

गोद में बैठ ये दोनों भी ख़ुश होकर दुलार भरे नखरे मारते हैं। एमिका अपने पति ऑस्कर डिसूज़ा के संग मापुसा में 'फ़ेराओ कम्पाउंड' के ठीक सामने रहती है। ऑस्कर 'कॉफ़िन मेकर' है। उसके कॉफ़िन शॉप का नाम है—'कॉन्फिडेंट कॉफ़िन सर्विस'। मापुसा में ताबूत बनाने का उसका यह कारोबार ख़ानदानी है। पर साढ़े तीन साल पहले अपने इकलौते जवान बेटे साइमन की एक दुर्घटना में मौत के बाद से एमिका लगातार अपने पति ऑस्कर पर कॉफ़िन के धन्धे को छोड़ देने का दबाव दे रही है। एमिका को वहम है कि कॉफ़िन के मनहूस कारोबार के कारण ही उसके बेटे की मृत्यु हो गई। दिन-रात जिसका बाप कफ़न-दफ़न के काम में जुटा रहेगा, उसके घर-परिवार पर दुर्भाग्य का काला साया तो पड़ेगा ही। एमिका की ज़िद से ऑस्कर मुश्किल में है। अब इस उम्र में भला वह कौन-सा नया काम शुरू कर सकता है।

एमिका बचपन से सैंड्रा के साथ स्कूल में पढ़ती थी। बहुत ख़ुशमिज़ाज और चुलबुली थी एमिका। पर समय के क्रूर थपेड़े ने उसे हमेशा के लिए उदास कर दिया। उसे याद है, जब वह दोनों दसवीं क्लास में थीं। एक दिन एमिका ने खिलखिलाकर उससे पूछा, "सैंड्रा! क्या तुम्हारा गुलमुहर फूटा?" एमिका की यह बात उसके पल्ले पड़ ही नहीं रही थी। जब ठिलठिलाती एमिका से उसने ज़िद की कि गुलमुहर का फूटना क्या होता है, तो एमिका ने उसके कानों में फुसफुसाकर बताया। सुनकर उसे भी हँसी छूट गई। दरअसल, एमिका पूछ रही थी कि उसका मासिक धर्म शुरू हुआ है या नहीं। सैंड्रा याद करती है कि मासिक धर्म शुरू होने के साथ उसे कितनी परेशानी हुई थी। बढ़े वज़न की लड़की को मासिक धर्म में कुछ ज़्यादा ही परेशानी होती है। यह परेशानी अभी तक जारी है। सैंड्रा सोचती है कि शादी की उम्र पार कर चुकी एक लड़की के लिए मासिक धर्म का भला क्या मतलब है! स्कूली दिनों से अब तक अपने मासिक धर्म की किसी परेशानी को लेकर वह एमिका से ही सलाह लेती है। कुछ समय पहले पीरियड आने के साथ उसे बहुत पसीना आने लगता था। फिर एमिका की सलाह से ही उसको चैन मिला। एमिका वाक़ई उसकी हमदम है। पणजी के 'पीपुल्स हाईस्कूल' में दोनों एस.एस.सी. तक साथ थीं। महज़ 17 साल की उम्र में एमिका की शादी हो गई। शादी के साल भर बाद एक बेटा हुआ—साइमन। एमिका की पूरी दुनिया साइमन में समाई हुई थी। और वर्षों बाद एक दिन तेज़ मोटरसाइकिल ड्राइविंग के दौरान दुर्घटना में हुई साइमन की मौत ने एमिका को पागल बना दिया। साइमन के शव से चिपटकर बदहवास एमिका ने ऑस्कर से कहा, "मैं साइमन को मरने नहीं दूँगी।" एक बार ऑस्कर जब किसी की अंत्येष्टि से लौटा था, तो उसने एमिका को बताया था कि कैसे दुर्घटना में जान गँवा चुके उस युवक के माता-पिता ने पोस्टमॉर्टम के दौरान अपने बेटे का शुक्राणु सुरक्षित कराया था ताकि सद्य:विवाहित अपने बेटे की पत्नी के गर्भ से अपने बेटे की औलाद पा सके। ऑस्कर ने तब एमिका से चकित हो कहा था, "मेडिकल साइंस कहाँ से कहाँ चला गया। मैं तो सोच भी नहीं सकता था

कि अपने मापुसा में भी पोस्टमॉर्टम स्पर्म रिट्रीवल...यानी मरने के बाद भी शुक्राणु निकालकर सुरक्षित किया जाता है। डॉ. गामा पिंटो को इसमें महारत हासिल है।" एमिका को वह याद था। उसने आँसुओं को पोंछते हुए भावहीन स्वर में कहा था, "ऑस्कर! डॉ. पिंटो को बोलो। आइ नीड साइमंस स्पर्म।" ऑस्कर ने वह सब कुछ किया। साइमन के पोस्टमॉर्टम के दौरान उसका शुक्राणु सुरक्षित किया गया।

साइमन की फ़ोटोग्राफ़ी में जान बसती थी। आगे चलकर वह एक बड़ा फ़ोटोग्राफ़र बनने का सपना रखता था। जिस शाम दुर्घटना हुई थी, उस समय वह अपनी दोस्त ज़ुलियाना के साथ सूर्यास्त के बाद चापोरा फ़ोर्ट की तस्वीरें कर मापुसा लौट रहा था। मापुसा से नौ किलोमीटर की दूरी पर मौज़ूद यह क़िला बीजापुर के सुलतान आदिलशाह ने चापोरा नदी के किनारे बनवाया था। चापोरा फ़ोर्ट से सूर्यास्त की अद्भुत शोभा दिखती है। इसी अनूप क्षण को अपने कैमरे में सँजोकर ज़ुलियाना के संग साइमन आ रहा था। साइमन की तो घटनास्थल पर ही मृत्यु हो गई लेकिन ज़ुलियाना भी बुरी तरह घायल हुई। साइमन का शुक्राणु सुरक्षित कराते समय एमिका को यक़ीन था कि ज़ुलियाना ख़ुशी-ख़ुशी साइमन के बच्चे की माँ बनने को राज़ी हो जाएगी। पर ज़ुलियाना के माता-पिता को यह मंज़ूर नहीं हुआ। लिहाज़ा, साइमन के शुक्राणु को ख़ुद अपने गर्भ में रखकर एमिका ने जुड़वाँ बेटों—बैरी और एगबर्ट को जन्म दिया। एमिका बचपन से ज़िद्दी है। उसकी ज़िदों पर सैंड्रा को अक्सर खीज आती रही है। पर वह उसकी प्यारी दोस्त है। आज तक। जब भी वह पणजी आती है, उससे मिलना नहीं भूलती। अभी हफ़्ते भर पहले सेब से सुर्ख़ दोनों बच्चों—बैरी और एगबर्ट को लेकर ऑस्कर के संग वह पणजी आई थी। देर तक उसने अपना सुख-दुख साझा किया। सैंड्रा ने महसूस किया कि इन दोनों बच्चों को जन्म देकर भी साइमन के सदमे से वह उबर नहीं पाई है। मात्र 20 साल का था साइमन! एमिका के अन्दर हताशा के बवंडर की धूल अभी भी थमी नहीं है। बैरी और एगबर्ट उछल-कूद रहे थे। किट्टू के जार के पास ख़ुश हो-होकर उसे आवाज़ें लगा रहे थे। अपने कवच से बारम्बार मोम-सा सिर निकाल किट्टू भी मज़े ले रहा था। एमिका ने भर्राई आवाज़ में कहा था, "सैंड्रा! ज्यों-ज्यों ये दोनों बड़े हो रहे हैं, मुझे बहुत डर लग रहा है। मुझे अक्सर लगता है कि अपनी जिद और मोह में मैंने इन बच्चों की एक पूरी पीढ़ी को निगल लिया है। मैंने शायद नेचर को ऐब्यूज़ किया है। मैं इन बच्चों की क्या हूँ? माँ या दादी? कल ये बच्चे स्कूल जाएँगे। क्या बताएँगे अपने बारे में? अपनी आइडेंटिटी के दलदल से ये कभी निकल नहीं पाएँगे।" सुबक रही थी एमिका, "मैंने मासूम आत्माओं को दूषित कर दिया सैंड्रा।" छोटा-सा यह वाक्य कई किश्तों में टूटकर उसके मुँह से निकला था। सैंड्रा ने चोर हाथ से उसके कन्धे को छुआ। उससे कुछ भी कहते नहीं बन पड़ा। थके-उदास हृदयों से भरी है दुनिया। रो रही एमिका के कन्धे पर हाथ रखकर उसे लगा था कि वह ख़ुद भी तो अपने मन के समस्त चकत्तों के संग दुख से झूल रही है। किसी तरह तो बीत ही जाएँगे जीवन के लगातार सर्द होते ये सभी आगामी वर्ष। एंटोनियो नेहरू पिमेंटा

अभी भी अपने पियानो को हिलोड़ रहे हैं..."व्हाइ यू लुक सो सैड...ह्वेन यू प्ले दैट पियानो...? आइ हैव अ सैड पियानो...।" सबके भीतर एक सैड पियानो है।

एमिका के कुनबे से मिलकर मम्मी जैसे सीधे अपने बचपन के शहर मापुसा पहुँच जाती हैं। तब उनका चेहरा ख़ुशी से नाचने लगता है। लैटराइट पहाड़ी की ढलान और तल पर बसा उत्तरी गोवा का यह शहर मम्मी की साँसों में बसता है। इसलिए मापुसा से एमिका का आना मम्मी के लिए उनके पास मापुसा का आना है। एमिका जब भी आती है, अपने हैंड बैग से नारियल तेल की एक छोटी-सी शीशी निकाल मम्मी की नाभि और बालों में बड़े लाड़ से लगाती है। देर तक। फिर कंघी से उनके बालों को सँवारती है। मम्मी-तब बच्चे की तरह ख़ुश होती रहती हैं। वे कहती हैं, "एमिका! मापुसा तुम्हारी ससुराल है लेकिन मेरा मायका। पक्की म्हापझेंकर हूँ मैं। मापुसा की गली-गली मेरी नसों में है।" फिर एक पल थमकर बात का पहलू बदलते हुए वे रुआँसी आवाज़ में शुरू होती हैं, "मुझे जरूर किसी की नजर लग गई है एमिका! बेशक, मैं बचपन से दोहरे बदन की बच्ची थी लेकिन आज मैं जिस तरह फैल चुकी हूँ, इसकी कल्पना मुझे तो क्या, मेरे किसी परिचित को भी नहीं रही होगी। मेरी नानी और मम्मी, दोनों का बेहिसाब वजन था। शायद इसी से आशंकित मेरे पापा ने मेरा नाम 'मिनिमम' रखा होगा, जो समय के साथ दुलार में सिमटकर 'मिनि' हो गया। वह मिनि अब 'मैक्सिमम' हो चुकी है। मिसेज़ मैक्सिमम रॉड्रिक्स! अब तो मापुसा में वैसे मातवर लोग भी कहाँ रहे, जिनसे मैं खुद पर लगी बुरी नजर...'एविल आई' उतरवा लेती। मापुसा के मेन स्ट्रीट में 'स्लॉटर हाउस' के थोड़ा आगे जहाँ तीखा ढलवाँ रास्ता है, वहाँ दाएँ कोने पर एक घड़ीसाज नार्बर्टो सिक्वेरा की दुकान थी। आगे दुकान और पीछे सिक्वेरा परिवार की रिहाइश। यह उनका पुश्तैनी घर था। इसका नाम था—'कासा दीक्षितकर हाउस'। इसके बाजूवाला घर हमारा था एमिका। इसलिए सिक्वेरा परिवार से हम लोग बहुत घुले-मिले थे। मेरे दादा जी सिक्वेरा खानदान की कहानी हमें सुनाते थे। घड़ी की मरम्मती के संग-संग नार्बर्टो सिक्वेरा बुरी नजर उतारने के लिए भी काफी मशहूर थे। वे माथे से एड़ी तक प्रेयर करते हुए हाथ फिराते थे और बुरी नजर को हमेशा के लिए खत्म कर देते थे। रात को बच्चे को नींद न आ रही हो, या बच्चा नींद में रह-रहकर चौंकता हो, इसके लिए भी मि. सिक्वेरा के पास लोग अपने बच्चों को लेकर जाते थे। आसपास में जो कुछ और नजर उतारनेवाले थे, वे लाल मिर्च, नमक व चीनी हाथ में लेकर माथे के चारों तरफ घुमाते हुए आग में डालते थे। तब आग में उठती क्षणिक लपट में ये झाड़नेवाले यानी दीक्षितकर खुशी में जोर से चिल्लाते..., 'वो देखो! आँख की आकृति...आग में जल रहा है एविल आइ।' आग में जलते 'एविल आइ' को नहीं देखने के बावजूद लोग मंत्रमुग्ध सहमति में सिर हिलाते।" फिर तनिक सहज होकर मम्मी कहतीं, "एमिका! हालाँकि मि. नार्बर्टो सिक्वेरा मिर्च, नमक और चावल का नाटक नहीं करते थे। पर मापुसा के लोग मानते थे कि उनके पास कुछ खास खानदानी डिवाइन पावर है। वह हाथ

फेरकर ही बुरी नजर को निपटा देते थे। काश मि. सिक्वेरा दुनिया में होते।" मम्मी की आवाज़ भर्राने लगती, "ऐ एमिका! मापुसा आज भी उतना ही प्यारा होगा। ऊपरी तौर पर भले वह एक 'ट्रेडिंग टाउन' बन गया लेकिन आत्मा से अभी भी गाँव है। मापुसा के अपने पुश्तैनी घर की याद हू-ब-हू आज भी मेरे दिल में है। सैंड्रा को भी अपना ननिहाल याद होगा। मौके-मौके से यह मेरे साथ जाया करती थी। वह एक बेहद खुशनसीब समय था। ओह! दादा-दादी और पापा-मम्मी के संग कितना भरपूर परिवार था हमारा। पर पापा-मम्मी के गुजरने के बाद उस घर की हिफाजत मुश्किल हो गई। पापा-मम्मी के बस हम दो बेटियाँ थीं। मैं और मुझसे छोटी रोज़ू। इसलिए सैंड्रा के पापा और रोज़ू के हस्बैंड ने कहा था कि इस घर को खँडहर बनाने से बेहतर है बेच देना। इस तरह मापुसा के पास के पारा गाँव के मि. जॉनी डिकोस्टा के हाथों उस घर को बेच दिया गया। पर एमिका! क्या घर बिकता है? ईंट की दीवारें बिकती हैं, घर नहीं...। मुझे मापुसावाले घर की बहुत याद आती है आजकल। यहाँ से बस तेरह किलोमीटर पर है मापुसा! पर वर्षों बीत गए वहाँ गए। वजन की वजह से तेरह सेंटीमीटर भी चलना मेरे लिए मुश्किल है।"

"आप ठीक कहती हैं आंटी! आत्मा से मापुसा आज भी एक गाँव ही है। और वैसे भी सिर्फ दो जिलों वाला अपना गोलू-गप्पू गोवा ही एक पूरा का पूरा गाँव है।" एमिका ने अनुराग से कहा, "मैं आपको एक बार ले चलूँगी मापुसा।"

"ओह! मम्मी को झूठी दिलासा मत दो एमिका!" सैंड्रा हँस दी थी।

"क्यों? एमिका बड़े जीवट की लड़की है! यह बात निभाना जानती है।" मम्मी ने छोटी बच्ची की तरह छितराते हुए कहा, "तुम्हारे साथ वहाँ एक फ़िल्म भी मैं देखूँगी।"

"जरूर आंटी!" एमिका मुस्कराई, "आप जो चाहेंगी, वह सब करूँगी! आप हमारी 'आउअर लेडी ऑव मिलैज़रेस' हैं आंटी...आइ मीन 'लेडी ऑव मिरैकल्स...'। मेरी जादू आंटी! इसलिए मापुसा तो आपको आना ही है। हम दोनों तब खूब मजे करेंगे। मैं जल्दी ही मापुसा के लिए आपका प्रोग्राम बनाती हूँ।"

"औरत जब बहुत मोटी हो जाती है, तो वह और क्या होगी...!! वह 'गॉडेस' हो जाती है।" मम्मी असहाय हँसी हँसती हैं और फिर खुली हँसी में आ जाती हैं, "ओ एमिका! वैसे आइ डोंट सीरियसली बिलीव इन अ डेअटि! बट फ़ेथफुली ऑबज़र्व ऑल होलीडेज़...दैट इनवॉल्व बेक्ड गुड्स और कैंडी...। यू नो...आइ एम अ सेक्यूलर कनफ़ेक्शनिस्ट...! एक सेकुलर हलवाई...। बचपन में 'लेडी ऑव मिलैज़रेस' का फ़ेस्टिवल मुझे इसलिए अच्छा लगता था क्योंकि ढेर सारे बेक्ड गुड्स और कैंडी का मजा हमें मिलता था। 'आउअर लेडी ऑव मिलैज़रेस', 'जिनको लेडी ऑव मिरैकल्स' भी कहते हैं, की याद दिलाकर तो तुमने मुझे सीधे मापुसा ही पहुँचा दिया एमिका! ईस्टर के बाद मापुसा के 'सेंट ज़ेरोम चर्च' में 'आउअर लेडी ऑव मिलैज़रेस' का कितना शानदार फ़ीस्ट होता था। गजब त्योहार का दृश्य...क्या खुशनुमा प्रीतिभोज! पता नहीं अब उतने तामझाम से यह होता भी है या नहीं। मापुसा की शोहरत वहाँ

हर शुक्रवार को लगनेवाले साप्ताहिक हाट को लेकर तो है ही, 'आउअर लेडी ऑव मिरैकल्स' के वार्षिक प्रीतिभोज को लेकर भी रही है।" एक पल थमकर मम्मी फिर शुरू हुई हैं, "मापुसा की जो ये 'लेडी ऑव मिरैकल्स' हैं, इनसे जुड़े अनेक किस्से हैं एमिका! इस त्योहार को मापुसा में वहाँ के हिन्दू और कैथलिक दोनों एक प्रेम से मनाते आए हैं। पुरानी कथा के मुताबिक एक जमाने में सात बहनें थीं। सातों की सातों कुँवारी थीं...आइ मीन वरज़िन...! उनके नाम थे—लइराइ, म्हामाइ, केलबाइ, मोर्जइ, महाल्सा, आदियादीपा और मिलैज़रेस साइबिन। मापुसा की 'लेडी ऑव मिरैकल्स' यही सबसे छोटी बहन मिलैज़रेस साइबिन थी! कहते हैं कि देवी मीराबाई कैथलिक हो गईं और उनका नया नामकरण हुआ 'मिलैज़रेस साइबिन' यानी मिरेकल। बहनापे में शिरगाँव की 'गॉडेस लइराइ' और मापुसा की 'मिलैज़रेस साइबिन' अपने-अपने फ़ीस्ट यानी प्रीतिभोज 'ओजेम' पर एक-एक 'बास्केट' का आदान-प्रदान करती हैं। 'मिलैज़रेस फ़ीस्ट' के अवसर पर नारियल तेल से भरी एक हांडी 'लइराइ टेम्पल' से मापुसा आती है। यह छोटी बहन के वास्ते बड़ी बहन का उपहार होता है। इसके बदले में मिलैज़रेस अपनी बड़ी बहन लइराइ को 'मोगरिम' यानी मोगरा के सफेद सुगन्धित फूलों से भरा 'ओजेम' भेजती है। मोगरा यानी चमेली के सुगन्धित सफेद फूल, कहते हैं कि लइराइ को बहुत पसन्द हैं। एमिका! मुझे याद है कि प्रार्थना के समय 'आउअर लेडी ऑव मिलैज़रेस' की प्रतिमा चर्च परिसर में रख दी जाती थी और प्रेयर के बाद सभी लोग लाइन में लगकर उस प्रतिमा पर नारियल तेल डालते थे। कहते हैं कि 'आउअर लेडी ऑव मिलैज़रेस' मन की हर सम्भव मुराद पूरी करती हैं और असम्भव बीमारियाँ भी ठीक कर देती हैं। 'फ़ीस्ट' के बाद चर्च के बाहर लगे मेले में भी हम खूब मजे करते थे। क्या यह सब अब भी मापुसा में उसी तरह होता है एमिका?"

"हाँ आंटी! एकदम हू-ब-हू उसी तरह। 'आउअर लेडी ऑव मिलैज़रेस' का स्टैच्यू चर्च के कैम्पस में अब भी रखा जाता है। लोग उस पर नारियल तेल डालते हैं। और फिर प्रेयर होता है आंटी...आनन्दोभोरित-जा देवाचे माइ...सोर्वेस्पोरक जइ...जइ...।"

"तुम मुझे 'आउअर लेडी ऑव मिलैज़रेस' कहती हो। और अब मैं समझी कि जब भी तुम आती हो, मेरे बालों और मेरी नाभि में नारियल का तेल क्यों लगाती हो। 'आउअर लेडी ऑव मिलैज़रेस' को भी नारियल तेल ही चढ़ता है। ओह एमिका! क्यों मुझे इतना बड़ा मान देती हो?" भर्राये गले से फिर मम्मी कहती हैं, "ऐ एमिका! तुमसे बातें कर हर बार पता नहीं क्यों मुझे लगता है कि मापुसा नदी से बरसों पहले आगे बह चुका पानी फिर वापस लौट रहा है। कितनी यादें हैं मापुसा की। उन दिनों मैं साइकिल चलाती थी और साइकिल से ही पूरा मापुसा माप जाती थी। मापुसा पोस्ट ऐंड टेलिग्राफ़ ऑफ़िस और चिल्ड्रेन पार्क के अलावा पजरिया नेशनल बेकरी, जोस ब्रैगांज़ा बेकरी, पास्कल बेकरी, भारत बेकरी और फ़र्टाडो बेकरी तक का चक्कर...! मापुसा की शायद ही कोई बेकरी होगी, जो मुझसे छूटी होगी। हमारे घर में मीठे ब्रेड से लेकर केक और पेस्ट्री के सब दीवाने थे। पर मुझे

क्या पता था कि आखिर में एक बेकरीवाले से ही मेरी डोर बँधेगी।" मम्मी स्मृतियों के खुरचन बटोरती हैं, "तब दिन सिनेमा देखने का भी क्या नशा था एमिका! कोई सिनेमा हम लोग छोड़ते नहीं थे। हमारे रिश्ते में ही आते थे मापुसा के एंटोनियो लॉरेंस जेरी ब्रैगांज़ा। उन्हें 'फ़ादर ऑव कोंकणी सिनेमा' के नाम से याद किया जाता है।"

"सुना है उनके बारे में आंटी! ए. एल. ज़ेरी ब्रैगांज़ा के नाम से मशहूर थे वे।"

"बहुत सही।"

"मैंने सन् 1950 में उनकी बनाई कोंकणी फ़िल्म 'मोगाचो अनवदो' इधर हाल में देखी है आंटी।"

"हाँ एमिका! कोंकणी में बनी वह पहली फ़ुल लेंथ फ़िल्म थी।...लव इज़ क्रेविंग...प्यार की लालसा...यानी 'मोगाचो अनवदो'! सन् 1966 में उन्होंने अपनी दूसरी कोंकणी फ़िल्म 'सुखाचे सोपोन' बनाई थी। मेरे पापा से मिलने आया करते थे ब्रैगांज़ा अंकल। मुझसे दुलार में कहते थे कि एक दिन मिनि को अपनी फ़िल्म में हीरोइन का रोल दूँगा। उनकी पहली फ़िल्म की हीरोइन थी लीना फ़र्नांडीस। एंटोनियो ब्रैगांज़ा अंकल बहुत अच्छे सिंगर भी थे। 'मोगाचो अनवदो' में उन्होंने लीड रोल तो किया ही था, गाने भी गाये थे। जनवरी, 1990 में गुजरे एंटोनियो ब्रैगांज़ा अंकल। अरे, एक से एक हस्तियों से तब भरा था मापुसा।"

"बेशक आंटी...! एक से एक ग्रेट पर्सनैलिटी।"

"तुम्हें पता शायद ही हो कि ब्रैगांज़ा अंकल की 'मोगाचो अनवदो' 24 अप्रैल, 1950 को रिलीज़ हुई थी! और उस दिन 'आउअर लेडी ऑव मिलैज़रेस' का मापुसा में फ़ीस्ट था। इसलिए 24 अप्रैल को 'कोंकणी सिनेमा-डे' भी मनाया जाता है।"

"आप प्लीज़ मापुसा आइए न आंटी! हम फ़िल्म भी देखने चलेंगे। यू आर माइ 'लेडी ऑव मिरैकल्स'। पता नहीं क्यों, यह मेरी अटूट आस्था है आपके लिए। अगर मि. ब्रैगांज़ा सरीखा मेरे में टैलेंट होता, तो मैं आप पर एक फ़िल्म बनाती—आउअर लेडी ऑव मिरैकल्स।"

"लो, सुनो सैंड्रा! बिस्तर पर फैली इस बदकिस्मत हथिनी पर एमिका फ़िल्म बनाती...। माइ गॉड! गनीमत है कि तुम्हारे में फ़िल्म बनाने का टैलेंट नहीं है।" मम्मी गिलगिलाकर जब हँसती हैं, तो उनका पेट आनन्द से थलथलाने लगता है।

"छोड़िए न आंटी। मापुसा आइए। हम मजे करेंगे और फ़िल्म देखेंगे।"

"देखो सैंड्रा! एमिका मुझे फ़िल्म भी दिखाएगी।" मम्मी बेहिसाब ख़ुश होते हुए बोलीं। फिर एक पल थमकर कहा, "ना...ना...सिनेमा जाना मेरे लिए कहीं से भी ठीक नहीं होगा। लोग क्या कहेंगे कि यह मरती हुई हथिनी देखो भला किस हौसले से सिनेमा देखने आई है। मैं एमिका के साथ इसकी गाड़ी में बैठकर ही मापुसा का एक चक्कर लगा लूँगी। सिनेमा देखने भले न जाऊँगी लेकिन बाहर से तो अपने पुराने सिनेमा हॉल सबको तो एक नजर देख ही लूँगी।"

"समझ गई बाबा! एमिका के साथ मापुसा की एक-एक गली तुम घूम आना।" सैंड्रा हँस पड़ी थी।

"हमारे उन दिनों में सिनेमा हॉल को टॉकीज़ कहते थे एमिका! एक 'सेंट्रल टॉकीज़' था मापुसा में। वहाँ का बेहतरीन सिनेमा हॉल।" मम्मी फिर से सिनेमा की यादों में गोते लगा रही थीं, "हॉलीवुड और कोंकणी फ़िल्मों की दीवानी थी मैं और मेरी कुछ दोस्त। 'सेंट्रल टॉकीज़' में ही ज्यादातर हॉलीवुड की फ़िल्में लगती थीं। नई-पुरानी सब! हॉलीवुड फ़िल्मों की ऐक्ट्रेस ग्रेटा गार्बो, रीटा हेवर्थ और कार्मेन मिरांडा की फ़िल्में, कुछ भी बीत जाए, हम न छोड़ते थे। चालीस के दशक की रीटा को 'द लव गॉडेस' कहा जाता था। बला की खूबसूरत थीं रीटा हेवर्थ। और दुखान्त फ़िल्मों की सुपर ऐक्ट्रेस-ग्रेटा गार्बो। हाँ, 'ब्राज़ीलियन बॉम्बसेल' की उपाधि से मशहूर निहायत हसीन और खासी मसखरी कार्मेन मिरांडा के लिए मेरे सहित मेरी सारी दोस्त जान छिड़कती थीं। कार्मेन एक अच्छी सिंगर भी थीं। इसी तरह कोंकणी फ़िल्मों के लिए भी हम पागल बने रहते थे। उन दिनों भी मापुसा का अपना रुतबा था। हेवन था उस समय मापुसा।"

"बेशक आंटी! एक मापुसा ही क्या, पूरा गोवा ही हेवन है।" एमिका ने आहिस्ते-से मुस्कराकर उस दिन कहा था।

पणजी कोर्ट में वकालत कर रही उसकी पुरानी दोस्त रीना फ़र्नांडीस हमेशा मुस्कराकर कहती हैं, "अपने छोटे-से गोवा को ईश्वर ने क्या नहीं दिया है। जंगल, पहाड़, समुद्र, हरे-भरे धान-खेत, काजू, कॉफ़ी, असंख्य नारियल और ताड़ के पेड़ और खुशनुमा लोग। गमों से दूर है गोवा। और यही नहीं, इसे प्यार और चुंबन की लम्बी-चौड़ी विरासत भी मिली हुई है। पर हाँ, इसकी एक सीमा और मर्यादा होनी चाहिए।" रीना वकील होने के साथ-साथ सल्वादोर दो मुंदो पंचायत की उपसरपंच भी है। यह पंचायत बार्डेज़ तालुका में है। रीना ने अपने अंचल में लगातार नारियल और ताड़ के पेड़ों की कटाई के विरुद्ध अभियान चला रखा है। अभी पिछले माह जनवरी, 2016 में गोवा विधान सभा में 'गोवा वृक्ष संरक्षण क़ानून' में एक संशोधन लाकर गोवा सरकार ने नारियल पेड़ों की कटाई को और सुगम कर दिया है। सबको मालूम है कि गोवा में बाहर से आए भूमाफियाओं के दबाव पर ऐसा हुआ है। नारियलों की झुरमुट को काट-काटकर खड़े किए जा रहे बहुमंज़िली इमारतों के 'मेगा प्रोजेक्ट्स' मासूम गोवा के लिए डरावने हैं। रीना फ़र्नांडीस कहती है, "नारियल पेड़ बच्चे हैं हमारे। हमारे बच्चों की हत्या हो रही है। हम इसे बर्दाश्त नहीं करेंगे।" रीना की नाराज़गी के समर्थन में सल्वादोर दो मुंदो पंचायत के सरपंच संदीप सलगाँवकर कहते हैं, "एक गोअन के लिए कोकोनट-ट्री के नीचे किया गया रोमांस कभी भुलाने की बात नहीं होती। कोकोनट-ट्री को लेकर गोवा में कितने गाने बने। कहानियाँ लिखी गईं। नारियल का पानी, नारियल की चटनी, नारियल का झाड़ू...माइ गॉड...। नारियल के भीतर गोवा की आत्मा बसती है।"

नारियल पेड़ों की बर्बादी के साथ-साथ गुज़रे दशकों में बड़ी तादाद में देश के विभिन्न हिस्सों से आकर बसे लोगों ने जिस तरह गोवा की शक्ल-सूरत बिगाड़ी है, रीना फ़र्नांडीस को इस बात की भी कम खीज नहीं। गोवा के गाँव तो गाँव, यहाँ

तक कि राजधानी पणजी तक में घरों की चहारदीवारी कभी घुटने से ऊपर की नहीं होती थी। किसी को किसी से डर नहीं था। सब आज़ाद पंछी की तरह रहते थे। गाँव के लोगों में यह दृढ़ विश्वास था कि उनके देवता पूरे गाँव की रक्षा करते हैं। पर बाहर-बाहर के लोगों ने जब से यहाँ घर बनाकर रहना शुरू किया, उनके घरों की चहारदीवारी बहुत ऊँची बनने लगी। ऊँची चहारदीवारी एक डर है। गोवा के जीवन में ऐसी चहारदीवारियाँ डर लेकर आई हैं। रीना फ़र्नांडीस का वश चले तो इन ऊँची चहारदीवारियों को वह एक दिन में गिरवा दे। रीना वाक़ई सबीना मार्टिंस की तरह ही ज़ेहादी है। सल्वादोर दो मुंदो बस्ती के सोलइ पट्टो हिस्से से होकर मांडवी नदी गुज़रती है। पर्यटकों ने यहाँ आकर पीने-पाने, ज़ोर-ज़ोर से चिल्लाकर गाना गाने और सार्वजनिक स्थलों पर निर्लज्जतापूर्वक चुंबन का सिलसिला अर्से से चला रखा था। अभी पिछले दिनों पंचायत समिति में सहमति न बनने के बावजूद अकेले दम पर जब बतौर उपसरपंच रीना ने इस पंचायत में सार्वजनिक रूप से चुंबन लेने पर प्रतिबंध घोषित कर दिया, तो हंगामा मच गया। पंचायत का बॉस हेड सरपंच होता है। पर रीना ने हेड सरपंच को भी अनदेखा कर दिया। पूरे पंचायत में जगह-जगह चुंबन पर प्रतिबंध के बैनर लगवा दिये। रीना तभी से अख़बारी सुर्ख़ियों में है। सैंड्रा उससे बिहँसकर कहती भी है, "यू आर द किलर ऑव किसिंग...।"

और तब रीना ठहाके लगाकर कहती है, "ओय सैंड्रा! एक दिन तू मरवाएगी मुझे। अरे, हम लोग सैंडविच जेनरेशन हैं। पुरानी और नई पीढ़ी के बीच दो पाटों में फँसी पीढ़ी है हमारी। इसलिए डार्लिंग सैंड्रा! दोनों जेनरेशन का खयाल हमें रखना है। ठीक है, गाल पर चूमना अलग बात है। पर पब्लिकली चोंच में चोंच डालकर चूमना सही नहीं।" सैंड्रा हँस देती है। पर सोचती है, दो जोड़ी होंठों का मिलना, आत्मा की पंखड़ियों का खिलना होता है न। साथ ही उसे यह सोचकर हँसी छूट जाती है कि चुंबन के क्षण बेचारा नाक क्या करता होगा। गहरे प्यार में नाक की कोई जगह है क्या...।

सीटी बजाता हुआ बच्चा

हफ़्ते भर से मम्मी अपने पुराने एलबम को दिखाने की ज़िद के साथ आँसू टपका रही हैं, "सैंड्रा! हैप्पीनेस इज़ फाइंडिंग ऐन ओल्ड एलबम...! फ़ैमली ट्री की तरह का है हमारा वह एलबम। हर परिवार अपने आप में एक बहुत लम्बी कहानी है। चाँदी के सजीले रंगवाले गत्ते का हमारा वह फ़ैमली एलबम तुम्हारे पापा के लिए जान से भी प्यारा था। उसमें तुम्हारे ग्रेट ग्रैंड फ़ादर से लेकर तुम्हारे ग्रैंडपा-ग्रैंड मॉम, हमारी शादी, तुम्हारी अमांडा आंटी की शादी की यादगार तस्वीरों से लेकर तुम्हारे जनम और बचपन की एक से एक तस्वीरें हैं। हमारी शादी और तुम्हारे जनम के

समय की ज्यादातर तस्वीरें तुम्हारी अमांडा आंटी ने ली थीं। फ़ोटोग्राफ़ी की हॉबी थी अमांडा को। और भी कितनी यादगार तस्वीरें हैं उस पुराने एलबम में। सैंड्रा! हमारे बीते दिनों की हँसी-खुशी, चहक और मुस्कराहटें भरी हैं उसमें। आइ कांट लूस दैट। उसे गँवाना मुझसे सहन नहीं होगा।"

मम्मी को पता है कि कल मडगाँव से मारिया आ रही हैं। एक-डेढ़ महीने पहले किसी काम से जब मारिया पणजी आई थीं, तो उनके झोले में उनका पुराना फ़ैमली एलबम था। उस एलबम की अधिकांश तस्वीरें समय के साथ धुँधली फ़ीकी पड़ती जा रही थीं। एलबम को मारिया इसलिए साथ ले आई थीं कि पणजी के किसी अच्छे स्टुडियो में उन पुरानी तस्वीरों की कॉपी करवाकर सबके नये प्रिंट बनवाएँगी। मारिया का एलबम देखने के बाद से ही मम्मी को भी भूत चढ़ गया। उन्होंने मारिया से कहा कि अगली बार जब वह आएगी, तो अपना पुराना एलबम वह उन्हें ज़रूर से दिखाएँगी। पुरानी यादों की मिठास को मन में चुभलाते हुए मम्मी ने कहा था, "यह सचमुच एक गजब की बात है कि एलबम के हर पन्ने को पलटने के साथ खुशी की रफ्तार बढ़ती जाती है। उस पुराने दौर के कपड़े, फ़ैशन, हेयर स्टाइल सबका अन्दाजा मिलता है।" फिर आँखें मीचते हुए मुस्कराकर मम्मी ने कहा, "फ़ैशन और कपड़े-लत्तों को तो छोड़ो मारिया... पुराना एलबम देखकर तुम्हें पता चलेगा कि मूँछों की शैली किस दौर में क्या थी। मेरे पुराने इकलौते एल्बम में मूँछों के अनगिनत नमूने तुम्हें मिलेंगे। खासकर प्रचलित छह नमूने—घनी शेवरॉन मूँछें...जो होंठ के ऊपरी हिस्सों को ढके रहती हैं...इंगलिश मूँछें...जिसमें बाल अपेक्षाकृत लम्बे होते हैं और जिसमें ऊपरी होंठ के जोड़ पर बारीक जगह खाली होती है...और हैंडलबीयर मूँछें...जिसका दोनों सिरा ऊपर को उठा रहता है और सूई की तरह नोकदार ऐंठा रहता है...। और मारिया! घनी हॉर्सशू मूँछें...जो ठीक अपने नाम के मुताबिक हैं, जिसका दोनों सिरा नीचे को लटका हुआ रहता है। फिर पेंसिल मूँछें, जो ऊपरी होंठ पर पेंसिल की लकीर की तरह होती हैं और फिर वालटस मूँछें यानी जंगली ढोल झाड़ीदार घनी मूँछें...ये सारे नमूने तुम्हें मेरे फ़ैमली एलबम में देखने को मिलेंगे। दरअसल, हमारे हस्बैंड के खानदान में मूँछों का बड़ा शौक था। सैंड्रा के ग्रेट ग्रैंड फ़ादर शेवरॉन मूँछ रखते थे और इसके ग्रैंड फ़ादर की मूँछें वही जंगली ढोल सरीखी थीं। मेरे हस्बैंड यानी सैंड्रा के पापा को बदल-बदल कर मूँछें रखने का शौक था। कभी पेंसिल...कभी इंगलिश...कभी हॉर्सशू...माइ गॉड...! मेरे हस्बैंड कहते थे कि—मिनि, मूँछ और नाक दोनों नेक्स्ट डोर नेवर...ऊपर-नीचेवाले होंठ सरीखे पड़ोसी हैं। मूँछें इंटेलेक्चुअल लुक देती हैं।" ऐसी बातें करते हुए मम्मी की स्मृति में रंगीन मछलियाँ दौड़ने लगती हैं।

"आंटी! मेरे हस्बैंड भी मूँछ-पसन्द मि. टिकल्स थे। वे अंग्रेजी का एक मुहावरा कहते थे—बिना मूँछ का मर्द बिना चीनी की चाय जैसा होता है।" मारिया हँसी से फूट पड़ीं।

"बट यू नो मारिया! मूँछें आफियत की आफत हैं।" मम्मी को भी हँसी आ गई। फिर हल्के उतावलेपन से मम्मी ने कहा, "सैंड्रा! दिखाओ न मारिया को अपना फ़ैमली एलबम।"

"निकालना होगा मम्मी! इतनी जल्दी कैसे होगा। मारिया अगली बार आएँगी, तो देख लेंगी।" सैंड्रा ने तनिक खीज से कहा पर उसने महसूस किया कि अपनी छाती में भरी गर्म हवा में वह घुट रही है।

"इस बूढ़ी हड्डी और बूढ़े खून से अब क्या होना जाना। अपना शरीर ही नहीं सँभलता तो एलबम क्या...?" एक पल थमकर मम्मी ने घरघराते विलाप के संग कहा, "अब तो समय की आखिरी कचहरी में हूँ। ऐंड यू नो मारिया...मेरे हस्बैंड के गुजरने के बाद से हमारे घर में कभी किसी की तस्वीर ही नहीं हुई है।"

मम्मी को सुनते हुए सैंड्रा को लगा था कि वह बरबस सुन्न-सी हुई जा रही है। ऐसा उदास-बदनसीब घर, जहाँ वर्षों से किसी की कोई तस्वीर नहीं हुई है। किसकी तस्वीर होगी अब इस घर में? मम्मी की? ख़ुद सैंड्रा की? एकबारगी सैंड्रा को आकाश में खेलते नीले बादल जलकर राख होते-से लगे। अभी जब 'कार्निवल' के मौक़े पर हर बार की तरह कल मारिया आएँगी और मम्मी फिर से एलबम की रट लगाएँगी, तो वह उनसे कैसे कह पाएगी कि एलबम की सारी तस्वीरों को दीमकों ने चाटकर सफ़ेद कर दिया है। पिछले कई दिनों से सैंड्रा सोचती रही कि मम्मी को फ़ैमली एलबम के नष्ट हो जाने की ख़बर वह किस तरह और किन शब्दों में देगी। मन में काई की गंध-सी उभरी। अँधेरे की सिलसिलेवार तस्वीरें तेज़ी से गुज़रीं। सोचा, कहेगी वह मम्मी से, "मम्मी! हम दोनों को दीमक चाटकर गायब कर चुका है। कहाँ हैं अब हम...हमारी तस्वीरें...कहाँ रह गया है कोई एलबम...।" ऐसा सोचते हुए उसे अपने गले में सड़ी हुई मछलियों से छूटता काँटा भरता-चुभता महसूस हुआ।

मम्मी का विलाप रुकनेवाला नहीं। रोने के दौरान मम्मी अपने लम्बे तीखे नाक का भरपूर उपयोग करती हैं। आँसुओं से तर होकर उनकी नाक गाजर की तरह सुर्ख़ हो जाती है। अब मारिया की मौजूदगी में ही जी कड़ा कर उसे जो कहना होगा, कह देगी। उसे पता है कि एलबम के बारे में सुनकर मम्मी कितना सुबकेंगी। आँसुओं से नाक लाल कर लेंगी। पर सैंड्रा को पता है कि मारिया के पास मम्मी की चाबी है। उसे उम्मीद है कि मारिया किसी भी तरह मम्मी को शान्त कर देंगी। मारिया के आने से मम्मी बहुत ख़ुश हो जाती हैं। वे पुलककर कहती हैं, "लो आ गई मेरी प्यारी रीटा फ़ारिया[1]।" मम्मी के बालों में उँगलियाँ फिराकर मारिया बड़े धैर्य से मम्मी को सुनती हैं। ज़िद कर रात के सुकून में मम्मी से वे माउथ ऑर्गन भी सुनती हैं। मम्मी को इतनी-इतनी देर इतने धैर्य से सुनना मारिया के ही वश की बात है। इसलिए मम्मी ख़ुश होकर मारिया से कहती हैं, "तुम न डिट्टो रीटा फ़ारिया हो।"

1. गोवा की रीटा फ़ारिया 'विश्व सुन्दरी' चुनी जानेवाली प्रथम भारतीय थीं।

"आप भी हद करती हैं आंटी। कहाँ रीटा फ़ारिया और कहाँ मैं!" मारिया झेंप जाती हैं।

"ओह नो। यू आर!" मम्मी दुलार भरे डपट के संग कहती हैं।

"ओके आंटी! मारिया और फ़ारिया की पहेली आप ही सुलझाइए।

"छोड़ो इस डिबेट को मारिया। तुम मुझे बहुत प्यारी लगती हो। मुझे प्यार करती हो। तुम मुझे सुनती हो। जो तुम्हें सुने, वही सुन्दर है। इसलिए तुम मेरी रीटा फ़ारिया हो। इसी तरह मेरी लाडली सैंड्रा मेरे लिए मर्लिन मुनरो, सोफ़िया लॉरेन और सैंड्रा बुलक है।"

"हाँ, इस तरीके से मान सकती हूँ।" मारिया हँस देती हैं।

कोंकणी सिनेमा, कोंकणी गानों और गोवा की पारम्परिक नाट्यकला 'तियात्रा' से लेकर गोअन व्यंजन तक मम्मी और मारिया की बातचीत का दायरा फैला रहता है। उन्हें देखते ही मम्मी अपने अतीत के रस में डुबकियाँ लगाने लगती हैं। गुज़रे दौर की कोंकणी फ़िल्मों के गानों की उनकी तिजोरी अनायास खुल जाती है। उस समय अपने बिस्तर पर हमेशा रोती-बिसूरती मम्मी एकदम पहचान में ही नहीं आती हैं। मारिया जब झुककर उनको बाँहों में ले माथे को चूमती है, तब मम्मी अपने स्थायी कोंकणी मिलन-गान का सुर पकड़ लेती हैं...

"मोगन अस्सोंक बोरेम...
जीवित सुखी खोरेम
झिटोलकाइचेम वरेम
कल्लजन अस्ता पुरेम...।"

'...प्यार में होना कितना अद्भुत है। एक आनन्द चकित, पुलकित अनुभूतियों से भरा जीवन...। ईश्वर हमें पुरस्कृत करेंगे हमारे समर्पित प्रेम के लिए। तब आकाश से चुपचाप बरस रहा ओस फूलों को और कोमल कर देगा...।'

'तियात्रा' के कई 'ओपनिंग सांग' मम्मी को अभी भी हू-ब-हू याद हैं। उनकी स्मृति पर मारिया बहुत हैरान होती हैं। अल्फ्रेड रोज़ के भी गाये 'तियात्रा' के कई आरम्भ-गीत मम्मी को याद हैं। 'तियात्रा' की चर्चा चल पड़ने पर मम्मी खो-सी जाती हैं, "यू नो मारिया! मुझे बहुत दुख होता है कि कोंकणी स्क्रिप्ट को भी पॉलिटिक्स में फँसा दिया गया है। कुछ लोग देवनागरी में कोंकणी लिपि की वकालत करते हैं, तो कुछ रोमन लिपि में। अरे भाई, जिसको जिस लिपि में सुविधा हो, कोंकणी लिखने दो। फारसी-अरबी-अंग्रेजी जिस लिपि में मन करे, कोंकणी लिखो। पहले इतनी खींचतान नहीं थी।" एक पल थमकर मम्मी फिर से शुरू होती हैं, "मारिया! गोवा के बाइकल्चरल...दोहरे सांस्कृतिक जीवन में 'तियात्रा'-रंगमंच की एक बहुत प्यारी-सी शैली के रूप में उभरा था। गोवा के माहिर संगीतकारों ने इटैलियन ऑपेरा की तर्ज पर इसे पियानो, सैक्सोफ़ोन और वायलिन के संग रचा। गोवा में 'फ़ादर ऑव तियात्रा' के नाम से मशहूर ज़ोआओ अगस्टिन्हो फ़र्नांडीस तुम्हारे मडगाँव के

ही तो थे। उन्होंने पहला ओरिज़िनल तियात्रा 'बेल्ले डे केवेल' कोंकणी में लिखा, जिसका मंचन सन् 1895 में उन्होंने पहली बार बम्बई में किया। उस जमाने में तियात्रा में औरतों का रोल पुरुष कलाकार ही औरतों जैसा मेकअप करके किया करते थे। ज़ोआओ अगस्टिन्हो फ़र्नांडीस की वाइफ़ रेजिना पहली स्त्री थीं, जो गोअन तियात्रा के रंगमंच पर उतरी थीं।"

"आंटी! तियात्रा थिएटर के ऐंथनी मेंडेज़ आपको याद हैं, जो बतौर हास्य कलाकार बिना एक शब्द बोले दर्शकों को हँसा-हँसाकर पागल कर देते थे।" मारिया के चेहरे पर स्वर्णिम अतीत बरबस कौंध गया है।

"ओ मारिया! तुमने सही याद दिलाया। अरे हास्य कलाकार होने के संग-संग वे बहुत अच्छे गीतकार भी थे। 'रोड टू मापुसा' और 'टैक्सी ड्राइवर' आदि में उनके लिखे गाने भी उतने ही हिट हुए थे।" एक पल थमकर फिर वे शुरू हुईं, "पता है मारिया! ऐंथनी मेंडेज़ के पोते से सैंड्रा की शादी के लिए इसके पापा ने बात भी चलाई थी—लेकिन अचानक वह हमेशा के लिए पुर्तगाल चला गया।" भीगी आवाज़ में मिनि रॉड्रिक्स बिखरने लगी हैं, "बस कुछ दिनों की मेहमान हूँ मैं मारिया! तुम मेरी सैंड्रा को कभी मत छोड़ना।" "कभी नहीं मिनि आंटी...नेवर...।" मारिया उनकी पेशानी चूमकर हमेशा कहती हैं, "सैंड्रा मेरी रगों में है...सैंड्रा इज़ माइ सोल।"

इस देश में पुर्तगालियों की पताका सबसे पहले लहराने वाले वास्को द गामा की तेरहवीं पीढ़ी की वंशज मारिया मार्गरिडा नोरोन्हा-ए-तवोरा सैंड्रा को बहुत अच्छी लगती हैं। उम्र में उससे कई साल बड़ी मारिया का गोवा के मडगाँव अन्तर्गत राया में अपना रेस्तराँ है—'फ़र्नांडोज़ नॉस्टेलज़िया'। रेस्तराँ चलाना वैसे अब बहुत मुश्किल काम हो गया है। बकौल मारिया अब 'गोअन क्विज़ीन' यानी गोअन व्यंजनों में भी मज़हबी राजनीति का खेल जारी है। मसलन-हिन्दू गोअन फ़ूड, क्रिस्चन गोअन फ़ूड, मुस्लिम गोअन फ़ूड, सारस्वत गोअन फ़ूड और पुर्तगाली फ़ूड का वर्गीकरण है। गोवा के मिश्रित सामाजिक-सांस्कृतिक जीवन में यह भेद पहले इस तरह का नहीं था। यह अब है। ख़ैर, जैसे-तैसे जीवनयापन के लिए मारिया रेस्तराँ को चला रही हैं। पर मडगाँव का सामाजिक जीवन ही मारिया का पहला प्यार है। कुछ साल पहले जब मडगाँव के कुछ जागरूक लोगों ने 'क्लीन मडगाँव, ग्रीन मडगाँव' अभियान की शुरुआत की, तो मारिया उसमें जी-जान से जुट गईं और आज तक जुटी हैं। 'गोवा बचाओ अभियान' की संयोजक सबीना मार्टिंस ने भी अपने संगठन के रंगरूटों के संग इस अभियान में पूरा साथ दिया है। स्थानीय फ़िल्मकार राजेन्द्र तलक ने जब यह योजना बनाई कि सभी जागरूक मडगाँवकर अपने ख़र्चे से मडगाँव के कुल बीसों वार्ड को स्वच्छ और हरा बनाएँगे, तो इस संकल्प का झंडा थामने में मारिया सबसे आगे थीं। बोर्डा में 'सिंक्रो हाउस' के पास से जब प्रथम चरण का अभियान शुरू हुआ, तो सिंक्रो परिवार ने सफ़ाई अभियान का पूरा ख़र्चा उठाया। यह दूसरे मडगाँवकरों के लिए भी प्रेरक साबित हुआ। 'क्लीन मडगाँव, ग्रीन मडगाँव' के समर्पित जत्थे ने दो स्थानीय विधायकों—दिगंबर कामत और विजय सरदेसाई को

भी भरोसे में लिया। एक बैठक में उल्लसित मारिया ने कहा, "अरे, जरूरत पड़ेगी, तो हम अपने बाबुश...एंटोनिया दा कोस्टा को भी पत्र लिखेंगे।"

मडगाँव गोवा की व्यापारिक राजधानी के रूप में ख्यात है। मडगाँव का स्टेशन कोंकण रेलवे का सबसे बड़ा जंक्शन है। 26 जनवरी, 1998 से आरम्भ 'कोंकण रेलवे', जो कोंकण के तटीय क्षेत्रों के वास्ते रेलगाड़ियों का परिचालन करती है, गोवा की आज़ादी के बाद गोवा की बड़ी उपलब्धि है। कोंकण रेलवे के सबसे बड़े मडगाँव जंक्शन से दिल्ली, कोलकाता, मुम्बई, विजयवाड़ा, चेन्नई, बेंगलुरु, एर्नाकुलम व अहमदाबाद तक के लिए ट्रेन मिलती है। मडगाँव गोवा का एक प्रमुख सांस्कृतिक केन्द्र भी है। पुर्तगालियों के आगमन के पहले मडगाँव का नाम 'मठ-ग्राम' था, जहाँ नौ मठ थे। पर बाद में इन मठों-मंदिरों को चर्चों में तब्दील कर दिया गया। पुर्तगालियों ने दूसरे वायसराय डी. फ्रांसिस्को दा गामा के ज़माने में सुरक्षात्मक दृष्टि से यहाँ एक विशाल फ़ोर्ट यानी क़िला भी बनवाया था। मडगाँव के नामकरण का मूल मडगाँव के निवासी कोंकणी शब्द 'मूर' यानी पर्ल यानी मोती में पाते हैं—मूर गाँव। मोती सा गाँव। किंवदंती यह भी रही है कि फ़ोर्ट के पास सोने की बड़ी खान है। वाक़ई सोना-मोती है मडगाँव। इसी गाँव के मोती हैं—पुर्तगाल के वर्तमान प्रधानमंत्री एंटोनियो दा कोस्टा यानी बाबुश! अपनी सरलता के कारण एंटोनियो कोस्टा 'गांधी ऑव लिस्बन' कहे जाते हैं।

प्रधानमंत्री एंटोनियो दा कोस्टा मूलत: गोवा के मडगाँव के ही हैं। एंटोनियो कोस्टा के पूर्वज गौड़ सारस्वत ब्राह्मण थे। गोवा में पुर्तगालियों के शासनकाल में यह परिवार रोमन कैथलिक धर्म में शामिल हुआ। एंटोनियो दा कोस्टा के पिता ओरलांदो दा कोस्टा एक अच्छे लेखक थे। पर उनकी आर्थिक स्थिति ठीक नहीं थी। अच्छी सम्भावना की तलाश में बाद में वे मडगाँव से लिस्बन चले गए। पर प्रधानमंत्री एंटोनियो के बचपन के शुरुआती कई साल मडगाँव में ही बीते। मारिया से मिलने जब सैंड्रा एक बार मडगाँव गई थी, तो एंटोनियो दा कोस्टा के घर को देखा था। सैंड्रा ने मम्मी को आकर बताया था कि एंटोनियो दा कोस्टा के उस पुश्तैनी घर में उनकी 78 वर्षीया आंटी मिसेज़ सिनिक्का कोस्टा सहित उनकी चचेरी बहन अन्ना केरीना जे. कोस्टा सपरिवार रहती हैं। अर्से से रंग-रोगन न होने की वजह से उस घर की रौनक़ ख़त्म है। पर मम्मी की आँखों में ख़ुशी की कौंध थी, "ओह सैंड्रा! गोवा के घर को तो वह जब चाहे ठीक करवा लेगा। पर जिस गोवा पर कभी पुर्तगालियों ने राज किया था, वहाँ अब गोवा पुर्तगाल पर राज कर रहा है। क्या यह मामूली बात है! आइ ऐम प्राउड ऑव एंटोनियो। ही इज़ मड-परफ़्यूम। मडगाँव की मिट्टी के लड़के की खुशबू पुर्तगाल में फैली हुई है।"

मारिया ने बताया कि एंटोनियो दा कोस्टा जब बचपन में गोवा में थे, उन्हें घर से लेकर पास-पड़ोस के लोग दुलार में 'बाबुश' बुलाते थे। वर्ष 2004 में यूरोपीय संसद के सदस्य बने मडगाँव के बाबुश वर्ष 2015 में पुर्तगाल के प्रधानमंत्री हुए। पापा के गुज़रने के तक़रीबन दो साल बाद। सैंड्रा सोचती है, पापा के रहते अगर

एंटोनियो दा कोस्टा प्रधानमंत्री बने होते, तो पापा इस बात पर कितना शान करते...। मारिया की हसरत है, अगर कभी एंटोनियो दा कोस्टा गोवा और फिर मडगाँव आएँगे, तो वह अपने रेस्तराँ में उनके लिए शानदार पार्टी रखेंगी। मारिया बात चलने पर मुस्कराकर गर्व से कहा करती हैं, "डू यू नो...पुर्चगीज़ प्रीमियर बाबुश की मॉम का नाम भी मारिया है...मिसेज़ मारिया एंटोनिया...।" मारिया नोरोन्हा ए तवोरा का रेस्तराँ ही उनका संसार है। वह बाबुश के अपने रेस्तराँ में आने की कल्पना करती हैं। इस रेस्तराँ को मारिया के दिवंगत पति फ़र्नांडो कोस्टा ने शुरू किया था। मारिया को कोई संतान नहीं। यह रेस्तराँ ही उनका बच्चा है। सैंड्रा को मारिया के लिए अफ़सोस होता है। उम्र का एक बड़ा फ़ासला होने के बावजूद क्या प्यारा इत्तफ़ाक़ है कि सैंड्रा के संग मारिया बहुत मित्रवत हैं। वह जब कभी पणजी आती हैं, तो उसके यहाँ आकर उसका और मम्मी का हालचाल लेना नहीं भूलतीं। मौक़े-मौक़े से उसके यहाँ रुकती भी हैं। सैंड्रा जानती है कि मारिया चाहतीं, तो पुर्तगाल का उनका पासपोर्ट बड़े आराम से बन जाता और वह वहाँ जा बसतीं। पर वास्को द गामा की वंशज होकर उन्होंने पुर्तगाल में बसने का कभी इरादा क्यों नहीं किया? यह सवाल अगर उनसे कभी कोई पूछ देता है, तो मारिया का इसके लिए एक स्थायी मुस्कानपूर्ण उत्तर है, "हमारी रगों, हड्डियों और खून में गोवा है। यही मेरी मिट्टी है। हमें इसी में जीना-मरना है। मेरी मम्मी भी गोवा की आजादी के बाद लिस्बन जाकर महज चार महीने में वापस गोवा लौट आई थीं। तब मेरी क्या बिसात?"

पुर्तगाल में जा बसने की यह एक बात छोड़ दी जाए, तो पुर्तगाल से मारिया को वैसे बहुत प्यार है, क्योंकि वह देश उनके मशहूर पूर्वज का देश है। पर गोवा से उनका लगाव अटूट है। वास्को द गामा से अपने वंश-सूत्र को लेकर मारिया को बहुत देर से यक़ीन हुआ था। मारिया के पापा अक्सर इस बात का ज़िक्र घर में करते थे। वे बताते थे कि कैसे पोप एलेक्ज़ेंडर चतुर्थ ने सन् 1492 में एक आज्ञा-पत्र के ज़रिये पुर्तगाल को समुद्री व्यापार के लिए एकाधिकार दिया था। यही कारण हुआ कि यूरोपीय कम्पनियों में सबसे पहले पुर्तगाली ही भारत आए। सन् 1498 में वास्को द गामा का आगमन पुर्तगाल से कालीकट हुआ था। वहाँ पहले से मौजूद अरब सौदागरों ने वास्को द गामा का सख़्त विरोध किया। पर स्थानीय राजा ज़ामोरिन से मिले समर्थन के कारण वास्को द गामा को भरपूर बल मिला। वास्को द गामा से जुड़ी ये और ऐसी अनगिनत बातें मारिया को उसके पापा बताते थे लेकिन पहले मारिया ने पापा की बात पर कभी उतना ग़ौर नहीं किया था। उनके पापा अगस्टो डे नोरोन्हो ए तवोरा, जिन्हें सारे गोवा में लोग प्यार से 'लुबे' पुकारते थे, फुटबाल के नामचीन खिलाड़ी थे। गोवा के लोग भी ठीक से नहीं जानते थे कि फुटबालर लुबे वाक़ई वास्को द गामा के वंशज हैं। पर मारिया जब एक बार पुर्तगाल गईं और अपने वंश वृक्ष का पता लगाया, तो उन्हें विश्वास करना पड़ा कि वे उसी प्राचीन समुद्र यात्री के ख़ानदान से हैं।

दरअसल, मारिया के पापा कहते तो थे लेकिन उनके पास इसका कोई ठोस प्रमाण नहीं था। पर मारिया को पुर्तगाल में 'वास्को द गामा नोटास हिस्टोरिकास अ जिनियेलॉजिकास' यानी 'वास्को द गामा की वंशावली...' नामक एक किताब मिली। इस किताब से मारिया को पक्की प्रामाणिक पुष्टि मिली कि वास्को द गामा के ग्यारहवें वंशज की एक शाखा गोवा में बस गई थी। इस वंशावली के मुताबिक डी. लॉरेंसो कार्लोस बर्नार्डो डे नोरोन्हो, जो वास्को द गामा के वंशजों में से एक थे, का जन्म 4 दिसम्बर, 1843 को गोवा में हुआ था। इन्हीं लॉरेंसो कार्लोस के दूसरे बेटे डी. फ्रांसिस्को बर्नार्डो डे नोरोन्हो ए तवोरा के बेटे थे अगस्टो डे नोरोन्हो ए तवोरा उर्फ़ लुबे, जो मारिया के पापा थे। पुर्तगाल में मिली इसी वंशावली की किताब से मारिया को यह भी जानकारी मिली कि उनके परदादा डी. फ्रांसिस्को द गामा पुर्तगालियों के शासन काल में गोवा के गवर्नर रहे थे।

वैसे, पुर्तगाली शासकों के वंशजों में मात्र गिने-चुने लोग अब गोवा में रह गए हैं। बहुत-से परिवार तो मारे आशंका के गोवा की आज़ादी के बहुत पहले ही पुर्तगाल चले गए थे। मारिया को याद है, 19 दिसम्बर, 1961 को गोवा जिस दिन पुर्तगालियों से आज़ाद होकर भारत का अंग बना था, ऐन उसी दिन उनकी माँ इमेल्डा अपने बच्चों के संग लिस्बन हवाई अड्डे पर उतरी थीं। उस समय मारिया ग्यारह साल की थीं और उनका भाई मात्र दो साल का। पर सिर्फ़ चार महीने बाद इमेल्डा अपने दोनों बच्चों के संग वापस गोवा लौट आई थीं। लौटकर अपने परिचितों की उत्सुकता पर उन्होंने गहरी साँस लेकर कहा था, "गोवा के लिए मेरे मन में प्यार का बोझ बहुत ज्यादा था, इसे मैं लाख कोशिश करके भी लिस्बन में नहीं उतार पा रही थी। यहाँ लौट आने के सिवा और कोई चारा नहीं था।" सैंड्रा समझती है कि अपनी मम्मी की तरह मारिया के मन के अन्तरंग द्वीप पर भी गोवा आबाद है। और मारिया की तरह ही उसके मन का भी स्थायी वसंत गोवा ही है।

लिबरेशन

फरवरी की पहली तारीख़ से वसंत की उमक यहाँ के कण-कण में दिखती है। पर गोवा के बारे में आमतौर से सारी दुनिया में धारणा है कि दिसम्बर यहाँ का 'राजा महीना' है। यह सही है। दरअसल, 3 दिसम्बर से ही यहाँ भव्य उत्सवों की शुरुआत हो जाती है जब 'वैसिलिका ऑव बाम जेसस' में गोवा के पैट्रन यानी संरक्षक संत सेंट फ्रांसिस जेवियर की याद में शानदार समारोह और भोज का आयोजन होता है। फिर 8 दिसम्बर को 'इम्मैकुलेट कांसेप्शन ऑव वर्जिन मेरी' का पणजी और मडगाँव में होनेवाला मनोहारी मेलों से उमगता उत्सव। शिरोडा में श्री शिवनाथ की जात्रा। दिसम्बर में ही पूरे धूम-धड़ाके का दुनिया भर के ज़मीनी सितारों से

जगमगाता 'अन्तरराष्ट्रीय गोवा फ़िल्म महोत्सव'! गोवा का स्वाधीनता दिवस...'गोवा लिबरेशन-डे' भी 19 दिसम्बर को। इसके छठे दिन क्रिसमस।

पापा बताते थे कि पुर्तगालियों के पहले कर्नाटक के कदम्ब राजाओं से लेकर दक्कन के सुलतानों ने गोवा पर राज किया। इनके बाद सन् 1510 में पुर्तगालियों ने जो गोवा पर क़ब्ज़ा जमाया, तो साढ़े चार सौ साल बाद 19 दिसम्बर, 1961 को पुर्तगाली शासन से गोवा को मुक्ति मिली। पुर्तगाली गवर्नर अलब्युकर्क ने जब बीजापुर के शासक से गोवा को छीनकर क़ब्ज़ा जमाया था, तो उसके सामने अपने शासन और व्यापार का मानचित्र स्पष्ट था कि गोवा में अपनी हुकूमत का खूँटा गाड़कर न सिर्फ़ मालाबार के व्यापार पर नियंत्रण रहेगा, बल्कि दक्कन के शासकों पर भी नज़र रखी जा सकेगी। गोवा में अपना मुख्यालय स्थापित कर पुर्तगालियों ने श्रीलंका, सुमात्रा और मलक्का के बन्दरगाहों पर भी क़िले बनाए। अर्से तक पुर्तगालियों के दबदबे से बुरी तरह परेशान तुर्कों ने समुद्र पर पुर्तगालियों की घेरेबन्दी को तोड़ने के लिए सन् 1536 में अपनी सम्पूर्ण नौसेना झोंककर हमला किया था। पर बात बनी नहीं। पुर्तगाली की चूलें नहीं हिलनी थीं, सो नहीं हिलीं। भारत में अंग्रेज़ों के लम्बे शासन के बावजूद पुर्तगाली गोवा में इस हद तक डटे रहे कि सबसे शुरू में भारत आए पुर्तगाली सबसे अन्त में गोवा से गए। साढ़े चार सौ वर्षों से ज़्यादा समय तक गोवा, दमन-दीव पर पुर्तगालियों का शासन रहा। दमन को गंगा नदी ने दो भागों में विभाजित कर रखा है—एक नानी दमन और दूसरा मोटी दमन। गोवा, दमन-दीव के लोग पुर्तगाली शासन के अत्याचारों से तबाह थे। गोवा, दमन-दीव की आज़ादी के लिए वर्षों तक तेज़ आन्दोलन चला। स्थिति सुलझती न देख भारत सरकार ने भारतीय सेना को 'ऑपरेशन विजय' गोवा में आरम्भ करने का निर्देश दिया। इस सैन्य ऑपरेशन के 36 घंटे के अन्दर पुर्तगाली गवर्नर जनरल मैनुएल एंटोनियो वेसालो दा सिल्वा ने 18 दिसम्बर को अपनी सत्ता का हथियार डाल दिया था और 19 दिसम्बर, 1961 को दमन-दीव समेत गोवा भारत में शामिल हो गया। इसलिए हर साल 19 दिसम्बर को 'गोवा लिबरेशन-डे' का उत्सव एक बड़ा आयोजन होता है और दिसम्बर के आख़िर में दुनिया में मशहूर गोवा के क्रिसमस का कहना ही क्या!

पापा जिस उल्लास से 'गोवा लिबरेशन-डे' को सेलिब्रेट करते थे, वह देखने लायक़ होता था। उस दिन सुबह से उनके होंठों पर, 'भारत म्होजो देस...महान म्होजो देस' और 'एकु आमगेलो देसु हो' सरीखे कोंकणी के अनेक देश-प्रेम गीत थिरकते ही रहते थे। एक बार पापा को झोंक आया, तो उसे बिठाकर दादाजी की पुरानी फ़ाइलें और डायरियाँ देर तक दिखाते रहे। अपनी डायरियों में दादाजी ने संघर्ष के उन दिनों की कई स्मृतियाँ दर्ज की हुई हैं। उनकी फ़ाइलों में गोवा स्वाधीनता संग्राम को लेकर उस समय के अख़बारों में छपी ख़बरों और महत्त्वपूर्ण लेखों की पीली पड़ चुकी कतरनें भी सहेजकर रखी हुई हैं। पापा को एक बार सुर चढ़ा, तो दादाजी के इस संग्रह में उन्होंने भी योगदान किया। पणजी स्थित 'गोवा

स्टेट सेंट्रल लाइब्रेरी' देश की सबसे पुरानी पब्लिक लाइब्रेरी है। इसकी स्थापना 15 सितम्बर, 1832 को पुर्तगाली वायसराय ने की थी। बीते दशकों में यह लाइब्रेरी कई बार खुली और बन्द हुई! कई बार इसका स्थान परिवर्तन भी हुआ। अब यह पट्टो इलाक़े में पणजी के मेन बस स्टैंड के पास अपने छह मंज़िले भवन में स्थित है। सैंड्रा के घर से यह लाइब्रेरी दस मिनट का रास्ता है। पापा ने कुछ साल पहले हफ़्ता-दस दिन लगाकर इस लाइब्रेरी से गोवा की आज़ादी को लेकर वर्ष 1961 के अख़बारों में छपी ख़बरों की कई फ़ोटो-प्रतियाँ करवाईं। पापा कहते थे कि दादाजी की डायरी और अख़बारों की कतरनों के साथ इन ख़बरों की फ़ोटो-प्रतियों को जोड़ देने से गोवा की आज़ादी को लेकर हुए संघर्ष का यह मुकम्मल और दुर्लभ संग्रह हो गया। पापा का मानना था कि इतिहासकार से चूक हो सकती है लेकिन अख़बार से नहीं। पापा भावुक होकर कहते थे, "सैंड्रा! यह हमारे खानदान की पूँजी है। मेरे बाद इसे सँभालकर तुम्हें ही रखना है।" पापा के बाद दादाजी की इन डायरियों और फ़ाइलों को उसने गहने की तरह सँभालकर अपने कमरे के रैक पर रखा हुआ है। कभी देर रात तक नींद नहीं आने पर वह किसी एक डायरी का कोई अंश या किसी पुरानी फ़ाइल से गोवा की आज़ादी की लड़ाई को लेकर उस समय के अख़बार में छपे किसी लेख को पढ़ते हुए अपनी अनिद्रा को बहलाती है। वर्ष 1961 में भारत सरकार द्वारा चलाए गए 'ऑपरेशन विजय' की ख़बरें पढ़कर वह रोमांचित हो उठती है। उस वक़्त उसे लगता है कि पापा अचानक से दबे पाँव दादाजी के संग कमरे में कहीं मौजूद हैं।

अभी परसों-तरसों की बात है। देर रात तक वह जगी रही। कुछ देर तक वह जार में संत की तरह समाधिस्थ किट्टू को निहारती रही। पर थोड़ी देर में उसका जी ऊबने लगा। किट्टू अगर थोड़ी भी हलचल में होता, तो शायद उसका जी लग जाता। पर स्थिरता ऊब पैदा करती है। अचानक उसे कौंधा कि क्यों न दादाजी की पुरानी फ़ाइल से गोवा लिबरेशन के दौर का कुछ निकालकर पढ़ा जाए। संघर्ष, जुल्म और क़ुर्बानी की दशकों पुरानी उन ख़बरों में आज भी एक कोलाहल है, बेशक अतीत की गठरी में ही सही। उसने वह एक फ़ाइल निकाली जिसमें 'लिबरेशन मूवमेंट' को लेकर तब के अख़बारों में छपी देश-विदेश के पत्रकारों की रिपोर्टिंग थी। इत्तफ़ाक़ से फ़ाइल में उसे एक अमरीकी पत्रकार होमर जैक की एक लम्बी रिपोर्ट मिली। होमर जैक उन थोड़े-से विदेशी पत्रकारों में से थे, जिन्हें वर्ष 1955 में गोवा के पुर्तगाली अधिकारियों ने 15 अगस्त का 'सामूहिक सत्याग्रह' देखने के लिए गोवा-प्रवेश की अनुमति दे दी थी। अपनी उसी भारत-यात्रा में पत्रकार जैक ने विनोबा भावे के 'भूदान-आन्दोलन' को भी 'कवर' किया था। पर 15 अगस्त, 1955 को गोवा की आज़ादी के वास्ते जारी 'सामूहिक सत्याग्रह' की रिपोर्टिंग जिस सनसनीख़ेज़ अन्दाज़ में होमर जैक ने लिखी, वह किसी फ़िल्मी पटकथा से कम नहीं। अंग्रेज़ी अख़बार में प्रकाशित उस लम्बे लेख की ख़ासी पीली पड़ चुकी कटिंग सैंड्रा पढ़ती ही चली गई थी। लेख

के शीर्षक : 'बार्बरस ऐक्शन ऑव पुर्चगीज़...पुर्तगाली अधिकारियों की पाषाण हृदयता' में उसे भरपूर सूचना भरी लगी।

होमर जैक की रिपोर्ट पढ़ते हुए सैंड्रा को लगा कि वह 15 अगस्त, 1955 के उस दिन में दाख़िल है। बक़लम जैक, "मुझे इतिहास के सबसे अनोखे युद्धों में से एक के बारे में समाचार भेजने का दुखद अनुभव हुआ है। यह युद्ध 15 अगस्त, 1955 को गोवा में 4000 निहत्थे सत्याग्रहियों का कूच था। महात्मा गांधी ने सबसे पहले दक्षिण अफ्रीका में पहली बार सत्याग्रह का उपयोग अमोघ अस्त्र के रूप में किया था तथा जिसका विकास भारत में अंग्रेजों के विरुद्ध किया गया।

गोवा के अपने अनुभवों की कहानी आरम्भ करने से पूर्व मैं यह बताना चाहता हूँ कि गोवा मैं कई अमरीकी तथा यूरोपीय पत्र-पत्रिकाओं के लिए एक स्वतंत्र पत्रकार के रूप में गया था। पुर्तगाली सरकार ने कुछ विदेशी पत्रकारों का कराची से लेकर गोवा तक का मार्ग व्यय स्वयं उठाया था तथा गोवा में ये पत्रकार सरकार के अतिथि के रूप में रहे थे। पर मैंने बम्बई से गोवा तथा वहाँ से वापसी का खर्चा स्वयं उठाया। गोवा के अन्दर मुफ्त यातायात का, गोवा-अधिकारियों का प्रस्ताव मैंने जरूर स्वीकार किया। पर मैंने अपने अन्य सभी खर्चे स्वयं उठाए।

सोमवार 15 अगस्त, 1955 को हमें गोवा की राजधानी पणजी स्थित एक बड़े-से होटल के कमरे में मुँहअँधेरे तीन बजे लाकर ठहराया गया। सुबह के उजाले के साथ जब हम और हमारे साथ उस होटल में रुके बाहर के देशों से आए पत्रकार मित्र होटल के बाहर यों ही टहलने को निकले, तो सड़कों पर तनाव घिरना शुरू हो चुका था। गोवा के स्वतंत्रता सेनानियों का जत्था छोटी-छोटी टुकड़ियों में लगातार दाखिल हो रहा था। आशंका बलवती थी कि आज का दिन आसान न होगा। हालाँकि, पणजी के अखबारों में यह खबर उस दिन छपी थी कि गोवा का पुर्तगाली शासन सत्याग्रहियों के संग नरमी से पेश आएगा; क्योंकि बीते दिनों में निहत्थे सत्याग्रहियों के साथ किए गए दुर्व्यवहार और दमन के मसले पर पुर्तगाली सेनाध्यक्ष कप्तान रोम्बा और गोवा के गवर्नर जनरल के बीच तीव्र मतभेद हो गया था। यही वजह हुई कि पिछले ही दिनों कप्तान रोम्बा को वापस लिस्बन लौट जाना पड़ा था। गोवा के गवर्नर जनरल ने पुर्तगाल सरकार से अनुरोध किया था कि कप्तान रोम्बा को दोबारा गोवा न भेजा जाए। गवर्नर जनरल ने पुर्तगाल सरकार को लिखा था कि गोवा में सत्याग्रहियों के संग किसी भी प्रकार की नृशंसता से मुक्ति आन्दोलन को उलटे और बल मिलेगा। इससे भारत और गोवा की जनता में और क्रोध जगेगा।" होमर जैक ने आगे लिखा कि "उस समय गोवा के अखबारों में एक से एक बातें निकल रही थीं। इन्हीं में एक हैदराबाद के प्रधानमंत्री रह चुके सर मिर्जा इस्माइल का भी लंदन से जारी एक विचित्र-सा बयान था। सर इस्माइल ने कहा था कि सन् 1947 में जब वे हैदराबाद स्टेट के प्रधानमंत्री थे, उस समय अपने ब्रिटिश मित्रों के माध्यम से उन्होंने पुर्तगाल सरकार को सुझाव दिया था कि चूँकि गोवा अब अधिक समय तक पुर्तगाली शासन के अधीन नहीं रह पाएगा, इसलिए बेहतर होगा कि वे इसे हैदराबाद स्टेट के हाथों

बेच दें। सर मिर्जा इस्माइल ने बयान में आगे कहा था कि हैदराबाद स्टेट की यह इच्छा इसलिए थी कि गोवा अगर उनके जिम्मे आ जाएगा, तो उनके स्टेट की पहुँच समुद्र तट तक हो जाएगी। पर पुर्तगाली सरकार ने इस प्रस्ताव पर चुप्पी साध ली थी। सत्याग्रह के समय ये और ऐसे कई अजीब किस्से लगातार निकलकर आ रहे थे।"

होमर जैक ने अपनी लम्बी रिपोर्ट में आगे लिखा था कि "15 अगस्त, 1955 को दिन की शुरुआत के साथ हमारे समेत एक और पत्रकार को समुद्र बीच पर गाड़ी से ले जाया गया। उसके पश्चात नावों से हम उत्तरी गोवा के पेरनेम की सैनिक चौकी पर पहुँचे, जो रायो डि तिराकोई नदी से, जो भारत तथा गोवा की सीमा बनाती है, दक्षिण में एक मील की दूरी पर स्थित है। यहाँ हमें एक टैक्सी मुहय्या की गई। पर कुछ ही दूर जाने पर टैक्सी खराब हो गई। लिहाजा, एक पुर्तगाली कमांडर ने मुझसे तथा मेरे फ्रांसीसी साथी से एक जीप की पिछली सीट में बैठने का अनुरोध किया। उसने बताया कि कुछ ऐसे समाचार मिले हैं कि सत्याग्रहियों ने नदी पार कर ली है। एक पुर्तगाली लेफ़्टिनेंट अमरीका-निर्मित जीप चला रहा था। उसके साथ एक युवा पुर्तगाली सैनिक था, जिसके पास किरचवाली राइफ़ल थी। पुर्तगाली उपनिवेशों के बहुत-से अफ्रीकी सैनिकों को भी सीमा से कुछ दूरी पर मुस्तैद कर रखा गया था। हम नदी किनारे के घने हरे धान के खेतों के सहारे और ऊँचे नारियल के वृक्षों के नीचे गर्दीली सड़क पर जा रहे थे। हम कुछ गोअन किसानों के समीप से गुजरे, जो 15 अगस्त के बारे में अनभिज्ञ से प्रतीत होते थे। ड्राइवर ने जीप तेज कर दी थी पर थोड़ी दूर आगे जाकर अचानक एक जगह रोक दिया। सड़क के दोनों ओर बाँसों की बनी बाड़ पर लाल तथा सफेद रंग के इश्तहार लगे हुए थे। इसमें भारत का नक्शा लाल रंग में छपा हुआ था, जिस पर गांधी टोपी में भारतीय झंडा लिये हुए एक सत्याग्रही का चित्र था। उस पर हिन्दी में लिखा था—'गोवा छोड़ो : 15 अगस्त : गोवा राष्ट्रीय कांग्रेस।' लेफ़्टिनेंट और उसका साथी फौरन जीप से नीचे उतरा और दोनों ने इश्तहारों को नोचकर उसे जीप के पीछे डाल लिया। जिस समय वे पुनः जीप पर चढ़ रहे थे, तभी उन्होंने एक निकटस्थ इमारत की छत पर एक भारतीय झंडा लहराता देखा! उन्होंने कठिनाई से ऊपर चढ़कर झंडे का डंडा तोड़ा और झंडा उतार लिया। झंडे को जीप में डाल वे आगे बढ़े।

अगले गाँव में एक पुराने गिरजाघर की दीवार के सहारे सत्याग्रहियों को एक समूह में देखा। उन लोगों ने पुलिस को देखते ही नारे लगाने शुरू कर दिये—'भारत-गोवा एक हैं...! गोवा की आजादी जिन्दाबाद...! आजाद गोवा जिन्दाबाद!' लेफ़्टिनेंट तथा उसके साथी सैनिक ने उन सब पर राइफल तान दी और सत्याग्रहियों के हाथों से झंडा छीनने को आगे बढ़े। छीना-झपटी और तनातनी तो हुई पर गनीमत है कि कोई अप्रिय घटना नहीं घटी।

मैंने वहाँ कुछ फ़ोटो लिये। लेफ़्टिनेंट ने सैनिकों को आदेश दिया कि वह सत्याग्रहियों की तलाशी लें कि कहीं उनके पास इश्तहार इत्यादि तो नहीं हैं। और सत्याग्रहियों के पास से भारी मात्रा में बरामद लाल-सफेद इश्तहारों व मराठी भाषा में

प्रकाशित एक दस पृष्ठों की पत्रिका की अनेक प्रतियों, जिस पर भारतीय प्रधानमंत्री जवाहरलाल नेहरू का चित्र छपा था, को छीनकर फेंक दिया गया। पुर्तगाली सैनिकों ने सत्याग्रहियों से कहा कि वे अपने सफेद बिल्ले फेंक दें, जो उनकी कमीजों पर पिनों से लगे हुए थे। उसी दौरान मैंने सत्याग्रहियों के नेता एन. एल. सलास्कर से भेंट की। सलास्कर ने बताया कि पूरे गोवा में आज कई जत्थे आए हुए हैं और उनके इस जत्थे में 46 लोग हैं, जो भारत के विभिन्न राजनीतिक दलों के हैं। इनमें अधिकांशत: मध्य प्रदेश के हैं। सलास्कर ने अपने नियम के अनुसार यह बताने से इनकार किया कि वे लोग गोवा में किस प्रकार घुसे हैं। परन्तु यह स्पष्ट था कि पिछली रात को ये लोग नावों से या तैरकर गोवा में घुसे थे। सलास्कर ने बताया कि अभी जो पोस्टर की जब्ती हुई है, उसके पूर्व उन लोगों ने 200 पोस्टर तथा 200 इश्तहार वितरित कर दिये थे। सलास्कर ने कहा कि वे लोग जिन-जिन ग्रामीणों से यहाँ मिले हैं, सबकी राय है कि गोवा का विलय भारत में हो जाए।

सलास्कर से हमारी बातचीत चल ही रही थी कि इसी बीच वर्षा आरम्भ हो गई और तभी सैनिकों से भरी दो जीपें वहाँ पहुँच गईं। तब पुर्तगाली लेफ़्टिनेंट ने जोश में आकर टूटी-फूटी पुर्तगाली अंग्रेजी में मुझसे कहा कि 'क्या आप और सत्याग्रही देखना चाहते हैं? तो इधर आइए।' इसके बाद हम पश्चिम की ओर तीन मील दूरस्थ एक और गाँव की ओर जीप से निकल पड़े। वहाँ हमने एक जीप तथा सत्याग्रहियों का एक और जत्था देखा। जत्थे में 52 लोग थे। पुर्तगाली सैनिकों द्वारा उन्हें घेरकर पहले से जमीन पर बैठा रखा गया था। एक गोअन युवक एक हाथ में छाता तथा दूसरे हाथ में राइफल लिये उन पर तैनात था। हमारे साथवाले लेफ़्टिनेंट ने उसकी कमर थपथपाई तथा उसके राइफल पर किरच लगा दी। इस राइफलधारी गोअन युवक ने मुझे बताया कि वह एक स्कूल मास्टर है। उसने कहा कि मैंने मराठी स्कूल के निकट कुछ लोगों को भारतीय झंडा लहराते देखा। मैंने वहाँ जाकर झंडे का डंडा तोड़ डाला और वह झंडा ले जाकर स्थानीथ चर्च के पादरी को सौंप दिया। उस युवक ने बताया कि वह ईसाई है। जब युवक से हमने पूछा कि निहत्थे भारतीयों के सामने वह राइफल क्यों लिये हुए है? क्या वह इन सत्याग्रहियों पर गोलियाँ चलाएगा? युवक ने कहा कि—नहीं, राइफल तो वह इसलिए लिये हुए है क्योंकि पुर्तगाली अधिकारियों ने उसे ऐसा करने को कहा है। युवक ने कहा कि और यों भी बन्दूक हाथ में लेना उसे अच्छा लगता है।"

अमरीकी पत्रकार होमर जैक ने अपनी लम्बी रिपोर्ट के आखिरी अंश में लिखा है कि "शीघ्र ही गिरजाघर का घंटा सामूहिक प्रार्थना के लिए बज उठा और वह युवा गोअन स्कूल मास्टर बन्दूक त्यागकर अनेक ग्रामीणों के साथ प्रार्थना के लिए निकल पड़ा। कैथलिक ईसाइयों में 15 अगस्त यों भी उत्सव का दिन होता है। पर गाँव के हिन्दू लोग उत्सुकता के साथ सत्याग्रहियों को देखते रहे। 52 सत्याग्रहियों के इस जत्थे में अधिकांशत: हैदराबाद के लोग शामिल थे तथा उनमें से अनेक 'किसान पार्टी' के सदस्य थे। मैं जब उनसे बातचीत कर रहा था तब एक और

पुलिस जीप वहाँ आई और पुलिसवालों ने गांधी टोपी पहने हुए सत्याग्रहियों से कहा कि वे सब अपनी-अपनी टोपियाँ जमीन पर फेंक दें। इसके बाद सत्याग्रहियों से चार-चार की पंक्ति बनाकर चलने को कहा गया। कई मील के बाद हम एक छोटे गाँव में पहुँचे, जहाँ काई से ढका हुआ एक मंदिर था। वहाँ पहले से दो पुर्तगाली सैनिक मौज़ूद थे। मंदिर के चारों तरफ़ मौज़ूद लोग मातम में थे। मंदिर परिसर के मध्य में लगभग 50 लोग अपने एक साथी के चारों ओर, जो भूमि पर मृत लेटा हुआ था, बैठे थे। पुलिस की गोली से मरा वह सत्याग्रही राजस्थान का एक 32 वर्षीय युवक पन्नालाल यादव था। सत्याग्रहियों से पता चला कि वह शादीशुदा था और उसके चार बच्चे हैं। वह प्रजा सोशलिस्ट पार्टी का सदस्य था तथा रामगंज मंडी की म्यूनिसिपल परिषद का सदस्य भी। इस जत्थे के नेता राजस्थान के माधो दास थे। उनके हाथों में गोली लगी हुई थी और वह खून टपकते अपने हाथों को थामे हुए थे। वाकई, 15 अगस्त, 1955 की उस शाम तक गोवा की स्थिति विकराल हो चुकी थी। पूरे गोवा में एक महिला समेत 36 लोग पुलिस की गोली से मौत के घाट उतर चुके थे। गोवा तथा दमन की सीमाओं पर विभिन्न स्थानों में पुर्तगाली पुलिस तथा सेना ने भारत के राष्ट्रीय ध्वज को लेकर बढ़ रहे सत्याग्रहियों पर अन्धाधुन्ध गोलियाँ चलाई थीं। परिणामस्वरूप गोवा-दमन की सीमा पर 31 सत्याग्रही शहीद हुए और 44 सत्याग्रही बुरी तरह घायल। शाम को पणजी में चारों तरफ से खबरें आ रही थीं। मध्य प्रदेश से आए साढ़े पाँच सौ सत्याग्रहियों को एक 30 फुट लम्बे और 15 फुट चौड़े कमरे में ठूँस-ठूँसकर भर दिया गया था। खबर थी कि उसमें 50 सत्याग्रही कमरे की घुटन से अचेत थे। पूरा परिदृश्य लोमहर्षक था। मैं समझता हूँ कि इन बलिदानियों का संघर्ष बेकार नहीं जाएगा।"

सैंड्रा ने पापा द्वारा वर्ष 1961 की संकलित ख़बरों की भी फ़ाइल पलटी। ख़बरों की सुर्ख़ियों पर उसकी आँखें रोमांच से दौड़ती रहीं। मसलन 7 दिसम्बर, 1961 की ख़बर—'मिलिट्री स्टेप्स टेकेन टू मीट लिसबं'स चैलेंज़, नेहरू टेल्स लोकसभा।' 18 दिसम्बर, 1961 की सुर्ख़ी—'आउअर ट्रुप्स एंटर गोवा, दीव ऐंड दमन!' 19 दिसम्बर, 1961 गोवा डेट लाइन—'गोवा बैक विद द मदरलैंड!' और सचमुच गोवा, दमन और दीव को पुर्तगाल से आज़ादी मिल गई। अब ये भारत के अंग थे। उधर लिस्बन की नेशनल असेम्बली में पुर्तगाल का तानाशाह प्रधानमंत्री सालाजार आपा खोकर चिल्ला रहा था कि गोवा पर आज भी पुर्तगाल का स्वामित्व है। पापा बताते थे कि पुर्तगालियों से गोवा को मुक्ति मिलने के बाद भारतीय सेना के लेफ़्टिनेंट जनरल के. पी. कंडेथ ने 19 दिसम्बर, 1961 से 6 जून, 1962 तक केन्द्रशासित गोवा, दमन-दीव के मिलिट्री गवर्नर का पद सँभाला। उनके बाद गोवा, दमन-दीव के लेफ़्टिनेंट गवर्नर पद पर टी. शिवशंकर भारत सरकार द्वारा 7 जून, 1962 से नियुक्त किए गए। सबसे पहले सन् 1962 के अक्टूबर माह में गोवा में पंचायत चुनाव कराया गया और उसके दो माह बाद यानी दिसम्बर, 1962 में गोवा का पहला विधान सभा चुनाव हुआ। इस चुनाव में 'महाराष्ट्रवादी गोमंतक पार्टी' ने जीत

हासिल की। 'भाऊसाहब' के नाम से प्रसिद्ध 'महाराष्ट्रवादी गोमंतक पार्टी' के नेता दयानन्द बांदोडकर की सरकार 20 दिसम्बर, 1962 को गोवा की सत्ता में आसीन हुई।

बहरहाल, होमर जैक की इबारतें सैंड्रा के मन में चिंगारी की तरह कौंध रही थीं। होमर जैक की रिपोर्ट को वह दोबारा पढ़ेगी। इसलिए रिपोर्ट को उसने अपनी मेज़ पर रखा हुआ है। इसे एक बार फिर से पढ़कर फ़ाइल में वह रख देगी। यह पूरा का पूरा एक युद्ध-रिपोर्ताज़ है। उसने सोचा कि यह सब कुछ उन सत्याग्रहियों की क़ुर्बानी की रंगत है, जो हर साल 'गोवा लिबरेशन-डे' के मौक़े पर अतीत की आग के रूप में गोवा की रगों में दौड़ती है। और क्या अद्‌भुत संयोग है कि 'लिबरेशन-डे' के ठीक छठे दिन क्रिसमस! क्रिसमस पर तो गोवा जैसे गहरे नीले आकाश के समस्त तारों को छूने लगता है। शहर से गाँव तक के चौक-चौराहे और गली-नुक्कड़ रौशन हो जाते हैं। आधुनिक शैली के मकानों और पुराने दिनों के लाल खपरैल की छतोंवाले लैटिन शैली के घरों के आगे 'क्रिसमस ट्री' की शोभा अलग दीपने लगती है। 'कैरल' का सुर सबके होंठों पर थिरक उठता है। दक्षिणी गोवा की अपेक्षा उत्तरी गोवा में अधिक भीड़ उमड़ी रहती है, क्योंकि ज़्यादातर पर्यटक उत्तरी गोवा में टिकते हैं। पर क्रिसमस में दक्षिणी गोवा की भी अपनी अलग रौनक़ है।

लगभग 400 चर्च पूरे गोवा में हैं और क्रिसमस में सबकी सज्जा देखते बनती है। चर्च स्क्वायर रोड स्थित पणजी के मुख्य चर्च का तो कहना ही क्या...! कोहरा, क्रिसमस और लोक उल्लास के कल्लोल में कालांगुटे, बैगाटोर, कंडोलिम, सिंक्वेरिम, अंजुना, मीराँमार, दोना पाउला, अगोंडा और पालोलेम सरीखे गोवा के सभी समुद्र तट रहस्यमय सुखद सिहरन में डूबते-उतराते रहते हैं। 25 दिसम्बर को क्रिसमस से शुरू हुई यह झूम पहली जनवरी को नया साल मनाते हुए जनवरी के पहले सप्ताह तक पूरी ख़ुमारी में रहती है। पहली जनवरी को तमाम मस्ती के बीच स्थानीय लोग जगह-जगह पुराने कपड़ों से बने एक बूढ़े के पुतले को जलाते हैं, इस प्रार्थना के संग कि हमारे जीवन का सभी पुराना और बूढ़ा दुख-दर्द जल जाए।

हर पहली जनवरी को गोवा का यह पुराना रिवाज़ है। बूढ़े दुख को अलविदा! तभी तो देश-विदेश के पर्यटकों का दल और स्थानीय जनसाधारण क्रिसमस के रात्रि-जागरण के बाद, नये साल की शुरुआत के साथ भी जहाँ आधी रातों को आग जलाकर गीत-संगीत, नृत्य और भोज में मगन रहता है, गोवा के बहुसंख्यक कबूतर, धान-पक्षी, मैना, नीलकंठ, धनेश, किंगफ़िशर और यहाँ तक कि उल्लू तक इस अवधि में मानो 'कैरल' के लय में रमे रहते हैं। गोवा के राजकीय पक्षी-'रूबी थ्रोटेड येलो नाइटिंगेल' यानी माणिक-सी सुर्ख़ लाल गले वाली दक्क पीली शर्मीली बुलबुल का मंद-मधुर संगीत भले गोवा के गाढ़े जंगलों की झुरमुटों में ग़ुम रहता है लेकिन आदमी के बच्चे की तरह थ्रस पक्षी का सीटी बजाता संगीत ज़रूर रह-रहकर सबको सुनाई देता है। इसलिए कालिमा की हद तक गहरे नीले फ़िरोजी इस नन्हे-से प्यारे पक्षी को गोवा के लोग दुलार में 'व्हिसलिंग स्कूल ब्वॉय'...सीटी बजाता हुआ स्कूली बच्चा कहते हैं। यानी पक्षियों में वसंत! वसंत-पाखी!

क्रिसमस के ऐन सातवें दिन नये साल की सीटी बज जाती है और उसके पाँचवें दिन उत्तरी-दक्षिणी गोवा के कई हिस्सों में रंग-बिरंगी वेश-भूषा में पुरुषों का कारवाँ निकलता है, जिनके आगे तीन घोड़ों पर राजसी सज-धज में तीन पुरुष सवार रहते हैं। कारवाँ के संग 'थ्री किंग्स' यानी तीन राजाओं के प्रतीक के रूप में बालक यीशु को शीश नवाने ये तीनों घुड़सवार अपने निकटतम चर्च में पहुँचते हैं। फिर इसके ठीक अगले दिन गोवा में मौजूद पूर्वी यूरोप के पर्यटक 7 जनवरी को जीसस के जन्म के उपलक्ष्य में पुरानी परम्परा की तर्ज़ पर क्रिसमस का सादगी भरा आयोजन करते हैं। दिसम्बर और जनवरी माह बेशक उत्सवों से भरा होता है। पर जीवन के खचाखच व्यस्त कैलेंडर में सैंड्रा के लिए एकदम से सोनाबाबू महीना है—फरवरी। वसंत के रस-राग का महीना। वसंत में ही गन्ना पकता है और जीवन में चारों तरफ़ मिठास का कारोबार फिर नये सिरे से शुरू होता है। इसलिए मेरी स्प्रिंग! प्रमुदित वसंत! और वह भी गोवा का वसंत! वैसे तो सारी दुनिया में वसंत का छत्र बड़े ऐश्वर्य से आहिस्ता-आहिस्ता पसरता है। पर पूरब के रोम गोवा की राजधानी पणजी में वसंत की फागुनी अदा कुछ अलग ही होती है।

दरअसल, वसंत की रातों में धीरे-धीरे चाँदी जैसा झलमल-जगमग चाँद जैसे-जैसे आकाश में बढ़ता है, पणजी के पाँवों पर लोटता अरब सागर विकल होने लगता है। नमक की तहों वाली ज़मीन से लेकर पेड़ों के जंगली झुरमुटों और एलटिन्हो पहाड़ी की सुहाग मग्न आकुलता पणजी के गली-कूचों और पागल पुरवाई में महसूस होती है। मांडवी और जुआरी नदी की तरल आभा में वसंत बंजारे नाविक सजन की तरह आता है और 'मांडवी की राजकुमारी' पणजी मान व उल्लास के संगीत से पुलक उठती है। जुआरी भी क्या ग़ज़ब की नदी है। तक़रीबन 92 किलोमीटर लम्बी गोवा की यह सबसे बड़ी नदी है। पश्चिमी घाट से निकलनेवाली जुआरी से छोटी नदी है मांडवी, जो 62 किलोमीटर में फैली है। जुआरी और मांडवी की युगलबन्दी पर गोवा की पूरी खेती टिकी है। कई-कई दशकों में जब जुआरी और मांडवी अपनी धारा बदलती है, तो उस दौरान नदी के पेट से निकली 'खजान' भूमि सोने की तरह अनाज उगलती है। जुआरी नदी के बाएँ तट पर है वास्को द गामा नगर, जिसके बाजू में मार्मुगाँव का बन्दरगाह है। सैंड्रा को याद है, पापा कहते थे कि जुआरी और मांडवी दरअसल गोवा की दोनों कलाइयों में धड़कती नाड़ी है। वसंत का दुलार इन दोनों नदियों पर छाता है। और ये दोनों नदियाँ भी बंजारे वसंत को दुलारती-मलारती हैं। क्या ऋतुएँ आकाश-धरती और वनस्पतियों के संग-संग नदियों में भी परिवर्तन लाती हैं? क्या ऋतुएँ सचमुच हमारा जीवन बदलती हैं? क्या हर साल आनेवाला वसंत हमारे जीवन में कुछ फ़र्क़ लाता है? क्या वसंत जीवन में हर बार नये सिरे से प्रेम छिड़कने आता है? इच्छाओं के फूल खिलाने? बर्नाडेट गोम्स उर्फ़ बर्नी गोम्स की वसंत पर बनाई पेंटिंग सीरीज़ में वसंत का सारा दुलार-मान और मनुहार छलकता दिखता है। वसंत की अलस हवा की सिहरन भी। बर्नाडेट गोम्स उर्फ़ बर्नी भी रीना फ़र्नांडीस की तरह सैंड्रा की पुरानी दोस्त है। गोवा की जनजातियों के

जीवन को लेकर बनाए उसके चित्र अद्‌भुत हैं। बर्नाडेट इन दिनों डॉम मॉरेस की कविताओं पर एक पेंटिंग सीरीज़ बनाने में जुटी है। वह डॉम मॉरेस की कविताओं की दीवानी है। वह कहती है, "अपने देश में अंग्रेज़ी के सबसे बड़े पोएट थे डॉम मॉरेस। बेशक, डॉम मॉरेस का जन्म बम्बई में हुआ था। पर मुझे यह सोचकर गर्व होता है कि डॉम मॉरेस का परिवार गोवा का था। साउथ गोवा के कंकोलिम में अभी भी इस परिवार का घर है, जो खँडहर बन चुका है। कंकोलिम से मैं अच्छी तरह परिचित हूँ क्योंकि ढाई साल तक यहाँ के 'सी. इ. एस. कॉलेज' में मैं पढ़ा चुकी हूँ।" बर्नाडेट का मानना है कि गोवा सरकार को अपनी धरती के इस महान कवि के पुश्तैनी घर को धरोहर की तरह सहेजकर रखना चाहिए।

बर्नाडेट गहरे अफ़सोस से कहती है, "और सिर्फ एक डॉम मॉरेस का पुश्तैनी घर ही क्या, गोवा की कई नामवर हस्तियों के घर खँडहर बने पड़े हैं। उन घरों की दीवारें बहुत कुछ गिर गई हैं, पर लकड़ी के जर्जर दरवाजे पर एक बहुत पुराना जंग से सड़ा हुआ ताला जरूर लटकता दिखता है।" लगे हाथ वह इस तथ्य को जोड़ना नहीं भूलती है कि गोवा देश का एक ऐसा प्रान्त है, जहाँ देश के तालाबन्द घरों का प्रतिशत सबसे ज़्यादा है। गोवा के बहुत-से ऐसे निजी घर हैं, जिन्हें राज्य सरकार ने 'अधिकृत तालाबन्द मकान' यानी दफ़्तरी ज़बान में 'आक्युपाइड लॉक्ड हाउस' की कोटि में संसूचित कर रखा है। बकौल बर्नाडेट, "खँडहर में तब्दील इन तालाबन्द मकानों का मर्म गोवावासी समझते हैं। दरअसल, गोवा के मूल निवासियों की यह आस्था है कि भले ही वे नौकरी-चाकरी और कामकाज के सिलसिले में दुनिया के किसी कोने में चले जाएँ लेकिन गोवा में उनका एक अदद निजी घर होना ही चाहिए। इसी भावना से डॉम मॉरेस ने भी कंकोलिम के अपने पुश्तैनी घर को कभी नहीं बेचा।"

डॉम मॉरेस की सभी किताबें बर्नाडेट ने पढ़ रखी हैं, जिनका वह बराबर ज़िक्र किया करती है। ख़ासकर 'माइ संस फ़ादर', 'गोन अवे' और 'नेवर ऐट होम'—डॉम की ये तीन किताबें उसे बहुत प्रिय हैं। बर्नाडेट बताती है कि डॉम के पिता फ्रैंक मॉरेस एक बड़े पत्रकार थे। वे 'द टाइम्स ऑव इंडिया' और 'द इंडियन एक्सप्रेस' के एडिटर इन चीफ़ रहे थे। पर दोनों पिता-पुत्र का पारिवारिक जीवन बहुत दुखद रहा। डॉम की माँ बेरिल मॉरेस उनके बचपन के दिनों से विक्षिप्त हो गई थीं। एक मानसिक आरोग्यशाला में उन्होंने अन्तिम साँस ली थी। स्वयं डॉम मॉरेस ने तीन शादियाँ की थीं। पहली शादी डॉम ने हेनेरिटा से की थी। दूसरी जूडिथ से, जिनसे उनको एक बेटा हुआ—फ्रांसिस! तीसरी शादी डॉम ने हिन्दी-अंग्रेज़ी फ़िल्मों की बेहद हसीन ऐक्ट्रेस लीला नायडू से की थी। पर इन तीनों से उनका अलगाव हो गया। बर्नाडेट गहरी साँस लेकर कहती है, "वही डॉम की किताब 'नेवर ऐट होम' की तरह।" बर्नाडेट इसकी वजह बताती है कि अपनी विक्षिप्त माँ की पृष्ठभूमि के कारण स्त्रियों के प्रति उनमें एक दग्ध-सी उलझन थी। अपनी पहली पत्नी हेनेरिटा से वे बड़े अजीबोग़रीब तरीक़े से अलग हुए थे। लंदन में एक दिन उन्होंने हेनेरिटा से कहा कि—'मैं सिगरेट लेने जा रहा हूँ' और फिर वे कभी उसके पास लौटकर

नहीं आए। फिर जूडिथ से शादी की। वह भी नहीं टिकी। हेनेरिटा को तो उन्होंने विधिवत डाइवोर्स भी नहीं किया था। पर जूडिथ को बाक़ायदे तलाक़ दिया। हेनेरिटा और जूडिथ दोनों के संग कुल मिलाकर उनका छह-सात साल गुज़रा। सन् 1968 में जब डॉम लंदन से बम्बई आए, तो अगले साल 1969 में उन्होंने ऐक्ट्रेस लीला नायडू से शादी की। लीला की भी पहली शादी नहीं चली थी। लीला के संग लगभग 25 साल डॉम का दाम्पत्य जीवन रहा। महानगर बम्बई के वे आदर्श दम्पती थे। बर्नाडेट कहती है कि डॉम मॉरेस की कविताओं के अपने पेंटिंग सीरीज़ की एक पेंटिंग में डॉम व लीला को वह एक साथ स्केच करेगी। बर्नाडेट कहती है, "बला की खूबसूरत थी लीला। एकदम परी। वह एकदम लिविंग वर्क ऑव आर्ट थी सैंड्रा! डॉम मॉरेस की कविताएँ जितनी सुन्दर हैं, लीला भी उतनी ही सुन्दर थीं। अगर वह दुनिया में होतीं, तो उनके साथ सेशन करके मैं उनकी बेशुमार पेंटिंग्स बनाती। लीला एकदम से एंजेलो दा' फ़ोंसेका की पेंटिंग्स की स्त्रियों की तरह सुन्दर थीं।"

एंजेलो फ़ोंसेका दरअसल बर्नाडेट के सबसे पसन्दीदा और आदर्श चित्रकार हैं और उसे इस बात का बहुत गहरा अफ़सोस है कि अपने जीवनकाल में फ़ोंसेका को पहचाना नहीं गया। पर ख़ैर अब उनके निधन के लगभग पचास साल बाद उनकी अमर कृतियों की पहचान हो रही है। सन् 1902 में गोवा के सेंट एस्टेवेम में जन्मे फ़ोंसेका सन् 1967 में गुज़र गए। ग़ज़ब-सी बात यह हुई कि पहले उन्होंने मेडिकल की पढ़ाई के लिए बम्बई के 'ग्रांट मेडिकल कॉलेज' में दाख़िला लिया था। पर जल्दी ही उन्हें महसूस हुआ कि वे कला के वास्ते हैं, चिकित्सा जगत के वास्ते नहीं। मेडिकल कॉलेज छोड़ने के बाद फ़ोंसेका ने कुछ समय बम्बई के 'जे. जे. स्कूल ऑव आर्ट' में पढ़ाई की। पर यहाँ भी उनका दिल नहीं लगा। वे सीधे गुरुदेव रवीन्द्रनाथ ठाकुर के पास 'शान्तिनिकेतन' आ गए। यहाँ रवीन्द्रनाथ ठाकुर से उन्हें कला की नई रोशनी मिली। महान चित्रकार नन्दलाल बसु 'शान्तिनिकेतन' में एंजेलो फ़ोंसेका के शिक्षक थे। इस तरह फ़ोंसेका में गोवा से बंगाल तक का रंग घुला था। फ़ोंसेका को बर्नाडेट भला कैसे देखती। उनके गुज़रने के दस-ग्यारह साल बाद वह धरती पर आई। पर हाँ, फ़ोंसेका के प्रति अपनी भक्ति के कारण वह फ़ोंसेका की पत्नी इवी म्युरियेल फ़ोंसेका से उनके आख़िरी साँस तक जुड़ी रही थी। वर्ष 2015 में 87 साल की उम्र में जब इवी फ़ोंसेका चल बसीं, तो बर्नाडेट को लगा कि फ़ोंसेका को लेकर एक बेशकीमती सूत्र भी नहीं रहा। बर्नाडेट दरअसल उसी गाँव सेंट एस्टेवेम की लड़की है, जहाँ एंजेलो दा फ़ोंसेका का जन्म हुआ था।

एंजेलो दा फ़ोंसेका का जीवन बहुत मुश्किलों-मुसीबतों से भरा था। उन्हें सालाज़ार के पुर्तगाली शासन के दौरान गोवा से इसलिए निकाल दिया गया था, क्योंकि उन्होंने पारम्परिक गोअन साड़ी में वर्ज़िन मेरी को कैनवस पर उतारा था। एंजेलो दा फ़ोंसेका की वह पेंटिंग देखकर सैंड्रा को लगता है कि यह वासंती वर्ज़िन मेरी हैं। वसंत की पीतांबरी सुनहरी पीली साड़ी में जीसस को गोद में लिये बैठी मेरी के एक हाथ में नवीनता का प्रतीक बस खिलने-खिलने को एक बड़ी-सी हरी कली

है। बर्नाडेट यानी बर्नी गोम्स से एक बार उसने कहा था, "वर्ज़िन मेरी की एक पेंटिंग सीरीज़ तू क्यों नहीं बनाती बर्नी?" और बर्नाडेट गोम्स ने लाड़ से छलककर कहा था, "तू है मेरे लिए प्यारी वर्ज़िन मेरी! कभी तुझ पर बनाऊँगी—सैंड्रा इन स्प्रिंग...वसंत में सैंड्रा। साड़ी में खिली मेरी सैंड्रा।" अभी भी उसके पास कैलीसिंथ की पीले फूलोंवाली एक साड़ी है, जो पीले रंग से प्यार के कारण अच्छी लगने पर उसने ख़रीद ली थी। पर कभी उसने साड़ी पहनी नहीं। बर्नाडेट ने जब उससे साड़ी की बात कही, तो एक पल के लिए उसने पीले फूलोंवाली कैलीसिंथ की साड़ी में अपनी कल्पना की। एक सूखी हँसी उसके होंठों पर खिंच गई थी। उसने बिहँसकर बर्नाडेट से कहा था, "तुम पागल हो बर्नी! एकदम पागल।"

अपने ग्रामीण महान चित्रकार एंजेलो फ़ोंसेका की तरह बर्नाडेट भी कम झक्की नहीं है। जिस तरह एंजेलो फ़ोंसेका ने अपने समय में मेडिकल की पढ़ाई बीच में छोड़ पूर्णकालिक चित्रकार बनने का निर्णय लिया था, बर्नाडेट ने भी 18 वर्षों तक कॉलेज में अध्यापन करने के बाद वर्ष 2008 में एक दिन वी.आर.एस. लेकर अपनी अच्छी-ख़ासी नौकरी इसलिए छोड़ दी थी, क्योंकि उसने तय कर लिया था कि उसे चित्रकला में अब पूरा जीवन लगा देना है। इसलिए छरहरी और दुबले-पतले क़द-बुत की अपनी दोस्त बर्नाडेट से सैंड्रा अक्सर मुस्कराकर कहती भी है, "बर्नी! यू आर नॉट फ्रैजाइल लाइक अ' फ़्लाउअर, बट फ्रैजाइल लाइक अ बॉम। तुम फूल की तरह नहीं, बम की तरह फूटनेवाली हो।"

गोवा के तिसवाडी इलाक़े के एक टापूनुमा गाँव सेंट एस्टेवेम के गह-गह में कला बसी हुई है। बचपन से अपने टापूनुमा गाँव में खेलती-धूपती बर्नाडेट अपनी बड़ी बहन को जब कोई चित्र बनाते देखती, तो उसका भी मन चित्र बनाने को उमकता था। काग़ज़-पेंसिल लेकर वह भी नदी, पेड़ और पक्षी के चित्र बनाती। बचपन में यों शुरू से बर्नाडेट का विज्ञान के प्रति रुझान था। स्कूल के दिनों से उसने विज्ञान की पढ़ाई की। कॉलेज में जाने पर उसने रसायनशास्त्र और वनस्पतिविज्ञान को लेकर बी.एस.-सी. किया। पर इसके बाद अचानक उसका दिमाग़ घूमा और उसने गोवा विश्वविद्यालय से समाजशास्त्र में एम.ए. और पी-एच.डी. किया। कॉलेज के दिनों से वह बहुत प्रगतिशील और क्रान्तिकारी थी। हर्मन डिसूज़ा के नेतृत्व में जहाँ वह कॉलेज के दिनों में थिएटर में सक्रिय रहती थी, वहीं 'प्रोग्रेसिव स्टुडेंट्स यूनियन' के छात्र नेता के रूप में 'कोंकणी आन्दोलन' के प्रति वह समर्पित थी। बहरहाल, पढ़ाई पूरी करने के बाद शुरू में ढाई साल उसने कंकोलिम स्थित 'सी.इ.एस. कॉलेज' में अध्यापन किया। इसके बाद क्यूपेम स्थित 'गवर्नमेंट कॉलेज' में वह पन्द्रह वर्षों तक समाजशास्त्र की विभागाध्यक्ष रही। पर नौकरी के इन वर्षों में एक बात उसे हमेशा कचोटती रही कि वह पूर्णकालिक चित्रकार नहीं बन सकी। उसका हृदय जानता था कि ईश्वर ने उसे चित्रकला के लिए बनाया है। और वर्ष 2008 में वह अपने इस उद्वेग को रोक नहीं सकी। सरकारी कॉलेज की एक अच्छी तनख़्वाहवाली नौकरी से उसने मुक्ति ले ली। अब उसके पास पूरा आकाश और पूरी धरती थी,

जिसे वह अपने कैनवस पर उकेरना चाहती थी। बर्नाडेट का यह नया जन्म था। पर उसके स्वजन और मित्रों ने उसके इस्तीफ़े के फ़ैसले पर गहरा अफ़सोस किया। इसे सरासर पागलपन बताया। पर बर्नाडेट को यही करना था। उसके गाँव के अमर चित्रकार एंजेलो फ़ोंसेका उसकी आत्मा में समा गए थे।

गोवा में कुनबी, कुलमी और गऊली आदि कई जनजातियाँ हैं। बतौर चित्रकार बर्नाडेट इनके जीवन को चित्रित करने की इच्छा वर्षों से मन में सँजोये थी। दरअसल, मानवशास्त्र में शोध करने के क्रम में बर्नाडेट ने गोवा की इन उपेक्षित जनजातियों के जीवन को बहुत निकट से देखा था। इन जनजातियों के बीच इन पर शोध करने के दौरान वह कुछ इस तरह घुलमिल गई थी कि 'बाहरी' लोगों के लिए वर्जित अपने समारोहों और पूजा-उत्सव में भी इन जनजातियों ने बर्नाडेट को शरीक होने से कभी मना नहीं किया। इन समारोहों की तस्वीरें खींचने पर जनजातियों द्वारा सख़्त मनाही थी। लिहाज़ा, बर्नाडेट ने बतौर प्रत्यक्षदर्शी इन सभी उत्सवों व इनके पारम्परिक विधि-विधान को अपनी स्मृति में सहेजकर रखा कि कभी अवकाश मिलने पर वह इन सभी स्मृतियों को चित्रित करेगी। गोवा की जनजातियों की परम्पराओं के प्रति आम गोवावासियों की गहरी उदासीनता देखकर बर्नाडेट सोचती थी कि गोवा की आगामी पीढ़ियों को कभी यह पता भी नहीं चलेगा कि गोवा का जनजातीय जीवन कितना सुन्दर था। ताड़-खजूर के पत्तों से इनके द्वारा बनाई जानेवाली चटाई 'मोल्ला' और पुआल को बुनकर तैयार की गई चटाई 'निवोनी' एक समय शायद कहीं देखने को भी नहीं मिले। इनके वाद्य यंत्र और अनूठे कपड़े ढूँढ़े न मिलें। इनके द्वारा तैयार व्यंजन दुर्लभ हो जाएँ। जनजातियों की रसोई में तैयार 'सन्ना' और 'पट्टोलियो' आदि का जवाब नहीं। उड़द की दाल, नारियल का दूध और ताड़ का रस लेकर ये 'सन्ना' तैयार करते हैं। हल्दी के पत्तों में चावल, नारियल और गुड़ भरकर जनजातियों द्वारा तैयार 'पट्टोलियो' खाने पर मुँह से न छूटे। कॉलेज की नौकरी से इस्तीफ़ा देने के बाद बर्नाडेट ने लगातार गोवा के जनजातीय जीवन को चित्रित किया।

जनजातीय जीवन के संग-संग गोवा के ग्रामीण समाज का सामुदायिक जीवन बर्नाडेट की पेंटिंग के केन्द्र में है। अपने कैनवस पर गोवा के ग्राम-जीवन को बर्नाडेट ओढ़ती-बिछाती है। गोवा की सुबह, दोपहरी और गोवा की रातें। रात में चैन से मछली मारते गोवा के मछुआरे। 'फोलगम'—जो गोवा के गाँवों में मनाया जानेवाला उत्सव है, इस पर बर्नाडेट की अनूप चित्र-शृंखला है। बर्नाडेट का कैनवस अनंत है। गोवा के गाँवों में मॉनसून के पहले स्त्रियों द्वारा सूखे पत्तों का संग्रह ताकि बरसात के समय चूल्हा जल सके, स्वादिष्ट उसना चावल तैयार करने के लिए गोवा की ग्रामीण स्त्रियों द्वारा रात-रात जागकर धान उबालना और नदी किनारे स्त्रियों का बेफ़िक्र होकर नहाना जैसे कई विरल दृश्य बर्नाडेट के कैनवस के विषय हैं।

एक बार पणजी में आयोजित बर्नाडेट की चित्र-प्रदर्शनी देख अभिभूत हो सैंड्रा ने उससे कहा, "ऐ बर्नी! मेरा भी मन करता है कि मैं मॉनसून के पहले जंगल में सूखा पत्ता चुनती, धान उबालती और नदी में चैन से नहाने जाती।"

"यह कौन-सी बड़ी बात है। तुम जब चाहो, मैं तुम्हें साथ ले चलूँगी।" बर्नाडेट हँस पड़ी।

"बर्नी! एक ऐसा समय आता है जब जीवन की किसी बहुत छोटी-सी इच्छा को पूरा कर सकना भी असम्भव हो जाता है। तुम्हारी तरह दुनिया में गिनती के ही लोग होंगे। पेंटिंग करने के लिए तुमने कॉलेज की नौकरी छोड़ दी। तुम्हारी तरह ही बेंगलुरु की एक लड़की है दिव्या कपूर। वर्ष 2005 से वह स्थायी रूप से गोवा में रह रही है। वकालत की पढ़ाई पूरी करने के बाद दिल्ली में उसने लॉ-प्रैक्टिस शुरू की। उसकी योजना थी कि कुछ समय बाद दिल्ली में वह अपना एक लॉ-फ़र्म खोलेगी। पर उसके मन में इसके समानान्तर लगातार एक जद्दोजहद चल रही थी। दरअसल, बचपन से उसके मन में सपना था कि वह एक सुन्दर-सा बुक-स्टोर चलाएगी। सन् 1980 से दिव्या एक पर्यटक के नाते गोवा आती रही थी। एक दिन पता नहीं उसे क्या जुनून आया कि उसने वकालत के पेशे को हमेशा के लिए अलविदा किया और गोवा के लिए निकल पड़ी। सन् 2005 में वह पूरे तौर पर गोवा आ गई और उसी साल उसने कालांगुटे में 'लिटेराटी' नामक एक बुक-स्टोर की शुरुआत की। यह काम अच्छा चल निकला। कुछ समय बाद दिव्या ने महसूस किया कि बच्चों में किताब पढ़ने की आदत बहुत कम हो गई है। लिहाजा, उसने 'बेब-बुक' नामक एक चलंत पुस्तकालय आरम्भ किया। एक मोबाइल-वैन में 'बेब-बुक' अब गोवा के सुदूर ग्रामीण इलाकों में अच्छी तरह सुपरिचित हो चुका है।" एक पल थमकर सैंड्रा ने बर्नाडेट से कहा, "ऐ बर्नी! मैं दिव्या और तुम्हारी तरह हिम्मती नहीं हूँ। तुम लोगों ने हिम्मत से अपनी आत्मा को लिबरेट किया। दिस इज़ लिबरेशन बर्नी...। दिस इज़...। आइ कुड नेवर लिबरेट माइसेल्फ़।"

दुनाली बन्दूक

मम्मी लगभग दो-ढाई साल से बिस्तर पर हैं। व्हीलचेयर क्या, वे बिस्तर पर भी बैठना पसन्द नहीं करती हैं। बैठने से बुरी तरह उनका दम फूलने लगता है। जब कभी मम्मी को बिस्तर पर उठाकर बिठाने की ज़रूरत होती है, तो घर की पुरानी आया इवान की मदद लेकर सैंड्रा बामशक़्क़त पहले मम्मी के तोंद की आख़िरी तह में हाथ घुसाती है। तोंद को जब भरसक वह सहारा देती है, तो किसी तरह रोते-बिसूरते मम्मी उठती हैं। पर यह भी उतना आसान नहीं। तोंद को तहों से उठाकर सहारा देने के बाद सैंड्रा लाड़ से कहती है, "माइ मम टम् इज़ रीगल। मम्मी! यॉर फ़्लैप इज़ द की।" वैसे उठना तो मम्मी के लिए असम्भव जैसा है ही, लेटे रहने में भी उन्हें मुश्किल है। पूरी तरह लेटने से भी उनका दम फूलता है। अपने डबल बेड के पलंग पर वे कभी-कभी पलंग के एकदम किनारे यानी पलंग की पाटी

से लगकर सोती हैं। पलंग की पाटी से उनकी तोंद नीचे झूलती रहती है। दूध भी लटका रहता है। कई बार मम्मी की दिन भर की हमदम आया इवान उनसे कह चुकी है, "आंटी! इस तरह पलंग के एकदम किनारे सोने से किसी दिन आप नीचे गिर जाएँगी और तब भारी मुसीबत हो जाएगी।"

"नहीं रे इवान! एकदम किनारे सोने से मेरी तोंद पलंग की पाटी से जो नीचे झूलती है न, तो मैं आराम से साँस ले पाती हूँ। इस तरह सोने से मुझे राहत होती है। तुम बेफिक्र रहो, मैं नहीं गिरूँगी।"

"जाइए, जो जी करे।" इवान खीजती है।

सैंड्रा चुपके से मम्मी और इवान का संवाद सुनती है और सोचती है कि रात में तो वह भी अक्सर इसी तरह सोती है। बिस्तर पर बैठना भी मम्मी के लिए सज़ा की तरह है। पर हमेशा सोये रहने से बेड-सोर का ख़तरा है। इसलिए मौक़ा देखते ही सैंड्रा उनके कई तकियों को पीठ के पीछे एक पर एक रख, उन्हें थोड़ी देर बिठा देती है। और बिहँसकर कहती है, "मॉम! द पिलो इज़ द बेस्ट अडवाइज़र!" तकिये के सहारे बैठी मम्मी कातर स्वर में कहती हैं, "मेरा इतना बड़ा पेट...यह पेंडुलस बेली...सोते-बैठते मेरी साँसों का दुश्मन है सैंड्रा! मेरे अन्दर साँस के लिए जगह ही कहाँ बची है। आइ ऐम परमानेंटली प्रेगनेंट। सैंड्रा! लार्ज़र बेलीज़ आर स्टिग्मटाइज़्ड...! बड़े फैले पेट कलंक और स्थायी दुख हैं।" मम्मी ने चर्बी में अपनी डूब की नियति क़बूल ली है। कभी-कभी पलंग पर तकियों के टीले के सहारे अधलेटी मम्मी का चेहरा अपने आपको कुछ इस तरह देखता है, जैसे कोई पुरातात्त्विक किसी विशाल प्राचीन टीले को खुदाई के लिए मुआयना कर रहा हो। मम्मी कहती भी हैं, "सैंड्रा! हमेशा बिस्तर पर लेटा आदमी अपने शरीर के अलावा और क्या सोच सकता है!"

ज़माने से मम्मी एक ग्लास पानी में पुदीना का पाँच बूँद रस डालकर पीती आ रही हैं। किसी ने कभी उन्हें मशविरा दिया था कि पुदीना का पानी पीने से वज़न कम होता है।

"इससे कुछ फरक पड़ा है मम्मी?"

"सरसों के दाने बराबर भी नहीं।"

"फिर?"

"सैंड्रा! पुदीना का पानी पीने से भले मेरा वजन एक दाना भी कम न होता हो। पर मेरे दिमाग को रोज यह मैसेज तो जाता है न कि वजन कम करने के लिए मैं कार्रवाई में लगी हुई हूँ।" मम्मी असहाय हँसी हँसती हैं।

"मम्मी! प्लीज़ बस कीजिए। मैं ही कौन-सी फूल कुमारी हूँ। आइ हैव ऑलसो अ ह्यूज़ जेली-बेली। वह जो एक मुहावरा है कि...आइ हैव एनफ़ लार्ड[1] टू फ़ीड अ स्मॉल अफ़्रीकन विलेज़...। एक स्मॉल गोअन विलेज़ को खिलाने जितनी चर्बी मेरे भी शरीर में है।" सैंड्रा तिक्त हो कहती है।

1. सूअर की चर्बी।

"आप दोनों माँ-बेटी को अपने दुख को छोड़ किसी दूसरे का दुख नहीं सूझता।" छह फ़ीट चार इंच क़द की इवान अचानक से कल तिलमिला उठी।

"अरे इवान! तुम अचानक क्यों भड़क उठी? तुम्हें क्यों भूत चढ़ गया?"

"भूत क्यों न चढ़े? आप दोनों माँ-बेटी सुबह से रात तक अपनी चर्बी और मोटापे की कहानी कहते नहीं थकती हैं। पर आप दोनों को क्या कभी मेरे फूटे नसीब की याद रहती है?" इवान की आवाज़ में भरपूर रुआँसापन था। कुछ इतना कि उसके मन के विपरीत अभी तनिक भी कुछ कहने पर वह धार-धार रोने लगेगी।

"ओ मेरी जान की आफत! मेरी ऐटम बम! बताओ तुमको क्या नई परेशानी है?" मम्मी के स्वर में हैरानी है। दरअसल, इवान ज़्यादातर चुप रहनेवाली औरत है और कभी-कभार ही वह इस तरह बिखरती है। इसका पति शराबी और निकम्मा है। शादी के इतने साल गुजर गए, इवान को कोई बच्चा भी नहीं हुआ। पर इन बातों की चर्चा वह कभी नहीं करती। चुप मुँह काम कर अपने घर चली जाती है।

"आप दोनों माँ-बेटी का वजन कई उपायों या फिर ऑपरेशन कर चर्बी निकाल देने से कम हो सकता है; लेकिन छह फीट चार इंच की बैताल-सी मेरी लम्बाई क्या किसी भी प्रकार से कम हो सकती है?"

"ओहो...हो...!! तो यह कौन-सी नई बात है? इसका जिक्र...तो तुम पहले भी कई बार कर चुकी हो।" मम्मी ने निर्विकार भाव से कहा।

"सैंड्रा बेबी को अगर कोई मोटी-चब्बी कह देता है, तो वे रो-रोकर मुँह फुला लेती हैं। पर यहाँ तो रोज 'खंबा', 'ताड़', 'लम्बू' और 'बम्बू' सुन-सुनकर मेरा मन खराब होता रहता है। राह चलते बच्चे 'अंकल-अंकल' कहकर मेरी खिल्ली उड़ाते हैं। अमिताभ बच्चन को लोगों ने इतनी बार उनके नाम को लेकर उन्हें नहीं पुकारा होगा, जितनी बार पीछे से लोग मुझे रास्ते-पैरे 'अमिताभ बच्चन-अमिताभ बच्चन' पुकारकर आवाज देते हैं। मैंने कहा न कि आप दोनों माँ-बेटी की चर्बी काटकर हटाई जा सकती है और मोटापा कम किया जा सकता है। पर ये ज़िराफ़ जैसी अपनी लम्बाई कम करने के लिए क्या मैं अपने पाँव कटवा सकती हूँ? कभी-कभी तो जी करता है कि दोनों पाँव कटवाकर नॉर्मल कद की हो ही जाऊँ। इतने लम्बे पाँव पर चलने से कहीं अच्छा है छोटी बैसाखी पर चलना।" इवान चुप होने का नाम ही नहीं ले रही थी, "आपको मालूम कि ऑटो में चढ़ना मेरे लिए कितना मुश्किल है। मेरा हस्बैंड मेरे साथ कहीं जाना नहीं चाहता। सिनेमा हॉल में जिस सीट पर मैं बैठती हूँ, उसकी पिछली सीट पर बैठा आदमी मुझ पर गुर्राता है। नाटा-बौना होना बेहतर है, बजाय मेरे जैसा लम्बा होने के। इसमें भी लड़का अगर बहुत लम्बा है, तो चलेगा। पर बहुत लम्बी लड़की के लिए दुनिया में जीना मुश्किल है। आपको पूरा क़िस्सा मालूम है कि मेरी शादी कितने झमेले के बाद हुई थी। यही वजह है कि मैं अपने निकम्मे और शराबी पति के एहसान में दबी रहती हूँ।"

"तुम पागल हो इवान! तुम्हें नहीं मालूम कि छोटे कद की औरतों से कहीं बेहतर लम्बे कद-बुत की औरतें होती हैं। अरे, ऊँचे कद के लिए औरतें मरती हैं। इसलिए 'हाइ-हिल' के सैंडल पहनना पसन्द करती हैं। मैंने किसी मर्द को 'हाइ-हिल' का जूता-चप्पल पहनते नहीं देखा है।" मम्मी के स्वर में इवान के लिए मनुहार था।

"मैंने कहा न कि आप दोनों माँ-बेटी को बस ले-देकर एक अपना दुख है। 'हाइ-हिल' का उदाहरण देकर मुझे बहलाइए मत। आपको पता कि मुझे अपने पाँव का जूता ऑर्डर देकर बनवाना होता है। पाँच फीट तक के कद की औरतें नॉर्मल मानी जाती हैं। पर लगभग साढ़े छह फीट की मैं? जब मैं यहाँ आ रही होती हूँ, रास्ते में छोकरे-छोकरियाँ मुझे अचानक रोककर मेरे पास खड़ी होती हैं और अपना कद मापती हैं।"

"सैंड्रा!" मिसेज़ मिनि रॉड्रिक्स अचानक सैंड्रा की तरफ़ मुस्कराते हुए मुख़ातिब थीं, "सुख भले इन्फ़ेक्शस नहीं हो पर दुख जरूर इन्फ़ेक्शस होता है। हमारे दुखों का छूत इस पगली इवान को भी लग ही गया।"

"यही दुनिया है। सब अपने दुख में पागल हैं। या तो लोग हमेशा अपने दुखों की बात करेंगे या दूसरे के दुख का मजाक उड़ाएँगे। मुझे रास्ते में जब लोगबाग 'ऑस्ट्रिच' और 'लेडी ज़िराफ़' पुकारते हैं, तो उसे सुनकर मुझे रोना आता है और आप सुनेंगी, तो आपको हँसी आएगी। मैंने वर्षों से आप दोनों की बातें सुनी हैं। दुख सुना है आप दोनों का। क्या मेरी इच्छा नहीं होती कि आप दोनों कभी मेरे साथ मेरे दुख पर भी चर्चा करें?" इवान की आँखें नम थीं।

"इवान! माइ डियरेस्ट...माइ लवलियेस्ट...! छोड़ो इन बातों को। कार्निवल टाइम में भला कोई उदास होता है?" सैंड्रा मनुहारकर इवान को अपने कमरे में ले गई थी, "हम शानदार कार्निवल मनाएँगे और इस बार मीट का स्ट्यू तुम पकाओगी। मुझे पता है तुम बहुत अच्छा मीट-स्ट्यू बनाती हो।"

इवान की नम आँखों में बरबस ख़ुशी चमक आई थी। मम्मी जब चलने-फिरने के क़ाबिल थीं, किस उत्साह से 'कार्निवल' के चार दिन सब मस्ती में गोते लगाते थे। मम्मी आज ठीक होतीं, तो कार्निवल का उल्लास ही कुछ और रहता। कार्निवल के मौक़े पर मम्मी स्पेशल स्ट्यू पकाती ही थीं। धीमी आँच पर दमपुख़्त मीट का स्ट्यू। उनका बनाया फ्रूट लैटिस पाइ...पुडिंग...कस्टर्ड...क्या ग़ज़ब होता था! अपनी रसोई में 'कोकोनट विनिगर', 'कोकम' और 'काजू-पेस्ट' का क्या जादू बिखेरती थीं मम्मी! एक से एक व्यंजनों की बौछार लगाकर मम्मी मुस्कराते हुए पापा से कहतीं, "सेबेस्टिअन! यू आर माइ परमानेंट किंग मोमो। आइ सेलिब्रेट माइ कार्निवल एवरी-डे। बट ओ. के. इन द स्प्रिंग टाइम दिस इज़ स्पेशल वन...। वसंत के ये चार दिन बेशक खास हैं।"

"ओह हाउ स्वीट माइ पुडिंग फ़ेस क्वीन...।" ख़ुश होकर पापा फ़ौरन मम्मी को बाँहों में भरते हुए कहते थे, "आइ लव यू लाइक अ फ़ैट किड लव्स बिग केक...! तुम डिट्टो क्वीन विक्टोरिया-सी लगती हो। हैव यू सीन द फ़ोटो ऑव

द...फ़ैट लिटल वॉड्लि क्वीन...क्वीन विक्टोरिया...? शी इज़ मैसिवली स्वीट...! सफेद बतख सरीखी मोटी-सोटी और छोटे कद-बुत की प्यारी-सी गदबदी क्वीन विक्टोरिया का फ़ोटो तुमने देखा है मिनी? वैसी ही क्यूट-प्यारी लगती हो तुम।" घुटने तक लटकते मम्मी की तोंद को तनिक झुककर बड़े लाड़ से हिलोरते-दुलारते हुए पापा कहते, "फ़ैट इज़ फ़िट! दिस इज़ माइ सॉफ़्ट स्वीटेस्ट यूनिवर्स...मेरा मधुरतम कोमल ब्रह्मांड है यह...।"

"यही है तुम्हारी एप्रन पेट से लदी क्वीन विक्टोरिया...!! पेड़ू से घुटने तक भारी बोरी की तरह झूलते उजाड़ तोंद और जबड़े से ठोढ़ी तक दाढ़ियों से भरी एक पूरी की पूरी डिफ़ॉर्म...मर्दाना शक्ल-सूरत की एक डरावनी कुरूप औरत...!" मम्मी बरबस रुआँसी हो उठतीं, "घुटने तक लटकते इस पेट के वजन से ही मैं मर जाऊँगी सेबेस्टिअन! मेरे पेट में दुनिया भर का अँधेरा है। मैं चाहे लाख वजन कम करने की कोशिश करती हूँ, बाँहें पतली हो जाती हैं, पाँव भी कमोबेश दुबले हो जाते हैं, लेकिन इससे क्या, मेरी सारी ढीली चमड़ी पेट में लगकर लटक जाती है। मेरे दोनों घुटने हमेशा पेट से ढके रहते हैं। और यही है तुम्हारी सॉफ़्ट स्वीटेस्ट यूनिवर्स सेबेस्टिअन! डोंट कर्स मी प्लीज़।" मम्मी के आँसू टपकते रहते और पापा अपनी सांत्वना भरी हथेली में उनके चेहरे को भरकर कहते, "ओह नो...नो मिनि! यू आर माइ बिग बॉनि...! मिनि, फ़ैटनेस इज़ पार्ट ऑव यॉर ब्यूटी...। यह तुम्हारी सुन्दरता का हिस्सा है। कहते हैं, मोटापा सात भयानक पापों से मुक्त कर देता है।" फिर तनिक मुस्कराकर पापा कहते, "ऐ मिनि! अ फ़ैट वुमन इज़ अ क्विल्ट फ़ॉर द विंटर...जाड़े की रजाई है तू मेरी। यॉर हैंगिंग बिग बेलि इज़ माइ लव फ़्लेश...! माइ बून...मेरा वरदान तुम्हारा बड़ा-सा पेट। यॉर डिफ़ॉर्मिटि इज़ यॉर ब्यूटी मिनि...! तुम जिसे कुरूपता समझती हो, दरअसल में वह तुम्हारी सुन्दरता है। एक बात और जान लो मिनि! मर्दाना शक्ल-सूरत और नैन-नक्श की औरतें बारीक नैन-नक्शवाली औरतों से ज्यादा कारगर और काबिल होती हैं।"

"उफ! डोंट मेक मी फ़ूल सेबेस्टिअन।" आँसुओं से तर अपने कपोल पोंछते हुए मम्मी गहरी साँस के संग कहतीं, "ईट ओ स्कल, ऐंड इंड्युअर ओ बॉडी! ओ खोपड़ी, तुम खाने से अपना मुँह भरो! ओ शरीर तुम बर्दाश्त करो।" एक क्षण रुककर फिर वे कहतीं, "सेबेस्टिअन! मुझे पता है, मेरे पीछे लोग मुझे बटर बॉल, ओल्ड फ़ैटी, टू-टन लेडी...और दाढ़ीवाली मोटी आंटी कहते हैं। आइ सीरिअसली नीड मर्सि किलिंग...। आइ टेल यू।" फिर कुछ देर तक ख़ामोशी छा जाती थी। एक छीलती-खुरचती चुप्पी। सैंड्रा ने बहुत बाद में समझा कि मम्मी के गलकम्बलों में दरअसल पी.सी.ओ.'ज़ यानी पॉलिसिस्टिक ओवरि सिंड्रोम के चलते उनके चेहरे विशेषकर जबड़े से ठोढ़ी के नीचे पुरुषों की तरह बाल बढ़ जाते हैं। पापा के समय से, एक ज़माने से उसके घरेलू चिकित्सक 80 वर्षीय डॉ. जोस एसबेल्टॉस जेवियर डिक्रॉस्टो ने उसे बताया कि जिन स्त्रियों में हारमोन का असंतुलन होता है, उनकी डिम्बग्रंथि में मसाने की अनगिनत सूजन भरी छोटी-छोटी

थैलियाँ यानी सिस्ट उभर आते हैं। ये थैलियाँ जानलेवा तो नहीं होती हैं, लेकिन इससे औरतों का मासिक धर्म अनियमित रहने लगता है, चेहरे पर पुरुषों की तरह दाढ़ी उगने लगती है और इसके संग-संग और भी कई तकलीफ़ें होने लगती हैं। पहले तो मम्मी ख़ुद ट्वीज़र्ज़ यानी चिमटी से चेहरे के बाल उखाड़ लेती थीं, या अपने डबल चिन्...गलकम्बलों के नीचे रेज़र से शेव कर लेती थीं। ऐसा करते हुए वह कहती थीं कि रोज़ शेव करने से कहीं आसान है, साल में एक बच्चा पैदा करना। पर जबसे उन्होंने बिस्तर पकड़ लिया है, तबसे वह ख़ुद से शेव नहीं कर पाती हैं। इसलिए जागने के संग सुबह में सबसे पहले वह शेव कर देने की ज़िद पकड़ लेती हैं। देर होने पर उनका हाइपर टेंशन और बढ़ जाता है। तब वह सुबक कर सैंड्रा से कहती हैं, "आइ फ़ील वीक ऐंड विडो...! तुम्हारे पापा को मुझे कुछ भी नहीं कहना पड़ता था। चलो ठीक है, तुम मेरा शेव मत करो। इन्हें ऐसे ही बढ़ने दो। पर जब कोई अनजान आदमी मुझे देखेगा, तो कहेगा—ये सैंड्रा के पापा हैं।" इसलिए सुबह उठकर मुँह-हाथ धोने के बाद मम्मी को बेड पैन देने और ब्रश कराने के पहले सैंड्रा उनके गलकम्बलों की दो-तीन तहों को उठाकर वहाँ के बालों को शेव करती है। पर देर शाम गए गलकम्बलों पर बालों के खूँट फिर से फुटक आते हैं। मम्मी को ख़ुश करने के लिए सैंड्रा कोई कमी नहीं छोड़ती है। मौसम के हिसाब से वह क्रीम बेस्ड हो क्लींजर उनके चेहरे पर लगाती है। उनके चेहरे की मृत त्वचा को हटाने के लिए समय-समय पर वह स्क्रब का भी उपयोग करती है। मम्मी की त्वचा थोड़ी तैलीय है, इसलिए वह महीने-दो महीने पर उनके चेहरे को टोनर से भी सँवारती है। त्वचा की आवश्यक नमी के लिए सिरम भी। आँखों के नीचे लटक रहे डार्क सर्कल्स के लिए आइ-क्रीम भी। मम्मी के लटकते गोल-मटोल गालों की छवि संतुलित करने के लिए मम्मी की आँखों में वह मोटा काजल...रोज लगाती है। ऐसे में मिसेज़ मिनि रॉड्रिक्स को अपनी बेटी पर बहुत लाड़ आ जाता है और तब विभोर हो वे कहती हैं, "ऐ सैंड्रा! मैं बड़ी किस्मतवाली हूँ। तुम्हारी जैसी मेरी बेटी है।"

"फिर मुझ पर हरदम गुस्सा क्यों करती हो?" सैंड्रा मुँह बनाते हुए बिहँसती है।

"तो बोलो किस पर करूँ? तुम्हारे पापा दुनिया से क्या गए, मेरे लिए तो आँधी में पूरा शामियाना उड़ गया। प्यार-ग़ुस्सा सबके लिए, मेरे पास बस अब एक तुम हो। ऐ सैंड्रा! एक बात जान रखो कि मैं 'मिनि' हूँ और जिनका नाम अंग्रेज़ी के 'एम' लेटर से शुरू होता है, वे लोग हर छोटी-बड़ी बात को दिल से लगा लेते हैं। बेहद संकोची और भावुक स्वभाव के ऐसे लोगों का इसलिए जब दिल टूटता है, तो वे अन्दर से टूट जाते हैं। पर तुम मुझे बहुत प्यार करती हो। इतना ज्यादा कि मेरे चेहरे को सजा-बजाकर तुम एकदम फालूदा बना देती हो।"

"पापा भी तो तुम्हें यों ही सजा-बजाकर रखते थे।" कहते हुए सैंड्रा पल भर के लिए बीते समय में लौट जाती है। उसे याद है कि मम्मी को बहलाने के लिए पापा ने उन्हें गुदगुदाकर एक दिन कहा था, "हे मिनि! आइ लव यॉर डबल चिन

ऐंड गोल्डेन हेअर्स ऑव यॉर ट्रिपल चिन टू। तुम्हारे गलकम्बल और उसके सुनहरे बाल मुझे बहुत प्यारे लगते हैं मिनि।"

"सेबेस्टिअन! यू आर क्रेज़ी! यू जस्ट वांट टू कीप मी फ़ैट...! मेरी दाढ़ी, मेरी भारी तोंद...मेरी सारी कुरूपता तुम्हें सुन्दर लगती है। यू आर रिअली मैड! तुम्हें वह पुरानी कहावत मालूम है न कि...'अ वुमन विद अ मस्टैश ऐंड बिअर्ड इज़ ऑव अ विकिड काइंड...ग्रीट हर ऐट अ डिस्टेंस...' एक दाढ़ी-मूँछ वाली औरत दुष्ट और कुटिल होती है। इसलिए इनसे दूरी ही बेहतर। कहते हैं, एक डेविल यानी एक दानव भी दाढ़ी-मूँछवाली औरत से पनाह माँगता है।"

"ठीक है, तो मैं एक 'डच-वाइफ़' ले आता हूँ।" पापा ने गम्भीर भंगिमा में मम्मी से कहा था।

"ओह रिअली?" मम्मी ने मुस्कराकर पूछा था, "तुम मजाक कर रहे हो सेबेस्टिअन?"

"आइ ऐम सीरियस! कोई मजाक नहीं मिनि!"

"माइ गॉड! हैव यू गोन मैड?" मम्मी की आवाज़ में अब कुछ बेचैनी घिर रही थी, "आइ न्यू! मैं जिस हाल में हूँ, उसमें तुम कोई कांड करके रहोगे।" मम्मी की आँखों से टप-टप आँसू गिर रहे थे, "कौन है वो विकिड डच लेडी? आइ विल किल हर। मैं बर्बाद कर दूँगी उसको।"

"ओह मिनि! माइ लव! ऐसा नहीं सोचते। मैं जानता हूँ कि मेरी डच-वाइफ़ को तुम बहुत प्यार करोगी।" पापा ने मज़े लेते हुए कहा था।

"तुम लाकर देखो, फिर देखना मैं उसकी क्या गत करती हूँ।" मम्मी ग़ुस्से और आँसुओं से भरभरा रही थीं।

"ओह मिनि! माइ डार्लिंग! 'डच-वाइफ़' एक बहुत लम्बे मसनद को कहते हैं! यह लगभग आदमकद मसनद होता है। 'डच-वाइफ़' नाम मसनद का उस समय से पड़ा जब इंडोनेशिया की अपनी कॉलोनी में डच-व्यापारियों का दल लम्बे-लम्बे समय तक व्यापार के लिए आकर रुकता था। उन सबकी बीवियाँ जाहिर है कि साथ नहीं होती थीं। ये डच व्यापारी आराम से सोने के लिए आदमकद मसनद बनवाते थे और उससे बीवी की तरह लिपटकर सोते थे। बस इस लम्बे मसनद का नाम मशहूर हो गया—डच-वाइफ़।"

"माइ गॉड! तुमने तो मेरी जान ही ले ली थी। आगे कभी इस तरह का मजाक मत करना।" मम्मी की सुबक अब सँभल रही थी।

"मिनि! द वे आइ लव यू...यू मीन वर्ल्ड टू मी। ओय मिनि! यू आर माइ लिविंग डच-वाइफ़...माइ एवरीथिंग। माइ मोनालिसा।"

"आइ एम सॉरी सेबेस्टिअन! एक्स्ट्रीमली सॉरी।"

आँसू और मुस्कान के इस घंटे-दो घंटे के प्रलय के बाद मुस्कराते हुए मम्मी ने हथियार डाल दिया था, "सेबेस्टिअन! ठीक ही कहा गया है कि ब्यूटी लाइज़ इन द आइज़ ऑव द बिहोल्डर...! अब तो मैं इतनी फैल-लटक गई हूँ और इतनी

डरावनी-सी हो गई हूँ। पर जब तुमने मुझसे शादी करने का फैसला लिया था, तब भी मैं कौन-सी खूबसूरत थी...। उस समय भी यह मिनि पेरेरा एक शी-एलिफ़ेंट थी...। एक कुरूप-सी हथिनी।"

"हे मिनि! अब उस पुराने प्रॉवर्ब में थोड़ा बदलाव आ गया है। अब कहते हैं—ब्यूटी लाइज़ इन द आइज़ ऑव द बिअर होल्डर!" सेबेस्टिअन रॉड्रिक्स उन्हें लाड़ करते हुए मुस्कराकर कहा था, "ओ माइ लाइफ़! मेरी नजर में तुम दुनिया की सबसे सुन्दर औरत हो। और अगर तुम खुद को कुरूप मानने की जिद पर ही अड़ी हो, तो भी आइ लव यू फ़ॉर यॉर डिफ़ॉर्मिटि...! फ़ॉर ब्यूटी...मे ब्रिंग मिज़रि... ऐंड हार्ट नोज़ नो ट्रेचरि...अ बडी सो अगलि...होल्ड अ हार्ट सो लवली...। चलो तुम्हारी सुन्दरता के वास्ते न सही...तुम्हारे प्यारे अंग-भंग से मैं लाड़ करता हूँ...! सुन्दरता विषाद ला सकती है मिनि! और दिल को विश्वासघात का कोई इल्म नहीं...! एक बिखरा हुआ असुन्दर शरीर प्यार से छलकते दिल को किस दुलार से रखता है...जानता हूँ मैं। उफ मिनि...! अमीना याकूब का सांग...'लव यू फ़ॉर यॉर डिफ़ॉर्मिटि, यह गीत...हमारे जीवन का सच है।" पापा ने प्यार से मम्मी के लटकते गलकम्बलों को दुलारते हुए कहा था।

"ओके...यू लव मी...! में बी...आइ जस्ट हैव अ गोल्डेन वगिन...।" तमक के संग मम्मी रोने लगी थीं, "सेबेस्टिअन! आइ ऑलवेज़ हैड दिस आइडिया दैट आइ डिड नॉट डिजर्व लव...बिकॉज़ ऑव व्हाट आइ लुक्ड लाइक...। मुझे आज भी याद है जब मापुसा की सड़कों पर पीछे से लोग मुझ पर यह कहकर फिकरे कसते थे...ले ऑव द आइसक्रीम...या फैट काउ...मू...मू...।"

"मिनि...! तुम्हें मालूम है न कि द हस्बैंड इज़ द हेड, द वाइफ़ इज़ द नेक...। पति सिर और बीवी गरदन। बीवी जिधर चाहे, पति को उधर मोड़ दे। और इस सबके ऊपर की हकीकत कि यू आर माइ स्प्रिंग ऑव लाइफ़...! वसंत हो तुम मेरी...।" पापा ने भरपूर मुस्कान के संग मम्मी की पेशानी को चूम लिया था।

"सेबेस्टिअन! मापुसा में गुजरे बचपन के मेरे दिन भी क्या गजब थे। मापुसा से 8 किलोमीटर दूर अंजुना बीच हम अक्सर निकल जाते थे। अंजुना बीच की लाल रेत और उसी के पास आठ स्तम्भों से घिरा सन् 1920 के जमाने का बना अलब्युकर्क का पैलेस देखना मुझे बहुत अच्छा लगता था। वहाँ का पुराना चर्च भी उफ कितना प्यारा था। और तुम्हें तो मालूम ही है कि पचास के उस दशक में हरेक चर्च चार मुस्टंडे 'बोय्या' रखते थे, जो चर्च के प्रीस्ट को पालकी पर ढोया करते थे। अंजुना चर्च के पास दो पालकी थी। एक पालकी खुद प्रीस्ट के लिए और दूसरी पालकी बिशप सरीखे खास मेहमानों के लिए।" अपनी हिलोड़ती थलथल हँसी को भरसक समेटते हुए मिसेज़ मिनि रॉड्रिक्स कहतीं, "ओह माइ गॉड! अंजुना बीच और 'अलब्युकर्क पैलेस' से भी ज्यादा आकर्षण हमारे लिए अंजुना चर्च का वह हाथी जैसा भारी पेरिश प्रीस्ट था, जिसे पालकी पर जाते देख हम हँसते-हँसते पागल हो जाते। उसकी पालकी ढोनेवाले चारों पहलवान बोय्या उस हाथी को पालकी से

निकालने और घुसाने में तबाह तो होते ही थे, उसे ढोने में भी चारों की जान निकल जाती थी। ये पेरिश प्रीस्ट महीने में दो बार अपने इर्द-गिर्द के इलाक़े में निकलते थे, बीमार लोगों और घरों को आशीष देने के लिए। इन्हें देखने के लिए तमाशा जैसा लग जाता था। प्रीस्ट को भी अपनी हालत पर हँसी छूटती रहती। कभी-कभी एक बेवकूफी भरा खयाल मेरे मन में आता है कि अगर तुम भी उसी पेरिश प्रीस्ट जैसे होते, तो क्या होता?"

"तब मैं और खुश रहता मिनि! तब हमारे वसंत का जादू और दोगुना हो जाता।" सेबेस्टिअन मुस्कराकर गुनगुनाने लगे थे, "आइ स्मेल द प्रॉमिस ऑव स्प्रिंग...आइ स्मेल द नेक्टर...द सेंट ऑव स्प्रिंग...। ...वसंत के वायदे, उसके पराग और उसकी सुगन्ध की गमक...ओह वसंत...! माइ मिनि'ज स्प्रिंग...मेरी मिनि का वसंत।"

अपने पति सेबेस्टिअन रॉड्रिक्स को याद कर मिनि रॉड्रिक्स की आँखें सूने में छलछला उठती हैं। बहुत प्यार किया सेबेस्टिअन ने उनको। और उन्होंने भी। पर सोचती हैं रातों की नीरवता में मिनि रॉड्रिक्स कि उनके प्यार के कहीं ऊपर था उनके वास्ते सेबेस्टिअन का प्यार! वे जब भी अपनी असहायता को लेकर उदास होती थीं, तो सेबेस्टिअन कहते थे, "ओह! मिनि। डोंट यू रिमेम्बर कि गोवा की सोसाइटी हमेशा से वुमन डोमिनेटेड रही है। यू जस्ट गिव ऑर्डर्स ऐंड आइ विल ओबे...।" सेबेस्टिअन की याद के साथ वर्षों पहले पढ़ी कुछ पंक्तियाँ मन के सागर में मानो नीली मछलियों की तरह तैरती हैं...'मच लव टू द मेन, हू अड्माइअर अ वुमन विद एक्स्ट्रा जिगल इन हर विगल, जंक इन द ट्रंक, रॉल्स ऐंड मफ़िन टॉप्स, स्ट्रेच मार्क्स टू लिक ऐंड किस ऑल ओवर, ऐंड फुल राउंड बॉडी टू हग ऐंड चेरिश अंटिल द ऐंड ऑव टाइम...।' बहुत प्यार उन पुरुषों के लिए, जो एक स्त्री की हिलती-डुलती, लटकती मांसलता, पेट से झूलते मक्खन के भारी पिंड, बेलन की तरह नीचे की तरफ़ लुढ़कती सीने से लगी आग में पककर फूली हुई दो मीठी रोटियों और त्वचा पर जगह-जगह उभरी गहरी धारियों को चूमते और लाड़ करते हैं। दुलार करते हैं तन्मयता से उसके गोल-मटोल हो चुके फैले शरीर को अन्तिम साँस तक...!

देर रात तक आँखों में जब नींद की कोई आहट तक नहीं होती, तो पता नहीं कैसे-कैसे ख़याल दिल में आवाजाही करते हैं। सोचती हैं मिनि रॉड्रिक्स कि कितनी आसानी से किसी प्रौढ़ स्त्री के स्थूल ढीले शरीर को ख़ारिज कर दिया जाता है। अपने ढीले-लटके स्तन और झूलते पेट की असंख्य धारियों को वह हर दिन ग़ौर से देखती हैं, जब सैंड्रा उनके शरीर को गीले तौलिये से पोंछ रही होती है। सेबेस्टिअन रॉड्रिक्स जब थे, तो इन गहरी धारियों को वे चूम लिया करते थे और उस क्षण अपने पति पर बहुत दुलार उमड़ता था मिनि रॉड्रिक्स को। पर दुनिया में कितने पुरुष होते हैं सेबेस्टिअन की तरह? एक सम्पूर्ण पुरुष, जो एक स्त्री की झूलती-हिलती मांसपेशियों को मान देकर स्त्री को उसकी सम्पूर्णता का सन्तोष देते हैं। 'स्ट्रेच मार्क' का फ़तवा देकर मुँह बिचकाना तो आसान है। पर उन धारियों के स्थल का भी कभी तीव्र यौवन और सौन्दर्य था, यह कितने पुरुष सोच पाते हैं। भारी, दोहरे

बदन की मिनि रॉड्रिक्स के कूल्हे, नाभि के निचले हिस्से और स्तन पर तो पचास साल की होने के पहले धारियाँ आ गई थीं। पर सेबेस्टिअन ने इन धारियों को भी हमेशा प्यार किया। भला कितनी प्रौढ़ स्त्रियों के शरीर की ढीली धारियाँ प्यार का नसीब पाती हैं। ये धारियाँ समुद्र की उन सारी लहरों की गवाह हैं, जो यौवन के उत्तेजक-मादक क्षणों में स्त्री शरीर में ज्वार की तरह उठी थीं। इस ज्वार में तेज़ घहराती लहरें चाँदनी की आँधी-सी लगती थीं। तब समुद्र तट पर चाँदी व नमक के सफ़ेद दूह से बनते-फैलते थे। पर आँधी थिरने के बाद, तट के भीत पर लहरें अपने अनेक चिह्न छोड़ जातीं। मिनि रॉड्रिक्स सोचती हैं कि एक स्त्री के चरम यौवन के दिनों में जो उसकी रग-रग खिंचती है, उस खिंचाव के बाद आए ढीलेपन और गीलेपन को एक स्त्री ही समझती है। पुरुष संसर्ग से लेकर प्रसव तक के खिंचाव की दस्तावेज़ बनकर रहती है स्त्री! उत्तेजक आँधी के बाद शरीर में आई स्थूलता तनाव रहित अवस्था के भाव में हिलती-डुलती रहती है। प्रौढ़ावस्था में स्त्री शरीर का लटकना-हिलना उसकी उस अवस्था का सौन्दर्य है। जो पुरुष स्त्री की उस अवस्था के हिंडोले में झूलता है, उसकी देह की इच्छा को समझता है, वह सच्चा पुरुष कुछ अधिक ही प्यार का हक़दार है। सैंड्रा के पापा सेबेस्टिअन रॉड्रिक्स ऐसे ही पुरुष थे, जो स्त्री के सूक्ष्म सौन्दर्य को समझते थे। मिनि रॉड्रिक्स का वज़न भले ही बढ़ता गया पर सेबेस्टिअन के लिए वे फूलों का झूला थीं। पचास पार की अधिकांश स्त्रियों के साथ आमतौर से होता यह है कि जब उनकी रगों में विद्युत तरंगों का बहना यौवन ढलने के साथ कम हो जाता है, तो रगों के उस तार का उपयोग घरों में कपड़े सुखाने की रस्सी के रूप में होने लगता है। पर याद करती हैं मिनि रॉड्रिक्स कि उनके पति ने उन्हें हमेशा प्यार किया। वह भीगे कपड़ों की अलगनी कभी नहीं बनीं। उनके ढीले-लटकते भारी स्तन को लाड़ से हिलोरते हुए सेबेस्टिअन रॉड्रिक्स मुस्कराकर कहते थे, "बिना बड़े स्तन की औरत, बिना तकिये की बिस्तर होती है!"

अभी भी सूनी रातों की नीरवता में मिनि रॉड्रिक्स को कभी-कभी सिहरन-सी महसूस होती है। उन्हें लगता है, अँधेरे सन्नाटे में सेबेस्टिअन उनके पास हैं। उनके होंठों को चूम रहे हैं। स्तन को दुलार रहे हैं और पसरे हुए पेट पर पाउडर छिड़क तल्लीनता से लगा रहे हैं। मिनि रॉड्रिक्स को तब लगता है कि उनका गला और होंठ बार-बार सूख रहा है। वेरी रिअली...बट व्हाइ द डिज़ायर इज़ स्टिल देअर...! मिनि रॉड्रिक्स ऐसे में होंठों ही होंठों में बुदबुदाती हैं...'ओह, नॉट दिस अगेन...। आइ मस्ट स्टॉप दिस रेअर अनस्टॉपेबल फ़्लड...!' उन्हें याद है, वर्षों पहले एक बार यों ही झटके में अपनी मम्मी से उन्होंने पूछ दिया था, "मम्मी! डू यू स्टिल डिज़ायर फ़िज़िकल इंटिमेसी...?" तब मम्मी ने मुस्कराकर कहा था, "मिनि! दैट्स एन आउटरेजस् थिंग् टू आस्क यॉर मदर, बट आइ विल टेल यू...।" फिर एक पल के लिए थमकर उन्होंने कहा था, "यू नो, नाउ आइ एम एटि फ़ोर...! आइ डोंट फ़ील द डिज़ायर...। बट आइ थिंक इफ़ आइ विल डू...आइ विल इनजॉइ!" मम्मी

की वह बात कभी-कभी याद आती है और तब मिनि रॉड्रिक्स चुहल के अन्दाज़ में सैंड्रा से कहती हैं, "यॉर फ़ादर चेरिश्ड मी...टिल हिज़ लास्ट ब्रेथ...।" पर हर बार वे संकल्प लेती हैं कि यह बात वे मन में भले सोचें लेकिन सैंड्रा के सामने आगे कभी नहीं बोलेंगी। मिनि रॉड्रिक्स का गला चुपके से रुँधने लगता है। सैंड्रा को किसने चेरिश किया? इस उम्र तक उनकी बेटी को किसी पुरुष का स्पर्श नहीं मिला। हे ईश्वर! उन्हें विश्वास है कि उनके जीते-जी आएगा सैंड्रा के जीवन में वसंत।

सबके जीवन का अपना-अपना वसंत है। किसी की स्मृति में, किसी के वर्तमान में और किसी की प्रतीक्षा में। वसंत हर रूप और अदा में अद्‌भुत है। प्रकृति और मन दोनों का अपना वसंत है। सैंड्रा सोचती है, उसका वसंत बचपन में ही था। वह फिर कभी नहीं आया। फिर भी वसंत की उसे प्रतीक्षा रहती है। कहते हैं कि दुनिया के सारे दरख़्त काट दिये जाएँ, फूलों के पौधे नष्ट कर दिये जाएँ—वसंत फिर भी आएगा। वसंत की आहट के साथ ही पूरे गोवा में 'कार्निवल' की तैयारियाँ और ज़ोर-शोर से बढ़ जाती हैं। वैसे 'कार्निवल' की तैयारी का आगाज़ दिसम्बर में क्रिसमस की समाप्ति के साथ ही हो जाता है। अच्छी फ़सल होने की ख़ुशी में मनाए जानेवाले इस रंगारंग उत्सव की जड़ें प्राचीन रोम के त्योहार 'सैटर्नेलिया' में हैं, जो शुरू वसंत में सृष्टि के नव रूप का उद्‌गार है। इज़िप्ट में यह 'नेचर गॉड' का उत्सव रहा है। ग्रीस, स्पेन और पुर्तगाल में भी रोम और इज़िप्ट की देखा-देखी इसकी शुरुआत हुई थी। और जब पुर्तगालियों ने गोवा में अपनी कॉलोनी क़ायम की, तो यहाँ भी 'कार्निवल' की परम्परा 18वीं सदी से शुरू हो गई। पर वह पुर्तगाली मिज़ाज का कार्निवल था।

गोवा की आज़ादी के बाद तीन-चार वर्षों तक गोवा में कार्निवल का सिलसिला ठप रहा। ज़ाहिर है कि इससे हर साल के शुरुआती महीनों में एक अनकही उदासी छाई रही थी। कुछेक सौ सालों से चला आ रहा गोवा का सबसे रँगीला समारोह बन्द हो जाने की कसक सबके मन में चुभ रही थी। पर वर्ष 1965 के जनवरी महीने में एकबारगी पणजी के युवकों के एक म्यूज़िक ट्रूप ने तय किया कि कार्निवल का समारोह वे सब फिर से शुरू करेंगे। इस म्यूज़िक ट्रूप के उत्साही कमांडर थे टिमोटिओ फ़र्नांडीस, जिनके पिता एर्पोनियो फ़र्नांडीस अपनी पत्नी मेरी जोस फ़र्नांडीस के संग पणजी में 'एर्पोनियो फ़र्नांडीस टेलरिंग शॉप' चलाते थे। कपड़ों की बेहतरीन सिलाई के लिए इस दर्ज़ी-दम्पती की पणजी में ख़ासी ख्याति थी। पणजी के लोग एर्पोनियो फ़र्नांडीस को सम्मान से 'टेलर ऑव द सोल' कहते थे और उनकी पत्नी मेरी जोस फ़र्नांडीस को प्यार से 'टेलरिंग बर्ड' बोलते थे। टिमोटिओ के पापा-मम्मी भले ही पेशे से दर्ज़ी थे लेकिन संगीत-सिनेमा के प्रति दोनों का गहरा लगाव था। एर्पोनियो फ़र्नांडीस गाने भी लिखते थे और गाते भी थे। गोवा के गाँवों में अपनी थिएटर टीम के साथ जाकर वे अक्सर कोंकणी नाटक और गोवा के पारम्परिक 'खेला-फेऊ' की प्रस्तुति करते थे। संगीत और कला के प्रति यह लगाव उनके सभी बच्चों को इसलिए विरासत में मिला।

बहुत समय बीत चुका है अब तो। साठ के दशक में युवा तुर्क रहे टिमोटिओ अब अस्सी साल पार कर चुके हैं। पर अपने पापा स्व. एर्पोनियो फ़र्नांडीस के लिखे कई गाने उन्हें आज भी याद हैं। पणजी और उसके आसपास आए दिन होनेवाले मस्ती भरे 'खेला-फेऊ' कार्यक्रमों में एर्पोनियो फ़र्नांडीस के लिखे सुपर हिट गाने अनिवार्य थे। अपने पिता का यह शौक़ टिमोटिओ फ़र्नांडीस के भी सिर चढ़कर बोलने लगा और उन्होंने मौज़-मौज में अपना एक म्यूज़िक ट्रूप बना लिया। उन्होंने अपनी छोटी-सी संगीत टोली के लिए धीरे-धीरे गिटार, वायलिन, बैनॉलिन, बोंगो और बास-बॉक्स जुटा लिया था। अपनी टोली के संग बस मस्ती के लिए वे कहीं-न-कहीं कार्यक्रम करते रहते थे। एक बार पणजी के 'क्लब नेशनल' के प्रेज़िडेंट वास्को अल्वेयर्स की नज़र उनकी इस प्यारी म्यूज़िक टोली पर गई। फिर क्या था! वास्को अल्वेयर्स अक्सर अपने आवास पर आयोजित पार्टियों में उन्हें बुलाने लगे। 'क्लब नेशनल' में भी आए दिन इन लोगों का कार्यक्रम होने लगा। बड़े आला-औलिया थे वास्को अल्वेयर्स। जनवरी, 1965 की एक शाम 'क्लब नेशनल' में कार्यक्रम कर जब टिमोटिओ बैठे, तो उनके सामने क्लब की मेज़ पर ब्राज़ील से प्रकाशित एक पत्रिका पड़ी थी। उस पत्रिका में प्रकाशित 'कार्निवल ऑव रायो डे जेनरो' नामक एक सचित्र लेख पर उनकी नज़र पड़ी। टिमोटिओ उसमें छपे आलेख पढ़ने लगे। लेख के संग छपी तस्वीरें भी मनोहारी थीं। इसे पढ़ते हुए वहीं उसी समय टिमोटिओ फ़र्नांडीस ने ठान लिया कि वे इसी साल यानी 1965 में पणजी में कार्निवल का आयोजन करेंगे। यह एक 'जॉली फ़ेस्टिवल' होगा—टिमोटिओ का मन उस शाम इस कल्पना से ही मारे उल्लास के पागल हो रहा था। उन्होंने अपने शर्ट की जेब से क़लम निकाली और वहीं एक सादा काग़ज़ लेकर लिखा—'किंग मोमोज फ़न फ़ॉर द फ़ैट सैटर्डे'। इस कार्निवल आयोजन का नाम वे यही रखेंगे, यह उन्होंने उसी क्षण तय कर लिया। अपने साथियों से उसी रात उन्होंने इस आयोजन को लेकर देर तक बातचीत की। आख़िरकार तय हुआ कि चाहे जो और जैसा भी हो, फरवरी में वे लोग पणजी में कार्निवल का आयोजन करके दम लेंगे। अगले दिन से ज़ोर-शोर से टिमोटिओ और उनकी म्यूज़िक टीम के लोग जुट गए। उन लोगों की योजना को लेकर पणजी के लोगों ने भी उत्साह दिखाया। फिर भी कार्निवल के वास्ते उतने कम समय में समुचित साधन नहीं जुट पाया। फरवरी का आगमन हुआ। टिमोटिओ ने अपनी म्यूज़िक टीम के साथियों से कहा कि हमारे पास जो भी है, हम उसी से 'कार्निवल' मनाएँगे। टिमोटिओ ने बग़ल के गाँव के एक जोतदार से एक दिन के लिए पाँच रुपया भाड़ा देकर 'गद्दो' यानी एक बैलगाड़ी का इन्तज़ाम किया। एक रुपया ख़र्च कर रंगीन झंडियों व फूलों से बैलगाड़ी को सुसज्जित किया। फिर अपनी म्यूज़िक टीम के सभी पन्द्रह साथियों से कहा कि भरसक रंगारंग कपड़ों में सज-धज कर वे सब अगले दिन दोपहर के समय पणजी के पट्टो ब्रिज के पास पहुँच जाएँ। टिमोटिओ ने तो अगले दिन तब नज़ारा खड़ा कर दिया, जब वे राजा की वेश-भूषा में तलवार और ढाल समेत बड़ा-सा सुनहरा मुकुट पहन बैलगाड़ी पर

पट्टो ब्रिज आ पहुँचे। उनके पहुँचते ही दिलचस्प मुखौटों में वहाँ पहले से मौजूद उनकी म्यूज़िक टोली के सभी साथियों ने गिटार, वायलिन, माउथ ऑर्गन और बोंगो ड्रम की झूम एक संग छेड़ दी। 'किंग मोमो' बने टिमोटिओ फ़र्नांडीस का कारवाँ इस तरह पट्टो ब्रिज से चल निकला। सड़क किनारे लोगों की भीड़ धीरे-धीरे 'किंग मोमो' को देखने के लिए उमड़ने लगी। टिमोटिओ ने 'क्लब नेशनल' के प्रेज़िडेंट वास्को अल्वेयर्स से अनुरोध किया था कि पट्टो ब्रिज से थोड़ा आगे जब कार्निवल का कारवाँ बढ़े, तो कृपया वे चार दिनों के वास्ते गोवा के स्वामित्व की प्रतीकात्मक चाबी उन्हें थमाएँ। लिहाज़ा, कार्ड बोर्ड से बनाई गई एक लम्बी-सी चाबी पर सुनहरे काग़ज़ की परत लगवाकर, वह प्रतीकात्मक सुनहरी चाबी लिए वास्को अल्वेयर्स अपने 'क्लब नेशनल' के साथियों को लेकर 'किंग मोमो' के स्वागत में मौजूद थे। पट्टो ब्रिज से किंग मोमो टिमोटिओ फ़र्नांडीस का कारवाँ 'गर्सिया डे ओर्टा पार्क' की तरफ़ बढ़ रहा था। वास्को अल्वेयर्स को रास्ते में सड़क किनारे सदल-बल देख टिमोटिओ ने बैलगाड़ी के बहलवान को रुकने को कहा। वास्को अल्वेयर्स ने पहले किंग मोमो टिमोटिओ को बड़ी-सी माला पहनाई और फिर गोवा में चार दिन के शासन के लिए ख़ुशी की प्रतीकात्मक सुनहरी चाबी सौंपी। टिमोटिओ की म्यूज़िक टीम ने फिर वायलिन, गिटार और माउथ ऑर्गन की झंकार के संग बोंगो ड्रम पर नाचते हुए थाप दी। 'क्लब नेशनल' के बाक़ी सदस्यों ने भी किंग मोमो टिमोटिओ को एक-एक कर फूलों का गुलदस्ता सौंपा। अगले दिन पणजी के अख़बारों में कार्निवल के पुनर्जन्म की सचित्र विस्तृत ख़बर छपी। इस समाचार को गोवा के तत्कालीन मुख्यमंत्री दयानन्द बांदोडकर ने भी पढ़ा। उन्होंने ससम्मान टिमोटिओ फ़र्नांडीस को बुलवाया और कहा कि अगले साल से कार्निवल आयोजन को पूरा राजकीय सहयोग मिलेगा। ज़ाहिर है कि अगले साल यानी वर्ष 1966 से पणजी के कार्निवल उत्सव की रौनक़ साल दर साल बढ़ती चली गई। वास्को अल्वेयर्स ने भी टिमोटिओ को जीवनपर्यन्त सहयोग दिया। अब तो वास्को अल्वेयर्स भी दुनिया में नहीं हैं। सन् 1965 गोवा के लिए एक महत्त्वपूर्ण साल था। इस साल से पणजी में नये सिरे से 'कार्निवल' की शुरुआत तो हुई ही, इसी साल पहली अप्रैल को गोवा पर केन्द्रित हिन्दी कॉमेडी फ़िल्म 'जौहर-महमूद इन गोवा' रिलीज़ हुई। इसका निर्देशन आई. एस. जौहर ने किया था। मांडवी नदी में इस बीच जाने कितनी लहरें गुज़र गईं। ख़ुद टिमोटिओ फ़र्नांडीस अब जीवन की साँझ में पहुँच गए हैं। पर उन्हें गहरी तृप्ति है कि बीते पाँच दशकों में उनका ड्रीम बेबी 'किंग मोमोज फ़न फ़ॉर द फ़ैट सैटर्डे' पूरा मोटू-शोटू हो गया है।

मिसेज़ मिनि रॉड्रिक्स के शब्दों में—"एकदम 'गोलू-गप्पू' कार्निवल!" गाहे-बगाहे मिनि रॉड्रिक्स की खोज-ख़बर लेने टिमोटिओ फ़र्नांडीस आ ही जाते हैं। कभी-कभार उनके साथ उनके जिगरी दोस्त फ्रांसिस्को मार्टिंज़ उर्फ़ फ़ैंकिट भी होते हैं। मिनि रॉड्रिक्स ने देखा है कि सैंड्रा के पापा को टिमोटिओ और फ्रांसिस्को अपने छोटे भाई की तरह स्नेह करते थे। अब जबकि सैंड्रा के पापा दुनिया में नहीं

हैं, फिर भी ये दोनों आज भी उस रिश्ते को निभाते हैं! मिनि रॉड्रिक्स का मन भीग जाता है। वे टिमोटिओ और फ्रांसिस्को से भावुक हो कहती हैं, "मैं जब गोवा के 'किंग मोमो' और 'किंग ऑव कार्निवल' की छाँव में हूँ, तो मुझे क्या फ़िक्र है!" टिमोटिओ फ़र्नांडीस हरेक बार सैंड्रा की पीठ थपथपाकर कहते हैं, "मेरी बेटी के लिए बहुत जल्दी एक 'प्रिंस मोमो' आएगा।" टिमोटिओ और फ्रांसिस्को मार्टिंज़ जब भी आते हैं, बातचीत का केन्द्र कार्निवल के इर्द-गिर्द ही होता है। मिनि रॉड्रिक्स हर बार बिहँसकर कहती हैं, "आपको 'फ़ैट सैटर्डे' के साथ अपनी 'फ़ैट मिनि' को भी देखना है।" और तब टिमोटिओ फ़र्नांडीस एकदम से किंग मोमो वाली आनन्द भंगिमा में कहते हैं, "ओह मिनि! स्टे फ़ैट ऐंड शट अप अबाउट इट।" लगे हाथ फ्रांसिस्को मार्टिंज़ उर्फ़ फ़ैंकिट की खिलखिलाहट मिनि रॉड्रिक्स के कमरे में फैल जाती है, "सुपर थॉट...! दिस इज़ सुपर!"

एक पल थमकर टिमोटिओ फ़र्नांडीस ने कहा, "फ़ैंकिट! माइ डियर! मिनि की पर्सनैलिटी को वजन सूट करता है। अगर यह लड़की मोटी नहीं होती, तो मैं इसको 'फ़ैटसूट' सिलकर पहना देता। मुझे अफसोस है कि मैं और मेरे बाकी के तीनों भाइयों में से किसी ने टेलरिंग का खानदानी पेशा नहीं अपनाया लेकिन पापा-मम्मी से मिली बचपन की ट्रेनिंग भूला नहीं हूँ माइ डियर। आज भी टेलरिंग मशीन पर बैठ जाऊँ, तो हजारों कपड़े सिलकर तैयार कर दूँ।"

"पर ये 'फ़ैटसूट' क्या बला है टिमोटिओ?" फ्रांसिस्को मार्टिंज़ उर्फ़ फ़ैंकिट ने अचरज से पूछा।

"फ़ैटसूट दरअसल में बॉडीसूट है। कपड़े के भीतर गंजी और ब्रा की तरह। इट्स लाइक अंडर गारमेंट्स फ़ैंकिट! सिनेमा और थिएटर के लोग ऐक्टर और ऐक्ट्रेस के लिए इसका इस्तेमाल करते हैं। अब किसी दुबली लड़की को बहुत मोटा दिखाना है, तो उसके कपड़े में कॉटन फ़िलर—सीने, पेट, हिप, पाँवों और बाँहों के पास भरकर माहिर टेलर 'बॉडी पैडिंग' करते हैं। फिर पेंसिल जैसे दुबले ऐक्टर-ऐक्ट्रेस अप्पू हाथी सरीखे दिखने लगते हैं। यह थिएटर-सिनेमावालों के लिए एक स्पेशल आर्ट है।"

"मैंने तो कभी सुना ही नहीं था इस बारे में।" फ़ैंकिट ने हैरान होकर कहा, "रिअली यूनीक!"

"येस! तुम कभी वर्ष 2001 में बनी अमेरिकन फ़िल्म 'शैलो हल' देखना। इसकी हीरोइन ने एक मोटी लड़की का रोल फ़ैटसूट में किया है। वर्ष 1996 में बनी अमेरिकन फ़िल्म 'द नटि प्रोफ़ेसर' के मेन कैरेक्टर ने पूरी फ़िल्म की शूटिंग फ़ैटसूट पहनकर ही की थी। ओबीसिटी...बहुत ज्यादा वजन का प्रॉब्लम अमेरिका में है। इसलिए इस थीम को लेकर वहाँ कई फ़िल्में बनी हैं।"

"तो क्या वाकई तुम 'फ़ैटसूट' सीना जानते हो टिमोटिओ?"

"ऑफ़कोर्स जानता हूँ फ़ैंकिट! हालाँकि, मैंने अभी तक इसे कभी सिला नहीं है। पर पापा को तो 'फ़ैटसूट' सीते अक्सर देखता था। दूसरे कपड़ों के अलावा 'फ़ैटसूट'

सीने में भी पापा एक्सपर्ट थे। बॉलीवुड के डाइरेक्टर लोग बम्बई के किसी टेलर मास्टर को ऑर्डर न देकर अपने किसी ऐक्टर-ऐक्ट्रेस के लिए पापा को 'फ़ैटसूट' का ऑर्डर भेजते थे। और पापा चींटी को 'फ़ैटसूट' में हाथी बना देते थे। बम्बई के फ़िल्म जगत में फ़ैटसूट को लेकर हमारे 'एपोनियो फ़र्नांडीस टेलरिंग शॉप' की शोहरत थी।"

"क्या कोंकणी फ़िल्मों में भी फ़ैटसूट का इस्तेमाल होता रहा है?"

"बेशक। क्यों नहीं! कई कोंकणी फ़िल्मों और थिएटर में फ़ैटसूट का उपयोग किया गया फ़्रैंकिट। मेरे पापा के जमाने के थिएटर के समय से।"

"इधर के दिनों में क्या किसी गोअन ऐक्ट्रेस ने फ़ैटसूट पहनकर कोई फ़िल्म की है टिमोटिओ?"

"फ़्रैंकिट डियर! हम गोअन लोग कितने मूडी होते हैं, तुम्हें पता ही है। अभी पिछले साल 2015 में ओबीसिटी को लेकर एक हिन्दी फ़िल्म 'दम लगा के हइसा' बनी। यह कहानी एक बहुत मोटी लड़की के जीवन पर है। गोआ मूल की ऐक्ट्रेस भूमि पेडनेकर को इसमें रोल दिया गया। भूमि बेशक दोहरे बदन की है लेकिन मोटी नहीं। फ़िल्म निर्देशक ने भूमि को कहा था कि वह उसको मोटा दिखने के लिए 'फ़ैटसूट' तैयार करवा देगा। पर भूमि ने फ़ैटसूट पहनकर रोल करने से मना कर दिया और निर्देशक से कहा कि वह तीन महीने में इस फ़िल्म की माँग के हिसाब से अपने को मोटी कर लेगी। अपने संकल्प को पूरा करने के लिए मन्नत माँगने भूमि गोवा के अपने पुश्तैनी गाँव पेडने आई और यहाँ मौलि देवी मंदिर, भगवती देवी मंदिर और रावलनाथ मंदिर में जाकर मत्था टेका।"

"फिर क्या हुआ टिमोटिओ?" फ़्रैंकिट ने विस्मित होकर पूछा।

"होना क्या था, फ़िल्म 'दम लगा के हइसा' के रोल के मुताबिक भूमि पेडनेकर ने भरपूर पिज्जा और फ़ैट बढ़ानेवाली चीजें खा-खाकर तीस किलो वजन बढ़ा लिया। फ़िल्म पूरी हुई। भरपूर हिट हुई। भूमि को 'फ़िल्म फ़ेयर अवॉर्ड' समेत कई अवॉर्ड मिले। फ़िल्म खत्म करने के बाद भूमि ने जान लगाकर वजन घटाना शुरू किया और 30-35 किलो वजन घटाकर दम लिया। यह जिद्दीपन एक गोअन लोगों में ही है फ़्रैंकिट।"

"फिर ठीक है। आनेवाले एक-दो साल में 'कार्निवल' के मौके पर भूमि को जरूर स्पेशल अट्रैक्शन के तौर पर हम इनवाइट करेंगे टिमोटिओ।" फ्रांसिस्को मार्टिंज़ उर्फ़ फ़्रैंकिट ने चहककर कहा।

"जब मि. टिमोटिओ फ़र्नांडीस और मि. फ़्रैंकिट मार्टिंज़ जैसे दो हेवीवेट ने भूमि को कार्निवल में गोवा बुलाने का फैसला कर लिया, तो फैसला फ़ाइनल हो गया।" मिनि रॉड्रिक्स ने गुलगुलाती हँसी के संग पूरी बातचीत का निष्कर्ष दिया।

टिमोटिओ फ़र्नांडीस को जहाँ 'फ़ादर ऑव कार्निवल' कहा जाता है, वहीं अनेक बार 'कार्निवल फ़्लोट' के लिए पुरस्कार-सम्मान पा चुके टिमोटिओ फ़र्नांडीस के अनन्य मित्र फ्रांसिस्को मार्टिंज़ 'किंग ऑव कार्निवल' के नाम से मशहूर हैं। गोवा को जब आज़ादी मिली थी, तो उस समय फ्रांसिस्को मार्टिंज़ उर्फ़ फ़्रैंकिट एक फूटते

युवक थे। पुर्तगाली शासन के समय पणजी में प्रतिवर्ष होनेवाला कार्निवल उनकी स्मृति में आज भी ज्यों-का-त्यों है। वह पूरे पुर्तगाली मिज़ाज का कार्निवल हुआ करता था। पर गोवा की आज़ादी के बाद से अब तक गोवा का कार्निवल पूरी तरह भारतीय रंग-ढंग में ढलता चला गया। फ़ैंकिट का दिल बाग़-बाग़ होता है जब एक व्यक्ति को ठेठ गोअन अन्दाज़ में 'किंग मोमो' के रूप में सुसज्जित कर उसके पीछे आटे या पाउडर का शस्त्र, ढाल-तलवार, वाद्य यंत्र आदि के संग दिलचस्प मुखौटोंवाला नृत्य दल चलता है और पणजी के चर्च स्क्वायर रोड स्थित मुख्य चर्च के सामने आकर रुकता है। गोवा के मुख्यमंत्री इस 'फ़्लोट परेड' को झंडी दिखाकर गोवा के स्वामित्व की एक प्रतीकात्मक लम्बी सजी-सुन्दर चाबी 'किंग मोमो' को सौंपते हैं, क्योंकि चार दिनों के लिए गोवा में किंग मोमो का ही शासन माना जाता है। यहाँ चर्च के पास 'किंग मोमो' अगले चार दिनों के लिए जीवन में सम्पूर्ण स्वतंत्रता की घोषणा करता है। चार दिन और चार रात का यह 'कार्निवल' उत्सव गोवा के गाँव-क़स्बों से लेकर पणजी तक को नृत्य-संगीत, हास-परिहास और रातों को क्लबों के भोज-विलास में मग्न रखता है।

'कार्निवल' कल से शुरू होने वाला है और अपने-अपने हिसाब से सब व्यस्त हैं। 'कार्निवल' के लिए आए ऑर्डर को पूरा करने के लिए सैंड्रा भी अपनी बेकरी के पुराने सहयोगी मिकी डिसूज़ा व उनके भतीजे अर्थर समेत अपनी बेकरी की पाँचों सहयोगियों—तमारा, रोज़ी, डॉली, लाना और टीना की छोटी-सी टीम के साथ दिन-रात जुटी है। कन्धा ही सिर को ढोता है। ये लड़कियाँ अपनी जान न लगाएँ, तो कुछ भी न हो। उसकी बेकरी की ये पाँचों लड़कियाँ परिश्रमी परियाँ हैं। 'रॉड्रिक्स गोल्डेन ओवन' की पंचप्राण! तमारा उसकी नम्बर-टू है। 'रॉड्रिक्स गोल्डेन ओवन' की सेकेंड-इन-कमांड।

भरपूर केक तैयार कराने के लिए भरपूर सामग्री का इन्तज़ाम जुटाना भी कम सिर दर्द नहीं। मसलन सैकड़ों अंडे, पर्याप्त आटा, चीनी, मक्खन, डालडा, नारंगी का बोतलन्द रस, बोतलबन्द वनिला, किशमिश, चेरी, मुरब्बा, अदरक, बादाम, जायफल, दालचीनी, इलायची, बेकिंग पाउडर और केक की मात्रा के मुताबिक ब्रैंडी। इसी तरह अलग-अलग स्वाद के केक-पेस्ट्री और कुकीज़ के लिए और भी बहुत-सी सामग्री।

बचपन से सैंड्रा—देखती आई है, घर के कैम्पस के एक बड़े-से हिस्से में खड़ी बेकरी और उसका सारा कारोबार। दादाजी ने एक ही कैम्पस में, दो अलग-अलग खंडों में घर और बेकरी को बनवाया था। यानी एक ही कैम्पस में घर भी, बेकरी भी। ऊँची नीली दीवारों और सुर्ख़ लाल रंग की ढलवाँ छत वाली उसकी यह रिहाइशी इमारत दोमंज़िला है, जिसके निचले हिस्से का उपयोग बेकरी के भंडार के तौर पर होता है। वहीं, एकमंज़िला बेकरी का अपना क़द-बुत है। बेकरी की हरे रंग की छत पर सारस के गर्दन की तरह निकली चिमनी की वह हमेशा सफ़ाई करवाती है। बेकरी यानी मिठास और स्वाद का अनूप कारख़ाना। केक तैयार करने की प्रक्रिया

कितनी मनोरम है। पहले विशाल बर्तन में केक की अनुमानित मात्रा से अंडे तोड़ें और उसमें उसी अन्दाज़ से चीनी मिलाएँ। फिर मैदा, बेकिंग पाउडर, वेनिला, ऑरिंज और गरम मसाला डालें। इसके बाद मक्खन की डली। केक में पानी एक बूँद नहीं पड़ता। केक में रंगत लाने के लिए चीनी जलाकर कैरमेल तैयार किया जाना भी सैंड्रा को ग़ज़ब लगता है। केक में स्वाद और रंग लाने के लिए चीनी जब जलाई जाती है, तो सूँ-सूँ खदक के साथ चीनी बहुत ग़ुस्से में दिखती है। इस तरह अंडा, चीनी, मैदा, मक्खन वग़ैरह को लगातार लकड़ी के एक लम्बे पट्टे पर मथते रहना होता है। फिर फलों के बारीक़ कतरे मिलाए जाते हैं। इस तरह फेंटे हुए मैदे, अंडे तथा स्ट्रॉबेरी आदि की आदमक़द सामग्री लकड़ी के पट्टे पर जब गुँथ जाती है तब डाइसों में डालकर जलते कोयले या लकड़ी के जलावन की लाल सुर्ख़ भट्ठी में उसे घुसाया जाता है। केक बहुत नाज़ुक मिज़ाज चीज़ है। इसलिए बड़ी मुस्तैदी से लगातार भट्ठी के तापमान पर नज़र रखी जाती है। तापमान का थोड़ा-सा भी ऊँच-नीच केक को बर्बाद कर सकता है। धधकती भट्ठी की पागल लाली उसे हमेशा से बहुत रोमांचक और जादुई लगती है। केक के तैयार होकर निकलने के बाद उसकी साज-सज्जा में भी कम नखरे नहीं। बाज़ार को स्वाद और सुन्दरता दोनों चाहिए, भले चीनी को कैरमेल बनने के लिए जलने के दौरान कितना भी ग़ुस्सा आए। सैंड्रा-देखती है कि केक की पूरी क़वायद में तमारा ग़ुस्से से जलती चीनी की तरह खदबदाने लगती है। तब सैंड्रा मुस्कराकर कहती है, "तमारा का मतलब ही है...खजूर यानी ऑल स्वीटनेस...पूरी मिठास...। और रंगत भरी मिठास के लिए जलना ही पड़ता है।" तमारा एक बनावटी तमक के साथ उसकी तरफ़ देख हमेशा हँस देती है। और सैंड्रा भी उसकी बनावटी तमक को मुस्कान में पलटकर कहती है, "माइ स्वीटेस्ट तमारा कैरमेल...मेरी प्यारी जली चीनी...!"

दिन के क़रीब ग्यारह बजे पापा के ज़माने के उसकी बेकरी के बुज़ुर्ग सहयोगी मिकी डिसूज़ा जब ओवन सुलगाने के लिए भरपूर जलावन डाल बेकिंग की पहली पाली शुरू करते हैं, तो सीने पर क्रॉस का अदृश्य चिन्ह बनाते हुए प्रार्थना करते हैं। मिकी डिसूज़ा ओल्ड बैचलर हैं। सैंड्रा उन्हें 'अंकल' ही पुकारती है। बेकरी की सभी लड़कियाँ भी उनका बहुत लिहाज़ करती हैं। पापा ने ही मिकी अंकल के कहने पर उनके भतीजे अर्थर को सहयोग देने के लिए बेकरी में रख लिया था। पोरवरिम के अपने पुश्तैनी घर से अर्थर के स्कूटर पर पक्का नौ बजे मिकी अंकल बेकरी पहुँचकर ओवन सुलगाने की तैयारी शुरू करते हैं। उनकी पीठ पर लगभग दस बजे बेकरी की पाँचों लड़कियाँ भी आ जाती हैं और पिछली शाम ब्रेड और पाव के लिए गूँथे गए माल को ओवन में डाले जाने के पहले एक बार और अन्तिम रूप से गूँथती हैं। दो घंटे में अर्थर की मदद से मिकी अंकल ओवन सुलगा लेते हैं। सैंड्रा की कोशिश रहती है कि ओवन में ब्रेड और पाव का जब पहला ट्रे घुसाया जाए, उस समय वह वहाँ ज़रूर मौजूद रहे। हर दिन पहली पाली में ओवन सुलगाने की तैयारी से लेकर शुरू के दो घंटे पापा ख़ुद से कई खेप ट्रे

ओवन में डालते थे। ब्रेड-पाव के संग-संग पापा केक, बिस्कुट, गोडाछो बॉल भी ऑर्डर के हिसाब से बनाते थे। 'हाइ-टी' के वास्ते पापा के तैयार किए कुछ बिस्कुट 'लिंगुआ डे सोगरा' और 'मदर इन लॉ टंग' की पणजी मार्केट में ख़ासी माँग थी। ये सभी आइटम उसकी बेकरी में आज भी बनते हैं। बेबिंका भी बनता है। गोवा का पारम्परिक डिजर्ट 'बेबिंका' हर गोअन को भोजन के अन्त में चाहिए ही चाहिए। 'बेबिंका' माने भोजन का मधुर समापन। क्रिसमस और ईस्टर के अवसर पर सोलह परतोंवाले मस्त 'बेबिंका' की प्रतीक्षा सबको होती है। मम्मी को जब सैंड्रा पर बहुत लाड़ आता है, तो वे उसे 'बेबिंका' पुकारती हैं। पर बराबर मम्मी को 'बेबिंका' खिलाने का मतलब है उनके वज़न को और रफ़्तार देना। आटा, चीनी, घी, अंडे की जर्दी और नारियल का दूध—'बेबिंका' का मूल नुस्खा यानी 'रेसिपी' है। फिर आप चॉकलेट से लेकर स्ट्रॉबेरी, अंजीर और ब्लैकबेरी आदि की जितनी परतें उस पर चढ़ाएँ। 'वेटिकन सिटि स्टेट' के प्रमुख पोप फ्रांसिस को गोवा का बेबिंका बहुत पसन्द है। 80 वर्षीय पोप, जिनका नाम जॉर्गे मारियो बर्गोगलियो है, गोवा आते हैं, तो 'बिशप्स पैलेस' में रुकते हैं। लिहाज़ा, 'बिशप्स पैलेस' के कुक को ख़ासतौर से 'बेबिंका' बनाना ही पड़ता है। अपनी बेकरी में सैंड्रा ईस्टर और क्रिसमस के अवसर पर ख़ास अपनी निगरानी में 'बेबिंका' तैयार करवाती है।

सैंड्रा की बेकरी 'रॉड्रिक्स गोल्डेन ओवन' का ओवन और उसके आसपास का परिदृश्य एकदम से मध्यकालीन पुरातन लगता है। उसकी बेकरी का 'मैसोनरी ओवन' सैंड्रा के दादाजी के ज़माने का बना है। इस स्टोन ओवन में बड़ा-सा बेकिंग चैम्बर है। यह चैम्बर फ़ायर-प्रूफ़ ईंट, कंक्रीट, पत्थर, सुर्ख़ी और चिकनी मिट्टी से बना है। ओवन से जुड़ी चिमनी की ईंट की बनी लम्बी गर्दन बेकरी वाले खंड की बिल्डिंग के ऊपर है। अब लाख आधुनिक 'मैसोनरी' गैस और बिजली पर आ गई है लेकिन लकड़ी और कोयलेवाले ओवन में तैयार ब्रेड, पाव, केक, बिस्कुट और पैटीज़ के स्वाद का जवाब नहीं। पापा की तर्ज पर सैंड्रा बेकरी के ओवन के लिए जलाऊ लकड़ी यानी फ़ायर-वुड का ही इस्तेमाल करती है। वैसे फ़ायर-वुड ओवन की पुरानी पारम्परिक व्यवस्था बहुत महँगी है। अपनी बेकरी में विशेष परिस्थितियों के लिए सैंड्रा ने इलेक्ट्रिक ओवन भी रखा हुआ है। पर इसका उपयोग वह छठे-छमासे ही करती है। पापा के ज़माने से गोवा के सीमावर्ती प्रान्तों कर्नाटक और महाराष्ट्र से उसके यहाँ जलाऊ लकड़ी आती रही है। पापा के समय तक कर्नाटक से एक ट्रक फ़ायर-वुड मँगवाने की क़ीमत 17000 रुपये थी और अब यह 22000 रुपये प्रति ट्रक पड़ता है। जलाऊ लकड़ी के भंडारण के लिए बेकरी के ही एक हिस्से में बहुत बड़ा कमरा है। इसके ठीक से रख-रखाव का पूरा ध्यान विशेषकर जाड़े और बरसात के दिनों में करना पड़ता है। मिकी अंकल अक्सर कहते हैं कि बेकरी चलाना रोज़-ब-रोज़ ख़र्चीला होता जा रहा है। यही कारण है कि ज़्यादातर बेकरों के ख़ानदान की नई पीढ़ी इस काम को छोड़ चुकी है। कई बेकर परिवारों के बच्चे अब विदेशों में जा बसे हैं या शिप की नौकरी कर रहे हैं।

सैंड्रा के पास तो ख़ैर छोटी-सी ही सही लेकिन पुरानी और मज़बूत टीम है। गोवा के बेकरों को मज़दूर-लेबर की भी भारी समस्या है। यों भी गोवा में हर क्षेत्र में मज़दूरों की किल्लत है। पणजी के अधिकतर बेकर इसलिए उत्तर भारत से गोवा आकर काम कर रहे मज़दूरों का उपयोग करते हैं। पणजी में झारखंड के मज़दूर ज़्यादा मिलते हैं। बिहार व उड़ीसा के मज़दूरों की भी यहाँ अच्छी संख्या है। पहले महाराष्ट्र और कर्नाटक के मज़दूर टोलियाँ बाँधकर गोवा आते थे। पाँच-छह साल पहले तक छह हज़ार तक में मासिक वेतन पर एक मज़दूर मिल जाता था। पर अब दस हज़ार रुपये मासिक वेतन से कम में कोई तैयार नहीं होता। हालाँकि, ग़नीमत है कि सैंड्रा को मिकी अंकल, उनके भतीजे अर्थर और पाँचों लड़कियों—तमारा, डॉली, रोज़ी, टीना और लाना, यानी इन सात के अलावा बेकरी के काम के लिए किसी आठवें आदमी की ज़रूरत नहीं पड़ी है। अनाड़ी कामगारों के कारण पणजी की बहुत-सी बेकरीयों के उत्पादन पर असर पड़ा और कई नामचीन बेकरी बन्द हो गई। मडगाँव के जॉन रॉमेल डिसूज़ा की तरह कुछ ज़िद्दी बेकर फिर भी हैं, जो मुँहमाँगा पारिश्रमिक देकर गोअन कारीगर रखते हैं और सन् 1909 से चली आ रही 'सूजा ऐंड संस बेकरी' की गाड़ी खींच रहे हैं। जॉन रॉमेल डिसूज़ा की यह बेकरी मडगाँव के ओल्ड मार्केट में है। जॉन की डबल रोटी, पाव, केक और बिस्कुट की दर ज़्यादा है, फिर भी पणजी तक वे अपना माल ऑर्डर पर भेजते हैं। जॉन रॉमेल भी सैंड्रा की तरह अपने ओवन में हमेशा फ़ायर-वुड यानी जलाऊ लकड़ी का उपयोग करते हैं।

बहरहाल, ख़ानदानी बेकर जहाँ बेकरी के धन्धे को छोड़ चुके हैं, वहीं गोवा के बाहर-बाहर के प्रान्तों के लोगों ने यहाँ बेकरी के व्यवसाय को थाम लिया है। पिछले दिनों 'ऑल गोवा बेकर्स ऐंड कंफेक्शनर्स एसोसिएशन' ने गोवा में कार्यरत 600 बेकरी का सर्वेक्षण करवाया। सर्वेक्षण में पाया गया कि 600 बेकरी में से सिर्फ़ 50 बेकरी गोवा के मूल निवासी चलाते हैं। शेष साढ़े पाँच सौ बेकरी दूसरे-दूसरे प्रान्तों से आकर गोवा में बसे लोग चला रहे हैं। इसमें 200 बेकरी ऐसी है, जो गोअनों ने बाहर-बाहर से गोवा आकर बसे लोगों को लीज पर दे रखी है। पर बाहर के ये लोग तमाम कोशिशों के बावजूद ब्रेड, केक और बिस्कुट में असली गोअन बेकरीवाला स्वाद नहीं पैदा कर पाते। हाँ, इन लोगों ने अपनी बेकरी का उत्पादन बेशक चौगुना कर लिया है।

ब्रेड,पाव, केक व बिस्कुट की चाबी है अच्छे ख़मीर के संग आटा-मैदा की भरपूर रगड़-गुँथाई। वैसे, गोवा में मोटे अनाजों—मसलन जौ, बाजरा, जई, ज्वार और चना आदि की खेती नहीं होती है। मक्के की खेती बस नाम की। मक्का यहाँ 'बॉर्डर क्रॉप' है। पर बेकरी की सामग्रियों में पापा मोटे अनाज का इस्तेमाल करते ही करते थे। गोवा के चुनिंदा बेकरीवाले बाहर से अनाज व्यापारियों द्वारा मोटा अनाज आज भी मँगवाते हैं। सैंड्रा भी मँगवाती है। आटा व मैदा में थोड़ा मोटा अनाज मिला देने से बात ही कुछ अलग हो जाती है। पापा कहते थे, "मोटे अनाज

से सेहत को मोटा मुनाफा मिलता है।" बहरहाल, शाम को ओवन को ठंडा करने के लगभग तीन घंटे पहले बेकरी की पाँचों लड़कियाँ बड़े-बड़े बरतनों में आटा, मैदा लेकर थोड़ा मोटे अनाज के साथ सूखे मेवे के कतरे वग़ैरह डालती हैं और अन्तत: उसमें ताज़ा ख़मीर मिलाती हैं। आटा-मैदा में ख़मीर डालने के बाद लगभग तीन घंटे उसे कुछ यों छोड़ दिया जाता है कि ख़मीर पूरी तरह आटा-मैदा में रसकर पसर जाए। आटा-मैदा के साथ ख़मीर को पूरे तीन घंटे का एकान्त चाहिए। यह रसिक-संयोग की भाँति है। इस प्रक्रिया के बाद थोड़ी राहत की साँस लेकर अर्थर समेत बेकरी की पाँचों लड़कियाँ ओवन में से बीच-बीच में निकाले गए ट्रे से ब्रेड, पाव, बिस्कुट आदि सामग्रियों को सलीके से टोकरियों में सहेजते हैं। शाम लगते न लगते ओवन को बुझाकर ठंडा करने का समय आता है। तब एक तरफ़ ओवन को ठंडा होने को छोड़ दिया जाता है और दूसरी तरफ़ अर्थर और पाँचों लड़कियाँ बड़े-बड़े बरतनों में ख़मीर पगे आटे-मैदे को हर सम्भव कौशल से मिलकर गूँथते हैं। फिर उसे किवाड़ के आकारों के दो अलग-अलग साफ़ लकड़ी के पट्टों पर फैलाकर ऊपर से नीचे तक अनेक बार मथते हैं। दो-ढाई घंटे की इस प्रक्रिया के बाद लकड़ी के दोनों पट्टों पर पूरे माल को आदमक़द रूप में फैलाकर साफ़ कपड़ों से ढक दिया जाता है। यह कल के वास्ते बेकिंग की तैयार सामग्री होती है, जिसकी रगों में रात भर ख़मीर का नशा धीरे-धीरे और भीगता है। अगले दिन ओवन जलाकर पहली पाली से ट्रे के खाँचों में यही माल भरकर फ़ायर-चैम्बर में डाला जाता है।

बाहर से आकर बेकरी के व्यवसाय में लगे लोगों में इतना धैर्य नहीं। वे आटा-मैदा की गुँथाई हाथों के बजाय मशीन से करते हैं। अच्छा-ताज़ा ख़मीर भी ये लोग उपयोग में नहीं लाते। मशीन से आटा, मैदा और ख़मीर को मुश्किल से आधा घंटा गूँथकर ये लोग इलेक्ट्रिक ओवन में डालना शुरू करते हैं। पूरे दिन में इस तरह ये लोग चार-पाँच बार बेकिंग कर भरपूर उत्पादन करते हैं। पर दो नम्बर की सामग्रियों का उपयोग और जल्दबाज़ी के कारण खाँटी गोअन ब्रेड-पाव वाला वह मज़ा इनमें कहाँ! बीते दशकों में पूरे गोवा में ताड़ के पेड़ों के सूखते चले जाने से ख़मीर की भारी कमी हुई है। ख़मीर के बिना ब्रेड-पाव आदि स्पंजी हो ही नहीं सकता। आटा-मैदा में यीस्ट यानी ख़मीर मिलाकर कुछ समय तक छोड़ देने पर फ़र्मेंटेशन यानी ख़मीर उठने की प्रक्रिया होती है। आटा में ख़मीर के उठने से आटा स्वाभाविक रूप से फूलकर स्पंजी हो जाता है। सिर्फ़ ब्रेड और पाव ही नहीं, इडली, डोसा और दाल का ढोकला बनाने में भी ख़मीर की तासीर देखते और खाते बनती है। ताड़ के पेड़ का ख़मीर बेहतरीन होता है। और यह पेड़ आम के पेड़ों की तरह नहीं है। एक ताड़ के पेड़ को तैयार होने में लगभग 25 साल लग जाता है। इसलिए इस पेड़ को लेकर कहते हैं कि बाप पेड़ लगाता है और उसका बेटा ताड़ी निकालता है। आयुर्वेद में ताड़ वृक्ष के पत्तों, जड़ों, फूल और फल सबका उपयोग होता है। नवम्बर से जून महीने में यह फलता-फूलता है। बेकरीवाले तभी बाक़ी के चार महीनों के लिए भी ख़मीर का भंडारण पहले कर लेते हैं। ख़मीर के अलावा एक ज़माने से गोवा के

लोग ताड़ के पेड़ के सूखने पर उसके भीतर का हिस्सा खोखला करके छोटी-छोटी नावें भी बनाते रहे हैं। ताड़ के पेड़ की लकड़ी की अन्दरूनी बनावट सूत के ठोस लच्छे की तरह होती है। इसलिए इसके सूखने पर नाव बनाने के वास्ते अन्दर का वह ठोस लच्छा खरोंचकर निकाला जाता है। ताड़ के डंठल के रेशे से गोवा के ग्रामीण चटाई, जाल और हाथ पंखा भी बनाते रहे हैं। ताड़ अपनी आसमान छूती ऊँचाई के लिए प्रसिद्ध है। पर इसका घेरा छह-सात बित्ते से अधिक नहीं होता। गोवा में पहले ताड़वनों की शोभा देखते बनती थी। पर अब वह शोभा दुर्लभ है।

सैंड्रा को याद है कि पापा घरेलू रसोई के कई आइटम जैसे दाल ढोकला वग़ैरह के अलावा चपाती के आटे में भी ताड़ का ख़मीर मिला देते थे। मम्मी जब कभी चिढ़कर कहतीं कि ख़मीर का खेल बेकरी तक रखो, तो पापा मज़े लेते हुए मम्मी को दुलारकर कहते, "मिनि! लेट भी ट्रीट यू राइट!" तब मम्मी समझ जाती थीं कि पापा अपना वही पसन्दीदा गाना शुरू करनेवाले हैं,..."इट्स नून और नाइट...शी विल क्वेंच यॉर थर्स्ट...इफ़ यू ट्रीट हर राइट! शी इज़ अ हॉटी टॉडी...ऐंड अ स्वीट टीज़...शी विल गिव यू एवरीथिंग...व्हाट यू नीड...।"

'हॉटी टॉडी'...गर्म ताड़ी! पापा की अदा को याद कर आज भी सैंड्रा को हँसी छूट जाती है। ताड़ी की क़ीमत बहुत बढ़ गई है। एक बोतल ताड़ी की क़ीमत कम से कम दो सौ रुपये। यह भी आसानी से उपलब्ध नहीं। गोअन ब्रेड-पाव में ताड़ी के ख़मीर का बड़े दुलार से इस्तेमाल होता रहा है। गोवा में पहले ताड़ और नारियल के पेड़ बहुतायत में थे। गोवा का ऐसा कोई एक गाँव नहीं था, जहाँ ताड़-वन नहीं था। पर अब ताड़ और नारियल के पेड़ गोवा में नाम मात्र रह गए हैं। 'ऑल गोवा बेकर्स ऐंड कन्फ़ेक्शनर्स एसोसिएशन' ने बीते वर्षों में बारम्बार गोवा सरकार से अनुरोध किया है कि ताड़ के वृक्ष राज्य में बड़ी संख्या में लगाए जाएँ। पर पणजी कोर्ट में वकालत करने के संग-संग सल्वादोर दो मुंदो पंचायत की उपसरपंच सैंड्रा की दोस्त रीना फ़र्नांडीस कहती हैं कि दो-ढाई दशकों में गोवा में जितनी भी सरकारें बनीं, सबको एक सिरे से नारियल और ताड़ के पेड़ों से नफ़रत रही है।

हरेक शाम बेकरी का काम ख़त्म होने के बाद पापा बड़े सुकून से हॉट व्हिस्की बनाते थे और मिकी अंकल के संग उनकी बैठकी एक-डेढ़ घंटे के लिए जमती थी। ओल्ड बैचलर मिकी अंकल भी व्हिस्की के शौक़ीन हैं। जब से पापा नहीं रहे, शाम को बेकरी से निकलने के बाद अर्थर के संग स्कूटर पर पोरवरिम लौटते हुए वे व्हिस्की का एक क्वार्टर बोतल ख़रीदते ही हैं। बीते समय में शाम को टेबल पर वे पापा के ग्लास फ़ेलो थे। व्हिस्की कॉमरेड! पेग बनाते हुए पापा उनसे कहते थे, "मिकी! डू यू नो कि आयरलैंड में हॉट व्हिस्की को 'हॉट टॉडी' भी कहते हैं। यह गुनगुने पानी में शहद, हल्की चाय और मसाले के साथ बड़े शौक से पेश किया जाता है।" मम्मी और उसके अलावा दुनिया में अगर वाक़ई पापा को कोई मिस करता है, तो मिकी अंकल। मिकी अंकल के लिए सैंड्रा को बहुत सम्मान है। इसलिए सैंड्रा की हर सम्भव कोशिश रहती है कि मिकी अंकल जब ओवन

सुलगाएँ, तो उस समय से लेकर एक-दो खेप का ब्रेड व पाव बनने तक वह वहाँ अवश्य मौज़ूद रहे। ओवन सुलगाने की प्रक्रिया शुरू होते ही अर्थर तेज़ धुनवाला म्यूज़िक बजा देता है। यह सैंड्रा की बेकरी का साइरन है। पापा के ज़माने से बेकरी में सबके लिए एप्रन रहा है। इधर कुछ महीने पहले सैंड्रा ने फिर से सबके लिए नया एप्रन बनवाया है। मिकी अंकल और अर्थर के लिए लाल-नीले चेकवाला एप्रन और अपने समेत पाँचों लड़कियों के लिए सुर्ख़ लाल फूलों के छापेवाला फ़्लोरल प्रिंट ड्रेस। घुटने तक की ढीली मैक्सी की तरह।

ओवन का चैम्बर फ़ायर-वुड से जब पूरी तरह धीपने-तमकने लगता है, तो प्रार्थना के साथ मिकी अंकल पहला ट्रे चैम्बर में घुसाते हैं। पर इसके पहले रात को तैयार सामग्री को लकड़ी के पट्टे पर पूरा बटर उड़ेलकर पाँचों लड़कियाँ फिर से भरपूर मथती हैं। इसके बाद ही ट्रे के फ़र्मे में बेकिंग के लिए सामग्री सेट की जाती है। लड़कियाँ जब आटा-मैदा के तैयार बड़े से पिंड को भरपूर मक्खन के संग अन्तिम रूप से मथ रही होती हैं, तो सैंड्रा को लगता है कि जैसे उसका पेट उठाकर लकड़ी के लम्ब पट्टे पर रख दिया गया है और लड़कियाँ उसे प्यार से मथ रही हैं। पहली पाली में दो-तीन बार जब मिकी अंकल ट्रे में बेक कर ब्रेड-पाव या केक बिस्कुट तैयार कर लेते हैं, तो सैंड्रा फ़्लोरल प्रिंट वाला एप्रन उतार उस पर पड़े आटे वग़ैरह को झाड़ती है।

"हाइ हो! हाइ हो! इट्स ऑफ़ टू वर्क, आइ गो।" तमारा चुहल के अन्दाज़ में अक्सर यह लाइन सैंड्रा के एप्रन निकालने और झाड़ने पर गाने लगती है।

"यू नॉटी कैरमल...! तुम शैतान हो मेरी जली चीनी।" सैंड्रा हँस पड़ती है, "मैं तो मिकी अंकल और तुम सबके सहारे बेकरी से बेफ़िक्र रहती हूँ। घंटे भर भी अपनी नजर से मम्मी मुझे ओझल नहीं रहने दे सकतीं। मैं बेकरी में हूँ, तो अभी वह बिस्तर पर हाय-तौबा कर रही होंगी।" फिर दरवाज़े के पास जाकर तमारा को सैंड्रा फिर गुलगुला देती है, "ओ नॉटी कैरमल! लिसन...! आइ कीप ट्राइंग टू किल यू...बट एवरी टाइम आइ डू ऐंड यू राइज़ फ्रॉम द ब्रेड...।" तब तमारा को ज़ोर की हँसी छूट जाती है और वह वॉल्ट डिज़्नी की एक बहुत पुरानी फ़िल्म के गाने की तर्ज़ पर अपना अधूरा गाना पूरा करके दम लेती है—

"हाइ हो...हाइ हो...हाइ हो
इट्स ऑफ़ टू वर्क वी गो
वी डिड बेक...बेक...बेक...बेक
इन आउअर ओवन द होल डे थ्रो
टू बेक...बेक...बेक...बेक...
इट्स व्हाट वी लाइक टू डू
इट ऐन्ट नो ट्रिक
टू गेट रिच क्विक...।"

"यह हमारे 'रॉड्रिक्स गोल्डेन ओवन' का लाड़ला सांग है।" मुस्कराती है तमारा। तमारा का पूरा नाम तमारा चड्ढी है। ये लोग कभी पंजाब से गोवा में आकर बसे 'चड्ढा' थे। पर पुर्तगालियों के आने के बाद जब गोवा में धर्म परिवर्तन का सिलसिला तेज़ हुआ, तो ब्राह्मण ईसाई 'बमोन' और 'चड्ढा', जो अपने को उच्च क्षत्रिय मानते थे, ईसाई 'चड्ढी' बन गए। पापा बाक़ायदा उदाहरण देकर बताते थे कि यूरोप का समाज जिस प्रकार से रक्त की शुद्धता और वरीयता के आधार पर जाति क्रम भेद पर आधारित था, गोवा के समाज की जातीय संरचना उसी यूरोपीय तर्ज़ पर है। पापा कहते थे कि जिस 'कॉस्ट' यानी जाति शब्द को लेकर हम लोग सिर धुनते हैं, यह 'कॉस्ट' शब्द मूलतः पुर्तगाली शब्द है। पुर्तगाली में इसका अर्थ है—शुद्धता।

पापा धीमी मुस्कान से आगे कहते थे, "अपने गोवा के महान कार्टूनिस्ट मारियो मिरांडा के पूर्वज कभी 'सरदेसाई' थे सैंड्रा! लगभग 500 वर्षों से अधिक समय तक यह परिवार जुआरी नदी के तट पर रहा। 'सरदेसाई' टाइटिलवाला यह परिवार बीजापुर के सुलतान के ज़माने से ख़ानदानी 'रेवेन्यू कलेक्टर' था। ये लोग गौड़ सारस्वत ब्राह्मण थे। पर सोलहवीं सदी के बीच में जब पुर्तगालियों ने गोवा पर क़ब्ज़ा करना शुरू किया, तो उस समय धर्म परिवर्तन कर यह परिवार रोमन कैथलिक क्रिस्चन बन गया। इनका टाइटिल 'सरदेसाई' से बदलकर 'मिरांडा' हो गया। मारियो मिरांडा का गाँव लौटोलिम है। कहते हैं, उत्तर भारत में सरस्वती नदी जब सूख गई, तो सरस्वती नदी के तट पर बसे अनेक ब्राह्मण परिवार गोवा में रहने आए और यहाँ अपना एक गाँव बसाया, जो आगे चलकर लौटोलिम के नाम से मशहूर हुआ। लौटोलिम के सभी ब्राह्मणों ने आगे पुर्तगाली राज में रोमन कैथलिक क्रिस्चन होना स्वीकार किया। इसी तरह मेरे एक दोस्त पीटर रिबेरो के पूर्वज भी सत्रहवीं सदी में धर्म परिवर्तन कर 'सरदेसाई' से 'रिबेरो' हो गए। बम्बई के इक्कीसवें मशहूर पुलिस कमिश्नर जूलियो रिबेरो के पूर्वज भी सरदेसाई थे।" एक पल थमकर पापा फिर कुछ इस तरह शुरू होते जैसे हज़ारों वर्षों से मिट्टी की अपरिमित सुन्दरता और मिट्टी से पात्र बनाने की कला पर बोल रहे हों। साथ ही यह भी बताने की कोशिश कर रहे हों कि पुर्तगालियों ने मिट्टी के भाँड़ों पर शीशे का लेप किस सिफ़त से चढ़ाया और कैसे सरदेसाई लोग 'मिरांडा' और 'रिबेरो' बनाए गए।

एक बार पापा ने बम्बई के रिटायर्ड पुलिस कमिश्नर जूलियो रिबेरो का एक लेख उसे पढ़ने को दिया था। उस लेख के एक ख़ास अंश पर पापा ने क़लम से निशान लगाया हुआ था और कहा था, "सैंड्रा! जूलियो रिबेरो के इस लम्बे आर्टिकल का यह अंश पढ़ो।" फिर वह पढ़ती गई। जूलियो रिबेरो के लेख का वह विशेष अंश पढ़कर उसके शरीर में झुरझुरी-सी होने लगी। रिबेरो ने दो टूक लिखा था, "माइ एनसेस्टर्स, ऐज़ आइ हैव ऑफ़न सेड, वेअर हिन्दूज़। फ़ोर हंड्रेड इयर्स अगो दे वेअर कॉनवर्टिड, अलांग विद थाउज़ेंड्स ऑव अदर हिन्दूज़ कटिंग अक्रॉस द—ब्राह्मिनिकल ऑर्डर ऑव कास्ट्स, टू रोमन कैथलिसिज़्म, द रिलिजन

ऑव द पुर्चगीज़, हू केम बाइ सी ऐंड कंकर्ड आउअर टेरिटरी। यू कैन कॉल इट ऐन ऐक्सीडेंट ऑव हिस्ट्री। बट आइ रैदर लाइक द रिलिजन आइ वाज बॉर्न इन टू। इट हैज़ टॉट मी द वैल्यूज़ ऑव ट्रुथ ऐंड जस्टिस, सो इम्पॉर्टेंट इन द प्रोफ़ेशन ऑव पुलिसिंग ऐंड इट टॉट मी द कंसेप्ट ऑव सर्विस, व्हिच द इंडियन पुलिस सर्विस, टू व्हिच आइ बिलांग्ड, रिक्वायर्ड ऑव मी। आइ ऐम अ पैट्रियॉटिक सिटिजन लाइक द वास्ट मेजॉरिटी ऑव क्रिस्चंस इन दिस लैंड।"

सैंड्रा को याद है कि रिबेरो का आर्टिकल पढ़कर जैसे चाक पर रखी मिट्टी की तरह उसका दिमाग़ घूम गया था। इन्हीं चर्चाओं के बीच उसने पापा से सहज उत्सुकता में पूछा था, "पापा! हम लोगों के पूर्वज का टाइटिल पुर्तगालियों के आने के पहले क्या था? हम रॉड्रिक्स टाइटिलवाले भी नाइक, सरदेसाई और बोरकर वगैरह कुछ रहे होंगे? पुर्तगालियों के आने के पहले यहाँ के ज्यादातर लोग तो हिन्दू ही थे, जो पुर्तगाली राज में 'कनवर्ट' कर क्रिस्चन बनाए गए!"

"देखो, पुर्तगालियों ने 'कनवर्सन' में भी डिवाइड ऐंड रूल की शातिर पॉलिसी अपनाई थी। मसलन एक घर में चार भाई थे, जिसमें तीन धर्म परिवर्तन के लिए राज़ी हुए और एक हिन्दू बने रहने की जिद पर टिका रहा। पुर्तगाली लोग तीनों भाइयों को क्रिस्चन तो बना देते थे पर तीनों को एक जैसा टाइटिल कभी नहीं देते थे। यानी सबसे बड़े भाई को 'रॉड्रिक्स' टाइटिल दिया, तो मझले को रिबेरो और उसके बाद वाले को पिंटो। यह इसलिए कि तीनों कभी एकजुट न हो सकें। एक ही टाइटिल तीनों भाई को देने से तीनों के एकजुट होने की आशंका बनी रह सकती थी। मसलन, अगर किसी सरदेसाई परिवार में चार भाई थे, तो एक भाई का टाइटिल 'मिरांडा', दूसरे भाई का टाइटिल 'रिबेरो' और तीसरे का 'रॉड्रिक्स' और सबसे छोटा भाई, जो हिन्दू ही रहना चाहता था, का टाइटिल 'सरदेसाई' ही रह जाता था। दरअसल, पुर्तगाली गवर्नर जनरल की नीति थी कि कोई किसी से जुड़ा नहीं रहे बल्कि एकमात्र पुर्तगाली शासन से अपना जुड़ाव रखे। पुर्तगाली राज में जो ज़िद ठानकर हिन्दू रह गए, उन्हें हमेशा हाशिये पर रखा गया।" एक गहरी साँस लेकर पापा आगे कहते थे, "सैंड्रा! वैसे, हमारे पूर्वजों का टाइटिल 'नाइक' था लेकिन तुम्हारे दादाजी यानी मेरे पापा टाइटिल के इतिहास और खानदान के ऑरिजिन पर बात करना कभी पसन्द नहीं करते थे। यह चर्चा चलने पर हमेशा हँसकर वे कहते थे कि हम लोगों के पूर्वज इंडियन बन्दर थे और पक्के देश-प्रेमी थे। बस। सैंड्रा! तुम्हारे दादाजी हमेशा एक बात गर्व से कहते थे कि 'द गोअन स्टैंड्स आउट ऐज़ द फ़ाइनेस्ट फ्रूट ऑव द असिमलेशन ऑव द यूरोपियन ऐंड इंडियन कल्चर।' और साथ में वे यह जोड़ते थे कि 'इंडिया इज़ माइ हार्ट ऐंड माइ एवरीथिंग।' सैंड्रा! ऊपर से गोवा कास्टिस्ट स्टेट नहीं दिखता लेकिन इसके अन्दर में जातियों की बहुत मारामारी है। तुम्हारे दादाजी यह सब देखकर बहुत अफसोस करते थे। जाति और मजहब के खेल में फँसा यह नन्हा-मुन्ना गोवा अब तो रोज गर्त में जा रहा है सैंड्रा।"

बहरहाल, गोवा में डिसूज़ा, डिक्रॉस्टो, पिंटो, ब्रैगांज़ा, गोमेज, सेक्वेरिया, मिरांडा, रॉड्रिक्स, सरदिन्हा आदि उपाधि नाम यानी कैथलिक ईसाई टाइटिलों से लेकर बेरैकर, अमोनकर, मुंज, बर्नेकर, अन्वेकर, पर्रिकर, रायकर और शेनॉय आदि कितनी जातियों और टाइटिल का घालमेल है। पुर्तगालियों ने क्षत्रियों और वैश्य वाणी वर्ग की एक मिश्रित जाति का नामकरण 'चार्डी' भी किया था। पापा सही कहते थे कि गोवा में मुसलमानों की संख्या इसलिए नगण्य है क्योंकि पुर्तगालियों ने जब बीजापुर के यूसुफ आदिल शाह को गोवा की सत्ता से खदेड़कर भगाया और गोवा पर पुर्तगाल का आधिपत्य जमाया, उसी समय बड़ी संख्या में मुसलमानों का गोवा से पलायन हुआ।

बीते वर्षों में कर्नाटक व केरल से आकर कुछ मुस्लिम परिवार गोवा में बेशक बसे। फिर भी इनकी संख्या नाम मात्र है। सिर्फ़ चार प्रतिशत। बाहर से आकर बड़ी तादाद में हिन्दू आबादी गोवा में बसी है, इसलिए गोवा में हिन्दू अब जहाँ 66 प्रतिशत हैं, वहीं ईसाई 29 प्रतिशत। आज भी कभी गोवा की सामाजिक और जातीय संरचना पर चर्चा चलती है, तो सैंड्रा अपनी बेकरी की सेकेंड-इन-कमांड तमारा को देख मुस्कराकर कहती है, "अव्वल तो दाल में नमक के संग छौंक के अन्दाज में जीरा, लाल मिर्च और हींग की तरह समाज और जीवन में थोड़ा-थोड़ा सबको होना चाहिए। इसलिए कौन कितना प्रतिशत है, इससे मुझे कोई मतलब नहीं। मुझे मतलब है तो अपनी प्यारी...क्यूट तमारा चड्ढी से।"

तमारा तब लगे हाथ मुस्करा-तुनककर कहती है, "मैं कोई चड्ढी-फड्ढी नहीं...सिर्फ तमारा हूँ।" तीन साल पहले शादी हुई है तमारा की। दो साल का एक प्यारा-सा बेटा है उसको—पिंकू। कभी-कभी तमारा उसे लाती है अपने साथ, जब उसकी सास एक-दो दिन के लिए अपने मायके जाती है। सैंड्रा जब कभी उसे गोद में लेती है, तो पिंकू अपने नन्हे मोती दाँतों के संग खिलखिलाने लगता है। सैंड्रा तब लाड़ में मुस्कराकर कहती है, "ये है पिंकू केक...।" कल याद करके कार्निवल के मौक़े पर वह पिंकू के लिए केक भेजेगी। तरह-तरह के केक, ब्रेड, पेस्ट्री और कुकीज़ के अलावा इस बार के 'कार्निवल' के लिए उसने 'स्पेशल हैप्पीनेस पाइनएपल अपसाइड—डाउन स्प्रिंग केक' मिकी अंकल, अर्थर और अपनी पाँचों परियों की अटूट मेहनत से तैयार कराया है।

किंग मोमो को भेंट करने के लिए दस पाउंड का 'क्राउन शेप किंग मोमो चॉकलेट केक' भी तैयार कराया है। कल 'रॉड्रिक्स गोल्डेन ओवन' की ओर से 'फ़्लोट परेड' के समय यही पाँचों लड़कियाँ जाकर यह स्पेशल केक 'किंग मोमो' को उपहारस्वरूप देंगी। हर बार दस पाउंड का एक स्पेशल केक ख़ुद पापा जाकर किंग मोमो को भेंट किया करते थे। पर उसका मन नहीं कर रहा। उस भीड़ में वह सार्वजनिक रूप से तमाशा नहीं बनना चाहती है। शैतानों के तीखे जुमले 'किंग मोमो विद पिंक हिप्पो' उससे सहन नहीं होंगे। अपने वज़न को छुपाने के लिए भले वह नितंब पेटी पहनती है, लेकिन उसे पता है कि आसपास

के लोग पीठ पीछे उसे 'पिंक हिप्पो' कहते हैं। ऐन कार्निवल में वह अपना मन नहीं ख़राब करेगी। आनन्द और मस्ती के इस उत्सव में वह हमेशा ख़ुश रहना चाहती है। इसलिए उसकी तरफ़ से किंग मोमो को स्पेशल केक का उपहार ये पाँचों लड़कियाँ ही जाकर देंगी।

हर सुबह साइकिल पर पाव विक्रेताओं की जमघट को वह बड़े हौसले से ब्रेड, कुकी और पेस्ट्री आदि मुहय्या करती है। सुबह के आगन्तुकों में दूधवाले, अख़बारवाले और 'पोडर' यानी पाववाले होते हैं। इन तीनों में कभी कोई आगे, कभी पीछे। इनके आगमन में बस कुछ-कुछ मिनटों का अन्तराल होता है। पर सैंड्रा की बेकरी में पोडरों का जत्था किरण फूटने के बाद पहुँचता है। ढीले-ढाले 'कोबाई' यानी लम्बी सफ़ेद क़मीज़ और पाजामे में ये बगुलों के दल जब 'रॉड्रिक्स गोल्डेन ओवन' के गेट पर माल लेने पहुँचते हैं, तो ज़ाहिर है हलचल बरबस बढ़ जाती है। ब्रेड से भरा बास्केट सिर पर और एक हाथ में बाँस की सोंटी, जिसका निचला सिरा धातु से मढ़ा होता है, पोडर यानी ब्रेड विक्रेताओं की पहचान है। बाँस की सोंटी सड़क और गलियों में ठकठका कर ये लोगों को अपने आगमन की सूचना देते हैं। क्या यह मधुर परम्परा आनेवाले समय में बनी रहेगी! क्या पता? सोचती है सैंड्रा। धीरे-धीरे अभी से यह फीकी पड़ती दिख रही है। अक्सर वह अपने बचपन के एक गाने को याद करती है—

"पैट-अ-केक, पैट-अ-ब्रेड बेकर्स मैन!
बेक मी अ केक, बेकमी अ ब्रेड
ऐज फ़ास्ट ऐज यू कैन!
पैट इट ऐंड प्रिक इट ऐंड मार्क इट विद 'बी'
पुट इट इन द ओवन फ़ॉर बेबी ऐंड मी!
ऐंड देअर विल बी प्लेंटी फ़ॉर बेबी ऐंड मी!!
पैट-अ-केक, पैट-अ-ब्रेड बेकर्स मैन!!"

बढ़ती आबादी और पहले से ज़्यादा गोवा में पर्यटकों के आगमन के हिसाब से ब्रेड, केक, और पाव की खपत बेशक बढ़ गई है। अपनी बेकरी के फ़ायर-वुड से जलनेवाले ओवन में सैंड्रा अभी भी पारम्परिक गोअन विधि से कुरकुरी पापड़ी की परतवाला गोलाकार 'अनडू', चौकोर 'कैट्रेंचो', गेहूँ से निर्मित ब्रेड 'पोई', वर्गाकार स्वादिष्ट 'पाव' और अँगूठी जैसी आकृतिवाला ब्रेड 'कैंकून' बनवाती ही बनवाती है। पर सैंड्रा महसूस करती है कि ब्रेड, केक और पाव आदि का उत्पादन भले गोवा में पहले से बहुत ज़्यादा बढ़ गया है लेकिन ब्रेड, केक और पाव का वह पुराना मधुर संगीत देखते-देखते गोवा से लापता हो गया है।

अब गोवा के बच्चों को ब्रेड, केक और पाव के गाने नहीं आते। आज के दौर के गोअन बच्चे पाव और केक के उस पुराने अनमोल मधुर संगीत से बिलकुल अनजान हैं। पहले गोवा के जीवन में ब्रेड, पाव और केक एक अनिवार्य संगीत

था। अब बस यह सब एक माल है। पहले एक चम्मच चीनी का भी आनन्द एक पोएट्री में था—

"जॉनी...जॉनी...येस पापा...!
ईटिंग शुगर? नो पापा...!
टेलिंग अ लाइ...?
नो पापा! ओपेन यॉर
माउथ...! हा...हा...हा!"

पर अब उस मधुर एक चम्मच चीनी की पोएट्री ग़ुम हो चुकी है।

जीवन के जाने कितने छोटे-छोटे मिठास बस अब धूमिल स्मृतियों में दफ़्न हैं। बच्चा जॉनी अब चोरी-छिपे चीनी खाकर ख़ुश नहीं होता। उसके बचपन के बहुत-से बिस्कुट भी अब कहाँ मिलते हैं। सैंड्रा अभी भी अपनी बेकरी में ख़ासतौर से मुस्तैदी के संग 'कैंकून' बनवाती है। पापा बताया करते थे कि पुर्तगालियों के आगमन के बाद कैसे गोवा में बेकरीयों की बेकिंग-शैली में बदलाव आया। पापा कहते थे कि चिनचिनिम, माजोरदा, नुवेम, उतरोदा और कैंसाउलिम आदि गोअन बस्तियाँ मुख्य रूप से बेकरों यानी नानबाइयों की थीं, जो बड़ी और मोटी रोटी, ख़मीरी रोटी, मीठी ख़स्ता रोटी और क्या-क्या नहीं बनाते थे। जैसे कि स्वादिष्ट 'बोलो', जो विरले ही अब कोई बेकर बनाता है। इसी तरह 'बोलाचा दो पेडेरियो' बिस्कुट, जो जीभ के आकार का लम्बा और पतला होता था।

पापा हँसकर कहते थे, "कुछ लोग इसलिए उसको अंग्रेजी में 'टंग बिस्किट' भी कहते थे। कोंकणी में इसका नाम 'पटोड़ बिस्किट' था। यह बिस्किट हालाँकि थोड़ा-बहुत अभी भी कुछ बेकरीवाले बनाते हैं लेकिन पुराने लोग मुँह बनाकर कहते हैं, 'ना...वो पहले वाली बात अब कहाँ?' गोवा की बेकरीयों के नाना किस्मों के ये ब्रेड और बिस्किट थोक पैमाने पर जमाने से बम्बई के बाजारों में जाते रहे हैं। इसलिए बम्बई में गोअनों को 'पाव वाला' भी मजाक में कहा जाता है। ये गोअन ही थे, जिन्होंने बम्बई वालों को सबसे पहले पाव से परिचित कराया था। ये पुर्चगीज़ ही थे सैंड्रा, जिन्होंने गोवा में 'ब्रेड बेकिंग' की कला नये तरीके से पेश की थी। देखादेखी फिर मुस्लिमों ने भी बेकरी का काम शुरू किया। पर अब बेकरीयों की दुनिया बहुत बदल गई है।"

कार्निवल के दौरान 'पोडर' लोगों को पहले भी आम दिनों से चार-पाँच गुना सामग्री मुहय्या करनी पड़ती थी। इसलिए महीने भर पहले से पापा स्टोर में सामग्रियाँ भरने लगते थे। सैंड्रा ने भी एक महीने से स्टोर में केक के लिए कच्चा माल जुटा रखा है। उसे मालूम है कि हर साल की भाँति इन अगले चार दिनों के लिए सब कुछ ज़्यादा-ज़्यादा बनाना होगा। पोडरों के दल का पहले से ही भारी ऑर्डर है। कल से चार दिनों तक अधिक दबाव रहेगा। काम से कभी वह थकती-हारती नहीं। काम की धुन और 'कार्निवल' की ख़ुशी में उसके होंठों पर बचपन में स्कूली साथियों के

संग गाया जाने वाला 'स्प्रिंग सांग' बीते कई दिनों से लगातार थिरक रहा है। इसे गुनगुनाते हुए उसे लगता है मानो वह बचपन में लौट गई है—

"स्प्रिंग इज़ हिअर / स्प्रिंग इज़ हिअर /
हाउ डू यू थिंक आइ नो?
स्प्रिंग इज़ हिअर / स्प्रिंग इज़ हिअर /
हाउ डू यू थिंक वी नो?
आइ जस्ट सॉ ए ब्लू बर्ड / दैट इज़ हाउ वी नो।
डू द बर्ड वॉक ऐंड स्ट्रट यॉर थिंग।
डू द बर्ड वॉक / फ़्लैप यॉर विंग्स।
डू द बर्ड वॉक / डू ऐनि थिंग
ऐंड लुक अराउंड / फ़ॉर अनदर साइन ऑव स्प्रिंग।
स्प्रिंग इज़ हिअर / स्प्रिंग इज़ हिअर।
आइ जस्ट सॉ अ बी /
अ बटर फ्लाइ / सॉ अ फ्रॉग /
डू दे वॉक / फ़्लैप यॉर विंग्स
ऐंड लुक अराउंड / फ़ॉर अनदर साइन
ऑव स्प्रिंग।"
(वसंत आ गया / आ गया / तुम क्या सोचते हो? मुझे कैसे मालूम /
हमें कैसे मालूम? मैंने अभी-अभी एक नीली चिड़िया देखी।
क्या वह नीली चिड़िया / इठलाती घूमती है /
तुम्हारे मन के पंखों को फड़फड़ाती है?
या वह कुछ और करती है?
वसंत के और संकेतों को निरखती है?
वसंत आ गया / आ गया / तुम क्या सोचते हो?
मुझे कैसे मालूम / हमें कैसे मालूम?
मैंने अभी-अभी एक मधुमक्खी देखी / एक
तितली भी / देखा एक मेढक भी / क्या ये
ठिलठिलाते घूम रहे हैं? तुम्हारे मन के
पंखों को फड़फड़ाते हैं? या कुछ
और करते हैं? क्या ये वसंत के और
संकेतों को निरखते हैं...?)

सैंड्रा के पहले दर्जे की क्लास टीचर मिस रूबि गोम्स 'स्प्रिंग सांग' को कितने प्यार और लय से गाती थीं और उनके पीछे क्लास के बच्चे सुर में तरंगित होते थे। बहुत बूढ़ी हो गई हैं चिर कुमारी मिस गोम्स। अस्सी से ऊपर। मम्मी से बड़ी हैं मिस गोम्स। अर्सा हुए उन्हें स्कूल से रिटायर हुए। पर ईस्टर और क्रिसमस के

अलावा उनके जन्म दिन पर 30 मई को वह हर साल 'स्पेशल केक' तैयार कर ले जाती है। मिस गोम्स से उसका तार आज भी 'स्प्रिंग सांग' को लेकर जुड़ा है। मिस गोम्स के सीने से लगकर वह हर साल उनके जन्म दिन पर कहती है, "मिस! यू आर माइ चाइल्डहुड स्प्रिंग...एवर ग्रीन...!" और दुलार में सुबकने लगती हैं मिस रूबि गोम्स। महीने में एक बार डॉली को साथ लेकर अपनी कार से वह मिस रूबि गोम्स के यहाँ जाती ही जाती है। केक, पेस्ट्रीज और खाने-पीने के और भी सामान लेकर। हड्डियों की पोटली रह गई हैं मिस गोम्स। स्कूल के उन दिनों में पतली-छरहरी मिस गोम्स कितनी सुन्दर थीं। आज बुढ़ापे में भी वह एक कलाकृति-सी लगती हैं। कभी-कभी हास-परिहास में सैंड्रा उनसे कहती है, "मिस! मुझसे थोड़ा वजन आप ले लीजिए न प्लीज़।" तब झुर्रियों भरे पोपले मुख से वह मुस्कराते हुए उसका चेहरा अपनी सूखी-पतली हथेलियों में भर लेती हैं, "सैंड्रा...! माइ लव! जो तुम मुझे देती हो, वह क्या कम है। मेरी सूनी दुनिया की एकमात्र ख़ुशी तुम हो सैंड्रा।" मिस रूबि गोम्स की आवाज़ ढबढबा जाती है। सैंड्रा को याद है, जब पापा रोज़ उसे स्कूल छोड़ने जाते थे और वह जार-जार रोती थी। मिस रूबि गोम्स तब उसे असम्भव दुलार से अपने से चिपका लेती थीं। पर्स से फ़ौरन चॉकलेट निकालकर देती थीं। सैंड्रा को याद है कि स्कूल में छुट्टी के बाद पापा को आने में दो मिनट की भी देरी होने पर वह मिस गोम्स को पकड़ रो-रोकर कहती, "मिस! मेरे पापा नहीं आए। आप मुझे अपने यहाँ ले चलिए।" और मिस उसे चुप करते, थपकते हुए तब तक स्कूल गेट पर खड़ी रहतीं, जब तक पापा अपने मोटरसाइकिल से उसे लेने न आ जाते। सैंड्रा याद करती है, स्कूल के उन दिनों में नीली परी-सी थीं मिस गोम्स।

'वसंत आ गया...आ गया...! मैंने अभी-अभी एक नीली चिड़िया देखी...!' रात को बिस्तर पर भी उसके होंठ गुनगुनाहट में हैं। सैंड्रा को लगता है, एक नन्ही-सी प्यारी नीली चिड़िया उसकी बड़ी-सी छाती पर आकर बैठ गई है। क्या वह सैंड्रा के मन के पंखों को फड़फड़ाना चाहती है? या वसंत के और संकेतों को निरख रही है? इन दिनों कभी-कभी रातों की ऐसी ही नीरवता में सैंड्रा को लगता है कि कोंकणी का प्राचीन 'वसंत-गीत' पता नहीं कहाँ से भटकता हुआ जंगल के फूलों की सुगन्ध की भाँति उसकी छाती में आकर घुमड़ रहा है।

उसे याद है, बचपन में जब कभी अपनी नानी के पास वह मापुसा जाती थी, तो अपने फटे रबर बॉल सरीखे पोपले मुँह से विराटकाय नानी को यह गीत गुनगुनाते सुनती थी। इसकी पंक्तियाँ उसे तरतीब से याद नहीं। पर इसका धुँधला भाव वसंत की रातों में अक्सर हवा के मधुर झोंके की तरह आता है : 'जाड़े के बीत जाने पर तुम आए हो। तुम राजा के समान सजे हो। मैं बहुत दिनों से तुम्हारी चिन्ता कर रही थी। विकल प्रतीक्षा कर रही थी। पर आज जाकर तुम्हें देखा। तुम्हारे मुकुट पर खिले चाँद को निहारकर मैं मग्न हूँ। वसंत का चाँद मुझे उल्लास से भर देता है। वृक्षों से पुरानी पीली पत्तियों को झाड़कर तुमने नई कोंपलों का कितना सुहावन

परिधान पहना दिया। मैं जंगल के समस्त वृक्षों को निरख आई हूँ। चारों तरफ़ हरी-लाल कोंपलें सुर्ख़ चमक रही हैं। और मांडवी की लहरें फूली नहीं समा रही हैं।'

वर्षों से अपने कमरे में स्थिर सैंड्रा की मम्मी उसे कहती हैं, "बाहर से डुगडुग डोंगी-सा छोटा दिखनेवाला गोवा अन्दर से कितना बड़ा है, यह गर्मी, बारिश और जाड़े में नहीं सिर्फ वसंत...स्प्रिंग टाइम में ही पता चलता है।" मम्मी ठीक कहती हैं। फरवरी में वसंत की आहट के संग गोवा के सदाबहार और अर्द्ध सदाबहार जंगलों में जहाँ आम, काजू, कुसुम, बादाम, ज़िलेबी, असन, अमरूद, किंजोल और जम्बुल आदि वृक्षों की डालों और टहनियों पर मंजर, फूल और फलियाँ भरपूर लद जाते हैं, वहीं लोबेलिया, सप और वेडलैंडिया सरीखी झाड़ियाँ भी मुस्कराने-इठलाने लगती हैं। रबर के पेड़ों की रौनक बढ़ जाती है।

यहाँ के आम तो पूरे नटवर नागर नन्दा हैं। एक ही पेड़ पर मंजर, टिकोले और लाल दीपते आम। पककर फट रहे कटहलों की ख़ुशबू! निरपानस ही भला क्यों पीछे रहे। निरपानस वृक्षों के झालरदार चौड़े पत्तों की निचली गाँठ में लघु कटहल सरीखे निरपानस उर्फ़ ब्रेड फ्रूट के हरे कोमल खुरदरे फल भी झमटकर लद जाते हैं। जाते वसंत की गर्मियों के संग काजू से लेकर जामुन तक बौछार की मुद्रा में आ जाते हैं। काजू भी आम की तरह गर्मियों का फल है। गोवा के पहाड़ी हिस्सों में काजू की फलियों से लदे वृक्ष दूर से ही मनोहारी लगते हैं। गोवा के गाँवों के पुराने 'गाँवकरों' यानी ज़मींदार परिवारों के अगह-बिगह में फैले काजू के 'डोंगर' आज भी अनेक हैं। ब्राज़ील से पुर्तगालियों द्वारा पन्द्रहवीं सदी के आख़िर में गोवा लाया गया काजू अब बाक़लम ख़ास गोवा के धरती पुत्र सरीखा है। वैसे कहने को यह भारत के आठ प्रान्तों में होता है लेकिन काजू का राजा तो गोवा ही है। और सूखे मेवे परिवार यानी ड्राइ फ्रूट परिवार का राजा भी काजू ही है। गर्मियों में काजू की सुर्ख़ लाल फलियाँ, जिनके नीचे तोते की चोंच की तरह काजू लगा रहता है, गोवा का प्राकृतिक अलंकार है। काजू की मोहक फलियों और काजू-फ़ेनी में भीगती रहती है गोवा की हवा। पेरम यानी अमरूद का अलग ही मज़ा। ग्रामीण गोवा के बच्चों में अमरूद का आनन्द अभी भी क़ायम है। अमरूद दो तरह के—लाल और सफ़ेद। लाल पेरम कहीं ज़्यादा मीठा। गोवा के गाँवों में जामुन के पेड़ों से चूते जामुन बच्चों को पागल किए रहते हैं। बारिश में टपटप गिरते जामुन अपने ऐन नीचे की धरती को जामुन और पानी में घोल-लीप कर क्या अद्‌भुत श्याम छटा देते हैं। अनन्नास और केले का क्या ही कहना। और तो और वसंत में साधारण क़िस्म के बाँसों—वेलु और कनकी से लेकर बेंत की झुरमुटों पर भी बरबस झूम छाने लगती है। मगरमच्छ के खाल सरीखे छालवाले गोवा के राजकीय वृक्ष मट्टी मारा पर जान से फाज़िल हरियाली लद जाती है।

पणजी गोवा की आत्मा है। मणि दीप! गोवा का गजमोती! ग्रामीण प्रकृति के इस शहर की दमक भरी गोद में मौज़ूद विशाल नदी मांडवी की अलसाई लहरों पर पूरे विलास से थपकता वसंत जब चरम अनुराग में आता है, तो मांडवी की लहरों पर

तैरते अनगिनत जहाज़, उनमें अर्से से स्थिर कुछेक बड़े जहाज़ों पर क़ायम कैसिनो,[1] पणजी के समस्त घर-दफ़्तर और सड़कों के किनारे क़तार से सजे मनमोहक बाज़ारों के फेफड़ों में हरी-बादामी अठर-मठर सिहरने लगती है। तब अन्धे-अनंग अपदेवता कामदेव भी नीम पागल धनुर्धर की तरह प्राचीन कोंकण काशी की इस आधुनिक राजधानी में आधी-आधी रात तक लगातार तीरों की बौछार जारी रखते हैं। और विरही चन्द्रमा की उदासी से आकाश सारी रात विकल रहता है।

वसंत की सुरमई शाम में अपने नाम के 'सैंड्रा-द फ़िटनेस ट्रिम ऐंड स्लिम सेंटर' के जगमगाते विशाल साइन बोर्ड को अचानक देख सैंड्रा बुरी तरह विचलित और उदास हो उठी। अचानक लगा कि पूरा पेट पानी हो गया है। दुनाली नामों की आदी सैंड्रा हेनरीक्वेटा मिनि कोस्टा रॉड्रिक्स उर्फ़ सैंड्रा रॉड्रिक्स को लगा जैसे उसके दुनाली बन्दूक सरीखे नाम का घोड़ा खींचकर अचानक किसी ने उसी पर दाग दिया है और दुनिया के अब तक के सातों आश्चर्यों को एक तेज़ झटके के संग छलनी करते हुए वह एकदम से चौदहवें आश्चर्य के सामने खड़ी कर दी गई है। भला इतना ख़र्च करके उसके साथ ऐसा भद्दा मज़ाक़ कोई क्यों करेगा? उसके नाम पर एक इतना बड़ा फ़िटनेस हेल्थ सेंटर? अपने दोहरे शरीर पर लगातार बढ़ते जा रहे असम्भव वज़न को लेकर वर्षों से सैंड्रा ख़ुद हताश रही है कि कितनी जल्दी वह किसी अच्छे फ़िटनेस सेंटर में जाना शुरू करे। पर यह तो अजीब बात हो गई। होंठों ही होंठों में वह बुदबुदाई, "उफ! ऐज़ बिटर ऐज़ गॉल...।" घृणित...कड़वा...!! उसका वश चलता, तो अभी के अभी मुँह चिढ़ा रहे इस साइनबोर्ड को चिंदी-चिंदी कर देती। उसकी दोस्त रीना फ़र्नांडीस कहती है कि लड़कियाँ चाय की पत्ती की तरह होती हैं, जो खौलते पानी में ही अपना रंग दिखाती हैं। पर वह क्या किसी को रंग दिखा सकती है। खौलते पानी में उबलते-उबलते उसका सारा रंग जाने कब का उड़ चुका है। वह जानती है कि वह बस नाम की डबल बैरल गन है।

गोवा की आज़ादी के लिए शहीद हुए उसके दादाजी सही मायने में 'रॉयल डबल राइफ़ल' थे। वह तो डबल बैरल्ड शॉटगन भी नहीं। उसके पिता स्व. सेबेस्टिअन केटेनो जोस क्लाडिओ रॉड्रिक्स कहते थे कि जिस तरह डबल बैरल्ड गन समाज में शान और सत्ता का प्रतीक है, गोअंस का उपाधिनाम यानी टाइटिल समेत पूरा नाम भी डबल बैरल गन यानी दुनाली बन्दूक़ जैसा होता है। छह-छह नामों को जोड़कर एक नाम। इसमें माता-पिता, दोनों का उपाधिनाम भी शामिल रहता है। आपके नाम में अगर आपके विराट परिवार का रुआब न झलके, तो नाम का क्या मतलब?

"पापा! क्या आपके पास अपनी फ़ैमली-ट्री है? आइ वुड लव टू रीड।" बड़े उछाह से एक दिन उसने पापा से पूछा था।

"माइ गॉड सैंड्रा! आर यू मैड!!" पापा ने कहा था।

"क्यों पापा!"

---

1. जुआघर

"मैंने कहीं एक दिलचस्प 'एनसेस्ट्रल मैथेमेटिक्स' पढ़ा था!" पापा रहस्य से मुस्कराए थे।

"क्या था उसमें पापा?"

"उसमें बताया गया था कि इन ऑर्डर टू बी बॉर्न यू नीडेड-टू पैरेंट्स, फ़ोर ग्रैंड पैरेंट्स, एट ग्रेट ग्रैंड पैरेंट्स, सिक्सटीन सेकेंड ग्रेट ग्रैंड पैरेंट्स, थर्टी-टू थर्ड ग्रेट ग्रैंड पैरेंट्स, सिक्सटी फ़ोर फ़ोर्थ ग्रेट ग्रैंड पैरेंट्स, वन हंड्रेड ऐंड ट्वेंटी एट फ़िफ्थ ग्रेट ग्रैंड पैरेंट्स, टू हंड्रेड ऐंड फ़िफ़्टी सिक्स सिक्स्थ ग्रेट ग्रैंड पैरेंट्स, फ़ाइव हंड्रेड ऐंड ट्वेल्व सेवेंथ ग्रेट ग्रैंड पैरेंट्स, वन थाउज़ेंड ऐंड ट्वेंटी फ़ोर एर्थ ग्रेट ग्रैंड पैरेंट्स ऐंड टू थाउज़ेंड फ़ोर्टी एट नाइंथ ग्रेट ग्रैंड पैरेंट्स...।" एक पल थमकर पापा ने कहा, "यानी तुम अगर अपने पिछले बारह जेनरेशन के लोगों को औसतन जोड़ोगी, तो बीते चार सौ वर्षों में तुम्हारे सेबेस्टिअन ख़ानदान के चार हज़ार चौरानवे लोग होंगे। तुम तक पहुँचने के लिए सैंड्रा, तुम्हारे पुरखों को सोचो चार सौ वर्षों में कितनी मेहनत करनी पड़ी!" पापा ज़ोरदार ठहाके लगाते, "और वो पुरखे भी दो-दो हाथ नामवाले। एकदम 'रॉयल डबल बैरल गन...।"

शायद इसीलिए, अपने पुरखों के चार सौ सालों के संघर्ष की याद में अपनी 'रॉड्रिक्स गोल्डेन ओवन' बेकरी के कई आइटम का नाम भी पापा ने कुछ ऐसा ही दो-दो हाथ का रखा था। जैसे कि 'बोलो दा हैप्पी गोवा रेड प्रिंस', 'मिनि पेरेरा अ डेल्टा स्माइल कप केक' और 'बोहो चिक द क्यूट सैंड्रा फ़ेयरी कुकी' आदि। मिनि कप केक का नामकरण जहाँ उन्होंने अपनी पत्नी मिसेज़ मिनि लुसिया प्रिस्का पेरेरा अ रॉड्रिक्स के नाम पर किया था, वहीं सैंड्रा फ़ेयरी कुकी अपनी इकलौती बेटी सैंड्रा के नाम पर। सैंड्रा कभी-कभी पापा से मुस्कराकर कहती भी थी, "पापा! केक, कुकी, ब्रेड और कप केक...। सबका डबल बैरल नेम...माइ गॉड!"

तीन साल पहले यानी वर्ष 2013 में पापा गुर्दे की बीमारी (किडनी फ़ेल्यूर) से चल बसे थे। पापा के गुज़रने के बाद 'रॉड्रिक्स गोल्डेन ओवन' बेकरी का ज़िम्मा जब सैंड्रा ने सँभाला, तो मिकी अंकल के अनुभव की मदद से केक, कुकी, कपकेक और ब्रेड के स्वादों में कई नया आविष्कार किया और उन सबका भी डबल बैरल नामकरण किया। इनमें सबसे पहला था अपने 'ग्रैंडपा' यानी गोवा के अमर शहीद उसके दादाजी पेड्रो एंटोनियो जोस क्लाडिओ एसबेल्टॉस रॉड्रिक्स के नाम का 'फ्री गोवा पेड्रो एंटोनियो जोस इंडियन फ़्लैग केक' और दूसरा अपने पापा के नाम का 'स्माइल सेबेस्टिअन केटेनो फेसिओ रम बाबा केक'।

'ग्रैंडपा' के नाम पर 'ब्रिटिश फ़्लैग केक' की तर्ज पर 'इंडियन फ़्लैग केक' पेश करने की पापा की पुरानी इच्छा थी, जो पता नहीं क्यों आज-कल पर टलती गई थी। इसलिए 'ग्रैंडपा' के नाम पर 'इंडियन फ़्लैग केक' बनाकर सैंड्रा ने पापा की अधूरी इच्छा पूरी की थी। इस केक की ऊपरी परत पर भारतीय तिरंगे का डिज़ाइन रहता है। 'ब्रिटिश फ़्लैग केक', पर इसी तरह ब्रिटेन के झंडे का विन्यास रहता है। अपने दादा-दादी को न देख पाने की कसक स्वयं सैंड्रा के मन में भी थी। दादी तो फेफड़े

के कैंसर से पापा के बचपन में ही चल बसी थीं और दादाजी गोवा की आज़ादी के आन्दोलन में तब गुज़रे जब पापा किशोरावस्था को लाँघ युवावस्था में दाख़िल हो रहे थे। माता-पिता की असमय मृत्यु ने पापा को बहुत संघर्ष में लम्बे समय तक रखा। 'ग्रैंडपा'—ग्रैंड मॉम सैंड्रा के लिए हमेशा इतिहास के दो अनमोल पात्र हैं। और 'ग्रैंडपा' तो 'ग्रैंड पा'!! अपनी दादी मिसेज़ एमेलिया रॉड्रिक्स को तो सैंड्रा ने कभी देखा ही नहीं। पर उसे अपनी भारी-भरकम नानी मिसेज़ क्वीन पेरेरा का बचपन में बहुत लाड़ मिला। आनेवाले साल में वह दादी और नानी के नाम पर 'पैन केक' ज़रूर से बनाएगी। पापा बताते थे कि 'पैन केक' बनाने में दादाजी का सानी नहीं था। पर वे कहते थे कि उस ज़माने और आज के दिनों के 'पैन केक' में फ़रक़ है।

समय के साथ 'पैन केक' में जो भी थोड़ा-बहुत परिवर्तन आया हो, लेकिन दूध, आटा और अंडों से बने इस सरल-स्वादिष्ट केक का इतिहास प्राचीन रोम से जुड़ा है। दुनिया में बेकरी और नानबाई का कारोबार हज़ारों साल पुराना है। बेकिंग कला की शुरुआत रोमन साम्राज्य के आरम्भिक दिनों से हुई, जो धीरे-धीरे सारी दुनिया में फैल गई। बेकिंग कला के दीवाने सैंड्रा के दादाजी गोवा के पहले व्यक्ति थे, जो बेकिंग में महारत हासिल करने इटली की राजधानी रोम गए थे। रोम की 'केक एकेडमी' में उन्होंने बाक़ायदे एक साल बेकिंग की पढ़ाई की और प्रशिक्षण हासिल किया था।

धुन के धनी सैंड्रा के दादाजी की ज़िद थी कि वे उसी धरती पर जाकर बेकिंग कला में सिद्धि प्राप्त करेंगे, जहाँ इस अद्भुत मधुर कला का जन्म हुआ। रोम से लौटकर ग्रैंडपा' ने पणजी में 'रॉड्रिक्स गोल्डेन ओवन' बेकरी की शुरुआत की। पणजी में यों आज पचासेक बेकरी है लेकिन 'रॉड्रिक्स गोल्डेन ओवन' का अपना अलग मान है। इस बेकरी को स्थापित करने में पापा बताते थे कि उनकी मम्मी मिसेज़ एमेलिया रॉड्रिक्स की अहम भूमिका थी।

पापा बताते थे कि उस समय इटली की कई नामचीन बेकरी कम्पनियों से दादाजी को अच्छे-अच्छे प्रस्ताव मिले थे। पर दादाजी को गोवा से अटूट प्यार था। वे गोवा लौट आए। पापा कहते थे कि दादाजी किसी के विदेश जाने के ख़िलाफ़ नहीं थे लेकिन गोवा को कोई हमेशा के लिए छोड़कर चला जाए, यह उन्हें नाग़वार था। चालीस के दशक में दादाजी के एकमात्र छोटे भाई टोंको एंटोनियो जोस क्लाडिओ एसबेल्टॉस रॉड्रिक्स जब बसरा जाकर वहाँ हमेशा के लिए बस गए, तो इस हूक से दादाजी कभी नहीं उबर पाए। वैसे उन्नीसवीं सदी के आख़िर में बहुत-से गोअन बड़ी संख्या में स्वर्णिम भविष्य की तलाश में ब्रिटिश अफ़्रीका के देशों कीनिया, युगांडा, अल्जीरिया, सूडान और तंजानिया आदि गए थे। गोवावासियों को तब दिन अफ़्रीकी देशों में ही अपना भविष्य दिखता था। एशिया के बाद दुनिया का सबसे बड़ा महाद्वीप अफ़्रीका ही है। पापा विस्तार से बताते थे कि बहुत से इतिहासकारों की मान्यता है कि इनसानी नस्ल का जन्म और विकास सबसे पहले अफ़्रीका में हुआ था। फिर यहीं से बहुतेरे लोग दुनिया के दूसरे महाद्वीपों में जाकर बसे। पापा

बताते थे कि अफ्रीका के बहुत-से मुल्क दूसरे विश्वयुद्ध के बाद आज़ादी पा सके। उसके बाद से सब अपनी तरक्क़ी में जुटे हैं। अफ्रीका महाद्वीप में 54 देश हैं। मसलन, उत्तरी अफ्रीका में अल्जीरिया समेत सात प्रमुख देश हैं। पूर्वी अफ्रीका में कीनिया, सोमालिया और युगांडा समेत 19 देश हैं। मध्य अफ्रीका में अंगोला और कांगो समेत नौ देश हैं। दक्षिणी अफ्रीका में नामीबिया और बोत्स्वाना सहित पाँच मुल्क़ हैं। इसी तरह पश्चिमी अफ्रीका में बेनिन और नाइजीरिया समेत 17 देश हैं। पापा बताते थे कि गोवा में पुर्तगालियों की बढ़ती दबिश से परेशान हो गोवा समेत भारत के कई राज्यों के लोग ब्रिटिश-अफ्रीका चले गए। गोवा के लोगों ने ब्रिटिश-अफ्रीका में टूटकर मेहनत की। वहाँ की धरती को अपने परिश्रम से हरा-भरा किया। पर जब भारत को वर्ष 1947 में आज़ादी मिली, तो अफ्रीकी उपनिवेशों में उन सबके लिए मुश्किलें शुरू हो गईं। भारत में जब आज़ादी का संगीत बजता, तो उसकी अनुगूँज अफ्रीका में सुनाई पड़ती थी। तब अंग्रेज़ों ने अफ्रीका में भारतीय मूल के गोअन और अफ्रीका के मूल बाशिन्दों के बीच तनाव पैदा करने में कोई देरी नहीं की। अफ्रीकनों के मन में अफ्रीका के 'मूल' का मसला खड़ा कर दिया। लिहाज़ा, अफ्रीका में बसे भारतीय मूल के सभी लोगों, जिनमें गोअन भी थे, के ऊपर तबाहियों की बौछार शुरू हो गई। कई मूल गोवावासियों को अन्धा तक कर दिया गया। चौतरफ़ा दबाव बनाया गया कि भारतीय मूल के लोग अफ्रीका छोड़ दें। पापा बताते थे कि वह एक विकल-विकट परिस्थिति थी। पापा उस दौर में अफ्रीका में बसे एक गोअन कवि की पंक्तियाँ याद करते थे—'आप मुझे अतिथि क्यों कहते हैं? जबकि यहाँ मेरा घर है! जबकि इसी धरती पर रहते हुए मेरे पिता मर गए। मेरी माँ भी और एक भाई...। उनकी क़ब्रें अफ्रीका की सीमा के भीतर हैं, जहाँ मैं ख़ुद पैदा हुआ। मेरे बच्चे भी—वे तीनों। क्या वे और हम इस भूमि को छोड़ दें? हम रातों-रात इस देश के लिए इसलिए अजनबी बन जाएँ कि तुम सबकी त्वचा काली और हमारी भूरी है?' पापा दग्ध स्वर में कहते थे, "सैंड्रा! अफ्रीका में बसे गोअनों के गालों में दुख और संताप के असम्भव गड्ढे थे।" तब बहुतेरे गोअंस ऑस्ट्रेलिया, न्यूज़ीलैंड, अमेरिका और कनाडा भी गए। सन् 1930 के दशक में जब पुर्तगाली शासकों का दमन गोवा में कुछ ज़्यादा ही तेज़ हो गया, तो बड़ी संख्या में गोवा के लोगों ने मिडल ईस्ट की तरफ़ पलायन किया। मिडल ईस्ट में जिस पहली जगह से गोवा के लोग परिचित हुए, वह था—बसरा। पापा ने बताया था कि उनके चाचा यानी दादाजी के छोटे भाई टोंको रॉड्रिक्स को वहाँ अच्छा काम भी मिल गया था। शुरू में कुछ-कुछ महीनों पर दादाजी के नाम उनके पत्र आते रहे, जिसमें हर बार यह आश्वासन रहता था कि कुछ अच्छे पैसे कमाकर वे गोवा अवश्य लौट आएँगे। पर धीरे-धीरे ये पत्र आने कम और फिर बन्द हो गए। पापा अफ़सोस से बताते थे कि अपने छोटे अंकल से उनका सारा सम्पर्क ही टूट गया। वैसे, उन दिनों में ईरान और इराक़ में बड़ी तादाद में गोवा के लोग जा बसे थे। बहरीन, साउदी अरब, क़तर, कुवैत, अबुधाबी, ओमान और दुबई में आज भी बड़ी तादाद में गोवा

के लोग मौजूद हैं। मिडल ईस्ट में बसनेवाले गोवा के लोगों के वास्ते सहज ही उस जगह का नाम बतौर उपाधिनाम जुड़ जाता था। उदाहरण के लिए जो बहरीन जा बसा उसका टाइटिल गोवा में 'बारीनकर' आप से आप पड़ जाता। कुवैत जो जा बसा वह 'कुवेतकर', साउदी अरब में बसा बन्दा 'साउदीकर', क़तर का जो निवासी हो गया वह 'क़तरकर' और दुबई में जो रहने लगा वह 'दुबइकर' टाइटिल यानी उपाधिनाम से लैस कर दिया जाता। सैंड्रा याद करती है कि पापा कहते थे, "तुम्हारे 'ग्रैंडपा' हमेशा कहते थे—दे आर नॉट कुवेतकर और दुबईकर...इनफ़ैक्ट दे आर डिफ़ॉल्टर्स...! ये भगोड़े, अपनी मिट्टी का कर्ज नहीं चुका पानेवाले लोगों में से हैं।" एक पल थमकर पापा मन के उल्लासवृत्त में घुमड़ते हुए कहते थे, "रे सैंड्रा! तू तो डुमेलिना ग्रैंड मॉम से मिलने कई बार मेरे साथ कोलवा गई है। सौ साल पार कर रही हैं मिसेज़ डुमेलिना मैस्करेनहास रॉड्रिक्स। तुम्हारे 'ग्रैंडपा' की सबसे छोटी बहन! तुम्हारे ग्रैंडपा की आख़िरी ज़िन्दा निशानी—उनकी प्यारी बहन डुमेलिना। तुम्हें पता है, उनके हस्बैंड और बाद में उनके बेटों ने कई बार विदेश जा बसने की ज़िद की। पर डुमेलिना अड़ी रहीं कि वे रहेंगी, तो बस कोलवा में। सो उनका कुनबा कोलवा से कभी हिला नहीं। तुम्हारे 'ग्रैंडपा' हमेशा उनका उदाहरण देते थे।" फिर पापा भावुक हो उठते, "यॉर ग्रैंड फ़ादर मि. एंटोनियो रॉड्रिक्स गोवा के नाम पर कुछ भी सुननेवाले नहीं थे। यही वजह हुई कि गोवा की आजादी की लड़ाई में उन्होंने अपनी जान दे दी।" फिर एक पल रुककर पापा कहते थे, "सैंड्रा! तुम्हारे 'ग्रैंडपा' वाकई डबल बैरल गन थे। अपनी मिट्टी के लिए वे मर मिटे।"

आज उसी ग्रेट आदमी की पोती ज़लील हो रही है। शाम से सैंड्रा के पेट में रह-रहकर हौल उठ रहा था। उसे लगा कि लगातार कूट और कटाक्षों से छलनी उसके पेट में किसी ने आज एक और बड़ा छेद कर दिया है। पापा कहते थे, "यू नीड अ स्ट्रांग स्टमक...तुम्हें अपना पेट मजबूत रखना चाहिए सैंड्रा!" पर नहीं, उसका पेट हर दिन छलनी होता है। हर दिन...।

वज़नी विरासत

'टेल हर इन द स्प्रिंग टाइम-टेल हर इन द स्प्रिंग टाइम...! उसे वसंत में कहना...! कहना उसे वसंत में...।' इस गहन आधी रात में सन्तरे के रंग की ऊँची दीवारों और गहरे हरे रंग की ढलवाँ छतवाला दोमंज़िला 'बाख़ विला' नेहरू पिमेंटा के संग पियानो के मंद-विकल संगीत में विह्वल हो रहा है। वसंत की इस कोमल रात में किसे कहना? क्या कहना? हज़ारों वर्षों से सृष्टि में वसंत के अपरिमित रूपों की शोभा खिलती रही है। वसंत प्रकृति में ईश्वर का दुलार भरा अनूप शिल्प है। कायाकल्प का समय! मिस्र, बेबीलोनिया, यूनान और सिन्धु घाटी की सभ्यता के

दिनों में भी तो वसंत इसी तरह आता होगा! गोवा में भी तब वसंत का आगमन ऐसे ही होता होगा! अपने आप पर मोहित-मुदित चिरन्तनी पहाड़, गहगहाकर खिल उठे जंगल, तितलियों के शोख रंग और बाल चन्द्रमा के सहज हास के संग क्या वसंत की उन रातों में भी कुछ इसी भाव का पुनर्यौवन संगीत गोवा में नहीं गूँजता होगा...'कहना उसे वसंत में'...?

और आज फिर उस आदिम वसंत जैसी महकती रात में नेहरू पिमेंटा का पियानो पर विकल होता दग्ध संगीत! 'टेल हर इन द स्प्रिंग टाइम...' महानगरीय ऑपेरा की महारानी कही जाने वाली ग्रेस मूर ने इसे क्या ग़ज़ब गाया है। सच है, वसंत में ही तो कहना होता है। अपने भारी मांसल लबादे को लेकर सैंड्रा रॉड्रिक्स को भी वसंत में ही कहना है कि आकार अपना निर्माण और विकास स्वयं करता है। कोई अपना क़द-बुत ख़ुद से नहीं बना लेता। उसे संसार की दूसरी स्त्रियों की तरह अपनी सुन्दरता, अपने स्तन मंडल और नितंब पर स्वयं रीझने का कोई अधिकार क्यों नहीं! अपने आप से प्रेम करने का भी हक़ क्यों नहीं! स्याह रातों में अपनी इच्छाकुल आँखों से उजाले के सपने वह क्यों नहीं देख सकती? जीवन जबकि सबके ऊपर है। शाश्वत और सुनहरा। किसी भी भाषा में इसके आगे कोई दूसरा शब्द नहीं। मम्मी की बात उसके मन पर बरस रही है...'आइ ऐम अ बर्ड विदाउट फ़ीदर्स...।' वह भी तो...। चिड़ियों के पंख जमा करने का शौक़ है उसे। जहाँ कहीं भी उसे किसी चिड़िया का पंख कहीं गिरा हुआ मिल जाता है, वह लाकर घर में शीशे के एक जार में रख देती है। वह सोचती है, रास्तों में मिले ये पंख चिड़ियों के ख़त होते हैं। बिस्तर पर फैले अपने शरीर को निहारते, नेहरू पिमेंटा के पियानो के संगीत से सैंड्रा का मन भी विह्वल-विकल हो रहा है। उसका मन अभी फूट-फूट कर रोने को कर रहा है। पर मम्मी के कान बहुत पतले हैं। उसकी सिसकियों के कान में पड़ते ही वे बेचैन होकर आवाज़ लगाना शुरू कर देंगी।

आज शाम से उसे गैस के कारण पेट में बेचैनी-सी महसूस हो रही है। पापा कहते थे कि पेट का एसिड अनगिनत रेजर-ब्लेड को गलाने की क्षमता रखता है। शाम से तीन बार वह एंटासिड सिरप ले चुकी है। पर अभी तक पेट पूरी तरह नरम नहीं हुआ है। उठकर वह अपने पीले आर्म चेयर पर बैठ गई है। शायद थोड़ी देर बैठने से मन सहज हो जाए। उसके इस पीले आर्म चेयर को पापा 'प्रिंसेस थ्रोन' कहते थे। यह राजकुमारी का सिंहासन भला क्या होगा लेकिन उसके सुकून की गोद ज़रूर है। नेहरू पिमेंटा अभी पियानो पर जारी हैं। नीबू की चाय बनाई जाए—उसने सोचा। आर्म चेयर से उठते हुए उसने किट्टू पर एक अलस भरी नज़र डाली। किट्टू जार में स्टैंड पर संन्यासी की तरह बैठा है। बीतती रात और पियानो के संगीत में डूबा किचेन भी जैसे उसकी आहट से चौंक गया है। उस थकी-माँदी औरत के अन्दाज़ में कि सुबह से रात के आने तक खटती हूँ, अभी तो सोने दो। पर यह रसोईघर भी माँ की पनाह जैसा है। आधी रात को सुबकते बच्चे को उनींदी माँ जैसे अपने दूध से लगाकर सुकून दे देती है। चाय के साथ वह फिर से आर्म चेयर पर

बैठ गई है। दरवाज़ा खुला छोड़ दिया है। खुले दरवाज़े से झिलमिल आकाश दिखता है। उसके होंठों पर एक पल के लिए हँसी छलक गई है। आधी रात में वसंत के तरल तारों से भरे आकाश को निहारने का नसीब कितने लोगों को भला मिलता है? चाय की घूँट भरते हुए बहुत पहले पढ़ी कुछ पंक्तियाँ बरबस टुकड़े-टुकड़े याद आ रही हैं—'ऐज द स्काइ प्रिपेअर्स टू सेटल / इट्स टाइअर्ड एकिंग फ़ीट / इन टू द नाइट वेलविट् स्लिपर्स / आइ सेटल इन टू माइ आर्म चेयर / सोकिंग द टी बैग ऑव माइ थॉट्स / इन टू वार्म लिक्विडि स्टार्स... / जैसे आकाश अपने थके हुए पैरों को / रात के मखमली चप्पलों में / आराम देने की तैयारी करता है / मैं अपनी आरामकुर्सी में बैठ अपने ख़यालों के टी-बैग को गर्म तरल सितारों में भिगोती हूँ।' गर्म तरल सितारों में वह भी भिगोती है अपने सूखे-कठोर अकेलेपन को। वह अक्सर ठानती है कि अपने अकेलेपन को वह अपनी कमज़ोरी नहीं, अपनी शक्ति बनाएगी। पर शाम आते-आते उसका यह संकल्प भहरने लगता है। में बी...आइ ऐम डिजाइंड टू बी अलोन...! उसकी आँखें बरबस तरल हो आई हैं। आधी रात के इस अकेलेपन में किसे फ़िक्र है, सैंड्रा रॉड्रिक्स की भीगी आँखों की। अपने कमरे में असहाय पड़ी मम्मी को लेकर भी उसे बहुत दुख होता है। वह भी अपने बिस्तर पर अभी जाग ही रही होंगी।

अपनी मम्मी के संग-संग वह भी दुख की अनंत डोर में बँधी है और भोग रही है अपने अथाह शरीर का शाप। उसके भीतर का अहर्निश अंधड़ उसे बुरी तरह खींचता-पटकता रहता है। कमर के चारों तरफ़ लटकता चर्बी का घेरा...लव हैंडिल्स...जगह-जगह खिंचने के निशान उसे हमेशा तड़पाते हैं। झूलते पेट, थुलथुल नितंब और लटकते बेलनाकार भारी स्तन के संग वह भी थक-थककर मर रही है। फ़्लापी टिट्स! रात के गहरे सन्नाटों में वक्ष के गलीचे पर हाथ रखे वह सोचती है, इन स्तनों में भी लोब्यूल्स...दूध ग्रंथि है लेकिन इनमें कभी दूध नहीं उतरेगा। वह समय जा चुका है। ये बस अब भारी मांसल लोथड़े मात्र हैं। ये स्तन बाइबिल में दर्ज मशहूर माँओं—सारा, रेबेका, बाथसेबा या मदर मेरी के नहीं। वह रोज़-रोज़ महसूस करती है कि अवस्था की करुणा उसके पूरे शरीर को तेज़ी से घेर रही है। बेकर्स डॉटर! बेकर्स डॉटर का यही हश्र होता है। वह याद करती है कि कॉलेज के दिनों में उसके कोर्स में शेक्सपियर का प्ले 'हैमलेट' पढ़ाया जाता था। प्रिंस हैमलेट अपने पिता के हत्यारे से बदला लेने को व्यग्र है। उसका हत्यारा अंकल दरअसल उसके पिता की हत्या कर डेनमार्क की गद्दी पर क़ब्ज़ा तो करता ही है, उसकी माँ को भी जबरन अपनी बीवी बना लेता है। 'हैमलेट' शेक्सपियर का सबसे लम्बा और दुखान्त नाटक है। सैंड्रा को इसका एक प्रसंग ख़ासतौर से कभी नहीं भूलता जब इस नाटक में एक दंतकथा के हवाले से ज़िक्र आता है कि एक दिन जीसस एक बेकरीवाले के यहाँ जाते हैं। उन्हें बहुत भूख लगी है। वे कुछ खाने को माँगते हैं। बेकर की बीवी ने एक केक को गर्म करने के लिए झट से ओवन में डाला। पर इसी बीच उसकी बेटी वहाँ आई और उसने अपनी माँ से कहा कि इतना बड़ा

केक देने की भला क्या ज़रूरत है। इसका आधा दो। बेकर की पत्नी ने बेटी के कहे में आकर वैसा ही किया। केक को आधा कर दिया। पर यह क्या...! अचानक बेटी ने देखा कि ओवन से निकला वह आधा केक लगातार बड़ा होता जा रहा है। बेकर की बेटी तब मारे घबराहट के चीख़ती हुई भागी और एक उल्लू में तब्दील हो गई। डेनमार्क की एक शालीन लड़की ओफ़ेलिया का चरित्र 'हैमलेट' नाटक में है, जो प्रिंस हैमलेट को बहुत पसन्द करती है। 'हैमलेट' के एक संवाद में ओफ़ेलिया कहती है—हे ईश्वर! मान गई मैं! उल्लू एक बेकर की बेटी थी! आउल वाज अ बेकर्स डॉटर।' यही नाम कनाडा की लेखिका मैरियन वुडमैन की एक किताब का भी है—'द आउल वाज अ बेकर्स डॉटर : ऐंड द रिप्रेस्ड!' इस किताब में मोटापे का कारण अन्य कारणों के अलावा 'स्ट्रेस' बताया गया है। सैंड्रा को याद है, एक बार पापा पणजी की 'कृष्णादास शामा लाइब्रेरी' से यह किताब लाए थे। पापा ने मुस्कराते हुए उसे जब यह किताब दिखाई तब उसने बिहँसकर कहा था, "अब मैं किसी को भी अपना परिचय यही दूँगी...आइ ऐम आउल! बिकॉज़ आइ ऐम अ बेकर्स डॉटर।"

दोस्तों के बीच अपना मज़ाक़ उड़ाते हुए वह ख़ुद भी कहती रही है, "मैं दुनिया में बहुत जगह घेरती हूँ। डिट्टो इंडिया के नक़्शे की तरह मैं बीचोबीच फैल गई हूँ।" उसे याद है कि जब वह स्कूल में पढ़ती थी, तो उसके संगी-साथी उसे 'फ़ैट्सो', 'फ़ैटी फोर आइज़', 'काजीरंगा हिप्पो' और 'हेवि स्पंज केक' पुकारते थे। सात साल की उम्र में वह 60 किलोग्राम की थी। पापा उसके वज़न को लेकर परेशान थे लेकिन जानते थे कि उनकी प्यारी इकलौती बेटी को यह अपनी भारी-भरकम माँ से मिली हुई विरासत है। जीन है। जीविका तत्त्व। आनुवंशिकता हर इनसान की नियति है। इट्स फ़ेट। अपने कमरे के बड़े-से पलंग पर फैली उसकी 70 वर्षीया मम्मी अक्सर अवसाद से विकल होकर कहती हैं, "सैंड्रा! मैं एक में चार शरीर हूँ। आय एम ऐज़ बिग ऐज़ अ हाउस...। एक दिन बिस्तर में ही मर जाऊँगी मैं। पर तुमको मैं रोज़ मार रही हूँ! आय एम अ ह्यूज़ प्रॉब्लम फ़ॉर यू...। रेत का गद्दा हूँ मैं। तुम्हारे लिए बहुत बड़ी मुसीबत हूँ। इट्स नॉट ओवर टिल द फ़ैट लेडी इट्स...। मेरा पेट और मुँह दोनों बहुत बड़ा है। सैंड्रा! एक और बड़ी फ़िक्र मुझे रोज़ सताती है कि जब मैं मरूँगी, तो ऊपर वाली मंज़िल के मेरे कमरे से तुम मुझे नीचे कैसे उतारोगी! इतने फैले विशाल शरीर को सीढ़ी से उतार पाना नामुमकिन है। प्लीज़! तुम एमिका को फ़ोन करो कि वह अपने हस्बैंड ऑस्कर से कहकर मेरे लिए एक कॉफ़िन बनवाकर मापुसा से भिजवा दे। मेरे लिए तो बड़ा-सा कॉफ़िन बनाने में काफ़ी समय भी लगेगा उसे। यह मेरे मरने के पहले बन जाए, तो बेहतर। ऐ सैंड्रा! मेरा बचपन मापुसा में गुज़रा है। मैं पक्की 'म्हापझेंकर' हूँ। मापुसा शहर की बेटी। मापुसा में बने ताबूत में ही इस दुनिया से मुझे विदा करना।" विकलता में बहकती मम्मी को लाड़ करते हुए तब वह आहिस्ते-से कहती है, "ओह मम्मी! मरने से बेहतर है जीना। आप मरने के बजाय जीने की बातें क्यों नहीं करतीं!" उसके दुलार से मम्मी रोने लगती हैं।

लगभग घुटने तक लटकते अपने विराट थलथलाते पेट, नाभि तक लटकते फैले असम्भव बड़े स्तन और अथाह पसरे नितंब के कारण सैंड्रा की लाख ज़िद के बावजूद मम्मी बिस्तर से उठकर इलेक्ट्रिक व्हीलचेयर पर बैठने को राजी नहीं होती हैं। जबसे सैंड्रा यह इलेक्ट्रिक व्हीलचेयर ख़रीदकर लाई, एक पल के लिए भी मम्मी ने इस पर बैठना पसन्द नहीं किया है। मम्मी के पास हमेशा आँसू की दो बूँदों के संग मात्र दो स्थायी करुण वाक्य हैं। पहला तो यह कि 'मैं अपने शरीर की क़ब्र में क़ैद हूँ' और दूसरा कि 'मैं अब ज़्यादा दिन बचूँगी नहीं।' उसके बुज़ुर्ग घरेलू चिकित्सक 80 वर्षीय डॉ. जोस एसबेल्टॉस ज़ेवियर डिक्रॉस्टो अभी भी जब कभी मम्मी की तबीयत बिगड़ने पर देखने आते हैं, तो गहरे अफ़सोस के संग खीजकर कहते हैं, "मिसेज़ रॉड्रिक्स! आप बस नाम की मिनि लुसिया प्रिस्का पेरेरा अ रॉड्रिक्स हैं। आप मिनि से माउंटेन बन चुकी हैं। एकदम लाफ़िंग बुद्धा! तीन सौ के.जी. ...आप पार कर चुकी हैं मेरी माँ...! लटकते पेट को लेकर आप जैसे लोग सोचते हैं कि...बेली ड्रॉप, होली काउ...। अपने अड़ियल रवैये की वजह से आप इस हालत में पहुँच गईं। जरा सोचिए, चिड़िया अगर भारी वजन की हो जाए, तो क्या कभी उड़ पाएगी? एक डक यानी बतख का वजन अगर बहुत बढ़ जाए, तो क्या वह पानी पर तैर पाएगा? फिर उसे मरना ही होगा। इतिहास की किताबों में भले हमें पढ़ने को मिलता है कि कई किंग...राजा-महाराजा बहादुरी से लड़ते हुए मारे गए। पर मेरा दावा है कि वे सब युद्ध में नहीं, अपने मोटापे से मरे होंगे। बेशक, बढ़ती उम्र के साथ वज़न में बढ़ोतरी होती है। पर इसका मतलब यह नहीं कि बढ़ती उम्र के साथ कोई पहाड़ बनता चला जाए। फ़ैट का अन्त फ़ेटल है मिसेज़ रॉड्रिक्स! जान से फ़ाज़िल वज़नवाले लोग विकलांगों में भी सबसे बदतर होते हैं। अन्धे छड़ी पकड़कर अनुमान से चल लेंगे। लँगड़े बैसाखी के सहारे चलते रहेंगे। पर बेशुमार वजनवाले लोग...वे किसी का सहारा लेकर भी नहीं चल सकते। अब आपको अपने 96 इंच की कमर और आठ फ़ुट की तोंद के संग ही जीना है। मोटापे के कई पक्के दोस्त हैं—मधुमेह, उच्च रक्तचाप, थायरायड, कब्ज, गैस, दमा, गठिया और हृदय रोग। आपके साथ भी ये सब जुड़ चुके हैं मिसेज़ रॉड्रिक्स! टेक्सास की 52 वर्षीया मिसेज़ गायला न्यूफ़ील्ड की तोंद को दुनिया में बस एक आप ही टक्कर दे रही हैं। गले तक भरकर खाने का यही नतीजा होता है। दरअसल, लोग ब्रेन हैम्रेज और हार्ट अटैक वगैरह के डर से परिचित हैं लेकिन टमी-अटैक या टमी हैम्रेज शब्द कभी सुना ही नहीं। हमें पेट में होनेवाले अटैक्स का कुछ ज्ञान ही नहीं। इसलिए हम खुलकर पेट से खिलवाड़ करते हैं और नतीजा जब सामने आता है, तो बिस्तर पर तड़पते हुए रोते हैं।"

फ़ोंडा के मूल निवासी डॉ. डिक्रॉस्टो बहस के बीच में सैंड्रा से कहते हैं, "सैंड्रा! कुछ दिन इनको लेकर मेरे फ़ोंडा वाले फार्म हाउस में तुम रहो। वहाँ मेरा एक प्यारा कॉटिज़ है। मेरा एक केयर टेकर वहाँ रहता है। कुछ दिन वहाँ ये रहेंगी। कैम्पस में वॉक करेंगी। इनको चेंज ऑव प्लेस की जरूरत है। स्थान परिवर्तन।

यहाँ बीच बाजार के घर में यह बिस्तर पर फैलती ही चली जाएँगी।" डॉ. डिक्रॉस्टो अक्सर खीज भरी गुर्राहट के संग हर बार कहते हैं, "एक तो तुम्हारी मम्मी और दूसरा, कालांगुटे का जिद्दी बूढ़ा मि. रोमेरियो! ओह! माइ गॉड...! मैं तंग आ चुका हूँ दोनों से। मि. रोमेरियो का वजन तुम्हारी मम्मी से बीस ही होगा सैंड्रा। पर तुम्हारी मम्मी की तरह ही उन्हें भी खाने-पीने में होश नहीं रहता। जरूरत से ज्यादा खाते-खाते इन लोगों ने अपने पेट को इतना बड़ा कर लिया है कि वह पचाने की हैसियत से ज्यादा भोजन भरकर झूलने लगा है। क्या करूँ मैं ऐसे मरीजों का? अधिक वजन वाले और भी मेरे कई मरीज हैं। पर ये दोनों...माइ गॉड...! एकदम पागल करनेवाले! मि. रोमेरियो को तो तुम जानती ही हो।"

कालांगुटे में सैंड्रा कुछेक बार मि. रोमेरियो से मिल चुकी है। उत्तरी गोवा का शहर कालांगुटे अपने लम्बे-चौड़े समुद्र तट के लिए पर्यटकों का पसन्दीदा है। उत्तरी गोवा का दरअसल यह सबसे बड़ा बीच है। मि. रोमेरियो का घर बीच के पास ही है। मि. रोमेरियो की बेटी नोवा उसकी स्कूल ज़माने से दोस्त है।

वर्षों से परिचय होने के कारण मम्मी और डॉ. डिक्रॉस्टो के बीच मधुर नोक-झोंक का रिश्ता है। पर उसका अन्त हमेशा डॉ. डिक्रॉस्टो की अफ़सोस भरी नाराज़गी और मम्मी के रुआँसेपन से होता है। एक दिन विनोद की मुद्रा में डॉ. डिक्रॉस्टो ने कहा, "मिसेज़ रॉड्रिक्स! आपको एक बात पता है कि आप जैसी ही एक भारी-भरकम औरत की मेहरबानी से मेडिकल साइंस को स्टेथोस्कोप यानी हम डॉक्टरों के गले से लटका यह आला मिला। अब तो ये सूरत है कि अगर कोई डॉक्टर बगैर आला के मरीज को देखने जाए, तो लोग उसे डॉक्टर मानने को तैयार ही नहीं होंगे।"

"पर मोटी औरत ने मेडिकल साइंस को आला कैसे दिया?" मम्मी ने डॉ. डिक्रॉस्टो की कथा में रस लेते हुए पूछा।

"वही बता रहा हूँ मिसेज़ रॉड्रिक्स! उन्नीसवीं सदी के शुरू में स्टेथोस्कोप का उपयोग सबसे पहले पेरिस के एक हॉस्पिटल में हुआ। डॉ. रेने लेनेक नामक एक फ्रेंच फ़िज़िशियन ने पेरिस विश्वविद्यालय से मरीजों के श्वास के उतार-चढ़ाव को जानने का विशेष अध्ययन किया था। और इस तरह हृदय सम्बन्धी बीमारियों की पड़ताल के लिए डॉ. रेने लेनेक ने हृदय की ध्वनियों को सुनकर निष्कर्ष निकालने की शुरुआत की। एक दिन हृदय रोग से ग्रस्त एक युवती अस्पताल में पहुँची। युवती का वजन बहुत ज़्यादा था। डॉ. रेने लेनेक को समझते देर न लगी कि अत्यधिक वजन के चलते युवती का हृदय रोगग्रस्त हो गया है। आमतौर से डॉ. रेने लेनेक मरीज की छाती से कान लगाकर हृदय की धड़कन सुन इलाज करते थे। पर इस भारी-भरकम औरत की छाती से कान लगाकर हृदय की धड़कन सुनने में उन्हें बहुत संकोच हुआ। एक स्त्री के स्तन के बीच कान भला कैसे लगाया जाए, डॉ. रेने लेनेक इस शर्मिन्दगी से बचने की उधेड़बुन में उलझे थे कि सहसा उनकी नज़र वहीं टेबल पर रखे अखबार पर गई। पता नहीं डॉ. लेनेक के सिर पर क्या

जादू चढ़ा कि उन्होंने अखबार को बेलन के आकार में लपेट लिया और उसका एक छोर महिला के स्तन के बीच वाले भाग में लगाया, दूसरा छोर अपने कान से सटाया। अगले ही पल उनका चेहरा ख़ुशी से छलक उठा; क्योंकि मरीज के सीने से कान सटाकर ध्वनि सुनने से बेहतर बेलन की आकृति में लपेटे गए अखबार के दूसरे छोर की ध्वनि सुनाई पड़ रही थी। डॉ. लेनेक का यह एक पल का अनुभव मेडिकल साइंस का वरदान हो गया। अख़बारी बेलन से उस मोटी युवती की धड़कन सुनने के बाद डॉ. लेनेक ने अन्दर से ख़ाली यानी बिना छेदवाले बाँसुरीनुमा खोखले लकड़ी के लम्बे बेलन से मरीज़ के हृदय की धड़कनों को सुनना शुरू किया।" फिर एक पल थमकर डॉ. डिक्रॉस्टो ने कहा, "मिसेज़ रॉड्रिक्स! शीघ्र ही डॉ. रेने लेनेक ने अपने इस अनुसंधान का विवरण पेरिस के 'एकेडमी ऑव साइंस' को भेजा। फिर तो इस बेलनाकार यंत्र में और भी तरक्की हुई और सारे यूरोप के डॉक्टर मरीजों के दिल की धड़कन सुनने में इसका उपयोग करने लगे।"

"अरे यह तो आज तक पता नहीं था कि एक मोटी औरत के चलते मेडिकल साइंस को स्टेथोस्कोप मिला।" मम्मी कुछ इस तरह गद्गद भाव से हँसीं जैसे स्टेथोस्कोप के आविष्कार में उन्हीं का योगदान हो।

"छाती का ग्रीक वर्ड है 'स्टेथो' और परीक्षण का ग्रीक वर्ड है 'स्कोप्स'। तो बस इसी से नाम बना स्टेथोस्कोप।" डॉ. डिक्रॉस्टो ने कहा।

"पर आपके लिए बहुत अफसोस होता है डॉ. डिक्रॉस्टो!" मम्मी ने बहुत करुण भाव से उन्हें छेड़ने के अन्दाज़ में कहा।

"क्यों?" डॉ. डिक्रॉस्टो ने विस्मित होकर पूछा।

"देखिए मैं दावे से कह सकती हूँ कि डॉ. रेने लेनेक से जो मोटी युवती दिखाने आई थी, उससे कई गुना मोटी मैं हूँ।"

"तो?" डॉ. डिक्रॉस्टो के स्वर में हैरानी थी, "आर यू प्राउड ऑव दिस मिसेज़ रॉड्रिक्स?"

"अरे यह बात नहीं। मुझे हैरानी इस बात की है कि मुझ जैसी इतनी भयानक मोटी मरीज को वर्षों से देखते रहने के बावजूद डॉ. रेने लेनेक की तरह आप कोई आविष्कार क्यों नहीं कर पाए। उफ़...बहुत अफसोस...।" मम्मी ने नाटकीय भंगिमा में अफ़सोस मिश्रित मुस्कान के संग कहा, "सो माइ डियर डॉ. डिक्रॉस्टो! बेटर लेट दैन नेवर...अभी भी लगिए। कुछ आविष्कार कर लीजिए। प्लीज़ डू सम इनवेंशन विद मी।"

"ओ माइ गॉड! आप से पार पाना मुश्किल है मिसेज़ रॉड्रिक्स।" डॉ. डिक्रॉस्टो ने खिसियानी हँसी हँसते हुए कहा।

"मेरी बात समझिए डॉक्टर! मोटे लोग वाकई बड़े काम के होते हैं।" मम्मी टिलठिलाकर हँसने लगीं।

"मेरी मम्मी! आप जैसी हैं, वैसी ही रहिए।" बिंधी हुई नाक वाले डॉ. डिक्रॉस्टो ने हाथ जोड़ लिए। कभी-कभार अख़बार की ख़बर को अपना कवच बनाकर मम्मी

उनसे मुस्कराते हुए कहती हैं, "डॉक्टर! लगता है, अखबार में छपी अमेरिका की वह ताजा सर्वे-रिपोर्ट आपने नहीं पढ़ी, जिसमें कहा गया है कि अधिक वजन वाले बहुत मोटे लोग सामान्य कद-काठी के लोगों की तुलना में अधिक समय तक जीते हैं। कारण कि उनमें रेजिस्टन्स...यानी प्रतिरोध की क्षमता सामान्य लोगों से अधिक होती है।"

"इज़ इट टू सैंड्रा? तुमने पढ़ी वह खबर?" डॉ. डिक्रॉस्टो विकृत मुस्कान के संग सैंड्रा की तरफ़ मुख़ातिब हो पूछा।

"पढ़ी है मैंने। अमेरिका में कैलिफोर्निया यूनिवर्सिटी ने साढ़े तीन लाख लोगों का सर्वे कर कहा है कि अधिक वजनवाले लोग जब फास्टिंग कर बेतहाशा वजन कम करते हैं, तो उनकी जान खतरे में पड़ जाती है।" सैंड्रा ने हल्की मुस्कान से कहा, "ऐसे सर्वे आए दिन अजीबोगरीब उलझन में डालनेवाले होते हैं डॉक्टर अंकल! कभी किसी सर्वे में कहा जाता है कि वजन कम करने के लिए जब लोग फास्टिंग करते हैं, तो उलटे और मोटे होने लगते हैं। इसी तरह किसी सर्वे में आता है कि बराबर टमाटर खाने से कैंसर हो सकता है और थोड़े ही दिनों बाद एक और सर्वे रिपोर्ट आती है कि लगातार टमाटर खाने से कभी कैंसर नहीं होता।"

"अब इस बहस को छोड़ो। पुरानी कहावत है...'द बेली दैट इज-फुल, मे वेल फ़ास्ट।' यह तो सही है कि अधिक वजन के लोग लम्बी जिन्दगी पाते हैं। वज़न गायब, ताकत गायब। मुझे ही देखो, मैं सत्तर साल पार करनेवाली हूँ।" ऐसी बहसों में मम्मी गिलगिलाकर हँसती हैं, तो पलंग पर पसरा उनका विशाल पेट थलथला उठता है।

"वाह...वाह...! ऐसी लम्बी जिन्दगी आपको मुबारक! ग्रेट...!! आप ऐसे ही स्टेडियम की तरह बिस्तर पर फैली रहिए। जिस तरह एक पागल गाँव के चर्च को एक पागल पादरी चाहिए, उसी तरह आप सरीखी पागल मरीज का मैं एक पागल डॉक्टर हूँ मिसेज़ रॉड्रिक्स!" डॉक्टर डिक्रॉस्टो अफ़सोस मिश्रित हँसी के संग तालियाँ बजाते हैं। डॉक्टर डिक्रॉस्टो के नाराज़गी भरे अफ़सोस से रुआँसी मम्मी तब सैंड्रा की तरफ़ मुख़ातिब हो कहती हैं, "डॉक्टर! यह मेरे जीन में है। मैं जो भी खाती हूँ, उसका ज्यादा हिस्सा चर्बी बन जाता है। शरीर में चर्बी जमा करने की हमारी खानदानी प्रवृत्ति रही है। पूछिए सैंड्रा से। यह हमारे क्रोमोजोम का प्रॉब्लम है। गुणसूत्र की गड़बड़ी। अपने माता-पिता की हम मात्र दो बेटियाँ थीं—मैं और रोजा। अपनी मासी से इसे बहुत लगाव है। इसकी मासी यानी मेरी छोटी बहन रोजा उर्फ रोजू डिसूज़ा, जो सल्वादोर दो मुंदो में रहती है, मुझसे बीस ही होगी। ओह...हाउ शी वॉबल्स! ऐंड हर बेली इज़ लॉप्साइडिड...! सीम्स टू बी फ़ोल्डिंग ओवर ऑल द वे राउंड...! सून इट वुड अ स्कर्ट ऑव फ़ैट...ऑल द वे राउंड! इसने अपने नाना-नानी दोनों को देखा है। मि. रिचर्ड पेरेरा और मिसेज़ क्वीन पेरेरा! दोनों कोंकणी ही बोलते थे। कोंकणी उपन्यास पढ़ना और कोंकणी सिनेमा देखने की शगल मेरी माँ मिसेज़ क्वीन पेरेरा को भी थी। अपने गोअन होने पर हमेशा गर्वित रहने वाली

मेरी माँ सिर्फ साड़ी ही पहनती थी। मेरे पापा मि. रिचर्ड पेरेरा दुबले-पतले थे जबकि मेरी मम्मी...माइ गॉड...! मुझसे ड्योढ़े वजन की थीं वो। घुटने तक उनका भारी पेट लटकता था। उफ! गहरी गुलाबी नाभि वाली उनकी इम्पॉसिबल ह्यूज बेली...। मेरे पापा सख्त मिजाज के थे लेकिन वे मेरी मम्मी के लटकते भारी-भरकम पेट को बहुत लाड़ करते थे। मम्मी के नेवल को वह हर दिन पाबन्दी से चूमते थे। उनका मानना था कि अपनी बीवी की नाभि को हर दिन एक बार चूम लेना चाहिए। इससे परिवार में खुशहाली रहती है। पापा जब मम्मी का नेवल चूमते थे, तो मम्मी का चेहरा शर्म से लाल पड़ जाता था। कभी-कभी खीजकर मम्मी मुझसे कहती थीं, 'मिनि! मेरे इस लम्बे लटके पेट में भी एक ब्रेन...दिमाग बन चुका है, जो सिर्फ मेरे पेट के लिए काम करता है। आइ वुड डिस्क्राइब माइसेल्फ ऐज़ अ सीरीज ऑव क्वाइट लार्ज ब्लॉब्स ऐंड बॉक्सेस...। आइ डोंट थिंक देअर इज़ अ सिंगल पार्ट ऑव मी, अपार्ट फ्रॉम माइ रिस्ट्स...दैट इज़ स्मॉल...। माइ फ़ेस इज़ अ बिग सर्किल मिनि! माइ ह्यूज हैंगिंग बूब्स कीप माइ स्टोमैक वॉर्म...! ऐक्चुअली, आइ हैव सेवरल स्टोमैक्स...।' तब मम्मी की खीज को मिटाने के लिए मैं कहती—'मैं आप से क्या कम हूँ मम्मी! मेरा वजन आप से बस एक-आध पाव ही कम होगा।' कहते हैं कि हर आदमी का कद अपने बाप के करीब होता है और वजन माँ जैसा। मेरा और रोजा का कद पापा इतना है और वजन आपकी तरह। खैर, सुनिए ये पोएट्री और मुस्कराइए मम्मी—

'मुर्गी चोर! नम्बर फ़ोर!
लवली लेग्स। नम्बर एलेवेन!
उल्टा-पुल्टा! सिक्सटी-नाइन!
बैक टू बैक! थर्टी सिक्स!
टू फ़ैट लेडीज़! एट्टी-एट!'

सो...वी आर एट्टी-एट! और तब दुखी हो रही मेरी मम्मी हँस देतीं। डॉ. डिक्रॉस्टो! अपनी दादी को तो मैंने कभी नहीं देखा। वह मेरे जन्म के पहले चल बसी थीं। पर बचपन में अपनी नानी का मुझे बहुत प्यार मिला। मेरी नानी भी भारी काया थीं। मेरी मॉम जहाँ मापुसा शहर की सबसे विराटकाय स्त्री गिनी जाती थीं, मेरी नानी सियोलिम कस्बे की एक अथाह भारी औरत थीं। हम सबकी 'वॉडलिम माई...' अवर बिग मदर! नानी के गोरे-चिट्टे थलथलाते बड़े-से झुर्रीदार पेट पर हम लोग खेलते थे। ओह, मुझे आज भी याद है, नानी के पेट के निचले हिस्से की चिंचुरी मुरझाई बड़ी-बड़ी लाल धारियाँ और बड़े-बड़े कोमल थैलों की तरह झूलता उम्र की थकान से भरा उनका दोनों भारी स्तन। अपना स्तन अपने नाती-नातिनों के मुँह में लाड़ से डाल वे हँसते हुए कहती थीं—'अब तो मैं साँस लेती कब्र बन चुकी हूँ। पर तुम लोग भी चख लो मेरे दूध का सूखा घड़ा। जानते हो, छाती से जो पिया जाता है, उसकी परत कब्र के ऊपर भी रहती है। मेरी माँ के

दूध की परत मेरी भी कब्र पर होगी।' सीमित मात्रा में ही, लेकिन नानी को शराब और अच्छे सिगरेट का शौक़ था। यह आदत नानी को तब पड़ी जब विदेश में रहनेवाले मेरे नाना के बचपन के एक मित्र सियोलिम आए, तो बतौर गिफ्ट नाना को कुछ उम्दा शराब और सिगरेट दे गए। नाना को शराब-सिगरेट कतई पसन्द नहीं था। एक दिन कौतूहलवश नानी ने एक पेग तैयार किया। सिगरेट सुलगाया। उन्हें बड़ा मजा आया। वह दिन और नानी जीवन के आखिर तक शाम को दो पेग लगाती ही थीं। सुबह से शाम तक छह सिगरेट पीने का कोटा उन्होंने बाँध रखा था। शुरू में नाना ने इसका विरोध किया लेकिन अन्त में हथियार डाल दिया। अपने मित्र को कोसते हुए नाना हर माह नानी की जरूरत के हिसाब से शराब और सिगरेट लाने लगे। नानी बालसुलभ मुस्कान के संग नाना से कहतीं, 'रिचर्ड! गॉड गिव्स शुगर टू हिम, हू कांट ईट विदाउट इट।' तब मधुर खीज के संग मेरे नाना कहते थे कि नानी मेरी डिट्टो पद्मजा नायडू जैसी हैं। पूरी मॉडर्न! पद्मजा नायडू के बारे में भला हम लोग कहाँ से जानते! पर पता नहीं कैसे और क्यों मेरे नाना को पद्मजा नायडू का भूत आ चढ़ा था। नाना को इंडियन फ्रीडम मूवमेंट के बारे में जानने की बहुत रुचि थी। वे गांधी-नेहरू के बारे में हमेशा राई-रत्ती जानने को उत्सुक रहते थे। नाना ही हम बच्चों को गांधी-नेहरू और उनके इर्द-गिर्द के लोगों के बारे में बताते थे और कहते थे कि एक दिन गोवा को भी पुर्तगालियों से आजादी मिलकर रहेगी। पद्मजा नायडू के बारे में नाना ने हमें बताया था कि वे भारत के फ्रीडम स्ट्रगल की एक बड़ी नेता सरोजिनी नायडू की बेटी थीं। सरोजिनी नायडू 'नाइटिंगेल ऑव इंडिया' कहलाती थीं। वह उत्तर प्रदेश की थोड़े समय तक गवर्नर भी रहीं। नाना मुस्कराकर कहते थे कि सरोजिनी नायडू की बेटी पद्मजा पर भारत के प्राइम मिनिस्टर जवाहरलाल नेहरू जान छिड़कते थे। नाना ने एक बार पद्मजा नायडू की तस्वीर भी दिखाई थी। सचमुच पद्मजा नानी की तरह ही साँवली और भारी-भरकम थीं। नाना बताते थे कि नेहरू जी के प्यार में वह जिन्दगी भर कुँवारी रहीं। नेहरू जी ने उनको पहले हैदराबाद से एम. पी. और बाद में वेस्ट बंगाल का गवर्नर भी बनाया। नाना के 'पद्मजा-पुराण' पर हुलसित हो नानी मधुर व्यंग्य-बाण छोड़तीं—'तुम्हारा नाना ख़ुद को नेहरू समझता है। इसलिए मैं पद्मजा हूँ। इस मरदूद को नेहरू की तरह मोटी औरतें पसन्द हैं। शादी के पहले से मैं मोटी तो थी ही, इसने शादी के बाद खिला-खिलाकर मुझे पहाड़ बना दिया।'

'बेशक, नेहरू को मोटी औरतें पसन्द थीं। बस एक छरहरी लेडी माउंटबेटन एक्सेप्शन थीं।' नाना एक पल थमकर मुस्कराते हुए कहते थे, 'नेहरू जी को ऐनिमल्स में भी ऐलिफ़ेंट सबसे ज़्यादा पसन्द था। मुझे याद है, गोवा को आज़ादी मिले बस एक साल हुए थे। जवाहरलाल नेहरू ने मोरक्को की राजकुमारी के लिए आसाम का एक हाथी गिफ़्ट में भिजवाया था। मुझे अखबार में छपी वह खबर आज भी यों ही याद है—'इंडियन टस्कर फ़ॉर अफ़्रीकन प्रिंसेज। नेहरू'ज गिफ़्ट।' पाँच साल का यह ऐलिफ़ेंट जापानी जहाज से मोरक्को भेजा गया था। नेहरू जी ने

इसे भेजते हुए कहा था कि दरअसल नॉर्थ अफ्रीकन कंट्री को इंडिया का 'ऐनिमल एम्बेसेडर' भेजा जा रहा है।'

'प्लीज़ बन्द करो अपना वर्बल डायरिया! और सुनो, मिस पद्मजा नायडू का फ़ुल साइज फ़ोटो फ्रेम करवाकर अपने रूम में लगा लो।'

एक गहरी साँस लेकर मम्मी कहती हैं, 'जीवन में कुछ ऐसे नाम जिनसे आपका कोई रिश्ता नहीं होता, न कोई मुलाकात होती है, फिर भी वह आपकी स्मृति के अंश बन जाते हैं। नानी और पद्मजा नायडू को लेकर हमारी कुछ ऐसी ही स्मृति है।' स्मृतियों के पृष्ठ पलटते हुए मम्मी खो-सी जाती हैं, 'ओह सैंड्रा! मेरी नानी खाने से पहले पूरी पाबन्दी से रोजरि पढ़ती थी! यानी भोजन के पूर्व एक अनिवार्य प्रार्थना! खाने के बाद हम खेल में मशगूल हो जाते। नानी का बड़ा-सा पेट हम सभी भाई-बहनों का जैसे प्यारा प्ले-ग्राउंड था। हम सब उसे दुलारते और खेलते और एक मजेदार पोएम...'द ओल्ड वुमन, हू लिव्ड इन अ शू...' पढ़कर नानी के संग चुहल करते, 'देअर वाज एन ओल्ड वुमन...हू लिव्ड इन अ शू...शी हैड सो मेनी चिल्ड्रेन...शी डिड नॉट नो व्हाट टू डू...। शी गेव देम सम ब्रॉथ...विदाउट एनी ब्रेड...। शी व्हिप्ड देम ऑल साउंडली...ऐंड पुट देम टू बेड...।' एक बूढ़ी औरत थी, जो एक जूते में रहती थी...। थे उसके ढेर सारे बच्चे...। वह समझ नहीं पाती थी कि वो इन बच्चों का क्या करे...। उसने बग़ैर डबल रोटी के सभी बच्चों को दिया थोड़ा शोरबा और बहुत सिफ़त से सबको हाँककर बिस्तर पर दिया सुला।'

हमारे पोएम पर नानी लाड़ में ठुनककर कहतीं, 'अरे बेवकूफ़ो! यह पोएम मेरी जैसी बुढ़िया के लिए नहीं है। यह एक बेहद ज़रूरी रस्म है, नई-नवेली दुल्हनों के लिए। यह माना जाता है कि दुल्हन शादी के बाद हनीमून पर जा रही है और उसके पीछे इस दुआ के साथ जूता फेंके जाने की रस्म भी है कि जा ख़ूब जी और आने वाले दिनों में ढेर सारे प्यारे बच्चों को जनम दे। औरत की कोख...यानी एक बहुत बड़ा बगीचा...! एक विशाल घना जंगल...।' फिर नानी कोंकणी में लाड़ से झिड़कतीं, 'अब इस मोटी बुढ़िया के इतने बड़े थुलथुले तोंद से क्या बच्चे पैदा होंगे? तुम लोगों को कहीं यह वहम तो नहीं कि मैं अपनी लटकती तोंद पर हाथ फेरूँगी और इसमें से बच्चे निकलने शुरू हो जाएँगे। अरे, तुम सबकी माँ-मौसी और मामा को पैदा कर मैं भर पाई।' ओह सैंड्रा! तब मेरी नानी बेचारी को क्या पता था कि उनकी इतनी बड़ी तोंद उनके बाद के जेनरेशन को विरासत में मिल जाएगी। कभी सियोलिम जाओ। मेरे ननिहाल की नई पीढ़ी से मिलो। वही साँचा तुमको मिलेगा। मेरे मामा के लड़के-बच्चे हैं वहाँ। सबके सब अप्पू हाथी! मुझे याद है कि मेरी मामी से नानी की कभी नहीं बनी। एक बार नानी बीमार पड़ीं, तो मामी उन्हें सियोलिम के एक लोकल डॉक्टर के पास ले गईं। सब कुछ देखने-जाँचने के बाद डॉक्टर ने नानी से कहा, 'आंटी। आप खाना कम कीजिए। आपकी सारी परेशानी वज़न से है।' घर लौटकर नानी महीनों तक मामी से मुँह फुलाए रहीं कि डॉक्टर को यह कैसे पता चला कि वे ज्यादा खाती हैं? जरूर मामी ने पहले ही डॉक्टर से

उनकी चुगली कर दी थी। नानी के मोतियाबिन्द का जब ऑपरेशन हुआ, तो उनकी पड़ोसिनों ने राय दी कि आँख के ऑपरेशन के बाद आँख की अच्छी रोशनी के लिए उन्हें शुद्ध घी के हलवे का सुबह-शाम सेवन करना चाहिए। इससे वे दूसरे की छत पर दूर बैठे कौवे को भी देख लेंगी। मामी से जिद ठानकर नानी लगातार दोनों टाइम घी में चपचप हलवे का सेवन करती रहीं। उन्हें पड़ोसी की छत पर बैठा कौवा दिखा या नहीं, यह तो नहीं पता लेकिन उनका दस किलो वजन जरूर बढ़ गया।" इन क़िस्सों को धैर्य से झेल रहे डॉ. डिक्रॉस्टो से मम्मी निर्णायक स्वर में कहती हैं, "इसलिए यह हमारी जेनेटिक लेगसि...चौदह पुश्तों की आनुवंशिक विरासत है डॉक्टर डिक्रॉस्टो...। मेरी नानी का यह प्रिय वाक्य था—'पेट है, तो भेंट है।' वी आर प्री डेस्टिन्ड टू बी बिग...भारी काया नियति है हमारी डॉक्टर...।" फिर एक पल रुककर सुबकती मम्मी कहती हैं, "पर मुझे सैंड्रा की फिक्र सता रही है। इसका वजन भी बुरी तरह भाग रहा है डॉक्टर...।"

"डोंट वरी...! मैं जानता हूँ कि जो औरत नाचना नहीं चाहती, वह हमेशा कहती है कि उसका स्कर्ट बहुत छोटा है। मिसेज़ रॉड्रिक्स! मान लिया बाबा कि आपका परिवार पहाड़-प्रमाणों से...। एस.एस.बी.बी.डब्लू. से भरा पड़ा है...। आइ मीन सुपर साइज्ड बिग ब्यूटीफ़ुल वुमेन...! विराट काया की भारी-भरकम फफ्फस सुन्दर स्त्रियाँ...।" डॉ. डिक्रॉस्टो हर बार अपनी पतलून के गैलिसों में अँगूठे अटकाये मम्मी के कमरे से बौखलाकर निकलते हैं, "मैं डॉक्टर हूँ बाबा, जानता हूँ कि जीन यानी जीव कोशिका में वह एक तत्त्व है, जो माता-पिता का विशेष गुण उसके बच्चों तक पीढ़ी दर पीढ़ी पहुँचता है। अपने दौर के ग्रीक गणितज्ञ और दार्शनिक पाइथागोरस से लेकर प्रकृति विज्ञानी चार्ल्स डार्विन और डेमोग्राफ़र यानी जनसंख्या के आँकड़ों के विद्वान थॉमस माल्थस भी घुमा-फिराकर यही सब कहते थे। मैं उन महान आत्माओं और आपके विराट जीन को प्रणाम करता हूँ।"

डॉ. डिक्रॉस्टो अपने आप पर नाराज होते दिखते हैं, "हुँह! अब ये हमें क्रोमोजोम, जीन और डी.एन.ए. का ज्ञान देंगी।" पर सैंड्रा जानती है कि बचपन से उसके सर्दी-बुख़ार का इलाज करता आया यह बूढ़ा डॉक्टर उसके बेतहाशा बढ़ते वज़न से भी बहुत नाराज़ रहता है। मम्मी की सारी विरासत उसे मिली हुई है—असामान्य रूप से ऊँचा रक्तचाप...। डॉक्टरी भाषा में हाइपरटेंशन...। साथ-साथ हाइपोथाइरॉयडिज़्म...। गठिया...। शरीर में वाटर रिटेंशन यानी जल जमाव और नींद का लगातार संकट। मम्मी की तरह धीरे-धीरे सब कुछ उसके वश के बाहर होता चला जा रहा है। डॉ. डिक्रॉस्टो उसे बार-बार ताक़ीद करते हैं कि अपनी माँ की तरह वह भी सेंट्रल ओबीसिटी यानी पेट पर अथाह बढ़ती चर्बी की शिकार हो रही है। वे कहते हैं, "सैंड्रा! मोटापा सबसे पहले पेट, कमर, कूल्हों और जाँघों पर आता है। समय रहते इस पर काबू पा लिया गया, तब तो ठीक। पर अगर पूरे शरीर पर यह छा गया, तो इसे हटा पाना लगभग असम्भव-सा हो जाता है।" डॉ. डिक्रॉस्टो ने मम्मी को भी बताने की कोशिश की है कि लटकती तोंद, जो 'पॉट-बेली' या

'बिअर-बेली' कहलाती है, दिल की बीमारी और एलज़ाइमर यानी स्मृतिलोप पैदा करती है। काग़ज़ पर तस्वीर बनाकर डॉ. डिक्रॉस्टो ने एक बार उसे भी समझाया कि सेब और नाशपाती सरीखे मोटापे में क्या फ़र्क़ है। जिनके पेट पर चर्बी बढ़ती है, वे ऐपल शेप्ड और जिनके नितंब व कूल्हे पर चर्बी चढ़ती चली जाती है, वे 'पेअर शेप्ड' यानी नाशपाती सरीखा आकार पकड़ लेते हैं। डॉ. डिक्रॉस्टो के हिसाब से सैंड्रा सेब बन चुकी है। आख़िर क्या करे वह अपनी धरती जैसी बड़ी-सी छाती और हौज सरीखे भारी नामुराद पेट का! अपनी नानी को उसने देखा है और अब मम्मी व मौसी को देख रही है। कूल्हे से ज़्यादा पेट पर चर्बी आने की प्रवृत्ति रही है इन सबमें। यही उसके संग भी है। डॉ. डिक्रॉस्टो ने गुज़रे वर्षों में कई बार उसे किसी अच्छे फ़िटनेस सेंटर में नियमित जाने को कहा। पर वह हरदम टालती गई। तीन साल पहले गुर्दे की बीमारी से पापा के गुज़रने के बाद बेकरी और मम्मी—इसी पर वह हमेशा केन्द्रित रही है। पहले तो मम्मी के मामले में मदद के लिए पापा भी थे। पर अब मम्मी को शौच कराने, नहलाने-धुलाने, खिलाने-पिलाने और हर तीन-चार घंटे पर गीले होते मुलायम कपड़ों के डाइपर यानी पोतड़ों को बदलने की ज़िम्मेदारी उसी की है।

डॉ. डिक्रॉस्टो भले खीजते हों लेकिन एक चूक उनसे भी हुई है। मम्मी के बढ़ते वज़न को क़ाबू में करने के लिए कुछ साल पहले जब डॉ. डिक्रॉस्टो ने उनकी मूत्रवर्द्धक दवा बदल दी, तब से उनका वज़न और बेलगाम हो गया। मम्मी असम्भव रूप से फैल गईं। अब तो उनका वज़न डरावना है। हालाँकि, डॉ. डिक्रॉस्टो अपनी चूक मानने को तैयार नहीं हैं। वे इस बात पर अडिग हैं कि खाने-पीने में लापरवाही की वजह से मम्मी 'मॉर्बिडली ओबीस'...मृत्युतुल्य वज़न से लदकर बीभत्स रूप से स्थूल हो गई हैं। यह पापा का हौसला था कि कितनी भी मुश्किल से मम्मी को ट्राउज़र...पाजामा पहनाकर दम लेते थे। पर पापा के बाद मम्मी को डाइपर और ट्राउज़र पहनाना सैंड्रा के लिए असम्भव हो गया। तब सैंड्रा ने मम्मी के लिए फ्री साइज का घाघरा...स्कर्ट और ब्लाउज़ सिलवा दिया। स्कर्ट-ब्लाउज़ पहनाना कुछ आसान है। इसमे मम्मी को बेड पैन देने और मम्मी का देह-हाथ पोंछने में भी सैंड्रा को सुविधा होती है। उनके घुटनों में वह चैन से स्कर्ट उठाकर मालिश कर पाती है। भयानक गठिया की वर्षों से शिकार होने की वजह से उनके जोड़ों में असाध्य सूजन है। बिस्तर पर करवट कराने पर भी वे बुरी तरह हाँफने लगती हैं, "तू मॉम है मेरी सैंड्रा! छुटपन में भी मैंने तुम्हें कभी डाइपर नहीं पहनाया। तुम्हारे पापा ही तुम्हें नहलाते-धुलाते, दूध की बोतल साफ़ करते और तुम्हें डाइपर पहनाते थे। और जब तुम स्कूल जाने लगी, तो तुम्हारे ड्रेस, होमवर्क और टिफ़िन का खयाल भी वही रखते थे। मैं जब प्रेगनन्ट हुई थी, तो तुम्हारे पापा की खुशी का ठिकाना नहीं था। याद है कि मुझे बाँहों में भरकर उन्होंने कहा था—'ओह ग्रेट मिनि! अ बन इन द ओवन।' उन दिनों को याद कर लगता है, वे सपनों के दिन थे। सैंड्रा! तुम्हारे पापा ने लाड़ में कभी मुझे

कुछ करने ही नहीं दिया। पर आज जब बीते अच्छे दिनों को मन में पलटती हूँ, तो लगता है कि इट्स अ बकेट ऑव ऐशिज...एकदम राख की बाल्टी।" मम्मी हताशा की उकताहट में होती हैं।

"ओह नो मॉम! दिस इज़ इनसरेक्शन...। आप अपने आप से बगावत कर रही हैं।" सैंड्रा हँसते हुए बात को हवा में उड़ाने की विफल चेष्टा करती है और आख़िर में हथियार डाल देती है, "हर हाइनेस! मिसेज़ मिनि रॉड्रिक्स! प्लीज़ अब बस भी करिए।"

"सैंड्रा! तुम्हें मेरे शरीर से मोटापे की एक अजीब-सी महक आती है न?" मम्मी फिर हताश होकर कहती हैं, "सड़े हुए पसीने की महक?"

"ओह नो मम्मी! आप क्या सब फालतू बातें सोचती रहती हैं। आपसे मुझे जॉनसन बेबी पाउडर और 'गोल्डेन कोकोनट परफ़्यूम' की खुशबू मिलती है," कहने को तो सैंड्रा कह देती है लेकिन वह जानती है, मम्मी ठीक कहती हैं। कितना भी पाउडर और परफ़्यूम ख़र्च कर भी बदबू की चुगली से बचा नहीं जा सकता अभी कुछ समय पहले अमेरिका के कुछ वैज्ञानिकों ने शोध और केस-स्टडी कर निष्कर्ष दिया कि मोटे लोगों की एक अलग क़िस्म की गंध होती है। गंध, स्वाद और रंग से प्रेम और नफ़रत लोगों में क़ुदरती है। इसे विज्ञान की भाषा में 'साइनेस्थेशिया' कहते हैं। मम्मी अक्सर जिस सड़े पसीने की बदबू की बात करती हैं, वह ग़लत नहीं है। मांसल झिल्लियों के नीचे घंटों तक जमे रहनेवाले पसीने की बदबू। उसे लगता है, यह बदबू ख़ुद उसकी झिल्लियों में भी दबी रहती है।

मम्मी की मांसल झिल्लियों में दबी बदबू को दूर करने के लिए पापा किसी भी उपाय से बाज नहीं आते थे। उसे याद है, मम्मी को पूरा स्पंज करने के बाद उनकी नाभि के गहरे भँवर में बड़े दुलार से कुछ देर तक जैतून का तेल लगाते थे। कभी-कभी पापा कहते थे, "मिनि! मेरा दिल करता है कि तेरी नाभि के किनारे छेद कराकर सोने की छोटी-सी मछली का छल्ला झुला दूँ।" नाभि में भरपूर तेल पचाने के बाद मम्मी के पेट को उठा-उठाकर पापा नीचे की मांसल झिल्लियों की तहों में तसल्ली से पूरा पाउडर छिड़कते थे ताकि झिल्लियों का निचला हिस्सा जल्दी पसीने से न भीगे। मम्मी को ढीला गाउन पहनाकर फिर वे पाबन्दी के साथ चार्ली परफ़्यूम का छिड़काव करते। सत्तर के दशक में 'रेवलॉन' वालों ने औरतों के लिए यह परफ़्यूम पेश किया था। इन दिनों भी 'रेवलॉन चार्ली रेड परफ़्यूम' महिलाओं में बहुत पसन्द किया जाता है। बचपन से सैंड्रा की नाक में यह ख़ुशबू बसी रही है। पापा के बाद भी सैंड्रा ने अर्से तक पाउडर और परफ़्यूम वही रखा, जो मम्मी के वास्ते पापा इस्तेमाल में लाते थे। ख़ुद अपने लिए भी वह यही पाउडर व परफ़्यूम इस्तेमाल करती रही थी। पापा जब मम्मी पर चार्ली का छिड़काव कर रहे होते थे, तो मम्मी का नखरा देखते बनता था, "ओह सेबेस्टिअन! तुम परफ़्यूम को पानी की तरह बहाते हो।" सैंड्रा देखती थी कि यह कहते हुए मम्मी के मुस्कराते होंठों पर केसर के फूल खिल रहे होते थे।

"मिनि! तुम्हें मालूम कि मिस्र की क्वीन क्लियोपेट्रा कितना परफ़्यूम बहाती थीं? अपने पसन्दीदा परफ़्यूम को खुद पर छिड़कने के साथ-साथ जब कहीं वह अपने शाही नाव से बाहर जाती थीं, तो नाव की पाल को भी परफ़्यूम से तर करवा देती थीं। इसलिए उनके पहुँचने के पहले ही लोगों को हवा की खुशबू से पता चल जाता था कि क्वीन क्लियोपेट्रा बस पहुँचने ही वाली हैं।" पापा बिहँस पड़ते थे।

"पर मैं तो अपनी असहायता की रेत में फँसी एक भोंड़ी-सी डरावनी औरत हूँ सेबेस्टिअन! कहाँ क्वीन क्लियोपेट्रा और कहाँ मैं?" अपनी आत्मा से बरबस छलक पड़ते कसैलेपन में मम्मी डूबने लगतीं। पर पापा ने उनके अवसाद के आगे कभी घुटना नहीं टेका। पापा के गुज़रने के बाद भी सैंड्रा ने मम्मी के लिए वही रोज़नामचा जारी रखा, जो पापा के समय से चला आ रहा था। पर एक परिवर्तन सैंड्रा ने मम्मी के परफ़्यूम में ज़रूर किया। पापा के पसन्दीदा परफ़्यूम 'चार्ली' की जगह उसने हर्बल परफ़्यूम 'फ्रेग्रंट स्वायल' मम्मी को लगाना शुरू किया। और यह भी एक इत्तफ़ाक़ ही हुआ कि यह हर्बल परफ़्यूम एक साल पहले उसे देश की मशहूर परफ़्यूमर मोनिका घुर्डे से मिला। मूलत: महाराष्ट्र के अमरावती की मोनिका का परिवार नागपुर में स्थायी रूप से था। यह एक लम्बी कहानी है कि बम्बई में पढ़ाई और चेन्नई में शादी करने के बाद वह गोवा आकर कैसे और क्यों रहने लगी! लगभग 38-39 साल की मोनिका दरअसल वर्ष 2011 से गोवा में रह रही है। उत्तरी गोवा के संगोल्डा इलाक़े में स्थित 'सपना राज वैली अपार्टमेंट' के एक फ़्लैट को उसने किराये पर लिया हुआ है। वह सैंड्रा की समवयस्क ही है। सैंड्रा की स्कूली दोस्त क्लारा उसी अपार्टमेंट में रहती है। एक साल पहले क्लारा के एक पारिवारिक आयोजन में जब सैंड्रा उसके घर गई, तो वहीं क्लारा ने उसका परिचय मोनिका से कराया था, "ये देश की फ़ेमस परफ़्यूमर मोनिका घुर्डे हैं। पिछले कुछ समय से गोवा में रहकर ही परफ़्यूम का काम कर रही हैं। परफ़्यूम की दुनिया के लोग इन्हें 'लेडी ऑव स्मेल' कहते हैं।"

क्लारा ने ही मोनिका के बारे में बताया कि उसके पिता रमेश घुर्डे एक जज थे। मुम्बई के 'जे. जे. इंस्टीट्यूट ऑव फ़ाइन आर्ट्स' से वर्ष 1999 में उसने फ़ाइन आर्ट्स का कोर्स पूरा किया था। फ़ोटोग्राफ़ी में उसकी अभिरुचि थी। वर्ष 1999 में उसे कलर फ़ोटोग्राफ़ी के लिए एक बड़ा पुरस्कार मिला। बाद में वह वर्ष 2002 में चेन्नई चली आई। चेन्नई में उसने एक फ़ोटोग्राफ़र मित्र भरत राममूर्तम के संग मिलकर एक डिज़ाइन और पब्लिशिंग कम्पनी 'ग्राफ़' की शुरुआत की। राममूर्तम से कुछ समय बाद मोनिका ने चेन्नई में ही प्रेम विवाह किया।

चम्पा की ख़ुशबू से मोनिका को दीवानगी की हद तक लगाव था। लिहाज़ा, उसने तय किया कि वह फ़ोटोग्राफ़ी छोड़ 'परफ़्यूम' के काम में जुटेगी। वर्ष 2009 से इस नये काम में वह ज़ोर से जुट गई। लंदन के 'पिकॉट लैब्रटॉरिज' नामक परफ़्यूम कम्पनी में जाकर उसने परफ़्यूम बनाने की ट्रेनिंग ली! भारत में कन्नौज से लेकर गुवाहाटी तक की उसने यात्रा की। वर्ष 2011 में अपने पति भरत राममूर्तम

के संग वह स्थायी रूप से गोवा आ गई। यहाँ 'मो लैब' नाम से उसने अपनी एक परफ़्यूम रिसर्च कम्पनी शुरू की। मिट्टी की सोंधी ख़ुशबू का परफ़्यूम 'फ्रेग्रंट स्वायल' उसने पेश किया और छा गई। फिर तो परफ़्यूम विशेषज्ञ के रूप में मोनिका की शोहरत बढ़ती चली गई। पेरिस से मिलान तक परफ़्यूम पर बोलने के लिए उसे बुलाया जाने लगा। इन व्यस्तताओं में अपने फ़ोटोग्राफ़र पति राममूर्तम से उसकी दूरी बढ़ने लगी। अन्ततः दोनों के तलाक़ की अपील अदालत तक पहुँची। दोनों अलग-अलग रहने लगे। ख़ैर, मोनिका के निजी जीवन में जो भी था। पर पहली नज़र में वह सैंड्रा को बहुत अच्छी लगी।

"मैं तो बराबर आपकी तरफ आती रहती हूँ।" उसका रिहाइशी पता जानकर मोनिका ने मुस्कराते हुए कहा।

"फिर आइए न कभी हमारे घर। हमारे कैम्पस के ही एक हिस्से में हमारी बेकरी चलती है। हमारी बेकरी का केक कभी चखिए। मेरी मम्मी भी आपसे मिलकर ख़ुश होंगी।" पहली नज़र में सैंड्रा को मोनिका बहुत स्नेही लगी।

और एक दोपहर मोनिका घर आई। मम्मी को अपने हर्बल परफ़्यूम का एक प्रोडक्ट देते हुए उसने कहा, "आंटी! आपके कमरे में घुसते ही मैं समझ गई कि आप 'चार्ली' परफ़्यूम इस्तेमाल करती हैं। 'चार्ली' बहुत पुराना और प्यारा परफ़्यूम है। पर आपके लिए अपना एक हर्बल परफ़्यूम 'फ्रेग्रंट स्वायल' लाई हूँ। इसे कभी देखिए।"

पहले छिड़काव में ही मम्मी को और ख़ुद उसे भी मोनिका का यह परफ़्यूम भा गया। अब पसीने की बदबू से निजात पाने के लिए वह 'फ्रेग्रंट स्वायल' को ही उपयोग में लाती है। प्यारी सोंधी ख़ुशबू है इसकी। सुबह जैसी ताज़गी से भरी। मिट्टी की महक के संग नारियल और चम्पा की सुगन्ध! मोनिका ने उसे बताया था कि पणजी के 'काकुलो मॉल' स्थित परफ़्यूम के बड़े शो-रूम 'फ्रेस्का' को वह अपने परफ़्यूम बिक्री के लिए देती है। इसलिए अब यह परफ़्यूम सैंड्रा 'फ्रेस्का' से ही मँगवाती है।

मोनिका के परफ़्यूम मिट्टी की ख़ुशबू के संग चम्पा, वैनिला, खसखस, नारियल, गुलाब और कदम्ब के अलग-अलग फ़्लेवर के हैं। उसके एक परफ़्यूम 'रुबियेसी कदम्बा' को भी सैंड्रा पसन्द करती है। मोनिका बताती है कि मिट्टी की ख़ुशबू को बेस ऑयल के संग मिलाकर अलग-अलग सुगन्ध के परफ़्यूम वह तैयार करती है। पर उसके परफ़्यूम की आधारभूत ख़ुशबू है—मिट्टी। इसलिए उसके सिग्नेचर परफ़्यूम का नाम है—'फ्रेग्रंट स्वायल'! मोनिका बताती है कि वर्षा की झड़ी जब शुरू होती है, तो धरती के अलग-अलग हिस्सों की मिट्टी से फ़रक-फ़रक महक उठती है। इसलिए वह परफ़्यूम के लिए गोवा के विभिन्न हिस्सों से लेकर केरल-कर्नाटक और आसाम तक की सूखी मिट्टी का खेप मँगवाती है। ताँबे के बड़े-बड़े बर्तनों में मिट्टी पकाकर उसकी ख़ुशबू को चम्पा-जूही, गुलाब, वैनिला, खसखस और कदम्ब के आधार तेल के संग मिश्रित कर मोनिका यह ख़ास परफ़्यूम तैयार

कराती है। और यही नहीं, परफ़्यूम के वास्ते वह मिट्टी से तरह-तरह के आकार का डब्बानुमा पात्र तैयार करवाती है। मिट्टी के पात्रों में मोनिका के परफ़्यूम की यह नायाब पैकिंग ज़ाहिर है कि एक अलग आकर्षण रखती है। परफ़्यूम में सिद्धि के लिए लंदन से कन्नौज तक की ख़ाक छानी है मोनिका ने।

मोनिका को मम्मी 'परफ़्यूम क्वीन' बुलाती हैं। मम्मी के लिए मोनिका को भी बहुत दुलार है। वह जब कभी संगोल्डा से पणजी आती है, तो दस मिनट के लिए ही सही, उसके यहाँ आती ही है। संगोल्डा से पणजी की दूरी ज़्यादा नहीं। बमुश्किल 8 किलोमीटर। मोनिका हमेशा उससे कहती है, "सैंड्रा! तुम्हारे यहाँ आकर मुझे अपने घर की खुशबू मिलती है। मुझे यहाँ मम्मी मिलती हैं।" हर बार मम्मी के लिए जो परफ़्यूम वह लाती है, उसे वह बड़े प्यार से मम्मी की नाभि में लगाती है और मुस्कराकर कहती है, "आंटी! यॉर नेवल इज़ द ट्रेजर ऑव फ्रैगरेंस। आपकी नाभि में खुशबुओं का खजाना है। मैं अपने परफ़्यूम इसी खजाने में जमा करती हूँ।" परफ़्यूम लगाकर मम्मी के फैले पेट को दुलार से सहलाकर जब वह मम्मी की नाभि को चूमती है, तो मम्मी निहाल हो कहती हैं, "परफ़्यूम क्वीन! मेरे पेट में भले ही तुम नहीं पली हो लेकिन तुम बेटी हो मेरी। डॉटर्स आर लाइक परफ़्यूम इन लाइफ़...।" परफ़्यूम मोनिका का पहला प्यार है। वह कहती है, "द पावर ऑव स्मेल कैन ट्रांसपोर्ट अस बैक इन टाइम। पीपुल हैव मेमोरीज अटैच्ड टू अ पर्टिक्युलर स्मेल...! सुगन्ध की शक्ति हमें अतीत में ले जा सकती है। लोगों की स्मृति किसी-न-किसी खास सुगन्ध से अवश्य जुड़ी रहती है।" गोरी-चिट्टी, ख़ुशमिज़ाज और छरहरी मोनिका को मम्मी कभी-कभी लाड़ से कहती हैं, "तुम अपने खाने-पीने का खयाल ठीक से रखा करो। मेरी तरह लाचार मोटा तो ईश्वर किसी को न बनाए लेकिन बहुत दुबला भी होना ठीक नहीं मोनिका।"

"आपको होश है कि आप मोनिका से क्या कह रही हैं मम्मी?" सैंड्रा खीज को रोक नहीं पाती।

"बिलकुल होश है सैंड्रा! पर तुम्हारे पापा कहते थे कि जान से फ़ाज़िल दुबला होना भी कहीं से ठीक नहीं।"

"ठीक है आंटी! मैं अपनी खुराक थोड़ा बढ़ाती हूँ।" मोनिका ऐसी जिरह में बात को कुछ यों समेटती है। और ऐसी बहसों में सैंड्रा अन्ततः चुप रह जाना ही ठीक समझती है।

मम्मी के पास मोटापे की अपनी जो भी आनुवंशिक विरासत थी लेकिन उन्हें आज इस हालत में पहुँचाने के लिए पापा भी कम ज़िम्मेदार नहीं। मम्मी के वज़न को कम कराने के उपायों के बजाय पापा हमेशा इसी कोशिश में रहे कि मम्मी मोटापे की अपनी कुंठा से उबर जाएँ। वे बराबर कहते रहे, "फैट और थिन... फ़ॉण्ड ऑव माइ क्वीन...! वज़न, देखने वालों की आँखों में नहीं, उनकी सोच की परतों में होता है। तुम मुझे अच्छी लगती हो, तुम्हें दुनिया से क्या मतलब है मिनि? लोग नहीं समझते कि ओबीसिटी...मोटापा एक ऑल्टर्नेटिव स्टैंडर्ड ऑव ब्यूटी है...

एक वैकल्पिक सौन्दर्य का मानक...मिनि! बेशक, चर्बी से शरीर फैल जाता है। पर चर्बी में वजन अधिक नहीं होता। वहीं, शरीर की हड्डियों और मांसपेशियों का फैलाव भले ज्यादा न दिखे पर उनका वजन चर्बी से कहीं ज्यादा होता है। इसलिए मिनि, चर्बी कम करने की कवायद में अगर मांसपेशियों और हड्डियों का नुकसान हो जाए, तो भारी मुश्किल होती है। 'लीन बॉडी वेट' की क्षति होने पर उसकी भरपाई असम्भव है। ऐसा होने पर आप बस मांस की गठरी भर रह जाते हैं। दैट्स व्हाई माय लव...माइ डियरेस्ट मिनि...जैसी हो, वैसी रहना।" इस तरह 'रॉड्रिक्स गोल्डेन ओवन' बेकरी की एक से एक मलाई और बटर से भरपूर मधुर सामग्रियों ने मम्मी की वज़न-वृद्धि में सक्रिय भूमिका निभाई। पापा के दुलार का मतलब था वसायुक्त और कार्बोजयुक्त खाने की बौछार। जबकि डॉ. डिक्रास्टो हमेशा से कहते रहे हैं कि पुरुषों में वसा यानी चर्बी 20 प्रतिशत से कम और औरतों में 25 प्रतिशत से कम होनी चाहिए। पर जिस घर का निचला तल्ला केक, पेस्ट्री और कुकी की ख़ुशबुओं से हमेशा तर रहता हो, उस घर की मालकिन अगर अपनी जीभ पर क़ाबू न करे, तो उसका शरीर वसा का भंडार बन ही जाएगा। केक, पेस्ट्री और कुकी की झड़ी के संग-संग पापा हमेशा मम्मी के पसन्दीदा सूखे प्रॉन किश्मुर से लेकर बेक्ड चिकेन की बौछार किए रहते थे। पापा जानते थे कि मम्मी को 'बेबिंका डिजर्ट' बहुत पसन्द है, तो वे ख़ासतौर से बेकरी में 'बेबिंका डिजर्ट' बनवाते ही थे। यह भारतीय पुर्तगाली मिठाई उर्फ़ पुडिंग गोवा में 'मिठाइयों की रानी' के नाम से मशहूर है। बेबिंका दरअसल केक नहीं, बल्कि सोलह परतोंवाला एक मस्त पुडिंग है। इसका स्वाद हल्की जली चीनीवाले पेड़े या उत्तराखंड के 'बाल मिठाई' की तरह है। एकदम 'कैरमेल कस्टर्ड' जैसा स्वादिष्ट। मम्मी को रोज़ बेबिंका चाहिए ही था। और पापा बेबिंका बनवाने के लिए मुस्तैद रहते थे। पापा के इस दुलार भरे बौछार से बचने की लाख कोशिशों के बावजूद सैंड्रा भी नहीं बच सकी। मम्मी जितनी नहीं, लेकिन वह ख़ुद ही क्या कम है? सैंड्रा को मन ही मन हँसी आती है कि पणजी के अधिकांश बेकरी मालिकों के बीवी-बच्चे पूरे फैले हुए अप्पू...फ़ैट स्लॉब हैं...।

कभी-कभी बिहँसकर ग्राहकों से वह कहती भी है, "बेकरी और रेस्टोरेंटवालों का परिवार अगर मोटा-सोटा न हो, तो समझ लीजिए कि उसकी बेकरी और रेस्टोरेंट के सभी आइटम फ़्लॉप हैं।" मम्मी विकल होकर कहती हैं, "अरे नहीं, वे फ़्लॉप क्यों होंगे? पर हाँ, 'रॉड्रिक्स गोल्डेन ओवन' की सबसे फ़्लॉप आइटम एक मैं तो ज़रूर हूँ। एकदम फ़ेल माल।" मम्मी बेशक बचपन से मोटापे की शिकार रहीं लेकिन बीतते वर्षों के संग वे चर्बियों की परतों में डूबते-डूबते अपने ऊपर अकल्पनीय वज़न ले बैठीं। बचपन से अब तक सैंड्रा ने देखा है कि किस तरह मम्मी के नितंब और पेट पर चर्बी चढ़ती चली गई। ह्वेल सरीखी चर्बी के विशाल झोले-सा लटकता पेट और भारी-भरकम थुलथुले कूल्हे को उठा पाना तो दूर, ख़ुद से करवट तक लेना मम्मी के लिए मुश्किल होता गया। चर्बी की झिल्लियों की परतें जाँघों और कन्धे समेत शरीर के पृष्ठ भाग में बेहिसाब बढ़ती गईं। बाँहों के ऊपरी हिस्से समेत मम्मी

की छाती भी चर्बी का गोदाम बन गई। समय के साथ बहुत भारी हो चुके चेहरे के जबड़ों के नीचे कई गलकम्बल लटक गए। बालों से भरे गलकम्बल!

सैंड्रा को याद है कि शुरू में खाने-पीने का शौक़ मम्मी में बढ़-चढ़कर था और वज़न के मोर्चे पर उन्होंने अपने को पूरा ढीला छोड़ दिया था। पर जब उन्हें उठने-बैठने में बुरी तरह दिक़्क़त होने लगी, तो उन्हें अपने आप पर रोना आने लगा। अच्छे कपड़ों और गाहे-बगाहे कहीं घूमने जाने की शौक़ीन मम्मी ने घर से निकलना बन्द कर दिया। डॉ. डिक्रॉस्टो ने बताया था कि यह डिस्मॉर्फ़ो फ़ोबिया का अवसाद है। जितना ही भारी वज़न, उतनी ही भारी हीन भावना। डिप्रेशन। सैंड्रा को स्मरण है कि कुछ समय की रुलाई के बाद धीरे-धीरे मम्मी ने अपनी परिस्थिति को स्वीकार कर लिया कि उन्हें अब हमेशा ऐसे ही रहना है। कमरे तक सिमट चुकी मम्मी ने खाना-पीना और आराम को अपना आनन्द बना लिया। बिस्तर पर देर तक बैठकर वे टेलिविज़न भी नहीं देख सकतीं। लेटे रहकर उन्हें रेडियो सुनना ज़्यादा भाता है। अगर कोई उन्हें टोक देता है, "क्या आंटी! अब रेडियो कौन सुनता है?" बस मम्मी का भाषण शुरू हो जाता है, "सन् 1954 में जब 'टेक्सास इंस्ट्रुमेंट्स' ने ट्रांजिस्टर पेश किया, मैं उस जमाने से ट्रांजिस्टर सुन रही हूँ। मेरे पापा जब फ़ाइव बैंड फ़िलिप्स रेडियो खरीदकर लाए थे, तो कॉलोनी के सारे लोग हमारे यहाँ उसे देखने आए थे। पुर्तगीज़ जमाने में गोवा के रेडियो स्टेशन 'एमिसोरा डे गोवा' का क्या रुतबा था। यह पूर्वी अफ़्रीका से गल्फ़ स्टेट्स तक सुना जाता था। सियोलिम के एंटोनियो डिसूज़ा 22 वर्षों तक गोवा रेडियो के म्यूज़िक डाइरेक्टर रहे। पुर्तगीज़ सरकार के समय 'कोरिदिन्हो', 'केडिज़ा...जा...जा' सरीखे पुर्तगीज़ गानों की भरमार रहती थी और सन् 1961 में गोवा की आज़ादी के बाद 'एमिसोरा डे गोवा' की जगह 'आकाशवाणी पोंजे' गूँजने लगा। सुबह 7 बजकर तीस मिनट का एक कार्यक्रम मुझे अभी भी याद है, जिसमें कोंकणी भक्ति संगीत बजाते थे। उस ज़माने के मशहूर रेडियो गायकों में अंशु रॉड्रिक्स, क्रूज़ नोरोन्हा, एलान कोस्टा सरीखे जाने कितने नाम थे। आगे चलकर बेब पीटर, ओफ़ेलिया और रिको रॉड आदि कई सिंगर रेडियो पर आए। रविवार को दिन के साढ़े नौ बजे बच्चों का क्या मस्त प्रोग्राम रेडियो पर आता था—'खोल्लर-मोल्लर'। रेडियो सीलोन का भी अपना मजा था। कपड़े धोते, खाना बनाते और कुछ भी करते हुए महिलाएँ भी फुटबाल और क्रिकेट कमेंट्री रेडियो पर मजे से सुनती थीं।" सैंड्रा तब आख़िर में उन्हें 'रेडियो-पुराण' बन्द करने को कहकर चुप करती है। पर वह जानती है कि रेडियो और माउथ ऑर्गन न होता, तो लेटे-लेटे मम्मी और खीजती रहतीं। अवसाद में डूबती रहतीं। माउथ ऑर्गन बजाने का शौक़ मम्मी को हमेशा से रहा है। वे कहती भी रही हैं कि यही एक ऐसा बाजा है जिसे आप पर्स और जेब में लेकर भी चल सकते हैं और अनाड़ी से अनाड़ी आदमी भी इसे बजाकर अपने को म्यूज़िकल जीनियस महसूस कर सकता है। हमेशा संगीत में खोये रहनेवाले अपने पड़ोसी एंटोनियो जवाहरलाल पिमेंटा उर्फ़ नेहरू पिमेंटा को वह 'म्यूज़िक मोनार्क' कहती हैं। नेहरू पिमेंटा का

गाँव सियोलिम है। मम्मी की ननिहाल सियोलिम है। मम्मी और नेहरू पिमेंटा के अनुराग का सूत्र सियोलिम है। जब कभी छठे-छमासे एंटोनियो नेहरू पिमेंटा मम्मी का हालचाल लेने घर आते हैं, तो दोनों के बीच सियोलिम की मीठी यादों से लेकर पुराने और नये दौर के म्यूज़िक पर देर तक सघन आलाप चलता है। इस बातचीत का कोई ओर-छोर नहीं होता। म्यूज़िक पर तो ख़ासकर दोनों झोंककर चर्चा करते हैं। कोंकणी संगीत से लेकर बॉलीवुड की हिन्दी फ़िल्मों के संगीत में गोवा के योगदान तक ही नहीं, यूरोपियन संगीत में भी गोवा की दख़ल तक दोनों की चर्चा बहकती है। हिन्दी फ़िल्मों के गानों के म्यूज़िक एरेंजर गोवा के कैसे-कैसे दिग्गज हो गए, इस पर जब नेहरू पिमेंटा और मम्मी की यादों का ख़ज़ाना खुलता है, तो वह सुनते ही बनता है। नेहरू पिमेंटा जब म्यूज़िक एरेंजरों में ए.बी. अलबुकर्क, राम सिंह और पीटर डोरेडो के बारे में बात शुरू करते हैं, तो लगता है कि ये तीनों, जो एक ज़माने में 'ए.आर.पी. पार्टी' के नाम से बॉलीवुड में मशहूर थे और फौज के बैंड से आए थे, बस कुछ ही देर में मम्मी के कमरे में पहुँचनेवाले हैं। इस चर्चा में गोवा के अनेक नामी म्यूज़िक एरेंजरों यानी एंथनी गोन्साल्वेस, चिक चॉकलेट, सेबेस्टिअन डिसूज़ा, जॉनी गोम्स, फ्रैंक फ़र्नांडीज, रॉबर्ट, चिक कोरिया, मार्टिन पिंटो, सी. फ्रांको, आर्थर परेरा, अलबर्ट डिकोस्टा और क्रिस पेरी की कहानी एक-एक कर आती है कि कितने संघर्षों के बाद इन्हें क़ामयाबी मिली। नेहरू पिमेंटा निष्कर्षत: कहते हैं कि बॉलीवुड की फ़िल्मों के हिन्दी गानों में म्यूज़िक एरेंजर के तौर पर गोवा के इन म्यूज़िशियनों का दबदबा इसलिए बढ़ा क्योंकि संगीत की मस्ती इन गोअन म्यूज़िशियनों ने अनेक 'डांस बैंड' से पाई थी। ये 'डांस बैंड' ज़्यादातर होटलों के होते थे। बकौल नेहरू पिमेंटा, "गोवा के इन म्यूज़िशियनों को भारतीय शास्त्रीय संगीत का भले इल्म नहीं था लेकिन वायलिन, ट्रम्पेट और बास इंस्ट्रुमेंट बजाने में इन्हें गजब की सिद्धि थी। गोवा के कई 'ड्रमर' भी अनूठे हुए। भारतीय क्लासिकल धुनों में इन गोअन संगीतकारों ने पश्चिमी वाद्ययंत्रों की ध्वनियों को घोलकर संगीत को एक नई दिशा दी। पुर्तगाली शासनकाल में एकमात्र चर्च ही गोवा के संगीत का केन्द्र हुआ करता था। चर्च-म्यूज़िक से गोवा के म्यूज़िशियन बहुत प्रभावित थे। इसलिए संगीत के इनके नोटेशंस भी पूरे दुरुस्त होते थे। ये गोअन म्यूज़िशियन बॉलीवुड में पूरे ऑर्केस्ट्रा के लिए नोटेशंस लिखकर देते थे।" पर हर बातचीत में मम्मी नहले पर कुछ दहला जमाए बग़ैर नहीं मानती हैं। गोवा के म्यूज़िक कम्पोज़रों की बात छिड़ने पर वे एंथनी गोंसाल्वेस की कहानी पर ज़रूर आती हैं। वे शुरू ही इस बात से करती हैं कि इस महान म्यूज़िक अरेंजर की कितनी गहरी निकटता उनके पति यानी सैंड्रा के पापा सेबेस्टिअन रॉड्रिक्स से रही थी। वह विस्तार से बताती हैं कि कैसे गोवा के मजोर्दा बस्ती के निवासी एंथनी गोंसाल्वेस के सम्मान में बॉलीवुड की मशहूर संगीतकार जोड़ी लक्ष्मीकान्त-प्यारेलाल के प्यारेलाल ने फ़िल्म 'अमर अकबर एंथनी' का सबके होंठों पर बस जानेवाला यह गाना 'माइ नेम इज़ एंथनी गोंसाल्वेस...मैं दुनिया में अकेला हूँ...' बनाया था। इसकी वजह थी कि प्यारेलाल

और आर. डी. बर्मन को वायलिन की दीक्षा एंथनी गोंसाल्वेस ने ही दी थी। मम्मी की दास्तान अपने मुख्य बिन्दु पर यों पहुँचती है कि "एंथनी गोंसाल्वेस बॉलीवुड में सबसे पहले दिग्गज संगीतकार नौशाद के संग जुड़े। फिर तो 'महल', 'पहली नज़र' और 'ढोलक' सरीखी न जाने कितनी हिट फ़िल्मों के लिए उन्होंने म्यूज़िक अरेंज किया। सन् 1943 में बम्बई गए एंथनी गोंसाल्वेस आख़िरकार सन् 1965 में बम्बई को हमेशा के लिए छोड़ अमेरिका चले गए। वहाँ भी उन्होंने एक से एक म्यूज़िक दिया। पर वहाँ भी ज्यादा दिन उनका दिल नहीं लगा। तब वे गोवा के मजोर्दा गाँव के अपने पुश्तैनी घर में स्थायी तौर पर रहने चले आए। यहाँ उन्होंने कई यादगार म्यूज़िक कम्पोज़ किए। जनवरी, 2012 में 85 वर्ष की उम्र में उनकी मृत्यु हो गई।" एक पल थमकर मम्मी यह कहना नहीं भूलती हैं कि "सैंड्रा के पापा से वे बहुत बड़े थे लेकिन पता नहीं क्या था कि सैंड्रा के पापा के लिए उन्हें बहुत स्नेह था। सैंड्रा के पापा भी उन्हें पिता जैसा मान देते थे। अगर दस दिन बीत जाए और एंथनी गोंसाल्वेस घूमते-घामते मजोर्दा से पणजी नहीं पहुँचे, तो केक-पेस्ट्री समेत उनकी पसन्दीदा चीजें लेकर सैंड्रा के पापा मजोर्दा पहुँच जाते थे।"

"कुछ ऐसी ही कहानी गोवा के जोजफ़ एंथनी लोबो उर्फ टोनी लोबो की है म'डाम।" नेहरू पिमेंटा एक नई कथा शुरू करते हैं, "टोनी लोबो ने राजे-रजवाड़ों के स्टेट राजस्थान में अपने म्यूज़िक का झंडा लहरा रखा है। जयपुर में उनसे एक-दो बार मेरी मुलाकात भी है। लोगों को यह जानकर अचरज हो सकता है कि गोवा के कालांगुटे के रहनेवाले टोनी भला राजस्थान कैसे पहुँच गए! दरअसल, टोनी के फ़ादर वेलेंटाइन लोबो सन् 1940 के आसपास लगभग एक सौ से अधिक गोअंस के संग रेलवे की नौकरी करने अजमेर आए। वेलेंटाइन लोबो की पत्नी फ़ेलिसिया आपके मापुसा के पास पारा की रहनेवाली थीं। टोनी लोबो का जन्म सन् 1954 में अजमेर में हुआ। पर राजस्थान में जन्म और पलने-बढ़ने के बावजूद वे मिज़ाज से हमेशा पक्के गोअन हैं। इसकी वजह यह हुई कि टोनी लोबो के फ़ादर ने टोनी का दाखिला राजस्थान के किसी स्कूल में नहीं कराकर उत्तरी गोवा के गुरिम स्थित 'सेंट एंथनी'ज हाईस्कूल' में करवा दिया था ताकि गोवा के कल्चर से उनका बेटा बचपन से वाकिफ हो। गुरिम के इस स्कूल को मैंने देखा है म'डाम। गुरिम की पहाड़ी पर बसे इस स्कूल के चारों तरफ़ धान के खेत ही खेत हैं। इस सुन्दर-से बोर्डिंग स्कूल में रहकर टोनी लोबो की नसों में गोवा अच्छी तरह भीग गया। गोवा में स्कूल की पढ़ाई करते हुए जाहिर है कि टोनी का वेस्टर्न म्यूज़िक में इंट्रेस्ट हुआ। बड़े होकर उन्होंने अपने बचपन के कुछ दोस्तों—गैब्रियेल विलफ्रेड, रोल्डाओ और डगलस के संग मिलकर सन् 1970 में 'एक्स-फ़ोर' नाम से एक म्यूज़िक-बैंड बनाया। टोनी लोबो इस बैंड के 'मेन सिंगर' थे। सन् 1971 में जब इस बैंड ने 'ऑल इंडिया रेडियो' के लिए 'येलो रिवर' गाना गया, तो इस बैंड की धूम मच गई। सन् 1972 में कलंगुटे में आयोजित 'शिमला बीट कंटेस्ट' में भी टोनी ने अपने बैंड 'एक्स-फ़ोर' के साथ शिरकत की और इस बैंड की शोहरत को रफ्तार मिल गई।

पर अपने फ़ादर के बुलावे पर टोनी लोबो सन् 1981 में जयपुर चले गए और वहाँ परमानेंटली रहने लगे। जयपुर से उनके म्यूज़िक की शोहरत देश-दुनिया में फैलने लगी। उसके बाद तो उन्हें लंदन से लेकर रोम समेत अनेक देशों से शो के आमंत्रणों की झड़ी-सी लग गई। राजस्थान के पाँच सितारा होटलों के लिए तो टोनी लोबो स्थायी म्यूज़िशियन हैं। आर्मी के समारोहों में भी वे राजस्थान में कई शो कर चुके हैं। म'डाम! आइ एम रिअली प्राउड ऑव हिम।" नेहरू पिमेंटा आमतौर से अपनी ऐसी कथाओं का उपसंहार बड़े मुग्ध भाव से करते हैं। मिनि रॉड्रिक्स भी उनकी ऐसी कहानियों पर सराहना का मंद हुंकार भरती हैं। पर उनकी बातों का समापन यहीं नहीं होता। दोनों की बातचीत के अन्त में माउथ ऑर्गन पर चर्चा अनिवार्य-सी है। नेहरू पिमेंटा को मालूम है कि माउथ ऑर्गन की तरंग पर ही मिनि रॉड्रिक्स को छोड़कर उठना सही है। 'माउथ ऑर्गन अध्याय' का लब्बोलुबाब यह होता है कि इंग्लैंड, अमेरिका, फ्रांस, स्पेन, हॉलेंड, जर्मनी, आयरलैंड, उत्तरी अफ्रीका और स्विट्ज़रलैंड आदि देशों में लोकप्रिय यह नन्हा-मुन्ना वाद्य एक ग़रीबनवाज़ वाद्ययंत्र है। जिनको विधिवत संगीत का स्वर ज्ञान नहीं भी है, वे भी इसे बजाना सीख जाते हैं। स्वर-व्यवस्था पर आधारित यह प्यारा मुँह लगा बाजा बरबस होंठों पर बचपन ला देता है। एंटोनियो नेहरू पिमेंटा से मम्मी अपने बचपन को याद करते हुए बड़े अनुराग से बताती हैं कि छुटपन में वे दस छिद्रोंवाला माउथ ऑर्गन बजाती थीं। अब तो ख़ैर उन्हें बीस छिद्रोंवाले माउथ ऑर्गन पर महारत हासिल है। एंटोनियो नेहरू पिमेंटा अपनी धीर-गम्भीर भंगिमा में मुस्कराकर मम्मी से कहते हैं, "माउथ ऑर्गन में बटन के संचालन में ही पूरा जादू छिपा है। बटन को जल्दी-जल्दी दबाने और छोड़ने की साधना में ही माउथ ऑर्गन का करिश्मा है। साथ-साथ यह भी ध्यान रखना होता है कि किन छिद्रों को जीभ से हल्के-से दबाना है और किन्हें खुला रखना है...। म'डाम...आपकी इन सब पर गजब की पकड़ है।"

"आपके पियानो के संग मम्मी के माउथ ऑर्गन की क्या प्यारी जुगलबन्दी चलती है।" सैंड्रा मुस्करा देती है।

"हाँ, म'डाम जब माउथ ऑर्गन पर आप अपने पसन्दीदा संगीत...'बेबी एलिफ़ेंट वॉक' छेड़ती हैं, तो मैं पियानो रोककर उसे सुनने लगता हूँ। साठ के दशक में इस अद्भुत जादू-धुन के लिए हेनरी मैनसिनी, को 'ग्रैमि अवार्ड' मिला था। मडाम! यू आर अमेंजिंग! माउथ ऑर्गन पर उस धुन को डिट्टो उतार देती हैं आप!" एंटोनियो नेहरू पिमेंटा सराहना भरी गम्भीर भंगिमा में मम्मी से कहते हैं।

"बट सी मी एंटोनियो! हाउ मिज़रब्ल आइ ऐम...। आइ विश कि एवरीथिंग वाज ऐज ईजि ऐज गेटिंग फ़ैट। इस हाल में मेरे लिए सब कुछ मुश्किल है। दुनिया में विशालतम कूल्हेवाली औरत के नाम से मशहूर मिकेल रफ़ीनेली का कूल्हा तो 97 इंच का है, मेरा तो उससे भी ज़्यादा है, 98 इंच का। लगभग नौ फ़ीट का मेरा कूल्हा किसी संगीत समारोह के ग्रैंड पियानो जैसा है।" मम्मी के आँसू शुरू हो जाते हैं। मम्मी पर सैंड्रा को लाड़ भी आता है, दया भी आती है। कभी-कभी सैंड्रा को

लगता है कि बेकरी और पापा को वह मम्मी की इस हालत के लिए बिला वजह दोषी मानती है। भला रोजू मौसी के घर में कौन-सी बेकरी है, जो मम्मी से छोटी होकर भी मम्मी से ज़्यादा वज़न से दबी हुई हैं। भारी वज़न और घुटनों में सूजन के कारण वे बिस्तर से उठाकर खड़ी तक नहीं की जा सकतीं। ऑर्थोपेडिक यानी हड्डी के डॉक्टर ने बताया है कि उनके जाँघों और पिंडली की हड्डी की जोड़ के बीच का अन्तर बहुत कम हो गया है। दरअसल, दोनों हड्डियों के बीच का कार्टिलेज़, जो कुशन का काम करता है, वह पूरी तरह घिस चुका है। नतीजतन, दोनों हड्डियाँ जब आपस में रगड़ खाती हैं, तो दर्द से पागल करने लगती हैं। यह समस्या मम्मी के संग भी है लेकिन रोजू मौसी की तरह नहीं। इस तकलीफ़ से उबरने का एक ही रास्ता है 'नी-रिप्लेसमेंट'। पर रोजू मौसी या मम्मी का जो वज़न है, उसमें यह सम्भव नहीं। मम्मी की जो हालत है, उसमें उन्हें छोड़कर कहीं निकल पाना उसके लिए मुश्किल है। सल्वादोर दो मुंदो पणजी से मुश्किल से घंटे-सवा घंटे की दूरी पर है लेकिन रोजू मौसी को देखने वह कितने दिनों से नहीं जा पाई है। उसकी दोस्त रीना फ़र्नांडीस, जो सल्वादोर दो मुंदो पंचायत की उपसरपंच के संग-संग पणजी में वकालत करती है, के ज़रिये वह अक्सर रोजू मौसी के लिए कुछ न कुछ भिजवाती रहती है। कभी रीना जब उससे मिलने आती है, तो मम्मी को रोजू मौसी की हृदयविदारक स्थिति का ब्यौरा देती है। करवट लेना भी, रोजू मौसी के लिए अब सम्भव नहीं। मौसी को जब कभी वह फ़ोन करती है, तो मौसी बस सिसकती हैं।

रोजू मौसी का इकलौता बेटा टिंटू भी अपनी माँ की हालत से खिन्न रहता है। वाक़ई वज़न का कोई ठोस-पक्का कारण नहीं। वह जानती है कि हाइपोथाइराइड और पी. सी. ओ.डी. सरीखे भयानक शब्दों से उसका इस जन्म में पीछा नहीं छूटने वाला। पिछले साल मम्मी की पूरी मेडिकल फ़ाइल लेकर सैंड्रा मुम्बई गई थी और मम्मी के आमाशय यानी मेदे की शल्यक्रिया यानी गैस्ट्रिक बैंड सर्जरी की बात वहाँ इसके विशेषज्ञ सर्जन डॉ. मुज़फ़्फ़र लकड़ावाला से की थी। पर अन्ततः अत्यधिक वज़न के कारण वह सम्भव नहीं हो पाया। डॉ. लकड़ावाला ने सारी फ़ाइल देखने के बाद बड़े अफ़सोस से कहा था कि "इनकी जो हालत है, उसमें सर्जरी के लिए इनको छूना, इनकी जिन्दगी से खेलना होगा।" अत्यधिक वज़न के कारण मम्मी की नसें भी धीरे-धीरे सुन्न होती जा रही हैं। बम्बई की उसी यात्रा में वह नसों के एक नामी-गिरामी डॉक्टर और एक रग हकीम से भी मिली। पर दोनों ने मम्मी की मेडिकल फ़ाइल को देखकर कहा—अब इनका कुछ नहीं हो सकता। सैंड्रा सोचती है, मम्मी के लिए पापा थे और आज वह ख़ुद है। पर उसके लिए? सैंड्रा को लगता है, वह चर्बी के अथाह दलदल में धँसती जा रही है। जीवन में किसी भी चीज़ की बहुत अधिकता अन्ततः एक कुरूपता और डर है।

पापा के लिए मम्मी उनकी आख़िरी साँस तक प्यार थीं। सैंड्रा के लिए वह एक डर हैं। डॉक्टर डिक्रॉस्टो के लिए खीज और अफ़सोस। जब मम्मी 200 किलोग्राम

को पार कर रही थीं, तब भी पापा के लिए वह दुनिया की सबसे सुन्दर स्त्री थीं। सैंड्रा को याद है, मम्मी को नहलाते, कपड़े पहनाते, बाल सँवारते और खिलाते हुए पापा यह कहना किसी भी दिन नहीं चूकते थे, "सैंड्रा! यॉर मॉम इज़ टेरिफ़िक! बहुत प्यारी है तुम्हारी मॉम। जब मैंने इससे शादी की थी, तो जिस बात ने मुझे सबसे ज्यादा आकर्षित किया था, वह था इसका सुन्दर-सा, मासूम चेहरा। इसका बड़ा-सा कोमल पेट तो बोनस था। इट इज़ अ सिंगल ह्यूज़ बेली...। ज्यादा वजन वाली स्त्रियों का पेट डबल लेयर...टू टिअर का होता है। पर तुम्हारी मॉम का पेट बगैर दाग व धारी का प्यारा सुन्दर घड़ा है।" फिर मम्मी का पेट थपथपा कर पापा उसे चूम लेते थे और मम्मी की आँखें भर आती थीं। सत्तर के दशक की एक शाम अपनी शादी के पहले पापा ने ऐसी ही एक प्यारी-सी बात के संग 'प्रपोज़' किया था और तब घने सुनहरे बालों वाली भारी क़द-बुत की बिन्दास लड़की मिनि पेरेरा को हैरान कर दिया था। वह पापा और मम्मी की अद्‌भुत प्रेम-कथा है। मम्मी आज भी कहती हैं कि "अगर मुझे एलजाइमर हो जाए, तो भी उस दिन को मैं नहीं भूल सकती जब लम्बे-छरहरे कद-बुतवाले तुम्हारे पापा को पहली बार मैंने देखा था सैंड्रा! पनामा हैट में वे अमेरिकी सुपर स्टार ग्रेगरी पेक से कम नहीं लग रहे थे।" मम्मी सन् 1973 के शुरू फरवरी के दिनों को याद करती हैं कि कैसे 'कार्निवल' के समय लगातार चार दिनों तक अपनी एक दोस्त मेरी उर्फ़ मारिया विक्टर की गाड़ी पर वे मापुसा से पणजी आती रही थीं। सारा दिन पणजी में घूमते-टहलते और कार्निवल का आनन्द लेते शाम हो जाती। फिर शाम को अपनी दोस्त के संग वे मापुसा लौट आतीं। दरअसल, उनकी दोस्त मेरी विक्टर ने ही उस साल यह योजना बनाई थी कि पणजी का कार्निवल देखने वे सब चारों दिन जाएँगी। पणजी में दूसरे ही दिन मेरी ने कहा—'मिनि! तुमने कभी पणजी के 'रॉड्रिक्स गोल्डेन ओवन' का केक खाया है। आइ थिंक...बेस्ट केक इन गोवा।' और वहीं मुलाक़ात हुई थी सेबेस्टिअन से। हरेक शाम 'रॉड्रिक्स गोल्डेन ओवन' से केक ख़रीदकर ही मेरी मापुसा लौटती थी। ख़ुशमिज़ाज सेबेस्टिअन भी उन सबका जैसे इन्तज़ार ही करते लगते थे।

"आर यू मैरिड?" एक शाम अचानक सेबेस्टिअन रॉड्रिक्स ने मिनि से पूछ दिया था।

"आर यू गोइंग टू प्रपोज़ मी?" बचपन से मुँहफट रही मिनि ने छूटते हुए कहा था।

"व्हाइ नॉट? जिसने की शरम, उसके फूटे करम!" सेबेस्टिअन ने उसी मज़ाक़िया लहज़े में कहा।

"लुक मैन! अब तक मेरे से शादी के वास्ते पन्द्रह लड़के मुझे देखने आए और मेरे मोटापे की वजह से मुझे सबने रिजेक्ट कर दिया।" मिनि ने खिलखिलाते हुए मस्ती से कहा था, "बाकी तुम जानो मैन! मैं जानती हूँ कि शादी के तुरन्त बाद डाइवोर्स का मामला शुरू होगा। मैं इसमें नहीं पड़नेवाली।"

"ये पागल है।" साथ मौजूद मिनि की दोस्त मेरी विक्टर ने हँसते हुए मिनि की पीठ पर धौल जमाते हुए कहा था।

"यह लव ऐट फ़र्स्ट साइट है! आइ मीन इट। आपकी दोस्त की साफ़गोई बहुत खूबसूरत है। अगर मैं किसी 'ब्यूटी क्वीन' से शादी कर लूँ और बाद में वह मेरे साथ दगा करे, ऐसी बीवी लेकर मैं क्या करूँगा?" सेबेस्टिअन रॉड्रिक्स ने मुस्कराते हुए मेरी विक्टर से कहा, "मेरे पैरेंट्स दुनिया में नहीं हैं। इसलिए मुझे अपनी शादी खुद तय करनी है।"

"ओह माइ गॉड!" मेरी ने चौंकते हुए फिर दुखी होकर कहा था, "वेरी सैड रिअली...। कब गुजरे आपके पापा-मम्मी?"

"मेरे पापा मि. पेड्रो एंटोनिओ जोस क्लॉडिओ एसबेल्टॉस रॉड्रिक्स गोवा मुक्ति आन्दोलन के दौरान सन् 1956 में पुर्तगालियों की गोली से शहीद हुए। तब मैं सिर्फ सोलह साल का था। पापा के गुज़रने के बाद मम्मी ने अपनी बेकरी 'रॉड्रिक्स गोल्डेन ओवन' का मोर्चा थामा। मैं उनकी मदद में जुटा रहता था। कई वर्षों तक हम माँ-बेटे मुश्किल में रहे। फिर वर्ष 1965 में मम्मी भी चल बसीं। और मेरी दुनिया पूरी तरह अँधेरी हो गई। उस समय मेरी उम्र 25 साल थी।" सेबेस्टिअन रॉड्रिक्स ने गहरी साँस लेते हुए कहा था।

"आपकी मम्मी ने क्या कभी आपकी शादी के लिए कहीं बात नहीं चलाई थी?" मेरी ने बहुत अफ़सोस से पूछा था।

"मेरी शादी के लिए वह बहुत बेचैन थीं। मेरी मम्मी मिसेज़ कैटिना डे रॉड्रिक्स दमन की थीं। मोटी दमन यानी बड़े दमन की। आपको शायद पता हो कि गंगा नदी ने दमन को दो हिस्से में बाँट रखा है—एक नानी दमन यानी छोटा दमन और दूसरा मोटी दमन यानी बड़ा दमन। मोटी दमन ही दमन का सबसे पुराना नगर है। पुर्तगालियों ने मोटी दमन में एक बहुत बड़ा-सा फ़ोर्ट बनवाया था। आज भी दमन के ज़्यादातर सरकारी दफ़्तर इसी फ़ोर्ट के अन्दर हैं। मोटी दमन के एक सरकारी अधिकारी अपनी बेटी से मेरी शादी के लिए मम्मी से कई बार मिले। लड़की मम्मी को अच्छी लगी थी। पर पता नहीं क्यों, मम्मी के लाख कहने के बावजूद मैं शादी के लिए कभी तैयार नहीं हुआ। मम्मी इस तकलीफ के साथ ही दुनिया से गईं, जिसका अफ़सोस मुझे आज तक है मेरी। अब सोचता हूँ सचमुच अकेले रहकर ज़िन्दगी मुश्किल हो जाती।"

"उम्र बढ़ने के साथ-साथ अकेलापन लगातार बढ़ता ही महसूस होता है।" मेरी विक्टर ने ठंडी आहें भरते हुए कहा था।

"इसलिए तुम्हारी दोस्त को मैं सीरियसली प्रपोज़ कर रहा हूँ।" सेबेस्टिअन रॉड्रिक्स ने गम्भीर स्वर में कहा।

"आर यू रिअली सीरियस?" मिनि अपनी दोस्त के कुछ कहने के पहले बोल पड़ी थी, "ओ मैड मैन! मोटे लोगों के चक्कर में तुम कहाँ फँसोगे! मेरी मम्मी भी इतनी मोटी हैं कि वे एक हाथ से बस उठा ले सकती हैं।" मिनि को भी उस शाम पता नहीं क्या भूत चढ़ गया था। वे पूरे रौ में खुलकर अपने ख़िलाफ़ बोले जा रहा थीं।

"तुमने सुना नहीं कि मेरी मम्मी मोटी दमन की थीं।" सेबेस्टिअन ने बिहँसते हुए कहा था।

"अच्छा, तो इसलिए तुम्हें मोटी वुमन चाहिए!" मिनि को भी हँसी छूट गई थी।

"बेशक मुझे मोटी, दिलेर और ताकतवर लड़की से शादी बनानी है।"

"फिर ठीक है, तो देरी किस बात की। आप जल्दी मापुसा आकर मिनि के पैरेंट्स से मिल लें।" मेरी विक्टर ने हस्तक्षेप करते हुए निर्णायक स्वर में कहा था। सेबेस्टिअन ने मेरी विक्टर से मिनि के घर का पूरा पता लिया था और कार्निवल ख़त्म होते ही एक दिन मापुसा पहुँचकर मिनि के माता-पिता से मिले थे।

उस प्रसंग को पापा बहुत रस लेकर सुनाया करते थे। पापा मुस्कराकर कहते थे, "टू आस्क फ़ॉर अ वुमंस हैंड...इज़ लाइक बाइंग अ हॉर्स...! एक स्त्री का हाथ माँगना घोड़ा खरीदने जैसा होता है।" सैंड्रा जानती है कि उसके जीवन में शायद ही पापा जैसा बड़े दिलवाला कोई पुरुष आएगा और कहेगा, "सैंड्रा! यू आर टेरिफ़िक! बहुत प्यारी हो तुम...। आइ नीड यू इन माइ लाइफ़।" पहले वह कभी-कभी सोचती थी कि उसके जीवन में कोई ऐसा आता, जो एक संग उसे छोटी-सी लड़की और एक औरत की तरह प्यार करता। भिगो देता उसे प्यार भरी कामना से। पर अब तो वह 39 साल की हो गई है। अगले साल 15 जनवरी को वह चालीसवें साल में प्रवेश कर जाएगी। वर्ष 1977 का उसका जन्म है। पापा कहते थे कि वह साल देश के लिए भारी उथल-पुथल का था। देश की ताक़तवर प्रधानमंत्री इंदिरा गांधी की सत्ता उसी बरस चली गई थी। पापा कहते थे, "और उसी बरस तुम दुनिया में आई। जो जीवन बिना आँधी-तूफान और बगैर उथल-पुथल के आया, वह क्या जीवन!" पापा उसके जन्म दिन को बड़े अनुराग से मनाते थे। पिछले कुछ वर्षों से पापा ने इस अनुराग में एक राग और जोड़ दिया था। वे कहते थे, "सैंड्रा! 15 जनवरी, 1977 को दुनिया में दो प्यारी लड़कियाँ आईं। एक मेरी प्यारी बेटी और दूसरी रोमानिया की नामचीन लीडर डासनिया सर्बु। वह यूरोपियन पार्लियामेंट की मेम्बर है। डासनिया ने रोमानिया के प्रधानमंत्री रहे विक्टर पोंटा से शादी की।" फिर एक निमिष रुककर पापा कहते थे, "पीपुल बॉर्न ऑन फ़िफ़्टींथ ऑव जनवरी आर स्टबनर, येट रिलाइअबल। दे आर नोन फ़ॉर देअर रिअलिस्टिक अप्रोच टुवर्ड्स लाइफ़।"

"पापा! आप जो कह रहे हैं, क्या वह आप खुद सुन पा रहे हैं। यूरोपियन पार्लियामेंट की मेम्बर से आप मेरी तुलना कर रहे हैं, जिसका हस्बैंड रोमानिया का प्राइम-मिनिस्टर रहा है। ओह पापा।"

"सैंड्रा! मैं कोई कम्पेअर नहीं कर रहा हूँ। गॉड अपने हिसाब से सबको लकी बनाते हैं। जो तुम हो, वह डासनिया सर्बु नहीं है। तुम, तुम हो। वह, वह है। सारी बातों के ऊपर है 'लकी माइंडसेट' रखना। इससे तुम हमेशा खुश रहोगी। और यह खुशी तुम्हें भाग्यशाली बनाएगी। सैंड्रा! फ़ेथ इज़ होप। मेरी बात याद रखना।"

'लकी माइंडसेट'...!! पापा की इस बात को याद कर उसके होंठ उदासी से सूखने लगते हैं। लकी माइंडसेट में वह आज तक नहीं आ सकी है। अब तो उसे लगता है कि उसके मन में रात के गहन अन्धकार से भी अधिक डर लगातार बढ़ता जा रहा है। आनेवाले कुछ वर्षों में वह बूढ़ी दिखने लगेगी। उसके बालों में चाँदी भी छिटकने लगी है। पहले वह अपनी उम्र के सालों को लेकर गम्भीर नहीं थी। पर अब उम्र के सालों को वह गिनने लगी है। हालाँकि, उसके संग एक अद्भुत बात है कि उसके अविवाहित रहने को लेकर कभी कोई क़िस्सा नहीं बना; जबकि ज़्यादा दिनों तक अविवाहित रहनेवाली लड़कियों को लेकर एक से एक विवादास्पद कहानियाँ उड़ती रहती हैं। विशेषकर प्रेम-प्रसंगों को लेकर। पर लोगों को इत्मीनान है कि सैंड्रा जैसी भारी-भरकम लड़की के जीवन में कोई प्रेम-प्रसंग आ ही नहीं सकता। कौन ऐसी लड़की को प्यार करेगा, जिसके शरीर के बेहिसाब वज़न पर उम्र का लबादा भी भारी होता जा रहा हो! उसने मान लिया है कि अब असम्भव है उसके लिए अभिलाषित जीवन! समय को पाँव में बाँधे, बस उसे चलना है। उसके पास समय है, जीवन नहीं। कभी-कभी मम्मी ड्रेसिंग टेबल को खिसकाकर बिस्तर के पास लाने की ज़िद इवान से करती हैं। हफ़्तों की उनकी ज़िद के बाद जब इवान ड्रेसिंग टेबल उनके बिस्तर के पास करती है, तो वे विकल होकर कहती हैं, "सैंड्रा! आइ लुक लाइक अ मॉन्सटर...! देखो मेरी तोंद! पचपच कीचड़ का टीला...! अपनी जाँघ पर इस टीले को सँभालते-समेटते मैं थक गई हूँ। तुम देखना, मैं एक दिन पेट की ही किसी भारी बीमारी से मरूँगी।" अक्सर दस्त से त्रस्त रहने वाली मम्मी की कलप देख सैंड्रा की रूह काँप जाती है।

आइरिश नाटककार और कवि ऑस्कर वाइल्ड की कॉलेज के दिनों में पढ़ी ये पंक्तियाँ उसे आज भी याद हैं, 'ऑल वुमन बिकम लाइक देअर मदर्स...दैट इज देअर...ट्रैजेडी...।' हर स्त्री अन्ततः अपनी माँ जैसी ही हो जाती है और यही उसकी भी त्रसदी है। सैंड्रा के होंठ अनायास विरक्ति से सिकुड़ जाते हैं। वैसे, वह दिल को हमेशा से बताती रही है कि उसकी ज़िन्दगी के कण-कण में बेकरी की मिठास समाई है। बेकरी से बढ़कर उसके लिए कुछ भी नहीं। उसके दादाजी की अनूप विरासत! वह अक्सर ख़ुद को समझाने की कोशिश करती है कि अभी जीवन में जो कुछ भी है, वह न तो उदासी है, न ख़ुशी है। यह एक सामने की सचाई है, जिसके आगे...जिस सच के भविष्य की कल्पना कर पाना या अनुमान लगा पाना कठिन है। भविष्य के लिए भयभीत होने से कोई फ़ायदा नहीं...। क्या भय? कि वह भी मम्मी जैसी ही होती जा रही है? क़द-बुत और स्वभाव—सब कुछ में...?

ऐसा है, तो यही खात-खंदक सही...। बिस्तर पर असहाय लेटी मम्मी पर उसे बहुत लाड़ आता है। मम्मी के बालों को सहलाते हुए वह उनके कपोल को चूम लेती है और उनके विशाल पसरे पेट को दुलार से थपककर कहती है, "मॉम! आइ ऐम स्टिल इन योर वूम...ऐंड दैट्स वाइ इट इज़ सो बिग...सो क्यूट।" हालाँकि, मम्मी को किसी तरह सांत्वना देते हुए वह ड्रेसिंग टेबुल के शीशे में ख़ुद को भी

एक झलक देख लेती है और फिर उस शाम अपनी बेचैनी को झटकने के लिए चुनिंदा दोस्तों के बीच बिहँसकर उद्घोषणा करती है, "आय एम अ ह्यूज बर्ग़र... मुझे जल्दी ही लिपोसक्शन[1] कराना होगा।" सैंड्रा के बिन्दास अन्दाज़ से सुपरिचित उसके दोस्त उसकी असहजता भाँपने में देरी नहीं लगाते और उसे सहज करने के लिए ताबड़तोड़ विशेषणों की झड़ी लगा देते हैं, "तुम्हारा चेहरा इतना प्यारा है और होंठ इतने आमंत्रक कि इसे चूमकर हिटलर भी मुस्करा पड़ता। तुम बर्गर, बोलो, पोइ, पाव, कैंकून, कैट्रेंचो...अनडू...अरे क्या नहीं हो...! क्वीन एलिजाबेथ केक... विक्टोरिया स्पंज केक हो...। इस सबके ऊपर हम सबकी मीठी-प्यारी दोस्त और हमारे स्कूली दिनों के फुटबाल टीम की ख़तरनाक कैप्टन...। जैसी हो वैसी ही रहो।" सैंड्रा को पता है कि उसके बचपन की सभी दोस्त-स्टेला, नोवा, क्लारा और रेमी समेत सबके सब उसे दिल से प्यार करते हैं। कालांगुटे की नोवा अपने पिता मि. रोमेरियो के वज़न को लेकर बिहँसते हुए कहती है, "ऐ सैंड्रा! तुम तो जानती हो, माइ फ़ादर इज़ वेरी ह्यूज। पर मैं उनसे भी कहती हूँ कि पापा, जैसे हो वैसा रहना।"

"अंकल से मेरी तुलना मत करो नोवा! उनकी अब उम्र हुई। जैसे कि मेरी मम्मी की। पर इस एज में मैं फुटबाल-सी हो गई हूँ, यह ठीक नहीं। बोलो कौन शादी बनाएगा मुझसे?" सैंड्रा चुहल के अन्दाज़ में पलक दबाकर हँसती है।

स्कूल के दिनों में सैंड्रा फुटबाल की बहुत आक्रामक खिलाड़ी थी। इसलिए अपने स्कूल के फुटबाल टीम की कैप्टन थी वह। पुर्चगीज़ शासन के दिनों याकि उसके भी कई दशक पहले से फुटबाल गोवा का अव्वल पसन्दीदा खेल था। आज की तारीख़ में ब्रह्मानन्द शंखवालकर और ब्रूनो कॉटिन्हो फुटबाल के क्षेत्र में गोवा के दो बड़े सितारे हैं। दोनों 'अर्जुन अवार्ड' विजेता। गोवा के हर उभरते फुटबाल खिलाड़ी के आदर्श हैं ये दोनों। फुटबाल का नशा पापा को भी था और वे बताते थे कि फुटबाल किंग पेले से उनकी दो-तीन बार मुलाक़ात हुई थी, जब वे अपनी टीम के संग गोवा आए थे। उम्र में पेले पापा से कुछ ही साल बड़े थे। अभी पिछले साल 'अखिल भारतीय फुटबाल महासंघ (ए.आइ.एफ.एफ.)' और 'मणिपुर लिटल एंजेल्स पैराडाइज़' के बीच 'सुब्रतो कप' का फ़ाइनल दिल्ली के अंबेडकर स्टेडियम में था। बतौर मुख्य अतिथि 74 वर्षीय पेले इसमें आए थे, तो सैंड्रा का बहुत जी किया था कि वह दिल्ली जाए और पेले से मिले। ब्राज़ील के इस महान फुटबालर के बहुत-से क़िस्से उसने पापा से सुने थे। बचपन से वह पेले की भारी प्रशंसक रही है। और पेले के साथ-साथ अर्जेन्टीना के धुरंधर फुटबालर डिएगो आर्मेंडो माराडोना की तो वह दीवानी है। माराडोना फुटबाल के बादशाह थे। सन् 2000 में 'फ़ेडरेशन इंटरनेशनल फुटबाल एसोसिएशन (फ़ीफा)' यानी 'फुटबाल अन्तरराष्ट्रीय महासंघ' ने 'प्लेयर ऑव द सेंचुरी' का चयन करने के लिए इंटरनेट पर प्रशंसकों को आमंत्रित किया था। माराडोना इसमें अव्वल आए। पर 'फ़ीफा' वाले पेले को भी दुखी नहीं करना चाहते थे। लिहाज़ा, माराडोना के संग पेले को भी यह पुरस्कार

1. ऐसी शल्यक्रिया, जिसमें वसा को शरीर के ख़ास जगहों से सोखकर हटा दिया जाता है।

दिया जाना तय कर दिया। माराडोना को हालाँकि फुटबाल विशेषज्ञों के इस फ़ैसले से ख़ासी नाराज़गी हुई थी। इसे उन्होंने ज़ाहिर भी किया। टेलिविज़न पर माराडोना को सैंड्रा ने अनेक फुटबाल मैच में देखा है। गेंद की 'ड्रिबलिंग' यानी अपने बाएँ पैर से गेंद को बढ़ाने के क्रम में विपक्षी टीम को छकाते हुए वे किस चपलता से बढ़ते रहे हैं और अन्ततः गोल पोस्ट के पास पहुँच दाएँ पैर से गोल दाग देते हैं कि बस मज़ा आ जाता है। हाफ़-लाइन से भी गोल करने में उनका सानी नहीं रहा है। फुटबाल को बग़ैर ज़मीन पर गिरे देर तक पैरों से जिस तरह उछालते हुए वे 'जगलिंग' करते रहे हैं—वह एक जादू ही है। पर बीते कुछ वर्षों से अपने लगातार बढ़ते वज़न के कारण माराडोना ने पेट की 'स्टेपलिंग' करवाई। वज़न की समस्या के कारण क्योंकि उनके लिए खेलना सम्भव नहीं रहा, इसलिए वे अर्जेन्टीना की राष्ट्रीय फुटबाल टीम के प्रबन्धक बन गए हैं। सैंड्रा को माराडोना के लिए बहुत अफ़सोस लगता है। बहुत बढ़े वज़न ने दुनिया के सबसे बेहतरीन फुटबाल खिलाड़ी को खेल के मैदान से हमेशा के लिए बाहर कर दिया है। वज़न के कारण ही तो वह भी फुटबाल के मैदान से बहुत पहले निकल गई। पर फुटबाल का इश्क ज़िन्दगी में नहीं छूटता है। अमेरिकी फुटबालर टॉम बैडी एक बहुत प्यारी बात कहते हैं कि 'फुटबाल इज़ अनकंडीशनल लव...!' बिना किसी शर्त का प्यार। पापा के फुटबाल प्रेम के कारण ही उसका भी फुटबाल से लगाव हुआ। उसे याद है कि वर्ष 2002 में जब गुरिन्दर चड्ढा द्वारा निर्देशित फ़िल्म 'बेंड इट लाइक बेख़म' पणजी में लगी थी, तो पापा के साथ दो बार जाकर यह फ़िल्म उसने देखी थी। यह रोचक-दिलचस्प फ़िल्म मशहूर ब्रिटिश फुटबालर डेविड रॉबर्ट जोसेफ़ बेख़म के बहाने से लंदन में बसे एक पंजाबी सिख परिवार की 18 वर्षीया लड़की जसमिंदर भामरा उर्फ़ जेस की फुटबाल के प्रति अटूट दीवानगी को लेकर है। बेख़म ने इंग्लैंड की फुटबाल टीम की 59 बार कप्तानी की। अपने 'फ़्री किक गोल' के लिए बेख़म मशहूर रहे हैं। इसी तरह दुनिया भर में भारत के लिए अब तक सौ से ज़्यादा शानदार फुटबाल मैच खेल चुके 'कैप्टन फ़ेनटैस्टिक' के नाम से ख्यात भारतीय फुटबाल टीम के कैप्टन सुनील क्षेत्री की भी वह दीवानी है। अपनी दोस्तों से हँसी-हँसी में वह कहती भी है कि "गॉड अगर मुझे कभी पूछते कि तुम्हारा हस्बैंड किसको फ़ाइनल कर दूँ, तो मैं कहती—सुनील क्षेत्री! सुनील क्षेत्री!! हालाँकि, उम्र में वह मुझसे थोड़ा छोटा है। पर फुटबाल को क्या चाहिए—एक फुटबालर हस्बैंड।" उसे याद है, पापा के सामने मुस्कराकर मम्मी कहती थीं, "तुम्हारे पापा के पास बेकरी की यह विरासत न रहती, तो ये पेले से क्या कम होते!" फिर एक पल थमकर रहस्योद्घाटन के अन्दाज़ में मम्मी जोड़तीं, "एक समय तुम्हारे पापा हॉलीवुड की मशहूर इटालियन सेक्स सिम्बल ऐक्ट्रेस सोफ़िया लॉरेन पर जान छिड़कते थे। उसकी कोई फ़िल्म ये छोड़ते नहीं थे। मुझे आज भी याद है कि सोफ़िया लॉरेन की मशहूर फ़िल्म 'टू वुमेन' हमने साथ देखी थी। सोफ़िया लॉरेन की खूबसूरती और ऐक्टिंग तो अपनी जगह थी। पर तुम्हारे पापा इसलिए भी सोफ़िया पर फ़िदा रहते थे क्योंकि वह हमेशा

फुटबाल की दीवानी रही। मर्लिन मुनरो बेशक बहुत सुन्दर थीं। ब्रिटिश ऐक्ट्रेस ऑड्रे हेपबर्न का अपना जादू था। पर सोफ़िया अपने आप में एक पूरी आतिशबाजी थी। तुम्हारे पापा को बस फुटबाल-प्रेम के कारण वह अच्छी लगती थी। सोफ़िया लॉरेन के पसन्दीदा फुटबालर थे—पेले।" गोवा की फुटबाल परम्परा पर पापा को बहुत गर्व था। पापा बताते थे कि सन् 1883 में फ़ादर विलियम रॉबर्ट लायंस ने गोवा में फुटबाल खेल की शुरुआत की थी। हालाँकि, लम्बे समय तक फुटबाल खेल में गोवा की कोई पहचान नहीं थी। सन् 1951 में 'वास्को' फुटबाल के लिए बना पहला प्रमुख क्लब था। साठ के दशक में गोवा की आज़ादी के बाद गोवा में इस खेल का रुतबा बढ़ा। गोवा के प्रथम मुख्यमंत्री दयानन्द बांदोडकर ने फुटबाल खेल के ज़रिये ही अपने राजनीतिक संगठन को मज़बूत करने की मुहिम चलाई। अब तो ख़ैर गेंद गोवा की पहचान है। सैंड्रा-दोस्तों से मुस्कराकर कहती है, "बेकरी की विरासत सँभालने के चक्कर में मैं फँस गई। वरना मैं या तो मेरी कॉम की तरह मुक्केबाज बनती या देश की अव्वल फुटबालर बनती। बट नाउ ओनली आइ एम अ लिविंग फुटबाल...एक जीती-जागती गेंद हूँ मैं...।"

"उफ! यू आर अवर फुटबाल चीज़ प्लेट...चॉकलेट-कवर्ड फुटबाल स्ट्रॉबेरीज़...फुटबाल ब्राउनीज़...।" दोस्तों की मस्त बौछार शुरू हो जाती है।

अपनी बेकरी में तैयार होनेवाले इन मीठे लाजवाब ब्रेडों और फुटबाल आकारवाले खाद्य पदार्थों के नामों के मेडल से लदकर अन्ततः सैंड्रा उदासी के हथियार डाल सहज हो खिलखिला उठती है, "ओ. के. ...देन इन्जॉइ दिस हेवि स्पंज केक... ऐंड फुटबाल डेविल्ड एग्स...शैतानी अंडे का मज़ा लो। इन्जॉइ दिस थिन फ़ेस... बिग बेस...।" पर सैंड्रा की तमाम सहजता सामने साइन बोर्ड को देख ठस्स पड़ गई थी। उसने चोर आँखों से ग़ौर किया कि आजू-बाजू के दुकानदारों के होंठों पर भी उसे देखकर एक दबी-दबी मुस्कान थी। घरों की सजावट के लिए परदे और चादर की दुकान 'द ट्रंक' के मालिक जैक डिसिक्वेरा ने तो बाक़ायदे बत्तीसी ही बिखेर दी थी।

अपने कैम्पस से चन्द क़दम पर अर्से से जर्जर पड़ी मिज़ेल फ़र्नांडीस की विशाल झखड़ी ग़ुलाबी रंगवाली भुतहा इमारत में पिछले एक महीने से उसके कोनेवाले एक बड़े-से हिस्से में लगातार जारी जीर्णोद्धार कार्य को आते-जाते वह देखती रही थी। इसी बड़ी इमारत के एक बारीक़ क़तरे के सँकरे हिस्से में 'सुदेश कोल्ड ड्रिंक' नामक एक स्थायी उदास दुकान चलानेवाले सींकिया क़द-काठी के अधेड़ सुदेश मंडरेकर ने एक दिन उसे बताया था कि जल्दी ही औरतों के लिए वज़न घटानेवाला एक अत्याधुनिक हेल्थ सेंटर इसमें खुलने जा रहा है। सुनकर सैंड्रा को बहुत ख़ुशी हुई थी। उसे लगा था कि ज़रूर यह नॉर्बर्ट डिसूज़ा के 'नॉर्बर्ट फ़िटनेस स्टुडियो' का ब्रांच होगा। नॉर्बर्ट को वह बहुत समय से जानती है। बीते पच्चीस वर्षों से वह 'जिमनेजिअम' चला रहा है। अब तो गोवा के विभिन्न हिस्सों में 'नॉर्बर्ट फ़िटनेस स्टुडियो' की शाखाएँ खुल चुकी हैं। वर्ष 2008 में जब नॉर्बर्ट

ने दोना पाउला में अपना ब्रांच खोला था, तो वह डॉली के संग एक बार वहाँ गई थी। नॉर्बर्ट यों बैंक की नौकरी में है, पर वरजिश और फ़िटनेस का उसको जुनून है। यह अच्छा है। एकदम...'वंडर इन थंडर', उसने सोचा था। घर से सटा एक हेल्थ सेंटर! वह इसमें आया करेगी। कभी-कभी वह सोचती थी कि काश आसपास एक हेल्थ सेंटर होता। और अब यह सच होनेवाला है। वर्ष 2011 में पणजी के सेंट इनेज में खुला 'स्टुडियो-101' काफ़ी मशहूर हुआ। इसमें फ़िटनेस जिम और ग्रुप ऐरोबिक्स स्टुडियो की तारीफ़ भी सैंड्रा ने सुनी थी। गोवा के नामचीन उद्योगपति डेम्पो परिवार की निवेदिता डेम्पो का है यह। पर अपने घर से दूर होने की वजह से सैंड्रा इसमें कभी नहीं जा सकी।

सल्वादोर दो मुंदो पंचायत की उपसरपंच और पणजी कचहरी में वकील सैंड्रा की दोस्त रीना फ़र्नांडीस हमेशा बिहँसकर उससे कहती रही है, "तुम्हारा वश चले ना सैंड्रा, तो सारी दुनिया को तुम टोबैको स्क्वायर से पट्टो ब्रिज के भीतर बसा लोगी।"

"विशाल मांडवी नदी, टोबैको स्क्वायर, प्रधान डाकघर और पट्टो ब्रिज के अलावा जिन्दगी में और मुझे कुछ चाहिए ही क्या रीना! रिअली...दिस इज़ माइ वर्ल्ड।" यह जवाब देते हुए हर बार सैंड्रा के चेहरे पर हरीतिमा का एक द्वीप-सा छा जाता है। दुख के धूल से भरे इस अमर्त्य संसार में यही उसका हरा-भरा टापू है। जीवन की नदी मांडवी...जीवन का पट्टो पुल। पणजी का यह छोटा-सा पट्टो ब्रिज कई मायने में महत्त्वपूर्ण है।

पणजी बस स्टैंड से दक्षिण बाएँ बढ़ने पर एक कतार से बने मकानों के परिसर में बादाम के बहुत-से पेड़ हैं। यह पीले क्वार्टरों से भरा परिसर सरकारी आवासीय कॉलोनी है। यह पट्टो रोड कहलाता है। जहाँ पीले सरकारी क्वार्टर का परिसर ख़त्म होता है, वहाँ से पट्टो ब्रिज शुरू होता है। पट्टो ब्रिज की शुरुआत के पास मारीगोल्ड होटल और इसके ठीक सटे 'पोंडेरोज़ा' नामक स्लेटी रंग का बेहद उद्यानपूर्ण एक दोमंज़िला घर। फिर पुल का आरम्भ। पुल के बाएँ कोने पर भी कई पेड़ और एक संकेतक बोर्ड, जिस पर अंकित विवरण बताता है कि यह पुल पार कर आप आठ किलोमीटर का सफ़र तय कर दोना पाउला पहुँच सकते हैं, जहाँ गोवा राजभवन है और चार किलोमीटर तय कर मीरांमार बीच। पट्टो ब्रिज के नीचे बह रही मांडवी का रंग-रूप यहाँ पूरी तरह अलग है। पट्टो ब्रिज के मध्य पहुँचने पर एक किनारे बालिश्त भर का एक मंदिर है। स्थानीय लोग इसे 'राखनदार' यानी रक्षक कहते हैं। केरल का 70 वर्षीय झक्की बालकृष्ण इसे अगोरता-पूजता है। स्थानीय लोग, जो 'राखनदार' की महिमा से परिचित हैं, वे सब यहाँ फूल-माला, केला और गुलगुला यानी बन चढ़ाते हैं। सैंड्रा को याद है, पापा हर हफ़्ते एक ऐपल केक या ऐंजल फ़ूड केक जैसा कुछ न कुछ यहाँ चढ़ा जाते थे।

इस पुल से उतरते ही 'रिवर फ्रंट होटल' और गोवा अभियंत्रण विभाग के कार्यपालक अभियंता का दफ़्तर है। यह दफ़्तर जिस सड़क पर है, पुर्तगालियों के ज़माने में, इस सड़क को 'रुआ दास ओब्रास पब्लिकास' कहते थे। हालाँकि,

सड़क का यह पुराना नाम अब गिने-चुने लोगों को याद हो तो हो। सैंड्रा को याद है, पापा सड़क का यह नाम लेने के बाद मुस्कराकर कहते थे, "पब्लिकास... जनता रोड...।" इसी रोड में उसकी बेकरी की सहयोगी डॉली का पुश्तैनी घर है। उसका घर पास होने के कारण मौक़े-मौक़े से वह डॉली को बुला भी लेती है। पब्लिकास...जनता रोड मकानों-दुकानों और होटलों से गुँथा पड़ा है। मसलन 'रिवर फ्रंट होटल' के अलावा एडवोकेट मि. जे. मेनेंज़िज का रेल के डिब्बे की शक्ल का लम्बा दोमंज़िला जर्जर घर है। इस घर का नाम है—'कासा मिगुएल दा मेनेंजेज'। मि. मेनेंजेज कभी इस घर के ऊपरी हिस्से में रहते थे। वर्षों पहले मि. मेनेंजेज अपने बेटे के पास पुर्तगाल चले गए। तब से घर के ऊपरी हिस्से में ताला पड़ा है। इस घर के नीचे क़तार से सात-आठ दुकानें हैं। इनमें से आधी दुकानें वर्षों से बन्द हैं। जो दो-तीन दुकानें खुली हैं, उनमें एक 'पांजिम वाइंस' नामक शराब की दुकान है। दूसरी दुकान है 'द ट्रंक', जहाँ घर के सजावटी सामान और परदे मिलते हैं। मि. मेनेंजेज के घर के बग़ल में चार शटरवाली एक बड़ी दुकान है—'सैपिको।' इसके बाद मि. मिज़ेल फ़र्नांडीस की झखड़ी गुलाबी बहुत पुरानी इमारत। अजायबघर जैसी शक्ल ले चुके मिज़ेल फ़र्नांडीस के भुतहा मकान के विभिन्न कमरों के आगे ज़माने से धूल-गर्द भरे कुछ जीवित और बहुतेरे मृत बोर्ड ठुके पड़े रहे हैं। सबसे पुराना और भखरा बोर्ड है 'मेसर्स वी. वी. नायक्स बिजनेस सेंटर एलायड ट्रेड' का। यह कब बन्द हुआ, किसी को ठीक से याद भी नहीं। इसके बग़ल में 'चा-ए-काफ़े' का छोटा-सा धूमिल बोर्ड, जिससे बेहद सूखी एक माला कुछ इस उदासी से लटकी है जैसे किसी दिवंगत की तस्वीर से लटकी माला हो। इसका मालिक सुरेश चोद्देकर भूले-बिसरे ही कभी इसे खोलता है। पुर्चगीज़ काल में यह ख़ासा चलता काफ़े था। सुदेश मंडरेकर की उसी जैसी दुबली-पतली दुकान 'सुदेश कोल्ड ड्रिंक' ठीक 'चा-ए-काफ़े' से सटी अधमरी-सी हालत में है। इसकी बग़ल में लगभग 85 साल पुराना एक टेलरिंग शॉप 'क्रीसेंट टेलर्स' का बिसूरता बोर्ड है। बोर्ड पर अंकित ब्यौरा ग़ौरतलब है—'इयूस्टाकियो डायस ऐंड संस...प्रोप्राइटर... क्रीसेंट टेलर्स...लिस्बन डिप्लोमा...नियर जी. पी. ओ. पांजिम।' पुराने लोग बताते हैं कि पुर्तगालियों के समय में इस टेलरिंग शॉप की काफ़ी चला-चलती थी। शादी में पहननेवाले विशेष परिधान 'फ़ार्ट' की सिलाई में तो ये माहिर माने जाते थे। कई पुश्तों के इस धन्धे में अब इस ख़ानदान के किसी सदस्य की रुचि नहीं। लिहाज़ा, मकड़ी के जाल से लदा एक बड़ा-सा ताला हमेशा इस दुकान पर लटका रहता है।

एडवोकेट जे. मेनेंजेज और मिज़ेल फ़र्नांडीस के इस हिस्से में भले अर्से से मुर्दनी रही है लेकिन टोबैको स्क्वायर के सामने का हिस्सा हमेशा दुकानों की रौनक़ से मस्त रहता आया है। और अब तो मिज़ेल फ़र्नांडीस के घर में 'सैंड्रा-द फ़िटनेस ट्रिम ऐंड स्लिम सेंटर' खुलने से इस हिस्से का कायाकल्प ही हो गया है। टोबैको स्क्वायर के पास पोस्टमास्टर जनरल के विशाल दफ़्तर की इमारत के बाद बीच में स्कूटर स्टैंड की अहर्निश हलचल और फिर 'कारेकर ज्वेलर्स', 'कोल्ड ड्रिंक हाउस'

नामक वाइन शॉप, एस. आर. रायकर ज्वेलर्स, घड़ियों की दुकान 'तारकर पेंडेकर ऐंड सन्स', 'शान्ता दुर्गा इलेक्ट्रॉनिक्स', 'की-मेकर्स' शॉप जिसका लाल बोर्ड एक बहुत बड़ी चाबी जैसा है, हमेशा गुनगुने कोलाहल में रहता है। इधर दुकानों की पूरी माला। सैंड्रा कई बार झल्लाकर मम्मी से कहती रही है, "बीच बाजार में रिहाइशी घर कभी नहीं होना चाहिए मॉम।" और मिसेज़ मिनि रॉड्रिक्स ने हमेशा उसे दुलार भरी हँसी के संग समझाया है, "सैंड्रा, कोई भी बिजनेस रिहाइशी इलाके में नहीं चल पाता है। बिजनेस को बाज़ार चाहिए जैसे नाव को नदी। इस कैम्पस में सिर्फ तुम्हारा घर ही नहीं, तुम्हारा बेकरी बिजनेस भी है। और ठंडा बाजार कभी अच्छा नहीं लगता। बाजार गर्म ही हमेशा अच्छा लगता है।" इसी रोड के आर और पार सैंड्रा, एडगर पिंटो, नेहरू पिमेंटा और गिने-चुने लोगों के कुछ रिहाइशी घर भी हैं। नेहरू पिमेंटा के घर के ठीक बग़ल में हाल-साल तक मि. जेफ्री ब्रैगांज़ा का घर था—'ब्रैगांज़ा हाउस।' पर बीते तीन साल से यह रिहाइशी घर नहीं रह गया है। मि. ब्रैगांज़ा इसे एक ट्रैवल एजेंसी के हाथों बेच अपने बेटे के साथ ऑस्ट्रेलिया चले गए और तब से इसमें 'गोवा हंट हॉलिडेज़' का दफ़्तर चलता है। बहरहाल, चन्द रिहाइशी घरों के साथ इस रोड में सघन बाज़ार, जी. पी. ओ. यानी प्रधान डाकघर और पोस्टमास्टर जनरल गोवा क्षेत्र पणजी का लाल-उजले रंग का बड़ा भवन है। प्रधान डाकघर भवन से चन्द क़दम पर दोमंज़िला खपरैलवाली पुरानी पीली इमारत 'मिंट हाउस' है, जहाँ कहते हैं कि सन् 1841 तक सिक्के ढलते थे। बाद में इस विशाल कोठी का अनेक इस्तेमाल हुआ। अंग्रेज़ों ने कुछ साल तक इसमें 'ब्रिटिश टेलिग्राफ़ ऑफ़िस' भी चलाया। फिर यह कोठी पुर्तगाली सेना के सम्मानित जनरल डॉ. मिगुएल सीटानो डायस ने इसके अन्तिम मालिक एंटोनियो दा' सिल्वा से ख़रीद ली।

एंटोनियो दा' सिल्वा के पहले भी इस कोठी के दो-तीन मालिक थे। 'मिंट हाउस', जिसका एक नाम 'कासा दा मोएदा' यानी 'हाउस ऑफ़ क्वाइंस' भी है, में ज़माने से डॉ. मिगुएल सीटानो डायस के वंशज रहते आए हैं। अभी इसी ख़ानदान की डॉ. मिसेज़ एलविरा डायस इसमें रहती हैं। वे स्त्री रोग विशेषज्ञ हैं। 'मिंट हाउस' के बग़ल में एडगर पिंटो का घर है। एडगर पिंटो ऊपर की मंज़िल में रहते हैं। नीचे के एक हिस्से में उनका एक बहुत छोटा-सा क्लियरिंग का दफ़्तर है। बाक़ी हिस्से में रॉकेट की आकृति का एक और दफ़्तर और उसी से लगे 'प्राचीती इंटरप्राइज़ेज' नामक एक दुकान है। एडगर पिंटो के घर के नीचे बाक़ी के इस भाग की एक दारुण प्रेम-कथा है। दरअसल, 'मिंट हाउस' के बाज़ू में ठीक सड़क के कोने का यह परिसर साठ के दशक में एक कैथलिक ईसाई सज्जन मि. जैकॉब सिल्वा का था। मि. सिल्वा के दो बेटियाँ थीं। बड़ी बेटी निकोले एक स्थानीय पुर्तगाली के प्यार में पड़ गई। मि. सिल्वा को जब अपनी पत्नी से पता चला कि वह उस पुर्तगाली लड़के से शादी करने जा रही है, तो वे आपे से बाहर हो गए। पर बेटी ज़िद पर अड़ी थी। अन्ततः हारकर मि. सिल्वा ने अपने परिसर के नीचेवाले इस रॉकेटनुमा

लम्बे कमरे को बड़ी बेटी के नाम लिख दिया और उससे कहा कि अब जीवन में वह उन्हें कभी अपना मुँह न दिखाए। रॉकेटनुमा उस लम्बे कमरे का एक दरवाज़ा जहाँ सड़क की तरफ़ खुलता था, वहीं दूसरा दरवाज़ा मि. सिल्वा के घर की सीढ़ी के पास खुलता था, जो ऊपर की मंज़िल को जाता था। मि. सिल्वा इतने नाराज़ थे कि अपने ऊपर की मंज़िल पर जानेवाली सीढ़ी के पास मौज़ूद उस दरवाज़े को उन्होंने दीवार से चुनवा दिया।

बहरहाल, प्यार में पागल मि. सिल्वा की बेटी निकोले ने उस पुर्तगाली युवक से शादी की और आनन-फ़ानन में पिता द्वारा दिये गए रॉकेटनुमा लम्बे कमरे को बेच हमेशा के लिए लिस्बन चली गई। पर बेटी के गोवा छोड़ देने के बावजूद मि. सिल्वा को चैन न था। फ़िक्र में तो हाथी भी घुल जाता है। लिस्बन में उनकी बेटी किस हाल में है, इस फ़िक्र में मि. सिल्वा भी लगातार घुले जा रहे थे। उनकी बेटी को एक पुर्तगाली लड़का उनकी आँखों के सामने से लेकर निकल गया, इस कारण से कल तक गोवा में पुर्तगाली सत्ता के पक्ष में मुखर रहनेवाले मि. सिल्वा गोवा में पुर्तगाली व्यवस्था के सख़्त ख़िलाफ़ रहने लगे। वे भारत में गोवा के विलय को लेकर चल रहे आन्दोलन में बढ़-चढ़कर शामिल होने लगे। पर जब भारत में गोवा का विधिवत विलय हो गया और पुर्तगाली शासकों ने प्रस्ताव दिया कि जो गोअन पुर्तगाल जाकर बसना चाहते हैं, उन्हें मुफ़्त में विमान से लिस्बन ले जाया जाएगा, तो बेटी के प्यार के मारे मि. सिल्वा फ़ौरन लिस्बन जाने को तैयार हो गए। उन्होंने पणजी के मुख्य इलाक़े में स्थित अपना यह घर एक सोनार के हाथों जल्दी से औने-पौने दाम में बेच दिया। कुछ ही समय पहले उनकी पत्नी गुज़र चुकी थीं और दूसरी बेटी ने भी प्रेम विवाह कर लिया था। उनके मित्रों-शुभचिन्तकों ने उन्हें लिस्बन जाने से बहुत रोका और समझाया कि वहाँ जाने से उनके आख़िरी दिन और नरक हो जाएँगे। पर अपनी बड़ी बेटी से मिलने का उन पर भूत सवार था। बाद में लोगों को पता चला कि मि. सिल्वा लिस्बन जाकर विक्षिप्त हो गए। दरअसल, बहुत ढूँढ़-ढाँढ़कर लिस्बन में वे अपनी बेटी निकोले के पास पहुँचे, तो वह एक तंग-से घुटे कमरे में असाध्य रोग की शिकार हो लम्बे समय से बिस्तर से सटी हुई थी। उसका पति भी उसे छोड़ गया था। बेटी के इलाज में मि. सिल्वा के पास के सभी रुपये ख़त्म हो गए और तीन महीने बाद उनकी बेटी की मृत्यु हो गई। उसके बाद ही वे विक्षिप्त हो गए। पणजी में मि. सिल्वा के कुछ शुभचिन्तकों के वे रिश्तेदार जो लिस्बन में रहते थे, ने पत्रों के ज़रिये उनकी बदहाली की जानकारी पणाजी के उनके मित्रों को दी। बाद में उनका क्या हुआ, किसी को पता नहीं चला।

इस बीच जिस सोनार ने पणजी का यह घर मि. सिल्वा से ख़रीदा था, उसने एडगर पिंटो के श्वसुर के हाथों इसे बेच दिया। कुछ समय तक इसमें अपनी कम्पनी का गेस्ट हाउस चलाने के बाद यह घर एडगर पिंटो को उनके श्वसुर ने गिफ़्ट कर दिया। एडगर पिंटो तब से अपनी पत्नी और बेटे-बेटी के संग इसमें रहते हैं। एडगर पिंटो पणजी के समीप के पोरवरिम गाँव के रहनेवाले हैं। यह गाँव दरअसल

पणजी और मापुसा के बीच का 'ट्रेड-कॉरिडोर' है। पणजी से मापुसा की दूरी मात्र 12 किलोमीटर है। पोरवरिम इन दोनों के बीच है। पणजी और मापुसा दोनों से छह किलोमीटर की दूरी पर। शुरू में एडगर पिंटो ने सोचा था कि वे पोरवरिम में ही ट्रेडिंग का काम करेंगे। पर उनके श्वसुर ने कहा कि राजधानी पणजी में रहना ज़्यादा माफ़िक़ होगा। यहाँ अवसर के अनेक द्वार हैं। लगे हाथ एडगर के श्वसुर ने उन्हें पणजी में यह घर भी दे दिया। हालाँकि, एडगर हर पखवारे पोरवरिम का एक चक्कर लगाते ही हैं लेकिन स्थायी रूप से वे पणजी के इसी घर में रहते हैं। एडगर पिंटो के घर के ठीक सामने सड़क पार येलो बेल्स, पलाश और लम्बे सुर्ख़ लाल झुमके की तरह झूलते बुराँश फूलों के आलिंगन से घिरा एंटोनियो जवाहरलाल पिमेंटा उर्फ़ नेहरू पिमेंटा का घर है—'बाख़ विला'। 'म्यूज़िक मोनार्क' नेहरू पिमेंटा की वजह से अक्सर टोबैको स्क्वायर का यह हिस्सा, विशेषकर रातों को, संगीत के दारुण मद्धिम लय में डूबता-उतराता रहता है। एंटोनियो नेहरू पिमेंटा के घर से मांडवी नदी के अनंत नीले विस्तार में टिके जहाज़ चिरकाल से शोभित कलाकृति की भाँति दिखते हैं। मांडवी के जल पर स्थित 'कैसिनो प्राइड' का बड़ा-सा जहाज़ और ठीक उसके बग़ल में एक दूसरे बड़े जहाज़ पर 'कैसिनो डेल्टिन रॉयल' के बोर्ड की दमक रातों को देखते बनती है। मांडवी की इसी रेलिंग से थोड़ा आगे जो तिराहा है, वहीं एक पेट्रोल पम्प के सामने गोवा के पहले मुख्यमंत्री दयानन्द बालकृष्ण बांदोडकर की आदमक़द मूर्ति पणजी के पथरीले असहाय मुख़्तार की भाँति खड़ी है। एंटोनियो नेहरू पिमेंटा ने कई बार सैंड्रा से गहरी साँस लेकर पूछा है, "गहरी रातों को मांडवी कैसे रो-रोकर गाती है, कभी सुना है तुमने सैंड्रा?" सैंड्रा का मन किया है कि वह उनसे कहे, "मांडवी के रुदन-गान के संग आपके पियानो का लय और तड़पाता है।" पर सैंड्रा ने कभी कुछ नहीं कहा है। वह जानती है, गोवा के पास सुख के साथ-साथ दुख का भी प्रचुर संगीत है। इस देश में गोवा ही एक ऐसी जगह है जहाँ संगीत जीवन में कुछ इस तरह अनिवार्य है कि पियानो घरेलू फर्नीचर का हिस्सा है। यही नहीं, स्कूल में पहले दर्जे से बच्चों के हाथों में यहाँ वायलिन अनिवार्य है। वायलिन की मधुर धुन पर बच्चों की झूम अद्भुत है। पर इस सबके बावजूद मांडवी की मर्मर लहरों का लय विकल दारुण है। शायद मांडवी की आत्मा भी धूप से वंचित है। एंटोनियो नेहरू पिमेंटा को वह क्या बताए कि रातों को मांडवी की बेचैन लहरों में वह अपने आपको किस तरह रुँधा हुआ महसूस करती है। स्वयं नेहरू पिमेंटा का ही जीवन कितना एकाकी और दग्ध है। रात के सन्नाटे में जब कभी वे पियानो पर 'यू कम टू मी ऑल थ्रू द नाइट...ऐंड व्हेन आइ होल्ड यू...आइ ऑलवेज़ क्राइ' बजाते हैं, तो सैंड्रा का मन रोने-रोने को हो आता है। वह सोचती है कि 'यू कम टू मी ऑल थ्रू' सुनकर नेहरू पिमेंटा के क़दमों के पास अपने दोनों पंजों पर सिर टिकाए ख़ामोश बैठा रहनेवाला बूढ़ा बर्गर ब्रैगांज़ा भी अभी विकल हो रहा होगा। माया सिर्फ़ मनुष्य को ही नहीं, हर जीव को सताती है। ऐसे में जीव-जन्तु और मनुष्य किसी-न-किसी तरह संगीत का सहारा

ढूँढ़ता है। चाहे वह पियानो का संगीत हो या मांडवी की लहरों का याकि पेड़ों के बीच सरसराती हवा का। गोवा में सारी दुनिया के लिए दुनिया भर का संगीत है। सुख-दुख-दोनों का भरपूर संगीत!

संगीत के क्षेत्र में गोवा की लता मंगेशकर और किशोरी अमोनकर की जहाँ फ़िल्मी और हिन्दुस्तानी संगीत में शोहरत रही है, वहीं गोवा के क्रिस पेरी से लेकर एड्रियन डैनियल और कॉलिन सरीखे कई नाम मशहूर हुए। गोवा के अपने गाँव सियोलिम में रहकर दुनिया में नाम कमाने वाले संगीत के सितारे रेमो फ़र्नांडीस ने पॉप और रॉक में तो नाम कमाया ही, अफ़्रीका, स्पेन, दक्षिण अमेरिका, पुर्तगाल और यहाँ तक कि मॉरिशस के संगीत का घोल यानी फ़्यूज़न तैयार कर धूम मचा दी। पर ये सब एक तरफ़ और एंटोनियो जवाहरलाल पिमेंटा उर्फ़ नेहरू पिमेंटा एक तरफ़। बाख़, मोज़ार्ट, ज़ोसेफ़ हायडन और बीथोवेन के चिरसम्मत उत्कृष्ट संगीत यानी क्लासिक व रोमांटिक युग के पश्चिमी संगीत का असली जादू पूरे गोवा में अगर किसी के पास है, तो सैंड्रा के पड़ोसी एंटोनियो जवाहरलाल पिमेंटा उर्फ़ नेहरू पिमेंटा के पास। रेमो फ़र्नांडीस और नेहरू पिमेंटा ग्रामीण हैं। पणजी से 25 किलोमीटर की दूरी पर स्थित उत्तरी गोवा के बार्डेज़ तालुका के अन्तर्गत के गाँव सियोलिम के मूल निवासी। पर एंटोनियो नेहरू पिमेंटा सियोलिम में न रहकर यहाँ पणजी में रहते हैं। दरअसल, एंटोनियो नेहरू पिमेंटा के पिता फ्रैंक एंटोनियो फ़िलिप पिमेंटा ही पणजी में आकर रहने लगे थे। पणजी में वे शुरू में एक किराये के घर में रहते थे और एक दुकान किराये पर लेकर उन्होंने वाद्य यंत्रों का एक शो-रूम खोला था। हालाँकि, अपने गाँव सियोलिम से उनका सम्पर्क कभी नहीं छूटा। स्वयं नेहरू पिमेंटा अपने पिता फ्रैंक पिमेंटा की बात को अक्सर दोहराते हैं कि "सियोलकर दुनिया में चाहे कहीं जाकर रहे, वह पक्का सियोलकर ही रहेगा।" वाक़ई, हिन्दू व रोमन कैथलिक बहुल इस गाँव ने एक से एक डॉक्टर, संगीतकार, खिलाड़ी, बिशप और पुजारी पैदा किए। ज़ाहिर है कि सियोलकरों के सपनों का रकबा हमेशा बड़ा रहा। इसलिए आशा के मोहक कपोतों के संग बेशक बहुत-से सियोलकर अपने गाँव से निकले पर सियोलिम से उनका सूत्र हमेशा मज़बूती से जुड़ा रहा। सियोलिम से नेहरू पिमेंटा के पिता कैसे पणजी आए, इसकी एक अलग कहानी है। पणजी में नेहरू पिमेंटा का सन्तरे के रंग की ऊँची दीवारों और गहरे हरे रंग की ढलवाँ छत वाला यह बड़ा-सा घर दरअसल उनके पिता के चचेरे भाई मैनुएल उर्फ़ मानु अंकल का था। मानु अंकल का परिवार सियोलिम का 'गाँवकर' यानी ज़मींदार परिवार था। मानु अंकल भी उनके पापा की तरह संगीत के भारी दीवाने। महान संगीतकार और पियानोवादक बीथोवेन के अंध भक्त। बीथोवेन की चतुर्दशपदियाँ और आहत आत्मा की सिसकारियों के विकल प्रेमी मानु अंकल वर्षों तक ब्राज़ील में रहे। अचानक उन्होंने तय किया कि वे पणजी में जाकर रहेंगे। पणजी आकर उन्होंने यह घर बनवाया और अपने गाँव सियोलिम के पुश्तैनी परिसर में बीथोवेन की आदमक़द मूर्ति लगवाने का संकल्प लिया। सियोलिम स्थित मानु

अंकल का घर उनके दादा पिंटा सपाई के नाम से जाना जाता था—'पिंटा सपाई हाउस'। इस परिसर में बीथोवेन की 200वीं जयंती पर बीथोवेन की मूर्ति लगवाने के लिए मानु अंकल कटिबद्ध थे। बम्बई के कई मूर्तिकारों से इसके लिए उन्होंने सम्पर्क किया कि सियोलिम आकर वे बीथोवेन की मूर्ति बना दें। पर महीनों तक सियोलिम में डेरा डालकर मूर्ति बनाने के लिए बम्बई का कोई मूर्तिकार तैयार नहीं हुआ। आख़िरकार, सियोलिम का ही एक कारीगर, जो 'सेवरी' यानी क़ब्रिस्तान में मक़बरों को पत्थर से सजाने का काम करता था, ने कहा कि वह बीथोवेन को मूर्ति में उतारने की भरसक कोशिश करेगा। काम शुरू हुआ। सियोलिम के लोग इसे मानु अंकल का सरासर पागलपन और पैसों की बरबादी करार दे रहे थे। पर मानु अंकल को इससे कोई फ़र्क़ नहीं पड़ता था। इस तरह आदमक़द मूर्ति बनकर तैयार हो गई। मानु अंकल ने बड़े धूमधाम से इसका उद्घाटन समारोह किया। मूर्ति स्थापना के कुछ समय बाद जब पत्नी के दबाव पर मैनुएल उर्फ़ मानु अंकल ने अमेरिका जाने का फ़ैसला लिया, तो नाम मात्र क़ीमत पर पणजी का अपना यह घर वे नेहरू पिमेंटा के पिता फ्रैंक पिमेंटा के हवाले कर चले गए। जाते-जाते बस इतना ही उन्होंने कहा, "फ्रैंक! बीच-बीच में सियोलिम आकर मेरे बीथोवेन की खोज-खबर ले लेना।" फ्रैंक पिमेंटा ने मैनुएल उर्फ़ मानु से वायदा किया था कि साल में एक बार मार्च महीने में वे बाख़ और बीथोवेन की याद में सियोलिम में एक आयोजन अवश्य किया करेंगे; क्योंकि बीथोवेन की पुण्य तिथि 26 मार्च है और बाख़ का जन्मदिन 31 मार्च को पड़ता है। पिता के बाद नेहरू पिमेंटा अब सियोलिम में हर साल यह आयोजन करते हैं। ऐसी भव्यता से कि सियोलकरों को इसका बेसब्री से इन्तज़ार रहता है। एंटोनियो नेहरू पिमेंटा के पिता फ्रैंक और मैनुएल उर्फ़ मानु में यों हमेशा यह बहस बनी रही थी कि बाख़ बड़े संगीतकार हैं या बीथोवेन? फ्रैंक बाख़ के भक्त थे, तो मैनुएल उर्फ़ मानु बीथोवेन के। हालाँकि, दोनों के काल में लम्बा फ़ासला था। एंटोनियो नेहरू पिमेंटा को बाख़, बीथोवेन और मोज़ार्ट सब प्रिय हैं। उनकी नज़र में तीनों की अपनी-अपनी विशेषताएँ हैं।

एंटोनियो नेहरू पिमेंटा कहते भी हैं कि बाख़ और बीथोवेन को लेकर बात की जाए, तो दोनों जर्मन थे। दोनों विकलांगता से जूझते रहे। जीवन संध्या में बाख़ लगभग अन्धे हो गए थे और बीथोवेन पूरे बहरे। वैसे, बाख़ के जन्म के तक़रीबन सत्तर साल बाद बीथोवेन का जन्म हुआ था। बीथोवेन और ऑस्ट्रिया के मोज़ार्ट लगभग समकालीन थे। पश्चिमी संगीत के कई दिग्गजों का कहना है कि बाख़ जहाँ बाइबिल के 'ओल्ड टेस्टमंट' थे, वहीं बीथोवेन 'न्यू टेस्टमंट'। बीथोवेन अपने आरम्भिक दिनों से बाख़ के दीवाने थे। पश्चिमी संगीत को जिन तीन 'बी' ने प्रभावित किया, वे थे—बाख़, बीथोवेन और ब्रह्म्स। एंटोनियो नेहरू पिमेंटा की जर्मन संगीतकार नाफ़ी से बहुत छनती है। बर्लिन के नाफ़ी पिछले 40 वर्षों से गोवा में बसे हैं। नाफ़ी हराल्ड वेबी मुस्कराकर कहते भी हैं कि जब वे महज़ 24 साल के थे, तो संगीत की दीवानगी में भारत और फिर गोवा चले आए। शुरू में कुछ

साल वे रजनीश के पूना स्थित आश्रम में भी रहे और रजनीश ने उनका नामकरण किया—स्वामी अनंत नाफ़ी। आनन्द में नेहरू पिमेंटा उनसे कहते हैं, "नेहरू और नाफ़ी—इन दोनों नामों में कितना लय और मेल है।"

हमेशा अपने संगीत की धुनों में आत्मलीन संगीतकार एंटोनियो जवाहरलाल पिमेंटा का जन्म सन् 1961 के दिसम्बर महीने में ठीक गोवा की आज़ादी के बाद हुआ था और उनके पिता फ्रैंक एंटोनियो फ़िलिप पिमेंटा ने गोवा की आज़ादी के उल्लास में उनका नामकरण किया था—एंटोनियो जवाहरलाल पिमेंटा। फ्रैंक पिमेंटा तत्कालीन प्रधानमंत्री पंडित जवाहरलाल नेहरू के बड़े भक्त थे। साढ़े चार सौ वर्षों तक पुर्तगालियों के अधीन रहे गोवा को जिस धैर्य और शालीनता से जवाहरलाल नेहरू ने आज़ादी दिलाई थी, इसकी वे मिसाल देते थे। इस आज़ादी और नेहरू-भक्ति के एवज़ में ही उन्होंने अपने पुत्र का नामकरण किया था। आगे जाकर उनके दोस्त-अहबाबों ने भी उनके पुत्र के नाम में योगदान किया और धीरे-धीरे उनके बेटे एंटोनियो जवाहरलाल पिमेंटा को सब दुलार और संक्षेप में 'नेहरू पिमेंटा' पुकारने लगे। नेहरू पिमेंटा की मम्मी बिहँसकर कहती भी थीं, "ग्रेट...ग्रेट...! मेरा बेटा देश का प्रधानमंत्री न सही, गोवा का मुख्यमंत्री जरूर बन जाएगा। अपने बाप की तरह फालतू का पियानो और गिटार नहीं बेचेगा।" फ्रैंक पिमेंटा की पणजी कॉरपोरेशन मार्केट के समीप वाद्य यंत्रों की एक बड़ी सजी-बजी दुकान थी, जिसमें गिटार, पियानो, वायलिन, सैक्सोफ़ोन अकॉर्डियन, ट्रम्पेट, सेलो, ज़ायलोफ़ोन, हार्प, मैंडोलिन, ट्रॉम्बोन, बैंजो, फ्रेंच हॉर्न, हार्मोनिका, सिंथेसाइजर आदि से लेकर बेल तक मिलता था। पणजी के 'फ़र्टाडोस' का दबदबा भले आज वाद्य यंत्रों को लेकर हो, लेकिन एक ज़माना था जब फ्रैंक पिमेंटा के वाद्य यंत्र की दुकान 'पिमेंटा म्यूज़िक लिमिटेड' का एकाधिकार था। स्व. फ्रैंक पिमेंटा स्वयं बड़े संगीत रसिक थे। दिग्गज जर्मन संगीतकार जोहान्न सेबेस्टिअन बाख़ के संगीत पर वे जान छिड़कते थे। इसी श्रद्धा में उन्होंने अपने घर का नाम 'बाख़ विला' रखा था। बाख़ के संगीत को उन्होंने वायलिन पर अच्छी तरह साधा था। रोज़ी-रोटी के लिए हालाँकि वे पणजी में वाद्य यंत्रों की दुकान खोलकर बैठ गए थे। पर वायलिन और बाख़ अन्तिम समय तक उनकी साँसों में बसे रहे। इसलिए अपने दोस्तों और गली-मुहल्ले में सब उन्हें 'बाख़ पिमेंटा' कहने लगे। आगे जाकर अपभ्रंश हो यह 'बाघ पिमेंटा' हो गया।

सैंड्रा को हू-ब-हू याद है, उनका चेहरा-कल्ला भी बाघ की तरह ही भारी था। सैंड्रा के पापा से उनकी अच्छी बनती थी। वे कहते थे, "तुम्हारा नाम सेबेस्टिअन रॉड्रिक्स है और मेरे गुरु का पूरा नाम जोहान्न सेबेस्टिअन बाख़ था। दैट्स व्हाइ एम फ़ॉण्ड ऑफ़ यू माइ डियर।" और सैंड्रा के पापा ठहाके लगाते हुए कहते, "हाँ, बेशक, आय एम अ 'बेकरी बाख़'...बेकरी बाख़ तो हूँ ही मैं। आप सुर के और मैं स्वाद का बाख़।" ऐसी ही बातचीत के दौरान फ्रैंक पिमेंटा उर्फ़ बाघ पिमेंटा ने मुस्कराकर कहा था, "ऐ सेबेस्टिअन! मुझे तो लगता है कि गोवा में गुजरे दौर के ग्रेट शेफ़ हो चुके सेबेस्टिअन बेनेडिक्टो रॉड्रिक्स से तुम्हारे पापा जरूर परिचित या

जुड़े रहे थे। उन्हीं से प्रभावित होकर शायद तुम्हारे पापा ने तुम्हारा नाम सेबेस्टिअन रख दिया। और संयोग से उस ग्रेट शेफ़ का जो टाइटिल था, वह तुम्हारा भी है—रॉड्रिक्स।" फ्रैंक पिमेंटा उर्फ़ बाघ पिमेंटा बड़े गप-रसिक थे। पुराने ज़माने के प्रख्यात गोअन शेफ़ सेबेस्टिअन बेनेडिक्टो रॉड्रिक्स के जीवन में डुबकियाँ लगाते हुए उन्होंने कहा था, "सेबेस्टिअन! ब्रिटिश शासनकाल में गोवा के रसोइयों और शेफ़ की भारत से लंदन तक बहुत माँग थी। यहाँ तक कि पूर्वी अफ्रीका की ब्रिटिश कॉलोनी में भी गोवा के शेफ़ पसन्द किए जाते थे। कॉलोनियल सिविल सर्विस में जिस तरह 'इंडियन क्लर्क' को बहुत काबिल और भरोसेमंद माना जाता था, वहीं गोवा के कुक और शेफ़ व्यंजनों के जादूगर समझे जाते थे। अंग्रेज़ों को दरअसल लगता था कि गोवा की पुर्तगाली कॉलोनी की सचेत-सतर्क माँओं से सीखी पाककला में गोअनों का हाथ पकड़नेवाला कोई नहीं। ब्रिटिश साहब लोग कहते भी थे कि गोअंस के पकाए डिशेज़ में प्यार-स्नेह का भी अंश होता है। गोवा के कुक और शेफ़ों ने यूरोपियनों की क्विज़ीन[1] शैली पर पूरी पकड़ बना ली थी। कई कुक और कई शेफ़ों ने ख़ास गोअंस व्यंजनों को यूरोपीय देशों के व्यंजन मेलों में पेश कर बहुत ख्याति हासिल की। गोअंस की पाककला की शोहरत का असर यह हुआ कि बाहर के मुल्कों में तो ख़ैर जो भी, लेकिन ब्रिटिश हुकूमत के दिनों में अपने देश के होटलों, रेलवे डाइनर्स पैसेंजर शिप, मर्चेंट नेवी और रॉयल नेवी में गोअन कुकों और शेफ़ों की भरमार लग गई थी।"

फ्रैंक पिमेंटा उर्फ़ बाघ पिमेंटा ने इसी विवरण के क्रम में बताया था कि सन् 1900 में गोवा के मोहरा गाँव में जन्मे सेबेस्टिअन बेनेडिक्टो रॉड्रिक्स गोअन शेफ़ों की भीड़ में सबसे बड़े सितारे साबित हुए। बहुत संघर्ष और ग़ुरबत से ऊपर उठकर आए थे वे। सेबेस्टिअन बेनेडिक्टो रॉड्रिक्स के पिता पानी के जहाज़ में 'टरवोटि'... स्ट्यूअर्ड यानी परिचारक-कारिन्दा थे। ब्रिटिश पैसेंजर शिप पर उनकी नौकरी थी। गोवा के सुदूर ग्रामीण इलाक़ों के बहुतेरे लोग इस तरह पानी के जहाज़ों की नौकरी में थे और इसी से उनके घरों की रोज़ी-रोटी चलती थी। सेबेस्टिअन बेनेडिक्टो रॉड्रिक्स की माँ गाँव में ही रहकर बच्चों की देखरेख करती थीं। सेबेस्टिअन गाँव के साधारण स्कूल में ही पढ़े। स्कूल से बचे समय में वे गायों को चराते थे, जिन्हें घर में दूध की सुविधा के लिए उनकी माँ ने पाल रखा था। सेबेस्टिअन जब 14 साल के हुए, तो उनके एक रिश्तेदार उन्हें अपने साथ दिल्ली लेते गए और एक बड़े होटल में उन्हें एक कुक का सहायक बनवा दिया। सेबेस्टिअन ने वहाँ के किचेन में ख़ूब मेहनत से दिल लगाकर काम किया। लिहाज़ा, छह साल बाद उनकी प्रोन्नति उसी होटल में कुक के रूप में कर दी गई। सेबेस्टिअन का हौसला इससे बढ़ा। उनकी पाककला की शोहरत जब बढ़ी, तो सन् 1925 में उन्हें क्वेटा (जो अब पाकिस्तान में है) के रेज़िडेंट गवर्नर कर्नल जे. बी. सेंट जॉन के यहाँ हेड शेफ़ की नौकरी का प्रस्ताव मिला। लिहाज़ा, लगभग तीन सालों तक उन्होंने क्वेटा

1. भोजन पकाने की शैली।

राजभवन में नौकरी की। उन्हीं दिनों कराची में गोवा का ही एक नामचीन टेलर था, जो ख़ासतौर से अंग्रेज़ साहबों के कपड़े सीता था। उसकी दो ख़ूबसूरत बेटियाँ थीं। एक दिन सेबेस्टिअन से एक जानकार ने आकर पूछा कि क्या वह उस टेलर की बेटी से शादी करना चाहेंगे? सेबेस्टिअन के हामी भरने पर टेलर की बेटी लुइज़िना का प्रस्ताव आया। फिर दोनों की शादी हुई। आगे जाकर सेबेस्टिअन और लुइज़िना के दो बेटे हुए। इसी बीच क्वेटा के रेज़िडेंट गवर्नर कर्नल जे. बी. सेंट जॉन की प्रोन्नति हुई और वे जयपुर के प्रीमियर बना दिये गए। ज़ाहिर है कि सेबेस्टिअन सपरिवार उनके संग जयपुर चले गए। यहाँ सेबेस्टिअन अपने परिवार के संग पूरे 18 सालों तक रहे। सन् 1939 में सेबेस्टिअन के लड़के मार्टिन का जयपुर से तक़रीबन 30 मील दूर अजमेर के 'एंसेलेम्स यूरोपियन हाईस्कूल' में दाख़िला हुआ। स्कूल के बोर्डिंग में ही उसे रहना था।

सन् 1945 में कर्नल जे. बी. सेंट जॉन वापस इंग्लैंड चले गए लेकिन जाने के पहले उन्होंने सेबेस्टिअन का परिचय लाहौर में पदस्थापित अपने दोस्त मि. सी. एल. कोरफ़ील्ड से करा दिया, जो गवर्नर जनरल के पंजाब स्थित एजेंट थे। अब सेबेस्टिअन लाहौर राजभवन की रसोई के प्रभार में थे। मि. कोरफ़ील्ड उनकी पाककला से इतने ख़ुश थे कि कुछ सालों बाद जब वे लॉर्ड वेबल की मातहती में ब्रिटिश गवर्नमेंट ऑव इंडिया के सलाहकार बनकर दिल्ली आए, तो अपने प्रिय गोअन शेफ़ सेबेस्टिअन रॉड्रिक्स को भी साथ लेते आए। पर सन् 1947 में भारत की आज़ादी के कुछ ही पहले जब मि. कोरफ़ील्ड दक्षिण अफ्रीका चले गए, तो सेबेस्टिअन अपने गृह-प्रान्त गोवा लौट आए। गोवा में सेबेस्टिअन को दिल्ली की हमेशा याद आती रही। दिल्ली के अमीरातों का लाम-काफ़ उनके ज़हन से कभी गया नहीं। आल-बाल की रौनक़ भरी शाही दुनिया में जो आदमी इतने साल रह चुका था, उसे पुर्तगाल शासित कॉलोनी गोवा में अपना गृह प्रान्त होने के बावजूद मन नहीं लग रह था।

भारत की आज़ादी के कुछ माह बाद सेबेस्टिअन नये सिरे से कमर कसकर पणजी से दिल्ली के लिए निकल पड़े। नये आज़ाद हुए मुल्क की राजधानी दिल्ली में तब स्वाभाविक रूप से धड़ाधड़ कई देशों के दूतावास खुल रहे थे। सेबेस्टिअन को बहुत जल्दी अमेरिकी दूतावास में नौसेना विषयक सलाहकार विलियम सेटल के यहाँ नौकरी मिली और उनकी ज़िन्दगी फिर से पटरी पर आ गई। इस नौकरी के मुश्किल से छह महीने बीते ही थे कि सेबेस्टिअन को बेल्जियम दूतावास से शेफ़ का प्रस्ताव आ गया। दरअसल, अपने पुराने साहब मि. कोरफ़ील्ड से पत्राचार द्वारा सेबेस्टिअन ने सम्पर्क बना रखा था। मौक़े-मौक़े पर वह उन्हें उनके दक्षिण अफ्रीका के पते पर कार्ड और चिट्ठियाँ भेजते रहते थे। एक पत्र में सेबेस्टिअन ने उन्हें लिखा था कि उनके जाने के बाद से उन्हें कोई क़ायदे की नौकरी नहीं मिली है और वह लगातार संकट से गुज़र रहे हैं। इत्तफ़ाक़ से बेल्जियम के दिल्ली स्थित दूतावास में राजदूत के पद पर मि. कोरफ़ील्ड के मित्र प्रिंस उग्ने दे लिग्ने की नियुक्ति हुई ही थी। मि. कोरफ़ील्ड ने उनके पास सेबेस्टिअन की अनुशंसा करने

में देरी नहीं की। इस तरह सेबेस्टिअन की पुरानी रौनक़ लौट गई। वे बेल्जियम दूतावास में हेड शेफ़ बन गए। इसके कुछ ही माह बाद प्रिंस उग्ने ने बेल्जियम दूतावास में एक भव्य राजनयिक समारोह किया। इस समारोह में खान-पान की सारी ज़िम्मेवारी स्वाभाविक रूप से सेबेस्टिअन की थी। उस रात सेबेस्टिअन के व्यंजनों की पूरी प्रस्तुति से बेल्जियम के राजदूत प्रिंस उग्ने इतने ख़ुश हो गए कि उन्होंने देश के प्रधानमंत्री जवाहरलाल नेहरू और अपने समेत कई दिग्गजों के संग सेबेस्टिअन को दाद देते और हाथ मिलाते तस्वीरें उतरवाईं। इस तरह लगभग चार वर्षों तक सेबेस्टिअन बेल्जियम दूतावास की रसोई सँभालते रहे। यही वह समय था जब बतौर शेफ़ सेबेस्टिअन को वाक़ई बहुत ज़्यादा शोहरत मिली।

एक यादगार घटना मुम्बई में अयोजित 'बेल्जियम ट्रेड एक्जीबिशन' के दौरान हुई जब राजदूत प्रिंस उग्ने ने राजनयिकों और विशिष्ट लोगों के लिए मुम्बई में एक शानदार पार्टी 'ताजमहल होटल' में आयोजित की। स्वाभाविक रूप से सेबेस्टिअन इस दावत के भी प्रभारी थे। इसमें गोअन पॉम्फ्रेट को सेबेस्टिअन ने मेन्यू में शामिल किया था। पॉम्फ्रेट चाँदी सरीखी झलमल करती एक चिपटी मछली होती है, जिसे गोवा के लोग पुआल में लपेटकर पैन में भूनते हैं...। ग़ज़ब का यह स्मोक्ड फिश कमाल कर गया...।

मुम्बई के उस शाही दावत में पारम्परिक गोअन शैली में बना पॉम्फ्रेट जब सेबेस्टिअन ने पेश किया, तो सब आह-वाह कर उठे। प्रिंस उग्ने तो इतने गद्गद हो उठे कि उन्होंने सेबेस्टिअन से कहा कि वे कृपया मेहमानो को पॉम्फ्रेट पकाने की नायाब विधि बताएँ। सेबेस्टिअन का कौशल सबने देखा जब उन्होंने हाथ में बग़ैर कुछ पहने मछलियों को सावधानी से लेकर इस तरह पैन में डाला कि पॉम्फ्रेट से पुआल का कोई टुकड़ा चिपककर उसकी चाँदी सरीखी त्वचा को मलिन न कर सका। प्रिंस उग्ने समेत तमाम दिग्गज सेबेस्टिअन की पाककला की सिफ़त से दंग थे।

बहरहाल, प्रिंस उग्ने के संग जब सेबेस्टिअन रॉड्रिक्स वापस बेल्जियम दूतावास में दिल्ली आ गए, तो बम्बई के ताजमहल होटल का उनके लिए एक विशेष अनुरोध आया कि क्या वे ताज के शेफ़ को पॉम्फ्रेट बनाने की विधि बताने एक-दो दिन के लिए बम्बई आ सकते हैं। पर सेबेस्टिअन ने इस अनुरोध को इनकार कर दिया। दरअसल, बेल्जियम एक्जीबिशन के दौरान हुई पार्टी में सेबेस्टिअन को 'ताजमहल होटल' के यूरोपियन मैनेजर का रवैया अच्छा नहीं लगा था।

एक दिन प्रिंस उग्ने ने सेबेस्टिअन से पूछा कि उनकी पत्नी कैसा खाना बनाती हैं। सेबेस्टिअन ने बताया कि उनकी पत्नी लुइज़िना गोअन खाना बहुत उम्दा बनाती हैं। प्रिंस उग्ने ने कहा कि उन्हें बेहद ख़ुशी होगी अगर लुइज़िना किसी दिन उनकी रसोई पर रहमत करें। बहरहाल, लुइज़िना ने आकर कई गोअन डिशेज़ तैयार किए और प्रिंस उग्ने तो एक तरफ़, उनकी बेटी प्रिंसेज़ योलांडे तो गोअन डिशेज़ की दीवानी हो गई। लुइज़िना ने गोवा के पारम्परिक पैन केक 'अलेबेले' से भी प्रिंस उग्ने की पत्नी और उनकी बेटी प्रिंसेज़ योलांडे को परिचित कराया। कहते हैं कि

तत्कालीन प्रधानमंत्री श्रीमती इंदिरा गांधी को एक बार प्रिंस उग्ने ने लुइज़िना के बनाए पैन केक जब उपहारस्वरूप भिजवाए, तो वे इतनी ख़ुश हुईं कि अपने कुक को बेल्जियम एम्बेसी भेजा ताकि वह लुइज़िना से गोअन पैन केक बनाना सीखकर आए।

प्रिंस उग्ने का राजदूत के रूप में कार्यकाल समाप्त हो गया, तो वे सपरिवार ब्रुसेल्स चले गए। साथ में वे अपने पसन्दीदा शेफ़ सेबेस्टिअन को भी सपरिवार लेते गए। पर सेबेस्टिअन का वहाँ दिल नहीं लगा। लिहाज़ा, मात्र छह माह में वे गोवा लौट आए।

"पर एक बात है सेबेस्टिअन...," अपनी लम्बी कथा का उपसंहार करते हुए मि. फ्रैंक पिमेंटा उर्फ़ बाघ पिमेंटा बड़े लाड़ से कहते, "तुम जानते हो न कि मैं तुम्हारे परिवार की कितनी इज्जत करता हूँ। तुम्हें कितना स्नेह करता हूँ।" एक पल रुककर फिर उन्होंने पूछा, "जानते हो क्यों...? क्योंकि उस ग्रेट शेफ़ सेबेस्टिअन बेनेडिक्टो रॉड्रिक्स की तरह तुम या तुम्हारे पापा गोवा से भागते नहीं रहे। धरती पुत्र की तरह यहाँ हमेशा टिके रहे।" ख़ैर, न अब बाघ पिमेंटा हैं और न बेकरी बाघ-सैंड्रा के पापा। 'पिमेंटा म्यूज़िक लिमिटेड' के शो रूम पर भी वर्षों पहले ताला पड़ चुका है। फ्रैंक पिमेंटा और उनकी पत्नी के थोड़े-थोड़े अन्तराल पर गुज़रने के साथ ही वाद्य यंत्रों की उनकी पुरानी दुकान ने दम तोड़ दिया। दम तो 'बाख़ विला' ने भी कबके तोड़ दिया। नेहरू पिमेंटा को लगता है कि गोवा सरकार की शब्दावली के मुताबिक़ 'बाख़ विला' भी अदृश्य रूप से एक 'आक्युपाइड लॉक्ड हाउस' है। 'पिमेंटा म्यूज़िक लिमिटेड' का शो-रूम तो विधिवत 'आक्युपाइड लॉक्ड शो रूम' है। वर्षों से बन्द पड़े इस शो-रूम को बेचने की पेशकश उनसे कई लोगों ने की। पर इसे बेचने की हिम्मत उन्हें कभी नहीं हुई! उन्हें यक़ीन है कि उनके पापा की आत्मा अभी भी इस शो-रूम में रहती है। 'पिमेंटा म्यूज़िक लिमिटेड' को भले नेहरू पिमेंटा नहीं चला सके पर वे इसे पापा की अमानत मानते हैं।

अपने पिता से एंटोनियो जवाहरलाल पिमेंटा उर्फ़ नेहरू पिमेंटा ने उनके जीवनकाल में ही कह दिया था कि दुकानदारी और क़ारोबार उनके मन-मान की बात नहीं, उनका जीवन सिर्फ़ संगीत और संगीत है। दरअसल, बचपन से पिता के वाद्य यंत्रों की दुकान में आते-जाते और देर रात को पिता के वायलिन पर बाख़ की धुनों को सुनते एंटोनियो नेहरू पिमेंटा पर पूरी तरह संगीत का भूत चढ़ चुका था। रातों की गहन नीरवता में मांडवी की उठती-गिरती लहरों की आवाज़ के संग सैंड्रा के कानों में एंटोनियो नेहरू पिमेंटा का संगीत अद्भुत युगलबन्दी घोलता है। अनुराग लगने पर किसी-किसी रात गहन नीरवता में वे मंद स्वर में गाते भी हैं और कभी देर रात तक पियानो पर आहिस्ता-आहिस्ता सुर बिखेरते हैं। रात तब सचमुच अनूप हो जाती है। नेहरू पिमेंटा के जीवन-यापन का बस अब एकमात्र ज़रिया है—उनके गाँव सियोलिम में मौजूद उनका पुश्तैनी काजू का डोंगर। काजू की सालाना बिक्री से होनेवाली आमदनी एक अकेली जान के लिए काफ़ी है। अब उनकी जान में बर्गर ब्रैगांज़ा भी है। नन्ही-सी जान बर्गर ब्रैगांज़ा खाता ही कितना है। एक काजू

भर की अँतड़ी है दोनों की। कभी ज़िक्र छिड़ने पर वे कहते हैं, "जब मुझे कोई जरूरत पड़ती है, मैं अपने खानदानी काजू-डोंगर में जाता हूँ और मेरी जरूरत पूरी हो जाती है।" लम्बी-चौड़ी चौहद्दी में फैले अपने काजू-डोंगर को सियोलिम के ही एक स्थानीय व्यक्ति ऐंड्रे गोमेज को उन्होंने देखरेख के लिए दे रखा है। बूढ़ा ऐंड्रे खेत्ती-पत्ती में बहुत अनुभवी है। काजू का कीड़ा है वह। नेहरू पिमेंटा कभी-कभी परिहास में ऐंड्रे से कहते हैं कि पिछले जनम में ऐंड्रे ज़रूर काजू का पेड़ था।

फरवरी के अन्त से काजू के पेड़ों पर फलियाँ निकलनी शुरू हो जाती हैं। मार्च के आख़िर तक इसकी फलियाँ सुर्ख़ होने लगती हैं। अप्रैल-मई में पकी हुई ये फलियाँ हवा के गर्म झकोरों से गिरने लगती हैं। अप्रैल की तीखी गर्मी में काजू की लाल सुर्ख़, नारंगी और पीले रंग की फलियों से लदे हरे-भरे पेड़ों के बीच घूमते हुए एंटोनियो जवाहरलाल पिमेंटा को लगता है कि अगर अप्रैल के महीने में अंग्रेज़ी के कवि टी. एस. इलियट गोवा के किसी काजू-बागान में घूमे होते, तो अपनी कविता में हरगिज़ यह न लिखते—'अप्रैल इज़ द क्रुएलेस्ट मंथ...।' इलियट की इस पंक्ति को याद कर बरबस हरेक बार अपने बागान में घूमते हुए बचपन का एक 'काजू-गीत' एंटोनियो जवाहरलाल पिमेंटा के मन में गिलहरी की तरह दौड़ने लगता है :

"विल यू प्लीज़ गिव सम मोर कैशू टू च्यू प्लेज़र? द स्क्विरल आस्क्ड अस...!

इट मूव्ड अराउंड द ट्री ट्रंक ऐंड चिटर्ड, इट्स टाइनि आइज स्पार्कलिंग!

आइ ऑफ़र्ड टू मोर व्हाइट नट्स ऑन माइ पाम, नाइसलि इट केम ऐंड टुक देम ऐंड, गेव आउट अ' विनिंग साउंड!"

अन्य दिनों में तो मौक़े-मौक़े से लेकिन काजू के मौसम में तो नेहरू पिमेंटा अपने गाँव सियोलिम जाते ही जाते हैं। इससे उस साल की फ़सल का उन्हें पूरा अनुमान हो जाता है। नेहरू पिमेंटा को लगता है कि पुर्तगालियों ने गोवा के लिए चाहे कुछ भी न किया हो लेकिन गोवा की लाल सुर्ख़ मिट्टी में काजू के बीज बोकर एक बड़ा काम किया। नेहरू पिमेंटा को उनके पापा बताते थे कि आदिलशाह के सल्तनत के अधीन के गोवा को अपने आधिपत्य में लेने के बहुत बाद यानी 18वीं सदी में पुर्तगालियों को इसका ज़ोर से एहसास हुआ कि गोवा की ढलवाँ पहाड़ियों के क्षरण को रोकने के लिए काजू के दरख़्त बहुत माफ़िक़ होंगे। दरअसल, पुर्तगालियों ने देखा कि पहाड़ियों के क्षरण से उसकी तलहटी में बह रही नदियों में गाद भरता रहता है। ट्रेन और हवाई जहाज़ का वह ज़माना नहीं था। नदी-नाव से ही यात्राएँ होती थीं। अलकतरे वाली सड़कों के बनने के बहुत पहले गोवा की नदियाँ ही विभिन्न आकारों के नाव-जहाज़ों के ज़रिये परिवहन को सुगम करती थीं। विशेषकर, प्रत्येक रविवार को बड़ी संख्या में दूर-दूर के लोग नाव से ही चर्च पहुँचते थे। उस समय गोवा के गिने-चुने अमीरों के पास निजी जेट्टी थी। जनसाधारण के लिए एक नाव का सहारा था। पर पहाड़ियों के क्षरण से नदियाँ गाद से भरकर लगातार मरणशील हो रही थीं। नदियों को मौत से बचाने के लिए पहाड़ का क्षरण रोकना ज़रूरी था। पुर्तगालियों ने काफ़ी समय तक इस समस्या को देखने के बाद यह निष्कर्ष निकाला कि गोवा

की इस ढलवाँ और गहरी दोमट मिट्टी पर काजू का पेड़ आसानी से लग सकता है। पुर्तगालियों को मालूम था कि काजू के पेड़ों में भू-क्षरण रोकने की भरपूर क्षमता है। यह एक उष्णकटिबंधीय पेड़ है। लिहाज़ा, पुर्तगालियों ने तय किया कि वे अपने अधीन के ब्राज़ील से काजू के बीज लाएँगे और गोवा में इसे सघन रूप से लगाएँगे। इस तरह वर्षों तक जून से अगस्त माह के बीच, यानी वर्षा के दिनों में पुर्तगाली शासकों ने गोवा में सघन रूप से काजू के पौधों को लगवाया। पुर्तगाली जानते थे कि काजू के पौधों की तेज़ बढ़त होती है। तीन साल में इसका पेड़ तैयार हो जाता है। गोवा के संग-संग पुर्तगालियों की रुचि केरल तथा इन दोनों प्रान्तों के बीच के तटीय स्थलों में भी थी। बम्बई में भी सन् 1534 से सन् 1661 तक पुर्तगालियों ने राज किया। पुर्तगालियों के शासनकाल में इसे 'बॉम्बइम' पुकारा जाता था। समुद्र मार्ग से जब पहली बार पुर्तगाली बम्बई पहुँचे, तो यहाँ सात टापुओं का समूह था। बम्बई के महत्त्व को भाँप अंग्रेज़ भी इस पर अर्से से नज़र गड़ाये बैठे थे। 17वीं सदी के मध्य तक भारत में डचों का भी दबदबा बढ़ गया था और डचों ने दबाव बढ़ाकर अंग्रेज़ों को विवश कर दिया था कि भारत में वे एक किनारा पकड़ें। इसी कशमकश के बीच आख़िरकार 21 मई, 1662 को इंग्लैंड के चार्ल्स द्वितीय और पुर्तगाल के राजा जॉन चतुर्थ की बेटी कैथरीन ऑव ब्रैगांज़ा के विवाह के लिए एक वैवाहिक-सन्धि हुई। दहेज में इंग्लैंड के चार्ल्स द्वितीय को पुर्तगाल के राजा ने 'बॉम्बइम' दिया। और इस तरह पुर्तगालियों की पहल पर गोवा के संग-संग केरल, कर्नाटक और महाराष्ट्र में भी सघन रूप से काजू के वृक्ष लगाए गए।

देखते-देखते इन सभी प्रान्तों के छोटे-बड़े पहाड़ी इलाक़े काजू के वृक्षों से भर गए। उन शुरुआती दिनों में काजू खाने का इल्म यहाँ किसी को नहीं था। अप्रैल-मई के बेहद गर्म दिनों में पेड़ों की शाख़ों से लटकती सुर्ख़ लाल फलियों के निचले हिस्से में तोते की नाक की तरह घुपा काजू बेशक सबको ललचाता था। पुर्तगालियों से ही स्थानीय लोगों को पता चला कि काजू की फलियाँ शाख़ों से तोड़ी नहीं जातीं, बल्कि हवा से नीचे गिरी हुई फलियों को एकत्रित कर उसे एक ख़ास प्रविधि से खाने लायक बनाया जाता है। कच्चा काजू—यानी लगभग तेज़ाब! इसलिए इसे तोड़ा नहीं, ख़ुद से गिरने दिया जाता है। नादानी में कुछ लोगों ने काजू की लाल सुर्ख़ फली को पेड़ से तोड़कर सीधे चबा लिया, तो मारे जलन के उनकी बत्तीसी तालू समेत बाहर आने-आने को हो गई। इसलिए आरम्भिक दिनों में स्थानीय लोगों को लगने लगा कि यह फली रूप-रंग में चाहे कितनी भी सुहावन हो, मगर है ख़ासी ज़हरीली। पर एक बार केरल में भीषण अकाल पड़ा। केरल तब त्रवणकोर रियासत का हिस्सा था। वहाँ भुखमरी इस क़दर हो गई कि लोग जिस 'गोधावलिम' यानी काजू के अंकुरित दानों को ज़हरीला मानते आए थे, उसे छील-सुखाकर खाने लगे। इस तरह भारत के ये मलयाली थे, जिन्होंने भुखमरी में काजू खाकर साबित किया कि यह अजनबी-अनूठी फली खाने योग्य है। फिर तो काजू की लोकप्रियता भारत के कई प्रान्तों में बढ़ती ही गई। भुने हुए काजू के संग उर्रक या फेनी की झूम

सबको रास आने लगी। काजू की अनेक उन्नत और वर्णसंकर क़िस्में हैं। मसलन वेगुरला, उलाल, अमृता, अनाक्कयाम समेत कई। अब तो गोवा के काजू बागानों से 26 क़िस्मों के काजू का निर्यात दुनिया भर में होता है। इनमें 'जम्बो नट्स' सबसे अव्वल है। नेहरू पिमेंटा बेशक हमेशा संगीत में रमे रहते हैं लेकिन काजू के पेड़ों की ग्रेडिंग 'बाली-1' और 'बाली-2' के बारे में उन्हें भी सिद्धि है। काजू के पेड़ों के संग बचपन से उनका नाता रहा है। बारिश से उमगते जुलाई-अगस्त के महीनों में काजू के किसान पेड़ के चारों तरफ़ मिट्टी और 'सम्पूर्णा खाद' डालते हैं। सम्पूर्णा खाद 'मिक्सचर खाद' है। पुराने बड़े पेड़ों को बारिश में भले चारों तरफ़ खाद व मिट्टी छूट जाए लेकिन काजू के नये पेड़ों को अगर खाद-मिट्टी की सेवा नहीं मिली, तो वे देखते-देखते सूख जाते हैं। बड़ा दुलारू पेड़ है यह। लगभग पाँच-छह मीटर ऊपर जाकर यह मेघाडंबर की तरह अपना छत्र पसारता है। काजू का यह औसत क़द का पेड़ बेहतरीन पैदावार देता है। वैसे सामान्यत: काजू के पेड़ों की बढ़त 13-14 मीटर तक होती है। पर औसत क़द के पेड़ों की अपेक्षा इन पर फलियाँ कम आती हैं। आम के पेड़ों की तरह काजू के पेड़ भी लगातार वर्षा बर्दाश्त नहीं कर पाते हैं। ज़्यादा वर्षा और बहुत अधिक ठंड काजू के पेड़ों को भी आम़ की भाँति सहन नहीं। समुद्र तटीय प्रभाव की रेतीली, लाल बलुआ, दोमट, लैटराइट मिट्टी पर काजू झमठकर फलता है। एक पेड़ से औसतन दस से बारह किलोग्राम काजू होता है।

नेहरू पिमेंटा देखते रहे हैं कि उनके काजू-डोंगर की देखरेख करनेवाला बूढ़ा ऐंड्रे गोमेज किस सिफ़त से उनके डोंगर में तक़रीबन हर साल काजू के सात से आठ नये पेड़ लगाता है। दरअसल, काजू का यह डोंगर नेहरू पिमेंटा के दादा-परदादा के ज़माने से है। अपनी जीवन-अवधि के बाद जब कोई पेड़ धीरे-धीरे सूखने लगता है, तो उसकी जगह नया पेड़ लगाने से डोंगर की पैदावार नहीं घटती है। काजू के पौधे की बढ़त क्योंकि बहुत तेज़ी से होती है, इसलिए कोई पुराना पेड़ जब ऐंड्रे को सूखता हुआ दिख जाता है, तो फ़ौरन वह उसकी क्षतिपूर्ति के लिए काजू का नया पौधा लगाने की जुगत में जुट जाता है। ऐंड्रे की कार्रवाइयाँ नेहरू पिमेंटा बचपन से देखते आए हैं कि ऐंड्रे गड्ढा कर उसमें काजू का बीज रोपकर भी काजू का पौधा तैयार करता है और ग्राफ़्टिंग करके भी इसका क़लम बनाता है। ऐंड्रे को काजू का क़लम तैयार करने में सिद्धि है। अप्रैल-मई के मध्य जब काजू का पौधा तैयार हो जाता है, तो जून-जुलाई यानी वर्षा के दिनों में इसे लगाने के लिए फ़ासला रखकर वर्गाकार गड्ढा तैयार किया जाता है। पौधा रोपने के पहले तक़रीबन 15-20 दिनों तक गड्ढे का मुँह यों ही खुला रहने दिया जाता है। उस खुले गड्ढे के ऊपर की मिट्टी में 4-5 किलो गोबर का खाद या कम्पोस्ट, 2 किलो रॉक फ़ॉस्फ़ेट या डी. ए. पी. का मिश्रण मिला दिया जाता है। काजू रोपने के गड्ढे ऊँचाई या ढलान पर तैयार किए जाते हैं ताकि भविष्य में वहाँ कभी पानी न अटके। आख़िरकार पौधा लगा दिया जाता है। हर साल पौधे के चारों तरफ़ गोबर-खाद, यूरिया, रॉक फ़ॉस्फेट और म्युरेट ऑव पोटाश सितम्बर-अक्टूबर में

डाला जाता है। इससे पौधे की अच्छी बढ़त होती है। ऐंड्रे हमेशा बताता रहा है कि काजू की फलियों का दुश्मन 'टी मास्कीटो बग' है। यह कीड़ा काजू के कोंपल, मंजर और उसकी फलियों का रस चूसकर बहुत क्षति पहुँचाता है। इसलिए ऐंड्रे गोमेज ने काजू डोंगर के पेड़ों की हिफ़ाज़त के लिए सालाना 'स्प्रे-शिड्यूल' बना रखा है। पहला स्प्रे वह तब करता है, जब काजू के पेड़ में कल्ले फूटते हैं। इस पहले स्प्रे में वह 'मोनोक्रोटोफ़ीस' का छिड़काव डोंगर के सभी पेड़ों पर करता है। दूसरा स्प्रे ऐंड्रे पेड़ों पर फूल आने के बाद करता है। यह 'कर्वेरिल' का स्प्रे होता है। तीसरे चरण में फल आने के साथ वह फिर से 'कर्वेरिल' का छिड़काव करता है। बीच-बीच में जब कभी नेहरू पिमेंटा सियोलिम आते हैं, तो बूढ़े ऐंड्रे के साथ अपने काजू डोंगर में घूमते हुए उन्हें लगता है कि जैसे वे किसी संगीत समारोह... किसी म्यूज़िक कान्सर्ट में पहुँच गए हों और पल-पल पुलकित हो रहे हों। उनके होंठ बरबस थिरक रहे हों...'आइ लव कैशू नट्स...आइ ऐम फ़ॉर कैशू नट्स... आइ ऐम कैशू नट्स...!' नेहरू पिमेंटा सोचते हैं कि अगर वे संगीत के नशे में न डूबते, तो निस्सन्देह एक समर्पित काजू-किसान होते।

साल में एक बार काजू की बिक्री से आनेवाले पैसों में से मालिकाना हिस्सा एंटोनियो नेहरू पिमेंटा को मिल जाता है। हालाँकि, हर बार रुपये लेते वक़्त नेहरू पिमेंटा भावुक हो यह कहना नहीं भूलते कि "फ़ॉर मी...ग्रीन ट्रीज़ आर मोर इम्पॉर्टेंट दैन ग्रीन नोट्स।" पापा बताते थे कि नेहरू पिमेंटा के दादा सियोलिम 'कम्युनिदाद' के नामचीन गाँवकर थे। पर पुर्तगालियों के ज़माने की 'कम्युनिदाद' व्यवस्था और 'गाँवकरी' अब अतीत की गाथाएँ हैं। पणजी के बहुत पास होने के बावजूद नेहरू पिमेंटा छठे-छमासे अपने गाँव सियोलिम जाते हैं। वे अन्दर से विरक्त हैं। जीवन से विरक्त! यह विरक्ति उनके संगीत में भीगी हुई मिलती है।

एंटोनियो नेहरू पिमेंटा के घर 'बाख़ विला' की उम्र का ही सैंड्रा रॉड्रिक्स का भी पुश्तैनी घर है। दादाजी ने इस परिसर के एक हिस्से में जहाँ दोमंज़िला निवास बनवा रखा था, वहीं इसी परिसर के एक बड़े-से हिस्से में उन्होंने 'रॉड्रिक्स गोल्डेन ओवन' बेकरी का कारख़ाना जमा रखा था। बेकरी कारख़ाने का तामझाम ही अलग होता है। इसलिए नीचे कारख़ाना और ऊपर रिहाइशी घर मुमकिन नहीं था। यह परिसर कई पुश्तों से रॉड्रिक्स ख़ानदान का है। बेकरी से जुड़ी सारी सामग्रियों का भंडार रिहाइशी घर के नीचेवाले हिस्से में है। केक के लिए ज़रूरी सामान एक बड़े हॉल में और तैयार केक दूसरे बड़े हॉल में। ऊपर की मंज़िल पर जाने के लिए बाहर से सीढ़ी है। पणजी के इस भाग में जितने मकान हैं, उनमें सबसे पुराना सन् 1834 में बना 'मिंट हाउस' है और उसके बाद सन् 1854 में पुर्तगाली शासकों द्वारा निर्मित जनरल पोस्ट ऑफ़िस यानी जी. पी. ओ. की इमारत। 'मिंट हाउस' के नाक की सीध में जो बड़ा-सा तिकोना घेरा है, उसका नाम है—टोबैको स्क्वायर। सुबह से इसके इर्द-गिर्द गाड़ियाँ लगनी शुरू हो जाती हैं। यह पूरे दिन के हलचल का प्रतीक है।

कहते हैं, भारत में सबसे पहली बार तम्बाकू पुर्तगाली यहीं लाए थे और टोबैको स्क्वायर 'लार्गो दो इस्टांसो' यानी तम्बाकू विक्रेताओं का चौक कहलाता था। तम्बाकू का थोक सौदा यहीं से तय होता था। अजीब बात हुई कि पुर्तगाली शासन के बाद के वर्षों में उसी तिकोने चौक में 'पणजी पिलरी' खड़ी की गई। एक बड़ी-सी लकड़ी की टिकठी, जिसमें बने छेदों में अपराधी के सिर और हाथ फँसाकर सार्वजनिक भर्त्सना स्वरूप फाँसी दी जाती थी। सन् 1787 के विफल 'पिंटो-विद्रोह' के पन्द्रह क्रान्तिकारियों को यहीं फाँसी दी गई थी। अर्से से इस तिकोने चौक के घेरे में घने पेड़ों के बीच पुर्तगाली सेना के जनरल रहे डॉ. मिगुएल केटेनो डायस, जो शल्य चिकित्सक भी थे, की गोदी भर की संगमरमर की मूर्ति धूल खाती हुई मौजूद है। जनरल डायस के वंशज याद आने पर दो-चार साल में इसकी सफ़ाई करवा देते हैं। और वंशज क्या? बस ले-देकर सामने के 'मिंट हाउस' में रह रहीं उनके ख़ानदान की एकमात्र डॉ. मिसेज़ एलविरा डायस। स्त्री रोग विशेषज्ञ! ख़ैर, इतने सघन दफ़्तर, बाज़ार और रिहाइशी मकानों वाले पणजी के इस महत्त्वपूर्ण हिस्से में एक भी 'फ़िटनेस हेल्थ केयर सेंटर' नहीं था। इसलिए इसका खुलना तो अच्छा हुआ। पर इस 'फ़िटनेस सेंटर' का साफ़ा उसी के नाम पर बँधेगा, इसकी उसे दूर-दूर तक कल्पना नहीं थी। उसे लग रहा था कि छत की शहतीर उसके सिर पर गिर गई है। वैसे, 'सुदेश कोल्डड्रिंक' वाले सुदेश ने उसे पिछले हफ़्ते बताया था कि उसी की उम्र के आसपास की कोई एक लड़की है, जो यह फ़िटनेस सेंटर खोल रही है। पर वह लड़की कौन-क्या है, सैंड्रा ने तब उसमें कोई रुचि नहीं ली थी। पर अब तो पता करना होगा। और नहीं, तो वह सीधे ही उससे मिल लेगी।

सैंड्रा को देर रात तक नींद नहीं आई। ऐसा भी नहीं था कि इस एक बात को लेकर वह परेशान हो रही थी। पर एक बार किसी बात को लेकर मन उखड़ जाने पर उचाट तो हो ही जाता है। मम्मी को देर रात तक नींद नहीं आती है और वे माउथ ऑर्गन को होंठों से लगाए अपनी उदासी में गोते लगाती रहती हैं। मम्मी को देखने के लिए बीच-बीच में वह उनके कमरे में जाती है। मम्मी की गीली नैपि बदलकर वह फिर ड्राइंग रूम में आ गई और बत्ती जलाकर बैठ गई। ड्राइंग रूम की दीवार पर शीशे के संग फ्रेम में मढ़ी पाँच तस्वीरें हैं। एक पेअर फ़ोटो उसके ग्रैंडपा' यानी दादाजी स्व. पेड्रो एंटोनियो जोस क्लॉडिओ एसबेल्टॉस रॉड्रिक्स की उसकी दादी कैटिना डे रॉड्रिक्स के संग, दूसरी भारत के समाजवादी दिग्गज और गोवा मुक्ति आन्दोलन के अग्रणी नेता डॉ. राममनोहर लोहिया की, तीसरी तस्वीर पश्चिम बंगाल रिवोल्यूशनरी सोशलिस्ट पार्टी के संस्थापक त्रिदिब चौधुरी की, चौथी तस्वीर गोवा की आज़ादी में सक्रिय अग्रणी संगठन 'यूनाइटेड फ्रंट ऑव गोअंस' के क्रान्तिकारी प्रेज़िडेंट फ्रांसिस मैस्करीनस की और पाँचवीं तस्वीर उसके पापा की। चार तस्वीरें तो ख़ुद पापा ने लगवाई थीं। पापा के गुज़रने के बाद इन्हीं चारों तस्वीरों के क्रम में पापा की तस्वीर भी सैंड्रा ने लगा दी थी। ड्राइंग रूम की खिड़की के पास खड़ी होकर वह कुछ देर तक बाहर देखती रही और फिर सोफ़ा पर बैठ गई। उसकी

नज़र उन पाँचों तस्वीरों पर टिक गई। पापा बताते थे कि पचास के दशक से गोवा में पुर्तगाली सरकार के ख़िलाफ़ उठे 'गोवा मुक्ति आन्दोलन' में किस तरह उसके दादाजी ने डॉ. लोहिया, त्रिदिब चौधुरी और फ्रांसिस मैस्करीनस आदि नेताओं के साथ बढ़-चढ़कर हिस्सा लिया था।

'यूनाइटेड फ्रंट ऑव गोअंस' के प्रेज़िडेंट मि. मैस्करीनस और सोशलिस्ट दिग्गज डॉ. लोहिया दादाजी पर बहुत भरोसा करते थे। पापा बताते थे कि किस तरह सन् 1954 के जुलाई महीने में 'यूनाइटेड फ्रंट ऑफ़ गोअंस' के 35 स्वयंसेवकों के संग दमन के नगर हवेली के दादरा गाँव में जाकर दादाजी ने पुर्तगाली सरकार से उस गाँव की आज़ादी का ऐलान किया था और भारत का तिरंगा झंडा लहराया था। इससे बौखलाई पुर्तगाली सरकार ने पुर्तगाल से तत्काल कई सशस्त्र जहाज़ी-बेड़े भेजे थे। 'गोवा मुक्ति आन्दोलन' को लेकर पापा के पास एक से एक रोमांचक प्रसंगों का ख़ज़ाना था। वे बताते थे कि दादाजी से बुरी तरह ख़फ़ा पुर्तगाली सरकार ने पूरे दो वर्षों तक उनकी 'रॉड्रिक्स गोल्डेन ओवन' बेकरी को सील कर दिया था। कई बार दादाजी जेल में बन्द किए गए। और अन्ततः गोवा मुक्ति आन्दोलन में पुर्तगाली सैनिक की गोली से वर्ष 1956 में शहीद हो गए थे। इन कहानियों को सुनाकर हर बार निष्कर्ष में पापा यह ज़रूर कहते थे, "सैंड्रा! आइ एम प्राउड ऑव माइ रिवोल्यूशनरी फ़ादर। मत भूलना कि हमारी रगों में मि. पेड्रो एंटोनियो रॉड्रिक्स का खून बहता है। पणजी के 'आज़ाद मैदान' में दर्ज शहीदों की सूची में तुमने खुद देखा है कि 'गोवा मुक्ति आन्दोलन' के 67 शहीदियों में एक तुम्हारे ग्रैंडपा' का भी नाम है। सो वी आर रिअली डबल बैरल गन सैंड्रा! दुनाली बन्दूक वाक़ई हैं हम...।"

ड्राइंग रूम की बत्ती बुझाकर वह अपने बिस्तर पर चली आई। दिमाग़ भी एक अजीब बला है। इसका कोई ओर-छोर नहीं। कहाँ वह शाम से 'सैंड्रा-द फ़िटनेस ट्रिम ऐंड स्लिम सेंटर' को लेकर उलझ-खीज रही थी और कहाँ इस नीम रात में 'गोवा मुक्ति आन्दोलन' की कहानी में गोते लगा रही है। कहने को गोवा कबके आज़ाद हो गया लेकिन आज भी गोवा उसी की तरह गहरे तक लगातार दगदग खीज में है। देश-दुनिया के लोगों की अगवानी में भले गोवा दाँत निकालकर ठिलठिलाता है लेकिन गोवा के मन में अनवरत आँधी उड़ती है। पर सैंड्रा को लगता है कि गोवा को भी जरा थमकर सच को जानना चाहिए। शायद सच जानने का धैर्य नहीं होने के कारण ही पुर्तगाल से आज़ादी के इतने वर्षों बाद भी पुर्तगाल से गोवा के नेह-छोह का नाता बरक़रार है। और आज तक गोअनों का एक पैर गोवा और एक पैर पुर्तगाल में रहता है। इस दोहरे मन ने गोवा की आत्मा के एसेंस को...आसव को लगभग ख़त्म कर दिया है। आज़ादी के बावजूद पश्चिमी जीवन के प्रति तीव्र इच्छा ने अभी तक गोवा के लोगों को विच्छिन्न कर रखा है।

वैसे, पापा के मित्र रहे और चार खंडों में 'स्नैपशॉट्स ऑव इंडो पुर्चगीज़ हिस्ट्री' जैसी वृहद पुस्तक लिख चुके गोवा के समर्पित जीवनदानी इतिहासकार वास्को पिन्हो की गोवा और पुर्तगाल के रिश्ते को लेकर साफ़ राय है कि जिस तरह भारत पर

सैकड़ों साल राज कर चुके अंग्रेज़ अब भारत के दुश्मन नहीं रहे, उसी तरह गोवा पर लम्बी अवधि तक हुकूमत कर चुके पुर्तगाली भी अब गोवा के दुश्मन नहीं हैं। पुर्चगीज़ शिक्षा पद्धति में पढ़े-लिखे वास्को पिन्हो दोनों देशों से लगाव रखते हैं।

पणजी मेन चर्च के दाएँ जो सड़क जाती है, उसमें थोड़ा आगे बढ़ने पर क़तार से कुछ दोमंज़िला फ़्लैट्स हैं। वास्को पिन्हो इन्हीं में से एक में रहते हैं। अपने फ़्लैट के ऐन नीचेवाले तलघर में उन्होंने अपना एक मिनि 'गोअन म्यूज़ियम' बना रखा है। हालाँकि, यह तलघर उनका नहीं, जस्टिस अविनाश लावंडे का है। वास्को को उन्होंने म्यूज़ियम के वास्ते महज़ प्रतीकात्मक किराये पर यह तलघर दे रखा है। अविनाश सारस्वत ब्राह्मण हैं और वास्को कनवर्टेड सारस्वत हैं। पुर्तगालियों के शासनकाल में बहुत से सारस्वतों का धर्मपरिवर्तन हुआ था। वास्को पिन्हो को सैंड्रा के पापा गोवा के एक चलते-फिरते इतिहास कहते थे। पापा के संग ही वह कुछेक बार इनके यहाँ गई थी और पिछले साल उनका मिनि म्यूज़ियम देखने मारिया की ज़िद पर। उनके इस नन्हे-मुन्ने म्यूज़ियम में गोवा में तैनात रह चुके सभी पुर्तगाली गवर्नरों की तस्वीरें हैं। पुर्तगाल के तानाशाह सालाज़ार के संग हाथ मिलाते भारत के तत्कालीन प्रतिरक्षा मंत्री वी. के. कृष्णमेनन की दुर्लभ तस्वीर भी है। फ्रांसिस्को लुई गोमेज के युवावस्था की भी एक तस्वीर है, जो मात्र 32 वर्ष की उम्र में बतौर 'इंडिया पार्टी' के उम्मीदवार दक्षिण गोवा क्षेत्र से पुर्तगाली संसद के वास्ते निर्वाचित हुए थे। अपने भारत देश पर उन्हें बहुत नाज़ था और गोवा की मुक्ति के लिए 'स्वाधीनता और प्रकाश' सरीखे उनके कई लेख पूरे यूरोप में चर्चित रहे थे।

वास्को पिन्हो के इस छोटे-से 'गोअन म्यूज़ियम' में गोवा मूल के वर्तमान पुर्तगाली प्रधानमंत्री एंटोनिया दा' कोस्टा की तस्वीर भी एक बड़े-से फ्रेम में है। इस तस्वीर में प्रधानमंत्री एंटोनिया दा' कोस्टा बहुत उल्लास की मुद्रा में वास्को पिन्हो से हाथ मिला रहे हैं। यह तस्वीर तब की है जब प्रधानमंत्री बनने के बाद वे गोवा की यात्रा पर आए थे। अजायबघर के अध्यक्ष के अन्दाज़ में वास्को पिन्हो भूले-भटके पहुँचे आगन्तुकों को सभी पुर्तगाली-गवर्नरों और पुर्तगाल के तानाशाह तथा सन् 1932 से 1968 तक पुर्तगाल के प्रधानमंत्री रहे एंटोनियो डे ओलिवेरा सालाज़ार की कहानी बताते हैं। वे बहुत चमत्कारिक तरीक़े से विवरण देते हैं कि सालाज़ार जैसे तानाशाह के चंगुल से गोवा को निकालना आसान नहीं था। पर भारत के तत्कालीन प्रतिरक्षा मंत्री वी. के. कृष्णमेनन भी कम जब्बर आदमी नहीं थे। मझोले क़द-बुतवाले मृदुभाषी वास्को आगन्तुक को बताना नहीं भूलते हैं कि "टाइम मैगज़िन ने कृष्णमेनन को 'द सेकेंड मोस्ट पावरफ़ुल मैन इन इंडिया, आफ़्टर द देन प्राइम मिनिस्टर नेहरू' लिखा था। और जिस तरह पुर्तगाल का तानाशाह सालाज़ार राजनीतिज्ञ के संग-संग अर्थशास्त्री भी था, कृष्णमेनन भी मिज़ाज से कुछ वैसे ही थे और उन्होंने भी 'लंदन स्कूल ऑव इकोनॉमिक्स' से पढ़ाई की थी।"

अपने मिनि म्यूज़ियम के आगन्तुकों को वास्को पिन्हो यह भी जानकारी देते हैं कि भारत जहाँ पुर्तगाल से तीस गुना बड़ा है, वहीं पुर्तगाल गोवा से तीस गुना

बड़ा। यह समझाने के लिए उन्होंने भारत, पुर्तगाल और गोवा—तीनों का नक़्शा टाँग रखा है। भविष्य में उनकी योजना है कि वे भारत-पुर्तगाल और गोवा के इतिहास और इन तीनों के आपसी रिश्तों से गोवा की नई पीढ़ी को अवगत कराने के लिए अपने म्यूज़ियम में ही एक छोटा-सा क्लास शुरू करेंगे। इस क्लास में वे पुर्चगीज़ भाषा भी पढ़ाएँगे। बहरहाल, इतिहास और भाषा का ज्ञान कभी अनुपयोगी नहीं होता लेकिन सैंड्रा अच्छी तरह समझती है कि वास्को के मन में भारत से तमाम प्यार के बावजूद आज तक पुर्तगाल के लिए एक हूक है। ऐसा अधिकांश पुराने गोअंस के संग है। पर पापा की बात मन में रह-रहकर गूँज जाती है..."एक पराये देश के लिए भला हम हूक क्यों पालें सैंड्रा...? बेशक, कोई खास देश आपको अच्छा लग सकता है लेकिन उसके लिए कसक और हूक? यह गलत है।" फिर एक पल रुककर पापा कहते थे, "वैसे सिर्फ पुराने गोअंस को ही नहीं, पुर्तगाल को भी आज तक गोवा के लिए कसक है। यही वजह है कि अगर आप गोअन हैं और आप चाहते हैं कि आपको पुर्चगीज़ नागरिकता का पासपोर्ट मिले, तो पुर्तगाल सरकार वह आपको दोनों हाथों से देने को हमेशा तैयार है। पणजी के फ़ादर एग्नेलो रोड में सोमवार से बृहस्पतिवार तक पुर्चगीज़ कान्सुलेट यानी दूतावास में पुर्चगीज़ पासपोर्ट के लिए भीड़ लगी रहती है। दरअसल, पुर्तगाल पहुँचकर लोग धड़ल्ले से इंग्लैंड, फ्रांस, जर्मनी...कहीं भी जा सकते हैं।" फिर गहरी साँस लेकर पापा जारी रहते थे, "सैंड्रा! इतिहास में झाँको, तो गोवा के अतीत की कई विचित्र परतें मिलेंगी तुम्हें। यह अतीत की ही दबी हुई चिंगारी है कि गोवा के पुर्तगाली मूल के लोग आज भी फ्रेंच, अंग्रेज़ और डच को कतई पसन्द नहीं करते। ये मानते हैं कि पुर्तगाली हमलावर नहीं थे लेकिन फ्रेंच, अंग्रेज़ और डच ने गुजरे दौर में अपने हमलों और दबिश से गोवा को बराबर तबाह किया।" तनिक थमकर पापा फिर शुरू होते, "सैंड्रा! सन् 1799 में अपने फौज की टुकड़ी लेकर अंग्रेज इस बहाने से गोवा में दाखिल हुए थे कि फ्रेंच सैनिकों के आए दिनों के हमलों से वे पुर्तगालियों की गोवा में हिफाजत करेंगे। मुगल बादशाह जहाँगीर के जमाने से अंग्रेज़ भारत में पाँव फैला रहे थे और बम्बई व मद्रास से लेकर कलकत्ता प्रेसीडेंसी तक को धीरे-धीरे उन्होंने अपने नियंत्रण में ले लिया था। बंगाल में तो वे बाकायदे हुकूमत ही कर रहे थे। देखा-देखी फ्रांस भी भारत में विस्तार के लिए व्यग्र था। अंग्रेजों से इसलिए फ्रांस के तानाशाह को खुंदक थी। भारत में अंग्रेजों और फ्रांस के फौजियों की अक्सर भिड़न्त होती रहती थी। नेपोलियन ने जब पुर्तगाल पर हमला किया, तो फ्रांस से नाराज चल रहे अंग्रेजों ने पुर्तगाल के बचाव में फौरन अपनी फौज भेजी थी। इसलिए जब अंग्रेजों ने गोवा में अपने फौजियों की टुकड़ी भेजी कि वे फ्रांस के हमलों से गोवा का बचाव करेंगे, तो गोवा में तैनात पुर्तगाल के गवर्नर ने इसका विरोध नहीं किया। ब्रिटिश सत्ता सामरिक दृष्टि से गोवा का महत्त्व समझती थी और किसी भी सूरत में गोवा को फ्रांस के कब्जे में नहीं जाने देने के लिए डटी थी। फ्रांस के फौजियों से गोवा में ब्रिटिश फौज की अनेक छोटी-बड़ी भिड़न्त हुई।

हर बार ब्रिटिश फौज ने फ्रांस की फौज को खदेड़ भगाया। पूरे सत्रह वर्षों तक इस तरह ब्रिटिश फौजी गोवा में टिके रहे। फ्रांस के सैनिकों के हमलों से कई ब्रिटिश फौजियों की जानें भी गईं।"

इस लम्बी कहानी के बाद पापा कहते थे, "ऐ सैंड्रा! दोना पाउला में गोवा राजभवन के ठीक बाजू में ढलान के नीचे एक जर्जर सफेद चहारदीवारी के भीतर 103 कब्रें हैं, जो उस समय मारे गए ब्रिटिश सैनिकों के हैं। खैर, जो भी हो, अंग्रेज शुरू में पुर्तगालियों का हितैषी बनने का नाटक करते रहे। पर जब भारत में उनकी ताकत बढ़ी, तो पुर्तगालियों को भी भारत से भगाने की मुहिम में वे जुट गए। पुर्तगाली जब कमजोर पड़ गए, तो अंग्रेज़ों ने खानसामा, अर्दली और ड्रम बजाने के छोटे-छोटे काम में पुर्तगालियों का इस्तेमाल करना शुरू किया। उधर फ्रांस भारत में जहाँ-तहाँ मुँह मार रहा था। जैसे कि चन्दननगर! बंगाल का चन्दननगर शहर भारत की आज़ादी के बाद भी फ्रांस के अधीन था। सन् 1673 में बंगाल के नवाब से अनुमति लेकर फ्रांस ने यहाँ अपनी कॉलोनी बसाई थी। भारत की आजादी के बाद भी पश्चिम बंगाल के इस शहर में फ्रांस की सत्ता-व्यवस्था बनी हुई थी। बहुत आन्दोलन के बाद सन् 1948 में चन्दननगर के निवासियों की राय जानने के लिए मतदान कराया गया। लगभग 97 प्रतिशत चन्दननगर के वासियों ने राय जाहिर की कि वे फ्रांस नहीं, बल्कि भारत में रहना चाहते हैं। आखिरकार, बहुत जद्दोजहद के बाद फ्रांस ने सन् 1952 में चन्दननगर को भारत के हवाले किया और सन् 1955 में राष्ट्रपिता महात्मा गांधी के जन्मदिन 2 अक्टूबर को चन्दननगर विधिवत पश्चिम बंगाल का हिस्सा बना। पर उसके बाद सैंड्रा! फ्रांस ने चन्दननगर के लिए कोई कसक नहीं पाली। जबकि अपने गोवा का तो हाल ही गजब है। पुर्तगाल को तो आज तक गोवा की याद बिसराई नहीं। गोवा के पुराने बाशिन्दे भी पुर्तगाल के लिए भावुक रहते हैं।"

सैंड्रा को लगता है कि एलटिन्हो पहाड़ी पर आग जल रही है। मांडवी और जुआरी नदी के पेट में आँधी चल रही है और उसके पुरखों का गोवा हताश हो रहा है। सैंड्रा का ज़ोर से मन करता है कि गोवा के राजकीय पक्षी माणिक-सी सुर्ख़ लाल गलेवाली दक्क पीली बुलबुल, धान-पक्षी और व्हिसलिंग स्कूल ब्वॉय कहलाने वाली आदमी के बच्चे की तरह सीटी बजाती गहरी नीली-फ़िरोजी चिड़िया थ्रस...इन सबको आवाज़ दे और कहे कि आकाश से नीला सूत लेकर आओ और उसकी सहायता से उदास गोवा के डूबते दिल को ऊपर खींच लाओ। सैंड्रा अपने कैम्पस में ऐन लोहे के जीर्ण नीले फाटक के पास केले के पेड़ों की जमघट में छठे-छमासे पीली बुलबुल को देखती भी है। चमकीले धूप-सी प्यारी पीली बुलबुल! गोवा की सिग्नेचर बर्ड! हस्ताक्षर चिड़िया गोवा की! सैंड्रा याद करती है, वर्षों पहले जब पापा के कहने पर एक बार अपनी बीमार बुआ को देखने वह लिस्बन गई थी, तो वहाँ गोवा की चमकीली धूप की उसे बहुत याद आई थी। पापा की छोटी बहन, उसकी इकलौती बुआ अमांडा स्माले का अभी भी जब कभी फ़ोन आता है, तो हर बार वह लिस्बन आने की बात दोहराती हैं। पर पुर्तगाल जाने का उसका कभी मन ही नहीं होता।

पुर्तगाल के आकाश में साल के नौ-दस महीने बादल छाए रहते हैं। धूप दिखती नहीं। पर आज़ाद होकर भी गोअनों के मन में पुर्तगाल का आकाश छाया है। कमरे में बिस्तर तक सिमटी मम्मी खिड़की से बाहर सूनी खिड़की जैसी आँखों से शून्य में देखते हुए अक्सर रोने लगती हैं, "मेरा दिल डूब रहा है सैंड्रा! हमारा आसमान फटा-सा दिखता है। मेरे बाद क्या होगा तुम्हारा? इस खानदान की तुम आखिरी कड़ी हो...। तुम्हारे बाद रॉड्रिक्स फ़ैमिली खत्म।" सैंड्रा समझती है, मम्मी उसके अकेलेपन को लेकर हताश रहती हैं। वह जानती है, अपनी मृत्यु से पहले पापा भी उसके भविष्य को लेकर हताश रहने लगे थे। एक बार तो पणजी से प्रकाशित प्रमुख अंग्रेज़ी दैनिक 'नवहिन्द टाइम्स' के वैवाहिक कॉलम में उसे बग़ैर बताए चुपचाप उन्होंने विज्ञापन भी दे दिया था। उसे जब पता चला, तो पापा पर वह एकदम से फट पड़ी थी, "प्लीज़ पापा! मेरा मजाक मत उड़वाइए। मैं एक मरी हुई बन्दरगाह हूँ। कोई नहीं मिलेगा आपको मेरे लिए...इस पूरी दुनिया में कोई नहीं।" उसकी तमतमाहट देख पापा इस मुद्दे पर हमेशा के लिए चुप लगा गए थे। पर मम्मी की अभी भी रट है, 'तुम्हारे बाद रॉड्रिक्स फ़ैमली खत्म।' पापा को रॉड्रिक्स खानदान की अमरता पर गर्व था, "मत भूलना कि हमारी रगों में मि. पेड्रो एंटोनियो रॉड्रिक्स का खून बहता है।"

पापा बराबर कहते थे कि गोवा आज़ाद तो हो गया लेकिन एक ज़माने से दुनिया भर के बाहरी चकाचौंध ने गोवा को अन्दर से स्याह कर दिया है। अपने तमाम ऊपरी चमक-दमक की क़ीमत गोवा अपनी आत्मा की स्याही से चुका रहा है। दुनिया भर के देशों से यहाँ आनेवाले पर्यटकों के शरीर को धूप चाहिए लेकिन गोअनों की आत्मा को धूप की ज़रूरत है। जिस तरह भारत गाँवों का देश है, गोवा गाँवों का प्रदेश है। पापा कहते थे कि जिसने गोवा के गाँवों में नारियल पेड़ों की झुरमुट नहीं देखी, काजू के बागानों से होकर नहीं गुजरा, नारियल तोड़नेवालों और काजू के पेड़ों के नीचे उसके नट्स को चुनते लोगों को नहीं देखा, पारम्परिक तरीक़े से उसके नट्स को तोड़ती गोवा के गाँवों की स्त्रियों के अनुरागपूर्ण लगन को नहीं देखा, गाँव की नदियों से मछलियाँ मारने में तल्लीन मछुआरों को नहीं देखा—दरअसल उसने गोवा नहीं देखा। गोवा सिर्फ़ समुद्र तटों पर फैला उन्माद नहीं है। पापा गहरी साँस लेकर कहते थे, "सैंड्रा! दरअसल गोअंस ने पुर्तगाल के खिलाफ आन्दोलन कर आजादी तो ले ली और भारत में शामिल हो गए लेकिन इन्हें अपनी कुंठा से मुक्ति कभी नहीं मिल सकी। इनके मन में यह स्याही आज तक जमी हुई है कि गोवा की पहचान खानसामा...बटलर...शेफ...और कुक...की एक ऐसी धरती के रूप में है, जहाँ बाहर के लोग उनके सीने पर चढ़कर मनमानी मस्ती कर चले जाते हैं। विदेशी पर्यटक बड़ी तादाद में यहाँ समुद्र तट पर धूप सेंकते दिन भर नंगे पड़े रहते हैं, जो भारत के किसी भी दूसरे सूबे में सम्भव नहीं। पर सवाल है, इसकी छूट किसने दी? हमीं गोअंस ने न सैंड्रा! टुरिज़्म के नाम पर यह सब जमाने से यहाँ चल रहा है। खैर, इस बात को किनारे कर दो तो कुछ ऐसी बातें हैं सैंड्रा, जिस पर गोअंस बुरी तरह अपमानित महसूस करते हैं।"

"कौन-सी बात पापा?"

"तुम्हें पता है।" सेबेस्टिअन रॉड्रिक्स ने गला साफ करते हुए यों कहा था, जैसे कोई पुरानी कसक मन में अटक रही हो।

"चलिए, मान लिया कि मुझे पहले से पता है। पर वह बात मैं फिर से आपसे सुनना चाहती हूँ।"

सेबेस्टिअन रॉड्रिक्स ने कातर स्वर में कहा था, "आदिलशाही दौर से लेकर पुर्तगालियों के ज़माने और आज तक गोवा के लोगों को कभी सम्मान नहीं मिला। गोवा की इमेज मौज-मस्ती और अय्याशी की जगह के साथ-साथ 'ड्रग-डेन' और 'ड्रग लैंड' के रूप में प्रचारित कर दी गई। हम अपनी तकलीफ और अपमान को लेकर क्योंकि रिएक्ट नहीं करते...डजन्ट मीन दैट वी डोंट हैव एनी। अपने देश और दुनिया भर के लोग गोवावासियों के साथ ऐसे पेश आते हैं, जैसे वे अपनी माँ के गर्भ में ही अपना दिल और दिमाग दोनों भूलकर धरती पर आते हैं।" सेबेस्टिअन रॉड्रिक्स कहते ही गए थे, "हम गोवा के लोग कोंकणी में 'गोंयकार' कहे जाते हैं। पुर्तगाली हमें 'गोज' कहकर ज़िक्र करते थे। अंग्रेज़ी में हम 'गोअंस' हैं। यानी हमारी स्पेलिंग है—जी...ओ...ए...एन...एस। पर बाहरी देशों के पर्यटकों से लेकर अपने देश के लोग भी हमें 'गोअनीज' कहते हैं। गोवा के लोगों को इस 'गोअनीज' सम्बोधन से बहुत अपमान महसूस होता है। ग्रामर की दृष्टि से, 'गोअनीज' अशुद्ध है, क्योंकि 'गोअन' अपने आप में एडजेक्टिव यानी विशेषण है। इसलिए जी...ओ...ए...एन...में इ...एस...इ...जोड़ने का कोई मतलब नहीं। आइ मीन 'गोअन' को 'गोअनीज' कहना एक तरह से हमारी ओवर किलिंग है सैंड्रा। यह तो वैसा ही हुआ जैसे 'इंडियन' की स्पेलिंग में जबर्दस्ती 'इ...एस...इ...' जोड़कर 'इंडियनीज' कहा जाने लगे।"

"हाँ पापा।" सैंड्रा ने कुछ इस अन्दाज़ में कहा जैसे पापा ने बहुत दिनों बाद बन्द पड़े अँधेरे घर का दरवाज़ा खोल दिया हो।

"सैंड्रा!" सूखे मुँह से सेबेस्टिअन रॉड्रिक्स ने कहा था, "गोअंस को गोअनीज कहने का चलन ब्रिटिश राज के दौरान शुरू हुआ। अंग्रेज़ों को किसी का नाम तोड़कर नेस्तनाबूद करने में कौशल हासिल था। इसके पीछे वे तर्क देते थे कि ईस्ट यानी पूरब देशवालों का नाम लेने का उन्हें अभ्यास नहीं। रिचर्ड बर्टन नामक इंग्लैंड के एक लेखक ने 'गोअंस' को 'गोअनीज' प्रचारित करने में तब और पलीता लगाया, जब 'गोवा ऐंड द ब्लू माउंटेंस' नामक एक किताब उन्होंने लिखी। इस किताब में शुरू से अन्त तक रिचर्ड बर्टन ने गोअंस का ज़िक्र 'गोअनीज' लिखकर किया है। सच यही है सैंड्रा कि देश-दुनिया के 'ऑक्सीजन थीफ़्स' ने अब तक गोअंस के ऑक्सीजन की चोरी ही चोरी की है। सबको हमारी धूप और हमारा समंदर चाहिए...पर कोई नहीं सोचता कि हमें क्या चाहिए...कि गोवा को क्या चाहिए?"

"ओह पापा!" सैंड्रा से कुछ आगे कहते नहीं बन पड़ा था। वह समझ गई थी कि पापा को आज की रात अब नींद नहीं आएगी।

"सैंड्रा!" आँखें नीची करके सेबेस्टिअन रॉड्रिक्स ने कहा था, "कभी-कभी तो मुझे लगता है कि सेकेंड वर्ल्ड वार के चीनी बन्दियों की जो हालत थी, कुछ वैसी ही परिस्थिति हम गोअंस की भी है, जो अभी भी 'गोअनीज' कहलाते हैं। एक समय था जब महाराष्ट्र के महाबलेश्वर और पंचगनी में सेकेंड वर्ल्ड वार के चीनी बन्दियों को सुबह से शाम तक जेल से बाहर निकलकर फल व सब्जी की खेती करने, कपड़ों की धुलाई करने यानी धोबी बनने की छूट दी गई थी। इन लोगों को तब 'चीनी मेन' कहा जाता था। इन चीनी बन्दियों की जिन्दगी अजीब थी। दिनभर जेल से निकलकर ये लोग पंचगनी और महाबलेश्वर इलाके के खेतों में स्ट्रॉबेरी, बैंगनी बन्द गोभी, लाल मूली, रसभरी, शहतूत और नारंगी गाजर की जो खेती करते थे, कहते हैं कि वह देखने-दिखाने लायक होती थी। अंग्रेजों ने उस समय पश्चिमी घाट के उस पहाड़ी इलाके में चीनी बन्दियों का इस्तेमाल हमेशा मुफ्त-मजदूरों के रूप में किया। पर अंग्रेजों की पहल पर चीनी बन्दियों ने जो इस इलाके में शानदार खेती की परम्परा शुरू की, उसी का नतीजा है कि अभी भी उधर स्ट्रॉबेरी से लेकर नारंगी गाजर और शहतूत की खेती होती है। पर उन दिनों इन चीनी बन्दियों की कोई गत नहीं थी। बम्बई में उन चीनी लोगों को, जो गली-मुहल्लों और सड़कों पर सामान बेचते थे, को उस समय बम्बई के लोग 'चीनी' या 'चोई' कहकर बुलाते थे। पचास के उस दशक में बम्बई में रह रहे ज्यादातर चाइनीज या तो हेयर ड्रेसर थे, या फिर दर्जी व जूता सिलनेवाले! पर इनका सफर 'चीनामेन' से लेकर 'चीना' और 'चोई' के बाद आखिरकार 'चाइनीज' सम्बोधन का ठीक-ठाक मुकाम पा सका। पर हम लोग अभी तक 'गोअनीज' ही रह गए। वही, ओवर किलिंग ऑव गोअंस! खैर, हमारे पास कई अच्छी बातें हैं, जिन्हें हम सोचकर खुश हो सकते हैं, खुश होते हैं माइ प्रिटि डॉटर।"

"पापा! वह क्या सब?" सैंड्रा उत्सुक हो उठती।

"तुम्हें सब मालूम है, फिर भी...। जैसे कितनी बातें...। गोवा भारत का अकेला प्रान्त है जहाँ कोंकणी और मराठी—दो शासकीय व आधिकारिक भाषा है। एशिया का पहला छापाखाना सन् 1556 में गोवा के सेंट पॉल्स कॉलेज में खुला था। भारत का पहला मेडिकल स्कूल सन् 1842 में गोवा के पणजी में स्थापित हुआ था, जो सन् 2004 तक चलता रहा था। यही नहीं, जापान को हाल-साल तक साठ प्रतिशत कच्चे खनिज की आपूर्ति गोवा ही करता रहा था, जिसे कुछ साल पहले राजनीतिक कारणों से बन्द कर देना पड़ा। गोवा देश का पहला प्रान्त है सैंड्रा, जहाँ तुमको पता ही है कि वर्षों से बिला नागा हर साल 'अन्तरराष्ट्रीय फ़िल्म महोत्सव' का आयोजन होता है। कितना गिनाऊँ? नेवी का एकमात्र मिलिट्री एयरपोर्ट गोवा में ही है। देश का एकमात्र नौसेना विषयक संग्रहालय 'नेवल एवियेशन म्यूज़ियम ऑव एशिया' गोवा के ही वास्को में अवस्थित है। और सुनो, देश का सबसे छोटा स्टेट होने के बावजूद बैंकों के बचत खाते के मामले में यह देश में अव्वल है। देश का पहला अंग्रेज़ी हाईस्कूल गोवा में ही सन् 1896 में खुला था। नाम था—'सेंट जोसेफ़्स

हाईस्कूल'। और आगे चलो, गोवा की कुल ज़मीन का 33 प्रतिशत वन क्षेत्र है, जितना देश में और कहीं नहीं है। एशिया का फ़्लोटिंग कैसिनो एकमात्र गोवा में है।"

पापा जारी ही रहते थे, "चर्च और मंदिर को लो, तो कहना ही क्या। यहाँ बेशुमार चर्च तो हैं ही और कई ऐतिहासिक मंदिर भी। जैसे भारत में ब्रह्मा जी के मात्र दो मंदिर हैं। एक तो राजस्थान के पुष्कर में और दूसरा अपने गोवा के कैरमबॉलिम का ब्रह्मा टेम्पल। अब सबसे छोटी लेकिन महत्त्वपूर्ण बात यह है कि गोवा देश का अकेला ऐसा स्टेट है जहाँ मोटरसाइकिल बतौर टैक्सी उपलब्ध है। यानी—पाइलोटो...।" पापा कुछ इस तरह कहते थे मानो गोवा की आँत, मज्जा और अस्थि के बारे में बता रहे हों। गोवा के बाहर का कोई आगन्तुक मिले और पापा उसे पूरा 'गोवानामा' न सुनाएँ, यह कैसे सम्भव था।

पापा को लेकर आज भी वह सोचती है कि राजनीतिक चर्चाओं में तो उनकी दिलचस्पी थी ही...इतिहास को लेकर भी वे हमेशा उत्सुक रहते थे। सैंड्रा को लगता है कि...देअर वाज अ हिस्टोरिअन इनसाइड हिम...! विधिवत उन्होंने कभी इतिहास नहीं पढ़ा था, पर इतिहास में उनकी गहरी रुचि हमेशा रही। समुद्र के इतिहास मंथन में भी वे गाहे-बगाहे डुबकियाँ लगाते थे। यही वजह थी कि दोना पाउला में गोवा राजभवन के बाजू में स्थित 'नेशनल इंस्टीट्यूट ऑव ओसनोग्राफ़ी' यानी 'राष्ट्रीय समुद्र विज्ञान संस्थान' के पुस्तकालय का वे मौक़े-मौक़े से चक्कर लगा लेते थे। पापा कहते थे कि "सैंड्रा! पहले दुनिया का सारा लफड़ा समुद्र के जरिये था। लम्बी अवधि तक भारत के बादशाहों, राजे-रजवाड़ों और जमींदारों में समुद्री दृष्टिहीनता बनी रही थी। इसलिए भारत में बाहर से जो भी घुसपैठ हुआ, समुद्र के रास्ते। भारत के इतिहास को ठीक से समझना हो, तो समुद्र के इतिहास को जानना होगा।" पापा को सुनते हुए वह अवाक् रहती थी कि समुद्र के बारे में पापा इतना कैसे जानते हैं। पापा बताते थे कि प्राचीन काल में भारत की सैन्य शक्ति बहुत मज़बूत थी। पर समुद्री मोर्चे पर यह सैन्य शक्ति कमज़ोर पड़ जाती थी। भारत में सबसे पहले चोल राजा ने इस कमज़ोरी को समझा और अपनी मज़बूत नौसेना खड़ी की। लगभग एक हज़ार साल पहले की बात है। राजेन्द्र चोल प्रथम ने नागपट्टनम में अपना विशाल सैन्य बन्दरगाह क़ायम किया था। चोल राजा ने बहुत-से पानी के बड़े-बड़े जहाज़ और युद्ध के लिए हज़ारों हाथियों को प्रशिक्षित कराया था। अपने विशाल समुद्री जहाज़ों पर हाथियों को भरकर राजेन्द्र चोल ने श्रीलंका पर भी हमला किया था। अपनी मज़बूत नौसेना के दम पर ही राजेन्द्र चोल प्रथम की सेना ने जावा, इंडोनेशिया, सुमात्रा, वियतनाम, बर्मा, थाइलैंड और मलेशिया पर धावा किया था।

पापा बताते थे कि चोल सेना के जहाज़ कई तरह के होते थे। मसलन 'धरानी', जो मौजूदा समय के विनाशक जहाज़ की तरह होता था। इसका इस्तेमाल समुद्र में बड़े युद्धों के लिए किया जाता था। चोल नौसेना का एक दूसरा मारक जहाज़ था 'लूला', जिसका उपयोग छोटी लड़ाइयों और सुरक्षा सम्बन्धित कार्यों के लिए किया जाता था। इसी तरह चोल नौसेना का लड़ाकू 'वज्रा' भी समुद्र में दुश्मनों पर कहर

ढाता था। यह आजकल के फ्रिगेट युद्ध पोत की तरह था। चोल राजवंश तेरहवीं सदी तक क़ायम रहा। अपनी ताक़तवर नौसेना के दम पर यह भारत का एकमात्र चोल राजवंश था, जिसने दुनिया के दूसरे-दूसरे देशों में अपनी ध्वजा लहराई थी। उनका ख़ुफ़िया तंत्र भी बहुत मज़बूत था। पर चोलवंश के कमज़ोर पड़ने के साथ समुद्र पर भारत की पकड़ ढीली पड़ती गई। हालाँकि, 8वीं सदी से अरब के सौदागर भारत आने लगे थे। पर समुद्र के ज़रिये भारत पर मुसीबत के काले बादल 16वीं सदी से लहराने शुरू हो गए, जब पुर्तगालियों का आवागमन भारत में शुरू हो गया। सन् 1498 में पुर्तगाल से वास्को द गामा का आना भारत में चुपचाप ग़ुलामी के अगामी दिनों का पैग़ाम था। भारत में चोल राजवंश जैसा कोई ताक़तवर राजवंश भी नहीं था, जो अपनी भीषण नौसैनिक शक्ति से सबको थर्रा कर रख पाता। केरल के कोझिकोड के हिन्दू राजा जामोरिन के बारे में भी पापा टुकड़ों-टुकड़ों में बताते थे। उनका शासन मालाबार तट पर कोल्लम से कोल्लांडी तक था। कालीकट में राजा को 'जामोरिन' कहा जाता था। जब 17 मई, 1498 को पुर्तगाली वास्को द गामा ने केरल के मालाबार तट पर उतरकर स्थानीय लोगों से संवाद बनाया, तो गुजरात का एक व्यापारी अब्दुल मजीद उसका पहला मित्र बना। अब्दुल मजीद ने वास्को द गामा की मुलाक़ात तत्कालीन जामोरिन से कराई। जामोरिन ने वास्को द गामा को अनुमति दी कि पुर्तगाल के लोग अगर उनके राज्य में व्यापार करना चाहते हैं, तो कर सकते हैं। यह जानकारी जब जामोरिन के राज्य में व्यवसाय कर रहे अरब के व्यापारियों को मिली, तो उन लोगों ने इस पर बहुत नाराज़गी जताई। पर जामोरिन को भला कौन चुनौती देता! पहली यात्रा में वास्को द गामा तीन महीने रुका और दोबारा मालाबार आने के मज़बूत इरादे के संग पुर्तगाल लौट गया। पुर्तगाल के किंग मैनुएल को उसने जामोरिन से पाए वायदे के बारे में बताया। इसके बाद से पुर्तगालियों का बेड़ा भारत आना शुरू हो गया। सन् 1500 में पुर्तगाल के राजा ने पेड्रो अलवेयर्स कैब्रेल के नेतृत्व में 13 जहाज़ लिस्बन से मालाबार तट पर भेजा। नये-नये बने जामोरिन ने पुर्तगालियों से व्यापारिक सम्बन्ध को व्यावहारिक रूप से मान लिया। पर कालीकट में अरब के व्यापारियों की पुर्तगाली व्यापारियों से तनातनी तभी से शुरू हो गई। इस सबसे तनाव बढ़ा, तो सन् 1502 में वास्को द गामा को फिर पुर्तगाल से भेजा गया ताकि वह जामोरिन से बात कर अरब के व्यापारियों को दरकिनार कराए।

वास्को द गामा की दूसरी कालीकट-यात्रा बहुत सफल रही। बहुत कूटनीतिक तरीक़े से उसने जामोरिन पर दबाव बनाया। तब अरब के व्यापारियों की हैसियत धीरे-धीरे पुर्तगाली व्यापारियों के सामने मंद पड़ने लगी। पर कुछ समय बाद पुर्तगालियों की बढ़ती मनमानी देख जामोरिन को बहुत नाराज़गी रहने लगी। जामोरिन से बहुत दिनों तक नहीं निभेगी, यह भाँपकर पुर्तगाली कुन्नूर पहुँचे और वहाँ के शासक से सम्पर्क साधा। पुर्तगालियों को पता था कि कुन्नूर के राजा से जामोरिनों की पुरानी अनबन पुश्तों से चली आ रही है। हालाँकि, पुर्तगालियों के षड्यंत्रों को भाँप जामोरिन ने पुर्तगालियों को सहज करने की कोशिश भी की। पर पुर्तगालियों

ने कुन्नूर के साथ-साथ कोचीन के राजा को भी जामोरिन के और भी ख़िलाफ़ कर दिया। जामोरिन से बढ़ती दूरी के दौर में ही इस बीच पुर्तगालियों ने अपना मुख्यालय गोवा स्थानान्तरित कर लिया। सन् 1510 के बाद पुर्तगाली वायसराय का मुख्यालय विधिवत गोवा हो गया था।

पापा बताते थे कि पुर्तगालियों के बाग़ी तेवर को देख जामोरिन ने कुंजाली माराक्कार वंश के अपने बाँकुरे कप्तानों के हौसले से पुर्तगालियों के विरुद्ध दशकों तक हर सम्भव नौसैनिक मुहिम जारी रखी थी।

पापा की कहानियों का अन्त नहीं था। पापा की इन कहानियों में से एक कहानी तटीय कर्नाटक इलाक़े के तुलुनाडु की रानी अब्बक्का की कहानी भी थी। रानी अब्बक्का भारत की वह पहली महिला योद्धा थीं, जिन्होंने चालीस वर्षों तक पुर्तगालियों को अपने इलाक़े से खदेड़कर रखा था। वह एक जैन वीरांगना थीं। सोलहवीं सदी के बीच में जब पुर्तगाली भारत में अपना हाथ-पाँव फैलाने लगे, तो रानी अब्बक्का ने उन्हें बार-बार पटखनी दी। पापा गहरी साँस लेकर रानी अब्बक्का की कहानी कुछ यों बढ़ाते जैसे वे रानी के विश्वस्त मंत्रियों में से एक रहे हों। वे जारी रहते, "सैंड्रा! रानी अब्बक्का का 'उल्ला किला' अरब सागर के किनारे मंगलोर शहर से कुछ ही मीलों की दूरी पर था। एक बार तो पुर्तगालियों ने दक्षिण कर्नाटक के तट पर जबर्दस्त हमला किया और मंगलोर के बन्दरगाह को बुरी तरह तबाह कर दिया लेकिन इसके बावजूद वे रानी अब्बक्का के 'उल्ला किला' पर कब्जा नहीं ही कर पाए। रानी अब्बक्का बहुत बहादुर थीं। इसलिए उस समय लोग उन्हें 'अभया रानी' कहते थे। वह झाँसी की रानी लक्ष्मीबाई से 300 साल पहले हुई थीं। पुर्तगालियों ने रानी अब्बक्का को कमजोर करने के लिए उनके पति लक्ष्मप्पा को भी अपनी तरफ मिला लिया था। पर इससे रानी अब्बक्का को कोई फर्क नहीं पड़ा। पुर्तगाली रानी अब्बक्का पर बराबर यह दबाव बनाए हुए थे कि वे उन्हें नियमित कर चुकाएँ। अब्बक्का कभी भी उन्हें टैक्स देने के लिए राजी नहीं हुईं। पर वर्ष 1568 में पुर्तगाली सेना रानी अब्बक्का के किले पर कब्जा जमाने में सफल रही। रानी अब्बक्का ने चारों तरफ मुसीबत देख एक मस्जिद में शरण ली और उसी रात दो सौ सैनिकों को बटोर रानी ने पुर्तगाली सेना पर हमला कर उसके जनरल को मार गिराया। पर इसी के बाद रानी अब्बक्का के पति लक्ष्मप्पा ने पुर्तगालियों से मिलकर हमला किया और रानी अब्बक्का कैद कर ली गईं। रानी अब्बक्का कैद में ही गुजर गईं।" पापा अपनी बात खत्म करते हुए कहते थे, "सैंड्रा! बेंगलुरु और उल्लाल में रानी अब्बक्का की कांस्य प्रतिमा लगी हुई है। उल्लाल में अभी भी 'वीर रानी अब्बक्का उत्सव' मनाया जाता है।" फिर जैसे उन्हें कुछ कौंधता, "सैंड्रा! एक बात याद रखो कि रानी अब्बक्का भले गोवा की नहीं थीं। गोवा के पड़ोसी प्रान्त कर्नाटक की थीं। पर मांडवी नदी के पानी की सतह पर रानी अब्बक्का के संघर्ष की परछाईं अभी भी है। पुर्तगालियों से लगातार टक्कर लेकर उन्होंने मौत को गले लगाया। गोवा की आजादी के लिए सक्रिय गोवा के

संग्रामियों के बीच रानी अब्बक्का की कुर्बानी की कहानी एक बड़ी प्रेरणा थी। इस तरह गोवा के लिए शुरू से लेकर गोवा की आजादी तक बहुत कुर्बानियाँ हुईं।" पापा का गला भर आता। सैंड्रा को आज भी लगता है जैसे पापा कह रहे हैं, "ओय सैंड्रा! आर यू लिस्निंग मी? आय ऐम हेअर...। ऐंड नो वन ऐन्सर्ड मी...! सैंड्रा, आइ केप्ट माइ वर्ड...।" पापा स्मृतियों की चाँदनी के दरवाज़े पर अक्सर दस्तक देते हैं। ही नॉक्स...ऑन द मून लिट् डोर। सोचकर सैंड्रा के पूरे शरीर में एक पल के लिए झुरझुरी हो उठती है।

पापा क्षुब्ध होकर कहते थे कि भारत की आज़ादी के वर्षों बाद तक और अभी भी भारत की 'समुद्री दृष्टिहीनता' बनी ही हुई है। आज भी भारत अपनी नौसेना को प्रभावशाली नहीं बना पाया है। इधर के दिनों में वाइस एडमिरल मनोहर अवटी को इस बात की बहुत कसक थी। उनका सपना था कि कोई भारतीय नाविक अकेले पूरे समुद्र में घूमकर दुनिया का भ्रमण करता। यह काम अब तक सिर्फ़ यूरोप के लोगों ने किया था। वाइस एडमिरल अवटी ने वर्ष 2006 में ऐसी योजना का प्रस्ताव देश के डिफ़ेंस मिनिस्टर को दिया। उस समय भारत के डिफ़ेंस मिनिस्टर प्रणव मुखर्जी थे। उन्होंने वाइस एडमिरल अवटी द्वारा प्रस्तावित 'सागर-परिक्रमा' प्रोजेक्ट के लिए भरपूर रकम की मंजूरी दे दी। इस मंजूरी के बाद सवाल था कि वह कौन ऐसा व्यक्ति होगा, जो अकेले समुद्र-यात्रा पर निकलने का हौसला रखता हो और जिसमें हज़ारों-हज़ार किलोमीटर की तेज़ गति से हुंकारते समुद्र में अपनी नाव को क़ाबू में रखने का माद्दा हो।

आख़िरकार, नौसेना के 41 वर्षीय ग़ोताख़ोर कमांडर दिलीप दोंडे इस चुनौती को स्वीकार करने आगे आए। बहरहाल, अब एक अच्छी-मज़बूत नाव की ज़रूरत थी। तय किया गया कि इस नौका अभियान के लिए विदेश से कोई नाव नहीं ली जाएगी। 'मेड इन इंडिया बोट' का ही इस अभियान में उपयोग किया जाएगा। और इत्तफ़ाक़ से रत्नाकर दांडेकर नामक एक बोट-मेकर मिल गए! हालाँकि, रत्नाकर ने पहले कभी लकड़ी की फ़ौलादी नाव नहीं बनाई थी, जो कई सालों तक समुद्र की भयंकर लहरों को झेलकर भी मज़बूत बनी रहे। पर धुन के पक्के रत्नाकर दांडेकर ने इसे चुनौती के रूप में स्वीकार किया। लकड़ियों की ढेर के बीच दो-ढाई वर्षों तक जूझते हुए रत्नाकर ने ग़ज़ब की एक पुख़्ता नाव तैयार की। नौसेना के वरिष्ठ अधिकारियों ने आपसी परामर्श से इस नाव का नाम मांडवी नदी के प्राचीन नाम के आधार पर 'म्हादेई' रखा।

जब तक 'म्हादेई' को बनाने में रत्नाकर दांडेकर जुटे थे, उस दौरान दिलीप दोंडे को दुनिया के मशहूर नाविक सर रॉबिन नॉक्स जॉनसन के पास प्रशिक्षण के लिए भेजा गया था। इस तरह सर जॉनसन से कठोर प्रशिक्षण पाकर दिलीप दोंडे 19 अगस्त, 2009 को मुम्बई से 'म्हादेई' नाव पर सवार होकर अकेले समुद्र-यात्रा के वास्ते निकल पड़े। दिलीप दोंडे को इस असम्भव कठिन समुद्र यात्रा में 276 दिन लग गए। अपनी यात्रा में उन्होंने तीन बन्दरगाहों को छुआ। समुद्र में 21,600

मील का सफ़र कर उन्होंने एक भारतीय के अकेले समुद्री सफ़र का रिकॉर्ड क़ायम किया। वे 22 मई, 2010 को अपनी भीषण यात्रा पूरी कर बम्बई लौटे थे। भारत के उपराष्ट्रपति ने बम्बई नौसेना द्वारा आयोजित, एक भव्य समारोह में महानायक की तरह उनका स्वागत किया।

"मुझे याद है पापा कि 2010 साल के आखिर में कमांडर दिलीप दोंडे का स्वागत जब पणजी के 'नेशनल इंस्टीट्यूट ऑव ओसेनोग्राफ़ी' में किया गया था, तो आप कमांडर दोंडे के लिए बहुत बड़ा 'चॉकलेट स्पॉन्ज केक' बनाकर ले गए थे।"

"अरे याद है तुमको सैंड्रा!" पापा ने ख़ुश होकर कहा, "उस दिन दोना पाउला में बड़ी संख्या में लोग उमड़े हुए थे कि समुद्र-विजेता कमांडर दिलीप दोंडे को एक झलक देख लें। दिलीप ने बड़ा जोखिम उठाया था। उन्होंने स्वेज तथा पनामा नहरों वाले समुद्र के आसान रास्तों के बजाय दुनिया के तीन जोखिम भरे केप यानी अफ्रीका का 'केप ऑव गुड होप', ऑस्ट्रेलिया का 'केप लीउवीन' और चिली का 'केप हॉर्न' वाला समुद्री मार्ग चुना। ये तीनों समुद्रों के मिलन-स्थल पर हैं और पहाड़ की चोटी को छूने जैसी ललकार भरी डरावनी लहरें यहाँ उमड़ती हैं। कमांडर दोंडे ने 'म्हादेई' को बड़े-बड़े तूफानों में झंडे की तरह लहराया सैंड्रा। अपने देश और अपनी मिट्टी के लिए कुछ कर गुजरना बड़ी बात है। कमांडर दोंडे की तरह सम्भव नहीं कि हर कोई समुद्र का नायक बन जाए। पर हाँ, हम जो भी करें...रॉकेट बनाएँ, लड़ाकू विमान बनाएँ, केक बनाएँ या मधुमक्खी पालन करें...हमारी मिट्टी मुस्कराए और हमारे काम पर शान करे। गोआज हैप्पीनेस शुड बी आउअर गोल सैंड्रा!"

पापा की इन बातों को याद कर सैंड्रा सोचती है, गोवा महज़ एक प्रान्त नहीं, अपने आप में एक पूरी दुनिया है। इसके लिए वह कुछ भी करेगी। अपने गोवा की लाल मिट्टी की हँसी के लिए...समुद्र तटों के इसके सुनहरे रेत-बालू की मुस्कान के लिए...कुछ भी...। यह धरती किसी के खिलवाड़ के लिए नहीं है...। गोवा ट्रम्प लैंड नहीं है। पापा अक्सर कहते थे, "सैंड्रा! गोवा को लेकर एक पुरानी कहावत है—नो वन विल टेक ओवर गोवा...गोवा विल ऐंड बाइ इटसेल्फ़...गोवा को कोई अपने अधीन नहीं कर सकता! गोवा अपने आप एक दिन विलीन हो जाएगा।" गोवा की मिट्टी वाक़ई मस्त और बैरागी है। वह गोवा की बेटी है। छोटी-छोटी बातों और फ़िकरों को लेकर उसे परमाणु के बराबर भी परवाह नहीं करनी चाहिए। सैंड्रा ने सिर को झटका दिया। अपने वज़न को लेकर रो-रोकर मर जाने का कोई मतलब नहीं। दुनिया में बेशुमार लोग हैं, जो अपनी अथाह काया के संग बिस्तर से चिपके रो रहे हैं। एक उदाहरण तो बग़ल के कमरे में लेटी उसकी मम्मी ही हैं। वज़न से तबाह ये असहाय लोग अगर यह समझ जाएँ कि अपने को समर्पित कर देना ही अन्तिम क्रान्ति है, तो इनके आँसू रुक जाएँगे। अपने शरीर को शाप समझना अपराध है। सैंड्रा के होंठ सन्नाटे में टेढ़े हो आए—नेवर फ़ॉरगेट...वी ऑर रॉड्रिक्स ब्लड...। घर के पास खुले अपने नाम के 'सैंड्रा-द फ़िटनेस ट्रिम ऐंड स्लिम सेंटर' को देखकर उसे झल्लाना नहीं चाहिए था। रॉड्रिक्स के ख़ून को महत्त्वपूर्ण मुद्दे पर नाराज़ होना चाहिए। दो

कौड़ी की बातों पर नहीं। रात के गहरे सन्नाटे में अपने नाम का वह दमकता साइन बोर्ड फिर उसके मन में कौंध गया, जिसके नीचे तीर की तरह एक अचूक वाक्य भी था—'वांट टू लूज वेट नाउ? आस्क मी हाउ?'...चाहते हो अभी वज़न गिराना...? तो मुझसे पूछते जाना...। भाड़ में जाए यह सब...! टू हेल विद देम...! उसने याद किया, अपने वज़न को लेकर न खीजने का संकल्प उसने कई बार लिया है। पर हर बार वह सहसा भड़की अपनी खीज और क्षोभ के आगे असहाय हो गई है। वह जानती है कि दुख ने अपने अधीन कर लिया है उसका जीवन। हालाँकि, अब सारी दुनिया में 'बॉडी शेमिंग' यानी किसी की शारीरिक कमी का उपहास करने की भर्त्सना हो रही है। भला किसी को क्या हक़ है किसी के रंग और वज़न को लेकर हँसी उड़ाने का...? यह सब जानकर भी वह इसको लेकर कुछ ज़्यादा ही चौकस रहती है। पर अब नहीं। कभी नहीं। जब आप कातर भाव से चौकस रहते हैं, तो आप वह नहीं होते, जो आप वाक़ई हैं। अगर आप जो हैं, वही बने रहें, तो एक दिन आएगा जब सही-सच्चे लोग आपको पसन्द करेंगे। यह सब सोचते हुए उसने बहुत हल्का महसूस किया और ड्राइंग रूम की बत्ती बुझाकर अपने कमरे में आ गई।

कल 'कार्निवल' का पहला दिन है। 500 सालों से अधिक से गोवा में 'कार्निवल' मनाया जा रहा है। पापा बताते थे कि 'कार्निवल' शब्द लेटिन भाषा से आया है। इसके बाद 40 दिनों तक 'लेंट उपवास' होता है, जिसमें उपवास और शाकाहार का प्रावधान है। इन 40 दिनों तक ईसाई समुदाय मांसाहार नहीं करता। इसलिए 'लेंट' के ऐन पहले 'कार्निवल' का पूरा राग-रंग! उल्लास-रभस और मलार! सैंड्रा ने बिस्तर पर लेटे-लेटे खिड़की की तरफ़ निहारा—वसंत का चाँद 'किंग मोमो' की मुदित मुद्रा में है। 500 साल पुराना यह प्यारा छैला-किंग मोमो चाँद! यह वसंत का राजा बाबू चाँद! उसके होंठों पर जंगली फूलों की ख़ुशबू की तरह हवा के झोंके के संग फिर से 'स्प्रिंग सांग' थिरक उठा है : 'स्प्रिंग इज़ हिअर...स्प्रिंग इज़ हिअर...!' सैंड्रा को लग रहा है कि उसके बिस्तर पर एक संग माणिक-सी सुर्ख़ लाल गले वाली दक्क पीली बुलबुल के संग वसंत की दुलारी नीली चिड़िया, तितली, मधुमक्खी और मेढक उसे घेरकर बैठ गए हैं। अपने जार के स्टैंड से उछलकर किट्टू भी जैसे उसकी गोद में बैठने को उतावला हो रहा है।

पैन केक

आज से कार्निवल का आरम्भ है। शनिवार यानी फ़ैट सैटर्डे उर्फ़ 'सबदो गोर्डो' है आज। कल फ़ैट संडे उर्फ़ 'डोमिंगो गोर्डो' यानी रविवार। कार्निवल आज 6 फरवरी से शुरू होकर 9 फरवरी यानी मंगलवार तक चलेगा। आज शाम को चार बजे से 'किंग मोमो' के नेतृत्व में कार्निवल का शाही फ़्लोट परेड निकलेगा और

ख़ुशी की सरकार इसके साथ ही चार दिनों के लिए गोवा में क़ाबिज़ हो जाएगी। द हैप्पी गवर्नमेंट!! पर ज़िन्दगी में ख़ुशी की हुक़ूमत सिर्फ़ चार दिनों के लिए ही क्यों? सपनों के ओस से भीगे इन प्यारे चार दिनों के अलावा साल के बाक़ी 361 दिनों में बस तनाव, बेचैनी, परेशानी और कशमकश। छटपटाकर दम तोड़ रही मधुमक्खियों के आँसुओं के रंग में कौंधती ज़ंग लगी तकलीफ़ें। ख़ुशी कितनी है? कुल क़ुदरत चार दिन? ख़ुश होना और रहना क्या सचमुच इतना सीमित है? सुबह की किरण अभी नहीं फूटी है। बाहर अँधेरा है। अपने कमरे के सन्नाटे में सैंड्रा के होंठ क्षुब्ध मुस्कान से टेढ़े हो आए। पर इसके साथ ही कल पणजी में 'गोअन शेफ़ चैलेंज़' द्वारा 'गोवा मैरियट रिज़ॉर्ट ऐंड स्पा' में सुबह छह बजे से शाम छह बजे तक आयोजित यादगार कार्यक्रम में जो नज़ारा था, उसे याद कर उसका दिल ख़ुश हो गया। जीवन में ख़ुशी और मिठास की सचमुच कमी नहीं लेकिन उसके लिए जुटना पड़ता है। वैसे वह जल्दी कहीं आती-जाती नहीं। पर 'गोअन शेफ़ चैलेंज़' के प्रेज़िडेंट ज़ेवियर फ्रांसिस ने बहुत मनुहार से उससे आने की ज़िद कर रखी थी। हालाँकि, कल उसका मूड ठीक नहीं था। पर किसी तरह दिल को मनाकर ढलती दोपहर में कल थोड़ी देर के लिए वह वहाँ गई थी। वह जब कभी छठे-छमासे बाहर निकलती है, तो पापा की कार उसकी बेकरी-टीम की सदस्य डॉली चलाकर ले जाती है। डॉली के संग वहाँ के कार्यक्रम में पहुँचकर उसे बहुत अच्छा लगा। उफ़!! क्या दृश्य था। पूरे गोवा के 350 पेस्ट्री डिज़ाइनर शेफ़ का जलवा देखते बन रहा था। इस आयोजन का लब्बोलुबाब था मात्र बारह घंटे में एक सौ ग्यारह स्वादों—फ़्लेवर वाला 5555 कप केक-पैन केक तैयार करना। गोवा में सक्रिय पाककला के मंच 'कलिनेरि फ़ोरम ऑव गोवा' ने भी इसमें सक्रिय योगदान किया था। वहाँ चारों तरफ़ चॉकलेट, मार्मलेड यानी सन्तरे का मुरब्बा, पेस्टो, काजू फेनी, कोकम, जालापेनोज़ आदि सामग्रियों का अम्बार लगा था। सभी 350 महासूपकार यानी शेफ़ पूरी तरह से मिक्सिंग, बेकिंग, डेकोरेटिंग की हलचल में जुटे थे। शाम छह बजे तक उन्हें 5555 कप केक-पैन केक तैयार कर देना था। दुबई से आईं मशहूर पेस्ट्री डिज़ाइनर शेफ़ धारा कोटक सभी शेफ़ों के मार्गदशन में जुटी थीं। धारा कोटक के सहयोग में गोवा की कई नई लड़कियाँ भी लगी थीं, जो हाल-साल में बेकिंग की दुनिया में आई हैं। जैसे मडगाँव की नन्दिता नायक, वास्को की अंकिता डिसूज़ा और पणजी की रिनी पिंटो। महज़ 18 साल की अंकिता डिसूज़ा ने बेकिंग की प्रेरणा अपनी दादी और माँ से पाई। सैंड्रा को बहुत अच्छा लगता है जब कोई लड़की बेकिंग की दुनिया में दाख़िल होती है। धारा कोटक से दो मिनट के लिए वह भी मिली। पेस्ट्री डिज़ाइनिंग में दुनिया में नाम है उनका। हालाँकि, धारा के संग-संग नामी पेस्ट्री डिज़ाइनर विवेक कदम और पैट्रिक राय भी मौजूद थे। मजेदार बात यह है कि धारा कोटक पेस्ट्री डिज़ाइनिंग के पहले आभूषण-डिज़ाइनिंग के क्षेत्र में थीं। कल 5555 कप केक और पैन केक के वास्ते धारा कोटक ने ही 50 विषय तय कर रखे थे, जिसे केकों पर उकेरना था। इन विषयों में वन्य जीवन से लेकर लोकप्रिय हैरी पॉटर शृंखला के

दृश्य, गोवा के प्रख्यात कार्टूनिस्ट रहे मारियो मिरांडा के कार्टून, कैसिनो, कार्निवल और आश्चर्यलोक में ऐलिस सरीखे अनेक विषय थे। इन सभी 5555 केकों के लिए पहले ही तय कर लिया गया था कि सारे केक अनाथों और ग़रीबों के लिए कार्यरत चैरिटेबल संस्थाओं को दिये जाएँगे। अख़बार लाने सीढ़ी से नीचे उतरते हुए उसने सोचा कि आज अख़बार में ज़रूर वह ख़बर विस्तार से छपी होगी। गोवा में आयोजित अपने क़िस्म का विश्व का यह पहला आयोजन था।

आज मुँहअँधेरे से बूँदाबाँदी हो रही है। अलस्सुबह अख़बार का बूढ़ा हॉकर जोजफ़ कैम्पस में अख़बार फेंक जाता है। जोजफ़ पर आँधी-पानी और अँधेरे का कोई असर नहीं। अख़बार पढ़ने की आदत उसे पापा-मम्मी को देख-देखकर लगी। शराब से कहीं ज़्यादा शौक़ पापा को समाचार-पत्रों से था। अंग्रेज़ी दैनिक 'ओ' हेराल्डो' पापा उस ज़माने से लेते थे, जब यह अख़बार पुर्चगीज़ भाषा में निकलता था। पापा के समय उसके यहाँ तीन अख़बार आते थे। मसलन, पणजी से प्रकाशित अंग्रेज़ी दैनिक 'नवहिन्द टाइम्स', 'ओ' हेराल्डो' और 'गोमंतक टाइम्स'। पापा बताते थे कि 'नवहिन्द टाइम्स' की शुरुआत सन् 1963 में जब हुई थी, उसके बीस साल बाद 'ओ' हेराल्डो' ने सन् 1983 से पुर्चगीज़ भाषा के बदले अख़बार अंग्रेज़ी में छापना शुरू किया। 'ओ'हेराल्डो' सन् 1900 से पुर्चगीज़ में छपता रहा था। मम्मी को जहाँ सिनेमा-थियेटर और सांस्कृतिक समाचारों में रुचि रही, वहीं पापा की पसन्दीदा ख़बरें होती थीं—राजनीति और खेल। यही सैंड्रा की भी पसन्द है। नींद खुलने के साथ वह इन्तज़ार करती है कैम्पस में अख़बार गिरने की उस एक पल की ध्वनि का। अख़बार फेंके जाने की यह बेहद क्षणिक आहट उसे बहुत अच्छी लगती है, जैसे किसी नन्ही मछली ने पानी में फिर से डुबकी मारी हो। हर सुबह नीचे जाकर वह ख़ुद अख़बार लाती है; फिर मम्मी और अपने लिए चाय बनाती है। आया इवान सुबह के आठ बजे तक आती है। रात के आठ बजे तक रहती है वह। घर में किचेन का मोर्चा इवान ही सँभालती आई है।

अभी थोड़ी देर पहले जब वह अख़बार लाने नीचे गई, तो कुछ पल के लिए गहरे चैन से आकाश को निहारा। वसंत का आकाश आज उसे कुछ ज़्यादा ही दुलराया हुआ लगा। पूरे आकाश की त्वचा मुस्कान से भीग रही थी। यह है ऋतुओं का अनूप रास। घर के सामने की सड़क और उसके किनारे के पेड़ों पर एक अलग-सी झूम दिखी। कैम्पस में लोहे के जीर्ण भखरे नीले फाटक के पास मौजूद केले के पेड़ अपने बड़े-बड़े हरे कचोर पत्तों के संग मंद-मंद सिहक रही हवा में हिलोरें लेकर बूँदाबाँदी का आनन्द ले रहे थे। वसंत की प्रसन्न भंगिमा में केले के पेड़ों के सटे लगा हनीसिकल भीग-भीग कर मुदित डोल रहा था। पापा कहते थे, "अगले जनम में जब कभी पृथ्वी पर लौटकर आऊँगा, तो अपने टोबैको स्क्वायर के इस रास्ते से एक बार जरूर गुजरूँगा और देखूँगा सुकुमार धूप में अपने घर का पुराना लोहे का नीला फाटक...और उसके बगल में मौजूद केले के हरे-भरे पेड़ और यह मुस्कराता हनीसिकल! शायद तब मुझे पता हो भी या नहीं कि पिछले जनम में यह

मेरा घर था और सामने टोबैको स्क्वायर के सभी पेड़ कभी मेरे प्रिय पेड़ों में से थे। फिर भी...मेरा दिल खुश-खुश उसे देखता निकल जाएगा।" अख़बार उठाते हुए सैंड्रा ने एक उड़ती नज़र घर के सामने वाले तिकोने चौक 'टोबैको स्क्वायर' पर डाली थी और उसे लगा था कि 'टोबैको स्क्वायर' के बरगद, पीपल, गूलर और कुसुम के पेड़ों पर भी सुबह के उल्लास का झीना रेशमी घेरा चक्कर मार रहा है। नीचे से अख़बार उठाने के बाद अभी ऊपर पहुँच उसने मम्मी के कमरे में झाँक कर देखा है। मम्मी जाग रही हैं। मम्मी ने इशारे से उसे बुलाया है।

"मारिया कितने बजे तक आएगी सैंड्रा?" मम्मी पूछती हैं।

"दस-ग्यारह बजे दिन तक मम्मी! रात को उनका फोन आया था।" वह मम्मी के बालों में दुलार से उँगलियाँ फेरती है। और फिर मम्मी के होंठ पर जमी सफ़ेद-सी मृत त्वचा को रोएँवाले गीले तौलिये से साफ़ कर होंठों पर एक बूँद जैतून का तेल लगा देती है। मम्मी के होंठ ख़ुश्क न हों, इसलिए हर रात वह मम्मी के होंठ पर जैतून का तेल पाबन्दी से लगाती है और उनकी गहरी नाभि को भी जैतून के तेल से भर देती है। फिर भी पता नहीं क्यों हर सुबह मम्मी के होंठ पर मृत त्वचा-सी सफ़ेद ख़ुश्की थोड़ी आ ही जाती है। मम्मी के कमरे से निकल वह किचेन में गई है। मम्मी और अपने लिए इसी समय वह सुबह की पहली चाय बनाती है। चाय लेकर वह मम्मी के कमरे में फिर आ गई है।

"कार्निवल के मौके पर अपनी टीचर मिस रूबि गोम्स को तुमने केक भिजवाया?" चाय का प्याला लेते हुए मम्मी उनींदे स्वर में कहती हैं, "सैंड्रा! प्लीज़...एमिका, बर्नाडेट यानी तुम्हारी बर्नी, रीना फ़र्नांडीस, परफ़्यूमर मोनिका, 'गोवा बचाओ' की सबीना मार्टिंस...सबको केक भिजवा देना। और हाँ, एंटोनियो नेहरू पिमेंटा को मत भूलना...।"

"श्योर मम्मी! सबके यहाँ केक-गिफ़्ट जाएगा। आप प्लीज़ चाय पीजिए।" हर मौक़े पर इस तरह की हिदायत देना मम्मी नहीं भूलतीं। वह हँसकर कहती भी है, "मेरी दोस्तों के वास्ते मुझसे कहीं ज्यादा फिक्र आपको रहती है मम्मी।"

"कैसे न होगी? क्योंकि मैं जानती हूँ कि तुम कितनी भुलक्कड़ द ग्रेट हो।" मम्मी मुस्कराती हैं, "टिमोटिओ अंकल और फ़्रैंकिट अंकल के यहाँ भी हर साल कार्निवल में अपनी बेकरी से केक जाता है। पिछले साल भी तुमने दोनों को भिजवाया था।"

"ओह मम्मी! 'फ़ादर ऑव कार्निवल' अंकल टिमोटिओ और 'किंग ऑव कार्निवल' अंकल फ़्रैंकिट को भूलने का अपराध मैं कभी नहीं कर सकती। मिस बेबी जे. जे. को भी मैं कभी नहीं भूलती।"

"गुड गर्ल!" मम्मी की आवाज में एक तृप्त शाबाशी है।

मम्मी को चाय देकर अख़बार और अपने चाय के मग के संग वह अपने पीले आर्म चेयर पर आ गई है। पापा के गुज़रने के बाद से तीन के बजाय अब वह सिर्फ़ एक अख़बार लेती है—'ओ' हेराल्डो'। तीन-तीन अख़बार भला अब कौन पढ़ेगा! सुबह एक बार अख़बार की ख़ास-ख़ास ख़बरें पढ़कर वह मम्मी को दे आती है।

मम्मी को अख़बार पढ़ने में एक-डेढ़ घंटे लगते हैं। वह बिस्तर पर लेटे-लेटे ही अख़बार आर से पार देख जाती हैं। पसन्द की कुछ ख़बरें पढ़ भी लेती हैं। दोपहर लंच के बाद सैंड्रा पापा की तरह दोबारा चैन से अख़बार देखती है। बीच-बीच में बेकरी के काम का मुआयना भी चलता रहता है। मम्मी, बेकरी, किट्टू और अख़बार के बीच ही वह रहती है। पापा-मम्मी की तरह उसे भी अख़बार का एक-एक अक्षर चाट जाने की आदत है। दिन से रात तक कई क़िस्तों और पाली में वह अख़बार पढ़ती है। 'ओ'हेराल्डो' से शुरू कर उसके आख़िरी पन्ने और 'हेराल्ड कैफ़े' सरीखे हर दिन अख़बार से लगे उसके दिलचस्प परिशिष्ट तक। दोपहर में बेकरी का काम जब कुछ घंटे के लिए शिथिल होता है, तो वह अख़बार के परिशिष्ट के 'हेराल्ड गेमिंग कंसोल' वाले हिस्से में छपे 'क्रॉस वर्ड' और 'सुडोकु' के संग मगज़मारी करती है। 'ओ' हेराल्डो' को हाथ में लेते हुए उसे हर सुबह जैसे प्राचीन गोवा की महक मिलती है। इस अख़बार के प्रथम पृष्ठ पर इसके नाम के नीचे यह पंक्ति देख उसे लगता है जैसे इस पंक्ति के संग अंगूर और उसके प्यारे-प्यारे पत्ते बिखरे हों—'द वॉइस ऑव गोवा : सिन्स 1900'।

कल वाले 5555 केक-आयोजन की सचित्र ख़बर 'ओ' हेराल्डो' में पूरे एक पेज़ में छपी हुई है। उसने मुदित हो पूरे पेज़ को निहारा और पढ़ने लगी। कार्निवल तैयारी की ख़बरें तो ख़ैर भरी पड़ी हैं। पिछले एक-डेढ़ महीने से 'ओ' हेराल्डो' लगातार कार्निवल की तैयारियों और किंग मोमो के चयन को लेकर गोवा के अन्य अख़बारों की तुलना में कुछ ज़्यादा ही तत्परता से समाचार प्रकाशित कर रहा है। और आज तो ख़ैर इसके मुखपृष्ठ का बैनर ही है—'किंग मोमो शालोम सरदिन्हा विल लीड द फ़्लोट परेड...।' गोवा के पूर्व मुख्यमंत्री और गोवा विधानसभा के पूर्व अध्यक्ष तथा पूर्व सांसद फ्रांसिस्को सरदिन्हा के बेटे शालोम मैथ्यू सरदिन्हा को इस 2016 वर्ष का 'किंग मोमो' चुना गया है। फ्रांसिस्को सरदिन्हा से सैंड्रा के पापा की अच्छी दोस्ती रही थी। बचपन में वह जाने कितनी बार शालोम के संग खेली-कूदी है। पर समय के साथ सब कुछ शिथिल पड़ता गया। शालोम से मिले जाने कितने बरस बीत गए। उसके पापा बताते थे कि वर्ष 1976 में ख़ुद फ्रांसिस्को सरदिन्हा को जब गोवा का 'किंग मोमो' चुना गया था, तो क्या ग़ज़ब की धूम रही थी। दरअसल, गोवा के पर्यटन विभाग ने उनको आमंत्रित कर अनुरोध किया था कि इस बार का 'किंग मोमो' उन्हें ही तय किया गया है। उस समय गोवा में सिर्फ़ चार जगहों पर 'कार्निवल' का आयोजन होता था—पणजी, मडगाँव, वास्को और मापुसा। बाद में इन चारों के संग फ़ोंडा भी जुड़ गया। वहाँ भी पूरे नमक-चमक से कार्निवल का फ़्लोट परेड निकलने लगा। अब तो ख़ैर गोवा का ऐसा कोई हिस्सा नहीं, जहाँ छोटे-बड़े स्तर पर 'कार्निवल' की धूम-झूम न होती हो। बचपन से 'कार्निवल' की प्रतीक्षा सैंड्रा को भी ज़ोर-शोर से रहती आई है। 'जब मेरा दोस्त फ्रांसिस्को सरदिन्हा किंग मोमो बना था...' यह पापा के जीवन का प्रिय प्रसंग था। कभी चर्चा चलने पर पापा ने मुस्कराकर उससे कहा था, "और इससे तुम्हारे जनम की कहानी जुड़ी हुई है।" सैंड्रा

को याद है, पापा ने कहा था, "ओबीसिटी...यानी स्थूलकायता की वजह से तुम्हारी मम्मी का माँ बनना असम्भव-सा लगता था। कई वर्षों तक पणजी के सभी नामचीन डॉक्टर उनका इलाज करके थक गए थे। पर मेरे दोस्त फ्रांसिस्को की बस एक बात से अद्‌भुत चमत्कार हुआ, जब वर्ष 1976 में वह गोवा का किंग मोमो बना।" उस मधुर प्रसंग को स्मृतियों में टटोलते हुए पापा ने कहा था, "फ्रांसिस्को मेरा दोस्त किंग मोमो बना, तो परम्परा और खुशी में फ़्लोट परेड के दौरान मैं उसे 'रॉड्रिक्स गोल्डेन ओवन' की ओर से केक प्रेज़ेन्ट करने गया। राजसी परिधान में ऊँचे विशाल रथ पर सवार फ्रांसिस्को को पता नहीं क्या अनुराग आया कि उसने मेरे हाथों से केक लेकर उल्लास से छलकते हुए कहा, 'सेबेस्टिअन...! अभी मैं किंग मोमो हूँ...और इस नाते, तुम्हें ब्लेस करता हूँ कि सून...वेरी सून यू विल ग़ेट अ' बेबी केक इन यॉर लैप...! तुम्हारी गोद में बहुत जल्द एक बेबी आने वाला है मैन।' पता नहीं फ्रांसिस्को की उस एक पल की बात में क्या जादू था कि अगले साल यानी वर्ष 1977 के जनवरी महीने में...आइ मीन अगले साल के 'कार्निवल' के पहले तुम धरती पर आ गई। सो सैंड्रा! मेरी बहुत प्यारी बेटी! यू आर द ब्लेसिंग ऑव किंग मोमो।"

आज तो 'ओ' हेराल्डो' के पहले पृष्ठ से लेकर अन्दर के दो-तीन पृष्ठों में सिर्फ़ कार्निवल से जुड़ी ख़बरें ही भरी हैं। सम्पादकीय पृष्ठ पर आज का सम्पादकीय भी कार्निवल को लेकर ही है—'फ़ोकस ऑन कार्निवल टू इनक्रीस टुरिज़्म फ़ुटफ़ॉल...!' पर्यटन के पदचाप को बढ़ाने के लिए कार्निवल पर फ़ोकस...। अख़बार के पहले पन्ने पर शालोम सरदिन्हा की तस्वीर है। किंग मोमो शालोम! कितना मोटा हो गया है शालोम भी। शालोम के संग उसके पापा फ्रांसिस्को सरदिन्हा की भी तस्वीर और अद्यतन जीवनी है कि सन् 1976 में 'किंग मोमो' चुने जाने के बाद से गोवा की राजनीति में फ्रांसिस्को सरदिन्हा का जो सितारा चमका, उसके बाद से फिर कभी उन्होंने पीछे मुड़कर नहीं देखा। शालोम के संग भी शायद ऐसा ही कुछ हो। हालाँकि, शालोम वर्ष 2014 में दक्षिण गोवा लोकसभा सीट से निर्दलीय खड़ा हुआ था लेकिन हार गया। क्या पता, 'किंग मोमो' बनने के बाद राजनीति में उसकी भी क़िस्मत खुल जाए।

अब पापा नहीं हैं, तो वे दिन भी नहीं हैं। सैंड्रा सोचती है, स्मृति भी एक सज़ा है। कई लुप्त रिश्तों की याद दिलाती स्मृतियाँ। पापा के संग-संग उसके घर से जुड़े बहुत-से लोगों के प्यार की गरमाहट भी चली गई। बचपन में पापा-मम्मी के संग जाने कितनी बार वह सरदिन्हा अंकल के यहाँ गई होगी। शालोम के पापा यानी सरदिन्हा अंकल से ही उसके पापा की क्या ग़ज़ब दोस्ती थी। पापा बताते थे कि किशोरावस्था में वे और सरदिन्हा अंकल जब जी करता मटरगश्ती करने चुपचाप गोवा से बम्बई स्टीमर से निकल पड़ते थे। 'कोंकण सेवक', 'कोंकण शक्ति' आदि स्टीमर लगभग 20 घंटे में गोवा से बम्बई पहुँचाते थे। खाते-पीते और समुद्र की लहरों को निहारते समय कैसे निकल जाता, पता नहीं चलता था। पापा कहते थे कि लौटने पर दोनों को घर में ख़ासी डाँट पड़ती थी। पापा और सरदिन्हा अंकल का यह प्यार हमेशा बना रहा। सरदिन्हा अंकल जब कभी इधर से गुज़रते थे, तो उसके

कैम्पस में आकर नीचे से ही आवाज़ लगाते थे, "ओ माइ सेबेस्टिअन पेस्ट्री...! कहाँ हो यार?" और पापा गद्गद हो नीचे उतर उन्हें बाँहों में भर लेते थे। पापा थे, तो घर में रिश्तों की बरकत थी। शालोम के किंग मोमो चुने जाने की जब घोषणा हुई, तो एक बार उसका जी हुआ कि उसके घर जाकर शालोम को बधाई दे आए और सरदिन्हा अंकल से भी मिले। पर पता नहीं क्यों वह अटक गई। ऐसा क्यों होता है अक्सर उसके साथ? उत्साह और ख़ुशी की आँच आते ही वह बहुत तेज़ी से मोम की तरह गलकर ठंडी हो जाती है। अन्दर से जम जाती है। एक अजीब डरावना सन्नाटा उसके भीतर कुछ इस तरह भर जाता है, जैसे अँधेरे आकाश के मोटे काले चादर ने उसके मन के सारे तारे ढक दिए हों। वह जानती है, उससे मिलकर शालोम बहुत ख़ुश होता और सरदिन्हा अंकल उसे कितना दुलार करते। बचपन में कितनी बार वह सरदिन्हा अंकल की गोद में खेली है। पर उसके बढ़े हुए वज़न ने उसे हमेशा के लिए सहमाकर सुन्न कर दिया है। इसलिए कभी-कभी वह अपने आप से पूछती है, "तुझे जीना अच्छा लगता है सैंड्रा?"

सरदिन्हा अंकल बड़े ही ख़ुशमिज़ाज हैं। उसे याद है कि जब कभी मम्मी उनके सामने पड़ती थीं, तो वे मुस्कराकर कहते, "मिनि भाभी! आप झूठ-मूठ परेशान रहती हैं। आप हरगिज मोटी नहीं हैं। दरअसल, आप गलत ग्रह पर रह रही हैं। धरती पर अगर आप एक सौ के. जी. की हैं, तो मंगल ग्रह पर यह 38 के. जी. के करीब होगा। और धरती का यह एक सौ के. जी. वजन चाँद पर साढ़े सोलह के. जी. के बराबर होगा। और जो अल्टीमेट अन्तिम बात है कि...लव फ़ॉर अ वुमन लाइज़ बिलो द नेवल...एक औरत के लिए प्यार उसकी नाभि के नीचे ही होता है।"

"बड़े शैतान हो तुम फ्रांसिस्को! यह तो आखिरी बात है ही। पर जहाँ तक मिनि के वजन का सवाल है, तो चाँद के लिहाज से मेरी प्यारी बीवी अभी मुश्किल से चालीस के. जी. की होगी।" पापा ज़ोरों से हँस पड़ते थे, "तुम्हें तो मालूम है कि मैडम के वजन पर ही मैं फिदा हो गया था और इनसे शादी कर ली। शी इज़ माइ प्रिटि प्लंप पैन केक...! मेरी प्यारी गदबदी पेस्ट्री...!" और मम्मी मुँह बनाकर नाराज़गी का स्वाँग करतीं, "हाँ...हाँ...मैं बस अंडे, दूध और मैदे की मोटी-सोटी-पैन केक हूँ।" और पापा क्रिस्टीना रोसेट्टी की लाइनें तरन्नुम में गाना शुरू कर देते..."मिक्स पैन केक...स्ट्र अ पैन केक...पॉप इट इन द पैन...फ्राइ द पैन केक... टॉस द पैन केक...कैच इट इफ़ यू कैन...।"...अंडे...दूध...मैदे को मिलाओ...। उसे चम्मच से चलाओ...। अब इसे फट से कड़ाही में डालो...। अब पैन केक को तलो। अब इसे उछालो...! तुम्हारी क़िस्मत...! इसे लपक सको, तो लपक लो...।

सरदिन्हा अंकल तब ठहाके लगाकर कहते, "पर सेबेस्टिअन! मेरी वजनदार पैन केक भाभी को तुम उछाल नहीं सकते।" सरदिन्हा अंकल के परिवार के बारे में पापा बताया करते थे, "वंडरफ़ुल सरदिन्हा फ़ैमली सैंड्रा...! फ्रांसिस्को के पापा लुइस केटेनो सरदिन्हा वाज़ अ' बिग लैंड लॉर्ड...वे बड़े जमींदार थे कर्टोरिम बस्ती के...यानी भाटकर...यू नो...। बड़े उदार...बड़े दिलवाले। इसलिए उनकी इज्जत

लोग दिल से करते थे...दिखावे में नहीं। तुम्हें तो मालूम है कि स्थानीय भाटकर यानी लोकल जमींदारों के माध्यम से पुर्तगाली गोवा के गाँव-गाँव में अपनी हुकूमत चलाते थे। ये भाटकर अपने मुंडाकर यानी रैयतों पर बहुत जुल्म ढाते थे। पर मेरे दोस्त फ्रांसिस्को सरदिन्हा के पापा मि. लुइस केटेनो सरदिन्हा ऐसे दयावान और प्रजापालक भाटकर थे, जिन्हें उनके रैयत ईश्वर की तरह पूजते थे। गोवा के गाँवों में स्थानीय भाटकरों के अत्याचार का आलम यह था कि बिना अपने भाटकर की अनुमति के अगर कोई मुंडाकर अपने बच्चे को गाँव के स्कूल में भेज देता था, तो उस मुंडाकर को तलब कर भाटकर उसे बाँधकर पीटता था। पर कर्टोरिम के भाटकर लुइस सरदिन्हा इसके अपवाद थे। उन्होंने बड़ी मुस्तैदी से कर्टोरिम के मुंडाकरों के बच्चों को पढ़वाया। बहुत मुंडाकर के बच्चों को तो उन्होंने कॉलेज तक भेजा।" पापा ही बताते थे कि सरदिन्हा परिवार के पास खेती के वास्ते तीनों क़िस्म की ज़मीनें थीं। ऊँचाई पर नदी के नज़दीक वाले खेत ख़जान, नदी के नमकीन पानी पर आश्रित थे। एक फ़सल देनेवाले और मछलियों के स्रोत आड खेत...जो थोड़े नीचे होते हैं और झील के मीठे पानी से सींचे जाते हैं। और खेर लैंड...यानी बहुत ऊँचाई पर के खेत...जहाँ सिंचाई का कोई उपाय नहीं। सिर्फ़ बारिश का भरोसा। धान और नारियल इनके यहाँ झमटकर होता रहा है। सरदिन्हा अंकल की माँ मिसेज़ रोज़ा मारिया का ज़िक्र कर पापा भावुक हो उठते थे, "मैं उनका दसवाँ बेटा था सैंड्रा!" सरदिन्हा अंकल समेत उनके सभी नौ भाइयों...रोज़ारियो..."ग्लोरियानो... अंटोनियो...बर्नार्डो...कांस्टांसियो...संताना...इनासियो...और अर्नेस्टो को भी पापा से बहुत लगाव था। सैंड्रा को पापा ने ही बताया था कि सरदिन्हा अंकल यानी फ्रांसिस्को सरदिन्हा और उनके भाई इनासियो सरदिन्हा जुड़वाँ हैं। इन दोनों जुड़वाँ भाइयों का जन्म 15 अप्रैल, 1946 का है। इसलिए अपने जन्मदिन पर फ्रांसिस्को सरदिन्हा हर बार मुस्कराकर कहते रहे थे..., "पहली अप्रैल को धरती पर आया होता, तो पूरा फ़ूल होता...पर 15 अप्रैल को आया...इसलिए हाफ़ फ़ूल हूँ।" फ्रांसिस्को अंकल की माँ यानी मिसेज़ रोज़ा मारिया सरदिन्हा इस पर पापा से बिहँसकर कहा करती थीं, "सोचो सेबेस्टिअन! मैं जुड़वाँ...हाफ़ फ़ूल्स की मॉम...।"

सैंड्रा को लग रहा है, मुस्कराते हुए पापा सामने की कुर्सी पर आकर बैठ गए हैं। पापा को जब कोई बहुत अच्छी-सी प्यारी स्मृति कौंधती थी, तो वे इसी तरह मंद-मंद मुस्कराते हुए उसके कमरे में आते थे। फिर वही पूछती थी, "क्या पापा?" और पापा बस शुरू हो जाते थे। सुबह के इस मोहक एकान्त में बरबस फिर उसके मुँह से निकल गया है...'क्या पापा?' सैंड्रा को लग रहा है कि शालोम के किंग मोमो बनने से बेहद ख़ुश पापा फिर से अपने दोस्त सरदिन्हा अंकल की गाथा उसके कमरे में आकर शुरू कर चुके हैं। वे बता रहे हैं कि कैसे सरदिन्हा अंकल ने अपने गाँव के 'सेंट जेवियर इंस्टीट्यूट' में सन् 1967 में मास्टर की नौकरी शुरू की थी। फिर सन् 1973 का पंचायत चुनाव लड़कर वे अपने गाँव के उपसरपंच बने। सन् 1977 में पहली बार अपने इलाक़े के विधानसभा क्षेत्र कर्टोरिम

से वे एम.एल.ए. चुने गए। वर्ष 1977 के उन दिनों में गोवा के प्रथम मुख्यमंत्री स्व. दयानन्द बालकृष्ण बांदोडकर की बेटी शशिकला काकोडर गोवा की मुख्यमंत्री बनी थीं। वे अपने पिता की सरकार में मंत्री भी रह चुकी थीं। गोवा की आज़ादी के बाद से उनके पिता दयानन्द बालकृष्ण बांदोडकर की 'महाराष्ट्रवादी गोमंतक पार्टी' (एम. जी. पी.) का गोवा की राजनीति में लगभग दो दशकों तक बड़ा रुतबा था। 'भाऊ साहब' के नाम से लोकप्रिय दयानन्द बांदोडकर जीवनपर्यन्त गोवा की सत्ता के सिरमौर बने रहे। सन् 1961 में पुर्तगालियों की मुट्ठी से आज़ाद होने के बाद गोवा में विधानसभा का पहला आम चुनाव वर्ष 1963 में हुआ था और दयानन्द बांदोडकर की पार्टी एम.जी.पी. की सरकार बनी। फिर वर्ष 1967 और वर्ष 1972 के भी चुनाव में बांदोडकर की पार्टी सत्ता में बरक़रार रही। वर्ष 1973 में उनके निधन के बाद उनकी बेटी शशिकला गोवा की मुख्यमंत्री बनीं। पापा बताते थे कि गोवा की आज़ादी के ब़ाद गोवा विधानसभा पणजी में मांडवी के तट पर स्थित 'आदिलशाह पैलेस' में था। बाद में सन् 2000 में बार्डेज तालुका के पोरवरिम में गोवा विधान सभा के नये भवन का उद्घाटन हुआ।

सैंड्रा सोचती है, राजनीति पापा के ख़ून में थी, जो उन्हें दादाजी से विरासत में मिली थी। इसलिए सरदिन्हा अंकल से शुरू होकर वे अक्सर गोवा की राजनीति में विचरने लगते थे। राजनीति की चर्चा किसी बहाने से छेड़ पापा हुमककर कहते थे, "सैंड्रा! दयानन्द बांदोडकर गोवा के नेहरू जी थे और उनकी बेटी शशिकला यहाँ की इंदिरा गांधी। जिस तरह इंदिरा जी देश की पहली महिला पी.एम. थीं, शशिकला गोवा की पहली महिला सी.एम.।" पापा फिर विस्तार से बताते थे कि सन् 1973 में पिता के निधन के बाद शशिकला काकोडकर मुख्यमंत्री तो बनीं ही, वर्ष 1977 में गोवा के चौथे विधानसभाई चुनाव में भी वे विजयी रहीं। पर वर्ष 1979 के अप्रैल माह में उनकी पार्टी के कुछ विधायक पार्टी से फूट निकले और अप्रैल, 1979 से दिसम्बर, 1979 तक गोवा में राष्ट्रपति शासन रहा। फिर जनवरी, 1980 में जब गोवा का पाँचवाँ विधानसभाई चुनाव हुआ, तो कांग्रेस पार्टी बहुमत में आई और विश्वजीत प्रताप सिंह राणे गोवा के मुख्यमंत्री बने। प्रताप सिंह राणे भी सैंड्रा के पापा को बहुत स्नेह करते थे। पापा कहते थे कि उनके पापा के लिए प्रताप सिंह राणे को क्योंकि बहुत आदर था, इसलिए उन्हें भी वे तवज्जह देते थे। वे सबसे कहते थे, "सेबेस्टिअन गोवा के ग्रेट फ्रीडम फ़ाइटर का बेटा है।" पापा बताते थे कि गोवा की राजनीति में राणे परिवार का हमेशा से सम्मान रहा। वर्ष 1980 में राणे परिवार की संयोगिता राणे सरदेसाई 'महाराष्ट्रवादी गोमंतक पार्टी' के टिकट पर उत्तरी गोवा लोकसभा सीट से जीतीं। वे गोवा की पहली महिला सांसद थीं। वर्ष 1984 में 'गोवा यूनिवर्सिटी' खुलवाने का श्रेय उन्हीं को है। राजनीति की इन गाथाओं के बीच फिर पापा को अपने मित्र की याद आ जाती और वे कहानी को तनिक करवट देते हुए बताने लगते कि किस तरह अपने परिश्रम के बूते सन् 1980 के विधानसभा चुनाव में भी फ्रांसिस्को सरदिन्हा दोबारा एम. एल. ए. चुने गए और

पहली बार राणे सरकार में शिक्षा, खेल और पशुपालन विभाग के मंत्री बने। राणे सरकार के चन्द मज़बूत मंत्रियों में वे एक थे। प्रताप सिंह राणे सन् 1985 से 1989 की अवधि के छठे गोवा विधानसभाई चुनाव में भी क़ामयाब होकर मुख्यमंत्री बने।

पापा कहते थे, "सैंड्रा...! अब तो गोवा असेम्बली में 40 सीटें हैं। पर सत्तर-अस्सी के दशक में गोवा असेम्बली में तीस मेम्बर होते थे। 28 मेम्बर गोवा के और एक-एक एम. एल. ए. दमन और दीव के। वर्ष 1987 के मई महीने में दमन व दीव गोवा से अलग हो गया था।" इसके साथ ही फ़ौरन वे लगे हाथ जोड़ते थे कि "दमन और दीव के संग मिलाकर 29 मई, 1987 तक गोवा एक केन्द्र शासित प्रदेश था। पर 30 मई, 1987 को गोवा को विधिवत पूर्ण राज्य का दर्जा भारत सरकार ने दिया और बम्बई के निकट अरब सागर में मौज़ूद द्वीपसमूह दमन और दीव को केन्द्र शासित प्रान्त बनाकर रखा गया।" अपने जिगरी दोस्त फ्रांसिस्को सरदिन्हा के राजनीतिक करिअर की कथा सुनाने के क्रम में पापा आज़ादी के बाद के गोवा की पूरी राजनीति सुना डालते थे। ख़ैर, 1985 में फ्रांसिस्को सरदिन्हा फिर मंत्री बने। पर थोड़ा-थोड़ा सैंड्रा को भी याद है कि गोवा का सातवाँ, आठवाँ और नवाँ विधानसभाई चुनाव अजीब हालातों के संग आया था। गोवा का सातवाँ विधानसभाई चुनाव वर्ष 1990 से 1994 के लिए था। प्रताप सिंह राणे तीसरी बार मुख्यमंत्री बने। पर पापा बताते थे कि राणे इस बार मात्र तीन महीने यानी जनवरी, 1990 से मार्च, 1990 तक मुख्यमंत्री रह पाए। विधायकों की तेज़ पाला बदली का यह नतीजा था। राणे के अपदस्थ होने के बाद 27 मार्च, 1990 से 14 अप्रैल, 1990 तक यानी मात्र उन्नीस दिनों के लिए चर्चिल अलेमाओ को गोवा के मुख्यमंत्री की कुर्सी-मेज़ मिली। चर्चिल अलेमाओ के बाद अप्रैल, 1990 से दिसम्बर, 1990 तक यानी साढ़े आठ महीनों के लिए डॉ. लुइस प्रोटो बारबोसा को मुख्यमंत्री की गद्दी मिली। एक पल रुककर मुस्कराते हुए पापा कहते थे, "तुम ऊब तो नहीं रही हो सैंड्रा? मैं ऐक्टिव पॉलिटिक्स में नहीं हूँ लेकिन पॉलिटिक्स इज़ इन माइ वेंस... राजनीति मेरी नसों में है। बेकिंग का नशा मुझे नहीं होता, तो मैं ऐक्टिव पॉलिटिक्स में होता।" फिर वे जारी हो जाते, "कांग्रेसवालों ने मुझे एक-दो बार इलेक्शन लड़ने की भी जिद की थी। पर मैंने मना कर दिया कि बाबा इलेक्शन फ़ाइट करना मेरे वश का नहीं।" पापा फिर से गोवा राजनीति की अपनी छूटी कहानी की पटरी पर आ जाते, "हाँ सैंड्रा! तो मैं साढ़े आठ महीने तक सी. एम. रहे डॉ. लुइस प्रोटो बारबोसा की बात कर रहा था। बारबोसा को हटाकर कांग्रेस के रवि नाईक जनवरी, 1991 से मई, 1993 यानी ढाई साल तक गोवा के मुख्यमंत्री रहे। फिर मई, 1993 से अप्रैल, 1994 यानी लगभग ग्यारह महीने तक डॉ. विलफ्रेड डिसूज़ा का इस कुर्सी पर कब्जा रहा। डिसूज़ा का तख़्तापलट कर महज सात दिनों यानी 2 अप्रैल, 1994 से 8 अप्रैल, 1994 तक के लिए रवि नाईक फिर सत्ता में रहे। रवि नाईक को कुर्सी से उतार फिर से डॉ. विलफ्रेड डिसूज़ा अप्रैल, 1994 से दिसम्बर, 1994 यानी नौ महीने तक मुख्यमंत्री पद पर बने रहने में कामयाब रहे।"

सैंड्रा हैरान रहती थी कि पापा सन्, महीने और तारीख़ इतना कैसे याद रख पाते हैं। पर पापा ठीक कहते थे कि आप जिसमें रुचि रखते हैं, उससे जुड़ी सारी बातें याद रहती हैं। राजनीति से उसे क्या लेना-देना लेकिन पापा को सुन-सुनकर राजनीति के बारे में जानने की उसे भी शगल है। यह शगलें भी अजीब होती हैं। जिसके बारे में आप कल्पना नहीं कर सकते कि इस आदमी को संगीत या सिनेमा की जानकारी होगी या अमुक को बेकरी की दुनिया का ज्ञान होगा, उसे कभी फ़ुरसत में छेड़ने पर अवाक् रह जाना पड़ता है कि उसे कितनी गहरी जानकारी है। इसी तरह राजनीति! तब सैंड्रा मुश्किल से 17-18 साल की थी लेकिन गोवा के आठवें विधानसभा चुनाव का नज़ारा पूरा ठीक से उसे याद है। वर्ष 1994 से 1999 की अवधि के लिए हुआ गोवा विधानसभा का आठवाँ चुनाव भी भविष्य के लिए ग़ज़ब राजनीतिक अफ़रातफ़री लेकर आया था। पर हाँ, पिछले चुनाव के बाद जहाँ गोवा में सात बार सत्ता परिवर्तन हुआ था, आठवें विधानसभा चुनाव के बाद मात्र तीन मुख्यमंत्री बने और हटे। सबसे पहले विश्वजीत प्रताप सिंह राणे दिसम्बर, 1994 से जुलाई, 1998 तक मुख्यमंत्री रहे। इसी बीच वर्ष 1998 के 12वीं लोकसभा चुनाव में फ्रांसिस्को सरदिन्हा दक्षिण गोवा के मडगाँव संसदीय क्षेत्र से चुने गए। इधर गोवा में राजनीतिक भगदड़ ऐसी मची कि प्रताप राणे को सत्ता से जाना पड़ा और मात्र साढ़े चार माह यानी जुलाई, 1998 से नवम्बर, 1998 तक के लिए डॉ. विलफ्रेड डिसूज़ा राज्य के तीसरी बार मुख्यमंत्री बने। डॉ. डिसूज़ा को जल्दी ही सत्ता से दर-ब-दर कर लुइजिन्हो फ़ेलेरो ने मुख्यमंत्री की कुर्सी ले ली और नवम्बर, 1998 से फरवरी, 1999 यानी महज़ चार माह तक वे मुख्यमंत्री रह सके। इसी राजनीतिक उथल-पुथल के दौरान सैंड्रा को याद है कि फरवरी, 1999 से जून, 1999 तक गोवा में राष्ट्रपति शासन रहा। वर्ष 1999 के मध्य में जब गोवा की नवीं विधानसभा का चुनाव हुआ, तो स्थिति एकदम से वही हो गई, जो सातवीं विधानसभा की थी। नवीं विधानसभा का चुनाव फ्रांसिस्को सरदिन्हा ने भी लड़ा था और संसद से फिर राज्य की राजनीति में बतौर एम.एल.ए. सक्रिय हो गए थे। नवीं विधानसभा की पूरी अवधि में गोवा के पाँच मुख्यमंत्री बने जिनमें फ्रांसिस्को सरदिन्हा भी एक थे। इसके पहले गोवा की पिछली सरकारों में वे पाँच बार मंत्री रह चुके थे।

वर्ष 1999 में जब गोवा की नवीं विधानसभा का चुनाव हुआ, तो सबसे पहले लुइजिन्हो फ़ेलेरो जून, 1999 से नवम्बर, 1999 यानी छह माह तक मुख्यमंत्री रहे। उन दिनों फ्रांसिस्को सरदिन्हा कांग्रेस में थे। उन्होंने कांग्रेस विधायकों को अपने पक्ष में किया। कांग्रेस से निकलकर अपनी पार्टी 'गोवा पीपुल्स कांग्रेस' बनाई और भारतीय जनता पार्टी के समर्थन से मुख्यमंत्री बन गए। सरदिन्हा 24 नवम्बर, 1999 से 24 अक्टूबर, 2000 तक मुख्यमंत्री रहे। कुल जमा 334 दिन। जिस तरह फ़ेलेरो को पटखनी देकर फ्रांसिस्को सरदिन्हा मुख्यमंत्री बन बैठे थे, उसी तरह फ्रांसिस्को सरदिन्हा को चलता कर भारतीय जनता पार्टी के मनोहर पर्रिकर अक्टूबर, 2000 में गोवा के मुख्यमंत्री की कुर्सी पर क़ाबिज़ हुए और 3 जून, 2002 तक मुख्यमंत्री रहे।

विधायकों ने फिर पाला बदली की और कांग्रेस के प्रताप सिंह राणे सत्ता में आए। बीच में कुछ माह राष्ट्रपति शासन का रहा। फिर प्रताप सिंह राणे को सत्ता मिली। इसी अवधि में वर्ष 2005 में फ्रांसिस्को सरदिन्हा गोवा विधानसभा के स्पीकर बने। गोवा की दसवीं विधानसभा का चुनाव अच्छे राजनीतिक परिदृश्य लेकर आया। कांग्रेस हुकूमत में आई और कांग्रेस के दिग्गज दिगम्बर कामत लगभग पूरी अवधि वर्ष 2007 से 2012 यानी चार साल 275 दिनों तक मुख्यमंत्री रहे। इसी बीच फ्रांसिस्को सरदिन्हा दक्षिण गोवा सीट से वर्ष 2009 में 15वीं लोकसभा के लिए चुने गए। सैंड्रा के पापा 2013 में गुज़रे और गोवा की ग्यारहवीं विधानसभा का चुनाव, जो वर्ष 2012 में हुआ था, उनका अन्तिम चुनाव था। इस चुनाव में उन्होंने अपने जीवन का अन्तिम मतदान किया था। इस चुनाव के बाद भाजपा ने सरकार बनाई थी और मनोहर पर्रिकर मुख्यमंत्री बने थे। वर्ष 2013 में तो सैंड्रा के पापा गुर्दे की बीमारी से चल बसे। मनोहर पर्रिकर वर्ष 2014 के नवम्बर तक मुख्यमंत्री रहे। फिर केन्द्र में जब भारतीय जनता पार्टी के नेतृत्व में एन.डी.ए. की सरकार बनी, तो पर्रिकर देश के प्रतिरक्षा मंत्री बनाए गए। उनकी जगह गोवा में भाजपा सरकार की कमान लक्ष्मीकान्त पसरेकर ने थामी। अभी वही गोवा के मुख्यमंत्री हैं। आज उनकी सरकार के उपमुख्यमंत्री फ्रांसिस डिसूज़ा 'कार्निवल' के 'फ़्लोट परेड' को झंडी लहराकर चार दिनों तक ख़ुशी की हुकूमत करने के लिए किंग मोमो शालोम सरदिन्हा को गोवा की प्रतीकात्मक चाबी सिपुर्द करेंगे।

काश, आज पापा होते। पापा को याद कर सैंड्रा की आँखें बरबस तरल हो आई हैं। उसने पलकें ढक ली हैं। बरौनी भीग गई हैं उसकी। सामने अख़बार 'ओ' हेराल्डो' बिस्तर पर यों ही पड़ा है। पापा कहते थे, "क्योंकि जीवन दिलचस्प और खबरों से भरपूर है, इसलिए अखबार भी जीवन की दिलचस्प और महत्त्वपूर्ण दिनचर्या का अंग है।" और आज तो ख़ैर कहना ही क्या...! अख़बार के पहले पृष्ठ का आज बैनर ही है—'किंग मोमो शालोम सरदिन्हा विल लीड द' फ्रलोट परेड।' शालोम या सरदिन्हा अंकल को क्या पता कि सामने पड़े अख़बार के संग बचपन से उनके परिवार को लेकर अपनी स्मृति और पापा से सुने एक-एक प्रसंग को वह अभी किस अनुराग से याद कर रही है।

दूध की नदी

गेट पर साइकिलों के रुकने की खरखराहट बढ़ चुकी है। हर सुबह पाव विक्रेताओं की टोली सारस के झुंड की तरह उसके गेट पर उतरती है। आमतौर से ये 'पोडर' लोग ब्रेड, कुकी और पेस्ट्री ले जाते हैं। पर आज 'कार्निवल' की वजह से पैन केक का भी अच्छा-ख़ासा ऑर्डर है। आज मिकी अंकल और अर्थर भी सवेरे आ गए

हैं। डॉली और लाना भी आ गई हैं। उनकी आवाज़ें सुनाई दे रही हैं। तमारा, रोज़ी और टीना भी बस आ ही रही होंगी। कल उससे चूक हो गई। पिंकू को साथ लाने के लिए उसे तमारा को कह देना चाहिए था। आज शाम चार बजे 'फ़्लोट परेड' में जब उसकी ये पाँचों परियाँ 'किंग मोमो' शालोम को 'रॉड्रिक्स गोल्डेन ओवन' की ओर से दस पाउंड का 'क्राउन शेप किंग मोमो चॉकलेट केक' उपहारस्वरूप भेंट करने जातीं, तो वह नन्हे गुलु-ठुलु 'बेबी किंग मोमो' पिंकू के संग खेलती। उसके नखरों के आनन्द लेती। पिंकू के आने से जार में तैरता किट्टू भी ख़ुश हो जार के पानी में और तेज़-तेज़ तैरने लगता है। वाक़ई पिंकू ख़ुशी का खिलौना है। तमारा भी हैरान होती है, जब पिंकू को उसकी गोद में खिलखिलाते देखती है, "मेरे अलावा अपने पापा और दादी-नानी को छोड़ बस एक आप हैं, जिनकी गोद में यह खुश-खुश बैठता है। मजाल कि यह किसी और की गोद में एक सेकेंड भी टिक जाए। रो-रोकर आसमान सिर पर उठा लेगा।"

"मेरी गोद में बैठकर इसे लगता होगा कि एक गद्देदार ककून में घुस गए हैं...।" सैंड्रा हँस देती है। वह याद करती है वह दिन, जब पिंकू का जन्म हुआ था। प्रसव के एक सप्ताह पहले से तमारा का ब्लड प्रेशर लगातार ऊपर-नीचे हो रहा था। तमारा प्रसव के पन्द्रह दिन पहले से बेकरी नहीं आ रही थी। पर सैंड्रा हर दिन फ़ोन से उसका हालचाल ले लिया करती थी। एक दिन तमारा की आवाज़ उसे बहुत बेचैन लगी। लिहाज़ा, सैंड्रा ने डॉली से कहा था कि गैराज़ से उसकी गाड़ी निकाल वह फ़ौरन तमारा को पणजी की नामचीन लेडी डॉक्टर आर्या नायर के पास दिखाने ले जाए। बहरहाल, ब्लड-प्रेशर आदि जाँचने के बाद डॉ. आर्या नायर ने कहा था कि डिलिवरी को लेकर तमारा पहले से बहुत घबरा गई है। इसलिए ब्लड-प्रेशर लगातार ऊपर-नीचे हो रहा है। फ़िक्र करने की कोई ज़रूरत नहीं। डॉ. आर्या नायर ने ब्लड प्रेशर को नियंत्रित करने की दवा देकर तमारा को बताया था कि उसका प्रसव वह 'वाटर बर्थ डिलिवरी' पद्धति से कराएँगी, जिसमें उसे रत्ती भर भी दर्द नहीं होगा।

'वाटर बर्थ डिलिवरी'...!! भला यह किस तरह की डिलिवरी होती है—डॉली और तमारा सुनकर हैरान थीं। तब डॉ. आर्या नायर ने उन्हें बताया था कि 'सिजेरियन' और 'नॉर्मल डिलिवरी' के अतिरिक्त प्रसव की यह तीसरी विधि है, जिसमें माँ को नाम मात्र का दर्द होता है। डॉ. आर्या ने बताया था कि सामान्य प्रसव में बच्चा माँ के पेट में नीचे की तरफ़ आने लगता है और आहिस्ता-आहिस्ता माँ के यूट्रस का मुख खुलने लगता है। ऐसे ही क्षण में लेडी डॉक्टर माँ के योनि मार्ग से बच्चे को सलीके से बाहर निकाल लेती हैं। पर इसमें माँ को ज़ाहिर है कि बहुत दर्द होता है। डॉ. आर्या नायर ने डॉली और तमारा को बताया था कि जल-प्रसव नॉर्मल डिलिवरी का ही एक ऐसा तरीक़ा है, जिसमें माँ को बहुत कम कष्ट होता है। इसमें दर्द उठते ही माँ को पाँच सौ लीटर वाले तीन फ़ीट गहरे टब में बिठाया जाता है। यह टब गुनगुने पानी से भरा होता है। इस टब में किसी भी प्रकार के इन्फ़ेक्शन को रोकनेवाले वाटर प्रूफ़ उपकरण भी लगे रहते हैं। डॉ. आर्या ने बताया था कि गुनगुने

पानी से भरे टब में रहने के कारण माँ की मांसपेशी में किसी प्रकार के खिंचाव की गुंजाइश नहीं रह जाती। योनि कोमल-सहज हो जाती है और कम दर्द में बच्चा आराम से बाहर निकल आता है। डॉ. आर्या ने बताया था कि गुनगुने पानी के टब में होने के कारण माँ के शरीर में पर्याप्त ऐंड्रोफ़िन हार्मोन बनने लगता है और दर्द की अनुभूति बहुत कम रह जाती है।

गुनगुने पानी के कारण माँ का रक्तचाप भी सही रहता है। डॉ. आर्या ने यह भी बताया था कि 'वाटर बर्थ डिलिवरी' तो रूस समेत दुनिया के कई देशों में प्रचलित है। अपने देश में ही इसका चलन नहीं है। इस विधि से जन्म लेने पर बच्चे के शरीर का तापमान भी ठीक रहता है। माँ के गर्भ से अचानक बाहर आने पर बच्चे को बाहर के तापमान में सहज होने में थोड़ी बेचैनी होती है। पर इस पद्धति से बच्चे को बहुत राहत रहती है। पिंकू को गोद में लेकर पुलकित हो इसलिए सैंड्रा कहती है, "माइ वाटर बॉर्न बेबी...! माइ डार्लिंग! पिंकू और किट्टू दोनों वाटर बॉर्न बेबी हैं।"

पिंकू पर जब सैंड्रा को बहुत लाड़ आता है, तो उसका दिल करता है अपने स्तन का निप्पल...चूचुक आहिस्ते-से पिंकू के मुख में डाल दे। वह सोचती है, मदर मेरी का चूचुक किस तरह धन्य हुआ! पर उसके इतने बड़े उन्नत स्तन में कैसे रस आएगा! किसी को इससे रस नहीं मिला। वह सोचती है, वह अगर माँ बनती तो उसके स्तन में कितना अधिक दूध आता...। दूध का कुआँ होती वह। उम्र बढ़ने के साथ उसका भारी उन्नत नितंब तो ढलवाँ हुआ ही है, उन्नत स्तन भी बे-डौल, ढीला और लटकू हो गया है। मम्मी के स्तन को वह हमेशा 'दूध' कहती है लेकिन अपने स्तन को 'दूध' कहने की कभी उसे हिम्मत नहीं पड़ती। उसके इतने बड़े स्तन में कभी दूध आया ही नहीं। कब का, कहीं पढ़ा एक प्रॉवर्ब...एक कहावत बरबस मन में छलक आया...'लिटल गर्ल, यू सक यॉर मदर्स ब्रेस्ट, ऐंड यॉर्स विल बी सक्ड... प्यारी बच्ची...तुमने माँ का दूध चूसा, तुम्हारा भी चूसा जाएगा...।' एक पल के लिए पूरे शरीर में झुरझुरी-सी फैल गई। मम्मी का नितंब बहुत बड़ा है। नितंब के अनुपात में ही बड़ा-सा पेट। उम्र के साथ ये सभी अंग नीचे ढलककर और भी बड़े लगते हैं। मम्मी को नहलाकर स्पंज करते हुए उसने कई बार क्षुब्ध मुस्कराहट के संग उनसे कहा है, "मम्मी! आपकी ज्यादा चर्बी सिर्फ पेट और हिप पर है। पेट के अनुपात में आपके दूध उतने बड़े नहीं। पेट और दूध में 80 और 20 का अनुपात है। और मेरा 50-50 का अनुपात। भारी लटकता मटके जैसा मेरा पेट और उतने ही बड़े-बड़े बेलन के जोड़े जैसे स्तन। आइ एम फ़ेड अप...!" कहते-कहते कई बार वह रुआँसी हो गई है। और मम्मी ने उसे झिड़कते हुए लाड़ से बरजा है, "एक औरत का स्तन कितना भी बड़ा हो...पर इतना कभी भारी नहीं होता कि वह उससे परेशान हो जाए। और तुम्हारा तो ऐसा कुछ नहीं। यॉर ब्रेस्ट इज़ सुपर्ब...। सैंड्रा, एक बात हमेशा याद रखो कि अ वुमन इज़ मोर दैन हर ब्रेस्ट्स...! गोट्स ऑलसो हैव टू...! एक औरत अपने स्तन से कहीं बहुत अधिक होती है, क्योंकि स्तन तो बकरियों के भी होते हैं।" फिर अचानक बात बदलते हुए रोज़ू मौसी के बारे में मम्मी बताने लगती हैं, "सैंड्रा!

रोजू का बेटा टिंटू जब पैदा हुआ...बॉब रे बॉब...उसके स्तन में दूध टनकते रहते थे। टिंटू इतना दुबला-पतला और कमज़ोर था कि वह रोजू का दूध खींच ही नहीं पाता था। माँ की छाती में तो बच्चे को जन्म देने के चार दिनों के अन्दर दूध उतर आता है। इन दिनों औरत का स्तन कुछ ज़्यादा भारी और गर्म हो जाता है। दूध के भार से थलथलाता। भरे स्तन से अगर गाढ़ा पीला दूध नहीं निकले, तो स्तन में थनैल बाँध देता है। छोटी-छोटी अनेक गिलटियाँ। फिर ऑपरेशन तक की नौबत आ जाती है। इसलिए ब्रेस्ट पम्प से दूध निकाला जाता है। रोजू का तो ब्रेस्ट पम्प से दूध निकालकर तब इस गधे टिंटू को पिलाया जाता था। इसलिए वह अभी तक सींकिया है।"

"और मैं मम्मी?" सैंड्रा बिहँस देती है।

"तुम तो मगन होकर पीती थी बाबा। तुमसे मुझे कभी कोई दिक्कत नहीं हुई। मैं तो बहुत खुश थी कि मुझे बेटी हुई है, जो आगे चलकर मुझे मेरे हर काम में मदद करेगी। तुमने कभी मुझे तंग नहीं किया। आराम से दूध पीती थी। पर हाँ...," मम्मी ख़यालों में एक पल के लिए अटकते हुए कहती हैं, "मुश्किल मेरे संग हुई थी। तुम्हें पूरा दूध पिलाने के बावजूद मेरे स्तन से दूध बहता था। लेडी डॉक्टर को शुबहा हुआ कि मैं तुम्हें ठीक से दूध नहीं पिलाती हूँ। पर मैंने कहा—नहीं, मेरी बेबी समय से और पूरा दूध पीती है। तब लेडी डॉक्टर ने मुझे कुछ दिन स्तन पर पूरा कपड़ा लपेटने को कहा और थोड़े दिन बाद ब्रा के भीतर नर्सिंग पैड लगाने की सलाह दी थी। सूती रूमाल से थोड़ी-थोड़ी देर पर स्तन को पोंछने को भी कहा।" मम्मी उस समय को स्मरण कर हँसी से गिलगिला उठती हैं, "मुझे तुम्हारे जन्म के बाद जितना दूध उतरा न, उतने में चार बच्चों को दूध पिलाया जा सकता था।"

"इसलिए तो चार बच्चों का कोटा अकेले पी-पीकर मैं भी इतनी मोटी-गबदी हो गई।" सैंड्रा हँस देती है।

सैंड्रा सोचती है, आज उसका 'बेबी किंग मोमो' पिंकू आता, तो उसे कितना अच्छा लगता। पिंकू की तोतली बोली, दूध के दाँत और ख़रगोश जैसी मासूम आँखें, सैंड्रा को बहुत प्यारी लगती हैं। पिंकू जब आता है, तो जार में तैर रहे किट्टू की भी आँखें ख़ुशी से चमकने लगती हैं। तब जार से किट्टू को निकाल वह पिंकू की गुलाबी हथेली पर रख देती है। किट्टू-पिंकू दोनों की ख़ुशी देखते ही बनती है। पिंकू के साथ जैसे किट्टू भी अपना बचपन पा जाता है। आज इस वक़्त पता नहीं क्यों पिंकू को याद करते हुए उसे बचपन की एक दुलार भरी लोरी याद आ रही है, जो मम्मी उसे नींद के लिए बड़े अनुराग से चुम्मी-पप्पी ले-लेकर सुनाती थीं, "हश्... लिटल बेबी...डोंट से अ वर्ड...! पापा इज़ गोइंग टू बाइ यू अ' मॉकिंग बर्ड...! इफ़ द मॉकिंग बर्ड वोंट सिंग...पापा इज़ गोइंग टू बाइ यू अ' डायमंड रिंग...! इफ़ द डायमंड रिंग टर्न्स टू ब्रैस...पापा इज़ गोइंग टू बाइ यू अ' लुकिंग ग्लास...! इफ़ द लुकिंग ग्लास गेट ब्रोक...पापा इज़ गोइंग टू बाइ यू अ' बिलि-गोट...! इफ़ दैट बिलि-गोट रन्स अवे...पापा इज़ गोइंग टू बाइ यू अनदर टुडे...।"...चुप होओ बाबू...! कुछ मत बोलो...जा रहे हैं पापा गानेवाली चिड़िया लाने...। गरचे चिड़िया

गाए नहीं...लाएँगे पापा दमक-कौंध से भरी अँगूठी हीरे की...। गरचे अँगूठी निकल गई पीतल की...प्यारे बाबू की ख़ातिर पापा लेते आएँगे सुन्दर आईना। और अगर बाबू का आईना टूट गया...पापा लाकर देंगे बाबू को एक सलोनी बकरी...। और कभी बकरी उछलकर भाग गई...तो पापा जाकर ले आएँगे...वैसी ही कोई दूसरी! मम्मी कहती हैं कि उन्हें यह लोरी नानी सुनाया करती थीं। संसार में इसी तरह युगों से लोरियाँ सुर बिखेरती आई हैं। और इसी तरह एक पीढ़ी से दूसरी पीढ़ी में दाख़िल होती रही हैं। अद्‌भुत है लोरियों की दुनिया। नन्हे बच्चों को प्यारी नींद दिलाने के संग-संग यह उन्हें अपने देश, समाज, परिवार की संस्कृति और परम्पराओं का प्रथम पाठ है। जीवन में प्यार, संवाद, संवेदना और व्यवहार क्या है, इसे समझाने की शुरुआत लोरियों से होती है। सैंड्रा सोचती है, इसलिए मासूम बच्चों के लिए ख़ासतौर से बनी इन लोरियों में सुकून-चैन की लम्बी लय है, तो ठहराव और दोहराव भी है। बच्चे को अगर कोई दर्द है, तो लोरियाँ उससे भी उसका ध्यान हटाती हैं। सैंड्रा को लगता है, लोरियों की ज़रूरत तो बड़ों को भी है। लोरियाँ बच्चे से लेकर बड़ों तक के लिए एक माफ़िक़ संगीत है। आज पिंकू आता, तो वह सचमुच उसे लोरी सुनाती। कभी-कभी रातों में मम्मी की बढ़ी हुई बेचैनी देखकर उसका दिल करता है कि वह मम्मी को लोरियाँ सुनाकर तकलीफ़ों से उनका ध्यान बँटा दे।

नीचे पाव विक्रेताओं की साइकिलों की कशमकश मची है। कोई पैन केक, डबल रोटी और कुकी लेकर बस निकलने की तैयारी में है, तो कई को कल के वास्ते और अधिक माल का ऑर्डर देने की व्यग्रता है। नीचे उसकी पूरी टीम सबका ऑर्डर मुहय्या करने में जान लगाकर जुटी है। उसकी पंच प्राण—डॉली, लाना, रोज़ी, टीना और तमारा की आवाज़ें रह-रहकर गूँज रही हैं। कार्निवल के पहले दिन सुबह का मोर्चा हमेशा से कठिन रहता आया है। पर ऊपर की खिड़की से सैंड्रा को जो दिख रहा है, उससे लग रहा है कि इस बार भी यह कठिन मोर्चा बहुत सिफ़त से ये लड़कियाँ सलटा लेंगी।

"सैंड्रा...ओ सैंड्रा...!" एक पल का ठहराव और दोबारा, "ओ सैंड्रा...सैंड्रा...!" मम्मी की आवाज़ है। उनकी आवाज़ में विकलता का संकेत वह समझती है। टॉयलेट के लिए उन्हें फ़ौरन बेडपैन चाहिए। मम्मी रात भर लगभग जागती रहती हैं। अक्सर कहती हैं, "सैंड्रा! तुम चाहे कितनी भी नींद की गोलियाँ मुझे देती रहो लेकिन यह जानो कि बीमारियों की आँखें रात को ही खुलती हैं। वे सोने नहीं देतीं।" सुबह एक बार वह उनका डाइपर बदल चुकी है। पर मम्मी का डाइपर दस्त से फिर गीला हो चुका है। शरीर शिथिल है। पर मल-मूत्र का वेग तीव्र और अनियंत्रित। वज़न के बादलों से साल दर साल लदते हुए मम्मी पूरी तरह असहाय हैं। सैंड्रा को याद है, पापा ने लम्बे समय तक मम्मी को व्यायाम कराने के लिए एक योगा इंस्ट्रक्टर भी रखा था। सैंड्रा को तो अब ठीक से उतना स्मरण भी नहीं कि तब कितने क़िस्म के आसन के अभ्यास की कोशिशें हुईं। शरीर को गर्म व लचीला बनाने के व्यायाम, पेशियों की मालिशवाले व्यायाम, जाँघों को गोलाई में घुमानेवाले आसन, जानु शिरासन, कमर

और नितंब के आसन, सीने को लचकानेवाले व्यायाम और पता नहीं क्या-क्या...। पर अन्ततः इन सब प्रयासों के प्रति मम्मी की निष्क्रियता ने सब पर पानी फेर दिया। हालाँकि, अब उसका लेखा-जोखा करने से क्या फ़ायदा...।

"मम्मी...!" वह दुलार से मम्मी के चेहरे को दोनों हथेलियों में भरकर कहती है। वह जानती है, हर बार डाइपर में दस्त होने के बाद मम्मी शर्मिन्दगी से रुआँसी हो जाती हैं। उनकी आँखों का पानी उनकी छाती में भीगता रहता है। वह दुलार से उन्हें थपककर कहती है, "ऐसी रोनी सूरत क्यों बना रखी है तुमने? हाँ?" और तब मम्मी के चेहरे पर क्षीण करुण हँसी पसर जाती है, "ओल्ड एज़ सैंड्रा...! बुढ़ापा! यह बुढ़ापा है, जब सोना अचानक चाँदी होने लगता है। हेअर डाइ करने से क्या होगा! सच तो यही है कि मेरे सुनहरे बाल चाँदी के हो चुके हैं। मेरे मुँह का थूक अब बहुत जल्दी-जल्दी सूखता है। ऐसा हो, तो समझो कि बस जाने के दिन करीब हैं।"

"ओह मम्मी! कोंकणी थिएटर की 'ट्रैजेडी क्वीन' ओफ़ेलिया बनने की कोशिश मत करिए प्लीज़। आप क्या सब फालतू सोचती रहती हैं...माइ गॉड! आप हमेशा सोना हैं। यू आर ऑलवेज गोल्ड।"

मिसेज़ मिनि रॉड्रिक्स जानती हैं कि उन्हें बेडपैन में शौच कराने और डाइपर बदलने से लेकर उनकी तमाम दिनचर्या के लिए सैंड्रा चौबीस घंटे के लिए एक नर्स रख सकती है। और नहीं, तो घर की पुरानी आया इवान के पैसे बढ़ाकर उसी की मदद ले सकती है, लेकिन उनको रोज़-रोज़ के संकोच के मरण से बचाने के लिए वह कभी किसी दूसरे को उनके शरीर को हाथ लगाने नहीं देती। मम्मी को तब तक चैन नहीं होता जब तक रोज़ वह मम्मी की गहरी गुलाबी नाभि में जैतून का तेल डालकर हल्के-हल्के उसे उँगली से नहीं पचा देती है। नाभि का पाँच मिनट का यह मसाज नियमित है। मम्मी बराबर कहती हैं, "सैंड्रा! प्लीज़ तुम भी रोज नाभि में तेल डालो। इससे पेट ठीक रहता है और चेहरा कभी खुश्क नहीं होता। नाभि को सेकेंड ब्रेन कहते हैं।" तब दुलार में मुँह बनाकर वह कहती है, "हाँ बाबा! रोज डालती हूँ। और हाँ, जल्दी ही ऐक्ट्रेस बिपाशा बसु की तरह मैं नाभि में छेद करवाकर सोने का छल्ला भी लटकाने जा रही हूँ।"

"अच्छा लगेगा! तुम्हारे पापा भी मुझसे ऐसा कहा करते थे।" मम्मी मासूमियत से कहती हैं। सप्ताह में कम से कम दो दिन वह जैतून के तेल से मम्मी के पेट का गोल मसाज करती ही है। मम्मी का मानना है कि गोल मसाज से पेट की चर्बी कम होती है, जो आज तक नहीं हुई। कुछ समय तक पेट की ढीली-लटकती पेशियों को सुडौल करनेवाले जेल्स से भी सैंड्रा ने मम्मी के पेट का मसाज किया। पर उससे जब कोई फ़र्क़ नहीं पड़ा, तो जैतून के तेल से गोल मसाज करने लगी। मम्मी की यह सारी परिचर्या सैंड्रा स्वयं करती है। जब किसी ने सैंड्रा को नर्स के लिए सुझाव भी दिया है, तो मुस्कराकर उसने यह कहते हुए टाल दिया है, "मैं नहीं चाहती कि मेरी मॉम को दूसरा कोई हाथ लगाए। अपनी मॉम के लिए मैं बहुत पज़ेसिव हूँ।" और अगर किसी ने पूछ दिया—"क्यों इतनी पज़ेसिव? तुम्हारी मॉम...तुम्हारी इतनी क्यों बाकलम खास

हैं?", तो सैंड्रा के पास इसके सैकड़ों जवाब हैं। पर इनमें जो सबसे दिलचस्प जवाब है, वह ये कि—इस दुनिया में मेरी माँ ही एक हैं, जो मेरी मूर्खतापूर्ण बातों को दिन में बीसों बार धैर्य से हँसकर सुनती हैं और मुझे बर्बाद होने की हद तक दुलार करती हैं।

हर दिन मम्मी के बेडरूम का दरवाज़ा भेड़कर सैंड्रा मम्मी के स्कर्ट को आहिस्ते-आहिस्ते ऊपर सरकाती है और फिर दस्त से गीले डाइपर को निकालती है। बिस्तर पर लेटी मम्मी निरीह-निरुपाय एकटक छत में अपनी आँखें गड़ाए रहती हैं। डॉ. डिक्रॉस्टो कहते हैं, "तुम्हारी तत्परता भरी सेवा से इनको थैंक गॉड अब तक बेड सोर नहीं हुआ है। इनकी त्वचा पर छाले नहीं पड़े हैं।" सैंड्रा को वाक़ई हमेशा इस बात की फ़िक्र रहती है—बेड सोर यानी इंफ़ेक्शन...यानी मौत की दस्तक। सैंड्रा पानी और डिटॉल में भीगे नरम तौलिये से मम्मी को पोंछती है। उनके कूल्हों को उठाकर, उसे पूरा पोंछकर वह एक निर्णायक नज़र डालती है—पूरा साफ़ हुआ या नहीं! और फिर धीरे-धीरे उनका ब्लाउज़ निकाल दूसरे भीगे तौलिये से पोंछती है। उनका गला, बग़ल की लटकती काँख...हाथ...फैले बड़े स्तन...और गोरा-चिट्टा उनका विशाल थलथलाता पेट...नाभि और नाभि के नीचे। सब कुछ। पाउडर छिड़कते हुए वह देखती है, मम्मी के भी बड़े-से गोरे-गुलाबी पेट पर अब झुर्रियों की लकीरें आ गई हैं। वैसा ही जैसा कि मम्मी अपनी नानी के थलथलाते झुर्रीदार पेट के निचले हिस्से की चिंचुरी-मुरझाई बड़ी-बड़ी लाल धारियों का ज़िक्र करती हैं। सैंड्रा मुस्कराते हुए गुनगुनाती है, वही पोएम जो मम्मी और मौसी अपनी नानी के लिए गाती थीं। पर थोड़े परिवर्तन के साथ...'हेअर इज़ एन ओल्ड वुमन...हू लिव्स इन हर शू!' मम्मी ठुनक भरी हँसी के संग कहती हैं..."बहुत मारूँगी तुमको।" पाउडर लगाकर सैंड्रा अक्सर मम्मी को स्कर्ट-ब्लाउज़ पहनाते हुए उनके दूध और नाभि को दुलार से चूम लेती है, "मॉम! दिल करता है कि फिर से बेबी बनकर आपका दूध पीने लगूँ...। प्लीज़ फ़ीड मी ऑन माइ डिमांड...। यॉर बूब्स शुड बी ऐट माइ कमांड...।" सैंड्रा पर दुलार भरी नज़र डालकर मम्मी कहती हैं, "पिओ न...! चलो शुरू करो। इस बुढ़ापे में भी फिर से मेरे भीतर दूध की नदी बहने लगेगी। ऐ सैंड्रा! बेशक मेरा दूध बुढ़ा गया है, पर माँ का मन नहीं। मेरे स्तन में भले अब दूध नहीं आए पर एक बात समझ लो...चाहे कितनी भी उम्र हो जाए, एक स्त्री के स्तन की मिठास उसके कब्र में जाने तक बनी रहती है।" नन्ही मासूम शिशु-सी हो चुकी मम्मी फिर करुणा से हँस देती हैं, "सैंड्रा! मेरा दूध और पेट मेरे नाती-नातिन के खेल का मैदान बनता, तो मुझे और कितना प्यार लगता...।" मम्मी की आवाज़ रुँध जाती है। और सैंड्रा चोरी से भीगे आँखों को छिपाकर मम्मी के कमरे से खिसक लेती है।

बाहर बारिश की झिरझिरी है। सुबह से कार्निवल की लहर-पहर मची है। और यह बारिश! बिस्तर पर लेटे हुए ही मम्मी खिड़की से आकाश को देख रही हैं—पश्चिमी कोने से काले बादल उठ रहे हैं। वे लम्बी चुप्पी के बाद कहती हैं, "सैंड्रा! दिन के बादल वैसे भी कंजूस होते हैं। और तिस पर से काले बादल। बस थोड़ी झिरझिरी करके गायब हो जाएँगे। काले बादल खासे पैंतरेबाज होते हैं। देर तक बारिश भूरे

बादल ही कराते हैं। पर यह सही है कि ज्यादा हो या कम, हरेक शुभ और आनन्द के दिन मेघ थोड़ी झिरझिरी कर उसमें थोड़ी और खुशी जोड़ ही देते हैं। तुम गौर करोगी कि हरेक बार कार्निवल के दिन चार बूँद ही सही, लेकिन वर्षा हो ही जाती है।"

सैंड्रा के पड़ोसी नेहरू पिमेंटा कहते हैं, "समुद्र और बारिश की वैज्ञानिक हैं सैंड्रा की मॉम। बिस्तर पर लेटे-लेटे मौसम के बारे में जो वह कह देती हैं, वह होकर रहता है।" इस बात पर सैंड्रा को भी यक़ीन है। मौसम का ज्ञान सचमुच मम्मी को अद्भुत है। विशेषकर वर्षा का। जब वे अनुराग में होती हैं, तो बताती हैं कि भूरे रंग की हथिनी, गंजे सिर वाली स्त्री और दिसम्बर की वर्षा बेहद शुभ होती है। जो बादल पश्चिमी हवा के संग उठता है, वह बरसता नहीं है। दक्षिण की हवा से भी बारिश नहीं होती। यदि दिन में गरमी और रातों को ओस गिरे, तो जान लेना चाहिए कि वर्षा होने में काफ़ी समय है।

काश मम्मी बिस्तर से उठकर अपने इलेक्ट्रिक व्हीलचेयर पर बैठने को राज़ी हो जातीं। तब टेरेस पर बैठ 'कार्निवल' की मधुर हलचल देख वे कितनी ख़ुश होतीं। कुछ घंटे बाद 'फ़्लोट परेड' शुरू होनेवाला है। सड़क के दोनों किनारे भारी भीड़ है। ओल्ड पट्टोब्रिज, सैंड्रा के घर और जी. पी. ओ. वाली सड़क से लेकर दयानन्द बांदोडकर रोड तक चींटियों की क़तार की तरह लोगों की क़तार है। देश-विदेश से आए पर्यटकों की बड़ी तादाद के संग फ़ोंडा, मडगाँव, बाणस्तारी, मंगेशी, म्हार्दोल, सावर्डे, वेलग, कुले कष्टी, दाबाल, तांबडी, मडकई और सुर्ला सरीखे गोवा के विभिन्न हिस्सों से भी पणजी का कार्निवल देखने लोग बस से पहुँचे हुए हैं। बग़ल में बह रही विशाल मांडवी नदी भी इस उत्सव से पूरे पुलक में है। सैंड्रा टेरेस की रेलिंग से थोड़ा झुककर देख रही है—टोबैको स्क्वॉयर में मौज़ूद सैन्य वेश-भूषा और रोबीली मूँछवाली पुर्तगाली सेना के जनरल डॉ. मिगुएल केटेनो डायस की गोदी भर की लगभग पीली पड़ चुकी संगमरमर की मूर्ति बारिश की झिरझिरी में भीग रही है। छोटे-से टोबैको स्क्वॉयर के भीतर खड़े बरगद, कुसुम और गूलर के पेड़ भी मंद बारिश व हवा के संग मुदित हैं। बग़ल में प्रधान डाकघर के सामने के नारियल, इमली और आम-बादाम के पेड़ों पर भी वैसा ही उल्लास छाया है। मांडवी नदी की तरफ़ को रुख करते मिंट हाउस के हिस्से के काँख में मौज़ूद एक विशाल झंखाड़ जंगली पेड़ भी अकेले अलग झूम में है। इसके बीच से एक सड़क और सड़क पार वैसा ही विशाल सेमल के गोत्र का भी एक पेड़ है, जो वसंत में लाल झालर सरीखे फूलों से लदा रहता है, बेहद ख़ुश नज़र आ रहा है।

मारिया हर बार कहती हैं कि इस घर का टेरेस बहुत प्यारा है। पूरा बाइस्कोप! टेरेस में बैठकर दुनिया भर के नज़ारे लीजिए। ज़्यादातर शामों को सैंड्रा टेरेस पर बैठना पसन्द करती है। यहाँ से ठीक सामने एक बहुत पुराना दोमंज़िला घर है—'कासा मिगुएल दा मेनेंजेज़'। इस घर के मालिक किसी ज़माने में वकील रहे मि. जे. मेनेंजेज़ वर्षों पहले अपने बेटे के पास जो पुर्तगाल गए, उसके बाद से उनकी कोई ख़बर नहीं। वे मकान के ऊपरी हिस्से में रहते थे। मकान का ऊपरी हिस्सा जाने कब से

बन्द पड़ा है। इस जर्जर मकान के निचले हिस्से में कतार से सात-आठ दुकानें हैं, जिनमें आधी दुकानों पर वर्षों से ताला पड़ा है। दो-तीन दुकानें बेशक चलती हैं। इन्हीं दुकानों में से एक परदे-चादर की दुकान है—'द ट्रंक।' जैक डिसिक्वेरा इसे चलाता है। वह हमेशा घाटे का रोना रोता है और कहता है कि जल्दी ही वह इसे बन्द कर देगा। इसके पास ही में 'कैफ़े प्रसन्नन रेस्टोरेंट' है। पर साइनबोर्ड में इसका संक्षिप्त नाम लिखा है—'सी. पी. आर.'। इसके मालिक हैं—भालचन्द्र कामथ। अब इनका एम.बी.ए. पास बेटा साहिल कामथ भी रेस्टोरेंट के काम में हाथ बँटाता है। सी.पी. आर. के ठीक सटे ग्रॉसरी मर्चेंट कृष्णा अलोरनेकर की पंसारी दुकान। इसी के पास 'सन एस्टेट्स बिल्डर्स' का बनवाया ख़ूबसूरत अपार्टमेंट 'बेंटो मिगुएल' है। दरअसल, इस हिस्से में मिगुएल ख़ानदान के कई प्लॉट हैं। पुर्चगीज़ शैली का 'बेंटो मिगुएल' अपने बादामी-उजले रंग के संयोजन में बहुत भव्य और शालीन लगता है। इसी के आगे सड़क पार कत्थई सफ़ेद रंग का 'रिवर फ्रंट होटल'। इसके ठीक सामने नदी और पट्टो पुल। 'रिवर फ्रंट होटल' में कभी-कभी उसके टेरेस पर बैठकर नदी को निहारना और वह भी बारिश में... सैंड्रा को बहुत अच्छा लगता है। 'रिवर फ्रंट होटल' का सब कुछ प्यारा है। चैन-सुकून में मल्टी स्पेशलिटी क्विज़ीन...! ऑल डे डाइनिंग, वुड फ़ायर्ड पिजोरिया, बर्गर्स ऐंड बगेट्स, रैप्स ऐंड मोर...! और क्या चाहिए? सैंड्रा की नज़र फिर पास के मिज़ेल फ़र्नांडीस के विशाल झंखाड़ गुलाबी भुतहा-से दिखनेवाले घर पर टिक गई है। हुँह...'सैंड्रा-द फ़िटनेस ट्रिम ऐंड स्लिम सेंटर...'। उसका वश चले, तो मिज़ेल फ़र्नांडीस के इस भुतहा घर को वह अभी ढहा दे, जिसमें यह खुला है। ख़ैर, इस मसले को फ़्लोट परेड ख़त्म होने के बाद देखा जाएगा।

मारिया अभी पहुँची हैं। मम्मी चहक पड़ी हैं, "ऐ सैंड्रा! देखो हमारी मारिया आ गई।"...हमारी मारिया!! जीवन में कुछ बहुत अपने हैं, यह ख़याल ही कितना ख़ुश कर देता है। कुछ ऐसा विश्वास जैसे कोई अपने हृदय और धमनियों के पूरे रक्त को उलीचकर आपको प्यार करता हो। घबराए लोगों की उदास दुनिया में मारिया दरअसल मम्मी के लिए वसंत की मधुर धूप जैसी हैं। मारिया का स्वागत करते हुए मम्मी कहती हैं, "ऐ मारिया! हम दोनों का नाम अंग्रेज़ी के 'एम' लेटर से शुरू होता है—मिनि और मारिया। इसलिए हम दोनों में इतनी बनती है।"

"क्या पागलों जैसी बात है...।" सैंड्रा हँस पड़ती है।

आत्मा का दर्ज़ी

वसंत की यह दोपहर असम्भव पुलक में है। मांडवी की लहरें रोमांच के झाग से लबालब हैं। दयानन्द बांदोडकर रोड उल्लास से उथल-पुथल में है। वर्ष 2016 का यह 'कार्निवल' गोवा के बीते कई वर्षों के 'कार्निवल' से बढ़-चढ़कर है। बड़े-बड़े

मनोहारी मुखौटों से पणजी के सभी बिजली के पोल सजे-खिले हैं। जगह-जगह नुक्कड़ों पर आदमक़द मस्त मुखौटे पूरे वातावरण को गुदगुदाए हुए हैं। सड़क के दोनों तरफ़ भारी भीड़ उमड़ी हुई है। वैसे, बड़ी-बड़ी टुकड़ियों में बहुत-से लोग पट्टो ब्रिज़ के पास भी देर से जमे हुए हैं, जहाँ से 'किंग मोमो' का रथ अनेक झाँकियों के संग अभी बस एक-डेढ़ घंटे में निकलेगा। पक्का चार बजे। बहुत से लोगों ने मौज़ में एक से एक रँगीला मलिंगा लगा रखा है। दयानन्द बांदोडकर रोड में 'गोवा पर्यटन विकास निगम' ने एक किनारे भव्य विशाल मंच बना रखा है। थोड़ी देर में गोवा के उप मुख्यमंत्री फ़्रांसिस डिसूज़ा, गोवा के पर्यटन मंत्री दिलीप पारुलेकर और 'गोवा पर्यटन विकास निगम' के अध्यक्ष नीलेश कैब्रल अपने अमले-फैलों के संग मंच पर सुशोभित होंगे। जब सैकड़ों मनोहारी झाँकियोंवाली गाड़ियों के आगे किंग मोमो का फ़्लोट परेड यहाँ पहुँचेगा, तो उप मुख्यमंत्री डिसूज़ा मंच के क़रीब सटाकर खड़े किए गए सुसज्जित विशाल सुनहरे रथ के ऊँचे सिंहासन पर राजसी परिधान में बैठे किंग मोमो शालोम सरदिन्हा के हाथों में चार दिनों यानी 6 फरवरी से 9 फरवरी तक के वास्ते गोवा के आनन्दपूर्ण शासन की प्रतीकात्मक लम्बी और सजी-धजी सुनहरी चाबी सौंपकर फ़्लैग दिखाएँगे। वह एक पल अप्रतिम होता है जब संगीत की झूम के संग रंगीन गुब्बारों और रंग-गुलालों की धुन्ध में वह भव्य विशाल मंच, झाँकियों के कारवाँ समेत किंग मोमो का देवराज इन्द्र के ऐरावत हाथी सरीखा रथ और सड़क के दोनों तरफ़ ख़ुशी से शोर मचाते सारे लोग एकमेक हो जाते हैं। सितारों की चहलक़दमी से उठी धूल की मोहक आँधी-सा दृश्य! कुछेक पल का यह इन्द्रजाल पागल कर देनेवाला होता है। किसी लड़की के प्रति प्रेम को प्रदर्शित करने का भी उत्सवपूर्ण अवसर है—कार्निवल। कार्निवल उत्सव का समापन ही 'रेड ऐंड ब्लैक डांस' से होता है, जिसमें लड़कियाँ लाल टॉप और काला स्कर्ट पहने हुए होती हैं और लड़कों का दल लाल क़मीज़ व काले पैंट में होता है। ये लड़के-लड़कियाँ बैंड की धुनों पर झूम-झूमकर नृत्य करते हैं। यही नहीं, इसी की पीठ पर युवा-युवतियों की दूसरी टोली द्वारा तल्लीन-मगन होकर लोक नाट्य 'खेला' और 'फेल्ला गीतम' की संगीतपूर्ण प्रस्तुति की जाती है। जैज़, वायलिन, सैक्सोफ़ोन, ड्रमों, सिम्बल्ज़...यानी झाँझर और मिट्टी के दोमुँहे बर्तन पर छिपकली की झिल्ली से मढ़ा ख़ास गोअन ढोल 'घुमट' की ध्वनियों का मिश्रण कार्निवल के उमंग की लहरों पर उठता-गिरता रहता है। कुछ इस तरह मानो आम, अंगूर, अनार, नारियल और गन्ने का रस—सब आपस में घुल गए हों। कार्निवल अपने आप में ख़ुशियों का 'कॉकटेल' है।

अभी चारों तरफ़ एक अद्भुत मधुर सिहरन की उमक है। 'कार्निवल' की सारी तैयारियाँ पूरी हैं। सब नोक-पलक दुरुस्त। टिमोटिओ फ़र्नांडीस का जी कर रहा है कि मंच पर चढ़कर वे माइक पर चिल्लाकर कहें, "आज मैं गोवा का बेहद ख़ुश इनसान हूँ...। इस उम्र में मेरे शरीर की पूरी खाल झूल रही है लेकिन इसके रेशे-रेशे में कार्निवल और कार्निवल है।" गोवा की आज़ादी के बाद पणजी में आयोजित प्रथम कार्निवल के 'किंग मोमो' रह चुके 80 वर्षीय टिमोटिओ फ़र्नांडीस जूते के

भीतर पाँव के अँगूठे पर लगातार बल देकर अन्तिम रूप से सारी व्यवस्था का मुआयना करते हुए लोगों से बातचीत में व्यस्त हैं। वे आयोजन-टीम के एक-एक सदस्य से घूम-घूमकर बातें कर रहे हैं और मानो बातों में घूम रहे हैं। बीच-बीच में एक पल रुककर वे आकाश को भी निहार लेते हैं। सुबह से आकाश बादलों से घिरा-भरा था। लगातार की झिरझिरी से टिमोटिओ चिन्तित थे कि अगर 'फ़्लोट परेड' के समय तक यही आलम रहा, तो सारी तैयारी अस्त-व्यस्त हो जाएगी। पर धीरे-धीरे बादल छँटे और नीलाकाश धुँधला पीला होते हुए नीबू के रंग का हो गया है—हल्का सुनहरा पीला। यह है वसंत की क़रामात। शीतकाल के बाद जब वसंत आता है, तो लगता है फिर से सब कुछ जीवित हो उठा है। यह प्रकृति का पुनर्जन्म है। परिवर्तन और नयेपन के लिए प्रकृति पल-पल संघर्ष करती है। पर प्रकृति के इन्ही तत्त्वों से बना इनसान परिवर्तन और नयेपन के लिए भला कितना संघर्ष करता है? जीवन के अस्सी वसंत! अचानक कन्धे पर किसी ने हाथ दिया, "ओय माइ एट्टी इयर्स ओल्ड यंग मैन...माइ डार्लिंग टिमोटिओ...!" टिमोटिओ मुड़े, तो लगा अचानक कोई बड़ा-सा रंगीन गुब्बारा हाथ आ गया हो। यह उनके बहुत पुराने दोस्त, 75 वर्षीय फ्रांसिस्को मार्टिंज़ हैं। 'किंग फ़्लोट' के नाम से मशहूर मि. मार्टिंज़ के बग़ैर आज भी पणजी के 'कार्निवल' की कल्पना नहीं की जा सकती। उन्होंने गोवा में अनगिनत 'फ़्लोट्स' डिज़ाइन किए हैं। फ्रांसिस्को मार्टिंज़ कभी 'किंग मोमो' तो नहीं बने पर उन्हें पूरे पणजी में 'किंग ऑव कार्निवल' कहा जाता है। उन्हें अनेक बार 'कार्निवल फ़्लोट' के लिए पुरस्कृत किया जा चुका है। मुंबई में आयोजित 'परेड ऑव द नेशन' में उन्हें प्रथम पुरस्कार दिया गया था।

पणजी के लोग दुलार में फ्रांसिस्को मार्टिंज़ को 'फ़ैंकिट' पुकारते हैं। वर्ष 1947 में जन्मे फ़ांसिस्को मार्टिंज़ ने स्कूली पढ़ाई ख़त्म करने के बाद पणजी के 'एस्कूला टेकनिका' में दाख़िला लिया। यहाँ की पढ़ाई पूरी करने के तत्काल बाद ही संयोग से उनकी मुलाक़ात राशिद नामक एक कद्दावर पारसी से हुई, जो जूडो-कराटे का प्रशिक्षण देते थे। राशिद उनके तगड़े क़द-बुत से बहुत प्रभावित हुए और आख़िरकार उन्हें जूडो-कराटे का पूरा प्रशिक्षण दिया। इस प्रशिक्षण ने फ़ैंकिट के भीतर छिपे तमाम उजाले को बाहर ला दिया। फ़ैंकिट के सपनों को मानो पंख लग गए। शुरू में फ्रांसिस्को मार्टिंज़ उर्फ़ फ़ैंकिट ने कुछ नौकरियाँ कीं। बाद में एक आधुनिक सुविधा-सम्पन्न ज़िम भी खोला। ख़ुद फ़ैंकिट भी मानते हैं कि गोवा के समाज में जो उन्हें इतनी पहचान और इज़्ज़त मिली, उसके मूल में उनका तकनीकी ज्ञान और ऊपरवाले की रहमत है। उनके जीवन में सब कुछ जैसे चमत्कार की तरह घटित होता चला गया। शुरुआत अद्भुत हुई। वर्ष 1976 में फ़ैंकिट पणजी में होने जा रहे एक म्यूज़िकल प्ले के कला निदेशक थे। अचानक बस एक झोंक में एक दिन उन्होंने तय किया कि अगले दिन होने जा रहे 'कार्निवल-फ़्लोट' में वे भाग लेंगे। उन्होंने आनन-फ़ानन में फ़्लोट परेड में पेश की जानेवाली अपनी झाँकी का थीम तय किया—'स्लेवरी इन रोम...रोम में ग़ुलामी'। फ़ैंकिट यानी फ्रांसिस्को मार्टिंज़

के हाथ में इसकी तैयारी के लिए एक रुपया भी नहीं था। आख़िरकार किसी तरह लोगों से सहयोग और जोड़-तोड़ कर वे अपने संकल्प को अंजाम देने में जुट गए। जिन मोटे बोरों सरीखे कपड़ों से होटलों में पोंछा लगता था, उस पर सूत चढ़वाकर उन्होंने उसे लेदर की शक्ल देनी चाही। हार्डवेअर की दुकान, जहाँ धातु के सामान बिकते हैं, से उन्होंने लोहे की ज़ंजीरें ख़रीदीं। रोमन ग़ुलामों की सज्जा के सभी सामान जब जुट गए, तो उन्होंने एक कड़क रोमन अफ़सर और उसके चार-पाँच सिपाहियों के वास्ते भी साज-सज्जा का इन्तज़ाम किया। इस तरह पट्टो ब्रिज़ से फ़्लोट परेड शुरू हुआ और फ़्रैंकिट अपनी झाँकी समेत उसमें शामिल हो गए। पर उन्हें यह देखकर आश्चर्य हुआ कि तब फ़्लोट परेड में कोई ख़ास भीड़ नहीं थी। हालाँकि, वर्ष 1976 के उस फ़्लोट परेड की झाँकी में पहला पुरस्कार उस साल के 'किंग मोमो' फ्रांसिस्को सरदिन्हा से उन्हें ही मिला। फिर तो फ़्रैंकिट के वास्ते यह जैसे नशा-सा हो गया। अगले पाँच वर्षों तक फ़्लोट परेड में अपनी झाँकी के लिए पहला पुरस्कार वही पाते रहे। एक बार वर्ष 1981 में अचानक उन्होंने तय किया कि बहुत हो गया, अब इसके बाद वे झाँकी में भाग नहीं लेंगे। पणजी के अख़बारों में इस आशय की ख़बरें भी आ गईं। इस ख़बर की बड़ी चर्चा हुई और अख़बार में ही किसी ने फ़्रैंकिट पर फ़ब्ती कसी—'व्हाइ चिकेन आउट?' फ़्रैंकिट को यह बात लग गई। उन्होंने फिर कमर कसी और एक बड़े-से मुर्ग़े और उसके 60 अंडों की एक बड़ी जीवन्त झाँकी बनाई। इस बार फिर प्रथम पुरस्कार उन्हीं के हाथ आया। उसी 1981 साल में गोवा सूचना विभाग के उपसचिव पर्सिवल नोरोन्हा ने फ़्रैंकिट को बुलाकर कहा कि दिल्ली में होने जा रहे आगामी गणतंत्र दिवस के वास्ते वे एक फ़्लोट डिज़ाइन का मॉडल तैयार करें क्योंकि मॉडल को देखने के बाद ही उसे तैयार करने के लिए दिल्ली से हरी झंडी मिलेगी। फ़्रैंकिट ने पूरी तल्लीनता से फ़्लोट का एक ख़ूबसूरत मॉडल तैयार किया। गणतंत्र दिवस समारोह में उन्हें डेढ़ लाख रुपये का पुरस्कार मिला। इसके बाद जनरल नरेन्द्र सिंह गोवा आए, तो उन्होंने फ़्रैंकिट को 'एशियाड-82' में हिस्सा लेने का न्योता दिया। फ़्रैंकिट ने बड़े उत्साह से 300 लोगों के बैंड के संग गोवा कार्निवल की झाँकी तैयार की। वह दिन और उसके बाद फ़्रैंकिट ने कभी पीछे मुड़कर नहीं देखा। इसके बाद तो विदेश यात्रओं का सिलसिला-सा चल पड़ा। लंदन, मस्कट, मास्को, मकाउ, ब्राज़ील, लिस्बन, स्पेन और अनगिनत देशों की उन्होंने यात्राएँ कीं। पर इन सबके बीच ज़िन्दगी की जिन दो यादगार मुलाक़ातों को वे भूल नहीं पाते हैं वह है—गोवा की धरती पर पोप जॉन पॉल द्वितीय और मदर टेरेसा से अविस्मरणीय भेंट। इन मुलाक़ातों में उनके पुराने हमदम टिमोटिओ फ़र्नांडीस भी उनके संग थे। टिमोटिओ से उनका हृदय का लगाव है।

"हाय माइ स्वीट हार्ट...।" टिमोटिओ फ़र्नांडीस ने फ्रांसिस्को मार्टिंज़ के गले लगते हुए कहा है, "लुकिंग सो वंडरफुल ऐंड यंग टुडे।"

"और यही बात तो मैं तुमसे कह रहा हूँ।" फ्रांसिस्को मार्टिंज़ ने ठहाके लगाकर कहा है, "ख़ैर, जो भी हो, बट यू रिअली लुक सो यंग माइ डार्लिंग...।"

"उफ डोंट से...अस्सी साल का हो चुका मैं...।" टिमोटिओ खुलकर हँस पड़े हैं, "अब अस्सी में क्या जवानी...?"

"अस्सी ही असली है...असली जवानी के दिन...।" फ्रांसिस्को मार्टिंज़ ने चेहरे पर चमक लाते हुए कहा है। वे आज पूरे आनन्द में हैं।

"आप दोनों नौजवानों से मिलकर बहुत अच्छा लग रहा है।" ये टोनी डायस हैं, जिन्हें तक़रीबन दो दशक पहले किंग मोमो बनने का गौरव मिला था। टोनी भी टिमोटिओ और फ्रांसिस्को मार्टिंज़ के संग 'पणजी कार्निवल कमेटी' के सदस्य हैं।

"हे टोनी...! हम दोनों यंग हैं पर तुम तो टीन एज़र...किशोर...छोकरे हो अब तक...।" टिमोटिओ फ़र्नांडीस ने मुस्कराकर कहा है, "वर्षों पहले जब तुम किंग मोमो बने थे, तो मुझे याद है तुम्हारी दुबली-पतली कद-काठी को लेकर कितनी मुश्किल हुई थी। ऐसे-ऐसे कपड़े तुम्हें पहनाए गए, जिसमें तुम एकदम मोटे-तगड़े फ़ैंटम और टार्जन जैसे दिखो।"

"पर अब अपना टोनी परफ़ेक्ट किंग मोमो के साइज में है।" फ्रांसिस्को मार्टिंज़ बिहँस पड़े हैं।

"येस अब मेरा वजन सौ के. जी. के ऊपर है।" टोनी डायस के ठहाके भरी टिप्पणी से अग़ल-बग़ल के लोग भी हँस पड़े हैं।

"हमारे इस बार का किंग मोमो शालोम सरदिन्हा पूरा मस्त-मोटा है। एकदम सुपर्ब किंग मोमो।" टिमोटिओ भौंहें ऊँची कर थोड़े गर्व के भाव से कहते हैं।

"पर मि. टिमोटिओ! यह मेरी समझ में आज तक नहीं आया कि किंग मोमो होने के लिए मोटे-तगड़े होने की शर्त क्यों हमेशा से रही है?" टोनी डायस वर्षों की अपने मन की पहेली को मानो टिमोटिओ फ़र्नांडीस की हथेली पर रख देते हैं।

"टोनी! सिर्फ मोटा-तगड़ा ही नहीं, किंग मोमो चुने जाने के लिए यह भी शर्त रही है कि वह अच्छा और फर्राटे से आनन्दपूर्ण वक्तव्य देनेवाला हो। पूरे फ़्लोट परेड में वह हँसता-मुस्कराता रहनेवाला हो। तुम्हें याद है न टोनी कि शुरू में कार्निवल आज की तरह चार दिनों तक नहीं मनाया जाता था। बस दो दिनों शनिवार और रविवार का फ़ेस्टिवल था यह। गोवा की आजादी के बाद से कार्निवल फ़ेस्टिवल ने एक लम्बा सफर तय किया है।"

"ओह मि. टिमोटिओ! आप लोग बॉर्न किंग हो यार! किसे नहीं मालूम है कि आपके समेत आपके और भी तीन सगे भाइयों लॉरेंस, रॉक और जोस उर्फ बोंडो को बीते वर्षों में किंग मोमो बनने का मौका मिला। थोड़े में कहें, तो तन्दुरुस्त, खुशमिजाज और अच्छा बोलनेवाला ही किंग हो सकता है। चाहे वह इंडिया का पी.एम. हो, गोवा का सी.एम. हो या कार्निवल का किंग मोमो हो।" एक पल रुककर टोनी डायस ने टिमोटिओ का हाथ अपने हाथ में लेकर कहा है, "और मि. टिमोटिओ! अब तो हम लोग वंस अपॉन अ' टाइम वाले किंग हैं लेकिन 'पणजी कार्निवल कमेटी' में वर्षों से हम तीनों दीवाने बुड्ढे—मैं, आप और ये अपने हमदम मि. फ्रांसिस्को मार्टिंज़ तो मेम्बर हैं ही। वी आर नाउ किंग मेकर।"

"उफ टोनी! अब छोड़ो भी यार।" टिमोटिओ फ़र्नांडीस आकाश की रंगत पर नज़र डालते हैं।

टिमोटिओ की हथेली अपनी हथेली में लिये टोनी कहते हैं, "ब्रदर टिमोटिओ! अगर मेरी कलम में ताकत होती न, तो सच्ची, मैं आप पर एक बुक लिख डालता, जिसका नाम होता—'द फ़र्स्ट किंग मोमो ऑव इंडिपेंडेंट गोवा।'...आजाद गोवा के पहले वसंत का राजा...! नये लोगों को नहीं याद हो, लेकिन यहाँ पणजी के आजाद मैदान के पास आपके पापा का 'एर्पोनियो फ़र्नांडीस टेलरिंग शॉप' आज भी हू-ब-हू मेरी आँखों के सामने है। पुर्चगीज़ के जमाने से था अंकल एर्पोनियो का यह टेलरिंग शॉप। प्रोफ़ेशनल टेलर ऑव लेडीज़ ऐंड जेंट्स। आपने तो देखा है, कितना मानते थे एर्पोनियो अंकल मुझे। मुझे याद नहीं कि कभी मेरे कपड़े की सिलाई का चार्ज उन्होंने किया हो। कहते थे—'क्या मैं टिमोटिओ, लॉरेंस, रॉक और बोंडो के पैंट-शर्ट की सिलाई के पैसे लूँगा? तुम भी मेरे सन...मेरे पाँचवें बेटे हो। उफ माइ गॉड...।" टोनी डायस अपने सुर में हैं, "और हमारी मेरी आंटी...क्या जीवट की लेडी थीं। अंकल के टेलरिंग शॉप में कन्धे से कन्धा मिलाकर उन्होंने हमेशा उनका साथ दिया।"

टिमोटिओ फ़र्नांडीस को सहसा लगा है कि वे स्मृतियों की तराई में पहुँच गए हैं। कोई बहुत पुराना दोस्त मिलता है, तो यही करता है। बहुत पुरानी स्मृतियों की तराई में लाकर जीवन में वर्षों पीछे छूट-भुला दिये गए पानी के स्रोतों, सिर पर चमकते सूरज, चाँदनी से लथपथ या कभी बादलों के रंग के आकाश के नीचे बरबस खड़ा कर देता है। और ऐसे में उदास आत्मा पर धीरे-धीरे मुस्कान छाने लगती है। 'फ़्लोट परेड' शुरू होने में अभी थोड़ी देर है लेकिन टोनी ने पापा-मम्मी और 'एर्पोनियो फ़र्नांडीस टेलरिंग शॉप' का ज़िक्र छेड़कर उनके भीतर स्मृतियों के 'फ़्लोट परेड' को हरी झंडी दिखा दी है।

जीवन के ये अस्सी साल किस तरह यों-यों गुज़र गए। टिमोटिओ फ़र्नांडीस को लगता है, अस्सी पंछियों के पंखों की फड़फड़ाहट को वे अभी एक संग महसूस कर रहे हैं। उन्हें लग रहा है कि वे 'आज़ाद मैदान' के पास स्थित पापा के 'एर्पोनियो फ़र्नांडीस टेलरिंग शॉप' में एक संग कई सिलाई मशीनों की आवाज़ें सुन रहे हैं। पापा कपड़ों के माप ले रहे हैं। आत्माओं के लिए कपड़े! पापा का यह प्यारा-पसन्दीदा डायलॉग था, "मैं शरीर के लिए नहीं, आत्मा के लिए कपड़े तैयार करता हूँ।" जब भी उनके सिले कपड़ों की फ़िटिंग की तारीफ़ में कोई कुछ कहता था, पापा का यही जवाब होता था। और मम्मी!! वे तो हद ही थीं। पापा जब अपना टेलरिंग-दर्शन बोल चुकते, तो उनके बग़ल में कछुए की तरह दबे पाँव पहुँच आहिस्ते-से वे मुस्कराकर कहतीं, "ऐंड मी...मेरी जोस फ़र्नांडीस...आइ एम अ' बॉर्न टेलरिंग बर्ड...।" टिमोटिओ फ़र्नांडीस को पणजी के अख़बारों में छपे दो शीर्षक आज भी हू-ब-हू याद हैं। उनके पिता मि. एर्पोनियो अर्केनिओ फ़र्नांडीस सन् 1990 में जब 89 साल की उम्र में गुज़रे थे, तो पणजी के अख़बारों में इस शीर्षक के साथ ख़बर छपी थी—'टेलर ऑव द सोल नो मोर।' और इसके दस साल बाद जब उनकी माँ मिसेज़ मेरी जोस

फ़र्नांडीस 97 साल की उम्र में चल बसी थीं, तो अख़बारों ने छापा था—'टेलर बर्ड लेफ़्ट।' एक ज़माने से मम्मी से कपड़े सिलवाने वाली मिसेज़ कैथरीन डैनियल की वह कविता टिमोटिओ की फ़ाइल में अभी भी सुरक्षित है, जो मिसेज़ डैनियल मम्मी की मृत्यु पर टपकते आँसुओं से उन्हें घर आकर मम्मी के प्रति श्रद्धांजलि स्वरूप दे गई थीं। टिमोटिओ फ़र्नांडीस को उसकी पंक्तियाँ आज भी याद हैं...'शी वाज नॉट अ टेलर...यू कॉल्ड हर अ टेलर...अ पर्सन ऑव मेंडिंग क्लॉथ्ज...! बट आइ डोंट थिंक...शी वुड बी मेंडिंग एनिथिंग...बट टियरिंग द स्टिचेज यू हैव वोव्न इन टू माइ हार्ट...।'...वह कहीं से भी दर्ज़ी नहीं थीं...पर तुम उन्हें दर्ज़ी कहते थे...जो कपड़ों की मरम्मती और रफ़ू करती थी। पर ऐसा नहीं था...वह किसी भी चीज़ के रफ़ू में जुट जानेवाली नहीं थीं...! लेकिन मेरे हृदय में तुमने जो टाँके लगाए थे, उसे वह तोड़कर हटाया करती थीं...। मिसेज़ कैथरीन डैनियल और उनके पति जॉर्ज डैनियल अद्‌भुत दम्पती थे। उनको बच्चे नहीं हुए थे। इस बात की उन्हें गहरी कसक थी। पापा-मम्मी को वे बड़े भाई-भाभी मानते थे। टिमोटिओ की बहन लुसिया बिहँसकर कहती है, "अंकल-आंटी दोनों जीनियस थे लेकिन गजब के झक्की। बम्बई में पली-बढ़ी कैथरीन आंटी सौ फ़ीसदी घाटन थीं। एकदम मूडी मराठनों जैसी।" कभी जुटने पर टिमोटिओ के सभी भाई-बहनों के बीच किसी-न-किसी बहाने से डैनियल अंकल-आंटी का ज़िक्र छिड़ ही जाता है। पणजी में भौतिकी के प्रोफ़ेसर रहे प्रो. जॉर्ज डैनियल ने भौतिकी पर कुछ महत्त्वपूर्ण किताबें लिखी थीं, जो कई देशों के विश्वविद्यालयों में पढ़ाई जाती थीं। वे 'ऑस्ट्रेलियन इंस्टीट्यूट ऑव फ़िजिक्स' के वर्षों तक फ़ेलो भी रहे थे। उन्हें फ़िजिक्स पर व्याख्यान देने के लिए विभिन्न देशों में बुलाया जाता था। डैनियल आंटी हालाँकि कुछ वर्षों तक पणजी के 'डॉनबॉस्को स्कूल' में पढ़ाती रही थीं लेकिन बाद में उन्होंने पूरे तौर पर गृहिणी रहना पसन्द किया। डैनियल आंटी जहाँ बहुत भावुक थीं, वहीं ग़ुस्सा उनकी नाक की टुनगी पर रहता था। हमेशा किताबों और पढ़ने-लिखने में खोये रहनेवाले डैनियल अंकल उधर अपने बौद्धिक चिन्तन की तीसरी दुनिया में खोये रहते। लिहाज़ा, गाहे-बगाहे मियाँ-बीवी में ठनती ही रहती थी। टिमोटिओ फ़र्नांडीस के मझले भाई रॉक टॉम फ़र्नांडीस चर्चा छिड़ने पर ठहाके लगाते हुए कहते हैं, "और अंकल-आंटी के दिलचस्प टक्करों के मामले अन्ततः पापा-मम्मी की कचहरी में निपटारे के लिए आते थे।"

टिमोटिओ को डैनियल दम्पती का एक-दो-प्रसंग तो हू-ब-हू याद है। एक दिन डैनियल अंकल कॉलेज से घर आए और डैनियल आंटी को सूचित किया कि आज रात ही वे जर्मनी जा रहे हैं। परसों वहाँ उनका एक लेक्चर है। सुनते ही डैनियल आंटी मारे ग़ुस्से के लाल भभूका हो गईं, "ओय मैन...! क्या तुम बगल के किसी विलेज़ में जा रहे हो? व्हाट रबिश।" मियाँ-बीवी में भारी झगड़ा हुआ। मामला यहाँ तक पहुँच गया कि डैनियल आंटी ने अंकल का सूट निकालकर कैंची से टुकड़ा-टुकड़ा कर डाला और रोते हुए मम्मी के पास आ गईं। मम्मी ने किसी तरह उन्हें सीने से लगा-लगाकर चुप कराया। पूरा माजरा जानकर पापा ने चार घंटे

में डैनियल अंकल का नया सूट अपने यहाँ तैयार कराया ताकि उसे पहनकर डैनियल अंकल इज़्ज़त से जर्मनी में व्याख्यान दे सकें। 'एर्पोनियो फ़र्नांडीस टेलरिंग शॉप' ने चार घंटे में सूट सिलने का यह एक रिकॉर्ड क़ायम किया था।

अजीब फ़ितूरी और असम्भव हस्ती थे डैनियल अंकल। और उनसे बीस थीं आंटी। एक दोपहर डैनियल अंकल घर आए और आंटी से कहा, "कैथरीन! वर्ल्ड फ़ेम...विश्वख्याति के पर्वतारोही सर एडमंड हिलेरी पणजी आए हैं। एक-दो दिन यहाँ रुककर वे हिमालय के लिए निकलेंगे। मेरे पुराने दोस्त हैं। आज शाम उन्हें अपने यहाँ चाय पर इनवाइट किया है। सात-आठ लोग होंगे।"

"व्हाट डू यू थिंक जॉर्ज...? इज़ ही यॉर नेबर? आइ नो हिलेरी द ग्रेट...।" चीख़ते हुए डैनियल आंटी बाहर निकल पड़ीं और सीधे 'एर्पोनियो फ़र्नांडीस टेलरिंग शॉप' में मम्मी के पास आ गईं। उनको रुआँसी हालत में देख परेशान हो मम्मी ने पूछा, "क्या हुआ कैथरीन? बहुत परेशान लग रही हो?"

"जॉर्ज अभी घर आया। उसने बताया कि थोड़ी देर बाद वर्ल्ड फेम माउंटेनियर एडमंड हिलेरी और सात-आठ लोग शाम की चाय पर घर आ रहे हैं। नाउ यू टेल मी मेरी कि इतने कम समय में ऐसे वी.आइ.पी. को मैं कैसे वेलकम कर सकूँगी?" डैनियल आंटी के झर-झर आँसू गिरने लगे।

"ओ. के. डोंट वरी! आइ विल मैनेज एवरीथिंग। तुम चलो, मेहमानों के स्वागत के लिए सब कुछ लेकर मैं तुम्हारे यहाँ आ रही हूँ। तुम अभी फौरन घर जाओ।" डैनियल आंटी को पूरा ढाढ़स बँधाते हुए मम्मी ने कहा। और डैनियल आंटी की पीठ पर ही वायदे के मुताबिक केक, पेस्ट्री, पेटीज़, कई तरह के बिस्किट और नमकीन लेकर मम्मी पहुँच गईं। सर हिलेरी के आने पर उनका भव्य स्वागत हुआ। अंकल-आंटी हमेशा पापा-मम्मी के इस असम्भव प्रेम से मुग्ध रहे। टिमोटिओ फ़र्नांडीस याद करते हैं कि डैनियल अंकल-आंटी ने उनके समेत सातों भाई-बहनों को बेटे-बेटी की तरह प्यार किया। वे दोनों भी कबके चल बसे। पापा-मम्मी और डैनियल अंकल-आंटी को याद करते हुए टिमोटिओ को अक्सर हूक-सी लगती है कि माननेवाले सभी लोग एक-एक कर दुनिया से चले गए। अस्सी साल के टिमोटिओ को अब कौन प्यार करेगा?

टिमोटिओ फ़र्नांडीस ने वर्ष 1995 में गोवा सरकार के 'डायरेक्टरेट ऑव अकाउंट्स' के हेड क्लर्क की नौकरी से अवकाश ग्रहण किया। पर ज़िन्दगी भर खाता-बही की नौकरी में जुते रहे टिमोटिओ फ़र्नांडीस को अभी भी अगर कोई सिलाई मशीन, सूई-धागा और टेलरोंवाली बड़ी कैंची थमा दे, तो वे कपड़ों को सिल-सिलकर ढेर लगा देंगे। वे अपने पापा की तरह सिलेंगे लोगों की आत्मा के लिए कपड़े। पणजी के ओल्ड मार्केट रोड में एक से एक टेलरिंग शॉप...दर्जियों की दुकानें अब खुल चुकी हैं—मास्टर टेलर्स, बाबू क्लॉथ टेलर, सेनर टेलर, ए. जी. जेंट्स टेलर, गौस टेलर, अल्ताफ़ लेडीज़ टेलर, माइ स्टाइल, डिज़ाइनर टेलर और जाने कितने। पर पुर्चगीज़ शासन के दौरान उँगलियों पर गिने जाने लायक़ टेलरिंग

शॉप थे। इनमें 'एर्पोनियो फ़र्नांडीस टेलरिंग शॉप' अव्वल माना जाता था। इनके बाद मापुसा के 'जेवियर ऐंड संस टेलर्स' का ही नाम था। सन् 1944 में जेवियर ने अपने टेलरिंग शॉप की शुरुआत की थी। सूट सिलने में जेवियर टेलर मास्टर का सानी न था। पर जेवियर भी टिमोटिओ के पापा एर्पोनियो फ़र्नांडीस का लोहा मानते थे। वाक़ई, कपड़ों की कटिंग और सिलाई में टिमोटिओ के पापा और मम्मी को ग़ज़ब की सिद्धि थी। उनके पापा बताते थे कि एक अच्छे दर्ज़ी की परीक्षा तभी हो जाती है जब कोई उसके पास जैकेट लेकर आता है और कहता है कि कन्धे से जैकेट के आस्तीन को छोटा कर दे। यह सुधार करना कठिन होता है। जैकेट या शर्ट के कन्धे में ही असल खेल है। कन्धे की हड्डी के दोनों तरफ़ की सीध में शर्ट की सिलाई की सीवन होनी चाहिए। अगर यह सीवन थोड़ा भी अपनी सीध से उन्नीस-बीस ढलका, तो शर्ट की बाँह ढीली या तंग हो जाएगी और शर्ट का कफ़ सही-सही नहीं बैठेगा। उनके पापा कहते थे कि एक अच्छा दर्ज़ी ही किसी की क़मीज़ या जैकेट की पीठ पर पड़नेवाले शिकन को पकड़ने की नज़र रखता है। कपड़ा आपके शरीर पर बग़ैर किसी शिकन के सज जाए, नाप लेते समय किसी माहिर दर्ज़ी के मन में यह बात सबसे ऊपर होती है। और टिमोटिओ की मम्मी—मिसेज़ मेरी जोस फ़र्नांडीस की अपनी सिफ़त थी। वे हमेशा इस बात के लिए पूरे चौकन्नेपन से मुस्तैद रहती थीं कि टेलरिंग शॉप में कपड़ों के टुकड़े या सिलाई के धागे फ़र्श पर इधर-उधर गिरे पड़े न मिलें। उनकी मम्मी कहती थीं कि यह एक अच्छे टेलर की पहली पहचान है। कपड़ों के छोटे-बड़े छितराए टुकड़ों के कबाड़ के बीच बैठा टेलर कपड़ों की सिलाई में भी कबाड़ा करेगा। मम्मी कपड़ों को कभी शॉप के फ़र्श पर नहीं डालती थीं। वे कहती थीं कि जो दर्ज़ी कपड़ों को शॉप के फ़र्श पर डालकर रखता है, वह पहली नज़र में ज़ाहिर करता है कि कपड़ों के लिए उसके मन में क्या इज़्ज़त है। टिमोटिओ के पापा कहते थे कि एक सच्चा टेलर सही मायने में लोगों की आत्मा का दोस्त होता है। उसे अपने सभी ग्राहकों के नाम याद रखने चाहिए और संग-संग उसे यह भी याद रखना चाहिए कि उसके किस ग्राहक का क्या स्टाइल प्रेफ़रेंस यानी कौन-सी बनावट और आकृति किस ग्राहक की प्राथमिकता है।

"आइ ऐम एर्पोनियो फ़र्नांडीस
आइ ऐम यॉर फ़ेवरेट टेलर...
आइ स्टिच क्लॉथ्ज फ़ॉर ऑल
रिच मैन, पुअर मैन, बेगर मैन, थीफ़
डॉक्टर, लॉयर, मर्चेंट, ऐंड
फ़ॉर यॉर डार्लिंग इनडीड...!
आइ डोंट केयर फ़ॉर नोट्स
इनजॉइ माइ थ्रेड ऐंड नीडल
लिव इच डे ऐज़ इट कम्स...।"

अपने टेलरिंग शॉप के काउंटर पर मौज़ में ख़ुद जोड़-तोड़कर बनाया यह गाना टिमोटिओ के पापा गुनगुनाते रहते थे और तब आख़िर में टिमोटिओ की मम्मी कहतीं, "यू डोंट केयर फ़ॉर नोट्स, बट आइ केयर...। नोट्स के बिना सात बच्चों और हमारा-तुम्हारा दाना-पानी कैसे चलेगा? सादापंती से जिन्दगी नहीं चलती डियर।" गृहस्थी और टेलरिंग शॉप की ख़जांची टिमोटिओ की मम्मी थीं। उनके छोटे-से बैग में सेंटावोस से लेकर बुराकाचो पोइसो तक भरे रहते थे। टिमोटिओ को पुर्चगीज़ ज़माने के—तंगाज़, सेंटावोस, एस्क्यूडोज़, देदिद्की, पोइसो, बीच में छेदवाला बुराकाचो पोइसो, अन्नेम और रुपयो सब याद हैं। कुछ सेंटावोस, एस्क्यूडोज़ और बुराकाचो पोइसो तो अभी भी उनकी आलमारी के लॉकर में हैं। कुछ रुपयों में बाक़ायदे दो-चार छेद हैं। दरअसल, गोवा की आज़ादी के बाद पुर्चगीज़ जब जाने लगे, तो अपने रुपयों को रद्द करने के लिए उन्होंने ज़्यादातर रुपयों को पंच कर छेद कर दिया। टिमोटिओ की जब कभी अपने लॉकर में रखे इन पुर्चगीज़ रुपयों पर नज़र जाती है, तो कितनी स्मृतियाँ मन में भर आती हैं। एक बार जब उनको जॉनडिस हो गया था, तो मम्मी ने छेदवाले बुराकाचो पोइसो को गरम कर एक झटके में उनके माथे से चिपका दिया था, जिसका दाग भले अर्से तक रहा लेकिन जॉनडिस एक हफ़्ते में ठीक हो गया। अपने जहाज़ों में इस तरह के कई अजूबा टोटके लेकर भी पुर्तगाली गोवा आए थे। टिमोटिओ उन पुराने कुछ पुर्तगाली सिक्कों और उन रुपयों को और रुपयों पर छपे समुद्र को देखते हैं। ज़्यादातर पुर्तगाली रुपयों पर समुद्र और नाविक की तस्वीरें हैं। समुद्र और नाव से पुर्तगाल का पुराना नेह-छोह का नाता है। 15वीं सदी में पुर्तगाली शासक दोम हेनरी, जिनका प्रसिद्ध नाम 'द नैविगेटर हेनरी' यानी नाविक हेनरी था ने अफ़्रीका के पश्चिमी तट से लेकर और भी कितनी जगहों के लिए अन्धाधुन्ध जहाज़ भेजे थे। इसलिए उसके शासनकाल को 'एज़ ऑव डिस्कवरी' यानी खोज का युग कहा जाता है। समुद्र और नाव का सगुन इस तरह पुर्तगाल के रुपयों पर भी छा गया। पुर्तगाली रुपयों पर पुर्तगाली के अलावा हिन्दी, उर्दू, मराठी और गुजराती में भी विवरण छपा रहता था। शुरू में पुर्तगाली 'रुपये' चलाते थे और बाद में इसकी जगह 'एस्क्यूडोज़' और 'सेंटावोस' चलाने लगे। स्पेनी और पुर्तगाली भाषा में सेंटावोस माने—सौ। एक सेंटावोस यानी एक सौ रुपये। पाँच सेंटावोस यानी पाँच सौ रुपये। टिमोटिओ को याद है कि जब कभी कुछ-कुछ साल पर उनकी मम्मी सिलाई की दर बढ़ाने का प्रस्ताव उनके पापा के पास रखती थीं, तो ठहाके लगाते हुए उनके पापा कहते थे, "मेरी...! माइ डियरेस्ट! तुम्हारा जो जी आए, करो। तुम्हारी हर बात में मेरी 'हाँ' है। द थ्रेड फॉलोज़ द नीडल। धागा हमेशा सूई के पीछे। पर यह सच है कि तुम्हारा वश चले, तो पुर्तगाल के टकसाल को लिस्बन से उठाकर तुम अपने पर्स में डाल लोगी।" फिर एक पल रुककर वे मुस्करा देते, "पता नहीं क्यों पैसे से औरतों को कभी सन्तोष नहीं होता। मेरी मम्मी और मेरी ग्रैंड मदर—सबका यही हाल था। मेरी ग्रैंड मॉम और मम्मी के जमाने में यह चलन था कि अगर आखिरी वक्त में किसी की साँस अटकी हुई हो, वह नीम बेहोशी में हो और खासकर उसके बारे में मालूम हो

कि जीवन में उसे रुपये-पैसे से बहुत प्रेम रहा, तो उसके मुँह में चार या आठ आने का सिक्का डाल दिया जाता था ताकि उसके प्राण चैन से निकल सकें। वाकई, यह गजब का टोटका था। मैंने बचपन में कई बार इसे घटित होते हुए देखा। पैसा मुँह में डालते ही कई दिनों से अटका प्राण झट से पंछी की तरह उड़ गया।" टिमोटिओ की मम्मी तब कुढ़कर कहतीं, "ठीक है, जब मेरे प्राण अटकेंगे, तो तुम मेरे मुँह को सिक्कों से भर देना। ओय मैन! जिसे घर चलाना पड़ता है न, वही समझता है। और सिर्फ घर ही क्या, अपने टेलरिंग शॉप के कारीगरों को समय पर पैसे मिलें, अगर इसकी फिक्र मैं न करूँ, तो पता नहीं कब शटर गिर जाए।" टिमोटिओ के पापा भी क्या कम थे, टिमोटिओ की मम्मी की खीज का मज़ा लेते हुए कहते थे, "तुम फिक्र न करो डार्लिंग! पहले मैं ही दुनिया को अलविदा करूँगा और मेरी विदाई-वेला में तुम फूट-फूट कर रोते हुए कहोगी—मेरे लिए मेरा फ़ेवरेट केक अब कौन लाएगा रे...! ज़िद करने पर अब मुझे सिनेमा कौन ले जाएगा रे...! मेरी झल्लाहट अब कौन झेलेगा रे...! खैर, लोक-लाज में तुम तो रोओगी ही लेकिन हमारे टेलरिंग हाउस का कोई कारीगर नहीं रोएगा; क्योंकि सबको मालूम है कि मिसेज़ मेरी ज़ोस फ़र्नांडीस कभी 'एर्पोनियो फ़र्नांडीस टेलरिंग शॉप' को बन्द न होने देंगी।" टिमोटिओ की मम्मी तब नकली गुस्से के संग छूटतीं, "मैं तुम्हें अब मारूँगी एर्पोनियो।" टिमोटिओ के पापा भले यह सब हास्य में कहते थे लेकिन यह सच था कि वे टेलरिंग हाउस के नाम भर के मालिक थे, उसकी असली मुख़्तार टिमोटिओ की मम्मी थीं। 'एर्पोनियो फ़र्नांडीस टेलरिंग शॉप' के कारीगरों को अच्छी तरह पता था कि टिमोटिओ के पापा को कहने से कुछ भी न होगा। इसलिए समय-समय पर तनख़्वाह की बढ़ोतरी के लिए वे सब टिमोटिओ की मम्मी के पास ही फरियाद पेश करते थे। और टिमोटिओ की मम्मी भी क्या उसूल की पक्की थीं, अपने कारीगरों का भुगतान करने के बाद ही वे घर के खर्चे की फिक्र करती थीं। टिमोटिओ को याद है कि उनकी मम्मी बड़े नाज़ से कहती थीं, "यह टेलरिंग शॉप फ़र्स्ट चाइल्ड...पहला बेबी है हमारा।"

टिमोटिओ फ़र्नांडीस को बहुत अफ़सोस लगता है कि उनके समेत चार भाइयों में से किसी ने अपने ख़ानदानी टेलरिंग शॉप को बचाने की कोशिश नहीं की। 89 साल की उम्र तक टिमोटिओ के पापा इसे चलाते रहे और पापा के गुज़रने के बाद दस वर्षों तक अकेले मम्मी 'एर्पोनियो फ़र्नांडीस टेलरिंग शॉप' को खींचती रहीं। अपने बिलकुल आख़िरी दिनों में भी वे ज़िद बाँधकर पाबन्दी से टेलरिंग शॉप जाती रहीं। कुछेक बार जब टिमोटिओ ने नाराज़गी या मनुहार जताकर टेलरिंग शॉप जाने से उन्हें मना करने की कोशिश की, तो भरी-भरी आँखों और रुँधे गले से उनकी मम्मी ने कहा, "टिमोटिओ! तुम सभी सातों भाई-बहनों की परवरिश इसी टेलरिंग शॉप से हुई। कुछ तो शर्म करो। मैं अपने जीते-जी इस पर ताला पड़ा नहीं देखना चाहती। मैं बस जन्म देनेवाली माँ हूँ। तुम सबको रोटी देनेवाली माँ यह सिलाई मशीन है।"

सात भाई-बहनों से भरा-पूरा उन सबका बचपन भी कितना प्यारा था। टिमोटिओ के तीनों भाई लॉरेंस, रॉक, जोस उर्फ़ बोंडो और तीनों बहनें रोजा, लेब्रेटा और

लुसिया की मस्त मंडली...। क्या मौज़ और हुड़दंग भरे दिन होते थे। सबका प्लग मानो एक-दूसरे से जुड़ा रहता था। उनकी मम्मी कभी-कभी खीजकर कहतीं, "ऐसे उड़ाके ईडियट बच्चे और किसी के नहीं होंगे। हमेशा पेटी-बाजा लिए शोर मचाकर दिमाग खाते।" अपने सातों नटखट बच्चों को सँभालने में मिसेज़ मेरी जोस फ़र्नांडीस परेशान रहती थीं। बच्चों की शरारतें तो अपनी जगह थीं—कभी किसी को जुकाम, कभी बुख़ार, कभी दस्त और कभी क़ब्ज़ का चक्कर लगा ही रहता था। पर सभी मर्ज के इलाज का उनका बस एक नुस्खा था—काजू फ़ेनी! इसलिए टिमोटिओ के पापा मि. एर्पोनियो अर्केनिओ फ़र्नांडीस कभी-कभी बिहँसकर अपनी पत्नी को 'डॉ. काजू फेनी फ़र्नांडीस' कहते थे। काजू फ़ेनी चिकित्सा पर मिसेज़ मेरी जोस फ़र्नांडीस को अटूट विश्वास था। टिमोटिओ समेत अपने सातों बच्चों में से जब किसी को ठंड लग जाती, तो पीतल के एक प्याले में काजू फ़ेनी के संग उचित मात्रा में चीनी घोल उसे चूल्हे पर खौलाकर वे आधा कप कर देतीं और उसमें से एक सप्ताह तक दो-दो चम्मच पिलाती चली जातीं। कभी ज़्यादा सर्दी की स्थिति में वे फ़ेनी में चीनी के संग कच्चे अंडे की ज़र्दी मिला देतीं। इसका असर अक्सीर था।

घर में कभी किसी को बुख़ार हो जाने पर एक तौलिये को काजू-फ़ेनी से पूरा भिगोकर वे पूरा शरीर पोंछ देतीं और आख़िर में फ़ेनी से भीगे उस तौलिये को माथे पर रख देतीं। इसका असर सचमुच जादुई था। चार-पाँच घंटे में बुख़ार ग़ायब हो जाता था। पेट की गड़बड़ी में मिसेज़ मेरी जोस फ़र्नांडीस का रामबाण नुस्खा था काजू-फ़ेनी में पुदीना घोलकर या फिर अजीर्ण में काजू फ़ेनी में जीरे के चूर्ण को मिलाकर पिला देना। घर में कुछ न कुछ होता ही रहता था। हुड़दंग में सभी सातों भाई-बहन किसी से कम नहीं थे। टिमोटिओ फ़र्नांडीस की तीन बहनों में लेब्रेटा अब दुनिया में नहीं रहीं। वह मापुसा में ब्याही गई थीं। सबसे बड़ी रोज़ा अपनी ससुराल दक्षिण गोवा के कर्टोरिम में हैं। उनकी सबसे छोटी बहन 67 वर्षीया चिरकुमारी लुसिया पणजी के अफ़ोंसो अलबकर्क रोड में 'फ़िडाल्गो होटल' के पास 'सेडमार अपार्टमेंट' के बीच की जगह में मौज़ूद उस ढनमनाए पुराने घर में रहती है, जहाँ पापा-मम्मी के संग वे सब कभी रहते थे। टिमोटिओ और उनके भाई रॉक टॉम फ़र्नांडीस ने 'किंग मोमो' वाले राजसी परिधानों, ढाल-तलवारों और कार्निवल के 'फ़न क्लॉथ्ज़' यानी रँगीले पोशाकों का ज़ख़ीरा वहाँ सहेज रखा है। धरती से कुछ ही ऊपर उठे कनटोप सरीखे इस पुराने ढनमनाए घर के खपरैल की छत से एक प्राचीन अजायबघर का वहम मिलता है। टिमोटिओ की बहन लुसिया इसकी क्युअरेटर यानी संग्रहालयाध्यक्ष है। सेडमार अपार्टमेंटवालों ने बीच परिसर में पड़े इस घर को ख़ाली कराने का मुक़दमा ठोंक रखा है। टिमोटिओ के छोटे भाई रॉक पर हत्या के प्रयास यानी लोकप्रिय क़ानूनी ज़बान में 'अटेंप्ट टू मर्डर' का केस भी सेडमार अपार्टमेंट के ऑलविन अफ़ोंडो ने चलाया हुआ है। पर टिमोटिओ और रॉक का कहना है कि उनके दादा-परदादा के ज़माने से उनकी यह ज़मीन है। वैसे टिमोटिओ अपनी पत्नी हेलेना के संग कार्बोलिम में रहते हैं। हेलेना से टिमोटिओ का प्रेम विवाह था।

दोनों एक ही दफ़्तर में काम करते थे। उनकी दो बेटियाँ हैं—सोनिया और फ़ातिमा! सोनिया की हाल ही में शादी हुई है। उसके पति गेनो कार्डेलो इंग्लैड में नौकरी करते हैं। छोटी बेटी फ़ातिमा पणजी में उसी जगह नौकरी में है, जहाँ वर्ष 1995 तक टिमोटिओ और उनकी पत्नी हेलेना ख़ुद कार्यरत थे। यानी डायरेक्टरेट ऑव अकाउंट्स में फ़ातिमा लेखाधिकारी है। आज़ादी के बाद गोवा कार्निवल के प्रथम किंग मोमो बने टिमोटिओ फ़र्नांडीस का यह गर्व स्वाभाविक है कि उनका परिवार गोवा का इकलौता परिवार है, जिस घर के चारों भाइयों यानी टिमोटिओ, लॉरेंस, रॉक और जोस उर्फ़ बोंडो फ़र्नांडीस को बारी-बारी से गोवा कार्निवल में 'किंग मोमो' बनने का अवसर मिला। लॉरेंस गोवा संस्कृति एकेडमी अवार्ड से नवाजे जा चुके हैं। लॉरेंस गोवा के पोरवरिम में सपरिवार रहते हैं। टिमोटिओ से महज़ एक साल छोटे 79 वर्षीय लॉरेंस गोवा के गवर्नमेंट प्रिंटिंग प्रेस में उपनिदेशक थे। वहीं रॉक भी गोवा के गवर्नमेंट प्रिंटिंग प्रेस में 40 वर्षों तक सीनियर मशीन ऑपरेटर रहे और प्रेस सुपरवाइज़र के पद से अवकाश ग्रहण किया। रॉक अपनी पत्नी एंटोनाटा के संग पणजी से थोड़ी दूर स्थित बेनाटॉम में रहते हैं। उनके पाँच बच्चे हैं। दो बेटे—रेगन और क्लिवन। तीन बेटियाँ—फ़्लाबिथा, स्वेतलाना और एचलिया। रॉक के दोनों बेटे विदेश जानेवाले जहाज़ों पर सांस्कृतिक कार्यक्रमों की प्रस्तुति करते हैं। रॉक की बेटियों में एचलिया अपने पिता की सांस्कृतिक गतिविधियों में लगातार जुटी रहती है। रॉक का बड़ा बेटा रेगन अभी अविवाहित है लेकिन छोटे बेटे क्लिवन ने कैरीबियन आयलैंड की सिलिया से हाल ही में प्रेम विवाह किया है। टिमोटिओ के सबसे छोटे भाई जोस उर्फ़ बोंडो का स्थायी निवास यों कहने को पोरवरिम में है लेकिन ज़्यादातर वह बम्बई में रहते हैं। बम्बई से भी ज़्यादा वह अपने कार्यक्रमों को लेकर दुनिया भर के देशों की यात्रा में व्यस्त रहते हैं। बोंडो का ज़िक्र छिड़ने पर टिमोटिओ यह कहना कभी नहीं भूलते कि बोंडो भारत का इकलौता इंडो-लैटिन ड्रम-स्टार है।...द ग्रेट परकशिनस्ट। 'परकशन' यानी छड़ी पीटकर बजानेवाले वाद्य यंत्र पर जादू बिखेरने में जोस उर्फ़ बोंडो फ़र्नांडीस का तोड़ नहीं। बारह साल की उम्र से बोंडो को ड्रम बजाने का नशा चढ़ गया था। उसी समय से गोवा के कई म्यूज़िक-बैंड के साथ उन्होंने काम करना शुरू कर दिया था। जब वह युवावस्था में दाख़िल ही हुए थे कि सियोलिम के रेमो फ़र्नांडीस के संग उनकी जोड़ी बन गई थी। रेमो भी उन दिनों म्यूज़िक में अपनी राह ढूँढ़ रहे थे।

आज की तारीख़ के अन्तरराष्ट्रीय ख्याति के रॉक स्टार लुइस रेमो दे मारिया बर्नार्डो फ़र्नांडीस उर्फ़ संक्षेप में रेमो फ़र्नांडीस ने बम्बई के विख्यात 'जे. जे. कॉलेज' से आर्किटेक्ट की पढ़ाई तो कर ली थी लेकिन बचपन से संगीत को लेकर दीवाने रहे रेमो बजाय आर्किटेक्ट का काम करने के पूरी तरह संगीत में जुटना चाहते थे। हालाँकि, यह बात रेमो के माता-पिता को नागवार लगती थी। पर रेमो किसी की सुननेवाले नहीं थे। रेमो के पिता जोस एंटोनियो अलफ्रेडो बर्नार्डो अफ़ोंसो फ़र्नांडीस से टिमोटिओ फ़र्नांडीस ज़माने से परिचित थे। गोवा के सियोलिम के मूल निवासी

इस परिवार की गोवा में ख़ासी प्रतिष्ठा रही थी। रेमो के दादा डॉ. बायलान फ़र्नांडीस एक प्रतिष्ठित चिकित्सक थे। रेमो के नाना लेवी जुजार्टे मापुसा के समीप की पारा बस्ती के एक बड़े 'भाटकर' यानी ज़मींदार थे। एक नाव दुर्घटना में लेवी जुजार्टे का निधन हो गया था। रेमो की 'माई' यानी माँ मिसेज़ लुजिया मारिया जुरार्टे से भी टिमोटिओ फ़र्नांडीस की अच्छी बातचीत थी। बहुत सुन्दर थीं लुजिया। रेमो के पिता बर्नार्डो ने जिस साल लुजिया से विवाह किया था, उसी साल उन्हें बम्बई के 'सेंसर ऑफ़िस' में नौकरी मिली थी। वह ब्रिटिश ज़माना था और दफ़्तर का प्रमुख एक अंग्रेज़ था। एक दिन उस अंग्रेज़ अफ़सर ने बर्नार्डो से बहुत तैश में बात की और उसी पल बर्नार्डो ने उसकी मेज़ पर इस्तीफ़ा लिखकर उसे दे दिया था। उन्होंने एक मित्र की सलाह पर निश्चय कर लिया था कि अपने गृह प्रदेश गोवा जाकर वे सोडा और कोल्ड ड्रिंक की एक फ़ैक्ट्री खोलेंगे। हालाँकि, बर्नार्डो को बिजनेस का कोई अनुभव नहीं था। पर पणजी में उन्होंने किराये की एक जगह में 'फ़ैब्रिका' नाम से सोडा व कोल्ड ड्रिंक की अपनी फ़ैक्ट्री शुरू की। आरम्भिक मशक़्क़त के कुछ साल के बाद बर्नार्डो का बिजनेस चल निकला। टिमोटिओ को याद है, चैन-सुकून में बर्नार्डो अपने संघर्ष के क़िस्से उन्हें सुनाया करते थे। इन कहानियों के बीच उनकी पत्नी लुजिया मुस्कराकर कहती थीं, "जैसा पागल बाप, वैसा पागल बेटा।" मौक़े-मौक़े से अन्तरंग बैठकी में लुजिया अक्सर टिमोटिओ से कहती थीं कि कृपया वे रेमो को समझाएँ कि म्यूज़िक की सनक छोड़ वह आर्किटेक्ट के पेशे में अपना मन लगाए। पर हर बार टिमोटिओ बिहँसकर कहते थे, "हमारे बोंडो और रेमो को समझाना मांडवी नदी पर टैक्सी चलाना है।" बोंडो को लेकर टिमोटिओ की दिली इच्छा थी कि वह उनकी तरह कोई एक सरकारी नौकरी पकड़ लें और संग-संग म्यूज़िक का भी काम करते रहें। पर बोंडो इसके लिए कभी राज़ी नहीं हुए। आज रेमो और बोंडो को लेकर टिमोटिओ को बहुत गर्व होता है। ये दोनों सनकी लड़के सही थे। बोंडो को बॉलीवुड में भी अच्छा मौक़ा मिला।

हिन्दी की हिट फ़िल्म 'क़यामत से क़यामत तक' में ड्रम बजाते बोंडो को सबने बहुत सराहा था। 'कोकाकोला' के विज्ञापन में भी बोंडो एक ब्रैंड की तरह पेश किए गए थे। बोंडो अपने इंटरव्यू में अक्सर कहते हैं कि "म्यूज़िक हमारे परिवार की नसों में है। मेरी मम्मी सिनेमा देखने की बड़ी शौक़ीन थीं। वे घुमट बजाती थीं। ऐंड आइ टेल एवरी वन दैट आइ कुड फ़ील द रिद्म ह्वेन आइ वाज इन माइ मदर्स वूम...। अपनी मम्मी के कोख में जब मैं था, मैं लय की थिरक महसूस करने लगा था।"

टिमोटिओ याद करते हैं कि उनकी मम्मी मिसेज़ मेरी जोस फ़र्नांडीस संगीत और सिनेमा की कितनी दीवानी थीं। क्या झूमकर वे घुमट बजाती थीं और सिनेमा देखने के लिए कितनी आतुर रहती थीं। सिनेमा हॉल में मम्मी की गोद में ही आँखें झपकाते हुए उनका भाई बोंडो म्यूज़िक और सिनेमा का आशिक़ हो गया। टिमोटिओ मज़ाक़ में कहते हैं, "मम्मी की गोदी में बैठकर बेबी बोंडो बॉलीवुड बोंडो बन गया।" पणजी के किसी सिनेमा हॉल में कोई अच्छी फ़िल्म लगे और टिमोटिओ की मम्मी अपने

पूरे कुनबे समेत फ़र्स्ट डे-फ़र्स्ट शो न देखें, यह मुमकिन ही नहीं था। कभी-कभी सिनेमा देखने पूरा परिवार मापुसा, कालांगुटे, क्यूपेम और मडगाँव तक चला जाता था। चालीस के दशक में पणजी में 'सिने इडेन', मापुसा में 'सिने सेंट्रल', कालांगुटे में 'सिने शान्तादुर्गा', क्यूपेम में 'जनता टाकीज़' तथा मडगाँव में 'सिने रेक्स' व 'सिने ओलम्पिया' आदि गिने-चुने सिनेमा हॉल थे। उस समय तक रॉक और बोंडो का जन्म नहीं हुआ था। पापा-मम्मी के संग टिमोटिओ और उनके ठीक बादवाले भाई लॉरेंस इन हॉलों में जाते थे। पणजी के सिनेमा हॉल 'सिने अगासाइम' और 'एल डोराडो' तो उन लोगों के लिए घर-आँगन की तरह थे। 'सिने अगासाइम' और 'एल डोराडो' कब के बन्द हो गया। 'एल डोराडो', जो सन् 1996 तक अस्तित्व में था, वहाँ अब 'एल डोराडो प्लाज़ा' बिल्डिंग है और 'सिने अगासाइम' की इमारत खँडहर हो चुकी है। उसकी छत कबके गिर चुकी और इमारत के खँडहर के बीच कई पेड़ उग आए हैं। पर ये सिनेमा हॉल उनके चारों भाइयों की स्मृति में आज भी बरक़रार है। टिमोटिओ के तीसरे नम्बरवाले भाई रॉक मुस्कराकर भाइयों की बैठकी में बचपन को याद करते हुए कहते भी हैं कि सुबह अख़बार आते ही वे लोग कैसे यह जानने को बेचैन हो जाते थे कि किस हॉल में कौन-सी फ़िल्म लगी है। उस समय बालकनी का टिकट दो रुपये बीस पैसे में मिलता था। पर्दे के ठीक सामने का जो लोअर सर्किल था उसका टिकट मात्र 80 पैसे। टिमोटिओ को याद है कि एक बार बालकनी और मिडल-अपर सर्किल का टिकट न मिलने पर जोश के मारे पणजी के 'सिने लता' हॉल में उन्होंने अपने दोस्त के संग लोअर सर्किल के बेंच पर बैठकर देवानन्द की फ़िल्म 'गाइड' देखी थी। उन दिनों आज की तरह देश और दुनिया में एक ही दिन बॉलीवुड की फ़िल्मों के रिलीज़ का चलन नहीं था। उन दिनों बम्बई में जब कोई फ़िल्म रिलीज़ होती थी, उसके चार-छह महीने बाद वह फ़िल्म गोवा के सिनेमा हॉलों में लगती थी। अब तो ख़ैर पणजी में 'इनॉक्स मल्टीप्लेक्स' जैसे सिनेमा हॉल हैं और नई रिलीज़ हुई फ़िल्मों के लिए महीनों प्रतीक्षा नहीं करनी पड़ती। उनकी मम्मी आज के इस दौर में होतीं, तो कितनी ख़ुश होतीं, सोचते हैं 80 वर्षीय टिमोटिओ। वे छहो भाई-बहन जब इकट्ठे होते हैं, तो मधुर पारिवारिक स्मृतियों का कारवाँ चल निकलता है। कल रात भी यही हुआ।

कल रात डिनर पर टिमोटिओ के घर वे सभी भाई-बहन जुटे थे। वर्षों से टिमोटिओ फ़र्नांडीस ने कार्निवल के एक दिन पहले अपने सभी भाई-बहनों को सपरिवार डिनर यानी रात की दावत पर अपने यहाँ बुलाने की परम्परा बना रखी है। कुछ इस अदा में जैसे अगले दिन किंग मोमो के आगमन की ख़ुशी में उत्सव मना रहे हों। इस मस्त दावत की तैयारी टिमोटिओ की पत्नी हेलेना दिल उड़ेलकर करती हैं। हेलेना अगर साथ न देतीं, तो अपने भाई-बहनों से टिमोटिओ का तार आज तक इस तरह न जुड़ा रहता। घर पर होनेवाली इस सालाना पार्टी की तैयारी में हाथ बँटाने के लिए उनकी छोटी बेटी फ़ातिमा भी सुबह से अपनी माँ के संग मुस्तैद रहती है।

हर बार की तरह कल रात भी बहुत आनन्द आया। फिर से कई पुरानी यादें ताज़ा हुईं। लॉरेंस ने ठिलठिलाते हुए अपना क़िस्सा सुनाया कि सन् 1966 में जब उन्हें पहली बार किंग मोमो बनने का मौक़ा मिला था, तो कैसे वह दुनिया के महान हास्य अभिनेता चार्ली चैपलिन की अदा में कार्निवल कैप लगाकर हैट लहराते हुए बैलगाड़ी पर खड़े थे और फ़ोर पिलर्स से चलकर आजकल जहाँ 'होटल फ़िडाल्गो' है, वहाँ तक गए थे। बैलगाड़ी के आगे सुन्दर लड़कियों की रंग-रँगीली टोली नाचते-झूमते उनके संग थी। ये लड़कियाँ सड़क के दोनों तरफ़ खड़े लोगों पर ख़ुशबूदार पाउडर फेंक रही थीं। और वह भी कोई ऐसा-वैसा पाउडर नहीं, भीनी ख़ुशबू से भरा क्युटीकुरा पाउडर। क्युटीकुरा पाउडर से बैलगाड़ी में जुते दोनों बैलों की त्वचा भी भर जाती थी। सत्तर के दशक के आरम्भ तक 'गद्दो' यानी बैलगाड़ी का चलन गाँव-गाँव में था। शहरों में भी अनाज-सब्ज़ी और मसाले आदि की ढुलाई के लिए इसी का इस्तेमाल होता था। बन्दरगाहों से बाज़ार तक माल ढुलाई ज़्यादातर इसी से होता था। खेत में अनाज कटने के बाद गद्दो पर ही लादकर घर लाया जाता था। बैलगाड़ी हाँकनेवाले गद्देकर बड़े परिश्रमी होते थे। अर्से तक स्थानीय नगरपालिका में बैलगाड़ियों का पंजीकरण होता था। नगरपालिका द्वारा प्रत्येक बैलगाड़ी के वास्ते टोकट्टो यानी पीतल या अलमुनियम का बैज दिया जाता था, जिसे बैलगाड़ी के चैशीज़ पर मोटरगाड़ी के नम्बर प्लेट की तरह ठोंक दिया जाता था। लॉरेंस ने मौज़ में वह गाना भी सुनाया, जो उन्होंने बतौर किंग मोमो बैलगाड़ी पर खड़े होकर गाया था...

"चल पड़ी मेरी बैलगाड़ी
किंग मोमो की बैलगाड़ी
गोवा की यह शाही गाड़ी
खुशियों से इठलाती गाड़ी
चल पड़ी मेरी बैलगाड़ी।"

समय कितना निकल चुका है। मांडवी में असंख्य लहरें बहकर निकल चुकी हैं। चारमीनार, विल्स और पनामा सिगरेट के धुएँ के कितने बादल निकल चुके हैं। वर्ष 2001 से लॉरेंस फ़र्नांडीस क्लाउन यानी विदूषक-मसखरे की भूमिका में होते हैं और इसके लिए उन्हें कई पुरस्कार भी मिल चुके हैं। वे कभी टार्जन, कभी कठपुतलियों के संग नृत्य और कभी मशहूर हिन्दी फ़िल्म 'मेरा नाम जोकर' वाले राजकपूर की तरह सिर से पाँव तक जोकर बन...गाना गाते हुए कार्निवल के आगन्तुकों को आनन्द से विस्मित कर देते हैं। लॉरेंस कल भी ज़रूर कुछ गुल खिलाएँगे।

ख़ुद लॉरेंस ने 'मस्कारा़डो' का भी मज़ा कार्निवल में उठाया है। इसमें मस्कारा़डो यानी एक रंगीन मुखौटा लगा, स्त्रियों जैसे कपड़े पहन, सीने में कपड़े ठूँसकर उभार बना, होंठों पर भरपूर लिपस्टिक और चेहरे पर पाउडर की पुताई कर कुछ लोगों का दल पणजी, मापुसा और वास्को आदि में जमात बनाकर निकलता था। सड़कों पर जगह-जगह नुक्कड़ नाटक 'खेला' होता था। पर यह सब ज़माने पहले की बातें हैं।

कार्निवल को लेकर हालाँकि वर्षों तक यह धारणा लोगों में बनी रही कि यह सिर्फ़ ईसाइयों का उत्सव है। पर इधर कुछ वर्षों से यह भ्रान्ति ख़त्म हुई है और लोग मानने लगे हैं कि यह सबका आनन्द-पर्व है। डिनर पर हेलेना ने फ़ातिमा की मदद से मांस-मच्छी के कई लज़ीज़ डिशेज़ तैयार किए थे। मसलन गोअन मसाला प्राउंस, लाल मास, अदरक-लहसुन व दही और दालचीनी के स्टिक्स डालकर बनाया गया ख़ुशबूदार मटनकरी, पिना कोलाडा पोर्क रिब्स, तन्दूरी लैम्ब चॉप्स के संग-संग चिकेन शामी कबाब और मुर्ग़ मखानी और क्या-क्या...। टिमोटिओ के छोटे भाई जोस उर्फ़ बोंडो ने हेलेना के गले लगकर हरमन हेस के गीत का सुर छेड़ दिया था, "आइ लव यू...नॉट बिकाज़ ऑव हू यू आर...बट बिकॉज़ ऑव हू आइ ऐम...ह्वेन आइ ऐम विद यू...! भाभी हेलेना आइ लव यू...।" मैं तुम्हें इसलिए नहीं प्यार करता हूँ कि तुम कौन हो, प्यार तुम्हें इसलिए करता हूँ क्योंकि तुम्हारे साथ जब होता हूँ, तभी पता चलता है कि मैं कौन हूँ...! बोंडो पूरे लय में था।

"ड्रम मास्टर मेरा बेबी बोंडो...पूरा ड्रामेबाज बन गया है," टिमोटिओ की पत्नी हेलेना ने लाड़ से बोंडो को झिड़का था, "याद है, जब टिमोटिओ से शादी कर मैं आई थी, तू बित्ते भर का था। फैंटम के कॉमिक स्ट्रिप्स काट-काटकर उसे कॉपी पर चिपकाने का नशा था तुम्हें।" और बोंडो ने बग़ैर एक पल की देरी किए बात को पलटते हुए कहा था, "भाभी! स्टिल यू हैव सोफ़िया लॉरेन फ़ीचर...लम्बी-छरहरी और दमक से भरी। जब तुम शादी करके आई थी, तो हमारे पड़ोसियों ने हैरान होकर कहा था कि टिमोटिओ ने सोफ़िया लॉरेन से शादी बनाई है क्या?" तारीफ़ की बौछार में भीगती हेलेना को मुदित देख देवरों-देवरानियों के संग हेलेना के अनुराग से टिमोटिओ चुपके-चुपके हमेशा ख़ुश होते रहते हैं। मम्मी के बाद उनकी पत्नी हेलेना ने बड़े दुलार से पूरे परिवार के प्यार की बागडोर थाम ली। यही वजह है कि सभी भाई चाहे जहाँ कहीं भी रहते हैं पर पूरे परिवार समेत सबका दिल एक जगह रहता है। पार्टी के बीच में टिमोटिओ ने हेलेना के कान में फुसफुसाकर कहा था, "लाइक माइ मॉम...यू आर ऑलसो अ टेलरिंग बर्ड...।" सबको खिलाने में व्यस्त हेलेना मुस्कराकर बोलीं, "ओह टिमोटिओ! माइंड यॉर बिजनेस...।" हर साल कार्निवल के पहले हेलेना मुर्ग़-मुसल्लम और मांस-मच्छी के डिशेज़ की इसी तरह बौछार करती रही हैं। दरअसल, कार्निवल के समापन के ठीक अगले दिन से ईसाइयों का 40 दिनों का लम्बा पर्व 'लेंट' शुरू हो जाता है। इन 40 दिनों के लिए 'कार्निस वेलेरे' यानी गुड बाइ टू मीट...हो जाता है। 'लेंट' की अवधि में मांसाहार को अलविदा। यह एक ख़ास वजह है कि कार्निवल के चार दिन गोवा के ईसाई परिवारों की रसोई में मांस-मछली की भरमार होती है। धार्मिक महत्त्व 'लेंट' का है। कार्निवल का न कोई ऐतिहासिक महत्त्व है, न धार्मिक। टिमोटिओ अक्सर सबसे कहते हैं, "डार्लिंग! जिन्दगी का हर खुश दिन कार्निवल है यार।" टिमोटिओ फ़र्नांडीस ने गोवा में पुर्तगाली शैली का कार्निवल भी देखा है और आज 22वीं सदी की दहलीज़ पर भी खड़े होकर कार्निवल का कल्लोल देख-सुन रहे हैं। उस पुराने

दौर में कार्निवल के चलते-फिरते मेले में सम्पन्न परिवारों के लोग एक से एक रँगीले कपड़ों में सज-धजकर घोड़ा गाड़ियों और बग्घियों पर बैठ टॉफी-चॉकलेट उछालते हुए घूमते थे और मित्रों-स्वजनों के घर जाते थे।

पुर्तगालियों के दौर में कार्निवल के समय टोनी सैक्स, एंटोनी डे सा और वेलेंटे मास्करेंहस सरीखे नामचीन कलाकार एक से एक प्रस्तुति देते थे। सिरियाको डायस तो इनमें सबसे ग़ज़ब थे। वे गाँव के जुल्मी-रुआबी भाटकर यानी ज़मींदार का रोल करते थे। लम्बा क़ोट, हाथ में छड़ी और मेड इन गोवा सिगार 'पैम्पेरो' के धुएँ को लहराते मि. सिरियाको डायस भाटकर की भूमिका में जान फूँक देते थे। इसलिए वे 'गोवा रंगमंच का भाटकर' के नाम से प्रसिद्ध थे। पर एक सिर्फ़ मि. सिरियाको डायस ही नहीं, गोवा में और भी कई दिलचस्प दिग्गज थे। गोवावासियों का मद्य-प्रेम जगत विदित है। बम्बई में जब सरकार ने शराब पर पाबन्दी लगाई थी और आए दिन शराबियों की धड़-पकड़ होती थी, तो गोवा के सपूत ही ज़्यादा लॉकअप में डाले जाते थे। उन्हीं दिनों गोवा में कोंकणी रंगमंच के दिग्गज मिंगुएल रॉड का 'शराब पर आफत' को लेकर बनाया गाना सबकी ज़बान पर था—'पेट्रोल चोलता'...। उस समय कार्निवल का यह हिट गाना था। टिमोटिओ फ़र्नांडीस की पीढ़ी के लोग इसे भूले नहीं हैं।

टिमोटिओ को बहुत याद आते हैं गोवा के पूर्व पोस्ट मास्टर जनरल संताना डिनिज़। हर साल 'कार्निवल' के अवसर पर संताना डिनिज़ अपनी पत्नी डी. फ़ातिमा के संग अलग-अलग रूपों में आते थे। एक बार वे तार-तार हो चुके हाफ़-पैंट और क़मीज़ में आए और टिमोटिओ के पापा मि. एर्पोनियो फ़र्नांडीस से नाटकीय भंगिमा में कहा, "मि. फ़र्नांडीस! बहुत गरीब आदमी हूँ। प्लीज़...मेरे कपड़ों का रफू कर दीजिए।" कार्निवल के मौक़े पर ही एक बार मसखरे मिज़ाज मि. संताना डिनिज़ ने तो हद कर दी। गर्भवती महिला का मेकअप कर वे मिसेज़ डी. मेडेलेना के यहाँ पहुँच गए। मिसेज़ मेडेलेना अपने समय की एक बेहतरीन नर्स थीं। गर्भवती महिलाओं का सफलतापूर्वक प्रसव कराने में उन्हें महारत हासिल थी। लिहाजा, जोर से कराहते हुए गर्भवती महिला के मेकअप में मि. संताना डिनिज़ पहुँचे और आवाज़ दी, "मिसेज़ मेडेलेना...! बहुत दर्द है...। प्लीज़ मेरी डिलिवरी करा दीजिए।" मि. संताना डिनिज़ का स्वाँग देख मिसेज़ मेडेलेना और उनके परिवार के लोग हँसते-हँसते लोटपोट थे। आज की आधुनिकता में भले ज़्यादा चकाचौंध हो, पर पुराने समय के कार्निवल की कुछ बात ही अलग थी।

सड़क पर आनन्द-मग्न लोग मौज़-मज़े में एक-दूसरे पर अंडे-टमाटर फेंकते थे और कोकोट्स छोड़ते थे। 'कोकोट्स' पतंगों के रंगीन काग़ज़ में मिट्टी भरकर बनाया गया एक नन्हा बम होता था। इसे चलाते हुए ख़ुशी से उछल-उछलकर बच्चे पूरे लय में होते थे, "कार्नवल...कार्नवल...! निंगुएम डेवे लेवार ए माल...कार्नवल।" यानी हमारी ऊटपटाँग हरक़तों का बुरा मत मानो...। यह कार्निवल टाइम है...कार्निवल टाइम! अक्सर लड़कों के दो-दो दलों में मस्ती-खिल्ली के लिए सड़कों के किनारे या

नुक्कड़ों पर कोकोट्स चलाने की प्रतियोगिता-सी हो जाती थी। और यही वजह थी कि कार्निवल के बाद सड़कें काग़ज़ के छोटे-छोटे टुकड़ों और मिट्टी से पुती हुई दिखती थीं। हालाँकि, कोकोट्स का चलन पुर्तगाल के ज़माने में यहाँ था। गोवा की आज़ादी के बाद कोकोट्स चलाने पर प्रतिबन्ध लगा दिया गया। हाँ, महिलाओं पर कार्निवल के दौरान टेल्कम पाउडर छिड़कने की परम्परा आज तक जारी है। पहले और आज भी कार्निवल की शामों को महिलाएँ आमतौर से इस आशंका में बाहर कम निकलती हैं कि लड़के कहीं उन पर रंग-गुलाल न फेंकें। पाउडर का झोंका झेलने में औरतों को बेशक आनन्द आता है। रंग-गुलालों के बादलों से खेलने के लिए आज भी पुरुषों का हुजूम पुराने कपड़े पहनकर निकलता है। अब तो 'असाल्टो' यानी घरों में घुसकर घर के सदस्यों को रंग डालने, पाउडर या फिर बूट पॉलिश चेहरे पर रगड़ देने का सिलसिले कम हुआ है। वैसे कुछ लोग अभी भी नहीं मानते। कल रात चर्चाओं के क्रम में टिमोटिओ के तीसरे नम्बर के भाई रॉक फ़र्नांडीस ने कार्निवल के दौरान पणजी के क्लबों की दिलचस्प प्रतिस्पर्धा का ऐसा ज़िक्र छेड़ा कि सब देर तक हँसते रहे। 'क्लब वास्को' विशेष रूप से यूरोपियनों के लिए था, जबकि 'क्लब नेशनल' सब के लिए मिला-जुला था। इन क्लबों में कार्निवल के पहले दिन बच्चों के लिए दोपहर में 'मैटिने' का आयोजन होता था, जिसमें बच्चों की फ़िल्में और बाल-नाटकों की प्रस्तुति होती थी। पर बाक़ी तीन दिन वयस्कों की दिलचस्प बाल-लीलाएँ चलती थीं। बोंडो को शायद उतना नहीं याद हो लेकिन टिमोटिओ, लॉरेंस और रॉक को यहाँ के क्लबों की वह कार्निवल धींगमुश्ती हू-ब-हू याद है। कार्निवल की अवधि में पणजी के 'क्लब नेशनल ' और 'वास्को द गामा क्लब' में एक अजीब-सी बचकानी प्रतिस्पर्धा बनी रहती थी। जैसे, 'क्लब नेशनल' के हॉल के अन्दर लगे एक आदमक़द शीशे पर एक कार्टूननुमा रेखांकन के संग लिखा होता था, "मिनहा सेन्होरा नाओ...रिपेअर नेस्ट्स क्रोक्वेट्स डे मा फ़ामा...मास साओ डेस्टेस ओस क्यू से सर्वेम...नो क्लब वास्को द गामा...।" यानी पुर्तगाली भाषा की इन अदद पंक्तियों का लब्बोलुबाब यह था कि—'मेरे प्यारो! इस कार्टून सरीखी भद्दी मछली और कबाड़-से कीमा का बुरा न मानना...क्योंकि ऐसी बेस्वाद-फ़ालतू चीज़ें वास्को द गामा क्लब में पेश की जाती हैं।' ख़ैर, व्यंजन-सूची को लेकर जो भी फ़िकरेबाज़ियाँ इन क्लबों के बीच होती थीं, लेकिन पणजी के 'क्लब वास्को द गामा, 'क्लब नेशनल' और मडगाँव के 'क्लब हार्मोनिया' के बक़ल-डांस और गानों की मस्ती की बस अब याद रह गई है।

पुर्तगाल, फ्रांस, स्पेन, इटली, दक्षिणी अमेरिका और कैरेबियन देशों का तो आनन्दोत्सव ही है कार्निवल। पुर्तगाल में कार्निवल के अलावा 'साओ-ज़ोआओ' उत्सव भी इतने ही उल्लास से होता है। हर साल जून के अन्तिम सप्ताह में सेंट जॉन की स्मृति में मनाए जानेवाले इस उत्सव की धूम अब गोवा में भी बढ़ गई है। यह विशेष रूप से कैथलिक ईसाइयों का उत्सव है। इसमें स्थानीय युवक छक कर मदिरा पीने और फल खाने के बाद तालाब में छलाँग लगाते हैं और देर तक तैरते हैं। लोगों में फलों का आदान-प्रदान होता है। पर जो भी हो, कार्निवल का अपना

रस और राग है। यों वक़्त के साथ जहाँ कार्निवल की कई चीज़ें पीछे छूट गईं, वहीं कई नई चीज़ें जुड़ी हैं। कार्निवल के दायरे का तेज़ी से विस्तार भी हुआ है। इसलिए टिमोटिओ फ़र्नांडीस को यक़ीन है कि कुछ दशकों में कार्निवल का उत्सव पूरे भारत में मनाया जाने लगेगा। यू. पी. और बिहार के गाँव-गाँव में भी कार्निवल होगा। गोवा को ही लें, तो पहले यहाँ कार्निवल का फ़्लोट परेड पणजी, मापुसा, मडगाँव और वास्को तक सीमित था लेकिन अब यह फैलकर फ़ोंडा, कालांगुटे और क्यूपेम तक पहुँच गया है। यही नहीं, गोवा के अधिकांश गाँवों में छोटे-मोटे स्तर पर युवकों की पहल से कार्निवल का फ़्लोट परेड निकलने लगा है।

कार्निवल के महीने भर पहले से उन गाँवों में रिहर्सल शुरू हो जाता है। सरकार और शासन का भी उन्हें प्रोत्साहन मिलता है। कार्निवल के अलावा सरकार द्वारा हिन्दुओं की धार्मिक मान्यतावाले पर्व 'शिगमो' को भी गाँव-गाँव में प्रोत्साहन दिया जाने लगा है। फरवरी में कार्निवल के बाद पीठ पर ही मार्च महीने में इसी धूमधाम से 'शिगमो' का भी 'फ़्लोट परेड' निकलता है। मार्च मध्य से अलग-अलग तारीख़ों में लगभग दो-ढाई दर्जन जगहों पर 'शिगमो' का 'फ़्लोट परेड' निकलता है। शिगमो अधिकांशतः ग्रामीण गोवा का पर्व है। टिमोटिओ फ़र्नांडीस के पापा स्व. एर्पोनियो अर्केनिआ फ़र्नांडीस उन्हें बताया करते थे कि मूलतः कार्निवल भी ग्रामीण गोवा का पर्व रहा है लेकिन बढ़ते बाज़ारवाद ने इसकी पहचान शहरों से जोड़ दी। स्व. एर्पोनियो फ़र्नांडीस भले रोज़ी-रोटी के लिए दर्ज़ी थे, लेकिन दिल से वे सच्चे कलाकार थे। अद्‌भुत कथावाचक भी। ज़िक्र चलने पर टिमोटिओ से उन्होंने कई बार यह बात दोहराई थी कि बहुत शुरू में गोवा के ठेठ समुद्र तटीय इलाक़े तिसवाडी तथा बार्डेज़ सरीख़े तालुकों में 'कार्निवल' की शुरुआत हुई थी। पुर्तगाली शासन के उन दिनों में कुनबी जनजाति के लोग गाँवों में बढ़-चढ़कर कार्निवल मनाते थे। तब तीन दिनों के कार्निवल में कुनबी स्त्रियाँ एक से एक रँगीले जनजातीय परिधान तथा बालों को 'एबोलेंचो झेलो' से सजाकर निकलती थीं। कुनबी जनजाति के लोग 'घुमट' और 'झाँझ' के संग सांगीतिक कार्यक्रम करते थे। घुमट गोवा का प्राचीन वाद्य है। मिट्‌टी के बरतन और ईंट तैयार करनेवाली चिकनी-चिपकनेवाली मिट्‌टी, जो पकाने पर कड़ी हो जाती है, इसी मिट्‌टी से गोवा के ग्रामीण अंचलों के कुम्हार लोग आज भी एकदम जादू घुमट बनाते हैं। मिट्‌टी के घड़ेनुमा पात्र के मुँह पर छिपकली का चमड़ा मढ़कर तैयार किया जानेवाला घुमट गोवा के उत्सव-समारोह में न बजे, यह सम्भव ही नहीं। कुनबी लोगों के कार्निवल में घुमट की थाप और लोकसंगीतों की स्वाभाविक रूप से पहले बहुत प्रमुखता रहती थी। पर समय की गति के संग अब कुनबी जनजाति में भी काफ़ी बदलाव आया है। इन लोगों ने जनजातीय परिधान और सज्जा लगभग छोड़ दी है और आधुनिक रंग-ढंग में ढल गए हैं। टिमोटिओ के पापा उन्हें बताया करते थे कि पुराने समय में कुनबी लोगों की टोली कार्निवल के दिनों में गाँवों में जगह-जगह, विशेषकर बड़े लोगों के दरवाज़ों पर 'खेला फेऊ' दिखाते थे। यह नुक्कड़ नाटकनुमा मनोहारी सांस्कृतिक प्रस्तुति होती थी। प्रस्तुति से ख़ुश होकर गाँव के अमीर 'भाटकर'

लोग उन्हें रुपये और अन्य इनाम देते थे। यही नहीं, गाँव के 'पोसोरकर' यानी दुकानदार के यहाँ से मँगवाकर बेसन लड्डू, खाजेम और मिलम आदि मिठाइयों का वितरण भी 'खेला फेऊ' के कलाकारों के बीच ज़मींदार भाटकर लोग करवाते थे। टिमोटिओ फ़र्नांडीस को याद है कि उनके पापा मि. एर्पोनियो फ़र्नांडीस स्मृतियों में पुलकित हो उनसे कहते थे, "पणजी के इर्द-गिर्द आयोजित होनेवाले 'खेला-फेऊ' के लिए लोकसंगीत को घोलकर नये मिज़ाज के कई हिट गाने मैंने लिखे थे। पुराने लोगों के होंठों पर 'खेला फेऊ' के लिए लिखा मेरा यह गाना 'घे घे...घे घे...रे...एमो टे... एमो टे...इयू गोस्टो डे टि...' आज भी थिरकता है टिमोटिओ।"

टिमोटिओ फ़र्नांडीस महसूस करते हैं कि उन्हें और उनके सभी भाइयों को कला और संस्कृति की रंगत-मोहब्बत अपने पिता से विरासत में मिली, जो एक बेहतरीन टेलर होने के संग-संग एक अच्छे गीतकार और गायक भी थे। टेलरिंग को लेकर ही बचपन में वे सभी भाई-बहन जाने कितनी अंत्याक्षरी खेलते थे। कितनी कविताएँ... कितने गीत...गानों का ज़ख़ीरा...जैसे...'टेलर-टेलर! कट माइ कोट...स्निप...स्नैप... स्निप...स्नैप...शीयर्स...कट इट फ्रॉम अवर बिलि गोट...टेलर...टेलर...कट माइ कोट...! दर्ज़ी...दर्ज़ी...मेरे कोट के लिए कपड़े काटो...अरे काटो...चटपट...चटपट काटो...बड़ी कैंची से...काटो...मेरे बकरे की खाल से काटो...।' या फिर...'यू मेंडेड द होल्स इन माइ हेड...विद ब्लू गॉसमर थ्रेड्स...ऐंड आइ न्यू दैट आइ लव्ड यू...! तुमने मेरे मस्तिष्क के छिद्रों को नीले रेशमी धागों से रफ़ू किया...और मैं जानता था...तुम मुझे कितना प्यार करते हो...।' वे नीले रेशमी धागों से बँधे प्यार भरे रिश्तों के दिन थे। इसमें सब कुछ था...क्या कुछ नहीं था। प्यार के रेशमी धागों से बँधी सारी दुनिया थी। पणजी की एक-एक गलियाँ थीं। उनके पापा और मम्मी की जोड़ी सूई-धागे जैसी थी।

टिमोटिओ फ़र्नांडीस के मन में पता नहीं कैसे अभी बरबस छलक गया है वह दिन जब पापा-मम्मी के संग वर्ष 1989 में पूरे परिवार ने फ़िल्म 'लेडीज़ टेलर' देखी थी। पापा के गुज़रने के ठीक एक साल पहले। फ़िल्म देखने और देखकर लौटने के बाद हँसते-हँसते पागल हो गए थे सब। 'लेडीज़ टेलर' फ़िल्म पहले तेलुगू में वर्ष 1986 में बनी थी और वर्ष 1989 में इसे मराठी में 'कुथे...कुथे शोधु मी तिला' नाम से बनाया गया था। इसके बहुत साल बाद यह फ़िल्म हिन्दी में भी बनी। पर वर्ष 1989 में जब मराठी में बनी यह फ़िल्म पणजी के 'जेड स्क्वायर सिने सम्राट अशोक हॉल' में लगी, तो मम्मी को पता नहीं क्यों इस फ़िल्म को देखने की ज़िद-सी लग गई।

"आफ़्टर ऑल वी आर टेलर्स...अगर हमीं लोग नहीं देखेंगे, तो कैसे चलेगी ये फ़िल्म? वी शुड प्रोमोट दिस फ़िल्म।" मम्मी ने मुस्कराकर पापा से कहा था।

फ़िल्म की कहानी कुछ यों थी कि एक लेडीज़ टेलर है, जो औरतों के कपड़े तो बहुत अच्छा सीता है, लेकिन स्वभाव से परम सुस्त-आलसी है। वह हमेशा सपने देखता है कि कब उसकी क़िस्मत का कपाट खुलेगा और वह बहुत धनी हो जाएगा। वह उस क़स्बे का अकेला लेडीज़ टेलर है। इसलिए स्वाभाविक रूप से क़स्बे की सारी औरतें व लड़कियाँ उसी के पास कपड़ों की सिलाई के लिए आती हैं। पर

उसकी सुस्ती से सब परेशान हैं। उसके सहयोगी और कपड़ों के विक्रेता उसे हमेशा समझाते हैं कि वह मेहनत से काम करे। पर उसके दिमाग़ में यह बात नहीं घुसती। एक दिन एक व्यक्ति उसके पास आता है और उससे कहता है कि उसका भाग्योदय तभी होगा जब वह एक ऐसी लड़की से शादी करेगा, जिसकी जाँघ पर तिल-मस्सा हो। इसके बाद से फ़िल्म की कहानी में ग़ज़ब का दिलचस्प मोड़ आता है। जाँघ पर मस्सा-तिलवाली लड़की की तलाश में वह क़स्बे की अनेक लड़कियों के संग प्रेम का खिलवाड़ शुरू कर देता है। लड़कियों की जाँघों पर तिल का मुआयना करने के लिए वह तरह-तरह के तिकड़म और बहाने गढ़ता है। पर एक लम्बे गन्दे खेल के बाद अन्ततः उसे एहसास होता है कि उसने बहुत लड़कियों का दिल दुखाया और उन सबको ठगा है। इस अपराधबोध के बाद वह एक-एक कर उन सभी लड़कियों से माफ़ी माँगता है। फ़िल्म के अन्त में उसका एक सहायक लेडीज़ टेलर की शादी एक ऐसी लड़की से कराता है, जिसकी जाँघ पर तिल-मस्सा है।

फ़िल्म वाक़ई दिलचस्प थी। टिमोटिओ याद करते हैं, जब सब घर लौटकर आए, तो मम्मी ने मुस्कराते हुए कहा था, "मुझे तो लगता है यह फ़िल्म तुम्हारे पापा की लाइफ़ पर बनी है। आज बता ही देती हूँ। तुम्हारे पापा को भी किसी ने बताया था कि ऐसी लड़की जिसके चेहरे पर तिल-मस्सा हो, जब इनकी जिन्दगी में आएगी, तो इनकी सोई किस्मत जाग उठेगी।" फिर एक पल रुककर मम्मी ने हँसते हुए कहा, "और तब एक दिन इनको मैं मिली।" मम्मी अपने गाल की झुर्रियों में पड़े मस्से पर उँगली रखकर हँस पड़ीं। पापा शर्मीले प्रेमी की तरह झेंपते रहे और सकुचाहट भरी स्मृति के संग मुस्कराते हुए कहा, "गोवा में पुर्तगालियों का वह जमाना था। आइ सॉ यॉर मॉम इन द फ़्लोट परेड ऑव कार्निवल। किंग मोमो के साथ चल रही गाल पर मस्सेवाली लड़की...।"

"उफ!! वंडरफ़ुल लव स्टोरी।" पूरा घर ठहाके से भर उठा, "सुपर्ब...सो... रोमांटिक।"

टिमोटिओ फ़र्नांडीस स्मृति की लहरों में तबसे गोते लगा रहे हैं। चारों तरफ़ रंगीन 'मलिंगा' से भरे चेहरों का समुद्र है। उल्लास की बेताब लहरें हैं। बस किंग मोमो के आगमन की प्रतीक्षा है।

"कहाँ खोये हैं बॉस?" टोनी डायस आहिस्ते-से टिमोटिओ के पास आकर पूछते हैं।

"ओह हाँ...येस...! टोनी, सोच रहा था, तुमने सही कहा कि मैं और मेरे सभी भाई बॉर्न किंग मोमो हैं।" एक क्षण रुककर टोनी की आँखों में देखते हुए टिमोटिओ ने मुस्कराकर कहा, "बिकॉज़ ऑव अ वंडरफुल लव स्टोरी! मेरे पापा ने मेरी मॉम को कार्निवल के फ़्लोट परेड के दौरान ही पहली नजर में पसन्द किया था।"

"ओह सो...माइ गॉड...!! दैट्स व्हाइ आप सभी भाई कार्निवल ब्वायज हो सर...। सो लवली...! उस जमाने से आज तक कार्निवल के दौरान कई लड़के-लड़कियों की देखादेखी हो जाती है। फिर शादी हो जाती है।" टोनी डायस खरखराती आवाज़ के संग तरन्नुम में आ गए हैं,..."कम...फ़ीड द रेन...बिकॉज़ आइ एम

थर्स्टी...फ़ॉर यॉर लव...डांसिंग अंडरनीथ...द स्काइज ऑव लस्ट...येआ...फ़ीड द रेन...बिकॉज़ विदाउट यॉर लव...माइ लाइफ़ ऐन्ट नथिंग...बट दिस कार्निवल ऑव लस्ट...!"...आओ! बारिश को भिगो दो! मुझे बहुत प्यास है...तुम्हारे प्रेम की... कामनाओं से भरे आकाश के नीचे...मैं नृत्यरत हूँ...! आओ...भिगो दो बारिश को...! तुम्हारे प्रेम के बिना मेरा कोई अर्थ नहीं...! तुम मेरी लालसाओं की आनन्दोत्सव हो...! आओ...भिगो दो मेरी बारिश...! विह्वल टिमोटिओ फ़र्नांडीस कुछ इस तरह टोनी डायस के सीने से लग गए हैं जैसे दो नन्हे स्कूली बच्चे ख़ुश होकर लिपट गए हों।

"सुपर्ब...सुपर्ब...।" 'किंग ऑव कार्निवल' फ्रांसिस्को मार्टिंज़ तालियाँ बजाते हुए ख़ुशी से भीग रहे हैं। इस अनूप दृश्य पर भीड़ में बहुत की निगाहें तीनों पर टिक गई हैं।

मोदा गोवा

बेशक आज 'कार्निवल' का पहला दिन है। पर 'कासा दोना मारिया' परिसर आज भी अपने आप में ग़ुम है। अपने समय की एक अत्यन्त सुन्दर बूढ़ी रानी की तरह 'कासा दोना मारिया' नामक 450 साल पुरानी यह इमारत इस ख़याल के संग तन्द्रा में निमग्न है कि "देखो बाबा! अब मुझे कुछ नहीं देखना। नाउ आइ हैव टू बी सीन, टू बी बिलिव्ड!"

गाड़ी को गेट के बाहर एक किनारे पार्क कर सैंड्रा के बेकरी टीम की डॉली ने ड्राइविंग सीट से उतर पीछे का गेट खोल दिया है। गेट खुलने पर पीछे की सीट पर बैठी सैंड्रा ने सीट पर रखे एक बड़े-से सुसज्जित डब्बे को उठाकर डॉली को थमा दिया है। यह डब्बा वेंडेल रॉड्रिक्स के लिए है, जिसमें उसकी बेकरी 'रॉड्रिक्स गोल्डन ओवन' का 'क्राउन शेप चॉकलेट केक' है। वेंडेल को सैंड्रा की बेकरी का ख़ासकर यह केक बहुत पसन्द है। चन्द सेकेंड की मशक़्क़त के बाद डॉली की मदद से सैंड्रा गाड़ी से बाहर निकल आई है। डॉली के साथ ड्राइव पर कहीं निकलना सैंड्रा को बहुत चैन में रखता है। वह सैंड्रा को भरपूर हिफ़ाज़त से ले चलती है। पापा के गुज़रने के बाद से सैंड्रा की कार ज़्यादातर कैम्पस के गैराज़ में ही बन्द रहती है। जब छठे-छमास कुछ ज़रूरी ख़रीदारी वग़ैरह के लिए सैंड्रा को बाहर निकलना होता है, तो डॉली ही उसे ड्राइव कर ले जाती है। डॉली कभी-कभी परिहास में मुस्कराकर उससे कहती है, "अगर बेकरी की मेरी नौकरी छूट गई, तो अगले ही दिन से मैं टैक्सी ड्राइवर बन जाऊँगी।"

बहरहाल, अब दोनों 'कासा दोना मारिया' परिसर के भीतर आ गए हैं। पूरे परिसर में नीरव शान्ति है। परिसर में इस समय कहीं कोई नहीं दिख रहा है।

"क्या हम गलत समय पर आ गए हैं?" डॉली पूछती है।

"लगता है अन्दर वेंडेल रॉड्रिक्स आराम कर रहे हैं। पर उन्होंने तो एक हफ्ते पहले इसी समय अपने यहाँ आने के लिए कहा था।" सैंड्रा ने परिसर की वनस्पतियों को निहारते हुए कहा है।

"तब तो ठीक है।" डॉली आश्वस्ति की साँस छोड़ती है।

वसंत की मधुर दोपहरी में इस परिसर का एक बड़ा हिस्सा अनन्नास के फलों से आच्छादित है।

"मुझे समझ में नहीं आ रहा कि यह किस चीज का इतना प्लांट है।" 'कासा दोना मारिया' परिसर के लम्बे-चौड़े सब्ज़ हिस्से को कौतूहल से निहारते हुए डॉली पूछती है।

"मुझे भी नहीं पता। नजदीक चलकर देखने से पता चलेगा।" सैंड्रा आहिस्ता-आहिस्ता खेत की तरफ़ बढ़ी है और खेत में पहुँच चकित उल्लास के संग चिहुँक पड़ी है, "माइ गॉड! यह तो अनन्नास...पाइनऐपल है डॉली।"

"मुझे तो अब तक लगता था कि अनन्नास पेड़ों पर होता है।" डॉली झुककर हरे-भरे पत्तों के बीच अनन्नास को देखकर विभोर हो रही है।

"मैं भी अनन्नास की खेती पहली बार देख रही हूँ। मुझे तो कल्पना थी कि खजूर के पेड़ सरीखे कद-बुत के दरख्त में अनन्नास फलते हैं। पर यह तो सहरज़मीन की क्यारियों में फलता है। रिअली अमेजिंग!" अनन्नास की क्यारियों से निकलते हुए सैंड्रा मुदित है।

'कासा दोना मारिया' के अथाह कैम्पस में नाना क़िस्म के आम, कटहल और नारियल पेड़ों का सुहावन मेला है। आम के पेड़ फ़िलहाल मंज़र से भरपूर लदे हैं। मंज़र की भीनी महक परिसर में घुली हुई है। कुछ पेड़ों पर आम आ भी चुके हैं।

"आम की अच्छी किस्में हैं इस कैम्पस में। मंजर को देखकर लगता है कि इस बरस गोवा में आम खूब फलेगा। कुछ पेड़ों में तो आम निकल भी आए हैं।" सैंड्रा की आवाज़ में पुलक है।

"हाँ, आम के पेड़ों का यहाँ अच्छा कलेक्शन है।" डॉली तुक में तुक मिलाते हुए कहती है।

"तुम्हें तो पता है डॉली, आइ डाइ फ़ॉर मैंगोज़। देअर इज़ अ सेइंग डॉली... दोज़ हू से, द कलर ऑव समर इज़ नॉट येलो-आर दोज़, हू फ़ेल्ड टू सी मैंगोज़।"

"एग्रीड!" डॉली मुस्करा पड़ी है और मुख्य इमारत के दरवाज़े पर लगे कॉलबेल को बजाया है।

"ओह, हाउ स्वीट सैंड्रा।" अगले मिनट ही दरवाज़े पर वेंडेल हैं।

"माइ बेकरी कुलीग डॉली!" सैंड्रा भीनी मुस्कान के संग डॉली का परिचय देती है। डॉली ने केक का डब्बा वेडेल के हाथ में थमा दिया है।

"केक के लिए बहुत शुक्रिया सैंड्रा! मैं सोच ही रहा था कि आज तुम आओगी।" कहते हुए वेंडेल ड्रॉइंग रूम की तरफ़ बढ़ गए हैं।

"यह पूरा कैम्पस और घर बेहद प्यारा है।" सैंड्रा ने मुग्ध होकर कहा है।

"हाँ सैंड्रा! 'कासा दोना मारिया' इज़ अ नाइस गोअन होम विद अ हिस्ट्री। द ओल्डेस्ट पार्ट ऑव द हाउस इज़ द लोअर पोरसन, व्हिच इज़ 400 इयर्स ओल्ड! द अपर फ़्लोर वाज़ बिल्ट अबाउट 280 इयर्स अगो ऐंड द एक्सटेंशंस वेअर ऐडेड 180 इयर्स अगो। वी ऐडेड अ फ़्यू वेरांडाज टू द स्ट्रक्चर इन द अर्ली 2000...।" एक पल थमकर वेंडेल फिर जारी हैं, "बस दो साल के अन्दर इसमें देश का पहला 'कॉस्ट्यूम म्यूज़ियम'—'मोदा गोवा म्यूज़ियम' शुरू हो जाएगा। इस म्यूज़ियम के लिए मैंने वर्ष 1998 से अब तक तैयार किए गए एक से एक रेअर 800 कपड़ों का संग्रह कर रखा है। इसमें गोवा के ट्रेडिशनल 'पानो-भाजु' कॉस्ट्यूम से लेकर गोअन माता-पिता की बेटी रीटा फ़ारिया, जो 'मिस वर्ल्ड' रह चुकी हैं का 'बेदिंग सूट' भी है।" वेंडेल अब अपने प्रस्तावित 'कॉस्ट्यूम म्यूज़ियम' का मुआयना करवा रहे हैं।

"वाक़ई, यह पूरे देश का इकलौता अनूठा 'कॉस्ट्यूम म्यूज़ियम' होगा वेंडेल! पर इसका ख़याल आपको कैसे आया?" सैंड्रा प्रस्तावित म्यूज़ियम की गैलरी से गुज़र रही है और मुग्ध है।

"सैंड्रा! मैंने भी इतने दिनों के अपने जीवन में कम पापड़ नहीं बेले। सबसे पहले मैंने 'होटल मैनेजमेंट' का कोर्स किया। पर जल्दी ही मुझे लगा कि यह प्रोफ़ेशन मेरे मन का नहीं। लिहाज़ा, मैं फैशन डिज़ाइनिंग की तरफ़ मुड़ गया। इसकी पढ़ाई के लिए मैं न्यूयॉर्क और उसके बाद पेरिस गया। पेरिस में एक दिन जब काम से मैं एक दफ़्तर गया, तो वहाँ रिशेप्सन पर बैठी एक महिला ने यह जानकर कि मैं भारतीय हूँ, मुझसे हैरान होकर पूछा, 'व्हाइ कांट आइ सी यॉर कंट्री इन यॉर क्लॉथ्ज़?' तब मैंने बहुत लज्जित महसूस किया। लगभग उसी दिन मैंने तय किया कि एक न एक दिन मैं अपने होम स्टेट गोवा में एक 'कॉस्ट्यूम म्यूज़ियम' बनाकर रहूँगा।"

"यू आर रिअली अ टु गोअन वेंडेल! प्राउड ऑव यू।" सैंड्रा विभोर हैं।

"ओह माइ डियर! आइ लव माइ लैंड सो मच दैट इफ़ समवन टेल्स मी टू ईट द स्वायल इन कोलवले, आइ विल। कोलवले की मैं मिट्टी भी खा सकता हूँ सैंड्रा। माइ लव फ़ॉर गोवा इज़ सो स्ट्रांग...दैट आइ कांट सी इट डिस्ट्रॉयड बिफ़ोर माइ आइज़! अपने सामने मैं गोवा को नष्ट होता नहीं देख सकता। नेवर...।"

"कैन आइ आस्क वन क्वेश्चन वेडेल सर?" डॉली विनम्र भाव से कहती है।

"ऑवकोर्स! शूट यॉर क्वेश्चन!" वेंडेल ने मुस्कराकर कहा है।

"इस 'कॉस्ट्यूम म्यूज़ियम' में गोवा पर स्पेशल क्या होगा?"

"बहुत सही सवाल है तुम्हारा डॉली! गोवा में बन्दरगाह होने के नाते यह ज़माने से दुनिया भर के देशों से जुड़ा रहा। मसाले और धन की तलाश में बाहर-बाहर के देशों के लोग जिन पोशाकों में गोवा आए थे, गोवा ने उन पोशाकों को भी अपनाया। वे पोशाक भी इस 'कॉस्ट्यूम म्यूज़ियम' में होंगे। डॉली! इस म्यूज़ियम के जरिये मैं दुनिया को बताना चाहता हूँ कि गोवा में आदिलशाह की हुकूमत के समय से रेशम और महीन धागे की कढाई की शुरुआत हुई। ढाका के करघे से बने मलमल के कपड़े यहाँ आए। बनारस के कपड़ा व्यापारियों व दलालों का भी बड़े पैमाने

पर गोवा अगमन हुआ। इन सभी प्रसंगों से जुड़े कपड़ों के नमूने भी इस म्यूज़ियम में होंगे। दरअसल, यह तो हकीकत है कि गोवा हमेशा से पूरब और पश्चिम के बीच का चौराहा है।"

"रिअली सुपर्ब!" डॉली के स्वर में गहरी सराहना है।

"और सिर्फ यही नहीं, यह 'कॉस्ट्यूम म्यूज़ियम' गोवा के इंडो-वेस्टर्न कपड़ों से लेकर पुर्तगालियों के गोवा छोड़ने के बाद गोवा की पोशाकों में आए परिवर्तन को भी कई पोशाकों के नमूनों के जरिये समझाएगा। एक वह समय था, जब पुर्तगालियों के गोवा आने के बाद उभरी वर्णसंकर संस्कृति का असर यहाँ की पोशाकों पर पड़ा था। उस समय गोवा में कई असामान्य कपड़े विकसित हुए। उन सभी कपड़ों के नमूने इस म्यूज़ियम में होंगे।" वेंडेल रॉड्रिक्स को अपने इस महत्त्वाकांक्षी प्रोजेक्ट के बारे में इतना कुछ बताने के बावजूद जैसे सन्तोष नहीं हो पा रहा है।

"थैंक यू वेंडेल! यू मेड आउअर डे।" सैंड्रा ने मुस्कराकर कहा है।

"जस्ट वेट सैंड्रा! तुमने मुझसे अपना केक लाने का वायदा पूरा किया। मुझे भी तो अपना वायदा पूरा करने दो।" होंठों में मुस्कान दबाए वेंडेल रॉड्रिक्स अन्दर चले गए हैं और एक बड़े-से कैरी-बैग के संग लौटे हैं, "सैंड्रा! तुम्हारे लिए इसमें एक येलो और एक व्हाइट मैक्सी है। पीला रंग तुम्हारी पसन्द से और सफेद मेरी पसन्द से। आज शाम 'कार्निवल' के 'फ़्लोट परेड' में इन्हीं में से कोई एक पहनकर जाना। 'कार्निवल' के मौक़े पर मेरी तरफ़ से तुम्हारे लिए तोहफा। बगल के ड्रेसिंग रूम में पहनकर देख लो। मैं देख लूँगा, तो मुझे भी तसल्ली हो जाएगी।" वेंडेल रॉड्रिक्स के चेहरे पर दुनिया भर का उल्लास छाया है। डॉली के संग वेंडेल के बताए ड्रेसिंग रूम की तरफ़ सैंड्रा बढ़ गई है।

"मार्वेलस! रीगल!! परफ़ेक्ट 'केक-क्वीन' लग रही हो तुम।" पीली मैक्सी में सैंड्रा की धज देख वेंडेल की ख़ुशी का ठिकाना नहीं है, "सैंड्रा! आज फ़्लोट परेड में बस तुम यही पहनकर जाना।"

वसंत की यह सुनहरी दोपहर बेहद प्यारी है। घर की तरफ़ गाड़ी ड्राइव करते हुए डॉली तेज़ रफ़्तार में है। दिन के ढाई बज रहे हैं। घर पहुँचते ही उसे अपनी बेकरी-टीम के संग 'फ़्लोट परेड' के लिए फ़ौरन निकलना है। इसी रफ़्तार के बीच डॉली ने उसाँसें भरकर कहा है, "ओह! क्या यह एक बड़ा दुख नहीं कि दुनिया का इतना बड़ा फ़ैशन-डिज़ाइनर और इतना प्यारा इनसान वेंडेल रॉड्रिक्स समलैंगिक है। मेरे जहन से यह बात तबसे निकल नहीं पा रही है।"

"डॉली! पीपुल लाइक मी ऐंड वेंडेल आर द लिविंग प्रूफ़, दैट गॉड हैज़ अ यूनीक सेंस ऑव ह्यूमर। हम लोग ईश्वर के जीते-जागते मजाक हैं।" गहरी साँस लेकर सैंड्रा ने कहा है और बाहर रास्ते पर नज़रें टिका दी हैं।

"आप फ़्लोट परेड में चल रही हैं न?"

"नहीं डॉली! मम्मी की तबीयत ठीक नहीं। और वैसे भी, आइ डोंट हैव एनर्जी टू लिस्न स्टुपिड पीपुल।"

"ऐसा भी क्या! आपको चलना चाहिए।"

"ओह नो डॉली...! भीड़ में लोगों से यह सुनना तुम्हें अच्छा लगेगा क्या... लुक ऐट हर...शी इज़ इन फ़ुल सर्किल शेप।" बरबस अनमनी हो सैंड्रा ने फिर से बाहर रास्ते पर नज़रें टिका दी हैं, जैसे खिड़की के अन्दर आती हवा को वह अपने अनमनेपन से बाहर ढकेल रही हो।

चोलताम-चोलताम

"अभी-अभी खबर मिली है, किंग मोमो का फ़्लोट परेड ओल्ड पट्टो ब्रिज से बढ़ चुका है। अगले आधे घंटे में डी.बी. रोड...।" वेंडेल रॉड्रिक्स के यहाँ से डॉली के संग लौटते ही तमारा किंग मोमो के लिए बने 'क्राउन शेप किंग मोमो चॉकलेट केक' को दूल्हे राजा के मुकुट की तरह सज-धजकर डॉली, रोज़ी, लाना और टीना के संग डी.बी. रोड यानी दयानन्द बांदोडकर रोड के वास्ते कूच करने के पहले सैंड्रा को कह गई है। अफ़रातफ़री में डॉली ने गाड़ी को गैराज़ में लगा दिया है और अपनी बेकरी-टीम की साथियों के संग निकल पड़ी है।

"तब...तुमने क्या तय किया सैंड्रा?" मारिया अपनी भावमयी आँखों और पतले होंठों में भरे उत्सुक मुस्कान के संग पूछती हैं, "फ़्लोट परेड में अभी चल रही हो न मेरे संग?"

"आप देख रही हैं न मम्मी की हालत...। रात से रनी टमी...। रात से फिर इनका दस्त रुक ही नहीं रहा है। वह तो वेंडेल ने आज दोपहर आने का समय एक हफ़्ते पहले दिया था, इसलिए मैं चली गई थी। वरना मैं जाती भी नहीं। मम्मी की तरफ़ देखते हुए सैंड्रा गहरी साँस लेकर कहती है, कैसे चलूँ मारिया, इन्हें इस हालत में छोड़कर। पल-पल इनका डाइपर बदलना होता है। हमारी मेड इवान सौ नखरे करती है। कोई मम्मी को मिज़रेबल...बुरी तरह से ट्रीट करे, यह मुझे सहन नहीं।"

"दैट इज़...," मारिया की आवाज़ में अफ़सोस और फ़िक्र है, "ऐसा अक्सर होता है?"

"हाँ मारिया! मम्मी'ज़ टमी इज़ रेगुलरली अपसेट। हमेशा ढीला। नाभि के इर्द-गिर्द पेट में हमेशा क्रैम्प...मरोड़...।" मम्मी के बग़ल में एक कुर्सी लेकर सैंड्रा बैठ गई है, "पूछिए न मम्मी से ही। इनकी तकलीफ मुझसे देखी नहीं जाती है मारिया। इनको मैं खुद खिलाती हूँ अपने हाथों से। डॉक्टर कहते हैं डायरिया की वजह बैक्टीरिया, वाइरस-विषाणु और पैरसाइट का इन्फ़ेक्शन है। सवाल है इतनी साफ़-सफ़ाई के बावजूद वायरस आते कहाँ से हैं...। पचासेक बार सारे टेस्ट करवा चुकी हूँ। फ़ूड ऐलर्जी के भी सारे टेस्ट। पेट से जुड़ा ऐसा कोई टेस्ट नहीं, जो नहीं कराया है मारिया।"

"रिपोर्ट्स में क्या आया?" मारिया के स्वर में पहेली का उत्तर जानने-सी उत्सुकता है।

"इससे क्या पूछती हो, मुझसे पूछो।" मिनि रॉड्रिक्स करुण हँसी के संग धीमे से कहती हैं, "कभी कुछ नहीं आया है रिपोर्ट्स में। मेरा अथाह पसरा पेट दस्त से ढीला न हो, इसके लिए इसने दुनिया का कोई उपाय नहीं छोड़ा है। नुस्खों की एक लम्बी लिस्ट है मारिया, जो मेरे पेट को काबू में लाने के लिए सैंड्रा चलाती रहती है...। यानी ऑर्गेनिक ग्रीन कॉफ़ी, नारियल पानी, बारली, बटर मिल्क, ऐपल् साइडर विनिगर...यानी सेब का सिरका, क्लब सोडा, अदरक का रस और कितना बताऊँ? गैस की तमाम दवाएँ...एंटासिड, पुदीना और दस्त की कई हर्बल दवाएँ।" बग़ल में कुर्सी पर अपने बिस्तर से लगकर बैठी मारिया का हाथ आहिस्ते-से थामकर मिनि रॉड्रिक्स एक पल रुक असहाय मुस्कराहट में भीग रही हैं, "ऐ मारिया! सारा कसूर मेरा है। अपने पेट में नांद बाँधकर आई हूँ मैं। इस लालची बूढ़ी चमरखट्टो की जीभ ही सारी मुसीबतों की जड़ है। इस नन्ही-सी शैतान जीभ ने मुझे पहाड़ बना दिया। इसकी बेकरी का ऐसा कोई आइटम नहीं, जो मैं बिना चखे रहती हूँ। इसके पापा के जमाने से। हाँ, पर फर्क है कि इसके पापा मुझे खिलाने के वास्ते ज़िद ठान देते थे और अब मैं सैंड्रा से मर जाने की हद तक खाने के लिए ज़िद ठान देती हूँ। इस हालत और इस उम्र में भला क्या परहेज करूँ? मारिया! मैंने पूरा गिव अप कर दिया है। ये बेचारी तुमसे क्या कहेगी...! इतना बड़ा शरीर और ऐसा भयानक विशाल पेट क्या हवा पीकर हो सकता है!" मिसेज़ मिनि रॉड्रिक्स ने अपनी आवाज़ को सुहावन बनाने की भरसक चेष्टा की है लेकिन उनकी आँखें झरझरा रही हैं, "मारिया! मेरी जिन्दगी में अब सिर्फ दो चीजें हैं—पहले नम्बर पर मेरी सैंड्रा और दूसरे नम्बर पर मेरा स्वाद।" उनके शब्द कमरे में उदास निस्तब्धता से छनकर गिर रहे हैं, "इस डरावने विशाल शरीर को बहुत जल्दी तुम लोगों को इलेक्ट्रिक क्रेमटॉरिअम...विद्युत शवदाह-गृह में ले जाना होगा। पर वहाँ जाने के पहले बस एक ही सपना है कि मेरी प्यारी सैंड्रा को समझनेवाला एक सही जीवन-साथी मिल जाए। और इसको बस एक बेबी हो जाए।"

"ओह मम्मी! आप पागल हो गई हैं? हैव यू गॉन मैड? क्या आप चाहती हैं कि दुनिया में मेरी जैसी एक और मोटी लड़की आए!" सैंड्रा लगभग चीख़-सी पड़ी है, "आपकी यही बेसिर-पैर की बातें मुझे अच्छी नहीं लगतीं। आपका और पापा का जमाना कुछ और था मम्मी।" सैंड्रा अपनी आवाज़ में उठती फफक रोक रही है। उसकी आवाज़ में काजू के जले पेड़ों की गंध है।

"आंटी! आउअर सैंड्रा विल गेट अ' प्रिंस...वेरी सून। हमारी सैंड्रा के जीवन में बहुत जल्दी एक राजकुमार आएगा।" मारिया तवोरा ने भावुक हो मिसेज़ मिनि रॉड्रिक्स की पेशानी को उठकर चूम लिया है।

"आप दोनों का दिमाग फिर चुका है मारिया! कोई पागल राजकुमार ही होगा, जो मेरे लाइफ़ में आएगा। इट्स सो हार्ड टू फ़ाइंड अ गाइ, हू लव्स यू इग्ज़ैक्टली

ऐज यू आर...।" सैंड्रा के होंठों पर कड़वी हँसी है, "बिग ब्रेड डज़ नॉट फ़ाइंड कस्टमर्स...बड़े पावरोटी को कोई नहीं लेता...।"

"मारिया! जिसका नाम अंग्रेज़ी के 'एस' लेटर से शुरू होता है, वे दिल के बुरे नहीं होते लेकिन स्वभाव के गुस्सैल होते हैं। ये अपनी भावनाएँ भी सबसे छिपाते हैं। यही वजह है कि ये कभी डिप्रेशन के शिकार भी हो जाते हैं। हालाँकि, ये लोग सेल्फ़ मेड, आकर्षक और दिलचस्प होते हैं। हमारी सैंड्रा अन्दर-बाहर दोनों से सुन्दर है पर इसको अकल नहीं है। शादी की बात से ही पता नहीं क्यों ये भड़क उठती है। एक माँ अपने बच्चे के मुँह में स्तन डाल सकती है, लेकिन उसके माथे में दिमाग नहीं। मैं तो बस अपने लॉर्ड ऑव गोवा 'गोयंचो साइब' को प्रेयर करती रहती हूँ। हमारे पवित्र सेंट फ्रांसिस ज़ेवियर यानी गोयंचो साइब ही दया करें, तो शायद कुछ हो।"

"बेशक, दुनिया में एक कोई पागल दीवाना जरूर होगा जो हमारी इस पागल ऐलिस से एक दिन मिलेगा आंटी।" मारिया ने सैंड्रा के कन्धे पर हाथ रखकर कहा है, "ऐ सैंड्रा! एक-दो घंटे में आंटी को कुछ नहीं होगा। फ़्लोट परेड में तुम चलो मेरे साथ।"

"सैंड्रा! मैं घंटे-दो घंटे में मरनेवाली नहीं हूँ।" आँखों से किचेन की तरफ़ इशारा करते हुए मिसेज़ मिनि रॉड्रिक्स कहती हैं, "इवान है। तुम बेफिक्र होकर मारिया के संग फ़्लोट परेड में जाओ। मारिया तब से कह रही है। चलो, मारिया का दिल रखने के लिए सही।"

"आंटी ठीक कह रही हैं सैंड्रा! इवान हमारे लौटने तक आंटी के कमरे में रहेगी। अब कोई इटि-बिटि एक्सक्यूज़...कोई टाल-बहाना नहीं चलेगा माइ स्वीटेस्ट सैंड्रा।" मारिया अपनी पूरी दंत पंक्ति में दुलार भरे मुस्कान के संग सैंड्रा को मनुहारती हैं।

"ठीक है मम्मी! तब तक मेरे इस होनोलूलू को सँभालकर रखना।" मिसेज़ मिनि रॉड्रिक्स के पेट को दुलार से छूकर सैंड्रा हँस देती है, "मैं तो तैयार ही हूँ। वेंडेल रॉड्रिक्स ने यह येलो मैक्सी गिफ़्ट की है मुझे।"

"ओह सुपर! तुम्हें पता है कि वेंडेल के डिजाइन किए कपड़ों की कीमत कितनी ज्यादा होती है!" मारिया अचरज से आँखें फैला देती हैं, "यू आर लकी माइ डियर।"

बारिश की झिरझिरी बहुत देर पहले थम चुकी है। अब चारों तरफ़ प्यारी गुलाबी धूप का चँदोवा टँग गया है। वसंत के ऋतु-रंग में आकाश धूप के रुपहले पत्तों से भरा दिख रहा है। कभी-कभी सैंड्रा को पणजी का चप्पा-चप्पा बहुत प्राचीन और विस्मय रहित लगता है, तो कभी इसकी अगम रहस्यमय सुन्दरता उसे विस्मित कर देती है। पापा कहते थे, "पणजी सन् 1820 में तब बसा था सैंड्रा, जब पुर्तगालियों की प्रशासनिक राजधानी 'एसटाडो दा इंडिया' पुराने गोवा से उठाकर इस नई बनी राजधानी में ले आई गई थी। पुर्तगाली इंजीनियर लुइस अ' दे माराविल्हास ने पणजी के उत्तर में मांडवी नदी और दक्षिण में एलटिन्हो पहाड़ी की शोभा के बीच भारत में पुर्तगालियों के मुख्यालय को बड़े नाज से जादूगर की तरह पेश किया था।"

चारों तरफ़ अपार भीड़ है। सड़कों के दोनों ओर जन सैलाब। सैंड्रा को लग रहा है मानो पट्टो ब्रिज, ओब्रास पब्लिकास, उसके घर के पास का मिंट हाउस, टोबैको स्क्वायर और जनरल पोस्ट ऑफ़िस, इनके आगे चैपल ऑव साओ टोम, रूआ जोस डे कोस्टा, अवेनिडा डॉम जे केस्ट्रो, मर्मेड गार्डेन, फज़ेंडा, महात्मा गांधी रोड, डी.बी. रोड, ओल्ड सेक्रेटेरियट, चर्च स्क्वायर, एलटिन्हो, महालक्ष्मी टेम्पल का हिस्सा, आज़ाद मैदान का हिस्सा, कैम्पल, दोना पाउला...ये सबके सब इस भीड़ में दर्शकों की तरह पूरी उमक में खड़े हैं। सब कोंकणी लोकगीत और नृत्य की थिरक में हैं। पापा बताते थे कि उनकी किशोरावस्था के दिनों में 'देखनी' नामक एक लोकनृत्य होता था और 'हनव साइबा पाल्टोडिम वेताम' लोकगीत की लय पर युवक-युवतियों का दल झूमता-मगन रहता। फिर इसी की अगली कड़ी में 'चोलताम...चोलताम' शुरू हो जाता था। नृत्य दल की एक लड़की अचानक आगे बढ़कर सुर छेड़ती थी...'चोलताम...चोलताम...जाली माका राति, लोकोत जोखोत वारेम मारून, गेलि मोजी दिउली...चोलताम...चोलताम...।' भाव यह होता था कि घूमते-घूमते रात हो गई है। मंद समीर ने लड़की की तेलवाली बत्ती भी बुझा दी है। नदी किनारे खड़ी लड़की नाविक से पार कराने की मिन्नत कर रही है।

"हे सैंड्रा...हैप्पी न?" मारिया लाड़ से भीड़ में पूछती हैं।

"चोलताम...चोलताम...।" सैंड्रा का चेहरा तृप्ति की हँसी से बरबस खिल उठा है। हालाँकि, भीड़ में चलते हुए उसे मुश्किल-सी हो रही है। मारिया इसे भाँप कर उसके आगे भरसक रास्ता बनाते हुए चल रही हैं। कई साल बाद सैंड्रा फ़्लोट परेड में आई है। भीड़ में उसे घबराहट होती है। कलेजे की धुकधुकी बढ़ जाती है। दम घुटता-सा महसूस होता है। यह भी लगता है कि भीड़ की सारी आँखें उसी पर आकर चिपक गई हैं। मारिया पिछले कुछ वर्षों से कार्निवल के पहले दिन पणजी आती रही हैं लेकिन कभी उन्होंने फ़्लोट परेड में चलने की इस तरह की ज़िद उससे नहीं की थी। पता नहीं, क्या भूत चढ़ गया आज मारिया के सिर पर। भीड़ में सैंड्रा की आँखें लगातार तमारा, डॉली, रोज़ी, लाना और टीना को ढूँढ़ रही हैं। वह फुसफुसाकर मारिया से कहती है, "तमारा दिखे तो बताइएगा। इस जनसमुद्र में अपनी पाँचों मोतियों को ढूँढ़ना मुश्किल है।" सैंड्रा के होंठों पर हल्की मुस्कान तिर गई है।

"मैं उन्हें ढूँढ़ ही लूँगी। डोंट वरी। मैं चाहती हूँ कि किंग मोमो के लिए जो 'क्राउन शेप किंग मोमो चॉकलेट केक' तुमने इन लड़कियों के ज़रिये भिजवाया है, वह आज तुम खुद अपने हाथों से किंग मोमो को प्रेज़ेंट करो। आइ विल मैनेज़ द मोमेंट सैंड्रा।" मारिया ने प्यार से कहा है।

"ओह नो मारिया...। मैं इस तमाशे में नहीं पड़ना चाहती। प्लीज़ मारिया।" सैंड्रा की आवाज़ में संकोच और परेशानी की उलझन है।

"नो वे। आज कोई सुनवाई नहीं। किंग मोमो से ब्लेसिंग पाकर ही तेरे लाइफ़ में हैप्पीनेस आएगी सैंड्रा।" लाड़ से सैंड्रा के गाल पर उँगली दबाकर मारिया मुस्करा पड़ी हैं और अचानक चिहुँककर कहा है, "वो रहीं तुम्हारी पाँचों परियाँ।" इसके

साथ ही घमासान भीड़ में मारिया ने हाथ लहराकर ज़ोर से तमारा को पुकारा है, "तमारा...ओ तमारा...!"

"येस...कमिंग...।" ग़नीमत है कि इस भारी कोलाहल में तमारा ने सुन लिया है और भीड़ को चीरती हुई सदलबल आ रही हैं। भीड़ में मौज़ूद लड़कियों पर सैंड्रा की निग़ाहें दौड़ रही हैं। बस नाम के कपड़े। शरीर का ज़्यादा हिस्सा खुला। उसकी ये पंच परियाँ ही क्या कम हैं। उसकी तमारा चड्ढी भी अभी वाक़ई चड्ढी सीन में है। अंग-प्रदर्शन दुबली और तराशी लड़कियों की इतराहट है। अपने गोल-गोल ठोस उरोज़ों को ऐसे नाज़-अदा में ये रखती हैं कि किसी की नज़र न भी जानेवाली हो, तो चली जाए। उसी पर अटक जाए। और उसका...नाभि तक झूलता भारी बेलनों का जोड़ा। बेमौक़े कैसे-कैसे ख़याल मन में आ जाते हैं। शायद सौ-सैकड़ा लड़कियों के सुडौल उरोज़ों को देख अनायास उसका जी उचाट हो उठा है। उसने कहीं पढ़ा ही था कि भारी स्तनवाली लड़कियों-स्त्रियों में टिशूज़ यानी उत्तक इतने अधिक होते हैं कि वे शरीर में, ख़ासकर चर्बीवाले हिस्सों में थुलथुले मांसल पिंड के रूप में लटक जाते हैं। सैंड्रा को लग रहा है कि उसके स्तन के नीचे अचानक, जलन और खुजली-सी हो रही है। इसको लेकर वह कुछेक बार डॉ. डिक्रॉस्टो से पूछ चुकी है। उन्होंने समझाकर उसे बताया कि भारी लटकते स्तन के नीचे शरीर की जो त्वचा हमेशा ढकी-दबी रहती है, वह पसीने से हमेशा सीझती रहती है। इस वजह से स्तन के नीचे की त्वचा में रैशेज़ यानी छोटे-छोटे दाने या यीस्ट[1] आ जाते हैं। ठीक यही बात लटकती भारी तोंद के संग है। डॉ. डिक्रॉस्टो ने उसे समझाया कि लटकती तोंद के नीचे दबी त्वचा भी क्योंकि हमेशा पसीने से सीझती रहती है, इसलिए उसके नीचे भी रैशेज़...दाने...यीस्ट और इन्फ़ेक्शन का ख़तरा रहता है। इसलिए डॉ. डिक्रॉस्टो के कहे मुताबिक वह मम्मी के पेट और दूध को उठाकर गीले तौलिये और उसके बाद सूखे तौलिये से तीन-चार बार पोंछ देती है। और यही वह अपने संग भी करती है। डॉ. डिक्रॉस्टो ने इस काम में साबुन का उपयोग करने से साफ़ मना कर रखा है। अभी फ़्लोट में आने के कुछ देर पहले उसने गीले-सूखे तौलिये से सारा पोंछा था। पर खुजलाहट फिर से शुरू है। इन्हीं सब वजहों से वह जल्दी घर से बाहर नहीं निकलना चाहती है। एक तो बाहर का हल्ला-चिल्ला उसे क़तई पसन्द नहीं। दूसरा, अपने आपको सड़क पर पाँव-पैदल ढोना। फ़्लोट परेड की इस अथाह भीड़ में गाड़ी से चलना तो ख़ैर अकल्पनीय ही है। मारिया पागल हैं सचमुच। ज़िद कर, खींच लाई हैं उसे। पहले उसे अपने आप पर ग़ुस्सा आता था, बेचैनी होती थी। धीरे-धीरे अपने ही शरीर से विरक्त होने की वह कोशिश करने लगी। पर जब मम्मी ही अब तक अपने शरीर से विरक्त नहीं हो पाई हैं, तो वह क्या होगी। किसी का हल्का मज़ाक़ भी उसे छलनी कर जाता है। किसी की मामूली टोक भी उसे बुरी तरह छू जाती है। भीड़ से अभी उसके कानों में कुछ शब्द चिंगारी की तरह घुसे हैं, "ओह जेली-बेली...येलो-मैक्सी...ओह रॉली-पॉली...बूम-बूम...।"

1. ख़मीर सरीखा दानेदार उभार।

सिर से पाँव तक एक तीखी लहर-सी उठी है। पर उसने अनसुना कर दिया है। वह थुलथुली है...बहुत मोटी है...। यह सच है। पर यह सुनना वह सह क्यों नहीं पाती? सच है कि अपने शरीर से पूरी तरह विरक्त होना मरते दम तक किसी के लिए भी सम्भव नहीं। दुनिया के व्यस्ततम कार्य-व्यापार, दुख-सुख और उत्सवों में भी अपने आप से ध्यान नहीं हटता। फ़्लोट परेड की इस असम्भव भीड़ में भी नहीं। कोई भी इनसान दरअसल सबसे ज़्यादा अपने आपसे प्यार करता है। पर क्या सचमुच वह अपने आप से...अपने शरीर से प्यार करती है? अगर विरक्त प्रेम जैसा कुछ होता होगा, तो कुछ वैसा ही विरक्त प्रेम उसे अपने आप से है।

संगीत की तेज़ धुन और कोलाहल अब बिलकुल पास है। 'खुल जा सिमसिम' के अमोघ मंत्र के त्वरित प्रभाव की तरह सुनहरे मुकुट से सज्जित विराट सुनहरे मुखवाले अपने जादुई-से दिखनेवाले रथ पर भारी-भरकम क़द-बुत का किंग मोमो शालोम सरदिन्हा वह सामने है। लगता है ऋतुराज वसंत ने अपना रथ आज लाड़ में किंग मोमो को दे दिया है। रथ के आगे-आगे नृत्य करते अनेक दल झूम रहे हैं। भीड़ पूरे तरंग में है। आनन्द रच-रच कर किंग मोमो का रथ भीड़ को चीरता हुआ बढ़ रहा है। रंग-गुलाल और पाउडर का झोंका चारों तरफ़ है। शालोम के संग रथ पर चर्चित अभिनेत्री पालोमी घोष समेत अप्सरा की वेश-भूषा में अनेक लड़कियाँ हैं। पालोमी की कोंकणी फ़िल्म 'नाचोम-इआ-कुम्पासर' पिछले दिनों बेहद हिट हुई थी। शालोम के पीछे से भीड़ पर फूल और गुलाल उड़ाती, रथ पर सवार लड़कियाँ बेहद ख़ुश नज़र आ रही हैं। शालोम के रथ के पीछे संस्कृति, कृषि, लोक कलाओं और गोवा के जीवन से जुड़ी अनेक झाँकियाँ भी थिरकती हुई बढ़ रही हैं। गोवा में नारियल वृक्षों की अब क्या दुर्दशा है—इस पर भी एक बेहद मार्मिक झाँकी इसमें प्रमुखता से शामिल है। पास ही बने ऊँचे विशाल मंच पर किंग मोमो शालोम सरदिन्हा को चार दिनों के आनन्दपूर्ण शासन की चाबी सौंपने के लिए गोवा के उपमुख्यमंत्री फ्रांसिस डिसूज़ा और गोवा के पर्यटन मंत्री दिलीप पारुलकर मौज़ूद हैं। यह आयोजन क्योंकि गोवा पर्यटन विकास निगम (जी. टी. डी. सी.) करता है, इसलिए निगम के अध्यक्ष नीलेश कैब्रल मंच पर लगातार हलचल में हैं।

बस अब अगले पल किंग मोमो का रथ मंच के क़रीब जाकर लगेगा और शालोम को उपमुख्यमंत्री डिसूज़ा आनन्द-सत्ता की चाबी सौंपेंगे। भीड़ का उल्लास पक्षियों के कलरव की तरह चरम पर है। पापा अभी होते, तो मारे ख़ुशी के कहते, "पूरे 42 साल बाद आज इतिहास ने अपने को फिर से दोहराया है। ठीक 42 साल पहले शालोम का बाप फ्रांसिस्को इसी तरह मोमो राजा बनकर खिल रहा था।"

भीड़ और संगीत की मस्त तेज़ धुन के बीच अब किंग मोमो का रथ मंच से आकर सट गया है। नीलेश कैब्रल और उनके निगम के सहयोगियों ने किंग मोमो को फूल-मालाओं से लाद दिया है। पर्यटन मंत्री दिलीप पारुलकर ने शालोम को फूलों का गुलदस्ता देकर हाथ मिलाया है। गोवा की आज़ादी के बाद हुए पणजी के पहले 'कार्निवल' में 'किंग मोमो' बने 80 वर्षीय टिमोटिओ फ़र्नांडीस ने शालोम

को चॉकलेट का एक बड़ा-सा पैकेट थमाया है। उनका उत्साह समाये नहीं समा रहा है। टिमोटिओ पणजी में 'कार्निवल' के आदि पुरुष हैं। हर साल पणजी में 'कार्निवल' का आयोजन उन्हीं के मार्गदर्शन में होता है। शालोम ने रथ पर अपने बग़ल में खड़ी अभिनेत्री पालोमी घोष के हाथों से फूलों की पंखड़ियाँ लेकर टिमोटिओ पर बरसा दिया है। और अब यह अमोघ-अमर्त्य क्षण जब उपमुख्यमंत्री फ्रांसिस डिसूज़ा ने शालोम को माला पहनाकर चाबी सौंपी है। अनवरत मूसलाधार तालियाँ गूँज रही हैं और संगीत फिर से तेज़ हो गया है। बतौर किंग मोमो शालोम ने फ्रांसिस डिसूज़ा समेत मंच पर मौजूद सभी लोगों को ब्लेसिंग्स दिया है। किंग मोमो का रथ अब बढ़ने को ही है कि भीड़ में किसी तरह राह बनाते मारिया पाँचों परियों के संग सैंड्रा को लिए-दिये कैसे रथ के बग़ल में पहुँच गई, इसका इल्म ही सैंड्रा को नहीं हुआ है।

"शालोम! सैंड्रा हिअर...विद अ वंडरफ़ुल केक फ़ॉर यू...! रिमेम्बर सैंड्रा?" मारिया ने तेज़ आवाज़ में अपनी बात पूरी की और सैंड्रा को आगे कर दिया है। बिजली की फुर्ती से उसकी पंच परियों ने केक सैंड्रा के हाथ में थमा दिया है। मंच पर खड़े पर्यटन निगम के एक अधिकारी ने सैंड्रा से केक लेकर किंग मोमो के हाथों में देते हुए कहा है, "सैंड्रा'ज़ केक...।" एक पल के लिए सैंड्रा आत्मविस्मृत-सी हो गई है।

"गुड लक सैंड्रा...। ब्लेस यू बेबी...माइ स्वीट फ्रेंड...। आइ विश...यू फ़ाइंड सम वन...हू लव्स यू फ़ॉर यू सैंड्रा...।" शालोम ने अपने गले में पड़ी बड़ी-सी माला निकाल सैंड्रा पर लाड़ से फेंकी है, "आस्क माइ रेस्पेक्ट टू आंटी...।" तेज़ संगीत के संग पचासेक झाँकियों के आगे किंग मोमो शालोम का रथ धीरे-धीरे बढ़ गया है। सैंड्रा ने मारिया की तरफ़ भरी-भरी आँखों से देखा है और पलकें झुका ली हैं। भीड़ झाँकी के पीछे बढ़ रही है। तमारा से सैंड्रा ने आहिस्ते-से कहा है कि वे सब अपने घर चली जाएँ और कल सुबह समय पर आ जाएँ। इन तीन-चार दिनों को जान लगाकर सँभाल लेना है। फिर मारिया के संग वह धीरे-धीरे चल पड़ी है। मारिया भी समझती हैं कि सैंड्रा को पैदल चलना हरगिज़ गवारा नहीं है। पर मारिया हैरान हैं कि इतनी देर सैंड्रा उनके संग इस भीड़ में खड़ी कैसे रहीं। उफ़, कितना मुश्किल था यह। पर सैंड्रा ने किसी तरह ख़ुद को सँभाले रखा।

"ओह गॉड! हेवी ड्यूटी...डम्पी...चबि...।" बढ़ती हुई भीड़ के बीच से छलनी करता हुआ फ़िक़रा एक पर एक बरस रहा है...'शी-एलीफेंट...येलो हिप्पो...।' लग रहा है, मानो मधुमक्खी का छत्ता फटकर उस पर टूट पड़ा है। मधुमक्खियों के डंक बादल की तरह अचानक उस पर छा गए हैं। और सैंड्रा ने विचित्र-सी वितृष्णा के संग मारिया से कहा है, "सुन रही हैं न मारिया! ये भद्दे मजाक दूसरों के लिए खेल और कौतुक भर हैं...बट इट किल्स मी मारिया...किल्स मी...।" सैंड्रा की छाती काँपने लगी है। उसकी आँखों से टप-टप कर आँसू गिर रहे हैं। पेट में मरोड़-सी उठ रही है। जब भी उसे कोई तनाव होता है, उसका पेट ख़राब हो जाता है।

डॉ. डिक्रॉस्टो के शब्दों में 'इरिटेबल बबल सिंड्रोम'। मारिया महसूस कर रही हैं, सैंड्रा बुरी तरह हताश हो रही है। सब कुछ कितना अच्छा रहा। पर आख़िर-आख़िर में यह सब...। उफ़! बेकार वह ज़िद कर सैंड्रा को ले आई। मारिया का मन भी भारी हो उठा है। उसने सैंड्रा का हाथ पकड़ लिया है और फुसफुसाकर निविड़ स्वर में कहा है, "ऐ सैंड्रा...! मेरी जान...! डोंट लिस्न टू देम...।"

"ओह मारिया! मेरा गला जल रहा है। प्लीज़...मेरी नाक पर शहद का छत्ता मत डालिए।" सैंड्रा की आँखों से लगातार आँसू बह रहे हैं। मारिया को कुछ भी नहीं सूझ रहा है।

"आज वसंत की शाम कितनी ख़ूबसूरत होगी। अभी से कुछ घंटे बाद कितना प्यारा चाँद निकलेगा! एकदम किंग मोमो की तरह।" सैंड्रा के आँसू रोकने के लिए मारिया बात बदलने की लगातार असहाय कोशिश कर रही हैं।

"आप बहुत अच्छी हैं।" गीली आँखों से अन्ततः सैंड्रा ने मुस्कराने की चेष्टा की है।

घर पहुँचते ही सैंड्रा ने बेसिन के पास खड़े होकर भरसक अपना चेहरा धोया है। वह जानती है, आँसुओं से सीझे उसके चेहरे को देख मम्मी पागल हो जाएँगी। रो-रोकर सौ सवाल पूछेंगी। भीड़ के फ़िक़रे अभी तक उसके कानों में हैं—बदबू भरी भूरी बूँदें! इतने सालों के सिलसिले में मारिया उसके घर की नस-नस जानती हैं। इसलिए मम्मी का ध्यान बँटाने के लिए वे गाना गुनगुनाते हुए उनके कमरे में घुसी हैं...'आइ बिलीव इन यू...।' बेसिन के पास खड़ी सैंड्रा-देख रही हैं, मारिया ने मम्मी के पेट को सहलाकर उन्हें चूमते हुए कहा है..."वंडरफुल-डे आंटी! किंग मोमो ने ग़ज़ब ब्लेस किया हमारी सैंड्रा को। आइ ऐम सो हैप्पी आंटी।"

"ह्वेयर इज़ सैंड्रा...कहाँ है वह?" मम्मी ने अनुराग से पूछा है।

"वह फ्रेश हो रही है। उसी से सुनिएगा...क्या ब्लेस किया किंग मोमो शालोम ने।" फिर बात बदलते हुए मारिया ने पूछा, "आपने 'जॉनी इंग्लिश रिबॉर्न' मूवी देखी थी आंटी?"

"नो...नहीं मारिया...।"

"उफ! व्हाट अ फ़ैंटास्टिक मूवी। और इसमें सारा जॉयस का यह गाना...इट्स सुपर्ब आंटी...सुपर्ब।" मारिया लय में आ गई हैं। वह हर हाल में इसके लिए डटी हुई हैं कि घर में तनाव का एक कण भी न घुसे। मम्मी मुदित आँखों से गाती हुई मारिया को देख रही हैं। लग रहा है मम्मी बड़े-बड़े पत्तोंवाले चेस्ट नट[1] पेड़ की घनी छाया के नीचे बैठी ख़ुश हो रही हैं। मारिया की मंद मधुर आवाज़ से सैंड्रा को लग रहा है जैसे वह 'स्प्रिंग सांग' अपने अन्दाज़ में गा रही हैं और मम्मी के कमरे में एक-एक कर माणिक-सी सुर्ख़ लाल गलेवाली दक्क पीली बुलबुल के संग वसंत की वही दुलारी नीली चिड़िया, तितली, मधुमक्खी और मेढक सबके सब आ जुटे हैं।

---

1. अख़रोट प्रजाति का एक पेड़।

"आइ बिलीव इन यू...।" मारिया जारी हैं,..."ह्वेन यू आर स्लीपिंग...आइ वॉच यू फ़ॉर आवर्स...फ़ील्स लाइक रीडिंग ऑर गेज़िंग ऐट स्टार्स...नेवर टच यू...नो जस्ट वेटिंग फ़ॉर वन टू फ़ॉल टू अर्थ...ब्राइटेन अप माइ एम्पटी वर्ल्ड...बिकॉज़ आइ बिलीव इन यू...यू मेक इट बेटर...! हीरोज़ विन...बट समटाइम्स दे फ़ेल...सम पीपुल कांट बिलीव इट...बट आइ नीड यू ह्यूमन एनी वे...नथिंग लेस...! आइ वांट माइ स्टार टू फ़ॉल टू अर्थ...इट्स ह्वेयर वी लव...इट्स ह्वेअर वी हर्ट...यू कीप ऑन कमिंग थ्रू सो मच...आइ डोंट बिलीव इट...बट आइ बिलीव इन यू...। जब तुम सो रहे होते हो...घंटों निहारती हूँ...तुम्हें लगता है पढ़ रही हूँ...या टकटकी लगाकर सितारों को देख रही हूँ...। कभी तुम्हें छूती नहीं मैं...सिर्फ प्रतीक्षा करती हूँ कि कब आकाश से एक तारा गिरे और मेरी खाली उदास दुनिया को रोशन कर दे...। इसलिए कि मुझे तुममें यकीन है। यकीन है तुम पर मुझे। तुम सब कुछ ख़ूबसूरत कर देते हो। नायक विजयी होता है...पर कभी-कभी वह विफल भी हो जाता है...। कुछ लोग इस बात पर क़तई यकीन नहीं करते...। मेरी जरूरत और चाहत बस यही है कि तुम हर तरह से हमेशा संवेदनशील और मानवीय रहो। मैं चाहती हूँ कि एक तारा पृथ्वी पर आ गिरे...जहाँ हम प्यार करते हैं, चोट खाते हैं। तुम हर परिस्थितियों से इतनी बार मेरे करीब आते हो...कि सच में यक़ीन नहीं होता। पर मुझे तुममें यकीन है। मुझे तुम पर यकीन है।" लग रहा है, घर में एक संग मारिया का गीत, जलतरंग, वायलिन और पियानो का स्वर...सब कुछ गूँज रहा है। मम्मी भी गुनगुना उठी हैं। उन्होंने सिरहाने के बग़ल में रखा अपना माउथ ऑर्गन होंठों से लगा लिया है। 'आइ बिलीव इन यू' माउथ ऑर्गन पर वह बजाने की कोशिश में हैं और उनकी आँखों के कोर से आँसू बह रहे हैं। एक क्षण के लिए रुककर उन्होंने मारिया से रुँधे स्वर में कहा है, "आइ मिस सेबेस्टिअन...सच अ वंडरफ़ुल हस्बैंड...।" मारिया ने ग़ौर किया कि मिसेज़ मिनि रॉड्रिक्स का मन बरबस गहरी विह्वलता से भर गया है। सैंड्रा ने ग़ौर किया, मारिया ने बड़ी सिफ़त से अवसाद को घर में आने से रोक लिया। शाम अब खुल रही है। शाम की यह गहन शोभा है, जो वसंत के नाम के संग आँखों के सामने है। बाहर क़तार से लगे लाइट-पोस्ट जल चुके हैं। सैंड्रा कमरे में आ गई है और उसके पीछे चाय की ट्रे के संग घर की आया इवान है। मारिया ने बहुत प्यार से बिस्तर पर दो-तीन तकिये की टेक देकर मिसेज़ मिनि रॉड्रिक्स को थोड़ी राहत दी है और इवान से चाय का प्याला लेकर उन्हें थमा दिया है।

"तबसे कहाँ थी तुम माइ स्वीटेस्ट? मारिया गा रही थी...तुमने सुना? शी मेड माइ कार्निवल इन दिस रूम...।"

"मैं थक गई थी मम्मी। कुछ देर कमरे में लेट गई थी। पर मारिया का गाना वहीं से सुन रही थी मैं। कितना प्यारा गाती हैं आप मारिया।" सैंड्रा ने चेहरे पर भरसक मुस्कान लाते हुए कहा है। उसके खुले लाल होंठों में ख़ुशी और उदासी की एक ऐसी रंगत है, जैसे डूबती शाम में क्षितिज पर पतली-सी लाल लकीर।

"क्या कहा किंग मोमो शालोम ने तुझे? तुम्हें पहचाना न उसने?" मिसेज़ मिनि रॉड्रिक्स की आवाज़ में जैसे माणिक-सी सुर्ख़ लाल गलेवाली दक्क पीली बुलबुल चहक रही है और उनका कमरा जंगल की ख़ुशबू से भर गया है।

"बकवास...।" सैंड्रा ने वितृष्णा से मुँह बनाकर कुछ इस अन्दाज़ में कहा, जैसे कह रही हो—'मम्मी! क्या मुझे कहीं छिप नहीं जाना चाहिए?'

"चलिए मैं बताती हूँ आंटी।" मारिया ने प्यार से सैंड्रा की तरफ़ देखते हुए कहा, "किंग मोमो शालोम तो इसे देखते ही पहचान गया। भले यह उससे वर्षों बाद मिली थी। उसने ब्लेसिंग में कहा—आइ विश यू फ़ाइंड सम वन...हू लव्स यू फ़ॉर यू सैंड्रा...।"

"ओ माइ गॉड!! आइ ऐम सो हैप्पी...! सो हैप्पी मारिया।" मिसेज़ मिनि रॉड्रिक्स मंद मीठी हवा के झोंकों में बहती तितली-सी झूम गई हैं, "फ़ैंटैस्टिक...अद्‌भुत...! दिल खुश कर दिया शालोम ने मेरा। वह जब नन्हा-मुन्ना था, तो कितनी बार उसे गोद में खिलाया है मैंने।"

वसंत का चाँद तबक लगे लड्डू की तरह खिल आया है। कल सुबह मारिया वापस मडगाँव चली जाएँगी। मारिया जैसी मेहमान पूर्णिमा की तरह आती हैं। चाँदनी से लदी-फँदी। मम्मी को झपकी आ रही है। रात को अधिकतर वे दूध-ब्रेड खाती हैं। इवान बोल में वह लेकर आ गई है। मारिया आई हुई हैं, इसलिए सैंड्रा ने इवान को आज रोक लिया है। मम्मी को खिलाकर रात की दवाएँ सैंड्रा ने निकाल ली हैं, "दवा ले लो मम्मी।" समझदार बच्चे की तरह मिसेज़ मिनि रॉड्रिक्स ने दवाएँ खा ली हैं और माउथ ऑर्गन सिरहाने से निकाल लिया है। एकान्त में अपनी पसन्दीदा कुछ धुनों को बजाते-बजाते वे सो जाएँगी। या देर रात तक नींद न आने पर माउथ ऑर्गन सिरहाने में रख देंगी।

"मारिया! डिनर?" सैंड्रा ने कुछ इस तरह पूछा है जैसे वह कहना चाहती हो—'आप बहुत अच्छी हैं मारिया।'

"ठीक है। पर कोई ऐसी जल्दी नहीं।" मारिया ने बढ़कर सैंड्रा के माथे को चूम लिया है, "तुम उदास हो सैंड्रा?" मारिया की आवाज़ नम है।

"ठीक से उदास भी नहीं हूँ मारिया! दरअसल, अपनी हालत के लिए सही शब्द नहीं सोच पा रही हूँ।" सैंड्रा जैसे जागी आँखों के दुःस्वप्न में रेंग रही है। उसकी आवाज़ में उचाट भरा उन्माद है, "मारिया! एक औरत बचपन से अपने शरीर की सर्वेयर...सर्वेक्षक होने को मजबूर क्यों होती है? दूसरों को वह कैसा दिखती है, इस चुनौती से जूझते हुए उसकी जिन्दगी के सुनहरे वर्ष किस तरह कपूर की तरह उड़ जाते हैं मारिया...! किसी ने कहा है—'मेन ऐक्ट ऐंड वुमन अपिअर! पुरुष करते हैं, औरतें दिखती हैं।' ऐसा क्यों है मारिया...क्यों है ऐसा?" सैंड्रा रो रही है। पिघल रही है।

"सैंड्रा...।" मारिया बुदबुदाकर रह गई हैं। वह स्तब्ध-सी हैं।

"औरत के भीतर जो उसका सर्वेयर...सर्वेक्षक है, वह पुरुष है और जो सर्वेड... सर्वेक्षित है—वह ख़ुद है। एक संग अपने भीतर एक औरत मेन-वुमन...पुरुष और स्त्री दोनों को निभाने के लिए मजबूर है। पुरुष को अपने भीतर यह दोहरापन नहीं

जीना पड़ता मारिया।" वसंत की अनूप रात में फूट-फूटकर रो रही है सैंड्रा रॉड्रिक्स, "मेरे जैसे कद-बुत की लड़की को रोज-रोज बुरी तरह मरना पड़ता है मारिया। और लड़कियाँ अपने भीतर के स्त्री-पुरुष को किसी तरह निभा लेती हैं...लेकिन मेरी जैसी एक ओबीस...इतनी मोटी लड़की के लिए तो इसकी कल्पना भी डरावनी है। समय से पहले बहुत से शारीरिक परिवर्तन और पीरियड...मासिक रज आने मुझे शुरू हो गए थे। पता नहीं, यह पीरियड कब रुकेगा। एक विधवा औरत और मुझ जैसी के लिए पीरियड का भला क्या मतलब है मारिया...!"

"शालोम ने आज तुम्हें जो ब्लेस किया, वह तुम्हें याद है सैंड्रा?" मारिया ने लगभग अस्फुट स्वर में कहा, "आइ अगेन रिपीट...ही सेड...आइ विश...यू फ़ाइंड सम वन...हू लव्स यू फ़ॉर यू...। तुम जो हो, उसे प्यार करने वाला तुमको मिले।"

"आइ एम नॉट सो लकी मारिया...! मैं किसी को बेशक प्यार करूँ...पसन्द करूँ...लेकिन मेरे लिए कोई नहीं होगा।" सैंड्रा ने जैसे आज अपने अन्दर का कपाट खोल दिया है, "आपको क्या लगता है...मेरे भीतर प्यार और चाह नहीं है...? मेरे स्कूल के दिनों में स्कूल की फुटबाल टीम में एक लड़का था...। वह मुझे बहुत अच्छा लगता था। मेरा अच्छा दोस्त था वह। स्कूल से निकलने के बाद भी हमारी दोस्ती रही। पर इस दोस्ती के आगे उससे कभी कुछ कहने का मैं हौसला ही नहीं बटोर पाई। वह भी मुझे बस एक दोस्त ही समझता रहा। वह नहीं समझ पाया कि उसके लिए मेरे दिल में चुप-चुप प्यार धड़कता है। मैं अपना यह भेद उससे साझा नहीं कर पाई मारिया...! और मेरी आग...मेरी हवा सब मेरे भीतर ही घुटकर रह गई, और एक दिन वह नौकरी के सिलसिले में ऑस्ट्रेलिया चला गया।"

"पणजी का ही लड़का था?"

"हाँ मारिया।"

"हो सकता है तुम्हारी तरह तुमसे कभी कुछ कहने की उसे भी हिम्मत न पड़ी हो...! ओह रिअली सैड...।"

"पता नहीं...! पर हाँ, वह मेरी हमेशा फ़िक्र रखता था। कुछ कहने की बात अगर उसके मन में आई भी होगी, तो शायद अपने पैरेंट्स के रिएक्शन की कल्पना से वह चुप रह गया होगा। क्या पता, उसके पैरेंट्स नाराज़ होते कि दुनिया में क्या उसे यही बेडौल मोटी लड़की पसन्द आई...। पर यह सब ख़याली बातें हैं।"

"हाँ सैंड्रा! अब इन बातों का क्या फायदा। पर अगर उसने तुमसे नहीं कहा, तो तुम्हें तो कहना चाहिए था।" मारिया ने गहरी साँस लेकर कहा है।

"मारिया! प्यार आया था एक समय मेरे क़रीब। चुपचाप। जब वह आया, तो मुझे हवाओं ने बताया था। अँधेरे में उससे मैं कुछ कह नहीं पाई। अब मैं उसे कभी वापस नहीं ला सकती। आज मेरा मन अकेला रहता है। अपने अकेलपन से बातें करता है। मैं भाग्य के सामने झुक चुकी हूँ मारिया। हाँ, मुझे उससे अपना प्यार कहना चाहिए था। पर मैं सोचकर ही डर जाती थी मारिया कि अगर उसने नहीं कह दिया तो...!"

"तो क्या...क्या हो जाता?" मारिया बुदबुदाकर रह गई हैं।

"उसके ऑस्ट्रेलिया जाने के बाद मैं बहुत बीमार पड़ गई। पापा डॉक्टर बुलाते रहे महीनों-महीनों तक। बहुत समय बाद मैं ठीक हुई। दवा से नहीं, ख़ुद से। मैं क्यों अचानक से इतनी बीमार हो गई, इसका अन्दाजा पापा-मम्मी दोनों को नहीं था।"

"ओह माइ बेबी!" मारिया का स्वर बहुत उदास है।

"मारिया! अब मैं चालीस के करीब पहुँच रही हूँ। अभी तक सेक्स क्या है, इसका अनुभव मुझे नहीं। सेक्स जीवन का एक जरूरी सच है...द पार्ट ऑव बीइंग वुमन। मैं क्या कहूँ मारिया...! आइ हैव नो स्पीच। मेरा वजन, मेरा आजीवन कारावास है। लाइफ़ इम्प्रिज़नमेंट...! बहुत पहले एक पोएट्री पढ़ी थी मारिया! एक मादा हाथी के बारे में। देखने में हाथी भले पहाड़-से लगते हों लेकिन स्वभाव से वे बड़े भावुक होते हैं। वह कविता थी कि एक मादा हाथी एक सुन्दर परिन्दे से प्यार करने लगी। परिन्दे को उसके प्यार के बारे में कुछ पता न था। मादा हाथी रोज सुबह उस पेड़ के पास जाकर उसे देखती और खुश होती। प्यार की तड़प में धीरे-धीरे उसकी नींद खत्म हो गई। उसका वज़न लगातार गिरने लगा। और एक दिन वह मादा हाथी मर गई। लोगों का मानना था कि अधिक वजन से उसकी मौत हो गई।"

कुछ पल के लिए एक दारुण सन्नाटा खिंच गया है। एक अनकहे प्रेम की विकल कथा मन की मुँडेर पर आ बैठी है। मारिया बुत बनी सैंड्रा को सुन रही हैं।

"मारिया!" सैंड्रा की आवाज़ काँप रही है, "मेरे अन्दर की बारिश खत्म हो चुकी है। और मेरे जीवन में न कोई डर है और न प्यार...। और जिसके जीवन में प्यार और डर कुछ भी नहीं, उसके अन्दर न उल्लास है और न उत्तेजना और न भरोसा। मारिया। मेरी नसें भी छलकती थीं कभी...जिन दिनों मैं भरपूर जवान थी...। और मेरे भीतर ट्यूलिप के लाल-नारंगी और किरमिजी फूल खिलते थे...और सुर्ख गुलमोहर...और बैंगनी जकरंडा के फूल...और दहक पीला अमलतास...और जलता पलाश...और दुलार भरा कचनार...रंगों से छलकती बहार थी मैं कभी...और किसी को कभी इसका पता नहीं चला...और मैं उन फूलों को धरती पर उड़ेलती रही लेकिन कई-कई रंगों से भरी उस रँगोली का इल्म किसी को नहीं हुआ...और मेरी सारी कोमलता और सिर से पाँव तक की मेरी गुलाबी गोलाइयाँ पागल होती रहीं...और एक समय मुझे लगने लगा कि मैं जो भी चाहती हूँ वह गलत है...और अनैतिक और वर्जित...और गन्दा और असम्भव...! मारिया! अभी आपने उस ब्लेसिंग को रिपीट किया...जो शालोम ने मेरे लिए कहा...! ही सेड...यू फाइंड सम वन...हू लव्स यू...फ़ॉर यू...बट आइ नो...नो वन विल लव मी फ़ॉर मी...। और मैं इस सच को बीतते समय के साथ और अच्छी तरह समझ चुकी हूँ...और...।"

वसंत की चाँदनी टेरेस पर छिटक रही है। अभी चाँद को देख सैंड्रा को लगा है कि वसंत का चाँद सचमुच कितना अकेला है। पड़ोस से नेहरू पिमेंटा के पियानो का दाहक धुन मशहूर लेखक डो जंटामाटा की इन पंक्तियों पर मंद-मंद गूँज रहा है, "...देअर इज़ नो ग्रेटर फ्रीडम...दैन द फ्रीडम टू बी यॉरसेल्फ...! गिव यॉरसेल्फ

दैट गिफ़्ट...ऐंड चूज़ टू सराउंड यॉरसेल्फ विद दोज़...हू अप्रीशिएट यू...इग्ज़ैक्टली ऐज़ यू ट्रूलि आर...। दुनिया में अपनी खातिर आज़ाद होने से बढ़कर कोई आजादी नहीं। अपने आपको वह सौगात दो! पसन्द करो अपने चारों तरफ उन लोगों की मौजूदगी जो तुम्हें बहुत चाहते हैं, वैसे ही जैसे कि तुम हो...।" नेहरू पिमेंटा की यह पसन्दीदा धुनों में से एक है। सैंड्रा को लग रहा है कि उसकी आत्मा में टपकते आँसुओं के लिए पियानो की यह धुन एक पवित्र पाठ है।

"डिनर लगाती हूँ।" अचानक उठकर किचेन की तरफ़ जाते हुए सैंड्रा-दरवाज़े के पास एक क्षण को रुकी है और अप्रत्याशित भंगिमा में कहा है, "ऐ मारिया! नाउ आइ ऐम ऐट द प्वाइंट...ह्वेयर आइ ऐम नॉट लुकिंग टू प्लीज़...। मैं जीवन के इस मोड़ पर हूँ मारिया...जहाँ किसी को खुश करने की मुझे फिक्र नहीं।"

"खुद को भी नहीं?" मारिया ने आहिस्ते-से कहा है, कुछ इस तरह जैसे सैंड्रा से वह किसी अज्ञात जीवन के बारे में पूछ रही हों।

स्टारी नाइट

असंख्य तारों से भरी रात में पूरा चाँद मक्खन के घड़े-सा दीप रहा है। वॉन गॉग[1] दुनिया में होते, तो इसे देखकर 'स्टारी नाइट' की अपनी सवाक् पेंटिंग की कड़ी में तारों से भरे पणजी के आकाश की एक और पेंटिंग बना डालते। 'कार्निवल' के प्रथम दिन की यह बीतती हुई रात है। इस आधी रात को अपनी खिड़की से निहारते हुए एंटोनियो जवाहरलाल पिमेंटा को लग रहा है, मानो मक्खन के घड़े-से दिखनेवाले चाँद से छलक-छलक कर पणजी का आकाश तारों से भर गया है। ऐसी ही किसी पागल करनेवाली दारुण रात को अपने पागलख़ाने के कमरे की खिड़की से देखते हुए दग्ध-बेचैन वॉन गॉग ने 'स्टारी नाइट' को कैनवस पर उकेरा होगा। खिड़की से कौंधती एक दीप्त पागल रात। नेहरू पिमेंटा को लग रहा है कि दक्षिणी फ्रांस के सेंट रूमी स्थित उसी प्राचीन पागलख़ाने की वह भूरी खिड़की उनके कमरे की दीवार से आ लगी है, जिससे अमर डच चित्रकार ने उस अलौकिक उज्ज्वल रात को देख अपने कैनवस पर ज्यों-का-त्यों अंकित कर दिया था। यह एक विचित्र उज्ज्वल विकलता है, जो कभी वॉन गॉग के 'स्टारी नाइट', कभी शेक्सपियर और वड्र्सवर्थ की कविताओं, कभी मोज़ार्ट[2] की 'सिम्फ़नी', कभी बाख़ का 'गोल्डबर्ग वैरियेसंस', तो कभी बीथोवन के 'पियानो सोनाटा' की निर्मिति करता है। रात की कीर्ति चाँदनी के उजाले में अमर हो जाती हैं। पर रात की सुबक!...रात के आँसू कौन देखता है?

---

1. अमर चित्रकार।
2. ऑस्ट्रिया में जन्मे एक महान संगीतकार।

कार्निवल की यह व्यतीत होती रात, वही प्राचीन रात है। नेहरू पिमेंटा को लग रहा है मानो वसंत की इस दमकती रात में मांडवी की लहरें लगातार काँच की तरह टूट रही हैं और वान गॉग के गले लगकर वे फूट-फूटकर रो रहे हैं। नेहरू पिमेंटा ने पियानो पर फिर अपने विकल संगीत को मंद-मंद छेड़ दिया है...'यू कम टू मी ऑल थ्रू द नाइट...ऐंड ह्वेन आइ होल्ड यू...आइ ऑलवेज़ क्राइ...।' बाहर प्यार की हदें तोड़ता वसंत का चाँद है और नेहरू पिमेंटा के कमरे में लगातार घनी होती युगांतर की उदासी। हर साल 'कार्निवल' का जश्न गुज़रने के बाद ऐसा ही होता है। नेहरू पिमेंटा के पियानो के की-बोर्ड पर देर रात गए तेज़ी से पतझड़ पसरने लगता है। इसलिए 'कार्निवल' के दिन सुबह से नेहरू पिमेंटा का मन काँपता रहता है। सुबह से शाम तक वे अपने भीतर ही गिरते-सँभलते रहते हैं। उन्हें लगता है, कार्निवल की रात जब सारा पणजी सो रहा होगा, वे मांडवी के तट पर लगी किसी छोटी-सी नाव पर बैठ कहीं दूर निकल जाएँगे। अपने पागलपन की थिगलियों से भरे पाल के संग अथाह मांडवी में कहीं गुम हो जाएँगे। दूसरों के लिए कार्निवल की रात एक निडर रात होती है। पर कार्निवल की रात उनके लिए हमेशा डर से भरी एक हताश रात है। तीस साल पहले कार्निवल की रात ही माया ने उनसे कहा था, "मैं तुम्हारे साथ अब नहीं रह सकती। एंटोनियो! आइ नीड डाइवोर्स!" यह वाक्य पिघलते शीशे की तरह आज भी कान से मन तक भरने लगता है। ख़ासकर कार्निवल की रात, जब माया ने उनके पियानो की सीट के पास आकर आहिस्ते-से यह कहा था। ध्वनियों के पीछे ही पूरा जीवन लगा दिया नेहरू पिमेंटा ने! उन्हें याद है, माया की आवाज़ में कोई उत्तेजना नहीं थी। किंचित् भी क्रोध नहीं था। बल्कि उसकी आवाज़ में कुछ ज़्यादा ही शान्ति थी, "डाइवोर्स का पिटिशन मैं फ़ाइल करूँगी। तुम्हें अपनी सहमति देनी है।" फिर एक पल थमकर उसने कहा, "हम अच्छे दोस्त रहे हैं एंटोनियो। हमारा परिवार एक-दूसरे का मित्र-परिवार रहा है। हम दोनों के माता-पिता ने निर्णय लेकर हमारी शादी कराई थी। पाँच साल हो गई हमारी शादी के...तुमने एक बार भी मुझे छुआ तक नहीं। खाली पालना मैं कब तक झुला सकती हूँ...।"

माया ने पाँच वर्षों में उनसे एकतरफ़ा प्रेम किया था। भरसक किया था। और इस तरह वह पहली बार बोली थी। माया के चेहरे पर उस पल असंख्य रंग-भावों की आवाज़ाही हो रही थी। पर अजीब संतुलन से उसने अपनी आवाज़ को संयमित रखा हुआ था। एंटोनियो नेहरू पिमेंटा याद करते हैं, उस समय उनका चेहरा बुरी तरह ज़र्द पड़ा हुआ था। सुन्न मस्तिष्क में एक विच्छिन्न-सा दुर्गंध मंद-मंद चक्कर काट रहा था। निर्वाक् वे माया की तरफ़ देखते रहे थे। माया ने गहरी साँस लेकर कहा, "एंटोनियो! तलाक का मसविदा हमारा सन्धिपत्र होगा। हम म्यूचुअल कंसेंट... पारस्परिक सहमति से तलाक लेंगे।" माया की प्रभावशाली भौहें भी जैसे साथ-साथ संवाद कर रही थीं, "तलाक की वजह...तुम्हारी नपुंसकता देंगे। एक नपुंसक पति के संग कोई पत्नी कैसे और कब तक रह सकती है। सच तो यही है न एंटोनियो और अदालत में मैं सच्ची वजह देना चाहती हूँ।" माया जारी थी, "तुम बुरा तो नहीं

मानोगे?" एंटोनियो जवाहरलाल पिमेंटा को हू-ब-हू याद है, इस वाक्य के साथ ही माया सिसक-सिसककर रोने लगी थी। ख़ुद वे भी रोने लगे। माया के पास पुख़्ता शिकवा था पर उनके पास कुछ भी नहीं था। आज भी याद कर सोचते हैं नेहरू पिमेंटा और अपने कमरे के सन्नाटे में उनकी आँखें झरने लगती हैं। आदमी कुछ ऐसे हालात का सामना करने के लिए कितना कातर और विवश होता है, जब दूसरे के शिकवों के सामने उसके पास कोई एक कमज़ोर शिकवा भी नहीं होता। कोई बीमार-सा सवाल तक नहीं होता। इसलिए माया ने जब कहा कि वह अब साथ नहीं रह सकती, कि वह आपसी सहमति से तलाक़ लेगी, तो उनके पास इतना भी छोटा सवाल नहीं था, "क्या कहा तुमने? माया?"

माया में हालाँकि अनुपम मौलिकता और शालीनता थी। माया में बहुत परिवर्तन आ गया था। बचपन की अलमस्त और खिलंदड़ी माया अब एक गम्भीर-गहन स्त्री थी। छरहरे क़द-बुत और तीखे नाक-नक़्शवाली माया को बेहिचक बहुत सुन्दर कहा जा सकता था। कभी अमरूद-सेब काटना होता, तो नेहरू पिमेंटा आमोद में कहते, "माया! प्लीज़ गिव मी यॉर नोज़। मुझे फल काटना है।" माया की नाक तीखी थी। अपनी जीवंतता के कारण वह मोहक भी थी। छात्र-जीवन से वे अच्छे दोस्त रहे थे। नेहरू पिमेंटा याद करते हैं, वे माया के घर अक्सर जाया करते थे और माया के संग उसके परिसर के बैडमिंटन कोर्ट में शाम को घंटों बैडमिंटन खेलते थे। माया तब इंटरमीडिएट में थी और वे बी.ए. की पढ़ाई कर रहे थे। बिन्दास और चुलबुली माया उन्हें हमेशा अच्छी लगती थी। पर उसको लेकर कभी नेहरू पिमेंटा के मन में कोई उत्तेजना जगी हो, ऐसा कभी नहीं हुआ। माया को जब कभी वह याद करते हैं, बहुत तीव्रता से रंग बदलते गहरे धुएँ के बादल उन्हें घेरने लगते हैं। वे याद करते हैं, माया ही क्या, किशोरावस्था से लेकर भरी जवानी के दिनों में भी कभी किसी लड़की को लेकर उनमें उत्तेजक भाव उत्पन्न नहीं हुआ। बस संगीत उनकी उत्तेजनाओं का एकमात्र ज़रिया था। उनकी समस्त वासना, कामना, ऐषणा, उद्वेग या ऐसा और जो कुछ भी, वह संगीत था। और उन्होंने कभी भूले से भी शायद ही सोचा कि संगीत उनके लिए नाम-शोहरत कमाने या अलंकृत होने का माध्यम हो सकता है। माया पेंटिंग सीख रही थी। आगे चलकर वह पेंटिंग में ही बढ़ना चाहती थी। और माया के पास सपने थे। शादी के पहले माया कभी-कभी हैरान होकर कहती, "एंटोनियो। रिअली इट्स अमेज़िंग...यू आर मैड फ़ॉर म्यूज़िक...पर तुम्हारे पास कोई सपना नहीं है।" और वे बस मुस्कराकर रह जाते।

निस्पृहता कभी-कभी कितनी भद्दी और बेरंग-सी लगने लगती है। कीचड़ की तरह, जो हफ़्तों तक और कभी-कभी पूरी ज़िन्दगी नहीं सूखता। दूसरों के लिए भी परेशानी और दुख का कारण बन अपनी जगह क़ायम रहता है। जिस तरह माया के पिता और उनके पिता में गहरी मित्रता थी, माया की माँ और उनकी माँ भी ख़ासी अन्तरंग थीं। पणजी के मेन चर्च रोड में माया के पिता मि. डेरिक का प्यारा-सा एक बुक-शॉप था—'ट्राइसेल'। कॉलेज से लौटकर कभी-कभी शामों को माया बुक

शॉप का काउंटर भी सँभालती थी। एंटोनियो नेहरू पिमेंटा को याद है, वे माया से मिलने 'ट्राइसेल' जाते थे। दोनों को देख माया के पापा कहते थे, "मेड फ़ॉर इच अदर...।" फिर माया और उनके माता-पिता ने ही एक दिन निर्णय लिया कि माया और एंटोनियो जीवनसाथी बनेंगे। एंटोनियो नेहरू पिमेंटा को छोटी-बड़ी सारी बातें याद हैं। उन दोनों के माता-पिता के लिए यह एक बेहद ख़ुशग़वार फ़ैसला था। माया भी बहुत पुलक में थी। उनकी अन्यमनस्कता देख माया ने पूछा भी था, "इस फैसले से तुम खुश नहीं हो एंटोनियो?" पर उन्होंने माया को कोई जवाब नहीं दिया था। मम्मी से इतना अवश्य उन्होंने कहा था, "मॉम! माया मेरी दोस्त है। वह बहुत अच्छी है। पर यह शादी वाला मामला छोड़ दीजिए। यकीन मानिए, मैं कभी किसी से भी शादी नहीं करना चाहता।" और मम्मी बेसाख़्ता चीख़ पड़ी थीं, "एंटोनियो! यू आर माइ ओनली सन। क्या कह रहे हो तुम? क्या पिमेंटा खानदान को हमेशा के वास्ते खत्म कर दोगे?" मम्मी आख़िरी बात के संग रोने लगी थीं। पापा ने सुना, तो मम्मी को सांत्वना देते हुए बोले, "फिक्र मत करो, शादी के बाद आप से आप सब कुछ ठीक हो जाएगा।" हालाँकि, पापा को हक़ीक़त का थोड़ा अन्दाज़ा था। बचपन में लम्बे मियादी बुख़ार के बाद शुरू हुए मिरगी के दौरों से उनका बेटा किस तरह लम्बे समय तक आक्रान्त रहा था और लम्बे चले इलाज ने उनके एकलौते बेटे को किस तरह अन्दर से खोखला कर दिया था, पापा को इसका इल्म था। पर मम्मी के लिए अपने एकलौते बेटे की अन्दरूनी हालत जानना या उस बारे में सोचना भी असहनीय था। मम्मी इतने मज़बूत दिल की नहीं थीं कि अपने बेटे की स्याह सचाई बर्दाश्त कर पातीं।

मिरगी के दौरों से भरे बचपन से उबरने के लिए ही एंटोनियो नेहरू पिमेंटा ने संगीत में अपना दिल लगाया था। मिरगी के वे दौरे कितने भयानक होते थे। उस समय को याद कर आज भी एंटोनियो नेहरू पिमेंटा के मन में धूल भरी हवा ज़ोर पकड़ने लगती है और अन्दर भीषण तूफ़ान शुरू हो जाता है। अवसाद का ग़र्द-गुबार उड़ने लगता है। लगातार की कशमकश के बावजूद न तो मम्मी को और न ही माया को वे समझा पाए कि इस शादी का कोई मतलब नहीं होनेवाला। उनके भीतर कोई वासना या उत्तेजना नहीं। ऐन्द्रिक उत्तेजना के बग़ैर पति-पत्नी के रिश्ते का कोई मतलब नहीं। उनके संग माया का जीवन नष्ट हो जाएगा।

सब कुछ हुआ। उल्टी करवटों की दारुण विह्वल रातें गुज़रीं। लगातार पाँच साल। माया देर रात गए तक रंगों और कैनवस में उलझी रहती और वे पियानो के की-बोर्ड पर। पाँच वर्षों की एक-एक विकल रात। उन्हें लगता, पियानो का की-बोर्ड उनके लिए जीवन का एक ऐसा विश्व-मानचित्र है, जिसमें अपने पुंसत्व को तलाशते हुए वे हर रात भटकते हैं। ये रातें भयावह थीं। रेशम की हल्की क़मीज़ में कैनवस पर पागलों की तरह ब्रश मारती माया को दूर से देखकर ही उन्हें डर लगता। दिन को बहुत सुन्दर लगनेवाली माया रातों को डगवनी लगती थी। वे अच्छी तरह समझते थे कि माया रातों को और भी सुन्दर होती थी लेकिन उनके भीतर की आत्मभर्त्सना में माया डरावनी लगती थी। माया ने कभी किसी के पास

इस बेजान रिश्ते की शिकायत नहीं की थी। अपने माता-पिता के पास भी नहीं। माया बिखरनेवाली नहीं थी। यह उसका दम था। कई बार माया ने उनके अन्दर के बिखराव को समेटने की कोशिश भी की। पियानो के की-बोर्ड पर जब तीव्र हताशा में उनकी उँगलियाँ दौड़ रही होतीं, माया दबे पाँव आकर पीछे से उनके कन्धे पर हाथ रख देती, "लव यू एंटोनियो।" और ऐसे में उनके अन्दर बर्फ़ीली आँधी शुरू हो जाती। कभी बग़ल की मेज़ पर चाय रख वह उन्हें अचानक चूमते हुए निकल जाती और उन्हें लगता कि वे मर जाते, तो कहीं बेहतर था। माया के प्रेम से उन्हें लगता था कि माया उन पर बुरी तरह दया कर रही है। माया के प्रेम से उन्हें डर लगता था और दया से रोने का मन करता था।

"यह हमारे तलाक़ का मसविदा है। देख लो। अगर ठीक लगे, तो साइन करके दे देना।" माया का स्वर हमेशा की तरह इस मसले पर अत्यधिक शान्त था, "मैं समझती हूँ कि इसमें अब देरी नहीं करनी चाहिए।"

"लो।" दस्तख़त कर काग़ज़ बढ़ाते हुए एंटोनियो नेहरू पिमेंटा ने कहा था।

"पर तुम्हें पूरा मसविदा पढ़ लेना चाहिए था। बिना पढ़े...।" माया एक पल अटक-सी गई और किसी तरह जैसे-तैसे फिर अधूरे वाक्य पर रुक गई, "तलाक की वजह मैंने...।"

"तुम कह चुकी हो माया।" एंटोनियो नेहरू पिमेंटा ने ख़ुश्क गले से पूछा, "आगे?"

"अभी तो यही...। अभी कुछ भी नहीं सोचा है। पानी की तरह जीवन भी अपना तल ढूँढ़ लेता है।"

माया की आवाज़ में नमी थी। तलाक़ की अपनी अर्ज़ी में माया ने कोई मुआवज़ा या ख़र्चा नहीं माँगा था। इसको लेकर फ़ैमली-कोर्ट के जज को भी भारी हैरानी हुई, "माया! यू डोंट नीड मेंटेनेंस?"

"नो सर। इनके पास खुद का कोई जॉब नहीं। आइ विल मैनेज सर।"

"तलाक का ऐसा पहला केस मेरे जीवन में है।" जज ने गहरी साँस लेते हुए कहा था।

पणजी फ़ैमली कोर्ट में गुज़रा वह डेढ़ साल। माया अँधेरे के पत्तों को तोड़ती रही। वह अपने मायके चली गई थी। मायके से ही वह तारीख़ों पर आती थी। एंटोनियो नेहरू पिमेंटा के गोल गंजे सिर में सब कुछ अंकित है। वे सारे दिन। फ़ैमली कोर्ट की तारीख़ों पर जाना। वहाँ माया से मिलना।

जज के चश्मे की गोलाइयों में चिन्तनशील गुरु-गम्भीर पुतलियों को ताकना, यह सब कुछ ऐसा था जैसे महाद्वीप आर-पार करना। जज ने आख़िर-आख़िर तक इस उल्कापात को रोकने की स्वाभाविक कोशिश की। पर माया ने जज की मेज़ पर जो वजह रखी थी, उसमें कोई विकल्प नहीं था। ख़ाली पालना झुलाना औरत के लिए अपशकुन है। माया के लिए एक अपघटित प्रेम से निकल जाना ज़रूरी था। पर एक दोपहर कोर्ट की कार्रवाई के दिनों में ही स्याह श्मशान की तरह माया उनके पास आई थी। वह माघ की बारिश भरी दोपहरी थी। सुनहरी अस्थि-पंजर-सी

माया ने आहिस्ते-से कहा था, "एंटोनियो! आइ ऐम प्रेगनेंट...। हेनरी का बच्चा है मेरे पेट में।" गोवा का नामी चित्रकार हेनरी फ़र्नांडीस! माया कुछ समय से हेनरी के निकट हो गई थी, इसका इल्म था उनको...! अपने गर्भ की चर्चा करते हुए माया के चेहरे पर नीली राख उड़ रही थी, "तलाक के पहले यह बच्चा मैं नहीं होने दूँगी। अभी मैं लेडी डॉक्टर से मिलकर आ रही हूँ। पॉपुलर नर्सिंग होम की डॉ. ऐंजेला से। उन्होंने कहा, 'कम विद यॉर हस्बैंड। बिना वाइफ़-हस्बैंड के सिगनेचर के मैं बच्चे को अबॉर्ट नहीं कर सकती। इस तरह गर्भपात कराने से मैं क़ानूनी तौर पर मुसीबत में पड़ूँगी।' एंटोनियो! कैन यू हेल्प मी?" माया उनका हाथ कसकर पकड़े धारासार रो रही थी। और ख़ुद वे भी रो पड़े थे। बुरी तरह। जाने कितने युगों का आँसू उनकी आँखों से बह रहा था। उठकर उन्होंने माया को भींच लिया और पहली बार उसके ललाट को चूमकर कहा, "चलो डॉ. ऐंजेला के पास... आइ विल साइन।" मरी हुई मछली की लाल पुतलियों-सी माया की रो-रोकर सुर्ख़ आँखें पथराई हुई थीं। उनको और माया को छोड़, यह बात किसी को नहीं पता।

कितने साल बीत गए अब तो। माया अब मिसेज़ माया फ़र्नांडीस है। गोवा के मशहूर पेंटर हेनरी फ़र्नांडीस की पत्नी। माया और हेनरी पणजी के दोना पाउला में रहते हैं। बीते दशकों में माया की पेंटिंग्स ने भी ख़ासी शोहरत पाई है। माया से फिर कभी इत्तफ़ाक़ से भी कहीं मिलना नहीं हो सका है। पर कार्निवल की वह रात! और माघ की वह बारिश भरी दोपहरी उनके मन में आज भी अटकी पड़ी है। माघ का मेघ धरती की नाभि में घुसता है। मिट्टी में...मन में गहरे तक उतरता है। और कार्निवल की बीतती रात का यह किंग मोमो चाँद!! वॉन गॉग के पागलख़ाने की भूरी खिड़की से वे चाँद को निहार रहे हैं। वसंत की इस रात में मांडवी की लहरें बुरी तरह, दग्ध होकर फट रही हैं—यह वे साफ़ सुन रहे हैं। वान गॉन इस निस्तब्ध रात में उनके गले लगकर रो रहे हैं। दोनों पागल हो रहे हैं।

पंख

"वसंत की सुबह कुछ ज्यादा ही सुहावनी होती है न।" अपनी स्कूटी स्टार्ट करते हुए मारिया ने कुछ इस अनुराग से कहा है, मानो मंद हवा में धीरे-धीरे घुल रहे फूलों के पराग की सुगन्ध में वह भीग रही हों। मम्मी को पूरा दुलार-मनुहार कर मारिया वापस मडगाँव लौट रही हैं। वे वसंत की हवा की तरह ही आती हैं। एक प्यारी हंसिनी की भाँति। मम्मी को जितना दुलार-पुचकार वे करती हैं, उतना चाहकर भी सैंड्रा से सम्भव नहीं होता। अब इस उम्र में मम्मी को छोटे बच्चों की तरह दुलार पाना अच्छा लगता है। किसी अधेड़-बूढ़ी औरत के चेहरे को अपनी दोनों हथेलियों में भरकर कौन प्यार करता है? लेकिन प्यार किसे नहीं चाहिए? मम्मी के चेहरे को दोनों हथेलियों में

भर-चूमकर उनके पेट और दूध को हिलोर जब मारिया कहती हैं, "मिनि आंटी! आप बहुत प्यारी हैं। सचमुच बेहद प्यारी," तो मम्मी की आँखों से धारासार आँसू बहने लगते हैं। वे विकल स्वर में हर बार कहती हैं, "मारिया! मेरी बहुत प्यारी मोरी! दाढ़ी भरे चेहरेवाली औरत कभी झूठ नहीं बोलती। तुम्हारा जाना मुझे मार डालता है। तुम मेरे लिए रोने की जगह हो। बहुत खुश होने पर भी इनसान को अपने रोने की कीमती जगह को नहीं भूलना चाहिए। मैं नहीं भूलती तुम्हें। हमेशा तुम याद आती हो मारिया।"

"तुम बहुत सुन्दर हो और उतनी ही नेक सैंड्रा! कभी उदास मत होना।" अभी निकलते वक़्त उसे गले लगाते हुए मारिया बहुत भावुक हो गई हैं। आज सारे दिन, सारी रात घर गुमसुम रहेगा। मम्मी रुआँसी रहेंगी। वह ख़ुद भी। मारिया भले कहती रहें—'कभी उदास मत होना' लेकिन उसकी उदासी क्या कहीं अन्त पाएगा। शायद कहीं और कभी नहीं। पर मारिया की बात से बेशक मन भर आया। वैसे, मारिया ठीक कहती हैं, "जिन्दगी से हमेशा प्यार निभाओ।" यह कुछ वैसा ही है जैसे देश की सरहद पर एक सैनिक निभाता है। आपका अस्तित्व भी एक देश ही है। अपने अस्तित्व से प्यार निभाने के लिए हमेशा सैनिक की तरह डटे रहना और छलनी होना पड़ता है। उसे बरबस अमेरिकन सिंगर और रैपर मेलिसा जेफ़रसन यानी लिजो के गाने की याद आई...'आइ ऐम माइ ओन सोलमेट...आइ नो हाउ टू लव मी...आइ नो दैट आइ ऐम ऑलवेज़ गोना होल्ड मी डाउन...। नो आइ एम नेवर लोनली... आइ नो आइ ऐम अ क्वीन...बट आइ डोंट नीड...डोंट नीड क्राउन...।' सैंड्रा ने अपने कैम्पस में ऐन गेट के कोने के पास लगे केले के सदाबहार पेड़ों की छोटी-सी जमघट को निहारा, जिसके बड़े-बड़े हरे कचोर पत्ते अनगिनत इन्द्रधनुषों की तरह पुलकित हो लहरा रहे हैं। केले से सटकर लगा हनीसिकल भी मगन-मुदित है। ये भी अपने अस्तित्व से प्यार निभा रहे हैं—सैंड्रा के होंठों पर हँसी की रेख छिटक आई है।

आज कार्निवल का दूसरा दिन है। आज भी पणजी ख़ुशनुमा झूम में खोया रहेगा। हालाँकि, फ़्लोट परेड की कल जैसी ख़ुशबूदार हलचल बेशक आज उतनी नहीं रहेगी। पर बेशक इन बाक़ी के तीन दिनों में भी सब कुछ तितली, फूल, बादल और इन्द्रधनुष बना रहेगा। इस अवधि में पणजी के युवा-युवतियों के संग देश-विदेश से आए प्रेमी-युगल बादल और हवा की तरह अनुरागी होड़ मचाए रखते हैं। सैंड्रा के मन में बरबस वीरानी छा गई! सच, जीवन में कितनी धुँधली गहराइयाँ हैं। इस अवसादपूर्ण धुँधलके से क्या वह कभी निकल पाएगा! जीवन की घनी धुन्ध में उसकी आँखें बुरी तरह दुखती हैं। काश वह जन्मान्ध होती, तो अपने लदलदे क़द-बुत को देखने के संताप से मुक्त रहती। अपने कैम्पस के गेट से उसने एक नज़र चारों तरफ़ निहारा है। टोबैको स्क्वायर के तिकोने चौक के घेरे में कुसुम और बरगद के पेड़ वसंत की मंद हवा में कितने ख़ुश हैं। बरगद की खट्टी फलियों पर गिलहरियाँ मँडरा रही हैं। कई जगहों पर कटा-फटा भारी नितंबवाला गूलर का पुराना झंखाड़ पेड़ भी पक्षियों—गिलहरियों के मलार में मस्त मगन है। और इन सबकी झुरमुट में खोई पुर्तगाली सेना के जनरल मिगुएल केटेनो डायस की गोदी भर की संगमरमर

की मूर्ति...। गूलर के पेड़ पर फिर उसकी नज़र टिक गई है...ठीक उसी की तरह... थिन फेस...बिग बेस! कल शाम को ही उसने सोचा था कि फ़्लोट परेड के बाद मारिया के संग वह अपने कैम्पस के पास खुले अपने नामवाले 'सैंड्रा-द फ़िटनेस ट्रिम ऐंड स्लिम सेंटर' जाएगी और पता करेगी कि आख़िर माजरा क्या है! पर कल की गहमागहमी तो अलग, भीड़ में लोगों के तिलमिलाने वाले तीखे कटाक्षों से वह इस तरह खीज गई थी कि फिर कहीं जाने का मन नहीं हुआ।

अभी बेहतर वक़्त है। टोबैको स्क्वायर के पेड़ों के गहरे भूरे तनों पर सैंड्रा ने उड़ती नज़र डाली और धीमे क़दमों से 'सैंड्रा-द फ़िटनेस ट्रिम ऐंड स्लिम सेंटर' की तरफ़ कुछ इस तरह बढ़ी जैसे वह उजली धूप में घास से गुज़रती हुई किसी छोटी-सी पगडंडी पर बढ़ रही हो। इत्तफ़ाक़ से सेंटर के दरवाज़े पर जो लड़की सामने खड़ी मिली, उसे देखकर सैंड्रा को बरबस लगा कि शायद यही इस सेंटर की संचालक है। कुछ ज़्यादा ही दोहरे बदन और मझोले क़द की गोरी-चिट्टी यह शान्त-सौम्य लड़की उससे पाँच-छह साल छोटी होगी, सैंड्रा ने एक कौंध में अनुमान लगाया। लड़की ने ख़ुद ही सैंड्रा की तरफ़ मुस्कराकर हाथ बढ़ाते हुए कहा है, "गुड मॉर्निंग दिस इज़ चेरिल फ़ारिया।"

"आइ एम सैंड्रा रॉड्रिक्स...! मैं बगल में रहती हूँ।" सैंड्रा ने भावहीन अन्दाज़ से बढ़े हुए हाथ की हथेली में अपनी हथेली डालते हुए कहा है, "सो यू आर द प्रोप्राइटर।"

"येस...काइंड ऑव...यू कैन से सो। हाँ...एक तरह से कह सकती हैं।" एक क्षण की चुप्पी के बाद चेरिल थोड़ी उलझन के संग बोली, "क्या गजब संयोग है न! हमारे फ़िटनेस सेंटर का नाम आपके नाम का है। अच्छा अन्दर तो आइए।"

"पर मेरे नाम का यह सेंटर होना, मुझे कतई अच्छा नहीं लगा।" आवाज़ की तमक को थोड़ा बचाते हुए गहरी साँस लेकर सैंड्रा ने कहा, "बुरा लगा है मुझे। हालाँकि, मिज़ेल फ़र्नांडीस के इस घोस्ट हाउस...भुतहा मकान को तुमने नई जिन्दगी दे दी।" वज़न कम करने के सभी उपकरणों पर उसने एक सरसरी नज़र डाली। इस जर्जर विशाल हॉल का तो कायाकल्प ही हो गया। सम्पूर्ण वातानुकूलित! पर वह फिर से इस वाक्य पर लौट आई है, "इस नाम से मुझे तकलीफ हुई है।"

"मैं अच्छी तरह समझ सकती हूँ।" उस पर एक भरपूर नज़र डालते हुए चेरिल बल देकर बोली, "मैं बखूबी समझ रही हूँ। पर यह महज एक इत्तफाक है। दरअसल, डबलिन में जिन्होंने मेरा कायाकल्प किया और जिनसे मैंने फ़िटनेस का यह काम सीखा और जिनके लिए मेरे मन में बड़ा आदर है, उनका नाम मिस सैंड्रा ली है। उन्हीं के नाम पर यह फ़िटनेस सेंटर है सैंड्रा! वो मेरी आदर्श हैं। गुरु हैं।" एक साँस में अपनी बात ख़त्म कर चेरिल एक पल को थमी और फिर शान्ति से शुरू हुई, "मेरा वजन बेतहाशा बढ़ रहा था। अपने देश में मैं कई जगहों पर गई ताकि मैं ठीक हो सकूँ। पर कहीं भी कामयाबी नहीं मिली।" चेरिल ने रुक-रुककर बात को विस्तार देते हुए कहा, "सैंड्रा! मैं उत्तरी गोवा के बार्डेज़ इलाके के थिविम की रहनेवाली हूँ।"

"जानती हूँ चेरिल! मापुसा के पास ही तो है। बचपन में एक बार पापा के साथ छोटे-से थिविम कोंकण रेलवे स्टेशन को देखा है मैंने, जब वहाँ अपने एक रिश्तेदार के यहाँ एक फ़ंक्शन में गई थी।" सैंड्रा ने आहिस्ते-से कहा है।

"हाँ सैंड्रा! पणजी से सिर्फ 17 किलोमीटर दूर। और आपको शायद मालूम हो कि भारत की पहली विश्व सुन्दरी चुनी जानेवाली रीटा फ़ारिया थिविम की हैं। मेरा सौभाग्य है कि रिश्ते में वे मेरी बुआ लगती हैं। मेरे पापा की चचेरी बहन। पापा ने पत्राचार के जरिये लगभग हमेशा उनसे सम्पर्क बनाए रखा। वे लगभग पचास वर्षों से अपने पति और बच्चों के संग डबलिन में रहती हैं।"

"माइ गॉड! मेरी मॉम रीटा फ़ारिया का नाम अक्सर लेती हैं। उनके लिए सुन्दरता का माने है—रीटा फ़ारिया।" सैंड्रा अब थोड़ी सहज हुई है।

"लवली न!" चेरिल हँसी, "सन् 1966 में 'मिस वर्ल्ड' चुने जाने के बाद बजाय मॉडलिंग या सिनेमा में जाने के रीटा आंटी ने मेडिकल की अपनी पढ़ाई पर ध्यान केन्द्रित रखा। वह मुम्बई के 'ग्रांट मेडिकल कॉलेज' में उन दिनों मेडिकल की पढ़ाई कर रही थीं। यहाँ से पढ़ाई करने के बाद आगे की पढ़ाई करने लंदन के 'किंग्स कॉलेज हॉस्पिटल' गईं। यहीं उनकी मुलाकात डॉक्टर डेविड पॉवेल से हुई, जिनसे उन्होंने शादी की और उनके दो बच्चे हुए—देरद्रे और एन्न मेरी। अब तो उनके पाँच पोते-पोतियाँ भी हैं। पर इस उम्र में भी मुम्बई और गोवा से उन्होंने नाता बना रखा है। साल-दो साल पर वे अपने पुराने दोस्तों और परिजनों से मिलने मुम्बई आ ही जाती हैं। इसी के संग गोवा भी।" अभी कुछ साल हुए वे मुम्बई के अपने 'ग्रांट मेडिकल कॉलेज' आई थीं, जब उनके बैच की पचासवीं सालगिरह थी। मैं पापा के संग उनसे मिलने गई। रीटा आंटी और उनके हस्बैंड अच्छे डॉक्टर हैं। मेरे बढ़ते वजन की निरुपायता से परेशान पापा का खयाल था कि रीटा आंटी सही राय दे सकती हैं।"

"क्या कहा मिसेज़ रीटा फ़ारिया ने?" सैंड्रा ने धुँधले स्वर में यों पूछा है, जैसे वह अपने बारे में कुछ पूछ रही हो।

"उन्होंने ही डबलिन के एक नामचीन फ़िटनेस सेंटर 'फ़्लाइ फ़िट' के बारे में बताया और कहा कि मैं यहाँ की सैंड्रा ली के साथ कुछ वक्त रहूँ। कितनी प्यारी बात है न, डबलिन में भी मुझे आपकी हमनाम मिली।" चेरिल मुस्कराई।

"तो फिर तुम डबलिन में उनके पास गई?"

"बेशक सैंड्रा...! वजन के कारण मैं लगातार बहुत दयनीय हुई जा रही थी। रीटा आंटी ने मेरे वहाँ पहुँचने के पहले मिस सैंड्रा ली से बात कर ली थी। 'फ़्लाइ फ़िट' डबलिन के जॉर्जेज़ स्ट्रीट में है। वैसे तो इसका ब्रांच डबलिन के रेनलग और बैगॉट स्ट्रीट में भी है लेकिन जॉर्जेज़ स्ट्रीट इनमें बेहतरीन है। यह अन्य दो ब्रांचेज़ की तुलना में बहुत बड़ा है और उतना महँगा भी नहीं है।"

"एनी वे...तो कैसा रहा वहाँ?" सैंड्रा के स्वर में स्वाभाविक उत्सुकता है।

"दूसरे फ़िटनेस सेंटरों से बिलकुल अलग...। आइ टेल यू...'फ़्लाइ फ़िट' की मिस सैंड्रा भी गजब की बिन्दास हैं। पहली ही मुलाकात में उन्होंने मुझे दोस्त बना

लिया। उन्होंने मुस्कराते हुए कहा कि मोटे लोगों को आमतौर से खुद से बहुत-सी शिकायतें रहती हैं कि उनके लिए सीढ़ियाँ चढ़ना कठिन है। कि किसी साधारण कुर्सी में उनका शरीर नहीं समा सकता। कि जल्दी कोई कपड़े उन्हें फ़िट नहीं आते। कि राह चलते लोग भी उन्हें खाने-पीने के बारे में सलाह देने लगते हैं। कि उनका मन विचलित रहता है यानी मूड स्विंग्स...। कि वे ब्लॉब यानी गाढ़े द्रव की एक बूँद-सी बनकर रह जाती हैं, जिसका न कोई चेहरा होता है, न उम्र...और न ही सेक्स में कोई रुचि। कि लोग उन्हें चिड़ियाखाना के जानवरों की तरह कौतूहल से देखते हैं। सैंड्रा ली ने मुझे समझाया कि मोटापा एक शारीरिक लक्षण है, बीमारी नहीं। फिर उन्होंने मुझे गिनाना शुरू किया कि मोटे लोग किसी को आराम से खून देकर मुश्किल में मदद कर सकते हैं। दुबले लोगों की तुलना में मोटे लोग ज्यादा स्टैमिना यानी दम-खम और सहनशक्ति वाले होते हैं। और फिर मुस्कराकर आखिर में उन्होंने कहा कि चेरिल, मोटे लोगों को घंटों फर्श पर लेटने और बैठने के बावजूद हड्डी और मांस-पेशी में दर्द नहीं होता।" एक पल रुककर चेरिल ने हँसते हुए कहा, "और मोटे होने के और भी क्या-क्या फायदे हैं, इसको लेकर ऐसी और अनगिनत बातें उन्होंने पहली मुलाकात में मुझसे कहीं।"

"रिअली इंट्रेस्टिंग...।" पर वह आख़िर क्या कहने की कोशिश कर रही थीं चेरिल?

"मैं जितने दिन उनके साथ रही, वजन कम करने की तमाम वर्जिशों और खान-पान के सलीकों को दुरुस्त करने के संग-संग मिस सैंड्रा ली लगातार एक बात मेरे दिलो-दिमाग में डालने की कोशिश करती रहीं कि एक संतुलित वज़न में आने और टिके रहने की हम बेशक भरपूर कोशिश करें लेकिन हम जो भी हैं, उसकी खुशी मनाएँ। उन्होंने मुझे बताया कि मेटाबॉलिक डिसऑर्डर रासायनिक प्रक्रिया से उत्पन्न शारीरिक असंतुलन के कारण 'एक्सेल क्राउन सिंड्रोम' भी होता है और इससे अचानक वज़न बढ़ने लगता है। पर हर हाल में जीवन एक उत्सव है। हम अपना उत्सव कैसा मनाते हैं, यही हमारी चुनौती है। समाज ने एक चौखटा तैयार कर रखा है कि सिर्फ दुबले लोग ही सुन्दर होते हैं, मोटापा एक कुरूपता है। जरूरी यह है कि हम ख़ुद अपने को पूरे उल्लास से स्वीकार करें। ऑलवेज़ बी अ हैप्पी कैम्पर...हर हाल में खुश। हम गदबदे और मोटे हैं, दोहरी चिबुक है हमारी, तो हम मानें कि यही हमारी सुन्दरता है। मिस सैंड्रा ली सबसे कहती थीं मोटे और दुबले दोनों बीमार पड़ते हैं। इसलिए जरूरी है स्वस्थ रहना। समाज के नज़रिये की सलीब पर हम लटकते रहें, इसकी मंजूरी हम कभी नहीं दें। अ फ़ैट इज़ नॉट अ फ़ेलियर। मिस सैंड्रा ली अक्सर कहती थीं—चेरिल! तुम्हारे इंडिया में भरी-पूरी औरतों को ही हमेशा सुन्दर माना गया है। अजंता एलोरा की तस्वीरें मैंने देखी हैं।"

"क्या तुम मुझे कंसोल कर रही हो? सांत्वना दे रही हो चेरिल?" सैंड्रा पता नहीं क्यों बरबस अपनेपन के किसी अनजान मोह से छलक उठी है। कई अनकही बातें जैसे उसकी आँखों में उतर आए हैं।

"हरगिज नहीं...कतई नहीं सैंड्रा! मुझे तो लग रहा है कि मुझे मेरे गोवा में फिर से सैंड्रा ली तो नहीं मिल गई...! ओ माइ गॉड...इट्स अमेज़िग ऐंड एक्साइटिंग फ़ॉर मी...।" चेरिल ने उसके हाथों को अपने हाथों में ले लिया है, "...यह गॉड का ही कुछ करिश्मा है कि जिस नाम की मैं पूजा करती हूँ, वही नाम एक जीती-जागती मुझे यहाँ मिल गई। ऐंड आइ टेल यू सैंड्रा," चेरिल ने स्नेह-सने स्वर में कहा, "अपने को लेकर शर्मिन्दा तो होना ही नहीं है। इस फ़िटनेस सेंटर का अन्दाज भी यही रहेगा...ऐक्टिव लाइफ़...। आप मोटे हों, दुबले हों—इसका कोई मतलब नहीं, लेकिन आप ऐक्टिव हों ये बहुत जरूरी है।" चेरिल जारी है, "हम सब जानते हैं ओबीसिटी...ज्यादा वज़न खुशहाल मिडल क्लास के लिए मुसीबत बनता जा रहा है। यह खुशहाली चौड़े होते कमर से दिखने लगती है और फिर शुरू होता है कुरूपता का एहसास। मैंने तो इस पर पढ़ाई भी काफी की सैंड्रा। दस साल पहले इंडिया की सात से नौ प्रतिशत आबादी मोटापे की शिकार थी। अब यहाँ शहर की 25 प्रतिशत आबादी मोटापे की शिकार है। कोला और ज़ंक फ़ूड ने बच्चों में मोटापे की गति डरावनी बना दी है। इंडियन मदर्स की तो पुरानी बीमारी है कि बच्चा रोना शुरू करे, तो बस उसके मुँह में दूध का बोतल लगा दो...। टू मच न...! अरे भाई, बच्चे के रोने की कोई और भी वजह हो सकती है। दूध के समय पर दूध दो। पर अपने यहाँ तो बच्चे के आँसू की दवा बस दूध! इसलिए वह प्रॉवर्ब बना—'बिना रोये माँ भी बच्चे को दूध नहीं पिलाती।' थोड़े बड़े बच्चों के लिए सेब से ज़्यादा मज़ा चॉकलेट में है। मैदानों में खेलकूद लगभग ख़त्म है। पी. टी. पीरियड स्कूलों में अब सपना है। उछल-कूद की मस्ती की जगह कंप्यूटर के पास बच्चों की बैठकी बढ़ गई है। अमेरिका तो ख़ैर मोटापे से पागल हो रहा है। वहाँ की चालीस प्रतिशत आबादी इसकी शिकार है। दस अमेरिकी औरतों में से औसतन 4-5 औरतें बढ़े हुए वज़न की शिकार हैं। यह इंडिया में भी शुरू हो चुका है। ख़ासकर अपने देश के शहरी लोगों में 80 प्रतिशत खानेवाले तेल की खपत होती है। रसोईघरों में मैक्रॉनी और चीज़ की खपत बहुत बढ़ गई है। नतीजा है कि नौ साल के लड़के-लड़कियाँ साइज-30 के जींस पहनते हैं। छह महीने के बच्चे का वज़न बारह के. जी. का हो रहा है। सैंड्रा! भारत दुनिया का सबसे बड़ा शाकाहारी देश है। पर अब तो यहाँ के यूथ और बच्चे हरी सब्जियों को देखकर ही भागते हैं। यू नो इनटेक इज़ वेरी... वेरी इम्पॉर्टेंट...! हम शरीर में क्या डाल रहे हैं, यह सबसे ज़्यादा महत्त्वपूर्ण है। पर अमेरिका की तरह अपने इंडिया में भी अब इसकी परवाह ख़त्म है। और यही वजह है कि पहले डायबिटीज़ की औसत उम्र 40 साल थी और अब 16 साल। दुनिया भर में सबसे ज़्यादा मोटापे की शिकार औरतें हैं। अपने देश में लगभग 67 प्रतिशत औरतों में मेनोपॉज़ यानी रजोनिवृत्ति और हॉर्मोनल कारणों से बेतहाशा वज़न बढ़ रहा है। सवाल है हम कहाँ जा रहे हैं। इट्स टेर्बलि सैड। ग्रीस में खाना एक जीवन शैली है। अमेरिका या अपनी कंट्री में भी खाना का पैमाना समृद्धि है। आजकल तो अपने देश में भी बेरियाट्रिक सर्जरी जोर पकड़ रही है। पर सैंड्रा! बेरियाट्रिक सर्जरी

के पहले तीन विशेषज्ञों से हरी झंडी जरूरी है। और वे हैं—अन्तःस्रावी ग्रंथियों के विशेषज्ञ यानी ऐंडोक्रायनोलॉज़िस्ट, दूसरे आमाशय व अँतड़ियों के विशेषज्ञ यानी गैस्ट्रोएन्टेरोलॉज़िस्ट और तीसरे हृदय रोग विशेषज्ञ यानी कार्डियोलॉज़िस्ट...। पर इन दिनों अपने यहाँ आई इस नई सर्जरी को लेकर लोग इतने दीवाने हैं कि बगैर इन तीनों की परवाह किए बकरे की तरह अपनी चर्बी कटवा रहे हैं।"

"हाँ, मैंने भी सुना है कि अब अपने देश के कई शहरों में बेरियाट्रिक सर्जरी होने लगी है।" सैंड्रा ने आहिस्ते-से कहा, "कई बार बेरियाट्रिक सर्जरी का खयाल मेरे दिल में भी आया है चेरिल।"

"नेवर...नेवर...।" कहकर एक पल के लिए चेरिल ने होंठ भींच लिए हैं, "डोंट थिंक लाइक दिस...।" और मुस्कराकर कहा है, "अब मेरे यहाँ होने से देखिएगा शायद आपका वज़न और बढ़ता ही जाए।"

"वह कैसे? डू यू थिंक आइ ऐम सैंड्रा फ्रॉम बैंड्रा...?" सैंड्रा को अपने पूरे सुन्दर दाँतों के संग बेसाख़्ता हँसी फूट पड़ी है, "आइ विल किल यू चेरिल!"

"वह ऐसे कि किसी नये रिश्ते में बहुत प्यार और अपनापन मिलने से जो खुशी मिलती है, उससे महिलाओं का वज़न बढ़ने लगता है और इसके उलट अच्छे नये रिश्ते में पुरुषों का वजन घटने लगता है। अच्छा अपनापन का रिश्ता आत्मविश्वास बढ़ाता है और बढ़ते आत्मविश्वास के संग-संग औरतों का वजन भी बढ़ता है। आइ ऐम इन लव विद यू ऐट फ़र्स्ट साइट बिकॉज़ यू आर सैंड्रा! आपसे मुझे पहली नज़र में प्यार हो गया जब आपने अपना नाम सैंड्रा बताया। अब से इस फ़िटनेस सेंटर की पैट्रन...संरक्षक आप हैं क्योंकि आप सैंड्रा हैं।"

"यू आर अमेज़िंग...।" सैंड्रा का जी भर-भर आ रहा है। एक लड़की ही सही लेकिन ज़िन्दगी में पहली बार किसी ने उससे कहा है...आइ ऐम इन लव विद यू ऐट्र फ़र्स्ट साइट...बिकॉज़ यू आर सैंड्रा...। ऐसा कहते हुए चेरिल के मुँह पर बरबस फैला अनुराग जैसे चुपके से उसके कानों में फुसफुसा गया हो..., 'सैंड्रा! यह लो अँधेरे से भरी तुम्हारी अत्मा के लिए धूप...।'

"क्या सोच रही हैं?" चेरिल ने सैंड्रा को बाँहों में भर लिया है।

"तुम्हारी बातों ने मुझे परेशान कर दिया है। यू आर अ नॉटी गर्ल।" सैंड्रा बिहँस पड़ी है।

"हर प्यार की शुरुआत परेशानी से ही होती है पैट्रन! शायद मेरी बातों को सुनकर आपको लगे कि मुझे समाज सुधार के दौरे पड़ते हैं। बट बिलीव मी ओबीसिटी इज़ माइ मिशन। आइ ऐम स्टिल ऑलसो ओबीस्।"

"यू आर नॉट ओबीस् रिअली...। आइ कैन से...खूब भरे बदन की एक प्यारी-सी लड़की हो तुम।" सैंड्रा की आँखों में दुलार छलक आया है, "तो आपका क्या एजेंडा है मैम?"

"पैट्रन! इनसान के दो हाथ...और नाव यानी बोट चलाने के लिए भी दो पतवार...। इसीतरह ओबीसिटी के प्रॉब्लम से फ़ाइट करने के लिए एक हाथ से जहाँ

ओबीसिटी को बढ़ने से रोकने के लिए जागरूकता...अवेयरनेस का कैम्पेन करना होगाा...अभियान चलाना होगा, वहीं दूसरे हाथ से जिनका वजन बहुत बढ़ चुका है उनको ऐक्टिव कर जीवन की मुख्यधारा में लाने का मिशन हमारा एज़ेंडा है।" एक क्षण ठहरकर चेरिल ने अपनी बात जारी रखी, "पैट्रन! और जो पहला असाइनमेंट हमारे सेंटर को मिला है, वह है ओ.ए.सी. यानी 'ओबीसिटी ऐक्शन कोलिज़न' से मिला एक बड़ा काम। लगभग साठ हज़ार लोग इस नॉन प्रॉफ़िट ऑर्गेनाइज़ेशन से जुड़े हैं। इसका हेडक्वार्टर अमेरिका के फ़्लोरिडा में है। ओ.ए.सी. का एकमात्र काम उन लोगों को मज़बूती और आत्मविश्वास देना है, जो ओबीसिटी यानी मोटापे से जूझ रहे हैं। इस महीने के आख़िर में पन्द्रह ऐसी लड़कियों को स्पांसर करके वे फ़्लोरिडा से गोवा भेज रहे हैं, जिनका वज़न बहुत ज़्यादा है। जिनको यहाँ पूरा वर्क आउट कराना है। यह एक बड़ी चुनौती है मेरे लिए। उनको एकदम चैम्प बनाकर भेजना है। लेडी रेसलर...औरत पहलवान।" चेरिल उत्साह की छलक में हँस पड़ी हैं।

"गुड लक चेरिल...। ऑल द बेस्ट माइ ट्विंकल स्टार। फिर मिलते हैं। कभी आओ हमारे घर...एकदम बाजू में।" सैंड्रा ने उठते हुए कहा है।

"मैं आपको घर तक छोड़ती हूँ। घर देख लूँगी, तो जब चाहे कॉफ़ी पीने अपनी पैट्रन के घर धमक जाऊँगी।" चेरिल ने सैंड्रा के संग चलते हुए कहा है।

"माइ प्लेज़र। देन लेट्स हैव कॉफ़ी देअर राइट नाउ...तो अभी एक कॉफ़ी पीनी होगी तुम्हें मेरे यहाँ...विद पेस्ट्री ऐंड कुकी। मेरी बेकरी है।" चेरिल के कन्धे पर हाथ रखकर सैंड्रा ने कहा, "मेरी मॉम तो तुमसे मिलकर खुश हो जाएँगी, जब वे जानेंगी कि रीटा फ़ारिया रिश्ते में तुम्हारी बुआ हैं। मैंने कहा न मेरी मॉम के लिए सुन्दरता का मतलब हैं रीटा।"

"ओ. के. पैट्रन...वुड लव टू मीट आंटी...आंटी से मिलना अच्छा लगेगा।" चेरिल बारिश में भीगी नदी की तरह ख़ुश होकर बोली।

"बट यू नो चेरिल...!" अपने घर का ज़ीना आहिस्ता-आहिस्ता चढ़ते कुछ अटकते हुए सैंड्रा ने कहा, "मम्मी कई सालों से बेडरिड्न...बिस्तर पर हैं...। बहुत वज़न की वजह से। यूनो ओबीसिटी इज़ आउअर लेग्सि...वजन हमारी विरासत है।"

"जब मिट्टी की अपनी मजबूरी होती है, तो इनसानी बनावट की मजबूरी लाजिमी है पैट्रन।" बात को टालते हुए एक शान्त तरंगित लहर की तरह सैंड्रा के पीछे मिसेज़ मिनि रॉड्रिक्स के कमरे में चेरिल दाखिल हुई।

"दिस इज़ चेरिल फ़ारिया...यह चेरिल है मॉम। अपने बगल में इसने एक फ़िटनेस सेंटर शुरू किया है। पर यह छोड़िए। आप जानकर शायद खुशी से पागल हो उठें कि आपकी फ़ेवरेट ब्यूटी क्वीन रीटा फ़ारिया की फ़ैमली से इसका रिश्ता है।"

"लव यू आंटी।" चेरिल ने मिसेज़ मिनि रॉड्रिक्स के चेहरे को हथेली में भरते हुए कहा है।

"मी टू बाबा! माइ गॉड...!" मिसेज़ मिनि रॉड्रिक्स बिस्तर पर मारे ख़ुशी के थलथला उठी हैं, "यह क्या कह रही हो तुम सैंड्रा? हाउ कम?" फिर उन्होंने चेरिल

की तरफ़ मुख़ातिब होकर कहा है, "रीटा फ़ारिया के लिए मैं हमेशा से इतनी पागल रही हूँ कि मडगाँव की मारिया तवोरा को मैं प्यार से रीटा फ़ारिया बुलाती हूँ। डिट्टो रीटा फ़ारिया-सी है वह! मारिया दरअसल वास्को द गामा की तेरहवीं पीढ़ी की है। मैं कभी मारिया से तुमको मिलवाऊँगी।"

"मम्मी! चेरिल थिविम की ही है, जहाँ की मिसेज़ रीटा फ़ारिया हैं। रीटा फ़ारिया रिश्ते में चेरिल की बुआ लगती हैं।" सैंड्रा ने ख़ुशी से छलकती आँखों के संग कहा है और कॉफ़ी के लिए किचेन की तरफ़ बढ़ गई है।

इवान मम्मी के लिए दलिया तैयार करने में जुटी है। इवान से कॉफ़ी के लिए कहकर सैंड्रा लौट आई है। मम्मी ख़ुश हो-होकर चेरिल से रीटा फ़ारिया के बारे में बातें कर रही हैं, "चेरिल! जब वर्ष 1966 में रीटा 'मिस वर्ल्ड' चुनी गईं, तो गोवा की ज़्यादातर लड़कियाँ सपने देखने लगीं कि गोवा की रीटा अगर विश्व सुन्दरी बन सकती हैं, तो वे क्यों नहीं। पर रीटा का कोई मुकाबला था भला! उनकी सुन्दरता के बारे में तब लोग कहते थे कि रीटा ओस की वह कनी है, जो हीरा चूस लेगी। अरे, पूरे सत्तर के दौर में गोवा की लड़कियों पर रीटा का नशा छाया रहा था। रीटा के बारे में गोवा की लड़कियाँ उन दिनों कुछ यों उत्सुक रहती थीं गोया रीटा कोई परी हों। कुछ दीवानी लड़कियाँ उस समय ग्रुप बनाकर रीटा के गाँव थिविम भी घूम आईं कि 'मिस यूनिवर्स' बनी गोवा की रीटा का गाँव कैसा है! उस दौर में हम अपनी दोस्तों के बीच रीटा के पापा-मम्मी और घर-परिवार की बातें करते नहीं अघाते थे।"

"चेरिल! 'खाना-खजाना' की तरह मम्मी 'कहानी-खजाना' हैं। इनके पास पूरा वक़्त हाथ में लेकर आना।" सैंड्रा मुस्कराकर इस लम्बी कहानी को संक्षिप्त करने की विफल कोशिश करती है।

"सुनो मेरी बात चेरिल!" सैंड्रा के हस्तक्षेप को अनसुना करते हुए मम्मी जारी हैं, "रीटा तुम्हारी बुआ लगती हैं, इसलिए तुम्हें तो पता ही होगा कि रीटा के फ़ादर मि. जॉन फ़ारिया बम्बई की एक मिनरल वाटर फ़ैक्ट्री की साधारण-सी नौकरी में थे। वहीं रीटा की माँ मिसेज़ एंटायनेट फ़ारिया बम्बई के मरीन लाइंस में एक छोटा-सा सैलून चलाती थीं। बहुत-सी बातें तो तुम्हें भी नहीं मालूम होंगी। तब तुम्हारा जनम भी नहीं हुआ होगा। इसलिए यह सब तुम्हें बता रही हूँ। रीटा शुरू से डॉक्टर बनना चाहती थी। अपनी सीमित आर्थिक स्थिति में भी रीटा के पापा-मम्मी उसे डॉक्टर की पढ़ाई पूरी कराने में कोई कसर नहीं छोड़ना चाहते थे। उस समय 23 वर्षीया रीटा बम्बई के 'ग्रांट मेडिकल कॉलेज' की स्टूडेंट थीं। दोस्तों के उकसावे पर मजाक-मजाक में रीटा ने 'मिस बॉम्बे' के कंटेस्ट में अपना नाम दर्ज करा दिया था। यह उस समय बम्बई से छपनेवाली मशहूर पत्रिका 'इव्स वीकली' द्वारा आयोजित किया जाता था। रीटा की बड़ी बहन फ़िलोमिना ने बम्बई के एक छोटे-से स्टुडियो में जाकर उसकी तस्वीर करवाई और भेज दी। और एक समय वह भी आया जब 'मिस वर्ल्ड' कंटेस्ट में अपने देश को रिप्रेज़ेंट करने के लिए रीटा चुनी गईं। जब रीटा इसके लिए लंदन जा रही थीं, वे जाड़ों के दिन थे।

रीटा के पास इस कंटेस्ट में शामिल होने के लिए ठीक-ठाक कपड़े तक न थे। अपनी एक दोस्त से उन्होंने साड़ी ली और परसिस खंबाता से एक 'बेदिंग सूट' लिया। इसके अलावा दो-तीन लिपस्टिक उनके बैग में थे। उनके पर्स में मात्र तीन पाउंड था। जो कपड़े और चप्पल लेकर वह गई थीं, उसे 'मिस वर्ल्ड कंटेस्ट' के आयोजकों ने बेकार बताया। लिहाज़ा, उस तीन पाउंड से रीटा ने मुसीबत से कपड़ा और एक चप्पल खरीदा। उन दिनों रीटा के बारे में बातें होती थीं कि एक मिडल क्लास फ़ैमली की लड़की ने कितना स्ट्रगल किया।" एक पल थमकर मम्मी फिर से शुरू हैं, "ऐ चेरिल! रीटा फ़ारिया ने उस समय 'मिस वर्ल्ड' चुनी जाकर अपने देश को रौनक दी थी। मेरे पापा बताते थे कि सन् 1962 में भारत-चीन युद्ध में अपने देश की हार के बाद वर्ष 1964 में प्रधानमंत्री पंडित नेहरू की मौत, सन् 1965 में देश में अनाज के भारी संकट और सन् 1966 शुरू में देश के दूसरे प्रधानमंत्री लालबहादुर शास्त्री की रहस्यमय परिस्थितियों में मृत्यु से अपना देश बुरी तरह मुरझाया हुआ और मायूस था। ऐसे में 'मिस वर्ल्ड' के रूप में गोवा की रीटा फारिया का चुना जाना देश के लिए बेहद खुशी की बात हुई। सन् 1966 का वह साल देश में 'वुमन एम्पाउअरमेंट' का साल था। औरतें मज़बूत हो रही थीं। सन् 1966 में ही इंदिरा गांधी देश की प्राइम मिनिस्टर हुईं और उसी साल गोवा की रीटा फ़ारिया 'मिस वर्ल्ड' हुईं। चेरिल! जब वर्ष 1966 में 'मिस वर्ल्ड' चुनी जाने के बाद रीटा अपने पापा-मम्मी के संग गोवा आई थीं, तो लगभग छह फुट की प्यारी-सी रीटा को देखने के लिए लोग पागल हो गए थे। रीटा के 'मिस वर्ल्ड' बनने के तीस साल बाद इंडियन ऐक्ट्रेस ऐश्वर्या राय ही 'मिस वर्ल्ड' का टाइटिल अपने देश में ला पाई। पर ऐश्वर्या को वह संघर्ष नहीं करना पड़ा, जो हमारी रीटा ने किया। जैसा कि मैंने कहा ही कि परिवार के खर्चे को सहारा देने के लिए रीटा की मम्मी बम्बई में एक सैलून चलाती थीं। रीटा की मम्मी रहती तो बम्बई में थीं लेकिन हर महीने वह एक मिसेज़ एनेट के संग पणजी आती थीं। मिसेज़ एनेट का साउथ बम्बई में एक बहुत अच्छा ब्यूटी पार्लर था—'एनेट्स ब्यूटी सैलून'। मिसेज़ एनेट और रीटा की माँ एंटायनेट फ़ारिया अच्छी दोस्त थीं...।"

"मम्मी! प्लीज़ चेरिल को और भी काम है। अब आज अपनी कहानी यहीं रोकिए।" सैंड्रा ने हल्की खीज से कहा, "चेरिल! मम्मी की कहानी ऐंडलेस होती है...! ये कहानी में से कहानी निकालती हैं।"

"ओह नो! मुझे अच्छा लग रहा है सैंड्रा! मुझे तो पता भी नहीं था कि रीटा आंटी की मॉम ब्यूटी पार्लर के काम के सिलसिले में हर महीने पणजी आया करती थीं। गुजरे जमाने की ये कहानियाँ अब किससे सुनने को मिलेंगी! प्लीज़ आंटी आप कहिए। मुझे कोई जल्दी नहीं।" बीच में रुआँसी-सी चुप मिसेज़ मिनि रॉड्रिक्स को मनुहारते हुए चेरिल ने लाड़ से कहा।

"सैंड्रा को पेशेंस कहाँ कि यह सब सुने! कल को सचमुच यह सब बतानेवाला भी कोई नहीं मिलेगा चेरिल! हाँ, तो मैं कह रही थी कि बम्बई में 'एनेट्स ब्यूटी

सैलून' चलानेवाली मिसेज़ एनेट को साथ लेकर रीटा की मम्मी मिसेज़ एंटायनेट फ़ारिया महीने में एक बार पणजी आती ही आती थीं। दरअसल, मिसेज़ डी. हेलेना फ़र्नांडीस वह पहली महिला थीं, जिन्होंने पणजी में लेडीज़ सैलून शुरू किया था। उसका नाम था—'हेलेनाज़ ब्यूटी सैलून!' उनके एक दर्जन बच्चे थे। पर अपने सैलून के वास्ते वे बहुत समर्पित थीं। हेलेना के सैलून को बहुत शोहरत मिली। पर 1997 में 74 साल की उम्र में हेलेना चल बसीं। हालाँकि, हेलेना की बेटियाँ सैलून के काम में पूरा सहयोग कर रही थीं और उनके गुजरने के बाद भी उन्होंने 'हेलेनाज़ ब्यूटी सैलून' को चलाना जारी रखा। सन् 2002 में डी. हेलेना की बेटी ने मापुसा में भी 'हेलेनाज़ लेडीज़ ऐंड जेंट्स ब्यूटी पार्लर' की शुरुआत की। खैर, समय के साथ बहुत बदलाव आया। सन् 1961 में गोवा की आजादी के बाद पणजी की चाहतें बढ़ीं। अकेले हेलेना के सैलून से काम सँभल नहीं रहा था। ऐसे में ही रीटा की मम्मी मिसेज़ एंटायनेट फ़ारिया महीने में एक बार मिसेज़ एनेट के संग पणजी पहुँचकर एक हफ्ते रुकती थीं और पणजी की वी.आइ.पी. लेडीज़ के बालों का ट्रीटमेंट करती थीं। उन्हें नये-नये हेयर स्टाइल से सँवारती थीं। एनेट और एंटायनेट की इस जोड़ी से पणजी की एलीट औरतें फेसियल्स, पेडिक्योर्स, मेनीक्योर्स और वैक्सिंग वगैरह कराने के वास्ते फ़ोन कर बाकायदे एप्वाइंटमेंट लेती थीं। बाद के दिनों में मैग डिसूज़ा समेत कई ने पणजी में ब्यूटी सैलून खोले। पर कहते हैं कि जो बात डी. हेलेना और एनेट व एंटायनेट में थी, वह किसी में नहीं थी।"

"कॉफ़ी...!" इवान के हाथ के ट्रे से कॉफ़ी मग लेते हुए सैंड्रा ने बिहँसकर कहा है, "मेरी एवर ग्रीन मॉम को गोवा का राई-रत्ती मालूम है। बिस्तर पर लेटे-लेटे भी न्यूज पेपर और टीवी के ज़रिये ये सिनेमा, फ़ैशन और म्यूज़िक—इन सबके बारे में हमेशा अपटुडेट रहती हैं। पर हाँ, अपनी फ़ेवरेट ब्यूटी क्वीन मिसेज़ रीटा फ़ारिया के बारे में अभी ताज़ा क्या है, यह शायद इन्हें नहीं मालूम हो।"

"वेरी राइट! पर सैंड्रा, थिविम के अपने फ़ारिया परिवार के बारे में शायद चेरिल को भी उतना नहीं मालूम हो, जितना मैं जानती हूँ।" मिसेज़ मिनि रॉड्रिक्स अपनी रौ में हैं, "हैव यू हर्ड अबाउट अ कैथलिक प्रीस्ट ऑव गोवा जोस कस्टोडिओ फ़ारिया सैंड्रा? रोमन कैथलिक प्रीस्ट जोस फ़ारिया के बारे में कुछ जानती हो?"

"तुमने कभी बताया ही नहीं।" सैंड्रा अपने सुन्दर दाँतों के संग हँस पड़ी हैं।

"प्रीस्ट जोस फ़ारिया दुनिया में मॉडर्न हिप्नोसिस यानी आधुनिक युग में सम्मोहन विद्या के स्तम्भों में से एक माने जाते हैं। साइकाइट्री यानी मनोरोग चिकित्सा के ये आधुनिक निर्माता हैं। पुर्तगाली शासन के दौरान गोवा में जन्मे जोस फ़ारिया के फ़ादर दरअसल कोलवले के कैथलिक बोमन यानी कैथलिक ब्राह्मण थे। वे प्रीस्ट थे और उनकी वाइफ़ नन थीं। जोस फ़ारिया के फ़ादर को बाद में गोवा में पुर्तगाली शासन के खिलाफ भड़के 'पिंटो विद्रोह' के आरोप में जेल भी जाना पड़ा था। वह एक अलग प्रसंग है। मैं कह रही थी कि जोस फ़ारिया का जन्म उनकी ननिहाल गोवा के कैंडलिम में हुआ था। जोस का जहाँ जन्म हुआ था वह घर आज भी है,

जिसे गोवा सरकार ने अनाथालय बना दिया है।" गहरी साँस लेकर मिसेज़ मिनि रॉड्रिक्स फिर से जारी हैं, "गोअंस भूल गए हैं जोस फ़ारिया को। आदिल शाह के महल में, जिसमें गोवा का ओल्ड सेक्रेटेरियट है, उसके पास ब्रांज यानी काँसा की एक ग़ज़ब की मोहित करती मूर्ति है। इसमें एक बेहोश होती औरत को दोनों हाथ फैलाकर सम्मोहित करते लम्बे बालोंवाले एक संन्यासी...मौंक की मूर्ति है।"

"हाँ मम्मी। मैंने देखी है वह।" सैंड्रा हैरान-सी हैं।

"तुमने उस मूर्ति के नीचे लिखी लाइनें पढ़ी हैं?"

"नहीं।"

"वह जोस फ़ारिया हैं। गोवा में रहनेवाले फ़ारिया परिवारों के आदि पुरुष। और जानती हो, उस काँसा की मूर्ति को किसने बनाया! एक गोअन मूर्तिकार रामचन्द्र पांडुरंग कामथ ने। वो पहले इंडियन थे जिन्हें लंदन के 'रॉयल अकादेमी ऑव आर्ट्स' से गोल्ड मेडल मिला था। सन् 1945 में, गोवा की आज़ादी के बहुत पहले उन्होंने जोस फ़ारिया की मूर्ति बनाई थी। पर गोअंस के नये जेनरेशन को मालूम भी नहीं कि कौन थे प्रीस्ट जोस फ़ारिया।" मिसेज़ मिनि रॉड्रिक्स की आवाज़ में अफ़सोस और उदासी है, "प्रीस्ट जोस फ़ारिया तो बहुत पुरानी बात हो गए। सन् 1756 की उनकी पैदाइश थी। पर गोवा के लोग तो अपने घर की प्यारी लड़की रीटा फ़ारिया तक को भूल गए, जो अभी भी हैं इस दुनिया में। ओह सैंड्रा! क्या बला की सुन्दर रही हैं रीटा! अब कैसी लगती हैं रीटा? माइ गॉड...काश मैं उन्हें अब देख पाती चेरिल!"

"पर पता है आंटी सुन्दरता के बारे में वे कहती हैं कि उदारता से प्यारी मुस्कराहट बिखेरता एक सीधा-सादा चेहरा कहीं ज्यादा सुन्दर है, एक बोझिल सुन्दर चेहरे से। वैसे वे कहती हैं कि 'ब्यूटी इज़ जस्ट अ फ़ॉर्चुन ऑव जेनेटिक्स ऐंड आइ नेवर कंसिडर्ड माइसेल्फ ब्यूटीफ़ुल। मैं अपने को कहीं से भी सुन्दर नहीं मानती। सुन्दरता एक आनुवंशिक सौभाग्य है।' आंटी...वे बहुत सिम्पल हैं।"

"चेरिल! यही मैं सैंड्रा को समझाती रहती हूँ कि सुन्दरता अन्दर की अच्छाई है। वह नहीं, तो कुछ भी नहीं। ऐंड यू नो...रीटा फ़ारिया के बाद मुझे सबसे सुन्दर कौन लगती है?"

"कौन?"

"माइ डॉटर...ये मेरी प्यारी बेटी सैंड्रा...।" मिसेज़ मिनि रॉड्रिक्स की आवाज़ भर आई है।

"चेरिल! मम्मी पागल हो गई हैं।" सैंड्रा हँस पड़ी है, "इनकी ऐसी बहकी-बहकी बातें कोई सुनेगा, तो क्या कहेगा।"

"अभी रीटा आंटी की बात जो मैंने कही, वही तो आंटी भी कह रही हैं। आप खुद को आंटी की आँखों से देखिए। आप क्यों नहीं अपने को सुन्दर मानती हैं? आइ लव यू टू।" चेरिल ने कॉफ़ी की आख़िरी घूँट भर उठते हुए मिसेज़ मिनि रॉड्रिक्स को चूमकर कहा है, "रीटा आंटी की तरह मेरी ये आंटी भी बहुत क्यूट...बेहद प्यारी हैं।"

"आती रहना।" मिसेज़ मिनि रॉड्रिक्स की आवाज़ में उल्लास का घेरा है।

"जरूर से आंटी।" चेरिल हवा की तरह हँस पड़ी है।

"मेरे रूम में चलो। मेरे किट्टू से भी मिल लो।" सैंड्रा अपने कमरे की तरफ़ बढ़ गई है, "ये है मेरा किट्टू बाबू।"

"हाउ स्वीट न!" जार के फेंस पर मोम-सा सिर टिकाए संत की-सी निस्पृह मुद्रा में बैठे किट्टू को देख चेरिल चहक उठी है, "ये क्या खाता है?"

"सब कुछ! सब्जी-भाजी, फल-मूल और मछलियाँ। ये बेबी है मेरा।" सैंड्रा ने दुलार से किट्टू को हथेली में भर लिया है।

"क्यूट बेबी...आपका किट्टू बाबू! कछुओं की उम्र बहुत लम्बी होती है। सौ-सौ साल तक। मैंने सुना है सेंट हेलेना द्वीप पर 183 साल का एक कछुआ है—जोनाथन।" चेरिल मुस्कराती है।

"हाँ, हमारे बाद किट्टू बाबू ही हमारा घर सँभालेगा।" सैंड्रा हँस पड़ी है।

सीढ़ी से नीचे उतरने के पहले टेरेस के कोने में रखे शीशे के एक ज़ार के पास चेरिल ठिठक गई है। चिड़ियों के प्यारे पंखों से भरा जार।

"कितने प्यारे हैं न ये पंख। आपके भी गजब-गजब शौक हैं।" चेरिल ख़ुश हो रही है।

"हाँ, मुझे इधर-उधर कहीं भी चिड़ियों के पंख गिरे मिल जाते हैं, तो उसे रखने का शौक है।" मुस्कराते हुए सैंड्रा ने जार से एक छोटा-सा पीला पंख निकालकर उसकी हथेली पर रख दिया है, "लाइक ना?"

" येस...वी ऑल ड्रीम फ़ेदर्स! पंख का सपना हम सब देखते हैं।" चेरिल ने आहिस्ते-से कहा और सीढ़ियाँ उतरने लगी।

पहला पाठ

"तुमको याद है सैंड्रा...!" मिस रूबि गोम्स से मिलने जब भी सैंड्रा उनके घर पहुँचती है, उनकी सूखी और भारी आवाज़ भीगने लगती है, "तुम जब क्लास वन में पढ़ती थी और तुम्हारे पापा को तुम्हें लेने आने में देरी होती थी, तो याद है कि स्कूल-गेट पर मुझसे चिपककर तुम क्या जिद करती थी?"

"क्या ज़िद मिस?" मिस रूबि गोम्स से कई बार यह प्रसंग सुन चुकी सैंड्रा हर बार अनजान बनने का स्वाँग करती है।

"तुम कहती थी—मिस मेरे पापा नहीं आए। आप मुझे अपने यहाँ ले चलिए।" अपने बचे-खुचे सूखे लटकू स्तन का प्याला बहुत बूढ़ी हो चुकी मिस रूबि गोम्स जैसे उस पर उड़ेल रही होती हैं, "और आज मैं तुमसे कहती हूँ सैंड्रा—मुझे अपने यहाँ ले चलो।"

"तो इसमें देरी क्या? अभी के अभी चलिए।"

"मुझे तुम्हारे प्रेम पर पूरा भरोसा है।" मिस रूबि गोम्स के घर की सारी खिड़कियाँ तब डबडबा जाती हैं और दरवाज़े पर स्थायी रूप से मौज़ूद दुख की हाँफती परछाईं धीरे-से कुछ देर के लिए ग़ायब हो जाती है। उनके कमरे में सहसा जैसे स्वच्छ नीले आकाश का चँदोवा तन जाता है। आज भी कुछ ऐसा ही हुआ है।

"बचपन में आपको देखकर हमेशा मुझे लगता था कि आप एक प्यारी-सी नीली परी हैं। यू आर वीनस!" सैंड्रा ने उनके चेहरे को लाड़ से अपनी हथेली में भरकर कहा है।

"वीनस! नीली परी!!" मिस रूबि गोम्स होंठों ही होंठों में बुदबुदाई हैं। रीढ़ की सिकुड़ चुकी तश्तरी ने उनका सब कुछ निचोड़ लिया है। गर्दन, कन्धे, घुटने, टाँगें और नितंब सब सूख चुके हैं उनके। छाती और पेट अस्थि-पंजर की त्वचा मात्र रह गए हैं। शरीर की मांसपेशियों ने सारा गूदा खो दिया है। कमज़ोर फेफड़ों की वजह से साँस में मुश्किल। एसिडिटी का प्रतिपल आघात।

सैंड्रा बस अभी उनके यहाँ से निकली है। हर महीने बहुत व्यग्रता से वे सैंड्रा के आने की प्रतीक्षा करती हैं। प्यार से परित्यक्त मिस रूबि गोम्स के जीवन में एक ही प्रतीक्षा है—सैंड्रा। फरवरी बीतने को है। मार्च से मौसम करवट लेगा। पर मिस रूबि गोम्स के लिए सिर्फ़ एक स्थायी मौसम है—अकेलापन। स्कूल की नौकरी में वे कुछ यों समर्पित हुईं कि परिवार बसाने का समय निकल गया। चिरकुमारी रह गईं मिस रूबि गोम्स। दुनिया में ख़ून के रिश्ते के नाम पर उनका एक छोटा भाई है—हेनरिक। वह लिस्बन की एक चॉकलेट फ़ैक्ट्री में नौकरी करता है। वर्षों से वह गोवा नहीं आया है। पर उसके पत्र, फ़ोन और उसके गोवा आने के आश्वासन आते रहते हैं। उनके मासिक ख़र्चे के लिए वह उनके खाते में रुपये देता रहता है। छठे-छमासे अपनी कम्पनी के चॉकलेट का पैकेट भी वह भेजता है। और उन पर प्यार बरसानेवाली सैंड्रा, जो ज़िद करके हर बार उनके पर्स को खोलकर इत्मीनान होती है कि उनके पास पर्याप्त पैसे हैं या नहीं। कम रहने पर वह लाख मना करने के बावजूद रुपये डाल ही देती है। वह उनके फ्रीज और किचेन को भी देखती है कि सारे ज़रूरी सामान हैं या नहीं। उनके मोबाइल को सैंड्रा ही पूरे साल भर के लिए एक बार चार्ज करा देती है। अपनी बेकरी से हर बार केक, पेस्ट्रीज और कुकीज लेकर तो वह आती ही है।

मिस रूबि गोम्स के यहाँ बीते कई वर्षों से जो आया काम करती है, उसे सैंड्रा ने ही ढूँढ़कर उनके यहाँ लगाया था। आया का नाम है—ऑक्टेविया। वह चौबीस घंटे की आया है। अधेड़ ऑक्टेविया भी चिरकुमारी है। सैंड्रा ने बहुत सोच-समझकर ऑक्टेविया को मिस गोम्स के लिए तय किया था। उसने सोचा था कि दोनों चिरकुँवारियों का अच्छा साथ निभेगा। दोहरे बदन की साँवली ऑक्टेविया बहुत शान्त और हँसमुख है। वह मारियो मिरांडा के गाँव लौटोलिम की है। कुछ साल तक उसने मारियो मिरांडा के यहाँ काम भी किया था। लौटोलिम में ऑक्टेविया के दो भाई सपरिवार रहते हैं। एक भाई का एक छोटा-सा 'ग्रॉसरी शॉप' है और दूसरा मोबाइल की एक दुकान चलाता है। ऑक्टेविया को लेकर दोनों भाई बेफ़िक्र हैं।

ऑक्टेविया भी छठे-छमासे ही लौटोलिम जाती है। मिस रूबि गोम्स ऑक्टेविया की सेवा से विह्वल हो सैंड्रा से कई बार कह चुकी हैं, "मैं अपना घर ऑक्टेविया के नाम कर जाऊँगी। मेरे मरने के बाद ये कहाँ भटकेगी?"

"मिस! क्या कह रही हैं आप? मेरे होते हमारी ऑक्टेविया स्पेंसर भटकेगी?" ऑक्टेविया पर जब सैंड्रा को बहुत अनुराग आता है, तो वह उसे 'ऑक्टेविया स्पेंसर' कहती है, "मिस जरा देखिए अमेरिकी फ़िल्मों की फ़ेमस ब्लैक ऐक्ट्रेस ऑक्टेविया स्पेंसर की तस्वीर।" सैंड्रा अपने मोबाइल स्क्रीन पर गूगल से ऑक्टेविया स्पेंसर की तस्वीर निकालकर मिस रूबि गोम्स को दिखाती है, "है न अपनी ऑक्टेविया डिट्टो ऑक्टेविया स्पेंसर जैसी।"

इन संवादों के बीच ऑक्टेविया ठिलठिल हँसती है।

सैंड्रा महसूस करती है कि मिस रूबि गोम्स के पास आने पर उसके बचपन की चहक लौट आती है। अद्भुत है, जब आप अपने स्कूल के दिनों के शिक्षक के सामने होते हैं, तो बरबस आपका बचपन लौट आता है और कॉलेज शिक्षक के सामने पड़ने पर जवानी के दिनों में आप अनायास अपने आपको वापस पाते हैं। मिस रूबि गोम्स भी कहती हैं कि "सैंड्रा! तुम्हारे आने पर मैं अपना बुढ़ापा भूल जाती हूँ। मुझे लगता है कि मैं वही रूबि गोम्स हूँ, जो पहले दर्जे में तुम्हारी क्लास टीचर हुआ करती थी।"

सैंड्रा के जाने के बाद मिस रूबि गोम्स स्कूल के उन दिनों को याद करती हैं और सोचती हैं कि तब दिन इस छोटी-सी लड़की के प्यार ने उनके जीवन में कितना कुछ फ़र्क़ ला दिया था। स्नेह का पहला पाठ उन्होंने इस छोटी-सी लड़की से सीखा था। गुटुमुटु-सी यह नन्ही लड़की उनके लिए और अपने दोस्तों के लिए अपने पापा की बेकरी से रोज एक कैरी बैग लेकर आती थी। सैंड्रा के पापा मि. सेबेस्टिअन रॉड्रिक्स ने एक दिन हँसते हुए उनसे कहा था, "यू वोंट बिलीव मिस गोम्स कि जब तक मैं इसे आप सबके लिए कुछ न कुछ टिफ़िन में नहीं देता हूँ, ये स्कूल जाने के लिए हिलती नहीं।" मिस रूबि गोम्स याद करती हैं कि पीठ पर स्कूल बैग और हाथ में केक, पेस्ट्री और कुकीज से नाकोनाक भरा एक कैरी बैग लेकर ही सैंड्रा स्कूल आती थी। मिस रूबि गोम्स सोचती हैं कि एक शिक्षक ही नहीं अपने छात्र के व्यक्तित्व को सँवारता है, बल्कि छात्र भी अपने शिक्षक के व्यक्तित्व को और बेहतर बनाते हैं। 'शेयरिंग' का सुख उन्होंने अपने क्लास की छोटी-सी लड़की सैंड्रा से सीखा। वे याद करती हैं कि बचपन से सामान्य से अधिक अपने वज़न के कारण हास्य और विस्मय का केन्द्र बनी रहनेवाली सैंड्रा हर दिन अपने डूबते दिल को ऊपर करते हुए बड़ी हुई। मिस रूबि गोम्स याद करती हैं कि पढ़ने में सैंड्रा कितनी तेज़ थी। क्लास के दूसरे बच्चे थोड़े कठिन जोड़-घटाव में ग़लती करते ही करते थे, सैंड्रा बग़ैर देर किए उसे हल कर लेती थी। यही नहीं, कई बार वह कुछ ऐसे अंग्रेज़ी शब्दों के अर्थ छूटते हुए बताकर हैरान कर देती थी, जिसे क्लास वन के बच्चे द्वारा बताए जाने की उम्मीद नहीं की जा सकती थी। एक दिन उसने 'कॉरिओग्रॉफ़ी' का न सिर्फ़ सही स्पेलिंग बताया बल्कि इस शब्द का अर्थ भी बताया कि इसका

मतलब सही-सही नाचना होता है। हैरान मिस गोम्स ने तब उससे पूछा था कि यह शब्द उसने कैसे जाना। नन्ही सैंड्रा ने बड़ी मासूमियत से कहा था, "पापा के कुछ दोस्त किसी का डांस देखकर आए थे और वे बार-बार इस वर्ड को बोल रहे थे।"

मिस रूबि गोम्स महसूस करती थीं कि इस लड़की में बहुत-से गुण हैं। बस वह हमेशा इस बात की आकांक्षी थी कि कोई उसकी परवाह करता है। और मिस गोम्स उसके लिए हमेशा अपनी परवाह जताती थीं। रूबि गोम्स आज भी महसूस करती हैं कि सैंड्रा में अभी भी परवाह किए जाने की मासूम आकांक्षा उसके मन के सबसे ऊपर है।

मिस रूबि गोम्स को याद है, एक बार सैंड्रा का जन्मदिन उन्होंने स्कूल में मनाया था। एक बड़ा-सा चॉकलेट, केक और मोमबत्तियाँ लेकर जब वे स्कूल पहुँचीं और घोषणा कीं कि जो सैंड्रा हम सबके लिए रोज़ केक लेकर आती है, आज उसके जन्मदिन पर मैं उसके लिए केक लेकर आई हूँ, तो वह ख़ुशी से रोने लगी थी।

"लव यू मिस!" सैंड्रा ने आँसुओं से तर अपने चेहरे को उनकी हथेली में भर दिया था।

अब मिस रूबि गोम्स आँसुओं से तर अपने चेहरे को सैंड्रा की हथेली में भरती हैं।

"मिस! यू हैव इनवेस्टेड यॉर अनकंडीशनल लव इन मी।" सैंड्रा की आँखें भी ऐसे में गीली हो जाती हैं।

कभी-कभी गहरी रातों की नीरवता में विह्वल हो ऑक्टेविया से पूछती हैं मिस रूबि गोम्स, "हमारे जीवन में कहाँ है प्यार ऑक्टेविया?"

और तब उनके ललाट के पीछे सरक चुकी श्वेत केश पंक्ति को सहलाते हुए ऑक्टेविया अवरुद्ध कंठ से कहती है, "सैंड्रा...! अपनी सैंड्रा...मिस!"

फ़ैट डोनेशन

वसंत का यह समय कुछ ज़्यादा ही उत्तप्त हो चला है। फरवरी के इन सबसे आख़िरी दिनों में मार्च की अगवानी के लिए धूप की उदारता यों भी बढ़ जाती है। ग्रीष्म और वर्षा गोवा के दो ऐसे मौसम हैं, जिनको लेकर गोवावासी पहले से मुस्तैद रहते हैं। गर्मी के दिनों में आगामी वर्षा के लिए सब चाक-चौबन्द होना शुरू कर देते हैं, क्योंकि बीच बारिश में कुछ भी सम्भव नहीं। खेती के लिए भी बारिश के ऐन पहले यहाँ के गाँव-गाँव में खेतों की जुताई कर ली जाती है।

"मैंने जुताई पूरी कर ली है पैट्रन!" निर्मल जल-सी लरजती मुस्कराहट के संग चेरिल कहती है। अभी सुबह टहलते हुए वह सैंड्रा के यहाँ आ बैठी है।

"कैसी जुताई बाबा?" चुँधियाई आँखों से पूछती है सैंड्रा।

"मैंने आपको बताया था कि फ़्लोरिडा से 'ओबीसिटी ऐक्शन कोलिज़न' (ओ.ए.सी.) बहुत ज्यादा वजन से जूझ रही पन्द्रह महिलाओं-लड़कियों को स्पॉन्सर

कर मेरे पास भेज रहा है। उनको पूरी वर्जिश और डाइट कंट्रोल करवा मुझे चैम्प बनाकर वापस भेजना है। इनमें सभी का गैस्ट्रिक बाईपास हो चुका है। पर गैस्ट्रिक बाईपास तभी सफल होगा जब इसके बाद मरीज टहले, वर्जिश करे और दिन भर कुछ न कुछ शारीरिक गतिविधियाँ करे। बहुत-से मरीज, जो गैस्ट्रिक बाईपास के बाद भी बिस्तर पर पसरे रहते हैं, उनके शरीर में खून के थक्के जमने लगते हैं पैट्रन। दरअसल, बेरियाट्रिक सर्जरी यानी गैस्ट्रिक बाईपास के बाद डॉक्टर सख्ती से हिदायत देते हैं कि अगर जीवन-शैली में बदलाव नहीं लाया गया, तो इस सर्जरी का कोई फायदा नहीं। डॉक्टर मोटे आदमी के फुटबाल सरीखे पेट को बेसबॉल तो बना देंगे पर वह दोबारा फुटबाल न बने, यह मरीज के हाथों में है। मुझे बताया गया है कि इन सबके फिर से लटकते जा रहे पेट और शरीर में फिर से बढ़ रही मांसल झिल्लियों...लव हैंडल्स को हर तरह और तरीके से कम कराना है। ट्रांस फ़ैट यानी घी और नारियल तेल से भी इन्हें बचाए रखना है। 'एटकिंस डाइट' यानी कम कार्बोहाइड्रेट वाला भोजन, घंटे भर की वर्जिश...और यही नहीं, बीच पर ले जाकर इन सबको स्विमिंग भी कराना है। सीढ़ियाँ चढ़ना और अपना सामान उठाकर चलना भी वर्जिश का हिस्सा होगा। दौड़ तो ये पाएँगी नहीं, इसलिए ज्यादा से ज्यादा वॉक कराना होगा। ये सभी महिलाएँ, जो अपने डॉक्टरों की नजर में खासी जिद्दी हैं और जो मारे आलस्य के सर्जरी के बाद बिस्तर से हिलने को राजी नहीं होती हैं, उन्हें ही गतिविधि, हलचल और वर्जिश कराने के लिए मेरे पास भेजा जा रहा है। ओह गॉड! प्लीज़ हेल्प मी।" चेरिल ने कुछ इस भंगिमा में कहा है, जैसे कह रही हो कि कैसे भी ये सभी झुलसे हुए पेड़ हरे-भरे हो जाएँ।

"देओ बोरेन कोहम...ईश्वर तुम्हारी मदद करे," सैंड्रा ने मुस्कराकर कहा है, "सही समय में आ रही हैं ये सब। फरवरी महीना लैटिन शब्द 'फेबरम' से आया है, जिसका मतलब ही है शुद्धिकरण।" फिर एक पल थमकर सैंड्रा ने पूछा है, "पर फ़्लोरिडा से गोवा ही क्यों चेरिल?"

"दरअसल, गोवा का ट्रिप इन विदेशियों के लिए बहुत सस्ता पड़ता है। कम खर्च में अधिक सुविधा।"

"वे लोग कब आएँगी?"

"आज शाम की फ़्लाइट से सब पणजी पहुँच रही हैं।" मिसेज़ मिनि रॉड्रिक्स के पलंग के पास बैठकर कॉफ़ी के घूँट भर रही चेरिल ने इत्मीनान से कहा है, "सब इन्तजाम हो गया है। सुबह से शाम तक वे सब अपने 'सैंड्रा फ़िटनेस सेंटर' में 'वर्क आउट' करेंगी और इनके रुकने के लिए यहीं पास के 'होटल पार्क प्राइम' में बुकिंग करा दी है।"

"सुपर्ब! 'पार्क प्राइम' तो बहुत पास में है।" सैंड्रा ने सुकून से कहा है।

"हाँ, इन सबको अपने फ़िटनेस सेंटर तक लाने और वापस ले जाने के लिए गाड़ियाँ होटलवाले ही देंगे। गाड़ियों के लिए भी 'होटल पार्क प्राइम' से बात पक्की हो गई है। दुआ करिए पैट्रन कि सब ठीक-ठाक सँभल जाए। इन पन्द्रह महिलाओं-

लड़कियों की टीम को कुछ हद तक भी सही कद-बुत में लाने में अगर मैं कामयाब हो गई, तो फिर काम की कमी नहीं रहेगी। सिर्फ 'ओबीसिटी ऐक्शन कोलिज़न' के काम से मुझे कभी फुरसत नहीं होगी। मेरे पास जो इन्तजाम है, वह तो है ही। इसके अलावा आयुर्वेदिक तैलम मसाज़, डीप टिशू मसाज़, योगा मसाज़, फ़ुट रिफ़्लेक्सोलॉज़ी, अरोमा यानी सुगंधित मसाज़, शिरोधारा, थाइ यानी जाँघ के मसाज़ की व्यवस्था मैंने कर ली है।...और तरह-तरह के क्रीम व तैलम भी मैंने मँगवा लिए हैं पैट्रन।"

"रीटा फ़ारिया आ रही हैं क्या?" मिसेज़ मिनि रॉड्रिक्स ने बीच में उनींदे-अलसाये स्वर में पूछा है। सैंड्रा और चेरिल की बातचीत के दौरान वे झपकियाँ ले रही थीं।

"नहीं मम्मी! रीटा फ़ारिया नहीं आ रही हैं। चेरिल के फ़िटनेस सेंटर में बाहर से कुछ मेहमान आ रहे हैं।" सुबह के उजाले की मीठी तन्द्रा में हिलोरें ले रही मिसेज़ मिनि रॉड्रिक्स को थपकी भरे स्वर में जवाब देकर सैंड्रा ने चेरिल से बिहँसकर कहा है, "दरअसल, तुम्हें देखते ही इन्हें रीटा फ़ारिया की रट-सी लग जाती है।"

"हाँ, यह सच है कि चेरिल को देखते ही मुझे रीटा फ़ारिया की याद आ जाती है।" मिसेज़ मिनि रॉड्रिक्स ने झपकी तोड़ साकांक्ष हो मुस्कराते हुए कहा है।

"चेरिल हमारी मिनि रीटा फ़ारिया है।" सैंड्रा ने दुलार से कहा है, "चेरिल! तुम्हारे प्रोफ़ेशन में जाने कितने हाइ-फ़ाइ डायटीशियन की हवा निकल जाती है। दुनिया में कितने वेट-मशीन कबाड़ में बिक गए। बचपन से माँ-बाप के लाड़-प्यार में खाते-पीते बच्चे कैसे एकदम से चुब्बू बन जाते हैं, यह पता नहीं चलता है। और जब पता चलता है, तो समय निकल चुका होता है।"

"सिर्फ माता-पिता ही नहीं, कई बार पति की भी महिलाओं के वजन को बढ़ाने में अहम भूमिका होती है। 'ओबीसिटी ऐक्शन कोलिज़न' ने मुझे इन सभी पन्द्रह लड़कियों और महिलाओं की पृष्ठभूमि और परिस्थिति का ब्यौरा विस्तार से भेज रखा है, जो आज शाम को आ रही हैं," चेरिल ने गहरी साँस लेकर कहना जारी रखा है, "एक तो अजीब केस है इसमें। फ़्लोरिडा की मिसेज़ वांडा एविंग के पति की चकित करती स्वीकारोक्ति इस केस के संग नत्थी है। दरअसल, हालात के सामने हथियार डालकर आखिर मि. एविंग ने अपनी पत्नी वांडा को 'ओबीसिटी ऐक्शन कोलिज़न' (ओ.ए.सी.) के हवाले किया। 400 के.जी. की विकराल वजनवाली वांडा ने जब दरयाफ्त के दौरान खुलासा किया कि उनको इस हालत में भी उनका पति उन्हें कोंच-कोंच कर खिलाता है, तो सब हैरत में रह गए। वांडा के बारे में उसकी एक दोस्त ने ओ.ए.सी. को सूचना दी थी।"

"हॉरबल...माइ गॉड।" सैंड्रा का मुँह विस्मय से खुला है, "फिर?"

"फिर क्या, वांडा से पूरी पूछताछ कर ओ.ए.सी. ने उसके पति को लीगल नोटिस दिया कि अगर वे लिखित रूप से सच्ची बात नहीं बताते हैं, तो उन पर कड़ी कानूनी कार्रवाई की जाएगी।"

"फिर क्या किया उस दुष्ट कोबरा ने?" सैंड्रा के स्वर में भय से छलकता अचम्भा है।

"ओ.ए.सी. वालों की लगातार कानूनी कार्रवाई की चेतावनी के बाद वांडा के पति ने अपना लिखित कन्फ़ेसन...अपराध स्वीकार किया। यह कन्फ़ेसन पागल करनेवाला है," चेरिल ने अपने हैंड बैग से एक लिफ़ाफ़ा निकाला है, "ओ.ए.सी. वालों ने उस कन्फ़ेसन रिपोर्ट की एक प्रति मुझे भी भेजी है ताकि वांडा को वर्कआउट कराने के पहले मुझे उसकी पृष्ठभूमि मालूम हो। आप पढ़िए यह दिल दहलानेवाली रिपोर्ट पैट्रन।" लगे हाथ मिसेज़ मिनि रॉड्रिक्स को भी चेत करते हुए चेरिल ने कहा है, "आंटी! प्लीज़ आप भी ध्यान से सुनिए। इट्स अमेज़िंग।"

"बहुत से पुरुष अन्दर से खँडहर होने लगते हैं, जब शादी के कुछ साल बाद वे देखते हैं कि उनकी रसभरी-सुन्दर बीवी तेजी से गोल-मटोल होती जा रही है," सैंड्रा उस अजीबोग़रीब कन्फ़ेसन रिपोर्ट को सस्वर पढ़ रही है, "फिर कुछ साल बाद एक गोल-मटोल औरत से वह बाकायदे मोटी और अन्ततः एक फैले शरीर की बेढंगी गृहिणी में तब्दील हो जाती है। हमेशा नाइटी के झोले में रहना उसे अच्छा लगने लगता है। ऐसा अधिकतर लड़कियों के संग होता है। इसके कई कारण हैं। शादी के पहले वह सचेत-सीमित भोजन पर होती है। माँ बनने के बाद धीरे-धीरे वह खुद को ढीला छोड़ देती है। इन सारे परिवर्तनों के दौरान औरत के शरीर में कई रासायनिक-मटैबलिक परिवर्तन आते हैं और वह देखते-देखते नाटकीय ढंग से एक विशालकाय गृहिणी हो जाती है।" पढ़ते-पढ़ते सैंड्रा एक पल को रुकी है, "ये तो औरतों की पूरी फीज़िऑलज़ी...शरीर क्रिया विज्ञान की रिपोर्ट-सी लग रही है।"

"आप आगे तो पढ़िए।" चेरिल ने पलकें झपकाए बिना कहा है, "रोमांचक है पैट्रन! आगे पढ़िए।"

"मिसेज़ वांडा एविंग का पति आगे कहता है कि 'मेरे जीवन की बड़ी अजीब कल्पना थी कि मैं एक फूल की छड़ी सरीखी लड़की से शादी करूँगा, जिसकी सुन्दरता की हर तरफ तारीफ होगी। और शादी के तुरन्त बाद से मेरा असम्भव अभियान शुरू हो जाएगा। मेरी पत्नी के ऊपर भी चर्बी बढ़नी शुरू हो जाएगी। शुरू में कोई इस पर उतना ध्यान नहीं देगा। पर मैं अपनी पत्नी के भोजन की बढ़ोतरी पर मुस्तैद रहूँगा, जो ज़ाहिर है उसे मेरा प्यार लगेगा। पर इसकी परिणति जब उसके कूल्हे, कमर और पेट पर ज़ोर से उभरेगी, तब तक हालात हाथ से निकल चुके होंगे। बहरहाल, मेरे इस गुप्त अभियान का नतीजा एक समय सामने आने लगा और मेरी खामोश खुशी मेरे भीतर चहकने लगी। कुछ साल पहले तक फूल की छड़ी मेरी पत्नी के कमर के चारों तरफ लव-हैंडल्स यानी चर्बी का बड़ा-सा घेरा लटकने लगा, तोंद लटकने लगी, स्तन बेलनाकार होकर लटक गए, स्ट्रेच मार्क से भरी बाँहें थलथलाने लगीं। फिर भी जैसे मुझे सन्तोष नहीं था। मेरा संकल्प था, जहाँ तक सम्भव हो, इसका और भी वजन बढ़ाते जाना।' चेरिल! ये तो एकदम डेमन है...।" कहकर सैंड्रा चुप हो गई है। जैसे उसका दिमाग़ हताशा में जवाब दे गया हो।

"यह डेमन यानी दैत्य का दादा है। आप इस कन्फ़ेसन को पूरा पढ़िए तो सही।" चेरिल ने कुछ इस भंगिमा में कहा है जैसे वह कोई मार्मिक प्रार्थना कर रही

हो, "इनसान के शैतानी दिमाग का कोई ठिकाना नहीं। वांडा का केस तो सामने आ गया लेकिन दुनिया में और हमारे आपके बीच जाने कितनी वांडा होंगी, जिनकी तबाही से हम सब अनजान हैं। आप इस रिपोर्ट को आगे पढ़िए।"

"ठीक है, तो सुनो," सैंड्रा फिर आहिस्ते-से जारी है, "मेरा परिवार चाहे मेरे बारे में जो भी कहे-सोचे, मुझे इसकी परवाह नहीं थी। मैंने अपने कमरे में खाने-पीने के एक से एक सामान रखने जारी रखे। हमेशा मैं वांडा को खाने-पीने से घिरा रखने को कटिबद्ध था। मैं उसे चर्बियों का विशाल हौज बनाने का अपना स्वप्न सच करना चाहता था। इतना अधिक कि उसके लिए चलना-फिरना दूभर हो। हालाँकि, बीच-बीच में वांडा चिन्ता जाहिर करती थी कि उसका वजन बेतहाशा भाग रहा है। कुछ समय बाद उसने अपनी शारीरिक असहायता पर रोना-चीखना शुरू किया। फिर क्रोध और असहायता में उसने जब-तब खाना शुरू किया। उसका दिल रखने के लिए मैंने घर में ट्रेड मिल ला दिया। मैं जानता था कि वांडा दो-चार दिन ट्रेड मिल पर पाँव रखने के बाद फिर उसकी तरफ झाँकेगी नहीं। दरअसल, आलस्य वजन का प्यारा साथी होता है।" सैंड्रा पढ़ती जा रही है, "धीरे-धीरे मैंने पाया कि वांडा अपनी असम्भव स्थूलता से संतुष्ट हो गई है या कि इसने हथियार डाल दिया है। उसके जाँघ चर्बियों की झिल्ली से लद गए थे। पेट लटककर घुटने तक झूलने लगा और बेलनाकार स्तन अनेक स्ट्रेच मार्क यानी धारियों से भरकर नाभि तक आ गया। बाँहें भी धारियों से भरकर थलथलाने लगीं। वांडा की नाप के कपड़े बाजार में अनुपलब्ध थे। लिहाजा, टेलर से उसके माप की कई नाइटी मैंने बनवा दी। उसके माप का जाँघिया भी बाजार में उपलब्ध नहीं था। नाइटी के भीतर नंगी वांडा मुझे बहुत अच्छी लगती थी। मैं हमेशा उसका हौसला कायम रखने के लिए कहने लगा था कि 'तुम अब मुझे और अच्छी लगती हो।' पर वह हमेशा एक फीकी हँसी के संग कहती, 'ओह नो...आइ ऐम अ डिसगस्टिंग ब्लबरबैग...अ फ़ैट स्लॉब...।' पर मैं वांडा के गलकम्बलों और चारों तरफ लटकती झिल्लियों को लाड़ करते हुए कहता, 'तुम इस कद-बुत में मुझे बहोत प्यारी लगती हो। क्या तुम दुनिया की राय से परेशान हो? अरे, दुनिया को दफा करो। हम दोनों एक-दूसरे से ख़ुश हैं, बस इससे हमें मतलब है। और तुम सोचती हो वांडा, अगर तुम्हें कुछ हो गया, तो मैं कितना अकेला पड़ जाऊँगा?' मेरी बातों में कहीं कोई बढ़ाव-चढ़ाव नहीं था। ऐसी चर्बीदार औरत मेरा नशा थी। वांडा के वजन से मैं निहाल रहता था। और सच है कि इससे भी मुझे सन्तोष नहीं था। मेरा इकलौता बेटा निकोले जब कभी छुट्टियों में आता, तो अपनी माँ के बढ़ते वज़न पर बहुत फ़िक्र जताता और मैं गहरी साँस के संग उदास चेहरा बनाकर कहता था, 'नथिंग इज़ पॉसबल ऐट दिस स्टेज़ माइ सन! हाइपोथाइरायड और पी.सी.ओ.डी. यानी पॉलिसिस्टिक ओवेरियन डिज़ीज में कुछ नहीं हो सकता। पी.सी.ओ.डी. में होता यह है कि ओवरी यानी अंडाशय में ढेर सिस्ट यानी अनगिनत खोखली गाँठें बन जाती हैं, जिसमें द्रव पदार्थ जमा हो जाते हैं। इसलिए ऐसे मरीज़ का लिपोसक्शन कराना भी खतरे से खाली नहीं। रही

बात क्रैश डायटिंग की, तो इससे बजाय वजन कम होने के हालत और बिगड़ ही जाती है। वजह है कि क्रैश डायटिंग में शरीर अचानक बहुत ज्यादा तनाव में आ जाता है और मुश्किलें तेज हो जाती हैं। इसलिए लेट्स कैरी ऑन यॉर मॉम निकोले डियर।"

सैंड्रा पढ़ती जा रही है, "मेरी पूरी व्याख्या के बाद निकोले के पास कहने को कुछ न होता। वांडा के वजन को लेकर मेरे असन्तोष ने उसको पूरा पहाड़ बना दिया था। अनेक गलकम्बलों से भरे उसके बड़े जबड़ों को अब इतना ही मालूम था कि उसका काम हमेशा खाते रहना है। वांडा को लेकर मैं बहुत सुख में था। मैंने एक छरहरी फूल-सी लड़की को अपने इच्छानुरूप एक महाकाय मॉन्स्टर...विशाल दैत्य सरीखी स्त्री में बदल दिया था। और इसके बावजूद उसके और अधिक वज़न का आकांक्षी था। वांडा भी अब अपने असाध्य वजन को लेकर उदासीन हो गई थी। उसने अपनी असहायता को लेकर शिकायत भी बन्द कर दी थी। परिवार से बाहर के किसी व्यक्ति को मैं वांडा से मिलना मंजूर नहीं करता था। बस उसकी एकमात्र बचपन की दोस्त हन्ना को मैंने वांडा से मिलने की इजाजत दे रखी थी। और यहीं मुझसे चूक हो गई। हन्ना को वांडा से मिलने की छूट मुझे हरगिज नहीं देनी चाहिए थी। हन्ना ने ही वांडा को लेकर 'ओबीसिटी ऐक्शन कोलिज़न' को सूचना दी और मेरी ख़ुशी की दुनिया उजड़ गई। आज दुनिया के सामने एक अपराधी बनकर मैं अपनी 'कन्फ़ेशन रिपोर्ट' लिख रहा हूँ।" एक निमिष रुककर सैंड्रा ने कहा है, "ओह, चेरिल! यह जलती हुई कहानी पढ़कर मेरा गला सूख रहा है।" सैंड्रा अपने ऊपर से मानो भय और सिहरन की परछाईं उतारने की कोशिश कर रही है।

"यह भयानक ही नहीं भयानक से भी ज्यादा विकराल है।" देर से गुमसुम मिसेज़ मिनि रॉड्रिक्स के स्वर में विकल तरलता है, "सैंड्रा! वैसे तुम्हारे पापा भी मुझे हमेशा खिलाने के पीछे पड़े रहते थे। पर वांडा की तरह शादी के पहले मैं कोई फूल की छड़ी नहीं थी। अच्छा-खासा वजन था मेरा। लेकिन वांडा का हस्बैंड तो डेमन...दानव है। एकदम पगला हाथी।"

"रिअली...पूरी कहानी डरावनी है। आज ही तो सब आ रहे हैं पैट्रन! वांडा से मैं मिलवाऊँगी आपको। अफसोस है कि डॉक्टर ने बेरियाट्रिक सर्जरी उसके लिए खतरनाक बताया है। उसका अब जो भी है, वह डाइट और एक्सरसाइज़ पर ही डिपेंड करता है।" चेरिल ने उठते हुए सैंड्रा से कहा है, "शाम को जब सब आ जाएँगी और 'होटल पार्क प्राइम' में सेटल हो जाएँगी, तो मैं थोड़ी देर के लिए आपको उन सबसे मिलवाने ले चलूँगी। आखिर आप पैट्रन हैं हमारी।"

"माइ गॉड! अरे मुझे देखकर तुम्हारी सभी मेहमान डिप्रेशन में चली जाएँगी। कहेंगी कि जिस फ़िटनेस सेंटर की पैट्रन ऐसी भयानक मोटी है, वह फ़िटनेस सेंटर भला हमें क्या फायदा पहुँचाएगा।" सैंड्रा खिलखिला उठी है।

"नहीं, मुझे कुछ नहीं सुनना। अपने तमाम वजन के बावजूद आप बहुत प्यारी हैं।"

"मेरे घर में भी आईना है चेरिल।"

"पैट्रन! मैं फ़िटनेस सेंटर चला रही हूँ और मैंने ओबीसिटी को लेकर पढ़ाई भी की है। रॉबर्ट ऐटकिंस जैसे ग्रेट अमेरिकन डॉक्टर, जिनका 'एटकिंस डाइट' प्रसिद्ध है, ने कहा है कि आपका फ़ैट आपके शरीर का बैकअप फ़्युएल सिस्टम होता है। जब आपके शरीर में अचानक कार्बोहाइड्रेट की कमी हो जाएगी, तो आपका फ़ैट ही प्राइमरी एनर्ज़ी फ़्युएल के तौर पर काम आएगा।"

"तुम कुछ भी कह लो चेरिल...! सेंट ज़ेरोम ने क्या कहा है—एक लटकता तोंद कभी अच्छे विचार नहीं पैदा कर पाता। जॉर्ज ऑरवेल का नॉवेल 'कमिंग अप फ़ॉर एयर' जब मैं पढ़ रही थी, तो एक जगह मैं देर तक अटकी रह गई थी चेरिल! ऑरवेल का एक कैरेक्टर कहता है—'आइ ऐम फ़ैट बट आइ ऐम थिन इनसाइड। हैज़ इट एवर स्ट्रक यू दैट देअर इज़ अ थिन मैन इनसाइड एवरी फ़ैट मैन?' ओह! हर मोटे आदमी के भीतर एक बेहद दुबला और कमजोर आदमी होता है। अजीब बात है।" सैंड्रा की आवाज़ डूब रही है, "एनी वे...हम अपने मेहमानो को वेलकम करने चलेंगे।"

शाम बड़े लाड़ के संग पणजी के वक्ष में उतरती है। तृणमणि की तरह। भंडार का भंडार आनन्द उड़ेलती हुई। सैंड्रा को याद है, पापा शामों को अक्सर कहते थे, "सैंड्रा! तुम बहुत से लोगों को यह कहते हुए पाओगी कि शामें उदास होती हैं, काटे नहीं कटतीं। पर मुझे तो लगता है शामों को हम अपने सपनों के करीब होते हैं। सुबह, जल्दबाजियों और परेशानियों से भरी। दोपहरी मंद और ढीली। रातें बस आराम। बस ले-दे कर एक शाम। शाम और रोमांस का एक अटूट रिश्ता है। कई साल हुए वह एक शाम ही थी, जब तुम्हारी मम्मी को मैंने प्रपोज़ किया था।"

"हाँ, वह एक प्यारी-सी असम्भव शाम थी।" मम्मी ख़ुशी की शुभ्रता से मुस्करा देतीं। आज भी मिसेज़ मिनि रॉड्रिक्स अपने कमरे से शाम का उतरना देखती हैं और जब कभी अनुराग में होती हैं, तो सैंड्रा से कहती हैं, "पुर्तगालियों के जमाने में भी जो गोअन अच्छे भविष्य की तलाश में वेस्ट एशिया या ईस्ट अफ़्रीका गए या बाद के दिनों में याकि अभी हाल-साल तक अमेरिका, ब्रिटेन, ऑस्ट्रेलिया और कनाडा गए, वे अपने पणजी की शाम कभी नहीं भूल पाए। यहाँ जीवन का एक-एक जर्रा जैसे ख़ुशियों के ओस से भीगता है। यह गोआपन भी एक अजीब चीज़ है सैंड्रा! देश-विदेश के लोग भी इसलिए गोवा पर जान छिड़कते हैं। खर्च के लिहाज़ से भी अपना गोवा अनमोल है।"

इसी अनमोल गोवा में चेरिल की सभी मेहमान 'होटल पार्क प्राइम' में आ चुकी हैं। सैंड्रा के लिए आज की यह गहरी शाम एक बेहद उन्मन शाम है। दुख से पिघलती शाम। धूसर शून्य में पिघलती शाम! चेरिल के संग एक-एक कर सबसे मिलकर सैंड्रा को लग रहा है कि उसके दुख की आँच तो बहुत हल्की है। वांडा की हालत वाक़ई करुणाजनक है। यह तो एक शरीर में पाँच औरत है। उसे लगा कि एक स्त्री क्या कभी सचमुच अपने बारे में सोचती है? वांडा ने सोचा? सैंड्रा ने सबसे ख़ुशनुमा लहजे में लाड़ से कहा है, "आप लोग भी आ गई हैं। अब हम सब गोवा में 'ब्लड डोनेशन कैम्प' की तर्ज पर 'फ़ैट डोनेशन' कैम्प चलाएँगे।"

"सुपर्ब आइडिया," होटल के बिस्तर पर फैली विराटकाया की वांडा ने असहाय मुस्कान के संग कहा है।

"जरूर! और इसके बाद गोवा की पूरी आबादी हाथियों जैसी हो जाएगी। आप सबको मालूम है एक डॉक्टर के रिसर्च के बारे में? उसने अपने शोध से साबित कर दिया है कि मोटापा छुआछूत का रोग है। उसने केस स्टडी पेश की कि एक मोटे आदमी के संग बारह घंटे तक बस की सीट पर एक औरत ने साथ यात्रा की और उसके बाद से वह भी तेजी से मोटी होने लगी। मोटापे पर शोध करनेवाले कुछ अमेरिकी वैज्ञानिकों का यह भी मानना है कि मोटे लोगों की गंध ही अलग होती है।" एक पल थमकर चेरिल ने कहा है, "दुनिया की जिन मोटी नवरत्नों के बारे में मैंने पढ़ा है, उनके सामने हमारी ये पन्द्रह परियाँ कुछ भी नहीं।"

"कैसी मोटी नवरत्न?" सैंड्रा ने थोड़े चकित भाव से कहा।

"चेरिल जरूर पॉलिन पॉटर और सुसन इमान के बारे में कह रही हैं।" वांडा ने हल्की मुस्कान के संग आँखें तिरछी कर कहा है।

"ओह नो...आइ हैवंट हर्ड अबाउट देम चेरिल। मैंने नहीं सुना है चेरिल...! प्लीज़ बताओ न इनके बारे में।" सैंड्रा ने हैरान स्वर में कहा है।

"अरे, फिर वह बहुत लम्बी कहानी हो जाएगी। ये लोग भी थकी आई हैं। इसलिए मैं थोड़े में उन नवरत्नों के बारे में बताती हूँ। इनमें सबसे भयानक स्थिति तो 1600 पाउंड वजन की कैरॉल यागेर की थी। सन् 1960 में जन्मी अमेरिका की कैरॉल ने अपने डॉक्टर को बताया था कि बचपन में एक रिश्तेदार द्वारा यौन शोषण की शिकार होने के बाद से उन्होंने हताशा में ज्यादा खाना शुरू कर दिया और तबसे उनका वजन बेतहाशा बढ़ना शुरू हो गया। बचपन से मोटी कैरॉल जब 33 साल की हुईं, तो उस समय उनका वजन लगभग 1200 पाउंड था। उनके त्वचा के नीचे के वसा के भंडार को संतुलन में लाने के लिए उन्हें अस्पताल में डाला गया लेकिन वर्ष 1994 में किडनी फेल कर जाने से वह गुजर गईं। 1053 पाउंड की रोज़ेली ब्रैडफ़ोर्ड की भी ऐसी ही कहानी है। अमेरिका की रोज़ेली बचपन से कैरॉल की तरह मोटी नहीं थीं। लगभग 20 साल की उम्र से उनका वजन भागने लगा। वजन कम करने के लिए उन्होंने कई उपाय किए। पर उनके खून में हुआ इन्फ़ेक्शन उनकी मौत का कारण बना। हताशा और अवसाद में रोज़ेली ने कुछेक बार आत्महत्या की भी कोशिश की। वर्षों तक अस्पताल में रही अत्यधिक वजन की रोज़ेली वर्ष 2006 में चल बसीं।

1036 पाउंड की मायरा रोज़ेल्स की कहानी थोड़ी अलग है। वर्ष 1980 में जन्मी मेक्सिकन-अमेरिकन मायरा ने वजन कम करने की कोई कोशिश बाकी नहीं रखी। आखिर उनका वजन घटकर सीधे 200 पाउंड पर आ गया। उन पर अपने भतीजे को मारने का मुकदमा भी खासा चर्चित रहा। दरअसल, मायरा का नन्हा भतीजा फ़र्श पर गिरकर उनके सामने मर गया पर मायरा ने उसे नहीं बचाया। बाद में अस्पताल के कर्मचारियों की इस गवाही के बाद उन्हें इस मुकदमे से मुक्ति मिली

कि अस्पताल के बिस्तर से हिल पाने में लाचार मायरा के लिए बिस्तर से उठकर भतीजे को बचाना असम्भव था।"

"ओह गॉड...मिज़रबल...।" सैंड्रा ने अफ़सोस की गहरी साँस ली, "फिर...?"

"फिर क्या...ऐसी ही हैं 800 पाउंड की सुसान इमान, जो 1600 पाउंड की होकर 'गिनीज़ बुक ऑव वर्ल्ड रिकॉड्र्स' में नाम दर्ज करवाने को आतुर थीं लेकिन शादी के पहले उनका वजन बिना किसी प्रयास के गिरकर 400 पाउंड पर आ गया। सुसान इससे बहुत दुखी हुईं। उन्होंने कहा कि इतने बड़े डील-डौल के आधे हो जाने से वह खुद को छोटा महसूस करने लगी हैं। उनका वजन गिरने से उनके भावी पति को भी गुस्सा आ गया और उन्होंने शादी करने से यह कहते हुए मना कर दिया कि सुसान का वजन ही उनका मुख्य आकर्षण था।"

"अजीब पागल लोग...।" सैंड्रा बुदबुदाकर रह गई है।

"हाँ, इसे पागलपन नहीं तो क्या कहेंगे?" चेरिल ने गहरे अफ़सोस से कहा, "सुसान ने फिर अपना वजन बढ़ाना शुरू किया और 600 पाउंड तक पहुँच गईं। इसके बाद उन्हें एक नया प्रेमी मिल गया।"

"आश्चर्यजनक कहानियाँ हैं।" सैंड्रा अवाक्-सी है।

"पर 790 पाउंड की चैरिटि पायर्स सुसान जैसी नहीं। वजन के कारण वर्षों तक अस्पताल के बिस्तर से चिपकी रहीं चैरिटि का वजन बेरियाट्रिक सर्जरी के बाद 50 पाउंड घटा। लगातार परिश्रम करके उन्होंने 20 पाउंड और घटाया। इस तरह वह 790 पाउंड से 720 पाउंड पर आईं। उन्होंने कोशिश जारी रखी और 587 पाउंड पर आईं। फिर वह दोबारा सर्जरी में गईं। सर्जरी के बाद वह 496 पाउंड की हुईं। वजन घटाने की उनकी कोशिश अभी भी जारी है।"

"दिस इज़ ग्रेट। रिअली ग्रेट।" सैंड्रा का चेहरा उत्साह से छलक आया है।

"हाँ, पर कई लोगों को मुसीबत से उबरने का मौका भी ईश्वर नहीं देते।" एक पल रुककर चेरिल ने कहा, "पैट्रन! ओहियो की रहनेवाली 600 पाउंड की टेरी स्मिथ की ऐसी ही दर्दनाक जिन्दगी रही। वह जब 20 साल की थीं, तो उनका वजन 252 पाउंड था। बाद में तो उनका वजन इतना ज़्यादा हो गया कि उनका एम. आर. आइ. तक कराना दूभर हो गया। उनके सिर में लगातार असहनीय दर्द रहता था। इस दर्द की वजह डॉक्टर नहीं पता कर सके। आखिर वह गुजर गईं। लेकिन कैलिफ़ोर्निया की पॉलिन पॉटर ने अपने जिद्दी स्वभाव के कारण डॉक्टर से लेकर अपने बेटे तक को बहुत परेशान किया। पॉलिन का नाम भी 'गिनीज़ बुक ऑव वर्ल्ड रिकॉर्ड' में आया था। पॉलिन का यह बयान काफी सुर्खियों में रहा जब उन्होंने एक टी. वी. शो में कहा कि अपने पति के संग दिन में सात बार सहवास करने से उनका वजन बहुत कम हुआ है। हालाँकि, उनके पति एलेक्स ने कहा कि चर्बी की भारी-भारी झिल्लियों से लदी पॉलिन के संग सहवास करने के लिए उन्हें एड़ी-चोटी एक करनी पड़ती है। बेरियाट्रिक सर्जरी के बाद डॉक्टर ने पॉलिन से कहा कि वह बिस्तर से उठकर रोज कुछ देर टहला करें। पर अक्सर पेट में मरोड़ का बहाना बनाकर पॉलिन कभी बिस्तर

से उठने को राजी नहीं हुईं। उनके बेटे ने भी उनसे चलने-फिरने की बहुत मिन्नत की। पर चलने के नाम पर रो-रोकर पॉलिन आसमान सिर पर उठा लेतीं। अन्त में पॉलिन को सबने अपने हाल पर छोड़ दिया। पॉलिन अभी भी जमकर खाती हैं और कहती हैं कि सर्जरी कर डॉक्टर ने मेरे पेट को तो बाँध दिया लेकिन दिमाग को नहीं।" एक पल थमकर चेरिल ने कहा है, "630 पाउंड की डोना सिम्पसन और 532 पाउंड की जोन थॉर्पे की भी ऐसी ही कहानी है। डोना भी दुनिया की बेहद मोटी महिलाओं में गिनी जाती हैं और जोन थॉर्पे तो जब किशोरी थीं तभी वह ब्रिटेन की सबसे मोटी किशोरी मानी जाती थीं। खैर, छोड़िए इस फ़ैट कॉकटेल स्टोरी को। इन किस्सों को सुनकर हमारी वांडा भी परेशान हो रही होगी।" चेरिल ने आख़िर में खिलखिलाते हुए कहा, "तो कल से हमारा जेहाद शुरू होगा...! आउअर वार विल स्टार्ट।"

"विद इनवैलिड सोल्ज़र्स...पंगु सैनिकों के साथ।" अथाह काया की वांडा के आँसू टपक रहे हैं।

"ओह गॉड! रो क्यों रही हो वांडा? अरे...ऑल विल बी वेल। फ़ैट लेडीज़ की तो यही शान है कि 'फ़िलाडेल्फ़िया फ़्लायर्स आइस हॉकी टीम' का तराना ही बन गया—'इट ऐंट बिगन टिल द फ़ैट लेडी सिंग्स...।' और वांडा यहाँ आप लोग वज़न कम करने नहीं आई हैं। मुझे बस आप सबकी जीवन शैली को ज़्यादा सक्रिय करने की जिम्मेदारी दी गई है। मैं भी क्या कम मोटी हूँ?" चेरिल ने वांडा के लटकते कई गलकम्बलों वाले चेहरे को दुलार से अपनी हथेली में भरकर कहा है, "आइ हैव ओनली स्लोगन...बिगर साइज़ इज़ अ बिगर प्राइज़।"

बेबी जासूस

मिस जैकलिन जेम्स यानी मिस बेबी जे. जे. सुबह से बेचैन हो अपने 'कॉन्फ़िडेंशल डिटेक्टिव' के आवास सह दफ़्तर में सिगार पीते हुए लगातार उमड़-घुमड़ रही हैं। उन्होंने खिड़की से देखा है, उनके बाजू में मौजूद 'ओ' कोकएइरो रेस्टोरेंट' भी अभी उनींदा-सा है। पोरवरिम हाइ-वे पर मौजूद यह रेस्टोरेंट आमतौर पर दोपहर से हलचल में आता है। शाम को यह पूरा गुलजार रहता है। शाम से रात में दाख़िल होते-होते इसका सुरूर सिर पर होता है। मिस बेबी जे. जे. के इतने वर्षों के जासूसी कैरियर में 'ओ' कोकएइरो रेस्टोरेंट' का बहुत भारी और यादगार योगदान रहा है। इसी रेस्टोरेंट से उन्होंने अन्तरराष्ट्रीय अपराधी 'बिकनी किलर' चार्ल्स शोभराज को आज से तीस साल पहले गिरफ़्तार कराया था। उस घटना की याद में रेस्टोरेंट मालिक ने अपने रेस्टोरेंट में चार्ल्स की मूर्ति लगा रखी है।

आज 4 मार्च है। बृहस्पतिवार। वर्ष 2016 का 'कार्निवल' अभी कुछ दिन पहले सम्पन्न हुआ है और यह कांड! मिस बेबी जे. जे. की मेज़ पर सुबह के

अख़बार छितराये पड़े हैं और अख़बारों की यह एक सुर्ख़ी उनके जासूस मन को पागल किए हुए है—'एक्स मिनिस्टर रामाराव्'ज़ ब्रदर फ़ाउंड डेड इन हिज़ फार्म हाउस!' गोवा के पूर्व उद्योग मंत्री रामाराव देसाई के छोटे भाई राजेश देसाई कल 3 मार्च को अपने फार्म हाउस में मृत पाए गए। पर यह सामान्य मौत नहीं, सरासर हत्या का मामला है। मिस बेबी जे.जे. के जासूसी दिमाग़ का रेडियो-टीवी एरियल यानी ऐनटेना बहुत ज़ोर से हरक़त में है। पिछले पाँच दशकों में गोवा के अपराध-जगत के एक से एक छक्केबाजों का उन्होंने छक्का छुड़ाया है। गोवा एक जमाने से अपराधियों का अभयारण्य रहा है। यह एक ऐतिहासिक विश्वास लोगों के मन में हमेशा से रहा है कि कोई आतंकवादी, उग्रवादी और घनघोर अपराधी गोवा पर कभी हाथ नहीं डालेगा। गोवा के पर्यटकों की भीड़ और यहाँ के शान्त ग्रामीण क्षेत्र में क़ानून की नज़रों से बच-बचाकर रह लेना बहुत आसान है।

एक गोवा ही है, जहाँ आतंकवादियों को विस्फोटक आसानी से भरपूर मात्रा में मिल जाता है। दरअसल, गोवा की माइनिंग इंडस्ट्री के वास्ते 'इक्स्प्लोसिव' यानी विस्फोटक विधिवत सुलभ कराया जाता है। खनन-कार्य के लिए विस्फोटक का लाइसेंस गोवा सरकार द्वारा दिया जाता है। आतंकवादी-उग्रवादी इन्हीं स्रोतों से विस्फोटक हासिल करते हैं और गोवा के बाहर जाकर धमाके करते हैं। मिस बेबी जे.जे. ने कुछेक बार ग़लत तत्त्वों को विस्फोटक का लाइसेंस निर्गत करने के मामले में गोवा सिविल सर्विसेज के एडिशनल कलक्टर स्तर के अधिकारियों की गिरफ़्तारी भी कराई है। कुछेक 'ट्रॉलर' मालिकों यानी बड़ी नावों के मालिकों को भी उन्होंने जेल भिजवाया है, जिन्होंने मांडवी और जुआरी नदी के एकान्त-सूने हिस्से में जाकर मछलियों को भरपूर मात्रा में जाल में बटोरने के लिए पानी के भीतर विस्फोटक का इस्तेमाल किया। कुख्यात आतंकवादी और 'इंडियन मुजाहिदीन' का संस्थापक यासीन भटकल एक साल से यानी वर्ष 2011 से 2012 तक गोवा के वास्को स्थित एक किराये के घर में छिपकर रह रहा था, तो इसकी गुप्त सूचना मिस बेबी जे.जे. ने ही गोवा पुलिस को दी थी। भटकल वर्ष 2010 में पुणे में हुए 'जर्मन बेकरी बम ब्लास्ट' का मुख्य आरोपी था।

काश पूर्व मंत्री रामाराव देसाई के छोटे भाई राजेश देसाई की रहस्यमय मौत को जाँचने का ज़िम्मा गोवा पुलिस उन्हें देती, तो वह पूरे मामले का रेशा-रेशा उधेड़कर रख देतीं—अख़बारों की सुर्ख़ियों पर सरसरी नज़र दौड़ाते हुए मिस बेबी जे.जे. का मन छटपटा रहा है। पेशे से वकील और मशहूर ऑस्ट्रेलियाई लेखिका केरी ग्रीनवुड की यह बात मिस बेबी जे. जे. अक्सर मंत्र की तरह मन में दोहराती हैं, 'यू नीड अ क्राइम, अ डिटेक्टिव ऐंड अ सॉल्यूशन।' कोई भी पक्का जासूस जब केस को लेकर सोचना शुरू करता है, तभी से हरक़त में आ जाता है। हरक़त में आ जाना भी उसके लिए सोचने जैसा है। एक अच्छा जासूस साथ-साथ सोचता और हरक़त करता है।

कल यानी 3 मार्च को रामाराव देसाई के छोटे भाई राजेश देसाई की रहस्यमय मौत दक्षिण गोवा के कर्चोरेम शहर के अन्तर्गत स्थित उनके फार्म हाउस में हो

गई। क्यूपेम के पुलिस उपाधीक्षक ने कहा है कि इस बात की जानकारी मिलते ही वे फ़ौरन राजेश देसाई के फार्म हाउस पहुँचे। वहाँ उन्होंने पाया कि राजेश अपने बिस्तर के नीचे गिरे मृत पड़े हैं। उनके शरीर पर कहीं कोई चोट का निशान नहीं पाया गया। क्यूपेम के पुलिस उपाधीक्षक का बयान मिस बेबी जे. जे. सिगार का धुआँ उगलते हुए बार-बार पढ़ रही हैं और उनका मन रह-रहकर उमक रहा है। पुलिस उपाधीक्षक का बयान है कि वे 'पंचनामा' बनवा रहे हैं और राजेश के शव को पोस्टमॉर्टम के लिए दे दिया गया है। मडगाँव के 'हॉस्पीसियो हॉस्पिटल' में उनका पोस्टमॉर्टम होगा। क्यूपेम के पुलिस उपाधीक्षक का अख़बार में बयान है कि 'डॉग-स्क्वायड' लेकर वे राजेश के फार्म में घुमाएँगे और उनके पलंग और चादर के फ़िंगर प्रिंट्स भी लेंगे।

"खाक लेंगे।" मिस बेबी जे.जे. ने मेज़ पर पड़े अख़बारों को एक किनारे हटा दिया है। उन्हें कड़क कॉफ़ी की तलब महसूस हो रही है।

यह केस बिलकुल साफ़ है। मिस बेबी जे. जे. को याद है कि राजेश देसाई अपने दो साथियों—बालेश देसाई और विनय देसाई सहित 'समीर मापरी हत्याकांड' में जुलाई, 2007 में फँसा था। समीर मापरी की हत्या राजेश के इसी फार्म हाउस में हुई थी। हत्या का यह मामला अदालत में छह साल तक चला और अन्ततः सबूत के अभाव में फरवरी, 2013 में मडगाँव के डिस्ट्रिक्ट ऐंड सेशंस कोर्ट से राजेश अपने दोनों साथियों समेत रिहा हो गया था। कॉफ़ी की एक बड़ी घूँट भरकर मिस बेबी जे. जे. का जी कर रहा है कि मोटे दिमाग़वाले क्यूपेम के पुलिस उपाधीक्षक को वे फ़ोन कर कहें कि राजेश देसाई की हत्या का सूत्र समीर मापरी हत्याकांड से जुड़ा है। पुलिस को तहक़ीक़ात उस दिशा में करनी चाहिए।

अब शाम हो रही है। मिस बेबी जे. जे. का सारा दिन बेचैनी में बीता है। अभी टेलिविज़न पर ख़बरें आ रही हैं। राजेश देसाई की पोस्टमॉर्टम रिपोर्ट आ गई है। मामला 'ओरल प्वॉयजनिंग' का है। ज़हर खिलाकर राजेश देसाई की हत्या की गई है। सिगार सुलगाकर कश लेते हुए मिस बेबी जे. जे. अपने दफ़्तर सह आवास में अपने भीतर भड़क रही हैं। थोड़ी देर बाजू के 'ओ' कोकएइरो रेस्टोरेंट' में बैठा जाए। इससे मन हल्का होगा। वे जब-जब इस रेस्टोरेंट में आती हैं और अमूमन कुछ देर के लिए रोज़ आती ही हैं, तो वहाँ लगी चार्ल्स शोभराज की मूर्ति देख उनका हौसला बढ़ जाता है। दुनिया के किसी भी कोने में कहीं भी अपराध की कोई बड़ी घटना होती है, तो अख़बार में उसके अनुसंधान की ख़बर मिस बेबी जे. जे. ढूँढ़-ढूँढ़ कर पढ़ती हैं। अनुसंधान की दिशा अगर उन्हें सही नहीं लगती, तो उन्हें बहुत खीज मचती है। वे सच्चे हृदय से जासूस हैं। उन्हें कभी-कभी लगता है कि अपनी माँ के गर्भ में रहते हुए उन्होंने जासूसी शुरू कर दी थी। अपने माता-पिता की बस वह एकमात्र संतान हुईं। उनकी माँ दोहरे बदन की थीं और उनके रिश्तेदार परिहास में कहते थे कि इस मोटी औरत ने एक चुहिया पैदा की। उनके माता-पिता इस बात से अन्तिम साँस तक अत्यन्त दग्ध रहे क्योंकि उनका क़द तीन फ़ीट सात इंच पर

जाकर ठहर गया था। पर मिस बेबी जे. जे. के पापा, जो गोवा स्टेट सर्विसेज में थे, अक्सर कहते थे, "माइ डॉटर इज थ्री फ़ुट सेवेन इंचेज। बट हर इंटेलिजेंस इज थाउजेंड फ़ुट।" मिस बेबी जे. जे. के ख़ानदान में कभी कोई जासूसी के पेशे में नहीं था। पर बचपन से क्राइम फ़िक्शन, मिस्ट्री फ़िक्शन और डिटेक्टिव फ़िक्शन पढ़ने का उन पर नशा छाया था। अगाथा क्रिस्टी, सू टेलर, ताना फ़्रेंच, पी. डी. जेम्स और गिलियन फ्रिलन समेत दुनिया भर की अनेक जासूसी उपन्यासों की महिला लेखिकाओं को पढ़-पढ़कर मिस बेबी जे. जे. इस नतीजे पर पहुँचीं कि पुरुषों की अपेक्षा महिलाओं में जासूसी के बहुत ज़्यादा गुण होते हैं। इस तरह जासूसी साहित्य पढ़ते-पढ़ते वे अनायास जासूसी के पेशे से जुड़ गईं। 'कॉन्फ़िडेंशल डिटेक्टिव' नाम से वह अपनी डिटेक्टिव एजेंसी चलाएँ, यह एक रात उन्होंने स्वप्न में देखा। वह दिन और आज का दिन। कितना समय निकल गया इस बीच। उनकी मम्मी बहुत समय तक इस बात से व्यथित रहीं कि उनके बहुत छोटे क़द के कारण शायद ही कोई उनसे विवाह करने को राजी होगा। मिस बेबी जे. जे. को याद है कि जब भी मम्मी इसको लेकर सुबकती थीं, तो वे मम्मी के गले में बाँहें डाल मुस्कराकर कहती थीं, "मॉम! सच्चे जासूस को कभी शादी नहीं करनी चाहिए।" उनकी इस बात पर मम्मी ने बिहँसते हुए एक दिन 'द गर्ल डिटेक्टिव' कविता की कुछ पंक्तियाँ कही थीं, "द गर्ल डिटेक्टिव डज नॉट डेट...शी सिट्स ऐट होम...इटिंग अ पीस ऑव डेविल्स फ़ूड केक...।" पेशे से जासूस लड़की प्रेम प्रसंगों में रुचि नहीं रखती। घर बैठे अकेले अपने पसन्दीदा 'डेविल्स चॉकलेट केक' के मज़े लेना ही, उसके लिए रूमानियत है।

"लो, डेविल्स फ़ूड केक फ़ॉर यू।" कभी-कभी अपनी बेकरी से वाक़ई 'डेविल्स फ़ूड केक' बनवाकर सेबेस्टिअन रॉड्रिक्स उनके लिए लेकर आते थे। उनके अपने 'रॉड्रिक्स गोल्डेन ओवन' में तैयार कराया यह ख़ास केक लगता था, गन्ने के रस से भीगा चॉकलेट केक हो। जीवन में बेवजह आपको प्यार करनेवाले लोग कितने बेशकीमती होते हैं। सेबेस्टिअन रॉड्रिक्स अब दुनिया में नहीं हैं लेकिन उनका भाई-सा अनुराग मिस बेबी जे. जे. को हमेशा मिला। मिस बेबी जे. जे. ने याद किया, सेबेस्टिअन उनके क़द को लेकर बड़े अनुराग से कहते थे, "ओय सिस्टर! यू आर नॉट शॉर्ट। यू आर कॉम्पैक्ट। सो अ' डॉरबल। बहुत प्यारी।"

और सेबेस्टिअन की बेटी सैंड्रा भी मिलने पर उनसे यही कहती है, "बेबी बुआ! यू आर अमेजिंगली अ' डॉरबल। हमेशा चकित करती मेरी सुन्दर प्यारी बुआ।"

समय के कोहरे में गुम हो जाएँगी एक दिन वह भी—सोचती हैं मिस बेबी जे. जे। अपने छोटे क़द के कारण उन्हें सांसारिक प्यार नहीं नसीब हुआ। होश सँभालने के साथ उन्होंने अपने दिल को समझा लिया था कि शादी-ब्याह के बारे में उन्हें कल्पना करने का भी अधिकार ईश्वर ने नहीं दिया है। बस उँगलियों पर गिने लोगों ने उन्हें प्यार किया। एक जासूस की क़िस्मत में न शादी होती है, न प्यार! माया-मोह एक जासूस के लिए वर्जित है। 'ओ' कोकएइरो रेस्टोरेंट' के बाहर गहराती शाम

को देखते हुए मिस बेबी जे. जे. को अभी लग रहा है कि ऐसी ही किसी गहराती रात में बहुत पहले बिसरा दिये गए किसी जंगल की हवा के साथ निकल, कोहरे में भीगते हुए, एक सच्चे जासूस की तरह वे दबे पाँव दुनिया से निकल जाएँगी।

सियोलिम इज़ सियोलिम इज़ सियोलिम

एक हफ़्ते से अपने जर्मन संगीतकार मित्र नाफ़ी हराल्ड वेबी उर्फ़ स्वामी अनंत नाफ़ी के संग एंटोनियो जवाहरलाल पिमेंटा उर्फ़ नेहरू पिमेंटा पणजी से 15 किलोमीटर दूर स्थित अपने गाँव सियोलिम में धुनी रमाये हुए हैं। बर्गर ब्रैगांज़ा को भी नेहरू पिमेंटा यहाँ अपने साथ लाए हैं। बर्गर को फिर से एक पल के लिए भी वे बेज़ार नहीं होने देना चाहते। नाफ़ी हराल्ड वेबी को भी बर्गर के लिए बहुत अनुराग रहता है। वे कहते हैं कि "जर्मनी में एक प्राचीन कहावत है—टाइम स्पेंट विद कैट्स इज़ नेवर वेस्टेड।" एक निमिष थमकर फिर नाफ़ी कहते हैं, "बर्गर ब्रैगांज़ा हमारी टीम का मेम्बर है।"

नाफ़ी को सियोलिम आकर मज़ा आता है। तक़रीबन 24 साल अपने देश जर्मनी और 40 साल गोवा में व्यतीत कर चुके मस्तमौला नाफ़ी पहले भावुक हिप्पी गाने गाते थे। पर बाद में उनकी पहचान 'हैरी-द बास प्लेयर' के रूप में बन गई। हिप्पियों की शुरुआती जमात में शामिल नाफ़ी एक अंग्रेज़ लड़की के प्यार में पड़कर दुनिया भर का चक्कर मारते रहे और आख़िरकार उसके साथ गोवा में बस गए। उनकी अंग्रेज़ प्रेमिका उन्हें छोड़कर बाद में पूना के रजनीश आश्रम में चली गई। उसके पीछे-पीछे नाफ़ी भी रजनीश आश्रम पहुँचे और वहाँ दीक्षित हो स्वामी अनंत नाफ़ी बन गए। पूना आश्रम में कुछ साल रहने के बाद वे अकेले वापस गोवा लौट आए और यहीं टिक जाने का मन बना लिया।

गोवा में बागा बीच से लेकर कैंडोलिम और अंजुना बीच तक हर महीने 'फ़ुल मून पार्टी' करने का चलन रहा है। अंजुना बीच पर आयोजित एक 'पूर्ण चन्द्रमा प्रीतिभोज' में नाफ़ी की मुलाक़ात एक बार कई गोअन संगीतकारों से हुई और नाफ़ी ने कल्पना की कि अगर ऐसे आनन्दपूर्ण 'फ़ुल मून प्रीतिभोज' पूरे गोवा ही नहीं, भारत के विभिन्न हिस्सों में आयोजित किए जाएँ, तो कितना अच्छा हो! नाफ़ी ने हिप्पी संगीत और अनेक वाद्य यंत्रों के संयोजन से गोवा के कई इलाक़ों में ऐसे मधुर आयोजन किए भी। इसी दौरान उनका परिचय नेहरू पिमेंटा से हुआ, जो समय के साथ गाढ़ी दोस्ती में बदल गया। नाफ़ी जब 'हाइब्रिड सितार' यानी वर्णसंकर सितार के आविष्कार में जुटे थे, तो नेहरू पिमेंटा ने उन्हें बहुत प्रोत्साहित किया था। छह स्ट्रिंग यानी तंत्री वाला यह वर्णसंकर सितार गिटार के चचेरे भाई सरीखा है। एक बार सियोलिम के सालाना संगीतोत्सव में नेहरू पिमेंटा ने नाफ़ी से उनके वर्णसंकर सितार का वादन विशेष रूप से कराया था और सियोलिम के

ग्रामीण उसी समय से उनके दीवाने हो गए। इसलिए सियोलिम आने के नाम पर नाफ़ी हरदम तैयार रहते हैं। सियोलिम के लोग उन्हें 'हाइब्रिड म्यूज़िशियन' कहते हैं। सियोलिम के नुक्कड़ों और चायख़ानों पर लोगों को जहाँ कहीं नाफ़ी दिख जाते हैं, तो उनसे ज़िद कर स्टीफ़न स्टिल्स का लिखा प्रसिद्ध करुण हिप्पी गीत लोग सुनते ही हैं। ऐसे में नाफ़ी के वर्णसंकर सितार की छहो तंत्री उनके सुर के संग दाहक करुणा में डूबने-उतराने लगती है—

"इफ़ यू आर डाउन ऐंड कनफ़्यूज़्ड...ऐंड यू डोंट रिमेम्बर हू यू आर टॉकिंग टू...कॉन्स्ट्रेशन स्लिप्स अवे...बिकॉज यॉर बेबी इज़ सो फ़ार अवे...वेल, देअर इज़ अ रोज, इन अ फ़िस्टेड ग्लव...ऐंड द ईगल फ़्लाइज विद द डव...ऐंड इफ़ यू कांट बी विद द वन यू लव...हनी! लव द वन यू आर विद...डोंट बी एंग्री, डोंट बी सैड...डोंट सिट् क्राइंग ओवर गुड टाइम्स यू हैड...देअर इज़ अ गर्ल, राइट नेक्स्ट टू यू...ऐंड शी इज़ जस्ट वेटिंग फ़ॉर समथिंग...टु डू।"

इस प्रसिद्ध करुण गाने की पृष्ठभूमि बताना नाफ़ी कभी नहीं भूलते हैं। गाना ख़त्म कर वे कहते हैं, "दरअसल, स्टीफ़न स्टिल्स इस गाने को लिखने के लिए म्यूज़िक के दिग्गज बिलि प्रेस्टन के इस टैग-लाइन—'इफ़ यू कांट बी विद द वन यू लव, लव द वन यू आर विद' से गहरे प्रभावित थे। लिहाज़ा, स्टीफ़न ने बिलि से उनकी इस पंक्ति का अपने गाने में उपयोग करने की अनुमति माँगी।" हर बार की तरह इस बार भी गाँव में उनके इस गाने की भारी माँग है और हफ़्ते भर में नाफ़ी नुक्कड़ों पर और चायख़ानों में ग्रामीणों की जमघट के बीच आठ-दस बार अपने पोर्टेबल वर्णसंकर सितार के संग इसे गा चुके हैं। नाफ़ी ने मुस्कराकर नेहरू पिमेंटा से कहा है, "सिंगर को क्या चाहिए लिस्नर...। सियोलिम इज़ अ ग्रेट लिस्नर। सियोलकर्स ये जानते हैं कि म्यूज़िक...द ग्रेटेस्ट गुड दैट मॉरटल्स नो...।"

पुलक से हर साल की तरह सियोलिम फिर इन दिनों सिहर रहा है। बाख़ का जन्मदिन 21 मार्च को पड़ता है और 26 मार्च को बीथोवेन की पुण्यतिथि। इसलिए 26 मार्च को इकट्ठे हर साल बाख़-बीथोवेन की स्मृति में यहाँ भव्य संगीत उत्सव होता है। इस अवधि में सियोलिम के उल्लसित जादुई साँस की अनुभूति सभी सियोलकरों को है। मार्च के अन्तिम दिनों में गानों का गाछ बन जाता है सियोलिम। संगीत से उन्मत्त उद्वेग की यहाँ ऐसी सिम्फनी होती है, जिसमें लगता है, ईश्वर भी गाते हुए नाच में उतर पड़े हैं। बाख़ और बीथोवेन की सुर लहरियों से वाष्पित साँसें फागुन के इन आख़िरी दिनों को कुछ ज़्यादा ही शोख और मुदित कर देती हैं। पर सियोलिम के इस सालाना संगीतोत्सव को क़ामयाब बनाने के लिए प्रत्येक वर्ष मार्च के दूसरे हफ़्ते से अपने गाँव आकर जवाहरलाल पिमेंटा उर्फ़ नेहरू पिमेंटा को घुटना अड़ाना पड़ता है। अपने पिता के चचेरे भाई मैनुएल उर्फ़ मानु अंकल के सियोलिम स्थित विशाल पुश्तैनी वीरान परिसर के मुक्ताकाश में यह अनूठा वार्षिक आयोजन नेहरू पिमेंटा कुछ इस समर्पण और अनुराग से मनाते हैं, जैसे इस गाँव के उदासी से धीपते जीवन के ताप से चाय की पत्ती का सुनहरा रंग खिला रहे हों। गाँव के बड़े बुज़ुर्ग

एकमत से कहते हैं कि यह सब मैनुएल उर्फ़ मानु के परदादा पिंटा सपाई के पुण्य का प्रतिफल है। सन् 1892 में 114 वर्ष की उम्र में गुज़रे पिंटा सपाई संगीत के संग सोते-जागते रहनेवाले प्राणी थे। सियोलकरों का मानना है कि हमेशा जीवन-संगीत में रमे रहने के कारण ही पिंटा सपाई इतनी शानदार और लम्बी ज़िन्दगी जी सके। सियोलकरों की यह भी आस्था है कि अपने परदादा के इसी संगीत-प्रसाद से उनके परपोते मैनुएल को कुछ दशक पहले अपने परिसर में बीथोवेन की आदमक़द मूर्ति लगवाने का भूत चढ़ा या यों कह सकते हैं कि प्रेरणा मिली। अर्से तक ब्राज़ील में रहने के बाद मैनुएल उर्फ़ मानु जब कुछ समय के लिए गाँव में रहे, तो दीवाने की तरह जुटकर अपने विशाल परिसर में बीथोवेन की मूर्ति लगवाने का अपना पुराना स्वप्न साकार करके ही दम लिया। और एक समय पत्नी के दबाव पर जब उन्होंने अमेरिका जाने का निर्णय लिया, तो पणजी का अपना बड़ा-सा घर विस्मयपूर्ण नगण्य दर पर नेहरू पिमेंटा के पिता फ्रैंक पिमेंटा के हाथों बेचते हुए कहा, "फ्रैंक! बस एक मदद करना कि बीच-बीच में सियोलिम जाकर हमारे बीथोवेन की खोज-खबर कृपया ले लिया करना।" फ्रैंक पिमेंटा ख़ुद ही संगीत के रसिया और बाख़ के अन्धभक्त थे। लिहाज़ा, मैनुएल उर्फ़ मानु के अमेरिका जाने के अगले ही साल से 26 मार्च को सियोलिम में भव्य सांगीतिक आयोजन उन्होंने करना शुरू किया, तो अपने जीवन के अन्तिम वर्ष तक मुस्तैदी से निभाते रहे। पिता के गुज़रने के बाद स्वाभाविक रूप से इस वार्षिक आयोजन का ज़िम्मा नेहरू पिमेंटा ने थाम लिया।

हर साल पश्चिमी संगीत के भारतीय दिग्गजों का जमावड़ा सियोलिम का जीवंत स्वप्न है। उत्सुकता के सारस अभी से नज़रें बिछाए हुए हैं कि कौन-कौन से सितारे इस बार सियोलिम की धरती पर उतरनेवाले हैं। मशहूर पॉप सिंगर रेमो फ़र्नांडीस इस गाँव के ही हैं। हालाँकि, उन्होंने पुर्तगाल की नागरिकता ले रखी है लेकिन स्थायी निवास उनका सियोलिम ही है। रेमो ने अपना खूँटा हमेशा से यहीं सियोलिम में गाड़ रखा है। दुनिया में रेमो चाहे कहीं जाकर गाने गाएँ लेकिन वापस वे सियोलिम ही लौटते हैं। ज़ाहिर है कि लुइस रेमो डे मारिया बर्नार्डो फ़र्नांडीस उर्फ़ रेमो की आत्मा सियोलिम में बसती है। इसलिए दुनिया में वे कहीं हों पर मार्च अन्त में सियोलिम में होनेवाले संगीतोत्सव में वे होते ही होते हैं।

संगीत सियोलिम के रग-रेशे में है। सियोलिम के स्वर्गीय ज़ोआओ जिन्हो कार्वाल्हो उर्फ़ जॉनसन को आज भी गाँव के पुराने लोग 'गॉड ऑव म्यूज़िक' के रूप में याद करते हैं। संगीत के संग-संग 'जॉनसन ऐंड जॉली ब्वायज़' नामक उनकी एक मशहूर फुटबाल टीम भी थी। स्व. जॉनसन के बेटे जुवेंसियो ने भी पिता की गौरवशाली संगीत परम्परा को क़ायम रखा है। वे सियोलिम के बच्चों को संगीत का प्रशिक्षण देते हैं। अपने संगीत विद्यालय का नाम जुवेंसियो ने पिता की स्मृति में रखा हुआ है—'जॉनसन्स म्यूज़िक'। सियोलिम के ही नामचीन सैक्सोफ़ोनवादक स्व. रोज़ारियो टकीला भी थे, जिन्होंने अर्से तक बम्बई के पाँच सितारा होटलों में सैक्सोफ़ोन बजाया और हिन्दी सिनेमा में भी योगदान दिया। रोज़ारियो टकीला का

अपने गाँव से ऐसा ही कुछ पागल-प्यार था कि वे हर हफ़्ते-पखवारे सियोलिम आए बिना नहीं रहते थे। यहाँ के बुज़ुर्ग जैज़ वादक पास्कल फ़र्नांडीस की भी ऐसी ही कहानी है। दो दशकों से अधिक तक बम्बई के मशहूर नाइट क्लबों में जैज़ म्यूज़िक की तरंगों पर श्रोताओं को मदहोश करते रहने के बाद पास्कल वापस सियोलिम आ गए और आख़िरी साँस तक यहीं रहे। बम्बई में आज भी जैज़ म्यूज़िक को लेकर जब कहीं चर्चा छिड़ती है, तो स्व. पास्कल फ़र्नांडीस का नाम आता ही है।

बम्बईवाले भी मानते हैं कि गोवा की नाभि में संगीत का नैसर्गिक नाद है। इस क्रम में लता मंगेशकर और किशोरी अमोनकर से लेकर ओलेगेरियो फ्रैंक तक की सूची फैलने लगती है। ओलेगेरियो फ्रैंक गोवा के पहले सिंगर थे, जो गाने के लिए सन् 1952 में इंग्लैंड आमंत्रित किए गए थे। शुरू में ओलेगेरियो ने मैड्रिगल सिंगर यानी प्रेम गीतों के गायक विक्टर परांजोटि से दीक्षा ली और धीरे-धीरे अपने अनवरत कठोर अभ्यास के बूते वे लंदन के संगीत जगत में प्रसिद्ध हो गए। ऑपरा, सांगीतिक थियेटर, यूरोपियन सिनेमा और टेलिविज़न में उनकी धूम मच गई। लम्बी अवधि तक इंग्लैंड में उनका जादू बरक़रार रहा। ओलेगेरियो फ्रैंक की मृत्यु 70 साल की उम्र में सन् 2005 में हो गई। ओलेगेरियो की तरह और भी कई गोअन संगीत दिग्गजों ने यूरोप में झंडा लहराया। हालाँकि, सन् 1510 में जब पुर्तगालियों ने गोवा पर क़ब्ज़ा जमाकर अपनी सत्ता क़ायम की, उसके बाद ही गोवा में धार्मिक और मार्शल म्यूज़िक की शुरुआत हुई। उस दौरान अन्तरराष्ट्रीय स्तर पर बहुत समय तक गोवा के किसी कलाकार की पहचान नहीं बनी थी। दरअसल, 20वीं सदी के शुरू के कुछ दशकों तक तो गोवा में संगीत के नाम पर ऐसा कुछ भी नहीं हो सका, जिसकी चर्चा बाहर की दुनिया में हो पाती। सन् 1945 में जब दूसरे विश्वयुद्ध का समापन होने को आया, तो यूरोप और अमेरिका के नामचीन गायक विश्व भ्रमण पर निकले। इन विदेशी गायकों ने भारतीय श्रोताओं को मुग्ध कर दिया। यह सब देखकर गोवा समेत पूरे भारत की नई पीढ़ी को लगा कि संगीत के क्षेत्र में अगर वे भी कुछ अलग और अनूठा करें, तो संगीत के आकाश को छू सकते हैं। उनका भी संगीत इन विदेशी कलाकारों की तरह देश-विदेश में फैलेगा। ओलेगेरियो फ्रैंक सरीखे नाम इन्हीं सपनों के संग संगीत की दुनिया में दाख़िल हुए और छाते चले गए। इसी तरह बाद के वर्षों में गोवा के डिसूज़ा बन्धु ने भी संगीत में ख़ासी प्रसिद्धि पाई। वायलिन के जादूगर येहुदि मेनुहिन एक बार भारत की यात्रा पर पहुँचे। संयोग से डिसूज़ा परिवार के दो छोटे लड़कों राल्फ़ डिसूज़ा और हार्वे डिसूज़ा की प्रस्तुति येहुदि मेनुहिन के स्वागत में रखी गई थी और उसके बाद येहुदि मेनुहिन का वायलिन वादन होना था। राल्फ़ और हार्वे की प्रतिभा से येहुदि मेनुहिन इतने ख़ुश हुए कि उन्होंने इन दोनों लड़कों के माता-पिता को सहमत किया कि वे इन्हें लंदन के उनके म्यूज़िक स्कूल में प्रशिक्षण के लिए भेजें। बहरहाल, डिसूज़ा बन्धु यानी राल्फ़ और हार्वे ने पहले लंदन स्थित येहुदि मेनुहिन के म्यूज़िक स्कूल में शिक्षा पाई और उसके बाद मेनुहिन की पहल पर ही फ़िलाडेल्फ़िया गए। इसी तरह सुश्री पेट्रीशिया

रोज़ारियो! बाख़ से लेकर बीथोवेन के संगीत को सिद्ध कर विश्व ख्याति पा चुकी गोवा की पैट्रीशिया ने गोवा के कई कलाकारों को आगे बढ़ाया। जो आने डे मेलो का नाम आज जिस ऊँचाई पर है, उसके पीछे की शक्ति पैट्रीशिया ही हैं। पैट्रीशिया के माता-पिता संगीत के क्षेत्र में थे, इसलिए स्वाभाविक रूप से संगीत उनकी नसों में था। अंग्रेज़ी और फ्रेंच की पढ़ाई करने के बाद पैट्रीशिया ने लंदन के 'गिल्डहॉल स्कूल ऑव म्यूज़िक' में स' प्रानो यानी ऊँचे स्वर में गाए जानेवाले संगीत में सिद्धि पाई। पैट्रीशिया रोज़ारियो के पति मार्क ट्रप बड़े मशहूर पियानोवादक हैं।

पियानो के की-बोर्ड पर भी गोवा ने दुनिया में जलवा बिखेरा। गोवा के दो पियानोवादक गेविन मार्टिन और उनकी पत्नी जोआने मार्टिन ने लंदन के 'रॉयल कॉलेज ऑव म्यूज़िक' से प्रशिक्षण लिया और पियानो संगीत के महत्त्वपूर्ण नाम बन गए। पियानो में गोवा के नोएल फ़्लोर्स की भी दुनिया में शोहरत है। इसी तरह हाल-साल में वायलिन में गोवा के दो नाम ने बहुत तीव्रता से संगीत का आसमान छुआ। इनमें एक नाम सायना मायला कोट्टा का है, जिन्होंने जर्मनी में वायलिन सीखा। दूसरा नाम मार्गरिडा मिरांडा का है, जिन्होंने गोवा के अल्फ्रेडो गामा से प्रशिक्षण लिया। अर्से तक जर्मनी में वहाँ के बच्चों को वायलिन का प्रशिक्षण देने के बाद अल्फ्रेड ने तय किया कि गोवा में रहकर ही वे गोअन बच्चों को वायलिन में प्रशिक्षित करेंगे। 'पूरा गोवा ही कलावंत है'—कहते हैं नेहरू पिमेंटा के जर्मन संगीतकार मित्र नाफ़ी हेराल्ड वेबी। यही वजह हुई कि गोवा ने बरबस उन्हें हमेशा के लिए बाँध लिया। पर नाफ़ी यह जोड़ना कभी नहीं भूलते कि सियोलिम पूरे गोवा में सबसे बड़ा कलावंत और गुणग्राहक गाँव है। इसकी साँस-नसों में संगीत समाया हुआ है। बात सही है। संगीत सियोलिम के लिए अन्न-जल की तरह अनिवार्य है। पर यों सियोलिम अन्य दूसरे क्षेत्रों में भी ज्ञानी-गुणी गाँव है। संगीतकारों के अलावा सियोलिम गाँव के खाते में गुच्छे के गुच्छे डॉक्टर, खिलाड़ी, पुजारी, बिशप और पता नहीं क्या-क्या हैं। डेढ़-दो दर्जन तो डॉक्टर ही हैं। एक ज़माना था जब यहाँ के डॉ. जेफ्रीनो के दवाख़ाने पर सियोलिम समेत आसपास के अनेक गाँवों के लोगों की भीड़ उमड़ी रहती थी। इन दिनों डॉ. दत्ता रामनाथ नाइक के क्लिनिक का भी कुछ वैसा ही दृश्य रहता है। यही नहीं, डॉ. फ्रैंक पेरेरा, डॉ. बिधान दास, डॉ. डोनाल्ड डिसूज़ा, डॉ. गीता एस. गोवेकर, डॉ. एडना पेरेरा, डॉ. सचिन गोवेकर और डॉ. ललिता फ़र्नांडीस को भी दम मारने की फ़ुर्सत नहीं होती थी। डॉ. जेवियर फ़र्नांडीस सियोलिम के एकलौते मवेशी डॉक्टर हैं। ज़ाहिर है कि सियोलिम और आसपास के अनगिनत गाँवों के मवेशियों के दुख-दर्द का भार अकेले उन्हीं पर है। कोंकणी मासिक 'रोटी' का सम्पादन करनेवाले फ़ादर मोरेनो डिसूज़ा सियोलिम के ही निवासी हैं। नेहरू पिमेंटा को सियोलिम के बारे में लिखे उनके एक सम्पादकीय की कुछ पंक्तियाँ आज भी हू-ब-हू याद हैं, "रोज़ इज़ अ रोज़ इज़ अ रोज़ ऐंड सियोलिम इज़ सियोलिम इज़ सियोलिम...।" गुलाब की उपमा जिस तरह गुलाब से ही दी जा सकती है, सियोलिम की उपमा भी सिर्फ़ सियोलिम से ही दी जा सकती है। नेहरू

पिमेंटा भी सियोलिम की गौरव-गरिमा बखानने में कमी नहीं करते हैं। वे अभिभूत हो कहते हैं, "सियोलिम गुलाब है और यहाँ के ग्रामीण गुलाब की पंखड़ियाँ।"

इन दिनों गुलाब की पंखड़ियों के बीच संचित परागकोष में आगामी संगीतोत्सव को लेकर पल-पल सिहरन है। चर्चा है कि भारतीय पॉप संगीत की महारानी पद्मश्री उषा उथुप और जैज़-पॉप गानों में मशहूर सुजान डिमेलो को नेहरू पिमेंटा ने इस बार विशेष रूप से आमंत्रित किया है। सोलह वर्षों तक सियोलिम के सरपंच रह चुके फ्रांसिस फ़र्नांडीस मुस्कराकर कहते हैं, "सियोलिम चर्च में इन दिनों लोग प्रेयर से ज़्यादा इस रस में डुबकियाँ लगा रहे हैं कि उषा उथुप और सुजान डिमेलो से उन्हें उनके कौन-कौन से हिट गाने सुनने को मिलेंगे।" फ्रांसिस फ़र्नांडीस के मित्र जॉन की मुटल्ली पत्नी इवलिन कहती हैं, "इसमें गलत क्या है? एक अच्छा गाना किसी प्रार्थना से कम नहीं होता। उषा उथुप के कई गानों पर तो मैं जान छिड़कती हूँ। 'रंभा हो'...'जम्बंलाया'...और 'पाउरिंग रेन' का कोई मुकाबला है क्या? मैं ये सब गाने उषाजी से ज़रूर सुनना चाहूँगी। और सुजान डिमेलो से उनके सुपर हिट गाने...'ऐ बच्चू'...'चिग्गी-विग्गी' और 'काइट्स इन द स्काइ...आइ वांट टू फ़्लाइ विद यू टुनाइट'। खुशी में सच्ची...मुझे अभी से नींद नहीं आ रही है।"

सियोलिम की अंजली और उसके दोनों बच्चे—बेटा देवेश और बेटी गायत्री एक-एक दिन की गिनती कर रहे हैं। पीटर ने अंजली से कह रखा है कि वह उसे अगली पंक्ति के वास्ते वी. आई. पी. कार्ड देगा। पीटर के आश्वासन से अंजली चैन में है। अंजली अपने दोनों छोटे बच्चों और पति के संग ससुराल के पुश्तैनी घर 'लक्ष्मी निवास' में रहती है। सियोलिम का पीटर संगीत-समारोह को सफल करने में हर साल जान लगा देता है। दो-तीन वर्षों से अपने रूसी मित्र बोरिस का भी वह इसमें पूरा सहयोग लेता है। सियोलिम समेत आसपास के गाँवों में कार्ड-वितरण का दायित्व नेहरू पिमेंटा उसे ही सौंपते हैं। पीटर और बोरिस, दोनों के पास मोटरसाइकिल की सुविधा है। नेहरू पिमेंटा ने दोनों से कई बार कहा है कि वे लोग कम से कम पेट्रोल का पैसा तो ले लिया करें, "तुम दोनों दोस्त सिर्फ मुझे अपना पसीना दो, पेट्रोल नहीं।" पर दोनों इस प्रस्ताव को लेकर हमेशा विद्रोह कर देते हैं, "अंकल! इस फ़ंक्शन की वजह से हर साल सियोलिम की शान बढ़ती है। अपने गाँव की शान के लिए क्या हम इतना भी नहीं कर सकते।" रूस का बोरिस भी सियोलिम के लिए अपने गाँव से कम लाड़ नहीं रखता। पीटर दो भाई हैं। उसके बड़े भाई सपरिवार इंग्लैंड में रहते हैं। 40 वर्षीय पीटर कुँवारा है। इसलिए घर में जगह ही जगह है। पीटर ने पिछले कुछ वर्षों से अपने घर का एक हिस्सा बोरिस को मामूली किराये पर दे रखा है। बोरिस गोवा पर कुछ शोध कर रहा है। पीटर के बुज़ुर्ग पड़ोसी एक लकवाग्रस्त पाँव से लाचार मार्क फ़र्नांडीस अक्सर मधुर चुटकी लेते हैं, "ये दूसरे बोरिस पास्तरनाक हैं। ये भी 'डॉ. जिवागो' जैसी ही कोई क्लासिक किताब लिखेंगे।" 70 वर्षीय चिर कुमार मार्क की चुटकी पर बोरिस छूटते हुए कहता है, "मैं अपने मकान मालिक और दोस्त पीटर तथा आपकी कहानी लिखूँगा—पीटर

ऐंड मार्क! सियोलिम के दो प्यारे संगीत प्रेमी चिरकुमार।" "ठीक है फिर हम दोनों के लिए तुम्हीं रूस में लड़की ढूँढ़ दो।" आगे के चार टूटे दाँतोंवाले निचले मसूढ़े के संग मार्क फ़र्नांडीस को बरबस हँसी छूट जाती है।

"ठीक है। दैट्स ग्रेट! मैं आप दोनों के लिए रसियन लड़कियाँ देखता हूँ। रसियन बीवियाँ केयरिंग और ईमानदार जीवनसाथी होती हैं। वे हर हाल में खुश रहती हैं और दिलचस्प बातूनी होती हैं। उनमें नैसर्गिक मसखरापन होता है। वे कुछ ज्यादा ही स्वस्थ, प्रलोभनीय और आकर्षक होती हैं।" बोरिस मुस्कराते हुए कहता है।

"बोरिस! सिर्फ ये ही दोनों नहीं, एक कैंडिडेट मैं भी हूँ।" अपने सामने कभी यह मधुर नोक-झोंक छिड़ने पर अधेड़ जर्मन संगीतकार नाफ़ी कहते हैं!

"फ़ैंटस्टिक...सुपर्ब आइडिया। तब मैं यहाँ एक 'मैरिज ब्यूरो' ही शुरू कर देता हूँ।" बोरिस की हँसी रोके नहीं रुकती है। नाफ़ी बिहँसते रहते हैं, "यह कहावत गलत नहीं कि—मैरी इन हेस्ट, रिपेंट ऐट लेशर...। मैंने एक बार इसका अनुभव कर लिया है।"

"सबसे सीरियस केस मेरा है। मेरी उम्र 70 साल है। एक पैर लकवाग्रस्त है। मैं उम्र में आप सबसे बड़ा हूँ। पहले मेरी शादी होने दीजिए।" रूठने के एक क्षणिक स्वाँग के साथ ही मार्क को भी हँसी छूट जाती है।

"बेटर लेट दैन नेवर...आइ विल सर्च अ राइट ब्राइड...! ब्रदर मार्क के लिए मैं ढूँढ़ निकालूँगा एक हैल्दी लाइफ़ पार्टनर।" बोरिस उद्गार में तालियाँ बजाता है, "ब्रदर मार्क विल मैरी सून।"

हँसोड़-ख़ुशमिज़ाज मार्क अपनी शादी को लेकर उठे हास-परिहास में भले छलकते हुए जुड़ते हैं लेकिन नेहरू पिमेंटा की नज़र से जल्दी ही उनका राख होता चेहरा नहीं छिपता। एक गहरी धूसर उदासी की परत चोरी से उनके चेहरे पर छाने लगती है। ख़ुद उनका दिल डूबने लगता है। बरबस कई साल पहले के वे दृश्य तेज़ भागती ट्रेन की तरह तेज़-तेज़ मन में गुज़रते हैं। मिसेज़ माया पिमेंटा...मिसेज़ माया फ़र्नांडीस! नेहरू पिमेंटा को वे कुछ कड़वे प्रसंग मालूम हैं कि मार्क की शादी कैसे एक-दो बार होते-होते रह गई थी। एक बार तो लड़की के माता-पिता ने मार्क के लकवाग्रस्त पैर को नज़रअन्दाज़ कर शादी तय कर दी थी लेकिन ऐन मौक़े पर लड़की ने चर्च में विद्रोह कर दिया। लिहाज़ा, अत्यन्त विषादपूर्ण माहौल में सबको चर्च से वापस होना पड़ा। जीवन के ऐसे गहरे दाग शायद ही कभी मन से मिट पाते हैं। ईश्वर ने मार्क को यही दिया—एक लकवाग्रस्त पाँव और ख़ाली जेब।

चिरकुमार मार्क के पिता मि. जोकेम मैनुएल बम्बई की एक कम्पनी में आजीवन अकाउंटेंट रहे। लेखाकार की अपनी इसी नौकरी से उन्होंने अपनी चार बेटियों मोरिन, जेना, रिनी और एनीसेंट तथा दो बेटों एबल व मार्क की परवरिश की। चारों बेटियों की शादी हो गई। एबल एक अच्छी नौकरी पाकर दुबई चले गए। अपने पिता के अवकाश ग्रहण करने के बाद माता-पिता के बुढ़ापे की लाठी बन बचपन से एक पाँव से लकवाग्रस्त मार्क सियोलिम स्थित अपने पुश्तैनी घर में रहने लगे। हरसम्भव

सेवा कर उन्होंने माता-पिता का पार-घाट लगाया। माता-पिता के गुज़रने के बाद उनकी एक बहन जेना की भी मृत्यु हो गई। धीरे-धीरे शेष तीन विवाहिता बहनों को फिर मार्क से कोई मतलब नहीं रह गया। माता-पिता के जीवनकाल में भूले-भटके वे आ भी जाती थीं। दुबई जाने के बाद से मार्क के बड़े भाई एबल का भी सियोलिम से कोई सरोकार नहीं रह गया। इस तरह माता-पिता के बाद खँडहर हो रहे सियोलिम के पीले पुश्तैनी घर के पुराने भूरे दरवाज़े पर सन्नाटे में छूट गए मार्क। पर मार्क भी हारनेवाले जीव नहीं थे। उन्होंने धीरे-धीरे अपने अन्दाज़ से अपनी दुनिया बसा ली। उन्होंने ख़ुदरा-ख़ुदरा अपनी एक दुनिया आबाद की। कर्नाटक के बीजापुर का गिरीश, जो पणजी के एक होटल में काम करता है, कालांगुटे बाज़ार में चौकीदारी करनेवाला बिहार के दरभंगा का बुल्लक पासवान और सियोलिम में फल का स्टॉल लगाकर जीवनयापन करनेवाला नागपुर का राहुल—यह परिवार है मार्क फ़र्नांडीस का। ये सभी मार्क के पीले खँडहरनुमा घर में रहते हैं और खाना-पीना से लेकर मार्क के दवा-दारू तक का पूरा ख़याल रखते हैं। इन तीनों से मार्क कोई किराया-भाड़ा नहीं लेते। वे गर्व से मुस्कराकर कहते हैं, "पीले खँडहर में बसा यही है मेरा देश और मेरी दुनिया। मेरा परिवार। यही लोग मुझे चावल, चिल्ला और पराठा खिलाते हैं।"

मार्क की यह अनूठी एक दुनिया है। पीले खँडहर में बसी कहाँ-कहाँ के अनजान लोगों को लेकर बनाई गई नेह की नन्ही दुनिया। पर बाख़-विला? नेहरू पिमेंटा के होंठ टेढ़े होने लगते हैं। 'बाख़-विला' में तो सिर्फ़ स्मृतियों के प्रेत हैं। संगीत का यह सालाना जलसा इसी तरह साल दर साल गुज़रता जाएगा। और एक दिन जब वे नहीं रहेंगे, तो 'बाख़-विला' लावारिस रह जाएगा। सियोलिम में परम पवित्र स्व. पिंटा सपाई के परिसर में मानु अंकल द्वारा स्थापित बीथोवेन की मूर्ति भी लावारिस-सी रह जाएगी। यहाँ एक मोमबत्ती जलाने भी कोई नहीं आएगा। सियोलिम का उनका यह पुश्तैनी घर भी यतीम-सा खँडहर बनकर रह जाएगा। मार्क के पास तीन लोग तो हैं, जो उन्हें दफ़ना देंगे। उनके भाई-बहन भी हैं, जो मार्क के बाद इस पीले खँडहर घर का ज़िम्मा लेकर शायद उसका जीर्णोद्धार भी करा दें। पर उनके न तो कोई आगे है, न पीछे। सियोलिम के अपने पुश्तैनी घर के निविड़ अन्धकार में भयावह ख़यालों के बवंडर में घिरे एंटोनियो नेहरू पिमेंटा को लग रहा है कि एक लकवाग्रस्त पाँव से लाचार मार्क फ़र्नांडीस उनसे कई गुना सुखी है। उसे पता तो है कि उसके बाद उसकी पीली खँडहरवाली दुनिया किसके ज़िम्में लगेगी। हर आदमी अपनी विदा-वेला में एक हाथ चाहता है, जिसे वह अपनी यत्किंचित् विरासत सिपुर्द कर सके। सौंपने का सन्तोष ही मुक्त करता है। बग़ैर सौंपे निकलनेवाले भगोड़े होते हैं। एंटोनियो नेहरू पिमेंटा अपनी परिणति देख रहे हैं। सिर से पाँव तक वे पसीने से भीग रहे हैं। उनकी बेचैन करवटों को भाँप बग़ल के बिस्तर पर लेटे उनके दोस्त नाफ़ी उनींदे स्वर में पूछते हैं, "एंटोनियो! नींद नहीं आ रही है तुमको मैन?" नाफ़ी को बग़ैर कुछ जवाब दिये उन्होंने चुपचाप करवट बदल ली है। सियोलिम की इस बार की यात्रा उनके लिए विस्मयकारी हुई है। मार्क के जीवन ने उन्हें आन्दोलित कर दिया है। मार्क ज़माने से

उनका परिचित रहा है लेकिन पहली बार उन्होंने मार्क की जीवन-व्यवस्था को इतने क़रीब से जाना है। मार्क ने उन्हें अन्दर तक हिलाकर रख दिया है।

फिर वही वान गॉग की पागल खिड़की! इस बार सियोलिम के उनके पुश्तैनी घर के कमरे में। थोड़ी देर में सुबह होगी। चाँद डूब रहा है। आकाश में कुछ बचे-खुचे तारे हैं। खिड़की से बाहर देखते हुए उन्हें रुलाई छूट रही है। पूरी पृथ्वी, आकाश और अन्तरिक्ष में कौन है उनका? विदा वेला में वे अपना ज़िम्मा किन हाथों को सौंपेंगे? सिर्फ़ एक माया...! सिर्फ़ माया! उन्हें लग रहा है कि उनके जल रहे कपाल की गंध से पूरा कमरा भरता जा रहा है। इस संगीतोत्सव के बाद पणजी पहुँचने पर वे अपना सब कुछ माया के नाम वसीयत कर जाएँगे। तलाक़ के समय माया ने उनसे कुछ भी नहीं लिया था। यह सब माया का है। यह माया का ही हक़ है। वकील को वे बताकर जाएँगे कि उनकी मौत के बाद ही माया को उनकी वसीयत की जानकारी मिलनी चाहिए। माया को वे अच्छी तरह जानते हैं। उनके जीते-जी अगर उसे पता चल गया, तो वह हत्थे से उखड़कर फिर कहेगी, "एंटोनियो! आइ डोंट नीड मेंटेनेंस...।"

बाबली धुन

यह जून है। मम्मी का बेहद पसन्दीदा महीना! औसतन 22 दिन जून में पागल बारिश होती है। बिस्तर पर लेटे-लेटे बारिश की आवाज़ सुनना भी मम्मी को बहुत अच्छा लगता है। बरसाती दिनों के गोअन व्यंजन, मम्मी के शब्दों में 'मॉनसून-डेलिकसिज़' की फ़रमाइशें वे इवान से करने लगती हैं। मसलन, 'भाजील्लेम हल्दीच्या' यानी हल्दी के हरे पत्तों के संग भूनी सूखी मछली! मसालेदार सब्ज़ी—टेरेम। पोइच्या नस्ट्याची कोडी—यानी मछली करी। मम्मी की फ़रमाइशों पर इवान खीजती है, "बादल के साथ-साथ इनका पेट भी झरेगा।"

धुआँधार बारिश के इन शुरुआती दिनों में मम्मी हमेशा कहती रही हैं कि "अरब सागर से उठनेवाले ये झक्की दीवाने बादल एक बारगी पूरे गोवा की गन्दगी धो डालते हैं।" मम्मी अप्रैल महीने से ही वर्षा का आह्वान शुरू कर देती हैं। दरअसल, अप्रैल के तपते झक्कड़ के समय से कोयल कूकना शुरू कर देती है। मुँहअँधेरे से लेकर अगले दिन के मुँहअँधेरे तक कई सत्रों में कूकती है कोयल। मम्मी तब ख़ुश हो-होकर कहती हैं, "सैंड्रा। कुकू विल ब्रिंग रेन! कोयल के कूकने का मतलब है कि बारिश आनेवाली है।" मम्मी बताती हैं कि अपने बचपन के दिनों में वे अपनी संगी-साथियों के संग बारिश में डगडग भीगे नारियल बागानों की झुरमुट में कितने मज़े किया करती थीं। पर इस बार मम्मी पर जून का कोई असर नहीं है। पिछले दो दिनों से मम्मी अपने लम्बे-चौड़े बिस्तर पर रेत की मछली की तरह तड़प रही हैं। अभी भी सुबह-सुबह अवसाद के गहरे कुंड में वे गोते खा रही हैं। सैंड्रा को

कुछ समझ में नहीं आ रहा है कि मम्मी की लगामहीन हताशा को कैसे शान्त करे। अस्थिर प्राण हो चुकी हैं मम्मी। उनकी बेचैनी को सहलाने के सिवा और कोई रास्ता नहीं। कल सुबह स्याह आवाज़ में मम्मी ने उससे कहा, "क्या तुम मेरे वास्ते एक किलो जिन्दा मछलियाँ मँगवा सकती हो? एकदम ताजी और जिन्दा मछलियाँ?"

"ठीक है। इवान आती है, तो उसे भेजकर मँगवाती हूँ। मैं भी सोच ही रही थी कि दस दिनों से ज्यादा हो गए, तुमने मछली नहीं खाई है। यू लव फ़िश मॉम।"

"अब और नहीं सैंड्रा। बस...इट्स ओवर। मैंने तय किया है कि अब मैं मछली नहीं खाऊँगी।"

"उफ! क्या हुआ आपको अचानक मॉम? यू डाइ फ़ॉर फिश। क्या कोई बुरा सपना देखा आपने?"

"करेक्ट! बिलकुल ठीक! दो रातों से बुरे सपने देख-देखकर मैं पागल हो रही हूँ सैंड्रा। दोनों रात एक ही सपना।"

"क्या मॉम?"

"दो रातों से एक ही सपना...बीच की रेत पर साँस के लिए बुरी तरह हाँफती हज़ारों-हज़ार मछलियाँ। सो टेरिबल...मैं बता नहीं सकती। पर तुम्हें तो कुछ कहने में भी डर लगता है। मैं देखती हूँ कि इन दिनों मैं जब भी अपनी कोई परेशानी कहती हूँ, तुम नाराज हो जाती हो। डाँटने-डपटने लगती हो। पर मैं क्या करूँ सैंड्रा? मेरी जान भी नहीं निकलती।"

"ओह नो मम्मी! अजीब बातें कर रही हैं आप। बताइए कब किस बात के लिए मैंने आपको डाँटा है?" हल्की खीज के साथ सैंड्रा ने प्रसंग बदलते हुए कहा है, "ठीक है, अगर मछलियाँ नहीं खाने का आपने फैसला ले लिया है, तो जिन्दा मछलियों का क्या करेंगी?"

"तुमको पेशंस है पाँच मिनट मेरी बात सुनने का?"

"हाँ बोलिए?" सैंड्रा उनके बिस्तर के बग़ल में लगी कुर्सी पर बैठ गई है।

"कल मैंने इवान को इस सपने के बारे में बताया। सुनकर वह भी बुरी तरह घबरा गई। बोली—मेमशाबजी ये तो बहुत बैड ओमन...अपशकुन का इशारा है। बात सही है सैंड्रा! मछलियाँ खुशी, अच्छी सेहत, धीरज और गुड लक की प्रतीक होती हैं। और वे अगर हजारों-हजार की तादाद में आपके सपने में रेत पर साँस के लिए छटपटाती दिखें।" आवाज़ में छलक रही आह-कराह को भरसक रोकते हुए मिसेज़ मिनि रॉड्रिक्स फिर से जारी हुईं, "मेरी किस्मत में ही दरअसल दुर्भाग्य का दस्तखत है सैंड्रा।"

"उफ मम्मी! मेरा दिमाग खराब मत करिए। आपके सपने और एक किलो जिन्दा मछलियों की पहेली, मुझे कुछ समझ में नहीं आ रहा। बेहतर है कि किसी साइकोलॉजिस्ट को आपसे मिलवा दूँ।" सैंड्रा विकल खीज के संग कुर्सी से उठ गई है।

"तुम हमेशा मेरी कनपटी पर बन्दूक की नाल सटाये रखती हो।" मिसेज़ मिनि रॉड्रिक्स आर्त हो झरझरा रही हैं, "इसलिए तुमसे कुछ भी कहने में डर लगता है। अब तुम पुरानी सैंड्रा हो ही नहीं। बेहतर है, मुझे पागलखाना भेज दो।"

"आप सीधे क्लाइमेक्स पर चली जाती हैं मॉम।" सैंड्रा ने भरपूर दुलार से उनके गलकम्बलों को हथेली में भर लिया है, "मेरी बहुत प्यारी मम्मा!" फिर उनके आँसुओं को पोंछते हुए कहा है, "मेरे होते हुए रोएगी मेरी अच्छी मम्मा! नो नेवर! चलो बोलो जिन्दा मछलियों का क्या करना है? अभी इवान के आते ही मँगवाती हूँ।"

"तू भी तो मेरी अच्छी बेटी है! मेरी जान!" मिसेज़ मिनि रॉड्रिक्स के मुख पर बरबस ख़ुशी छा गई है, "ऐ सैंड्रा! तू इवान को डाँटना मत प्लीज़। उसने ही मुझे इस गन्दे सपनेवाले अपशकुन से उबरने का रास्ता सुझाया है कि अगले एक महीने तक जिन्दा मछलियों को खरीदकर मैं मांडवी नदी में छुड़वा दूँ। मछलियाँ मुक्ति पाएँगी, तो मुझे भी अपशकुन से मुक्ति मिल जाएगी।" मिसेज़ मिनि रॉड्रिक्स के चेहरे पर बच्चों जैसी मासूमियत है, "ऐ सैंड्रा! मेरे लिए तू इतना नहीं कर सकती?"

"आज से और अभी से मम्मी। गजब का फ़न होगा न जिन्दा मछलियों को फ़िश मार्केट से उठाकर मांडवी नदी में छुड़वाना। पर मैं मछलियाँ टीना को थमाऊँगी। नौटंकी आया इवान को दूँगी, तो मांडवी नदी में छोड़ने के बजाय सारा का सारा यह खुद खा जाएगी।" सैंड्रा ने मिसेज़ मिनि रॉड्रिक्स की जिद के आगे हथियार डालने के अन्दाज़ में मुस्कराते हुए कहा है।

"अहा...हा...इवान बेचारी पर डाउट मत करो। घर की आया की भला क्या हैसियत है। और वैसे भी समय की मारी हुई है बेचारी। हस्बैंड नाकारा है। तिस पर भारी पियक्कड़। बाल-बच्चा नहीं होने की गहरी कसक तो इवान को है ही, अपनी बेहिसाब लम्बाई को लेकर भी वह बहुत दुखी रहती है। राह चलते हर रोज 'लम्बू-बम्बू' सुनकर वह पागल होती रहती है। इवान किसी तरह बस जी रही है।" एक पल थमकर मिसेज़ मिनि रॉड्रिक्स ने फिर जोड़ा है, "ऐ सैंड्रा! जिन लोगों का नाम अंग्रेज़ी के 'आइ' लेटर से शुरू होता है न, वह इनसान सिर्फ प्यार का भूखा होता है। ऐसे लोग बहुत इमोशनल और दिल से सोचनेवाले होते हैं। इवान ने जो कुछ भी कहा है, वह मेरे भले के लिए। हमारे परिवार की भलाई और हिफाजत के लिए।" एक पल थमकर मिसेज़ मिनि रॉड्रिक्स फिर शुरू हो गई हैं, "यह तो विश्वास की बात है सैंड्रा! जमाने से ऐसे टोटकों पर लोग बेवजह नहीं यकीन करते आए हैं। इवान ही बता रही थी कि एक बार उसके एक पड़ोसी को गम्भीर मारपीट के एक केस में जेल भेज दिया गया। उसकी बीवी ने एक ग़ज़ब का टोटका किया। वह रोज़ बर्ड मार्केट से पैरट...एक तोता खरीदकर लाती थी और उसे उड़ा देती थी। इवान ने कहा कि पन्द्रहवें दिन वाकई उसके हस्बेंड की जेल से रिहाई हो गई।"

"ये हिस्टेरिकल बातें हैं मम्मी...बेहद हास्यजनक!" कल को ये पगली इवान कहेगी—किट्टू को मांडवी में छुड़वा दो। अजीब बेवकूफ है ये इवान!"

"आइ नो सैंड्रा...दीज आर हंच...! यह सिर्फ एक तेज भावना है। इसका कोई प्रमाण नहीं। मैंने पहले ही कहा कि यह अपने-अपने विश्वास की बात है। तुम्हें अगर कोई मुश्किल हो, तो प्लीज़ छोड़ दो।"

"कोई मुश्किल नहीं मम्मी। मैं टीना को फ़िश मार्केट भेज रही हूँ। आप उन मछलियों को अपने हाथ से टच कर लेना और फिर टीना मांडवी में उन्हें डाल आएगी। आपकी तसल्ली के लिए वह इवान को भी साथ में ले लेगी। आइ नो मॉम...बहुत से लोग टोने-टोटके अपनाते हैं। सेहत ठीक रखने के लिए अपने बेड रूम में एक कटोरे में सेंधा नमक रखते हैं। रात को सिरहाने में एक सिक्का रखकर अगले दिन इस विश्वास से उसे बेरिअल ग्राउंड...कब्रगाह में डाल आते हैं कि सारी बीमारियाँ दफ्न हो जाएँगी। अगर कमरे में सेंधा नमक और कब्रिस्तानों में डाले गए सिक्कों से बीमारियाँ ठीक होने लग जाएँ, तो दुनिया भर के डॉक्टरों और दवा कम्पनियों का क्या होगा मम्मी? बट एनी वे...! आपने ठीक कहा कि यह सब अपने विश्वास की बातें हैं। विश्वास पर कोई बहस नहीं। मैं टीना को फ़िश मार्केट भेज रही हूँ। फिर इवान को लेकर टीना मांडवी में मछलियाँ छोड़ आएगी।"

"मैं तो तुम्हें यह कहकर मरी जा रही हूँ।" मिसेज़ मिनि रॉड्रिक्स रुआँसी-सी हो गई हैं, "बिस्तर से चिपके-चिपके लगता है कि मेरा दिमाग भी चिपक गया है सैंड्रा।"

"ओह मम्मा! आइ लव यू हज़ार! आपकी खुशी के लिए मैं कुछ भी कर सकती हूँ।"

आज सुबह से मम्मी फिर वही राग अलाप रही हैं, "टीना फ़िश मार्केट जाएगी न?"

"हाँ मम्मी! वह जाएगी। जरूर जाएगी। इसके लिए रोज याद दिलाए जाने की जरूरत नहीं। अब यह डेली का रूटीन है।" फिर एक पल थमकर उसने कहा है, "पता है अभी कौन आ रही हैं?"

"कौन?"

"अब तो उन्हें ऑक्टोजिनैरिअन[1] भी नहीं कह सकती हूँ। जिनकी उम्र 80 व 90 वर्ष के बीच होती है, वे ऑक्टोजिनैरिअन कहे जाते हैं। पर हमारी सुपर ग्रैंड मॉम मिसेज़ डुमेलिना मैस्करेनहास रॉड्रिक्स तो सौ साल पार कर चुकी हैं। ओह हाँ, इस लिहाज से वे सेंटेनरियन कही जाएँगी। येस मॉम! माइ ग्रैंड मॉम डुमेलिना बस थोड़ी देर में पहुँचने ही वाली हैं। हमारे ग्रेट ग्रैंडपा' की आखिरी जिन्दा निशानी! ग्रैंडपा' की सबसे छोटी ग्रेट बहन मैडम डुमेलिना इज जस्ट टू रीच। फ्रांसिस्को अंकल उनको लेकर आ रहे हैं। फ्रांसिस्को अंकल खुद 75 साल के हैं। अब जिसकी माँ ही सौ से ऊपर की हो चुकी हो, उसका बेटा भी तो बूढ़ा होगा न।"

"तुमने मुझे इस बारे में बताया नहीं था।" मिसेज़ मिनि रॉड्रिक्स ने जम्हाई लेते हुए कहा।

"मैंने आपको कल ही बताया था मम्मी कि कोलवा से डुमेलिना ग्रैंड मॉम आनेवाली हैं। पर आप तो मछली के एजेंडा में खोयी थीं। इसलिए आपने ध्यान नहीं दिया। बात यह है कि मैंने चेरिल को डुमेलिना ग्रैंड मॉम के बारे में डिटेल से बताया था कि मेरे अमर शहीद ग्रैंडपा' की सबसे छोटी बहन किस तरह बेहतरीन जीवनशैली में रहकर सौ साल पार कर चुकी हैं और अभी भी भली-चंगी हैं। उनके

---

1. अशीति वर्षीय।

पति को गुजरे पचास साल हो गए। दुर्भाग्य से उनके सबसे बड़े बेटे की डेथ कुछ साल पहले हो गई, जो आज होते तो 80 साल के होते। उनके 75 साल के बेटे फ्रांसिस्को और 65 साल के बेटे लॉरेंटे उनके साथ अपने गाँव कोलवा में रहते हैं। बेटे-बहू, तेरह पोते-पोतियों और परपोतों के संग ग्रैंड मॉम डुमेलिना मस्त हैं और अगले दस-बीस वर्षों तक जीने का हौसला रखती हैं। मैडम डुमेलिना की यह पूरी कहानी जानकर चेरिल ने उन्हें अपने फ़िटनेस सेंटर में बुलाने की बुरी तरह ज़िद ठान दी। उसने कहा कि वह अपने यहाँ मैडम डुमेलिना का एक लेक्चर करवाएगी कि एक स्वस्थ और खुश लम्बा जीवन कैसे जिया जाए। चेरिल कभी उनके गाँव कोलवा भी जाना चाहती है, फ़्लोरिडा से आई अपनी उन सभी पन्द्रह मेहमानो के साथ, जिन्हें 'ओबीसिटी ऐक्शन कोलिजन' ने स्पॉन्सर कर चेरिल के पास यहाँ भेजा है। इस कोस्टल विलेज को देखने की सबको उत्सुकता है। चेरिल के लगातार रिक्वेस्ट को टालना मेरे लिए मुश्किल हो गया। मैंने डुमेलिना ग्रैंड मॉम के यहाँ फ़ोन किया और उनके लड़के यानी फ्रांसिस्को अंकल से सारी बात कही। अंकल फ्रांसिस्को ने हँसते हुए कहा कि इस उम्र में भी मम्मी कहीं जाने के नाम पर बहुत खुश हो जाती हैं। फिर डुमेलिना ग्रैंड मॉम से राय-सलाह कर उन्होंने आज आने की बात पक्की की। आज लंच के बाद चेरिल के फ़िटनेस सेंटर में उनका सेशन होगा।"

"दैट्स ग्रेट न! सैंड्रा तुम्हारे ग्रैंडपा' के गुजरे पचासेक साल बीत गए। तुम्हारे पापा भी दुनिया से चले गए। पर तुम्हारे ग्रैंडपा' की बहन डुमेलिना इज़ ऑन द अर्थ! ऑल लाइफ़ इज़ रिअली प्रेशस...ऑल लाइफ़ हैज़ अ परपस...! आंटी डुमेलिना की जिन्दगी का तो एक परपस् है। वे दूसरों की जिन्दगी के लिए एक बेहतरीन उदाहरण हैं। पर मेरी पहाड़-सी जिन्दगी का क्या? तुम्हीं बताओ भला क्या परपस है मेरे लाइफ़ का सैंड्रा?" मिसेज़ मिनि रॉड्रिक्स अपने कंठ की रेत में रुँध रही हैं। सैंड्रा को पता है, अभी एकाध हफ़्ते तक मम्मी इसी अवसाद में विकल रहेंगी। पता नहीं कितने सालों बाद आ रही हैं ग्रैंड मॉम डुमेलिना रॉड्रिक्स। एक तो पूरे बिस्तर पर फैला मम्मी का बेहिसाब वज़न और तिस पर मम्मी की हताश बातें—कितना दुख लगेगा 100 साल पार की एक बुजुर्ग औरत को। मम्मी की इस अवसादग्रस्त मनोदशा को फ़ौरन पटरी पर नहीं लाया गया, तो आज पूरा खाना-ख़राब हो जाएगा।

क्या है जीवन का उद्देश्य? रोज़मर्रे की ज़िन्दगी में आत्मा पर पड़नेवाली धूल को साफ़ कर लेने से बढ़कर और क्या? अपनी आन्तरिक शान्ति को स्थिर रखने में ही परपस ऑव लाइफ़ की पूर्णता है। अपनी सोच पर जीना। परिवार और दोस्तों के संग अच्छा वक़्त गुज़ारना। मांडवी की तेज़ लहरों की तरह सैंड्रा के मन में कितने ख़याल आते गए और बरबस उसके होठों पर एक झीनी-सी हँसी थिरक गई। ओह अच्छा! एक शानदार अचूक नुस्ख़ा! सैंड्रा मम्मी के बिस्तर के बग़ल में रखी कुर्सी पर बैठ गई है, "मॉम! आपको लगता है न कि आपके लाइफ़ का कोई परपस नहीं है। चलिए मान लिया। पर मम्मी, आप सोचती हैं कभी कि मैं आपकी इकलौती बेटी हूँ। मेरा न पति है, न बच्चा। बस ले-देकर दुनिया में मेरे लिए सिर्फ़

आप हैं। आप चाहे बिस्तर से ही लगी हैं फिर भी अपना कोई दुख-सुख मैं आपसे कहकर जी हल्का कर लेती हूँ। आप जब दुनिया में नहीं रहेंगी, आपने सोचा है कि मैं किस तरह बिलकुल अकेली रह जाऊँगी?"

"मैं तुम्हें कभी अकेली नहीं रहने दूँगी।" मिसेज़ मिनि रॉड्रिक्स सहसा उत्तेजित हो उठी हैं, "ऐ सैंड्रा! मुझे बेचैनी हो रही है।" मिसेज़ मिनि रॉड्रिक्स बुरी तरह हाँफ रही हैं, "तुमने यह कैसे सोच लिया कि मैं तुम्हें दुनिया में अनाथ-अकेली रहने के लिए छोड़ जाऊँगी। तुम मेरी सब कुछ हो। आओ, अभी मेरे सीने से लगो। सुनो मेरी धड़कन...आइ विल नेवर लीव यू माइ बेबी।" रो रही हैं मिसेज़ मिनि रॉड्रिक्स।

"दिस इज़ यॉर परपस ऑव लाइफ़ मम्मी!" सैंड्रा भरी हुई आँखों से मुस्करा पड़ी है, "मम्मी! यू आर माइ मॉम ऐंड यू आर माइ बेबी।"

"सैंड्रा! अब तो इस बात के बीस साल से ज्यादा हो गए। पर तुम्हें याद है वह फ़िल्म 'व्हाट्स इटिंग गिलबर्ट ग्रेप'! तुम्हारे पापा, मैं और तुम साथ देखने गए थे। याद है इसकी कहानी? फ़िल्म में 24 साल का गिलबर्ट ग्रेप एक ग्रॉसरी स्टोर क्लर्क है। उसका एक 17-18 साल का छोटा भाई है एर्नी, जो मेंटली ठीक नहीं। उम्र के हिसाब से एर्नी का मेंटल ग्रोथ नहीं हुआ है। घर में गिलबर्ट की दो बहनें—एमी और एलेन भी हैं। इनकी माँ बॉनी अपने बहुत बढ़े वज़न की वजह से चल-फिर नहीं पाती। वह टेलिविज़न देखती है और कमरे में ही खाते-पीते दिन गुज़ारती है। एक दिन शहर के वाटर टावर पर सनकी एर्नी चढ़कर तमाशा करता है। पुलिस आती है और उसे पकड़कर ले जाती है। यह खबर जब बॉनी को मिलती है, तो वह सीधे उठकर अपने बड़े बेटे गिलबर्ट को पुलिस स्टेशन चलने को कहती है। सात वर्षों से कमरे से कभी न निकलनेवाली अपनी माँ का यह रूप देख गिलबर्ट भी हैरान है। गिलबर्ट के साथ भारी-भरकम बॉनी पुलिस स्टेशन पहुँचती है और मेंटली रिटार्डेड अपने बेटे एर्नी को लॉक अप से बाहर करने के लिए तूफान मचा देती है। एर्नी को पुलिस स्टेशन से लेकर जब वह निकलती है, तो उसके मोटापे को देख बाहर खड़े लोग हँसते हैं। मज़ाक़ की फब्तियाँ कसते हैं। पर इस सबसे बेपरवाह बॉनी अपने विक्षिप्त किशोर बेटे को लेकर घर पहुँचती है और हमेशा की तरह बिस्तर पर लेट जाती है। कुछ दिन बाद एर्नी का जन्मदिन है। उस शाम पार्टी के बाद बॉनी अपने बेटे गिलबर्ट से कहती है कि वह सबके लिए बोझ बन गई है। बॉनी को उस रात जब छोटा बेटा एर्नी कुछ कहने जाता है, तो पता चलता है कि वह दुनिया से जा चुकी है।" फ़िल्म की पूरी कहानी सुनाकर मिनि रॉड्रिक्स फिर से विह्वल हो उठी हैं, "सैंड्रा! मेरे जीते-जी तुमको कोई टेढ़ी नजर से देखेगा, तो मैं उसकी जान लेकर ही दुनिया से जाऊँगी।"

ग्रैंडमॉम डुमेलिना के आने से मम्मी सहज होकर खिल उठी हैं। ग्रैंड मॉम डुमेलिना ने मम्मी के माथे को चूमकर कहा है, "ओह! कितनी प्यारी लग रही है मिनि तू!" सैंड्रा ने बचपन से देखा है, ग्रैंड मॉम डुमेलिना किसी के लिए नकारात्मक बातें कभी नहीं करती हैं। कुहासे के भीतर से शोख किरण की तरह फूटकर मम्मी ने उनकी प्राचीन हथेली थामकर कहा है, "इस दुनिया में एक आप ही हैं, जो मुझे प्यारी कह सकती हैं।"

"भला क्यों न कहूँ...तू प्यारी है, इसलिए कहती हूँ।" ग्रैंड मॉम अपना लाड़ दोहराती हैं, "मिनि! सोफ़िया लॉरेन हम सबकी फ़ेवरेट ऐक्ट्रेस रही हैं। जानती हो, ब्यूटी को लेकर उन्होंने क्या कहा था? उन्होंने कहा था...'ब्यूटी इज़ हाउ यू फ़ील इनसाइड...ऐंड इट रिफ़्लेक्ट्स इन यॉर आइज...! इट इज़ नॉट समथिंग फ़िजिकल...।' इसलिए मिनि...माइ डियरेस्ट! यू आर ब्यूटीफुल इन ऑल योर वेज। मैं तो सेबेस्टिअन से भी हमेशा कहती थी कि तुम्हारी वाइफ़ बहुत प्यारी है... सो गॉरजस। और तुम्हारी आँखें कितनी सुन्दर हैं।" ग्रैंड मॉम डुमेलिना की आवाज़ तरल हो गई है, "ऑस्ट्रेलिया से अमांडा का भी फ़ोन आता रहता है। वह विस्तार से सबका हालचाल पूछती है। तुम्हें बहुत याद किया करती है। कहती है—मिनि भाभी बहुत प्यारी हैं। और मेरी सैंड्रा कितनी अच्छी है।"

"आप मम्मी के लिए दुलार का पूरा गोदाम उठा लाई हैं।" सैंड्रा मुस्कराती है।

"क्यों न लाऊँ? मेरी बहू मिनि है ही इतनी अच्छी।"

"हम बहुत दिनों बाद यहाँ आए हैं।" ग्रैंड मॉम डुमेलिना के लड़के फ्रांसिस्को रॉड्रिक्स कहते हैं।

"प्लीज़ अंकल! आप लोग बराबर आइए। आप लोगों से मिलकर मम्मी की सारी तकलीफें जाती रहेंगी।" सैंड्रा ने फिर ग्रैंड मॉम डुमेलिना की तरफ़ मुख़ातिब होकर कहा है, "हमारी ग्रैंड मॉम डुमेलिना की तारीफ से इनका वजन भी सही हो जाएगा।" सैंड्रा के स्वर में गरम रोटी की मीठी ऊष्मा सरीखी हँसी है, "और मम्मी के पीछे-पीछे मैं भी पटरी पर आ जाऊँगी।"

"ओह सैंड्रा! माइ बेबी...बस हार हाल में खुश रहना तय करो। आकाश को झुकाकर अपने करीब करो। अपना आकाश तुम्हें खुद ही पास लाना होगा। यह कोई फ़ैंटेसी नहीं है मेरे बच्चे।" ग्रैंड मॉम डुमेलिना भावुक हो उठी हैं, "तुम्हें देखकर लगता है मेरा सेबेस्टिअन सामने है।"

'सैंड्रा-द फ़िटनेस ट्रिम ऐंड स्लिम सेंटर' में लंच के बाद ग्रैंड मॉम डुमेलिना का लेक्चर शुरू हुआ है। चेरिल समेत फ़्लोरिडा के 'ओबीसिटी ऐक्शन कोलिज़न' (ओ.ए.सी.) की ओर से आई अथाह वज़न से लदी-दबी सभी पन्द्रह महिलाएँ व लड़कियाँ मंत्रमुग्ध ग्रैंड मॉम डुमेलिना रॉड्रिक्स को सुन रही हैं। सौ पार की एक छरहरी और स्फूर्ति से छलकती ग्रैंड मॉम डुमेलिना अपनी रौ में हैं, "मैं डिनर के पहले पाबन्दी से फ़ेनी[1] पीती ही हूँ।" शुरुआत ही उन्होंने खिलखिलाहट से की है। वे जारी हैं, "ज़िन्दगी की असली दवा है यॉर इनर हैप्पीनेस। तुम्हारे अन्दर की खुशी। 'मेडिकल क्लाउन' का कॉन्सेप्ट हमारे इंडिया में अभी-अभी आया है। पर मैं ज़माने से एक मेडिकल क्लाउन हूँ। तनाव, डर और उदासी अगर किसी में है, तो मैं उसे खत्म कर खुशी लाना जानती हूँ। जहाँ तक मेरी दिनचर्या है, तो मैं हर सुबह नारियल तेल से खुद अपनी मालिश करती हूँ। मैंने रहन-सहन में हमेशा अनुशासन रखा है। खाने के बाद मैं हमेशा गुनगुना पानी पीती हूँ। मैंने चिकेन, बीफ़ या मटन

1. एक मादक पेय, जो गोवा में बनाई जाती है।

कभी नहीं खाया। पर हाँ, पोर्क और मछली मैं पसन्द करती हूँ। जिन्दगी में खान-पान का सलीका न हो, तो मुश्किल ही मुश्किल। बीमारियाँ ही बीमारियाँ। अमेरिका इसलिए वजन से तबाह है क्योंकि वहाँ के लोग खाने के बाद कहते हैं—'आइ ऐम फ़ुल!' जबकि वहीं जापानी खाने के बाद कहते हैं—'आइ ऐम नो लौंगर हंग्री।' ये दो वाक्य समझने के लिए काफी हैं कि खाने को लेकर आपका एप्रोच क्या होना चाहिए। आजकल वजन बढ़ने की परेशानी इसलिए है क्योंकि लोग अनियमित तरीक़े से रहते हैं, खाते-पीते हैं। बहुत कुछ जल्दी से पा लेने की बेचैनी में होते हैं। लालच, तनाव और गलत खान-पान ने जान से फाजिल वजन की बदनसीबी ला दी है। रिमेम्बर...आइ ऐम अ मॉर्निंग स्टार। मैं 11 जनवरी, 1915 की रात कई तारों के संग निकली थी। एक मुझे छोड़ सभी तारे सुबह के पहले निकल गए लेकिन साउथ गोवा के तटीय गाँव कोलवा में आकाश के एक छोर से मैं अभी तक बावली धुन बनकर अटकी हुई हूँ। बच्चो! आइ ऐम ऐन ऑब्सेसिव ट्यून...।" पूरे एक घंटे तक चला ग्रैंड मॉम डुमेलिना का वक्तव्य सबको मंत्रमुग्ध कर गया है।

भारी-भरकम वांडा एविंग उठ खड़ी हुई है। उसके साथ वजन से लदी उसकी अन्य सभी साथी भी। सबने एक सुर में ग्रैंड मॉम डुमेलिना के लिए कोरस शुरू कर दिया है, "आइ वांट टू होल्ड ऑन टू द वर्ल्ड ऑव लाइफ़...लेट मी शाइन लाइक द स्टार्स अबव...देन विल यू गिव मी...द मॉर्निंग स्टार...सो माइ हार्ट विल बी ग्लोइंग विद लव...। ओ अवर ग्रैंड मॉम डुमेलिना! यू आर आउअर मार्निंग स्टार...! यॉर ब्रिलियेंस विल मेक अस कम्प्लीट...।"

"बस...बस...!" ग्रैंड मॉम डुमेलिना का कंठ भावातिरेक में अवरुद्ध हो गया है, "तुम सब कोलवा आओ। कोलवा चर्च देखो। दुनिया भर के लोग इसे देखने आते हैं। यह चर्च सन् 1630 का बना है। कोलवा में बस दो प्राचीन चीजें हैं—एक चर्च और एक तुम सबकी ग्रैंड मॉम डुमेलिना।"

चेरिल, वांडा...और एक-एक कर सबको ग्रैंड मॉम डुमेलिना ने चूमा है। फिर दुलार से चेरिल के चेहरे को अपनी नरम पुरातन हथेलियों में भरकर उन्होंने कहा है, "ए चेरिल! याद रखना...हमारी माँओं ने हमें कभी रोना नहीं सिखाया। हम कैसे हँसें और खुश रहें, बस यही हुनर बताया।"

नारियल का भूत

धारासार बारिश में सल्वादोर दो मुंदो लगातार तरबतर है। आँधी और वर्षा में नारियल और ताड़ के पेड़ों का झूमर देखते बन रहा है। जुलाई की वर्षा पूरे गोवा में अहर्निश विलास छलकाती है। जुलाई में मॉनसून अपने मध्य में होता है। जुलाई बेहद ख़ुशगवार और दिलकश महीना है। लम्बे दिन और दहड़ती धूप के बाद अचानक

बारिश की रहमती। हालाँकि, लगातार की वर्षा से परेशानी तो होती है लेकिन ऐसी परेशानी सिर-आँखों पर! वर्षा इन दिनों अनवरत परमानन्द में है। बावजूद इसके दामोदर सुर्लकर को कुछ भी अच्छा नहीं लग रहा है। बीते दो-तीन दिनों से उसकी बेचैनी बढ़ी हुई है। उसकी पत्नी आशा तो कुछ ज़्यादा ही घबराई हुई है। ऐसा तो पहले कभी नहीं हुआ था। बीते तीस वर्षों से दामोदर सल्वादोर दो मुंदो में अपना छापाख़ाना 'गीतांजलि प्रिंटर्स' चला रहा है। यह छोटा-सा प्रिंटिंग प्रेस इस बस्ती के प्रवेश के मुहाने पर गंगोज वार्ड के अन्तर्गत के बड़े चर्च के ठीक पारवाली सड़क पर है। गाँव की उपसरपंच रीना फ़र्नांडीस हमेशा मुस्कराकर कहती है, "यह प्रेस दरअसल इस इलाके का ऑक्सफ़ोर्ड यूनिवर्सिटी प्रेस है।"

लगभग साढ़े पाँच हज़ार की आबादी और नौ वार्डोंवाला सल्वादोर दो मुंदो गाँव बार्डेज तालुका का एक बड़ा पंचायत है। ये सभी वार्ड—डिफ़ेंस कॉलोनी, अल्टो टोर्डा, अल्टो पोरवरिम, पायथोना, बादेम, सालेम, क्विटा, डॉनवड्डो और गंगोज—नौ रत्न सरीखे हैं। पर इन सबमें कोहनूर वार्ड है—गंगोज। यह गाँव की नाक है। गाँव का प्रवेश द्वार है। बड़े चर्च से लेकर क़ब्रिस्तान, छापाख़ाना, गाँव की दुकानें, पंचायत कार्यालय, डाकघर, 'श्रीमती सुनन्दाबाई बांदोडकर हाईस्कूल' और गाँव का सरकारी प्राइमरी स्कूल—सब कुछ गंगोज वार्ड में है। 'श्रीमती सुनन्दाबाई बांदोडकर हाईस्कूल' का आल-बाल बड़ा है। वर्ष 1974 में यहाँ स्थापित यह स्कूल एक निजी प्रबन्धन के अन्तर्गत है, इसलिए सुव्यवस्थित है। पर इससे चन्द क़दम पर स्थित इस गाँव का सरकारी प्राइमरी स्कूल पूरी दुर्गति में चल रहा है। मराठी माध्यम वाले इस स्कूल में एक शिक्षिका और दस बच्चे हैं। पहले दर्जे से चौथे दर्जे तक की पढ़ाई यहाँ होती है। स्कूल की इकलौती टीचर रंजना खांडेपरकर स्कूल के 'मिड डे मील' के लिए रसोई तैयार करवाने से लेकर क्लास सँभालने की ज़िम्मेवारी निभाने में हलकान रहती है। सल्वादोर दो मुंदो से तीन किलोमीटर दूर रंजना का गाँव है—ब्रिटन। वह रोज़ अपनी स्कूटी से स्कूल आती है। किसी दिन जब किसी ज़रूरी काम से वह छुट्टी पर होती है, तो उस दिन स्कूल बन्द रहता है। रंजना की तरह दामोदर सुर्लकर को भी यहाँ आते-जाते नित्य आठ किलोमीटर का सफ़र तय करना पड़ता है। दामोदर बग़ल के तिसवाडी तालुका के अन्तर्गत के गाँव चौदेन का रहनेवाला है। यह सल्वादोर दो मुंदो से चार किलोमीटर की दूरी पर है। पर उसका छापाख़ाना क्योंकि सल्वादोर दो मुंदो के गंगोज वार्ड में स्थित है, तो उसे रोज़ आना ही है। दामोदर सुर्लकर का प्रेस जिस मकान में स्थित है, यह एक बुरी तरह ढनमनाया हुआ खँडहर-सा है, जिसके लगभग गिरे हुए पिछले हिस्से के सड़े दरवाज़े पर एक जंग लगा ताला पड़ा है। ताले की प्राचीनता देखकर लगता है कि इसे किसी दिन यहाँ दरवाज़े पर लगाकर जानेवाला अनंत काल के लिए कहीं गया हुआ है। अगले जनम में ही वह यहाँ लौटेगा। समय और मौसम की मार से सड़ चुका यह दरवाज़ा अरसे से जंगली लतरों और कीड़ों-मकोड़ों का बसेरा है। इस मकान के अगले हिस्से को किसी तरह समेट-बटोर और रंग-टीपकर दामोदर इसमें छापाख़ाना को चला रहा है।

यह भुतहा-सा दिखनेवाला मकान बड़े चर्च का है। दामोदर ने मकान के आगेवाले हिस्से को किराये पर ले रखा है। सल्वादोर दो मुंदो के ग्रामीणों का मानना है कि बड़े चर्च के स्वामित्ववाले इस अभिशप्त मकान में अपना कारोबार चलाने का हौसला दामोदर के अलावा और किसी में नहीं हो सकता। दरअसल, दामोदर के प्रेस की ही सीध में मुश्किल से बीस-पच्चीस क़दम आगे पुर्तगालियों के ज़माने से चला आ रहा गाँव का क़ब्रिस्तान भी है। इसके प्रवेश पर ही क़ब्र के दो पत्थर हैं। एक, जिस पर लिखा है—'इन लविंग मेमोरी ऑव मि. एंथनी फ़र्नांडीस (12.1.1901-24.7.1968)' और दूसरे पर चार-पाँच पंक्तियाँ अंकित हैं—'हिअर लाइ मॉर्टल रिमेन्स ऑव कार्लिटो सिल्वेरा हू वाज़ अनटाइमली स्नैच्ड अवे फ्रॉम अस बाइ क्रुएल ट्रिक। ऐक्सीडेंट ऑन—9.11.1966। बॉर्न—11.1.1938।' क़ब्रिस्तान के भीतर अनगिनत क़ब्रों पर दर्ज इबारतें दामोदर को याद-सी हो गई हैं। मसलन, एक क़ब्र आर्टिमीजिया एम. बॉर्गेज (19.7.1914-27.5.1996) और डिएगो बॉर्गेज (13.11.1939-11.1.2005) की, जो एक संग दफ़्न हैं। एक ही क़ब्र में। अलग-अलग अवधि में। एलट्रे जॉन पिंटो (10.3.1983-23.11.1992) की क़ब्र को देखकर किसी की आँखें भर आ सकती हैं, क्योंकि उनके माता-पिता अपने नौ साल के बच्चे की क़ब्र हमेशा धूप और बारिश से बचाने के लिए बड़ी-सी पन्नी से ढककर रखते हैं। इस तरह बेशुमार क़ब्र! मि. अगस्टिन्हो जेवियर फ़र्नांडीस (8.12.1915-2.3.1987) तथा मिसेज़ जूली एवेलीना फ़र्नांडीस (6.8.1924-15.11.2000) दोनों पति-पत्नी को एक ही क़ब्र में विश्राम दिया गया है। क़ब्र पर दोनों की तस्वीर भी लगी है। तीन दशकों में दामोदर सुर्लकर के लिए अधिकतर क़ब्रों पर अंकित नाम पुराने परिचितों सरीखे हैं।

ख़ैर, क़ब्रिस्तान तो क़ब्रिस्तान! गाँव के लोगों को ज़माने से यक़ीन है कि दामोदर के प्रेस के पिछले अभिशप्त हिस्से में आत्माओं का वास है। यही कारण है कि गाँव की नाक पर मौज़ूद इस मकान को किराये पर लेने की हिम्मत आज तक इस गाँव के किसी व्यक्ति ने नहीं की। जहाँ चारों तरफ़ मृतकों का बसेरा हो, वहाँ भला कौन जाएगा? पुराने लोग बताते हैं कि पुर्तगाली राज के दिनों में इस मकान में एक 'म्यूज़िक स्कूल' चलता था। वह काफ़ी समय चलकर बन्द हो गया। गोवा की आज़ादी के बाद कुछ साल तक इसमें 'गोवा अर्बन बैंक' भी चला। वह भी बन्द हो गया। फिर कुछ वर्षों तक यह मकान यों ही वीरान रहा। बेशक, सल्वादोर दो मुंदो से चार किलोमीटर की दूरी पर दामोदर सुर्लकर का गाँव है। पर सल्वादोर दो मुंदो को लेकर दामोदर को हमेशा लगता था कि इस उन्नत गाँव में एक छापाख़ाना खोला जाए, तो वह ज़रूर चलेगा। दामोदर के पिता काशीनाथ सुर्लकर सदैव से खेतिहर रहे हैं। अभी 88 वर्ष की अवस्था में भी वे हर रोज़ खेत पर जाते ही जाते हैं। तीन भाइयों में सबसे बड़ा दामोदर हमेशा से खेती में पिता की पीठ पर रहा है। दामोदर का दो छोटा भाई प्रभाकर व लेखराज पणजी की प्राइवेट कम्पनी में नौकरी करता है। पिता की भाँति खेती-पत्ती से दामोदर को बहुत लगाव रहा है। पर संग-संग छात्र-जीवन के दिनों से उसकी इच्छा थी कि वह ख़ुद का कोई व्यवसाय ज़रूर करेगा। आख़िरकार,

एक दिन उसने तय किया कि वह सल्वादोर दो मुंदो में एक छापाख़ाना का धन्धा शुरू करेगा। अपने गाँव से नज़दीक होने के कारण उसने अनुमान लगाया कि वह खेती-बाड़ी के संग-संग आराम से छापाख़ाना का काम भी चला लेगा।

तीन दशक पहले दामोदर ने मकान के इस हिस्से को पचास रुपये मासिक किराये पर बड़े चर्च से लिया था। गुज़रे वर्षों के साथ इसका किराया बढ़कर अभी 500 रुपये हो चुका है। फिर भी आज के हिसाब से यह नाम मात्र का किराया है। दामोदर की माँ चन्द्रावती वर्षों पहले गुज़र चुकी हैं। ऐसे में गाँव की गृहस्थी का सारा दायित्व दामोदर की पत्नी आशा के ऊपर है। पर घर-गृहस्थी सँभालकर आशा प्रेस के काम में हाथ बँटाने देर-सबेर लगभग हर रोज़ आ ही जाती है। दामोदर व आशा के तीनों बच्चे भी अब बड़े हो चुके हैं। इसलिए आशा को उतनी परेशानी महसूस नहीं होती। बेटा ऋषिकेश बी. कॉम. पास कर पणजी की एक प्राइवेट कम्पनी में है। उसकी रुचि कभी प्रेस में या खेती-बाड़ी में नहीं रही है। दामोदर को पता है कि 'गीतांजलि प्रिंटर्स' का अस्तित्व बस उसी के जीवनकाल तक है। दो बेटियाँ भी हैं उसकी—निवेदिता और स्मिता। ये दोनों भी हाथ पीले होने के बाद ससुराल चली जाएँगी। निवेदिता एम. ए. व बी. एड. करके किसी स्कूल या कॉलेज में नौकरी की प्रत्याशा में है। स्मिता भी बी. ए. पास कर बैंक की नौकरी के वास्ते घर पर रहकर तैयारी कर रही है। जबसे बेटियाँ समर्थ हो गई हैं, घर के कामकाज से आशा को और फ़ुर्सत हो गई है। इसलिए प्रेस के काम में पहले से अधिक समय आशा दे पाती है। आशा प्रत्येक दोपहर दामोदर के लिए टिफ़िन लेकर बस से आती है। दूसरे पहर में प्रेस का बचा-खुचा काम निपटाकर देर शाम तक दोनों इकट्ठे—बस पकड़कर गाँव चले जाते हैं।

बीते तीस वर्षों में दामोदर के प्रेस का काम बेशक बढ़ा है। चींटी चाल में उसने धीरे-धीरे तरक़्क़ी की है। उसने गाँव के लोगों की बातों पर कभी कान नहीं दिया है। उसकी यह आस्था रही है कि खँडहर ही सही पर यह मकान उसके लिए भाग्यशाली है। मकान के लगभग गिरे हुए पिछले हिस्से में अगर आत्माओं और भूतों का वास है भी, तो दामोदर को न तो उनका कभी आभास हुआ, न किसी क़िस्म की कोई परेशानी हुई। शायद ये अच्छी रूहें हों। उसके प्रेस का काम तो लगातार बढ़ता ही गया है। शुरुआत उसने एक छोटे-से लेटर प्रेस से की थी। अब उसके प्रेस में हैंड ऑफ़सेट मशीन और स्क्रीन प्रिंटिंग मशीन भी है। सल्वादोर दो मुंदो पंचायत की उपसरपंच रीना फ़र्नांडीस अक्सर मुस्कराकर उससे कहती है, "दामोदर! भाग्यवान का खेत भूत जोत देता है।" रीना उपसरपंच होने के साथ-साथ पणजी कोर्ट में कुछ वर्षों से वकालत भी करती है। अपना लेटर पैड, विज़िटिंग कार्ड वगैरह वह दामोदर के प्रेस में ही छपवाती है। ग्राम पंचायत कार्यालय में छपाई सम्बन्धी जो कुछ भी काम होता है, वह दामोदर को ही दिलवाती है। एक बार रीना ने अपनी दोस्त सैंड्रा की बेकरी 'रॉड्रिक्स गोल्डेन अवन' के लिए भी ढेर सारा लेटर पैड दामोदर के ही प्रेस से छपाकर सैंड्रा को दिया था। तब सैंड्रा ने बिहँसकर कहा था, "रीना! मैं भला किसको चिट्ठी लिखूँगी?"

"सात समंदर पार तुम्हारे इन्तजार में है एक राजकुमार...उसीको।" रीना ने मुस्कराकर कहा, "देखना! ये लकी पैड है।" बहरहाल, दामोदर अपने प्रेस में लेटर पैड, हैंड बिल, शादी के कार्ड और ब्रोश्योर वग़ैरह छापता है। स्क्रीन प्रिंटिंग और डी. टी. पी. डिज़ाइनिंग का भी कुछ न कुछ काम उसके पास रहता ही है। स्क्रीन प्रिंटिंग का काम आशा के ज़िम्मे है। बीते कुछ वर्षों में निरन्तर के अभ्यास से आशा स्क्रीन प्रिंटिंग में माहिर हो गई है। इसलिए स्क्रीन प्रिंटिंग के काम में दामोदर को दिमाग़ नहीं लगाना पड़ता है।

सल्वादोर दो मुंदो के ज़्यादातर लोग खेतिहर हैं। वैसे नई पीढ़ी अब खेती से भाग-भागकर सरकारी और प्राइवेट नौकरी में जा रही है। आमतौर से हरेक कृषक समाज जिस तरह कुछ अधिक ही धार्मिक होता है, सल्वादोर दो मुंदो के कैथलिक व हिन्दू किसान भी बहुत धार्मिक हैं। लगभग साढ़े पाँच हज़ार की आबादीवाले इस गाँव के कैथलिक व हिन्दुओं की आबादी में बड़ा फ़ासला है। सत्तर प्रतिशत हिन्दू और तीस प्रतिशत ईसाई। पर यह गाँव सरल और समरस है, इसलिए अर्से से इन दोनों समुदायों के बीच वैवाहिक सम्बन्ध भी होता आ रहा है। गाँव में बहुत पुराना बड़ा चर्च और मंदिर है। कैथलिक ईसाई समुदाय की आबादी भले यहाँ कम है लेकिन गाँव के पुराने बड़े चर्च के पास अच्छी-ख़ासी सम्पत्ति है। बड़े चर्च का बड़ा-सा परिसर और चर्च के मस्तूल से लटकता बड़ा घंटा चर्च की समृद्धि की आज भी तस्दीक़ करता है। चर्च के ऐन समीप के मोड़ पर एक तरफ़ एक क़तार से कई दुकानें हैं, जो चर्च की हैं। चर्च ने इन सभी दुकानों को किराये पर दे रखा है। इसमें किराने की दुकान, होटल और सैलून से लेकर बैंक और राज्य सरकार के 'हॉर्टिकल्चर कॉरपोरेशन लिमिटेड' का विक्रय केन्द्र भी शामिल है। इसके पास ही है गाँव का पुराना ईसाई क़ब्रिस्तान। क़ब्रिस्तान और दुकानों की क़तार के पीछे एक तरफ़ चर्च का हाथी नचानेवाला बड़ा परिसर और इसके ठीक सड़क पार दामोदर सुर्लकर का छापाख़ाना है। सड़क के आर-पार दोनों तरफ़ नारियल के अनगिनत पेड़ हैं, जो चर्च के हैं। नारियल की बिक्री से भी चर्च को साल में अच्छी आमदनी हो जाती है। 'गीतांजलि प्रिंटर्स' के आजू-बाजू में ही नारियल के लगभग दो दर्जन पेड़ हैं। इसलिए नारियल का सुख थोड़ा-बहुत दामोदर को भी मिल जाता है। यों भी दामोदर इस जगह पर हर दृष्टि से सुखी है। मसलन, बड़े चर्च की इतनी बड़ी परिधि की रियासत में रह रहे सभी किरायेदारों की तुलना में सबसे कम किराये पर दामोदर सुर्लकर को ही जगह मिली हुई है। एक क़तार से चर्च की जो दुकानें हैं, उनमें किसी का भी किराया तीन हज़ार रुपये से कम नहीं है। दामोदर को मात्र पाँच सौ रुपये देने होते हैं।

दो-तीन दिनों से दामोदर को लग रहा है कि तीस वर्षों से लोगों की आँखों में गड़ते-गड़ते उसके लिए मुश्किल शुरू हो ही गई। आशा और अधिक न घबराए, इसलिए वह अपनी उद्विग्नता को किसी तरह दबाए हुए है। दरअसल, बीते दो-तीन दिनों से उसके छापाख़ाना के पास दिन से लेकर देर शाम गए तक रह-रहकर एक

बच्चे के खिलखिलाने की आवाज़ आ रही है। दामोदर और आशा ने प्रेस और पिछवाड़े के खँडहर की तरफ़ कई बार चक्कर लगाकर मुआयना किया लेकिन चर्च से लेकर उसके आगे-पीछे और आजू-बाजू में कहीं कोई बच्चा नहीं था। दामोदर और आशा ने बहुत सतर्कता से ग़ौर किया, तो पाया कि वह खिलखिलाहट हमेशा एक जैसी थी। उसमें कोई ऊँच-नीच और कमी-बेशी नहीं। कहीं उसको और आशा को ही तो कोई ग़लतफ़हमी नहीं हो रही है, इसलिए अपने वहम की जाँच के लिए क़तार से बनी चर्च के किरायेवाली दुकानों में से एक में 'नवदुर्गा हेअर कटिंग सेंटर' चला रहे रघुवीर को भी कल शाम को बुलाकर उसने प्रेस के बाहर के छोटे-से बरामदे पर देर तक बिठाए रखा। रघुवीर ने भी थोड़े-थोड़े अन्तराल पर एक बच्चे के खिलखिलाने की वही आवाज़ सुनी। रघुवीर पास की एकासिम बस्ती का है और दामोदर का शुभचिन्तक है। उसने कहा कि बेशक यह कोई आत्मा है। भूत-प्रेत। वरना इतनी गहराई शाम में जब आसपास में कोई एक भी बच्चा नहीं है, तो इतने पास से खिलखिलाहट की आवाज़ भला कैसे आ सकती है? रघुवीर ने दामोदर से कहा कि यह बात उसे चर्च के फ़ादर को बतानी चाहिए। इसलिए आज सुबह प्रेस का ताला खोलने के पहले दामोदर ने फ़ादर लेविस को पूरी बात बताई। उसने फ़ादर को बताया कि इस बात की पुष्टि वे सैलूनवाले रघुवीर को भी बुलवाकर कर सकते हैं। सारी बात सुनकर ख़ुद फ़ादर लेविस भी हैरान रह गए।

बात अब कानो-कान पूरे गाँव में फैल गई है। गाँव के पुराने किसान 80 वर्षीय टीटो फ़र्नांडीस गहरी साँस लेकर कहते हैं, "आखिर भूत का खेल इस गाँव में भी शुरू हो ही गया।" टीटो के पास गोवा के अनगिनत भुतहा जगहों की जानकारी है। टीटो फ़र्नांडीस के बारे में सब कहते हैं कि वे इस गाँव के 'बटलर विद्वान' हैं। वे एक संग कोंकणी, मराठी, अंग्रेज़ी और पुर्चगीज़ धाराप्रवाह बोलते हैं। इसलिए पंचायत की उपसरपंच रीना फ़र्नांडीस उनके बारे में मुस्कराकर कहती है, "अंकल टीटोज़ स्पीच इज़ अ स्ट्रेंज़ मिक्सचर ऑव डिफ़रेंट टंग्स...। उनकी बातों में दुनिया भर की जीभों का घोल है।" दुनिया देखी है टीटो ने। वे कंसॉलिम, रचोल और बोरिम के भूतों की कहानी रस लेकर सुनाते हैं। गोवा के कंसॉलिम गाँव स्थित भुतहा 'थ्री किंग्स चर्च' के बारे में टीटो बताते हैं कि पुर्तगालियों के समय में कंसॉलिम के जो राजा थे, उनके दो भाई थे। नियमानुसार राज्य की सम्पत्ति में दोनों छोटे भाइयों का भी अधिकार था। अपने भाइयों का भी हक़ मारने के लालच में कंसॉलिम के राजा ने दोनों भाइयों को ज़हर देकर मार डाला। कंसॉलिम के निवासियों को जब इसकी जानकारी हुई, तो सबने ग़ुस्से में राजा के महल को घेर लिया। अपने को बुरी तरह घिरा पाकर राजा ने महल के अन्दर आत्महत्या कर ली। फिर राजा समेत उनके दोनों भाइयों को कंसॉलिम चर्च परिसर में दफ़नाया गया। तबसे कहते हैं कि उन तीनों की आत्मा आज तक कंसॉलिम चर्च और उस गाँव में मँडरा रही है। टीटो के पास गोवा में विचरनेवाले भूतों के इतने क़िस्से हैं कि वह चाहें, तो एक किताब लिख दें। मसलन गोवा की जुआरी नदी के तट पर स्थित रचोल गाँव के भुतहा 'रचोल सेमिनरी ऑव

आर्च' की कथा ही लें। कहते हैं कि पुर्तगालियों के ज़माने से एक पुर्तगाली सैनिक की आत्मा रचोल बस्ती की हिफ़ाज़त में मुस्तैद है। किसी भी ग़लत तत्त्व को वह गाँव में घुसने ही नहीं देता। गाँव में कुछेक बार जब चोरों ने प्रवेश किया, तो ख़ून की उल्टियाँ कर वे अचेत हो गए। रचोल गाँव का एक दुलारा नाम—'राइतुरा' भी है। सैनिक की आत्मा के भरोसे यहाँ के लोग हमेशा निश्शंक भाव से रहते आए हैं। दामोदर सुर्लकर की परेशानी सुनकर बड़े चर्च की दुकानों के बीच मौजूद 'पूनम ग्रॉसरी बार ऐंड रेस्टोरेंट' में बैठे अपने ग्रामीणों से टीटो फ़र्नांडीस ने 'बोरिम ब्रिज' और गोवा के बार्डेज तालुका के सालगाँव में ज़माने से घुमड़नेवाली 'लेडी क्रिस्टीना' की आत्मा के करतबों की जब कथा सुनाई, तो पहली बार इस विवरण को सुन रहे लोगों में सनाका-सा छा गया। बूढ़े टीटो स्वभाव से गप्पी तो हैं ही, ऐसे प्रसंगों को लेकर उनकी कहानियाँ और उबाल खाने लगती हैं। 'पूनम रेस्टोरेंट' की जमघट में बैठे टीटो फ़र्नांडीस जारी हैं, "बोरिम का पुल पुर्तगालियों के समय का बना है। पुर्तगालियों के ज़माने से ही रातों को एक औरत इस पुल पर दौड़ लगाती दिखती है। अगर कोई उसे टोक देता है या गाड़ी का हॉर्न देता है, तो पलक झपकते वह नदी में छलाँग लगा देती है। उसे बचाने के लिए गाड़ी से कोई निकलकर दौड़ता है, तब तक वह नदी में लापता हो चुकी होती है। हैरान-परेशान आदमी जब वापस अपनी गाड़ी के पास आता है, तो वह औरत उसकी गाड़ी की पिछली सीट पर बैठी ठहाके लगाती मिलती है।" एक पल थमकर टीटो फ़र्नांडीस ने कहा है, "आज भी रातों को वह औरत दौड़ती दिखती है। पर वह किसी का नुकसान नहीं करती।"

"और सालगाँव की लेडी क्रिस्टीना का क्या किस्सा है?" 'पूनम रेस्टोरेंट' के मालिक नानू नानेश्वर ने गहरी हैरानी से पूछा है।

"तुम सबको मालूम है कि सालगाँव और पणजी के बीच क्या दूरी है...। महज 15 किलोमीटर। बट सालगाँव इज़ अ मोस्ट हांटेड विलेज़ इन गोवा। वही, लेडी क्रिस्टीना की रूह की दहशत। बोरिम ब्रिज से लेकर सालगाँव तक लेडी क्रिस्टीना की रूह घुमड़ती है। हालाँकि, सालगाँव में बहुत सुन्दर और बड़ा-सा चर्च है। पर पुर्तगालियों के समय से आज तक लेडी क्रिस्टीना की रूह के डर से कोई बाहर का आदमी वहाँ जल्दी नहीं जाता। अगल-बगल के गाँव वाले भी सालगाँव में कदम नहीं रखते। सालगाँव के निवासियों को तो खैर इसकी आदत पड़ चुकी है। वे भागकर जाएँ भी, तो जाएँ कहाँ? कहते हैं कि सालगाँव चर्च के पास केले की सघन झुरमुट में लेडी क्रिस्टीना का बसेरा है। देर रात को कोई भूला-भटका अगर उसकी गिरफ्त में आ जाता है, तो अगली सुबह वह चर्च के पास बुरी तरह नुचा-पिटा और बेहोश मिलता है। यह कहानी साठ बरस पहले तब फैली जब अचानक एक पुर्तगाली घर आते वक़्त गायब हो गया। उसके घर के लोग रात भर उसे ढूँढ़ने में परेशान रहे। पर अगली सुबह चर्च के पास वह अधमरा पाया गया। उसे इतना नोचा गया था कि उसके पूरे शरीर से खून रिस रहा था। उसने गाँववालों को बताया कि किस तरह लेडी क्रिस्टीना उसे उठा ले गई थी।" टीटो फ़र्नांडीस ने कथा के

उपसंहार में कहा है, "अरे भई, बला की खूबसूरत है क्रिस्टीना! पर जो भी उसकी गिरफ्त में आया, समझो गया।"

दामोदर सुर्लकर की बात से बड़े चर्च के फ़ादर लेविस परेशान हैं। उन्होंने भी सुन रखा है कि दामोदर के प्रेस के खँडहरनुमा पिछले हिस्से में पुर्तगालियों के समय कोई एक म्यूज़िक टीचर रहता था। और अचानक एक सुबह वह लापता हो गया था। फ़ादर लेविस को इससे अधिक और कुछ भी नहीं मालूम। शाम को चर्च के प्रेयर के बाद ख़ुद फ़ादर दामोदर के प्रेस के बरामदे पर आकर बैठे। एक बच्चे की खिलखिलाहट की आवाज़ उन्होंने भी सुनी।

"चर्च के चारों तरफ मँडराते भूत जब फ़ादर लेविस को हबकेंगे, तब उन्हें अपने कर्मों की याद आएगी।" मार्था गॉडिन्हो कुटिल हँसी के संग कहती है, "हमारे पेट पर लात मारी है इस आदमी ने।"

मार्था गॉडिन्हो सल्वादोर दो मुंदो स्थित 'द हाउसेज़ ऑव गोवा म्यूज़ियम' की पीर-बावर्ची-भिश्ती-ख़र है। पिछले दस सालों से वह यहाँ काम कर रही है। वह म्यूज़ियम का काउंटर भी सँभालती है, पर्यटकों को कॉफ़ी बनाकर भी बेचती है। गाँव के सलेम वार्ड की मार्था का पति रेज़िनाल्डो गॉडिन्हो हाल तक बड़े चर्च का मुलाज़िम था। पूरे चर्च परिसर का रख-रखाव उसी के ज़िम्मे था। पर अचानक बिना कोई कारण-कैफ़ियत के फ़ादर लेविस ने उसकी छुट्टी कर दी। रेज़िनाल्डो की जगह चेन्नई के एक दम्पती को रख लिया, जो दिन-रात की रसोई बनाने से लेकर चर्च परिसर की देख-रेख भी करे। फ़ादर अगर कहते, तो उनका खाना पकाने में रेज़िनाल्डो को भला क्या मुश्किल होती। पर बग़ैर कुछ कहे उन्होंने रेज़िनाल्डो को हटा दिया। वैसे, रेज़िनाल्डो है भी अहदी। उसे घर बैठा देख मार्था को बहुत कोफ़्त होती है। घर की रसोई भी उसे ही पकानी होती है। रेज़िनाल्डो थोड़ा भी हाथ नहीं बँटाता है। घर से म्यूज़ियम तक मार्था को ही क़वायद करनी पड़ती है। मार्था को एक बेटा है और एक बेटी। बेटी बड़ी है। बेटी मोना डे कुन्हा को वह किसी तरह ब्याह चुकी है। बेटा सेवियो अभी अविवाहित है। शादी की उम्र उसकी भी हो चली है। पर घर में जगह कम है। बेटे की शादी के पहले बेटे-बहू के वास्ते उसे एक कमरा बनवाना होगा। घर में अभी तक एक क़ायदे का बाथरूम नहीं। मार्था को याद है कि गाँव में पहले सर्विस लैट्रिन था। शौचालय के मल की सफ़ाई के लिए गाँव में बाक़ायदे हर घर के बग़ल में बाड़ बनाकर सुअर पालन होता था। सुअर ही मल को चट कर शौचालय साफ़ करते थे। पर अब समय बदल चुका है। सेवियो की शादी के पहले एक ठीक-ठीक शौचालय बनवाना ज़रूरी है। सेवियो ने कहा है कि बाथरूम बनवाने के लिए वह कुछ पैसे देगा। वैसे कहने को सेवियो डेकोरेटर का काम करता है। उसकी आमदनी कुछ ख़ास नहीं। जो रुपये वह कमाता भी है, इलबाइस में उड़ा देता है। हर दो-तीन साल पर मोटरसाइकिल बदलने का नशा है उसे। पुरानी बेचकर नई। मार्था को सेवियो पर गुस्सा और लाड़ दोनों आता है। शादी के बाद ये सारे शौक़ अपने आप उड़ जाएँगे। रेज़िनाल्डो जब

तक चर्च की नौकरी में था, चार पैसे घर लाता था। पर अब वह भी नहीं। इस गाँव में किसे नहीं मालूम कि उसका परिवार ग़रीबी रेखा से नीचे है। पर लाख अर्ज़ी के बावजूद पंचायत में उसकी कोई सुनवाई नहीं। दामोदर सुर्लकर की कहानी गाँव में सुन-सुनकर मार्था कहती है, "जिस गाँव में गरीब को इस तरह मारा जाता है, वहाँ भूत तो बसेरा डालेंगे ही।"

आज सुबह प्रेयर के बाद फ़ादर लेविस ने कहा कि स्थिति से घबराने और परेशान होने की ज़रूरत नहीं। यह जिस किसी की भी आत्मा है, बच्चों जैसी सरल है। इसकी खिलखिलाहट से ही पता चलता है कि यह गाँव की हँसी-ख़ुशी के लिए यहाँ आई है। और सचमुच, चार दिवसीय इस आतंक का विसर्जन बड़े विचित्र तरीक़े से लेकिन हँसी-ख़ुशी के साथ हुआ। दरअसल, सुबह के प्रेयर के बाद जब फ़ादर चर्च के बाहर निकले, तो बग़ल के बारडेज तालुका के इओक्जिम गाँव का सीना पुजारी नामक नारियल तोड़नेवाला मज़दूर उनके सामने परेशान हाल में मौज़ूद था। उसने फ़ादर को बताया कि चार-पाँच दिन पहले जब वह यहाँ बड़े चर्च के इर्द-गिर्द के नारियल पेड़ों से उनके आदेश पर नारियल तोड़ने आया था, तो शायद उस दौरान उसने अपना मोबाइल फ़ोन किसी नारियल वृक्ष की डाल के गह में कहीं रख दिया था। जाते समय वह उसे ले जाना भूल गया। सीना पुजारी ने बताया कि उसके मोबाइल फ़ोन का रिंग-टोन एक बच्चे की हँसी है। हालाँकि, उसे ठीक से याद नहीं कि बड़े चर्च के इर्द-गिर्द से लेकर दामोदर सुर्लकर के प्रेस तक फैले नारियल के पेड़ों में से किस नारियल वृक्ष के ऊपरी गह में उसने मोबाइल फ़ोन रखा।

सीना पुजारी की कथा सुन रहे फ़ादर लेविस धीमे-धीमे चलते हुए दामोदर के प्रेस के पास आ गए। उनके साथ हाल में मार्था के पति की जगह बहाल हुआ चर्च का चौकीदार जयकान्तन भी चल रहा था। फ़ादर ने देखा कि तब तक दामोदर अपने प्रेस नहीं पहुँचा था। सीना पुजारी अपनी पत्नी का मोबाइल फ़ोन साथ लाया था। उसने अपने नम्बर पर जभी लगाया कि बच्चे की खिलखिलाहट शुरू हो गई। दो-तीन बार फ़ोन बजाने के बाद सीना पुजारी ने अनुमान लगाया कि दामोदर के प्रेस के इर्द-गिर्द मौज़ूद नारियल वृक्षों में से किस डाल की गह में उसका मोबाइल है। फ़ादर के सामने ही वह पेड़ पर गिलहरी की तरह देखते-देखते चढ़ गया। फ़ादर लेविस के पीछे खड़ा नवनियुक्त चौकीदार जयकान्तन मुँह खोले उसे हैरान हो देख रहा था। नारियल का पेड़ ताड़ के पेड़ सरीखा भले आकाश नहीं छूता है लेकिन उस पर चढ़ना आसान नहीं। साल में चार बार फ़ादर लेविस को नारियल तुड़वाना पड़ता है। धन्य सीना, जिसके कारण फ़ादर लेविस निश्चिन्त रहते हैं। फ़ादर लेविस सीना पर आँखें लगाए खड़े थे कि तब तक गाँव के 'गॉड्स गिफ़्ट मिनि सुपर मार्केट' का संचालक थॉमस ब्रूनो डिसूज़ा, जो अपनी दुकान खोलने जा ही रहा था, वहाँ रुक गया। 'पूनम ग्रॉसरी बार ऐंड रेस्टोरेंट' का नानू और 'नवदुर्गा हेअर कटिंग सेंटर' का रघुवीर भी पहुँच गया। सीना पुजारी के नीचे उतरने पर रघुवीर ने तनिक तमककर कहा, "तुम्हारी लापरवाही से बीते चार दिन कैसे गुजरे हैं, तुम्हें पता है?"

"मैं क्या कम परेशान था?" सीना ने भी खीजते हुए कहा।

"सारे गाँव में भूत का हल्ला हो गया था सीना।" फ़ादर लेविस ने मामले को शान्त करने के लिए मुस्कराते हुए हस्तक्षेप किया।

"हाँ, डर तो फैल ही गया था।" छरहरे अधेड़ नानू नानेश्वर ने भौंहें ऊँची कर कहा।

"बच्चे की हँसी से डर गए?" सीना ने ताव बचाते हुए कहा।

"छोड़ो न, किस बहस में उलझे हो। प्यार, डर और चोर—यही तीन हमेशा भूत तैयार करते हैं। और जहाँ तक भूत से डरने की बात है, तो अन्धों को छोड़कर भूत से कौन नहीं डरता।" फ़ादर लेविस ने शालीन मुस्कराहट के संग बहस का अन्त करते हुए कहा, "नारियल तुड़वाना, अपना सिर तुड़वाने जैसा है। जब मैं स्कूल में पढ़ता था, तो मेरे साथी मज़ाक़ में मुझे कभी-कभी 'कोकोनट' कहते थे। वही, सिर तुड़वा रहा हूँ मैं। नारियल तुड़वाने के लिए 'पडेकर' लोग अब कहाँ मिलते हैं? सीना भी दस बार फ़ोन करने पर यहाँ आता है। पूछ लीजिए इसी से।"

"नारियल पेड़ों के सपाट-चिकने पेड़ पर चढ़ना क्या मुसीबत है, यह चढ़नेवाला ही जानता है। खासकर बरसात के दिनों में जब इन पेड़ों पर कीटनाशक छिड़कना होता है।" सीना पुजारी ने चेहरा ग़मगीन बनाते हुए कहा, "कई बार पेड़ से गिरकर नारियल तोड़नेवाले हमारे जैसे मजदूर हमेशा के लिए बिस्तर से लग गए। ताड़, नारियल और सुपारी के पेड़ पर चढ़कर काम करना तनी हुई रस्सी पर साइकिल चलाने जैसा है। पर हम करें तो क्या! हमारे बाप-दादा हमेशा से यही काम करते आए और अब हम लोग कर रहे हैं। पर हमारे बच्चे-खच्चे इस काम की तरफ झाँकने तक को राजी नहीं।"

"यही तो मैं कह रहा हूँ कि 'पडेकर' मिलते कहाँ हैं। तुम लोग इस काम की आखिरी पीढ़ी हो।" फ़ादर लेविस ने सीना के रुदन को थपकते हुए कहा।

"इस काम के लिए हमें मिलता ही क्या है...। प्रति पेड़ नारियल तोड़ने या कीटनाशक छिड़कने के लिए मात्र 20 रुपये। एक दिन में मुश्किल से 15 से 20 पेड़ हम चढ़ पाते हैं। हाथ आते हैं महज तीन-चार सौ रुपये।"

"पहले तो पडेकर लोगों को थोड़ा नारियल और थोड़ा रुपया मिला-जुलाकर दिया जाता था।" देर से वार्तालाप में मौजूद 'गॉड्स गिफ़्ट मिनि सुपर मार्केट' के संचालक थॉमस ब्रूनो डिसूज़ा ने टीप दी, "पर अब नारियल नहीं, मेहनताने में रुपया ही दिया जाता है।"

"पर इस मेहनताने में जीना आज की मँहगाई में सम्भव है?" सीना एकदम से आज अवसाद की भंगिमा में है।

"तुम सबकी यह दुर्गति तो रहेगी ही। दुनिया कहाँ से कहाँ चली गई और तुम लोग इन पेड़ों पर चढ़ने के लिए उसी बाबा आदम ज़माने की 'खद्दुम' रस्सी और डाल से नारियल काटनेवाले 'कोइतो' से चिपके हो।" मुँह बनाते हुए 'नवदुर्गा हेअर कटिंग सेंटर' के रघुवीर ने कहा है।

"फिर तुम्हीं बता दो कि खद्दुम और कोइतो की जगह कौन-सा नुस्खा लगाएँ?"

"कुछ माह पहले मेरे सैलून में मंगलौर तरफ़ का एक पर्यटक आया था।" रघुवीर ने कथावाचक के अन्दाज़ में धीरे-धीरे कहना शुरू किया है, "चर्च के आसपास के इतने नारियल के पेड़ों को देखकर उसने मुझसे पूछा कि इतने सारे पेड़ों से नारियल कैसे तुड़वाए जाते हैं? मैंने उसको बताया कि जैसा एक ज़माने से होता आया है कि 'पडेकर' लोग रस्सी मरोड़कर बनाए गए खद्दुम को पाँव में फँसाकर चढ़ते हैं और कोइतो से नारियल काटते हैं। बस यही तो है। सुनकर उसने कहा कि इस इलाके के लोग अभी भी प्राचीन युग में उलझे हैं।"

"नये युग की कौन-सी बात बताई उसने?" फ़ादर लेविस ने रघुवीर के लम्बे विवरण में कटौती करने के अन्दाज़ में पूछा है।

"उसने एक नई बात बताई फादर! उसने कहा कि मंगलौर से 28 किलोमीटर की दूरी पर एक गाँव है—साजिपामुडा! इसी गाँव के एक किसान गणपति भट्ट ने ताड़, नारियल व सुपारी के सपाट पेड़ों पर चढ़ने के लिए एक कमाल की 'ट्री-बाइक' यानी 'पेड़-गाड़ी' बनाई है। इस गाड़ी के बारे में उस व्यक्ति ने विस्तार से बताया।"

"क्या है यह ट्री-बाइक...? मैं तो पहली बार सुन रहा हूँ।" फ़ादर ने अपनी अधपकी दाढ़ी खुजाते हुए कहा है।

"चन्द सेकेंड में इस बाइक से बिना मशक्कत के कोई नारियल और सुपारी ही क्या, ताड़ के पेड़ पर भी चढ़ सकता है। मात्र 28 के. जी. के इस बाइक में 'टू-स्ट्रोक इंजन' लगा हुआ है। इसमें ब्रेक भी है। पेड़ पर चढ़ने के दौरान बीच में इसे कहीं भी रोका जा सकता है। एक लीटर पेट्रोल इसमें डलवाकर औसतन 80 पेड़ों पर चढ़ा जा सकता है। और हाँ, मंगलौर के उस आदमी ने यह भी बताया कि 80 के. जी. वजन तक का आदमी इस पर बैठ पेड़ पर चढ़ सकता है।"

"इसकी कीमत क्या है...? यह तो बड़े काम की चीज है।" सीना पुजारी ने अचरज भरी सराहना में कहा है, "तब तो इसके लिए जल्दी ही एक बार मंगलौर जाना पड़ेगा।"

"मैंने सुना है कि केरल के कोई एक एम. जे. जोसेफ़ ने भी ऐसा ही एक 'ट्री-बाइक' बनाया है। खैर, मैं अब दुकान खोलने चलता हूँ। आज यहीं बहुत देरी हो गई।" उसाँसें लेकर 'गॉड्स गिफ़्ट मिनि सुपर मार्केट' के संचालक थॉमस ब्रूनो डिसूज़ा ने कहा है, "अपनी दुकान के बगल में मेरा लगाया बादाम का एक जोड़ा पेड़ है। मुझे भी आज अपने स्टाफ़ को लगाकर बादाम तुड़वा ही लेना है। कई दिन से टाल रहा हूँ। रक्षा है कि बादाम के पेड़ों में नारियल और सुपारी की भाँति सपाट चक्कर नहीं है।"

सल्वादोर दो मुंदो में बादाम के पेड़ महज़ गिनती के हैं। इसलिए थॉमस ब्रूनो डिसूज़ा को अपने जोड़ा बादाम पेड़ पर बहुत नाज़ है। लगभग दस साल पहले थॉमस एक बार किसी काम से बेंगलुरु गए थे। पता नहीं उन्हें क्या सूझी कि वे वहाँ से बादाम के पाँच पौधे ले आए और अपनी दुकान के बग़ल में लगा दिया। उन पाँच में से दो ही पेड़ बच पाए। बारिश के दिनों में इसे पानी से बहुत बचाना पड़ा। पौधे

देते हुए बेंगलुरु के नर्सरीवाले ने थॉमस को बताया था कि ज़्यादा पानी बादाम के पेड़ सह नहीं पाते। इसलिए वर्षा के दिनों में बाँस की ऊँची छतरी पर प्लास्टिक-शीट डालकर थॉमस ने इन्हें भरसक पानी से बचाया। फिर भी तीन पेड़ सूख ही गए। पर इन दो पेड़ों ने ही थॉमस का दिल जुड़ा दिया। नर्सरीवाले ने बताया था कि यह कैलिफ़ोर्निया बादाम है। बेहतरीन क़िस्म का। इसकी पत्तियाँ पतली और लम्बी होती हैं। वहीं, देसी बादाम के पत्ते गोल होते हैं। देसी बादाम थोड़ा कड़वा भी होता है। बादाम और आम की युगलबन्दी साथ-साथ चलती है। आम के संग ही बादाम के पेड़ में भी मंजर, फूल और फल आते हैं। दिसम्बर से जनवरी के मध्य बादाम का पेड़ छोटे-छोटे हल्के गुलाबी फूलों से लद जाता है। मार्च में फूलों के झड़ने के संग फल आने लगते हैं और बारिश के साथ ही ये फल गदराने लगते हैं। इन दो पेड़ों से ही थॉमस ब्रूनो डिसूज़ा को हर साल लगभग सत्तर से अस्सी किलो बादाम हो जाता है।

"पकड़ में आ गया तुम्हारे प्रेस के बगल में हँसता भूत।" अपनी दुकान के पास बस से उतरते दामोदर सुर्लकर को देख थॉमस ब्रूनो डिसूज़ा ने खरखरी हँसी के संग तनिक तेज़ आवाज़ में कहा है।

"अच्छा कैसे?" दामोदर ने अचम्भे से पूछा है।

दुकान के स्टाफ़ से बादाम की फलियाँ तुड़वा रहे थॉमस ने बिहँसते हुए कहा है, "सीना पुजारी का भूत! अभी मैं बादाम तुड़वा रहा हूँ। आज बहुत काम है मुझे। अपने दोस्त रघुवीर से पूछ लेना।" बादाम के पेड़ में व्यस्त थॉमस अपने स्टाफ़ को निर्देश देने लग गए हैं।

प्रेस खोलने के पहले दामोदर सैलून में किसी का बाल छाँट रहे रघुवीर के पास गया है। रघुवीर ने रस ले-लेकर जब पूरी कथा सुनाई है, तो भभकते हुए दामोदर ने कहा है, "तुम मजे ले रहे हो? चार दिन उस गधे के कारण मेरा कितना खून सूखा, यह मैं ही जानता हूँ।" लम्बी साँस लेकर सैलून से निकलते हुए दामोदर ने कहा है, "मैं अगर उस समय रहता, तो दो थप्पड़ लगाता अहमक की दुम सीना को।"

गाँव में इस दिलचस्प प्रसंग को लेकर गप की चाशनी गाढ़ी हो रही है। अख़बार में एक दिलचस्प शीर्षक के संग आज ख़बर भी छप गई है—'जब हँसता था बच्चा, डर जाता था गाँव।' पंचायत कार्यालय में लोगों से घिरे बैठे सल्वादोर दो मुंदो के अधेड़ सरपंच संदीप सलगाँवकर मुस्कराकर कह रहे हैं, "अपना गाँव जितनी सुर्खियों में रहता है, उतनी सुर्खी में गोवा का कोई गाँव नहीं रहता। कभी हमारी उपसरपंच रीना फ़र्नांडीस की झोंक के कारण गाँव में सार्वजनिक चुंबन पर प्रतिबन्ध को लेकर, तो कभी बच्चे की रहस्यमय हँसी पर गाँव के डर को लेकर।"

"पर गौर कीजिए कि रहस्यमय हँसी का डर फैला कहाँ से? नारियल के पेड़ से न! गोवा सरकार ने जिस तरह रिअल स्टेट के कारोबारियों को फायदा पहुँचाने के लिए बाकायदे कानून में संशोधन लाकर नारियल वृक्षों को पेड़ मानने से इनकार कर दिया है, उसकी बददुआ तो पड़ेगी ही। सरकार का यह कहना कितना अजीब है कि सरकार ने गलती से नारियल को पेड़ की श्रेणी में डाल दिया था। अब जबकि

गोवा के नारियल बागान बिल्डर्स को फायदा पहुँचाने के लिए अन्धाधुन्ध कटेंगे, तो नारियल पेड़ों का भूत तो हमें डराएगा ही। नारियल के पेड़ हमारी बदकिस्मती पर हँस रहे हैं।" रीना फ़र्नांडीस क्षुब्ध होकर कहती है।

"रीना! तुम तो जानती हो कि गोवा में नारियल के पेड़ को कल्पवृक्ष माना जाता है। गोवा में दूध और नारियल का उपयोग बराबर मात्रा में है। पर अब तो राज्य सरकार ने गोवा से नारियल पेड़ों की विदाई का कानून ही बना दिया है। पूरे गोवा प्रान्त के 25000 हेक्टेयर जमीन में नारियल के पेड़ लगे हैं। इनसे सालाना 13 लाख नारियल का उत्पादन होता रहा है। पर अब यह तेजी से खत्म होने जा रहा है। नारियल पेड़ों की हरियाली के बिना गोवा मरघट बन जाएगा।" पंचायत के सरपंच संदीप सलगाँवकर दग्ध स्वर में कहते हैं। पंचायत भवन में बैठे सभी लोगों के बीच एक खुरचती चुप्पी बरबस घुस गई है। पंचायत भवन के ही एक भाग में गाँव का डाकघर है। पोस्टमास्टर हैं चिरकुमारी प्रमोदिनी हलंकर। वह बीस साल से सल्वादोर दो मुंदो पंचायत में ही पदस्थापित हैं। सल्वादोर दो मुंदो से लगभग दो किलोमीटर की दूरी पर है प्रमोदिनी का गाँव—एओक्जिम। प्रमोदिनी के गाँववाले अपने परिसर में नारियल के 50-55 पेड़ हैं। इस पर होनेवाले नारियल की पैदावार से उनके परिवार का एक-तिहाई खर्चा निकल जाता है। रीना से प्रमोदिनी बहुत मित्रवत् हैं। वह रीना से कहती हैं, "नारियल धरती माता का स्तन है रीना! कम से कम गोवा के लिए तो जरूर। नारियल पेड़ों को नष्ट करने के कानून को बहाल करने की सजा तो मौजूदा सरकार को जरूर मिलेगी।" प्रमोदिनी छह साल में नौकरी से रिटायर करेंगी। उन्होंने परिवार की आर्थिक परेशानी के कारण विवाह नहीं किया। कई साल हुए उनके माता-पिता तीन साल के भीतर गुज़र गए थे। छोटा भाई हनुमंत तब नाबालिग था। हनुमंत को पाल-पोसकर प्रमोदिनी ने बड़ा किया। उसका विवाह कराया। हनुमंत व उसकी पत्नी अनीता उन्हें माँ की तरह मानते हैं। हनुमंत-अनीता का बेटा रोहन और बेटी हलीसा दरअसल प्रमोदिनी की नाक के दो छिद्र हैं। प्रमोदिनी की अन्तरात्मा जानती है कि नारियल की पैदावार से सालाना आमदनी का सिलसिला घर में नहीं रहता, तो अपने वेतन से वह ख़ुद अपना और भाई-भाभी के कुनबे का भरण-पोषण ठीक से हरगिज़ नहीं कर पातीं।

प्रमाोदिनी से भी पहले से इस डाकघर में पदस्थापित डाकिया अनिल धर्मा को भी नारियल वृक्षों के विरुद्ध बनाए गए सरकारी क़ानून को लेकर बहुत ग़ुस्सा है। वह अर्पोरा का रहनेवाला है। रीना और प्रमोदिनी के क्षोभ को देख वह कहता है, "अरे सरकार के काननू बनाने से क्या होगा? हमारी इच्छा के बिना हमारे नारियल पेड़ को कोई छू लेगा?" प्रमोदिनी कातर हो रीना से कहती हैं, "देखो इस बेवकूफ को! सवाल हमारे-तुम्हारे कैम्पस के नारियल पेड़ों का ही नहीं, गोवा भर में फैले नारियल पेड़ों का है, जिन पर बड़े-बड़े बिल्डर टूट पड़ने की तैयारी में हैं।"

सबकी प्रतिक्रियाओं का अपना-अपना अन्दाज़ है। वर्षों से अपने अत्यधिक वज़न को लेकर परेशान सैंड्रा की रोज़ा मासी यानी मिसेज़ रोज़ू डिसूज़ा कहती हैं,

"रीना! अब तो सल्वादोर दो मुंदो बस्ती में पहले से बहुत कम नारियल के पेड़ रह गए हैं। पर जब मैं यहाँ शादी होकर आई थी, तो उन दिनों हरेक घर में औसतन दस-दस नारियल के पेड़ होते ही थे। नारियल पानी के बिना मैं जी नहीं सकती। इसमें फ़ैट और कोलेस्ट्रॉल नहीं होता। हाइ ब्लडप्रेशर और हार्ट के लिए यह दवा समान है। मैं तो और भी फैल गई होती। पर नियमित नारियल पानी पीने से वज़न और नहीं बढ़ा। सिरदर्द हो और नारियल पानी पी लो, तो फौरन राहत मिलेगी। दस्त हो रहा हो और नारियल पानी में जीरा पाउडर घोलकर पी लो, तो दस्त भाग जाएगा। नाश हो इस सरकार का जो नारियल पेड़ों को बर्बाद करने पर तुली है।" सल्वादोर दो मुंदो गाँव की बड़ी हस्ती मशहूर आर्किटेक्ट ज़ेरार्ड दा कुन्हा गहरी साँसें लेते हुए कहते हैं, "आज अगर गोवा के हमारे महान कार्टूनिस्ट मारियो मिरांडा होते, तो नारियल पेड़ों को लेकर बने इस नाजायज कानून के खिलाफ अपने कार्टूनों की झड़ी लगा देते। उनके नब्बे प्रतिशत कार्टूनों में नारियल का पेड़ अनिवार्य रूप से है।"

"अरे याद है ज़ेरार्ड! सन् 1988 में जो देश का प्रतिनिधि-प्रतिष्ठित आइकॉनिक गीत 'मिले सुर मेरा तुम्हारा' आया था, उसमें समुद्र और मछुआरों के संग नारियल वृक्षों की घनी हरियाली मुग्ध होकर निहारते गोवा प्रान्त के प्रतिनिधि के रूप में हमारे मारियो मिरांडा दिखाए गए थे।" गाँव के बुज़ुर्ग मार्कस पिंटो अतीत की हरीतिमा में घुलते हुए कहते हैं।

"वही तो...! मारियो के कार्टून की प्रतिनिधि किताब 'अंडर द कोकोनट ट्री' ही बयान करती है कि नारियल के पेड़ किस तरह गोवा प्रान्त के रोम-रोम हैं। और मार्कस! किस बेशर्मी से गोवा के पर्यावरण मंत्री राजेन्द्र अर्लेकर ने विधानसभा में नारियल वृक्षों के खिलाफ कानूनी संशोधन लाते हुए कहा कि—'बॉटेनिकली, द कोकोनट ट्री इज़ नॉट एवन अ ट्री' बिकॉज़ इट डज़ नॉट हैव ब्रांचेज़।' राजेन्द्र अर्लेकर की ये बातें कान पर थप्पड़ जैसी लगती हैं।" ज़ेरार्ड दा कुन्हा की आवाज़ में तिलमिलाहट है।

"हमारे गाँव के ऐनक हैं ज़ेरार्ड दा कुन्हा।" सल्वादोर दो मुंदो के समर्पित किसान भगवंत लाडु नाइक हमेशा कहते हैं, "हाँ...हाँ...आँख नहीं, ऐनक। अपने गाँव की आँख तो हम लोग हैं, चश्मा हैं ज़ेरार्ड।" भगवंत लाडु नाइक पक्के किसान हैं। वह बीज-वाक्य ही बोलते हैं। ज़ेरार्ड दा कुन्हा सल्वादोर दो मुंदो के मूल निवासी नहीं हैं लेकिन वर्षों से इस गाँव में बसे हुए हैं। इस गाँव में उन्होंने एक संग्रहालय खोल रखा है—'द हाउसेज़ ऑव गोवा म्यूज़ियम' वास्तुकला और स्थापत्य पर केन्द्रित ज़ेरार्ड दा' कुन्हा द्वारा स्थापित यह संग्रहालय गोअन तथा पुर्तगाली स्थापत्य व वास्तुशिल्प के एकीकरण और सम्मिश्रण का प्रभाव गोवा के मकानों व भवनों पर दर्शाता है। पुर्तगाली प्रभाव कैसे गोवा के दरवाज़ों-खिड़कियों और रोशनदान तक पर है, घर के फर्नीचर पर है—इस सबका सूक्ष्म दिग्दर्शन इस अनूठे संग्रहालय में होता है। इस म्यूज़ियम का भवन पुराने ज़माने के पानीवाले बड़े जहाज़ जैसा है। सल्वादोर दो मुंदो के चढाईवाले पहाड़ी रास्ते पर स्थित यह

जहाज़ सरीखा म्यूज़ियम भवन बरबस किसी नवागन्तुक को आकृष्ट करता है। ज़ेरार्ड ने यहाँ एक मुक़म्मल दुनिया बसा रखी है। उनकी वर्तमान पत्नी निशा गाँव में दो-दो स्कूल चलाती हैं। एक 'निशाज़' प्ले स्कूल और दूसरा 'शिक्षा निकेतन'। इस सबके अतिरिक्त ज़ेरार्ड पर सबसे बड़ी रहमत गोवा के महान कार्टूनिस्ट मारियो मिरांडा ने की कि अपनी सारी रचनात्मक विरासत का ज़िम्मा ज़ेरार्ड को सौंप गए। मारियो मिरांडा की समस्त कृतियों का स्वत्वाधिकार ज़ेरार्ड के पास है। ज़ेरार्ड की अनुमति के बग़ैर मारियो की कृतियों की एक बिन्दी का भी कोई उपयोग नहीं कर सकता। पूरे गोवा में सबके लिए आज तक यह एक पहेली ही है कि आख़िर मारियो मिरांडा ने ज़ेरार्ड दा कुन्हा को ही अपनी रचनात्मक विरासत के लिए क्यों चुना? दक्षिणी गोवा ज़िला के एक बड़े-से गाँव लॉटलिम के निवासी महान कार्टूनिस्ट पद्‌म विभूषण स्व. मारियो ज़ोआओ कार्लोस दो रोज़ारियो डे ब्रिटो मिरांडा यानी संक्षेप में मारियो मिरांडा दरअसल ज़ेरार्ड को हृदय से स्नेह करते थे। उन्हें याद कर ज़ेरार्ड की आँखें नम हो आती हैं।

"कलाकार क़ुदरती सनकी होता है। मारियो मिरांडा भी कुछ ऐसे ही थे। ज़ेरार्ड को उन्होंने अपना उत्तराधिकारी यों ही नहीं चुना। दरअसल, सल्वादोर दो मुंदो से सात-आठ किलोमीटर की दूरी पर स्थित गाँव मोइरा के लोगों के बारे में पूरे गोवा की एक राय है कि मोइरा के लोग झक्की-पागल होते हैं। पर उतने ही जीनियस! भारत ही क्या पूरी दुनिया में एक बेहतरीन वास्तुकार और शहरी योजनाकार के रूप में ख्यात रहे चार्ल्स मार्क कोरिया मूलतः इसी मोइरा बस्ती के थे। ज़ेरार्ड भी मोइरा के ही मूल निवासी हैं। भले ही बचपन से वे मोइरा में कभी न रहे लेकिन उनकी रगों में मोइरा तो बसा ही है। इस तरह झक्की जीनियस मारियो मिरांडा ने दूसरे झक्की दीवाने ज़ेरार्ड को चुन लिया।" गाँव के बुज़ुर्ग टीटो फ़र्नांडीस भरसक मारियो और ज़ेरार्ड के रिश्ते की महीन गुत्थी सुलझाने की कोशिश करते हैं। टीटो फ़र्नांडीस को ज़ेरार्ड दा कुन्हा के पूरे ख़ानदान का सफ़रनामा भी बड़ा ग़ज़ब लगता है। हर आदमी अपने आप में एक तिलिस्म है—सोचते हैं टीटो। ज़ेरार्ड के दादा केटेन पॉल दा कुन्हा तेरह साल की उम्र में गोवा के अपने गाँव मोइरा से पढ़ाई करने बम्बई आए थे। केटेन पढ़ने में तेज़ थे। 26 साल की उम्र में 'हिस्ट्री ऑव रोम' जैसी किताब उन्होंने लिखी। पर केटेन जितने कुशाग्र थे, वैसा कोई काम उन्हें नहीं मिला। आख़िरकार, वे बम्बई में शेयर के काम में लग गए। यहीं बम्बई में केटेन के बेटे यानी ज़ेरार्ड के पिता एरिक का जन्म हुआ। एरिक के जन्म के कुछ साल बाद जब बम्बई के शेयर कारोबार में भारी गिरावट आई, तो केटेन पॉल दा कुन्हा के लिए भी मुश्किल के दिन शुरू हो गए। पर तमाम संघर्षों के बावजूद केटेन ने अपने बेटे एरिक की पढ़ाई को प्रभावित नहीं होने दिया। बम्बई में पढ़ाई पूरी करने के फ़ौरन बाद एरिक को 'इम्पीरियल बैंक' में नौकरी मिल गई। उनकी पोस्टिंग लाहौर में हुई। यहीं लाहौर में उनकी मुलाक़ात मारी कोएल्हो नामक एक प्यारी लड़की से हुई। परिचय प्यार में बदला और लाहौर में ही एरिक और मारी ने प्रेम-विवाह

किया। यों मारी का जन्म कलकत्ता में हुआ था। पर मारी जब कुछ बड़ी हुईं, तो उनके पिता यानी ज़ेरार्ड दा कुन्हा के नाना जोजफ़ फ्रांसिस कोएल्हो कलकत्ता से हमेशा के लिए लाहौर चले आए। लाहौर में जोजफ़ कोएल्हो ने 'इ-प्लामर एंड कम्पनी' नाम से दवा का कारोबार शुरू किया। धीरे-धीरे इस कम्पनी की शाखाएँ दिल्ली समेत अविभाजित भारत के कई बड़े शहरों में खुल गईं। सब कुछ ठीक-ठाक चल रहा था। मारी और एरिक की गृहस्थी भी आनन्द में थी। इस बीच एरिक और मारी के दो बेटे भी हो चुके थे—एड्रियन और रॉबर्ट। कुछ साल बाद वर्ष 1947 में भारत-पाकिस्तान विभाजन के बाद 'इम्पीरियल बैंक' का भी बँटवारा हुआ, जिसमें एरिक दा कुन्हा कार्यरत थे। पाकिस्तान में 'इम्पीरियल बैंक' का नया नामकरण 'हबीब बैंक' किया गया और भारत में इसे 'स्टेट बैंक ऑव इंडिया' नाम दिया गया। एरिक दा कुन्हा से जब पूछा गया कि वे लाहौर के 'हबीब बैंक' में रहना चाहेंगे या भारत के 'स्टेट बैंक ऑव इंडिया' को अपनी सेवा देना चाहेंगे, तो एरिक ने 'स्टेट बैंक ऑव इंडिया' में योगदान की इच्छा ज़ाहिर की।

जिन दिनों एरिक दा कुन्हा गुजरात के गोधरा शहर स्थित स्टेट बैंक में पदस्थापित थे, उसी समय ज़ेरार्ड दा कुन्हा का जन्म हुआ। बाद के वर्षों में एरिक का तबादला बड़ौदा, धुले, बम्बई और भोपाल आदि भी हुआ। स्वाभाविक रूप से ज़ेरार्ड अपने माता-पिता और दोनों भाइयों के संग इन सभी शहरों में रहे। यों उनके घर में गोवा के उनके पुश्तैनी गाँव मोइरा की चर्चा उनके पिता अक्सर करते थे। पर वहाँ अर्से तक उन लोगों का जाना न हुआ। हालाँकि, तीनों भाइयों में ज़ेरार्ड गोवा के अपने घर को देखने के लिए बहुत उत्सुक थे। आख़िरकार, सत्तर के दशक में जब ज़ेरार्ड मात्र 19 साल के थे, वे अपने पुश्तैनी गाँव पहुँचने का अवसर पा सके! यहाँ आकर उन्होंने पहली नज़र में तय किया कि आनेवाले समय में वे अपने गृह प्रान्त गोवा में ही स्थायी रूप से रहेंगे। अस्सी के दशक में ज़ेरार्ड के पिता एरिक बैंक की सेवा से अवकाश ग्रहण करने के बाद स्थायी रूप से बम्बई में रहने लगे। ज़ेरार्ड ने भी दिल्ली के 'स्कूल ऑव प्लैनिंग ऐंड आर्किटेक्चर' से पढ़ाई पूरी कर ली थी। पढ़ाई के दौरान ही ज़ेरार्ड को अपनी सहपाठी—सुजाना अरुंधती राय से प्रेम हुआ। स्वतंत्र मिज़ाज की सुजाना अरुंधती सीरियन ईसाई थीं। वह केरल के कोट्टयम की थीं। अपने परिवार से उस समय अरुंधती ने सम्बन्ध विच्छेद कर रखा था। वर्ष 1977 में ज़ेरार्ड और अरुंधती ने प्रेम विवाह किया। एक तो पढ़ाई और तिस पर से प्रेम विवाह! अरुंधती और ज़ेरार्ड को उन दिनों कुछ समय तक दिल्ली के स्लम इलाक़े में भी रहना पड़ा। ज़ेरार्ड क़ुदरती आर्किटेक्ट थे और अरुंधती राय आर्किटेक्ट की पढ़ाई करके भी आगे इस क्षेत्र में रहने को इच्छुक नहीं थीं। पढ़ाई के दौरान ज़ेरार्ड को जब अरुंधती से केरल के तिरुअनंतपुरम् में रह रहे महान आर्किटेक्ट लॉरी बेकर के बारे में पता चला, तो उन्होंने 'स्कूल ऑव प्लैनिंग ऐंड आर्किटेक्चर' से एक साल की छुट्टी ली और लॉरी बेकर के पास जाकर साल भर उनसे मार्गदर्शन पाया। बर्मिंघम में जन्मे लॉरी बेकर सन् 1945 में भारत आए थे। वे महात्मा गांधी

से बहुत प्रभावित थे। अत्यन्त अल्प बजट में घर बनाने की महारत को लेकर लॉरी बेकर की भारत में बहुत ख्याति हुई थी। ज़ेरार्ड को हमेशा इस बात का गर्व रहता है कि लॉरी बेकर उनके व्यावहारिक गुरु थे। ज़ेरार्ड को यह हमेशा यक़ीन रहा कि उनके गाँव मोइरा की मिट्टी-पानी में वास्तुकला की प्रतिभा का जादू है। इस जादू के साकार रूप थे सन् 1930 में जन्मे उनके ग्रामीण चार्ल्स मार्क कोरिया, जिन्होंने अपनी वास्तुकला में शहरी ग़रीबों का हमेशा ख़याल रखा। यह चार्ल्स ही थे जिन्होंने 'मध्य प्रदेश विधान सभा भवन' और अहमदाबाद में 'महात्मा गांधी स्मारक' को साकार किया। सन् 1984 में चार्ल्स मार्क कोरिया ने ही बम्बई में 'शहरी डिज़ाइन अनुसंधान संस्थान' की स्थापना की। उनकी विशेषज्ञता के कायल प्रधानमंत्री राजीव गांधी ने सन् 1985 में उन्हें शहरीकरण के 'राष्ट्रीय आयोग' का अध्यक्ष बनाया था। वे दिल्ली शहरी कला आयोग के भी अध्यक्ष रहे। सन् 2015 में चार्ल्स मार्क कोरिया का निधन हो गया। बहरहाल, चार्ल्स कोरिया की तरह ज़ेरार्ड भी आर्किटेक्ट के रूप में बहुत कुछ करना चाहते थे। पर दिल्ली की पढ़ाई से फ़ुरसत पाने के बाद वे अपनी पत्नी अरुंधती के संग अपने गृह प्रान्त गोवा आ गए। अलमस्त अरुंधती और ज़ेरार्ड ने तय किया कि वे दोनों केक बनाकर गोवा के समुद्र तट पर पर्यटकों के बीच उसकी बिक्री करेंगे और एक ख़ुश-बेफ़िक्र ज़िन्दगी बिताएँगे। कुछ समय तक गोवा में ऐसा करके दोनों ने आनन्दपूर्ण समय व्यतीत भी किया। पर ज़ेरार्ड और अरुंधती के सपने अलग-अलग थे। लिहाज़ा वर्ष 1981 में दोनों के बीच तलाक़ हो गया। तलाक़ के बाद अरुंधती राय दिल्ली लौट गईं। उनके संघर्ष के दिन फिर से शुरू थे। इधर ज़ेरार्ड अलग अपने करिअर के संघर्ष में जुटे थे। कुछ समय बाद बतौर आर्किटेक्ट ज़ेरार्ड दा कुन्हा ने बंगलौर से 35 किलोमीटर दूर प्रतिमा ग़ौरी बेदी के 'नृत्य ग्राम' को साकार किया, जो नृत्य का आधुनिक गुरुकुल बना। ज़ेरार्ड ने ऐसे और भी कई यादगार काम किए। पर अन्ततः उन्होंने निर्णय लिया कि उनका स्थायी बसेरा उनका गृह प्रान्त गोवा ही होगा। उन्होंने गोवा के अपने पुश्तैनी गाँव मोइरा से लेकर आसपास की अनेक बस्तियों का जायजा लिया। आख़िरकार, उन्होंने तय किया कि वे मोइरा से सात-आठ किलोमीटर दूर स्थित गाँव सल्वादोर दो मुंदो में अपना घर बनाएँगे। हालाँकि, सल्वादोर दो मुंदो की पूरी बसाहट ज़ेरार्ड दा कुन्हा को बहुत अटपटी लगी। गाँव के बीचोबीच यहाँ विशाल 'वाटर बॉडी' यानी जल निकाय है। आधा गाँव 'वाटर बॉडी' के एक तरफ़ और आधा गाँव दूसरी तरफ़। एक आर्किटेक्ट की दृष्टि से देखने पर ज़ेरार्ड दा कुन्हा को इस निष्कर्ष पर पहुँचने नें देर नहीं लगी कि इस गाँव के लोग जितने मनमाने हैं, उससे कहीं बढ़-चढ़कर मनमाने तरीक़े से यह गाँव बसा हुआ है। ज़ेरार्ड को यह सोचकर तब मन ही मन हँसी छूट गई थी कि ख़ुद स्वभाव से क्या वे कम मनमाने हैं।

अरुंधती और ज़ेरार्ड दोनों दिल के राजा-रानी थे, जिन्हें इसी कारण से बहुत दिनों का साथ नसीब नहीं हुआ। दिल्ली में अरुंधती राय अनायास एक दिन फ़िल्मकार प्रदीप किशन के सम्पर्क में आईं; जो उन दिनों 'मेसी साहब' नामक एक फ़िल्म का

निर्माण कर रहे थे। प्रदीप ने अरुंधती को इस फ़िल्म में एक आदिवासी लड़की का छोटा-सा रोल दिया। प्रदीप से अरुंधती की मैत्री बढ़ी और दोनों ने विवाह किया। इधर ज़ेरार्ड भी निशा के सम्पर्क में आए। निशा के पिता डॉ. मिगुएल एलबर्टो दा कोस्टा की ख्याति गोवा में एक बड़े शिक्षाविद् के रूप में थी। सन् 1966 में उन्होंने अपनी पत्नी लूसी दा कोस्टा के साथ 'शारदा मंदिर' नामक स्कूल की स्थापना की थी। अपने माता-पिता के आदर्शों का प्रभाव निशा पर गहरा पड़ा था। अरुंधती से तलाक़ के बाद ज़ेरार्ड ने निशा से शादी की। निशा ने ज़ेरार्ड के सहयोग से सल्वादोर दो मुंदो में दो विद्यालय खोले। एक छोटे बच्चों के वास्ते 'निशाज प्ले स्कूल' और दूसरा बड़ी कक्षा के बच्चों के लिए 'शिक्षा निकेतन'! अब तो दोनों स्कूलों के खुले लगभग ढाई दशक हो गए। इधर अरुंधती को भी अपना बहुचर्चित उपन्यास 'द गॉड ऑव स्मॉल थिंग्स' लिखे ढाई दशक हो गए। बेशक, दूसरे विवाह के बाद अरुंधती और ज़ेरार्ड—दोनों ने बड़ी उपलब्धियाँ हासिल कीं। पर दिल्ली के 'स्कूल ऑव प्लैनिंग ऐंड आर्किटेक्चर' में अरुंधती के साथ के वे अनमोल दिन! दिल्ली के स्लम में अरुंधती के साथ व्यतीत वे कठिन-मधुर दिन! गोवा में अरुंधती के संग केक तैयार कर समुद्र बीच पर बेचने की वह प्यारी-सी बेहाली—ज़ेरार्ड अपने मन से कैसे मिटा लेंगे! ख़ुद अरुंधती आज भी जीवन के उन पलों को अपने साक्षात्कारों में बड़े लाड़ से मुग्ध होकर याद करती हैं, "वी वेंट ऑफ़ टू गोवा। बिकॉज़ वी डिसाइडेड दैट वी वुड बी 'फ्लावर चिल्ड्रेन'[1]। वी वुड मेक केक ऐंड सेल इट ऑन द बीच ऐंड मेक अ लीविंग दैट वे। ज़ेरार्ड वाज रिअली एन इनक्रेडबल पर्सन। सो वी कुड डू इट फ़ॉर सेवेन मंथ्स। बट देन आइ फ़ाउंड आइ कुड नॉट टेक इट एनी मोर। आइ कुड नॉट टेक द टूरिस्ट्स।" बहरहाल, ज़ेरार्ड से जुड़े इन प्रसंगों को लेकर टीटो फ़र्नांडीस निष्कर्षतः मुस्कराते हैं, "अरे, ज़ेरार्ड जीनियस-झक्की है। सही मायने में इनक्रेडबल! वह ऐसा न होता, तो बसने के लिए इस गाँव को थोड़े ही चुनता।"

"टीटो ठीक कहते हैं।" ज़ेरार्ड दा कुन्हा की तरफ़दारी में अपने 'गीतांजलि प्रिंटर्स' में बैठा दामोदर सुर्लकर ताल ठोंकता है, "ऐसे मिस्टेक माइंडवाले गाँव में ज़ेरार्ड और हम जैसे लोग ही किसी तरह पानी पर छपाई का काम कर रहे हैं।" ज़ेरार्ड के संग दामोदर अपना भी नाम जोड़कर तृप्त होता है, "ज़ेरार्ड कुन्हा और मैं भले इस गाँव के नहीं हैं लेकिन इस गाँव से सचमुच हम दोनों का नसीब लड़ गया।" इन तमाम परिचर्चाओं के निष्कर्ष पर पहुँचने के बावजूद दामोदर को नारियल तोड़ने वाले 'पडेकर' सीना पुजारी पर अभी भी नाराज़गी है। कुछ देर पहले फ़ादर लेविस से उसने फिर कहा है, "अगली बार जब सीना नारियल तोड़ने आएगा, तो एक जबर्दस्त झाड़ दूँगा मैं उसे। तीन-चार दिनों तक पागल बनाकर रख दिया उस बेवकूफ ने।"

"दामोदर! एक स्वाहिली कहावत है...डोंट क्वैरेल विद द कोकोनट-पाम ट्री क्लाइंबर...द कोकोनट हैज़ बीन इट्न बाइ द मून! जीवन में कुछ लोग ऐसे होते हैं, जिनसे झगड़ा बिलकुल किया ही नहीं जाता।" फ़ादर लेविस मुस्कराते हैं।

1. मस्तमौला हिप्पी सरीखे प्रेम और शान्ति के संवाहक।

एक उदास बन्द कमरा

आज 29 जुलाई है। टाइगर-डे! वर्ष 2010 से इस तारीख़ को 'इंटरनेशनल टाइगर-डे' के रूप में मनाया जाता है। सुबह से फिर घटाटोप है। लगता है आज भी बादल बाघ की तरह गरजेंगे। कल रात भी बादलों और बारिश की तेज़ गश्त जारी रही थी। जुलाई का महीना होता ही है कुछ ऐसा, जब मेघों के मेहराब से एक पणजी ही क्या, पूरे गोवा का आकाश सजा रहता है। मुँहअँधेरे जब सैंड्रा की नींद खुली, तो खिड़की से झाँककर उसने देखा। बारिश कुछ समय के लिए, थमी दिखी। पर अभी कुछ देर पहले जब अपने लिए चाय बनाने वह किचेन में गई, तो उसने देखा घटा फिर ज़ोरों से उठ रही है। और देखते-देखते घटाटोप! सैंड्रा को लगता है, वर्षा में भीगते हुए पणजी का अंग-अंग थिरकता है। बारिश फिर से शुरू है। तेज़ बौछार हो रही है। धारासार वर्षा को निहारते हुए सैंड्रा को कभी-कभी डर लगता है कि कुछ दशकों बाद कहीं ऐसा तो नहीं कि पणजी का अस्तित्व ही अरब सागर के नीले जल में समा जाए। हिन्द महासागर के उत्तरी भाग में अरब सागर है। यह भारत का पश्चिमी हिस्सा है। भारत के पूर्वी हिस्से में बंगाल की खाड़ी है। अरब सागर और बंगाल की खाड़ी दोनों इस देश के जलवायु में महत्त्वपूर्ण भूमिका निभाते हैं। गोवा का अस्तित्व सीधे-सीधे अरब सागर से जुड़ा है। इस प्रान्त की दोनों प्रमुख नदियाँ मांडवी और जुआरी दरअसल अरब सागर में ही आश्रय पाती हैं। 'गोवा बचाओ अभियान' की संयोजक और उसके बचपन की दोस्त सबीना मार्टिंस पिछले दिनों कह रही थी कि समुद्र के सतह का उठना भारत के कई समुद्र तटीय नगरों के लिए आफ़त बनकर उभरनेवाला है। सबीना ने कहा कि अगर यही हाल रहा, तो तीन-चार दशक लगते न लगतें मुम्बई, कोलकाता और चेन्नई को समुद्र पूरा निगल जाएगा। सबीना के मुताबिक़ भारत के कई महत्त्वपूर्ण शहरों समेत चीन, वियतनाम, थाइलैंड, इंडोनेशिया और बांग्लादेश के भी कई शहरों पर यह ख़तरा मँडरा रहा है।

बक़ौल सबीना इन मुल्कों के लोग अभी अपनी अन्धी दौड़ में धरती की सतह को बुरी तरह तपा तो रहे हैं लेकिन वे सब इस बात से अनजान हैं कि धरती की सतह जितनी तपेगी, समुद्र का सतह उतना ही उठता जाएगा। समुद्र का खारा पानी तब धरती के मीठे पानी में घुसपैठ करेगा। इस तरह इनसान और खेत की प्यास बुझाने वाले मीठे पानी में भी खारापन आ जाएगा। लब्बोलुबाब यह कि समुद्र का सतह जितना उठेगा, समुद्री तूफ़ान का प्रलय लगातार बढ़ेगा। और तब समुद्र तट के अनेक शहरों का नामोनिशान नहीं रह जाएगा। फिर इनसान तो इनसान, चिड़ियों से लेकर समुद्र तट पर अंडा देनेवाले कछुए भी तबाह हो जाएँगे। पापा बताते थे कि अन्तरिक्ष से देखने पर कहते हैं कि धरती नीले रंग की दिखती है। इसलिए धरती को नीला ग्रह भी कहा जाता है। दरअसल, यह नीलिमा सागर के नीले जल के कारण दिखती है। सैंड्रा को सोचकर लगता है कि अरब सागर के गहरे नीले जल के कारण पूरे गोवा की धरती अन्तरिक्ष से और अधिक गहरी नीली दिखती होगी। पर यह गहरी नीली धरती एक दिन

ग़ुम हो जाएगी। फिर सैकड़ों-हज़ारों साल बाद उत्खनन में गोवा के इन काल-कवलित शहरों का पता चलेगा। सैकड़ों साल बाद जब पुरातत्त्ववाले पणजी की ख़ुदाई करेंगे, तब क्या उन्हें पता चलेगा कि यहाँ कभी एक 'रॉड्रिक्स गोल्डेन अवन' नामक एक बेकरी हुआ करती थी और जिसे सैंड्रा नामक एक बेहद मोटी लड़की चलाती थी। वह एक कछुआ भी पालती थी, जिसका नाम था—किट्टू बाबू! ख़ैर, अरब सागर एक दिन भले गोवा को घूँट में भर ले लेकिन यह गुज़रता समय तो एक-एक पल उसे घूँट में भर रहा है। बारिश की तेज़ बौछार अभी मांडवी की सतह पर गूँज रही है। सैंड्रा को लग रहा है जैसे अरब सागर की तमाम मछलियाँ उसके पेट में हिलोरें लेते हुए गुदगुदाकर कह रही हैं, "ऐ सैंड्रा! छोड़ो न...अभी इस बारिश को जिओ।" मांडवी की सतह से बारिश के बौछार की मर्मर जुगलबन्दी उसे बहुत सुहावनी लगती है। ऐसे में किट्टू भी बहुत ख़ुश-ख़ुश दिखता है। बीच-बीच में उछाल मारकर वह जार के पानीवाले हिस्से से ऊपर निकल फेंस पर लटकता है और फ़ौरन पानी में डुबकी लगा लेता है। कुछ देर से किट्टू यही खेल कर रहा है। चार साल पहले एम. जी. रोड के 'पणजी पेट शॉप' से ख़रीदकर वह किट्टू को लाई थी। बेशक किसी मछुआरे ने किट्टू को मांडवी से ही निकालकर 'पणजी पेट शॉप' वालों को बेचा होगा। वर्षा से तर पणजी की इस सुबह में क्या किट्टू मांडवी की लहरों और लहरों की तहों को याद कर रहा है, जैसे पापा के संग अपने बीते सुनहरे समय को याद कर वह ख़ुश होने की कोशिश करती है। शीशे के जार में क्या किट्टू अपनी पलकों पर अभी भी बादलों को महसूस करता होगा...!

"हमारा गोवा न बादलों में गुम होगा, न अरब सागर में। ईश्वर के लिए सैंड्रा... मेरी प्यारी...ऐसी बातें न कर।" सैंड्रा से समुद्र के उठते सतह की कहानी सुनते हुए अपनी नीरस-खरखरी लेकिन ज्वलंत आवाज़ में अमांडा आंटी फ़ोन पर हैं, "पणजी में अभी बारिश हो रही क्या?"

"हाँ, कल रात से ही।"

"पुर्तगाल में तो साढ़े नौ महीने बादल-बारिश का ही नजारा रहता है। पिछले तीन दिनों से लिस्बन में बेतहाशा बारिश हो रही है। पर ऐ सैंड्रा! पणजी की अमृत वर्षा का जवाब नहीं।" पापा की छोटी बहन अमांडा स्माले लिस्बन के अपने फ़्लैट से बरबस पणजी पहुँच गई-सी लग रही हैं, "मेरा जी कर रहा है कि मैं पंख लगाकर वहाँ आ जाऊँ सैंड्रा!" अमांडा आंटी के स्वर में वर्षा का उल्लास है, "काश मैं आ पाती। मरने के पहले तो एक बार मैं पणजी के अपने घर में जरूर आऊँगी। सैंड्रा, एक गोअन के दिल में हमेशा एक गोअन मोमबत्ती जलती है। हम चाहे जहाँ जिस हाल में हों लेकिन हमारी आशा की नन्ही लौ नहीं बुझती।"

सैंड्रा को पता है कि अमांडा आंटी बातचीत में लगभग एक-सवा घंटे लेती हैं। उन्हें एलटिन्हो पहाड़ी, मेन चर्च, मांडवी नदी और आज़ाद मैदान की ताज़ा हालत से लेकर पणजी की एक-एक चिड़िया और चींटी की भी ख़बर चाहिए होती है। अमांडा आंटी अपने बड़े भाई यानी उसके पापा को भी बातचीत में हरेक बार भाव-

विह्वल हो याद करती हैं, "तुम्हें पता ही होगा कि माइ ब्रदर सेबेस्टिअन वाज वेरी मच फ़ॉण्ड ऑव फुटबाल। ग्रेट फुटबालर पेले के वे दीवाने थे। मशहूर हॉलीवुड ऐक्ट्रेस सोफ़िया लॉरेन पर वे इसलिए जान छिड़कते थे क्योंकि वह भी फुटबाल की दीवानी रही। अस्सी साल पार इटालियन ऐक्ट्रेस सोफ़िया लॉरेन और 75 साल पार फुटबालर पेले अभी भी दुनिया में हैं...। मेरा भाई चला गया।" पर अभी सैंड्रा को हैरानी हुई है जब बजाय यह सब कुछ पूछने के उन्होंने पूछा, "सैंड्रा! क्या कुछ समय के लिए मैं एक मेहमान तुम्हारे घर भेज सकती हूँ?

"आपको मुझसे परमिशन लेने की जरूरत होगी आंटी? यह आपका भी घर है, जितना मेरा।"

"तुम बहुत अच्छी हो सैंड्रा! तुमने दिल को छू लिया। मेरी आँखें भर आई हैं। उस घर से जुड़ी यादें भर आई हैं।" अमांडा आंटी की आवाज़ नम है और वे धीरे-धीरे ज़ारी हैं, "ऐ सैंड्रा! कभी ऐसा मौका नहीं आया कि मैं तुम्हारे पापा-मम्मी या डुमेलिना आंटी को विटोरिनो के बारे में बता पाती। विटोरिनो की माँ ऐनी डिसिल्वा लिस्बन के 'म्युनिसिपिओ' यानी म्युनिसिपैलिटी के दफ्तर में मेरी कुलीग...सहकर्मी थी। ऐनी के हस्बैंड ग़ैरी डिसिल्वा पुर्चगीज़ नेवी में थे। ग़ैरी की मौत अटलांटिक महासागर के भीषण तूफान में हो गई, जब उसका जहाज़ डूब गया। अटलांटिक के उस तूफान में आठ जहाज डूबे थे और तीस लोगों की मौत हुई थी सैंड्रा। इस बात के बीस-बाईस साल गुजर गए हैं। और बदकिस्मती अकेले थोड़े ही आती है। ग़ैरी की मौत के तीन साल बाद ऐनी कैंसर से चल बसी। अपनी लगातार बिगड़ती हालत को भाँपकर ऐनी ने लिस्बन से लगभग बारह किलोमीटर की दूरी पर मौजूद कार्कवेलोस स्थित 'सेंट जूलियन स्कूल' की बोर्डिंग में अपने इकलौते बेटे विटोरिनो को डाल दिया। बारह साल का मासूम विटोरिनो ऐसा बच्चा था, जिसे आनेवाले बुरे समय का कोई इल्म नहीं था। एक शाम जब ऐनी आखिरी हालत में थी, तो उसने मेरा हाथ पकड़कर कहा—'अमांडा! मेरे बाद विटोरिनो को तुम देखना...।' वह दिन और आज का दिन सैंड्रा! विटोरिनो हमेशा मेरी देख-रेख में रहा। ही इज़ लाइक माइ सन...लाइक सन सैंड्रा...।" अमांडा आंटी की आवाज़ भर्रा गई है।

"आइ एम स्पीचलेस...! मेरे पास शब्द नहीं हैं आंटी...। जीवन कितनी विचित्र कहानियों से भरा है। आइ प्रे टू मिस्ट्री...।"

"वी ऑल आर मिस्ट्रीज सैंड्रा! लाइफ़ इज़ लाइक दिस। वर्षों पहले ऐनी और ग़ैरी के पूर्वज गोवा से माइग्रेट कर पुर्तगाल आए थे। ऐनी के पूर्वज सियोलिम के थे और ग़ैरी के पूर्वज साउथ गोवा के फ़ोंडा के रहनेवाले थे। ग़ैरी के परदादा पुर्चगीज़ आर्मी में थे। उसके ग्रैंड फ़ादर डॉक्टर थे और पुर्तगाली राज के दिनों में उनकी पोस्टिंग लिस्बन में कर दी गई। फिर यह परिवार लिस्बन में ही बस गया। कहाँ से कहाँ का सफर, कहाँ से कहाँ का नाता। और मेरा विटोरिनो...।"

"विटोरिनो पणजी आ रहा है?" सैंड्रा ने अमांडा आंटी की ख़ुशी के लिए अपनी आवाज़ में भरसक तीव्र उत्साह घोलते हुए पूछा।

"हाँ सैंड्रा! अगस्त के पहले सप्ताह में... 3 अगस्त को विटोरिनो पणजी जा रहा है।" अमांडा आंटी ने कुछ इस अन्दाज़ में कहा जैसे बता रही हों कि एलटिन्हो पहाड़ी मखमली नीले बादलों से लिपटने वाली है। आंटी ने बताया, "सैंड्रा! दीवानगी की हद तक फ़ोटोग्राफ़र है विटोरिनो। बचपन से वह हाइपर क्रिएटिव रहा है। एक बार उसके जन्मदिन पर मैंने उसे एक कैमरा दिया था। फ़ोटोग्राफ़ी की उसकी शुरुआत वहीं से हुई। तुम्हें पता होगा कि फ़ोटोग्राफ़ी मेरी भी हॉबी रही है। तुम्हारे पापा-मम्मी की शादी से लेकर तुम्हारे जनम की जाने कितनी तस्वीरें तुम्हारे घर के एलबम में होंगी, जो मैंने खींची थी। ख़ैर, मैं विटोरिनो के बारे में कह रही थी। वह एक भारी घुमंतू स्ट्रीट फ़ोटोग्राफ़र है। पोर्ट्रेट में भी उसका सानी नहीं। बहुत दिनों से उसकी इच्छा रही थी कि वह गोवा जाकर कुछ महीने वहाँ फ़ोटोग्राफ़ी करे। वह कुछ महीने गोवा में रुकेगा। पणजी से लेकर गोवा के गाँव-गाँव जाकर वह फ़ोटोग्राफ़ी करेगा। उसे कुछ महीने वहाँ रहना हैं सैंड्रा! तुम्हें दिक्कत तो नहीं होगी? वह बहुत खामोश लड़का है। बहुत गम्भीर।"

"क्या कह रही हैं आप आंटी! 'कार्निवल' इज़ कमिंग अर्ली फ़ॉर मी। विटोरिनो को मैं घर का एक बेहतरीन कमरा सिपुर्द कर दूँगी। उसे कोई दिक्कत नहीं होगी।"

"तुम बहुत अच्छी हो सैंड्रा। तुमने दिल खुश कर दिया।" अमांडा आंटी दुलार से छलक पड़ी हैं।

आज 29 जुलाई है। बस अब चार दिन रह गए हैं। पाँचवें दिन विटोरिनो आएगा। ड्राइंग रूम के बग़ल वाला कमरा वह विटोरिनो को सिपुर्द कर देगी। पहली बार ऐसा होगा, जब कोई उसके घर कुछ महीने रुकेगा। मडगाँव से जब कभी मारिया यानी मोरी आती हैं, तो ड्राइंग रूम के बग़लवाले इस कमरे के दीवान पर ही सोती हैं। विटोरिनो के रहते हुए जब कभी मारिया आएँगी, तो वह ड्राइंग रूम में उनके लिए इन्तज़ाम कर देगी। फिलहाल, उसके पास दो काम हैं। पहला कि इस घर की प्राचीनतम आया इवान को लगाकर उस कमरे की पूरी साफ़-सफ़ाई कराना। कोई भी काम बताने पर उकसुक करने लगना इवान की पुरानी आदत रही है। उसे मनुहार की आदत पड़ चुकी है। एक फ़ोटोग्राफ़र के रहने का कमरा कैसा होना चाहिए? सादगीपूर्ण बेशक। उस कमरे में लकड़ी के पुराने फर्नीचर पहले से हैं। पुरातन अनुभूति का कमरा है यह, जो विटोरिनो को अच्छा लगना चाहिए। इवान की मदद से वह बिस्तर पर सफ़ेद बेडशीट बिछाकर तकियों पर सफ़ेद गिलाफ़ लगा देगी। लम्बी क़द-बुत की इवान के लिए यह बाएँ हाथ का काम है। पर जो सबसे सिरदर्द काम है, वह है विटोरिनो के बारे में मम्मी को बताना और देर तक उनकी ज़िरह-कैफ़ियत का जवाब देना। विटोरिनो को लेकर मम्मी क्या सब पूछेंगी, इसका पूरा अनुमान उसे है। मसलन कि—विटोरिनो का अमांडा आंटी से कैसा-क्या रिश्ता है? उसके माता-पिता की क्या कहानी है? वह चार-पाँच महीने रुककर यहाँ क्या करेगा? क्या घर में उसे ठहराना सही रहेगा? सैंड्रा जानती है कि मम्मी के ये और ऐसे दर्जनों सवाल होंगे। कई बार मम्मी की पूछताछ पुलिसिया अन्दाज़ में होती है और तब सैंड्रा का धैर्य जवाब देने लगता है।

"मम्मी! आपको कुछ समझाने की कोशिश करना रूमाल में हाथी बाँधने जैसा है।" पिछले एक घंटे से अमांडा आंटी के फ़ोन, विटोरिनो के आने, उसके घर में रुकने और विटोरिनो की पूरी एक्सरे-रिपोर्ट समझने को व्यग्र मम्मी को हर सम्भव बात कहकर वह बुरी तरह खीज गई है। मम्मी का घोर शंकाशील मन तेज़ी से सैकड़ों सवालों में गोते लगा रहा है। मसलन अमांडा आंटी ने क्या विटोरिनो को बाक़ायदे गोद लिया हुआ है? विटोरिनो की माँ ने आख़िर मरने से पहले अपने बेटे की ज़िम्मेवारी अमांडा को ही क्यों सौंपी? क्या विटोरिनो की माँ के कोई और भाई-बहन या रिश्तेदार नहीं थे? विटोरिनो को गोवा आने की क्यों सूझी? क्या यहाँ आकर वह अपने माता-पिता के परिवारवालों की तलाश करेगा? गोवा में आख़िर चार-पाँच महीने रुककर वह क्या फ़ोटोग्राफ़ी करेगा?

"हाँ मम्मी। वह पूरे अरब सागर की तस्वीरें करेगा। प्रोटोजोआ, कीटोग्नैक और ऑक्टोपस से लेकर मांडवी की लहरों, इसमें आनेवाले ज्वार-भाटों, मांडवी की मछलियों, कछुओं, घड़ियालों सबकी फ़ोटोग्राफ़ी करेगा। वह आपकी भी भरपूर तस्वीरें लेगा। उस दिन आप एलबम को लेकर बिसूर रही थीं। बस अब आपके कई एलबम तैयार हो जाएँगे।" मारे खीज के सैंड्रा रुक नहीं पा रही है।

"तुम इस तरह नाराज क्यों हो रही हो सैंड्रा? घर आ रहे किसी नये आदमी के बारे में कुछ पूछना गुनाह है क्या?"

"कुछ?" सैंड्रा आँखें फैलाकर भरपूर विस्मय से कहती है, "यह बस कुछ पूछा है आपने मम्मी? और कुछ बाकी है?"

"ओह! मैं क्या कहूँ तुमसे? तुम अक्ल की कच्ची ही रह गई। सोचो, जिस घर में सिर्फ दो औरतें ही रहती हैं, वहाँ एक मर्द को इतने दिनों तक रुकवाने का प्रस्ताव भला अमांडा ने दिया कैसे?"

"क्या बात है मम्मी!" ग़ुस्से में सैंड्रा खीज भरी हँसी में है, "हाँ, जिस घर में सिर्फ दो हसीन लड़कियाँ रहती हों, वहाँ एक मर्द का मेहमान बनना खतरे से ख़ाली नहीं। इस बारे में तो मैंने सोचा ही नहीं था। और अब तो मुझे अपने से भी ज़्यादा आपकी फिक्र हो रही है। वह तो आते ही आपके पेट से चिपककर कहेगा... मिनि...आइ डाइ फ़ॉर यू...।"

"अरे वह भला मुझसे क्यों चिपकेगा...! पर सोचो, जब तुम रोज मेरे चेहरे पर उगी दाढ़ी की खूँटियों को शेव करोगी, तो यह देखकर वह क्या सोचेगा? हर रोज मेरे पेट को पैन केक की तरह तुम बाहर निकालकर नाभि में जैतून का तेल लगाती हो, हफ्ते में दो-तीन बार जैतून के तेल से पेट का गोल मसाज करती हो। विटोरिनो यह सब देखकर क्या सोचेगा? इवान की बात छोड़ दो। वह घर की आया है। पर तुम्हारे और इवान के अलावा हथिनी सरीखा पसरा मेरा पेट कोई देखे, यह मुझे अच्छा नहीं लगेगा।"

"ठीक है। मैं हमेशा इसका खयाल रखूँगी। अन्दर से सिटकनी लगाकर मैं यह सब कुछ करूँगी। मैं भी नहीं चाहती कि मेरी प्यारी माँ का सुनहरा-गुलाबी पेट कोई दूसरा देखे या छुए।"

"फिर ठीक है।" कहकर अँगूठा चूसते ख़ुश बच्चे की तरह मम्मी ने सिर हिलाया है।

मम्मी की इस लम्बी जिरह से भला इवान कैसे न प्रेरित हो? वह व्यग्र होकर कहती है, "सैंड्रा बेबी! मेरी ज़िराफ़ जैसी लम्बाई को देख मि. विटोरिनो जाने क्या कहेंगे...! ओ माइ गॉड...!"

"इवान...माइ डार्लिंग! वह कहेंगे कि इवान इज़ वेरी हॉट...। बिकॉज़ शी इज़ क्लोज़र टू सन! तुम्हारे जैसे रेअर टॉल पैकेज़ को देखकर वे खुश हो जाएँगे।" सैंड्रा का दिल कर रहा है कि अभी इवान की पीठ पर वह सीधे दो मुक्का जड़ दे, "पागल औरत!" वह होंठों ही होंठों में बुदबुदाती है।

पूरा अगस्त महीना बारिश से तर रहता है। तेज़ हवा और तीव्र वर्षा की युगलबन्दी गोवा के स्थायी निवासियों को ही आनन्द के संग सहन है। बाहर के लोगों को नहीं। इसलिए अगस्त में पर्यटकों की संख्या बहुत नगण्य होती है। इस समय रह-रहकर मांडवी प्रचंड रूप धरती है और सड़कें बारहाँ डूबती हैं। 'समुद्र तटों की रानी' के नाम से मशहूर गोवा के तमाम 'पानी के खेल' यानी पैरासेलिंग, विंडसर्फ़िंग जेट स्कीइंग, केला ट्यूब स्पीडबोट, रिंगो सवारी, स्कूबा डाइविंग, स्पीड बोट, रिवर राफ़्टिंग सरीखे सभी 'वाटर स्पोर्ट्स' अगस्त के इस महीने में पाबन्दी और सख़्ती से बन्द रखे जाते हैं।

तीव्र वर्षा में पानी के खेल जानलेवा होते हैं। सुबह से मेघ हुमक रहे हैं। हवा भी उतनी ही तेज़ है। आज दोपहर विटोरिनो आ रहा है। तेज़ झड़ी के इन बरसाती दिनों में झक्की लोग ही कहीं बाहर निकलते हैं। विटोरिनो भी शायद ऐसे ही लोगों में से है। पर क्या पता, शायद वह अपनी फ़ोटोग्राफ़ी की शुरुआत गोवा की धारासार बारिश से ही करना चाहता हो। सैंड्रा के चेहरे पर यह याद करते हुए एक पल के लिए मुस्कराहट खेल गई कि कैसे बचपन में बारिश के दिनों में रंगीन छतरी लेकर ठुमकते हुए वह स्कूल जाती थी और छतरी से सिर बाहर कर जीभ निकाल वर्षा की बूँदों को स्वादने की बेवकूफ़ी भरी कोशिश करती थी। कई बार तेज़ अंधड़ और बारिश में छतरी के संग किसी पेड़ के नीचे दौड़कर पनाह लेते लोगों, बरसाती पहनकर छम-छम करते अलमस्त किशोरों और एक ही छतरी में मधुर कशमकश के संग भीगने से ख़ुद को बचाते दंपतियों व प्रेमी युगलों को निहारने के मज़े लेती थी। वर्षा की साँझ में भीगी सड़कों-फुटपाथों और भीगी हुई खिड़कियों को देखना कैसा अजीब-सा लगता है। सड़क किनारे की दुकानों के शो-विंडो की रोशनी के संग फुटपाथों पर मौज़ूद कॉरपोरेशन के ट्यूबलाइट्स की रोशनी इस पूरे भीगेपन को और गहन कर देती है। सड़क किनारे के कई रेस्तराँ व कैफ़े की बाहरी बैठकों में भीगी पड़ी कुर्सियों व मेज़ों की रंगत भीगे कौवों जैसी लगती है। बारिश के दिन अचानक आपके शहर की पूरी सूरत बदलकर रख देते हैं। हर मौसम का अपना इन्द्रजाल है। वर्षा का भी! बादल और सुनहरी धूप का खेल वर्षा के दिनों में देखते ही बनता है। आकाश और धरती का रंगमंच एकमेक हो जाता है। अमांडा आंटी ने

उस दिन कहा था कि विटोरिनो की पोर्ट्रेट और स्ट्रीट फ़ोटोग्राफ़ी में रुचि है। अगस्त की वर्षा में पणजी की स्ट्रीट फ़ोटोगाफ़ी करना उसे अच्छा लग सकता है। अगर आम लोगों के लिए वर्षा काल एक 'वंडर गिफ़्ट' है, तो एक पेशेवर फ़ोटोग्राफ़ के लिए तो यह बेशक होना चाहिए।

बहरहाल, यह विटोरिनो का मसला है। कौन-सा मौसम और कैसी स्थिति फ़ोटोग्राफ़ी के वास्ते अनुकूल हो सकती है, यह तो वही समझेगा। हाँ, इतना वह ज़रूर समझती है कि वर्षा के इन दिनों में किट्टू कुछ ज़्यादा ख़ुश रहता है। अभी जार के स्टैंड पर मोम-सा अपना नन्हा सिर निकाले संत की मुद्रा में वह बैठा है। किट्टू पर नज़र डालते हुए वह ड्राइंग रूम के बग़लवाले कमरे में आ गई है। बीते दो-तीन दिनों में आया इवान की मदद से उसने इस कमरे को भरसक सज-बज दिया है। कुछ महीनों के लिए पहली बार कोई इसमें रहने आ रहा है। ऐसे में इस कमरे का पूरा रूप ही बदल जाएगा। एक-दो दिन के लिए जब मारिया इसमें रुकती हैं, यह कमरा मुस्कराता नज़र आता है। कई बार उसके मन में यह आया कि किट्टू को इस कमरे में रखकर इसे किट्टू बाबू का कमरा बना दे। इससे स्थायी वीरानी में डूबे इस कमरे को एक जीवन मिल जाएगा। किट्टू को देखने के लिए ज़ाहिर है कि वह इस कमरे में बार-बार आएगी। पर किट्टू और वह एक पल भी एक-दूसरे के बग़ैर नहीं रह सकते। किट्टू बच्चा है उसका। दूसरे कमरे में अकेले रहना किट्टू झेल नहीं पाएगा और यह उसके लिए भी असहनीय हो जाएगा। ख़ैर, आज विटोरिनो के आने से, अक्सर बन्द रहनेवाले इस कमरे को कुछ समय के लिए ज़िन्दगी मिलेगी। इस उदास बन्द रहनेवाले कमरे जैसी तो वह ख़ुद भी है, जिसमें आज तक भूले से भी कोई रहने नहीं आया।

और मीठा कमरा

वह टेरेस पर आकर बैठ गई है। विटोरिनो की फ़्लाइट डेबॉलिम एयरपोर्ट[1] पर आ गई होगी। वह थोड़ी देर में कभी भी पहुँच सकता है। पणजी की इस दोपहरी में वर्षा की सुरमई छटा देखते बन रही है। इस ठुमकती झड़ी में मिट्टी और पेड़ों की मिश्रित ख़ुशबू को मन की शिराओं और फेफड़ों में महसूस किया जा सकता है। चाय में शहद जैसी सुगन्ध! उसके कैम्पस के अलसाये पड़े लोहे के जीर्ण भखरे नीले फाटक के कोने में मौज़ूद केले के पेड़ों की झुरमुट का भीगता-लहराता आनन्द समाये नहीं समा रहा है। इस झुरमुट से सटा हनीसिकल अलग ही पुलकित-विभोर है। ख़ुदा न ख़ास्ता बीच में थोड़ी देर के लिए भी अगर धूप निकली, तो पूरे पणजी पर सोने के पानी की रंगत खिल जाएगी।

1. पणजी स्थित हवाई अड्डा।

वर्षा और हवा की इस युगलबन्दी में सड़कों पर दौड़ रही गाड़ियों के कारवाँ की संगत है। यह सोचकर उसके होंठों पर हल्की-सी हँसी थिरक गई कि शहर की तमाम गाड़ियों की धुलाई वर्षा मुफ़्त में कर देती है। कल अगर इसी तरह वर्षा होती रही, तो बेकरी की अपनी सहयोगी डॉली से वह कहेगी कि गैराज़ से उसकी कार निकालकर एक चक्कर लगा आए। फिर कुछ समय तक के लिए कार धुलाई की फ़िक्र उसे नहीं करनी होगी। जब कभी उसे अपनी कार से कहीं जाना होता है, डॉली उसे ड्राइव कर ले जाती है। डॉली उसके घर से दस मिनट पाँव-पैदल दूरी पर पब्लिकास जनता रोड में रहती है। इसलिए ज़रूरत पड़ने पर वह छुट्टी के दिन भी उसे बुला लेती है।

बाज़ार के इलाक़े में पहले जब कभी वह डॉली के संग अपनी कार से गई है, तो कार की धुलाई करनेवाले लड़के पास आकर ज़रूर पूछते रहे हैं, कि क्या उन्हें कार की धुलाई-सफ़ाई करानी है। पर अब वे लड़के उसकी कार को अच्छी तरह पहचान गए हैं। इसलिए कार धुलाई की बाबत पूछने अब कोई नहीं आता है। दरअसल, इन कार धुलाईवाले लड़कों को वह कई बार बता चुकी है कि वह एक पक्षी और कीट वैज्ञानिक है और चिड़ियों तथा कीट-पतंगों के मल-मूत्र पर लगातार अध्ययन करती है। उन कार-सफ़ाई वाले लड़कों को मौज़ में वह कई बार पूरी प्रविधि बता चुकी है कि गाड़ी की छत व बोनट से लेकर गेट तक पर गिरे-टपके चिड़ियों व कीटों के मल को कैसे चिमटे से बटोरकर वह अलग-अलग छोटे जार में रखती है और उन पर रिसर्च करती है। उसके विवरण को सुनते हुए उन कार-सफ़ाईवाले लड़कों का चेहरा विचित्र विस्मित देख उसे मज़ा भी आता रहा है। उसके वक्तव्य का चरम तब होता जब वह गर्व से उन्हें बताती कि "मेरी कार को लगातार तीन बार वर्षों से 'सबसे गन्दी' कार का अवार्ड मिल चुका है। इसलिए भी अपनी कार मैं कभी नहीं धुलवाती। हाँ, कभी ड्राइव के दौरान अचानक की बारिश में यह धुल जाए, तो बात अलग है।"

सामने सड़क पर भागती गाड़ियों की क़तार से निकलकर एक सफ़ेद गाड़ी गेट पर रुकी है। बारिश की झिरझिरी में भीगती सफ़ेद गाड़ी—जैसे आसमान से अचानक उतरकर गेट पर आ लगा बड़ा-सा सफ़ेद बादल। सफ़ेद पनामा हैट में लम्बे-चौड़े और गठीले क़द-बुत के विटोरिनो ने गाड़ी से निकल घर पर एक टटोलती-सी नज़र डाली है, जैसे पहली बार किसी के यहाँ आने पर अपने इत्मीनान के लिए कोई करता है। पनामा हैट लगाए डिट्टो ग्रेगरी पैक! सैंड्रा ने टेरेस से हाथ हिलाया है। प्रत्युत्तर में विटोरिनो ने भी। सैंड्रा सीढ़ियों से नीचे की तरफ़ बढ़ गई है, कुछ इस अन्दाज़ में कि अपने मेहमान की अगवानी में बारिश की परवाह भला क्या की जाए?

"मैं सैंड्रा!" धीर-मृदु व्यक्तित्व वाले विटोरिनो से हाथ मिलाते हुए सैंड्रा ने भरसक ग़र्मजोशी से कहा है।

"उफ! बारिश है...बेवजह क्यों नीचे आ गई?" विटोरिनो ने शिष्टाचार भरे मुस्कान के संग कहा है।

"अरे नहीं, इतना तो एक सामान्य शिष्टाचार है।" सैंड्रा के स्वर में शान्त स्नेह है। सैंड्रा को राहत-सी लगी है, उससे हाथ मिलाते हुए विटोरिनो की आँखों में उसके भारी-भरकम क़द-बुत को लेकर कोई हैरानी नहीं है। किसी से भी पहली बार मिलने पर सैंड्रा यही ग़ौर करती है। उसे अपने बारे में यक़ीन है कि अपने बेहिसाब वज़न के कारण वह किसी सुन्दर लड़की की तरह अपने आप में मासूमियत और नाज़ का पेशेवर कौशल नहीं रख पाती। किसी नये व्यक्ति के साथ हर पल का अन्दर का चौकन्नापन, उसे परेशान रखता है। उससे पाँच-छह साल छोटा ही होगा विटोरिनो—सैंड्रा ने अनुमान लगाया है। अपना कमरा देखकर विटोरिनो ख़ुश है। टैक्सी ड्राइवर के सहयोग से कमरे में सामान ज़माने के बाद उसने मुस्कराकर कहा है, "यह तो एकदम मेरे लायक कमरा है। खुला-खुला और हवादार। मुझे तो लगता है कि यहाँ मुँहअँधेरे कमरे में आकर मुझे सारस जगाएँगे।" फिर एक पल रुक कमरे का दोबारा जायज़ा लेते हुए उसने कहा है, "और यह पलंग तो वास्को द गामा के बोट जैसा है। ओह सुपर...!"

वर्षा फिर से तेज़ हो गई है। बादलों की लहर-पहर में आकाश रेशम के कच्चे गीले गोलों से भरा-भरा दिख रहा है। इवान कमरे में चाय लाकर रख गई है।

"यह इवान है। इस घर की सारस। आउअर क्रेन-बर्ड! हमारा घर इसी के सिर पर टिका है।"

"प्रिटि...! टॉल वुमेन ऑलवेज़ रॉक!" विटोरिनो के स्वर में अपने लिए सराहना सुनकर इवान खिल गई है।

इवान से परिचय कराकर उठते हुए भीनी हँसी के संग सैंड्रा ने कहा है, "चाय पीकर मेरी मम्मी से मिल लो। सुबह से तुम्हारे आने को लेकर कई बार पूछ चुकी हैं। शी इज़ बेड रिड्न...वरना इतनी देर वे कहाँ सब्र करनेवाली थीं। वे गेट पर तुमको रिसीव करतीं।"

"अभी। प्लीज़ तुम पाँच मिनिट बैठो। चाय खत्म कर तुम्हारे साथ ही आंटी के कमरे में चलता हूँ। मिनि आंटी की तकलीफ के बारे में अमांडा आंटी ने मुझे बताया हुआ है। आइ फ़ील सैड फ़ॉर हर...। अमांडा आंटी को तुम दोनों से बहुत लगाव है।" सैंड्रा-दरवाज़े पर खड़ी विटोरिनो को सुन रही है। चाय पीकर विटोरिनो उठ गया है। सैंड्रा आहिस्ते से मम्मी के कमरे की तरफ़ बढ़ गई है। पता नहीं, इस वक़्त मम्मी तन्द्रा में हैं, या जाग रही हैं। मम्मी थकी-माँदी बूढ़ी हंसिनी की तरह कुछ यों लेटी हैं, जैसे अभी-अभी अपने भारी-भरकम फड़फड़ाते पंखों को समेटकर वह निश्चिन्त हुई हों।

"मम्मी! विटोरिनो से मिलिए।" विटोरिनो के संग सैंड्रा मम्मी के बिस्तर के पास खड़ी है। विटोरिनो ने झुककर मम्मी के माथे को चूम लिया है।

"येस विटोरिनो डिसिल्वा...!" मम्मी का मुख अनुराग से भर गया है, "अरे, ये तो डिट्टो हमारे दौर के सुपर स्टार मार्लन ब्रांडो जैसा है। बीसवीं सदी की हॉलीवुड फ़िल्मों का राजा था अमेरिकन ऐक्टर मार्लन...! ओह, क्या गजब की पर्सनालिटी थी मार्लन की।" विटोरिनो का हाथ पकड़ मम्मी ने कहा है, "बैठो मेरे

पास। पणजी में मांडवी नदी के एक छोर पर एलटिन्हो पहाड़ी है और दूसरी छोर पर एक ह्यूमन हिल मैं हूँ।" फिर अगले पल उन्होंने सैंड्रा की तरफ़ मुख़ातिब होकर पूछा है, "विटोरिनो ने चाय पी?"

"अभी कमरे में सामान रखा और चाय पी आंटी।" विटोरिनो उनकी हथेली थामे उनके पास बैठा है।

"पर मैंने कहाँ देखा? सैंड्रा! इवान को बोलो। विटोरिनो के लिए एक अच्छी कॉफ़ी।" मम्मी अपनी विरल मुस्कान में कुछ इस तरह हैं, मानो उनके चेहरे पर बरबस रंग-बिरंगी पत्तियों की पच्चीकारी कर दी गई हो। मम्मी पूरे कशीदे में हैं, "मैं बहुत खुश हूँ बेटे कि अमांडा ने तुम्हें हमारे पास भेजा। अमांडा की बहुत याद आती है। मैं अगर कुछ भी चलने-फिरने लायक होती, तो लिस्बन जाकर अमांडा से मिल आती। वह तो ख़ैर अपने इस घर को भूल ही चुकी है।"

"अमांडा आंटी बहुत मिस करती हैं आप सबको और अपने गोवा को।"

"वह बेटी जैसी है हमारी। सैंड्रा के पापा और मैंने हमेशा उसे बेटी की तरह माना।"

"हाँ, अमांडा आंटी भी ऐसा कहती हैं। वे कहती हैं कि मेरे बड़े भाई और भाभी ने ही माँ-बाप की तरह मुस्तैद होकर मेरी शादी कराई थी।"

"अरे, क्या शानदार शादी हुई थी अमांडा की! अमांडा के हस्बैंड पीटर स्माले भी पणजी के थे। सो दोनों परिवारों ने धूम मचाकर वह शादी कराई। उस शादी की कई तस्वीरें हमारे फ़ैमली एलबम में थीं। सारी तस्वीरें अमांडा की दोस्तों ने ली थीं। हमारी शादी में तो ख़ुद अमांडा ने बेशुमार तस्वीरें ली थीं। हमारा वह एलबम ही कहीं गुम हो गया है विटोरिनो।" खोये एलबम की हूक मम्मी की आवाज़ में बरबस छलक आई है। पर ग़नीमत कि तत्क्षण उन्होंने अपना स्वर संयत कर लिया है, "अमांडा को जवानी के दिनों में फ़ोटोग्राफ़ी का नशा था विटोरिनो...आइ टेल यू। शी नोज़ द मैज़िक ऑव लाइट क्राफ़्ट...।"

"फ़ोटोग्राफ़ी का भूत उन्होंने ही मुझे तब लगाया, जब मेरे एक 'बर्थ-डे' पर बचपन में उन्होंने एक मिनोल्टा कैमरा दिया था। उन दिनों पाँच कैमरों को बेहतरीन माना जाता था—कैनन, मिनोल्टा, निकॉन, ऑलिंपस और पेनटेक्स। मेरी मम्मी ने अमांडा आंटी से कहा भी था कि इतना महँगा कैमरा एक बच्चे को ले देने की क्या जरूरत थी? तब अमांडा आंटी ने मुस्कराकर मम्मी से कहा था—इस कैमरे की आँख से हमारा विटोरिनो नदी, आकाश, जंगल, पक्षी और जीवन को देखेगा। और तबसे मिनि आंटी, कैमरे के व्यू-फ़ाइंडर से मैं सब कुछ देख रहा हूँ।"

इवान ने कॉफ़ी लाकर मम्मी के बेड साइड टेबल पर रखी है। मम्मी ने इशारे से इवान को रोकते हुए कहा है, "सिर्फ कॉफ़ी? कुछ कुकीज और नमकीन तो लाओ। कितने लम्बे सफर से आया है मेरा बच्चा।"

"साथ में पाइनएपल पेस्ट्री भी।" मम्मी के सामने की कुर्सी पर बैठी सैंड्रा ने इवान से कहा है।

"आप लोग फ़िक्र मत करिए। मैं फ़्लाइट में लगातार खाते-पीते ही आया हूँ।" विटोरिनो ने मुस्कराकर कहा है, "वैसे मुझे मालूम है कि यहाँ केक-पेस्ट्री और कुकीज़ का भंडार है।"

"आते ही अगर उसकी बानगी न मिले, तो तुम भी क्या सोचोगे?" मम्मी ने बिहँसकर कहा, "विटोरिनो! मुझे अन्दाजा है, फ़ोटोग्राफ़ी की अपनी धुन में तुम दुनिया भर में घूमते होगे और एक से एक पाँच-सात सितारा होटलों में ही रुकते होगे। पर घर के सुख की बात अलग है। यह तुम्हारा घर है विटोरिनो। मुझे उम्मीद है कि घर के सुख में रहकर अपना काम तुम और अच्छे से कर पाओगे।"

"मिनि आंटी! सारी दुनिया में उदासी उड़ रही है। बेशक हम पाँच-सात सितारा होटलों में भी रुकते हैं लेकिन मौत के बवंडरों और डरावने रेगिस्तानों में हमें ज्यादातर भटकना पड़ता है। हालाँकि, गोवा इज़ अ यूनिवर्सल स्वीटहोम आंटी! पहली बार जीवन की खुशी की तस्वीर करने आया हूँ। इस घर में रहकर सचमुच दुनिया के सबसे 'ख़ुश घर' की अच्छी तस्वीरें कर पाऊँगा।"

"गॉड ब्लेस यू माइ सन। इस बेज़ार दुनिया में आत्मा की पवित्रता और खुशी बचाकर रखना मुश्किल है। गोवा इज़ अ टाइनि प्लेस, विद बिग पीपुल।"

इवान कुकीज़ और पेस्ट्री से सजा प्लेट लाकर रख गई है।

"लो बेटे, यह सब अपनी बेकरी की बनी है।"

"सुपर...!" विटोरिनो ने एक कुकी लेते हुए कॉफ़ी की घूँट भरी है।

"तो फ़ोटोग्राफ़ी को अपना करिअर बनाने का फैसला तुमने कैसे लिया?" मम्मी अब हमेशा की तरह अपने नैसर्गिक खोजी अन्दाज में शुरू हैं।

"मेरी मम्मी पक्की अल्ट्रासाउंड मशीन हैं विटोरिनो।" सैंड्रा को अनायास हँसी छूट गई है, "ये जब तक तुम्हारी पूरी कहानी तुमसे सुन नहीं लेंगी, इन्हें चैन नहीं आएगा।"

"तो इसमें बुरा क्या है? आंटी की उत्सुकता वाजिब है सैंड्रा।"

"देखो, कितना समझदार और सुलझा बच्चा है यह।" एक निमिष रुककर मिनि रॉड्रिक्स फिर अनुराग भाव में हैं, "सैंड्रा! अभी मैं भले बिस्तर से लगी हूँ लेकिन मैंने दुनिया देखी है। मैं इन क्रिएटिव लोगों के बारे में जानती हूँ। कोई भी आर्ट से जुड़ा आदमी गर्भवती औरतों की तरह मूडी होता है। कोई आश्चर्य नहीं कि ऐसे लोग सारे दिन एक पत्ता देखने में गुजार दें। कला से जुड़े लोग अपने कल्पना लोक में रहते हैं। ऐसे लोगों को दुनियावी सहरजमीन पर लाना आसान नहीं होता। विटोरिनो से इतनी बातचीत कर मैं इसे यहाँ रमा रही हूँ। इज़ी कर रही हूँ। किसी को भी अपने में रमाना हो, तो पहले उसकी पूरी कहानी सुनो। कोई जब आपको अपनी कहानी कहता है, तो समझिए कि वह आप में घुल रहा है।"

"वंडरफुल! यू आर अमेज़िंग आंटी! यू आर माइ डार्लिंग आंटी!" विटोरिनो के मुख पर पुलक छलक आया है, "हाँ, तो सुनिए मेरी कहानी। आप पूछ रही थीं कि फ़ोटोग्राफ़ी को मैने अपना करिअर...अपना जीवन क्यों और कैसे बनाया? वाकई, यह एक दिलचस्प कहानी है। फ़ोटोग्राफ़ी की मेरी पहली टीचर अमांडा आंटी हैं।

जैसा कि मैंने थोड़ी देर पहले ही आपको बताया कि अमांडा आंटी ने मुझे कैमरा देकर वाकई भूत चढ़ा दिया। स्कूल के उन दिनों में सोते-जागते मैं सोचता रहता था कि अब क्या-क्या तस्वीरें करनी हैं! मैं महज बारह-तेरह साल का था आंटी, जब तीन साल के भीतर मेरे पापा-मम्मी गुजर गए। मैं एकदम से बेजार हो गया। स्कूल के हॉस्टल में रहते हुए अक्सर छुप-छुपकर मैं रोता था। उन गहरी उदासी के दिनों में कैमरा मेरे अकेलेपन का साथी था और मेरी माँ थीं अमांडा आंटी।" एक पल के लिए विटोरिनो का गला रुँध-सा गया।

सैंड्रा को लगा कि मम्मी का कमरा उदासी के भार से अचानक झुक गया है। कुछ पल का वह सन्नाटा उलझन में फँसा महसूस हुआ। किसी को अचानक कुरेदने की मम्मी की यह आदत सैंड्रा को बहुत नागवार लगती है।

"यह कहने की शक्ति मुझमें नहीं है विटोरिनो कि अपने उस बहुत स्याह अतीत से तुम निकल आओ। वह गुजरा हताश समय तुम्हारी शिराओं में है।" मम्मी का स्वर ग़मगीन है।

"मैं स्कूल की अपनी पढ़ाई पूरी नहीं कर पाया। मुझे लगा जीवन में आगे जो कुछ भी करना है, वह स्कूल में पढ़कर नहीं मिलनेवाला। हालाँकि, अमांडा आंटी ने मुझे हर सम्भव तरीके से समझाने की कोशिश की कि मुझे पढ़ाई जारी रखनी चाहिए। पर मेरे भीतर एक अजीब-सा उचाट छाया था, जो कुछ भी सुनने को तैयार नहीं था। मेरी माँ जैसी अमांडा आंटी के लिए यह विषाद का विषय था। पन्द्रह वर्ष की उम्र में स्कूल को हमेशा के लिए अलविदा करने के बाद कैमरे के संग अगले दसेक वर्षों तक मैं पुर्तगाल के चप्पे-चप्पे में दीवानों की तरह भटकता रहा। और मेरा बन्दरगाह था—अमांडा आंटी का लिस्बन का घर! अमांडा आंटी आज भी मेरी पनाह हैं और हमेशा रहेंगी।" अपनी बात की रफ़्तार को तनिक करवट देते हुए विटोरिनो जारी है, "फ़ोटोग्राफ़ी के अपने शुरुआती दिनों से मैं दक्षिण अफ़्रीका के मशहूर फ़ोटोग्राफ़र ज़ोआओ सिल्वा की फ़ोटोग्राफ़ी में जाँबाजी के किस्से सुनता आया था। ज़ोआओ सिल्वा हमारे पुर्तगाल के हैं और लिस्बन में उनका जन्म हुआ, यह जानकर मुझे और अच्छा लगा था। नेलसन मंडेला की रिहाई के समय से लेकर वहाँ हुए चुनाव तक यानी 1990 से 1994 तक, साउथ अफ़्रीका में चार फ़ोटोग्राफ़रों का एक छोटा समूह था, जो 'बैंग-बैंग क्लब' के नाम से जाना जाता था। ज़ोआओ सिल्वा अब इस समूह के एकमात्र फ़ोटोग्राफ़र रह गए हैं। 'बैंग-बैंग क्लब' में शामिल चार फ़ोटोग्राफ़र्स थे—केविन कार्टर, ग्रेग मेरिनोविच, केन उस्टरब्रोएक और पुर्तगाली मूल के ज़ोआओ सिल्वा।" विटोरिनो ने गहरी साँस लेते हुए कहा, "ये चारो फ़ोटोग्राफ़र बड़े सनकी और दीवाने थे। इस 'बैंग-बैंग क्लब' के टीम लीडर केविन कार्टर की दर्दनाक कहानी है। साउथ अफ़्रीका में तो केविन ने एक से एक रोमांचक तस्वीरें कीं। पर सन् 1993 में सूडान में पड़े भयंकर अकाल को जब वे कवर करने गए, तो एक दहलानेवाले दृश्य को उन्होंने अपने कैमरे में लिया। यह तस्वीर उनके लिए यादगार तो हुई ही, मात्र 33 वर्ष में उनकी मृत्यु का कारण भी बनी।"

विटोरिनो जिस अन्दाज़ में कह रहा है, उससे ऐसा लग रहा है जैसे कि कोई श्वेत-श्याम चलचित्र चल रहा हो। विटोरिनो स्वयं भी मंत्रमुग्ध भाव में है, "वह मार्च 1993 का महीना था। सूडान भयंकर अकाल से जूझ रहा था। यूनाइटेड नेशंस के 'ऑपरेशन लाइफ़लाइन सूडान' के इंचार्ज रॉबर्ट हेडली ने ज़ोआओ सिल्वा से अनुरोध किया कि साउथ सूडान के अकाल को वे आकर कवर करें। ज़ोआओ सिल्वा ने अपने दोस्त केविन कार्टर से सूडान साथ चलने का अनुरोध किया। इस तरह दोनों साथ-साथ सूडान निकले। साउथ सूडान में अकाल की तस्वीरें करने दोनों दोस्त दो दिशाओं में निकल पड़े। बहुत दूर निकलने के बाद केविन कार्टर ने एक विचित्र हृदयविदारक दृश्य देखा। एक कंकालनुमा स्याह छोटा बच्चा लगभग दम तोड़ने को है और एक गिद्ध वहीं बैठा उसके मरने का इन्तजार कर रहा है। केविन कार्टर ने वह तस्वीर खींची और जब ज़ोआओ सिल्वा से वे मिले, तो विकल हो उन्होंने गिद्ध और बच्चे के उस दृश्य का विवरण दिया।

'द न्यूयॉर्क टाइम्स' में केविन की यह दहलानेवाली तस्वीर 26 मार्च, 1993 को छपी। इस फ़ोटो के छपते ही दुनिया भर में मार्मिक प्रतिक्रिया हुई। अप्रैल, 1994 में इस तस्वीर के लिए केविन कार्टर को 'पुलित्जर प्राइज़' मिला। इस बीच इस तस्वीर को लेकर यह सवाल उठने लगा कि मरते बच्चे को खाने के लिए तत्पर गिद्ध की तस्वीर तो केविन ने ली लेकिन क्या उसका यह फर्ज नहीं बनता था कि उस बच्चे को गिद्ध से बचाकर यूनाइटेड नेशंस के फूड सेंटर में पहुँचा आता? इन सवालों ने केविन को बहुत विचलित कर दिया। 27 जुलाई, 1994 को इस सबसे परेशान केविन ने एक छोटा-सा नोट लिखा कि उसे बीते समय को लेकर बहुत सारा अफ़सोस है। कि जीवन का दुख इतना भयानक और भारी है कि क्षण भर की खुशी साँस तक नहीं ले पाती। केविन ने नोट में लिखा कि बतौर फ़ोटोग्राफ़र उसके हृदय में कई झुलसाती स्मृतियाँ हैं। भूख से मरते और घायल तड़पते बच्चे, लोगों का हिंसक उन्माद, पुलिस का दमन...। और कितना कुछ...! इस नोट को लिखकर 33 साल के केविन कार्टर ने आत्महत्या कर ली।"

"कला पूरी क़ुर्बानी माँगती है विटोरिनो!" सैंड्रा ने डूबते स्वर में कहा, "और कला की जिम्मेवारी कहाँ तक है, केविन की कहानी से यह सवाल भी उठता है। केविन की वह तस्वीर दुनिया भर में जहाँ-तहाँ छपी थी। मैंने वह तस्वीर देखी हुई है।"

"हाँ सैंड्रा! केविन को लेकर बहुत से सवाल बनते हैं। वह सिर्फ़ 33 साल जी सका। वर्ष 2004 में केविन की जिन्दगी पर अमेरिका में एक डॉक्यूमेंट्री फ़िल्म बनी—'द डेथ ऑव केविन कार्टर : कैजुएल्टि ऑव द बैंग-बैंग क्लब।' इसका डाइरेक्शन डैन क्रॉस ने किया था। अंग्रेज़ी में बनी 27 मिनट की फ़िल्म थी यह। पर माइ गॉड! उसका एक-एक दृश्य छलनी करनेवाला था।" विटोरिनो ने एक पल थमकर कहा, "आज आते ही आंटी ने यों छेड़ दिया कि देखो मैं कहाँ-कहाँ से गुजर गया। केविन सरीखे लोग दुनिया में पहले भी एक-दो हुए। ब्रिटिश फ़ोटो जर्नलिस्ट इयान बेरी भी ऐसे ही एक दीवाने थे। 21 मार्च, 1960

को दक्षिण अफ़्रीका के शहर शार्पविले के पुलिस स्टेशन पर जब अपने ऊपर जुल्म के दौर के खिलाफ अश्वेतों की भीड़ उमड़ी, तो श्वेत पुलिस ने अन्धाधुन्ध गोलियों की बरसात की और 69 लोगों को मारकर चींटियों की तरह बिछा दिया। फ़ोटोग्राफ़र इयान बेरी श्वेत थे लेकिन उन्होंने इस लोमहर्षक दृश्य को जान पर खेलकर कैमरे में क़ैद किया। लगभग दो सौ के करीब गोलियों से घायल तड़पते लोग और 69 लाशें! फायरिंग के दौरान इयान धरती पर सीने के बल लेट गए और कैमरे को ज़मीन पर रख पूरे दृश्य को लगातार खींचते रहे। उनके कैमरे के प्राइम लेंस और वाइड एंगल ने जो कुछ भी देखा, उसे कैमरे की रील में उन्होंने सहेज लिया। श्वेत-अश्वेत के रंगभेदी इतिहास में यह यादगार तस्वीरें थीं। पर इयान के श्वेत सम्पादक ने भयवश उन तस्वीरों को छापने से इनकार कर दिया। पर सम्पादक ने इयान को यह सलाह जरूर दी कि वह चुपचाप इन तस्वीरों को बाहर की एजेंसियों को भेज दे। इयान ने ऐसा ही किया। बाहर-बाहर के देशों के अख़बारों में जब ये तस्वीरें छपीं, तो दुनिया दहल गई। आज भी 21 मार्च को दक्षिण अफ़्रीका में 'मानवाधिकार दिवस' मनाया जाता है और फ़ोटोग्राफ़र इयान बेरी की अमर तस्वीरों को याद किया जाता है।" एक पल रुककर गहरी साँस लेते हुए विटोरिनो ने कहा, "अस्सी पार के इयान अभी भी दुनिया में हैं। कभी इंग्लैंड जाकर उनसे मिलने की मेरी बड़ी इच्छा है सैंड्रा!"

"पर इन कहानियों को सुनाते हुए तुम ऐसे लग रहे हो जैसे कि तुम वर्षों से हमारे घर के सदस्य हो। प्यारे विटोरिनो! कहानियाँ किसी को फौरन किसी के जीवन का सदस्य बना देती हैं।" मिनि रॉड्रिक्स लेटे-लेटे बिहँस पड़ी हैं, "क्या तुम्हें ऐसा नहीं लग रहा है?"

"बेशक...बेशक आंटी।" विटोरिनो के चेहरे पर बरबस मुस्कान छिटक गई है, "इस तरह आज मैं इस घर का आजीवन सदस्य बन गया। लाइफ़ लांग मेम्बर।"

"चलो तुम अपनी कहानी पूरी करो।" मिनि रॉड्रिक्स ने आँखों ही आँखों में जब मुस्कराकर कहा है, तो मम्मी की यह अदा सैंड्रा को भी अच्छी लगी है।

"मैंने पहले ही बताया आंटी कि लिस्बन में जन्में फ़ोटोग्राफ़र ज़ोआओ सिल्वा 'बैंग-बैंग क्लब' के मेम्बर थे और केविन के खास दोस्त थे। बहुत दिनों से मेरी हसरत थी कि कभी मैं अपने शहर के ज़ोआओ से मिल पाता। जोआओ ने साउथ अफ़्रीका के अलावा रूस व मिडल ईस्ट में भी गजब की फ़ोटोग्राफ़ी की थी। अक्टूबर, 2010 में अपनी जांबाजी में तब उन्होंने अपने दोनों पाँव खो दिये, जब वे अफ़गानिस्तान के कंधार में एक कवरेज़ के दौरान अमेरिकी सैनिकों के संग लैंड माइन से होकर गुज़र रहे थे। उस भीषण विस्फोट में ज़ोआओ की जान तो बच गई लेकिन उनके दोनों पाँव उड़ गए। पर ज़ोआओ हार माननेवाले नहीं थे। कृत्रिम पाँव लगाकर उन्होंने फिर जोर-शोर से फ़ोटोग्राफ़ी शुरू की। वर्ष 2011 में मेरी हसरत पूरी हुई, जब मुझे साउथ अफ़्रीका के जोहान्सबर्ग जाने का अवसर मिला। ज़ोआओ वहाँ अपनी पत्नी विवियन और दोनों बच्चों के संग रहते हैं।"

विटोरिनो जारी है, "ज़ोआओ उस शाम देर तक मुझसे अपने बचपन के प्रिय शहर के बारे में बातें करते रहे। लिस्बन के एक-एक गली-कूचों के बारे में पूछते रहे। उन्होंने बताया कि नौ नर्ष की उम्र में अपने माता-पिता से दूर कैसे वे लिस्बन में अपने दादाजी के संग रहते थे। दादा-पोते की मस्ती के कई दिलचस्प किस्से उन्होंने सुनाए।"

"बस-बस मेरा काम हो गया। तुम्हारी इन कहानियों के ज़रिये हम तीनों आपस में समा गए।" मिनि रॉड्रिक्स ने मुस्कराकर विटोरिनो से कहा है। फिर सैंड्रा की तरफ़ मुख़ातिब हुई हैं, "सैंड्रा! विटोरिनो के संग इसके कमरे में सामान तरतीब से रखवा दो।"

विटोरिनो के संग सैंड्रा और इवान ड्राइंग रूम के बग़लवाले कमरे में हैं। तीनों अपने अन्दाज़ से सोचते खड़े हैं कि विटोरिनो का कौन-सा सामान कहाँ रखा जाए!

"ओह सैंड्रा! यह तो बहुत मीठा कमरा है!" विटोरिनो की आवाज़ में बारिश से भीगता उल्लास है।

"क्या कमरा भी मीठा होता है?" सैंड्रा आहिस्ते-से हँस पड़ी है।

"अरे, ये बात मुझे भी अब तक नहीं मालूम थी। पर इस कमरे में आते ही अचानक जाने कैसे निकली यह बात। तुम्हीं चैन से इस पर सोचकर बताना।" विटोरिनो ने झेंप भरी हँसी के संग सैंड्रा को देखा है।

"कि यह कमरा मीठा क्यों है? ओह गॉड! यह तो तुमने भारी होमवर्क मुझे दे दिया विटोरिनो! ठीक है सोचकर बताऊँगी। मैं इवान से तुम्हारे लिए कुछ चाय-पकौड़े भिजवाती हूँ।" मुस्कराते हुए सैंड्रा किचेन की तरफ़ बढ़ गई।

मिट्टी की गमक

जुलाई-अगस्त महीने मेघ के निर्देशक हैं। हिन्दी फ़िल्मों के संगीत-निर्देशक लक्ष्मीकान्त-प्यारेलाल और शंकर-जयकिशन की तरह। ये दो महीने पूरे गोवा को वर्षा की तीव्र उथल-पुथल में रखते हैं। अभी तो अगस्त चढ़ा ही है। कल रात भी झूम-झूमकर बारिश हुई है। ज़ीरो वाट की मद्धिम रोशनी में दीवार घड़ी पर सैंड्रा ने नज़र डाली है। सुबह के साढ़े चार बजे हैं। एक बार नींद खुल जाने पर लाख कोशिशों के बावजूद नींद नहीं आती। नींद और कोशिश की दुश्मनी है। धीरे से उठकर उसने दरवाज़ा खोला है। वर्षा की झिरझिरी है अभी। रात जैसी तीव्रता नहीं। हालाँकि, रात की वर्षा घर में सो रहे लोगों के लिए एक ध्वनि मात्र है, जबकि सुबह से शाम तक की वर्षा का अलग-अलग भाव रूप है। रात की वर्षा का कोई रंग नहीं। सुबह से देर शाम तक की वर्षा के सफ़ेद धूसर रंग की अलग-अलग गहराइयाँ हैं। वर्षा के धूसर रंग की अलग-अलग अदाओं को चुप निहारना उसे हमेशा से अच्छा लगता रहा है। तख़्ती स्लेट, हाथी रंग, चूहे-सा रंग, शीशे सरीखा धूसर रंग, शराब-सा भूरा धूसर, जैतून धूसर...एक लम्बी सूची है धूसर के नाना रंगतों की उसके मन में।

अभी जब धीरे-धीरे कालिमा छँटेगी, तब जो बारिश दिखेगी, वह हाथी—धूसर रंगत की दिखेगी। फिर कभी स्लेट, कभी चूहा और कभी जैतूनी। शाम तक आते-आते धूसर शीशे की रंगत। अभी कुछ साल पहले सम्भवत: वर्ष 2011 में प्रकाशित इ. एल. जेम्स का उपन्यास 'फिफ़्टी शेड्स ऑव ग्रे' उसने इसलिए पढ़ डाला कि शायद धूसर रंग पर उसमें और रोशनी डाली गई हो। पर यह कामुकता और रोमांस से भरा उपन्यास निकला। वैसे अपनी दोस्त नोवा को जब यह उपन्यास उसने पढ़ने को दिया, तो पढ़कर लौटाते हुए मुस्कराकर नोवा ने उससे कहा, "सैंड्रा! रोमांस और कामुकता भी तो बारिश की तरह ही धूसर है।"

चाय बनाई जाए। विटोरिनो तो अभी सो रहा होगा। मम्मी इतनी सुबह चाय पीतीं नहीं। पर किचेन की तरफ़ जाते हुए उसने देखा विटोरिनो के कमरे का दरवाज़ा खुला है। खिड़की के पास कुर्सी लगाकर वह मुँहअँधेरे के धुँधलके में बारिश की झिरझिरी निहार रहा है। सैंड्रा के पदचाप की आवाज़ सुन उसने दरवाज़े की तरफ़ देखा है।

"हाय! गुड मॉर्निंग विटो!"

"गुड मॉर्निंग! व्हाट अ डार्लिंग रेन सैंड्रा!"

"पर पुर्तगाल में तो साल के नौ महीने बारिश रहती है। पुर्चगीज़ आर ऑलरेडी रेनी पीपुल विटो। इट्स नॉट न्यू थिंग फ़ॉर यू।"

"गोवा का रेन पुर्तगाल के रेन से फरक है सैंड्रा।"

"कैसे?"

"क्योंकि हर जगह की मिट्टी अलग-अलग है, तो बारिश भी फरक-फरक है। दोनों के समुद्र और सागर अलग-अलग हैं, तो वर्षा भी अलग-अलग है। पुर्तगाल में बहुत बारिश होती है। नौ-साढ़े नौ महीने। वहाँ भूमध्य सागरीय गर्मी है और वैसी ही घमासान बारिश भी सैंड्रा! गोवा उष्णकटिबंधीय जलवायुवाला प्रान्त है, तो यहाँ की बारिश का वैसा ही अन्दाज है। देखो कितना धूसर आकाश है...आइ लाइक ग्रे स्काइज ऐंड द स्मेल ऑव रेन!" विटोरिनो जैसे वर्षा से बातों में खोया है, "सैंड्रा! विलियम जेम्स अमेरिका के एक बड़े पोएट हैं। प्यार से सब उन्हें विलि कॉलिंस कहते हैं। विलि पुर्तगाल की यात्रा पर कई बार आए और पुर्तगाल की वर्षा पर उन्होंने कई कविताएँ लिखीं। मैं गोवा की वर्षा पर अलग से तस्वीरों की एक किताब बनाऊँगा—'द रेन इन गोवा'।" एक पल थमकर वह फिर से शुरू हुआ है, "सैंड्रा! वर्षा की अभी बात चली, तो दुनिया के एक बड़े घुमक्कड़ लेखक अलेक्ज़ेंडर फ्रेटर से लगभग आठ-दस साल पहले लिस्बन में हुई अपनी मुलाकात की याद आ रही है। जैसा कि मैंने तुम्हें पहले ही बताया कि मैं अपने कैमरे के संग फ़ोटोग्राफ़ी के जुनून में पन्द्रह साल की उम्र से घूमता रहा था और ऐसे में तरह-तरह के लोगों से मेरा मिलना होता रहा। इंग्लैंड के ट्रैवल राइटर अलेक्ज़ेंडर फ्रेटर इन्हीं में एक थे। मुझे याद है कि वे उन दिनों पुर्तगाल पर कोई ट्रैवेलॉग, कुछ यात्रा-कथा लिखने की योजना में लिस्बन आए हुए थे। एक परिचित बुजुर्ग पत्रकार ने मुझे उनसे मिलवाया, इस अनुरोध के साथ कि मैं पुर्तगाल घूमने में उनका सहयोग करूँ।"

"ग्रेट!" सैंड्रा के स्वर में उत्सुकता है।

"हाँ सैंड्रा! लिस्बन के उन बुजुर्ग पत्रकार ने उनसे मेरा परिचय कराते हुए कहा था, 'मि फ्रेटर! दिस इज़ विटोरिनो! यह लड़का भारी घुमंतू और बंजारे मन का है। इसका साथ आपको बहुत अच्छा लगेगा।"

"फिर?" सैंड्रा के स्वर में वही उत्सुकता है।

"उसके बाद पुर्तगाल के ज्यादातर हिस्सों की हमने यात्रा की। गजब की कहानी है अलेक्ज़ेंडर फ्रेटर की कि वे ट्रैवल राइटर कैसे बने! अभी जबकि मैं तुमसे उनके बारे में बातें कर रहा हूँ, सम्भव है कि वे दुनिया के किसी अनूठे कोने की यात्रा कर रहे हों। सैंड्रा! मि. फ्रेटर के फ़ादर एक डॉक्टर थे और मौसम विज्ञान को लेकर उनमें असम्भव की दीवानगी थी। वे बचपन से अपने बेटे अलेक्ज़ेंडर फ्रेटर को मौसम और दुनिया भर के देशों के जलवायु के बारे में बताते रहते थे। इसका असर ये हुआ कि अलेक्ज़ेंडर फ्रेटर की रुचि धरती, समुद्र, नदी, आकाश, पर्वत, वनस्पति, मेघ, हवा, पानी और पशु-पक्षी यानी पूरी सृष्टि में बढ़ती गई। आगे चलकर ये बड़े नामचीन पत्रकार और ट्रैवल राइटर बने।"

"पर विटो! वर्षा की चर्चा के साथ तुम अभी इन्हें क्यों याद कर रहे हो?" सैंड्रा कुछ इस तरह मुस्कराई है, जैसे विटोरिनो को वह असली मुद्दे पर लाने की कोशिश कर रही हो।

"हाँ, असली कहानी वही है—वर्षा, मि. फ्रेटर और मैं।" हल्की मुस्कान के संग विटोरिनो ने कहना शुरू किया है, "मैं गोवा आऊँ इसकी खास वजहों में से एक मि. फ्रेटर भी हैं। मि. फ्रेटर ने अपनी उस लिस्बन-यात्रा में मुझे अपनी एक किताब दी थी—'चेज़िंग द मॉनसून।' यह किताब उनकी चेरापूँजी यात्रा पर है। पूरी किताब मॉनसून के रोमांस से भीगी है सैंड्रा! अलेक्ज़ेंडर फ्रेटर का यह चालीस साल पुराना सपना था कि वे भारत आकर मेघों के घर चेरापूँजी को देखें।"

"कितने आश्चर्य की बात है न कि इंग्लैंड का कोई लड़का चालीस साल तक चेरापूँजी आने का सपना देखता है और एक दिन आकर चेरापूँजी पर किताब लिखता है। रिअली अमेज़िंग।"

"येस सैंड्रा! दरअसल, इस सपने की नींव तब पड़ी, जब उनके पापा-मम्मी की शादी हुई। उनके पापा के एक मित्र ने उनके पापा की शादी के मौके पर चेरापूँजी की एक पेंटिंग गिफ्ट में दी थी। उनके मौसम विशेषज्ञ डॉक्टर पापा को वह पेंटिंग जान से भी प्यारी थी। बचपन से उस पेंटिंग को अलेक्ज़ेंडर देखते रहे थे। पहाड़, हरियाली, मेघ और बारिश के अद्‌भुत दृश्य का उस पेंटिंग में कुछ ऐसा जादू था कि उसे देख अलेक्ज़ेंडर बचपन से सोचते थे कि एक दिन वे भारत जाकर बादलों के इस जादुई गाँव को जरूर देखेंगे। इस सपने को दिल में सँजोये अलेक्ज़ेंडर चालीस साल बाद आखिरकार चेरापूँजी पहुँचे और 'चेज़िंग द मॉनसून' नामक एक यादगार किताब लिखी।"

विटोरिनो ने एक पल रुककर अतीत में खोते हुए कहा, "सैंड्रा! अलेक्ज़ेंडर फ्रेटर की तरह मैं भी बचपन से अपनी मम्मी और अमांडा आंटी से गोवा के बारे में

एक से एक प्यारी-प्यारी बातें सुनता रहा था कि यह दुनिया का सबसे खुशमिजाज कोना है। फिर अलेक्ज़ेंडर फ्रेटर से जब मैंने उनकी कहानी सुनी कि उनके पापा की शादी में मिली पेंटिंग को देख वे चेरापूँजी आने का सपना बचपन से देखते थे, तो मुझे एहसास हुआ कि मम्मी और अमांडा आंटी से गोवा के दिलचस्प-मस्त जीवन के बारे में जानकर मेरे मन में भी तो हमेशा ऐसी ही इच्छा रही है। मम्मी बताती भी थीं कि हमारे पूर्वज गोवा के ही थे। इसलिए अलेक्ज़ेंडर फ्रेटर से उनकी कहानी सुनने के बाद मैंने इरादा पक्का कर लिया कि एक दिन मैं भी गोवा जाकर रहूँगा। अलेक्ज़ेंडर फ्रेटर के 'वर्षा-घर' चेरापूँजी की तरह गोवा मेरी खुशियों का 'वर्षा-घर' है। और आज गोवा की वर्षा में मेरी आत्मा उल्लास से भीग रही है सैंड्रा।"

"विटो! सो लेट अस सेलिब्रेट रेन विद टी। मैं चाय बनाने जा रही हूँ।" भीनी हँसी के संग सैंड्रा ने किचेन की तरफ़ जाते हुए कहा है।

"सुपर! अ कप ऑव टी फ़ॉर द रेन।" विटोरिनो के मुस्कराते होंठों के कोने पर एक टुकड़ा मेघ था।

"हैव टी विटो!" चाय थमाते हुए सैंड्रा ने कहा है।

"थैंक यू सैंड्रा! टी इज़ द मैजिक की। हाँ, आते वक़्त कुछ समझ में नहीं आ रहा था कि तुम लोगों के लिए लिस्बन से क्या गिफ़्ट ले जाऊँ। आखिर, 'लिस्बन टी कम्पनी' से पुर्तगाल की कुछ खास चाय...जैसे कि 'ब्लैक टी ऑरेंज', 'ब्लैक टी चेरी' और दूध वाली चाय की भी पत्तियों के पैकेट लाया हूँ। पुर्तगाल में दूधवाली चाय को 'चा' कॉम लेते' कहते हैं। यानी चा' तो चाय हुई। 'लेते' यानी दूध और 'कॉम' माने साथ। दूध के साथ चाय। दूध की चाय में वहाँ दालचीनी, जायफल और शहद डालते हैं।" चाय की घूँट भरकर विटोरिनो ने कहा, "मेरे सूटकेस में है। थोड़ी देर में देता हूँ।"

विटोरिनो ने इस अन्दाज़ में कहा है, जैसे वह कह रहा हो, "लिस्बन से कुछ बादल लाया हूँ। मेरे सूटकेस में है। थोड़ी देर में देता हूँ।" विटोरिनो को सुनते हुए सैंड्रा ने घटाटोप को निहारा। इस धुँधलेपन में हवा और बारिश से लिपट-लिपटकर पेड़ों का झूमना उसे अच्छा लगा। वह अपने कमरे में आकर चाय के मग के संग पीले आर्म चेयर पर बैठ गई है। जब भी वह अपने आर्म चेयर पर बैठती है, उसे लगता है जैसे कुर्सी का बड़ा-सा दक्क पीला गद्दा उसके शरीर का आकार ले लेता है। यह उसे अकथनीय सुख देता है। घर की सारी खिड़कियाँ जैसे उसके शरीर में खुल पड़ती हैं। दरवाज़े और रोशनदान उसके अन्दर खुलते हुए-से लगते हैं। कभी-कभी उसे लगता है कि यह पूरा घर इस पीले आर्म चेयर पर बैठा है। बेशक यह एक ख़ुश सुबह है। चाय की घूँट भरते हुए यह सोचकर अनायास उसके होंठों पर मुस्कान की रेख थिरक गई है कि चाय की उसकी हर घूँट उसकी इस आरामदेह सरसों फूल-सी पीली कुर्सी को झप्पी है। इस कुर्सी को छोड़ उसे अपनी बाँहों में इतने लाड़ से भरने वाला और भला कौन है? यह कुर्सी उसका मधुरतम एकान्त है। उसके इस आर्म चेयर को मोनिका घुर्डे भी बहुत पसन्द करती है। उसने कई बार उससे कहा है, "सैंड्रा! मैं 'सैंड्राज़' येलो आर्म चेयर' नाम से जल्दी ही एक प्यारा-सा परफ़्यूम बनाऊँगी।"

मोनिका 'ख़ुशबू की रानी' है। देश के गिने-चुने परफ़्यूमर्स में एक। उत्तरी गोवा के सनगोल्डा गाँव स्थित 'सपना राज वैली कम्प्लेक्स' में वह रहती है। परफ़्यूम के काम से अक्सर वह पणजी आती रहती है। महीने-दो महीने में एक बार मम्मी और उससे मिलने घर आ ही जाती है। हर बार वह मम्मी के लिए परफ़्यूम लाती ही है। मम्मी से वह कहा करती है, "आंटी! नो एलिगेंस इज़ पॉसिबल विदाउट परफ़्यूम! इट इज़ द अनसीन, अनफ़ॉरगेटेबल, अल्टीमेट एसेसरी। कोई भी कोमलता-सुन्दरता खुशबू के बगैर सम्भव नहीं। यह अदृश्य, कभी न भूला जानेवाला अनिवार्य मेल है।" फिर हर बार की तरह बहुत अनुराग से अपने परफ़्यूम को अपनी उँगली पर छिड़ककर वह मम्मी की नाभि में लगाती है। तब वह मुस्कराकर कहती है, "ब्यूटी इज़ स्कीन डीप...हियर द ट्रू ब्यूटी रिजाइड्स।" और हर बार मम्मी उसके दुलार से असहाय हो हँस पड़ती हैं, "ओ माइ परफ़्यूम क्वीन! माइ मोनू! आइ ऐम सो फ़ैट, दैट माइ नेवल मेक्स ऐन इको...।"

कल मोनिका का फ़ोन आया था कि वह पणजी आएगी। समय मिला, तो घर पर आएगी। उसके संग मिल-बैठने का मतलब है—फूलों की गमक पर अच्छा-ख़ासा सेशन। भारी क़िस्सागो है मोनिका। मम्मी उससे हर बार कहती हैं, "मोनू! तुम मेरी आत्मा को खुशबू से भर देती हो।"

"यू आर माइ क्वीन क्लियोपैट्रा आंटी!" मुसकती है मोनिका।

"क्यों?"

"क्योंकि आप क्लियोपैट्रा की तरह नफीस हैं।"

"ऐसा क्या करती थी क्लियोपैट्रा?"

"मिस्र की यह रानी शान-शौकत और नफासत के लिए मशहूर थीं आंटी। हद तो यह थी वह अपना पसन्दीदा इत्र अपनी नाव के पाल तक पर छिड़कवाकर चलती थीं। लिहाज़ा, जब भी तटों के किनारे वह कहीं पहुँचती थीं, तो मीलों आगे से लोगों को हवा में घुल रही खुशबू से पता चल जाता था कि क्वीन क्लियोपैट्रा आ रही हैं। आंटी! शेक्सपियर ने क्लियोपेट्रा की पालों के बारे में लिखा है कि—दैट वाज़ सो परफ़्यूम्ड...दैट द विड्ंस वेअर लवसिक विद देम...।"

"क्या खास था क्लियोपैट्रा के इत्र में मोनिका?"

"सैंड्रा! दो हजार साल गुजर गए क्लियोपेट्रा के हुए। यह एक बड़ी उत्सुकता थी कि वाक़ई क्या खास था उनके इत्र में। बहुत खुदाई हुई, बहुत रिसर्च हुआ। शोध करनेवालों ने आखिर में दावा किया कि क्वीन के उस खास इत्र में जैतून के तेल, इलायची और दालचीनी का उपयोग होता था। मिट्टी के बोतलों में क्वीन का यह इत्र सुरक्षित रखा जाता था।" सैंड्रा की ऐसी उत्सुकताओं का उत्तर मोनिका के पास कुछ यों रहता है जैसे फूलों, रंगों और ध्वनियों का निरंजन पराग वह बाकायदा बिखेरने ही आई हो। मोनिका के पास सन्तरे के फूल, डैफ़ोडिल और मैगनोलिया के रसों की भरपूर कहानी है। उसे पता है कि दुनिया की किस हस्ती को कैसी खुशबू भाती रही है। जैसे दुनिया की हसीन हस्तियों में शुमार जैकलिन केनेडी चमेली की तरह के ख़ुशबू वाले परफ़्यूम 'जीन पटौ' पर फ़िदा रहती थीं। मोनिका से मिलकर बेशक विटोरिनो को भी अच्छा लगेगा। बम्बई

के 'जे. जे. स्कूल ऑव आर्ट्र्स' से उसने फ़ाइन आर्ट्स की पढ़ाई की हुई है। बचपन से उसे फ़ोटोग्राफ़ी का नशा था। इसी शौक़ के जुनून में उसने 'जे. जे. स्कूल' में दाख़िला लिया था। उसे सबसे पहला पुरस्कार कलर फ़ोटोग्राफ़ी का ही मिला। पर ज़िन्दगी आगे क्या करवट लेगी, मोनिका को भी मालूम नहीं था। अनायास उसे 'परफ़्यूम' को लेकर ऐसी दीवानगी हुई कि फ़ोटोग्राफ़ी छोड़-छाड़कर उसने 'परफ़्यूम' का काम शुरू किया। इसी झोंक में उसने अपने मशहूर फ़ोटोग्राफ़र पति भरत राममूर्तम को भी छोड़ दिया, जिससे उसने प्रेम विवाह किया था। प्रपात है मोनिका!

मम्मी को नींद कम ही आती है। रात-रात भर नहीं। पर सुबह विधिवत जागने की रस्म वे पाबन्दी से निभाती हैं। क्या विचित्र-सा है, रतजगा करनेवाले का सुबह जागना। अभी इवान नहीं आई है। इवान कभी भी समय का ख़याल नहीं रखती। पहली चाय सैंड्रा मम्मी के लिए ख़ुद बनाती है।

"गुड मॉर्निंग मम्मी! नींद आई?" यह एक पंजीकृत वाक्य है, जिसका उपयोग सैंड्रा हर सुबह करती है।

"सुबह मुश्किल से थोड़ी आँख लगी।" यह भी एक पंजीकृत वाक्य है, जिसका उपयोग मम्मी हर सुबह करती हैं।

"चाय लाती हूँ आपके लिए।" छोटा तौलिया भिगोकर मम्मी का मुँह पोंछते हुए सैंड्रा कहती है।

"विटोरिनो जगा? चाय उसे भी देना।" मम्मी घर के अभिभावक के सनातन स्वर में आहिस्ते-से कहती हैं।

चाय के लिए कभी मम्मी को बहुत चाह नहीं रही। चाय वह सुबह-शाम की रस्म में पीती हैं। पर उनके घर में चाय पी जाए, आगन्तुक को चाय पिलाई जाए, इसके लिए वे हमेशा सचेष्ट रहती हैं।

"ओ माइ मिनि मॉम! गेट अप! हैव टी!" माँ पर लाड़ आने पर सैंड्रा उन्हें 'मिनि मॉम' कहती है। और मिनि रॉड्रिक्स को यह अनुमान लगाने के लिए काफ़ी है कि उनकी बेटी अभी ख़ुश है।

"सारी रात बारिश हुई है।" मिनि रॉड्रिक्स कहती हैं, "अभी तो यह शुरू अगस्त है। हर साल की तरह सितम्बर तक वर्षा का झूमझाम चलेगा ही।"

"गुड मॉर्निंग आंटी।" वर्षा की झिरझिरी में भीगा विटोरिनो उनके सामने खड़ा मुस्करा रहा है।

"अरे, तुम कहाँ सुबह-सुबह भीग रहे थे बेटे?"

"मैं बस यहीं सामने 'टोबैको स्क्वायर' के पास घूमने गया था। सड़क पर अभी कोई हलचल नहीं। पेड़ों की झुरमुट में जनरल मिगुएल केटेनो डायस की मूर्ति बारिश से तरबतर है। आइ लव्ड 'टोबैको स्क्वायर' आंटी।"

"तुम्हारी चाय।" सैंड्रा ने चाय का प्याला थमाते हुए कहा है, "विटो! मैं तुम्हें छतरी दे सकती हूँ। अगर तुम चाहो, तो चाय पीकर यहीं पास मांडवी है। बारिश में भीगते मांडवी नदी के नीले पानी को जाकर देखो।"

"तुम दोनों पागल हो।" मम्मी की आवाज़ में हल्की खीज है, "ये कल ही आया है। आज ही बारिश में भीगकर बीमार पड़ जाएगा। मांडवी नदी यहाँ से कहीं नहीं जानेवाली। किसी दिन आराम से देख लेगा।"

"ऐसी कोई परेशानी नहीं आंटी। समुद्री तूफानों में मैंने तस्वीरें की हैं। इस मामूली-सी झिरझिरी से भला मुझे क्या होनेवाला है। बारिश में भीगती नदी को देखने का अलग आनन्द है।"

"जो मर्जी आए बाबा! मुझे पता है विटोरिनो कि अंग्रेज़ी के 'वी' लेटर से जिनका नाम शुरू होता है, वे लोग बड़े आजाद मिजाज के और बिन्दास होते हैं। उन्हें कोई पाबन्दी पसन्द नहीं होती।"

"आर यू अ एस्ट्रोलॉज़र आंटी? और बताइए 'वी' लेटर से शुरू होनेवाले नाम के लोगों के बारे में प्लीज़।" विटोरिनो के चेहरे पर अनुराग छाया है। मम्मी की बातों को सैंड्रा असहाय-सी सुन रही है।

"ये लोग बड़े साफ दिल के होते हैं। इनके दिल में कोई मैल नहीं होता। पर ये अपनी बातें, अपने सपने किसी से साझा नहीं करते।" एक पल थमकर विटोरिनो के चेहरे के भाव का जायज़ा लेकर मिनि रॉड्रिक्स फिर जारी हैं, "तुम्हारे पीछे सैंड्रा मुझ पर इस सबको लेकर बहुत नाराज होगी। मुझे पता है। उसे मेरी ये बातें बकवास लगती हैं।"

"प्लीज़ आंटी! जब आपने शुरू किया है, तो पूरा कीजिए। चाहे बकवास ही सही लेकिन मैं सुनूँगा।"

"तो सुनो।" सैंड्रा की तरफ़ आशंकित दृष्टि डाल मिनि रॉड्रिक्स फिर से अपनी रौ में हैं, "ये 'वी' लेटर से शुरू होने वाले लोग सिर्फ वही काम करते हैं, जिसमें इन्हें मन लगता है। इनसे जबरन आप कुछ नहीं करा सकते। अगर कराने की कोशिश करेंगे, तो ये ऐसा अटका फँसाएँगे कि वह काम आगे बढ़ेगा ही नहीं। इन लोगों का पारिवारिक जीवन अच्छा रहता है। पर किसी भी चीज या इनसान से जल्दी ऊब जाना ऐसे लोगों के स्वभाव में होता है। इन्हें जीवन में इज्जत और पैसा सब कुछ मिलता है। पर देर से। इन्हें हर चीज जिन्दगी में धीमे-धीमे मिलती है। ये जिनके नजदीक आते हैं, उनके लिए हमेशा मुस्तैद होते हैं।"

"यू आर अमेज़िंग...माइ गॉड।" विटोरिनो खिलखिलाकर हँस रहा है, "ये सारी बातें मुझसे मिलती हैं।

"ओह प्लीज़! आप दोनों जान बख्शिए।" खीजने का स्वाँग करते हुए सैंड्रा मुस्कराते हुए उठ गई है, "इवान अभी तक नहीं आई है मम्मी। घर का सारा काम-काज पड़ा है। थोड़ी देर में बेकरी की लड़कियाँ आएँगी। उधर अलग लगना होगा।"

"बारिश में फँसी होगी बेचारी इवान!" मम्मी उसाँसें भरते हुए कहती हैं।

"तुम इवान की वकील हो क्या? अपनी बेकरी की ये जितनी पाँचों लड़कियाँ हैं—पामेला, डॉली, लाना, रोज़ी और टीना, ये सब भी तो इसी बारिश में आती हैं।"

"तुम ठीक कहती हो। इवान थोड़ी है ढीली।" सैंड्रा की तुनक देख मम्मी सुर में सुर मिलाती हैं।

"आज मोनिका आएगी मम्मी! दोपहरी में।" सैंड्रा ने शान्त स्वर में कहा है, कल उसने फ़ोन किया था।"

"मोनिका से मिलकर विटोरिनो को अच्छा लगेगा।" मम्मी ख़ुश होकर विटोरिनो से मुख़ातिब हैं, "शी इज़ अ वंडरफ़ुल परफ़्यूमर बेटे।"

"सिर्फ परफ़्यूमर ही नहीं, बेसिकली शी इज़ अ फ़ोटोग्राफ़र। परफ़्यूम के लिए दीवानगी में कैमरे को अलविदा कर वह परफ़्यूम के काम में लग गई। आइ टेल यू विटो! मोनिका इज़ अ रीगल लेडी!" ढाई पंक्ति में मोनिका के बारे में सैंड्रा ने सब कुछ कह दिया है।

"फ्रेग्रंस इज़ द की ऑव आउअर मेमोरीज़...ऐंड सो इज़ फ़ोटोग्राफ़ी। मोनिका से मिलना अच्छा लगेगा। अभी तैयार होकर मैं पणजी मेन मार्केट जाऊँगा। जल्दी ही लौट आऊँगा।" उठते हुए विटोरिनो ने सैंड्रा से कहा है।

दोपहरी बीत रही है। कुछ घंटे से रुकी वर्षा लगता है फिर होनेवाली है। सैंड्रा ने आकाश देखकर अनुमान लगाया है कि दोना पाउला की तरफ़ से बादल आ रहे हैं। बादलों की यह निविड़ गति कितनी मनोहारी है। अभी तक तो मोनिका नहीं आई। शायद पणजी आने का आज का कार्यक्रम उसने स्थगित कर दिया हो। शायद उसकी तरफ़ अभी भी तेज़ बारिश हो रही हो। शायद परफ़्यूम के अपने लैब में बारिश के पानी से वह 'फ्रेग्रंट रेन' नामक इत्र बनाने की योजना में जुटी हो। मोनिका का बनाया परफ़्यूम 'फ्रेग्रंट स्वायल' काफ़ी सराहा जा चुका है। बीते एक साल से वह मम्मी और अपने लिए 'फ्रेग्रंट स्वायल' परफ़्यूम का ही इस्तेमाल करती है। भीना और मधुर जादू-गंध है इसका। मोनिका को फ़ोन कर उसके आने के बारे में पूछना उचित नहीं होगा। किसी की निजता में घुसपैठ उसे क़तई पसन्द नहीं। क्या पता, वह अपनी फ़ोटोग्राफ़र मित्र पामेला सिंह के साथ ही कहीं घूमने निकल गई हो। किसी के बारे में अनुमान और अटकल लगाना कितना विचित्र और अन्यायपूर्ण है। अनुमान कई बार सचाई से कोसों दूर होते हैं। पर दूरदर्शन के धारावाहिक सीरियल की भाँति मन में यह बहुत ख़ामोशी से हलचल मचाता रहता है। जैसे कि अभी ही वह बारिश के पानी से बननेवाले सम्भावित परफ़्यूम से लेकर पामेला सिंह तक सोच गई।

पामेला सिंह!! फ़ोटोग्राफ़र पामेला सिंह!! मोनिका ने एक दिन जब अपनी इस फ़ोटोग्राफ़र मित्र के बारे में उसे बताया, तो उसका मुँह विस्मय से खुला का खुला रह गया था। जीवन कितने रोमांचक लेकिन सत्य संयोगों से भरा होता है। जब कभी अचानक इन संयोगों से आपका सामना होता है, तो जैसे अपनी आँखों और अपने दिमाग़ पर यक़ीन नहीं होता। एक दिन अचानक बातों ही बातों में मोनिका ने अपनी मित्र पामेला सिंह और उसकी फ़ोटोग्राफ़ी के बारे में बताया था। और आख़िर में कहा था, "सैंड्रा! कैन यू बिलीव हू इज़ पामेला सिंह?"

"इसमें बिलीव करने जैसी क्या बात है मोनिका? वह तुम्हारी दोस्त है।"

"यह वही पामेला बोर्डेस है सैंड्रा, जिसने अस्सी के दशक में पूरे यूरोप में तहलका मचा दिया था।"

"माइ गॉड! रिअली! इज़ दैट शी...? दैट कंट्रोवर्सियल इंडियन बॉम्बशेल?" सैंड्रा ने हैरानी से थोड़ा अटक-अटककर स्मृति पर ज़ोर डालते हुए कहा, "मोनिका! आइ रिमेम्बर, शी क्रिएटेड अ ह्यूज़ सेंसेशन इन ब्रिटेन। पापा बताते थे कि वह ब्रिटेन की दूसरी 'क्रिस्टीन किलर' कही जाने लगी थी। पता नहीं किस सन्दर्भ में, यह याद नहीं। पर पापा ने ही बताया था कि अखबारों में यह सुर्खियाँ थीं कि दुनिया के बेहद बदनाम आर्म डीलर सउदी अरब के अदनान ख़शोगी से लेकर यूरोप अंडरवर्ल्ड के अनेक शातिर खिलाड़ियों, बड़े नेताओं और नामचीन पत्रकारों से पामेला ने दोस्ती बनाई थी। मोनिका! सुना है कि वो आग थी! इज़ शी रिअली लीविंग इन गोवा नाउ? अमेज़िंग...! पर वह गोवा में है, इसकी हवा तुम्हें कैसे लगी मोनिका? हाउ डिड यू गेट अ क्लू अबाउट हर?"

"सैंड्रा! माइ डियर! मेरी मुलाकात एक दिन पैम से बड़े इत्तफाक से पणजी की आर्ट गैलरी 'अजुलेजोस़ दे गोवा' में हुई। उस दिन वह काला टी-शर्ट और ज़ींस में थी। अब वह पचास पार की अधेड़ औरत है। पर उसे देखकर तुम्हें आज भी लगेगा कि अपनी जवानी में वह कितनी सुन्दर और चपल रही होगी। ढले यौवन के उसके परकोटे से उसकी मोहकता का अतीत आज भी झाँकता है। बीते कई वर्षों से... शी हैड बीन ट्राइंग टू हील हरसेल्फ़। गोवा के एक फ़िशिंग विलेज़...मछुआरोंवाली बस्ती के एक अपार्टमेंट के दो कमरोंवाले एक फ्लैट में वह किराये पर रहती है।"

"किस बस्ती में? कौन-से विलेज़ में मोनिका?"

"बिलीव मी सैंड्रा! उसने आज तक कभी नहीं बताया है कि वह यहाँ कहाँ रहती है। शायद वह चाहती भी नहीं कि उसका पता-ठिकाना कोई जाने। मैं इस बात को समझ चुकी हूँ। इसलिए मैंने भी उससे कभी उसका पता जानने की ज़िद नहीं की है। बेशक, वह दो-तीन बार संगोल्डा के 'सपना राज़ वैली अपार्टमेंट' के मेरे फलैट में मुझसे मिलने आई है। पर उसने कभी मुझे अपने घर नहीं बुलाया है।"

एक पल थमकर मोनिका फिर शुरू हुई, "मुझसे कई मुलाकातों के बाद पैम ने मुझे अपना असली परिचय दिया। जब उसको मेरे बारे में पूरी तसल्ली हो गई, तो एक दिन अचानक उसने भावुक होकर मुझसे कहा—'मोनिका! मैं सिर्फ फ़ोटोग्राफ़र पामेला सिंह नहीं हूँ।' और उसने अपनी पूरी कहानी मेरे सामने रख दी। वह विकल थी। खुद पामेला से उसकी कहानी सुनकर भी मुझे यकीन नहीं हो रहा था। मैंने थोड़ा कठोर होकर कहा था—'पैम! मुझे तुम्हारी बातों पर भरोसा नहीं हो पा रहा है। आइ कांट बिलीव सिम्पली।' उस दोपहरी में उस कैफ़े में सन्नाटा छाया था। पैम और मेरे अलावा मुश्किल से उस समय वहाँ दो-तीन विदेशी पयर्टक मौजूद थे। पामेला की कहानी से वह दोपहरी जैसे तार-तार हो गई थी। पैम ने मुझसे डूबती आवाज़ में कहा—'मोनिका! पामेला बॉर्डेस मर चुकी है। पर पामेला सिंह को वह जीने नहीं दे रही है। मैं खुद से कभी उस पामेला बॉर्डेस के बारे में बात नहीं करती। मैं उसे दफ्न कर देना चाहती हूँ। पर वह दफ्न ही नहीं हो रही है। मैं यूरोप में 'रेसिज़्म' की शिकार हुई। बिलीव मी मोनिका!' पैम की आवाज़ रुँधी थी और उसने अपने आपको

भरसक जैसे बटोरते हुए मुझसे कहा—'ए मोनिका! तुम बहुत अच्छी हो, इसलिए तुमसे सब कुछ कहकर मैंने अपना दिल हल्का करना चाहा!' हमारे बीच कुछ देर तक सन्नाटा रहा और हम दोनों कैफ़े से निकल पड़े। हफ्ते भर बाद हमारी मुलाकात हुई। इस बार कैमरे के अलावा उसके हाथ में एक मोटी-सी फ़ाइल थी। पैम ने उस फ़ाइल को मुझे थमाते हुए कहा—'इसे पढ़कर मुझे दे देना।' मैंने उत्सुकतावश छूटते हुए उससे पूछा कि फ़ाइल में क्या है? पामेला ने कहा—'घर जाकर देख लेना।' उस दिन हम ज्यादा देर साथ नहीं रहे। उसे फ़ोटाग्राफ़ी के लिए कहीं निकलना था। घर पहुँचकर जब मैंने फ़ाइल खोली, तो उसमें यूरोप और विशेषकर ब्रिटेन मीडिया में पामेला बॉर्डेस को लेकर छपी लम्बी-लम्बी रिपोर्ट्र्स और सनसनीख़ेज खबरों की कतरनें थीं। पूरी फ़ाइल को पलटकर मुझे लगा कि मेरा हाथ-पाँव ठंडा हो रहा है। मैं परेशान थी कि आखिर पैम ने यह फ़ाइल मुझे क्यों पढ़ने को दी है? उसके बाद से हमारी मुलाकातें पहले की तरह जारी हैं। पैम ने मुझसे कहा—'वह सब कुछ तसल्ली से पढ़ो मोनिका! जब तुम सब कुछ पढ़ लोगी, तब हम दोनों उस पर बात करेंगे।' सो सैंड्रा! पिछले कुछ समय से मैं हर रात उस फ़ाइल को पढ़ती जा रही हूँ।" पूरी बात कहकर मोनिका जैसे कुछ पल के लिए निर्जीव-सी हो गई थी।

"मुझे लगता है मोनिका कि उसके अतीत का अंधड़ आज तक उसके भीतर अटका पड़ा है। अपने बीते समय से पीछा छुड़ाने का चाहे वह लाख जतन कर ले, उससे उसे कभी छुट्टी नहीं मिलेगी।"

"पामेला की फ़ाइल में ही मैंने पढ़ा है सैंड्रा कि वर्ष 1982 में महज 26 साल की पामेला 'मिस इंडिया' चुनी गई थी। उसी साल 'मिस यूनिवर्स' की प्रतियोगिता में भी उसने अपने देश की तरफ से भाग लिया था। सुन्दरता की शोहरत में लहराती पामेला इस सबके साथ ही लंदन कूच कर गई थी। पैसे और ऊँची पहुँच की उसे बहुत चाह थी। सुन्दर के संग-संग तेज दिमागवाली यह लड़की ब्रिटेन के बड़े नेताओं, पत्रकारों और बिजनेस दिग्गजों के बहुत करीब आ गई। हालाँकि, लंदन में शुरू-शुरू में उसने कई पापड़ बेले। मसलन, वह 'हार्पर्स ऐंड क्वीन' जैसी रसीली पत्रिकाओं द्वारा आयोजित कनक्लेव में स्वाद पारखी बावर्ची के रूप में उत्तेजक मॉडल बनकर विज्ञापनों में भी आई। जल्दी ही उसने महसूस किया कि लंदन में पाँव टिकाने के लिए उसे एक बड़ी छतरी चाहिए। लिहाजा, उसने हथियारों के एक डीलर हेनरी बॉर्डेस से शादी की। हेनरी बॉर्डेस से पामेला का रिश्ता अधिक दिनों तक नहीं चल सका। दरअसल, सैंड्रा! पामेला एक पुरुष के लिए बनी ही नहीं थी।"

"मोनिका! तुम पामेला को लेकर लगातार 'थी' कह रही हो। पामेला तो है धरती पर।" सैंड्रा के स्वर में किंचित् विस्मय था।

"वह इसलिए सैंड्रा कि आज पामेला वह पामेला नहीं रह गई है, जिसके इर्द-गिर्द दुनिया के बड़े-बड़े लोग पागलों की तरह चक्कर काटते थे। अब वह पचास पार की एक अधेड़ स्त्री पामेला सिंह है, जिसको लोग दोबारा मुड़कर नहीं देखते।" मोनिका घुर्डे तटस्थ अन्दाज़ में थी।

"क्या गोवा में परिचय के पहले से तुम पामेला के बारे में इतना कुछ जानती थी?"

"कुछ भी नहीं सैंड्रा। पामेला के बारे में मैंने जो कुछ भी जाना, बस उसी की दी हुई फ़ाइल से। इसमें वर्ष 1989 के अखबार में छपी एक बड़ी खबर की कतरन पढ़कर मेरा तो गला ही सूख गया। वह ख़बर इस शीर्षक के साथ छपी थी—'कॉल गर्ल वर्क्स इन हाउस ऑव कॉमस।' एक दूसरी ख़बर थी—'हाउ पामेला बोर्डेस यूज़्ड हर सेक्सुअलिटी।' सैंड्रा! मुझे समझ में नहीं आता कि ईश्वर ने मुझे पामेला से क्यों मिलवाया है। हालाँकि, पामेला मुझसे दस-पन्द्रह साल बड़ी है। पर हम अच्छे दोस्त बन चुके हैं। फिलहाल, तो मैं उसकी दी हुई फ़ाइल पढ़ ही रही हूँ। मैं अभी भी सोचती हूँ कि अपने खिलाफ छपी खबरों की फ़ाइल उसने मुझे क्यों पढ़ने को दी है। उसने कहा है कि जब मैं पूरा पढ़ लूँगी, तो वह इस पर मुझसे बात करेगी।"

मोनिका के पास सीमित कहानियाँ हैं। परफ़्यूम की मोहक कहानियाँ। अब इसमें एक बड़ी सनसनीख़ेज़ कहानी जुड़ गई है—पैम उर्फ़ पामेला सिंह उर्फ़ पामेला बोर्डेस की। इसे सुनाने का उसका अन्दाज़ भी ख़ासा कौतूहलपूर्ण है। लगता है जैसे आश्चर्यलोक की छोटी-सी एलिस चकित हो-होकर कहानी बता रही हो। मोनिका का आना उसे अच्छा लगता है। वह एक आदमक़द चम्पा पेड़ है। वर्षा से भीगी ख़ुश नदी है। मोनिका से मिलकर हमेशा उसे लगता है जैसे वह किसी उन्मुक्त प्रान्तर की हवा है, जिसमें दुनिया भर की गमक घुल रही है, फैल रही है। आत्मविश्वास से उमगती वह एक स्वतंत्र स्त्री है, जलप्रपात की तरह छलकती।

मोनिका के आते ही मम्मी खिल उठती हैं, "ये 'उर्रक' है हमारी मोनिका। जंगल जूस!" मम्मी काजू और सेब के खमीर से निर्मित फ़ेनी सरीखे पेय से मोनिका की तुलना करती हैं।

"यह मेरे लिए दुलार है आपका आंटी।" ऐसे में मोनिका हँसती है।

"तू उर्रक है...टिंटो मछली है मेरी।" मोनिका अभी पहुँची है और मम्मी का लाड़ समाये नहीं समा रहा है।

"मोनू! मम्मी आज बहुत खुश हैं। वे अब थोड़ी देर में तुमको यह बताना शुरू करेंगी कि जिनका नाम अंग्रेजी के 'एम' लेटर से शुरू होता है, उन लोगों की क्या विशेषताएँ होती हैं?" सैंड्रा तुनकती हँसी में है।

"अरे, मैं क्यों बताने लगी भला! हालाँकि 'एम' लेटर से शुरू होनेवाले नामों के लोग मेहनती, विश्वास निभानेवाले और व्यावहारिक तो होते ही हैं। पर मैं बोलूँगी, तो तुम मजाक उड़ाना शुरू करोगी।" मिनि रॉड्रिक्स नाराज़गी के स्वाँग में हैं।

मोनिका खिलखिला पड़ी है, "आंटी की इसी अदा पर मैं मरती हूँ।"

"छोड़ो। मैं सैंड्रा के दाँत के नीचे रहती हूँ। इसकी मर्जी के बिना मुँह नहीं खोल सकती। सैंड्रा इज़ डॉन।" मिनि रॉड्रिक्स मुस्करा पड़ी हैं, "सैंड्रा! विटोरिनो मार्केट गया था न। लौट आया हो, तो मोनिका से उसे मिलवाओ। ये भी एक पुरानी फ़ोटोग्राफ़र है। हालाँकि, इस नटखट लड़की ने अभी तक मेरी एक भी तस्वीर नहीं खींची है। सिर्फ मुझे परफ़्यूम से भिगोने में इसे मजा आता है।"

वर्षा घिरी इस शाम में मम्मी का कमरा ख़ुशबू और छाया-चित्रों के प्रसंगों की बौछार से पुलक रहा है। मोनिका और विटोरिनो बातचीत में कुछ यों तल्लीन हैं, जैसे कुहासे और बारिश की झिरझिरी में दो अनजान देशों के नर और मादा सारस अंधड़ में दो दिशाओं से उड़ते हुए एक जगह स्थिर हो गए हों।

"फ्रेग्रट स्वायल...रुबियेसी कदम्बा...लव इन व्हाइट...अमारा...वर्ज़िन वायलेट।" मोनिका सुगन्ध की लहरों में उमग रही है। सहसा वह छवियों की अपनी पुरानी दुनिया में लौटती है, "डिज़िटल टेक्नोलॉज़ी ने फ़ोटोग्राफ़ी में बहुत बड़ा परिवर्तन लाया है। याद करिए कि पहले कलर और ब्लैक ऐंड व्हाइट फ़ोटोग्राफ़ी के लिए अलग-अलग दो कैमरे रखने होते थे। पढ़ाई ख़त्म करने के बाद कुछ वर्षों तक मैं प्रकृति, लोगबाग, लैंडस्केप्स और सिटिस्केप्स थीम पर काम करती रही।"

"आपको किन फ़ोटोग्राफ़र्स ने प्रभावित किया मोनिका?"

"ओह विटोरिनो! कई चुनिंदा लोग, जो अपने समय में गजब के फ़ोटोग्राफ़र थे। जैसे कि हेनरी कार्टियर ब्रेसन का काम मुझे बहुत गहरा लगता है।"

"वह कैसे मोनिका?"

"कुछ डिवाइन एनर्ज़ी थी हेनरी में। हैरानी की हद तक का इंट्यूशन। हेनरी की फ़ोटोग्राफ़ी में इनसान, जगह या कि हालात के ऊपरी दृश्य को भेदते हुए अन्दर की सूक्ष्म गतिविधियाँ दिखती हैं। एक अजीब-सी कुछ दैवी बात, जो आत्मा के दृश्य दिखाती है। इसी तरह लैंडस्केप्स के मामले में एंसेल अडम्स का काम। और भी कुछ, मसलन-जोसेफ़ कॉडेल्का और अर्थर ट्रेस...। मैंने इन सबके काम देखे। आज डिज़िटल के इस दौर में विटोरिनो, अगर कोई इन लोगों की फ़ोटोग्राफ़ी के जादू को गौर से देखे, तो हैरान रह जाएगा कि क्या उस पिछले दौर में जबकि डिज़िटल की चमत्कारी सुविधा नहीं थी, ऐसा करिश्मा भी फ़ोटोग्राफ़ी में होता था। विटोरिनो! मैं सच कहूँ? उस पुराने दौर में फ़ोटोग्राफ़ी में जो गहराई थी, आज डिज़िटल के दौर में नहीं।"

"मोनिका! यू आर अमेज़िंग। आप फ़ोटोग्राफ़ी छोड़कर भला परफ़्यूमर कैसे हो गईं?"

"इसलिए कि फ़ोटोग्राफ़ी से उसका फ्रेग्रंस मुझे लगातार खत्म होता दिखने लगा विटोरिनो।"

"ओह गॉड! आइ ऐम स्पीचलेस।" मोनिका को सुनते हुए विटोरिनो जैसे फ़ोटोग्राफ़ी के अर्वाचीन युग में पहुँच गया है। उसे लग रहा है, मानो मोनिका कह रही है—विटो! हमारे समय से बहुत अच्छे थे वे पुराने समय के लोग जो मनुष्य, स्थान और आत्मा को क्लिक करते थे। उस वक़्त की फ़ोटोग्राफ़ी में इसलिए फ्रेग्रंस था। जेनुइन फ़ोटोग्राफ़ी का समय था वह।

"यह सच है मोनिका! हमारा अतीत और भविष्य कभी एक जैसा नहीं हो सकता।" विटोरिनो ने भीनी हँसी के संग कहा है।

"बारिश में भीगना और बारिश को महसूस करना दो अलग बातें हैं। सच पूछिए विटोरिनो, तो मुझे जिन्दगी में भी फ्रेग्रंस की कमी महसूस होने लगी थी। यह

भी एक वजह हुई कि कैमरा रखकर मैं खुशबू और गमक के लिए जुट गई। पर जरूरी नहीं कि सबका अनुभव मेरे जैसा ही हो। बहरहाल, आइ विश द बेस्ट फ़ॉर यू।" मोनिका के चेहरे पर उसकी छलछलाती हँसी है।

"थैंक यू मोनिका रेन।"

"रेन? माइ गॉड!! सच अ ग्रेट कम्प्लीमेंट...।" सैंड्रा विभोर हँसी में है, "ऐ मोनू! लेट्स सेलिब्रेट द रेन...!"

"चलो, मैं रेन सेलिब्रेट करती हूँ।" मिनि रॉड्रिक्स ने सिरहाने में पड़े अपने माउथ ऑर्गन को होंठों से लगा लिया है।

ख़ुशी के आँसू

डॉ. डिक्रॉस्टो बहुत दिनों बाद मम्मी को देखने आए हैं। कई दिनों से मम्मी पेडू में मीठे दर्द की शिकायत कर रही थीं। मर्ज़ सुनकर पेडू के पास डॉ. डिक्रॉस्टो ने सूक्ष्म तजवीज़ की है और शरारत भरी हँसी के संग शुरू हैं, "कुछ नहीं है। सिर्फ वहम है आपको। इसकी कोई दवा नहीं। आपके पेडू के आँच को सिर्फ सैंड्रा के पापा ही ठीक कर सकते थे। पर अफसोस...।"

"शैतान हैं आप! पिटेंगे किसी दिन आप हमसे...।" मम्मी झेंपते हुए डॉ. डिक्रॉस्टो को तरेड़ रही हैं, "अजीब आदमी हैं। क्या पता किसी दिन आप कहें कि मुझे हिस्टीरिया हो गया है और इसी के मारे मैं कुछ न कुछ तकलीफों की शिकायत हमेशा करती रहती हूँ।"

"क्या पता! कहीं यह हिस्टीरिया की ही शुरुआत हो! अब तो मुझे इसको भी ध्यान में रखना होगा। वैसे, सिवा इस अथाह वेट के कुछ भी गम्भीर नहीं है आपको। मैंने सैंड्रा से कई बार कहा है कि आपको कुछ दिन के लिए जगह बदलने की जरूरत है। कुछ समय के लिए फ़ोंडा के मेरे फार्म हाउस वाले कॉटिज़ में जाइए। मेरा केयर टेकर है वहाँ। आपको कोई दिक्कत नहीं होगी। पर सैंड्रा भी मेरी बातों को आई-गई में लेती है।"

"ओह नहीं, डॉक्टर अंकल! माइ बेकरी इज़ द बेल इन माइ नेक। गले की घंटी है मेरी बेकरी मेरे लिए। दो दिन बेकरी पर ध्यान न दूँ, तो सब कुछ चौपट। जो चल नहीं सकता, उससे दौड़ने की उम्मीद आप क्या ही करेंगे!" सैंड्रा जैसे अपने आप पर चिढ़ रही है।

"डोंट वरी डॉ. डिक्रॉस्टो! अब फ़ोंडावाले आपके फार्म हाउस जाना मेरे लिए मुश्किल नहीं है।" मिनि रॉड्रिक्स मुस्कराकर कहती हैं।

"वह कैसे? सैंड्रा के बगैर?" डॉ. डिक्रॉस्टो की आवाज़ में एक सहज हैरानी है। "आप अकेली जाएँगी?"

"अरे नहीं। लिस्बन से विटोरिनो आया है। वर्ल्ड फ़ेम फ़ोटोग्राफ़र! हमारे यहाँ ठहरा हुआ है। उसके ग्रैंड फ़ादर फ़ोंडा के थे। वह वहाँ जाना भी चाहता है। मुझे विटोरिनो लेकर जाएगा। आपके कॉटिज़ में केयर टेकर तो है ही वहाँ डॉक्टर। ऊब गई हूँ मैं इस जिन्दगी से। ऊब अपने आप का अपमान है।" मिनि रॉड्रिक्स अपनी विकलता को भरसक दबाते हुए सैंड्रा से कहती हैं, "डॉक्टर अंकल को विटोरिनो से तो मिलवाओ।"

"तुम्हारे पूर्वज क्योंकि फ़ोंडा के थे, इसलिए तुम्हें तो मालूम होगा बेटे कि उत्तरी गोवा जिला में मौजूद फ़ोंडा गोवा की सांस्कृतिक राजधानी मानी जाती है।" कॉफ़ी के घूँट के संग डॉ. डिक्रॉस्टो अपने प्रेम से छलक रहे हैं।

"वहाँ के 'सहकारी स्पाइस फार्म' के बारे में भी बहुत सुना है।" विटोरिनो उत्सुक भंगिमा में डॉ. डिक्रॉस्टो को तनिक कुरेदता है।

"विटो! गोवा की शोहरत वैसे समुद्र के बीच को लेकर है लेकिन यहाँ के जंगल और पहाड़ भी उससे कम नहीं हैं। गोवा में उत्तर से दक्षिण तक और फ़ोंडा, क्वेपेम, कैनाकोना, सतारी और सैंगुएम के पश्चिम बढ़ो, तो जंगल और पहाड़ की हरियाली देख मुग्ध हो जाओगे। क्या नहीं है इन जंगलों में। एक से एक व्यावसायिक और घरेलू उपयोग की लकड़ियाँ, फलों के पेड़, मसालों और औषधियों के पौधे। बेटे! एक ही बात समझ लो कि समुद्र जहाँ गोवा का चेहरा है, जंगल गोवा का दिल और फेफड़ा।" एक पल थमकर डॉ. डिक्रॉस्टो मुस्कराकर कहते हैं, "अरे पूरा फ़ोंडा ही स्पाइस, इमारती लकड़ियों और बेशुमार फलों के दरख्तों से भरा है। एक 'सहकारी स्पाइस फार्म' ही क्या, फ़ोंडा में कई 'स्पाइस फार्म' हैं। 'सहकारी स्पाइस फार्म' को वर्षों पहले सहकारी परिवार वालों ने स्थापित किया था। 'सहकारी' इस परिवार का 'टाइटिल' है। बेटे, सहकारी परिवार की यह संयुक्त यानी ज्वाइंट फ़ैमली प्रॉपर्टी है। इस परिवार के महादेव सहकारी और बाला सहकारी आदि से मैं परिचित हूँ। 'सहकारी स्पाइस फार्म' 113 एकड़ में है। क्या नहीं है इस 'स्पाइस फार्म' में बेटे। काजू के पेड़ों से लेकर आम, अमरूद, कटहल, शरीफा, केला, पपीता, अनन्नास... क्या नहीं। मसालों और औषधियों के पौधों का तो कहना ही क्या।" डॉ. डिक्रॉस्टो हरियाली की लहर में गोते लगा रहे हैं, "यह नहीं, फ़ोंडा तालुका का 'सवोई प्लांटेशन फार्म', 'पास्कल स्पाइस विलेज़' और 'बटरफ़्लाइ कन्सरवट्रि' भी बहुत प्यारा है। इन सभी स्पाइस फार्म में किस्म-किस्म के मसाले, मसलन—दालचीनी, काली मिर्च, गार्सीनिया, मिरिस्टिका, जायफल, इलायची और वनिला के पौधे मौजूद हैं। 'पास्कल स्पाइस विलेज़' भी बहुत प्यारा है। यह फ़र्नांडीस परिवार की खानदानी प्रॉपर्टी है, जो 50 एकड़ में फैली हुई है। इसके मालिक मि. मिगुएल फ़र्नांडीस मेरे दोस्त हैं। वे फ़ोंडा के अन्तर्गत खंडेपार गाँव के हैं। इस 'स्पाइस फार्म' में दो यूनिट हैं। एक 'स्पाइस प्लांटेशन' और दूसरा 'नर्सरी यूनिट'। इस स्पाइस फार्म में मसालों, फूलों और फलों के पेड़ों की भरमार है बेटे। गोवा के मशहूर आम 'मनकुरात' से लेकर केसर आम, एलफ़ेंजो, बारामासी और तोतापुरी के पेड़ों का जबर्दस्त कलम। छह-सात किस्म के पेरू यानी अमरूद। चार-पाँच किस्म का सपोटा। इसके अलावा सभी

मसाले और इंसुलिन प्लांट, पिचर प्लांट, कोकम...बहुत के नाम तो मुझे याद भी नहीं। हाँ, 'पास्कल स्पाइस विलेज़' में इस सबके अलावा एक सुन्दर चिड़ियाखाना भी है। इसमें फैंसी मुर्गियाँ, बतख और चाइनीज़ मोर सरीखे अनेक पक्षी हैं।"

"हाथी भी है इसमें?"

"पास्कल स्पाइस विलेज़ में नहीं, हाथी सहकारी स्पाइस फार्म में है विटो!"

"वहाँ एलिफ़ेंट राइड कराते हैं न...जहाँ तक मुझे याद है डॉ. डिक्रॉस्टो।" मिसेज़ मिनि रॉड्रिक्स आहिस्ते-से डॉ. डिक्रॉस्टो के फ़ोंडा-आनन्द में मानो गुलाब जल छिड़कती हैं।

"मिसेज़ रॉड्रिक्स! आपने तो वहाँ एलिफ़ेंट राइड जरूर किया होगा। नहीं किया हो, तो अब आपको जरूर कराएँगे। 'सहकारी स्पाइस फार्म' में दो प्यारी हथिनी हैं—गंगा और तेज़ा। एक बच्चा भी चाहे, तो इन दोनों की सूँड़ से झूल जाए। वे कुछ नहीं कहेंगी।" डॉ. डिक्रॉस्टो हँस रहे हैं, "मिसेज़ रॉड्रिक्स! इसलिए मैं कह रहा हूँ कि फ़ोंडा का एक ट्रिप लगाना आपके लिए जरूरी है। गंगा और तेज़ा की सवारी करके आपका वजन भी सही हो जाएगा।"

"दोनों हथिनियाँ मेरे वजन से ही दबकर मर जाएँगी डॉक्टर।" मिनि रॉड्रिक्स नाटकीय भंगिमा में मुस्कराकर कहती हैं।

"वे दोनों बेचारी खुद अपने वजन से दबी जा रही हैं। कुछ महीने पहले महादेव सहकारी से मेरी मुलाकात हुई थी। वे अपनी इन दोनों हथिनियों के बढ़ते वजन को लेकर फिक्र जता रहे थे।"

"क्या हाथियों को भी वजन बढ़ने की मुसीबत झेलनी होती है डॉक्टर?"

"बेशक! पालतू हाथियों के साथ तो वजन की मुसीबत हमेशा रहती है। चिड़ियाखानों और मठ-मंदिरों के पालतू हाथियों को लेकर तो अफ़्रीका से लेकर अपने देश तक में लगातार चिन्ता जाहिर होती रहती है। बढ़े वजन के कारण हाथियों को दिल और फेफड़े की बीमारियों के संग-संग गठिया से तो जूझना ही पड़ता है, उनमें बच्चे पैदा करने की काबिलियत भी नहीं रह जाती है।"

"मैंने तो इस बारे में कभी सोचा ही नहीं था।" मिनि रॉड्रिक्स की आवाज़ में गहरी हैरानी है।

"येस! ज़ू-कीपर्स...यानी चिड़ियाखाना वालों या मठ-मंदिर के संचालकों के लिए हाथी के बढ़ते वजन को मापना भी लगभग नामुमकिन-सा है। हाथी सरीखे भारी प्राणी का वजन लेने के लिए कोई मशीन भी तो नहीं। इधर हाथियों के वज़न की बढ़ोतरी मापने के लिए एक तरकीब ईजाद की गई है। इसमें हाथियों के कूल्हे-पुट्ठे को समय-समय पर मापकर उसका रिकॉर्ड रखा जाता है। कुल्हे-पुट्ठे की वृद्धि से अनुमान लगाया जाता है कि हाथियों का वजन कितना बढ़ा है।" एक पल थमकर डॉ. डिक्रॉस्टो फिर शुरू हैं, "तमिलनाडु के मठ-मंदिर वाले भी इस मसले से परेशान हैं। वहाँ के मठ-मंदिरों में रथ-यात्रा के लिए कई पालतू हाथी हैं। इन हाथियों को खाने और आराम करने के अलावा कोई काम नहीं। बस साल में कुछेक

बार रथ-यात्रा और कुछ अन्य धार्मिक उत्सव में इन्हें सजा-बजाकर निकाला जाता है। जंगलों में बाँस, घास और जंगली फल खानेवाले हाथियों को मठ-मंदिरों में पूरी श्रद्धा से भरपूर चावल, फल और लड्डू वगैरह रोज खिलाया जाता है। जंगल में आमतौर से हाथी भोजन की तलाश में लगभग 20 वर्गमील तक चक्कर लगाते हैं। चिड़ियाखाना और मठ-मंदिरों में तो उन्हें कहीं चलना नहीं पड़ता। जाहिर है कि इनका वजन बढ़ता चला जाता है। और क्योंकि वे पहले से वजनदार जीव हैं, इसलिए उनके वजन की बढ़ोतरी का जल्दी अन्दाजा भी नहीं लगता। इधर इस समस्या की गम्भीरता सामने आने पर वेटरिनरी चिकित्सकों ने पालतू हाथियों की खुराक में परिवर्तन करवाया है। चावल और रागी में भरपूर कार्बोहाइड्रेट होता है। इससे मोटापा बढ़ता है। इसलिए इसकी जगह रेशेदार हरा चारा खिलाने की व्यवस्था अधिकांश पालतू हाथियों के लिए सुझाई गई है ताकि वे कुछ पतले हो सकें।"

"पर डॉक्टर डिक्रॉस्टो! क्या आपको लगता है, कि ये सचमुच पतले हो पाएँगे?" मिसेज़ मिनि रॉड्रिक्स जैसे इतनी चर्चा के बावजूद यक़ीन नहीं कर पा रही हैं।

"जरूर! इतनी कोशिश कुछ तो रंग लाएगी। 'सहकारी स्पाइस फार्म' के मालिक महादेव सहकारी ने अपने फार्म की दोनों हथिनियों—गंगा और तेज़ा के खान-पान को वेटरिनरी डॉक्टर की सलाह के मुताबिक सख्ती से लागू कर दिया है।"

"जब हाथियों का वजन कम हो सकता है, तो मेरा क्यों नहीं होता डॉ. डिक्रॉस्टो?"

"क्योंकि बदकिस्मती से मैं वेटरिनरी डॉक्टर नहीं हूँ।" डॉ. डिक्रॉस्टो शरारती मुस्कान में हैं।

"क्योंकि आप एक शैतान हैं।" मिनि रॉड्रिक्स नाराजगी के स्वाँग के संग छूटते हुए कहती हैं, "छोड़िए मेरी बात। मेरा वजन कभी कम नहीं होगा, मैं जानती हूँ। पर मैंने हजार बार आपसे कहा है डॉ. डिक्रॉस्टो, कि मैं एक जिन्दा ब्लड बैंक हूँ। किसी को जान बचाने के लिए ब्लड की जरूरत हो, तो मुझसे निकाल लीजिए।" मिनि रॉड्रिक्स की मुस्कान में रुआँसापन छलक आया है।

"माइ गॉड! बात शुरू हुई फ़ोंडा को लेकर और अटक गई आकर आंटी के वज़न पर। डॉक्टर अंकल, आंटी की खूबसूरती इनके वजन में है। आंटी का एक पूरे दिन मैं फ़ोटो सेशन करूँगा और तब इनकी तस्वीरें देखकर आप सब कहेंगे कि... हिअर इज़ द फ़ाउंटेन ऑव ब्यूटी...। आंटी को लेकर मैं फ़ोंडा जाऊँगा, जरूर से।"

"माइ गॉड!! क्या-क्या खयाली पुलाव पका रहा है ये लड़का!" मिनि रॉड्रिक्स गिलगिलाकर हँस रही हैं, "मैं...और फाउंटेन ऑव ब्यूटी...!!"

"आंटी! बस मेरी बात आप सुना करिए। फिर देखिए यह सब होता है या नहीं।"

"क्या सुनूँ? मैं कुछ सुनने के लायक भी रह गई हूँ क्या?"

"अब से हरेक दिन मैं बिस्तर से उठाकर दस कदम आपको चलाऊँगा आंटी।"

"मम्मी उठकर चलेंगी? मैं तो कह-कहकर हार गई।" सैंड्रा ने गहरी साँस लेकर कहा है, "विटोरिनो! मम्मी ने एकदम गिवअप कर दिया है। तुम जब से आए हो, क्या एक बार भी बिस्तर से उठकर मम्मी को अपनी तबीयत से व्हीलचेयर पर बैठते देखा है?"

"अब आंटी मेरी बात मानेंगी। बिस्तर से उतरकर व्हीलचेयर पर खुद से बैठेंगी। कमरे में दस-बीस कदम चलेंगी और उसके बाद सीढ़ियाँ उतरकर मेरे साथ पणजी, मापुसा और फ़ोंडा घूमने निकलेंगी।"

"यू आर गोइंग मैड विटो।" मिनि रॉड्रिक्स अनुराग से हँसती हैं।

"लेट अस सेलिब्रेट दिस डिसिज़न आंटी! चलिए, आप अपना माउथ ऑर्गन निकालिए आंटी! आपकी शान में अभी मैं एक सांग गाता हूँ और आप माउथ ऑर्गन पर मेरा साथ दीजिए...।" विटोरिनो तरन्नुम में शुरू हो गया है—

"माइ डियर फ़ैटी आंटी!
व्हाइ यू आर वेटिंग?
हैप्पीनेस डज़ नॉट कम
इन अ पर्टिकुलर साइज़!
इट्स राइट देअर इनसाइड यू!
व्हाइ कांट यू सी...?
माइ डियर फ़ैटी आंटी!
इफ़ यू वांट टू वेअर,
दैट ड्रेस यू लव सो मच
पुट इट ऑन ऐंड हिट द क्लब।"

सैंड्रा की आँखें भर आई हैं। पता नहीं कब मम्मी ने तकिये के नीचे से अपना माउथ ऑर्गन निकाल दाएँ हाथ में थाम बजाना शुरू कर दिया है। डॉ. डिक्रॉस्टो भी गद्गद हो भावुक हो उठे हैं। वे तालियाँ बजा रहे हैं, "जब इतना कुछ हो गया, तो मिसेज़ रॉड्रिक्स के नन्हे-मुन्ने माउथ ऑर्गन की शान में मुझसे एक पोएट्री की कुछ लाइनें, जो मुझे याद हैं, सुन ही लो..."आइ ऐम अ होमली लिटल बिट ऑव टिन ऐंड बोन...आइ एम बिलव्ड बाइ द लीजन ऑव द लॉस्ट...आइ वे ऐन आउंस और टू...ऐंड आइ ऐम सो स्मॉल...यू कैन पैक मी इन यॉर पॉकेट...आस्क द स्टोकर ऐंड द सेलर ऑव द सी...आस्क हर हाइनेस मिसेज़ मिनि रॉड्रिक्स! देअर इज़ अ लोली लविंग किंगडम ऐंड इट्स माइन...।"

मम्मी रो रही हैं। ख़ुशी में इस तरह मम्मी को रोते हुए सैंड्रा ने पहले कभी नहीं देखा था।

माया

दोना पाउला सर्किल के पास एंटोनियो जवाहरलाल पिमेंटा ने टैक्सी ड्राइवर को रुकने का इशारा किया है। बोलकर कुछ कहने की इच्छा नहीं हो रही है। टैक्सी

से उतरते हुए उन्हें लग रहा है कि वे शून्य के एक अन्तहीन समुद्र में गोते लगा रहे हैं। टैक्सी ड्राइवर को पैसा चुकाकर दम लेने के लिए वे कुछ पल वहाँ खड़े रहे। सितम्बर शुरू की चमकीली धूप के बीच अचानक मुट्ठी भर बादल घिर आए हैं। धूप की चमक अनायास फीकी पड़ गई है। उन्हें याद आया कि ये बारिश की विदाई के दिन हैं। वर्षा को जाते देखना, कितना उदास करता है।

दो-तीन जगह से टूटे उजाड़ दोना पाउला सर्किल के बीचोबीच मौज़ूद गोवा विधानसभा के प्रथम विपक्षी नेता और 'द फ़ादर ऑव द ओपिनियन पोल ऑव-1967' के रूप में ख्यात रहे डॉ. जैक डे सिक्वेरा की धूल-गर्द सनी आदमक़द मूर्ति पर एक उचाट-सी उड़ती निगाह उन्होंने डाली है और धीमे क़दमों से आगे बढ़ गए हैं। पर उनके पाँव जैसे उठ नहीं पा रहे हैं। कितने साल बाद आज वह मिलेंगे माया से। उनसे अलग होने के बावजूद माया पणजी में ही रही है। दोना पाउला स्थित अपने दूसरे पति हेनरी फ़र्नांडीस के घर में। पर इत्तफ़ाक़ से कहीं एक पल के लिए भी इस बीच उससे मिलना न हुआ। आज सुबह-सुबह हेनरी फ़र्नांडीस ने उन्हें फ़ोन पर कहा कि, "लास्ट नाइट माया हैड मैसिव हार्ट अटैक एंटोनियो! दोना पाउला के डॉ. इ बॉर्जेज़ रोड में मणिपाल हॉस्पिटल के कार्डियोलॉजी वार्ड में है माया! रूम नम्बर-53 में। रात से तुम्हें वह याद कर रही है।" तब फ़ोन रखते हुए उन्हें लगा जैसे एक बारगी उनके हृदय को मुट्ठी में ज़ोर से दबाकर छोड़ दिया गया है। माया की कितनी बातें बरबस कौंध कर रह गईं। उसकी आँखें सदैव हँसती रहतीं। वह कपटरहित थी। स्पष्टवादी। पर उसका ख़ुशनुमापन सबके ऊपर था। मकरंद से चपचप एक कमलिनी थी—माया। चुलबुल-बुलबुल! पर वहीं, विचित्र गहन थी वह! तीस-इकत्तीस साल पहले की वह रात भी उन्हें याद आई, जब माया ने उनसे कहा था, "मैं तुम्हारे साथ अब नहीं रह सकती एंटोनियो! आइ नीड डायवोर्स।" वह कार्निवल की रात थी। डायवोर्स के बाद माया ने गोवा के मशहूर पेंटर हेनरी फ़र्नांडीस से शादी की थी। पेंटिंग माया के जीवन का पहला प्यार था।

माया अस्पताल के बिस्तर पर मॉनिटर के तारों के संग सामने है और बरबस सारी बातें—अनगिनत स्मृतियाँ मन में उलझ रही हैं।

"क्या सोच रहे हो?" माया ने ही सन्नाटा तोड़ा है। वह जवाब दिये बग़ैर चुप हैं। उन्हें मालूम है कि बोलेंगे, तो रुलाई फूट पड़ेगी। माया को इस हाल में देखने की कभी उन्होंने कल्पना नहीं की थी। कभी हरी-भरी खिली रहनेवाली माया, बिस्तर पर पीली पड़ी हुई है। देह छिन्न और ध्वस्त। मांडवी के धूसर तट पर माटी में धँसी एक जर्जर नाव। एंटोनियो जवाहरलाल पिमेंटा को लग रहा है कि वे अपने धूल भरे माथे को दोनों हाथों से थामे मांडवी के तट पर हताश खड़े हैं। कई सवाल मन में आकर पीछे मुड़ गए हैं।

"कल बेटी लंदन से आ जाएगी। अकेले अस्पताल से घर तक दौड़ने में हेनरी परेशान हो गया है। उसकी भी उम्र हुई। बेटी के आने से थोड़ी राहत हो जाएगी।" माया छत की तरफ़ देखते हुए बोल रही है। उसका चेहरा शान्त है। पर आँखों में

शून्यता के न जाने कितने ज्वार। उसने करवट लेकर अपने मोबाइल की गैलरी से बेटी का फ़ोटो ढूँढ़कर बढ़ा दिया है।

"यह अनीता है एंटोनियो! मेरी इकलौती बेटी। लंदन की एक कम्पनी में नौकरी करती है।" माया के म्लान मुख पर बरबस ख़ुशी का एक क़तरा कौंध गया है।

तीखे नाक-नक़्शवाली छरहरे क़द-बुत की अनीता तीस साल पहले की माया है। अनीता की आँखें माया जैसी ही भावप्रवण हैं और नाक भी अपनी माँ जैसी ही तीखी। जब कभी सेब-अमरूद वग़ैरह काटना होता था, तो वे मुस्कराकर माया से कहते थे, "माया! प्लीज़ गिव मी यॉर नोज़...।" मोबाइल के स्क्रीन पर अनीता की तस्वीर देखते हुए एंटोनियो जवाहरलाल पिमेंटा उन चन्द पलों में जाने कहाँ-कहाँ से गुज़र गए हैं। याद आए माया के स्नेही पापा-मम्मी। पणजी के मेन चर्च रोड में माया के पापा डेरिक अंकल का प्यारा-सा एक बुक शॉप—'ट्राइसेल'। आज पणजी इमैकुलेट चर्च के पास जहाँ 'सिंगबल्स बुक हाउस' है, उसी सीध में कभी 'ट्राइसेल' की रौनक़ हुआ करती थी। कॉलेज से लौटकर कुछ घंटे घर में बिताने के बाद पापा के संग अपने बुक शॉप का भी मोरचा माया सँभालती थी। एंटोनियो को याद है कि 'ट्राइसेल' में माया के होने पर वे भी कैसे घंटों वहाँ किताबों की ख़ुशबू लेते थे। और माया का घर! हैप्पी स्वीट होम! उस घर के बड़े-से ख़ूबसूरत कैम्पस में बैडमिंटन का क्या शानदार कोर्ट था, जहाँ माया के संग अक्सर वे बैडमिंटन खेलते थे। क्या उम्र ही थी तब उन दोनों की। माया इंटरमीडिएट में पढ़ती थी और वे बी. ए. में। वे दोनों के चेहरों पर मुहाँसों के तरुण-तरल दिन थे। अपने पापा-मम्मी की इकलौती लाडली बेटी थी माया। डेरिक अंकल माया का हर नाज उठाने को हाज़िर रहते थे। आज वही माया सूखे पीले गुलाब की झड़ी पंखड़ियों की तरह अस्पताल के बिस्तर पर बिखरी पड़ी है। कहना ही क्या था दुलार से छितराए उन दिनों का। अपने चेहरे पर लगातार हो रहे मुहाँसे से खीजी माया ने एक दिन अपने पापा से ज़िद ठान दी थी कि पणजी के मशहूर स्किन स्पेशलिस्ट डॉ. एगास मोनिज से उसे दिखवा दें। डॉ. मोनिज से माया के पापा की निकटता थी। मौक़े-मौक़े से वे अच्छी किताबों की तलाश में सपत्नीक 'ट्राइसेल' आया करते थे। उनकी पत्नी को अंग्रेज़ी साहित्य पढ़ने का बेहद शौक़ था। बहरहाल, माया की लगातार की ज़िद पर पापा ने डॉ. मोनिज़ से मिलने का समय लिया। बुज़ुर्ग डॉ. मोनिज़ ने मुहाँसों को लेकर माया की पूरी कहानी सुनी और उससे पूछा, "तुम्हारी पढ़ाई ख़त्म हो गई?"

"नहीं। अभी तो मैं इंटरमीडिएट में हूँ।"

"माया!" डॉक्टर मोनिज़ ने मुस्कराते हुए कहा, "मुहाँसा...ये पिम्पल अगर इंटरमीडिएट में पढ़नेवाली लड़की को नहीं होगा, तो क्या इस 74 साल के बुड्ढे मोनिज़ को होगा? तुम अगर डेरिक की बेटी नहीं होती, तो मैं तुम्हें दो थप्पड़ लगाता। पर जब बिटिया आई है, तो कुछ तो देना ही होगा।" डॉ. मोनिज़ ने अपने कम्पाउंडर को एक स्लिप लिखकर उसे फ़ौरन कुछ लाने को दिया। वह बादाम का एक बड़ा पैकेट था।

"इसे रोज खाना। पाँच बादाम रोज। नाउ गो नॉटी गर्ल। डोंट बी मैड। बादाम में विटामिन इ होता है, जो स्किन के लिए अमृत है। इसे खाती रहना।" डॉ. मोनिज़ ने हँसते हुए कहा था।

किशोरावस्था से युवावस्था में क़दम रखती माया पूरी उड़नखटोला थी। उन्होंने याद किया कि वे उन दिनों माया से कहते थे, "माया! तुम अपने आप में एक चलती-फिरती चिड़ियाघर हो।"

अपने पापा से ज़िद कर पहले माया ने साइकिल ख़रीदी और उसके साल लगते न लगते एक लैम्ब्रेटा। माया का वह सुर्ख़ लाल लैम्ब्रेटा उनको आज भी याद है। जब उसने साइकिल ख़रीदी थी, तो उसे चलाते हुए सबसे पहले वह उन्हीं के घर आई थी। लैम्ब्रेटा ख़रीदने के बाद भी हवा में उड़ती हुई वह फ़ौरन उनके ही यहाँ पहुँची थी। उनके घर के पास 'टोबैको स्क्वायर' के ऐन बाएँ सड़क किनारे मौज़ूद प्रधान डाकघर के बाहर का एक कोना उसे जाने क्यों बहुत प्रिय था। वहीं वह साइकिल और बाद में लैम्ब्रेटा लगाकर उनसे घंटों गप्पें लगाती। पास के टी-स्टॉल की चाय इस युगलबन्दी में रस घोलती रहती। इस बीच डाकघर के पास कोई अनपढ़-ग़रीब या बूढ़ा मँडराता हुआ दिख जाता, तो माया मुस्तैदी से उसके पास जाकर पूछती, "क्या आपको कहीं चिट्ठी लिखवानी है? मुझे लगता है आप लिखना नहीं जानते।" उस अनपढ़ या बूढ़े-बूढ़ी की 'हाँ' पाकर माया डाकघर से फ़ौरन पोस्टकार्ड ख़रीद लाती। पूरी तन्मयता से टी स्टॉल पर बैठ उससे सुनती कि चिट्ठी में वह क्या सब लिखे। फिर पोस्टकार्ड पर कोंकणी में चिट्ठी लिख, उस अनपढ़ या बुज़ुर्ग से चिट्ठी पानेवाले का पता पूछ, उसे दर्ज कर, लेटर बॉक्स में डाल ख़ुश हो जाती। ऐसे पुनीत कार्य कर हरेक बार माया का एक पसन्दीदा ज्ञान-वाक्य था—"एंटोनियो! वी मस्ट हेल्प दीज़ हेल्पलेस पीपुल।" लैम्ब्रेटा ख़रीदने के बाद माया में एक और मीठी सनक पैदा हुई थी। नये लैम्ब्रेटा से सिर्फ़ पणजी में चक्कर लगाने से उसका दिल नहीं भरता था। लिहाज़ा, शनिवार-रविवार की छुट्टियों के दिन सामने जो कोई बुज़ुर्ग स्त्री-पुरुष थोड़ी असहाय अवस्था में दिख जाता, तो माया उनके पास जाकर बड़े अनुराग से पूछती, "आपको कहीं जाना है?" अगर बुज़ुर्ग बूढ़े-बूढ़ी ने कह दिया कि उसे बग़ल के शहर मापुसा, फ़ोंडा या सल्वादोर दो मुंदो में से कही जाना है, तो माया की बाँछें खिल उठतीं। फ़ौरन उन्हें अपने लैम्ब्रेटा के पीछे बिठाकर वह उनके गाँव पहुँचाने के लिए रफ़्तार में आ जाती। पर उसका इस मामले में सिद्धान्त तय था कि वह यह परोपकार सिर्फ़ बूढ़े-बुज़ुर्गों के वास्ते करेगी और दोपहरी के समय में ही करेगी ताकि शाम तक वह पणजी पहुँच जाए। माया के इस गुप्त परोपकार के हमराज़ एक सिर्फ़ वही थे, जिन्हें पता होता था कि माया लैम्ब्रेटा से बग़ल के किस शहर या गाँव गई है। माया ने उनसे सख़्त ताक़ीद कर रखी थी कि उसके माता-पिता को उसके इस परोपकार के शगल की हवा तक नहीं लगनी चाहिए। इस परोपकार से माया को दो सुख मिलता था—पहला तो लैम्ब्रेटा पर लम्बे ड्राइव का और दूसरा किसी बुज़ुर्ग को मदद करने का।

उन्होंने याद किया जब माया ने लैम्ब्रेटा लिया ही था और उसे लर्निंग लाइसेंस मिला था। लैम्ब्रेटा के आगे बड़ा 'एल' माया ने लगा रखा था। एक दिन अपने पड़ोस के छोटे-छोटे चार बच्चों की ज़िद पर माया ने उन चारों बच्चों को लैम्ब्रेटा पर बिठाया और उन्हें चक्कर लगाने निकल पड़ी। एक लड़की को इस तरह चार बच्चों को लादकर चक्कर लगाते देख पुलिसवाले ने उसे पकड़ने के लिए पीछा करना शुरू किया। माया ने इसे भाँप लिया और रफ़्तार पहले से भी तेज़ कर दी। वह चारों बच्चों समेत लैम्ब्रेटा को लिए-दिये सीधे पुलिस स्टेशन के कैम्पस में जा घुसी और लैम्ब्रेटा को खड़ा कर दिया। तब तक पीछा करता वह पुलिसवाला भी पुलिस स्टेशन पहुँच गया। उसे हैरानी हो रही थी कि ऐसी सूरत में लोग पुलिस स्टेशन जाने से घबराते हैं और यह पागल लड़की पुलिस स्टेशन कैसे पहुँच गई। बहरहाल, माया लैम्ब्रेटा लगाकर सीधे तीर की तरह इंस्पेक्टर के चैम्बर में घुसी और इंस्पेक्टर से एक साँस में कहा, "सर! मुझे फ़ौरन लॉकअप में बन्द करिए। मैंने ट्रैफ़िक रूल तोड़ा है। मेरे पास लर्निंग लाइसेंस है। मेरे पड़ोस के इन चारों नन्हे-मुन्नों ने मेरे लैम्ब्रेटा पर राइड कराने की ज़िद कर दी। आइ वाज़ हेल्पलेस। इन चारों बच्चों को इनके घर भिजवा दीजिए और मुझे लॉकअप में।" इंस्पेक्टर को एक लड़की की ऐसी अजीबोग़रीब बात सुनकर हँसी छूट गई। माया का पीछा करते पुलिस स्टेशन पहुँचा पुलिसवाला वहीं खड़ा था। माया ने मुड़कर कहा, "पूछिए इनसे। इन्होंने देखा है मुझे और यहाँ तक पीछा भी किया है।" माया के तपाकपन पर उस पुलिसकर्मी की बोलती बन्द थी। इंस्पेक्टर ने हँसते हुए कहा, "मैड गर्ल! नाउ गो होम विद दीज़ किड्स। चलो भागो। फिर ऐसी गलती मत करना।"

सुन्दरता की सोनाघाटी थी माया। मांडवी की तरह ही झक-झक! उल्लास से छलकती प्रवहमान। वही माया अभी अस्पताल के बिस्तर पर झर-झर और असहाय-सी पड़ी है। पाब्लो पिकासो की अमर पेंटिंग 'मेलांकली वुमन' की तरह। चिरकाल से उदास स्त्री पर पिकासो से लेकर कई अमर चित्रकारों की पेंटिंग है। अपने समय के प्रसिद्ध फ्रेंच चित्रकार पॉल गौगुइन की एक पेंटिंग 'नेवर मोर' की स्त्री की उदासी कितनी दग्धता से भरी और विचित्र है। अपने पीले तकिये पर सिर रखे बिस्तर पर लेटी एक नग्न स्त्री कुछ यों दिखती है जैसे वह किसी विकृत वैभव से गुज़री हो। क्या विषाद भावना और उदासी कला का अनिवार्य रसायन है। अभी अस्पताल के बिस्तर पर उदास पड़ी माया उन्हें 'नेवर मोर' की उस स्त्री की तरह लग रही है, जिस पेंटिंग को उन्हीं रंगों से रँगा गया हो, जो उदास और बहुत उदास होते हैं। इस तरह की असाधारण उदासी की एक अनसुलझी रहस्यमयता होती है। माया कुछ ऐसी ही उदासी में दिख रही है।

चित्रकारी से एंटोनियो जवाहरलाल पिमेंटा का पहले कोई सम्पर्क-लगाव नहीं था। माया से विवाह के बाद चित्रकला की बारीक़ियों से वे किंचित् परिचित हुए क्योंकि माया बग़ैर किसी मार्गदर्शन के ख़ुद से बनी चित्रकार थी। वह पेंटिंग करती थी और दुनिया भर के चित्रकारों की कृतियों के बारे में जानने को हमेशा उत्सुक

रहती थी। विन्सेंट वॉन गॉग, पाब्लो पिकासो, लियोनार्दो दा विंसी, एडगर डेगास, जैक्सन पोलॉक, पॉल गौगुइन से लेकर भारत के चित्रकारों अमृता शेरगिल, जामिनी राय, नन्दलाल बोस, एम. एफ. हुसेन और तैयब मेहता सरीखे कितनों की कृतियों को वह खँगाल गई थी। इन कृतियों में विभोर माया अपने कैनवस पर धरती के चम्पई रस बिखेरती थी। माया ने गुज़रे दौर की दुनिया की अनेक स्त्री चित्रकारों मसलन-सोफ़ोनिस्बा एंगुइसोला से लेकर आर्टेमिसिया जेंटलेस्ची, जूडिथ लेस्टर, एलिज़ाबेथ विगि ले ब्रुन, रोज़ा बॉनहेअर, बर्थ मोरिसॉट, मैरी कसाट, ज़ॉर्जिया ओ केफ़ी, तमारा डि लेम्पिका और फ्रीडा कहलो की भी कृतियों को अपने निस्सीम अवचेतन में बहुत सहेजकर रखा था। माया बिहँसकर कहती थी, "मैं इन सभी महान चित्रकारों को एक साथ घोलकर पी गई हूँ। अब ये सभी मुझ पर अपना-अपना असर जो भी और जैसे भी दिखाएँ।"

"माया! तुम विन्सेंट वॉन गॉग की माया हो। एक थी माया जो विन्सेंट पर जान छिड़कती थी। तारों भरी रात की एक माया।" एंटोनियो जवाहरलाल पिमेंटा को जैसे बरबस अपनी कही वर्षों पुरानी बात याद आ गई है।

"कौन थी यह माया?" माया के स्वर में विस्मय होता था।

"यह देखो विन्सेंट वॉन गॉग की यह जीवनी—'लस्ट फ़ॉर लाइफ़'। उस महान दीवाने चित्रकार की जीवनी इरविंग स्टोन ने सन् 1930 के दशक में लिखी थी। 'ट्राइसेल' से तुम्हीं ने यह किताब लाई थी।" एंटोनियो जवाहरलाल पिमेंटा की स्मृति में वे पल जैसे अभी एकदम से सामने आ गए हैं। उन्हें याद आ रही है कि कैसे उस जीवनी के एक पृष्ठ की पंक्तियाँ उन्होंने माया को पढ़कर एक दिन सुनाई थी, "सुनो माया...'लस्ट फ़ॉर लाइफ़' की ये कुछ पंक्तियाँ...व्हाट इज़ यॉर नेम?...माया...! इज़ दैट ऑल? जस्ट माया?...फ़ॉर यू...विन्सेंट...! दैट इज़ ऑल...!यू फेल इन लव? यू फेल इन लव विद मी...?...येस विन्सेंट...! माइ डियर...! गुड विन्सेंट...! इन लव विद यू...! यॉर वॉइस...माया...इट साउंड्स सो क्विअर...! ओनली वन्स बिफ़ोर हैज़ अ वुमन स्पोकेन टू मी इन दैट वॉइस...! मार्गट्स वॉइस...शी लव्ड यू विन्सेंट...ऐज़ वेल ऐज़ आइ डू...।' नाम...माया!" एक पल थमकर एंटोनिया जवाहरलाल पिमेंटा को अभी भी याद है, उन्होंने कहा था, "तुम्हारे नाम की स्त्री उसी से प्रेम कर सकती है, जो वॉन गॉग की तरह अपनी कला के लिए पागल-दीवाना हो।"

"और तुम्हें मालूम एंटोनियो! वॉन गॉग तुम्हारी तरह म्यूज़िक में नहीं आकर पेंटिंग की दुनिया में क्यों आए?" एक पहेली बुझाने के अन्दाज़ में उस दिन माया मुस्करा उठी थी, "क्योंकि तुम्हारी तरह उनके पास संगीत सुनने के लिए कान नहीं था। पागलपन में वॉन गॉग ने अपना एक कान ही काट लिया था।" अलमस्त माया का, उन दिनों में संवाद का कुछ ऐसा ही अन्दाज़ था। वह सिर्फ़ कैनवस पर गम्भीर रहती थी। माया जब पेंटिंग कर रही होती थी, उस समय उसे देखकर कभी नहीं लगता था कि यह वही शोख़ चुलबुल माया है, जो इस घर में रहती है। माया हमेशा अपनी सभी पेंटिंग के लिए पीले रंग के फ्रेम पसन्द करती थी। उसकी पेंटिंग के रंगों की

छटा और चौड़ी मोटी लकीरों में समाया संगीत आज भी उनकी स्मृति में चित्रलिखित है। वह बहुत सीमित रंगों का इस्तेमाल करती थी। ज़्यादातर लाल, हरा और काला। धूसर लाल रंग उसे हमेशा प्रिय रहे। वह कहती थी, "एंटोनियो! यह गोवा की मिट्टी का सुर्ख रंग है। अपनी मिट्टी के रंग से अच्छा रंग और भला क्या हो सकता है?"

माया की वह एक पेंटिंग 'द डीप सी' कितनी मायामय थी! आग, कोहरा, और समुद्र का ब्रह्मांडीय रहस्य-विचित्र विह्वलकारी! उन्हें याद है, जब माया ने यह पेंटिंग पूरी की थी, उन्होंने उस रात पियानो पर एक्सेल रूडी पेल का यह गीत देर तक बजाया था...'ह्वेअर आर वी गोइंग...टू हूम आर वी रनिंग टू? वी सर्च फ़ॉर द आनसर्स ऑन ऐंड ऑन...द सेल्स आर टर्निंग...वी कैन फ़ील द डार्क साइड ऑव द सी...। हम कहाँ जा रहे हैं...हम किसके पास जाने के लिए दौड़ रहे हैं... हम लगातार उत्तर ढूँढ़ रहे हैं...नाव का पाल रह-रहकर मुड़ रहा है...हम समुद्र के अँधेरे को महसूस कर रहे हैं...।' बहुत तीव्रता से अभी एंटोनियो जवाहरलाल पिमेंटा को लगा है कि पियानो पर वर्षों पहले बजाया उनका धुन अस्पताल के इस कमरे में उभर रहा है...। वे अचानक से हड़बड़ाकर उठ खड़े हुए हैं। इस तरह उनका उठना शायद माया को भी हैरान कर गया है। जैसे इतनी देर की माया की तन्द्रा टूट गई है। उन्होंने आगे बढ़कर माया के सिर पर हाथ रखा है। माया के बालों में समय के साथ काफ़ी सफ़ेदी आ गई है। उन्हें एक पल के लिए लगा है कि इतनी देर से ज़ब्त आँसू शायद ही वे रोक पाएँ। वे तेज़ी से निकलने को मुड़ गए हैं।

"एंटोनियो!" माया की निस्तेज आवाज़ सुन उन्होंने पीछे मुड़कर देखा है।

"तुम अब मत आना। पता नहीं और कितने दिन हूँ। बस तुमको एक बार देख लेना चाहती थी। थैंक यू एंटोनियो।" माया का स्वर रह-रहकर अवरुद्ध हो रहा है। एंटोनियो जवाहरलाल पिमेंटा को देर से रोककर रखे गए आँसुओं के कारण अपना शरीर काँपता हुआ लग रहा है। वह जल्दी से बाहर निकल आए हैं। उनकी चाल में एक डरावनी-सी थकावट है।

टैक्सी में वे कब बैठे हैं और कब उन्होंने ड्राइवर को बताया है कि उन्हें जनरल पोस्ट ऑफ़िस के पास 'टोबैको स्क्वायर' जाना है, उन्हें कुछ याद नहीं। खिड़की के बाहर के सारे दृश्य भरी-भरी आँखों में उन्हें धुँधले लग रहे हैं! यह सितम्बर अब फिर नहीं आएगा। माया अब ज़्यादा दिन नहीं है। माया को अब वे कभी नहीं देख पाएँगे।

आज की यह मुलाक़ात भी माया की मेहरबानी से हुई। अभी थोड़ी देर पहले कही गई माया की आख़िरी बात 'तुम अब मत आना'...उनके मन पर हथौड़े की तरह लगातार बरस रही है। पर अपने जीवन के आगामी वर्षों में क्या वे 'सितम्बर' से कह सकेंगे, 'डोंट कम सेप्टेम्बर!' साठ के दशक में अमेरिकन सिंगर और गीतकार बॉबी डैरिन का लिखा यह गीत जब कभी वे आगामी वर्षों में सुनेंगे, तो उन्हें कैसा लगेगा! 'एवरीथिंग रॉन्ग गोन्नाबी ऑलराइट...कम सेप्टेम्बर! हर बोन्स विल एक! हर माउथ विल शेक! ऐंड ऐज़ द पैशन डाइज़! हर मैज़िक हार्ट विल ब्रेक। हर वाइअलट स्काइ विल नीड टू क्राइ। बिकॉज़ इफ़ इट डज़न्ट रेन। देन एवरीथिंग विल डाइ। शी नीड्स

टू हील! शी नीड्स टू फ़ील! समथिंग मोर दैन टेंडर! कम सेप्टेम्बर! कम सेप्टेम्बर!'... शरीर में एक गहरी पीड़ा उठेगी...उसके होंठ काँप जाएँगे...! और जैसे-जैसे जुनून ख़त्म होगा, उसका जादुई दिल टूट जाएगा! पर सितम्बर आते ही...हर वह चीज़ जो ग़लत थी, वापस सही होती जाएगी! सितम्बर आते ही, उसके बैंगनी आकाश को यों फूट-फूटकर रोने की ज़रूरत होगी! और अगर बारिश न हुई, तो सब कुछ मर जाएगा! उसे ख़ुद को ठीक करने की ज़रूरत है! उसे दोबारा महसूस कर पाने की ज़रूरत है। स्नेह से अधिक कुछ। सितम्बर आते ही...! आनेवाले अनेक सितम्बर में बीतती बरसात के बादलों के संग माया की नीली बातें और उसके साथ साझा दिनों की यादें फिर-फिर कौंधेंगी। तब सितारे रात चुराएँगे। एक ज़ोर की सिसकी छूट गई! टैक्सी ड्राइवर ने चौंकते हुए पलटकर पूछा है, "सर! आप रो रहे हैं?"

"नहीं...बिलकुल नहीं! हिचकी आ गई थी।" एंटोनियो जवाहरलाल पिमेंटा अपने को भरसक सँभालने की कोशिश कर रहे हैं। उन्हें लगा कि इस विह्वल क्षण में वे टैक्सी ड्राइवर से कह सकते, तो कहते कि "हाँ अभी रो रहा हूँ। पर कल इन आँसुओं को समय चुरा लेगा!"

पामेला बोर्डेस

मोनिका ने खिड़की का शीशा सरकाकर बाहर देखा है। बिस्तर से उठते हुए दीवार घड़ी पर पहले ही उसकी नज़र जा चुकी है। रात के तीन बज रहे हैं। ज़ाहिर है कि बाहर अभी गहरा अँधेरा है। मोनिका को लग रहा है कि बाहर से ज़्यादा अभी उसके दिमाग़ में अँधेरा है। कल सारी रात बारिश होती रही। बारिश की बौछार रह-रहकर विकल हो खिड़की के शीशे पर धक्के देती रही। अभी रात के भीगे अँधेरे को देखने के लिए उसने खिड़की का शीशा सरका रखा है। कल रात से अभी कुछ देर पहले तक रात और बारिश की युगलबन्दी की तरह पामेला और उसकी भी संगत चलती रही। पामेला की दी हुई फ़ाइल को देर तक पूरा पढ़कर ही उसने दम लिया है। फ़ाइल एक किनारे रखते हुए उसे लगा कि एक सूखी नीली नदी है—पामेला, जो गोवा आकर अरब सागर के नीले जल में विलीन हो फिर से जीवन के लिए उमड़ना चाहती है। पर बदनामी का थलथलाता दलदल उसे उमड़ने के लिए शायद ही उबरने देगा।

पामेला की फ़ाइल में रखी ख़बरों और कहानियों को पिछले एक सप्ताह से लगातार पढ़ते हुए मोनिका को पामेला को लेकर रोना आ रहा है। पामेला उससे उम्र में दसेक साल बड़ी है। पर उसके और पामेला के बीच उम्र के फ़ासले का कोई मसला नहीं। पामेला ने दुनिया देखी है। वह ख़ासी बिन्दास है। पर बदक़िस्मती उसकी सगी बहन है। कलंक और बदनामी का ऐसा कोई पहलू नहीं, जो पामेला के जीवन से छूटा हुआ हो। उन्माद, अश्लीलता, मक्कारी, ऐयारी की कथाओं से घिरी और दुनिया के

दुर्नाम हथियारों के सौदागरों का हमबिस्तर होने के आरोपों से छलनी एक लड़की के जीवन की कल्पना ही रोमांचक है। प्रतिपल अपने अतीत की आग में नहाती-जलती एक लड़की। बहुत गहरे तक हताश एक स्त्री। आश्रयविहीन और सांत्वनाविहीन एक स्त्री का जीवन भला कैसा हो सकता है! पामेला आज भी धुएँ और आग में उलझी है। किसी पेड़ की शाख़ पर बैठी कोई चिड़िया अचानक अँधेरे में अभी आर्त हो एक निमिष के लिए चीख़कर चुप हो गई है। उसकी इस चीख़ में क्रोध की भी किंचित ध्वनि थी। खिड़की के बाहर के अन्धकार में मोनिका को कुछ नहीं दिखा। पामेला जो कुछ भी हुई, सबकी जड़ में है उसका दुखद बचपन! मोनिका को लग रहा है कि आधी रात के इस गहन अन्धकार में नन्ही पामेला घुटनों में सिर घुसाए सुबक रही है।

विगत की पामेला बोर्डेस अन्दर और बाहर अन्धकार से भरी है। अब पामेला सिंह के रूप में अपना कायान्तरण करके भी उसे शान्ति नहीं। पामेला से इतने दिनों के परिचय में उसी से उसके बारे में फुटकर-फुटकर जो पता चला वह यह कि वह हरियाणा के माजरा नामक गाँव के एक मध्यमवर्गीय जाट परिवार से आती है। उसके पिता मेज़र मोहिन्दर सिंह चौधरी सन् 1962 में भारत-चीन युद्ध में मोर्चे पर शहीद हो गए थे। उस समय से उसके शहीद पिता की याद में माजरा गाँव में उत्सव मनाया जाता है। संगीत, नृत्य व कबड्डी का इस मौक़े पर बड़े उत्साह से आयोजन होता है। इस गाँव में दूसरे-दूसरे गाँवों के दसों हज़ार लोग इस आयोजन में एकत्रित होते हैं। गाँव में बाक़ायदा 'मोहिन्दर सिंह मेमोरियल स्पोर्ट्स क्लब' है। पर विवाद के घेरे में आने के बाद से पामेला की माँ शकुंतिया चौधरी ने पामेला को गाँव आने और विशेषकर अपने पिता के 'शहीद-दिवस' पर आने से मना कर दिया था। पामेला को यह बात हमेशा सालती रही। पामेला से ही बातों-बातों में पता चला था कि अपने पिता की शहादत के ठीक दो माह पहले उसका जन्म हुआ था। ज़ाहिर था कि पामेला एक बदक़िस्मत बच्ची मानी गई थी, जिसके धरती पर आते ही पिता मौत के मुँह में चले गए थे। हरियाणा में लड़की-बच्चियों की भ्रूण हत्या आम बात रही है। कितनी लड़कियाँ वहाँ गर्भ धारण के कुछ समय बाद ही नष्ट करा दी जाती रही हैं। ग़नीमत हुई कि पामेला बच गई। पिछले दिनों पामेला ने एक दिन गहरी उदासी से कहा, "मोनिका! व्हाइ डज़ इट ऑलवेज़ रेन ऑन मी?" फिर अगले पल वह बिहँसकर बोली, "बदकिस्मती को मैंने कई बार कहा है—डियर बैड लक...! बचपन से साथ लगे हो! लेट्स ब्रेक अप यार।"

क़िस्तों में पामेला ने धीरे-धीरे बहुत-सी बातें उससे कही हैं। पामेला ने एक दिन बताया कि उसकी माँ शकुंतिया चौधरी चंडीगढ़ के एक सरकारी कॉलेज के छात्रावास की कुछ दिनों तक वार्डन रहीं। इत्तफ़ाक़ से हरियाणा के कांग्रेसी दिग्गज चौधरी बंसीलाल की बेटी सरोज उसी कॉलेज की छात्र थी। सरोज से सम्पर्क के कारण बंसीलाल ने शकुंतिया चौधरी को 'हरियाणा पब्लिक सर्विस कमीशन' के इम्तहान से बग़ैर गुज़रे हरियाणा सरकार की सेवा में बहाल कर दिया। सरकारी सेवा में आने के बाद समयाभाव के कारण पामेला को उसकी माँ ने उसे जयपुर के 'महारानी गायत्री

देवी गर्ल्स पब्लिक स्कूल' में डाल दिया। इस तरह एक सहज बचपन पामेला को मिला ही नहीं। स्कूल के दिनों में पामेला अपनी माँ से बहुत ख़ौफ़ खाती थी। उसकी स्कूली दोस्त देखती थीं कि लम्बी छुट्टियों के बाद जब वह घर से हॉस्टल लौटती थी, उसके शरीर पर पिटाई के बेशुमार निशान होते थे। स्कूल के दिन किसी तरह कटे। माँ की दबिश से पामेला को तब मुक्ति मिली जब उसने कॉलेज की पढ़ाई के लिए दिल्ली के 'लेडी श्रीराम कॉलेज' में दाख़िला लिया। जैसा कि स्वाभाविक था, कॉलेज में आकर बचपन से दमित यह लड़की वर्षों से बन्द बोतल के ढक्कन की तरह खुल गई। उसे ज़्यादातर लड़कों की सोहबत भाने लगी। एक पत्रिका में छपी रिपोर्ट के मुताबिक़ इसी दौरान उसे 'मॉडलिंग' में आने का शौक़ चर्राया। सो वर्ष 1980 के शुरू में वह दिल्ली की एक नामचीन विज्ञापन-एजेंसी 'ऐडवेव' से जुड़ी। एक साल में ही उसने बतौर मॉडल कई अच्छे व चर्चित विज्ञापन कर डाले। उसकी महत्त्वाकांक्षा के पंख बहुत लम्बी उड़ान भरने को आतुर थे। इसलिए कुछ ही समय बाद पामेला अपना भविष्य आज़माने बम्बई कूच कर गई।

पामेला की फ़ाइल पूरा एक सप्ताह लगाकर एक साँस में पढ़ते हुए मोनिका लगातार सोचती रही है कि सपनों की भी एक हद होती है। हद पार के सपनों ने ही पामेला के जीवन को नष्ट कर दिया। बम्बई आकर पामेला को उम्मीद से ज़्यादा रफ़्तार मिली। वर्ष 1982 में उसे यहाँ 'फ़ेमिना मिस इंडिया' प्रतियोगिता में शामिल होने का अवसर मिला। इस प्रतियोगिता में वह क़ामयाब रही। वह 'मिस इंडिया' चुन ली गई। इस अनमोल ख़िताब के साथ ही वह फ़ौरन पेरू के लिए कूच कर गई। इस तरह दुनिया भर की सौन्दर्य प्रतियोगिताओं में भाग लेती पामेला ने जीवन में पहली बार एक मुश्त इतनी ख़ुशियाँ पाई थीं। उसकी माँ का अब उस पर कोई नियंत्रण नहीं था। पामेला अपने असीमित सपनों का ख़ज़ाना लिये अब अमेरिका पहुँच गई थी। न्यूयॉर्क के 'पार्संस स्कूल ऑव डिज़ाइन' तथा न्यूयॉर्क के ही 'इंटरनेशनल सेंटर ऑव फ़ोटोग्राफ़ी' से भी उसने पढ़ाई की! न्यूयॉर्क में पढ़ाई के संग-संग वहाँ पाँव ज़माने के लिए उसने कई काम किए और बहुत जल्दी अमेरिका के उच्च प्रभु-वर्ग में उसकी पैठ बन गई। एक शाम न्यूयॉर्क की ही आलीशान पार्टी में उसका परिचय सऊदी अरब के बेहद दौलतमंद और हथियारों के अति विवादास्पद व्यवसायी अदनान ख़शोगी से हुई। इसके थोड़े ही समय बाद मीडिया में एक अफ़वाह उड़ी कि एक भारतीय सुन्दरी पर हक़ ज़माने के लिए अदनान ख़शोगी और क़तर के एक अमीर में भारी तनातनी छिड़ गई है। पर इन ख़बरों का पामेला सिंह चौधरी पर कोई असर नहीं था। उसे इन ख़बरों से मज़ा ही आ रहा था। उम्र के कच्चेपन की बेवकूफ़ियाँ उसे नीले आसमान में उड़ा रही थीं। आसमानी रास्ते से ही एक दिन वह न्यूयॉर्क से जापान आ गई। पर रास-रंग के मामले में जापान उसे नहीं भाया। सो जल्दी ही वह टोकियो से लंदन आ गई। अन्य सभी देशों की तुलना में लंदन उसे बहुत प्यारा लगा। गहन और सुन्दर शहर! शुरू में लंदन भी जीवनयापन के लिए उसे थोड़ा हाथ-पाँव मारना पड़ा। पर लंदन में शीघ्र ही बड़े-बड़े लोगों से उसका सम्पर्क क़ायम हो गया।

लंदन में ही उसे हथियार का एक कारोबारी मिला, जिसने उसे आगे जाकर हेनरी बोर्डेस से मिलवाया। हेनरी हथियारों के कारोबार का एक छोटा खिलाड़ी था। कुछ समय की दोस्ती के बाद पामेला ने हेनरी बोर्डेस से शादी कर ली और पामेला सिंह चौधरी से पामेला बोर्डेस बन गई। उसके पति ने विवादों के उस दौर में लंदन के एक अख़बार को दिये अपने साक्षात्कार में कहा था कि "पामेला ने एक समय हथियारों के डीलरों की धौंस से बचने के लिए मुझसे विवाह का अनुरोध किया था।" लंदन के बड़े-बड़े लोगों की रंगीनी में खेलनेवाली पामेला एक रात लंदन की एक भव्य नाइट क्लब-पार्टी में 'द संडे टाइम्स' के नामचीन सम्पादक ऐंड्रयू नील से मिली। पहली नज़र में जाने क्या हुआ कि वह मुलाक़ात बहुत जल्दी शारीरिक अन्तरंगता में बदल गई। सनसनीख़ेज़ ख़बरों से भरपूर लंदन के कई टैब्लॉइड यानी छोटे आकारवाले लोकप्रिय समाचार-पत्रों ने सचित्र कथाएँ छापीं कि कैसे इंग्लैंड की बड़ी हस्तियों को साधने में पामेला ने सम्पादक ऐंड्रयूनील को अपना ज़रिया बनाया। हालाँकि, नील से उसका सिलसिला बहुत दिनों तक नहीं चला। नील से तनातनी तक स्थिति जाने के बाद पामेला 'द ऑब्ज़र्वर' के सम्पादक डोनाल्ड ट्रेलफ़ोर्ड के क़रीब आई।

पामेला के लक्ष्य में ब्रिटिश संसद के कई दिग्गज थे। शीघ्र ही वह 'बोर्ड-रूम' के चर्चित सम्पादक मार्क बर्का से मिली, जिन्होंने पामेला का परिचय ब्रिटेन के दिग्गज 'कंज़र्वेटिव पार्टी' सांसद डेविड शॉ से कराया। पामेला ने डेविड शॉ से अनुरोध किया कि वह उसे ब्रिटेन-संसद का प्रवेश-पत्र दिलवाने की कृपा करें। पर डेविड शॉ क्योंकि अपने कोटे के पास पहले ही दूसरों को दे चुके थे, इसलिए उन्होंने अपनी ही पार्टी के एक वरिष्ठ सांसद हेनरी बेलिंघम से अनुरोध किया कि वे पामेला को कृपया अपने कोटे का पास निर्गत कर दें। पामेला ने डेविड से कहा था कि वह ब्रिटेन की वर्तमान संसदीय कार्यप्रणाली को लेकर शोध करना चाहती है। डेविड ने यही बात हेनरी बेलिंघम को बताई। हेनरी ने उसे अपने कोटे का एक पास दे दिया। अब ब्रिटेन के संसद 'हाउस ऑव कॉमंस' में पामेला सुगमतापूर्वक आ-जा सकती थी। बहरहाल, इसी आवाज़ाही के क्रम में पामेला 'कंज़र्वेटिव पार्टी' के दिग्गज और बड़े कारोबारी सर कॉलिन मोयनिहान से परिचित हुई। वे उस समय ब्रिटेन के खेल मंत्री और सरकार में बहुत प्रभावशाली थे। कॉलिन के संग भी पामेला के शारीरिक सम्बन्ध की ख़बरें लंदन के अख़बारों ने छापीं। पर पामेला ने इसका खंडन करते हुए कहा था कि यह एक शिष्टाचारपूर्ण परिचय था।

इसी तरह लीबिया के एक महत्त्वपूर्ण नौकरशाह की भी पामेला से दोस्ती बनी, जब वह एक सरकारी यात्रा पर लंदन आया। हथियारों के अन्तरराष्ट्रीय व्यापारी अदनान ख़शोगी से तो ख़ैर उसकी गहरी निकटता थी ही। इसी तरह रोमानिया के राजकुमार पॉल, 'द रॉलिंग स्टोंस' के रॉक स्टार बिल वाइमैन और इटली के काउंट कार्लो कोलोबोत्ती भी उसके अन्तरंग बन चुके थे। वर्ष 1989 में इंग्लैंड के मीडिया में तब तहलका मचा जब इंग्लैंड की लोकसभा के सन्दर्भ में पामेला बोर्डेस को लेकर सुर्ख़ियाँ बनीं—'कॉल गर्ल वर्क्स इन हाउस ऑव कॉमंस।' इस ख़बर के साथ ही

वर्ष 1963 के उस समय को याद किया जाने लगा जब 19 वर्ष की ब्रिटिश मॉडल क्रिस्टीन किलर से अन्तरंग सम्बन्धों के आरोप में इंग्लैंड की हेराल्ड मैकमिलन सरकार के मंत्री जॉन प्रोफ़्यूमो समेत कई दिग्गजों के नाम सामने आए थे। इसी कारण से 18 अक्टूबर, 1963 को इंग्लैंड की हेराल्ड मैकमिलन की सरकार गिर गई थी। वर्ष 1989 में अटकलें चरम पर थीं कि पामेला बोर्डेस की वजह से इंग्लैंड में कहीं वही इतिहास न दोहरा जाए। उन दिनों मार्गरेट थैचर इंग्लैंड की प्रधानमंत्री थीं। ख़ैर, मार्गरेट थैचर की सरकार तो नहीं गई। हाँ, इस भयंकर विवाद के बीच पामेला बोर्डेस भूमिगत हो गई। पर अर्से तक पामेला को लेकर सुर्ख़ियाँ बनी रहीं कि पामेला के पास ब्रिटेन की आन्तरिक सुरक्षा से सम्बन्धित कई संवेदनशील फ़ाइलों की प्रतियाँ हैं। लंदन से निकलने के बाद बुरी तरह परेशान पामेला एक दुर्घटना में घायल होकर हांगकांग के एक अस्पताल में चुपचाप भर्ती हो गई थी। पत्रकार यहाँ भी पहुँच गए। एक दिन पामेला यहाँ से भी छिप-छिपाकर निकल पड़ी।

फिर लगातार की भटकन! पामेला के पाँवों में जैसे दुर्भाग्य का पहिया लग गया था। वर्ष 1993 में वह श्रीलंका की एक पत्रिका के लिए फ़ोटोग्राफ़ी करने बम्बई गई, तो यहाँ भी पत्रकार उसके पीछे लग गए। वह आज भी भाग रही है। अतीत की उन सुर्ख़ियों के दो दशक से ज़्यादा हो चुके हैं अब तो। पर अपने अतीत की आग से पामेला को आज भी मुक्ति नहीं। अभी पिछले दिनों जब गोवा में प्रेसवालों की उस पर नज़र पड़ी, तो ख़बरों का जलजला फिर नये सिर से इन सुर्ख़ियों के साथ शुरू हो गया है—'पामेला बोर्डेस ट्रेस्ड इन गोवा!'

इस आधी रात में, खिड़की के बाहर के अँधेरे में उसे लग रहा है, पामेला सुबक रही है। उसे याद है पणजी की एक गहराती शाम में एक आर्ट गैलरी से निकलते हुए अचानक से पामेला ने उससे पूछा था, "हैव यू एवर जस्ट क्राइड बिकॉज़ यू आर यू? मोनिका...माइ डियर...आइ डू...!" मोनिका सोचती है कि अगले एक-दो दिनों में पामेला जब उससे मिलेगी और उससे पूछेगी कि अपनी जो फ़ाइल उसने उसे पढ़ने को दी थी, क्या वह पढ़ चुकी, तो वह यही कहेगी कि उसे पढ़ने की फ़ुरसत नहीं मिल पाई है। अपने से बहुत बड़ी इस दोस्त को छोटे बच्चे की तरह बस वह दुलार से गले लगा लेगी।

स्वीट होम

पिछले एक पखवारे से आधी-आधी रात तक चुपचाप मांडवी के किनारे बैठ तीव्र लहरों को निहारते हुए विटोरिनो को लगता है कि दिन की तुलना में रातें अधिक जीवित और ईमानदार होती हैं। बचपन से उसने महसूस किया है कि शरीर और मन, दोनों का दुख रात को ही ऊपर आता है। दिन पूरा का पूरा एक इन्द्रजाल है, वहीं

रात बस एक सच। सृजन की कामना भी रातों को ही जगती है। अवचेतन में बसी बहुत-सी अमूर्त छवियाँ तब गहन होती हैं और अन्ततः वही भावनाओं को रूप-रस से साकार करती हैं। विटोरिनो को हमेशा से, पता नहीं क्यों, यह लगता रहा है कि हृदय से वह रात का फ़ोटोग्राफ़र है। बचपन से उसके भीतर रात भरी है। इसी रात में उसके पापा-मम्मी हैं, अमांडा आंटी हैं और एक घुमंतू फ़ोटोग्राफ़र का उसका बीहड़ जीवन है। उसके भीतर की रात में ही रेत पर चाँदनी गिरती है, छोटे-छोटे तारे दमकते हैं। उसके अन्दर का नन्हा मोती-सा चाँद रात के तीसरे पहर अक्सर उसे झाँक जाता है। इस नन्हे-से चाँद और मुट्ठी भर चीनी के दानों सरीखे छोटे-छोटे तारों के संग वह अब तक भटकता रहा है। और अब यह मांडवी! उसके पूर्वजों की नदी! उसके पापा-मम्मी जब अनुराग के क्षण में होते थे, तो विटोरिनो को याद है कि वे मुदित हो कहते थे, "बेशक हम लिस्बन में हैं। पर हमारी नसों में मांडवी है।" इस पखवारे भर में विटोरिनो ने महसूस किया है कि सच में मांडवी प्रेम की एक विराट मायाविनी नदी है। यह नदी पापा-मम्मी की तरह उसकी भी नसों में है। टोबैको स्क्वायर का चक्कर लगाते हुए सुबह और दिन के उजाले से लेकर उतरती शाम में भी कई बार उसने मांडवी को देखा है। तब यह रोज़मर्रे के कार्य-व्यापार में एक कारोबारी नदी दिखती है, जिस पर जहाज़ों में क़ायम कैसिनो से लेकर नाना क़िस्म का एक कारोबार बसा है। डूबते दिन की सुनहरी धूप एलटिन्हो पहाड़ी को रँगती हुई मांडवी पर धीरे-धीरे फैल जाती है। उस समय मांडवी बेशुमार जेवरों से लदी किसी थकी-बूढ़ी रानी की तरह दिखती है। दुनियादारी में हर साँस के संग उलझी एक अमीर वृद्धा। पर रात की मांडवी एक दूसरी मांडवी है। दरअसल, अन्दर से यह रात की नदी है। अतींद्रिय अनुभूति की एक अनंत समाधिस्थ नदी।

अभी मांडवी के किनारे एक बेंच पर बैठे हुए उसे लग रहा है कि बड़े पैमाने पर हर रात की तरह अभी ढेर सारे रंग चुपचाप अन्धकार में घुल रहे हैं। दिन के समय कितनी आसानी से धरती और आकाश अलग हो जाते हैं। पर रात को इन्हें एक-दूसरे से अलग करना आसान नहीं। रात को दिग-दिगन्त का सारा रंग एक-मेक हो जाता है। अभी इर्द-गिर्द के पेड़ों को निहारते हुए उसे लग रहा है कि शान्त नींद से भरे पणजी के असंख्य बड़े-बड़े पेड़ अपनी हरी लौ के संग पूरी धरती को लिए-दिये चुपचाप आकाश को कूच कर जाएँगे। उसने चारों तरफ़ निगाह दौड़ाई है। कॉर्क शाहबलूत यानी 'कॉर्क ट्री' के अनगिनत पेड़ यहाँ हैं। शराब की बोतलों के कॉर्क इसी से बनते हैं। इसी तरह बरगद, आम, नीम, यूकेलिप्टस और जावा ओलिव के अनेक दरख़्त मांडवी के हमदम हैं। मांडवी के प्यार में ये कभी, कुछ भी कर सकते हैं। ऐसा नहीं है कि इस आधी रात में मांडवी के इर्द-गिर्द रोशनी नहीं होती। पर यह एक विरक्त रोशनी है। नियॉन लाइट की रोशनी में मांडवी के किनारे-किनारे के बन्द पड़े सभी कैफ़े के बाहर की परित्यक्त मेज़ें, बिखरी पड़ी कुर्सियाँ, जन शून्य ख़ामोश फुटपाथ, मांडवी के किनारे स्थिर जहाज़ों के केबिन की खिड़कियों के काँच के भीतर की मुरझाई चमक बोझिल सन्नाटे के पार्श्व में अभी स्थिर है।

आकाश के शामियाने के नीचे तीव्र लहरों से तरंगित मांडवी हर रात कुछ इस भंगिमा में होती है कि रोशनी को अब दुनिया से अलविदा ही कर देना चाहिए; क्योंकि रोशनी की पवित्रता को दुनिया ने अश्लील और बाज़ारू बना दिया है। हर रात तेज़ बवंडर के बीच अन्धकार को अनुराग से हिलोड़ते हुए फ़ीनिक्स पक्षी की भाँति पानी के अथाह राख से मांडवी और जुआरी नदी कैसे जन्म लेती है, उस अद्वितीय क्षण का साक्षी वही हो सकता है, जो भारत के मध्य-पश्चिमी समुद्र तट पर मांडवी और जुआरी नदी के मुहाने से निकले गाद में अपनी नींद को विसर्जित करता है। मांडवी और जुआरी नदी द्वारा कछार पर छोड़े गए गाद को समुद्र वैज्ञानिक 'सस्पेंडेड सेडिमंट' यानी 'निलम्बित अवसाद' कहते हैं। विटोरिनो को यह सोचकर सिहरन-सी होती है कि मांडवी और जुआरी नदी के मुहाने का गाद ही गोवा का निलम्बित अवसाद है। इस गाद में गोवा कछुए की तरह धँसा है। सैंड्रा के कमरे के जार में रह रहे किट्टू की हालत गोवा से बेहतर है। वह गाद में नहीं रहता। पणजी आने के बाद से ही, पता नहीं क्यों, विटोरिनो को लगता रहा है कि गोवा को जानने के लिए मांडवी और इसकी संगिनी नदी जुआरी को जानना ज़रूरी है। वह भी रात के समय, जब यह विराट नदी मांडवी अपनी संगिनी नदी जुआरी के संग पुनर्जन्म के लिए पहले अपनी विशाल पंखड़ियों को फैलाती है, फिर अथाह जलराशि को राख कर स्वयं को नेस्तनाबूद करती है और आख़िरकार रुपहली चाँदनी में फिर से जन्म लेती है। विटोरिनो को रोमांच होता है कि एलटिन्हो पहाड़ी की चोटी पर मोती की तरह दमकता चाँद किस लाड़ से मांडवी और जुआरी की राख के दूर तक पसरे ढूह पर चाँदनी उड़ेलता है और जुड़वाँ जलपरी की तरह मांडवी और जुआरी धीरे-धीरे फिर से मुस्कराती हुई प्रकट होती है। आधी रात के इस मायामय समय में कितने बेशुमार रंग समाये हैं!! कौन कहता है कि रंगों की ज़रूरत सिर्फ़ चित्रकारों को ही होती है, रँगरेज़ों को ही होती है? रंगों की ज़रूरत एक छायाकार को भी उतनी ही होती है। एक फ़ोटोग्राफ़र अगर भारहीन धुँधले क्षितिज के रंग के मर्म से अनजान रहेगा, तो दुनिया की तस्वीर भला क्या करेगा?

आधी रात की नीरवता में अमेरिकन गीतकार और पियानोवादक विलियम मार्टिन उर्फ़ बिली जोएल के गीत 'द रिवर ऑव ड्रीम्स' की धुन जब पियानो पर कभी-कभार नेहरू पिमेंटा बजाते हैं, तो विटोरिनो का मन विह्वल होने लगता है...। यह उसके बहुत पसन्दीदा गीतों में से एक है...'इन द मिडल ऑव द नाइट...आइ गो वॉकिंग इन माइ स्लीप...थ्रू द डेजर्ट ऑव ट्रुथ...टू द रिवर सो डीप...वी ऑल ऐंड इन द ओसन...वी ऑल स्टार्ट इन द स्ट्रीम्स...वी आर ऑल कैरिड अलांग...बाइ द रिवर ऑव ड्रीम्स...इन द मिडल ऑव नाइट...। रात के बीच में...अपनी नींद में चलते हुए...सत्य की मरुभूमि से होते हुए...एक बहुत गहरी नदी में...हम सब समा जाते हैं...सपनों की नदी से...सागर में...!' विटोरिनो को लगता है वह फूट-फूट कर रो पड़ेगा। तब उसका जी करता है, इस आधी रात में नेहरू पिमेंटा के यहाँ बेसाख़्ता दस्तक देकर उनके सीने से लग जाए। विलियम मार्टिन यानी बिली जोएल के संगीत पर विशेष सिद्धि है एंटोनियो जवाहरलाल पिमेंटा यानी सैंड्रा के पड़ोसी नेहरू पिमेंटा

को। बिली जोएल का 'दिस इज़ द टाइम' और 'द पियानो मैन' की धुन जब-जब नेहरू पिमेंटा रातों को छेड़ते हैं, तो विटोरिनो को लगता है, विलियम मार्टिन यानी बिली जोएल टोबैको स्क्वायर से मांडवी के किनारे तक इस गहरी रात में उदास क़दमों से बेचैन घुमड़ रहे हैं। दिस इज़ द टाइम टू रिमेम्बर...बिकॉज़ इट विल नॉट लास्ट-फॉर एवर...। सिंग अस अ सांग...यू आर द पियानो मैन!! इन द मिडल ऑव द नाइट... वी आर ऑल कैरिड अलांग बाइ द रिवर ऑव ड्रीम्स...!! सपनों की इस मायाविनी नदी के तट पर गोवा की कितनी पीढ़ियाँ गुज़र गईं। तक़रीबन 81 किलोमीटर तक फैली मांडवी गोवा की सबसे बड़े बेसिन वाली नदी है। इसकी संगिनी जुआरी भी बहुत लम्बी नदी। ये दोनों नदियाँ पूरे गोवा की जीवन रेखा हैं। गोवा की दोनों कलाई पर धड़कती नाड़ी। अमांडा आंटी ने उसे किसी दिन बताया था कि मांडवी कर्नाटक के सह्याद्रि पर्वत के घनघोर जंगल से निकलती है। और जहाँ से यह फूटती है, यानी जहाँ इसका उद्गम है, उसका नाम है—म्हादेई! पणजी पहुँचकर यह बड़े दुलार से अरब सागर में मिल जाती है।...'टू द रिवर सो डीप...वी ऑल ऐंड इन द ओसन...!'

मांडवी और जुआरी का अन्तिम शरण है—अरब सागर! अरब सागर गोवा का सुख भी है और संताप भी। मांडवी और जुआरी नदी इसकी प्राचीन साक्षी हैं। पणजी शहर की प्राचीनता अभी भी इन दोनों नदियों के गह-गह से झाँकती है। वह कैसा समय रहा होगा, जब सन् 1820 में पुर्तगालियों ने पुराने गोवा से अपनी राजधानी हटाकर पणजी में क़ायम किया होगा। एक नई सुसज्जित राजधानी...'एस्टाडो दा इंडिया'। पुर्चगीज़ अपने साथ भारत में अपनी दुनिया आबाद करने के लिए टोकरा भर-भरकर कई क़िस्म के आम, काजू, पपीता, काली मिर्च, टमाटर, आलू, अमरूद, मक्का, मूँगफली, राजमा और अनन्नास ही सिर्फ़ नहीं लाए, बल्कि तरह-तरह की कारीगरी से एक से एक बँगले, दफ़्तर और बाज़ार भी बनवाए। पणजी को तो किसी पेंटिंग की तरह उन लोगों ने रच-रचकर सजाया था। बीते एक महीने से फक्कड़-घुमक्कड़ की तरह वह सुबह से शाम तक पणजी के एक-एक नुक्कड़-चौराहे का जायजा ले रहा है। अपने पुश्तैनी घर की तलाश में वह तीन-तीन बार फ़ोंडा गया है। पर उसके पास अपने घर का पक्का पता नहीं। इतने बड़े फ़ोंडा में बिना पता के घर ढूँढ़ना मुमकिन नहीं। समय की हथेली पर उजाले की उँगली पकड़ने के लिए चक्र की तरह घूमता है मनुष्य—सोचता है विटो! अपना घर उजाले की उँगली! घर कहाँ है!!

हाल में सैंड्रा की स्कूल टीचर रहीं मिस रूबि गोम्स के यहाँ वह सैंड्रा के साथ गया था। सैंड्रा ने बड़े अनुराग से मिस गोम्स का परिचय कराते हुए कहा था, "ये भी मेरी एक मम्मी हैं। माइ डार्लिंग मॉम...।" मिस रूबि गोम्स देर तक पणजी के जीवन में आए बहुत से बदलावों के बारे में उसे बताती रही थीं। सैंड्रा की तीनों दोस्तों—'गोवा बचाओ अभियान' की संयोजक सबीना मार्टिंस, पणजी कोर्ट में वकील और सल्वादोर दो मुंदो पंचायत की उपसरपंच रीना फ़र्नांडीस और गोवा के ग्रामीण जीवन की चित्रकार बर्नाडेट गोम्स से हुई मुलाक़ातों ने भी गोवा के बारे में विटोरिनो को बहुत समृद्ध किया है। बक़ौल सबीना मार्टिंस-राजधानी पणजी बेशक

गोवा का बहुत विकसित शहर है। पर पणजी की रूपरेखा और विकास योजना यानी आउटलाइन डेवलपमेंट प्लान (ओ.डी.पी.) में बहुत पेचीदगी है। 'गोवा बचाओ अभियान' ने 'गोवा हेरिटेज़ ऐक्शन ग्रुप (जी.एच.ए.जी.) के साथ ज़िला अदालत में सरकार द्वारा पणजी के लिए प्रस्तुत ओ.डी.पी. योजना के विरुद्ध एक याचिका भी दायर कर रखी है। सबीना के अनुसार ओ.डी.पी. के नाम पर गोवा सरकार पणजी का जीवन मुश्किल कर देगी। इस विकास योजना के अन्तर्गत पणजी में बहुमंज़िली इमारतों की भरमार हो जाएगी और पहले से ही जान से फ़ाज़िल आबादी का बोझ झेलता यह शहर आबादी की और अधिक बढ़त से पस्त हो जाएगा।

15 साल की उम्र से सबीना प्रगतिशील और विद्रोही स्वभाव की रही है। कॉलेज के दिनों में वह 'प्रोग्रेसिव स्टूडेंट्स यूनियन' के बैनर तले सक्रिय थी। कॉलेज से निकलने के बाद उसने गोवा की महिलाओं के उत्पीड़न के विरुद्ध काम करना शुरू किया। महिलाओं के फ़ोरम 'बइलांचो साद' को सबीना ने अपनी गतिविधियों से और धारदार बनाया। सबीना की ये आक्रामक गतिविधियाँ उसके माता-पिता व बहन को एकदम नहीं सुहाती थी। कई बार झल्लाकर उसकी माँ उसे कमरे में यह कहते हुए बन्द कर देती थी कि तुम जुलूस में शामिल होने हरगिज़ नहीं जा सकती। देर से घर पहुँचने पर बहन नाराज़ हो दरवाज़ा ही नहीं खोलती कि 'देर से आई हो, तो घर के बाहर रात गुज़ारो।' सबीना भी एक ज़िद्दी। अपने संकल्प पर अडिग रही। आगे 'गोवा बचाओ अभियान' संगठन की संयोजक बनने पर उसकी व्यस्तता और अधिक बढ़ गई। पर जीवनयापन के लिए वह एक स्कूल में पढ़ाने लग गई और अपनी तमाम सामाजिक व्यस्तताओं के बावजूद उसने केमेस्ट्री में पी-एच.डी. की। सबीना का नाम आम गोवावासियों के लिए एक राहत है। सबीना से यह जानकर विटोरिनो हैरान रह गया कि गोवा की 'कैसिनो लॉबी' यहाँ के नेताओं की फ़ंडिंग करती है और बदले में ये नेता इस लॉबी का हितसाधन इनके अनुकूल क़ानून और विधेयक बनाकर करते हैं। सबीना दो टूक कहती है कि "एनी प्लान शुड पुट द पब्लिक इंट्रेस्ट बिफ़ोर प्राइवेट इंट्रेस्ट। पणजी का आउटलाइन डेवलपमेंट प्लान घातक है।" क्या ग़ज़ब की लड़की है सबीना...माइ गॉड! गोवा के वास्ते सबीना का समर्पण विटोरिनो को हैरान करता है। इसी तरह सैंड्रा की हमदम रीना फ़र्नांडीस और बर्नाडेट गोम्स! वकील और अपने पंचायत की उपसरपंच रीना क्या कम बाँकुरी है। और बर्नाडेट! वह गोवा के ग्रामीण रंगों की रानी है।

सैंड्रा की बेकरी की सभी सहयोगियों के संग-संग 'सैंड्रा-द फ़िटनेस ट्रिम ऐंड स्लिम सेंटर' की चेरिल फ़ारिया से भी वह काफ़ी कुछ घुल-मिल गया है। ज़िक्र छिड़ने पर विटोरिनो ने चेरिल को बताया है कि पुर्तगाल की पूरी आबादी का बीस प्रतिशत मोटापे का शिकार है। इसमें महिलाओं की संख्या अधिक है। विटोरिनो के आने के बाद जब चेरिल एक दिन सैंड्रा के यहाँ आई, तो सैंड्रा ने विटोरिनो से उसका परिचय बिहँसकर इन शब्दों में कराया था, "ये हैं मेरी जान की आफत चेरिल फ़ारिया!"

"क्यों जान की आफत भला क्यों?" विटोरिनो ने हैरान होकर पूछा।

"क्योंकि मैं इन्हीं के नाम का फ़िटनेस ट्रिम ऐंड स्लिम सेंटर चलाती हूँ।" फिर हँसते हुए चेरिल ने इसके नामकरण के पीछे की पूरी कहानी बताई।

सैंड्रा को अचरज होता है कि चेरिल से 'ओबीसिटी' के मसले पर बातचीत और उसके 'फ़िटनेस ट्रिम ऐंड स्लिम सेंटर' में आनेवाली लड़कियों और महिलाओं का वज़न कम कराने के लिए वह क्या-क्या करे, आदि को लेकर विटोरिनो बीच-बीच में चेरिल को कई महत्त्वपूर्ण सुझाव देता है, पर उसने कभी नहीं कहा है कि सैंड्रा को भी यह सब करना चाहिए या कि सैंड्रा को चेरिल के सेंटर में जाना चाहिए। इस बात को मम्मी ने भी ग़ौर किया है। मम्मी कहती हैं, "सैंड्रा! दरअसल विटो अपनी किसी बात से तुमको हर्ट नहीं करना चाहता। विटो जब यहाँ आया था, तो क्या हमने दूर-दूर तक भी सोचा था कि वह हमारी ज़िन्दगी का इस तरह एक प्यारा मासूम हिस्सा बन जाएगा!"

सुबह की चाय में मम्मी को विटोरिनो के संग युगलबन्दी चाहिए ही चाहिए। विटो को भी इसका इन्तज़ार रहता है।

मिनि आंटी के संग सुबह की चाय की संगत एकदम रस कदम्ब-सी हो जाती है। इस दौरान मम्मी के कमरे में आते-जाते और बैठते हुए सैंड्रा कनखियों में मुस्कराती रहती है। मिनि आंटी हर सुबह विटोरिनो से पूछती हैं कि कल वह कहाँ-कहाँ घूम आया। क्या-क्या तस्वीरें लीं। उसे कहाँ क्या-क्या ख़ास लगा? और क्या सब अच्छा नहीं लगा? साथ ही यह भी कि कल वह किस तरफ़ निकलेगा? उसके जैसे एक नवागन्तुक की आँखों के ज़रिये मिनि रॉड्रिक्स मानो नये सिरे से पणजी को जानना चाहती हैं। पणजी की नई ताज़ा बातें सुनकर वे विस्मित भी होती हैं। मिनि रॉड्रिक्स को लगता है कि विटोरिनो ने घर, बैठक, रसोई और पूरे कैम्पस में दुलार और ख़ुशी को किस तरह देखते-देखते पसार दिया है।

"तुम्हारे दिमाग में कैमरा फ़िट है बाबा।" मिसेज़ मिनि रॉड्रिक्स की खिलखिलाहट में भरपूर लाड़ होता है, "विटोरिनो! यू आर अमेज़िंग। तुम हरी आँखोंवाले पेड़ हो। बताओ, कल कहाँ-कहाँ गए थे?"

"कल अर्मादा पोर्चुगेज़ा रोड से एमिडिओ ग्रैसियाज़ रोड तक का चक्कर लगाता रहा आंटी!"

"टैक्सी से?"

"नहीं, पाँव-पैदल! टैक्सी से घूमकर आप किसी जगह का फ़ील कैसे ले सकते हैं आंटी!"

"रिअली ग्रेट! यू नो विटोरिनो, आइ फ़ील फ्रस्ट्रेटेड! काश...मैं भी तुम्हारी तरह पाँव-पैदल पणजी छककर घूम पाती।

"पर अब आप बिस्तर पर धीरे-धीरे उठकर बैठने की कोशिश तो शुरू कर चुकी हैं आंटी। आपको अब बिस्तर से व्हीलचेयर पर बिठाऊँगा।"

"खैर, अभी छोड़ो वह सब। तो कल तुम अर्मादा पोर्चुगेज़ा रोड से एमिडिओ ग्रैसियाज़ रोड के बीच मज़े कर रहे थे।"

"उफ! सच में मजा आ गया आंटी! इन दोनों सड़कों के संग एफ. एन. रॉड, 31 जनवरी रोड और आर. नाइक रोड...माइ गॉड! मारुति टेम्पल कितना सुन्दर है। और फ़ोंटे फिनिक्स...आगे सेंट सेबेस्टिअन चैपेल। चैपेल के पास के ढलान से प्राचीन कुएँ पर भी मैं गया आंटी। लोगों ने बताया कि इसमें एक सिक्का गिराकर आप जो भी विश करते हैं, वह पूरा होकर रहता है। मैंने भी उस कुएँ में एक सिक्का डाला।"

"क्या विश किया?"

"बता दूँ? पर कहते हैं कि विश किसी को बताना नहीं चाहिए। रहने दीजिए आंटी।"

"मुझे तुम बता सकते हो। मेरा इतना बड़ा पेट एक बड़ा कुआँ है। मेरे पेट से बात नहीं निकलेगी।" मिसेज़ मिनि रॉड्रिक्स ने मनुहार से कहा।

"मैंने विश किया कि मेरी मिनि आंटी बिस्तर से उठकर खुद से चलने-फिरने लगें और एक अच्छी सेहत के संग लम्बी खुश जिन्दगी गुजारें।" विटोरिनो ने उसी भंगिमा में कहा जैसे वह चैपेल ऑव सेंट सेबेस्टिअन के पास के उस प्राचीन मन्नत के कुएँ में सिक्का गिरा रहा हो।

"विटो...विटोरिनो!" मिसेज़ मिनि रॉड्रिक्स का कंठ अवरुद्ध हो गया, "प्लीज़! कम हेयर माइ सन...!" वे झरझर रो रही थीं, "तुमने यह विश किया? आओ... मेरे सीने से लग जाओ बेटे।"

"व्हाइ टेअर्स आंटी...व्हाइ...?" कुछ ही पल पहले कमरे में आई सैंड्रा ने देखा कि विटोरिनो की आवाज़ फँस रही है। दुलार से मम्मी के गले से लगे विटोरिनो को देख सैंड्रा को लगा जैसे मदर मरियम गोद में अपने बच्चे को लिए बैठी है। मन्नत तो कोई अपने लिए या अपनों के वास्ते माँगता है। सैंड्रा को लगा कि मम्मी के कमरे में बरबस तिर आए भावुक बादलों को सहज कर देना चाहिए।

"तो इस शानदार मिलन की खुशी में कॉफ़ी।" कहते हुए सैंड्रा ने इवान को आवाज़ दी।

"जी!" इवान आज्ञाकारी सेविका की तरह फ़ौरन कमरे में दाख़िल हुई।

"कॉफ़ी।"

"बस लाई।"

"हाँ विटोरिनो! फिर क्या सब किया मैन?" मम्मी भरसक सहज हो गईं।

"उस रास्ते में 'अर्नेस्टो रेस्टोरेंट' में चाय पी। 'गैलरी-गीतांजलि-आर्ट' देखा। फिर 'पांजिम इन'...'वेल्हा गोवा गैलेरिया'...'वीवा पांजिम रेस्टोरेंट'...'टी कैफ़े-कैफ़े'...'31 जनवरी बेकरी'...'पॉलिन बुक ऐंड मीडिया सेंटर'...'हॉर्स शू-रेस्टोरेंट' और 'सोसाज़-गारमेंट शॉप' को निहारते हुए दोबारा 'पांजिम इन' के पास टैक्सी स्टैंड पर आया। फिर यहाँ।"

"आते समय टैक्सी ले ली थी न?" मिसेज़ मिनि रॉड्रिक्स ने फ़िक्र के साथ पूछा।

"नहीं। लौटते समय भी पाँव पैदल।" विटोरिनो के चेहरे पर हँसी थिरक गई, "आइ एनज्वाय वॉक आंटी।"

"आर यू क्रेज़ी? माइ गॉड! पागल हो तुम।" मिनि रॉड्रिक्स ने असहाय मुस्कान के संग कहा, "बट, आइ टेल यू! रिअली...तुम्हारी मेमोरी में कैमरा फ़िट है विटो।"

"ओह नो आंटी! बस एक फ़ोटोग्राफ़र की आँख कहिए।" कॉफ़ी की घूँट भरते हुए विटोरिनो ने खिलकर कहा, "जैसे अपने घर के चारों तरफ का डिटेल भी ले लीजिए मुझसे। सड़क के किनारे के पार मांडवी नदी...सड़क के दूसरी तरफ़ 'अवेनिडा डॉम जे कास्त्रे'...'मर्मेड गार्डेन...' इसके आगे 'रुआ जोस डे कोस्टा'...! फिर बढ़ते हैं...तो 'चैपेल ऑव सोआओ टोम'...! अब आइए...अपने घर के पास का 'टोबैको स्क्वायर'...'मिंट हाउस'...दस कदम पर 'जनरल पोस्ट ऑफिस'... आगे...ऊँची नीली दीवारों और सुर्ख लाल रंग की ढलवाँ छतवाला अपना यह 'स्वीट होम' और आगे 'ओब्रास पब्लिकास'...और तब और आगे 'पट्टो ब्रिज'...। पास मार्क मिलेगा न मुझे?" विटोरिनो हँस पड़ा।

"ओनली पास मार्क? अरे फ़र्स्ट क्लास विद डिस्टिंक्शन।" मिनि रॉड्रिक्स अपनी पीली प्राचीन दंत पंक्ति के संग मुस्करा उठीं।

"आंटी! पर आपने तो पूछा ही नहीं कि अपने घर के आजू-बाजू में मौज-मजे के लिए क्या सब है?"

"बताओ?"

"चलिए...'कोरिना बार ऐंड रेस्टोरेंट' से शुरू करते हैं...फिर 'डाउन द रोड-पब ऐंड रेस्टोरेंट'...'डेला-सूवनिअर शॉप'...'हॉस्पेडेरिआ वेनिट-रेस्टोरेंट'...'बेअरफ़ुट-होमस्टोर'...'विहार-वेज़ रेस्टोरेंट'...'वसंती फ़ुटविअर' और तब 'जनरल पोस्ट ऑफिस'...।"

"ओहो...ओहो...सुपर...वंडर फ़ुल...! बट सन! आइ फ़ील सो डिसकनेक्टेड फ्रॉम द वर्ल्ड...! आइ ऐम नॉट ओके विटोरिनो...बट इट्स ओके...। कितने साल हो गए मुझे नीचे उतरे...। बाहर से अपना घर देखे। यह सोचकर ही मेरा मन खराब होने लगता है कि जब मैं चल बसूँगी, तो ऊपर की मंजिल के इस रूम से मेरी डेड बॉडी नीचे कैसे उतारी जाएगी...? बेटे! मेरा बचपन मापुसा में बीता है। मैं पूरी 'म्हापझेंकर' हूँ। मापुसा शहर की बेटी! सैंड्रा की दोस्त एमिका का हस्बैंड ऑस्कर 'कॉफ़िन-मेकर' है। मैं हमेशा सैंड्रा से कहती हूँ कि मेरे लिए एक कॉफ़िन पहले से बनवाकर रख दे। मेरे साइज़ का कॉफ़िन रेडीमेड तुरत-फ़ुरत में ऐन वक्त पर मिलेगा नहीं। पर सैंड्रा मेरी सुनती ही नहीं।"

"क्या फालतू बातें कर रही हैं मम्मी।" सैंड्रा ने खीजकर कहा, "चलिए। मान लीजिए आपका कॉफ़िन रेडी है।" फिर मुड़कर सैंड्रा ने विटोरिनो से कहा, "मम्मी का वश चले, तो अपने इस कमरे में पलंग के बजाय कॉफ़िन में अभी से सोना शुरू कर देंगी।"

"आंटी! आइ ऐम रिअली सैड! कल 'चैपेल ऑव सेंट सेबेस्टिअन' के पास के उस प्राचीन कुएँ में मन्नत का जो सिक्का मैंने डाला, क्या आपको उस पर कोई यकीन नहीं?"

"है यकीन! पर बेटे! मुझे अक्सर बुरे सपने डराते हैं। पूछो सैंड्रा से...एक बार कई रातों तक मैं तन्द्रा में एक ही सपना देखती रही थी...। बीच की रेत पर एक-एक साँस के लिए तड़पती हजारों-हजार मछलियाँ। फिर उस सपने से छुटकारे के लिए इवान की सलाह पर फ़िश मार्केट से एक महीने तक जिन्दा मछलियाँ मँगवाकर मांडवी नदी में छुड़वाती रही थी। इसके लिए सैंड्रा को पूरे एक महीने तक तंग-तंग करके रख दिया मैंने।" मिनि रॉड्रिक्स जैसे रेत और नदी के बीच थीं।

"टू हेल विद बैड ड्रीम्स आंटी! अपने घर के आजू-बाजू में जितने भी रेस्टोरेंट हैं, मैं एक-एक में आपको लेकर जाऊँगा। आपसे वायदा है मेरा।" मिनि रॉड्रिक्स के बालों में उँगलियाँ फिराते हुए विटोरिनो ने कहा, "आंटी...! आइ ऐम ही...हू विल सस्टेन यू। विल सस्टेन यू...।"

"सन! माइ हार्ट हैज़ सर्च्ड यू विदाउट माइ परमिशन।" मिनि रॉड्रिक्स की सुबक से काँपती आवाज़, "सन! द डे यू पुट यॉर आर्म्स अराउंड दिस होम...दिस होम अगेन बिकेम अ स्वीट होम।"

हॉर्नबिल

परसों 20 सितम्बर है। 20 सितम्बर, 2016! सुबह-सुबह खचाखच तारीख़ों से भरे कैलेंडर को एमिका बार-बार देख रही है। मंगलवार पड़ेगा। परसों को लेकर सोचते हुए एमिका को लग रहा है कि जैसे वह नदी में कुआँ खोद रही है। पता नहीं क्यों, आज मुँहअँधेरे से उसे महसूस हो रहा है कि चारों तरफ़ से कुछ सनक भरी चीख़ें आ रही हैं। जैसे प्रकृति किसी चीज़ के वास्ते चिल्ला रही है। पिछली रात उसने तंद्रा में देखा कि वह एक ताबूत में लेटी मापुसा नदी में बही जा रही है। ताबूत भ्रूणों, फूलों, कछुओं, नन्ही मछलियों और घोंघों से भरा है। ताबूत में उसकी देह एक हरी पहाड़ी की तरह पड़ी है।

ताबूत में बन्द एक हरी पहाड़ी! मापुसा नदी में बहती हुई। नदियों को तो इत्मीनान होता है कि एक न एक दिन वह अपने गन्तव्य तक पहुँच ही जाएगी। पर यह ताबूत? इसमें बन्द एक ज़िन्दा हरी पहाड़ी का मुक़ाम कहाँ है? एक दिन जब सचमुच ही वह ताबूत में बन्द होगी, तब भी यह परेशान करती पहेली उसके साथ ही जाएगी। क्या जो कुछ भी हुआ, वह ठीक हुआ? देखते-देखते कैसे तीन साल गुज़र गए। इस 20 सितम्बर को बैरी और एगबर्ट का तीन साल पूरा हो जाएगा। अजीब विडंबना है। ये दोनों बच्चे अपनी दादी के संतप्त गर्भ से निकले हैं। साइमन होता, तो आज वह इन दोनों मासूम बच्चों की दादी होती। कल देर रात को बिस्तर पर लेटे हुए उसने आहिस्ते-से ऑस्कर से कहा था, "ऑस्कर! 20 सितम्बर को इन दोनों बच्चों का तीन साल पूरा हो जाएगा। अब तक हमने एक बार भी इनका जन्मदिन नहीं मनाया।"

"तो मना लेते हैं। इसमें मुश्किल क्या है?"

"तुम्हें हर बात बहुत आसान लगती है।" एमिका का गला भर्रा आया, "लोगों को इनवाइट करो और फिर वही ढेर सारे सवाल...।"

"देखो एमिका! इट इज़ नो सेक्रेट व्हाट इज़ नोन टू थ्री। साइमन की मौत के बाद डॉ. गोम्स ने उसके स्पर्म को निकाल तुम्हारे गर्भ में डाला और ये दोनों बच्चे धरती पर आए, यह बात डॉ. गोम्स ने बतौर अपनी उपलब्धि जाने कितने लोगों से कही है। और कही है, तो इसमें गलत क्या है! यह मेडिकल साइंस का अचीवमेंट है।"

"ओह ऑस्कर...प्लीज़...! इस बात को लेकर लोगों की उत्सुकता सुलझाते-सुलझाते मैं थक गई हूँ कि एक संग बच्चे की दादी और माँ के रूप में मैं क्या सोचती हूँ। इस तरह मैं पागल हो जाऊँगी एक दिन। बैरी, एगबर्ट और मुझे देखकर लोगों की आँखों में जो हैरानी उभरती है, वह मेरे लिए बर्दाश्त के बाहर हो जाती है।" सिसकते हुए पिछली रात एमिका ने कहा, "ऐ ऑस्कर! इन दोनों बच्चों के जरिये मेरा बेटा फिर से वापस आ गया। तुम्हारे खानदान को भी वारिस मिल गया। पर मैं खत्म हो गई।" आँसुओं को रोकने के लिए तकिये में उसने मुँह घुसा लिया था।

"ओह एमिका!" ऑस्कर से कुछ कहते नहीं बन पड़ा था। आख़िरकार वह करवट लेकर सो गया था।

अपने कमरे से निकलकर अभी वह बाहर के बरामदे पर आई है। अभी बहुत सुबह है। अँधेरा पूरी तरह छँटा नहीं है। राज वड्डो स्थित 'गोमेज़ कटाओ कम्प्लेक्स' के सामने से गुज़रती यह सड़क अभी सूनी पड़ी है। यह कम्प्लेक्स उसके घर के परली तरफ़ है। अपने घर के सामने के 'फ़ेराओ मैंशन' को उसने निहारा है। सड़े-सूखे पत्तों की ढेर के बीच आकाश छूते सेमल, अदाओ और आम-कटहल के पुराने पेड़ बताते हैं कि इस विशाल परिसर के मालिक पैंटलाओ फ़ेराओ ने अपने समय में कितने प्यार से इस परिसर को हमेशा हरा-भरा रखने का इन्तज़ाम किया था। पैंटलाओ फ़ेराओ महाशय मापुसा के बड़े कला पारखी और गुणग्राही थे। एक से एक महत्त्वपूर्ण पेंटिंग, पुराने समय की कई अनमोल कलाकृतियों और फर्नीचर के वे विक्रेता रहे थे। लोकोपकार के लिए वे पूरे मापुसा में ख्यात थे। बड़ा सम्मान था इस इलाक़े में उनका। पर अब 'फ़ेराओ मैंशन' के इस परिसर को सूखी-सड़ी पत्तियों की मोटी भीगी परत ने ढक रखा है। बीतते सितम्बर के दिन, बारिश की विदाई के दिन होते हैं। पर आज की यह सुबह एमिका को कुछ ज़्यादा ही अलग-सी लग रही है। काग़ज़ के रंग की सुबह!

ऑस्कर अभी सो रहा है। बहुत सवेरे उठने की आदत उसकी कभी से नहीं रही है। वह अक्सर उससे बिहँसकर कहती भी रही है कि "ऑस्कर! तुम एकदम मुर्दे की तरह सोते हो। तुम्हारे बगल में कुछ भी हो जाए, तुम्हें पता नहीं चलेगा।" और ऑस्कर ने हमेशा मुस्कराते हुए यही जवाब दिया है कि "एमिका! 'कॉन्फ़िडेंट कॉफ़िन सर्विस' के मालिकों को मुर्दे जैसी नींद का हमेशा से वरदान रहा है। मेरे पापा भी ऐसे ही सोते थे।" ऑस्कर के बग़ल में ही बैरी और एगबर्ट भी सुबह की

मीठी नींद में हैं। एमिका को दोनों पर बड़ा लाड़ आ रहा है। एकदम जोड़ा ख़रगोश! उसका जी कर रहा है, दोनों को गोद में उठाकर चूम ले।

धीरे-धीरे किरण फूट रही है। बरामदे से उतरकर वह सामने की सड़क पर यों ही टहल आई है। दिन की शुरुआत से देर रात तक बेचैन रहनेवाली उसके घर के सामने की सड़क अभी एक ख़ाली हथेली की तरह लग रही है। सड़कें जब सूनी होती हैं, तो बताती हैं कि कौन-कौन उससे गुज़र गए। और कैसे गुज़र गए। साइमन जाने कितनी बार इस सड़क से गुज़रा होगा। इसी सड़क से साइमन का दुर्घटना में बुरी तरह क्षतिग्रस्त मृत शरीर भी आया था। लम्बी सड़कों की स्मृति कभी छोटी नहीं होती। इस सड़क की भी, जिससे उन्नीस-बीस वर्षों तक साइमन आता-जाता रहा था। एमिका को बरबस उस शाम की याद आई जब साइमन का शव देखकर वह पागल हो गई थी। तीन साल से कुछ ज़्यादा हो गया होगा, जब दोपहरी में वह अपनी दोस्त जुलियाना के संग मोटरसाइकिल पर मापुसा से नौ किलोमीटर दूर बीजापुर के सुलतान रहे आदिलशाह के चापोरा क़िला की तस्वीरें कर लौट रहा था। फ़ोटोग्राफ़ी की उसकी दीवानगी उसकी ज़िन्दगी की सड़क ही ख़त्म कर देगी, यह कौन जानता था। पता नहीं उसकी दोस्त जुलियाना इन दिनों कहाँ है! उसकी शादी कहाँ हुई? घर के सामने सुबह की सूनी सड़क पर खड़ी एमिका की नज़र अपने घर के ऊपर टँगे साइनबोर्ड पर गई है—'कॉन्फ़िडेंट कॉफ़िन सर्विस'। ऑस्कर का यह पुश्तैनी घर तक़रीबन तीन पीढ़ियों से 'घर-दुकान' है। ऑस्कर के दादा स्व. माइकल डिसूज़ा ने किसी ज़माने में अपने पुश्तैनी घर के सामनेवाले इस हिस्से में कॉफ़िन का बिज़नेस शुरू किया था। पिछले हिस्से को उन्होंने आवासीय उपयोग में रखा था। इसलिए यह तीन पीढ़ियों से 'घर-दुकान' है। यानी एक ही मकान में पीछे घर, आगे दुकान। ऑस्कर के दादा बहुत कम उम्र में चल बसे थे। इसलिए, उनके निधन के बाद ऑस्कर की दादी केज़िया ने 'कॉफ़िन' के बिज़नेस को किसी तरह सँभाला। बाद में ऑस्कर के पिता टिमोथी डिसूज़ा जब बड़े हुए, तो वे इसे हर सम्भव सूझ-बूझ से चलाने लगे।

अपने पिता के जीवनकाल से ही ऑस्कर उनका हाथ बँटाने लगा था। ऑस्कर के दादा-दादी और पिता सिर्फ़ 'कॉफ़िन' बनवाकर बेचते थे। ऑस्कर ने जब इस ख़ानदानी धन्धे को पूरी तरह सँभाला, तो अंत्येष्टि की ज़रूरतों से जुड़ी अन्य चीज़ों को भी उसने अपने कारोबार में शामिल किया। मसलन, कॉफ़िन, मृतक का वस्त्र, हैंड-क्रॉस, मोमबत्तियाँ और शव पर फूलों के सजावट की व्यवस्था भी। मकान के अगले हिस्से के एक बड़े हॉलनुमा कमरे में ऑस्कर के दो कारीगर पिंटू और मिंटू सिल्वर वुड और सेमल की लकड़ियों से एक से एक नक़्क़ाशियों वाले विभिन्न आकारों के कॉफ़िन बनाते हैं। बच्चे से लेकर बूढ़ों तक के वास्ते। ऑस्कर ने मृतकों को क़ब्रिस्तान तक पहुँचाने के लिए पाँच-छह साल पहले एक वैन भी ख़रीदा। साल में ऑस्कर की दुकान से ढाई-तीन सौ कॉफ़िन मापुसा और आसपास के इलाक़े में बिक जाते हैं। 1500 रुपये से लेकर 6000 रुपये तक का कॉफ़िन ऑस्कर रखता है। अंत्येष्टि के सरंजाम से जुड़ी अपनी पूरी चाक-चौबन्द व्यवस्था में ऑस्कर को अगर

बस एक कमी खलती है, तो अंत्येष्टि के समय आँसू झहराते उदास गीत गानेवाले एक सिंगर की। ऑस्कर अक्सर याद करता है, स्व. एलियेस डिसूज़ा को, जो न सिर्फ़ वैक्स मोमबत्तियाँ बनाया करते थे और कॉफ़िन के एक छोटे-मोटे डीलर भी थे, बल्कि वे अंत्येष्टि के समय उदास संगीत गाने के लिए पूरे मापुसा में ख्यात थे।

'सोप्रानो संगीत' गानेवाले एलियेस डिसूज़ा का ऑस्कर के परिवार से दूर का रिश्ता भी था। ऑस्कर के पिता की अंत्येष्टि के मौक़े पर एलियेस ने रुला मारनेवाले गीत गाये थे। एलियेस डिसूज़ा के गुज़रने के बाद पूरे मापुसा में फिर वैसा उदास अंत्येष्टि गायक कोई नहीं हुआ। ऑस्कर के पिता की अंत्येष्टि एमिका को यों ही याद है और एलियेस डिसूज़ा का उस मौक़े पर गाया मर्मांतक गीत भी...'ऐंड नाउ, द ऐंड इज़ नियर...ऐंड सो आइ फ़ेस द फ़ाइनल कर्टेन...माइ फ़्रेंड्स, आइ विल से इट क्लियर...।' अंत्येष्टि के समय का पारम्परिक फ़्यूनरल-गीत एमिका को कभी नहीं सुहाया। एमिका आज भी याद करती है कि उसके पिता की अंत्येष्टि जब पणजी में हुई थी और उस समय फ़्यूनरल गीत शुरू ही हुआ था, तो वह उसके लिए असहनीय हो गया था। अंत्येष्टि संगीत गायक को बीच में आख़िरकार अपना संगीत रोक देना पड़ा था। साइमन की अंत्येष्टि के समय एमिका ने पहले ही ऑस्कर को हिदायत दे दी थी कि बेटे की अंत्येष्टि के समय फ़्यूनरल-गीत का नाटक नहीं होना चाहिए। इतने वर्षों में ऑस्कर के सान्निध्य में एमिका ने देखा है कि इधर अंत्येष्टि की परम्परा में भी कई बदलाव आए हैं। अब कैथलिक ईसाइयों में शव को जलाया भी जाने लगा है। कुछेक बार जब अचानक किसी विदेशी पर्यटक की यहाँ मृत्यु हो गई, तो उसके शव को कॉफ़िन में डालकर जलाया गया और उसकी अस्थि लेकर उसके स्वजन अपने देश गए। एक साल पहले मापुसा के 'मदर टेरेसा आश्रम' में अमेरिका से आई एक नन जब अचानक चल बसी, तो ऑस्कर ने ही कॉफ़िन में उसके शव को डालकर जलाने का सारा इन्तज़ाम किया था। अंत्येष्टि के तीन दिनों बाद नन की अस्थियाँ फ़्लाइट से अमेरिका भेजी गई थीं।

एमिका देख रही है कि 'कॉन्फ़िडेंट कॉफ़िन सर्विस' का साइन बोर्ड, जिस पर दोनों तरफ़ ताबूत की दो तस्वीरें बनी हैं, बदरंग-सा हो गया है। बोर्ड पर लिखा पता तो अब पढ़ा तक नहीं जा रहा है—'अपोज़िट गोमेज़ कटाओ कम्प्लेक्स, राजवड्डो, मापुसा, बार्डेज़, गोवा—403507'। यह लगभग मिट-सा गया है। ऑस्कर की शायद इस पर नज़र नहीं गई है। वह ऑस्कर को इस बारे में कहेगी भी नहीं। उसका वश चले, तो इस बोर्ड को वह हमेशा के लिए यहाँ से उतार दे। उसने ऑस्कर से कई बार कहा है कि कफ़न-दफ़न के धन्धे से जुड़े इस परिवार में कभी रूहानी आ ही नहीं सकती। इससे बेहतर गुब्बारे या गोलगप्पे बेचो। अपने 'घर-दुकान' के ठीक बग़लवाले घर को देखकर हर बार उसे एक मायूसी-सी घर करने लगती है। बरसों-बरस से बन्द पड़ा यह घर वेलेंटिनो पिंटो का है, जो पुर्तगाल में वकील हैं। वेलेंटिनो पिंटो के एक भाई कनाडा और एक भाई ऑस्ट्रेलिया में हैं। खँडहर हो रहे इस बदरंग पीले घर के गेट और अन्दर बरामदे पर के मुख्य दरवाज़े पर बड़े-बड़े

ज़ंग लगे ताले लटके हैं। इस परिसर में एक तरफ़ चम्पा और दूसरी तरफ़ कटहल का बहुत पुराना पेड़ है। चम्पा के फूल खिल-खिलकर झड़ते रहते हैं। कटहल का पेड़ मौसम में जब कटहलों से लद जाता है, तो पककर फटने लगता है और चम्पा फूलों की ख़ुशबू से होड़ लेने लगता है। वेलेंटिनो पिंटो के घर से दस गुना विशाल परिसर वाला घर है—उसके घर के सामने मौज़ूद—'फ़ेराओ मैंशन'। आम, कटहल, सेमल, अमलतास, गुलमोहर और अदाओ के बहुत पुराने वृक्षों से गझिन है फ़ेराओ ख़ानदान का अर्से से उपेक्षित यह परिसर। हालाँकि, भूरे हॉर्नबिल यानी धनेश पक्षी की जमघट से यह हमेशा गुलज़ार रहता है। लोग जब पक्षी की तरह उड़कर अपने घर से बहुत दूर चले जाते हैं, तो सचमुच के पक्षी और कीट-पतंग उस परिसर की बागडोर थाम लेते हैं। इनसान के संग-संग यह एकमात्र चिड़िया ही होती है, जो अपना घोंसला बनाती है। पर इनसान के मकान लम्बे या चौकोर होते हैं, चिड़िया हमेशा एक वृत्त सरीखा घोंसला बनाती है। एमिका अक्सर सोचती है कि जीवन के पूरे वृत्त को जितना चिड़िया समझती है, मनुष्य नहीं। सूरज-चाँद और धरती की तरह ही गोल होता है चिड़ियों का घोंसला। भूरे हॉर्नबिल का जोड़ा भी ऊँचे-बड़े पेड़ों के गोल खोड़र में अपना घोंसला बनाता है। 'फ़ेराओ मैंशन' में मौज़ूद लगभग अधिकांश आम, अदाओ और सेमल वृक्षों के छेद में हॉर्नबिल का घोंसला है। यह कुछ ज़रूरत से अधिक ही वनस्पति प्रेमी चिड़िया है, जो हमेशा जोड़े में दिखती है। एमिका को यह सोचकर हँसी छूट जाती है कि हॉर्नबिल का दाम्पत्य जीवन बहुत मज़बूत होता है।

आलू बुखारे जैसा रंग होता है भूरे हॉर्नबिल का। भूरे पंखोंवाले हॉर्नबिल के पेट का हिस्सा थोड़ा सफ़ेद होता है। आँख की पुतली सुर्ख़ लाल। पर सबसे अनूठा होता है इसका शिरस्त्राण यानी सिर पर चोंच के ठीक ऊपर हेल्मेट सरीखा उभार। इसलिए गोवा के ग्रामीण हिस्से में इसे तीन चोंचवाला पक्षी कहा जाता है। एमिका 'फ़ेराओ मैंशन' के पेड़ों पर हर सुबह इनकी हलचलों को निहारती है। चिड़ियों को निहारना हो, तो सुबह के सन्नाटे का अंश बन जाना होता है। एमिका अपने भीतर के सन्नाटे को हर सुबह जैसे बाहर के सन्नाटे में घोल देती है। नर हॉर्नबिल का शिरस्त्राण गहरे रंग की चोंच पर बड़े आकार का होता है और जिसका पृष्ठीय सिरा और निचला जबड़ा हल्के पीले रंग का होता है। मादा हॉर्नबिल की चोंच अधिक पीली होती है, जो आधार और शिरस्त्राण पर गहरी काली होती है। मुँहअँधेरे से 'फ़ेराओ मैंशन' परिसर में इनकी कूक शुरू हो जाती है। काली चील से मिलती-जुलती कूक। एकदम हल्ला गाड़ी है हॉर्नबिल! सुबह-सुबह हुश...हुश...हू...हू...के शोर मचाती! सरसराहट, सनसनाहट-जैसे बहुत तेज़ी से गुज़रती हवा या पानी की फुर्तीली रफ़्तार जैसी आवाज़! इन बीते वर्षों में एमिका ने हॉर्नबिल के जीवन को बड़े लगाव से समझने की कोशिश की है। नर और मादा हॉर्नबिल की आपसी ज़िम्मेदारियाँ भी अद्‌भुत हैं। पेड़ों के खोड़र में घोंसला बनाकर मादा हॉर्नबिल अंडे देती है और अंडों को सेने के लिए नर हॉर्नबिल के ज़िम्मे लगा ख़ुद चारा संग्रह के लिए निकल पड़ती है। जंगली बेरी, जामुन, अंजीर

और कुछ अन्य फल भरसक चोंच में बटोर मादा हॉर्नबिल बच्चों को लाकर खिलाती है। बड़े कीड़े, छिपकली, चमगादड़, साँप, घोंघा और केंचुआ भी इन्हें पसन्द हैं।

भावनाओं की संतृप्ति कहाँ पर है? किस रंग, रोशनी, स्वाद, धुन और ऋतु में? एमिका सोचती है कि अगले जनम के लिए अगर उससे ईश्वर पूछेंगे, तो वह हॉर्नबिल ही बनना चाहेगी। अपने बच्चों को दुलार से खिला-पिलाकर अपने नर जोड़े के संग आराम से, दुनिया की नज़रों से दूर किसी पेड़ के खोड़र में वह पड़ी रहेगी। एमिका याद करती है पणजी में व्यतीत बचपन के प्यारे दिन। पणजी के 'पीपुल्स हाईस्कूल' में एस. एस. सी. तक वह और सैंड्रा सहपाठी रही थी। पणजी के पार्क में, खेल के मैदान में, मांडवी के तट पर और पणजी के चप्पे-चप्पे में वह और सैंड्रा—दोनों कितनी अलमस्ती किया करती थीं। पक्षियों को निहारना भी इन मटरगश्तियों में शामिल था। पणजी में उन दिनों एक से एक चिड़ियों का कल्लोल देखने लायक होता था। अनुकूल मौसम में, विशेषकर वसंत के साथ दूर देश की चिड़िया भी झुंड बाँधकर आती थीं। एमिका को याद है, पणजी के मेन पार्क में पक्षियों को लेकर पूरे विवरण और परिचय समेत एक सचित्र बोर्ड भी लगा होता था। मोहक पक्षियों के चित्र से सुसज्जित उस बोर्ड की पंक्तियाँ उसे लगभग याद-सी हो गई थीं। मसलन, पक्षियों में उल्लू और बाज शिकारी पक्षी कहलाते हैं। पक्षियों की संसार में लगभग 8600 प्रजातियाँ पाई जाती हैं। पक्षियों में भारत का सबसे लम्बा पक्षी है—सारस! पक्षियों की हड्डियाँ खोखली होती हैं, जिनमें वायुकोष होते हैं। पक्षियों के फेफड़े वायुकोषों से जुड़े होते हैं। वायुकोष उड़ान में इनकी सहायता करते हैं। पक्षियों का स्वर्ग भारत में अंडमान-निकोबार द्वीप समूह है। पक्षियों को ही ईश्वर ने धरती पर, पानी पर और आकाश में विचरण करने की क्षमता दी है। पर इनसान हालात के दलदल से कभी निकल नहीं पाता है। एमिका सोचती है, ज़िन्दगी कहाँ से कहाँ आ गई। जब कभी उसका दिल डूबने लगता है, वह अपने बचपन की दोस्त सैंड्रा की बात को याद करती है। सैंड्रा ने कई बार अपना उदाहरण देकर उसे बताया है कि इस दुनिया के हर आदमी के पास कोई न कोई विचित्र-सी समस्या है, जिसको लेकर उसे जीवन भर चलना ही होता है। उस आदमी को भी पता होता है कि उसकी वह समस्या कभी जानेवाली नहीं। पर वह ग्रंथि बनकर उसके जीवन में दुश्मन की तरह टिकी रहती है। बीतते समय के साथ यह दुश्मन धीरे-धीरे जब पुराना पड़ता जाता है, तो आदमी को उससे लड़ने का भी मन नहीं रह जाता। आख़िरकार, वह ग्रंथि सहजता से जीवन में पैबस्त हो जाती है। सैंड्रा कहती है, "एमिका! देखो, मैं कितनी मोटी हूँ। इतने साल मोटापे की अपनी हीन भावना से लड़ते-लड़ते मैं भी अब लगभग थक-सी गई हूँ। अपने कम्प्लेक्स से लड़ते-लड़ते जब आप थक जाते हैं, तो निढाल होकर एक अलग किस्म की राहत पाते हैं। एमिका! तुमको भी अपने इस अजूबे कम्प्लेक्स से एक दिन थकने के बाद राहत मिल ही जाएगी मेरी दोस्त।"

शायद ऐसा ही हो। आमीन!! इस बात को यादकर हर बार एमिका के होंठों पर हल्की-सी हँसी तिर आई है। 'फ़ेराओ मैंशन' परिसर में हॉर्नबिल के जोड़े भोर

की ताज़गी में अपने भारी चोंच के संग पुलकित हैं। कभी-कभी वह सोचती है कि क्या पता साइमन हॉर्नबिल के रूप में जन्म लेकर 'फ़ेराओ मैंशन' के कैम्पस में ही रहता हो और अपने घर को देखता हो। उसकी नज़र नन्हे-मुन्ने हॉर्नबिल की टोली पर गई है। 'फ़ेराओ मैंशन' परिसर के सेमल, आम, अदाओ और कटहल के दरख़्तों पर बच्चे हॉर्नबिल उछल-उछलकर पतली किलकारियाँ भर रहे हैं। हॉर्नबिल की किलकारी ही उसके जीवन का प्रिय ऋतु है—सोचती है एमिका। बच्चे हॉर्नबिल की किलकारियों के संग अनायास अभी उसे लग रहा है, जैसे, कोई प्यारा-सा कोंकणी लोक-गीत मन में थिरकने लगा है। ज़ेन पीयर्स ने जाने कितने दशक पहले 'ब्लू बर्ड ऑव हैप्पीनेस' गाया था। पर उसका गीत तो 'हॉर्नबिल ऑव हैप्पीनेस' है। हॉर्न ऑव हैप्पीनेस...ख़ुशी की एक अनूप तुरही...! सुनो इस तुरही को...बस आ ही चली...सो बी लाइक आइ...होल्ड यॉर हेड अप हाइ...टिल यू फ़ाइंड अ हॉर्नबिल ऑव हैप्पीनेस...! यू विल फ़ाइंड ग्रेटर पीस ऑव माइंड...नोइंग, देअर इज़ अ हॉर्नबिल ऑव हैप्पीनेस...वे'न यू आर सैड...बिलिव...समव्हेयर देअर इज़ अ हॉर्नबिल ऑव हैप्पीनेस...।...कठिन परिस्थितियों में जब तुम निराश होते हो...और जिस तरह मैं तुम्हारा सिर झुकने नहीं देता...उसी तरह तुम बिना रुके...बढ़ते रहो...जब तक तुम्हें तुम्हारा हॉर्नबिल नहीं मिल जाता...तुम्हारी ख़ुशी का प्रतीक...तुम्हारा हॉर्नबिल! और यह जानकर तुम्हें बहुत सुकून मिलेगा...कि तुम्हारे जीवन में एक पक्षी ऐसा है, जो ख़ुशियों का अनूठा सन्देशवाहक है। और भले ही तुम मायूस क्यों न हो, जब वह तुम्हें अपने गीत सुनाएगा...तुम्हें अपनी असफलता के गहनतम अन्धकार में...न जाने कहाँ से...उम्मीद की एक किरण दिखाई देगी। और हमेशा याद रखना कि जीवन में सिर्फ़ रसातल ही नहीं...कहीं-न-कहीं ख़ुशियों से उमगता एक हॉर्नबिल भी है...।

'फ़ेराओ मैंशन' परिसर के बच्चे हॉर्नबिल की टोली अभी भी मुग्ध-मगन किलकारियाँ भरने में तल्लीन है। अनायास उसे लगा है कि ये सारे नन्हे-मुन्ने हॉर्नबिल चहकते हुए उससे कह रहे हैं कि "ओय एमिका! प्लीज़, बैरी और एगबर्ट का बर्थ-डे इस बार जरूर मनाओ। बोलो, क्या मुश्किल है तुम्हें?" जैसे सारी दुविधा एक पल में छँट गई है। बस ठीक है, तो परसों बैरी और एगबर्ट का 'बर्थ-डे' वह भरपूर दुलार से मनाएगी। ऑस्कर को आज केक का ऑर्डर देने के लिए कह देगी। जुड़वाँ बच्चों के जन्मदिन पर एक केक होना चाहिए या दो? ख़ैर यह ऑस्कर तय करेगा। हालाँकि, इसमें ऑस्कर से क्या पूछना! बेशक, दोनों के लिए अलग-अलग केक होने चाहिए। जुड़वाँ होने से क्या होता है। दोनों बच्चों का मिज़ाज तो अलग-अलग है। जैसे कि बैरी! वह दिन भर जागता है और रात को सोता है। वहीं, एगबर्ट दिन भर सोता है और रात को जागता है। सच में जुड़वाँ बच्चों को पालना रस्सी पर चलने जैसा है। एमिका के होंठ पर मुस्कान की लकीर छिटक गई है। इस बुढ़ापे में फिर से माँ बनकर गत पुर रही है उसकी। पर जन्मदिन मनाने की बात से ही उसके मन में अद्‌भुत उल्लास भर गया है। बर्थ-डे गीत के भूले हुए बोल जाने कहाँ से मन में बरबस थिरक गए हैं..."ब्वॉयज़...वे'न यू आर

विद मी...आइ विल गिव यू अ टेस्ट...मेक इट लाइक यॉर बर्थ-डे एवरी-डे...! आइ नो यू लाइक इट स्वीट...! सो यू कैन हैव यॉर केक...! सो मेक अ विश... आइ विल मेक इट लाइक यॉर बर्थ-डे एवरी-डे...।" उसे लगा कि नन्हा साइमन उसके आगे-आगे थिरकते हुए चल रहा है। कितने झूम और उल्लास से ऑस्कर के संग वह साइमन का बर्थ-डे मनाया करती थी।

वह सोचती है कि उसका दब चुका दम-खम एक बार फिर से उमड़ रहा है। साइमन की मौत के बाद मन के भीतर हालाँकि बहुत काई जम गई है। पर इस काई को धीरे-धीरे दम साधकर उसे ख़त्म करना ही होगा। उसके जीवन में क्या कुछ नहीं है! 'फ़ेराओ मैंशन' परिसर के सभी हॉर्नबिल उसकी तुरहियाँ हैं। सैंड्रा, उसके बचपन की प्यारी दोस्त उसके मन के नाव की पाल है। और मिनि आंटी!! उसके मन के आकाश की नर्म बादल। उसकी 'लेडी ऑव मिलैज़ेरस'! अभी थोड़ी देर में वह सैंड्रा को परसों के वास्ते फ़ोन करेगी। बर्थ-डे पर वह सैंड्रा और मिनि आंटी को छोड़ और किसी को नहीं बुलाएगी। यह एक निहायत अन्तरंग आयोजन होगा। वह जानती है कि मिनि आंटी की हालत के कारण सैंड्रा जल्दी कहीं बाहर नहीं जाती। पर परसों के वास्ते वह कुछ नहीं सुनेगी। मिनि आंटी को लेकर बैरी और एगबर्ट के बर्थ-डे में उसे मापुसा आना ही होगा। मिनि आंटी को उसने कई बार मापुसा लाने की बात कही है। परसों यह वायदा चाहे जैसे हो, पूरा किया जाएगा। सपने और प्यार में असम्भव कुछ भी नहीं होता। मिनि आंटी का सपना है—अपने मापुसा को फिर से देख लेना। उसका प्यार है, मिनि आंटी के इस सपने को सचमुच कर देना। सैंड्रा और मिनि आंटी को पणजी से अपनी गाड़ी पर ले आने के लिए वह ऑस्कर को भेज देगी। सैंड्रा से कहेगी कि गाड़ी की पिछली सीट पर आंटी के साथ उनकी आया इवान को भी ले ले और ख़ुद आगे की सीट पर बैठ जाए। उसे पता है कि आंटी को साथ लेकर मापुसा आने की बात सैंड्रा से मनवाना असम्भव जैसा है। पर उसे यह भी पता है कि सैंड्रा से वह असम्भव भी करवा सकती है। फ़रिश्ते हमेशा दोस्तों की शक्ल में आते हैं। उसे पता है कि उसके फ़ोन पर सैंड्रा का पहला वाक्य क्या होगा, 'ओह हाऊ क्रेज़ी यू आर एमिका! बताओ मम्मी को लेकर मैं कैसे आ सकती हूँ। ऑस्कर, इवान और मैं—ये सभी मिलकर भी मम्मी को सीढ़ियों से नीचे हरगिज़ नहीं उतार सकते। आइ डोंट नो...व्हाट इज़ टाइटर एमिका...आउअर ज़ीँस और आउअर फ्रेंडशिप...।' पर सैंड्रा आज कुछ भी कह ले, वह उसकी एक न सुनेगी। उसने कल्पना की कि मापुसा चलने की बात से किस तरह आंटी ख़ुशी से पागल हो उठेंगी। उसे यह भी मालूम है कि उसकी योजना सुनकर ऑस्कर भी पहले मुँह बनाएगा।

अपनी योजना को लेकर अब वह बहुत राहत महसूस कर रही है। वाक़ई, जीवन ख़ुशियों के हॉर्नबिल से भरा पड़ा है, बशर्ते उन्हें हम देखने की कोशिश करें। जीवन की कई छोटी-छोटी ख़ुशियाँ चुपचाप बग़ल से निकल जाती हैं और हमें पता भी नहीं चलता। एमिका का अभी जी कर रहा है कि काश यह सम्भव हो

पाता, तो 'फ़ेराओ मैंशन' के जर्जर परिसर के पुराने पेड़ों पर मौजूद सभी नन्हें-मुन्ने हॉर्नबिलों को समेटकर वह अभी गोद में भर लेती। उसकी ख़ुशियों के हॉर्नबिल ने सचमुच उसका दिल मज़बूत कर दिया है। बैरी और एगबर्ट का बचपन फिर नहीं लौटनेवाला। इनके बचपन को अपनी ग्रंथि से दबा देना, साइमन की आत्मा को दुख पहुँचाना होगा। यह दोनों बच्चे उसी के अंश हैं। एमिका डिसूज़ा भले मामूली हो लेकिन उसके अन्दर की स्त्री मनोरथ की महारानी है।

परसों का दिन सारे द्वंद्व की धुंध और ग्रंथियों के गुबार को अपने मज़बूत डैनों से झाड़ देगा। जीवन खीज भरी धूल नहीं, पानी की तरह सरल-कोमल है। कोलाहल से ग्रसित धरती पर चैन मन से जीने की कोशिश ज़रूरी है। कई महीने बाद सैंड्रा से उसने अभी दिल फैलाकर बात की है। देर तक धींगा-मुश्ती के बाद उसने आंटी को संग लाने के लिए आख़िरकार हामी भरी है। उसने ऑस्कर को गाड़ी लेकर पणजी आने से मना किया है। वह अपनी गाड़ी से आएगी। सैंड्रा ने असहाय होकर कहा है, "ओह एमिका! तुम्हारी जैसी ही दोस्त बदी थी मेरी किस्मत में। जान की आफत हो तुम।"

"वह तो मैं हमेशा रहूँगी।" एमिका को सैंड्रा की झुँझलाहट पर दुलार से हँसी छूट गई है, "ऐ सैंड्रा! तुम्हें नहीं पता है कि तुम मेरी हॉर्नबिल ऑव हैप्पीनेस हो...।"

हिंडोला

कल से घर ख़ुशी और आँसुओं के झूले झूल रहा है। सैंड्रा ने विटोरिनो को पूरी बात बताई है। एमिका के जुड़वाँ बच्चों के बारे में बताया है और कहा है कि कल उसे मापुसा चलने में साथ देना ही होगा। उसने कातर स्वर में कहा है, "विटोरिनो! मम्मी मुझसे नहीं सँभलेंगी।" मापुसा जाने की ख़बर से मम्मी पूरे हुमस-हुलास में हैं। जबसे उसने एमिका की ज़िद के बारे में उन्हें बताया है, मम्मी के उल्लास का पारावार नहीं है। वह कहती हैं, "सैंड्रा! कहीं-न-कहीं दुनिया में सबके लिए एक झूला है...जो आपको बहुत याद करता है...! मापुसा मेरा वही झूला है, जहाँ हमने कभी बहुत मजे किए। और अभी भी क्या है! मस्ती की भी भला कोई उम्र होती है?" पर ये और ऐसी उमगती-छलकती बातों के बाद उनके आँसू गिराने का सत्र चलता है। वे यह सोच-सोचकर बेज़ार हो रही हैं कि कल बिस्तर से उठकर वे सीढ़ियों से नीचे उतरेंगी भला कैसे? टपकती आँखों से वे कहती हैं, "ऐ सैंड्रा! अपना दस किलो वज़न तो मैं एक मिनट में कम कर लूँ। बस मुझे ख़ुद से अपना सिर कलम करना होगा। सिर कटते ही दस किलो कम। नहीं कुछ भी, तो मेरा सिर ही दस किलो का होगा।"

"क्या बेसिर-पैर की बातें कर रही हैं मम्मी!" सैंड्रा झल्लाकर कहती है।

"मैं ठीक ही कह रही हूँ सैंड्रा! यों भी फ़ैट लेडीज़ हैव नो हेड्स...। बस कन्धे तक ही उनका वजूद रहता है। पर मैं पागल हूँ। तुमसे यह सब क्यों कह रही हूँ बाबा! आइ ऐम टेरिबलि सॉरी।"

"आंटी! प्लीज़...! आइ ऐम ऑलवेज़ विद यू।" विटोरिनो ने दुलार से मम्मी के आँसुओं से गीले चेहरे को अपनी हथेलियों में भर लिया है।

"आइ ऐम अ म्यूज़ियम ऑव फ़ीयर! बट सन! यू आर माइ ऐंजल! प्लीज़ स्टे हिअर अंटिल माइ एंड।" आँसुओं से तर चेहरे के बीच बरबस मम्मी के चेहरे पर मुस्कान की लकीर कौंध गई है, "विटो! माइ सन...! द फ़ैट वुमन वांटेड अ ब्रिलिअंट ट्रैवल...! द फ़ैट वुमन वांट्स अ गुड स्लीपर ऐट हर फ़ीट...! अ ब्लू सी-ड्रेस...टू रैप हर अप नीट...! द फ़ैट वुमन...वांटेड ऑल ऑव हर...स्वीट ओल्ड डेज...।"

" आंटी! क्या आपको नहीं लगता कि पिछले दिनों 'चैपेल ऑव सेंट सेबेस्टिअन' के पास के पुराने कुएँ में सिक्का गिराकर आपके लिए जो विश मैंने किया था... उसे सुन लिया गया...।" विटोरिनो ने बड़े लाड़ से उनकी हथेली को अपनी हथेली में ले लिया है।

"विटो...माइ सन...। आइ लव यू विद ऑल माइ बेली...। आइ वुड से माइ हार्ट...बट माइ बेली इज़ मच बिगर...मच ह्यूज़...। यमि इन माइ टमि...कम...रब यॉर लव ऑन माइ बेली लाइक मैंगो ज़ेली...।" बिस्तर पर फैली मिनि रॉड्रिक्स ने भावुक हो विटोरिनो की हथेली अपने पेट पर रख दी है, "सुनो...ग़ौर से...मेरे पेट के अन्दर कितनी घबराहट मची है। कल मापुसा जाने के लिए क्या तुम लोग सचमुच बिस्तर से उठा सकोगे मुझे? तुम...सैंड्रा और इवान मिलकर भी शायद ही मुझे उठाकर सीढ़ियों से नीचे ले जा सकोगे। मैं महसूस कर रही हूँ कि मेरा पेट अन्दर से काँप रहा है विटो! कोई भी डर मेरे दिमाग़ से ज़्यादा पेट में घुस जाता है। मापुसा जाना मेरे लिए स्वर्ग जाने जैसा है। पर उम्मीद की आदत वर्षों से जो छूट गई है न बेटे, सो अब उम्मीदों से डर लगता है।" मिनि रॉड्रिक्स अपनी ढीली त्वचा में छलकते सपनों के रंग से जैसे विकल उल्लास में हैं, "विटो! क्या सच में कल मैं मापुसा जा सकूँगी?" अब फिर वे आँसुओं से झरझरा रही हैं, "आइ ऐम द शी-एलिफेंट इन द रूम।"

"कल आप खुद बिस्तर से उठकर सीढ़ियाँ उतरेंगी और अपनी गाड़ी में बैठकर मापुसा चलेंगी। बिलीव मी आंटी। मेरा प्लैन फ़ुल प्रूफ़ है। इवान को आज यहीं रुकने को कहा गया है। बेकरी की लड़कियों को कल सवेरे बुला लिया गया है। वॉकर आपका है ही। एक छड़ी आपकी पहले से है। एक और मैं ले आया हूँ। व्हीलचेयर आपका है ही। फिर क्या मुश्किल है।" विटोरिनो झुककर उनके सीने से लग गया है।

"विटो! जब मेरे आँसू गिर रहे होते हैं, उस समय जब कोई अपना मुझे बाँहों में भर लेता है, तो और ज्यादा रुलाई फूट पड़ती है।" मिनि रॉड्रिक्स की आँसुओं का बाँध जैसे टूट गया है। पास कुर्सी पर देर से बैठी सैंड्रा ख़ामोश है।

"और तुम! सैंड्रा तुम क्यों उदास हो? क्या तुम्हें भी भरोसा नहीं कि कल आंटी इस कमरे से निकलकर अपनी कार तक पहुँच पाएँगी?"

"विटो। मैं सोच रही हूँ कि काश शरीर में पाँव की कोई जरूरत ही न होती।" सैंड्रा मायूसी की निस्सीमता में खोई-सी है।

विटोरिनो देख रहा है कि सैंड्रा भले चुप-चुप है लेकिन उसके भीतर परेशानी की धूल उड़ रही है। रात के गहरे अन्धकार में आशंकित अकेली बच्ची-सी डरी लग रही है वह।

"क्या होगा कल विटोरिनो?" टेरेस के सन्नाटे में सैंड्रा अपनी पहेली से उलझी खड़ी है कि क्या हमारे पास चैन से मर सकने की ताक़त भी है...?

"क्या होगा?"

"क्या लगता है तुम्हें...कल ठीक से सँभल जाएगा सब कुछ? ऐ विटो! एमिका और मम्मी के पागलपन के बीच मैं परेशान हो गई हूँ। एमिका की सनक पता है मुझे। कल अगर मम्मी के संग मैं मापुसा नहीं गई न, तो वह 'बर्थ-डे' का प्रोग्राम ड्रॉप कर देगी। क्या मैं डॉ. डिक्रॉस्टो से कह दूँ कि वे अपने नर्सिंग होम का एम्बुलेंस सुबह यहाँ भिजवा दें?"

"पागल हो गई हो तुम सैंड्रा?" विटोरिनो की आवाज़ में हैरानी भरी खीज छलक गई है, "किसी के फ़ंक्शन में भला एम्बुलेंस से जाया जाता है?"

"फिर कैसे करेंगे?"

"सैंड्रा! तुम फिक्र मत करो। मुझ पर अगर भरोसा है, तो मुझ पर छोड़ दो। फिलहाल अपने कमरे में पीले आर्म चेयर पर बैठो और किट्टू को देखो। तुम्हें कल को लेकर सुकून मिल जाएगा। कल एडवेंचर करेंगे हम। आंटी को भी मज़ा आ जाएगा।"

"ओह! तो कल का दिन तुमको एडवेंचर का लग रहा है विटो?" सैंड्रा की आवाज़ में हल्की खीज है।

"आइ डू बिलीव सैंड्रा! इट्स टाइम फ़ॉर एडवेंचर! एक सामान्य-सी दिनचर्या गुजारते हुए हम कभी जान ही नहीं पाते कि हमारे जीवन में कितनी हैरानियाँ छुपी पड़ी हैं। मैं अब सोने जा रहा हूँ। तुम भी जल्दी सो जाओ। हमें मापुसा निकलने के लिए कल सुबह से ही जुटना होगा। आंटी को तैयार करने में तुम्हें कुछेक घंटे लगते हैं। उन्हें तैयार करने में कल इवान की भी मदद लेना। गनीमत है कि इवान आज यहीं रुक रही है।"

"चलो ठीक है। मैं तुम्हीं पर सब छोड़ती हूँ विटो। मेरा दिमाग पूरी तरह बन्द हो चुका है।" सैंड्रा अपनी असहायता की पहेली के संग सोने चली गई है। उन्हें तैयार करने में कल इवान की भी मदद लेना। गनीमत है कि इवान आज यहीं रुक रही है।"

आज सुबह जल्दी ही सबकी नींद खुल गई है। घर में उछाह और आशंका की ख़ामोश युगलबन्दी-सी चल रही है। इवान मुँहअँधेरे जग गई है। ग़नीमत है कि वह कल रात घर नहीं गई। रात को जल्दी वह रुकने को तैयार नहीं होती है। दरअसल, अपने शराबी पति को लेकर वह परेशान रहती है। अकेले इवान के सिर पर घर के ख़र्चे का भार है। वेतन के अलावा सैंड्रा उसे बीच-बीच में घर के लिए खाने-पीने

के सामान देती रहती है। इसलिए गाहे-बगाहे अपनी छोटी-मोटी नख़रेबाजियों के बावजूद इवान उन लोगों के लिए अपनी निष्ठा निभाती है। इवान ने चाय बनाकर सबको किरण फूटने के साथ ही जगा दिया है। मापुसा-यात्रा को लेकर घर की यह पुरानी सेविका कल से ही बहुत ख़ुश नज़र आ रही है। कुछ इस अन्दाज़ में मानो कल कोई बहुत अच्छी फ़िल्म देखने जा रही हो। चाय पीकर सैंड्रा सीधे मम्मी के कमरे में गई है। मम्मी की चाय लगभग ठंडी हो चुकी है। वैसे भी, वे हमेशा ठंडी चाय पीना पसन्द करती हैं।

"चाय पिओ मम्मी! फिर मैं धीरे-धीरे तुम्हें तैयार करना शुरू करूँगी।" सैंड्रा की आवाज़ में भरसक लाड़ है।

"शेव कर दो...देखो मेरे चेहरे पर दाढ़ी की कितनी खूँटें निकल आई हैं। होंठ के ऊपर की खूँटें ट्वीज़र्ज से निकाल देना।" चाय की आखिरी घूँट भरकर मम्मी ने फिर से अपना राग अलापा है, "सैंड्रा! क्या मैं सचमुच मापुसा जा रही हूँ?"

"लेट्स प्रे...हम प्रार्थना करें मम्मी! तुमको लेकर अगर आज मैं मापुसा नहीं गई न, तो पागल एमिका अपने जुड़वाँ बेटों का 'बर्थ-डे' नहीं मनाएगी।" पूरी तल्लीनता से मम्मी के गलकम्बल की दोनों-तीनों तहों को उठा-उठाकर रेज़र से शेव करते हुए सैंड्रा ने कहा है, "जाना तो है ही मम्मी! एमिका बड़ी मुश्किल से अपनी खुशी में लौटी हैं।"

"मैं बालों में शैम्पू भी करवाना चाहूँगी सैंड्रा।" मम्मी ने इसी बीच चुपके से अपनी इच्छा प्रकट की है, "ऐसे चिपटे बाल लेकर कहीं जाना सही नहीं। कैसी जंगली लग रही हूँ मैं।"

"आप बेफिक्र रहिए मम्मी। मैं आपके बालों में शैम्पू करूँगी। गुनगुने पानी से अभी नहलाऊँगी आपको। आपका सबसे बेहतरीन स्कर्ट-ब्लाउज़ पहनाऊँगी। मोनिका का दिया आपका पसन्दीदा परफ़्यूम छिड़कूँगी। आपके गले में सुन्दरवाला आपका सोने का चेन पहनाऊँगी। आपके बालों को सुन्दर से सँवारकर आपकी प्यारी आँखों में रोज़ की तरह काजल लगाऊँगी। आप मेरी गोलू बाबू...मेरी मिनि मीनू...मेरी प्यारी गुड़िया हैं। एकदम जापानी गुड़िया की तरह आपको सजा-बजाकर ले चलूँगी। हाँ, कहना भूल गई कि आपकी कलाई में आपकी घड़ी भी बाँध दूँगी।"

"वंडरफ़ुल! मेरे शरीर में सिर्फ एक कलाई ही है, जो मोटी नहीं है।" मिनि रॉड्रिक्स मुस्करा पड़ी हैं।

"बेशक मॉम! पर शायद आप भूल रही हैं कि आपकी कलाई की माप के बेल्ट के लिए कम्पनी को अलग से ऑर्डर करना पड़ा था।" सैंड्रा हँस पड़ी है।

"शैतान लड़की!" मिनि रॉड्रिक्स गिलगिलाकर हँस पड़ी हैं, "गनीमत है कि घड़ी का एक ही बेल्ट ऑर्डर देकर बनवाया गया। मैं तुम्हें अपनी मम्मी की बात बताती हूँ। तुम्हें मालूम है कि अपनी कैथलिक कम्यूनिटी की औरतें काँच की चूड़ियाँ नहीं पहनती हैं। बस एक-दो सोने की चूड़ियाँ। हाँ, फ़ैशन के तौर पर भले कोई-कोई काँच की चूड़ियाँ पहनती हैं। बट जस्ट फ़ॉर फ़ैशन। एक बार मेरी मम्मी

को भूत चढ़ गया कि वे भी काँच की चूड़ियाँ पहनेंगी। खैर, वे चूड़ी की दुकान पर गईं। पर जाहिर है कि उनकी बहुत मोटी कलाई के लायक वहाँ कोई काँच की चूड़ी नहीं थी। मम्मी की बहुत उत्सुकता देख मापुसा के चूड़ी दुकानदार ने कहा कि वह चूड़ी बनानेवाली कम्पनी को स्पेशल ऑर्डर देकर उनके लिए चूड़ियाँ बनवा देगा। हिसाब-किताब लगाकर चूड़ी दुकानदार ने कहा कि चूड़ी तो बनकर आ जाएगी लेकिन उनकी कलाई के मापवाली चूड़ी के कम से कम पच्चीस डब्बे उन्हें खरीदने होंगे और सभी पच्चीस डब्बे की चूड़ियाँ एक माप, एक रंग और एक डिज़ाइन की होंगी। इस पर मम्मी ने कहा कि एक ही तरह की इतनी चूड़ियाँ लेकर वे क्या करेंगी। चूड़ी दुकानदार ने इसकी वजह बताते हुए कहा कि पच्चीस डब्बे से कम बनाने पर चूड़ी बनानेवाली कम्पनी को घाटा हो जाएगा। इसलिए इतने डब्बे से कम चूड़ियाँ बनाने को वह राजी नहीं होगा। चूड़ी दुकानदार ने मम्मी को बताया कि पहले भी वह इतनी ही मोटी कलाई वाली एक-दो औरतों के लिए 25-25 डब्बे चूड़ियाँ ऑर्डर देकर बनवा चुका है। इसलिए उसे पता है। इतने डब्बे की चूड़ियों का वह क्या करेंगी, यह सोचकर मम्मी ने मना कर दिया।"

अन्दर ही अन्दर सैंड्रा ख़ुश है कि विदा होने के पहले मम्मी कुछ दिलचस्प बातों में गोते लगा रही हैं। वरना मम्मी का मूड कब बदलेगा और वे रोने-बिसूरने लगेंगी, इसका कोई ठिकाना नहीं।

विटोरिनो ने सुबह ही तैयार होकर सैंड्रा से गाड़ी की चाबी ले ली है। वह अब गाड़ी लेकर पेट्रोल डलवाने निकला है। बेकरी की पाँचों लड़कियाँ—रोज़ी, तमारा, टीना, लाना और डॉली सब एक-एक कर पहुँच गई हैं। मिकी अंकल और अर्थर भी आ चुके हैं। इवान किचेन में नाश्ता तैयार करने में जुटी है। मम्मी को सैंड्रा लगभग तैयार कर चुकी है। उन्हें डाइपर पहनाकर चाक-चौबन्द कर दिया है। घुटने तक के काले बड़े घेरेवाले स्कर्ट और पाइन ग्रीन यानी चीड़ के रंगवाले ब्लाउज़ में वे खिल रही हैं। सैंड्रा ने बड़े लाड़ से उनकी आँखों में काजल आँजने के बाद लिपस्टिक लगाकर कहा है, "सो यू आर रेडी टू रॉक!" बेकरी की पाँचों लड़कियाँ कुर्सियाँ लेकर मम्मी के पास ही आकर अब बैठ गई हैं। मम्मी के आँसू फिर नये सिरे से टपकने शुरू हैं कि सब कुछ तो हो गया लेकिन वे बिस्तर से उठकर ऊपर की मंज़िल से नीचे कार तक कैसे पहुँचेंगी? लड़कियाँ उन्हें मनुहार-समझा रही हैं कि कोई न कोई रास्ता तो निकल ही आएगा। जाना है, तो जाना है। सैंड्रा ने गहरी साँस लेकर मम्मी के कमरे से निकलते हुए कहा है, "मम्मी! अब तुम इतना रोओ कि तुम्हारी आँखों का सारा काजल चेहरे पर फैल जाए और तुम कजरारी बिल्ली बनकर यहाँ से निकलो। काजल लगाकर रोना नहीं चाहिए।"

विटोरिनो गेट पर आ गया है। गाड़ी खड़ी कर उसने दो-तीन बार हॉर्न की आवाज़ दी है और फिर गाड़ी को लॉक कर ऊपर अपने कमरे में आ गया है। इवान उसके कमरे में उसकी पीठ पर ही नाश्ता लेकर पहुँची है। सैंड्रा भी तैयार होकर अपने कमरे से निकल आई है। शाम तक के लिए खाने की सामग्री उसने किट्टू

के जार में डाल दी है। देर शाम तक तो वह लौट ही आएगी। घुटने तक के गहरे पीले फ्रॉक, जिस पर बड़े-बड़े गहरे सुर्ख़ लाल फूलों के दमकते थप्पे हैं, उस पर ग़ज़ब खिल रहे हैं। पीले फ्रॉक में लगता है, जैसे वह धूप के दमकते सुर्ख फूलों से भरी खड़ी है और सुनहरी लहरों का तरंग उसके चेहरे पर मौज़ूद उम्र की झाँइयों को ख़त्म कर रहा है। हालाँकि, उसके गुलाबी कपोल उसके चेहरे की रौनक़ अभी तक बचाए हुए हैं। अपने लम्बे सुनहरे बालों को भी उसने पीले रिबन से बाँध रखा है। ऐसे में उसका बड़ा-सा मुलायम चेहरा बहुत प्यारा लग रहा है। अभी कुछ क्षण पहले जब ड्रेसिंग टेबल में उसने निष्कर्षत: ख़ुद को देखा, तो होंठों ही होंठों में उसे ख़ुद पर लाड़ आया और वह मुस्कराकर बुदबुदाई..."बटर-बॉल।"

इवान अभी मम्मी के कमरे में उनका नाश्ता लेकर गई है।

"मैं अभी कुछ भी मुँह में नहीं लूँगी। कुछ खाने का मतलब है रास्ते में बार-बार बाथरूम जाने की मजबूरी। अब मापुसा के रास्ते में तुम्हारे लिए एक नई मुसीबत मैं नहीं पैदा कर सकती सैंड्रा।"

"मम्मी! नहीं खाने से खाली पेट में गैस बनेगी और फिर सिर से पाँव तक तुम बेचैनी की शिकायतें शुरू करोगी।" बग़ैर एक पल देर किए सैंड्रा ने इवान के हाथों से दलिया का कटोरा लेकर उन्हें खिलाना शुरू कर दिया है। मिनि रॉड्रिक्स को इसलिए अक्सर ख़ुद पर हैरानी होती है कि वे सैंड्रा के सामने पड़ते ही उसकी 'हुक्मी रोबोट' बन जाती हैं। मम्मी को कटोरा भर दलिया खिलाकर पानी पिलाने के बाद उनका मुँह पोंछ सैंड्रा अपने कमरे में आ गई है। उसने अपने लिए भी इवान को नाश्ते में दलिया के लिए ही कहा था। दलिया का एक कटोरा और एक कटोरा दही इवान उसके कमरे के टेबल पर पहले ही रख गई है। दिन के साढ़े ग्यारह बज रहे हैं। विटोरिनो टेरेस पर कुछ देर से टहल रहा है। कुछ उधेड़बुन में उलझा-सा लग रहा है वह। सैंड्रा समझ रही है उसकी बेचैनी। मम्मी को कमरे से निकालकर गाड़ी में बिठाने तक कितनी बड़ी मुश्किल है।

"कैसे करेंगे...कुछ सोचा? समय पर निकलकर शाम रहते हमारा घर लौट आना ज़रूरी है विटो।" एक पल थमकर सैंड्रा ने कहा है, "ऐ विटो! हमारे चलते तुम मुश्किल में पड़ गए न।"

"मुश्किल क्या? कुछ भी नहीं। वी हैव नो प्रॉब्लम्स इन लाइफ़ सैंड्रा! ओनली सिचुएशंस...। मुश्किल कुछ भी नहीं होती, परिस्थितियाँ होती हैं। खैर, आंटी का व्हील चेयर और उनका दोनों स्टिक...छड़ियाँ तैयार रखो। बस थोड़ी देर में निकलेंगे।" कहते हुए विटोरिनो अपने मोबाइल फ़ोन पर बात करने में व्यस्त हो गया है।

"कितनी देर में?" विटोरिनो ने मोबाइल पर पूछा है और उसके चेहरे पर अगले क्षण शान्ति छा गई है। सैंड्रा उधेड़बुन में है। अजीब आदमी है विटो! पता नहीं क्या खिचड़ी पका रहा है। अब अगर एकाध घंटे में निकलना नहीं हुआ, तो पूरी यात्रा बर्बाद हो जाएगी। पल-पल खुरचती बेचैनी में सैंड्रा टेरेस पर खड़ी है। विटोरिनो अब नीचे गेट के पास खड़ा है। पता नहीं वहाँ खड़े होकर वह क्या कर रहा है।

सैंड्रा को अचानक से पेट में कुछ भारीपन-सा लग रहा है। बेचैनी और परेशानी की स्थिति में उसका पेट कंपन में आने लगता है। अभी अचानक गेट के पास का दृश्य देखकर उसे लगा है कि उसकी आँखें हैरानी से बाहर निकल आएँगी। विटोरिनो ने कैम्पस के गेट को पूरा खोल दिया है और पीले रंग का विशाल 'फ्रंट ऐंड लोडर' यानी जे. सी. बी. अपने बहुत लम्बे-चौड़े डोल यानी बकेट के साथ हाथी की चाल में धीरे-धीरे अन्दर दाख़िल हो रहा है। इसमें ड्राइवर के साथ उसके दो सहयोगी भी हैं। यह क्या तमाशा है। पागल हो गया है विटोरिनो!

"ओह माइ गॉड! दिस इज़ वाइल्ड! आइ डिडंट हैव क्लू अबाउट दिस!" सैंड्रा नाभि से आवाज़ निकालकर टेरेस पर से चीख़ी है, "विटो! यह जंगली हरकत है। इसे वापस करो। क्या मम्मी को इसके डोल में बिठाकर उतारोगे?"

"डोंट शाउट प्लीज़ सैंड्रा।" तेज़ कदमों से सीढ़ियाँ चढ़ते हुए विटोरिनो अब टेरेस पर आ गया है, "द बेस्ट थिंग ऑलवेज़ हैपेन अनएक्सपेक्टेडली...। चिल्लाओ मत। बस मुझे करने दो।"

विटोरिनो के तीखे तेवर से सैंड्रा एकदम से चुप हो गई है। विटोरिनो को सीधे मम्मी के कमरे में जाते वह ख़ामोश देख रही है, कुछ इस अन्दाज़ में कि पता नहीं आगे क्या होनेवाला है। हालाँकि, उससे रहा नहीं गया है। वह असहाय-सी आहिस्ते-से मम्मी के कमरे में आ गई है।

"हम कब चलेंगे विटो?" मम्मी के स्वर में उत्सुक बेचैनी है।

"बस अब हम निकलने की तैयारी करेंगे। पर आंटी...प्लीज़ गिव मी वर्ड कि आप इस जर्नी के एक-एक पल को एन्जॉय करेंगी। मैं जो कुछ भी करूँगा, आप उससे खुश होंगी।"

"जरूर। मैं तो बहुत खुश हो रही हूँ विटो। तुम्हारा कहा सब कुछ मानूँगी।" मिनि रॉड्रिक्स अनुराग से हँसी हैं। उल्लास की रौनक़ आज वाक़ई उनमें छलक रही है।

"फिर ठीक है।" विटोरिनो ने अर्थर और बेकरी की लड़कियों की तरफ़ मुख़ातिब होकर कहा है, "आंटी का व्हीलचेयर और दोनों स्टिक बेड के पास प्लीज़ ले आओ। हम सबको जोर लगाकर आंटी को इनके व्हीलचेयर पर बिठा देना है।"

"ये रहा व्हीलचेयर।" बेकरी की लड़की लाना कमरे के एक कोने में पड़ा आंटी का व्हीलचेयर सरकाते हुए उनके बिस्तर के पास ले आई है।

"और ये दोनों छड़ियाँ।" रोज़ी ने आंटी की छड़ियों को लाकर उनके बिस्तर से टिका दिया है। बेकरी की पाँचों लड़कियाँ—लाना, तमारा, रोज़ी, टीना और डॉली पलंग के चारों तरफ़ मुस्तैदी से खड़ी हैं। इवान भी मौज़ूद है। मिकी अंकल और अर्थर भी। सैंड्रा हैरान-डगमग दरवाज़े के किनारे खड़ी है।

"बस आंटी! आप अपने को पूरा ढीला छोड़ दीजिए। एकदम झूले की तरह ढीला...।" विटोरिनो ने आगे बढ़कर उनकी पीठ के नीचे किसी तरह एक हाथ डाला है और इवान को अपनी तरफ़ आकर खड़े होने का इशारा करते हुए बेकरी की लड़कियों से कहा है, "प्लीज़...तुम लोग उधर से आंटी को सपोर्ट दो। मैं और

इवान इस तरफ से। आज इवान अपने कद का कमाल दिखाकर रहेगी। हम लोग आंटी को आराम से बिस्तर पर उठाकर बिठा देंगे।"

मिनि रॉड्रिक्स बिस्तर पर रेत में धँसी बड़ी-सी नाव की भंगिमा में पड़ी हैं और उनका विशाल पेट मचान की तरह स्थिर है। बहुत प्यार से हाथ सरकाते हुए उन्हें पीछे से गलही देकर विटोरिनो ने तकिये से थोड़ा उठाया है। अर्थर और इवान भी इस तरफ़ से पूरा टेक लगाए हुए हैं। दूसरी तरफ़ से पाँचों लड़कियों ने बहुत सँभालकर पूरा ज़ोर लगाया हुआ है। मिनि रॉड्रिक्स को करवट दिलाना भी आसान नहीं।

"क्या मेरी मदद चाहिए?" मिकी अंकल ने विटोरिनो से पूछा है।

"अरे नहीं अंकल! आप हमारे बड़े बुजुर्ग हैं। आप यहाँ मौजूद हैं, बस यही हमारे हौसले के लिए काफी है। आंटी को हम लोग नीचे उतारकर दम लेंगे।"

मिसेज़ मिनि रॉड्रिक्स का कमरा अभी एक बेहद मासूम मुश्किल में फँसा हाँफ रहा है।

"तुम लोग हाथी को कुएँ से निकालने की कोशिश कर रहे हो।" मिनि रॉड्रिक्स की आवाज़ में असहायता भीगी हुई है।

"अपने महावत पर भरोसा रखिए आंटी।" विटोरिनो ने लगातार ज़ोर लगाते हुए कहा है, "देखिए, अर्थर और इवान समेत पाँचों लड़कियाँ भी कितने हौसले से जुटे हैं आपके लिए आंटी।"

"आंटी का स्किन कितना कोमल है!" रोज़ी मुस्कराती है, "अब अगले पल आपको हम सब व्हीलचेयर पर बिठाएँगे। बस आपको बिस्तर पर उठाकर बिठा दें। इट इज़ डिफ़िकल्ट, बट नॉट इम्पॉसिबल। मुश्किल तो है, असम्भव नहीं।"

"ब्यूटी डज़ंट हैव अ वेट लिमिट...! आंटी इज़ ऑलवेज़ क्लासी...!" लाना कहती है। लाना, रोज़ी और बेकरी की बाक़ी तीन लड़कियाँ दूसरी तरफ़ विटोरिनो और इवान के संग हर कला-कौशल लगाकर मिनि रॉड्रिक्स को बिस्तर पर बैठाने की कोशिश में जुटे हैं। पर मिनि रॉड्रिक्स मक्खन के विराट टीले की तरह बस मंद-मंद थलथला रही हैं।

"आपके बिना यह उठेंगी ही नहीं। मुझे पता है।" आया इवान गहरी साँस लेकर सैंड्रा की तरफ़ देखती है।

"मम्मी...प्लीज़ गेट अप...!" यह सैंड्रा है।

दरवाज़े के पास देर से खड़ी सैंड्रा अचानक विटोरिनो और इवान के बीच आई है और उसने मिनि रॉड्रिक्स की हथेली थाम ली है। सभी लड़कियाँ और इवान समेत विटोरिनो वहाँ जुटे हैं।

"आप सब एक मिनट किनारे हो जाएँ।" सैंड्रा ने बेहद ठंडे स्वर में कहा है और मिनि रॉड्रिक्स के स्कर्ट के भीतर नीचे से हाथ डाला है। घर की पुरानी आया इवान को पता है कि सैंड्रा अपनी मम्मी की तोंद की आख़िरी तह में हथेली घुसा रही है। और अब तोंद को सहारा देकर उठा रही है। सैंड्रा के ऐसा करते ही जाने कहाँ से मिनि रॉड्रिक्स की रगों में बरबस बिजली-सी दौड़ गई है। वे धीरे-धीरे उठ रही

हैं। और अब बिस्तर पर बैठ गई हैं। पर इस पूरी क़वायद में उनकी साँस तेज़-तेज़ चल रही है। पूरा शरीर आँधी के बीच खड़े बरगद की तरह हिल रहा है। धौंकनी की तरह हिलते सीने के बावजूद मिनि रॉड्रिक्स के चेहरे पर मुस्कराहट है। बेकरी की लड़कियाँ और इवान उनके इर्द-गिर्द कुछ यों चहक रही हैं, जैसे तेज़ हवा में बरगद की झूमती शाखों पर चहकता चिड़ियों का दल झूम रहा हो।

"सुपर! आंटी बिस्तर पर बैठ गईं और हम आधी लड़ाई जीत गए।" विटोरिनो का उल्लास जैसे समाए नहीं समा रहा है, "अब बस आंटी! आप चन्द सेकेंड के लिए खड़ी हो जाइए, तो हम व्हीलचेयर पर आपको बिठा लें।" विटोरिनो ने उनके व्हीलचेयर को उनके बिस्तर के पास एक किनारे सटाते हुए कहा है, "आंटी! इफ़ नॉट नाउ, देन वे'न...अभी नहीं, तो फिर कब आंटी?"

"प्लीज़ मम्मी! अपनी सारी ताकत कमर में लाओ! थोड़ी-सी कोशिश करो।" सैंड्रा के स्वर में एक रुआँसापन-सा है, "देर हो रही है मम्मी।"

"हाँ विटो! मुझे बाँहों में भरकर थोड़ा सपोर्ट दो।" मम्मी बुदबुदाकर कहती हैं।

"बिलकुल आंटी!" विटोरिनो ने उन्हें बाँहों में भरकर थोड़ा ऊपर उठाने की कोशिश की है। उनके अग़ल-बग़ल अर्थर और इवान समेत बेकरी की सभी लड़कियाँ भी लगी हुई हैं।

"इवान! मेरा दोनों हाथ पकड़ो...।" इस पूरी क़वायद में मम्मी का पूरा शरीर थलथला रहा है। इवान ने फ़ौरन उनका हाथ थाम लिया है। उनकी साँस लगातार फूल रही है। घुटने तक का बड़े घेरेवाला उनका काला स्कर्ट और पाइन ग्रीन यानी चीड़ के रंगवाला ढीला-ढाला ब्लाउज़ उनके झूलते दूध और लटकते पेट के कंपन को फिर भी रंग और लय में समेटे हुए है।

"थोड़ी कोशिश करो मम्मी...माइ स्वीट मॉम...प्लीज़!" सैंड्रा उनकी भरपूर हौसला अफ़ज़ाई कर रही है। इधर इवान उनकी हथेलियों को मज़बूती से थामे है। बेकरी की लड़कियाँ उनके दोनों काँख में हाथ डाल ज़ोर लगाए हुई हैं।

"डन...।" विटोरिनो जैसे ख़ुशी से फूट पड़ा है। मम्मी अब बिस्तर से उठकर खड़ी हैं। पर उनके दोनों जाँघों और नितम्ब में अजीब थरथराहट है। विटोरिनो ने फ़ौरन उनके दोनों हाथों में छड़ी थमा दी है। पर नाभि तक लटकते उनके दूध और घुटने तक लटकता उनका पेट थिर नहीं है।

"बैठिए आराम से आंटी।" सबकी मदद से उन्हें अब उनके व्हीलचेयर पर बिठाते हुए विटोरिनो ने सैंड्रा की तरफ़ मुस्कराकर देखा है, "अब बाहर का स्ट्रगल।"

"वह आसान नहीं।" सैंड्रा ने असहाय अस्फुट स्वर में कहा है।

"वह इससे भी आसान है।" विटोरिनो मुड़कर इवान समेत बेकरी की लड़कियों से मुख़ातिब है, "तुम लोग आंटी के व्हीलचेयर को बहुत धीरे-धीरे सरकाते हुए सीढ़ी के पास आओ।" विटोरिनो तेज़ क़दमों से बाहर टेरेस पर निकला है। 'फ्रंट ऐंड लोडर मशीन' के ड्राइवर को उसने इशारा किया है कि वह बड़े-से डोल यानी विशाल बकेट को उठाकर सीढ़ी से एकदम सटा दे। हल्की-सी जुंबिश के संग ड्राइवर ने आदमक़द

बकेट यानी झूलानुमा डोल को ऊपर सीढ़ी से कुछ यों सटा दिया है, जैसे वह सीढ़ी का ही हिस्सा हो। ड्राइवर के साथ के दोनों लोग भी पूरी मुस्तैदी में हैं।

"सुपर...वंडरफ़ुल...! आइ हैव इनफ़ाइनाइट होप ऑलवेज़...।" विटोरिनो एकदम से तरंगित है, "सैंड्रा! ये आंटी के बचपन का झूला है।"

"तुम अभी काले जादूगर की तरह लग रहे हो। यू हैव सक्सीडेड इन यॉर कनज़रेशन! अपने इन्द्रजाल में तुम कामयाब हो गए हो विटो।"

मिसेज़ मिनि रॉड्रिक्स हैरान-फटी आँखों से सीढ़ी के पास सटकर लटके आदमक़द डोल को देख रही हैं।

"मैं इसमें बैठूँगी?" मिनि रॉड्रिक्स की आवाज़ घबराहट में कुछ ज़्यादा ही पतली हो गई है। वे एक मासूम घबराई हुई बच्ची-सी लग रही हैं, "हरगिज नहीं! मैं मर जाऊँगी। विटो मैं मर जाऊँगी इसमें...।" मिनि रॉड्रिक्स हिचक-हिचककर रो रही हैं।

"बस चन्द सेकेंड में आप नीचे होंगी आंटी।" जब तक मिनि रॉड्रिक्स और सैंड्रा समेत टेरेस पर खड़ी इवान, बेकरी की पाँचों लड़कियाँ, मिकी अंकल और अर्थर कुछ समझें-समझें कि मिनि रॉड्रिक्स के व्हीलचेयर के पीछे का हैंडिल थाम विटोरिनो एक झटके में 'फ्रंट ऐंड लोडर मशीन' के आदमक़द डोल में दाख़िल हो गया है। टेरेस पर खड़ी सैंड्रा समेत इवान, रोज़ी, लाना, टीना, तमारा और डॉली- सबके सब सकते में हैं। मिकी अंकल और उनका भतीजा अर्थर भी। आदमक़द डोल यानी विशाल बकेट अब नीचे आ गया है। विटोरिनो ने डोल में खड़े और दो लोगों की मदद से मिनि रॉड्रिक्स के व्हीलचेयर को बहुत हिफ़ाज़त से बाहर निकाला है।

"क्या आपको कोई तकलीफ हुई आंटी?" विटोरिनो ने उमग भरे लाड़ से उनके चेहरे को अपनी दोनों हथेलियों में भरते हुए मुस्कराकर कहा है, "आंटी! आइ लव यू।"

"आओ, मेरे सीने से लग जाओ बेटे!" मिनि रॉड्रिक्स का मुख आँसुओं से तर है, "विटो! जाने कितने साल बाद मैं जमीन पर उतरी हूँ। मैं बेवजह डर रही थी। तुमने तो हिंडोले पर बिठाकर दुलार दिया मुझे।"

"यह मरियम और जीसस हैं!" मम्मी के सीने में भीगते विटोरिनो को देख सैंड्रा ने सुबक भरी मुस्कान से आँखें पोंछी हैं।

'फ्रंट ऐंड लोडर मशीन' के ड्राइवर को उनका किराया थमाते हुए विटोरिनो ने कहा है, "शाम को लगभग साढ़े छह-सात बजे एक बार और आपको आना होगा, आंटी को ऊपर टेरेस पर डालने के लिए।"

"जरूर! बस आप एक कॉल कर देना। हम लोग तो आपके घर के बिलकुल पास हैं। महात्मा गांधी रोड में।"

"मालूम है। आइए आंटी को हम लोग मिलकर गाड़ी में बिठा दें।" व्हीलचेयर को सरकाते हुए विटोरिनो ने इवान को गाड़ी का गेट खोलने का इशारा किया है।

"बस एक सेकेंड!" बेकरी की पाँचों लड़कियाँ जुट गई हैं, "आप मेरा हाथ कसकर थामिए।" यह रोज़ी है। बाक़ी की चार लड़कियों ने मिनि रॉड्रिक्स की काँख में दोनों तरफ़ से हाथ डाला है।

"अब गाड़ी के गेट तक आप आ गई हैं आंटी! अब तो बस एक सेकेंड में अन्दर सीट पर बैठना है।" यह लाना है, जो मिनि रॉड्रिक्स को मनुहार रही है।

"मम्मी! आप इस आर्मी की जनरल हैं। बस थोड़ी-सी हिम्मत करिए।" सैंड्रा ने मिनि रॉड्रिक्स का गाल छू दुलार करते हुए कहा है, "आपका व्हीलचेयर तो एकदम गाड़ी के गेट से सटा है।"

विटोरिनो ने इवान को गाड़ी की पिछली सीट के दूसरे दरवाजे से अन्दर जाने को कहा है ताकि मिनि रॉड्रिक्स जब गाड़ी की पिछली सीट पर थोड़ा भी आएँ, तो वह उन्हें आराम से बैठने में मदद करे। इवान गाड़ी में घुसने के पहले कुनमुनाई है। सच है कि अपनी लम्बी टाँगों को सिकोड़कर गाड़ी में बैठना उसके लिए लगभग असम्भव है। पर विटोरिनो के लगातार के संकेत पर वह किसी तरह गाड़ी के अन्दर घुसी है। इधर मिनि रॉड्रिक्स बेकरी की लड़कियों के तमाम मनुहार के बावजूद गाड़ी में बैठने का नाम ही नहीं ले रही हैं। मिकी डिसूज़ा और अर्थर उनकी हौसला अफ़जाई कर रहे हैं। पर मिनि रॉड्रिक्स हिलने तक को तैयार नहीं हैं। सबका इसरार विफल होते देख विटोरिनो ने मिसेज़ मिनि रॉड्रिक्स के दोनों हाथों में छड़ियाँ पकड़ा दी हैं और लड़कियों को एक बार काँख में ज़ोर लगाकर उन्हें सीट की तरफ़ थोड़ा झुकाने को कहा है।

"आंटी! बस एक पाँव गाड़ी में डालिए, इवान आपको अन्दर ले लेगी। ये गजब...!" एक बारगी मिनि रॉड्रिक्स ने अपना दायाँ पाँव गाड़ी के अन्दर डाला है और विटोरिनो की किलकारी फूट पड़ी है, "इवान! अब आंटी का हाथ पकड़ तुम इन्हें आहिस्ता-आहिस्ता अन्दर लेने की कोशिश करो। पीछे से इन्हें हम थामे हुए हैं। आंटी अब आप अपना बायाँ पाँव उठाकर गाड़ी में डालिए। प्लीज़ आंटी...।"

"ये तो कमाल ही हो गया।" विटोरिनो के उल्लास का पारावार नहीं है। मिनि रॉड्रिक्स ने अपना बायाँ पाँव भी गाड़ी में डाल दिया है। अब इवान उन्हें ठीक से पिछली सीट पर बिठाने के संघर्ष में जुटी हुई है। इधर वाले गेट से बेकरी की लड़कियाँ उन्हें सीट पर अन्दर खिसकने में भरपूर ज़ोर लगाए हुई हैं। मिनि रॉड्रिक्स अब किसी तरह सीट में समा चुकी हैं। विटोरिनो ने अब उनके फ़ोल्डिंग व्हीलचेयर को गाड़ी की डिकी में रख दिया है।

"मिकी अंकल! शाम को आप अर्थर के साथ घर चले जाइएगा। हमारे लौटने का इन्तज़ार मत करिएगा। पर हाँ, तुम सब प्लीज़ यहीं रुकना, हमारे आने तक। पूरा घर तुम लोगों के जिम्मे है। सारे कमरे खुले हैं। किचेन खुला है। तुम लोग खाना-पीना ठीक से और रुकना। शाम तक हम लोग हर हाल में लौट आएँगे।" बेकरी की अपनी सहयोगियों से कहकर सैंड्रा आगे की सीट पर बैठ गई है। विटोरिनो ड्राइविंग सीट पर है।

"आंटी! आप खुश हैं?" विटोरिनो अब मापुसा जानेवाली सड़क पर है।

"बहोत...बहोत...। क्या मैं सचमुच जाग रही हूँ विटो...? मुझे तो लग रहा है कि मैं गहरी नींद में एक मीठा सपना देख रही हूँ। गाड़ी की खिड़की से आँख-जी

भरकर असीम आकाश को देख रही हूँ मैं विटो। आकाश में टिके नीले बादलों के खजाने को वर्षों बाद देख पा रही हूँ माइ सन...। तीन साल से बिस्तर से चिपके रहकर मैंने उम्मीद ही छोड़ दी थी कि मैं कभी नीचे उतर पाऊँगी और इस तरह गाड़ी में बैठ पाऊँगी।"

"माइ गॉड!! मम्मी तो अचानक से पोएट बन गई हैं।" सैंड्रा ने खिलखिलाकर कहा है।

"पोएट नहीं...बर्ड...! आकाश में अपने पंख सुकून से फैलाकर उड़ती एक चिड़िया।" बाहर के दृश्यों में खोई मिनि रॉड्रिक्स खोये स्वर में विभोर हैं, "सूरज की इतनी खुली सुनहरी दुलार भरी रोशनी ज़माने बाद मैं देख पा रही हूँ। पेड़ की शाखों में परियों-सी खेलती सूरज की किरणें और देखो...आकाश में मोतियों की रंगतवाले सफ़ेद बादलों के झुंड...।"

"आंटी! इट्स अमेज़िंग रिअली...। अभी सचमुच आप खुले आकाश की खुश चिड़िया की तरह चहक रही हैं।"

"विटो! अर्से से बीमार-हताश मेरी आत्मा आज गा रही है, माइ सन! यू ऑल सिंग विद मी...! इस अनंत प्रकृति को देखते-देखते, हमारे खयाल बहुत दूर तक सैर करेंगे। भले ही सैकड़ों साल गुजर जाएँ, समय की भागती हुई हमारी इस गाड़ी पर विटो...।"

पतझड़

"गोवा तुमआमचेम गोयेमकारंचम...! संगातु मोगा तुजो...सुको सोंतोस रे जीवाचो...। कुद्दिंतो अत्मो असलेअरी मूजो...!" मिनि रॉड्रिक्स गाड़ी की खिड़की से बाहर के दृश्यों को निहारते हुए अपने में मगन गुनगुना रही हैं, "मोगु विसरोनामना रे तुजो... अन्तम जालेम लोकाचेम...गोवा तुमआमचेम गोयेमकारंचम...! मोगन अस्सोंक बोरेम...जीवित सुखी खोरेम...।"

"विटो! तुम समझ रहे हो मम्मी क्या गा रही हैं?"

"नहीं। यह कौन-सी भाषा है?"

"लोकल कोंकणी! गोवा की सबसे पुरानी भाषा।"

"क्या मीनिंग है इस गाने का सैंड्रा?" विटोरिनो ने ड्राइव करते हुए मुस्कराकर कहा है, "मैं भला कोंकणी कहाँ से जानूँगा!"

"यह गोवा में बहुत पुराने समय से चला आ रहा एक कोंकणी प्रेम-गीत है विटो! किसी दिन इसके एक-एक लाइन का मीनिंग चैन से बताऊँगी। पर फिलहाल मोटा-मोटी इसका भाव समझ लो। यह कोंकणी गीत कहता है कि—गोवा! तुम सिर्फ हमारे हो! हम गोवावासियों के हो। तुम्हारा होना, हमारे लिए सुख-सन्तोष का सबब है। प्यारे गोवा! मेरे शरीर में जब तक मेरी आत्मा है, तुम्हारा प्यार अटल

है। तुम पूरी पृथ्वी पर फैले हो गोवा! तुम्हारे प्यार में होना कितना अद्भुत है...।"

"माइ गॉड! सो स्वीट सांग न!" विटोरिनो ने विभोर होकर कहा है।

"अभी पूरा सुनो।" विटोरिनो को मीठे स्वर में बरजते हुए सैंड्रा ने पीछे सिर घुमाकर मम्मी को देखा है, जो अब चुप हो सैंड्रा को टिपटिप सुन रही हैं। सैंड्रा जारी हैं, "यह गीत कहता है कि गोवा की वह मधुर याद मेरे ज़हन से कभी नहीं जानेवाली। उस खुशबू की याद भला कैसे भूली जा सकती है, जो गोवा के आम और पककर पेड़ों में फटते कटहल की मीठी महक से डगडग रहती थी।"

"कितना प्यारा न! यह तो गोवा का ऐनथम...देशगान जैसा है सैंड्रा।" विटोरिनो ने मुग्ध हो एक पल मिनि रॉड्रिक्स और फिर सैंड्रा को देखा है, "ओह! दिल खुश हो गया।"

"मम्मी को गोवा के पुराने दौर के ऐसे बहुत-से गाने याद हैं विटो! कभी-कभी अपने माउथ ऑर्गन पर उन पुराने गानों के धुन मम्मी बजाती भी हैं।"

"मुझे इसका अन्दाजा ही नहीं था सैंड्रा।"

"हाँ विटो! मम्मी गाने का खजाना हैं। गोवा की खजान लैंड हैं मम्मी। माइ गॉड! जाने कितने बहुत पुराने-पुराने कोंकणी गाने अभी तक लाइन बाइ लाइन इन्हें याद हैं।" फिर मम्मी की तरफ़ मुड़कर सैंड्रा ने बड़े मनुहार से कहा है, "मम्मी! एक वह गाना जो तुम गाया करती थी...दैट डुएट सांग...'आमच्या शेजार्यात चेडू असले'...अगर याद है, तो प्लीज़ गाओ न।"

"मैं जीवन का कोई भी गीत भूली नहीं हूँ सैंड्रा! मैं जब दुनिया में नहीं रहूँगी, मेरे माउथ ऑर्गन का म्यूज़िक गूँजेगा इस घर में।"

"ओह! प्लीज़ सुनाइए न वह गाना, जिसके बारे में सैंड्रा कह रही है आंटी।" विटोरिनो ने मुदित स्वर में कहा है।

"यह थोड़ा बड़ा गाना है, फिर भी सुनो।" मिनि रॉड्रिक्स शुरू हैं, "आमच्या शेजार्यात...चेडू असले...नैर्याक देखतोस तें बुलताले...फोकारनाणि तोर विचारले... विचारताल्याक तें हें सांगताले...तुका मोचे...झाइ बाइ...ते नाका माका...तुका चेंपे दिता?...ते नाका माका...तुका लिपस्टिक झाइ बाइ?...ते नाका माका...तुका बिडो दिता?...तो झाइ माका...।" मिनि रॉड्रिक्स खिड़की के बाहर के मनोहारी दृश्यों को देख मुग्ध-मगन लय में हैं। बेशक थायरॉयड ने उनकी आवाज़ को भारी घना बना दिया है लेकिन लय से वे एक पल के लिए भी खिसकी नहीं हैं।

"यह गाना एक लड़के-लड़की की प्रेम कहानी है विटो! शुरू में दोनों का परिचय गाने में कुछ इस तरह से है...कि हमारे पड़ोस में एक लड़की रहती थी। एक दिन उसने एक सुन्दर युवक को देखा! वह युवक उसे बहुत अच्छा लगा। इस गाने में आगे कहा गया है कि लड़के को देखकर खुद में खोई हुई उस लड़की से कोई बात करता, तो उसे लड़के-लड़की का संगीतमय डुएट सुनाई पड़ता। डुएट यानी दोनों की बातचीत गीत में कुछ यों होती...लड़का लाड़ जताते हुए लड़की से पूछता है कि तुम्हें सुन्दर जूते ले दूँ...? लड़की मना करती है...नहीं, बिलकुल नहीं। लड़का फिर कहता है कि तुम्हें एक हैट दूँगा। लड़की मना करती है...नहीं,

बिलकुल नहीं। लड़का अब पूछता है कि बोलो क्या तुम्हें लिपस्टिक ले दूँ? लड़की फिर मना करती है...नहीं कतई नहीं! लड़का आखिर में मुस्कराकर कहता है...तुम्हें मैं चुम्बन दूँगा। लड़की तब मुस्कराकर कहती है...हाँ, मैं यह पसन्द करूँगी।" सैंड्रा ने तटस्थ भाव से सामने के रास्ते पर निगाहें जमाए हुए कहा है, "विटो! कोंकणी के गीत ज्यादातर इसी तरह सरल और निराले हैं।"

"और मधुर भी सैंड्रा।" विटोरिनो ने भी उसी तटस्थ स्वर में कहा है।

"गोवा की मिट्टी म्यूज़िक से भरी पड़ी है बेटे।" मिनि रॉड्रिक्स पीछे से जोड़ती हैं, "यहाँ बात-बात में गाना और मस्ती है। परम्पराएँ भी यहाँ की मौज से भरी हुई हैं।" खिड़की के बाहर सड़क से कुछ दूर नारियल पेड़ों की लहराती क़तार को निहारते हुए मिनि रॉड्रिक्स को जैसे कोई बिसरी हुई मधुर बात याद आ गई हो, सो मुस्कराते हुए वे फिर से जारी हैं, "विटो! गोवा का पुराना ट्रैडिशन रहा है कि शादी के पहले लड़के और लड़की को उनके अपने-अपने घरों में प्रेयर के बाद नारियल पानी और उसके गूदे के रस से नहलाया जाता है। करीबी रिश्तेदार, पारिवारिक दोस्त और पड़ोसी लड़के-लड़की के घरों में जुटते हैं और इस अवसर का एक विशेष गीत 'जोटी' गाते हैं। वे सब भी नारियल के गूदे के रस से लड़के-लड़की को रस लगाते हैं।

"आपकी शादी में भी ऐसा हुआ था मम्मी?" सैंड्रा बिहँसती है।

"हाँ!" मिनि रॉड्रिक्स के चेहरे पर एक शर्मीली हँसी बरबस कौंध गई है। पर अगले ही पल गहरे अफ़सोस से उन्होंने कहा है, "पर अब तो गोवा के नारियल पेड़ों को लेकर आए दिन सरकार कुछ न कुछ आफत करती रहती है।"

"क्या आफत आंटी?" विटोरिनो का स्वर सपाट है।

"गोवा सरकार माइंस और लैंड माफिया के दबाव में अक्सर शोशेबाजी करती है कि नारियल को पेड़ का दर्जा नहीं दिया जा सकता। गोवा की सरकारें इस गुमान में रहती हैं कि वह घास को पेड़ घोषित कर सकती है और नारियल पेड़ों को झाड़ी। दुनिया में यह तमाशा कहीं नहीं होता होगा। अब तो मापुसा के इस रास्ते में कहाँ हैं उतने नारियल पेड़। ज्यादातर कट गए। वरना मापुसा के इस रास्ते के दोनों तरफ नारियल पेड़ों का जंगल-जंगल जैसा था विटो।" मिनि रॉड्रिक्स ने गहरी साँस लेकर कहा है, "हमारे समय का मापुसा क्या था, तुम आज कल्पना नहीं कर सकते हो। मापुसा स्वर्ग था...स्वर्ग!" बरबस मिनि रॉड्रिक्स अपने गुज़रे ज़माने में खो रही हैं। गोवा के बार्डेज़ तालुका का यह शहर अपनी पुरानी छवि के संग मिनि रॉड्रिक्स के मन में जैसे मानचित्र के कैलेंडर की तरह डोल रहा है। और वह प्यारी-सी मापुसा नदी! यहाँ ज़माने से लगनेवाला हाट 'शुक्राचो बाज़ार'...!

मिनि रॉड्रिक्स के अन्दर जैसे मापुसा का कोई पुराना चलचित्र शुरू हो चुका है। वे अपने आप में अब पूरी तरह गुम हैं। मापुसा ज़माने से गोवा के 'ट्रेडिंग टाउन' के रूप में प्रसिद्ध रहा है। हलचलों से भरी एक व्यापारिक नगरी। पणजी से मात्र 13 किलोमीटर की दूरी पर। मिनि रॉड्रिक्स को लग रहा है जैसे सीट से नीचे लटक रहे उनके पेट में जाने कितनी बातें बड़ी बेतरतीबी से घुमड़ रही हैं। इवान रह-रहकर

उनके हिलकते शरीर को सँभालने का यत्न कर रही हैं। और मिनि रॉड्रिक्स अपनी हिलकती स्मृतियों को। मिनि रॉड्रिक्स को ज़माने बाद अपने पापा का चेहरा हू-ब-हू याद आया...।

उनके पापा-मम्मी की आपसदारी भी क्या ग़ज़ब थी। घर में ख़ुशियाँ हमेशा ख़ुशबू की तरह तैरती थीं। चाय-कॉफ़ी पीते पापा हर सुबह कोई न कोई क़िस्सा छेड़ देते थे। उनकी ज़्यादातर बातें मापुसा के जीवन से जुड़ी होती थीं।

पापा बताते थे कि पुर्तगालियों ने जब गोवा पर क़ब्ज़ा जमाया, उसके पहले यहाँ 'गाँवकरी' की मज़बूत व्यवस्था थी। यहाँ के लोग मुख्य रूप से कृषि पर आधारित थे। मापुसा के 'गाँवकरों' यानी निवासियों का उपाधिनाम मसलन 'टाइटिल'—खलप, नाइक, डिसूज़ा, फ़ारिया, ब्रैगांज़ा, कॉटिन्हो, कारास्कस, पिन्हो, पिंटो, मेंडोंसा और डिमेलो आदि था। पुर्तगाली जब गोवा के शासन में आए, तो उन लोगों ने गोवा को तीन प्रशासनिक खंडों में बाँटा—बार्डेज़, साल्सेट और तिसवाडी। उस समय बार्डेज़ तालुका में अनेक छोटे-छोटे ज़मींदार थे। उन दिनों भी मापुसा ही बार्डेज़ तालुका का मुख्यालय था। मापुसा के सुनहरे अतीत की गाथाएँ मिनि रॉड्रिक्स के पापा को उनके दादा-परदादा के विरासत के ज़रिये मिली थीं। पर इन क़िस्सों के संग-संग मापुसा के कण-कण के जिये दुलार को मिनि आज तक भुला नहीं पाई हैं। अभी ख़ामोश हो खिड़की के बाहर के दृश्यों को निहारते हुए मिनि रॉड्रिक्स के अन्दर मापुसा के उस व्यतीत युग के अनगिनत दृश्य लगातार छलक रहे हैं। वे याद कर रही हैं मापुसा के कंसारवड्डो वार्ड को जहाँ ताँबे के बरतन बनते थे। उनके बचपन के उन दिनों में मापुसा के अधिकांश घरों में ताँबे के बर्तन ही चलते थे। 'भान' यानी बड़ा बर्तन, जो पानी गर्म करने और धान उबालने के काम में आता था। इसी तरह 'चिम्बु' यानी छोटे बर्तन। इसी तरह थालियाँ, कटोरे और ग्लास आदि। कंसारवड्डो में टूटे-फूटे बरतनों की मरम्मती भी की जाती थी। पर आज के समय में बरतनों की मरम्मती की बात कोई सोच भी नहीं सकता। मापुसा के वे ताँबई दिन वाक़ई बड़े अनूप थे। मापुसा की बेकरीयाँ भी अनूठी थीं। जोस ब्रैगांज़ा की एक बेकरी अंजुना में और चर्च के पास अरम्बल में भी एक बेकरी थी, जहाँ मिनि अपनी बहन और दोस्तों के साथ जाया करती थीं। बाद में चर्च के पास 'सेंट ज़ोज़फ़्स बेकरी' शुरू हुई। बचपन में अपनी बहन रोज़ू और स्कूली व मुहल्ले की दोस्तों के संग भूना चना यानी 'भाजेल चोन्नेम' का क्या ही आनन्द था। अपनी बी.एस.ए. साइकिल पर जा रहे बेकरी मालिक जोस ब्रैगांज़ा अंकल जब रास्ते में बच्चों की इस टोली को मटरगश्ती करते देखते, तो मुस्कराकर कहते, "ओ शैतानी की पिटारियों...। बीच सड़क पर मत कूदो। किसी गाड़ी से ठोकर लग गई, तो हाथ-पाँव तुड़वा बैठोगे। सारी मस्ती निकल जाएगी।" जोस ब्रैगांज़ा अंकल को भी भूना चना फ़ाँकते रहने की आदत थी। वे अपने पैंट की जेब में हमेशा भूने चने रखते थे। मिनि रॉड्रिक्स उन्हें याद कर मन ही मन हँस रही हैं। वे एकदम बाल स्वभाव के थे। हमेशा हाफ़ पैंट और स्पोर्टिंग गंजी पहनते थे। ब्रैगांज़ा अंकल दरियादिल भी उतने ही थे। अगर कोई उनसे कभी कुछ माँग देता, तो

कभी वे मना नहीं करते थे। मस्तमौला ब्रैगांज़ा अंकल से उनके पापा की ख़ूब छनती थी। पापा ने मज़ाक़ में एक बार उनसे जब कहा, "क्या ब्रैगांज़ा! यह क्या बच्चों की तरह पैंट की जेब में चने रखते हो?," तो ब्रैगांज़ा अंकल मुस्करा पड़े, "मस्ती के लिए कोई उम्र नहीं होती।" ब्रैगांज़ा अंकल की पत्नी ब्रैगांज़ा आंटी एक विशाल मानव केक सरीखी थीं। अपने बढ़े वज़न को लेकर वे कहती थीं कि ब्रैगांज़ा के केक और बारह बच्चों को जन्म देने की वजह से वे इस आकार-प्रकार की हो गई हैं। ब्रैगांज़ा अंकल-आंटी के इन बारह बच्चों में छह बेटे और छह बेटियाँ थीं। उनके सबसे बड़े बेटे जॉन पणजी हाईकोर्ट में कार्यरत थे। दूसरे बेटे कॉर्नेल मस्कट में नौकरी करते थे। ब्रैगांज़ा अंकल को मरते दम तक इस बात का अफ़सोस रहा कि बेकरी के उनके इस पुश्तैनी पेशे में उनका कोई बच्चा नहीं आया।

जोस ब्रैगांज़ा के घर से दो-ढाई सौ मीटर बाद खोरलिम के वार्ड नम्बर बारह में एक 'तारकनाथ शिंदे स्टेशनरी शॉप' हुआ करता था। इस शॉप के पीछे 182 नम्बर का एक बहुत पुराना घर था, जिसके आगे एक छोटा-सा बरामदा था। यह घर पता नहीं अब उसी शक्ल-सूरत में वहाँ है या नहीं। पर गोपालकृष्ण प्रभु पर्रिकर का यह घर चहल-पहल से भरा एक ख़ुश-घर था। इन्हीं गोपालकृष्ण प्रभु पर्रिकर के लड़के मनोहर पर्रिकर आगे चलकर गोवा के मुख्यमंत्री बने। गोपालकृष्ण प्रभु पर्रिकर मापुसा के ऐन सटे पारा गाँव के मूल निवासी थे। मापुसा के 'न्यू म्युनिसिपल मार्केट' के शॉप नम्बर-94 में उनकी एक दुकान थी। इसी दुकान की आमदनी से पर्रिकर का परिवार चलता था। मिनि रॉड्रिक्स को अभी बरबस कौंध गए हैं धीर-गम्भीर मुख वाले गोपाल पर्रिकर अंकल।

मापुसा शहर तब दिन रहस्य-रोमांच, चैपेल, मंदिर, हाट-बाज़ार और मस्त कैफ़े आदि का एक प्यारा-सा कोलाज़ था। आराम से मापुसा की तरफ़ बढ़ती कार के संग मिनि रॉड्रिक्स को लग रहा है, मानो वे वर्षों छूटी यादों के क़रीब और क़रीब पहुँच रही हैं। उन्हें अपने बचपन के दिनों के भुतहा 'क्वार्टेल' का दृश्य भी अभी मन में अचानक कौंध गया है। 'क्वार्टेल' के पीछे एक विशाल ऊँची चहारदीवारी के भीतर पुराने ज़माने के खँडहर हो चुके अनगिनत बैरक्स थे, जिनके बारे में कहा जाता था कि वहाँ ग़ुलामी के दिनों में स्वतंत्रता संग्रामियों से लेकर हत्यारे और चोर-डाकू आदि क़ैद कर रखे जाते थे। कहते हैं कि गोवा की स्वतंत्रता के लिए संघर्षरत क्रान्तिकारियों को इन्हीं बैरकों के भीतर बर्फ़ की सिल्ली पर डालकर पीटा जाता था। मापुसा के पुराने लोगों का मानना था कि कई लोग, जो यातनाओं के शिकार होकर इन बैरकों में मर गए, उनकी आत्माएँ अभी भी इसमें भटकती हैं। मिनि रॉड्रिक्स को याद है कि अपनी दोस्तों के संग बचपन में दोपहरियों को वे कौतूहलवश कई बार 'क्वार्टेल' की तरफ़ गई थीं और वहाँ के डरावने सन्नाटे से घबराकर भाग आई थीं। बचपन से लेकर फूटती किशोरावस्था के दिनों में मापुसा के 'सेंट ज़ोज़फ़्स चैपेल' का हिस्सा भी उन लोगों की मटरगश्तियों का अड्डा था। 'सेंट ज़ोज़फ़्स चैपेल' पुर्तगालियों के ज़माने में एक 'मिलिट्री चैपेल' हुआ करता

था। पुर्तगाली जब चले गए, तो यह आम जनता के वास्ते खोल दिया गया और इसे मापुसा चर्च के ज़िम्मे कर दिया गया। इस बेहद पुराने चैपेल के बग़ल में एक 'जुआरी क्लीनिक' हुआ करता था। जिस एक बहुत पुराने जर्जर घर में यह क्लीनिक था, वह चैपेल के अधीन था। इस क्लीनिक में हड्डियों की बीमारियों और हड्डियों के टूट-फूट का इलाज होता था। पुरानी चिकित्सा पद्धति से हड्डियों का इलाज करनेवाले जो बूढ़े डॉक्टर साहब क्लीनिक में बैठते थे, वे जुआरी के रहनेवाले थे। क्लीनिक के उड़े रंगवाले बोर्ड पर लिखा था कि यह क्लीनिक यहाँ सन् 1861 से चल रहा है। हड्डियों के ये अनोखे चिकित्सक मापुसा में 'जुआमरेचो वायज़' के नाम से ख्यात थे। जुआरी गाँव के ये डॉक्टर साहब ख़ानदानी हड्डी चिकित्सक थे। यह क्लीनिक इसलिए कई पुश्तों से था। मिनि रॉड्रिक्स को अभी दिमाग़ पर ज़ोर डालने पर याद आ रहा है कि उन लोगों के बचपन के समय में उस क्लीनिक में डॉ. जॉन फ़र्नांडीस बैठते थे। यों अपने पिता के समय से ही जॉन क्लीनिक के काम में सक्रिय थे। पर पिता के निधन के बाद पूरे तौर पर उन्होंने क्लीनिक को सँभाल लिया था। जॉन के साथ सहयोग में उनका बेटा लुइस बैठता था।

स्मृतियों के उल्लास में अभी डूब-उतरा रहीं मिसेज़ मिनि रॉड्रिक्स को मापुसा पुलिस स्टेशन के समीप 'सारस्वत स्कूल' के पीछे स्थित भव्य 'सदाशिव भवन' उर्फ़ 'नाटेकर बिल्डिंग' की भी याद आई है। पता नहीं, वह अभी भी उस शक्ल में है या नहीं। मापुसा का वह सबसे भव्य मकान था। नाटेकर परिवार मापुसा में कपड़ों का सबसे बड़ा व्यवसायी था। सन् 1933 में इस परिवार के दामु सदाशिव नाटेकर ने बहुत शौक़ और भारी ख़र्चे से इस शानदार इमारत को बनवाया था। मिनि रॉड्रिक्स याद कर रही हैं कि उनके पापा 'नाटेकर बिल्डिंग' के बारे में बताया करते थे कि मकान का नक़्शा दामु नाटेकर ने बम्बई के एक मानिंद आर्किटेक्ट से बनवाया था। 'नाटेकर बिल्डिंग' उर्फ़ 'सदाशिव भवन' ही मापुसा का वह पहला घर था, जहाँ सबसे पहले बिजली लगी थी। साथ ही जेनरेटर भी लगा। इत्तफ़ाक़ से इस मकान के ठीक पीछे उन्हीं दिनों मापुसा का नया पावर हाउस बना था।

मिनि रॉड्रिक्स को अभी गाड़ी की रफ़्तार के साथ वे सभी प्यारे दिन गाड़ी की खिड़की के बाहर जैसे एक-एक कर दिख रहे हैं। बचपन के उन दिनों में उनके लिए चर्च और मंदिर में कोई फ़र्क़ नहीं था। पापा-मम्मी के संग चर्च के प्रेयर में भी वे मस्ती के मूड में ही जाती थीं और अपनी दोस्तों के संग शामों को 'महारुद्र हनुमान टेम्पल' की आरती का प्रसाद भी पा आती थीं।

"कहाँ खोयी हुई हो मम्मी?" सैंड्रा की बात से जैसे मिनि रॉड्रिक्स की तल्लीनता टूटी है।

"मन में खोयी थी सैंड्रा।" मिनि रॉड्रिक्स लम्बी साँस ले क्षण-भर रुकी हैं। फिर कहा है, "ऐ सैंड्रा! इतनी देर में जाने कितनी यादों से गुजर गई हूँ।"

"अभी एक मिनट पहले क्या याद कर रही थी?"

"कैफ़े जुज़ार्टे की चहल-पहल।" मिनि रॉड्रिक्स ने बाहर खिड़की की तरफ़

नज़र जमाए हुए कुछ इस अन्दाज़ में कहा जैसे खिड़की के फ्रेम में जड़े अपने पसन्दीदा 'कैफ़े जुज़ार्टे' को निहार रही हों, "ओह सैंड्रा! 'कैफ़े जुज़ार्टे' के एग चॉप्स, समोसे और फालूदा का मज़ा ही कुछ और था। पाव भाजी भी वहाँ कई किस्म की। इसके मालिक मि. जुजार्टे दरअसल एक 'अफ्रीकेंडर' थे।" एक पल थमकर वे फिर जारी हैं, "तुम अफ्रीकेंडर का मतलब जानती होगी सैंड्रा। वे गोअन, जो अर्से तक अफ्रीका में बसे रहने के बाद फिर लौटकर अपने गोवा आ गए... वही...। जुज़ार्टे परिवार के बारे में मेरे पापा बताते थे कि मि. ज़ोज़फ़ मुरूम्बी जुज़ार्टे का जन्म अफ्रीका में ही हुआ था, क्योंकि उनके फ़ादर ही अपने भाई-भतीजों के संग गोवा से अफ्रीका में जा बसे थे। वहाँ मापुसा से गए इस परिवार ने अपना व्यवसाय जमाया। वहीं की एक 'मसाई' लड़की से ज़ोज़फ़ जुज़ार्टे के फ़ादर ने शादी की थी।" मिनि रॉड्रिक्स अपने में ही खोई-खोई हुई जारी हैं, "ज़ोज़फ़ मुरूम्बी जुज़ार्टे पूर्वी अफ्रीका यानी ईस्ट अफ्रीका के देश कीनिया के जाने-माने पॉलिटिशियन थे सैंड्रा। वे कीनिया के विदेश मंत्री और उपराष्ट्रपति यानी वाइस प्रेज़िडेंट भी रहे। यू नो सैंड्रा...! उसी जुज़ार्टे परिवार के कुछ सदस्य बाद में कीनिया से वापस गोवा लौट आए और यहाँ मापुसा में 'कैफ़े जुज़ार्टे' शुरू किया...।"

"मम्मी! आपने कहा कि जोज़फ़ मुरूम्बी जुजार्टे के फ़ादर ने एक 'मसाई' लड़की से शादी की थी...। यह 'मसाई' मैं समझ नहीं पाई...।"

"सैंड्रा! 'मसाई' एक कम्यूनिटी है, जो साउथ कीनिया और उत्तरी यानी नॉर्थ तंजानिया में रहती है। यह मिज़ाज से आधी खानाबदोश कम्यूनिटी है। 'मसाई' वहाँ की नीलोत जनजाति है। इनका मुख्य काम मवेशी पालन है। ये भारी योद्धा भी रहे हैं।"

"आंटी वाक़ई कितना कुछ याद रखती हैं सैंड्रा!" गाड़ी चलाते हुए विटोरिनो ने सामने रास्ते की तरफ़ देखते हुए मुदित होकर कहा है, "दैट्स व्हाइ...। आइ लव आंटी। अफ्रीका की 'मसाई' कम्यूनिटी के बारे में मैं नहीं जानता था। पर इनसान की फितरत भी अजीब है न सैंड्रा। देखो मापुसा ने मसाई से कैसे रिश्ता बना लिया।"

"रिश्तों का रहस्य बस एक गॉड जानते हैं विटो! सन् साठ के दौर में कीनिया की मिली-जुली सरकार में 'कीनिया इंडियन कांग्रेस' पार्टी के एक मिनिस्टर थे मि. अरविंद जमींदार। कीनिया की उस समय की सरकार में वे इकलौते एशियन मिनिस्टर थे। विटो! पता नहीं गोवा से उनका क्या प्यार था कि वे दो-तीन साल पर यहाँ छुट्टियाँ मनाने आते ही थे। इन्हीं यात्राओं में जाने कैसे सैंड्रा के पापा से उनकी दोस्ती हो गई थी। गोवा आते ही वे सीधे हमारे यहाँ आते थे। सैंड्रा के पापा से वे चर्चा में कहते थे कि कीनिया में बसे दो लाख साठ हजार एशियन लोगों के संग क्या-क्या मुश्किलें हैं।"

"आंटी! वाकई कितना कुछ है आपकी मेमोरी में! आइ सैल्यूट यॉर अमेजिंग मेमोरी।" विटोरिनो विस्मित है।

"पूछो मत विटो! मम्मी को बचपन में नर्सरी में पढ़ी सारी पोएट्री अभी तक याद है।" सैंड्रा हँसी से छलक पड़ी है, "ए मॉम! प्लीज़ अब हम मापुसा पहुँचने

ही वाले हैं, तुम बचपन की अपनी कोई एक सबसे फ़ेवरेट पोएट्री सुना दो न...।"

"तुम भी न एक पागल हो सैंड्रा...।" मिनि रॉड्रिक्स मुस्करा पड़ी हैं।

"प्लीज़ सुनाओ न मम्मी! विद ट्यून...लय...सुर में गाकर...।"

"ओह माइ गॉड! बेहद जिद्दी बच्चा।" मिनि रॉड्रिक्स के स्वर में एक झेंप भरी पुलक है, "लो सुनाती हूँ बाबा।" वे अपनी भारी खरखराती आवाज़ के संग अब सुर में हैं..."रो, रो, रो यॉर बोट...जेंटली डाउन द स्ट्रीम...मेरिली, मेरिली, मेरिली...मेरिली...लाइफ़ इज़ बट अ ड्रीम...!"

मिनि रॉड्रिक्स की सूई जैसे अन्तिम पंक्ति पर अटक गई है और वे मंद-मंद स्वर में अब खिड़की के बाहर आँखें टिकाए इस एक पंक्ति को गुनगुना रही हैं..."लाइफ़ इज़ बट अ ड्रीम...लाइफ़ इज़ बट अ ड्रीम!"

"बस अब चन्द मिनटों में हम मापुसा में दाखिल होंगे।" सैंड्रा की आवाज़ में चहक है।

"विटो।" मम्मी की ख़ुशी अब ज़ोर से छलक आई है, "डू यू रिमेम्बर कि शेक्सपियर ने क्या कहा है! उन्होंने कहा है, "जर्नीज़ ऐंड इन लवर्स मीटिंग...। मापुसा और मेरा नाम दोनों 'एम' लेटर से है। मापुसा की दीवानी यह मिनि रॉड्रिक्स बस अपने प्यारे...वर्षों से बिछड़े मापुसा से अभी जा मिलेगी।"

"जी आंटी! वी नेवर थिंक दैट बीइंग लॉस्ट इज़ आउअर डेस्टिनेशन...।" विटोरिनो हँस पड़ा है, "यू आर लॉस्ट इन यॉर हैप्पीनेस आंटी!"

"विटो! याद आती है, कहीं पढ़ी यह बात...अ काइट इज़ द लास्ट पोएम यू हैव रिटन...गिव इट टू द विंड...।" एक पल थमकर मिनि रॉड्रिक्स यादों के दरीचे से फिर झाँक रही हैं, "ऐ विटो! माइ सन! मापुसा वह पतंग है, जिसे मैं वर्षों पहले हवा को सौंप आई थी।"

"हाँ, अब यहाँ से बाएँ चलो। यह रास्ता राजवड्डो रोड जाएगा, जहाँ 'गोमेज़ कटाओ कम्प्लेक्स' है। उसके ठीक सामने एमिका का घर है। वहीं 'फ़ेराओ मैंशन' के पास।" सैंड्रा गाइड बनी हुई है।

"विटो! सैंड्रा को भी मापुसा का बहुत कुछ मालूम है। और मुझे तो आँख पर पट्टी बाँधकर पूछोगे, तो मापुसा का चप्पा-चप्पा बता दूँगी।" एक पल थमकर मिनि रॉड्रिक्स ने बिहँसकर कहा है, "बेटे! छोटे शहरों में लोग हवा की खुशबू कुछ ज़रूरत से ज्यादा उत्सुक नाक से खींचते हैं। दरअसल, छोटे शहरों के हरेक घर के लोग थिएटर ग्रुप की तरह होते हैं। सबका अपना अलग-अलग राग होता है और छोटी-छोटी अफवाहबाजियों के मीठे-मीठे गीत होते हैं।"

"रिअली वंडरफ़ुल स्मॉल टाउन लाइफ़।" विटोरिनो भी संगत देने के भाव में है।

"वह रहा 'कॉन्फ़िडेंट कॉफ़िन सर्विस' का बोर्ड! एमिका का घर।" सैंड्रा ने कुछ खोजकर लेने जैसे उत्साह में कहा है। कितने साल बाद वह मापुसा आई है। बहुत सुपरिचित जगह पर अर्से बाद जाकर अपनेपन में भी एक अजनबीयत-सी चुपके से छलकती रहती है। विटोरिनो ने गाड़ी रोक दी है।

"सैंड्रा! खुशी दरअसल में एक हिम्मत है।" सबकी अगवानी करते हुए एमिका की ख़ुशी का पारावार नहीं है। उसके पति ऑस्कर की उमग भी देखते ही बन रही है। उसने अपने कॉफ़िन कारख़ाने में काम करनेवाले दोनों कारीगरों पिंटू और मिंटू को आवाज़ देकर बाहर बुला लिया है। उसे अन्दाज़ है कि मिनि आंटी को गाड़ी से उतारने में चार-पाँच लोगों की ज़रूरत पड़ेगी।

"सैंड्रा! तुमने और आंटी ने हिम्मत नहीं की होती, तो हमें यह खुशी नहीं मिलती।" एमिका ने मिनि रॉड्रिक्स की सीट के तरफ़ का गेट खोलते हुए कहा है।

"तुम्हारी ज़िद से हमारी हिम्मत बँध गई एमिका।" मिनि रॉड्रिक्स ने गाड़ी की सीट पर से कहा है, "इस आख़िरी बार मापुसा आने के बाद अब अगर मैं मर भी जाऊँगी न, तो आज की अपनी यह खुशी कब्र में लेकर जाऊँगी। तुम दोनों, मेरी बेटियों ने मेरी आख़िरी इच्छा आज पूरी कर दी।"

"पर इसके लिए क्रेडिट विटोरिनो को देना होगा। जिस नुस्खे से विटो ने मम्मी को ऊपर की मंज़िल से उतारा...। माइ गॉड! वह देखने लायक था।" एमिका से विटोरिनो का परिचय कराते हुए सैंड्रा ने कहा है, "ये विटोरिनो हैं! मेरे गेस्ट। लिस्बन से आए हैं, गोवा की जिन्दगी पर फ़ोटोग्राफ़ी करने। वर्ल्ड फ़ेम फ़ोटोग्राफ़र...।"

"यू मेड माइ डे सैंड्रा! इतने ग्रेट फ़ोटोग्राफ़र के कैमरे से आज बैरी और एगबर्ट के 'बर्थ-डे' की तस्वीरें होंगी! कमाल ही होगा न।" एमिका विभोर भंगिमा में मुस्कराई है, "आज सब कुछ अमेज़िंग...आश्चर्य...हो रहा है मेरी जान! आंटी का यहाँ आ जाना...! ओह, मुझे तो अभी भी अपनी आँखों पर यकीन नहीं हो रहा। वह जो कहते हैं न कि 'ऑल वंडर्स बिगिन्स विद अ वुमन'...मैं कहूँगी कि ऑल वंडर्स बिगिन्स विद मिसेज़ मिनि रॉड्रिक्स...। अवर लेडी ऑव मिरैकल्स...।"

"मुझे रुलाओगी क्या एमिका?" मिनि रॉड्रिक्स का गला भावुक हो रुँध आया है। तत्क्षण अपने को सँभालते हुए उन्होंने कहा है, "पर नहीं! आज मुझे बस गुनगुनाना चाहिए।"

"ह्यूमैनिटी ऑव द मोमेंट...! यही एकमात्र फ़िलॉसफ़ी...दर्शन है मेरी फ़ोटोग्राफ़ी का।" गाड़ी की पिछली सीट पर बैठी मिसेज़ मिनि रॉड्रिक्स की एक तस्वीर कर विटोरिनो ने एमिका की तरफ़ मुख़ातिब हो कहा है, "एमिका! अभी पिछले सेकेंड का यह बीता पल वही था...ह्यूमैनिटी ऑव द मोमेंट...। ऐंड आइ टेल यू...आइ डोंट ट्रस्ट वर्ड्स...आइ ट्रस्ट पिक्चर्स...। मैं शब्दों पर नहीं, तस्वीरों पर भरोसा करता हूँ।"

दोपहरी की रंगत बदल रही है। दो-ढाई घंटे में शाम होगी। सितम्बर के आख़िरी दिन हैं और इसके साथ धीरे-धीरे दिन छोटे होने लगे हैं। सैंड्रा ने एमिका को पहले से कह रखा है कि शाम होते ही 'बर्थ-डे' का सेलिब्रेशन कर लिया जाए क्योंकि अँधेरा घिरने के पहले पणजी पहुँचना सही रहेगा। मम्मी को फिर पहली मंज़िल पर डालने की प्रक्रिया क़तई आसान नहीं होगी। ऑस्कर अभी अपने दोनों सहयोगियों पिंटू और मिंटू के संग गाड़ी के पिछले गेट के पास इस ऊहापोह में खड़ा है कि किस उपाय से आंटी मिनि को गाड़ी से उतारा जाए। आया इवान गाड़ी से निकलकर

बाहर खड़ी है। अचानक मिनि रॉड्रिक्स ने एमिका को आवाज़ दी है, "ओ माइ स्वीट डॉटर एमिका...प्लीज़...सुनो मेरी एक बात।"

"जी आंटी।"

"क्या मुझे दो घंटे की मोहलत दोगी?"

"क्यों आंटी?"

"क्या तुम्हें लगता है कि मापुसा मैं फिर कभी आऊँगी? इसलिए ओ मेरी एमिका...! मेरी अन्तिम इच्छा है कि गाड़ी से चक्कर लगाकर मैं जी भरकर मापुसा को आख़िरी बार देख लूँ। पता नहीं हमारा वह पुराना घर अब होगा या नहीं...पर एक बार 'कासा दीक्षितकर हाउस' के पास जाकर अपने पापा-मम्मी के घर को देखना चाहूँगी।"

"ओके आंटी। ऐज़ यू विश! जरूर जाइए।"

"बस एक-डेढ़ घंटे में हम लौट आएँगे।" मिनि रॉड्रिक्स का उत्साह समाये नहीं समा रहा है।

मापुसा के मेन स्ट्रीट पर गाड़ी बढ़ रही है। अभी मिनि रॉड्रिक्स गाइड बनी हुई हैं। उनका वश चले, तो गाड़ी से उछाल मारकर वे सड़क पर मस्ती में, अठर-मटर कर चलें।

"यह मापुसा का पुराना 'स्लॉटर हाउस'...और आगे वह रहा तीखा ढलवाँ रास्ता! कभी वहाँ हमारे पड़ोसी मापुसा के पुराने घड़ीसाज़ नार्बर्टो सिक्वेरा की दुकान थी। आगे उनकी दुकान और पीछे रिहाइशी घर। इसका नाम था—'कासा दीक्षितकर हाउस'! लो, वह रहा सिक्वेरा का घर...और ओह...वह...!" मिसेज़ मिनि रॉड्रिक्स की आवाज़ अचानक अटक-सी गई है।

"और वह खँडहर हमारी ननिहाल।" सैंड्रा ने मिनि रॉड्रिक्स के अधूरे वाक्य को पूरा कर दिया है, "बचपन में जाने कितनी बार मैं मम्मी के साथ यहाँ आ चुकी हूँ।"

पीला बदरंग-सा यह बहुत पुराना मकान लगभग गिर-सा चुका है और कई जंगली पेड़ यहाँ उगे हुए हैं।

"विटो! माइ सन! गाड़ी को प्लीज़ मेरे घर के करीब ले चलो।" मिनि रॉड्रिक्स विकल हो रही हैं।

विटोरिनो ने गाड़ी को घर के ढहे बाउंड्रीवाल से लगभग सटा दिया है। ऐसा लग रहा है कि जाने कितने वर्षों बाद कोई इस घर के पास रुका है। इस ढनमनाए मकान की जगह-जगह से फटी फ़ीकी पड़ चुकी पीली दीवारें, खिड़कियों के टूटे पल्लों और उजाड़ बदरंग दरवाज़ों के संग किसी जड़ से सूखे विशाल स्याह पेड़ की तरह खड़ी थीं। कैम्पस का घास दस-पन्द्रह वर्षों से कटा नहीं लगता और पाँच-छह जंगली दरख़्त इस घर की लावारिसी के गवाह के रूप में खड़े हैं। बेशक, सात-आठ साल में यह पूरा खँडहर आंधी-बारिश के धक्कों से नीचे लेट जाएगा। विटोरिनो, सैंड्रा और इवान घर के भग्न बाउंड्रीवॉल के पास गाड़ी से उतरकर खड़े हैं। गाड़ी में बैठीं मिसेज़ मिनि रॉड्रिक्स आँसुओं से तर हो रही हैं।

"सुनिएगा प्लीज़!" सैंड्रा ने पास से गुज़र रहे एक बुज़ुर्ग को रोका है।

"जी कहिए।" बुज़ुर्ग रुक गए हैं।

"यह घर कब से इस हाल में है?"

"लगभग पन्द्रह साल से यह घर बन्द पड़ा है।"

"क्यों?" सैंड्रा ने अनजान भाव से पूछा है।

"यह घर कभी पेरेरा परिवार का था। मि. पेरेरा के दो बेटियाँ ही थीं। मि. पेरेरा और उनकी वाइफ़ के गुजर जाने के बाद उनके दोनों बेटी-दामाद ने यह घर जॉनी डिकोस्टा के हाथों बेच दिया। मि. डिकोस्टा यहीं मापुसा के पास के पारा के थे। कई सालों तक मि. डिकोस्टा अपनी पत्नी के साथ इस घर में रहे। उनका बेटा न्यूज़ीलैंड में बसा हुआ है। एक-एक कर जब मि. डिकोस्टा और उनकी वाइफ़ जब गुजर गए, तो उसके बाद से यह घर बन्द है। उनका बेटा इस घर पर ताला मारकर जो गया सो न्यूज़ीलैंड से फिर कभी आया नहीं।" बुज़ुर्ग कहानी बताकर अब चलने को हैं।

"आपको तो इस घर की पूरी कहानी मालूम है। पूरी हिस्ट्री-जिऑग्रफ़ी!" सैंड्रा मुस्करा उठी है।

"भला कैसे नहीं मालूम हो? यह बगल वाला घर हमारे परिवार का है।"

"क्या आप सिक्वेरा फ़ैमली से हैं?" सैंड्रा के स्वर में उत्सुकता है।

"जी हाँ। मैं नार्बर्टो सिक्वेरा का सबसे छोटा बेटा हूँ।"

"आपका नाम?"

"लॉरेंस सिक्वेरा!"

"पेरेरा फ़ैमली में आप किस-किस को जानते थे?"

"सबको! मि. पेरेरा की बड़ी बेटी मिनि स्कूल में मेरे साथ पढ़ती थी। शुरू से बहुत मोटी थी वह।" लॉरेंस सिक्वेरा के चेहरे पर झेंप भरी हँसी बरबस कौंध गई है, "उसकी छोटी बहन रोज़ू भी उतनी ही मोटी। और आंटी यानी मिनि-रोजू की माँ का भी खासा वजन था।"

"मिनि याद हैं आपको?" सैंड्रा को जैसे मज़ा आ रहा है।

"अरे, कैसे नहीं! वह स्कूल में मेरे साथ पढ़ती थी। पर हाँ, वर्षों से उसे देखा नहीं! वह पणजी में ब्याही थी। पता नहीं कि अब वह इस दुनिया में है भी या नहीं।"

सामने के उजाड़ घर की तरफ़ फिर से एक उचटती-सी नज़र डाल लॉरेंस सिक्वेरा ने गहरी साँस लेकर कहा है, "समय भी तो कितना निकल गया।"

"मिनि से आपको अभी मिलवा दूँ?" सैंड्रा ने मुस्कराकर कहा है।

"उफ! क्या मजाक है!! मैं चलता हूँ।" बुज़ुर्ग लॉरेंस सिक्वेरा की आवाज़ में झल्लाहट है, "थैंक यू।"

"प्लीज़...रुकिए अंकल! आइए मेरे साथ।" सैंड्रा गाड़ी के पास बढ़ी है और गाड़ी का पिछला गेट खोल दिया है, "अंकल! ये रहीं आपकी मिनि।"

"माइ गॉड!" लॉरेंस सिक्वेरा मारे विस्मय के ज़ोर से चिहुँक पड़े हैं।

"मम्मी! इनको पहचानिए तो।" सैंड्रा ने मिनि रॉड्रिक्स से बिहँसकर कहा है,

"ये बता रहे हैं कि स्कूल में आप इनके साथ पढ़ती थीं।"

"ओह नो। कांट बिलीव।" मम्मी ने गाड़ी की सीट से झाँककर देखा है और असम्भव हैरानी से छलक पड़ी हैं, "इस बुड्ढे को कहाँ से पकड़ लाई...? ये तो लॉरेंस है।" मम्मी की आवाज़ भावुकता में भर्रा गई है, "मैं तो सोच भी नहीं सकती थी कि लॉरेंस से मुलाकात होगी।" मम्मी झरझर रो रही हैं।

"और मैं क्या सपने में भी सोच सकता था कि अचानक इतने समय बाद तुम मुझे यहाँ मिलोगी।" लॉरेंस सिक्वेरा का भी कंठ रह-रहकर अवरुद्ध हो रहा है, "ये बेटी है तुम्हारी?"

"हाँ, ये सैंड्रा है! मेरी इकलौती बेटी।"

"अभी मैं इससे कह रहा था कि बचपन में तुम कितनी मोटी थी। अब तो और बेहिसाब फैल गई हो तुम। ऐ मिनि! तुम वजन कम करनेवाली सर्जरी क्यों नहीं करा लेती?" लॉरेंस सिक्वेरा की आवाज़ में लाड़ और छटपटाहट है।

"अब ऊपर जाने की तैयारी में हूँ। वजन कम करने के बदले अब अपने लिए लम्बा-चौड़ा कॉफ़िन बनवाऊँगी।"

"तुम हमेशा से पागल ही रह गई।" लॉरेंस सिक्वेरा ने अनुराग से कहा है, "हमारे घर तो चलो। हैव सम कॉफ़ी!"

"तुम्हें लगता है कि मैं गाड़ी से आसानी से उतर पाऊँगी? अगर उतर पाती, तो अब तक इस पूरे लेन का चक्कर न लगा चुकी होती!"

मिनि रॉड्रिक्स यादों की प्यारी गली में घुस गई हैं। लॉरेंस सिक्वेरा से उनके पूरे परिवार का हालचाल पूछ वे बचपन के पुराने दोस्तों के बारे में अब पूछ रही हैं। और अचानक से उन्होंने कहा है, "ऐ लॉरेंस! कॉफ़ी पिलाने के बदले मेरे घर के सामने की थोड़ी मिट्टी किसी कागज में मोड़कर मुझे दे दो। आइ नीड माइ सॉइल!"

"शॉर! अभी देता हूँ।" लॉरेंस ने बड़े स्नेह से कहा है। मम्मी के घर के सामने से मिट्टी लेने वे बढ़ गए हैं।

"मम्मी फिर शुरू हो गई हैं।" सैंड्रा ने तनिक खीजकर विटोरिनो से कहा है, "अब हमें एमिका के यहाँ पहुँच जाना चाहिए।"

"चलिए मम्मी! अंकल का मोबाइल नम्बर मैं ले लेती हूँ। बातें करते रहिएगा।"

"वेरी गुड। ले लो लॉरेंस अंकल का नम्बर।" मिनि रॉड्रिक्स ने निहाल होकर कहा है, "ऐ लॉरेंस! अपना नम्बर सैंड्रा को दे दो और मेरा नम्बर भी इससे ले लो। और जब भी पणजी आओ, मेरे घर जरूर आओ।"

विटोरिनो खँडहर घर की तस्वीरें ले रहा है। मिनि आंटी के बचपन का घर उन्हीं की तरह खँडहर हो गया है।

"इस खँडहर की तस्वीर लेकर क्या करोगे विटो?" सैंड्रा आहिस्ते-से पूछती है।

"सैंड्रा! दुनिया के बहुत से उदास घरों से निकलकर जब हम खँडहर बन चुके ऐसे घरों के पास आते हैं, तो दिल में चुपके से एक मीठी गरमाहट आती है। जानती हो क्यों?"

"क्यों?"

"क्योंकि आज के मायूस-उदास घरों से उसकी आत्मा गुम हो चुकी होती है। पर इन खँडहर घरों के भीतर अभी भी इनकी आत्मा है। वह कहीं गई नहीं है। इन घरों की झरती-फटती दीवारों में इनका पुराना आदर्श, अन्दर की मिठास और गरिमा अभी भी बसी हुई होती है सैंड्रा।" सैंड्रा चुप विटोरिनो को देख रही है। समुद्र की तीव्र-तूफ़ानी लहरों की आवाज़ की तुलना में बस कुछ पल का चुप समय कितना कुछ कह जाता है। उन दोनों के बीच अभी चुप 'पेरेरा हाउस' का खँडहर मौज़ूद है। काल के विराट स्याह वृक्ष की छाँव में बरबस आ चुके लॉरेंस सिक्वेरा और उनकी बचपन की दोस्त मिनि के बीच नि:शब्द सुबक है। दिल के अन्दर की ख़ामोश बारिश के दौरान आँखों में कोहरा कुछ इसी तरह छाता है। इसके बाजू में दिमाग़ में पसरी हुई एक अल्हड़ गर्म दोपहरी अलग ही रह-रहकर परेशान करती है। पता नहीं, ऐसे में वसंत कहाँ छुप जाता है!

"यू नो विटो! मेरे नाना थोड़े सख्त मिजाज के थे लेकिन मेरी नानी बहुत हँसोड़ थीं। अपनी भारी थुलथुल काया के बावजूद वह हमेशा मस्त-मगन रहती थीं। अपने फटे रबर बॉल सरीखे पोपले मुँह से जाने कितने गाने और किस्से उन्होंने मुझे सुनाए होंगे।" सैंड्रा बरबस घिर आई उदासी को ज़ोर से झटक रही है, "भारी स्टोरी टेलर थीं मेरी नानी। यू नो विटो, नानी के पास एक बहुत पुरानी छड़ी थी, जिसके सहारे नानी किसी तरह थोड़ा-बहुत चलती थीं। मैं बचपन में जब भी ननिहाल आती थी, तो नानी किसी जादू-कहानी की तरह मुझे बताती थीं कि हर साल उनकी छड़ी एक बित्ता खुद से बढ़ जाती है। छड़ी भी बढ़ती है? मैं हैरान हो जाती थी। मेरे अचरज पर नानी बल देकर कहती थीं कि इस एक छड़ी को छोड़ दुनिया की कोई छड़ी नहीं बढ़ती। आखिर में मैं नानी से पूछती थी कि छड़ी बढ़ने पर वह क्या करती हैं, तो नानी मुस्कराकर कहती थीं कि हर साल नाना से कहकर छड़ी को वह एक बित्ता कटवाती हैं।"

"सचमुच कमाल की स्टोरी टेलर थीं तुम्हारी नानी।" विटोरिनो को हँसी छूट गई है।

"ये जो खँडहर तुम देख रहे हो न विटो, यह कभी कम्प्लीट 'हैपी होम' था। हालाँकि, मेरे नाना बहुत कम बोलनेवाले मूडी इनसान थे लेकिन नानी अपनी हँसी और चुहल से घर को गुलजार रखती थीं। नाना की अक्सर की चिड़-चिड़ के भी वे मजे ही लेती थीं। एक बार विटो! मैंने नानी से पूछा कि क्या वे नाना को बहुत प्यार करती हैं? नानी ने मुस्कराते हुए कहा कि नाना को वह अपना जीवन मानती हैं। हालाँकि, नानी ने कहा कि ज्यादातर नाना बातों को टालते हैं और बात-बात में खीजते हैं, इस बात से उन्हें हमेशा से कोफ्त होती रही है। पर किया क्या जाए? नानी ने एक बार का एक दिलचस्प किस्सा सुनाया। कहानी यह थी कि घर में किचेन का टैप लगातार कई दिनों से चू रहा था। नानी ने जब नाना को यह बात बताई, तो नाना ने खीजते हुए कहा—'क्या मैं तुम्हें प्लम्बर दिखता हूँ।' इसी तरह एक बार बरामदे के बिजली-पंखे का स्विच बोर्ड खराब हो गया। नानी ने यह समस्या जाहिर हैं कि नाना को बताई। नाना आदतन चिढ़कर बोले—'क्या मैं तुमको इलेक्ट्रिशियन

दिखता हूँ?' ख़ैर, एक दिन नाना जब अपने काम के बाद शाम को घर लौटे, तो उन्होंने पाया कि कई दिनों से खराब पड़ा बरामदे का स्विच-बोर्ड और किचेन का टैप ठीक हो चुका है। नाना ने नानी से पूछा कि यह सब किसने ठीक किया? नानी ने आराम से बताया कि पड़ोसी का बेटा, जो सुन्दर नीली आँखोंवाला एक फूटता युवक है—मार्टिम, उसी ने यह सब ठीक किया है। नाना ने स्वाभाविक उत्सुकता से नानी से पूछा कि यह सब ठीक करने के उसने कितने रुपये लिए? नानी ने मुँह बनाने का स्वाँग करते हुए कहा—'यही तो भारी मुसीबत हो गई!' नाना ने पूछा—'क्या मुसीबत? इसमें मुसीबत की क्या बात हो गई?'

नानी ने गम्भीर भंगिमा में कहा—'मैंने तो इसकी कल्पना भी नहीं की थी।' नाना ने अब बेताब होकर पूछा—'अरे क्या? बोलो तो!' नानी ने कहा, 'उसने यह सब ठीक करने के एवज में रुपये लेने से मना कर दिया। उसने कहा कि मेहनताने में या तो मैं उसे अपना नेवल चूमने दूँ या फिर उसके लिए एक केक खुद से बेक करके दूँ।' नानी की इस बात पर नाना ने बुरी तरह भड़कते हुए कहा—'बड़ा इडियट है यह लड़का। खैर, तो तुमने उसे केक बनाकर दिया।' बस नानी ने नाना का ही अक्सर का जुमला नाना के सिर पर हथौड़े की तरह मारते हुए कहा—'क्या मैं तुम्हें एक बेकर दिखती हूँ?' अब नाना के काटो तो खून नहीं। मेरी नानी गाहे-बगाहे ऐसे मजाक कर गुजरती थीं विटो।"

"माइ गॉड! शी वाज़ रिअली फ़नी सैंड्रा!" विटोरिनो ने हँसते हुए कहा है।

"इसलिए मैंने पहले ही कहा न विटो कि यह घर एक कम्प्लीट 'हैप्पी होम' था, जहाँ से वसंत कभी जाता नहीं था।" सैंड्रा ने अपनी ननिहाल के जंगल भरे खँडहर को देखकर गहरी साँस लेते हुए कहा है।

"एमिका! आज वर्षों बाद मेरे जीवन में यह एक दिन का वसंत आया है। अब मैं कल मर भी जाऊँ, तो खुश होकर ऊपर जाऊँगी।" मिनि रॉड्रिक्स दुलार की सोंधी मिट्‌टी में घुसी हुई हैं। मापुसा के विगत के सभी वसंत एमिका के कमरे में जैसे एक साथ आ जुटे हैं। असम्भव मुश्किल से ऑस्कर ने अपने दोनों सहयोगियों पिंटू और मिंटू के साथ विटोरिनो और इवान की मदद से मिनि रॉड्रिक्स को कार से बाहर निकाल अपने ड्राइंग रूम में लाया है। मिनि रॉड्रिक्स की गोद में अपने दोनों जुड़वाँ बच्चों को बारी-बारी से डाल एमिका ने भावुक होकर कहा है, "हमारी लेडी ऑव मिरैकल्स...आउअर लेडी ऑव मिलैज़रेस का ब्लेसिंग बैरी और एगबर्ट को मिल गया...! यही रिअल बर्थ-डे-सेलिब्रेशन है। आइ ऐम ब्लेस्ड टू हैव माइ मिनि आंटी इन माइ लाइफ़।"

एमिका व ऑस्कर ने जन्मदिन आयोजन के अवसर पर बहुत शालीन सजावट कर रखी है। अपने ड्राइंग रूम को इन्होंने चुनिंदा फूल-पत्तों और गुब्बारों से सजा रखा है। दोनों बच्चे बैरी व एगबर्ट नये लाल सुर्ख़ कपड़ों में फुदक रहे हैं। सैंड्रा ने पहले ही एमिका को बता दिया था कि 'बर्थ-डे केक' वह अपनी बेकरी से बनवाकर लाएगी। सैंड्रा ने ड्राइंग रूम के बीच सुसज्जित टेबल पर दो क़िस्म का

'डंबो एलिफेंट केक' सजा दिया है। हाथी की आकृति का गुलाबी और हरा—दोनों केक तरह-तरह के कैंडी, कुकीज़ और बिस्कुट की रंगीन गोलियों से बने गुब्बारों से सजा अद्‌भुत लग रहा है।

"ये दोनों हमारे प्यारे बैरी और एगबर्ट हैं।" दोनों केक को टेबल पर सजाने के बाद सैंड्रा ने मुदित होकर कहा है।

"सैंड्रा! वाकई हाथियों का यह सुन्दर प्यारा जोड़ा कितना सुन्दर लग रहा है। मैंने इस मौके के लिए 'फ़ेयरी ब्रेड' बनाए हैं। इसे भी टेबल पर सजा दो।" भरपूर पीले मक्खन और रंग-बिरंगे कैंडी के छिड़काव से सजा फ़ेयरी ब्रेड एक बड़े-से ट्रे में खिल रहा है।

"फ़ेयरी ब्रेड लकी माना जाता है। गुड लक का प्रतीक।" विटोरिनो ने सजे हुए मेज़ की तस्वीर करते हुए कहा है।

बैरी और एगबर्ट को सुनहरा क्राउन पहना दिया गया है। एमिका ने एक वैसा ही सुनहरा क्राउन लाकर मिनि रॉड्रिक्स को भी पहना दिया है।

"माइ लेडी ऑव मिरैकल्स!" एमिका ने विभोर होकर कहा है।

"माइ गॉड! ये पागल लड़की है!" मिनि रॉड्रिक्स आह्लादित हैं।

बर्थ-डे का संगीत अब शुरू है, "हैप्पी बर्थ-डे टू यू...मे गुड लक गो विद यू... ऐंड हैप्पीनेस टू...हैप्पी बर्थ-डे टू यू...।" ऑस्कर, एमिका, सैंड्रा, विटोरिनो और इवान तक के सुर इसमें शामिल हैं। अब केक कट रहा है। एमिका और विटोरिनो बैरी को केक काटने में मदद दे रहे हैं और सैंड्रा व ऑस्कर वहीं एगबर्ट से केक कटवा रहे हैं। हरे व गुलाबी 'हाथी-केक' के मीठे-मीठे टुकड़े हो रहे हैं। बैरी व एगबर्ट को अब केक खिलाया जा रहा है। दोनों ख़रगोश के प्यारे जोड़े की तरह लग रहे हैं। दोनों की ख़ुशी समाये नहीं समा रही है। मिनि रॉड्रिक्स बरबस हँस पड़ी हैं, "यू नो, जब मेरा और रोज़ू का बर्थ-डे मनता था, तो मुझे याद है कि पापा मजे लेते हुए बर्थ-डे के गाने में यह जरूर जोड़ देते थे, 'हैप्पी बर्थ-डे टू यू...यू लिव इन अ ज़ू...! यू लुक लाइक अ मंकी...ऐंड यू स्मेल लाइक वन-टू...'।" मिनि रॉड्रिक्स के मुख पर बचपन का उल्लास छा गया है।

इवान अब छोटे-छोटे प्लेट में केक के टुकड़े सबके लिए डाल रही है। एमिका ने फ़ेयरी ब्रेड काटकर सभी तश्तरियों में डाल दिया है।

"प्लीज़...लीजिए आंटी।" मिनि रॉड्रिक्स को एक तश्तरी बढ़ाते हुए एमिका ने कहा है, "हम अपने चीफ़ गेस्ट से शुरू करते हैं।"

"अभी एक मिनट रुको एमिका! पहले मुझे एक चम्मच में बटर भरकर दो।"

"ओह श्योर! यह लीजिए आंटी।" अगले ही पल एक चम्मच पीला मक्खन एमिका ने उन्हें थमा दिया है। पर उसकी आँखों में किंचित उत्सुकता है कि सिर्फ़ एक चम्मच बटर लेकर क्या करेंगी आंटी!

"एमिका! बैरी और एगबर्ट को मेरे पास लाओ।" मिनि रॉड्रिक्स के चेहरे पर जैसे सारे संसार का अनुराग छाया है, "मैं दोनों बच्चों का बटर से 'नोज़ ग्रिज़िंग'

करूँगी। नाक की टुनगी पर बटर लगाऊँगी। ऐसा माना जाता है कि इससे ज़िन्दगी में कभी कोई दुख आएगा भी, तो वह फौरन फिसलकर गायब हो जाएगा।" बैरी और एगबर्ट को लाड़ से नाक पर मक्खन लगाते हुए मिनि रॉड्रिक्स ने कहा है, "पूछो सैंड्रा से...इसके हर बर्थ-डे पर मैं इसकी नाक बटर से चुपड़ती हूँ कि नहीं।"

"फिर हम सबको भी लगा दीजिए न आंटी।" एमिका ने खिलखिलाते हुए कहा है।

"आओ...!" मिनि रॉड्रिक्स ने एमिका की नाक पर मक्खन लगाते हुए कहा है, "सारा दुख छू-मंतर।"

ऑस्कर, विटोरिनो, इवान और ऑस्कर के दोनों सहयोगियों—पिंटू और मिंटू की नाक पर बारी-बारी से मक्खन लगाते हुए मिनि रॉड्रिक्स अभी मदर मरियम-सी लग रही हैं।

"और सैंड्रा! तुम क्यों पीछे हो? कम...!" मिनि रॉड्रिक्स ने अपना पूरा लाड़ लहराते हुए कहा है।

"ओह मम्मी! मेरी नाक तो रोज बटर में ही डूबी रहती है। तुम्हें पता कि अपनी बेकरी में रोज कितना बटर आता है? मैं सिर से पाँव तक बचपन से 'बटर बेबी' हूँ।" सैंड्रा ने गिलगिलाती हँसी के संग मिनि रॉड्रिक्स की बाँहों में मुँह घुसा दिया है।

"वी आर यॉर पेटल्स ऐंड यू ऑर आउअर पॉलेन...। आंटी! हम सब आपकी पंखड़ियाँ हैं और आप हमारी पराग...आउअर पॉलेन ऑव लाइफ़...। आउअर लेडी ऑव मिरैकल्स...। फिर से मापुसा आना है।" विदा के क्षण व्हीलचेयर पर बैठी मिनि रॉड्रिक्स को बाँहों में भरकर चूमते हुए एमिका ने भाव-विह्वल होकर कहा है, "अब विटोरिनो हैं। आपको मापुसा आने में कोई दिक्कत नहीं होगी। आपको हर महीने मापुसा का एक चक्कर लगा लेना है।"

"पणजी के सेंट सेबेस्टिअन चैपेल के पास एक प्राचीन कुआँ है एमिका! लोगों ने बताया कि कोई 'विश' करके जब आप इस कुएँ में एक सिक्का डालेंगे, तो आपकी वह इच्छा हर हाल में पूरी होगी। अभी पिछले दिनों मैंने उस कुएँ में एक सिक्का डालकर विश किया कि हमारी मिनि आंटी बिस्तर से उठकर खड़ी हो जाएँ। घूमें-टहलें। एक सेहतमंद खुश जिन्दगी बिताएँ। और एमिका! मुझे लग रहा है कि मेरा विश पूरा होना शुरू हो चुका है। बेशक, मिनि आंटी मेरे साथ बार-बार मापुसा आएँगी।"

शाम का धुँधलका घिर रहा है। कार पणजी के रास्ते में है। विटोरिनो ने सुकून से कहा है कि "अँधेरा बढ़ने के पहले हम पणजी पहुँच जाएँगे।" एक पल थमकर उसने फिर जोड़ा है, "सैंड्रा! अँधेरे में हेडलाइट के अलावा कुछ भी नहीं दिखता। पर आप उसी से रास्ता काट लेते हैं।"

"पर अँधेरे में कई बार गाड़ियाँ सीधे सड़क किनारे के पेड़ों से टकरा जाती हैं।"

"हाँ सैंड्रा! गाड़ियाँ ही पेड़ों से जा टकराती हैं। पेड़ बस अपने बचाव में टकराते हैं।"

"सही है विटो! जो चुप और शान्त हैं, उनको अगर आप टक्कर मारेंगे, तो

वही होगा, जो किसी पेड़ से टकराने पर तेज रफ्तार सवारियों का होता है।" मिनि रॉड्रिक्स ने पीछे से दार्शनिक टिप्पणी जोड़ी है।

"ऐ सैंड्रा! कल हम गाड़ी को सर्विसिंग में देंगे। उफ!! क्या हुलिया बना रखा है तुमने गाड़ी का...माइ गॉड!!" पणजी में दाख़िल होते हुए विटोरिनो ने विषय परिवर्तन किया है, "इतनी अच्छी गाड़ी! पर तुमने इसका मुखड़ा देखा है?"

सैंड्रा बस मुस्कराकर रह गई है। घर पर बेकरी की पाँचों लड़कियाँ—तमारा, लाना, टीना, रोज़ी और डॉली—अभी तक रुकी इन्तज़ार कर रही हैं। विटोरिनो ने रास्ते से मोबाइल फ़ोन पर 'फ्रंट ऐंड लोडर मशीन' वाले को सूचना दे दी थी। इसलिए वह भी कैम्पस में ऐन सीढ़ी के पास लोडर मशीन लगाकर पहले से मौजूद है।

"तो मुझे फिर से इस झूले में बैठना होगा।" मिनि रॉड्रिक्स अभी दिन की तरह विकल-आक्रान्त नहीं हैं।

"आंटी! बस इसे बेबी हेलिकॉप्टर समझिए।" फ्रंट ऐंड लोडर मशीन का अधेड़ ड्राइवर टिम डिसूज़ा मुस्कराकर कहता है।

"मैं अपनी आंटी की खातिर बहुत जल्दी टू-सीटर हेलिकॉप्टर खरीद रहा हूँ। यह कार पेट्रोल पर चलता है। आंटी को हेलिकॉप्टर में बिठाकर पूरे गोवा घुमाता रहूँगा।" विटोरिनो ने महत्त्वपूर्ण रहस्योद्घाटन के अन्दाज़ में कहा है।

"यह टू-सीटर हेलिकॉप्टर इंडिया में बनता है क्या विटो?" फ्रंट ऐंड लोडर मशीन के डोल में अपने लिए लगी कुर्सी पर सबकी मदद से बैठते हुए मिनि रॉड्रिक्स पूछती हैं, "जिस देश से भी खरीदा जाए पर हेलिकॉप्टर की कीमत बहुत होगी भई।"

"हाल में मैंने अखबार में यह खबर पढ़ी है कि अब इंडिया में भी हेलिकॉप्टर की मैन्युफ़ैक्चरिंग होने लगी है। दिल्ली के पास गुड़गाँव में। यह कार पेट्रोल पर चलता है। हेलिकॉप्टर के हिसाब से कीमत भी ज्यादा नहीं। बस डेढ़ करोड़। इतनी कीमत की तो अब कारें भी आने लगी हैं आंटी।"

मिनि रॉड्रिक्स अब अपने बिस्तर पर हैं। उन्होंने चुहल भरी हँसी के संग कहा है, "मुझे बच्चे की तरह विटो ने हेलिकॉप्टर की लोरी सुनाकर बिस्तर पर ला बिठाया है। बहुत नाटकबाज है यह लड़का।"

मिनि रॉड्रिक्स की इस बात पर बेकरी की पाँचों लड़कियाँ खिलखिला पड़ी हैं। घर पहुँचकर इवान फ़ौरन रसोईघर में घुसी है और चन्द मिनट में सबके लिए चाय लेकर हाज़िर है। हालाँकि, अपने लम्बे पाँव को देर तक गाड़ी में मोड़े रखने की तकलीफ़ को वह रास्ते भर जाते-आते कराह और सिसकारियों के ज़रिये जताती आई है। उसके क़द-बुत की वजह से उसकी कराह जायज़ भी है। घर पहुँचकर उसने कुछ नहीं कहा है। घर पहुँचते ही वह खिल गई है। बिना कहे उसने ख़ुशी-ख़ुशी चाय भी बना दी है। विटोरिनो ने मुस्कराकर उससे कहा है, "इवान! विद दिस क्विक गुड टी...यू मेड द सेप्टेम्बर टू रिमेम्बर।" चाय की घूँट भरते हुए विटोरिनो ने कहा है, "मिनि आंटी! 'ब्रदर्स फ़ोर' का गाना 'ट्राइ टू रिमेम्बर' आपको याद है?"

"वाउ!! इट्स अ लवली सांग! तुम्हें याद है विटो? प्लीज़ सुनाओ न। आज मेरा दिल बहुत खुश है। सिंग फ़ॉर मी...!"

"ओके।" विटोरिनो ने हल्की गुनगुनाहट के साथ गाना शुरू किया है..."ट्राइ टू रिमेम्बर द काइंड ऑव सेप्टेम्बर...वे'न लाइफ़ वाज़ स्लो...ऐंड ओह, सो मेलो... वे'न ग्रास वाज़ ग्रीन ऐंड ग्रेन वाज़ येलो...वे'न यू वेअर अ टेंडर ऐंड कैलो फ़ेलो... ट्राइ टू रिमेम्बर...ऐंड इफ़ यू रिमेम्बर...देन फ़ॉलो...फ़ॉलो...।" मिसेज़ मिनि रॉड्रिक्स के कमरे में जैसे सेप्टेम्बर मुदित हो आकर बैठ गया है। सितम्बर के आख़िरी दिनों की यह शाम अनायास बहुत ख़ुशगवार हो उठी है। हालाँकि, सितम्बर माह समाप्त होने में अभी दस दिन बाक़ी हैं। दिन गर्म और उन्मन हैं। पेड़ों के पत्ते अपनी हरियाली बचाने के लिए भरसक जूझ रहे हैं। मध्य सितम्बर से पतझड़ आ गया है। ऑटम! शरद! मध्य सितम्बर से यह मध्य नवम्बर तक रहेगा। पतझड़ के गिरे पत्तों पर चलता हुआ जाड़ा आएगा। इन दिनों कभी बारिश और कभी तीखी धूप। बारिश और कड़ी धूप की इस आँख-मिचौनी में पेड़ों के पत्ते पहले तमक लाल के बाद भूरे, फिर नारंगी और आख़िरकार पीले पड़कर अपनी शाखें छोड़ते जाएँगे।

"पतझड़ शुरू है आंटी। ऑटम मंथ यहाँ गोवा में कैसा रहता है?" चाय की घूँट भरते हुए विटोरिनो ने उत्सुक स्वर में पूछा है।

"ऑटम और तुम्हारी मिनि आंटी दोनों एक जैसे हैं। बहुत आलसी और सुस्त। पर ऑटम के ये दो-ढाई महीने भले सुस्त और ढीले-ढाले हों लेकिन ये स्वाद से भरे दिन होते हैं बेटे। फल व सब्जियों की झड़ी-सी लग जाती है। सेब, नाशपाती, अंगूर और जंगली बेरों से लेकर नये आलू, गोभी, गाजर और टमाटर के ढेर लग जाते हैं। पर एक भेद की बात कहूँ तुमसे...!" मिनि रॉड्रिक्स एक पल थमकर फिर आहिस्ते-से शुरू हुई हैं, "ऐ विटो! पतझड़ के ये दिन दरअसल आत्मा के दिन होते हैं। पेड़ों की पत्तियाँ इसलिए अपनी शाखों से उतर अपनी मिट्टी को बेतहाशा चूमती हैं। यू मेड माइ ऑटम विटो! ज़माने बाद मैं भी—आज अपनी मिट्टी को चूम आई।" मिनि रॉड्रिक्स की आँखों के कोर से आँसू बह रहे हैं।

सुगंध का संताप

"क्या...!! मोनिका का खून? कैसे?" सुबह संगोल्डा से क्लारा का फ़ोन पाकर सैंड्रा को लगा है कि उसका गला शीशे के बुरादों से एक बारगी भर गया है। दुनिया अचानक आँधी की धूल से भर गई है। वह ज़ोर से चीख़ना चाहती है। चीख़-चीख़कर रोना चाहती है। पर उसकी रुलाई गले में फँस गई है। जीभ बुरी तरह अकड़ रही है। मुश्किल से दस दिन पहले मोनिका यहाँ आई थी। मम्मी के कमरे में बैठ मम्मी और विटोरिनो से देर तक बातें करती रही थी। उसने उस दिन विस्तार से बताया

था कि आनेवाले नये साल में किस तरह वह जंगली पत्तों और मिट्‌टी से कुछ नये क़िस्म के परफ़्यूम बनाने जा रही है।

क्लारा फ़ोन पर कहती जा रही है। और वह हताश-ख़ामोश सुन रही है। मन एकदम से झूस हो रहा है। क्लारा उसकी स्कूली दोस्त रही है। क्लारा के ज़रिये ही वह मोनिका से तब परिचित हुई थी, जब क्लारा के यहाँ उसके एक पारिवारिक फ़ंक्शन में वह संगोल्डा गई थी। वहाँ 'सपना राजवैली अपार्टमेंट' के एक फ़्लैट में क्लारा रहती है। मोनिका भी उसी अपार्टमेंट के एक फ़्लैट में वर्ष 2011 से रहती थी। क्लारा का अपना फ़्लैट है। मोनिका ने वहाँ किराये पर फ़्लैट लिया हुआ था। मोनिका थी! मोनिका थी!! बस एक पल में मोनिका है से थी हो गई है। आज 6 अक्टूबर, 2016 से मोनिका घुर्डे नाम की लड़की का अस्तित्व दुनिया में नहीं है। क्लारा को फ़ोन पर सुनते हुए और अपने अन्दर की लहर-पहर में पछाड़ें खाते हुए वह पीले आर्म चेयर पर ज़र्द हो रही है। आँसुओं की बूँद पर स्मृतियाँ काँपती हैं। बकौल क्लारा पुलिस का मानना है कि कल 5 अक्टूबर को देर रात गए मोनिका का कत्ल हुआ। हत्यारा रात भर उसके फ़्लैट में रुका रहा। फिर मुँहअँधेरे वह वहाँ से निकल गया। पुलिस को मोनिका का नग्न शरीर उसके बिस्तर पर मिला। उसके हाथ-पाँव बँधे हुए थे। देखने से लगता था कि उसकी मौत दम घुटने से हुई थी। सुबह-सुबह जब मोनिका के घर का काम करनेवाली आया उसके फ़्लैट पर गई, तो उसने दरवाज़ा उढका पाया। अन्य दिनों में दरवाज़ा अन्दर से बन्द रहता था। कॉल-बेल बजाने पर मोनिका आया की आवाज़ सुनकर दरवाज़ा खोलती थी। बहरहाल, उढके दरवाज़े को खोल आया जब अन्दर गई, तो उसके होश ही उड़ गए। वह चीख़ती-बिसूरती बाहर भागी। सामने के फ़्लैट से एक अमेरिकन महिला, जो कुछ समय से इस अपार्टमेंट में किराये पर रह रही है, मॉर्निंग वॉक के लिए ऐन उसी वक़्त घर से निकल रही थी। मोनिका की बदहवास आया को देख वह थम गई। आया के बताने पर उसने मोनिका के फ़्लैट में जाकर जब मोनिका की लाश देखी, तो उसने फ़ौरन पुलिस को फ़ोन किया। पुलिस बिना कोई देरी किए वहाँ पहुँच गई और अनुसंधान शुरू कर दिया। अपार्टमेंट के लोगों से बातचीत करने पर शक की सूई कुछ माह पहले तक इस अपार्टमेंट में वाचमैन रहे 21 वर्षीय राजकुमार सिंह पर गई। पर क्लारा ने सैंड्रा से अभी जो आख़िरी बात कही है वह यह कि "जब तक हत्यारा पुलिस की पकड़ में नहीं आ जाता है, पक्के तौर पर कुछ नहीं कहा जा सकता।"

क्लारा से बात करने के बाद अभी उसे लग रहा है जैसे दुख और बेचैनी से उसका पूरा शरीर काँप रहा है। पूरा का पूरा पतझड़ जैसे उसके कमरे में उतर आया है। सैंड्रा को लग रहा है कि उसके शरीर की एक-एक शिराएँ पीले पत्तों की तरह झर रही हैं। 'लेडी ऑव स्मेल'...एक ज़िन्दा द्रव...इस पतझड़ में चली गई। अपने आँसुओं पर अब उसे क़ाबू नहीं है। मोनिका का मुस्कराता चेहरा बार-बार सामने आ रहा है। एक ज़ोर की सिसकी फूट पड़ी है। वह मम्मी के कमरे में आ गई है। उसके रोने की आवाज़ शायद विटोरिनो ने भी अपने कमरे से सुन ली है।

वह भी तेज़ क़दमों से मम्मी के कमरे में पहुँचा है। उसे बुरी तरह सिसकते देख मम्मी सनाका खा गई हैं।

"क्या हो गया...सैंड्रा?" मम्मी का वश रहता, तो वे बिस्तर से उठकर बैठ जातीं। उनका पूरा शरीर बिस्तर पर थरथरा रहा है, "बोलो न सैंड्रा...। प्लीज़ जल्दी बोलो। मेरी तबीयत खराब हो रही है।" मम्मी चीख़ पड़ी हैं।

"बताओ तो सही!" विटोरिनो की आवाज़ में व्यग्र अनुनय है।

"मोनिका घुर्डे हैज़ बिन किल्ड...। मोनिका का खून हो गया मम्मी!"

"माइ गॉड! डोंट से...।" मम्मी और विटोरिनो एक संग ज़ोर से चिहुँक उठे हैं। एक पल के लिए पूरा घर हिल गया है। सैंड्रा को लग रहा है जैसे घर के कोने-कोने में—कुर्सी और बिस्तरों पर हताशा आकर बैठ गई है। चारों तरफ़ एक निःशब्द सुबक। मम्मी की आँखों से लगातार आँसू झरझरा रहे हैं। बिस्तर पर उनका पूरा शरीर मूक विलाप के संग मंद-मंद हिल रहा है।

"सैंड्रा! द स्टेंच ऑव दिस किलिंग विल ऑलवेज़ स्टे...।" विटोरिनो की आवाज़ भर्राई हुई है, "कितनी प्यारी थी मोनिका।" विटोरिनो अपने अन्दर की बेचैन छलक को भरसक गले में रोक रहा है।

"मैं फटी-चिटी बूढ़ी चिड़िया...! यही सब देखने के लिए अब दुनिया में हूँ।" मम्मी की आवाज़ में धूल उड़ रही है।

मोनिका लगातार सैंड्रा के ज़हन में घूम रही है। लैवेंडर, हिना और रोज़मरी के इत्र...। मिट्टी और लेंटाना के पौधों से इत्र तैयार करनेवाली ख़ुशबू की पागल-दीवानी मोनिका...! असम में पाई जानेवाली ख़ास क़िस्म की लकड़ी, असमकीट से बेशकीमती इत्र 'अदरऊद' बनाने की महारतवाली मोनिका...! ओह, मोनिका घुर्डे...! तुम ऐसी दर्दनाक-क्रूर मौत की पात्र नहीं थी। नारंगी फूल...चमेली और चन्दन से बनी अमारा परफ़्यूम की मौत क्या इस तरह मुँह दबाकर...? बीते दो-तीन दिनों से गोवा के चैनलों और अख़बारों में मोनिका-मर्डर केस सुर्ख़ियों में है। हर सुबह सैंड्रा को अख़बार उठाते डर लगता है। टी. वी. देखते भी डर लगता है। गोवा के डी. आइ. जी. पुलिस विमल गुप्त का यह दावा अख़बारों में लगातार छप रहा है कि मोनिका के हत्यारे को किसी भी क़ीमत पर पकड़ा जाएगा। दुर्भाग्यवश 'सपना राजवैली कम्प्लेक्स', जिसमें मोनिका रहती थी, वहाँ कोई सी. सी. टी. वी. कैमरा नहीं था। गोवा पुलिस गोवा के सभी अपार्टमेंटवालों को ताक़ीद कर रही है कि जिनके यहाँ सी. सी. टी. वी. कैमरा नहीं है, वे देरी न करें, फ़ौरन लगाएँ।

मोनिका हत्याकांड को लेकर तारीख़ें इन दिनों तरतीब से तड़पा रही हैं। मसलन, यह 9 अक्टूबर की बेहद सनसनी भरी शाम है। टेलिविज़न पर लगातार ख़बरें जारी हैं कि मोनिका का हत्यारा राजकुमार सिंह बेंगलुरु में गिरफ़्तार कर लिया गया है। उसने अपना अपराध क़बूल कर लिया है। इन दिनों हर तारीख़ में सनसनी है। आज 10 अक्टूबर है। पणजी के अंग्रेज़ी दैनिक 'द नवहिन्द टाइम्स' से लेकर 'ओ' हेराल्डो' और 'गोमंतक टाइम्स' आदि सारे अख़बार मोनिका के हत्यारे राजकुमार

सिंह के बयान से भरे पड़े हैं। सैंड्रा के यहाँ ज़माने से 'ओ' हेराल्डो अख़बार आता है। पर मोनिका हत्याकांड के बाद से हर सुबह विटोरिनो बाक़ी अख़बार भी ख़रीद लाता है। मोनिका की हत्या को लेकर कोई ख़बर छूट जाए, शायद यह वह नहीं चाहता है। विटोरिनो सारे अख़बार पढ़ने के बाद अफ़सोस से कहता है, "यू नो सैंड्रा! हमारी तो उससे बहुत गिनी-चुनी मुलाकातें थीं। पर मोनिका की ख़ुशबू से भरी उदास आँखें इन खबरों को पढ़ते हुए रोज़ मन में घूम जाती है।"

"तुम ठीक कहते हो विटो! होता है ऐसा। खुशबू की याद पीछा करती है। अक्सर डोलती है आपके इर्द-गिर्द। यू कैन इमैज़िन कि किस बुरी तरह वह हमें याद आती है। उसके परफ़्यूम में जन्म-जन्मान्तर की महक थी।"

मम्मी कई रातों से जाग रही हैं। रात-रात भर मछली की तरह उनकी आँखें खुली रहती हैं। जो आपसे अपरिचित हैं, उनकी हत्या अख़बार में आपके लिए बस एक बुरी ख़बर है। पर जो आपके हमदम हैं, उनकी हत्या और हत्या की छानबीन से जुड़ी ख़बरें रोज़ ब रोज़ का धक्का है। अख़बारों में छप रही ख़बरों के मुताबिक़ मोनिका के हत्यारे राजकुमार सिंह को बेंगलुरु में गिरफ़्तार करने के बाद ट्रांज़िट रिमांड पर गोवा लाया गया है और मापुसा के प्रथम श्रेणी ज्युडिशियल मजिस्ट्रेट की अदालत में पेश किया गया है। कोर्ट ने उसे पुलिस कस्टडी में रिमांड पर रहने का आदेश दिया है। अख़बारों में छपी ख़बरों के मुताबिक़ हत्यारा राजकुमार पुलिस और अदालत से यह चिरौरी कर रहा है कि भले ही उसे फाँसी पर लटका दिया जाए लेकिन पंजाब में रह रहे उसके परिवार को इस घटना की जानकारी नहीं दी जाए। राजकुमार का कहना है कि उसका परिवार यह जानकर कि उसने इतना जघन्य काम किया है, उसको फाँसी मिलने के पहले ही मर जाएगा।

राजकुमार अप्रैल, 2016 में नौकरी की तलाश में पंजाब से गोवा आया था। उसी महीने के पहले सप्ताह में 'सपना राजवैली अपार्टमेंट' में उसे वाचमैन का काम मिल गया। पुलिस को दिये बयान में राजकुमार ने बताया है कि पहले ही दिन इस अपार्टमेंट में रह रही मोनिका को देखकर वह उस पर मर मिटा था। ख़ासतौर से यह जानकर कि वह अपने पति से अलग हो चुकी है और अकेले रहती है, उसकी बेचैनी और बढ़ गई थी कि काश वह जल्द से जल्द किसी भी तरह मोनिका के निकट आ जाए। वेतन के अतिरिक्त थोड़ी और कमाई के लिए राजकुमार ने उस अपार्टमेंट के लोगों की गाड़ियाँ भी धोनी शुरू की। इस क्रम में उसने मोनिका की गाड़ी भी धोनी शुरू की। पर अपने प्रति राजकुमार के लगातार अटपटे व्यवहार से पहले तो मोनिका थोड़ी विस्मित हुई और कुछ समय बाद उसने अपार्टमेंट की प्रबन्धन कमेटी से इस बात की गम्भीर शिकायत की। लिहाज़ा, 22 जुलाई, 2016 को राजकुमार को अपार्टमेंट प्रबन्धन समिति ने वाचमैन की नौकरी से निकाल दिया। जिस सिक्यूरिटी एजेंसी के माध्यम से राजकुमार को 'सपना राजवैली अपार्टमेंट' में वाचमैन की नौकरी मिली थी, उस एजेंसी ने भी दंडस्वरूप उसकी दो महीने की तनख़्वाह रोक ली। इस सबसे मोनिका पर राजकुमार की तिलमिलाहट और बढ़ी। नौकरी छूट जाने के बाद वह

गोवा में इधर-उधर भटकता रहा, फ़ोंडा में मज़दूरी भी की। उसने एक दिन मोनिका को फ़ोन कर कहा कि वह सिक्यूरिटी एजेंसीवालों से कहकर उसका बकाया रुपया दिलवा दे। उस पर नाराज़ मोनिका ने ऐसा करने से साफ़ इनकार किया। राजकुमार का ग़ुस्सा मोनिका पर इस तरह भड़कता ही गया। उसे लग रहा था कि मोनिका तो उसे नहीं ही मिली, मोनिका के कारण उसकी छोटी-सी नौकरी भी चली गई। पुलिस को दिये इक़बालिया बयान में राजकुमार ने बताया है कि बदले की भावना से सुलगते हुए वह 'सपना राजवैली अपार्टमेंट' पहुँचा। वहाँ वह दो-तीन दिनों तक छिपकर मोनिका के घात में रहा। आख़िरकार, उसे 5 अक्टूबर की देर शाम मौक़ा मिल ही गया। शाम के लगभग साढ़े छह बज रहे थे। मोनिका की आया जब शाम का काम निपटाकर निकली, उसके लगभग दस मिनट बाद राजकुमार ने मोनिका के फ़्लैट का डोर-बेल बजाया। घर के अन्दर से मोनिका ने जब पूछा, "कौन?" तो राजकुमार ने कहा, "मैं एक कम्पनी का सुपरवाइज़र हूँ।" मोनिका ने जब दरवाज़ा खोला, तो सामने राजकुमार को देखकर सकते में आ गई। अन्दर आकर राजकुमार ने फ़्लैट का दरवाज़ा बन्द कर दिया। राजकुमार पर बुरी तरह नाराज़ हो मोनिका ने फ़ौरन उसे फ़्लैट से निकलने को कहा। पर राजकुमार तुरन्त निकल जाने के लिए वहाँ नहीं आया था। हताश हो मोनिका मदद के लिए चीख़ने लगी। पर फ़्लैट बन्द होने की वजह से उसकी कुछ पल की चीख़ अपार्टमेंट में किसी ने नहीं सुनी। राजकुमार ने चीख़ के अगले ही पल उसे अपनी गिरफ़्त में ले लिया था।

राजकुमार ने मोनिका के एक-एक कर सारे कपड़े उतारे। मोनिका मारे दहशत के अब चुप थी। राजकुमार ने बाँहों में उसे भरकर अपने मोबाइल पर सहवास में रत लड़कियों के तीन क्लिप दिखाए। इसके बाद उसने नंगी मोनिका की कुछ देर वीडियो रिकॉर्डिंग की। बकौल राजकुमार, मोनिका उसके तेवर को देख बुरी तरह डरी हुई थी। उसके माँगने पर मोनिका ने फ़ौरन अपना एटीएम कार्ड उसे दे दिया। राजकुमार ने जब उससे कहा कि वह एटीएम से रुपये निकालना नहीं जानता, तो मोनिका ने उसे अपने एटीएम का पिन नम्बर बताते हुए रुपये निकालने की प्रक्रिया प्यार से समझाई। राजकुमार ने अपने इकबालिया बयान में पुलिस को बताया कि उसके बिगड़े तेवर देख मोनिका उसे प्यार से मनाने की हर कोशिश करने लगी। उसने कहा कि वह उसे अपने ड्राइवर की नौकरी में रख लेगी। मोनिका के पास उस समय घर में जितने तीन-चार हज़ार रुपये थे, वह भी उसने राजकुमार को दे दिये। उसे मैंगो चॉकलेट भी खाने को दिया। राजकुमार ने पुलिस को बताया कि मोनिका के इस लाड़-दुलार से वह सहज हो ही रहा था कि मौक़ा पाते ही मोनिका ने उसके बग़ल में रखे उसके तेज़ धारवाले चाकू को अपने हाथ में ले लिया।

बकौल राजकुमार, इसके बाद तो वह आपा खो बैठा और उसने मोनिका को अपनी गिरफ़्त में लेकर उससे चाकू छीन उसके हाथ-पाँव कसकर बाँध दिये। फिर उसने मोनिका के संग देर तक उसी हालत में सहवास किया। मोनिका फिर ज़ोरों से चिल्लाती रही। राजकुमार बिस्तर पर पड़े तकिये से उसका मुँह दबाता रहा। राजकुमार

को लगा कि मोनिका मुँह पर तकिये के दबाव से बेहोश हो गई है। लिहाज़ा, निश्चिन्त हो वह मोनिका के किचेन में गया। वहाँ उसने किचेन में रखे अंडे उबाले। पर इस बीच भी उसकी नज़र मोनिका पर ही थी। मोनिका बिस्तर पर बँधी, निश्चेष्ट पड़ी थी। खा-पीकर जब राजकुमार ने मोनिका को हिलाया-डुलाया, तो उसने पाया कि वह मर चुकी है। दरअसल, मुँह पर तकिये के देर तक दबाव के दौरान ही वह ख़त्म हो गई थी।

बहरहाल, मोनिका को मृत देख राजकुमार बुरी तरह दहशत में आ गया। राजकुमार ने पुलिस को अपने इकबालिया बयान में बताया कि मोनिका की जान लेने का इरादा उसका क़तई नहीं था। लगभग आठ घंटे तक मोनिका के फ़्लैट में रहे राजकुमार को लगा कि अब एक सेकेंड भी वहाँ उसका रुकना ठीक नहीं। आधी रात थी। रात के तक़रीबन तीन बज रहे थे। मोनिका के फ़्लैट का दरवाज़ा चुपचाप भेड़कर वह निकल गया। उसे अब गोवा में टिकना ख़तरे से ख़ाली नहीं लगा। लिहाज़ा, उसी दिन बग़ैर देर किए वह बेंगलुरु निकल गया। बेंगलुरु निकलने के पहले उसने पणजी में एक भिखारी को एक हज़ार रुपये देकर उसके मोबाइल का सिम कार्ड लिया और अपना सिमकार्ड फेंक दिया। राजकुमार को पूरा डर था कि उसके सिम कार्ड पर पुलिस उसका पीछा कर सकती है। भिखारी के मोबाइल का सिमकार्ड अपने मोबाइल में लगाकर वह निश्चिन्त था। वह इत्मीनान में था कि वह बेंगलुरु में है, इसका इल्म भला पुलिस को कहाँ से होगा। पर पुलिस मोनिका के एटीएम कार्ड ऑपरेशन पर लगातार नज़र रखे हुई थी। 3 अक्टूबर को जब बेंगलुरु में मोनिका के एटीएम कार्ड से राजकुमार रुपये निकाल ही रहा था कि पुलिस ने उसे धर दबोचा।

मोनिका अब बस एक संतप्त याद बनकर मन में घुमड़ती है। ख़ुशबू के संग-संग रंगों से भी उसकी रग़बत थी। वह जितनी ख़ुशज़बान थी, उतनी ही एक बेहतरीन ख़ुशबूगर। हालाँकि, उसने बम्बई के 'जे. जे. इंस्टीट्यूट ऑव एप्लाइड आर्ट्स' से फ़ोटोग्राफ़ी की पढ़ाई की हुई थी। पर रंगों पर ही जब वह कहना शुरू करती थी, तो मंत्रमुग्ध कर देती थी। पीला रंग सैंड्रा का पसन्दीदा है, यह जानकर एक दिन वह पीले रंग के मिज़ाज, अन्दाज़, करिश्मे और ताशीर पर कहाँ से कहाँ चली गई थी, "नीबू का रंग, शहद का रंग, सरसों का रंग, केले का रंग, आग का रंग, सोने का रंग...और...और मधुर पीला रंग! येलो इज़ अ ट्रूली ज्वायस ऐंड रेडियेंट कलर सैंड्रा...।" वह तफ़सील से बताती थी कि मिट्टी के इत्र का प्रयोग इलाज के लिए कैसे किया जाता है। एरोमा थेरेपी यानी गंध चिकित्सा पर भी उसकी वैसी ही दख़ल थी। मोनिका के एक-एक शब्द लगातार मन में गूँजते हैं। इन दिनों आधी रातों को सैंड्रा रह-रहकर चिहुँक उठती है। तन्द्रा में ही उसकी सारी रात निकल जाती है। ऐसी ही एक मनहूस रात में घुटकर मरी थी मोनिका। नींद उचट जाने पर सैंड्रा अजीबोग़रीब ख़यालों में उलझती चली जाती है। मोनिका के पति राममूर्तम को उसने कभी नहीं देखा। राममूर्तम के बारे में मोनिका कभी बात भी करना पसन्द नहीं करती थी। मोनिका से जब सैंड्रा की पहली मुलाक़ात क्लारा के यहाँ हुई थी, तो उसके

कुछ समय पहले राममूर्तम से मोनिका का तलाक़ हो चुका था। मोनिका ने बम्बई के 'जे. जे. इंस्टीच्यूट ऑव एप्लाइड आर्ट्स' से फ़ोटोग्राफ़ी की पढ़ाई की थी। बम्बई में उसका मन नहीं लग रहा था। लिहाज़ा, वर्ष 2002 में वह चेन्नई चली आई। चेन्नई में उसकी मुलाक़ात राममूर्तम से हुई, जो पेशे से फ़ोटोग्राफ़र था। चेन्नई में राममूर्तम के साथ मोनिका ने एक डिज़ाइन और पब्लिशिंग कम्पनी शुरू की। इस कम्पनी का नाम था—'ग्राफ़।' कम्पनी आरम्भ करने के कुछ ही समय बाद मोनिका ने राममूर्तम से प्रेम-विवाह किया। मोनिका का मन धीरे-धीरे डिज़ाइनिंग और पब्लिशिंग के काम से उचट गया था। चेन्नई में ही उसने वर्ष 2009 से 'परफ़्यूम' का काम शुरू किया। वर्ष 2011 में वह पति राममूर्तम के संग स्थायी रूप से गोवा रहने आ गई। गोवा में उसने बाक़ायदा 'परफ़्यूम मेकिंग लैब' की शुरुआत की। पर इस बीच राममूर्तम से उसके रिश्ते लगातार बिगड़ते चले गए। नौबत तलाक़ की आ गई। तलाक़ नहीं होता और दोनों साथ रहते, तो मोनिका के साथ शायद ऐसा नहीं होता—सोचती है सैंड्रा। क्या प्यार भरे दिल भी कभी किसी मोड़ पर आकर बुरी तरह थक जाते हैं! सावन अन्ततः अकाल में पहुँच जाता है और मन में गहरी दरारें पड़ जाती हैं! मोनिका को क्या मिला? प्रेम, विवाह, तनाव, तलाक़ और अन्ततः अकाल मृत्यु। दर्दनाक मृत्यु। मम्मी अक्सर सैंड्रा की शादी को लेकर झींकती रहती हैं। पर शादी से मिलना क्या है! दुख, संताप और दर्दनाक मृत्यु। ओह, मोनिका!! मम्मी अक्सर मोनिका के बारे में कहती रही थीं कि यह प्यारी लड़की इन्द्रधनुष...रेनबो...से मुँह धोती है। क्या रंग और सुगंध के साथ भी संताप जुड़ा होता है!! सैंड्रा को लगता है कि मोनिका के सारे परफ़्यूम आधी रातों को गहरी काली स्याही में तब्दील हो आकाश में पसर रहे हैं। सैंड्रा खिड़की से आकाश की काली पट्टी देखती है। मोनिका!! ख़ुशबू की एक छोटी-सी प्यारी नदी। काले मेघ ऐसी ही आधी रात में उसे उठा ले गए।

ऑल सोल्स डे

यह अक्टूबर मास के आख़िरी दिन हैं। खेतों में धान लगभग पककर तैयार है। किसानों को बस अब धन-कटनी की तैयारी शुरू करनी है। चन्द दिनों बाद 2 नवम्बर को 'ऑल सोल्स डे' का आयोजन होगा। इसके अगले दिन से धन-कटनी शुरू। सल्वादोर दो मुंदो में इस बार भी धान झमठकर हुआ है। हर साल की तरह गाँव में भगवंत लाडु नाइक की उपज इस बार भी सबसे बंपर है। एकदम गुलगुलिट! गाँव की उपसरपंच रीना फ़र्नांडीस के शब्दों में—'चब्बी पैडी!' मोटे-सोटे गालोंवाला मस्त धान। रीना ने गाँव के सरपंच संदीप सलगाँवकर से कहा है कि इस बार आगामी 23 दिसम्बर को 'नेशनल फ़ारमर्स-डे' के अवसर पर गाँव के पंचायत भवन में भगवंत लाडु नाइक का गाँव के 'बेस्ट फ़ारमर' के रूप में अभिनन्दन कराया जाए। सरपंच

संदीप समेत बाक़ी पंचायत सदस्यों ने भी अपनी सहमति दे दी है। तय हुआ है कि उपसरपंच रीना फ़र्नांडीस ही भगवंत लाडु नाइक को इस अवसर पर दिया जानेवाला 'मान-पत्र' तैयार करेगी। चर्च के पास स्थित दामोदर सुर्लकर के 'गीतांजलि प्रिंटर्स' में इसे छपाने की ज़िम्मेदारी भी रीना को सौंपी गई है। गाँव में यह बात सुर्ख़ियों में है। सल्वादोर दो मुंदो बस्ती में पहली बार इस तरह का आयोजन होगा।

गाँव के सरपंच संदीप सलगाँवकर ने यह भी तय किया है कि भगवंत लाडु नाइक और रीना फ़र्नांडीस समेत पाँच लोगों का एक शिष्टमंडल लेकर वे गाँव से पणजी जाएँगे और गोवा के राज्यपाल को नये धान की बालियों की सौगात देंगे। सल्वादोर दो मुंदो यह नई परम्परा शुरू करेगा। पुर्तगालियों के ज़माने से पणजी के अंग से लगे तालेगाँव के कृषक जहाँ गाँव के देवी-देवताओं को नये धान का शीश चढ़ाते आए हैं, वहीं गोवा के गवर्नर को भी धान का शीश उपहारस्वरूप भेंट करते रहे हैं। पुर्तगालियों के समय से पणजी के दोना पाउला में स्थित 88 एकड़ में फैले गोवा के राजभवन का नाम 'पैलेसियो दे काबो' है। पुर्तगालियों के शासनकाल में गवर्नर जनरल का पद था। पहले गवर्नर जनरल ही 'पैलेसियो दे काबो' में रहते थे। अब यहाँ गवर्नर यानी राज्यपाल का पद है। इसमें राज्यपाल रहते हैं।

राज्यपाल के लिए धान के शीश का उपहार तैयार करने की ज़िम्मेवारी भगवंत लाडु नाइक को दी गई है। गाँव में तो धान के ध्वज वही हैं। भगवंत लाडु नाइक को गाँव के लोग लाड़-अनुराग से 'पोटाश नाइक' यों ही नहीं कहते हैं। पौधों के लिए पोटाश रामबाण है। ओला पड़े या कि सूखा, पोटाश हर विपदा में पौधों की हिफ़ाज़त करता है। फ़सलों को कीड़ों के आक्रमण से भी बचाता है। धान के लिए पानी और पोटाश माता-पिता की तरह है। धान के पौधे अगर मुँह लटकाये और मुरझाये दिखें और पत्तियों की नोक-पलक पीली पड़ने लगे, तो तय है कि इसके संग पानी और पोटाश की कमी हुई है। भगवंत लाडु उर्फ़ पोटाश नाइक को यह बात समय से पहले जान लेने की सिद्धि है। वे इन लक्षणों के प्रकट होने की प्रतीक्षा कर ही नहीं सकते। फ़सल में ये लक्षण अगर एक बार आ गए और फ़सल का मुँह सूखने लगा, तो खेतों में पानी और पोटाश के संग लाख सिर पटककर भी कुछ नहीं किया जा सकता। पर एक सल्वादोर दो मुंदो ही क्या, हरेक गाँव में दाँत गिरे भरकदत्त बैल सरीखे दो-चार लापरवाह खेतिहर होते ही हैं, जो मौक़ा चूकने पर छाती पीटते हैं। भगवंत लाडु नाइक नींद में भी खेत की मेड़ पर ही रहते हैं। वे कहते हैं कि "सतर्क और ज़िद्दी किसान अकाल में भी अपने घर-परिवार के पेट के लिए कुछ न कुछ पैदावार कर ही लेता है।"

सल्वादोर दो मुंदो में धान और काजू सबसे ज़्यादा होता है। धान में जया, ज्योति, कोरंगुट और अरसाने की खेती ज़्यादा होती है। धान पानी प्रेमी फ़सल है। गोवा में तीन-चार महीने तक झमझमाकर मॉनसून रहता है। इसलिए एक यही गाँव नहीं, पूरे गोवा में धान का टीला लग जाता है। धान के पीठ पर है काजू का नम्बर। मार्च से काजू की फली पककर पेड़ों से गिरनी शुरू हो जाती है। काजू को पेड़ों से तोड़ने

की परम्परा नहीं है। पेड़ों के नीचे गिरी फलियों को बटोरा जाता है। सल्वादोर दो मुंदो बस्ती में काजू के अनेक 'डोंगर' हैं। अधिकतर परिवार के पास सौ-सवा सौ काजू का पेड़ है। भगवंत लाडु नाइक के परिवार का ही दस हज़ार काजू का पेड़ है। काजू का पेड़ बहुत दुलारू है। बरसात के दिनों यानी जुलाई-अगस्त के महीने में काजू के पेड़ों को मिट्‌टी से चारों तरफ़ घेरना पड़ता है। फिर मिश्रित 'सम्पूर्णा खाद' का मुस्तैदी से छिड़काव किया जाता है। काजू के नये पौधों को कुछ ज़्यादा ही निगरानी चाहिए होती है। जब यह पाँच-छह फ़ीट का होकर अपनी छतरी फैला लेता है, तब जाकर किसान को चैन मिलता है। बार्डेज़ तालुका में, जिसके अन्दर यह गाँव है, नारियल का अच्छा-ख़ासा उत्पादन होता है। पर इस तालुका के अन्य गाँवों की अपेक्षा सल्वादोर दो मुंदो में नारियल थोड़ा कम होता है। नारियल की तुलना में इस गाँव पर आम ज़्यादा मेहरबान है। भगवंत लाडु नाइक के बग़ीचे में मांकुरा, मालगिस, केसर, और मागिलार आम के दो-ढाई सौ पेड़ हैं। हालाँकि, धान और आम में हमेशा से छत्तीस का रिश्ता है। जिस साल धान की उपज ज़्यादा होगी, तय है कि आम कम होगा। इसी तरह जिस साल आम की रहमती होगी, धान मुँह फुला लेता है। भगवंत लाडु नाइक अक्सर ज़िक्र छिड़ने पर मुस्कराकर कहते हैं, "पता नहीं धान और आम में क्या पुश्तैनी दुश्मनी है!" भगवंत ने अपने आम के क़लम-बाग़ में कई बार ज़ेवियर, फ़र्नांडीन और एलफ़ंजो आम लगाने की कोशिश की है। पर बात कभी बनी नहीं! हालाँकि, बार्डेज़ तालुका के कई गाँवों में ये तीनों आम हैं। पता नहीं, सल्वादोर दो मुंदो की मिट्‌टी आम की इन तीन-चार ख़ास क़िस्मों को क्यों नहीं अपना पाती। भगवंत की पत्नी बिंदिया लाडु नाइक बिहँसकर कहती हैं, "तुम इतने बड़े किसान हो। तुम अपने नाम पर 'लाडु नाइक' आम की किस्म तैयार करो। जब गोवा के सारे आम के नाम लोगों के उपाधिनाम...सरनेम पर हैं, तो एक 'लाडु नाइक आम' भी होना ही चाहिए।" अपनी माँ की चुहल पर इनका बेटा भाविष मुस्कराता है, "हाँ, अप्पा! माँ का आइडिया बुरा नहीं है।" भाविष पोरवरिम स्थित 'विद्या प्रबोधिनी स्कूल' में ग्यारहवीं का छात्र है। भगवंत और बिदिंया लाडु नाइक की वह एकमात्र संतान है। पढ़ाई के बाद भाविष भी खेती-पत्ती में ही जुटेगा।

गोवा के 80 प्रतिशत किसानों के पास एक 'हा' यानी एक हेक्टेयर से कम ही खेत है। मात्र 20 प्रतिशत किसान एक 'हा' से अधिक खेत के मालिक हैं। भगवंत के पास पाँच हज़ार वर्गमीटर खेत है। भगवंत समय-समय पर भाविष को सुभाषित देते रहते हैं कि दिल्ली-बम्बई याकि पणजी में ही लाख मेहनत से कमाकर भी सल्वादोर दो मुंदो में कोई पाँच हज़ार वर्गमीटर खेत नहीं ख़रीद सकता। अपने पिता के इन संभाषणों का असर भाविष पर है। भाविष ने अपने श्रम से नारियल, कटहल और केले का एक नया बग़ीचा लगाया है। यह बग़ीचा अभी बच्चा है। पर जिस सलीके से भाविष ने इसे लगाया है, भगवंत लाडु नाइक को यक़ीन होता है कि भाविष भविष्य का अच्छा किसान होगा। हालाँकि, भगवंत के बग़ीचे में नारियल, कटहल और केला के कुछेक दर्जन पेड़ हैं। पर भाविष का अपना हौसला है। आनेवाले

समय में वह मांकुरा आम का कुछ और पेड़ लगाना चाहता है। मांकुरा गोवा का प्रसिद्ध आम है। गोवा से यह आम बम्बई के बाज़ारों तक जाता है। भाविष का यह भी संकल्प है कि वह नये बग़ीचे में जेवियर, एलफ़ंज़ो और फ़र्नांडीन आम लगाकर ही दम लेगा। भाविष कहता है कि इन तीनों क़िस्मों को लगाने के लिए वह किसी जानकार से बात कर पहले मिट्टी का ट्रीटमेंट कराएगा और तब आम की इन तीनों असम्भव क़िस्मों को लगाएगा। गोवा में गेहूँ, ज्वार, बाजरा, मक्का, रागी और सरसों की फ़सल नहीं के बराबर होती है। दरअसल, ये फ़सलें अपेक्षाकृत कम नमीवाले खेतों में ठीक से उपजती हैं। गोवा की धरती नम, आदमी नम। समुद्र के खारे पानी से त्रस्त गोवा के 'ख़ज़ान खेत' में गेहूँ और सरसों की उपज मुश्किल है। कहते हैं कि प्राचीन काल में ये 'ख़ज़ान खेत' समुद्र से निकले थे।

यों गोवा के ग्रामीण अंचल में समुद्र के नमकीन जल से सिंचित जितने भी 'ख़ज़ान खेत' हैं, वे गोवा की दो बड़ी नदियों—मांडवी और जुआरी के बहाव स्तर के निचले हिस्से में हैं। सल्वादोर दो मुंदो बस्ती के सोलइ पट्टोवाले हिस्से में मांडवी की धारा बहती है। मांडवी के धार की वजह से इस गाँव में भी कई एकड़ ख़ज़ान खेत हैं। नमकीन पानी के शिकार। भगवंत लाडु नाइक के पास पहाड़ पर मौज़ूद सीढ़ीदार 'मोरोड खेत' के संग-संग पानी के सुव्यवस्थित निकास से लैस खेत 'खेर' भी हैं। पर सबसे ज़्याद़ा उनके पास ख़ज़ान खेत हैं। ख़ज़ान खेतों का मिज़ाज ही अलग है। खारे पानी से डगडग इन ख़ज़ान खेतों में झींगा समेत नाना क़िस्म की मछलियाँ भी होती हैं। बरसात आने पर खेतों में लगे समुद्र के नमकीन पानी का खारापन जब कुछ कम होता है, तब किसान इसमें धान लगाते हैं। ख़ज़ान खेतों में फ़सल उपजाना पानी का मुरेठा बाँधने सरीखा है। पर गोवा के किसान पूरे हौसले से पानी का मुरेठा बाँधते हैं। भगवंत लाडु नाइक को ख़ज़ान खेतों का एक-एक नस पता है। स्कूल से छुट्टी के दिनों में भाविष उनके संग जब खेतों पर जाता है, तो उन्हें बहुत अच्छा लगता है। बचपन से वे भी अपने पिता लाडु भगवंत नाइक के संग उछलते-कूदते खेतों पर आया करते थे। खेती-पत्ती की बारीक़ियाँ उनके पिता उन्हें बातों ही बातों में बताते चलते थे। भगवंत लाडु नाइक भी भाविष को बताते हैं कि खेती में क्या-क्या पेचीदगियाँ हैं। ख़ज़ान खेतों का विचित्र तिलिस्म है। समुद्र के पानी का 'भान' यानी बाँध जब टूटता है, तो खारा पानी हहराते हुए खेतों में घुसता है और असहाय हो किसान अपनी फ़सल को नष्ट होता देखता है। टूटे 'भान' के लिए फिर सरकार टेंडर निकालती है। पंचायत के लोगों से लेकर आमदार यानी एम. एल. ए. बाँध की मज़बूती के वास्ते मुआयना करते हैं। ठेकेदार ने अगर रद्दी काम कर सबको चकमा दिया, तो फिर 'भान' का टूटना और अन्ततः किसान का टूटना हो जाता है। पुर्तगालियों के ज़माने में ऐसी स्थिति नहीं थी। खेतों में समुद्र के खारे पानी को न घुसने देने के लिए गोवा का पुर्तगाली प्रशासन सभी पुल-पुलियों के नीचे स्लुइस गेट बनवाकर रखता था। लकड़ी के मोटे-मोटे कुंदों से समुद्र के पानी को इस सफ़ाई से रोका जाता था कि क्या मज़ाल कि एक बूँद

पानी खेत में घुस जाए। पर अब यह समस्या यत्र-तत्र है। खेती का दुश्मन है—खारा पानी। हालाँकि, इसी खारे पानी से होकर भरपूर मछलियाँ आती हैं। थाली में भात के संग मछली का स्वादिष्ट योग बनता है। समुद्र का खारा जल फिर भी किसान की आँखों में कब उतर आएगा, कहना मुश्किल। भगवंत लाडु नाइक कभी-कभी सोचते हैं कि समुद्र का आँखों से क्या रिश्ता है! शायद वही, जो गोवा के किसानों का ख़ज़ान-खेतों से है। भाविष धीरे-धीरे किशोर से युवक हो रहा है। अभी उसमें समुद्र को अपनी मुट्ठी में बन्द करने का हौसला है। इसलिए कभी-कभी वह उत्साह में आकर भगवंत से कहता है, "अप्पा! मैं खजान खेतों में गेहूँ-मक्का और सरसों उपजाकर रहूँगा।" भगवंत लाडु नाइक बस मुस्कराकर रह जाते हैं। कभी उन्होंने भी अपनी किशोरावस्था में यही बात अपने पिता से कही थी। उनके पिता ने उन्हें लाड़ से समझाया था कि बेशक, गेहूँ अनाज का राजा कहलाता है। पर गोवा के ऊपर उसकी रहमती नहीं। पिता ने ही यह भी बताया था कि यह पुर्तगाली थे, जो मक्के का बीज भारत में लाए थे। मक्का हर जगह ख़ूब फला-फूला। पर ख़ुद भारत में पुर्तगालियों की कॉलोनी गोवा पर मक्के की मेहरबानी नहीं हुई। अख़बारों के ज़रिये भगवंत लाडु नाइक को पता तो चलता ही रहता है कि गेहूँ और मक्के आदि की खेती को लेकर देश के अन्य हिस्सों में क्या-क्या नई उपलब्धियाँ हो रही हैं। भगवंत को एक बार अख़बार से ही पता चला कि मध्य प्रदेश के मालवा इलाक़े के किसान अब काले गेहूँ की भी खेती कर रहे हैं। काले, नीले और जामुनी रंगवाले इस 'ब्लैक व्हीट' से तनाव, मोटापा, कैंसर, डायबिटीज़ और दिल से जुड़ी बीमारियों में बहुत फ़र्क़ पड़ता है। कृषि वैज्ञानिकों का मानना है कि सामान्य गेहूँ और काले गेहूँ में ज़मीन-आसमान का अन्तर है। इसी तरह मक्का की भी कई क़िस्में हैं। मसलन—क्वालिटी प्रोटीन मक्का, शक्तिमान, सफ़ेद शक्तिमान, सफ़ेद लक्ष्मी आदि-आदि। पर क्वालिटी प्रोटीन मक्का पर भगवंत ने सुना है कि इन दिनों किसानों का ज़्यादा ज़ोर है। वैसे, गोवा के किसान इस बारे में सोचकर भी क्या करेंगे। जान लेना अलग बात है। सोचना तो उसी को लेकर होगा, जिसको लेकर कुछ किया जा सकता है। जिस तरह काजू उत्पादन को लेकर कश्मीर के किसान नहीं सोच सकते, उसी तरह सेब उत्पादन को लेकर गोवा के किसानों का सोचना अपना समय ही जाया करना होगा। इसी तरह गेहूँ और मक्का!

गोवा की खेती का सारा इक़बाल धान और काजू पर है। हालाँकि, धान की अपेक्षा गोवा के किसानों को काजू से ज़्यादा आर्थिक लाभ है। पर रोज़मर्रे के जीवन में काजू का भोजन तो नहीं किया जा सकता। इसके लिए चावल-मछली तो चाहिए ही चाहिए। धान की कहानी हर साल मई से शुरू होकर अक्टूबर-नवम्बर तक चलती है। मई में जब गर्मी की छुट्टियाँ होती हैं, तो देश के विभिन्न हिस्सों में रह रहे गोवा के मूल निवासी सपरिवार गाँव आते हैं। हालाँकि, गोवा में मई के ये दिन बेहद उन्मन और गर्म होते हैं। पर जब छुट्टी ही मई में होती है, तो कोई दूसरा उपाय नहीं। मई माह से क्योंकि धान की फ़सल के लिए खेतों की जुताई शुरू हो जाती है, इसलिए

महाराष्ट्र और कर्नाटक से मज़दूरों की बड़ी संख्या में यहाँ आमद होती है। गोवा के पास मज़दूरों का संकट है। इसलिए अड़ोस-पड़ोस के प्रान्तों के मज़दूरों पर गोवा के किसानों को निर्भर रहना पड़ता है। पड़ोसी प्रान्त के मज़दूरों को भी इस बात का पूरा इल्म है। अप्रैल अन्त से मज़दूरों का जत्था यहाँ पहुँचने लगता है। मई के आगम के संग धान की खेती की दुंदुभि बज उठती है। मई में ही खेत मालिकों को तय करना होता है कि कौन-सा खेत वे किसको बँटाई पर देंगे, या उसमें स्वयं खेती करेंगे। खेतों में जोताई इसके साथ ही शुरू हो जाती है। रोपनी के पहले खेत की दो-तीन बार जोताई आवश्यक है। मॉनसून की बारिश होते ही जब खेत पानी से भर जाते हैं, तो एक बार और अन्तिम जोताई कर रोपनी शुरू की जाती है। बहरहाल, अपने कृषक पतियों की भाँति गृहिणियाँ भी मई मास से कमर कस लेती हैं। मई महीने में ही गोवा के ग्रामीण अंचल की गृहिणियाँ वर्षा के दिनों के लिए मसाले ख़रीदकर रखती हैं और परिवार के आवश्यकतानुसार पर्याप्त अचार तैयार करती हैं। मसाले की बिक्री के लिए लगनेवाले ग्रामीण हाटों में अपनी-अपनी माँ के संग आनेवाले बच्चों के लिए 'हाजेकर' यानी छोटे-छोटे मिठाई- विक्रेता भी एक किनारे हाज़िर रहते हैं। बहरहाल, बारिश की शुरुआत के साथ धान की रोपनी शुरू हो जाती है। धान की रोपनी गोवा के किसान या तो देसी विधि से करते हैं या जापानी विधि से। देसी विधि की रोपनी में थोड़ी-थोड़ी दूरी पर स्वेच्छापूर्वक बिचड़े रोपे जाते हैं। इससें कोई ख़ास नियम-अनुशासन नहीं है। इसलिए गोवा के अधिकांश किसान देसी विधि से ही धान की रोपनी करते हैं। यह स्वच्छंद रोपनी है। जापानी विधि की रोपनी में पूरा अनुशासन है। भगवंत लाडु नाइक के पिता बिचड़ों की रोपनी हमेशा जापानी पद्धति से करते थे, जिसका अनुसरण भगवंत लाडु नाइक ने भी किया। सल्वादोर दो मुंदो में भगवंत के अलावा मुश्किल से एकाध किसान हैं, जो अभी भी जापानी पद्धति से बिचड़ों की रोपनी करते हैं। देसी विधि की अपेक्षा जापानी विधि से रोपनी थोड़ी अधिक ख़र्चीली होती है। पर इससे उपज ज़्यादा होती है। देसी पद्धति से रोपनी में प्रति एकड़ जहाँ दस से बारह मज़दूर एक दिन में लगते हैं, वहीं जापानी विधि से रोपनी में प्रति एकड़ पन्द्रह-सोलह मज़दूरों की ज़रूरत पड़ती है। भगवंत लाडु नाइक के पिता उन्हें बताते थे कि पचास के दशक में पुर्तगीज़ शासकों की पहल पर गोवा के चुनिंदा गाँवों में जापानी पद्धति से खेतों में रोपनी के वास्ते 'फ़ारमर्स ट्रेनिंग कैम्प' लगाए गए थे। जापान के कुछ कृषि विशेषज्ञों को इसमें बुलाया गया था। गोवा के प्रशिक्षु कृषकों को जापान के कृषि विशेषज्ञों ने बताया था कि उनके देश में मात्र पन्द्रह प्रतिशत भूमि खेती के लायक है। उनके देश की दो-तिहाई ज़मीन तो पहाड़ और जंगल है। कुल मिलाकर सीढ़ीदार खेत समेत जापान में सिर्फ़ 28 प्रतिशत ज़मीन पर खेती होती है। इसलिए हरसम्भव बेहतरीन तरीक़े-सलीक़े से जापान के किसान खेती करते हैं। भगवंत लाडु नाइक के पिता उन्हें बताते थे कि उस प्रशिक्षण शिविर में जापान के कृषि विशेषज्ञों ने बताया था कि गोवा की भौगोलिक स्थिति जापान की भौगोलिक स्थिति से बहुत मिलती है। इसलिए जापानी पद्धति से गोवा में खेती

करना गोवा के किसानों के लिए अनुकूल होगा। जापानी विशेषज्ञों ने खाद के लिए मछली और हड्डी का चूरा, हरी खाद और कम्पोस्ट खाद का उपयोग करने की भी सलाह दी थी! जापानी कृषि विशेषज्ञों ने गोवा के उन प्रशिक्षण शिविरों में यहाँ के किसानों को जानकारी दी थी कि भले जापान विश्व का मात्र दो प्रतिशत ही चावल उगाता है लेकिन जापान के तक़रीबन पचास प्रतिशत खेतों में चावल की खेती की जाती है। पहाड़ी ढलानों पर सीढ़ीनुमा खेत तैयार करके भी जापान में धान की खेती होती है। भगवंत लाडु नाइक के पिता ने उन्हें बताया था कि 'फ़ारमर्स ट्रेनिंग कैम्प' में जापान के कृषि विशेषज्ञों ने धान रोपने की जापानी पद्धति खेतों में उतरकर बताई थी और दिखाया था कि किस तरह दस-दस इंच की दूरी पर क़तारों में पंक्तिबद्ध धान के बिचड़े रोपे जाते हैं। उन जापानी कृषि विशेषज्ञों ने प्रशिक्षु कृषकों को समझाया था कि क़तारों में धान की बोआई करने से धान की निकाई-गुड़ाई के संग-संग खेत से फ़ालतू खर-पतवार हटाने में भी सुविधा होती है। क़तारों के बीच से होते हुए पूरे खेत में 'रोटरी हो' या 'जापानी वीडर' चलाने में आसानी होती है। इससे धान की फ़सल को भरपूर देखरेख मिल जाती है। अब तो धान रोपने के लिए 'जापानी पैडी प्लांटर मशीन' भी आ गई है। सिर्फ़ एक लीटर पेट्रोल पर डेढ़ घंटे में एक एकड़ खेत की बोआई इससे हो जाती है। भगवंत ने यह मशीन देखी नहीं है। पर उसने सुना है कि यह मशीन अब अपने देश में भी बनने लगी है। क़ीमत है—ढाई लाख।

रोपनी सम्पन्न होने के बाद अगस्त के आरम्भ में समस्त गोवा में छोटे-बड़े कई 'हार्वेस्ट फ़ीस्ट' होते हैं। सल्वादोर दो मुंदो के सभी ग्रामीण 'हार्वेस्ट फ़ीस्ट' से 'पैट्रन सेवियर ऑत्र द वर्ल्ड' को भी जोड़ देते हैं। अमूमन हर साल 6 अगस्त को 'सेवियर' की मूर्ति की झाँकी यहाँ निकाली जाती है। सेवियर की प्रतिमा के हाथ में एक सुनहरी हँसिया होती है, जिसे अच्छी खेती की प्रार्थना के संग प्रीस्ट को भेंट किया जाता है। भगवंत लाडु नाइक याद करते हैं कि कितने उछाह से उनके पिता और तीनों चाचा अपने परिवार समेत गाँव के 'हार्वेस्ट फ़ीस्ट' में शामिल होते थे। उनके पिता और दो चाचा राजाराम व नारायण अब दुनिया में नहीं हैं। बस एक चाचा बचे हैं। 80 वर्षीय रघुवीर नाइक। इस उम्र में भी वे नियमित धीरे-धीरे डग भरते जब खेत पर जाते हैं, तो भगवंत को यह देखकर बहुत अच्छा लगता है। उनके तीनों चाचा का परिवार एक-दूसरे के अग़ल-बग़ल में है। सबके बीच पूरी खिल्लत-मिल्लत है। गणेश चतुर्थी और दीपावली सब एक संग मनाते हैं। यों भी पूरे गाँव में यह दोनों त्योहार बहुत उल्लास से मनाया जाता है। भगवंत के परिवार में इन दोनों त्योहारों की धूमधाम देखते बनती है। स्वयं भगवंत के सभी भाई-बहन तो रहते ही हैं, उनकी चचेरी बहनें भी ससुराल से इस मौक़े पर आ जुटती हैं। भगवंत के सभी चचेरे भाई गाँव में ही रहते हैं। भगवंत के सबसे बड़े चाचा राजाराम नाइक के चारों बेटे कृष्णा, हनुमान, मदन और ज्ञानेश्वर—सब खेती से जुड़े हैं। सबसे बड़े कृष्णा नाइक हालाँकि बैंक सेवा में थे। पर अवकाशग्रहण करने के बाद गाँव आकर वे पूरी तरह खेती में जुटे हैं। स्वर्गीय चाचा राजाराम नाइक की तीनों बेटियाँ—सुधा, प्रेमा और राजेश्वरी—सब ससुराल में

बसी हैं। भगवंत लाडु के एक चाचा रघुवीर नाइक, जो अभी हैं, को एक लड़का है—सुरेश। वह भी खेती करता है। सुरेश की पाँचों बहनें—मोहिनी, विमला, शैला, बेबी और भागीरथी सभी सुखी-सम्पन्न घरों में ब्याही हुई हैं। चाचा रघुवीर नाइक से छोटे भगवंत के पिता थे। भगवंत स्वयं चार भाई और तीन बहनें हैं। भगवंत के सबसे बड़े भाई आनन्द का निधन कुछ साल हुए मात्र 58 वर्ष की उम्र में हो गया। भगवंत को याद है कि आनन्द किस लगन के साथ हल-बैल से खेत जोतते थे। उस समय उनके परिवार के दरवाज़े पर पाँच जोड़ी बैल थे। पहले खेती में हल-बैल का ही चलन था। तकनीकी विकास के साथ 'मोल्ड-बोर्ड हल' आया। इसमें भी कई क़िस्में। मसलन—विक्टरी हल, मेस्टन हल और डिस्क हल आदि। इन हलों से अच्छी और गहरी जोताई होती थी। अब तो ट्रैक्टर से खेत की जोताई होती है। हालाँकि, पोरवरिम के शालीगाँव समेत अभी भी कई गाँवों में हल-बैल से ही खेतों की जोताई होती है। भगवंत अब ट्रैक्टर से खेत जोताई करते हैं। पर उनके दरवाज़े पर मवेशी की कमी नहीं। उनके पास एकमुश्त नौ गायें हैं। तीन बछड़े हैं। उनकी व्यवस्था हर तरह से चाक-चौबन्द है। मसलन, उनका दो ऑटो रिक्शा भी चलता है। वे भाजपा की स्थानीय राजनीति से भी जुड़े हैं। भगवंत से छोटे अशोक खेती के संग-संग प्लम्बर का भी काम करते हैं। अशोक से छोटे दिगम्बर ड्राइवर हैं और संग-संग अपनी खेती-पत्ती भी सँभालते हैं। भगवंत लाडु नाइक की तीनों बहनों—सविता, सुनीता और सुमन का विवाह उनके पिता ने अपने जीवनकाल में ही कर दिया था। भगवंत के सबसे छोटे चाचा स्व. नारायण नाइक के दोनों बेटे—देवीदास और नीलेश गाँव में ही रहते हैं। खेती के अलावा दोनों भगवंत की तरह ही गाय पालते हैं और गाँव में दूध-पनीर बेचते हैं। भगवंत के स्व. नारायण चाचा की दोनों बेटियाँ—रूपा और गीता भी विवाहित हैं। भगवंत के ये सभी सगे और चचेरे भाई-बहन जब गणेश चतुर्थी और दीपावली में एकत्रित होते हैं, तो कुछ समय के लिए एक जगमग नन्ही-मुन्नी दुनिया-सी क़ायम हो जाती है। गाँव की उपसरपंच रीना फ़र्नांडीस कहती है, "खेती और संस्कृति—दोनों में यह खानदान गाँव में अव्वल है।"

गाँव में सबसे पहले भगवंत लाडु नाइक ने ही 'वर्मी कम्पोस्ट' यानी केंचुओं द्वारा खाद बनाने की शुरुआत की थी। दरवाज़े पर नौ-नौ गायों के होने के कारण भगवंत के पास गोबर की कमी नहीं। पन्द्रह दिन पुराने गोबर के संग जैविक अवशेष, रसोई से प्राप्त सब्ज़ियों के छिलके, परिसर में गिरे पत्तों के संग चार-पाँच किलो केंचुआ मिलाकर भगवंत 'वर्मी कम्पोस्ट' बनाते हैं, जो फ़सलों में जान डाल देती है। भगवंत बड़े सन्तोष से ग्रामीणों को कहते हैं कि "कम लागत में भरपूर पोषक तत्त्ववाला ऐसा खाद दूसरा नहीं।" भगवंत की देखादेखी गाँव में उन कुछ लोगों ने भी वर्मी कम्पोस्ट बनाना शुरू किया है, जिनके दरवाज़े पर माल-मवेशी के कारण गोबर की सुविधा है।

भगवंत लाडु नाइक और उनके भाइयों के खेत में इस बार भी दंगल धान है। अक्टूबर का यह अन्त सुहावन है। भगवंत को इसलिए साल के अन्य महीनों की तुलना में अक्टूबर महीना सबसे अनूप लगता है। यह कठोर मेहनत के परिणाम का महीना है।

उनका वश चले, तो साल के बारहों महीने अक्टूबर ही रहे। उन्हें अपना गाँव सल्वादोर दो मुंदो वसंत और आषाढ़ के दिनों में भी पूरा 'अक्टूबर गाँव' लगता है। सल्वादोर दो मुंदो का अर्थ है—दुनिया का मुक्तिदाता। और हर मायने में यह मुक्तिदाता गाँव है। परम बैरागी मिज़ाज का गाँव। अक्टूबर महीने में इस गाँव का परमानन्दित वैराग्य कोई नवागन्तुक भी बरबस महसूस कर सकता है। सितम्बर के मध्य से पतझड़ शुरू हो जाता है। पीले पत्तों से अँटे-पड़े इस गाँव के रास्ते कुछ अधिक ही सूखे दिखने लगते हैं। गाँव के तालाबों की सतह पर आकाश कुछ ज़्यादा चुप-सा प्रतीत होता है। पर दिन-रात अपनी खेती-पत्ती और माल-मवेशी की सेवा में जुटे भगवंत लाडु नाइक का उमंग अक्टूबर में किशोर-सा हो जाता है। इस समय कटनी के लिए खेतों में तैयार धान की सुनहरी बालियों के संग-संग, झरने को आतुर पेड़ों के दहक पीले पत्ते भी उन्हें सुनहरे पीले फूलों की तरह लगते हैं। वे बिहँसकर कहते भी हैं कि अक्टूबर ही वह महीना है, जिसमें पत्तों को भी फूलों जैसी शोभा हासिल होती है।

पतझड़ का सुनहरापन विचित्र मायामय है। पेड़ों से लगातार टपटपाकर झर-झर गिरते हुए सुनहरे पीले पत्ते और खेतों से कटकर आ रही धान की बेशुमार सुनहरी बालियों के अनगिनत बोझों की युगलबन्दी अक्टूबर में ही होती है। सल्वादोर दो मुंदो के क्विट्ला रोड स्थित अपने पुश्तैनी घर में रह रहे भारी-भरकम और औसत क़दवाले टीटो फ़र्नांडीस ने जीवन के 80 अक्टूबर देखे हैं। टीटो गाँव के पुराने किसान हैं। बड़े गर्व से वे कहते हैं कि आठ साल की उम्र से अपने पिता स्व. रोज़ारियो फ़र्नांडीस के संग वे खेती में उतर पड़े थे। आज भी टीटो फ़र्नांडीस के परिवार के पास लगभग चार हज़ार वर्गमीटर खेत है। पर उनके बाल-बच्चों को खेती में कोई रुचि नहीं। इसलिए टीटो की खेती अब पूरी तरह बँटाई पर आश्रित है। टीटो देख रहे हैं कि बीते दो-तीन वर्षों से जबसे गोवा में अनाप-शनाप माइनिंग पर रोक लगाई गई है, खेती व दूध का कारोबार बढ़ गया है। हालाँकि, उन्हें गहरा अफ़सोस होता है कि खेती से क्रिस्चन लोग लगभग कट चुके हैं। नई पीढ़ी को सिर्फ़ नौकरी में दिलचस्पी है। ज़्यादातर कैथलिक ईसाई विदेश भागने के चक्कर में रहते हैं। सल्वादोर दो मुंदो बस्ती में पुर्तगालियों के ज़माने में ईसाई लोग ही सबसे ज़्यादा खेती से जुड़े थे। पर अब गाँव में हिन्दू समुदाय के 70 प्रतिशत लोग जहाँ खेती से जुड़े हैं, वहीं मात्र 30 प्रतिशत ईसाई का खेती से सिलसिला रह गया है। इस 30 प्रतिशत में भी ईसाइयों की 25 प्रतिशत खेती बँटाई पर है। परिस्थिति से समझौता कर लेने के सिवा और क्या दूसरा उपाय है! टीटो मानते हैं कि बुढ़ापे का एकमात्र सहारा है—समझौता। अब समझौते की छड़ी पकड़कर ही चलना है। इसलिए उन्होंने भी अपनी पूरी खेती को बँटाई पर लगाकर हाथ-पाँव समेट लिया है। पर पुराने दिनों की यादें उनके मन से कभी नहीं जातीं। वे अपनी माँ मिसेज़ एनेस्टिना फ़र्नांडीस को याद करते हैं। बड़ी बरक़तवाली गृहस्थिन थीं वे। अनाज के एक-एक दाने को सोने के कण की तरह वे सहेजकर रखती थीं। गाँव के लोग उन दिनों मिसेज़ एनेस्टिना फ़र्नांडीस का उदाहरण अपने-अपने घरों की गृहिणियों को देते हुए कहते थे कि किस तरह रोज़ारियो फ़र्नांडीस

के परिवार को एनेस्टिना ने अपने सुप्रबन्ध से समृद्ध किया है। टीटो फ़र्नांडीस की पत्नी पिछले साल गुज़रीं। अपनी पत्नी के बग़ैर टीटो को बहुत अकेलापन लगता है। हालाँकि, पत्नी के प्रति तमाम दुलार के बावजूद टीटो को हमेशा उनसे यह शिकायत रह ही गई कि वे उनकी माँ मिसेज़ एनेस्टिना फ़र्नांडीस की तरह एक कृषक परिवार की सचेष्ट गृहिणी कभी नहीं बन सकीं।

टीटो अपने पिता स्व. रोज़ारियो फ़र्नांडीस को याद करते हुए कहते हैं कि वे अपने आप में एक चलते-फिरते 'ऐग्रिकल्चर कॉलेज' थे। दरअसल, रोज़ारियो महाशय जहाँ एक तरफ़ जाबिर-ज़िद्दी किसान थे, तो दूसरी तरफ़ कृषि विषयक किताबों के बैक्टीरिया। टीटो को याद है कि उनके पिता के बहुत-से दोस्त उन्हें प्यार से 'ऐग्रो बुक बैक्टीरिया' कहते थे। आज भी टीटो फ़र्नांडीस के घर में इसलिए कृषि विषयक पुस्तकों का भंडार है। हालाँकि, टीटो स्वीकार करते हैं कि अपने पिता की तरह खेती के संग-संग पढ़ने का ज़ुनून उनमें नहीं है। इसलिए अपने पिता से विरासत में मिली किताबों को उन्होंने बस सहेजकर रखा हुआ है। कभी उनके पन्ने पलटे नहीं। टीटो ईमानदारी से स्वीकार करते हैं कि खेती-पत्ती के बारे में उन्होंने जो कुछ सीखा, बस अपने पिता को सुनते हुए और खेतों में एक बचपन से उनके संग काम करते हुए। सल्वादोर दो मुंदो के युवक बिहँसकर कहते हैं कि टीटो फ़र्नांडीस कभी भी और कहीं भी अपना ट्यूटोरियल शुरू कर देते हैं। दरअसल, गाँव की गप-गोष्ठियों के बीच खेती में जुटे युवकों को यह याद दिलाना टीटो कभी नहीं भूलते कि गोवा क्योंकि अरब सागर और पश्चिमी घाट के बीच बसा प्रान्त है, इसलिए हर गोअन की नसों में अरब सागर उमड़ता है। और इसी क्रम में वे कहते हैं कि "आज की नई पीढ़ी में कितने को पता है कि खरीफ और रबी की फसलों में क्या फासला और फर्क है। आप जिस अनाज से पेट भर रहे हैं, उसकी ज़िन्दगी से आपका दूर-दूर तक परिचय नहीं। क्या यह शर्म और अफसोस की बात नहीं? आप पुलाव खाएँ या पिज्जा, बना तो वह अनाज से ही है।" इसके साथ ही टीटो फ़र्नांडीस का 'ट्यूटोरियल क्लास' रफ़्तार पकड़ लेता है। धान का ब्यौरा देते हुए वे कहते हैं कि धान भारत की मुख्य फ़सल है और एक अपना देश ही नहीं, दुनिया की तक़रीबन नब्बे फ़ीसदी धान की फ़सल का उत्पादन एशिया में होता है। और इसकी सबसे ज़्यादा खपत एशिया में ही होती है। धान प्रमुख ख़रीफ़ फ़सल है। धान के संग-संग मक्का, ज्वार, मूँग, मूँगफली, गन्ना, सोयाबीन, उड़द, तुअर, कुल्थी और यहाँ तक कि कपड़ों के लिए कपास भी ख़रीफ़ की ही फ़सल है। ख़रीफ़ फ़सल की बारीक़ी बताते हुए टीटो कहते हैं कि "अरबी भाषा में खरीफ शब्द का मतलब है—पतझड़। जून-जुलाई के महीने में खरीफ की फसलों की बुआई होती है और यह फसल अक्टूबर यानी पतझड़ के मौसम में तैयार होती है। इसलिए इन फसलों को हमेशा से खरीफ कहा जाता है। खरीफ की फसलों को बोते समय अधिक तापमान और नमी की जरूरत होती है और अक्टूबर में जब पतझड़ का सूखापन आता है, तब जाकर खरीफ की कटाई होती है।"

टीटो फ़र्नांडीस को सुनना भगवंत लाडु नाइक को बहुत भाता है। वे गाँव के

युवकों से कहते हैं कि भले वे लोग हर साल जान लगाकर खेती करते हैं लेकिन खेती को लेकर उनकी आँख सल्वादोर दो मुंदो बस्ती तक ही सीमित है। वहीं टीटो फ़र्नांडीस को दुनिया भर की खेती की जानकारी है। वाक़ई, गाँव में एक टीटो ही हैं, जो दूरदर्शन पर बिला नागा 'कृषि-दर्शन' समाचार देखते हैं। 'ऑल इंडिया रेडियो' पर आनेवाले 'कृषि बुलेटिन' को भी वे कभी नहीं छोड़ते। क्या सुनना है टीटो फ़र्नांडीस से? रबी की फ़सल के बारे में? ज़ायद की फ़सल के बारे में? तो धैर्य से उनके पास बैठ जाइए। वे विस्तार से बताएँगे कि रबी की फ़सल भारत में वसंत की फ़सल या यों कहें कि सर्दियों की फ़सल है। इसे अक्टूबर के आख़िरी दिनों में बोया जाता है। इस फ़सल की कटाई मार्च-अप्रैल में होती है। रबी की मुख्य फ़सलों में गेहूँ, जौ, सरसों, तिल और मटर आदि है। टीटो यह जोड़ना नहीं भूलते हैं कि जिन क्षेत्रों में ज़रूरत से कम वर्षा होती है और जिससे ज़ाहिर है कि उस इलाक़े की खेती मार खाती है, वहाँ के किसान रबी के मौसम में मिश्रित यानी मिली-जुली खेती करके सूखे का सामना करते हैं। टीटो यह भी बताना नहीं भूलते कि खरीफ़ और रबी की फ़सलों की तरह ज़ायद की फ़सलें भी होती हैं। इस फ़सल का समय मार्च से जून के बीच है। ज़ायद की फ़सलों में तरबूज, करैला और कद्दू आदि है।

टीटो फ़र्नांडीस जब कभी चर्च की तरफ़ आते हैं, तो चर्च के पास ही मौज़ूद थॉमस ब्रूनो डिसूज़ा के ग्रॉसरी शॉप 'गॉड्स गिफ़्ट मिनि सुपर मार्केट' में दस मिनट ज़रूर बैठते हैं। दरअसल, थॉमस के पिता स्व. टिओटोनियो डिसूज़ा उनके बचपन के मित्र थे। टिओटोनियो की शादी जब सिसीलिया से हुई थी, तो दोनों ने 'बेस्टमैन' की ज़िम्मेदारी टीटो को ही सौंपी थी। अब न तो टिओटोनियो दुनिया में हैं, न सिसीलिया। टिओटोनियो खेती करके अपने परिवार का गुज़र करते थे। हालाँकि, ज़्यादा खेत नहीं थे उनके पास। टीटो को यह देखकर अच्छा लगता था कि सिसीलिया खेती में अपने पति का मुस्तैदी से हाथ बँटाती थीं। टीटो को याद है कि थॉमस भी एक बचपन से अपने पिता को यथासाध्य खेती में मदद करता था। एक बच्चा जितना भी कर सकता है, वह करता था। जवान होने तक थॉमस घर की खेती सँभालता था। पाँच भाइयों में थॉमस दूसरे नम्बर पर है। पिता के निधन के बाद थॉमस के बड़े भाई मारियानो नौकरी करने ओमान चले गए। तीसरा भाई यूसेवियो पोरवरिम चर्च के केयरटेकर की नौकरी में लग गया। चौथे भाई विक्टर ने पोरवरिम में अपना ग्रॉसरी शॉप शुरू किया। सबसे छोटे पाँचवें नम्बर के भाई रॉकी को बम्बोलिम के जे. एम. सी. हॉस्पिटल में नौकरी मिल गई।

शादी के बाद थॉमस की भी ज़िन्दगी का रुख़ बदला। उसकी पत्नी एंज़ेला ने उससे कहा कि इस छोटी-सी मामूली खेती-पत्ती से कोई तरक़्क़ी नहीं होनेवाली। लिहाज़ा, थॉमस ने खेती को एक दिन अलविदा किया और बहरीन जाकर एक होटल में नौकरी कर ली। यहाँ गाँव की खेती-पथारी उसकी माँ सिसीलिया और पत्नी एंजेला सँभालने लगीं। कुछ साल तक बहरीन के होटल में वेटर की नौकरी करते हुए थॉमस ने थोड़ी पूँजी इकट्ठी की। दरअसल, जाने को तो वह बहरीन चला गया

था लेकिन वहाँ उसका एक पल भी दिल नहीं लग रहा था। आख़िरकार, थॉमस गाँव लौट आया। उसने तय किया कि बहरीन में जोड़ी पूँजी से वह अपने गाँव में ही एक ग्रॉसरी की दुकान शुरू करेगा और ढीली पड़ चुकी खेती को नये सिरे से चाक-चौबन्द करेगा। उसने ऐसा ही किया। चर्च के पास एक ग्रॉसरी शॉप 'गॉड्स गिफ़्ट मिनि सुपर मार्केट' की शुरुआत की और 'शून्य बचे तो महाकाल' यानी मिट्टी, बीज और फ़सल की भी मशक़्क़त में जुट गया। अलस्सुबह से आठ बजे तक खेत और दस बजे से शाम तक अपनी ग्रॉसरी दुकान का काउंटर—यही दिनचर्या है थॉमस की। खेत का बचा-खुचा काम दिन में थॉमस की पत्नी एंजेला देख लेती है।

थॉमस के बाक़ी चार भाइयों को खेती में कभी से कोई रुचि नहीं रही। यह थॉमस ही है, जिसकी वजह से परिवार के खेत अब तक नहीं बिके हैं। वरना भाइयों की वह सुनता, तो खेत कबके बिक चुके होते। बाप-दादा के समय का खेत न बिके, इसकी दुहाई देकर उसने हमेशा अपने भाइयों को मना लिया है। जितनी भी उपज होती है, सबका वह शपथपूर्वक पाँच हिस्सा लगाता है। अपना पाँचवाँ हिस्सा रखकर बाक़ी अनाज की वह बिक्री कर देता है और चारों भाइयों के रुपये स्थानीय बैंक के उनके खाता में जमा कर देता है। वह बातचीत के दौरान अपने भाइयों को गाहे-बगाहे कहता है, "तुम सबको रुपये लेकर गाँव आने की कोई जरूरत नहीं। तुम्हारे खेत के अनाज का पैसा गाँव में तुम्हारी हर जरूरत पूरी करेगा। और...तुम्हारी वापसी के लिए टिकट भी कटा देगा।" टीटो फ़र्नांडीस को इन्हीं सब वजहों से अपने मित्र के बेटे थॉमस पर बहुत लाड़ आता है। अब तो थॉमस भी पचास पार का है। पर टीटो के लिए तो वह बच्चा ही है। थॉमस सरीखे खेती से प्रेम करनेवाले कैथलिक ईसाई गाँव में अब हैं ही कितने! टीटो फ़र्नांडीस ने पुर्तगाली शासन में गोवा के गाँवों की 'कम्युनिदाद' और 'गाँवकरी' की व्यवस्था को बहुत निकट से देखा है। टीटो को दुख है कि 'बी. पी. टाइम' से यानी बिफ़ोर पुर्तगाली गोवा में, जो 'कम्युनिदाद' और 'गाँवकरी' व्यवस्था चली आ रही थी, वह गोवा की आज़ादी के बाद ख़त्म हो गई। गोवा की आन्तरिक ग्रामीण व्यवस्था पर यह गहरा आघात-सा हुआ। 'कम्युनिदाद' गोवा के गाँवों का एक स्वविकसित गणतंत्र था। एक नन्हा-मुन्ना ग्रामीण रिपब्लिक! 'कुलकर्णी' और 'नाडकर्णी' आदि उपाधिनामवाले लोग 'कम्युनिदाद' में क्लर्क का काम करते थे। उन दिनों गोवा का पूरा जीवन कृषि आधारित था। गाँव के सारे खेतों के तीन मालिक थे—स्टेट, चर्च और कम्युनिदाद! पुर्तगालियों के गोवा आगमन के पहले से यहाँ खेतों की अनूठी 'लैंड होल्डिंग' व्यवस्था थी। खेत सामूहिक थे और जिनके परिवार में जितने सदस्य होते थे, उस हिसाब से उन्हें खेत का आवंटन किया जाता था। 'कम्युनिदाद' सबकी ज़रूरतों का ख़याल रखता था। पुर्तगालियों ने जब गोवा की सत्ता सँभाली, तो गोवा के गाँवों में अर्से से चली आ रही 'कम्युनिदाद' व्यवस्था उन्हें बहुत अच्छी लगी। हालाँकि, उन लोगों ने सर्वेक्षण कराने पर पाया कि विभिन्न गाँवों के 'कम्युनिदाद' में एक-दूसरे के बीच बहुत तनातनी है। इसलिए इन कमियों को निर्मूल कर यहाँ

की पुरानी 'कम्युनिदाद' व्यवस्था को सुदृढ़ करने के लिए पुर्तगाली शासकों ने एक 'कॉमन-कोड' बनाया। इसके अन्तर्गत 'राइट टू प्राइवेट प्रॉपर्टी' का प्रावधान उन लोगों ने 'कम्युनिदाद' में किया। निजी खेत ख़रीदने के लिए 'कम्युनिदाद' में आवेदन देने का नियम बनाया गया। खेत के ख़रीदार 'भाटकर' कहलाने लगे। नये संशोधन से फ़र्क़ तो पड़ा लेकिन खेत के ज़्यादातर ख़रीददार गाँव के उच्च वर्ग के लोग थे। 'कॉमन-कोड' के अलावा पुर्तगाली शासकों ने ज़मीन सर्वे की व्यवस्था भी लगे हाथ क़ायम की! गोवा में मौज़ूद पुर्तगाली प्रशासक बात-बात में लिस्बन का मुँह देखने के बजाय इस कोशिश में थे कि स्थानीय स्तर पर ही सहज व्यवस्था क़ायम कर ली जाए।

गोवा को सन् 1961 में जब आज़ादी मिली थी, तो टीटो फ़र्नांडीस उस समय फूटते हुए युवक थे। उन्हें अच्छी तरह याद हैं 'कम्युनिदाद' के वे दिन। उन्हें याद है, सल्वादोर दो मुंदो गाँव के कम्युनिदाद की 'चाउडी', जो उस ज़माने में गाँवकरों का 'असेम्बली हॉल' हुआ करती थी। गाँव की समस्याओं को लेकर समय-समय पर 'गाँवकर' लोग यहाँ बैठक करते थे। अर्से से यह 'चाउडी' खँडहर बनी हुई है और इसके हॉल व कमरों में अब जंगल उगा हुआ है। लगभग यही हालत सल्वादोर दो मुंदो की सीमा से सटे सुकुर गाँव के भी कम्युनिदाद की 'चाउडी' की है। दीवारों और छत को फाड़कर अनेक जंगली दरख़्त इसमें लहरा रहे हैं। 'चाउडी' के अन्दर कभी ईंट, बालू व सीमेंट से बनी पक्के की बेंचें जगह-जगह दरककर जंगली पौधों और वनस्पतियों की अस्त-व्यस्त क्यारियाँ बनी हुई हैं। जिस जगह के साथ लोग न्याय नहीं करते—वनस्पति, जंगल और कीट-पतंग वहाँ न्याय करते हैं। बार्डेज़ तालुका के तीनों पंचायतों—सल्वादोर दो मुंदो, सुकुर और पेहेना दे कुन्हा की खँडहर बनी 'चाउडी' को देख टीटो फ़र्नांडीस को बहुत क्लेश होता है। इन चाउडियों के सुनहरे दिन उन्होंने देखे हैं। सुकुर गाँव के निवासी सेवियो हरमन डिसूज़ा 'कम्युनिदाद' और 'चाउडी' की दुर्दशा को लेकर स्थायी ग़ुस्से में रहते हैं। इस दुर्दशा की लड़ाई लड़ने के लिए उन्होंने बाक़ायदा 'न्यू एज़ सोसाइटी गोवा' नामक एक संगठन बना रखा है। इस संगठन के वे एकमात्र सदस्य, अध्यक्ष और सब कुछ हैं। वे पुश्तैनी 'घर-भाट' हैं। 'घर-भाट' यानी उनके घर के चारों तरफ़ उनकी ज़मीन है। डिसूज़ा हालाँकि ख़ुद कोई खेती नहीं करते हैं। जीवनयापन के लिए सुकुर समेत अग़ल-बग़ल के पंचायतों में चलने वाले 'केबल टी. वी.' बिज़नेस में वे पार्टनर हैं। पर बक़ौल डिसूज़ा, वे इस बिज़नेस में 'स्लीपिंग पार्टनर' हैं। उनका जागरण बस 'कम्युनिदाद' और 'चाउडी' को लेकर है। टीटो फ़र्नांडीस से सेवियो हरमन डिसूज़ा की इस मसले पर बराबर बातें होती हैं। इधर भगवंत लाडु नाइक से भी दोनों ने बातचीत की है। भगवंत बेशक हिन्दूवादी सोच के हैं। वे भाजपा की गतिविधियों में थोड़ा-बहुत सक्रिय रहते हैं। पर इसके बावजूद उनमें कट्टरता नहीं है। भगवंत ने टीटो और हरमन डिसूज़ा से कहा है कि वे लोग इस इलाक़े की ढही-गिरी सभी 'चाउडी' के जीर्णोद्धार का अभियान शुरू करें, वे भी

भरसक मदद इसके लिए करेंगे, क्योंकि यह गोअन-संस्कृति की पुरानी धरोहर है। तय हुआ है कि इसी आगामी 'ऑल सोल्स-डे' के दिन से इस अभियान को लेकर ग्रामीणों का आह्वान किया जाएगा।

आज 2 नवम्बर, 2016 है। हर साल 2 नवम्बर को पूरे गोवा में 'ऑल सोल्स-डे' का आयोजन होता है। 'म्हाका खोइंचो ओत्मो पावलो?' यह कोंकणी मुहावरा सबको बताता है कि कैसे धरती पर रहनेवालों की हिफ़ाज़त आत्माएँ करती हैं। पहली नवम्बर की दोपहर को सभी आत्माओं के लिए चर्च में विशेष रूप से 'बेल' बजता है। इस तरह पहली नवम्बर को 'ऑल सेंट्स-डे' और इसके ठीक अगले दिन 'ऑल सोल्स-डे' का आयोजन। इस बार का 'ऑल सोल्स-डे' पिछले कई सालों से कहीं अधिक भव्य है। सल्वादोर दो मुंदो के लोग ख़ासे उत्साह में हैं। गाँव के 'गंगोज़ वार्ड' और पुराने क़ब्रिस्तान को बहुत दुलार से सजाया गया है। परिवार के दिवंगतों की आत्माओं का प्रसन्न रहना ज़रूरी है। अनिवार्य। तभी अच्छी खेती-पत्ती, हँसी-ख़ुशी और गाँव का सर्वांगीण कल्याण सम्भव है। आत्माओं की कृपा से ही यह 2016 वर्ष अभी तक बहुत अच्छा निकला है। धान की फ़सल रिकॉर्ड-तोड़! आज के इस उत्सव के बाद कल से गाँव में धन-कटनी शुरू होगी। 'ऑल सोल्स-डे' पर अपने परिवार के पितरों की आत्मा को नमन करने के ऐन अगले दिन से धन-कटनी की पुरानी परम्परा है। 'ऑल सोल्स-डे' पर अपने पितरों की क़ब्र पर प्रसादस्वरूप धान का शीश चढ़ाया जाता है। अगले दिन धनकटनी का शंख बज जाता है।

धान आर्द्रा नक्षत्र का सम्पन्न पुत्र है। अपने खेत की मेड़ पर बेटे भाविष के संग खड़े होकर भगवंत लाडु नाइक की आँखें भीग रही हैं। धान की झम-झम फ़सल! मज़दूरों की जमात इसे काटने में जुटी है। भगवंत का मन आर्द्र हो रहा है। धन्य हैं धरती माता! महान है आकाश! धान के खेतों पर दमकता नीलाकाश क्यूपिड...कामदेव की तरह मुस्करा रहा है। सुबह की मंद-मधुर हवा में सूखे पत्तों की एक अजीब मादक सुगंध है। लगता है, थोड़ी देर में आकाश अपनी समस्त सौम्य नीलिमा के संग धरती को चूम लेगा।

बोंडो

"द फ़िश कैन सिंग...जस्ट लाइक अ बर्ड...ऐंड ग्रेज़ेज ऑन द मूरलैंड स्क्री...व्हाइल कैटल इन अ लोइंग हर्ड...रोम द रॉलिंग सी...। मछली भी एक पक्षी की तरह गा सकती है और जब निचले झुंड के मवेशी समुद्र की लहरों के बीच घूमते हैं, वह भी ऊसर भूमि पर चरती है...।" नवम्बर मध्य की सुबह है। टिमोटिओ फ़र्नांडीस खरखराती भारी आवाज़ में लगातार इस गाने को गुनगुना रहे हैं।

"वाह! क्या बात है! आज सुबह-सुबह ये गाना कैसे याद आ गया!" चाय की प्याली मेज़ पर रखते हुए टिमोटिओ फ़र्नांडीस की पत्नी हेलेना ने बड़े लाड़ से मुस्कराकर पूछा है।

"तुम्हें याद है न, ये गाना पापा को बहुत पसन्द था।" टिमोटिओ का स्वर विभोर है। चाय की घूँट भरकर उन्होंने कहा है, "उफ! डार्लिंग टी! इट्स लाइक यॉर हग हेलेना!"

"मुझे पता है, तुम क्यों आज इतने खुश हो?" हेलेना हँसती हैं।

"क्यों बताओ?"

"क्योंकि आज बोंडो आ रहा है।"

"येस! पूरे आठ महीने बाद।"

"अभी उसके आने की बात से खुश हो। पर प्लीज़, उसके आने पर हर बार की तरह उसे डाँटने नहीं लगना।"

"क्यों नहीं डाँट लगाऊँ? बोलो? इस बार नौ महीने पर वह गोवा आ रहा है। वह फरवरी में आया था। कार्निवल के मौके पर। यह नवम्बर है। हेलेना! तुम्हीं बताओ बम्बई से गोवा आने में क्या समय लगता है?"

"बम्बई में भी लगातार वह कहाँ रहता है। तुम्हें तो मालूम है कि हर महीने किसी-न-किसी देश में उसका प्रोग्राम रहता ही है। वैसे तो प्राउड करते हो कि मेरा छोटा भाई बोंडो इंडिया का इकलौता इंडो-लैटिन ड्रम-स्टार है। ग्रेट परकशनिस्ट है। पर मिलते ही उसे डाँटने लगते हो। अगर वह घर से ही चिपका रहेगा, गोवा में ही बैठा रहेगा, तो यह नेम-फ़ेम हो सकेगा? यू आर रिअली टू मच टिमोटिओ।" फिर एक पल थमकर हेलेना कहती हैं, "आइ नो...तुम अपने बच्चों से भी ज्यादा बोंडो को प्यार करते हो। आज भी वह तुम्हारे लिए बेबी बोंडो है।"

हेलेना सही कहती हैं। टिमोटिओ के सात भाई-बहनों में जोस उर्फ़ बोंडो सबसे छोटा है। टिमोटिओ फ़र्नांडीस ने भाई से अधिक बोंडो को अपने बच्चे की तरह माना है। टिमोटिओ को बोंडो से बस यही शिकायत रहती है कि वह छह-आठ महीने पर गोवा आता है। पिछली बार वह फरवरी में कार्निवल के अवसर पर जो गोवा आया, उसके बाद सीधे अभी नवम्बर में। ऐसे में बोंडो पर टिमोटिओ का पारा गर्म हो जाता है। वे पत्नी हेलेना से कहते हैं, "रेमो फ़र्नांडीस इससे क्या कम पॉपुलर हैं। वह सारी दुनिया में घूमकर म्यूज़िक-शो करता है और वापस गाँव सियोलिम लौट आता है। बोंडो भी तो ऐसा कर सकता था।"

सियोलिम स्थित अपने पुश्तैनी घर में रेमो राजा की तरह रहता है। रेमो फ़र्नांडीस के पुश्तैनी घर की दिलचस्प कहानी के साक्षी रहे हैं टिमोटिओ। इस घर को लेकर रेमो के पिता बर्नार्डो फ़र्नांडीस की मुश्किलों को टिमोटिओ ने क़रीब से देखा है। यह बर्नार्डो ही थे, जिन्होंने एक बचपन से म्यूज़िक के लिए रेमो को प्रोत्साहित किया था। रेमो ने बम्बई के 'जे.जे. कॉलेज' से आर्किटेक्ट की पढ़ाई की थी। उसके पिता बर्नार्डो की हार्दिक इच्छा थी कि रेमो आर्किटेक्ट का काम करे और म्यूज़िक के अपने

शौक़ को भी जारी रखे। पर रेमो पूरे तौर पर म्यूज़िक के करिअर के अलावा कुछ भी सोचने को तैयार नहीं था। आख़िरकार, बेटे की ज़िद के सामने बर्नार्डो फ़र्नांडीस को ही झुकना पड़ा। रेमो अपने म्यूज़िक मिशन में यूरोप की यात्रा पर निकल पड़ा। रेमो के माता-पिता पणजी में रहते थे; क्योंकि पणजी में ही उनकी सोडा व कोल्ड ड्रिंक की फ़ैक्ट्री थी। सियोलिम स्थित उनके पुश्तैनी घर में रेमो की दादी मिसेज़ डोना इडा अफ़ोंसो फ़र्नांडीस रहती थीं। रेमो की यूरोप यात्रा के दौरान ही उसकी दादी चल बसीं। रेमो का जब फ़ोन आया, तो बर्नार्डो ने दादी के गुज़र जाने की सूचना उसे दी। साथ ही रेमो को उन्होंने यह भी जानकारी दी कि उनकी माँ के निधन के बाद उनके भाई सियोलिम वाले घर का अपना हिस्सा बेचना चाहते हैं। बर्नार्डो फ़र्नांडीस ने बेटे रेमो से पूछा कि अगर सियोलिम वाले पुश्तैनी घर में उसकी रुचि हो, तो वह अपने भाई को समुचित क़ीमत देकर उसका हिस्सा ख़रीद लेंगे और यह पूरा घर उन लोगों का हो जाएगा। बर्नार्डो ने रेमो से कहा कि ऐसा वे तभी करेंगे अगर भविष्य में रेमो की रुचि इस घर में हो। अगर नहीं, तो भाई के साथ-साथ घर का अपना हिस्सा भी वे बेच देंगे। पिता की सारी बातें सुनकर रेमो ने कहा कि सियोलिमवाले घर में उसे कोई रुचि नहीं। वे जैसा चाहें, कर लें। रेमो का निर्णय सुनकर उसके पिता बर्नार्डो फ़र्नांडीस ने अपने भाई के साथ पूरे घर को इकट्ठे एक जर्मन मि. हर हर्मन के हाथों बेचना तय कर लिया। पर घर की रजिस्ट्री के ऐन पहले रेमो यूरोप यात्रा से वापस लौट आया था। रेमो ने माता-पिता से कहा कि रजिस्ट्री के पहले एक बार वह सियोलिम के घर को देख लेना चाहता है। बहरहाल, सियोलिमवाले पुश्तैनी घर में रेमो माता-पिता के संग गया। दादी के कमरे में जाकर रेमो रोने-रोने को हो आया। उसे याद आई कि कैसे वह अपनी दादी मिसेज़ इडा फ़र्नांडीस की गोदी में बैठ कहानियाँ सुनता था। कई बार रेमो किसी सुनी हुई कहानी को ही फिर से सुनाने की ज़िद करता था। दादी तब मधुर झिड़की के संग कहती थीं कि इस कहानी को वे दस बार पहले भी सुना चुकी हैं। फिर वे ग्यारहवीं बार रेमो को वह कहानी सुनाती थीं। बहरहाल, माता-पिता के संग रेमो ने जब घर का कोना-कोना देख लिया, तो बाहर गेट पर आकर अपने पिता से उसने कहा, "पाई! हम यह घर नहीं बेचेंगे।"

"पर यह कैसे मुमकिन है? तुमने जब घर के रखे जाने से मना कर दिया, तब जाकर मैंने मि. हर्मन को वर्ड दिया। मैं अब उससे पीछे नहीं हट सकता हूँ।"

"अपने वर्ड से हटने के एवज में उन्हें कुछ रुपये दे दीजिए प्लीज़!" रेमो ने कातर स्वर में पिता से कहा।

"ओह रेमो! तुम मुझे मुश्किल में डाल रहे हो। पर मैं अपनी बात से पीछे नहीं हटूँगा। मि. हर्मन को यह घर मैं ज़रूर लिखूँगा।" बर्नार्डो फ़र्नांडीस ने बहुत तड़प से कहा।

टिमोटिओ फ़र्नांडीस याद करते हैं कि अपने वचन के धनी मि. बर्नार्डो फ़र्नांडीस ने अपने भाई के साथ अपना पुश्तैनी घर मि. हर हर्मन के नाम कर दिया। पर एक अनकहे तनाव की स्थिति बाप-बेटे में बनी हुई थी। तनाव के उन दिनों में एक टिमोटिओ फ़र्नांडीस ही थे, जिनके पास मि. बर्नार्डो फ़र्नांडीस अपना दिल खोलते थे।

घर की बिक्री के बाद रेमो की माँ भी बहुत दुखी हो गई थीं। उन्होंने लगातार प्रार्थना करनी शुरू की कि उनका घर फिर से वापस हो जाए। आख़िरकार, रेमो के पिता ने मि. हर हरमन से अनुरोध किया कि वे अपना पुश्तैनी घर वापस ख़रीदना चाहते हैं। मि. हरमन तो नहीं लेकिन उनकी पत्नी, जो बहुत तेज़-तर्रार और व्यावसायिक बुद्धि की थीं, ने रेमो के पिता के पास शर्त रखी कि जितनी रकम में उन्होंने अपना घर बेचा था, उससे छह गुना राशि अगर वह दें, तो घर वापस हो सकता है। मि. बर्नार्डो फ़र्नांडीस ने ऐसा ही किया। अपना सारा बचत उड़ेलकर अपने घर को उन्होंने ख़रीद लिया। रेमो तब से सियोलिम के अपने पुश्तैनी घर में ही रहता है। और यह बोंडो!! सोचकर दुखी होते हैं टिमोटिओ। पता नहीं क्यों, बोंडो को घर की याद ही नहीं आती। यह ख़ाली नारियल का खोखा ही रह गया। आप जब अपनी जड़ों से ही उखड़ गए, तो दुनिया में नाम करके क्या होगा? पता नहीं किस मुहूर्त में पापा जोस को 'बोंडो' पुकारने लगे। 'बोंडो' का मतलब होता है—एक छोटे से नारियल का ख़ाली खोखा! गोवा में अगर किसी से पूछा जाए—क्या आप जोस फ़र्नांडीस को जानते हैं, तो लोग असमंजस में पड़ जाएँगे। कौन जोस फ़र्नांडीस। पर जब पूछा जाए—और बोंडो फ़र्नांडीस को? तब लोग छूटते हुए कहेंगे—बोंडो फ़र्नांडीस को कौन नहीं जानता, सारी दुनिया जानती है। पर जो भी हो, रह गया यह बोंडो ही।

टिमोटिओ को याद है, रेमो फ़र्नांडीस के म्यूज़िक करिअर के वे शुरुआती दिन थे, जब एक दोपहर 'क्लब नेशनल' में उसने दीवानगी पार की हद तक बोंडो को ड्रम बजाते देखा था। उन दिनों बोंडो पणजी के एक छोटे-से 'म्यूज़िक बैंड' में ड्रमर था। रेमो से तब तक बोंडो का परिचय नहीं था। इत्तफ़ाक़ से रेमो को उन्हीं दिनों 'ताज फ़ोर्ट होटल' में 300 रुपये प्रति रात गाने का प्रस्ताव मिला था। रेमो ने सोचा कि अगर इस दीवाने ड्रमर का साथ उसे मिल जाए, तो वह वाक़ई जादू जगा देगा। रेमो ने इस ड्रमर के बारे में पता किया, तो यह जानकर उसकी ख़ुशी का ठिकाना नहीं रहा कि यह लड़का टिमोटिओ फ़र्नांडीस का छोटा भाई है। बहरहाल, जल्दी ही रेमो ने बोंडो से बात की। 'ताज फ़ोर्ट होटल' में उसे अपने साथ ड्रम बजाने का प्रस्ताव दिया। रेमो ने बोंडो से कहा कि वह होटल प्रबन्धन से प्रति रात उसे 150 रुपये बतौर पारिश्रमिक देने की बात करेगा। रेमो ने उसी दिन 'ताज फ़ोर्ट होटल' के प्रबन्धन से बात की। वे मान गए। बोंडो को साथ लेकर अगले दिन जब रेमो 'ताज फ़ोर्ट होटल' गए, तो मैनेजर ने बोंडो से बात पक्की करते हुए कहा कि उसे हर सप्ताह तीन रात ड्रम बजाने के 2000 रुपये दिये जाएँगे। पर बोंडो ज़िद पर अड़ गया कि वह डेढ़ सौ रुपये प्रति रात लेगा। मैनेजर ने झल्लाकर रेमो से कहा कि अब अपने दोस्त को वही पूरा हिसाब समझाए। रेमो ने जब बोंडो को बताया कि सप्ताह में तीन रात यानी महीने में बारह रात। और डेढ़ सौ रुपये के हिसाब से बारह रातों का 1800 रुपया उसका पारिश्रमिक बनता है; जबकि मैनेजर 200 रुपये बढ़ाकर उसे प्रस्ताव दे रहा है। बहुत माथापच्ची के बाद बोंडो को हिसाब समझ में आया। टिमोटिओ को पता है कि दुनिया भर में नाम कमाने के बावजूद अन्दर से उनका छोटा भाई आज तक 'बेबी बोंडो' ही है।

"द फ़िश कैन सिंग...जस्ट लाइक अ बर्ड...।" टिमोटिओ ने सुबह से अपने होंठों पर थिरकते गाने को अब रोक लिया है।

नवम्बर मध्य की ख़ुशगवार दोपहरी में बोंडो अभी-अभी पहुँचा है।

"फिर वही नाटक! अभी तो तुम गाने गा रहे थे...द फ़िश कैन सिंग...।" हेलेना टिमोटिओ को मीठी झिड़क देती हैं।

"पापा वाला वही फ़ेवरेट सांग न! अभी हम दोनों भाई इसे गायेंगे।" अलमस्त बोंडो ने ठहाके लगाते हुए टिमोटिओ को अपनी बाँहों में भर लिया है। टिमोटिओ की मुश्किल से ज़ब्त हँसी भी फूटकर निकल गई है।

नमक की कनी

आज 10 दिसम्बर है। साल के अन्तिम महीने का दसवाँ दिन। तो यह साल भी ख़त्म होने को है। वर्ष 2016 अब दुनिया में बस इक्कीस दिनों के लिए है। पर जाते-जाते यह साल उसकी बेकरी की प्यारी सहयोगी डॉली के लिए एक जीवनसाथी लेकर आ रहा है। आज दोपहर दो बजे 'इमैक्युलट कंसेप्शन चर्च' में डॉली की शादी है। यह चर्च पणजी में विवाह के लिए सबसे उपयुक्त माना जाता है। 'द पैरिश ऑव पणजी' इसका संचालन करता है। शाम को साढ़े चार बजे से 'कॉकटेल' शुरू होगा।

डॉली की शादी एक कीनियाई-गोअन लड़के से हो रही है। अफ्रीकी महाद्वीप के पूर्वी तट पर स्थित पूर्वी अफ्रीका के देश कीनिया से गोवा का बहुत पुराना रिश्ता है। कई पीढ़ियों से गोवा के लोग कीनिया में बसे हैं। लड़का और उसका परिवार कीनिया के दूसरे सबसे बड़े शहर मोम्बासा में रहता है। कीनिया के दक्षिण-पूर्व में स्थित मोम्बासा एक तटीय नगर है। इसका स्वरूप बिलकुल गोवा के तटीय नगरों जैसा बताया जाता है, जहाँ दुनिया भर के पर्यटक इसके उष्ण और आर्द्र जलवायु के कारण बड़ी तादाद में आते हैं। मोम्बासा के बीच पर एक से एक रिज़ॉर्ट है। डॉली का होनेवाला पति यूरिको गॉस्पर मेनेंजीस मोम्बासा में समुद्र तट पर स्थित एक बड़े रिज़ॉर्ट का शेफ़ है।

मोम्बासा के नाम से सैंड्रा अर्से से परिचित रही है। उसको याद है कि पापा अपने बचपन के एक दोस्त कॉर्नेलियो जोसेफ़ रोज़ारियो के बारे में बताते थे, जो पणजी में कॉलेज की पढ़ाई पूरी करने के बाद कीनिया चले गए थे। उन्होंने मोम्बासा में कुछ दिन नौकरी की। इसके बाद वहाँ ख़ुद का अपना बिज़नेस शुरू किया। मोम्बासा के बारे में पापा ने ही बताया था कि यह प्राचीन शहर स्वाहिलियों द्वारा बसाया गया था, जहाँ काफ़ी समय तक उन्हीं लोगों ने शासन किया। बाद के दिनों में पुर्चगीज़, अरब और अन्ततः अंग्रेज़ों ने इसे बारी-बारी से अपने शासन में लिया। पापा बताते थे कि यह जानकारी बहुत कम लोगों को है कि सन् 1920 में जब कीनिया ब्रिटेन

की कॉलोनी बना, तो गोवा से कितनी बड़ी तादाद में लोग अफ़्रीका ले जाए गए थे। बतौर गिरमिटिया मज़दूर गोअंस ने पूर्वी अफ़्रीका की रौनक़ के लिए अपनी जान झोंक दी थी। आज जो कीनिया दुनिया में कॉफ़ी का सबसे बड़ा उत्पादक देश है और गुलाब उत्पादन में दुनिया में तीसरे नम्बर पर है, इसका श्रेय गोवा से वहाँ ले जाकर बसाए गए मज़दूरों को है। उन गिरमिटिया मज़दूरों की अब तो वहाँ चौथी-पाँचवीं पीढ़ी है। एक समय कोंकण क्षेत्र से गए इन लोगों ने पूर्वी अफ़्रीका में कोलोनियल विस्तार के लिए जहाँ एड़ी-चोटी का श्रम किया था, वहीं दूसरे दौर में पूर्वी अफ़्रीका की आज़ादी के लिए छिड़े संग्राम में भी अग्रणी भूमिका निभाई। कीनिया एक ऐसा देश है, जिसकी निन्यानवे प्रतिशत आबादी अश्वेत है। सैंड्रा को याद है कि पापा वैज्ञानिकों की मान्यताओं के बारे में ज़िक्र करते हुए कहते थे कि "सैंड्रा! वैज्ञानिक लोग मानते हैं कि इनसान की उत्पत्ति कीनिया में हुई थी। दरअसल, मनुष्य के पुराने अवशेष कीनिया में ही पाए गए थे।" पापा आगे कहते थे, "अफ़्रीका और भारत का सुख-दुख हमेशा साथ-साथ चला, क्योंकि अर्से तक इन दोनों देशों ने अंग्रेजों की गुलामी झेली। कीनिया के लोगों ने अपनी आजादी के लिए लगातार संघर्ष किया और 12 दिसम्बर, 1963 को उन्हें ब्रिटेन से आजादी मिली। सन् 1964 में कीनिया ने अपना संविधान बनाकर स्वयं को लोकतंत्र घोषित किया। कीनिया में एक 'मिनि इंडिया' है। इसलिए, कीनिया की आजादी के बाद अन्य भारतीय परिवारों सहित वहाँ के गोअन लोगों में भी आशा जगी कि अब उन लोगों के संग आजाद कीनिया में दोयम दर्जे का व्यवहार नहीं होगा। पर अफसोस कि आजाद कीनिया में भी इन लोगों को अपने हक और सम्मान के लिए बहुत जूझना पड़ा। वर्षों की तनातनी के बाद अब जाकर इनकी कानूनी स्थिति में सुधार आया है। हालाँकि, एक हूक तो है ही, जो कभी खत्म नहीं होनेवाली।" छठे-छमासे पापा को उनके बचपन के दोस्त कॉर्नेलियो जोसेफ़ रोज़ारियो का पत्र जब मोम्बासा से आता था, तो वे देर तक ग़ुम रहते थे। अभी पिछले दिनों जब वह पापा की आलमारी के काग़ज़-पत्तर ठीक कर रही थी, तो अंकल कॉर्नेलियो जोसेफ़ रोज़ारियो की वर्षों पुरानी चिट्ठी मिली। चिट्ठी के अन्त में अंकल की लिखी इन पंक्तियों को पढ़कर उसका मन भीग गया—"भाई प्यारे! मेरी रगों में कीनिया की धूल-मिट्टी है। मेरे फेफड़ों में कीनिया की हवा है। पर मेरी आत्मा में गोवा की रोशनी है। खुशबू है। यही मुझे बचाती है।"

पापा उसकी शादी कभी किसी कीनियाई-गोअन लड़के से नहीं कराते—सोचती है सैंड्रा और उसे अपने आप पर हँसी छूट जाती है। ओह! कल्पना की उड़ान भरने में भला क्या जाता है। वैसे यह सच है कि पापा अपनी इकलौती बेटी को कभी अपनी आँखों से ओझल नहीं होने देना चाहते थे। पापा अक्सर मम्मी से कहते थे, "मिनि! काश हमें सैंड्रा के लिए एक अच्छा लड़का मिल जाता, जो घर-जँवाई बनने को तैयार हो जाता।" डॉली भी अपने माता-पिता की इकलौती बेटी है। पर उसके पापा ने पता नहीं क्यों अपनी बेटी के दूर देश जाने की परवाह नहीं की। बहुत-सी विवाह एजेंसियों में उन्होंने डॉली की शादी के लिए रजिस्ट्रेशन करा रखा था। आख़िरकार

डेढ़ साल बाद अभी 'सोलमेट मैट्रिमोनियल सर्विसेज़' नामक मैरेज़ ब्यूरो के ज़रिये डॉली के लिए यह कीनियाई-गोअन लड़का मिला। वैसे 'ग्लोबल-विलेज़' के सोच की दुनिया में कीनिया भला क्या दूर है!

बहरहाल, कीनियाई-गोअन लड़के से शादी ठीक होने के बाद से डॉली के संग हास-परिहास का सिलसिला बीते कुछ समय से जारी है। बेकरी में डॉली के पहुँचने पर बाक़ी लड़कियाँ अनिवार्य रूप से ऑक्टोपिज्जो का यह मशहूर गीत 'केन्यन बॉय' गाने लगती हैं, "नो इट...नो इट...! दे नेवर सीन अ केन्यन बॉय...पुल-अप अ ट्वाय...! किंग फ़ॉर रिअल...नाने नीरिअल...दे नेवर सीन...।" बहरहाल, यह रस-रभस सिर्फ़ गानों और हँसी-मज़ाक़ तक ही सीमित नहीं है। रस-चर्चा का जो मुख्य विषय है, वह यह कि डॉली के पापा मि. मेलसन डिक्रूज़ जल्दी ही पणजी में एक, वह यह डेयरी फार्म शुरू करने जा रहे हैं। दरअसल, कीनिया में परम्परा है कि विवाह तय होने पर वर-पक्ष उपहारस्वरूप वधू-पक्ष को कुछ दर्जन गायें देता है। दहेज का मूल्य कीनिया के लोग गायों के मूल्य से निर्धारित करते हैं। विशेष अवसरों पर कीनिया की तरफ़ से दिये जानेवाले उपहारों में चाय, कॉफ़ी और मूँगफली भी शामिल है। एक समय यह ख़बर दुनिया भर के अख़बारों और टीवी चैनलों के ज़रिये सुर्ख़ियों में आई थी कि कीनिया के एक धनी वकील ने अमेरिका के राष्ट्रपति बराक ओबामा को प्रस्ताव दिया था कि ओबामा अपनी बड़ी बेटी मालिया ओबामा की शादी अगर उससे करें, तो भेंटस्वरूप वह उनको 50 गायें, 70 भेड़ और 80 बकरियाँ देगा। संग-संग चाय, कॉफ़ी और मूँगफली भी बड़ी मात्रा में देने की पेशकश उसने की थी। कीनिया के उस वकील ने ओबामा को पत्र लिखकर याद दिलाया था कि अमेरिका के 27वें राष्ट्रपति विलियम हॉवर्ड टैफ़्ट 'व्हाइट हाउस' में किस अनुराग से गाय पालते थे। उन्होंने जो पहली गाय पाली थी, उसका नाम था—मूली-वूली। इस गाय ने डेढ़ साल तक विलियम हॉवर्ड टैफ़्ट को दूध का भरपूर सुख दिया। मूली-वूली के बाद राष्ट्रपति टैफ़्ट ने एक दूसरी गाय ली, जिसका नाम उन्होंने 'पॉलिन' रखा। अमेरिका में राष्ट्रपति टैफ़्ट की इस दूसरी गाय का प्रसिद्ध दुलार-नाम था—'मिस वायने।' लम्बे समय तक पॉलिन उर्फ़ मिस वायने ने 'व्हाइट हाउस' परिसर के लम्बे-चौड़े लॉन की घास चरने का भरपूर सुख लेते हुए राष्ट्रपति टैफ़्ट और उनके परिवार को दूधों से नहलाया। कीनिया के उक्त वकील ने ओबामा और उनकी पत्नी मिशेल का ज़िक्र करते हुए अपने पत्र में लिखा था कि उन दोनों को अपनी दोनों बेटियों समेत स्वास्थ्य बेहतर करने की ज़रूरत है। तस्वीरों में वे दोनों और उनकी दोनों बेटियाँ छुहारे की तरह दिखते हैं। गाय का दूध पीने से उन सबकी सेहत में रूहानी आएगी।

उस समय उस कीनियाई वकील के उस दिलचस्प पत्र को कुछ अमेरिकी अख़बारों ने बहुत रस लेकर छापा था। ओबामा और विलियम हॉवर्ड टैफ़्ट का कार्टून भी साथ-साथ छापा गया था। दरअसल, अमेरिका के 27वें राष्ट्रपति टैफ़्ट अपने मोटापे के लिए मशहूर थे। उनका वज़न 154 किलोग्राम था। कार्टून में दुबले-पतले ओबामा हैरानी से बेहिसाब मोटे राष्ट्रपति टैफ़्ट को देख रहे थे। राष्ट्रपति टैफ़्ट के

बारे में पूरे अमेरिका में यह क़िस्सा मशहूर था कि एक दिन 'व्हाइट-हाउस' के बाथ-टब में वे कुछ इस तरह धँस गए थे कि चार सिक्यूरिटी वालों को पूरी ताक़त लगाकर उन्हें निकालना पड़ा था।

बहरहाल, डॉली के ससुराल पक्ष ने डॉली के पिता को गाय, भेड़ और बकरी देने का कोई आश्वासन नहीं दिया है। पर यह एक उल्लेखनीय तथ्य है कि कीनिया एक ऐसा ग़ज़ब गऊ-प्रेमी देश है, जो सुख-दुख, उत्सव-उदासी और हर महत्त्वपूर्ण संसारी कार्य में गऊ को प्रधानता देता है। आतंकवादी संगठन 'अलक़ायदा' के आतंकियों ने 11 सितम्बर, 2011 को जब अमेरिका के 'वर्ल्ड ट्रेड सेंटर' को चार हाइजैक विमानो द्वारा हमला कर ध्वस्त कर दिया, तो सारी दुनिया में सनसनी मच गई थी। ऐसे में अमेरिका के संग अपनी एकजुटता दिखाने के लिए ब्रिटेन, फ्रांस व ऑस्ट्रेलिया समेत कई देशों ने जहाँ 'अलक़ायदा' से निपटने के लिए अपनी-अपनी सेना अफ़गानिस्तान भेज दी थी, वहीं कीनिया की मसाई जनजाति ने अमेरिका के प्रति सहानुभूति जताने के लिए 14 गायें दान में दी थीं। इन गायों को लेने के लिए ख़ुद अमेरिकी दूतावास के तत्कालीन उपद्ममुख विलियम ब्रॉनकिक पहुँचे थे। विलियम ब्रॉनकिक ने कहा था कि 'मैं जानता हूँ कि मसाई लोगों के लिए गायें बहुत बेशकीमती होती हैं। इसलिए यह मदद हमारे देश के लिए यादगार है। सर्वोच्च सहानुभूति है। परवाह है।' तंज़ानिया की सीमा पर बसे कीनिया के एक गाँव में आयोजित इस कार्यक्रम में मसाई लोगों ने उस दिन अपने हाथों में 'स्वागत' की तख़्ती ले रखी थी, जिस पर लिखा था—'हम अमेरिका के लोगों के लिए ये गाएँ दे रहे हैं और हमें विश्वास है कि हमारे प्यार से उन्हें राहत मिलेगी।' अमेरिका ने कीनिया के इस सद्व्यवहार को बहुत मान दिया और वह इस तरह कि गायों को स्वीकार करते समय उस दिन वहाँ गाँव के समारोह में अमेरिका ने अपना 'राष्ट्रीय गान' बजवाया था...'द स्टार स्पैंगल्ड बैनर'! बहरहाल—गाय, कॉफ़ी, चाय और मूँगफली के उपहार का आनन्दपूर्ण हास-परिहास अपनी जगह है, पर बीते एक हफ़्ते से डॉली की शादी के वास्ते ख़रीद-फ़रोख़्त में सैंड्रा का पूरा वक़्त जा रहा है। वेंडेल रॉड्रिक्स से विशेष अनुरोध कर डॉली के वास्ते उसने शादी का एक बेहद प्यारा ड्रेस तैयार कराया है। सफ़ेद रंग वेंडेल को बहुत पसन्द है। सो वेंडेल ने झक्क सफ़ेद रंग का एक 'बॉल गाउन वेडिंग ड्रेस' डॉली के लिए बनवाया है। शरद या पूरी सर्दियों के दिनों में दुलहन के लिए लम्बी आस्तीनवाला सफ़ेद 'बॉल गाउन' बेहद रोमांटिक और सुरुचिपूर्ण विवाह-परिधान है। डॉली इस सफ़ेद 'बॉल गाउन' में परी-सी लगेगी।

डॉली उससे लगभग बारह साल छोटी है। 28 साल की डॉली बीस साल की उम्र में उसकी बेकरी से जुड़ी थी। डॉली के परिवार को पापा एक अर्से से जानते रहे थे। उसके घर से थोड़ी ही दूर पर स्थित पट्टो ब्रिज़ के पास 'पब्लिकास जनता रोड' में डॉली का पुश्तैनी घर है। इसलिए जब एक सुबह डॉली अपने पापा मि. मेलसन डिक्रूज़ के संग उसके पापा के पास आई थी, तो पापा ने मुस्कराकर कहा था, "ओके मेलसन! नाउ डॉली डिक्रूज़ इज़ द न्यू मेम्बर ऑव आउअर बेकरी

टीम।" पापा के बाद उसने भी डॉली को उतना ही लाड़ और मान दिया है। और एक सिर्फ़ डॉली ही क्या, बेकरी के पुराने बुज़ुर्ग सहयोगी मिकी डिसूज़ा, उनके भतीजे अर्थर और बेकरी की पाँचों लड़कियों को उसने हमेशा हथेली पर लड्डू की तरह रखा है। सैंड्रा को पापा की यह बात कभी नहीं भूलती कि आप अपने बर्तनों को साफ़ और हिफ़ाज़त से रखेंगे, तभी आप एक अच्छे इनसान होंगे और तभी आप तरक़्क़ी कर सकेंगे। अपनी पुरानी आया इवान को भी वह बेकरी के सहयोगियों की तरह पूरे हिफ़ाज़त और मान-दान से रखती है।

इवान पिछले दो-तीन दिनों से परेशान है कि डॉली की शादी में जाने लायक़ उसके पास ठीक-ठाक कपड़े नहीं हैं। अपना यह दुखनामा वह मम्मी को बार-बार सुना रही है, "मेरे पास जो कपड़े हैं, सब आया-टाइप। कोई अन्धा भी मुझे उस फ़ंक्शन में देखेगा, तो कहेगा कि ये आया है।" सैंड्रा समझ रही है कि इवान भले ही मम्मी के पास जा-जाकर बिसूर रही है, लेकिन सुना उसे ही रही है। मम्मी ने इवान की पैरवी आहिस्ते-से की है, "ऐ सैंड्रा! खरीद दो न इसे एक सूट। तभी ये खुश-खुश डॉली की शादी में जा सकेगी।"

"तुम्हें पता है न मम्मी कि इवान के साइज़ का रेडीमेड सूट तुरन्त मिलना असम्भव है। इसके सूट के लिए हफ्ता-दस दिन पहले टेलर मास्टर को नाप दिलाकर ऑर्डर करना पड़ता है। अच्छा, इसके लिए एक लम्बे साइज़ की सुन्दर रेडीमेड मैक्सी खरीद देती हूँ।"

अभी थोड़ी देर में जब इवान काम पर आएगी, तो वह विटोरिनो से अनुरोध करेगी कि कृपया इवान को साथ ले जाकर उसकी पसन्द से एक सुन्दर मैक्सी ख़रीदवा दे। फ़िलहाल सब अपनी चहल-पहल में हैं। बेकरी की बाक़ी सभी लड़कियों ने भी कई दिन पहले से तैयारी कर रखी है कि डॉली की शादी में वे सब क्या पहनकर और कैसे सज-धजकर जाएँगी। पर उससे अब तक किसी ने नहीं पूछा है कि वह क्या पहनकर जा रही है। ओह, वह सफ़ेद लांग फ्रॉक पहनकर जाएगी, जो वेडेल ने उसे दिया था! सुन्दर लगेगा। 'लांग व्हाइट फ्रॉक...अ स्पार्कलिंग क्राउन...विद अ हेल ऑव नर्वसनेस...आइ ऐम नॉट अ ब्राइड...गेटिंग मैरिड...।' कहाँ पढ़ी थीं ये लाइनें, वह याद करने की कोशिश करती है। वह सुन्दर लगेगी या नहीं, सुन्दर दिख रही है या नहीं—इसे सोचनेवाला दुनिया में कौन है? ले-देकर तो बस एक मम्मी। अब मम्मी भी उतना नहीं सोच पाती हैं।

सच में, कितना समय निकल गया। उसका भी समय निकल गया है। आज दोपहर डॉली की शादी है। आज से ठीक 36वें दिन वह अपनी उम्र के चालीसवें साल में प्रवेश कर जाएगी। उसे अपना गला सूखता हुआ महसूस हुआ। हालाँकि, मम्मी उसे हरदम दिलासा देती हैं, "सैंड्रा 39-40 या 60 साल का कोई माने-मतलब नहीं। मुमकिन है कि चालीसवें साल में तुम्हें कोई प्यार करनेवाला मिल जाए। जीवन में देरी क्या होती है! इम्पॉर्टेंट है कि आप एक सही जीवनसाथी कब पाते हैं। वही आपका सोलहवाँ सावन है।" बिस्तर पर पड़ी बेचारी मम्मी, इस उम्र में भी उसे अंडे की

तरह सेती हैं। पर दीवार पर सामने लिखी इबारत को वह अनदेखा नहीं कर सकती कि आनेवाले 15 जनवरी, 2017 से उसके जीवन का एक नया अध्याय शुरू होगा।

तीस के अंक तक उम्र को लेकर उसे कभी इतनी परवाह नहीं रही। पर उसे लग रहा है कि चालीसवें अंक में दाख़िल होने के साथ उसकी हताशा और रफ़्तार पकड़नेवाली है। चालीसवें साल की शुरुआत—यानी आपकी बची-खुची रौनक़ को भी चाँटा! यानी बुढ़ापे की घोषणा! यों दुनिया कहती है कि इनसान मिट्टी का पुतला है। पर सच है कि मिट्टी तभी तक कोमल है, जब तक वह गूँथे जाने लायक़ है। जबतक कि वह कोई आकार लेने के लिए मोड़ लेने की स्थिति में है। पर वही मिट्टी जब आग में पकती है, तो एकदम से पत्थर हो जाती है। उम्र का चालीसवाँ साल आग में पकी मिट्टी जैसा है। एकदम वज्र। पत्थर। सुबह-सुबह एक छोटे-से क्षण में कितनी अजीब-सी भावनाएँ मन में आवाजाही कर गई हैं। इन सबका निष्कर्ष यही है कि रोने से भी ज़्यादा मुश्किल है—साँस लेना!

अब दिन के एक बज रहे हैं। डेढ़ बजे तक 'इमैक्युलट कंसेप्शन चर्च' पहुँचना है। इवान अपनी नई मैक्सी में उमग रही है। डॉली ने ज़ाहिर है कि विटोरिनो को भी आमंत्रित कर रखा है। विटो अपने कमरे में तैयार हो रहा है। जब घर के सभी लोग शादी में शमिल होने चर्च जा रहे हैं, तो मम्मी इतनी देर अकेले कैसे रहेंगी, यह सोचकर सैंड्रा कल से परेशान रही है। आज सुबह बरबस उसे नेहरू पिमेंटा का ख़याल आया। उसने नेहरू पिमेंटा को फ़ोन कर अनुरोध किया कि क्या वे आज अपना कुछ समय मम्मी के पास दे सकते हैं।

"क्यों नहीं...! माइ प्लेज़र सैंड्रा! तुम लोग बेफ़िक्र होकर जाओ। बहुत दिनों से हम लोगों का म्यूज़िक-सेशन भी नहीं हुआ है। शी लव्स माइ कम्पनी।" नेहरू पिमेंटा ने उसे आश्वस्त करते हुए कहा। नेहरू पिमेंटा समय पर मौज़ूद हैं। बर्गर ब्रैगांज़ा एक निष्ठावान आप्त सचिव की तरह उनके साथ है। सैंड्रा ने इवान से कहा है कि नेहरू पिमेंटा के लिए कॉफ़ी बनाकर वह एक छोटे-से थर्मस में मम्मी के रूम में रख दे। साथ में कुछ कुकीज़ भी। जब मन करेगा, वे लेते रहेंगे। कुकीज़ से बर्गर ब्रैगांज़ा का भी काम चल जाएगा। एक-डेढ़ घंटे में तो चर्च से वह लौट ही आएगी। कहने को 'कैथलिक-वेडिंग' के कई पड़ाव हैं। मसलन इंट्रेंस सांग, ग्रिटिंग यानी जब प्रीस्ट चर्च में मौज़ूद असेम्बली को शुभकामनाएँ देते हैं। फिर 'ग्लोरिया' यानी असेम्बली के लोगों द्वारा सामूहिक-गान...'ग्लोरी टू गॉड इन द हाइयेस्ट...'! फिर दूल्हा-दुलहन के लिए अलग से प्रेयर। इसके बाद 'ओल्ड टेस्टामेंट' की रीडिंग। फिर दूसरी रीडिंग। 'गॉस्पेल एक्सक्लामेशन'। दूल्हा-दुलहन के बीच शपथ की सहमति का आदान-प्रदान यानी 'एक्सचेंज ऑव कंसेंट'। तब आशीर्वाद और दूल्हा-दुलहन के बीच अँगूठियों का आदान-प्रदान। यूनिवर्सल प्रेयर। इसके बाद असेम्बली द्वारा शान्ति का हस्ताक्षर यानी 'साइन ऑव पीस'। पर यह सब कुछ बमुश्किल एक घंटा में पूरा हो जाता है। एक-डेढ़ घंटा नेहरू पिमेंटा मम्मी से बातचीत करते हुए निकाल देंगे। डिनर के लिए भी आज वह उनको

आमंत्रित कर देगी ताकि शाम को डॉली के यहाँ होनेवाले 'कॉकटेल' में थोड़ी देर के लिए भी वह शरीक़ हो सके।

सफ़ेद लांग फ्रॉक पहनकर ड्रेसिंग टेबल के सामने अब वह खड़ी है। परफ़ेक्ट! ठीक है। उसे अभी लग रहा है जैसे वह चोरी-चुपके सुन्दर हो गई है। दुख के संग जीने में सुन्दरता नहीं आती। पर जो दुख के संग बढ़ते हैं, वे चोरी-चुपके बेशक सुन्दर हो ही जाते हैं। ड्रेसिंग टेबल में ख़ुद को निहारते हुए उसके होंठों पर मुस्कान की रेख बरबस कौंध गई है। वेंडेल ने वाक़ई यह अच्छा सफ़ेद लांग फ्रॉक उसके लिए बनवाया। लम्बे बालों में कंघी करते हुए, वह सोच रही है कि दूसरों की राय बेमतलब है। ज़रूरी है कि आप अपने आपको अच्छे लगें। आँखों में काजल और होंठ पर हल्का लिपस्टिक लगाकर अब वह तैयार है।

"चलिए न। विटोरिनो भी इन्तज़ार कर रहे हैं।" अपनी मैक्सी में ख़ुद पर मुग्ध लग रही इवान कमरे में आकर कह गई है।

"चलो, मैं बस आई।" वह कमरे से निकल मम्मी को एक झलक देख नेहरू पिमेंटा को 'हेलो' कर देना चाहती है। सीढ़ी के पास विटोरिनो तैयार हो बस उसके इन्तज़ार में है। इवान भी।

"माइ गॉड! व्हाट अ लवली लांग व्हाइट फ्रॉक...! यू आर लुकिंग लाइक अ ब्राइड।" विटोरिनो ने बरबस विस्मयपूर्ण आनन्द से कहा है।

"विटो! डोंट मेक मी फ़ील नर्वस।" और ऐसा कहते हुए उसके पूरे शरीर में एक अजीब-सी सिहरन दौड़ गई है। सैंड्रा को पता नहीं क्यों, पहली बार अभी एक निमिष में लगा है, जैसे वह नमक की एक कनी है, जो बस एक पल में अरब सागर में घुल गई है।

यू बेटर नॉट क्राइ

इवान पिछले एक हफ़्ते से बीमार है। उसकी कमर में असहनीय दर्द है। वह बुरी तरह हताश और घबराई हुई है। उसका सही चेक-अप कराने के लिए सैंड्रा ने उसे अपने यहाँ ही रोक लिया है। इस भयानक तकलीफ़ में दोना पाउला स्थित अपने घर से वह रोज़ चेक-अप के लिए आना-जाना करे, यह लगभग असाध्य है। इवान के पति को उसकी हालत को लेकर सूचना भिजवा दी गई है। वह एक-दो दिन पर आकर यहाँ इवान से मिल लेता है और आँसू ढरकाकर चला जाता है। इवान को भी मालूम है कि इससे ज़्यादा वह कुछ कर भी नहीं सकता। एक शराबी और निकम्मे पति से भला वह क्या आशा कर सकती है!

सैंड्रा हर दिन इवान को ढाढ़स बँधाते हुए कह रही है कि वह उसके इलाज में कोई कसर नहीं छोड़ेगी। ज़मीन-आसमान एक कर देगी। दिल्ली, बम्बई, चेन्नई,

जापान या अमेरिका—जहाँ तक ले जाना होगा, इलाज के लिए उसे ले जाएगी। इवान की तड़प देख मम्मी भी लगातार विकल हैं। आर्त हो मम्मी कहती हैं, "इवान अपने घर की 'माउंटेन-मेड' है सैंड्रा! ईश्वर ने इसे हमारे घर के लिए ही बनाया है।" सैंड्रा समझती है कि इवान के लिए मम्मी की जान जाती है। इसलिए मम्मी को भी वह बराबर दिलासा दे रही है, "आइ नो मम्मी! मेड्स आर मेड इन हेवन। और इवान तो अपने घर की धड़कन है।"

आरम्भिक कुछ जाँच-पड़ताल के बाद पणजी के नामी फ़िज़िशन डॉ. ऑस्कर फ़िलिप रेबेलो ने कैंसर की आशंका निर्मूल करने के लिए 'ब्लड काउंट टेस्ट' कराने को कहा है। इस रिपोर्ट के आने के बाद ही वे कुछ कहेंगे। ख़ून जाँच में डॉ. रेबेलो देखेंगे कि 'ब्लड काउंट टेस्ट' में लाल रक्तकण, श्वेत रक्तकण और प्लेटलेट्स में क्या कमी है। निर्धारित मात्रा से काउंट कम होने पर 'बोन मैरो टेस्ट' होगा। कैंसर का पहला लक्षण कमर और पेट के दर्द से शुरू होता है। इसके अलावा तेज़ी से वज़न घटना, रह-रहकर उल्टी व डायरिया होना भी कैंसर का संकेत है। अधिक लम्बे क़द की महिलाओं को रजोनिवृत्ति यानी मीनोपॉज़ के बाद कैंसर का बहुत ख़तरा रहता है। मेडिकल साइंस की मान्यता है कि अधिक लम्बे स्त्री-पुरुष कैंसर की चपेट में जल्दी आते हैं। इसकी वजह है कि लम्बे स्त्री-पुरुषों के शरीर में ज़रूरत से अधिक कोशिकाएँ होती हैं, जो अन्ततः कैंसर का कारक बनती हैं। पर सब कुछ 'ब्लड काउंट टेस्ट' पर निर्भर करता है। डॉ. रेबेलो की मान्यता है कि मरीज़ की किसी भी गम्भीर तकलीफ़ से जुड़ी बीमारी को लेकर उससे सम्बन्धित बड़ी आशंका की जाँच करा लेने पर डॉक्टर निश्चिन्त और निश्चित हो इलाज करता है। सम्भव है कि इवान को कैंसर नहीं भी हो।

इवान के 'ब्लड-टेस्ट' की रिपोर्ट कल आएगी। पहले दिन से, जब से इवान ने कमर दर्द की शिकायत की, विटोरिनो उसके चेकअप के लिए भाग-दौड़ में जुटा हुआ है। दो-तीन दिन तो उसकी फ़िजियो थेरेपी कराई गई। पर जब इससे भी उसे कोई फ़र्क़ नहीं पड़ा, तो लगा कि मामला कुछ ज़्यादा गम्भीर है। सबकी राय हुई कि डॉ. रेबेलो से इवान को दिखाया जाए। इवान का पति इस लायक़ ही नहीं कि वह कुछ कर सके। वह कुछ ख़ास पढ़ा-लिखा भी नहीं है। इवान की कमाई पर बस वह टिका है। इसलिए इवान के इलाज के लिए उससे कुछ भी कहने का कोई मतलब नहीं था। डॉ. रेबेलो के क्लीनिक से समय लेकर विटोरिनो ने इवान को ले जाकर दिखाया। सैंड्रा सोचती है कि अभी विटोरिनो यहाँ नहीं होता, तो पता नहीं कितनी मुसीबत होती। पर ईश्वर हर मुसीबत के पहले उसका मुक़ाबला करने का इन्तज़ाम कर देते हैं।

आज 21 दिसम्बर है। क्रिसमस के अब सिर्फ़ चार दिन हैं। बीते दिनों से विटोरिनो को यह कल्पना करके ही बहुत ख़ुशी हो रही थी कि वर्ष 2016 का क्रिसमस वह गोवा में मनाने जा रहा है। अमांडा आंटी उससे गोवा के क्रिसमस का जब ज़िक्र करती थीं, तो एकदम से विभोर हो जाती थीं, "यू नो विटो! गोवा में चार

सौ से ज्यादा चर्च हैं। अब इसी से अन्दाजा कर लो कि वहाँ के क्रिसमस में क्या रौनक होती होगी! और यही नहीं बेटे, क्रिसमस की आधी रात में गोवा के 'मिड नाइट मास सर्विस' का नजारा जागी आँखों से रंगीन सपना देखने जैसा होता है। हर नुक्कड़-चौराहा शाम को रोशनी से दमकता होता है। बाज़ार की मधुर हलचल का कहना ही क्या।" एक पल थम उन स्मृतियों को सजीव करते हुए अमांडा आंटी बताती थीं कि हर गली के मोड़ पर क्रिसमस-ट्री की साज-सज्जा कितनी अनूप होती थी। और हरेक घर में तरह-तरह से सजा खिलखिलाता क्रिसमस-ट्री कितना प्यारा लगता था।

"विटो! शायद ही इस बार अपने घर में क्रिसमस की रौनक होगी।" सैंड्रा बार-बार कह रही है।

"ऐसा क्या हो गया?"

"अब इतने अनजान मत बनो। तुम देख ही रहे हो न कि इवान बीमार है। डॉली भी कीनिया चली गई। विटो! यू कांट क्राइ वे'न यू आर ऑलरेडी एम्पटी।" सैंड्रा का स्वर रुआँसा है।

इवान के बीमार पड़ने के कारण बीते एक हफ़्ते से घर के कामकाज का सारा भार सैंड्रा पर आ गया है। शुरू दिसम्बर से वह डॉली की शादी की तैयारियों में हलकान रही। डॉली की शादी के पाँच-छह दिन बाद ही इवान बीमार पड़ गई। अब मम्मी की देखभाल, किचेन, कपड़ों की धुलाई, घर की साफ़-सफ़ाई और बेकरी। वह बेकरी की किसी लड़की को घर के कामकाज में नहीं उलझाना चाहती है। इससे बेकरी अस्त-व्यस्त हो जाएगी। फिर भी बेकरी की लड़कियों में से कोई न कोई कुछ देर के लिए किचेन में उसका हाथ बँटाने आ ही जाती है।

"सैंड्रा! जब तक इवान ठीक होती है, आंटी की देखरेख की पूरी ज़िम्मेवारी मेरी है। और हाँ, घर में क्रिसमस की सजावट भी इस बार मैं करूँगा।"

"ठीक है। क्रिसमस की तैयारी तुम्हीं इस बार सँभालो। पर विटो, मम्मी क्या तुमसे सँभलेंगी? क्या मम्मी अपने गलकम्बलों की तीन-चार तहों में रोज़ फुटकनेवाले बालों को तुम्हें शेव करने देंगी? मम्मी अपने ट्रिपल चिन के सुनहरे बाल पापा से शेव करवाती थीं और पापा के बाद मैं करने लगी। यह काम मम्मी ने कभी किसी तीसरे को नहीं करने दिया। इवान को भी नहीं। मम्मी को सँभालना पूरी धरती को सँभालने जैसा है। उनको नहलाना, धुलाना, खिलाना-पिलाना, बेड-पैन देना सबके वश का नहीं विटो।" सैंड्रा अनुराग से हँसी है।

"तुम देखो, मैं कल सुबह से आंटी को अपने चार्ज़ में कैसे लेता हूँ। आंटी मुझे कभी नहीं मना करेंगी। वह बहुत मानती हैं मुझको। भरोसा करती हैं मुझ पर। सैंड्रा, प्यार पाने से भी कहीं ज्यादा बड़ी बात है भरोसा पाना।"

"कल सुबह से मि. विटोरिनो डिसिल्वा आपकी देखरेख करेंगे। इन्होंने मेरी जगह छीन ली है।" सैंड्रा ने मुस्कराकर मम्मी को बताया है।

"देखरेख मतलब?" मम्मी के स्वर में अचरज छलक आया है।

"हाँ, देखरेख का मतलब कि आपके वह सारे काम जो आज तक मैं करती आई हूँ, अब विटो करेंगे।" सैंड्रा आनन्द ले रही है।

"क्यों नहीं?" मम्मी एक पल अटकते हुए खुलकर हँस पड़ी हैं, "अरे, विटो इज़ लाइक माइ फ़ॉस्टर सन...। यह गॉड का भेजा मेरा गोद-बेटा है। इससे क्या शरमाना! ही इज़ माइ एंकर।"

बरबस यह क्षण भावुक हो उठा है। मम्मी के माथे को उसने बढ़कर चूम लिया है। क्या कहें...! क्या...! निःशब्दता से बढ़कर भला क्या भाव!

इवान की जाँच-रिपोर्ट आ गई है। उसके 'ब्लड काउंट टेस्ट' में सब कुछ ठीक है। डॉ. ऑस्कर फ़िलिप रेबेलो ने रिपोर्ट देखकर कहा है, "मैं कुछ अलग तरीक़े से ट्रीटमेंट करता हूँ। किसी भी मर्ज के सबसे ख़तरनाक पहलू को मैं शुरू में ही जाँच लेता हूँ, ताकि ऐसा न हो कि कुछ और इलाज करने के चक्कर में, वह गम्भीर मर्ज चुपचाप बढ़ता चला जाए और बीमारी हाथ से निकल जाए। इस रिपोर्ट से इवान को कैंसर होने की आशंका खत्म हो गई।" डॉ. रेबेलो ने अब स्कैन और डिस्कोग्राफ़ी टेस्ट कराने को कहा है। वैसे उन्हें अब पक्का अनुमान है कि इवान को 'हर्नियेटेड डिस्क' है। यह मर्ज बढ़ने पर फ़ुट ड्रॉप यानी कमज़ोरी से पाँवों में लँगड़ापन आ सकता है। आगे जाकर लकवा भी हो सकता है। पर जो भी हो, हर्नियेटेड डिस्क कैंसर की तरह जानलेवा नहीं है।

"थैंक गॉड! मैं लगातार इवान के लिए प्रेयर कर रही थी। सारा दुख क्या ईश्वर इसी ग़रीब को देते। न तो इसे बच्चे हैं, न हस्बैंड किसी काम का।" मम्मी ने सीने पर क्रॉस की सांकेतिक भंगिमा के संग गहरी साँस ली है।

"इवान का ट्रीटमेंट होना है। इसे आराम की जरूरत है। क्रिसमस की तैयारी में वह कुछ नहीं कर पाएगी।" सैंड्रा ने मम्मी से कहा है, "कैसे करेंगे मम्मी? बस दो दिन बचे हैं। आज 23 दिसम्बर है।" सैंड्रा के स्वर में किंचित् बेबसी-सी है।

"मैंने तुमको कहा है न सैंड्रा कि आइ विल डू एवरीथिंग दिस टाइम! कल सुबह इवान का सीटी-स्कैन और डिस्कोग्राफ़ी टेस्ट कराकर दोपहर से मैं 'क्रिसमस-ट्री' के डेकोरेशन की तैयारी शुरू कर दूँगा। इसलिए कल यानी 24 दिसम्बर की रात तुम अपने यहाँ का 'क्रिसमस-ट्री' देखना। एवरीथिंग विल फ़ॉल इन टू प्लेस सैंड्रा।"

मम्मी के रूम में दरवाज़े के ऐन बग़ल में विटोरिनो ने 'क्रिसमस-ट्री' को इस तरह सजाया है तकि मम्मी आराम से इसे देख सकें। लगभग छह फ़ीट के 'क्रिसमस-ट्री' के ऊपर चाँदी-सा जगमग करता बड़ा तारा क्या ग़ज़ब खिल रहा है। तारे के नीचे काँच की रंगीन मोतियाँ, रँगीले रिबन और बल्बों की झालर। छोटे-छोटे गिफ़्ट-बॉक्स। रंगीन छोटे गुब्बारों के गुच्छे। चारों तरफ़ रंगीन मोमबत्तियों की क़तार। परफ़्यूम की बौछार से गमगम करता 'क्रिसमस-ट्री' मम्मी के कमरे को ख़ुशबू से महमहाये हुए है।

"सैंड्रा! मैं खुशबू से मर जाऊँगी।" मम्मी ने दुलारू लड़की की तरह गद्गद होते हुए कहा है।

"ठीक है। तुम खुशबू से मरने का इतिहास बना ही डालो मम्मी।" सैंड्रा

को हँसी छूट गई है, "अखबारों में सुर्खी बनेगी—'ऐन ओल्ड लेडी नेम्ड मिसेज़ मिनि रॉड्रिक्स इन पांजिम डायड ऑव फ्रेग्रंस ऑन क्रिसमस ईव...।' मिसेज़ मिनि रॉड्रिक्स नामक एक बुजुर्ग महिला पणजी में क्रिसमस के दिन सुगंध से चल बसीं। यह दुनिया में अब तक की सबसे अनोखी खबर होगी।"

बेकरी की लड़कियाँ, बेकरी के बुज़ुर्ग मिकी अंकल, उनका भतीजा अर्थर और इवान—सबके सब विटोरिनो के सजाए 'क्रिसमस-ट्री' की शोभा से चमत्कृत हैं। लाना हैरान होकर कहती है, "इतना सुन्दर 'क्रिसमस-ट्री' मैंने पहले कभी नहीं देखा। छह फुट के 'क्रिसमस-ट्री' को किस गजब की खूबसूरती से सजाया गया है।"

"डू यू नो विटो! नेहरू एंटोनियो पिमेंटा बस एक फुट का 'क्रिसमस-ट्री' सजाकर शुरू दिसम्बर से 31 दिसम्बर तक अपने पियानो पर रखते हैं। है न यह भी एक प्यारी-सी बात।" मिकी अंकल बरबस अनुराग से खिल गए हैं।

"चलेंगे हम लोग उनके यहाँ केक लेकर और देखेंगे पियानो पर सजा उनका नन्हा-मुन्ना क्रिसमस-ट्री।"

"ओह श्योर विटो! जरूर।" मिकी अंकल खिलखिला गए हैं।

क्रिसमस के अवसर पर पापा पास-पड़ोस और सभी मित्रों के यहाँ पाबन्दी से अपनी बेकरी का फ्रूटकेक भिजवाते रहे थे। सैंड्रा भी इस परम्परा को भरसक निभाती है। पापा की इस लम्बी सूची में कौन नहीं हैं! गोवा के आदि 'किंग मोमो' मि. टिमोटिओ फ़र्नांडीस और गोवा के पूर्व मुख्यमंत्री फ्रांसिस्को सरदिन्हा से लेकर एंटोनियो नेहरू पिमेंटा तक। सैंड्रा की वकील सह सरपंच दोस्त रीना फ़र्नांडीस, 'गोवा बचाओ अभियान' की सबीना मार्टिंस, पेंटर बर्नाडेट यानी बर्नी गोम्स, सैंड्रा के पहले दर्जे की क्लास टीचर रहीं मिस रूबि गोम्स—सबका नाम पापा के ज़माने से क्रिसमस केक गिफ़्ट की सूची में है। एमिका के लिए केक वह ख़ासतौर से अर्थर के हाथों मापुसा भिजवाती है। इसी तरह मारिया के लिए फ्रूट केक अर्थर से विनती कर वह मडगाँव भिजवाती है। इस बार इस सूची में सैंड्रा ने कुछ और नाम जोड़े हैं। मसलन—अपने पड़ोस में 'सैंड्रा-द फ़िटनेस ट्रिम ऐंड स्लिम सेंटर' चलानेवाली चेरिल फ़ारिया और फ़ैशन डिज़ाइनर वेंडेल ऑगस्टीन रॉड्रिक्स सरीखे कुछ नाम। कल से अर्थर अपने बाइक से धुआँधार घूम-घूमकर सबके यहाँ क्रिसमस-केक पहुँचा रहा है। इस कड़ी मेहनत के लिए पेट्रोल ख़र्च सहित अर्थर को अच्छा-ख़ासा इन्सेन्टिव यानी प्रोत्साहन-राशि सैंड्रा हाथ के हाथ देती है।

शाम उतर आई है। पूरे पणजी की दमक समाये नहीं समा रही है। बिजली के छोटे-छोटे बल्बों की झालरें और तेल-बत्तियों की झिलमिल क़तारें चारों तरफ़ लहरा रही हैं। सैंड्रा का घर भी रोशनी में हिलोरें ले रहा है।

घर के गेट को विटोरिनो ने मिकी अंकल और अर्थर की मदद से आम पत्तों की लड़ियों और केले के नये सुगापंखी पत्तों से सजा दिया है। घर के हर दरवाज़े पर भी आम के पत्तों की गुँथी वेणी लटक रही है। केरल का संगीत घर में स्पीकर पर मंद-मंद गूँज रहा है, 'डेक द हॉल्स...विद बाउज़ ऑव हॉलि...फा...ला...ला...

ला...ला...ला...ला...ला...ला...ट्रॉल द एनशंट यूल-टाइड कैरल...फा ला...ला...
ला...ला...ला...ला...ला...ला...!'

चर्चों से घंटियों की आवाज़ें आनी शुरू हो गई हैं। दरअसल, चर्चों में सामूहिक-प्रार्थना का समय शुरू हो चुका है। आधी रात में जीसस का जन्म हुआ था, इसलिए क्रिसमस पर विशेष रूप से आधी रात को 'मिडनाइट सर्विस' की परम्परा है। सारी रात एक मधुर जागरण! रात भी अपने श्रृंगार और 'साइलेंट नाइट, होली नाइट' के संगीत से पूरे पुलक में होती है। मम्मी ने भावुक स्वर में कहा है, "सैंड्रा! इतनी मुश्किलों के बावजूद इस बार क्रिसमस अपने यहाँ पहले से कुछ ज्यादा-ज्यादा ही दुलार लेकर आया दिखता है। मैं बहुत खुश हूँ।"

टेरेस से अचानक कोलाहल के संग गाने की आवाज़ें आ रही हैं—

'यू बेटर वाच आउट
यू बेटर नॉट क्राइ
बेटर नॉट प्राउट!
आइ ऐम टेलिंग यू व्हाइ
सांता क्लॉज़ इज़ कमिंग टू टाउन।'

अपने कमरे से कौतूहल में सैंड्रा टेरेस पर आई है और हैरान रह गई है। सांता क्लॉज़ के पूरे मेकअप में मिकी अंकल सामने हैं। उनके साथ अर्थर के अलावा बेकरी की लड़कियाँ हैं! विटोरिनो वहीं पास खड़ा मुस्करा रहा है। लाल पतलून और लाल जैकेट पहने मिकी अंकल ने जैकेट के अन्दर गद्दी डालकर पेट बड़ा कर रखा है और काले चौड़े बेल्ट से जैकेट को कस कर बाँध रखा है। नकली लम्बी सफ़ेद दाढ़ी और सफ़ेद बाल का विग लगाकर गोल चश्मा पहने—हैट, दास्ताने और काले जूते में मिकी डिसूज़ा पूरे सांता लग रहे हैं। अभी 'हो-हो-हो' की आवाज़ लगाते वे मम्मी के कमरे में अपनी टोली के संग दाख़िल हुए हैं। उनकी टोली पारम्परिक 'सांता-गान' का फिर से अलाप ले रही है—

'सांता क्लॉज़
इज़ कमिंग टू टाउन
ऐंड चेकिंग इट ट्वाइस
ही इज गोन्ना फ़ाइंड आउट
हू इज़ नॉटी और नाइस
सांता क्लॉज इज़ कमिंग टू टाउन!
फ़ादर ऑव क्रिसमस
इज कमिंग टू टाउन!
ही सीज़ यू
वे'न यू आर स्लीपिंग
ही नोज़ वे'न

यू आर अवेक
ही नोज़ इफ़ यू हैव
बीन बैड और गुड
सो बी गुड फ़ॉर,
गुडनेस सेक...!'

'सांता-गीत' से मम्मी के कमरे का पोर-पोर तरंगित है। यह आनन्द मम्मी के कमरे में सजे छट फुट के सुसज्जित 'क्रिसमस-ट्री' पर भी थिरक रहा है। मम्मी खिलखिला रही हैं, "मैं सब समझती हूँ। यह सारा कुछ विटोरिनो का करिश्मा है। सांता क्लॉज़ की शक्ल में मिकी कितने प्यारे लग रहे हैं।"

गहराती रात के साथ सम्पूर्ण सृष्टि का संगीत जैसे अभी पणजी की रगों में मंद-मंद धड़क रहा है। अन्तरिक्ष की समस्त रोशनी मानो पणजी की बाँहों में समाई हुई है। पणजी का बहुत पुराना 'आउअर लेडी ऑव द इमैक्युलेट कंसेप्शन चर्च' यानी 'पणजी चर्च' अभी आधी रात में श्वेत राजहंस की तरह खिला-खिला है। रात के सघन नीलाभ कोहरे में सुगन्धित मोमबत्तियों की ख़ुशबू क़दम-क़दम पर थिरक रही है। कोहरे के दिन अभी चलेंगे। चर्च में काफ़ी संख्या में लोग उमड़े हुए हैं। मम्मी के पास इवान है। 'हर्नियेटेड डिस्क' का उसका इलाज डॉ. ऑस्कर फ़िलिप रेबेलो शुरू कर चुके हैं। पर इवान को चलने में अभी भी बहुत कष्ट है। उसे ठीक होने में समय लगेगा। ख़ैर, इवान कम-से-कम मम्मी के पास मौजूद तो रहेगी। निश्चिन्त होकर चर्च निकलने के लिए यही क्या कम बड़ा आश्वासन है।

खचाखच भरे चर्च में विटोरिनो के साथ सैंड्रा बेकरी की अपनी टीम समेत है। विटोरिनो को अन्दाज़ा है कि भीड़ में सैंड्रा बुरी तरह असहज और परेशान हो जाती है। इसलिए वह एक पल भी उससे अलग नहीं हो रहा है। पणजी चर्च में मिडनाइट मास प्रेयर शुरू हो चुका है और बरबस जैसे पूरे परिवेश में पुरातन समय की करुणा पसर गई है, 'वेलकम ऑल वंडर्स...इन वन साइट...एटर्निटी शट इन अ स्पैन...समर इन विंटर...डे इन नाइट...हेवन इन अर्थ...ऐंड गॉड इन मैन...! एक दृष्टि में सभी विस्मय का स्वागत करें...। जैसे अनंत एक पल में समाहित। गर्मियों का शीतकाल में दाख़िल होना...और दिन का रात में...और स्वर्ग का धरती में...और ईश्वर का मनुष्य में...।' प्रेयर की समाप्ति के साथ लगा है जैसे एक पल में यह मधुमय सीमाहीन आधी रात दिगंत में जा घुली है।

"ऐब्सोल्यूटली मैज़िकल।" विटोरिनो ने कुछ इस मुग्ध भाव में कहा है कि जैसे इससे अधिक आनन्द का क्षण और भला क्या हो सकता है!

"इस बार का क्रिसमस सच में ऐब्सोल्यूटली मैज़िकल हो गया।" सैंड्रा ने आहिस्ते-से मुस्कराकर कहा है।

आधी रात का रंग कितनी ख़ामोशी से आनेवाले वसंत की आहट को छुपाए हुए है। सन्नाटे में अपने घर को बाहर से निहारते हुए सैंड्रा को अभी लग रहा है

जैसे जाने कितनी नीली परतों का कोहरा उसके घर को दुलार से लपेटे हुए है। घर में ख़ामोशी है। मम्मी को शायद झपकी आ गई है। इवान भी नींद में है। विटोरिनो अपने कमरे में चला गया है। रोशनी बुझाकर सैंड्रा बिस्तर पर आ गई है। अब रात के तीन बज रहे होंगे। नींद क्या ही आएगी! या क्या पता आ ही जाए। वैसे, आधी रात के अँधेरे में सोने की कोशिश की उसकी वर्षों से आदत है। वह हमेशा सोचती है कि अँधेरे में सोना ठीक है, आपके भीतर अँधेरे को नहीं सोना चाहिए।

सुबह हो गई है। पर रात भर जगने के कारण विटोरिनो की आँखें नहीं खुल रही हैं। यह नींद नहीं, तंद्रा है। ऊपरी तौर पर सोया लेकिन अन्दर से जगा। ठीक है, थोड़ी देर और लेटे रहने में हर्ज़ ही क्या है—विटोरिनो ने करवट बदल ली है। तभी एक तेज़ चीख़ ने उसे बुरी तरह हैरान कर दिया है। क्या यह चीख़ सैंड्रा की है। हाँ, बेशक यह रद्द-बद चीख़ सैंड्रा की ही है। विटोरिनो को ख़ुद भी होश नहीं है कि वह किस तेज़ी से सैंड्रा के कमरे की तरफ़ दौड़ा है। सैंड्रा अपने कमरे में नहीं है। उसकी तेज़ कराह नीचे से आ रही है। विटोरिनो अब सीढ़ी के पास आया है। सैंड्रा नीचे गिरी असम्भव विकलता से कराह रही है।

"कैसे गिरी?" बिजली की गति से सीढ़ियाँ उतर विटोरिनो का स्वर उद्विग्न है, "उठो। उठने की कोशिश करो सैंड्रा।" हरसम्भव शक्ति से विटोरिनो सहारा देकर सैंड्रा को उठाने की कोशिश में जूझ रहा है। हादसे की वजह से सैंड्रा का पूरा शरीर दिसम्बर की इस सर्द सुबह में पसीने से तरबतर है।

"मैं अखबार लाने नीचे उतर रही थी। सीढ़ी पर फिसल गई विटो।" सैंड्रा का स्वर एक छोटी बच्ची की तरह रुआँसा है।

"कोई बात नहीं। मैं कोशिश कर रहा हूँ, तुम भी उठने की कोशिश करो।" विटोरिनो ने गहरी सांत्वना के स्वर में कहा है।

"नहीं उठा जा रहा है विटो! लगता है पाँव में कुछ ज्यादा चोट लग गई है। शायद कुछ टूट-फूट हो गई है।"

"ओह सैंड्रा! इतना मत सोचो। टूट-फूट के बारे में डॉक्टर ही बता सकते हैं। पर पहले उठो तो सही।"

"लग नहीं रहा है विटो!" सैंड्रा के असहाय चेहरे पर पसीने की लड़ियाँ हैं।

"रुको। मैं एक मिनट में आया!" कहकर ख़रगोश की तरह छलाँग लगाते हुए विटो ऊपर गया है।

"अब तुम पहले बैठोगी। फिर उठ जाओगी।" विटो की बाँहों में उसके और सैंड्रा के रूम का सारा तकिया है। सबको उसने नीचे रख दिया है, "सैंड्रा! तुम कुछ ज्यादा ही घबरा गई हो। देखो, अब पहले मैं धीरे-धीरे तुमको उठाकर बिठाऊँगा। प्लीज़ तुम साथ दो।"

धीरे-धीरे निखर रही सुबह के तरल उजाले के सन्नाटे में वे दोनों हैं। अपने कैम्पस में सीढ़ी के नीचे असहाय चित पड़ी सैंड्रा और उसे किसी भी तरह बिठाने की जद्दोजहद में लगा विटोरिनो।

विटोरिनो ने सैंड्रा के कन्धे के पास एक तकिया लगाकर उसे सैंड्रा की पीठ के भीतर घुसाने की कोशिश की है। उसे थोड़ी सफलता मिली है। वह पूरी ताक़त से जुटा है। अब पहले तकिये के नीचे वह दूसरा तकिया घुसाने की भरपूर कोशिश में है। अब तीसरा तकिया। विटोरिनो मारे ख़ुशी के चहक उठा है, "ये लो सैंड्रा! अब तुम बैठ गई।" सैंड्रा के चेहरे पर थोड़ी राहत की कौंध है। पर उसके अन्दर का डर अभी भी बरकरार है।

"किस पाँव में तुम्हें ज्यादा तकलीफ है?"

"बाएँ में।"

"कोई बात नहीं। मैं ऊपर से एक कुर्सी लाता हूँ। मैं हाथ पकड़कर तुम्हें उठाऊँगा। तुम हौसला बनाकर अपने दाहिने पाँव से उठ खड़ी होने की कोशिश कर एक सेकेंड में प्लीज़ कुर्सी पर बैठ जाना। उसके बाद मैं ऐम्बुलेंस के लिए फ़ोन करूँगा। ईश्वर के लिए थोड़ी हिम्मत बाँधो सैंड्रा।"

विटोरिनो अपने कमरे से एक कुर्सी ले आया है। अब वह सैंड्रा को किसी भी तरह बस एक कौंध की हिम्मत दिलाकर कुर्सी पर बिठा देना चाहता है। और सचमुच वह विस्मय से भर गया है। दाहिने पाँव के सहारे अचानक से उठकर सैंड्रा कुर्सी पर बैठ गई है।

"ओह! यू आर इट! यू आर मेड ऑव मैज़िक सैंड्रा!" सन्तोष से भरे विटोरिनो ने 'गोवा मेडिकल कॉलेज ऐंड हॉस्पिटल' के इमरजेंसी में फ़ोन लगाया है और पूरी स्थिति का संक्षिप्त विवरण देते हुए घर का पता लिखवाया है। ऐम्बुलेंस आधे घंटे में आ रहा है। विटोरिनो नहीं चाहता है कि सुबह-सुबह घटी इस दुर्घटना की ख़बर वह मिनि आंटी या इवान को दे। ये दोनों कुछ भी नहीं कर पाएँगी। बस हाय-तौबा मचाएँगी।

शैतानी सहारा

कोहरे की नाज़ुक सफ़ेदी में लिपटा जी. एम. सी. एच. यानी 'गोवा मेडिकल कॉलेज हॉस्पिटल' अभी अन्तरिक्ष के किसी अस्पताल जैसा दिख रहा है। नीली किनारेवाली अस्पताल की सफ़ेद इमारत धूसर सन्नाटे में है। दिसम्बर के आख़िरी दिनों में दुनिया कितनी धूसर नीली हो जाती है।

सुबह से रात तक का घना कोहरा रोशनी को ठंडे ख़ून की तरह कैसे सुन्न किए रहता है। थोड़ी देर पहले बुरी तरह विकल सैंड्रा ऐम्बुलेंस के भीतर बड़े से स्ट्रैचर पर अब निस्पंद चित पड़ी है। चार फ़ीट चौड़ा और आठ फ़ीट लम्बा यह स्ट्रैचर ज़्यादा वज़न के लोगों के लिए ही बना हुआ है। अस्पताल के इमरजेंसी को विटोरिनो ने सैंड्रा के बारे में फ़ोन पर बता दिया था कि उन्हें बड़ा स्ट्रैचर लाना होगा।

"विटो! आइ नीड डेथ! इट हर्ट्स लेस दैन लाइफ़। विटो, आइ ऐम टाइअर्ड।

आइ ऐम एम्पटी...।" सैंड्रा की आँखों के कोर से लगातार आँसू बह रहे हैं। उसकी सिसकी रोके नहीं रुक रही है। सिसकी को किसी तरह थामते हुए उसने कहा है, "विटो! मम्मी बुरी तरह पागल हो रही होंगी। तुम फ़िटनेस सेंटर की अपनी चेरिल फ़ारिया को प्लीज़ फ़ोन कर दो कि वह मम्मी के पास जाकर हमारे घर पहुँचने तक बैठे। प्लीज़ कॉल हर। उसको कह दो कि हम कुछ ज़रूरी काम से निकले हैं। काम ख़त्म कर सीधे घर पहुँचेंगे। बट डोंट टेल हर अबाउट माइ ऐक्सिडेंट।"

इमरजेंसी में आए डॉक्टर ने पूरा विवरण सुनकर सैंड्रा की पूरी पड़ताल की है। बाएँ पैर के निचले हिस्से को दबा-दबाकर देखा है, जहाँ दर्द हो रहा है। दो नर्सों के सहारे सैंड्रा को स्ट्रैचर से उतारकर खड़ा करके भी देखा है। कुछ क़दम चलाया भी है। चलने में सैंड्रा को बहुत असहनीय दर्द हो रहा है। फिर भी वह चल पा रही है। उसके बाएँ पैर में अब तक पूरी सूजन आ चुकी है।

"आइ ऐम शॉक्ड ऐट दिस गर्ल। आइ डोंट थिंक शी इज़ अ डे अबव फ़ॉर्टी। ये चालीस साल से ज्यादा की हरगिज नहीं होगी।" बुज़ुर्ग डॉक्टर वल्लभ कामत ने गहरी साँस लेकर कहा है, "मुझे लगता है कि गिरने से इसके बाएँ पाँव के निचले हिस्से में हेयर लाइन फ्रैक्चर हुआ है। यह छह से आठ हफ्ते में ठीक हो जाएगा। वैसे, हेयर लाइन फ्रैक्चर में लोग बैंडेज़ करा लेना काफी समझते हैं लेकिन प्लास्टर करना ज्यादा सुरक्षित होता है। पर इसका वजन इसके लिए आफत है। व्हाट टू से...हर लिवर हैंग्स बिटवीन हर नीज़। माइ गॉड!"

हेयर लाइन फ्रैक्चर ही है, यह सुनिश्चित करने के लिए डॉक्टर कामत के मुताबिक़ एम.आर.आइ. करवाना सबसे सही है। एक्स-रे में अधिक वज़नवालों का हेयर लाइन फ्रैक्चर जल्दी स्पष्ट आता भी नहीं। बोन स्कैन कराने से भी कुछ पता नहीं चलता। हालाँकि, डॉ. कामत कह रहे हैं कि बहुत वज़नवाले मरीज़ का एम. आर.आइ. भी करना भारी मुश्किल है। अधिक वज़न के लोगों की मोटाई इतनी होती है कि एम.आर.आइ. में भी अन्दर की बारीक़ मुश्किल मुसीबत से पकड़ में आती हैं। सैंड्रा एम.आर.आइ. के लिए किसी सूरत में यों भी तैयार नहीं है।

"विटो! एम.आर.आइ. कराने में मैं घुटकर मर जाऊँगी। डॉक्टर साहब को प्लीज़ कहो कि ज्यादा से ज्यादा वह एक्स-रे करवा लें और अन्दाज से पाँव के उस हिस्से में मेरा प्लास्टर कर दें।" सैंड्रा ने एक भीगी हुई ठिठुरी चिड़िया-सी आवाज़ में फुसफुसाकर उससे कहा है, "बिलीव मी विटो! एम.आर.आइ. मैं नहीं सह पाऊँगी।"

"प्लीज़ डॉक्टर! आप भी जानते हैं कि एम.आर.आइ. इसके लिए कितनी मुश्किल होगी। देखिए न एक्स-रे से क्या मुमकिन है।" विटोरिनो ने डॉ. वल्लभ कामत से कातर-अनुनय के स्वर में कहा है, "शी इज़ बैटलिंग थिंग्स डॉक्टर... ऑलरेडी बैटलिंग।"

एक्स-रे लेकर सैंड्रा के घुटने से टखने तक का प्लास्टर कर दिया गया है। डॉ. वल्लभ कामत ने कहा है कि "लगभग दो महीने प्लास्टर रहेगा। प्लास्टरवाले बाएँ पैर पर कतई ज़ोर नहीं पड़ना चाहिए। ऐसा हुआ, तो मुसीबत होगी।" प्लास्टरवाले

पाँव पर कोई ज़ोर न पड़े इसके लिए डॉ. कामत ने दो महीने बैसाखी का इस्तेमाल करने को कहा है, "क्रच इज़ इसेनशल...बैसाखी पर दो महीने चलना ही है।" डॉ. कामत ने निर्णायक निर्देश दिया है।

"मैं एक पाँव पर छड़ी के सहारे चल लूँगी पर क्रच पर नहीं। विटो! आइ हैव बिन यूज़िंग क्रचेज़ सिन्स आइ वाज़ बॉर्न...! मुझे पता है कि बैसाखी का मतलब ही है शैतानी सहारा।" ऐम्बुलेंस में स्ट्रैचर पर लेटी सैंड्रा की सुबक रुक नहीं रही है।

"सिर्फ दो महीने की तो बात है। डॉ. कामत ने ठीक ही कहा है कि प्लास्टरवाले पाँव पर जोर न पड़े।" विटोरिनो ने दिलासा के स्वर में कहा है।

सैंड्रा अपनी सुबक पर क़ाबू पाने की भरसक कोशिश करते हुए स्ट्रैचर पर पतझड़ में गिरे पीले पत्तों की ढेर की तरह पड़ी है। सुबक को रोकती सैंड्रा, सुबकती सैंड्रा से ज़्यादा कलप से भरी और असहाय लग रही है। ऐम्बुलेंस के अन्दर स्ट्रैचर पर पड़ी सैंड्रा को देखकर विटोरिनो को लग रहा है कि आँसू रोकती एक लड़की कितनी करुण और बेज़ार लगती है।

ऐम्बुलेंस को पट्टो कॉलोनी के एम. जी. रोड में रुकवाकर विटोरिनो ने 'कैमिलो मेनिंज़ेज ऐंड संस' नामक सर्जिकल सप्लाइ स्टोर से तीन हज़ार रुपये में बैसाखी ख़रीदी है। इसका नाम है 'फ्लेक्समो प्रीमिअम अंडरआर्म'। इस बैसाखी में वज़न को पूरी तरह सँभालने की क्षमता है। किसी भी फ़र्श पर इसकी मज़बूत पकड़ बनी रहती है। फिसलने का ख़तरा नहीं रहता है। काँख में बहुत आरामदेह रहता है। विटोरिनो ने बहुत ठोक-परखकर इसे सैंड्रा के लिए लिया है। बेशक इसका उपयोग सैंड्रा के लिए दो ही महीना है। पर दो महीना क्या कम है। उसे भरपूर सँभलकर रहना है। पूरी हिफ़ाज़त से।

सैंड्रा के स्ट्रैचर को उठाकर एकदम 'टार्ज़न द ही-मैन' के अन्दाज़ में ऐम्बुलेंसकर्मी सीढ़ियों पर चढ़ रहे हैं। कोलाहल सुनकर चेरिल फ़ारिया बाहर आई है और सैंड्रा को इस हाल में देख अवाक् है, "माइ गॉड! हाउ कम?" चेरिल के मुख से सिसकारी फूट पड़ी है।

सैंड्रा को उसके रूम में बिस्तर पर व्यवस्थित कर चेरिल के संग विटोरिनो आहिस्ते-से मिनि आंटी के रूम में आया है। मिनि आंटी से यह बात छिपाकर रखना ठीक नहीं होगा। मिनि आंटी के कमरे में उनके पायताने के पास कुर्सी पर इवान बैठी है। कुछ गड़बड़ हुआ है, इसका आभास सम्भवतः मिनि आंटी को हो गया है। वे बिस्तर पर पड़ी-पड़ी काँप रही हैं। तेज़ साँस से उनका सीना और पेट बुरी तरह हिलक रहा है, "विटो! क्या हुआ है सैंड्रा को? प्लीज़ टेल मी द रिऐलिटी! सैंड्रा को बस एक बार दिखा दो मुझे, वरना मैं मर जाऊँगी विटो।" मिनि आंटी अब जार-जार रो रही हैं।

"सैंड्रा को पाँव में हल्की-सी मोच आ गई है। इसलिए डॉक्टर ने ऐंकल में कुछ हफ्ते के लिए प्लास्टर किया है। वह अपने कमरे में है। मैं मोबाइल पर वीडियो काल के ज़रिये आपकी बात कराता हूँ।" विटोरिनो की आवाज़ में भरसक पुचकार

है। कमर से लाचार इवान के चेहरे पर भी बेचैनी है, "एक सेकेंड मुझे भी बात करवा दीजिएगा।" इवान की आवाज़ में विकलता है।

इवान और चेरिल को आंटी के कमरे में छोड़ विटोरिनो सैंड्रा के कमरे में गया है और उससे कहा है कि आंटी किस तरह फूट-फूटकर रो रही हैं।

"मैं वीडियो कॉल पर आंटी से तुम्हारी बात कराता हूँ। हे सैंड्रा, तुम भी प्लीज़ मत रोने लगना। आंटी से चैन से बात करना।" विटोरिनो ने छोटी बच्ची की तरह सैंड्रा को समझाया है।

"हाइ मम्मी! मैं एकदम ठीक हूँ। आज सुबह सीढ़ी से उतरते वक्त पाँव में थोड़ी मोच आ गई। थोड़े समय के लिए डॉक्टर ने प्लास्टर लगाया है। अदरवाइज़ आइ ऐम कम्फ़र्टेबल।" वीडियो कॉल में सैंड्रा को देख मिनि आंटी और धार-धार रो रही हैं। विटोरिनो ने उनसे मोबाइल लेकर इवान को थमा दिया है। सैंड्रा से चन्द सेकेंड बात कर इवान के चेहरे पर पहले से मौजूद चिन्ता की लकीरें और गहरा गई हैं, "मोच में इन्फ़ेक्शन का भी खतरा रहता है। मरीज़ पर ध्यान रखना पड़ता है कि उसे बुखार तो नहीं आ रहा है। इससे कभी-कभी जान पर भी खतरा आ जाता है।"

इवान की ज्ञान-वर्षा से मिनि रॉड्रिक्स और ज़ोर-ज़ोर से रोने लगी हैं।

"ये क्या तमाशा हो रहा है?" चेरिल ने झल्लाकर कहा है।

"बिना टिकट का थियेटर।" विटोरिनो के स्वर में खीज है, "मुझ पर भरोसा तो करिए आंटी। मैं सैंड्रा का बुखार मापता रहूँगा।"

"हाँ बेटा! अब मेरी जिन्दगी तुम्हारे हाथों में है। कैसे सब कुछ होगा? मैं बिस्तर पर! सैंड्रा बिस्तर पर। इवान भी कमर से लाचार। मुझे बार-बार रोना आ रहा है। विटो! सैंड्रा को कुछ होगा, तो एक सेकेंड भी मैं दुनिया में नहीं ठहरूँगी।"

"और सैंड्रा की जिन्दगी आपके हाथों में है आंटी! अभी तो वह ठीक है। पर अगर आप इसी तरह रोती-धोती रहीं, तो उसकी तबीयत सचमुच बिगड़ जाएगी।" विटोरिनो ने खिन्न स्वर में कहा है।

"माँ का दिल है। ऐसे में तो रोएगा ही।" इवान ने बग़ैर एक पल देर किए ग़मगीन स्वर में कहा है।

"ओह गॉड!" विटोरिनो असहाय भाव से मिनि आंटी के कमरे से निकल टेरेस पर आ गया है। दिसम्बर के दिन का आकाश रेशम के सदबद नीले चादर-सा दिख रहा है। दो-चार सफ़ेद बादलों के बगूले आकाश में तिर रहे हैं। चेरिल भी टेरेस पर निकल आई है। विटो और चेरिल अब सैंड्रा के कमरे में हैं। अपने कमरे में रखे शीशे के जार के भीतर स्टैंड पर लटके किट्टू को सैंड्रा एकटक देख रही है। किट्टू का मोम-सा सिर उसके सख़्त कवच के बाहर निकला हुआ है और आहिस्ते-आहिस्ते हिल रहा है। वह एकटक सैंड्रा को देख रहा है।

"किट्टू को भी शायद अन्दाजा लग गया है कि आप तकलीफ में हैं।" चेरिल ने फीकी हँसी के संग सैंड्रा के बालों को सहला दिया है।

"किट्टू बेबी है मेरा। टॉर्टस यानी कछुए को लेकर एक कहावत है चेरिल...! 'हैव अ टफ़ हाइड ऐंड अ टेंडर हार्ट...।' मेरा किट्टू बहुत नाजुक दिलवाला है। यह मेरा सब सुख-दुख समझता है।" सैंड्रा की आवाज़ भीग गई है। उसने फिर किट्टू पर आँखें टिका दी हैं।

ओह डार्विन!

सैंड्रा को अहले सुबह चाय पीने की आदत है। इसके तुरन्त बाद उसे अंग्रेज़ी दैनिक 'ओ' हेराल्डो' चाहिए। सुबह-सुबह नीचे जाकर अख़बार लाने के चक्कर में ही सीढ़ियों से लुढ़ककर वह ऐसी मुसीबत में फँसी। इसलिए विटोरिनो मुँहअँधेरे उठ जाता है ताकि वह सैंड्रा को चाय बनाकर दे दे और नीचे से अख़बार लाकर उसे पाबन्दी से सौंप दे। यह दो काम सुबह में नहीं होने से सैंड्रा का चेहरा रुआँसा हो जाता है।

सुबह की चाय इन दिनों विटोरिनो बिला नागा सैंड्रा के साथ उसके कमरे में ही पीता है। एक अच्छी चाय के साथ आपकी सुबह ख़ुशगवार होती है, तो दिन भर में कैसी भी मुसीबत आए, कोई फ़र्क़ नहीं पड़ता है। बीते इन कुछ दिनों की तीमारदारी में विटोरिनो को अन्दाज़ा लग चुका है कि सुबह की पहली चाय के साथ अगर उसने सैंड्रा को किसी अच्छी परिचर्चा में नहीं उलझाया, तो थोड़ी ही देर बाद उसके टखने का दर्द तेज़ हो जाएगा और उसके पूरे शरीर में एक बेचैनी-सी फैल जाएगी। उसके होंठ आँसुओं को रोकने की कोशिश में बेहिसाब टुकड़े होने लगेंगे। इसलिए बग़ैर एक सेकेंड गँवाए, वह ऐसा मौक़ा भरसक आने ही नहीं देता है। दिलचस्प बातचीत की तेज़ हवा से मन में घुमड़ते आँसुओं के बादल को कैसे उड़ा दिया जाता है, विटोरिनो को यह पता है। बाएँ पाँव में प्लास्टर लेकर बिस्तर पर रूई की ढेर की तरह पड़ी सैंड्रा अगर गीली होगी, तो और भी भारी हो जाएगी। कल सुबह कुछ ऐसा ही हुआ। चाय की प्याली लेकर जब वह सैंड्रा के कमरे में गया, तो एक पल के लिए बहुत मुश्किल में पड़ गया। सैंड्रा की आँखें धारोधार आँसुओं से बह रही थीं। नि:शब्द सुबक के संग वह झरझरा रही थी।

"क्या हुआ है सैंड्रा?"

"विटो! व्हाट इज़ गॉड ट्राइंग टू टेल मी? आइ ऐम जस्ट सो टायर्ड।"

"प्लीज़ हैव यॉर टी! आइ ऐम टेलिंग यू, व्हाट इज़ गॉड ट्राइंग टू टेल यू।" सैंड्रा को चाय की प्याली थमाकर विटोरिनो नीचे गया है। अख़बारवाला हर सुबह की भाँति दैनिक 'ओ' हेराल्डो' फेंक गया है।

"कहाँ चले गए थे?"

"तुम्हारे लिए गॉड का मैसेज़ लाने।" विटोरिनो ने 'ओ' हेराल्डो' का हेडलाइन सैंड्रा को सुनाते हुए कहा, "सैंड्रा! गॉड ने अखबार के जरिये तुम्हें बताया है कि

अगले साल यानी 2017 का कार्निवल 25 फरवरी से 28 फरवरी तक होगा। गोवा के चार प्रमुख शहरों में कार्निवल के फ़्लोट परेड की जानकारी भी तुमको गॉड ने भेजी है। पणजी में 2017 के कार्निवल का फ़्लोट परेड 25 फरवरी को होगा। मडगाँव में 26 फरवरी, वास्को में 27 फरवरी और मापुसा में फ़्लोट परेड 28 फरवरी को होगा।"

"प्लीज़ विटो! सुबह-सुबह बोर मत करो।" सैंड्रा ने मधुर झल्लाहट के संग कहा।

"तो सुबह-सुबह रोकर तुम भी मत बोर करो।" विटोरिनो ने मुस्कान बिखेरते हुए उसे अख़बार थमाकर कहा।

आज भी विटोरिनो चाय की प्याली के संग सैंड्रा के कमरे में दाख़िल होते ही सीधे शुरू हो गया है, "टोबैको स्क्वायर के तिकोने घेरे के भीतर इस समय गुलदाउदी की बहार है सैंड्रा।" विटोरिनो ने सैंड्रा को चाय की प्याली थमाते हुए कहा है, "बरगद, कुसुम और गूलर के पेड़ के नीचे खिली गुलदाउदी...! इट्स रिअली प्रिटि...।"

"तुम्हें पता कि ये टोबैको स्क्वायर शुरू से जनरल पोस्ट ऑफ़िस के जिम्मे है। जी. पी. ओ. वाले ही इसकी साफ-सफाई और बागबानी का इन्तजाम करते हैं।" चाय की घूँट भरते हुए सैंड्रा ने कहा है, "विटो! पापा को क्राइसैंथिमम यानी गुलदाउदी का फूल बहुत अच्छा लगता था। वे बताते थे कि ग्रीक में इस फूल को 'स्वर्णपुष्प' कहते हैं। गुलदाउदी दरअसल जाड़े की रानी है।" सैंड्रा कुछ यों ख़ुश है जैसे सुबह-सुबह वह भरपूर रंगों और रोशनी से खिल-फैल रही है।

"क्राइसैंथिमम-टी तुमने पी है सैंड्रा?"

"सुना है इसके बारे में लेकिन पिया नहीं कभी! क्या तुमने पी है विटो?"

"हाँ, लिस्बन में कुछेक बार। मेरा एक फ़ोटोग्राफ़र फ्रेंड बड़े शौक से बनाता था।"

"कैसे बनाते हैं क्राइसैंथिमम-टी विटो?"

"अच्छा, एक दिन बनाने की कोशिश करता हूँ। क्राइसैंथिमम के फूलों को धोकर पहले धूप में पूरी तरह सुखा लिया जाता है। जब यह सूखकर चाय की पत्तियों की तरह काला पड़ जाता है, तब इसे पानी में उबालकर पीते हैं। इसमें नीबू डालिए, तो यह चाय और खिल उठती है।" चाय की अपनी आख़िरी घूँट भरकर विटोरिनो ने कहा है, "सैंड्रा! पर मेरा लिस्बन का फ़ोटोग्राफ़र दोस्त 'हनी क्राइसैंथिमम-टी' बनाता था। उफ! क्या गजब! इसके लिए वह क्राइसैंथिमम के फूलों को अच्छी तरह सुखाकर एक महीने तक उन्हें शहद के जार में रखता था। जब उसे चाय बनानी होती थी, तो पानी गर्म करके जार से वह क्राइसैंथिमम की पत्तियाँ निकाल पानी के अनुपात के हिसाब से डालता था। क्या बताएँ सैंड्रा! वह चाय पीकर आत्मा मानो शहद से भर जाती थी।"

"ठीक है विटो! तो कभी की जाए 'हनी क्राइसैंथिमम-टी' की तैयारी।" सैंड्रा अपने सुन्दर दमकते दाँतों के संग मुस्कराई है।

"ठीक। फिलहाल तो अखबार आ गया होगा। मैं लाता हूँ।" विटोरिनो ने उठते हुए कहा है।

'ओ' हेराल्डो' का आज का हेडलाइन है—'द प्राइम मिनिस्टर ऑव पुर्तगाल मि. एंटोनियो कोस्टा विल बी कमिंग टू गोवा!' विटोरिनो ने अख़बार पर एक सरसरी नज़र डाली है और सीढ़ियाँ चढ़ गया है।

"अरे वाह! पुर्तगाल के पी.एम. एंटोनियो कोस्टा 11-12 जनवरी, 2017 को गोवा में होंगे। इट इज़ सच अ ज्वायस न्यूज फ़ॉर अस।" अख़बार का हेडलाइन देख सैंड्रा चहक उठी है, "तुम्हें पता है विटो कि अपने गोवा ऑरिज़िन के एंटोनियो कोस्टा का नाम गोवा के लोग दुलार से 'बाबुश' लेते हैं। इनका परिवार मडगाँव का है। यूरोपियन कॉन्टिनेंट के किसी देश में भारतीय मूल का कोई व्यक्ति प्राइम मिनिस्टर है। न शान की बात! और ये हैं अपने बाबुश! मारिया बताती हैं कि लगभग 22 साल पहले एंटोनियो कोस्टा अपने कवि-लेखक फ़ादर के संग गोवा आए थे। उसके बाद बस यही।"

"मैं जानता हूँ इनके परिवार को सैंड्रा। पुर्तगाल में गोवा मूल के जो ख़नदानी लोग पीढ़ियों से बसे हुए हैं, उन सबका एंटोनियो कोस्टा के लिए बहुत प्रेम है। एंटोनियो के फ़ादर ओर्लांडो दा कोस्टा की पुर्तगाल के साहित्य जगत में ख़ासी प्रतिष्ठा थी। सन् 2006 में वे गुज़रे। उन्होंने दसेक किताबें लिखीं पर सन् 2000 में लिखी उनकी किताब 'ओ अल्टीमो ओल्हार दे मानु मिरांडा' को बहुत शोहरत मिली। एंटोनियो कोस्टा हमेशा गर्व से कहते रहे हैं कि उनके पिता के हरेक उपन्यास में गोवा मौजूद है।"

"रिअली ग्रेट!"

"येस सैंड्रा! मैंने उनके कुछ नॉवेल्स पढ़े हैं। खासकर उनके दो उपन्यास 'ओ सिग्नो दा इरा' और 'ओ अल्टीमो ओल्हार दे मानु मिरांडा' तो गजब के हैं। इन दोनों उपन्यासों की भूमिका में उन्होंने बड़े गर्व से लिखा है कि—'व्हेयर एवर आइ गो ऑर व्हेयर आइ ऐम टेकेन टू, आइ विल ऑलवेज़ बी इन माइ होमलैंड!' इसलिए मैंने लिस्बन के कुछ समारोह में एंटोनियो कोस्टा को अपने पिता के बारे में यह कहते सुना है कि—'माइ फ़ादर नेवर लेफ़्ट गोवा, बिकॉज़ गोवा नेवर लेफ़्ट हिम।' सैंड्रा! गोवा को लेकर यह प्रेम एंटोनियो कोस्टा को अपने पिता से विरासत में मिली है। एंटोनियो कोस्टा की माँ मिसेज़ मारिया एंटोनियो पाला भी तो एक नामचीन पत्रकार रहीं।

"तभी तो एंटोनियो कोस्टा ऐसे हैं। दैट्स व्हाइ, ही गॉट द पोज़िशन ऑव एमिनन्स।"

"ओह! एंटोनियो कोस्टा के आने तक तुम्हारा प्लास्टर रहेगा। जनवरी के तीसरे सप्ताह में तुम्हारा प्लास्टर हटेगा। अगर प्लास्टरवाला चक्कर नहीं रहता, तो मैं तुमको एंटोनियो कोस्टा के पणजी में होनेवाले समारोह में जरूर ले चलता सैंड्रा।"

"मैं ठीक भी रहती, तो हरगिज नहीं जाती। आइ ऐम स्लोली गिविंग अप बिकॉज़ आइ हेट बीइंग डिप्रेस्ड!"

"क्या हो जाता है तुमको सैंड्रा?" विटो ने गहरी साँस लेकर कहा है।

"मुझको होता है, मुझको होता है विटो!" सैंड्रा की आवाज़ रुँध-सी गई है, "तुमको याद है विटो, उस दिन प्लास्टर करने के पहले डॉ. कामत ने मेरे लिए क्या कहा था...? ही सेड...ही सेड...'व्हाट टू से! हर लिवर हैंग्स बिटवीन हर नीज़!' इसका लीवर घुटनों तक लटकता है। डॉक्टर ने गलत नहीं कहा विटो। तुम तो देख रहे हो न कि मम्मी से भी बड़ा पेट हो गया है मेरा।"

"ओ सैंड्रा! तुम उतनी मोटी नहीं हो जितनी तुम दिखती हो। रिअली, यू आर नॉट ऐज़ फ़ैट ऐज़ यू लुक! यू लुक अ लॉट बिगर बिकॉज़ ऑव ऑल द इक्सेस स्किन यू आर कैरिइंग अराउंड...। वज़न से ज़्यादा तुम्हारी त्वचा के नीचे चारों तरफ़ लटकती चर्बी है। यह सेल्युलाइट...त्वचा के नीचे की अत्यधिक चर्बी तुम्हारी जेनेटिक है। मिनि आंटी का शरीर भी इसी सेल्युलाइट के कारण झूलता और फैला दिखता है। और तुम्हीं दोनों माँ-बेटी क्या...दुनिया की 85 प्रतिशत महिलाएँ सेल्युलाइट की मुश्किल झेलती हैं।"

"विटो! मैं कितनी बेशरम हो गई हूँ। तुम्हारे सामने मेरा पूरा शरीर है। तुमसे मेरा अब क्या छिपा है!"

"इसमें बेशर्म होने की क्या बात है। मैंने तुम्हें पहले दिन कह दिया था कि वेदर अ पर्सन इज़ अ मेल ऑर फ़ीमेल...अ नर्स इज़ अ नर्स!" विटोरिन ने एक पल थमकर कहा है, "सैंड्रा! क्या पता था कि इवान इस तरह बीमार पड़ जाएगी? सुबह से रात तक मैं बात-बात में चेरिल या किसी को मदद के लिए कैसे बुलाता, तुम्हीं बोलो? तुम्हें पेशाब के लिए 24 घंटे में मान लो आठ-दस बार बाथरूम जाना है, तुम कितनी बार इस हाल में उठ-उठकर बैसाखी के सहारे बाथरूम जाओगी? दस लोगों को मदद के लिए शोर मचाने से बेहतर था न कि मैं महीने भर के लिए यह मोर्चा थाम लूँ। मैंने तुमसे और मिनि आंटी से...दोनों से कहा था कि एक महीने के लिए मर्द-औरत का भेद हम तीनों भूल जाएँ।"

"पर विटो। मैं मर जाती हूँ। जब-जब तुम मुझे 'स्पंज-बाथ' कराते हो और बेड-पैन देते हो। मेरा पेशाब कमोड में डालते हो। मुझे सहारा देकर कमोड पर बिठाते हो। ब्रश करने के लिए मेरे सामने स्टूल पर बकेट रखते हो...। टुथ पेस्ट... ब्रश और टंग क्लीनर देते हो...! आखिर में बकेट को धोकर साफ़ करते हो।" सैंड्रा रौ में बोले जा रही है। उसका स्वर विगलित है।

"तो क्या हो गया?", सैंड्रा के बिस्तर के पास कुर्सी पर बैठा विटोरिनो अप्रस्तुत हो रहा है, "यह कौन-सी ऐसी बड़ी बात हो गई सैंड्रा? अगर कल मुझे महीने भर यहाँ बिस्तर पर रहने की मजबूरी हो जाए, तो क्या तुम मुझको छोड़ दोगी?"

"मैं काल्पनिक बातों का जवाब नहीं देती। मैंने एक लाइन में कहा न कि मैं अभी की स्थिति में पूरी बेशरम हो गई हूँ। एक संग तुमको मेरी और मम्मी दोनों की तीमारदारी करनी पड़ रही है। ऐ विटो! तुम्हारे प्यार और एहसान को मैं मरने के बाद भी नहीं भूल सकती।" सैंड्रा का गला भर आया है।

मिनि आंटी के गलकम्बलों की तहों को जब विटोरिनो रोज़ शेव करता है, तो कभी-कभी रुआँसेपन की परछाईं बरबस उनके चेहरे पर सिहर जाती है। हालाँकि, हर दिन जब उन्हें वह बिस्तर पर 'स्पंज-बाथ' कराता है, तो सबसे पहले इसके लिए वह किचेन में पानी गर्म करता है। गर्म पानी के दो छोटे-छोटे वाश-टब रूम में लाने के बाद वह उनके शरीर के नीचे दो बड़े-बड़े मोटे तौलियों को सरकाकर घुसाता है ताकि बिस्तर किसी भी प्रकार से गीला नहीं हो। तौलिया शरीर के नीचे डालने में सचमुच मशक़्क़त होती है। इस दौरान मिनि आंटी निश्चेष्ट भाव में शरीर को ढीला और निढाल छोड़ देती हैं। मझोले आकार का दो वाश-टब और दो छोटा-छोटा तौलिया उसके पास होता है। एक टब में तौलिया डुबो-भिगोकर वह मिनि आंटी का देह-हाथ पोंछता है और दूसरेवाले टब में तौलिया का पानी निचोड़ता है।

"ऐ विटो! आइ ऐम अ ह्यूज़ लिविंग वाटर बेड! मैं पानी का एक विशाल बिस्तर हूँ माइ सन! मेरे घुटने कभी आपस में नहीं मिले। दोनों एक-दूसरे से अनजान हैं।" मिनि आंटी करुणा से कहती हैं, "आइ ऐम जस्ट अ वेस्ट ऑव स्पेस। पहाड़ी-सी फैली अपनी आंटी का स्पंज-बाथ कराते हुए तुम्हारा मन कभी नहीं खीजता?"

"कभी नहीं। इवान और सैंड्रा ठीक थीं, तो यह सब वही लोग करती थीं। अभी अगर मैं कर देता हूँ, तो इसमें क्या बुरा है आंटी?"

विटोरिनो ने कई बार कोशिश की है कि मिनि आंटी के कमरे में पड़े इलेक्ट्रिक व्हीलचेयर पर उन्हें बिठा दे। पर वे राज़ी ही नहीं होती हैं। इसलिए आज वह व्हीलचेयर सैंड्रा के रूम में ले आया है। उसने सोचा है कि आज सैंड्रा जब तैयार हो जाएगी, तो वह व्हीलचेयर पर उसे बिठाकर आंटी के कमरे में ले जाएगा।

"विटो! पता नहीं क्यों डॉ. कामत की बात मेरे मन में ठहर-सी गई है...हर लीवर हैंग्स बिटवीन हर नीज़...।" स्पंज-बाथ करवाने के दौरान सैंड्रा फिर अभी विकल हो रही है, "देखो, मेरा पेट कैसे नीचे झूल रहा है। माइ फ़ैट इज़ रिअली रीचिंग टू माइ ऐंकल्स! डार्विन इज़ राइट। हर जीव-जन्तु और आदमी के आकार में बढ़ने की टेंडेंसी होती है। टेंडेंसी टू इनक्रीस इन साइज़। मुझमें यह टेंडेंसी जान से फ़ाज़िल है विटो! प्लीज़, कट ऑफ़ सम पार्ट ऑव माइ बॉडी।"

"ओह सैंड्रा! किसी एक बात को पकड़कर बैठ जाने की आदत है तुम्हारी। डॉक्टर ने कहा, तो कहा। क्या ऐसी बात हो गई? तुम डॉक्टर से डार्विन तक पहुँच गई। माइ गॉड! ब्यूटी इज़ नॉट मेज़र्ड इन पाउंड्स। सुन्दरता का वज़न नहीं लिया जाता सैंड्रा।" एक पल रुककर विटो ने व्हीलचेयर सैंड्रा के पास सरका लिया है, "आओ, बैठो इस पर। तुम्हें अभी आंटी के कमरे में ले चलता हूँ।" सैंड्रा ने बिना कुछ कहे अपना हाथ आगे बढ़ा दिया है। विटोरिनो का हाथ थामकर अब वह इलेक्ट्रिक व्हीलचेयर पर बैठ गई है।

"सैंड्रा!" मिनि आंटी अपने कमरे में सैंड्रा को व्हीलचेयर पर देख बेसाख़्ता सुबक पड़ी हैं।

"ओह मम्मी!" सैंड्रा की आँखें भी झरझरा रही हैं।

"सैंड्रा! मेरे पास आओ। और करीब! तुमको चूमना चाहती हूँ। कितना समय हो गया तुम्हें चूमे हुए।"

"और मुझे भी तो। मैंने भी कब से तुम्हें नहीं चूमा है।"

विटोरिनो मिनि आंटी के कमरे में नि:शब्द खड़ा है। आँसुओं से गीले दो चेहरे एक-दूसरे में विलीन हो रहे हैं।

ओस

पूरा गोवा अभी 'बाबुश' मय है। पुर्तगाल के प्रधानमंत्री एंटोनियो कोस्टा यानी गोवा की आँख के तारे 'बाबुश' की चर्चा से सबका अंग-अंग खिल रहा है। राजधानी पणजी से लेकर बाबुश के पैतृक शहर दक्षिण गोवा के मडगाँव तक का लगातार सिंगार-पटार चल रहा है। गोवा सरकार ने अपने अफ़सरों को डिग्री जारी कर रखी है कि पणजी और मडगाँव की साज-सज्जा आँख की गति हारनेवाली होनी चाहिए। इन्हीं दो जगहों में प्रधानमंत्री एंटोनियो कोस्टा यानी 'बाबुश' का कार्यक्रम है। 22 वर्षों बाद बाबुश अपने गृह प्रान्त आ रहे हैं। इसलिए उनके स्वागत में कोई कमी नहीं रखी जाएगी।

एंटोनियो कोस्टा एक सप्ताह की भारत-यात्रा पर आज शाम दिल्ली पहुँच रहे हैं। आज 6 जनवरी है। भारत सरकार के परराष्ट्र मंत्रलय ने एक हफ़्ते पहले जो विज्ञप्ति जारी की उसके अनुसार—पुर्तगाल के प्रधानमंत्री भारत की सात दिवसीय-यात्रा पर भारत के प्रधानमंत्री के आमंत्रण पर आ रहे हैं। उनका भारत-प्रवास 6 जनवरी से 12 जनवरी, 2017 तक है। प्रधानमंत्री एंटोनियो कोस्टा के साथ पुर्तगाल के विदेश मंत्री अगस्तो सैंटोस सिल्वा, संस्कृति मंत्री लुइस कैस्ट्रो मेंडेज़ सहित विज्ञान-प्रावैधिकी तथा उच्च शिक्षा मंत्री मैनुएल हीटर होंगे। 6 जनवरी को प्रधानमंत्री कोस्टा अपने मंत्रिमंडलीय सहयोगियों के संग दिल्ली पहुँचेंगे। अगले दिन यानी 7 जनवरी, 2017 को भारत के प्रधानमंत्री के संग दिल्ली में उनकी एक विशेष बैठक है। फिर 7 जनवरी की शाम को वे भारत के राष्ट्रपति एवं उपराष्ट्रपति से शिष्टाचार-भेंट करेंगे। इसके अगले दो दिन यानी 8-9 जनवरी को प्रधानमंत्री कोस्टा बंगलूर में आयोजित 'प्रवासी भारतीय दिवस' में बतौर मुख्य अतिथि भाग लेंगे। वहाँ से उन्हें गुजरात के गांधीनगर जाना है, जहाँ 10 जनवरी को 'गुजरात ग्लोबल समिट' का उन्हें उद्घाटन करना है। गांधीनगर से उसी शाम उन्हें गोवा पहुँचना है। यहाँ अपने पैतृक-प्रान्त में वे 11-12 जनवरी को अनेक कार्यक्रमों में भाग लेंगे। प्रधानमंत्री एंटोनियो कोस्टा 11 जनवरी को गोवा के मुख्यमंत्री लक्ष्मीकान्त परसेकर और राज्यपाल मृदुला सिन्हा से मिलेंगे। इसके अलावा उन्हें अनेक कार्यक्रमों में भाग लेना है। अगले दिन यानी 12 जनवरी को उन्हें मडगाँव के अबेड फ़ारिया स्ट्रीट

स्थित अपने दो सौ साल पुराने पुश्तैनी घर जाना है, जहाँ इन दिनों उनकी चचेरी बहन अन्ना केरीना जे. कोस्टा अपने पति विक्रम एंटो के संग सपरिवार रहती हैं। अन्ना एक ट्रेवेल एजेंट हैं। कुल मिलाकर एंटोनियो कोस्टा उर्फ़ बाबुश के स्वागत की तैयारी में चारों तरफ़ लहर-पहर है। ख़ुशी से पूरे गोवा का जी लोट रहा है। गोवा के गाँव-गाँव से लोग उनकी एक झलक पाने के लिए पणजी और मडगाँव में उमड़ेंगे। सैंड्रा की बेकरी के पुराने बुज़ुर्ग सहयोगी मिकी डिसूज़ा ने बिहँसकर कहा है, "बाबुश का आना तो कार्निवल में किंग मोमो के आने जैसा हो रहा है।"

कार्यक्रम में थोड़ा परिवर्तन किया गया है। गोवा सरकार द्वारा पहले यह तय किया गया था कि प्रधानमंत्री एंटोनियो कोस्टा 10 जनवरी को पणजी के डेबोलिम एयरपोर्ट पर अपने मंत्रियों के संग उतरेंगे, तो सबसे पहले एयरपोर्ट परिसर में उनके स्वागत में एक भव्य सांस्कृतिक समारोह किया जाएगा। पर 6 जनवरी को प्रधानमंत्री कोस्टा के भारत पहुँचने के अगले ही दिन यानी 7 जनवरी को लिस्बन से ख़बर आई कि पुर्तगाल में 'फ़ादर ऑव द डेमोक्रेसी' के उपाधि नाम से मशहूर पुर्तगाल के प्रधानमंत्री व राष्ट्रपति रह चुके 92 वर्षीय मारियो सोरेस का निधन हो गया है। लिहाज़ा, दिल्ली के पुर्तगाली दूतावास से फ़ौरन गोवा सरकार को सूचना दी गई कि पुर्तगाल के 'राष्ट्रीय-शोक' की इस स्थिति में प्रधानमंत्री एंटोनियो कोस्टा के गोवा पहुँचने पर उत्सव का अब कोई कार्यक्रम नहीं किया जाए। इस तरह डेबोलिम एयरपोर्ट पर प्रस्तावित सांस्कृतिक समारोह की सारी तैयारी धरी रह गई। कई खंडों में गोवा का इतिहास लिख चुके गोवा के जीवनदानी इतिहासकार वास्को पिन्हो ने जैसे बत्ती के जले हुए अंश को काटने के अन्दाज़ में लोगों से कहा है कि ग़नीमत से पुर्तगाली लोकतंत्र के पिता 7 जनवरी को एंटोनियो कोस्टा के भारत पहुँचने के बाद गुज़रे। अगर वे 5 या 6 जनवरी को दुनिया छोड़ते, तो एंटोनियो कोस्टा की भारत-यात्रा नहीं हो पाती। 'राष्ट्रीय-शोक' की स्थिति में उनके लिए आना सम्भव नहीं होता। वास्को पिन्हो गोवा से लेकर पुर्तगाल तक के इतिहास और राजनीति के चलते-फिरते दस्तावेज़ हैं। मारियो सोरेस के जीवन और पुर्तगाल की राजनीति में उनके योगदान को बिना बखाने वे माननेवाले नहीं। मारियो सोरेस पर जल्दी ही वे पणजी के किसी अंग्रेज़ी अख़बार में लेख लिखकर ही रहेंगे। बकौल वास्को पिन्हो-गोवा के 'लाल' प्रधानमंत्री एंटोनियो कोस्टा उर्फ़ बाबुश तो पुर्तगाल के प्रमुख राजनीतिक दल 'सोशलिस्ट पार्टी' के सेक्रेटरी जनरल पद पर नवम्बर 2014 में क़ाबिज़ हुए लेकिन मारियो सोरेस पुर्तगाल में 'सोशलिस्ट पार्टी' के स्थापना काल यानी वर्ष 1973 से 1986 तक लगातार पार्टी के सेक्रेटरी जनरल रहे। यही नहीं, वे वर्ष 1976 से 1978 तक पुर्तगाल के प्रधानमंत्री और वर्ष 1983 से 1985 तक राष्ट्रपति पद पर भी रहे।

मारियो के पिता स्व. ज़ोआओ लोपेज़ सोरेस को पुर्तगाल के तानाशाह सालाज़ार की हुकूमत के दौरान अर्से तक जेल में रहना पड़ा था, क्योंकि वे सालाज़ार की तानाशाही सत्ता के कट्टर आलोचक थे। इतिहासकार वास्को पिन्हो ने मारियो सोरेस के निधन पर ज्ञान की छौंक देते हुए पणजी के पत्रकारों को बताया है कि 7 का अंक

मारियो सोरेस के जीवन का एक ऐसा अंक था, जो उनके जन्म से निधन तक अपना असर दिखाता गया। मसलन, 7 जनवरी, 1924 को लिस्बन में जन्मे मारियो सोरेस गुज़रे कब, तो 7 जनवरी, 2017 को लिस्बन में। वास्को पिन्हो के अनुसार मारियो सोरेस दरअसल वर्तमान प्रधानमंत्री एंटोनियो कोस्टा के राजनीतिक गुरु थे। अपने राजनीतिक गुरु को श्रद्धांजलि देते हुए 7 जनवरी को प्रधानमंत्री कोस्टा ने भावुक होकर दिल्ली में पत्रकारों से कहा कि सन् 1974 के पहले तक संयुक्त राष्ट्र में पुर्तगाल गोवा-दमन दीव पर लगातार अपना दावा पेश करता रहा था और इस मुद्दे को लेकर भारत-पुर्तगाल के सम्बन्ध अर्से तक सहज नहीं रहे थे। पर यह मारियो सोरेस ही थे, जिन्होंने बतौर प्रधानमंत्री गोवा-दमन-दीव पर भारत की सम्प्रभुता को स्वीकारते हुए 'इंडो-पुर्तगाल ट्रीटि' यानी भारत और पुर्तगाल के सन्धि-पत्र पर हस्ताक्षर कर अर्से से चले आ रहे विवाद का अन्त किया था। वास्को पिन्हो छानकर निष्कर्ष दे रहे हैं, "अरे भाई, अपने बाबुश ख़ुद बड़े उजले दिमागवाले हैं। तेज़ वकील रहे हैं वे। उनकी प्रतिभा को देखकर ही मारियो सोरेस ने उन्हें 'सोशलिस्ट पार्टी' से जोड़ा था।"

इतिहासकार वास्को पिन्हो बिना आधार के किसी को ऊँचा नहीं करते। वे खरे आदमी हैं। ठोस तथ्यों के साथ ही कुछ बोलते हैं। पुर्तगाल का इतिहास और वहाँ की राजनीति की उन्हें अच्छी जानकारी है। मारियो सोरेस और एंटोनियो कोस्टा के आपसी रिश्ते के बारे में उन्होंने पढ़ा है। इसलिए उन्हें पता है कि मारियो सोरेस के मार्गदर्शन से ही एंटोनियो कोस्टा वर्ष 2004 में संसद के लिए पहली बार निर्वाचित हुए। इसके तीन साल बाद वर्ष 2007 में वे लिस्बन के मेयर चुने गए। दूसरी बार भी मेयर के चुनाव में वे भारी बहुमत से जीते। इन क़ामयाबियों और विकासशील कार्यों के प्रति समर्पण ने सोशलिस्ट पार्टी में एंटोनियो कोस्टा को ख़ासी ऊँचाई दी। इसी का परिणाम था कि 22 नवम्बर, 2014 को उन्हें 'सोशलिस्ट पार्टी' का सेक्रेटरी जनरल बनाया गया। लिस्बन के मेयर के पद से कोस्टा ने अप्रैल, 2015 को त्यागपत्र दे दिया। अक्टूबर, 2015 में पुर्तगाल का आम चुनाव होना था। 'सोशलिस्ट पार्टी' के सेक्रेटरी जनरल के नाते एंटोनियो कोस्टा ने अटूट परिश्रम किया। आम चुनाव के बाद यों पेड्रो कोएल्हो के नेतृत्व में सरकार बनी, जो महज़ ग्यारह दिन रह सकी। इसके बाद एंटोनियो कोस्टा ने अपने राजनीतिक कला-कौशल से नवम्बर, 2015 में वामपंथी और अन्य दलों का समर्थन लेकर अपनी सरकार का गठन किया। वास्को पिन्हो पूरे प्रसंग को समेटते हुए कहते हैं, "बेशक अपने बाबुश के नेतृत्व में पुर्तगाल लगातार आर्थिक तरक्की कर रहा है। बाबुश के पहले पुर्तगाल का टप्पर अर्से से उलटा हुआ था।"

बीती रात झूम-झूमकर बारिश हुई है। हालाँकि, जनवरी में मुश्किल से किसी एक दिन वर्षा होती है। वह भी शून्य दशमलव दो मिलीमीटर के क़रीब। गोवा के लिए जनवरी सबसे अधिक ठंडा महीना है। इसलिए एक दिन की वर्षा भी भारी पड़ जाती है। अरब सागर का सिर भी ऐसे में एक दिन के लिए पूरा घूम जाता है। मिनि रॉड्रिक्स ने मुदित-अलस मुस्कान के संग कहा है, "विटो! कल दस जनवरी

थी न! इसलिए तो, कल रात जब बाबुश गोवा पहुँचे, तो नेचर ने उनका स्वागत उनकी अपनी धरती पर वर्षा की झूम के संग किया।" एक पल थमकर उन्होंने कहा है, "बेटे! नेचर अपनी खुशी इसी तरह जताता है। वर्षों बाद अपने बच्चे के आने से गोवा की आत्मा खिल गई है।"

आज 11 जनवरी है। गोवा के सारे अख़बार प्रधानमंत्री एंटोनियो कोस्टा के कार्यक्रमों की ख़बरों से खचाखच हैं। आज और कल एंटोनियो कोस्टा के लिए 'खाना यहाँ, तो पीना वहाँ' जैसा रहेगा। गोवा की राज्यपाल मृदुला सिन्हा और मुख्यमंत्री लक्ष्मीकान्त परसेकर से शिष्टाचार मुलाक़ात के साथ आज का दिन उन्हें आरम्भ करना है। इसके बाद वे सिविल सोसाइटी के सदस्यों द्वारा आयोजित कार्यक्रम में जाएँगे। यहाँ से उन्हें 'फ़ंडाकाओ ओरिएंट गोवा' संस्था द्वारा आयोजित एक कार्यक्रम में जाना है। यह संस्था गोवा की कला-संस्कृति को लेकर कार्य करती है। साहित्य और शिक्षा के क्षेत्र में भी इस संस्था की काफ़ी सक्रियता है। संस्था द्वारा इतिहास संरक्षण भी होता है। गोवा में पुर्तगाली भाषा की पढ़ाई, पुर्तगाली साहित्य के प्रकाशन और संवर्द्धन में भी इस संस्था की भूमिका अग्रणी है।

'फ़ंडाकाओ ओरिएंट गोवा' के कार्यक्रम में प्रधानमंत्री कोस्टा इसके दिवंगत तेज़स्वी निदेशक रह चुके ईतिहासकार स्व. पाउलो वरेला गोम्स को श्रद्धांजलि देकर उन्हें पुर्तगाल की तरफ़ से मरणोपरान्त सम्मान 'कल्चरल मेरिट मेडल' देंगे, जो उनकी पत्नी पैट्रिशिया गोम्स ग्रहण करेंगी। दरअसल, भारत, गोवा और पुर्तगाल के रिश्ते को प्रगाढ़ करने के लिए स्व. पाउलो वरेला गोम्स का योगदान अविस्मरणीय है। यहाँ के कार्यक्रम के बाद प्रधानमंत्री कोस्टा पुराने गोवा के कुछ चर्च में भी जाएँगे। बहरहाल, आज 11 जनवरी का उनका पूरा दिन पणजी के कार्यक्रमों में व्यस्त रहेगा। कल यानी 12 जनवरी को वे मडगाँव स्थित अपने पैतृक आवास पर कुछ घंटे व्यतीत करेंगे। वहाँ से वे कुछ पुराने चर्च जाएँगे और पूर्वी गोवा स्थित प्राचीन मंगेशी मंदिर का भी दर्शन करेंगे।

"विटो! तुम जा रहे हो न पी.एम. कोस्टा के फ़ंक्शन में?" सैंड्रा की उत्सुकता में एक ख़ुशनुमा उमंग है।

"देखता हूँ। अभी कुछ सोचा नहीं।"

"यहाँ की फिक्र मत करो। मैं रोज़ी, लाना या टीना में से किसी को बुला लूँगी। दिन भर तो वे सब बेकरी में रहती ही हैं। शाम तक तो तुम लौट ही आओगे।" बरबस वह सुबह के इस वक़्त सुबह की तरह खिल गई है, "तुम्हारे पुर्तगाल के पी. एम. गोवा आएँ और गोवा में होते हुए तुम उनके प्रोग्राम को कवर नहीं करो, यह कितनी अजीब बात होगी।" सैंड्रा का स्वर गहरा हो गया है।

"ठीक है। पर तुम अपना और आंटी का खयाल रखना।" उठते हुए विटोरिनो ने उसका हाथ चूम लिया है, "एंटोनिया कोस्टा को वैसे लिस्बन में भी मैंने कई बार कवर किया है। पर गोवा में उनके प्रोग्राम की फ़ोटोग्राफ़ी करना बेशक एक खास बात होगी।"

"हाँ विटो! गोअन ऑरिजिन के पॉर्चगीज़ पी.एम. को गोवा में शूट करना कितना ग़ज़ब होगा!" एक पल थमकर सैंड्रा ने आहिस्ते-से कहा है, "तुम्हें कल मडगाँव भी जाना चाहिए, जब बाबुश 'अबेड फ़ारिया स्ट्रीट' के अपने पुश्तैनी घर में जाएँ। कितनी प्यारी होंगी। वे तस्वीरें भी। दो सौ साल पुराने अपने घर में पुर्तगाल के पी.एम.।"

"सैंड्रा! तुमने स्पेन के चित्रकार साल्वादोर डाली की वह एक मशहूर पेंटिंग देखी है, जिसका शीर्षक है—द परसिसटेंस ऑव मेमोरी?"

"नहीं। मैं साल्वादोर डाली का नाम भी पहली बार सुन रही हूँ। क्या है यह पेंटिंग विटो?"

"सपने की अद्‌भुत जादुई दुनिया है यह पेंटिंग। सैंड्रा! 'परसिसटेंस ऑव मेमोरी' में हमें कितना सुख मिलता है। पी.एम. एंटोनिया कोस्टा का गोवा आना क्या परसिसटेंस ऑव मेमोरी नहीं है।"

"ओह विटो! तुम अचानक कहाँ से कहाँ पहुँचा देते हो। तुम पापा की तरह सचमुच फूल को तितली में बदल दे सकते हो और नदी को पेड़ बना दे सकते हो। माइ गॉड!"

"मैं कुछ नहीं सैंड्रा! पर हो गए ऐसे लोग दुनिया में, जिनके पास यह करतब था। स्पेन के चित्रकार साल्वादोर डाली की तरह ही स्पेन के चित्रकार हुआन मीरो भी ऐसे ही थे, जो आकाश को अचानक छोटा कर चिड़िया बना दे सकते थे। रंगों में सिद्धि थी उन्हें। रंगों में सिद्धि क्या है सैंड्रा? यही परसिसटेंस ऑव मेमोरी! पी.एम. एंटोनियो कोस्टा का मडगाँव के अपने घर जाना यही तो है।"

"तो बस अपने कैमरे से इन दो दिनों में तुम यही फ़ोटो-पेंटिंग कर डालो विटो! बाबुश इन गोवा!" सैंड्रा की आवाज़ में स्वप्न है। एक पल थमकर सैंड्रा ने कहा है, "बाबुश को कवर करने कल मडगाँव जाओगे, तो प्लीज़ मारिया को साथ कर लेना। भीड़ में धक्का-मुक्की कर मारिया किसी भी हाल में बाबुश से नहीं मिल पाएँगी। वह बाबुश की बड़ी फ़ैन हैं। नहीं मिलने से उन्हें जिन्दगी भर अफ़सोस रह जाएगा। मुझे पता है विटो कि एक फ़ोटोग्राफ़र साथ रहने से कितनी भी भीड़ में किसी वी. आइ. पी. से मिलना आसान हो जाता है।"

"डन। मारिया को तुम फ़ोन कर देना। कल मडगाँव निकलने के पहले मैं भी मारिया को फ़ोन कर दूँगा। मारिया को मैं अबेड फ़ारिया स्ट्रीट में बुला लूँगा।"

पणजी सज-बजकर तैयार है। एलटिन्हो पहाड़ी का आवासीय हिस्सा मुकुट की तरह खिल रहा है। पट्टो ब्रिज, मांडवी का फ़ेरी क्रॉसिंग, मांडवी का किनारा, दीप स्तम्भ, महालक्ष्मी टेम्पल, बोका दा वाका फ़ाउंटेन, आज़ाद मैदान, मार्टियर्स मेमोरियल, नेशनल कस्टम ऐंड एक्साइज़ म्यूज़ियम, चैपेल ऑव सेंट सेबेस्टिअन, मारुति टेम्पल, ओब्रास पब्लिकास, जनरल पोस्ट ऑफ़िस, मर्मेड गार्डेन, ओल्ड सेक्रेटेरियट, गोवा के प्रथम मुख्यमंत्री दयानन्द बांदोडकर की आदमक़द प्रतिमा, फ़्लैग पोल, क्लबे नेशनल, चर्च ऑव द इमैक्युलेट कंसेप्शन, क्लब वास्को द गामा परिसर, हाईकोर्ट, स्टेशंस ऑव द क्रॉस, बिशप पैलेस, आउअर लेडी ऑव

रोज़री चर्च, कला अकादेमी, सांता मोनिका कन्वेंट, म्यूज़ियम ऑव क्रिस्चन आर्ट और यहाँ तक कि चैपेल ऑव द वीपिंग क्रॉस भी भरपूर सुसज्जित है। साज-सज्जा में सरकार ने कहीं कोई कसर नहीं रखी है। क्या पता, प्रधानमंत्री एंटोनियो कोस्टा निर्धारित कार्यक्रमों के अलावा किधर जाने की इच्छा ज़ाहिर कर दें।

आज सुबह से देर शाम तक पणजी का धरती-आकाश एक है। प्रधानमंत्री एंटोनियो कोस्टा के लहराते कारवाँ के इन्द्रधनुष में लगातार सम्मोहित पणजी का आनन्द इसकी नाक की टुनगी पर थिरक रहा है। सैंड्रा मुस्कराकर कहती है, "आज थोड़ी देर के लिए मैंने टेलिविज़न पर खबरें देखीं! पणजी की नाक थोड़ी लम्बी हो गई-सी लग रही है न विटो?"

"हाँ, वाकई। रातों-रात गाजर-सी लम्बी नाक हो गई है पणजी की।" विटोरिनो को ज़ोर की हँसी छूट गई है। लगे हाथ बग़ैर एक पल का विलम्ब किए उसने कहा है, "ऐ सैंड्रा! एंटोनियो कोस्टा के आने की खुशी से हुई पणजी की लम्बी नाक ने पणजी के मुखड़े को और सुन्दर कर दिया है। एक फ्रेंच कहावत भी है कि—अ बिग नोज नेवर स्पॉयल्ड अ हैंडसम फ़ेस...।"

"कितना अच्छा लग रहा है एंटोनियो कोस्टा के आने से न।" अख़बार पलटते हुए मिसेज़ मिनि रॉड्रिक्स गद्गद हैं। आज 12 जनवरी है। कल 11 जनवरी को प्रधानमंत्री एंटोनियो कोस्टा ने जिन-जिन से मुलाक़ात की और जिन-जिन कार्यक्रमों में शिरक़त की सबकी ख़बरें अख़बार में सचित्र भरी पड़ी हैं। विटोरिनो को उन्होंने अपने कमरे में बुला लिया है और कहा है, "सुबह की एक चाय आज मेरे साथ भी पिओ।" विटोरिनो के साथ अभी वे एंटोनियो कोस्टा की गोवा-यात्रा को लेकर बातें करना चाहती हैं। विटोरिनो ने उन्हें पलंग की टेक से तकियों का टीला लगाकर बिठा दिया है। अख़बार किनारे रखकर मिसेज़ मिनि रॉड्रिक्स शुरू हो गई हैं, "विटो! आउअर एंटोनियो कोस्टा इज़ अ बॉर्न पॉलटिशन, हू हैज़ बीन अ सोशलिस्ट ऐक्टिविस्ट सिन्स ही वाज़ अ टीनेजर।" एक पल थमकर चाय की घूँट भरते हुए मिनि रॉड्रिक्स ने इतिहास में गोते लगाते हुए अनुराग से कहा है, "विटो! पुर्तगाल भले आज एक छोटा-सा देश है, पर बड़े दिलवाला है। बेशक, पुर्तगाल ने हम पर बहुत समय राज किया लेकिन गौर से देखो, तो पुर्तगाल इज़ द पायनियर ऑव ग्लोबलाइज़ेशन...। दुनिया के कई देशों की संस्कृति, रहन-सहन और खान-पान को एक में घोलकर शरबत बनानेवाला दुनिया का पहला देश है पुर्तगाल। और आज यही वजह है विटो, कि भारत का कटहल ब्राज़ील में भी फलता है और ब्राज़ील का काजू भारत में।" बात का रुख़ मोड़ते हुए मिसेज़ मिनि रॉड्रिक्स ने अख़बार उठाकर कहा है, "आज तो 12 जनवरी है। आज एंटोनियो कोस्टा मडगाँव जाएँगे। मडगाँव के अबेड फ़ारिया स्ट्रीट के अपने घर। दो सौ साल पुराना घर है उनके खानदान का।"

"हाँ आंटी! मैं अभी मडगाँव निकल रहा हूँ।"

"कैसे जाओगे? अपनी वाली कार ले लो!"

"नहीं आंटी! उस भीड़ में कार लेकर निकलना भारी पड़ जाएगा। कल भी मैं

अर्थर की मोटरसाइकिल लेकर निकला था। आज भी उससे मोटरसाइकिल लेकर जाऊँगा। मेरे आने के बाद ही अर्थर बेकरी का काम निपटाने के बाद मिकी अंकल को लेकर घर जाएगा। बस आज भर की बात है। कल तो एंटोनियो कोस्टा का वापस पुर्तगाल लौटने का कार्यकम है।"

मडगाँव आनन्द के उथल-पुथल में है। दक्षिण गोवा ज़िला का यह मुख्यालय अपनी सज्जा से पूरे पुलक में है। यह गोवा की व्यापारिक राजधानी है। इसलिए यों भी इसकी दमक कभी कम नहीं पड़ती। पर आज मडगाँव की दमक में एक गर्वीली आभा है। विशेषकर मडगाँव के अबेड फ़ारिया स्ट्रीट का कण-कण उल्लास से तालियाँ बजाता लग रहा है—'क्लैप यॉर हैंड्स...क्लैप यॉर हैंड्स...जंप अप हाइ ऐंड क्लैप यॉर हैंड्स।' एंटोनियो कोस्टा के पुश्तैनी घर के बग़ल में रहनेवाले अर्टेमियो डिसिल्वा ने मुस्कराकर पत्रकारों से कहा है कि "हैप्पीनेस इज़ हिटिंग मडगाँव।" बचपन में कभी एंटोनियो कोस्टा के साथ इस लेन में खेल-कूद चुकीं जया बोरकर का चेहरा ख़ुशी से दमक रहा है। एंटोनियो कोस्टा की प्रतीक्षा में अबेड फ़ारिया स्ट्रीट में जमे पत्रकारों से वे कह रही हैं कि "वी यूज़्ड टू प्ले हेअर ड्यूरिंग आउअर चाइल्डहुड। आइ ऐम ग्लैड टू सी हिम इन गोवा ऐज़ अ पुर्तगाल प्राइम मिनिस्टर।" एंटोनियो कोस्टा की प्रतीक्षा में पत्रकारों के संग-संग 'मानव विकास हाईस्कूल' के बच्चे भी हैं। इन बच्चों के साथ एक 'ब्रास-बैंड' भी है। विटोरिनो ने फ़ोन कर मिसेज़ मारिया तवोरा को भी 'अवेड फ़ारिया स्ट्रीट' में बुला लिया है।

दिन के बारह बजकर चालीस मिनट हो रहे हैं। अभी-अभी प्रधानमंत्री कोस्टा का कारवाँ अबेड फ़ारिया स्ट्रीट में कुछ इस लय के साथ दाख़िल हुआ है, जैसे सीधे अन्तरिक्ष से ये गाड़ियाँ यहाँ उतर आई हों। प्रधानमंत्री अब 'मानव विकास हाईस्कूल' के बच्चों से रू-ब-रू हैं। बच्चे पुर्तगाली 'स्वागत-गान' के संग शुरू हो गए हैं...'दे नादा...दे नादा...।' जैसे अभी बच्चों का 'स्वागत-गान' समाप्त हुआ है, प्रधानमंत्री कोस्टा की चचेरी बहन अन्ना केरीना जे. कोस्टा ने उन्हें माला पहनाकर उनकी अगवानी की है। इसी बीच वहाँ मौज़ूद भीड़ उनसे हाथ मिलाने और उन्हें पुष्प-गुच्छ देने उमड़ पड़ी है। एंटोनियो कोस्टा बड़े प्यार से एक-एक कर सबसे मिल रहे हैं। सबके संग तस्वीरें करवा रहे हैं। फिर अख़बार और चैनलवालों से मुख़ातिब हैं। पत्रकारों को वे बता रहे हैं कि अपने पुश्तैनी घर आकर वे कितने ख़ुश हैं। उन्होंने कहा है कि "मेरे पिता जब पुर्तगाल जाकर बस गए, तो मेरे चाचा का परिवार यहाँ रह गया। अभी मेरी 78 वर्षीया आंटी सिनिक्का कोस्टा और मेरी चचेरी बहन अन्ना केरीना जे. कोस्टा सपरिवार यहाँ रहती हैं।" विटोरिनो ने आगे बढ़कर उनसे हाथ मिलाते हुए कहा है, "सर! दिस इज़ विटोरिनो। मैं लिस्बन से हूँ। गोवा की फ़ोटोग्राफ़ी करने कुछ समय से यहाँ हूँ। लिस्बन में कई बार आपके प्रोग्राम को मैंने 'कवर' किया है।"

"वाउ! सुपर! फ़ोटोग्राफ़ी इज़ अ लव अफ़ेयर विद लाइफ़ डियर।" एंटोनियो कोस्टा मुस्कराए हैं।

"येस सर! फ़ोटोग्राफ़ी इज़ ऐन ऐक्ट ऑव लव।" विटोरिनो ने एक पंक्ति में

जैसे इस दारुण संसार में खोये प्रेम के चारु छवि की शोभा कह दी है।

"ये मिसेज़ मारिया तवोरा हैं। आपके मडगाँव की ही हैं। शी इज़ यॉर बिगेस्ट फ़ैन।" मारिया को उस भीड़ में विटोरिनो ने एंटोनियो कोस्टा के सामने कर दिया है।

"विटोरिनो! अभी आपने कहा कि—'ये आपके मडगाँव की हैं'। पर मैं कहूँगा कि मैं मारिया के मडगाँव का हूँ।" एंटोनियो कोस्टा ने गर्मजोशी के साथ मारिया से हाथ मिलाते हुए मुस्कराकर कहा है।

"नेवर एवर फ़ॉरगेट, ईवन फ़ॉर वन मोमेंट, हाउ ट्रूलि अमेज़िंग यू आर सर।" विटोरिनो ने बाग़-बाग़ होकर कहा है। पत्रकारों की जमात चन्द सेकेंड के बीच प्रधानमंत्री कोस्टा और विटोरिनो के संवाद से बरबस चमत्कृत हो उठी है। एक चैनल के फ़ोटोग्राफ़र ने विटोरिनो से आनन्दित होकर कहा है, "आप दोनों के एक-एक लाइन के डायलॉग से दिल खुश हो गया।"

पुर्तगाल से अपने साथ आए पुर्तगाल के मंत्रियों और अधिकारियों के संग एंटोनियो कोस्टा ने लगभग ढाई घंटे अपने पुश्तैनी आवास में परिवार के संग व्यतीत किया। उनकी चाची सिनिक्का कोस्टा उनके निकलने के समय रो पड़ी हैं।

आज 13 जनवरी है। प्रधानमंत्री एंटोनियो कोस्टा के जाने से अचानक गहरा ख़ालीपन लग रहा है। मिसेज़ मिनि रॉड्रिक्स अख़बार के पन्ने पलटते हुए कहती हैं, "विटो! चाहे कितना भी अखबार पढ़ लो, चाय पी लो और कितने फ़ोन कॉल्स कर लो। पर अचानक से भर आया खालीपन एक बारगी नहीं हटता। एंटोनियो जब तक गोवा में थे मेरा पेट हमेशा भरा-भरा महसूस होता रहा। पर उनके जाने के बाद से मेरे पेट में अचानक से एक खालीपन...एक हॉलोनेस लग रहा है।"

"बस दो दिन बाद आंटी! इस खालीपन को 15 जनवरी खुशी से ओवरलैप कर देगा। सैंड्रा का 'बर्थ-डे' देखिएगा, कितना शानदार मनाता हूँ।"

"ओह विटो! डोंट बी क्रेज़ी। अब इस बूढ़ी लड़की का क्या 'बर्थ-डे' होगा?" सैंड्रा के स्वर में एक गहरी विरक्ति है।

"तुम्हें अपने 'बर्थ-डे' के बारे में कुछ भी डिसाइड करने का हक नहीं है। यह हम लोगों का सब्ज़ेक्ट है।"

"ठीक है। चालीसवें साल में दाखिल होने जा रही एक 'शी-एलिफेंट' का अजूबा 'बर्थ-डे' मनाओ तुम!" मम्मी के कमरे से निकल एक पल टैरेस पर थमकर मम्मी के कमरे से विटो के बाहर आने पर भरे गले से सैंड्रा ने कहा है, "ऐ विटो! इस बार के 'बर्थ-डे' को लेकर मुझे बहुत रोना आ रहा है। प्लीज़ डोंट डू एनीथिंग...। कुछ मत करना।" सैंड्रा की आँखें गीली हो आई हैं।

"ओके! लेट मी थिंक।" विटो अपने कमरे में चला गया है।

आज 15 जनवरी है। विटो की नींद मुँहअँधेरे खुल गई है। यों भी सारी रात करवट लेते हुए बीती है। बीच-बीच में थोड़ी झपकी। बाहर अँधेरे में कोहरे की लहर-पहर है। उठकर उसने सैंड्रा के कमरे के दरवाज़े पर आहिस्ते-से दस्तक दी है, "सैंड्रा! चाय पीना चाहोगी?" उसने बाहर से ही पूछ लिया है।

"ओह येस!" सैंड्रा भी जगी हुई है।

चाय बनाकर वह सैंड्रा के कमरे में आया है, "गुड मॉर्निंग सैंड्रा! हैप्पी बर्थ-डे डियर! हैव टी। चाय पिओ।" सैंड्रा को बिस्तर पर थोड़ा सहारा देकर उसने बिठा दिया है और चाय की प्याली थमा सामने की कुर्सी पर बैठ गया है।

"कोहरे से भरी यह सुबह कितनी प्यारी लग रही है न।" चाय पीकर सैंड्रा ने बाहर की तरफ़ देखते हुए कहा है।

"इट्स रिअली अ स्वीट मॉर्निंग।" विटोरिनो ने बहुत अनुराग से सैंड्रा का हाथ थाम लिया है, "सैंड्रा!" विटोरिनो एक पल के लिए अटक गया है, जैसे भीतर ही भीतर वह किसी मुश्किल का निपटारा कर रहा हो।

"हाँ विटो!" सैंड्रा की आवाज़ में कौतूहल है, "येस विटो।"

"सैंड्रा! वी आर टू ब्रोकेन सोल्स...।" विटोरिनो ने कुर्सी से उठकर कब सैंड्रा के चेहरे को अपनी हथेलियों में भर लिया है, इस क्षण उसे इसका कोई इल्म नहीं, "सैंड्रा! यही हमारी क़िस्मत है। हमारी आत्मा अन्धकार, डर और उदासी के बोझ से छलनी हो चुकी है।" विटोरिनो की आवाज़ में दुख का आवेगमय कम्पन है, "हमारी गिनी-चुनी खुशियों में भी दुख के धब्बे हैं।" विटोरिनो की आवाज़ रह-रहकर भर रही है, "अमांडा आंटी ने मुझे बहुत प्यार किया। पर मेरे अन्दर का वह यतीम बच्चा हमेशा सुबकता रहा। मेरे अन्दर काई की तरह जमी गहरी उदासी कभी गई नहीं। वह अभी भी है। इसलिए मुझे कभी यह खयाल नहीं आया कि मैं अपने जीवन में किसी को साथ कर सकूँगा। कौन आएगा इस अँधेरी-सुबकती आत्मा का साथी बनने। और मैं तुमसे मिला। तुम्हें जाना। मैंने इतने दिनों में महसूस किया कि वी आर टू ब्रोकेन सोल्स बाइ डेस्टनी...। ऐ सैंड्रा! लव नीड्स नो वर्ड्स! आइ हैव नो वर्ड्स! आइ वांट टू मैरी यू...।"

"विटो!" सैंड्रा अवाक् है। जड़वत्। धरती की आँच और आकाश की आग में हमेशा जलती सैंड्रा! दुनिया की धूल और दुनिया के कुहासे के बीच ख़ुद से छिपती-फिरती सैंड्रा रॉड्रिक्स! सैंड्रा की आँखें झरझरा रही हैं। लग रहा है, कमरे में एक बारगी पूरा बादल भर आया है। सैंड्रा को पहली बार बाँहों में पूरा भरकर चूम रहा है विटो, "आज शाम मैं तुमको 'बर्थ-डे' पर 'इंगेजमेंट रिंग' दूँगा सैंड्रा...।"

"माइ प्रिंस वाज़ नॉट कमिंग ऑन अ ह्वाइट हॉर्स...बट ऑन अ टर्टल...! दैट्स व्हाइ इट टुक सो लांग...।" आँसुओं से झरझर आँखों के संग सैंड्रा ने विटोरिनो को चूम लिया है, "यू आर अ ट्रू ब्लू मैन...!" सैंड्रा का कंठ अवरुद्ध हो रहा है। जार में स्टैंड पर बैठे किट्टू ने मोम-सा कोमल मासूम मुँह अपने कवच से बाहर निकाल लिया है। उसे जो भी समझ में आ रहा हो, पर उसका मुख मुदित है। बाहर घना कोहरा है। सब कुछ धुँधला है। पणजी का कण-कण ओस से भीग रहा है। पूरा गोवा भीग रहा है। सब कुछ भीग रहा है।

❁❁❁